Kurt Tucholsky

Gesamtausgabe

Texte und Briefe

Herausgegeben von
Antje Bonitz,
Dirk Grathoff, Michael Hepp,
Gerhard Kraiker

Rowohlt

Kurt Tucholsky

Gesamtausgabe

Band 14: Texte 1931

Herausgegeben von
Sabina Becker

Rowohlt

Die Gesamtausgabe der Texte und Briefe
von Kurt Tucholsky erscheint mit Unterstützung durch
die Deutsche Forschungsgemeinschaft,
das Ministerium für Wissenschaft und Kultur
des Landes Niedersachsen,
die Senatsverwaltung für kulturelle Angelegenheiten
(Literaturreferat) des Landes Berlin,
die Kurt-Tucholsky-Stiftung, Hamburg,
das Deutsche Literaturarchiv, Marbach

1. Auflage Juli 1998

Umschlag- und Einbandgestaltung
Walter Hellmann
Gesetzt aus der Garamond und Frutiger (WinWord 6.0c)
Kurt Tucholsky-Forschungsstelle
Konvertierung und Belichtung
Clausen & Bosse, Leck
Druck und Bindung Clausen & Bosse, Leck
Printed in Germany
ISBN 3 498 06543 2

Inhalt

I

Darf man tippen –?

Der große Graphologe Max Pulver sagte mir eines Tages: «Sie schreiben Ihre Briefe mit der Maschine? Das ist ja unerhört! Das Persönlichste, das es gibt, ist der Brief. Gewiß, Geschäftsbriefe … Aber die an Ihre Freunde auch? Wie? Liebesbriefe auch …?» Und legte nicht schlecht los.

Nun ist dieser Mann, der nicht Schriften deutet, sondern Menschen, und der Menschen nicht nur deutet, sondern ihnen durch die Deutung auch ein gut Stück weiterhelfen kann, in die Schrift vernarrt, er ist ein von der Schrift Besessener … der darf das sagen. Wie ist es denn nun damit:

Darf man tippen –?

Über die Geschäftskorrespondenz braucht nicht gesprochen zu werden. Wir empfinden einen langen Geschäftsbrief, der mit der Hand geschrieben ist, als eine Belästigung – man mag das nicht. Gut. Aber das Private –?

Ich halte die Frage «Darf man tippen?» für nicht richtig gestellt. Man müßte ganz anders fragen: Darf man diktieren?

Und hier allerdings ist zu scheiden zwischen «dienstlich» und «privat», eine Unterscheidung, die mitunter zu grotesken Albernheiten führt. Die Vorstellung von dem Mann oder der Frau, die sich ihre Briefe auf der Maschine allein schreiben, ist noch nicht in das Allgemeingefühl gedrungen; das Gefühl, nicht der Verstand, nimmt zutiefst an, ein getippter Brief sei diktiert. «Schreiben Sie, Frollein … auf Ihr geehrtes gestriges …» Das ist eine Film-Vorstellung. Viele schreiben sich ihr's auf der Schreibmaschine allein.

Briefe, in denen das Herz spricht, zu diktieren: das ist wohl nur in ganz seltenen Ausnahmefällen möglich. Sich aber einer Maschine zu bedienen, um sein Herz auszuschütten – trennt das? Steht die Maschine zwischen dem Herzen und dem Empfänger?

Ich meine: nein.

Regeln lassen sich dafür nicht aufstellen – es gibt da alle Arten von Schreibern und Lesern, und wir wollen keinen neuen Reichsverband gegen oder für gründen. Ich kenne Schriftsteller, die verabscheuen die Maschine, und ich kenne nur einen dieser Gattung, dessen Handschrift der Setzer nicht verabscheut; es gibt Briefempfängerinnen, die nehmen es einem todübel, wenn sie einen Brief bekommen, der die Worte

Mein geliebtes Herz

getippt enthält … Aber es kommt wohl darauf an, ob man fremde Handschriften lesen mag. Wer es gern tut, dem erscheint die Maschine kalt, gläsern, stählern und unpersönlich; wer es nicht gern tut, der empfindet Maschinenschrift als Erlösung. Man weiß doch, wo und wie …

Es ist auch von Wichtigkeit, zu wissen, ob der Briefempfänger gleichfalls Maschine schreibt. Tut er es und ist ihm die Schreibmaschine auch auf seinen Reisen eine Selbstverständlichkeit, dann wird er sich gewiß über einen getippten Brief nicht aufhalten. Tut er's nicht, dann ist er leicht beleidigt: «Ich bin doch kein Zahnbürstengeschäft, an das man schreibt …!»

Alle Maschinenschreiber werden mich verstehen: Eine Maschine kann einem so vertraut werden wie ein Federhalter. Das Glöckchen zirpt; wir kennen jeden Hebel; wir wissen Bescheid, und wenn die Typenhebel rauschen, so ist das süße Musik zur Arbeit der Gedanken. Und wir wären sehr erstaunt, wenn uns jemand sagte: Wie unpersönlich –! Unpersönlich? Es ist doch unsere, unsere alte und treue Maschine. Und man kann alles lesen.

Da habe ich eine Braut, die schreibt mir alle Jahre einen langen Brief; sie ist längst anderweit verheiratet, wir sehen uns nur sporadisch, und so ist es denn ein großes Glück. Die Briefe sind, glaube ich, sehr zärtlich; ich weiß es nicht, denn ich kann sie nicht lesen. Aber ich beantworte sie immer, das ist Liebe, und es muß auch stimmen, was ich schreibe, denn die Braut findet alles ganz in der Ordnung, das ist wahre Liebe.

Mir scheint: die Abneigung gegen Maschinenschrift ist wie die zunächst berechtigte oder doch verständliche Abneigung, langsam fahrende Autos in Trauerkondukten zu sehen. Es widerstrebt da etwas in einem … Und doch ist dies Gefühl anachronistisch, wie alle solchen Gefühle. Wer hätte sich früher, als die Telefongespräche noch anfingen: «Hier Müller. Wer dort?» getraut, eine Liebeserklärung durchs Telefon zu machen? Heute? Gehen Sie nur an die nächste Fernsprechzelle, die Wände sind dünn, und da kann man etwas zu hören bekommen …

Man darf tippen.

Man darf immer tippen.

Man darf nur dann nicht tippen, wenn es besser ist, mit der Hand zu schreiben.

Soll man aber gleich in die Schreibmaschine hineindichten, daß es nur so klingelt? Sehe ich mir die Tagesliteratur an, dann denke ich manchmal: Das haben sich die Schreibmaschinen allein gedichtet. Aber macht es denn für den Wert einer Dichtung etwas aus, ob sie mit der Rechten geschrieben ist oder mit acht Fingern? Nein, es macht nichts für den Wert aus. Tippt, tippt.

Peter Panter, Voss 1.1.1931

2

Lamento

Der deutsche Mann
Mann
Mann –
das ist der unverstandene Mann.
Er hat ein Geschäft, und er hat eine Pflicht.
Er hat einen Sitz im Oberamtsgericht.
Er hat auch eine Frau – das weiß er aber nicht …
Er sagt: «Mein liebes Kind …» und ist sonst ganz vergnügt –
Er ist ein Mann. Und das
genügt.

Der deutsche Mann
Mann
Mann –
das ist der unverstandene Mann.
Die Frau versteht ja doch nichts, von dem, was ihn quält.
Die Frau ist dazu da, daß sie die Kragen zählt.
Die Frau ist daran schuld, wenn ihm ein Hemdknopf fehlt …
Und kommt es einmal vor, daß er die Frau betrügt –:
Er ist ein Mann. Und das
genügt.

Der deutsche Mann
Mann
Mann –
das ist der unverstandene Mann.
Er gibt sich nicht viel Mühe, wenn er die Frau umgirrt.
Und kriegt er nicht die eine, kommt die andere angeschwirrt.
Daher der deutsche Mann denn stets befriedigt wird …
Hauptsache ist, daß sie bequem und sich gehorsam fügt.
Denn er ist Mann. Und das
genügt.

Der deutsche Mann
Mann
Mann –
das ist der unverstandene Mann.
Er flirtet nicht mit seiner Frau. Er kauft ihr doch den Hut!
Sie sieht ihn von der Seite an, wenn er so schnarchend ruht.
Ein kleines bißchen Zärtlichkeit – und alles wäre gut …
Er ist ein Beamter der Liebe. Er läßt sich gehn.
Er hat sie doch geheiratet – was soll jetzt noch geschehn?
Der Mensch, der soll nicht scheiden, was Gott zusammen-
fügt …
Er ist ein Mann. Und das
genügt.

Theobald Tiger, WB 6. 1. 1931

3

Carl Sonnenschein

Du merkst, daß die Bedauerei
So eine Art von Wonne sei.
Busch

Wer war der Doktor Carl Sonnenschein –?

Darüber unterrichten uns zwei Bücher:

Karl Hoeber: ‹Dr. Carl Sonnenschein› (erschienen im Buch-Verlag Germania AG. in Berlin). Ernst Thrasolt: ‹Dr. Carl Sonnenschein› (erschienen bei Kösel & Pustet in München).

Thrasolt, ein katholischer Priester aus Berlin-Weißensee, hat hier seinem gegnerischen Freunde Sonnenschein ein Denkmal … nein, das hat er eben nicht getan. Sondern er hat eine Fülle lebendigen Materials für einen ehemals lebendigen Menschen zusammengetragen, für einen, der wohl so lebendig gewesen ist, daß man sein Wesen sehr, sehr schwer in einem Buch einfangen kann. Der Mann ist der geistige Vater einer innern «katholischen Aktion», nicht jener, die der betriebsame Herr Klausner aufzieht (hier ist das Modewort «aufziehen» einmal am Platze) – sondern der Vater einer groß angelegten Aktion, die auch dem religiös Neutralen, grade ihm, zeigte: wir Katholiken sind in Berlin auch noch da. Was war Sonnenschein für ein Mensch?

Aus den beiden zitierten Büchern geht zunächst einmal hervor, was alles ein Biograph aus seiner Figur machen kann. Bei Hoeber erscheint ein ernster, hilfsbereiter, aktiver Katholik – recht würdig, recht anständig, recht gleichgültig. Bei Thrasolt, der glühend bei der Sache ist, ein flackernder, beweglicher, fast wilder Apostel der Caritas. Was brennt hier?

Merkwürdigerweise nicht der Katholizismus. Man hat bei dieser Inflation der Wohltätigkeit eher das Gefühl, daß da ein Mann am Werke gewesen sein muß, den sublimierter Machtwille und Regsamkeit, Betriebsamkeit und verwandelte Herrschsucht bewogen haben, die Großstadt zu erobern … für wen? Für sich? Sicherlich nicht. Für Rom? Der Mann hat niemals Proselyten zu machen versucht; ich glaube auch nicht, daß er heimlich kalkuliert hat: sie werden schon kommen, wenn wir ihnen geholfen haben. Das ist es alles nicht. Der Weise nennt die Güte das «menschliche Urphänomen», was sie nach Nietzsche nicht ist. Man müßte hier eine Entscheidung treffen, um Sonnenschein ganz zu verstehen.

Thrasolt hat eine höchst lesenswerte Dokumentensammlung geschrieben. Ein geschlossenes Bild von einem so wenig geschlossenen, von einem aufgeschlossenen, auf jeden Reiz heftig reagierenden, nach allen Seiten fluktuierenden Manne zu geben, ist vielleicht nicht möglich.

Sonnenscheins absolute Reinheit voran. Was nun Thrasolt gemacht hat, ist deshalb so bunt und wirksam, weil er mit seinem Objekt leicht verkracht war. Sonnenschein mochte Thrasolt nicht, weil der, wie Sonnenschein das nannte, «jugendbewegt» war. Das steht auf einem andern Blatt – Thrasolt gibt es anständigerweise zu und macht nun eine Biographie, die miserabel geschrieben ist, die aber etwas tut, was ich eigentlich selten gefunden habe: sie gibt wirklich einmal den ganzen Zeithallo mit, den Menschen mit seinem Widerspruch, und der war bei Sonnenschein aller Enden zu finden ... das Buch gibt alles. Daraus könnten die Herren Republikaner lernen, die es bei biographischer Besingung ihrer Helden an öligem Pomp mit jedem Hofgeschichtsschreiber aufzunehmen pflegen.

Diese unbeschwerte Art haben dem Thrasolt die Katholiken verübelt, aber auch da wieder nicht alle – denn Sonnenschein war sowieso für die ganz Feinen eine etwas suspekte Erscheinung, ein Zigeuner der Wohltätigkeit. Es mag bunt genug in seinen Sprechstunden hergegangen sein, er half allen und jedem, machte das in den freisten Formen und führte selber das gehetzte Leben seiner Epoche: an diesem Mann ist unendlich viel Inflation, grade in seiner Betriebsamkeit. Thrasolt, in unbeirrbarer Anständigkeit, sagt anläßlich einer sehr betrübenden «Wende» in Sonnenscheins Leben, die ihn überall da schweigen ließ, wo es hätte gefährlich werden können: «Ohne diese Wende wäre auf Sonnenschein das Los Lammenais', Murris oder Marc Sagniers und seines ‹Sillon› gefallen, oder er hätte trotz all seines Opfers und seiner Liebe als Ketzer oder als Bußprediger in der Wüste oder kleiner verhaßter

Stänker geendet, nicht als die Liebe, der Stolz und der Ruhm des katholischen Berlin.» Ja, wo die Liebe hinfällt … Er ist so schön tot.

Sonnenschein ist auf dem Collegium Germanicum in Rom ausgebildet worden, hat dann später in Westdeutschland gearbeitet und kam kurz nach dem Kriege nach Berlin, wo er in zehn Jahren ein erstaunliches Hilfswerk vollbracht hat – nicht nur, wie der ursprüngliche Name seiner Organisation sagte, an Studenten, sondern an allen, die da hilfsbedürftig waren.

Dieser Mann war kein ausgeklügelt Buch. Seine Kriegshaltung war lamentabel; Thrasolt hat hier seine besten Seiten geschrieben. «Schuld daran, daß die Katastrophe (1914) überall grade auch die Katholiken nicht vorbereitet und nicht gefeit traf, hatte überall der Staatskatholizismus, die kleine kurzsichtige Hingabe des Christen an den Staat, die Selbstaufgabe ihres christlichen Bürgerrechtes um das Linsenmus des Staatsbürgerrechtes, der Verzicht auf Christenehre für nationale Ehre, der Verrat des Taufeides um des Fahneneides willen, der Untergang des eigenen persönlichen Gewissens in die gewissenlose öffentliche Meinung …» Von Sonnenschein: «Die Schuld des Staatschristentums, den Verrat Christi an Cäsar auf allen Gebieten sieht er nicht oder betont er nicht scharf genug.»

Mir ist es recht verhaßt, solche Reinigungsprozesse beim Gegner auszunutzen; Schema: «Er gesteht selbst ein …» Er gesteht gar nichts ein. Sondern hier ringt ein Mann mit seiner Sache, will sie mit allen Kräften, die ihm zu Gebote stehen, von dem Schmutz säubern, mit dem sie sich besudelt hat … vor dergleichen hat man den Hut zu ziehen, und hier haben alle Schachzüge zu unterbleiben. Dieser Priester nimmt Cäsar, was des Cäsars nicht ist. Und die offiziellen Katholiken, die, was ich düster ahne, den tapfern Priester Thrasolt unsre Zustimmung entgelten lassen werden –: mögen sie in der Hölle braten.

Sonnenschein hat den Krieg nicht verstanden, nicht einen Augenblick lang.

Er hat im Krieg mittels eines riesigen Archivs Lesestoff an die Front geschickt, er hat mit Studenten korrespondiert und mit vielen andern; er hat vermittelt, Wünsche entgegengenommen,

Briefmaterial bearbeitet – dies Material gehört heute leider dem Reichsarchiv, und nun ist es verloren. Denn was die da treiben, ist Reklame für einen neuen Krieg.

Das Briefmaterial ist erschütternd. Thrasolt nennt es mit Recht «vernichtend», nämlich vernichtend für die Kriegstreiber aller Konfessionen. Die Auszüge, die er gibt, beweisen es aufs trefflichste. «Es ist zu bedauern», sagt er, «daß dieses vernichtende Briefgericht über den Krieg nicht allgemein zugänglich ist …» Nein, das wird es ja wohl nicht sein. Das Reichsarchiv ist eine Behörde für die Klausur authentischer Dokumente. Der Etat dieser Behörde wird auch von den Sozialdemokraten bewilligt.

Sonnenschein also versagte, in und trotz aller Arbeit, bei dieser Sache. Auf einen besonders jammervollen Brief eines Soldaten antwortete er einmal: «Wir müssen jetzt tapfer aushalten. Wann der Friede kommt, weiß niemand.» Dieser Mann ist bestimmt nicht feige gewesen – aber einsichtslos. Thrasolt häuft Material auf Material. Das herbe Urteil der Soldaten über die Roten-Kreuz-Schwestern … Herrschaften, daß das nicht mal einer schreibt: Die Frau im Kriege – nein: das Weibchen im Kriege … Dann Sonnenscheins Nachkriegshaltung –, daß ein katholischer Priester wie Thrasolt den Mut aufbringt, derartiges zu veröffentlichen, spricht nicht etwa, wie die Offiziellen seiner Partei glauben, gegen die Bewegung; es spricht für sie.

Die Katholiken haben sonst ihr gerüttelt Maß Schuld. Es ist nicht so groß wie das der protestantischen Hofprediger; für die gibt es keine Bezeichnung, die nicht unter das Strafgesetz fiele. Frömmigkeit und Krieg … «Es wird in den Soldatenbriefen an Sonnenschein berichtet von der großen Zahl der Geschlechtskranken, und die Ansicht wird ausgesprochen, daß die Religion nicht vor geschlechtlichen Sünden schütze, da im gegebenen Falle die meisten Kranken aus katholischen Zentren, wie Köln, stammten.» Das klingt schon anders als im katholischen ‹Hochland› der gradezu gotteslästerliche Satz eines Herrn Matthias Laros, der sich also ausläßt: «So groß der Anteil des Krieges an der Sittenverwilderung der Nachkriegszeit angesetzt werden mag – er ist um so beträchtlicher, als die Militärbehörde selber den jungen Leuten die Präventivmittel in die Hand gab und ‹einwandfreies Bordellmaterial› lieferte.» Also daß die Katholiken Menschen getötet haben, das geht ja noch an. Aber daß die Militärbehörde auf einen bestehenden Status Rücksicht nahm und dafür sorgte, zu wenig sorgte, daß sich nicht noch mehr Leute den Tripper holten … das könnte ja wohl die Dogmen bedrohen. Eine vergnügte Christenliebe.

Mit Sonnenschein als Politiker also war es nicht viel. Er war noch am 8. November für die Monarchie … viel Freude macht einem das alles nicht.

Was Freude macht, ist die fanatische Ehrlichkeit Thrasolts, dem übrigens, wenn er nicht von geistigen, sondern von weltlichen Dingen spricht, hier und da ausgezeichnete Formulierungen glükken. «Iwan Noske» ist nicht von schlechten Eltern, und dies hier vom Kapp-Putsch auch nicht: «… als eines Morgens Berlin wach wurde und von der Soldateska, den Söldlingen und Landsknechten der Baltikumer und Freikorps besetzt war, da unter den Stahlhelmen Hazardeure mit frechen, fleckigen Visagen und junge Idealisten mit St. Georgs-Augen durch die Straßen marschierten und patrouillierten … schlugen die berliner Arbeiter in passivem Widerstand mit den Händen in den Hosentaschen die Banden Kapps und Ehrhards; sie zogen ab unter den Rosen und den Heilrufen der weiblichen Bevölkerung, wie Sieger …» Und an andrer Stelle, wo er von dem Separatismus spricht, den er nun eben nicht wie den ††† Gottseibeiuns behandelt, sondern sehr ruhig und sehr richtig: «Die SPD, die geborene Erbin des preußischen Zentralismus und Nationalismus und aller preußischen Untugenden, wetteiferte mit dem Zentrum und der Demokratischen Partei um das beste Prädikat auf dem Gebiete des Nationalismus. Sonnenschein wehrte sich innerlich, klagte in kleinem Kreise und schwieg äußerlich und öffentlich. Im Eifer um nationalen Schein verzichtete man auf nationales Sein.» Und dann eine Prachtstelle, die sich jene Rheinländer hinter die Ohren schreiben sollten, die sich gar nicht genug ereifern konnten, als ich hier für Joseph Matthes eine Gerechtigkeit gefordert habe, wie sie jeder, jeder zu fordern hat. Brief Sonnenscheins vom 12. Februar 1919: «Die Angelegenheit der rheinischen Republik scheint unterdessen doch in Ordnung zu kommen. Ich habe mehr Vertrauen zur Sache, seit ich weiß, daß Adenauer hinter ihr steht. Verwaltungsmenschen wie er werden die Sache schon praktisch anfassen.» So hat das ausgesehn. Wer ist bei den französischen Generalen im Vorzimmer gewesen? Matthes allein? Wer noch –?

Nun, also Thrasolt bemüht sich, uns den Doktor Sonnenschein in allen nur denkbaren Beziehungen aufzuzeigen. Es gelingt ihm, einen Begriff zu geben – unleugbar. Wenn ich sagen sollte, ob mir diese Figur und dieser Betrieb sympathisch wären, so müßte ich sagen: Nein, das sind sie nicht. Für einen Außenstehenden wirkt das alles ein wenig turbulent; man versteht diesen Eifer nicht recht, man kann nicht ersehen, um welchen Mittelpunkt das rotiert. Helfen? Hut ab. Sozialistisch ist es gar nicht. Aber ist es katholisch? Noch katholisch? Grade katholisch? Das mögen die Herren unter sich abmachen – mir ists gleich. Immerhin hat der Doktor Sonnenschein gegen die männlichen und weiblichen alten Weiber seiner Partei, jene mit dem strengen Zug um den Mund, der auf böse innere Vorgänge schließen läßt, tausendmal recht.

Den Schriftsteller Sonnenschein überschätzt Thrasolt, der bei allem guten Willen in geistiger Hinsicht ein kleiner Mann aus der Provinz ist, erheblich. Jene ‹Notizen›, auf deren Sammelbände, erschienen im Buchverlag der Germania, ich hier schon einmal hingewiesen habe, sind fesselnd, stehen weit über dem Durchschnitt einer auch von gebildeten Katholiken beklagten Traktätchen-Literatur, und es finden sich da überraschend gute Formulierungen; sie mit Nietzsche zu vergleichen spricht nur für die formidable Unbildung des Vergleichenden. Ich möchte ihre abrupte Schreibweise eher mit den Ansprachen des Konrektors Freese aus Schleichs ‹Besonnter Vergangenheit› vergleichen, übrigens ein Kapitel vom allerbesten deutschen Humor. Sonnenschein: «Über weiche Wege und durch einsame Wälder springen die Wagen hügelaufwärts! Vor das breite Stift! Nun durch das Tor! Ins Treppenhaus. Das baute 1713 Brandauer. 175 Meter breit! Im neuitalienischen Stil!» Konrektor Freese: «Je, warum haben die Griechen keine Reime? Auffällig, nich! Je, ich wills sagen. Reim is Echolalie, Nachahmung des Echo, Koselaute, Zärtlichkeit! Och! Sie wissen, Echo ist das Weib, das nie von selber spricht, aber einmal angeredet, nie wieder aufhören kann. Je, das sind die witzigen, bißchen boshaften Griechen. Denken Sie, Aristophanes, Satire: Lysistrata, Vögel!» Sonnenschein war ein geschickter, impulsiver, trefflich improvisierender Mann. Nietzsche ... Aber Herr Thrasolt! Keine Zeit haben ist noch kein Genie.

Das Buch Thrasolts ist leider in einem erschröcklichen Stil geschrieben, sehr jugendbewegt, mit allen den vier f: frisch, fromm, froh und filiströs. Einmal steht da etwas von Sonnenschein als «Mensch und Katholik» ... eins der lustigsten Malheure, die durch dieses wahnsinnige Modewort jemals angerichtet worden sind. Das laß du man den Papst hören. Und: «Als er seine Forelle auf hat» und: «Kommt er ausgeschlafen zurück und ist frisch und voll Geist wie ein Fisch.» Hoppla.

Uns hat er auch beim Wickel. Hier hat Robert Breuer im Jahre 1926 über Sonnenschein referiert, und das trägt im Buch welche Überschrift? ‹Dr. Sonnenschein in kommunistischer Beleuchtung›. Du ahnungsloser Engel du –

Thrasolt untersucht auch die Frage: Ist Sonnenschein ein Seelsorger gewesen? – und verneint die Frage. Richtig: er war kein Seelsorger; er war zunächst ein Leibsorger. Eins nicht ohne das andre ... gewiß. «Er war für sich eine ganze Heilsarmee», hat einer von ihm gesagt. Und die ist nicht jedermanns Sache, trotz ihrer großen Verdienste, die sie um die Armen, und wegen ihrer großen Verdienste, die sie an den Armen hat, nicht. Das schönste und treffendste Wort, ein gradezu Shakespearsches Wort, hat über den Doktor Carl Sonnenschein ein Junge auf der Straße gesprochen. Der sagte, als er den riesigen Trauerzug sah, den so viele «seiner» Armen begleiteten: «Nanu? Wer wird denn da begraben? Der war ja mit der ganzen Welt verwandt!» Das ist das höchste Lob, das man dem Mann spenden konnte. Und der Junge hat nicht gewußt, daß darin auch jene kritische Anmerkung enthalten gewesen ist, die wir leise machen müssen: wer so nach allen Seiten zerfließt, wer so zu allem wenn auch nicht Ja sagt, so doch Ja tut, und wer so wenig zu gewissen übeln Erscheinungen nicht hat Nein sagen können: der war nur ein Allerweltskerl. Man hätte sich andres gewünscht und größeres.

Hoeber ist nicht zu lesen – Thrasolt für den, der die Mächte kennen lernen will, die dieses Land in Wahrheit regieren, von großem Interesse.

Alles in allem: man sollte den Katholizismus studieren, bevor man ihn bekämpft, und ihn dann – dann erst – ablehnen, bis in seine tiefsten Folgerungen. Das kann man aber nur von oben, nicht von unten. Und auch nach Kenntnis dieses großen charitativen Werks Sonnenscheins ist zu sagen: mit der katholischen Metaphysik kann man respektvoll rechten, der liebe Gott bewahre uns vor ihren Konsequenzen. Mit der kirchlichen Politik niemals. Sie hat oft, im Strudel des Wahnwitzes, für Deutschland in der Außenpolitik viel Vernünftiges gewollt, aber sie hat es sich in der Innenpolitik immer überzahlen lassen. Und über die Mittel dieser Politik kann es nur ein Wort geben: skrupellose, ganz und gar weltliche Strategie. Wer das Kreuz vor solchen Wahlkampf hält, ist ein Heuchler. Meine intensiven Bemühungen, den Katholizismus zutiefst zu verstehen, kommen also nicht aus heimlicher Schwäche. Mir sind nur die Herren Freidenker zu platt, halten zu Gnaden.

Dem Andenken Sonnenscheins – bei aller Kritik – alle Reverenz.

Peter Panter, WB 6.1.1931

4

Kleiner Vorschlag

Wie wäre es denn nun einmal, wenn wir uns alle nicht mehr «Literaten» schimpfen wollten. Es ist die große Mode – es ist eine alberne Mode.

Seinen Ausgang hat der Unfug, daß sich Angehörige desselben Berufs ihren Beruf um die Ohren schlagen, wahrscheinlich in dem törichten Schimpfwort «Intellektuelle», das die Kommunisten aufgebracht haben. Und verstärkt worden ist die Unsitte durch den falschen aufgeschminkten Ehrgeiz der Berufsgenossen, die Literatur zu verleugnen und sie an das «reale Leben» zu verraten.

Wieland war kein Heringsverkäufer; er war ein Literat. Aristophanes war ein Dichter. Börne war ein Schriftsteller. Sorel war ein Schriftsteller. Spengler ist einer. Hermann Hesse ist einer. Was wollt ihr eigentlich von den Leuten –?

Die Grenze zwischen: Journalist, Schriftsteller, Dichter und Essayist ist mitunter schwer zu ziehen – darüber kann man streiten. Es ist doch aber wohl eine pfundsdicke Verlogenheit, wenn Literaten dem Literaten zum Vorwurf machen, daß er einer ist. Es gibt schlechte Literaten, verlogene, bestechliche und dumme; es gibt gute und sehr gute – es gibt von allen Sorten. Die Tatsache aber, daß einer Schriftsteller ist, kann man ihm nicht vorwerfen.

Es ist kein Ehrentitel, Schriftsteller zu sein; so wenig, wie es ein Ehrentitel ist, Richter zu sein oder Arzt. Diesen Standesunfug habe ich nie mitgemacht. Nicht die Standeszugehörigkeit legitimiert den Mann; seine Leistung legitimiert ihn.

Mir fällt aber auf, daß es in der letzten Zeit besonders unter Zeitungsangestellten üblich ist, «Literat» als Schimpfwort zu gebrauchen. Ich weiß nicht, was der betreffende Schreiber ist; wahrscheinlich Schuster. Ich für mein Teil bin Schriftsteller. Ich will keine Reiche gründen, ich halte mich von Dingen fern, denen ich nicht gewachsen bin – meiner Literatur bin ich gewachsen. Und die Literatur hat in den sechstausend Jahren Menschheitsgeschichte immer nur eine, nämlich ihre Aufgabe gehabt: Geist in Form von geschriebenen oder gedruckten Zeilen zu verbreiten. War der Literat neben seiner literarischen Leistung mehr, so war das meistens Literatur, wie der kluge Jules Renard angemerkt hat.

Ich arbeite an dieser Zeitschrift und an Zeitungen; es wäre also ein Wahnwitz, wenn ich andern Schriftstellern einen Strick daraus drehte, daß sie desgleichen tun. Anzunehmen, es sei die Tätigkeit an einer politischen Zeitung eine Arbeit «am praktischen Leben» – im Gegensatz zur «reinen» Literatur, ist eine blanke Schmockerei. Die Herren sollten sich ihre Energie für ihren Verleger aufsparen und dem nicht in den Hintern kriechen, statt uns anzuflegeln. Es ist auch eine maßlose Überschätzung jenes «praktischen Lebens», wenn einer die Literatur gegen das Leben ausspielt. Das sind keine Gegensätze, solange die Literatur kräftig und sauber und wirksam bleibt. Der Geist ist ein Bestandteil des Lebens – nicht sein Gegensatz.

Literat ist kein Ehrentitel. Ein Literat aber, der einen Literaten Literaten schimpft, ist ein Kommis des Geistes.

Ignaz Wrobel, WB 6. 1. 1931

5

Die Herren Autoren

Ein schönes, leicht melancholisches Vergnügen ist: alte Literatur des Alltags zu lesen. Gebrauchsliteratur sozusagen, wie sie alle Zeiten produziert haben, früher von Mund zu Mund, dann schriftlich niedergelegt. Romane – die zur Zeit unserer Großeltern schrecklich berühmt waren und deren Verfasser heute kein Mensch mehr kennt: alte Zeitungen; wilde Broschüren mit historischer Bedeutung … vergessen … vergessen … eine sehr nachdenkliche Lektüre.

Bei der ich mich manchmal frage:

Was mögen das für Leute gewesen sein, die das geschrieben haben?

Die Frage ist nicht zu beantworten. Wenn wir sie beantworten, beantworten wir sie falsch – es sei denn, daß vielerlei Dokumente über die Verfasser aufzutreiben sind. Sonst aber …

Der Autor kommt falsch auf die Nachwelt. Oder sagen wir einmal: er kommt unvollständig auf die Nachwelt. Das da, was er geschrieben hat, das sind seine besten Stunden oder doch die, die er dafür gehalten hat – er gibt einen Teil seiner selbst, er gibt sich von der Schokoladenseite, so, wie man früher die Leute fotografiert hat. Vom Rest weiß der spätere Leser nichts mehr.

Manchmal wissen wir es.

Wir wissen zum Beispiel, daß die Herren der zweiten schlesischen Dichterschule, deren Liebesleidenschaft gar so zierlich in ihren Versen flackert, ein bißchen lüstern, ein bißchen frech, ein bißchen zuckrig und ein bißchen halbnackt … daß diese Männer meist sehr brave Familienväter gewesen sind, die sich niemals erdreistet hätten, derart in die gute Stube zu dichten. Sie besorgten das am Schreibtisch, und was für ein Gesicht die Frau Hofmannswaldau dazu gemacht hat, das wissen wir nicht. Wir kennen nur einen Teil der Herren: den geschriebenen.

Das «Private» ginge uns nichts an? Hm – für die Literaturgeschichte ist es bis zu einem gewissen Grade nicht beachtenswert. Aber man möchte doch gern, neugierig, wie wir nun einmal sind, wissen: wie sind denn nun diese Leute gewesen, deren vergilbte Bücher, Heftchen, Zeitungsblätter da vor uns liegen? Wir wissen es nicht. Eines aber kann man sagen:

Sie waren entweder mehr oder weniger als ihr Werk.

Weniger: dann haben sie sich sorgfältig auf die Zehenspitzen gestellt, wenn sie schrieben; sie haben hinaufgelangt, sie haben sich gereckt, sie haben auf das feinste fortgelassen, was nicht hinpaßte, und sie haben dem staunenden Leser ein Bild geboten, wie der und sie sich es wünschten: jeder Zoll ein kleiner König. Hätten wir den König in Unterhosen gekannt –: es gäbe ein ganz andres Bild. Aber wir kennen ihn nicht – wir können manchmal nur ahnen …

Oder sie waren mehr: Dann haben sie es vorgezogen, anderswo zu leben als in der Literatur, und haben nur hier und da ein Büchlein veröffentlicht, einen Zeitungsaufsatz, ein Broschürchen, und das Geschriebene gibt gar nicht den ganzen Mann: den Mann in seiner Blutfülle und in seinem Leben, den ganzen Kerl, der von Kraft überströmte, von Einfällen, von Witz und von Seltsamkeit – unter den Schriftstellern gibt es viele Sprechsteller. Von den Technikern, den Ärzten, den Predigern ganz zu schweigen, die sich ja außerhalb ihres Werks nur schwer aufbewahren können; «Sie müssen ihn eben gekannt haben!» sagen die Freunde, wenn er tot ist. Und wir wissen gar nichts – nur ein schmales Heftchen, oder ein dicker Wälzer, eine Brotarbeit … wir wissen gar nichts.

Der Autor kann sich durch das Werk verdecken. Der Autor kann das Werk durch sich verdecken. Nur sehr, sehr selten decken sich beide.

Ist das immer so? Das ist immer so.

Da kann ich ein schönes Wort nicht vergessen, das mir Jakob Wassermann einmal gesagt hat. Er erzählte, es habe ihm ein russischer Emigrant aus Amerika geschrieben, er erbitte in einer für ihn lebenswichtigen Sache seinen Rat … er käme nach Europa, er wolle Wassermann sprechen und ihn hören. Welche Verantwortung! «Kann man dem Mann denn in einer solchen Angelegenheit raten?» fragte ich. Wassermann sah mich an. «Nein», sagte er. «Was ist man denn neben seinem Werk.»

Peter Panter, Voss 11.1.1931

6

Die Aussortierten

Im linken Seitenflügel des Schlosses steht die Bibliothek der Aussortierten. Wenn ein Buch einläuft, das ich nicht lesen mag, dann drücke ich achtzehn Mal auf den Knopf, und dann kommt der Bibliothekar. Es ist ein alter ausrangierter Expressionist; man soll sich der Kollegen annehmen. «Herr Doktor», sage ich, «das ist für Sie.» «Dichtwerk – Knall – Nachtigall», sagt er dann, «gesteilt, geballt, getürmt ...» – «Na ja», sage ich, «es ist gut – Sie können gehn.» Und er geht, mit seinem Buch.

Was stehen da für Bücher, bei dem gesteilten Doktor –?

Stehen da nur wertlose Schmarren? ‹Das süße wiener Mädl›? ‹Der Schloßhauptmann von der Reckenburg›? ‹Trotzköpfchens Nachgeburt› und dergleichen? Oder nur Fachwerke, deren Fächer mir nicht zugänglich sind? ‹Die Appendicitis bei den Chinesen› (also das gibts), ‹Die Vorsilbe Pi in der deutschen Kindersprache›? ‹Kaurimuscheln als Zahlungsmittel bei den Primitiven› von Reichskanzler a.D. Cuno ... was in aller Welt steht da?

Neulich habe ich mir den ganzen Schwung einmal angesehen, bevor ich ihn verschenkt habe. Was war das –

Da steht seit jeher: erstens jene Makulatur, die man schon erkennt, wenn man sie anblättert. Es gibt Sätze, die hat ein anständiger Schriftsteller nicht zu schreiben; wer es doch tut, ist keiner, vergessen sei sein Name, nie behalten sei sein Name. Es sind das nicht nur jene parodistischen Fehler, auf die man so oft stößt; es gibt eine Plattheit der Gesinnung, eine Banalität der Erfindung, eine Warenhaushaftigkeit des Wesens, die drücken sich alle drei zuerst im Stil aus. Form ist Wesen. Schließlich muß es eine Grenze nach unten geben … das also steht da.

Dann stehen dort zweitens Fachwerke, die man mir in der irrtümlichen Annahme zugeschickt hat, ich wisse alles. Ich weiß einiges, und das, was ich weiß, und worüber ich schreibe, das weiß ich nicht unvollständig. Aber Buchkritiker, jene Allerweltskerle, die über jedes Buch schreiben können, das ihnen zufällig in die Finger gerät … das lieber nicht. Um über Münzbücher zu schreiben, muß man die Literatur dieses Fachs beherrschen, wenn man nicht nur seinen Spaß mit dem Buch treibt, was durchaus erlaubt ist, oder wenn man nicht eine einzelne Seite, die mit dem Fach wenig zu tun hat, herausgreift, also etwa die Patriotitis des Autors. Sonst aber wollen wir die Finger von Dingen lassen, von denen wir nichts verstehen.

Am größten ist unter den Büchern, die der Doktor in Verwahrung hat, die dritte Gattung, und wenn ich manchmal durch den verschneiten Schloßpark gehe, hinter mir der Silberdiener und die Amme unsres Geschlechts, vor mir ein junger Nationalsozialist, dem habe ich eine Fahne geschenkt und ein Kochgeschirr, und wenn ich ihn frage: «Na, was machen Sie?» – dann sagt er: «Ich dräue» … er also vor mir, die beiden andern hinter mir, ich in der Mitte … und da habe ich so nachgedacht: Warum baue ich so viele Bücher auf, um die ich mich nie mehr kümmere? Bücher, an die die Verfasser vielleicht viel Mühe gewandt, und auf die sie sicherlich viel Hoffnungen gesetzt haben – warum sortiere ich die aus? Ist damit über die Bücher etwas ausgesagt?

Nichts ist über ihren Wert damit ausgesagt, nichts.

Sehr viel aber ist ausgesagt, wenn man Kritik als den Zusammenstoß eines Kopfes mit einem Buch ansieht; wenn es dann, nach Lichtenberg, hohl klingt: das muß nicht immer am Buch liegen. Das kann auch am Kopf liegen. Und ich möchte nicht, daß es hohl klingt.

Seit ich mich hier bemühe, in bewußter Opposition zu dem maßlos überschätzten Theater eine bunte und möglichst lehrreiche Buchkritik zu machen, ist mein erstes Bestreben dies gewesen: nicht das Literaturpäpstlein zu spielen. Das kann es nicht geben, und das soll es auch nicht geben. Jeder, der kritisch tätig ist, sollte täglich dreimal dieses Gebet beten: Damit, daß du kritisierst, bist du dem Werk nicht überlegen; dadurch bist du ihm nicht überlegen; dadurch bist du ihm nicht überlegen. Es ist schon schlimm genug, daß es viele und durchaus nicht ungebildete Leser gibt, die dergleichen glauben; jeder schöngeistige Zahnarzt ist ernsthaft der Meinung, er sei dem Künstler über, weil er ihn ablehne, und noch im Lob liegt eine Anerkennung seiner selbst. Das ist eine Täuschung.

Man hat vielmehr einzusehen: Leben ist aussuchen. Und man suche sich das aus, was einem erreichbar und adäquat ist, und an allem andern gehe man vorüber. Ließe man mich auf André Gide, auf Paul Claudel, auf Robert Musil los: das gäbe ein rechtschaffenes Unglück. Ich verstehe sie nicht; sie sagen mir nichts; ich weiß gar nicht, was ihre Schriften zu bedeuten haben. Ich habe mich bemüht: ich weiß es nicht. Ich spüre die geistige Potenz – das genügt aber nicht. Also habe ich zu schweigen, wenn von ihnen die Rede ist, und nicht etwa zu glauben, dadurch, daß ich eine Meinung über sie abgebe, hätte ich sie schon verdaut. Dergleichen würde ich an keiner andern Stelle sagen als an dieser, denn das breite Publikum will den Unfehlbaren, den, der sich nie irrt – und das hat denn diesen größenwahnsinnigen Typus von Theaterkritiker erzeugt, einen Gott, der an Wolkenhöhe und an Kostbarkeit der Talmi-Tiara nur noch von einem übertroffen wird: vom Redakteur. In der Ambraser Handschrift des Wolfdietrich findet sich auf Blatt 1104 ein Redakteur erwähnt, Wittich von Orendel … der soll einmal zugegeben haben, daß er sich geirrt hat. Ich halte die Stelle für apokryph.

Viele Kritiker kritisieren mit jenem Herzklopfen, das nur unter Familienangehörigen bekannt ist; Verwandte können einander so prächtig ärgern … Am tollsten ist das in der Musikkritik. Da geht der Kritiker, eitel-wonniger Aufregung voll, nach dem Konzert an die Zensurenausteilung, und die Sängerin oder die Tenörin entfaltet die Zeitung wie Kinder das Schulzeugnis; es ist beinah ein erotischer Vorgang, der dafür auch einen Dritten nicht viel angeht. Wenn es bei uns damit auch nicht mehr so schlimm bestellt ist wie ehedem, wo die halbe Kraft der Literaten in der Polemik draufging: ich habe als Objekt der Kritik, das ich Gottseidank auch bin, merkwürdige Erfahrungen gemacht. Da sind nicht viele, die einem nach kräftigem Verriß unbefangen in die Augen sehen können – die meisten haben ein böses Gewissen, grüßen nur halb und gehen herum wie die kleinen Hundchen, die in die Stube kritisiert haben und die nun erwarten, daß man sie mit der Nase hineinstößt. Demgegenüber stehen allerdings jene Künstler, die einen tadelnden Kritiker am liebsten erschießen möchten, und gleich – peng-peng – gehen sie auf die Motivenjagd; Frauen haben immer nur eines, jenes; Männer suchen nach Geld, nach Gründen der «Feindschaft»... nur auf den einen Gedanken kommen sie nicht: daß dem Kritiker das Werk wirklich nicht gefallen hat. Mir klopft das Herz nicht schneller; nicht, wenn sie mich zerreißen, nicht, wenn ich sie zerreiße. Es gibt nur zwei eherne Gesetze für die Kritik: die Wahrheit zu respektieren und, von ganz seltenen Fällen abgesehen, das Privatleben des Kritisierten unberührt zu lassen.

Und weil ich das alles weiß, deshalb sortiere ich munter aus, und da steht nun dieser Kirchhof der Literatur, mit lauter Leuten, die hier den Leichnam spielen müssen, anderswo leben sie vielleicht, wer weiß das?

Es muß aussortiert werden. Wenn man von der mangelnden Qualität des Kritikers oder der der Autoren absieht: es erscheinen in Deutschland täglich ungefähr 10 (zehn) belletristische Werke – die Fachliteratur steht auf einem andern Blatt der Statistik. Täglich auch nur eines dieser zehn Bücher zu lesen, so zu lesen, wie ein Kritiker zu lesen hat: aufmerksam, die zur Sache gehörige Literatur suchend oder kennend ... das dürfte nicht gut möglich sein. Deshalb muß aussortiert werden.

Wer seine Sache so ernst nimmt – zu ernst? –, der sortiert auch gern jene aus, die sich mit ihrer Arbeit weniger Mühe geben als der Kritiker mit der Kritik. Die Mehrzahl der Autoren, deren Bücher man mir zusendet, sind ohne Fülle. Ich wittre, wie das hergestellt wird: sie verlassen sich fast immer darauf, daß ihnen bei der einmaligen Niederschrift alles Nötige einfällt. Und das gibt es nicht. Nun soll kein Werk nach der Lampe riechen – Hilfslinien zu ziehen ist keine Kunst, sie sauber wegzuradieren ist eine. Und da jedes Kunstwerk, wenn man von einigen genialen Improvisationen absieht, Mosaik-Arbeit ist, so wirkt das Zeug so leer, so nichtig, so armselig. Dann haben sie noch die Frechheit, ihre kleinen Geschichten «Roman» zu nennen … die armen Luder. Nichts auf der Sparkasse und dann «groß ausgehen» … sie sollen bei ihrem Schneider Schulden machen, nicht in der Literatur. Hier wird nicht gepumpt. Die werden aussortiert.

Und ganz bewußt und mit aller Tendenz sortiere ich die Lieblinge der feinen Bürger aus; es ist mir eine kleine Wonne, dem Nachtigallen-Doktor alle diese Bücher zu übergeben, die die Schaufenster vornehmer Universitäts-Buchhandlungen zieren. Boykott gegen Boykott. Sie uns und wir sie. Wer so frech, wer so unduldsam den Radikalen verbannt, wer es der Zeitung, dem verängstigten Sortimenter und dem Zeitungshändler verargt, daß sie etwas auslegen und verbreiten, was nicht genehm ist: der darf sich nicht wundern, wenn er von uns mit derselben Waffe bekämpft wird. Wenn man aus solch einem vornehmen Buch und seinen Fehlern nichts lernen kann oder wenn es nicht so bedeutend ist, daß es zu dem Weltbild gehört, das wir erstreben, dann hinweg mit ihm.

Der gesteilte Doktor hat heute Ausgang – ich will mir noch einmal seinen Laden ansehen.

Es ist ganz still … das Schloß ist verschneit, die Voralpen liegen weiß im dunstigen Winternebel. Da stehen die Reihen: wieviel Meter mögen das sein? So viel Arbeit; so viel Waschzettel; so viel Verträge, Notizen, Manuskripte; anfeuernde Geliebte, tadelnde Freunde, Vorschüsse, Kritiken, Stolz und Ruhm, Enttäuschung und Neid, Porto und Gefühlswallung … I can't help it. Leben ist aussuchen.

Peter Panter, WB 13.1.1931

7

Die klassische Scheußlichkeit der Sportpreise

Wenn einer, und er kann so schön Tennis spielen, daß die Bälle wie die Flintenkugeln über das Netz schmettern, so schön, daß sich die Raketts biegen und durch die Reihen der Zuschauerinnen ein «Ah –» der Bewunderung läuft ... dann bekommt er einen Preis. Das freut ihn. Uns anderen erscheint solch ein Sportpreis manchmal im Traum –, besonders nach schwereren Eierpuddings, zu denen ein stilloser Wirt uns Rotwein kredenzt hat. Dann tauchen aus dem Dunkel der Nacht die Sportpreise auf: fürchterliche, um und um verzierte Gebilde aus Silber, kein leerer Fleck ist an ihnen; wo der Fuß sein sollte, krümmt sich eine getretene Nymphe, hakenförmige Gebilde umringeln das Ganze, und oben drauf hat der Ornamenten-Vogel noch eins hingeklackst. Das muß so sein –, sonst ist es kein richtiger Preis.

Wer stellt wohl so etwas her? Es müssen Leute sein mit einer gestörten Verdauung und keinem guten Gewissen, böse Menschen, die sich voll Zorn an ihre Arbeit begeben und unter leichten Koliken dergleichen entwerfen. Anders ist das nicht zu erklären.

Vielleicht ist es besonders vornehm, einem Preisträger allemal etwas zu schenken, was er bestimmt nicht gebrauchen kann – das ist eben das Feine daran, würde Andersen sagen. Aber ihm zuzumuten, sich seine Zimmer mit Pokalen vollzustellen, aus denen nur Gespenster trinken können, und auch die nur, wenn sie sich den Hals ausrenken ..., das ist doch reichlich viel fürs Geld.

Sportpreise ändern ihr Aussehen nicht. Blättere in alten Zeitschriften, und du wirst da genau dieselben Silbereimer, Pokale, Tafelaufsätze und Schalen sehen ..., ich glaube, es sind auch immer dieselben Stücke; wahrscheinlich verkaufen die Gewinner sie heimlich, und dann bekommt sie der nächste. Silber ist geduldig.

Es muß eine geheimnisvolle Krankheit sein. Befallen werden von ihr regelmäßig jene Menschen, die von einer Gruppe dazu ausersehen sind, «unserm lieben und allverehrten ...» ein kostbares Ehrengeschenk zu kaufen. Denn nicht nur die Preise für die Sportleute sind so erhaben schauderhaft, sondern auch die Geschenke, die man ersten Vizepräsidenten, scheidenden Schriftführern, hundertjährigen Filmzensoren und anderen Größen zu überreichen pflegt. Die Kommission begibt sich zu solchem Tun in ein nahegelegenes Geschäft ... nein, das glaube ich nicht. In Geschäften kann dergleichen unmöglich geführt werden ... die Verkäufer hielten es nicht aus.

Sie begeben sich also in einen düstern Keller. Dortselbst treibt ein geschäftiger Gnom sein Wesen, Tobias Kitschandiewand heißt er; nachts tritt er das gute Silber zu scheußlichen Klumpen, und wenn's fertig ist, dann ist es ein Ehrengeschenk. Keine Phantasie der Welt könnte sich ausmalen, was man mit so einem Ding wohl anstellte –, man kann nichts damit anstellen: es schmückt.

Dann kauft es die Kommission; dann prüft es die Gruppe – keiner will sich blamieren, alle finden es sehr schön. Dann naht im Gehrock der rüstige Jubilar, alle räuspern sich, und der Speech donnert auf ihn hernieder. «Fünfundsiebzig Jahre weilen Sie, sehr geehrter Herr Geheimrat, an dieser Stelle – fünfundsiebzig Jahre haben Sie dem deutschen Film zur Sittlichkeit, ja, zur Tugend verholfen ... Und so überreichen wir Ihnen denn ...» Und so überreichen sie ihm denn.

Manchmal überleben Jubilare ihr Jubiläum nicht lange – es muß an den Ehrengeschenken liegen. Sportsleute sind abgehärteter.

Ich habe einmal in einer lieben deutschen Stadt die Fotografie eines Ehrengeschenkes gesehen, das man dem Direktor eines Gaswerks gemacht hat – ich muß heute noch lachen: so schön war es. Das Ding, das inzwischen verdientermaßen eingeschmolzen ist, war ein silbergeformtes Gewürge, an dem alles, aber auch alles dargestellt war, was überhaupt nur mit Gas zu tun hatte: die kleinen Gnomen, die – husch, husch! – unter der Erde ihr Operettenwesen treiben; die Kohle und die Erde; die Flamme und das Feuer; das Gas und die Göttin des Gases, ich habe aber vergessen, wie die heißt –, es war alles da. Der Jubilar soll das Geschenk gefaßt entgegengenommen haben; jedenfalls sind alle überreichenden Amtspersonen mit dem Leben davongekommen.

Und so legen wir denn der Hochschule für Leibesübungen diese Doktorfrage vor:

«Inwieso haben alle Sportpreise hartkantige Silbergeschwüre, an denen man sich stößt? (Nachgewiesen von Karl dem Großen bis auf die Neuzeit.)»

Zu denken, daß es so schöne Silberarbeiten gibt! So einfache, so edle Stücke! Und wem das zu teuer ist: was machen zum Beispiel die Schweden für schöne Zinnsachen! Wie sauber ist das gearbeitet, wie rein in der Form, wie glatt und karg, ihre ganze Schönheit steckt in den wohlausgewogenen Maßen – und sicherlich gibt es das auch in Deutschland!

Die Sportleute haben etwas Griechisches. Die Sportpreise aber stammen aus dem Barockoko.

Peter Panter, Voss 18. 1. 1931

8

Ballade

Ich lebte mit Frau Sobernheimer;
sie war so lieb, sie war so nett.
Wir wuschen uns im selben Eimer,
wir schliefen in demselben Bett.
So trieben wir es manches Jahr …
Bis sie den Knaben mir gebar.

Doch dieser Knabe war kein Knabe.
Wir hatten in der dunklen Nacht
als Zeitvertreib und Liebesgabe
uns dieses Wesen ausgedacht.
Frau S. war jeden Kindes bar.
Der Knabe, der hieß Waldemar.

Und war so klug! – Nach fünfzehn Tagen,
gelebt im Kinderparadies,
da konnte er schon Scheibe sagen,
bis man ihm solches leicht verwies.
Er setzte sich aufs Tintenfaß
und machte meinen Schreibtisch naß.

Er wuchs heran, der Eltern Freude,
ein braves, aufgewecktes Kind.
Wir merkten an ihm alle Beude,
wie süß der Liebe Früchte sind.

Da fragte Mutti ganz real:
«Was wird der Junge denn nun mal –?»

Hebamme? General? Direktor?
Boot-legger? Hirt? Ein Schiffsbarbier?
Verlorner Mädchenheim-Inspektor?
Biographist? Gerichtsvollziehr?
Ein Freudenmännchen? Jubilar –?
Uneinig war das Elternpaar.

Ein Krach stieg auf, bis zu den Sternen!
Frau S., die krisch. Die Türe knallt.
Sie wollt ihn lassen Bildung lernen,
ich aber war für Staatsanwalt.
Ein Kompromiß nahm sie nicht an:
im Kino, als Bedürfnismann ...!

Der Lümmel gröhlte in der Küche
und fand den Krach ganz wunderbar.
So ging die Liebe in die Brüche –
und alles wegen Waldemar?
Da sprach ich fest: «Mein trautes Glück!
Wir geben dieses Kind zurück!»

Gemacht.
Nun ist Frau Sobernheimer
wie ehedem so lieb und nett.
Wir waschen uns im selben Eimer,
wir schlafen in demselben Bett.
Und denken nur noch hier und dar
mal an den seligen Waldemar.

Theobald Tiger, WB 20.1.1931

9

Tip

Habt ihr die Monokelfritzen im Cabaret auch so satt –? Nicht wahr … da kommen sie heraus, mit der Eleganz eines, der Sonntags gern für einen Grafensohn gehalten werden möchte … Film mit Ei. Und dann halten sie sich für unwiderstehlich, es ist aber ein Druckfehler: sie sind unausstehlich.

Nein, da könnte ich mir nun ganz etwas andres denken; einen Mann, der seine Nummer folgendermaßen verkauft:

Es müßte ein netter, etwas rundlicher Mann sein; der kommt heraus, aus der Tasche zieht er eine kurze Shagpfeife, einen Tabaksbeutel, einen Stopfer … und dann zündet er sich, während er nett dazu plaudert, seine Pfeife an und raucht nun während seiner Vorträge. Aber die Pfeife darf ja kein komisches Requisit sein, und er muß appetitlich rauchen und nicht spucken und nicht zutschen, sondern er soll so rauchen, wie man raucht, wenn Damen dabei sind – nein: wie man raucht.

Und an der Pfeife kann er sich nun festhalten, denn man kann gar vielerlei mit ihr anfangen. Er kann mit ihr sprechen und durch sie; er kann mit ihr auf etwas hinweisen, und er kann mit ihr etwas durchstreichen; er kann auch seine Pointen in die Pfeife brummeln … alles kann er mit ihr. Und wenn er gute Sachen aufsagt, denke ich mir sein Gesicht, sanft strahlend wie den Mond, in einem Gewölk von Rauch … Er kann sogar dabei singen.

Danke, ich möchte nichts dafür haben. Der Mann kann ja, wie das so üblich ist, meine Verse klauen, dann gleicht sich das wieder aus. Und eines Tages werde ich die Nummer sehen, die Pfeife wird schon auf dem Plakat stehn, und es wird schrecklich sein … ganz furchtbar schrecklich … Aber zum Glück steht dann mein Name nicht auf dem Zettel.

Peter Panter, WB 20. 1. 1931

Lottchen beichtet 1 Geliebten

«Es ist ein fremder Hauch auf mir? Was soll das heißen – es ist ein fremder Hauch auf mir? Auf mir ist kein fremder Hauch. Gib mal 'n Kuß auf Lottchen. In den ganzen vier Wochen, wo du in der Schweiz gewesen bist, hat mir keiner einen Kuß gegeben. Hier war nichts. Neien – hier war wirklich nichts! Was hast du gleich gemerkt? Du hast gar nichts gleich gemerkt ... ach, Daddy! Ich bin dir so treu wie du mir. Nein – das heißt ... also, ich bin dir wirklich treu! Du verliebst dich ja schon in jeden Refrain, wenn ein Frauenname drin vorkommt ... ich bin dir treu ... Gott sei Dank! Hier war nichts.

... Nur ein paarmal im Theater. Nein, billige Plätze – na, das eine Mal in der Loge ... Woher weißt du denn das? Was? Wie? Wer hat dir das erzählt? Na ja ... das waren Plätze ... durch Beziehungen ... Natürlich war ich da mit einem Mann. Na, soll ich vielleicht mit einer Krankenschwester ins Theater ... lieber Daddy, das war ganz harmlos – vollkommen harmlos ... mach doch hier nicht in Kamorra oder Mafia oder was sie da in Korsika machen. In Sizilien – meinetwegen, in Sizilien. Jedenfalls war das harmlos. Was haben sie dir denn erzählt? Was? Hier war nichts.

Das war ... das ist ... du kennst den Mann nicht. Na, das werd' ich doch nicht machen – wenn ich schon mit einem andern Mann ins Theater gehe, dann geh ich doch nicht mit einem Mann, den du kennst. Bitte: ich hab dich noch nie kompromittiert – Männer sind doch so duselig, die nehmen einem das übel, wenn man schon was macht, daß es dann ein Berufskollege ist. Und wenn's kein Berufskollege ist, dann heißt es gleich: Fräulein Julie – man hat's wirklich nicht leicht! Also du kennst den Mann nicht! Du kennst ihn nicht. Ja – er kennt dich. Na, sei doch froh, daß dich so viele Leute kennen – biste doch berühmt. Das war jedenfalls ganz harmlos. Total. Nachher waren wir noch essen. Aber sonst war nichts.

Nichts. Nichts war. Der Mann ... der Mann sitzt eben – ich hab ihn auch im Auto mitgenommen, weil er so nett neben einem im

Auto sitzt, eine glänzende Begleitdogge – so, hat das die Reventlow auch gesagt? Na, ich nenne das auch so. Aber *nur* als Begleitdogge. Der Mann sah glänzend aus. Doch, das ist wahr. Einen wunderbaren Mund, so einen harten Mund – gib mal 'n Kuß auf Lottchen, er war dumm. Es war nichts.

Direkt dumm war er eigentlich nicht. Das ist ja … ich habe mich gar nicht in ihn verliebt; du weißt ganz genau, daß ich mich bloß verliebe, wenn du dabei bist – damit du auch eine Freude hast! Ein netter Mann – aber ich will ja die Kerls gar nicht mehr. Ich nicht. Ich will das überhaupt alles nicht mehr. Daddy, so nett hat er ja gar nicht ausgesehen. Außerdem küßt er gut. Na so – es war jedenfalls weiter nichts.

Sag mal – was glaubst du eigentlich von mir? Glaubst du vielleicht von mir, was ich von dir glaube? Du – das verbitt' ich mir! Ich bin treu. Daddy, der Mann … das war doch nur so eine Art Laune … Na ja, erst läßt du einem hier allein, und dann schreibst du nicht richtig, und telefoniert hast du auch bloß einmal – und wenn eine Frau allein ist, dann ist sie viel alleiner als ihr Männer. Ich brauche gewiß keinen Mann … ich nicht. Den hab ich auch nicht gebraucht – das soll er sich bloß nicht einbilden! Ich dachte nur: I, dachte ich – wie ich ihn so sah … Ich habe schon das erstemal gewußt, wie ich ihn sah – aber es war ja nichts.

Nach dem Theater. Denn noch zwei Wochen lang. Nein. Ja. Nur Rosen und zweimal Konfekt und den kleinen Löwen aus Speckstein. Nein. Ich ihm meinen Hausschlüssel? Bist wohl …! Ich hab ihm meinen Hausschlüssel doch nicht gegeben! Ich werde doch einem fremden Mann meinen Hausschlüssel nicht geben …! Daddy, ich habe ja für den Mann gar nichts empfunden – und er für mich auch nicht – das weißt du doch. Weil er eben solch einen harten Mund hatte – und ganz schmale Lippen. Weil er früher Seemann war. Was? Auf dem Wannsee? Der Mann ist zur See gefahren – auf einem riesigen Schiff, ich habe den Namen vergessen, und er kann alle Kommandos, und er hat einen harten Mund. Ganz schmale Lippen. Mensch, der zählt ja nicht. Küßt aber gut. Daddy, wenn ich mich nicht so runter gefühlt hätte, dann wäre das auch gar nicht passiert … Es ist ja auch eigentlich nichts passiert – das zählt doch nicht. Was? In der Stadt. Nein – nicht bei ihm – wir haben zusammen in der Stadt gegessen. Er hat bezahlt – na, hast du das gesehn! Soll ich vielleicht meine Bekanntschaften finanzieren … na, das ist doch! Es war überhaupt nichts.

Tätowiert! Der Mann ist doch nicht tätowiert! Der Mann hat eine ganz reine Haut, er hat … Keine Details! Keine Details! Entweder ich soll erzählen, oder ich soll nicht erzählen. Von mir wirst du über den Mann kein Wort mehr hören. Daddy, hör' doch – wenn er nicht Seemannsmaat gewesen wäre, oder wie das heißt … Und ich wer' dir überhaupt was sagen:

Erstens war überhaupt nichts, und zweitens kennst du den Mann nicht, und drittens weil er Seemann war, und ich hab' ihm gar nichts geschenkt, und überhaupt: wie Paul Graetz immer sagt:

Kaum hat man mal, dann ist man gleich – – Daddy! Daddy! Laß mal … was ist das hier? Was? Wie? Was ist das für ein Bild? Was ist das für eine Person? Wie? Was? Wo hast du die kennengelernt? Wie? In Luzern? Was? Hast du mit der Frau Ausflüge gemacht? In der Schweiz machen sie immer Ausflüge. Erzähl mir doch nichts … Was? Da war nichts?

Das ist eben ganz was andres. Na ja – mir gefällt eben manchmal ein Mann. Aber ihr –?

Ihr werft euch eben weg!»

Peter Panter, Voss 23. 1. 1931

11

Schrei nach Lichtenberg

«Ehret eure deutschen Meister!»

Im vorigen Frieden – als ich noch ein kleiner Junge war und sehr verliebt –: da ging mir eines Tages das Geld aus. Das kann vorkommen. Und Kitty brauchte eine goldne Armbanduhr. Und da ging ich hin … ich schäme mich ja furchtbar, aber es ist doch wahr … und verkaufte einen Arm voller Bücher. Und kaufte ihr die Uhr und bekam einen dicken Kuß, und es war alles sehr schön.

Unter den Büchern war auch eine alte, zwölfbändige Ausgabe

von Georg Christoph Lichtenbergs gesammelten Werken. («Lichtenberg? Von dem habe ich doch mal Aphorismen …») Ganz recht, der.

Und jetzt möchte ich mir die gesammelten Werke wieder kaufen, und dabei stellt sich heraus, daß es im gesamten deutschen Verlagsbuchhandel keine gute Neuausgabe seiner Werke gibt. Keine. Ehret eure deutschen Meister!

Es gibt:

‹Lichtenbergs Aphorismen›. Ausgewählt von Alexander von Gleichen-Rußwurm (erschienen bei der Deutschen Bibliothek in Berlin). – ‹Aphorismen›, herausgegeben von Josef Schirmer (erschienen im Hyperionverlag in München). Es gibt (wenn sie nicht inzwischen vergriffen sind): ‹Aphorismen› nach den Handschriften, herausgegeben von Albert Leitzmann (erschienen in Behrs Verlag, Berlin). Diese letzte Ausgabe umfaßt drei Bände – das ist die beste. Der Rest ist sanfte Auswahl für den Hausgebrauch.

Bei Eugen Diederichs in Jena hat es eine von Wilhelm Herzog besorgte Auswahl aus den Werken Lichtenbergs gegeben; die ist vergriffen und nicht wieder aufgelegt. Dafür drucken sie Diotimas ‹Schule der Liebe› … schweig still, mein Herz, sonst müssen sie hier eine Unterhaltungsbeilage anbauen … aber den Lichtenberg legen sie nicht neu auf. Gott segne die Verleger!

Dieses aber ist eine Affenschande.

Was! Einen Kerl nicht wieder neu zu drucken, der einen Verstand gehabt hat wie ein scharf geschliffenes Rasiermesser, ein Herz wie ein Blumengarten, ein Maulwerk wie ein Dreschflegel, einen Geist wie ein Florett … das muß man sich bei den Antiquaren mühsam zusammensuchen? Diesen herrlichen Mann, der einen Buckel voll Witz, Sentimentalität, Klugheit, guter Laune, Lust, aus Schmerz geboren, mit sich herumzutragen hatte – das liegt brach? Es ist vielleicht kein «Geschäft» … ich weiß das nicht; ich bin kein Kaufmann. Aber wer Lichtenberg ist, das weiß ich.

Ein Uhu, der Sekt gesoffen hat, nun nachts durch den Wald flattert und «Schuhu!» macht, die Mäuse erschreckt, sie fängt und mit dem Ruf «Nicht fett genug …!» wieder wegwirft – es ist etwas ganz Einzigartiges. Morgenstern plus Hebbels Tagebüchern plus französischer Klarheit plus englischer Groteske plus deutschem Herzen – das soll man sich noch einmal suchen. Sein Witz war grob und fein, wie er es wollte. «Graf Kettler», notiert er einmal: «seine Aussprache war so wie des Demosthenes seine, wenn er das Maul voller Kieselsteine hatte.» Oder: «Ihr Unterrock war rot und blau, sehr breit gestreift und sah aus, als wenn er aus einem Theatervorhang gemacht wäre. Ich hätte für den ersten Platz viel gegeben, aber es wurde nicht gespielt.» Dazwischen ganz und gar morgensternsche Bemerkungen, die man nur nachschmecken, deren Reiz man nicht erklären kann. «Ich habe noch niemanden gefunden, der nicht gesagt hätte: es wäre eine angenehme Empfindung, Stanniol mit einer Schere zu schneiden.»

Wer die Gewohnheit hat, in Büchern etwas anzustreichen, der wird seine Freude haben, wie sein Lichtenberg nach der Lektüre aussieht. Das beste ist: er macht gleich einen einzigen dicken Strich, denn mit Ausnahme der physikalischen und lokalen Eintragungen ist das alles springlebendig wie am ersten Tag. Nur ein wirklich frommer Mensch darf so gute Witze über die Religion machen wie dieser hier. «Die Allmacht Gottes im Donnerwetter wird nur bewundert entweder zur Zeit, da keines ist, oder hintendrein beim Abzuge.»

Das strahlt in allen Regenbogenfarben ernsthaften Witzes. Manchmal reißt er ganze Bände der Entwicklungsgeschichte in einen einzigen Aphorismus zusammen. «Es ist ein großer Unterschied zwischen etwas noch glauben und es wieder glauben. Noch glauben, daß der Mond auf die Pflanzen wirke, verrät Dummheit und Aberglaube, aber es wieder glauben, zeugt von Philosophie und Nachdenken.»

Und der Herr Universitätsprofessor in Göttingen, der Gottfried Bürger begraben geholfen hat, war zu allem andern ein Stück verschütteter Dichter. «So traurig stund er da wie das Trinckschälgen eines crepierten Vogels.» Und so hundertmal.

Von dem, was in diesen «Sudelbüchern», wie er das genannt hat, an Witz heute verschüttet liegt, leben andre Leute ihr ganzes Leben. «Er hatte ein paar Stückchen auf der Metaphysik spielen gelernt.» Und: «Er trieb einen kleinen Finsternis-Handel.» Und so in infinitum.

Nein, die Welt ändert sich nicht, und dies ist ein sehr aktueller Schriftsteller; er ist niemals etwas andres gewesen. Die Leute zitieren immer seine Beschreibungen zu Hogarths Bildern, die recht gut sind, und seine Schilderung des Garrickschen Hamlets, die besser ist – aber das Wesentliche dieses einzigartigen Geistes liegt in seinen Aphorismen. Und in seinen Briefen. Der Brief zum Beispiel, den er geschrieben, als ihm sein kleines Blumenmädchen, mit dem er zusammen lebte, starb, reicht an jenen Lessings heran, den der nach dem Tode seiner Frau schrieb. Lichtenberg hatte ein heißes Herz und einen kalten Verstand.

Und fand dann solche Schlußformeln wie diese, die einem Wappenspruch gleicht und einer Grabschrift und einem Satz, den man seinem Kinde mit auf den Lebensweg geben kann:

> Der Weisheit erster Schritt ist: Alles anzuklagen.
> Der Letzte: sich mit allem zu vertragen.

In Deutschland erscheinen alljährlich dreißigtausend neue Bücher.

Wo ist Lichtenberg –? Wo ist Lichtenberg –? Wo ist Lichtenberg –?

Peter Panter, Voss 25. 1. 1931

12

Eine Frage

Da stehn die Werkmeister – Mann für Mann.
Der Direktor spricht und sieht sie an:
«Was heißt hier Gewerkschaft! Was heißt hier Beschwerden!
Es muß viel mehr gearbeitet werden!
Produktionssteigerung! Daß die Räder sich drehn ...!»
Eine einzige kleine Frage:
Für wen?

Ihr sagt: die Maschinen müssen laufen.
Wer soll sich denn eure Waren kaufen?
Eure Angestellten? Denen habt ihr bis jetzt

das Gehalt, wo ihr konntet, heruntergesetzt.
Und die Waren sind im Süden und Norden
deshalb auch nicht billiger geworden.
Und immer noch sollen die Räder sich drehn …
Für wen?

Für wen die Plakate und die Reklamen?
Für wen die Autos und Bilderrahmen?
Für wen die Krawatten? die gläsernen Schalen?
Eure Arbeiter können das nicht bezahlen.
Etwa die der andern? Für solche Fälle
habt ihr doch eure Trusts und Kartelle –
Ihr sagt: die Wirtschaft müsse bestehn.
Eine schöne Wirtschaft!
Für wen? Für wen?

Das laufende Band, das sich weiterschiebt,
liefert Waren für Kunden, die es nicht gibt.
Ihr habt durch Entlassung und Lohnabzug sacht
eure eigne Kundschaft kaputtgemacht.
Denn Deutschland besteht – Millionäre sind selten –
aus Arbeitern und aus Angestellten!
Und eure Bilanz zeigt mit einem Male
einen Saldo mortale.

Während vier Millionen stempeln gehn.
Die wissen, für wen.

Theobald Tiger, WB 27.1.1931

13

Die Reportahsche

Einmal hieß alles, was da kreucht und fleucht, «nervös», dann «fin de siècle», dann «Übermensch», dann hatten sie es mit den «Hemmungen» und heute haben sie es mit der Reportahsche, als welches Wort man immer so schreiben sollte. Lieber Egon Erwin Kisch, was haben Sie da angerichtet! Sie sind wenigstens ein Reporter und ein sehr guter dazu – aber was nennt sich heute nur alles «Reportage». Es ist völlig lächerlich.

Es gibt von allen Arten.

Es gibt «soziale Reportagen» und einer trägt eine «Reportage» vor, und Paul Fechter, der Klopf-Fechter der ‹Deutschen Allgemeinen›, macht ‹Versuche einer Rollen-Reportage›, die denn auch so ausgefallen sind, daß man sich verwundert fragt, wie einer das schreiben kann, ohne dabei einzuschlafen. Dafür tuts denn der Leser. Und dann gibt es «Reportagen-Romane», und das sind die allerschlimmsten.

Der richtige Reportage-Roman ist im Präsens geschrieben und so lang wie ein mittelkräftiger Bandwurm. Der romancierende Reporter nimmt sich ein Milljöh vor, und das bearbeitet er. Das kann man nun endlos variieren, aber es ist immer dasselbe Buch. Nicht die Spur einer Vertiefung, nichts, was man nicht schon wüßte, bevor man das Buch angeblättert hat, keine Bewegung, keine Farbe – nichts. Aber Reportage. Was einen höchst mäßigen Essay abgäbe, das gibt noch lange keinen Roman. Wie überhaupt bei uns jede kleine Geschichte gern «Roman» genannt wird – die Kerle sind ja größenwahnsinnig. ‹Krieg und Frieden› ist ein Roman. Das da sind keine.

Sie kommen sich so wirklichkeitsnah vor, die Affen – und dabei haben sie nichts reportiert, wenn sie nach Hause kommen. Nur ein paar Notizen, die sie auswalzen. Reportahsche … Reportahsche …

Auf dieses Wort gibt es einen Reim; deshalb schreibe ich es so.

Vor dem Kriege hat einmal die Kaffee-Firma Tengelmann ein Preisausschreiben in die Zeitungen gesetzt; sie wollte ein kurzes Gedicht für ihre Reklamen haben: die Firma sollte darin genannt sein, die Vorzüglichkeit ihrer Produkte, ihre Tee- und Kaffeeplantagen und das alles in gefälliger, gereimter Form.

Der große Schauspieler Victor Arnold gewann zwar den Preis nicht – aber er hatte einen der schönsten Verse gefunden. Und der hieß so:

Mein lieber guter Tengelmann!
Was geht denn mich dein Kaffee an
und deine Teeplantage –
Ach ...!

Na, dann reportiert man.

Peter Panter, WB 27.1.1931

14

Rezepte gegen Grippe

Beim ersten Herannahen der Grippe, erkennbar an leichtem Kribbeln in der Nase, Ziehen in den Füßen, Hüsteln, Geldmangel und der Abneigung, morgens ins Geschäft zu gehen, gurgele man mit etwas gestoßenem Koks sowie einem halben Tropfen Jod. Darauf pflegt dann die Grippe einzusetzen.

Die Grippe – auch «spanische Grippe», Influenza, Erkältung (lateinisch: Schnuppen) genannt – wird durch nervöse Bakterien verbreitet, die ihrerseits erkältet sind: die sogenannten Infusionstierchen. Die Grippe ist manchmal von Fieber begleitet, das mit 128° Fahrenheit einsetzt; an festen Börsentagen ist es etwas schwächer, an schwachen fester – also meist fester. Man steckt sich am vorteilhaftesten an, indem man als männlicher Grippekranker eine Frau, als weibliche Grippekranke einen Mann küßt – über das Geschlecht befrage man seinen Hausarzt. Die Ansteckung kann auch erfolgen, indem man sich in ein Hustenhaus (sog. «Theater») begibt; man vermeide es aber, sich beim Husten die Hand vor den Mund zu halten, weil dies nicht gesund für die Bazillen ist. Die Grippe steckt nicht an, sondern ist eine Infektionskrankheit.

Sehr gut haben meinem Mann ja immer die kalten Packungen getan; wir machen das so, daß wir einen heißen Griesbrei kochen, diesen in ein Leinentuch packen, ihn aufessen und dem Kranken dann etwas Kognak geben – innerhalb zwei Stunden ist der Kranke hellblau, nach einer weiteren Stunde dunkelblau. Statt Kognak kann auch Möbelspiritus verabreicht werden.

Fleisch, Gemüse, Suppe, Butter, Brot, Obst, Kompott und

Nachspeise sind während der Grippe tunlichst zu vermeiden – Homöopathen lecken am besten täglich je dreimal eine Fünf-Pfennig-Marke, bei hohem Fieber eine Zehn-Pfennig-Marke.

Bei Grippe muß unter allen Umständen das Bett gehütet werden – es braucht nicht das eigene zu sein. Während der Schüttelfröste trage man wollene Strümpfe, diese am besten um den Hals; damit die Beine unterdessen nicht unbedeckt bleiben, bekleide man sie mit je einem Stehumlegekragen. Die Hauptsache bei der Behandlung ist Wärme: also ein römisches Konkordats-Bad. Bei der Rückfahrt stelle man sich auf eine Omnibus-Plattform, schließe aber allen Mitfahrenden den Mund, damit es nicht zieht.

Die Schulmedizin versagt vor der Grippe gänzlich. Es ist also sehr gut, sich ein siderisches Pendel über den Bauch zu hängen: schwingt es von rechts nach links, handelt es sich um Influenza; schwingt es aber von links nach rechts, so ist eine Erkältung im Anzuge. Darauf ziehe man den Anzug aus und begebe sich in die Behandlung Weißenbergs. Der von ihm verordnete weiße Käse muß unmittelbar auf die Grippe geschmiert werden; ihn unter das Bett zu kleben, zeugt von medizinischer Unkenntnis sowie von Herzensroheit.

Keinesfalls vertraue man dieses geheimnisvolle Leiden einem sogenannten «Arzt» an; man frage vielmehr im Grippefall Frau Meyer. Frau Meyer weiß immer etwas gegen diese Krankheit. Bricht in einem Bekanntenkreis die Grippe aus, so genügt es, wenn sich *ein* Mitglied des Kreises in Behandlung begibt – die andern machen dann alles mit, was der Arzt verordnet. An hauptsächlichen Mitteln kommen in Betracht:

Kamillentee. Fliedertee. Magnolientee. Gummibaumtee. Kakteentee.

Diese Mittel stammen noch aus Großmutters Tagen und helfen in keiner Weise glänzend. Unsere moderne Zeit hat andere Mittel, der chemischen Industrie aufzuhelfen. An Grippemitteln seien genannt:

Aspirol. Pyramidin. Bysopeptan. Ohrolax. Primadonna. Bellapholisiin. Aethyl-Phenil-Lekaryl-Parapherinan-Dynamit-Acethylen-Koollomban-Piporol. Bei letzterem Mittel genügt es schon, den Namen mehrere Male schnell hintereinander auszusprechen.

Man nehme alle diese Mittel sofort, wenn sie aufkommen – solange sie noch helfen, und zwar in alphabetischer Reihenfolge, ch ist ein Buchstabe. Doppelkohlensaures Natron ist auch gesund.

Besonders bewährt haben sich nach der Behandlung die sogenannten prophylaktischen Spritzen (lac, griechisch; so viel wie «Milch» oder «See»). Diese Spritzen heilen am besten Grippen, die bereits vorbei sind – diese aber immer.

Amerikaner pflegen sich bei Grippe Umschläge mit heißem Schwedenpunsch zu machen; Italiener halten den rechten Arm längere Zeit in gestreckter Richtung in die Höhe; Franzosen ignorieren die Grippe so, wie sie den Winter ignorieren, und die Wiener machen ein Feuilleton aus dem jeweiligen Krankheitsfall. Wir Deutsche aber behandeln die Sache methodisch:

Wir legen uns erst ins Bett, bekommen dann die Grippe und stehen nur auf, wenn wir wirklich hohes Fieber haben: dann müssen wir dringend in die Stadt, um etwas zu erledigen. Ein Telefon am Bett von weiblichen Patienten zieht den Krankheitsverlauf in die Länge.

Die Grippe wurde im Jahre 1725 von dem englischen Pfarrer Jonathan Grips erfunden; wissenschaftlich heilbar ist sie seit dem Jahre 1724.

Die glücklich erfolgte Heilung erkennt man an Kreuzschmerzen, Husten, Ziehen in den Füßen und einem leichten Kribbeln in der Nase. Diese Anzeichen gehören aber nicht, wie der Laie meint, der alten Grippe an – sondern einer neuen. Die Dauer einer gewöhnlichen Hausgrippe ist bei ärztlicher Behandlung drei Wochen, ohne ärztliche Behandlung 21 Tage. Bei Männern tritt noch die sog. «Wehleidigkeit» hinzu; mit diesem Aufwand an Getue kriegen Frauen Kinder.

Das Hausmittel Cäsars gegen die Grippe war Lorbeerkranz-Suppe; das Palastmittel Vanderbilts ist Platinbouillon mit weichgekochten Perlen.

Und so fasse ich denn meine Ausführungen in die Worte des bekannten Grippologen Professor Dr. Dr. Dr. Ovaritius zusammen:

Die Grippe ist keine Krankheit – sie ist ein Zustand –!

Peter Panter, Voss 3.2.1931

15

Herz mit einem Sprung

Im Gesicht und auch in Sachsen,
wo die Meise pipst,
laß ich den Bart mir wachsen,
weil du mich nicht mehr liebst.
  Susala und dusala –
weil du mich nicht mehr liebst.

Dein Teint, der war wie Bronze,
wie keine Frau ihn hat.
Du schriebst mir auf Annonce
im Leipziger Tageblatt.
  Susala und dusala –
im Leipziger Tageblatt.

Wir waren beide einsam;
auch ich: als Woll-Agent.
Die Herzen waren gemeinsam,
die Kassen waren getrennt.
  Susala und dusala –
Da bin ich konsequent.

Du sagst, du wärst im Training
wohl für ein Fecht-Tournier.
Doch Du aßest gar nicht wening
und hattst nie Geld bei dir …
  Susala und dusala –
Man ist ja Kavalier.

Du aßest frisch und munter
nicht ohne jeden Charme

die Karte rauf und runter,
die Küche kalt und warm …
    Susala und dusala –
dem Kellner schmerzt der Arm.

Ich fand das übertrieben
und sah dich zornig an.
Ein Mann will gratis lieben,
sonst ist er gar kein Mann!

Ich kann dich nicht vergessen.
Noch heut könnt ich dich maln.
Du hast zu viel gegessen …
Wer kann denn das bezahln!
    Susala und dusala –
Wer kann denn das bezahln!

Ums Kinn starrn mir die Stoppeln.
Mein Vollbart ist noch jung.
So fahr ich nun nach Oppeln
zu ner Versteigerung …
    Doch mein Herz –
    doch mein Herz –
doch mein Herz
                    hat einen Sprung –!

Theobald Tiger, WB 3.2.1931

16

Schnipsel

Die Frau und der berühmte Mann. «Wieviel Beifall er hat! Wenn er mich liebte – ich hätte den Beifall und die Liebe!»

Die Frau als Rezensentin des Geliebten: «Er liebt mich nicht mehr wie früher. Also ist nichts mehr mit ihm los.»

*

Deutschland ist eine anatomische Merkwürdigkeit. Es schreibt mit der Linken und tut mit der Rechten.

*

Wörter verändern langsam ihre Bedeutung. «Warum soll ich ihn denn nicht heiraten? Man ist doch nicht gleich verheiratet.»

*

Der Leser hats gut: er kann sich seine Schriftsteller aussuchen.

*

Bert Brecht hat einen schönen Dreh gefunden: das kleine Einmaleins in getragenem Sing-Sang vorzulesen, wie wenn es die Upanishaden wären. Banalitäten feierlich aufsagen: das bringt vielen Zulauf.

*

Der trockne Pedant hat gewöhnlich ein Ideal: den falschen Abenteurer.

*

Jede Filmkritik müßte eigentlich so anfangen: «Der vorliegende Film enthält als maßgebliches Element die Kunstanschauungen eines zweiundsechzigjährigen Stiftfräuleins, zweier kunstfremder Oberregierungsräte und eines schwunglosen Malers. Auf deren Zensur hin ist der Film gemacht worden.»

*

Die Katholiken sitzen vor ihrer Hütte. Ein Heide geht vorbei und pfeift sich eins. Die Katholiken tuscheln: «Der wird sich schön wundern, wenn er mal stirbt!» Sie klopfen sich auf den Bauch ihrer Frömmigkeit, denn sie haben einen Fahrschein, der Heide aber hat keinen, und er weiß es nicht einmal. Wie hochmütig kann Demut sein!

*

Manchmal fröstelt die Literatur. Dann läuft ihr eine katholische Gänsehaut den Rücken herunter.

*

Wenn sehr kultivierte, sehr feine, sehr gebildete Schriftsteller grimmig für die Kirche fechten, dann wirkt das, wie wenn reiche Leute ihre Briefe mit einem alten Matrosenmesser aufschneiden. Sie könnten sich natürlich einen guten Brieföffner kaufen … aber um sie herum ist alles so fein, so reich, so vollkommen und so vernickelt: da macht sich das alte verrostete Messer hübsch pittoresk. Mit dem Matrosen hat das gar nichts zu tun. Sie würden sich schön bedanken, es so zu gebrauchen wie er, nämlich im Ernst. Sie gebrauchen es in Anführungszeichen.

*

Jede Theaterkritik müßte eigentlich so anfangen: «Soundsoviel Prozent der gestrigen Premiereneinnahmen flossen als Pacht in die Tasche des Herrn Direktors Soundso. Er lebt davon.» Das Theater stirbt daran. Diese wahnwitzige Theaterpacht ist wichtiger als jede Dramaturgie. Denn die Pausen zwischen den Fälligkeitsterminen der Hypothekenzinsen werden durch die Stücke ausgefüllt.

*

Ja, wegen der fröstelnden Literatur: eine protestantische Gänsehaut gibt es nicht.

*

In der heutigen Vorkriegszeit herrscht zwischen den Geistigen aller Staaten eine Pen-Club-Atmosphäre, die der Luft in einer sehr guten Kinderstube gleicht: nie reden mehr zugleich als drei, es herrscht gesittete Fröhlichkeit, und zwischendurch schmieren sie sich den Bildungsbrei um die Münder. Die Papas stehen dabei und lächeln und lassen die Kindlein gewähren. Sie wissen: wenns los geht, gehts los, da ist nichts zu befürchten. Sie werden sich schlagen, wie sich ihre Väter geschlagen haben, oder sie werden still und vornehm ins Zimmer stilisieren.

*

Ratschlag für Ehrgeizige. Willst du «richtig liegen»? Dies, mein Sohn, ist die Konjunktur des Tages: pazifistische Terminologie, national-sozialistischer Inhalt, vorgetragen im Ton eines lyrischen Universitätsprofessors, der noch nicht genau weiß, ob er Soziologie oder Philosophie lesen soll. Dergleichen schließt alle Möglichkeiten in sich, verpflichtet zu gar nichts, und du hast es gleich gesagt. Ans Vaterland, ans teure, schließ dich an. Nicht zu eng – aber schließ dich an.

Peter Panter, WB 3.2.1931

17

Gestoßener Seufzer

Kreuzt mir die Lustjacht in der Badewanne?
Knirscht mir das Auto auf dem gelben Kies?
Bräunt mir das Roßbüff in der Kupferpfanne?
Blitzt mir am Hemd der Diamant-Türkis?
Hin hauch ich einen Seufzer des Verzichts:
ich brings zu nichts.

Ich weiß nicht, was das ist und wie ichs treibe …
Ich spare manchen vordatierten Scheck.
Und dann naht Lottchen mit dem Lotterleibe,
und dann ist alles wieder weg.
Infolge ihres Liebesunterrichts …
Ich brings zu nichts.

Die andern häufen so Vermögen auf Vermögen.
Die andern wandeln durch das Goldportal.
Ich aber kann mir nichts nach hinten legen;
ich hab noch nie – und möchte auch einmal.
Der Reichtum ist der Lohn des Bösewichts.
Ich brings zu nichts.

So lern doch endlich von den andern Knaben
die einzig brauchbare Philosophie:
Es g'nügt nicht nur, Verhältnisse zu haben –
sie leben alle über sie.
Trink aus der Nachbarin Champagnerglas!
Bleib schuldig Miete, Liebe, Arzt und Gas!
Bezahl den Apfel – friß die Ananas!
Wer also handelt, bringts zu was.

Theobald Tiger, WB 10.2.1931

18

Eugen Burg

Ich komme viel zu spät – die Geburtstagslichter sind längst ausgelöscht, die Torten zerkrümelt, Wein gibts auch nicht mehr, und das Mädchen, das mir die Sachen abnimmt, sagt: «Aber Herr Burg ist nicht zu Hause ...» Da stehe ich nun mit meinem Gratulations-Zylinder ... Das sechzigjährige Geburtstagskind ist nicht zu Hause. Was habe ich ihm sagen wollen –?

Ich habe sagen wollen:

Sie können etwas, und Sie sind etwas. Sie können nämlich Ihr Handwerk, weil Sie das gelernt haben, und Sie haben Charme, wofür ich kein deutsches Wort weiß. Es gibt auf der deutschen Bühne viele Männer, aber außer Bassermann nicht viele Herren: Paul Otto und noch ein paar und Eugen Burg. «Eine Verehrerin», erzählte mir eines Tages S. J., «hat dem Burg ihr ganzes Vermögen hinterlassen.» «Glaubst du das?» fragte ich. «Ja», sagte er, «wenn ich eins hätte: das tät ich auch.» Für so viel Freude muß man danken. Für so viel geschmackvollen Spaß, für soviel heitere Stunden – für diese blitzsaubere Technik, im Gespräch vom Partner das Wort wie einen Ball abfangen, es zurückwerfen ... wie selten ist das! Eugen Burg kam herausgeweht, in hundert Lustspielchen, deren Namen vergessen sind – die Leistung ist nicht zu vergessen. Es war eine Lustspielwelt, glaubhaft für drei Stunden, glaubhaft nur hier, auf dieser Szene – er stand da: als Höfling, als Frechling, als Liebling ... und alle Herzen sagten: Ja. Manchmal blieben die großen, hellen Augen still stehn, das dünne Eis des gefrorenen Monokels blitzte wie ein See von Dummheit, dann machte er irgend einen Kammerjunker, der seine Verlegenheit unter feinen Sitten und Gebräuchen verbarg – aber nichts war gemacht: Dümmlichkeit und Verlegenheit und höfische Sitten saßen wie angegossen. Oder er kam schief angestelzt und schnob kleine Frechheiten durch die Nase, außerordentlich siegesgewiß und leicht erstaunt, wenn die Dame seines Lustspielherzens sich die Sache anders überlegt hatte ...

Theater, Theater – gewiß. Aber wenn einer schon Theater

spielt: dann soll er dran glauben und soll uns anständige Arbeit zeigen. Das hat Eugen Burg getan, und weil ein Schauspieler auf der Bühne seine Leistungen nicht aufbewahren kann, deshalb sollen wir die Erinnerung aufbewahren. Schauspieler mit Leib und Seele – nicht ein Filmknabe, der sich herbeiläßt, auch einmal Theater zu spielen. Kein Fatzke – ein Herr. Kann gehen und stehen, das haben sie verlernt. Kann die Leute lachen machen, und man muß sich hinterher nicht schämen, daß man gelacht hat. Hat eine Eigenschaft, die immer seltener wird, scheints: er ist nett.

Das Mädchen steht und wartet, ob der Besuch nicht endlich gehen wird. Ich greife nach meinem hochfeinen Zylinder; wenn das Geburtstagskind den sieht, wird er nichts sagen, weil er so nett ist – aber er wird sich sein Teil denken. Stumpfer Zylinder … am hellichten Tage! «Bitte empfehlen Sie mich Herrn Burg!» sage ich. Und schiebe ab.

Das Rampenlicht von so viel Jahren fällt auf den Mann. Er ist noch wie neu und man mag ihn gern sehen, immer wieder.

Peter Panter, WB 10.2.1931

19

Von den Kränzen, der Abtreibung und dem Sakrament der Ehe

Der Papst hat eine Encyklika über die Ehe erlassen, die nur den verwundern kann, der mit katholischen Gedankengängen nicht vertraut ist; nichts in diesem gezähmten Ausbruch ist neu oder überraschend – er deckt sich haarscharf mit dem Dogma der Kirche und ist nichts als ein Plakat der Waren, die dort geführt werden.

Die Vulgärkatholiken pflegen zu schimpfen, wenn sich unsereiner mit ihnen befaßt, und sie schimpfen nicht einmal herzerquickend, sondern recht unbegabt. Die bessern unter den Frommen pflegen zu jammern: «Sie verstehen den Katholizismus nicht. Begreifen Sie nicht, daß von unserm Standpunkt aus …» Von den leicht in Hysterie übergegangenen Damen, bei denen Religiosität und zarte Gefühle enger zusammenliegen als nötig, sei hier nicht gesprochen, das ist eine schaurige Gesellschaft. Was ist das für eine Encyklika, und was ist das für ein Standpunkt?

Es gibt keinen Standpunkt, von dem aus nicht alles zu begreifen und zu erklären wäre – dieses Spiel ist uninteressant. Es kommt nur auf die praktischen Folgen einer solchen Meinungsäußerung an, wie sie der Papst hat laut werden lassen. Und diese Folgen sind nicht gut.

Die Encyklika über die Ehe wirkt auf einen Not Leidenden, der nicht im Katholizismus aufgewachsen ist, wie frecher Hohn. Das ist sie nicht – sie wirkt aber so. Der groteske Grundsatz: «Lieber elf Kinder auf dem Kissen, als eines auf dem Gewissen» kann gewiß nicht mit dem Scherz: «Und wie halten es Eure Heiligkeit damit?» beantwortet werden; was aber ein Arbeiter in der Großstadt mit diesen Sittengesetzen anfangen soll, ist ganz und gar unbegreiflich. Schließlich gibt es ja einen Tiefstand der Lebenshaltung, wo alle feinen moralischen Leitsätze einfach untergehen – wer arbeitslos ist, von der Tuberkulose bedroht, verbittert, hungrig, in Asylen dahinlebt: der hat wenig Lust, sich mit dem Himmel zu trösten, mit dem ihm hier auch noch gedroht wird. In einem Zimmer, in dem Mann, Frau, sechs Kinder und ein Schlafbursche liegen, wird das Sakrament der Ehe etwas fadenscheinig.

Man rühmt an der Kirche die Folgerichtigkeit ihres Denkens, ihre Logik und die gut gemauerte Basis des großen Gebäudes. Sicherlich, es ist imposant – aber wenn man in den Keller geht und sich einmal die Fundamente ansieht …

Man muß die Anfänge des Katholizismus kennen, um ihn ganz zu verstehn. Da wäre zum Beispiel Tertullian. Damals bauten sie noch an den Fundamenten; man kann den Plan eines Gebäudes besser übersehen, wenn der Bau noch nicht vollendet ist und offen liegt.

Da war also bei den römischen Truppen Kaiserbesuch angesagt. Man kennt die ewige Melodie der Weltgeschichte: erst Hofhunde züchten, dann sie fürchten und ihnen dann gut zu fressen geben, damit sie jene beißen, die auch Futter haben wollen. Das ist immer so gewesen – ob das nun S.A.-Trupps sind oder reguläre Heere.

Der römische Kaiser also hatte die Truppe antreten lassen: er wollte eine feierliche donatio vornehmen, die Herren Soldaten Mann für Mann beschenken, denn dergleichen ist gut für den Patriotismus. Die Soldaten hatten sich herausgeputzt; sie trugen Lorbeerkränze, was ungefähr den frühern Helmpuscheln entspricht … und da standen sie. Einer aber, erzählt Tertullian, trug keinen Kranz. «Warum trägst du keinen Kranz?» fragte der Centurio. «Ich trage keinen Kranz», sagte der Soldat, «weil ich ein Christ bin.» – «Und?» – «Ein Christ darf keinen Kranz tragen.» Dann wird es wahrscheinlich das übliche Hin und Her gegeben haben: «Ich gebe Ihnen den dienstlichen Befehl –», und das arme uniformierte Luder, das zwischen zwei fixen Ideen, der des Patriotismus und der des Christentums, hin und her schwankte wie Bileams Esel, verweigerte den Gehorsam. Man mußte ihn fortschaffen, und was dann weiter aus ihm geworden ist, weiß man nicht.

Warum aber hatte er sich geweigert, einen Kranz aufzusetzen?

Die junge Sekte der Christen hatte zwei Wege zur Auswahl: alle religiösen Gebräuche der andern mitzumachen, die nicht unmittelbar auf Götterverehrung abzielten, oder aber alles zu verpönen, was überhaupt nach heidnischer Religion aussah – liberal zu sein oder orthodox. Sie schwankte. Tertullian, der in seinem Leben in manchen Lagern gestanden hat, lobt den Soldaten, dessen kleine Geschichte er in der Schrift ‹Vom Kranze des Soldaten› erzählt. Es ist sehr lehrreich, zu sehen, wie er das macht.

Er lobt ihn nicht nur für sein frommes Verhalten, er beweist auch, warum der Soldat recht hatte. Er beweist es, aber so viel Anführungsstriche gibt es gar nicht, wie man um dieses «beweist» herumsetzen müßte. Er macht das so:

«Welches ist nun der Nutzen, den man von den Blumen hat? Entweder der Geruch, lautet die Antwort, oder ihr Anblick oder beides zugleich. Welches sind nun die für das Anblicken und das Riechen bestimmten Sinne? Ich denke doch, das Gesicht und der Geruch? Welchen Gliedern sind diese Sinnestätigkeiten zugewiesen? Den Augen und der Nase, wenn ich nicht irre. Mache also Gebrauch von den Blumen durch Gesicht und Geruch. Die Sache selbst ist dir von Gott übergeben worden, die Art der Verwendung von der Welt. Wiewohl auch die außergewöhnliche Art dem eigentlichen Gebrauch nicht widerstrebt, denn Blumen aneinandergereiht oder eingeflochten, an einem Faden oder an Binsen sollen dir dasselbe sein wie auch frei und ungeflochten, nämlich eine Sache zum Ansehen und um daran zu riechen. Den Kranz soll man höchstens für ein Bündel Blumen ansehen, die darum in einer Reihe aneinander gefaßt sind, um mehrere auf einmal tragen und mehrere zugleich genießen zu können. Stecke sie dir auch gar noch an den Busen, wenn das so sehr nett ist, streue sie dir aufs Brett, wenn es sich darauf so weich liegt, und stecke sie in den Trinkbecher, wenn das unschädlich ist. Bediene dich ihrer auf alle die Arten, wie du sie sinnlich wahrnimmst. Aber auf dem Kopfe? Was hat man da für einen Genuß von der Blume? Was für eine Empfindung vom Kranze? Nichts als die Empfindung einer Fessel, weil man weder die schöne Farbe sieht noch den Duft einatmet, noch die Zartheit sich bemerklich macht. Blumen auf dem Kopfe haben wollen ist ebensosehr gegen die Natur als eine Speise mittels des Ohres, einen Schall mittels der Nase zu ergreifen. Alles aber, was widernatürlich ist, verdient das Brandmal der Ungeheuerlichkeit, bei uns aber auch noch den Titel eines Sacrilegiums gegen Gott, welcher der Herr und Urheber der Natur ist.»

Von dieser sophistischen Albernheit bis zur letzten Encyklika ist nur ein Schritt – sie sind beide derselben Technik entsprossen.

Die Kirche beweist alles, was sie anordnet, mit der schärfsten Logik, es stimmt scheinbar alles, Schritt für Schritt, Stufe für Stufe – und wenn sie am Ende der Kette angekommen ist, dann macht sie einen kleinen Hopser, der Denker beginnt, zu fliegen, und entschwindet den erstaunten Augen ins Himmelblau. Er zieht sich nämlich auf den göttlichen Willen zurück, den er ja kennt: der liebe Gott hat ihm den unzweideutig mitgeteilt, und hier hört jede Diskussion auf.

Die Natur will es so! Gott will es so! Der göttliche Wille hat es also verordnet!

Kränze dürfen nicht auf den Kopf gesetzt werden. Kinder muß man austragen. Eine Ehe ist unlöslich.

Natürlich steht nirgendwo in der Kirchendogmatik, daß das sophistische Kunststückchen des Kirchenvaters Tertullian geglaubt werden müsse – das weiß ich wohl. Es ist nur so ein schönes Beispiel, wie es gemacht wird, wie dort gedacht und wie mit einer Scheinlogik die Berechtigung der Kirchengesetze bewiesen wird. Bewiesen –? Man kann alles beweisen.

Diese Apologetik gleicht den Playdoyers geschickter Rechtsanwälte, ja, sie ist nichts als so ein Plaidoyer. Hört man in einem Zivilprozeß nacheinander die wortgewandten Advokaten beider Parteien, so begriffe man den Richter gut, der nach jeder Beweisführung sagen könnte: «Sie haben recht. Und Sie haben auch recht.» Sie haben ja alle so recht ... Solche Beweise sind das.

Kinder dürfen nicht abgetrieben werden. Die Ehe ist unlöslich. Wo steht das? Wir alle ziehen uns, wenn wir gar nicht mehr weiter wissen, auf sittliche Gesetze zurück, die nicht mehr auf andre zurückführbar sind. Sie beweisen im Grunde gar nichts: sie zeigen nur unser Gefühl an und die Richtung unsres Willens. Nun, dieser Wille, der hier geäußert wird, ist sozial höchst verderblich und abzulehnen – und nur darauf kommt es an.

Ich habe manche Bedenken gegen die Freidenker geäußert; im Augenblick aber, wo es um den politischen Kampf geht, wird man mich immer an ihrer Seite finden, wenn auch ihre Begründungen, die sie sich und andern geben, manchmal reichlich simpel sind. Aber ihr Ziel ist gut, und das Ziel der Kirche, wie es sich in dieser Encyklika offenbart, ist es mitnichten.

Eine Proletarierfrau zur Brutmaschine zu machen, ist eine Roheit – dazu brauchen wir gar nicht erst den lieben Gott zu bemühen. Diese scheinbar sittliche, in Wahrheit aber tief unsittliche Forderung so zu umkleiden, daß man die Reichen sanft auffordert, sie möchten doch etwas für die Armen tun, ist Bilderbuchethik. Die Reichen werden, wenns gut geht, beten und den Armen etwas husten. Inzwischen wimmelt das in den Slums aller Länder, die Kniee der glücklichen Mütter werden von Geschöpfen umspielt, die später in den Kohlenbergwerken oder in den Ackergräben für den Profit andrer verrecken dürfen ... aber es ist nicht abgetrieben worden. Der Kranz, der Kranz ist gerettet.

Wo steht geschrieben, daß das so sein muß –?

Fassungslos das Erstaunen der Katholiken, daß jemand außerhalb ihrer Welt leben kann und gut dabei gedeiht. Rührend oder dreist – man darf sich das aussuchen – ihre Erwartung, man habe bei ihren Grundsätzen anzufangen, mit ihren Voraussetzungen, mit ihren sittlichen Forderungen. Die mögen gut sein, für sie. Für uns andre sind sie es nicht. Hier gibt es keinen Pakt, wenn es an das Soziale geht – fast alles, was die Kirche hier predigt, ist zu bekämpfen.

Wer hat angefangen, die Geschlechtskrankheiten aus ihrem ungeheuer gefährlichen Dunkel herauszureißen, in dem die Gonokokken gar prächtig gedeihen? Das bißchen Aufklärung, das heute getrieben wird, ist gegen den Widerstand der Kirche durchgesetzt worden. Wer hat angefangen, die Proletarierfrauen über Konzeptionsverhütung zu unterrichten? Die Kirche? Sie ist für das Karnickelsystem – von ihr aus zwei Junge pro Jahr; wofür hätten die Frauen denn den Uterus! Und das geht nun alles munter durcheinander: Mal will es die Natur so, und mal «ist doch der Mensch kein Tier», sondern zu höhern Zwecken geboren – alles, wie man es gebrauchen kann.

Kampf? Soweit sich die Kirche in die Politik einmischt: schärfster Kampf. Im übrigen: schweigen und vorübergehen. Es ist auch ganz falsch, hier Milde walten zu lassen, weil man sich davon vielleicht taktische Erfolge verspricht. Die Kirche und damit ihre politischen Parteien, sie werden nie etwas andres tun als das, was diesem Verein nützt. Nie. Zwei Einwände sind abzutun: man dürfe doch die Gefühle der andern nicht verletzen, und man treibe so das Zentrum dem Fascismus in die Arme. Da liegt es schon, trotz allem. Und wenn einige Maulhelden der Hitler-Garden nicht so unsäglich ungebildet und töricht wären: sie hätten schon längst davon abgelassen, das Zentrum durch die Ablehnung Roms, durch einen etwas schüchternen Wotankult und durch Jesuitenriecherei zu ärgern. Das wird sich legen, Hitler gibt das auch billiger. Und das Ding möchte ich mal sehen, das die Kirche nicht segnete, wenn sich das für sie lohnt.

Und heilig ist es ihnen, was wir da ablehnen? Es ist ihnen heilig, sieh mal an. Aber was uns heilig ist: wer kümmert sich denn darum? Wer schützt unsre Gefühle? unsern Glauben an den Sozialismus? unsre Ziele, die man nicht gut samt und sonders als unethisch ansprechen kann? Mich verletzt es zum Beispiel, einen

Geistlichen Fahnen einsegnen zu sehn, die über Staatsmorden im Winde wehn, aber niemand nimmt auf unsre Gefühle Rücksicht. Wir benehmen uns aus Gründen des Geschmacks in den Kirchen anständig – man kann nicht sagen, daß sich die Katholiken in den Bezirken des Geistes ebenso anständig benehmen.

Wir wollen nichts bewiesen haben: nichts von den Kränzen, nichts vom göttlichen Zorn wider die Abtreibung, nichts über das Sakrament der Ehe. Ich kann nichts für das leichte Unbehagen, das religionslos lebende Juden ergreift, wenn von diesen Dingen die Rede ist. Das Ghetto regt sich, ungezählte Rücken der Vorfahren haben sich gebeugt, nun kitzelt es die Nachfahren, denn sie erwarten einen Fußtritt. Die Katholiken sind heute nicht mehr stramm antisemitisch; sie wissen: von dieser Seite droht ihnen keine Gefahr. Und in Deutschland am allerwenigsten. «Er war nicht nur Deutscher», sagte Börne von einem, «er war auch Jude: also ein Hase mit acht Füßen.»

Wir wollen nichts bewiesen haben. Die Ehe ist uns kein Sakrament, Kinder im Mutterleibe soll man beseitigen, wenn die soziale Indikation das erfordert, oder sie gar nicht erst entstehen lassen, und ich wünschte, die Töchter der Arbeiter wären frei und könnten sich Blumen ins Haar winden: frei von Kirche und wirtschaftlicher Sklaverei. Frei auch von kommunistischer Theologie, die drauf und dran ist, den Sinn ihrer Anhänger erst so zu erweitern und dann so zu verengen, wie es die katholische mit ihren Leuten schon getan hat.

Ignaz Wrobel, WB 17.2.1931

20

Der verspielte Mann

Man sagt immer, Frauen seien so unlogisch. Das ist gar nicht wahr. Die einzig wirklich logischen Wesen, die es gibt, sind die Frauen – sie sind so ernst. Sie haben freilich eine ihnen eigene Logik – aber sie nehmen alles ernst, sogar den Mann. Wenn der ganz dumm ist, tut er das auch; der Rest ist verschämt verspielt. Er traut sich nur nicht damit heraus.

Es gibt wohl keinen verständigen Herrn, der nicht ganz und gar unverständige Riten hätte: wenn er sich rasiert; wenn er die Pfeife stopft; wenn er Manschettenknöpfe ins Hemd zieht ... vom Bad zu schweigen. Es ist wie eine ausgleichende Ausspannung – je ernster und aufreibender der Tageslauf, desto verspielter die kleinen Riten seiner Alltagsgebräuche.

Der männlichen Riten gibt es mehrere Arten – man muß sie nicht «Angewohnheiten» nennen, dazu ist die Sache zu ernst ...

Man lese die Werke Lévy-Brühls über die Seele der Primitiven, und man versteht diese Riten mühelos: jene, die den Menschen und die Dinge in ein absonderliches, mit der rationalen Vernunft nicht zu fassendes Verhältnis setzen. Streichholzschachteln *müssen* längs auf dem Nachttisch stehen – quer dürfen sie das nicht, dann gibt es ... wie? Ein Unglück? Nein, ein Unglück eigentlich nicht; mit «Aberglauben» soll man dem Herrn Mann nicht kommen. Er ist nicht abergläubisch. Aber die Streichholzschachteln müssen längs stehen. Weil sie immer längs gestanden haben. Oder doch in jenem glücklichen Jahr, als die Abschlüsse so gut waren. Hier verheddern sich die Gedanken ... und nun stehen die Schachteln längs. Das muß so sein.

Beim Rasieren muß erst der Pinsel abgewaschen werden, und dann darf der Apparat gesäubert werden. Kehrt man diese Reihenfolge um, dann ... man kann sie nicht umkehren. Man darf sie nicht umkehren. Das ist unmöglich. Sehr gut ist es auch, wenn man mit dem Rasierapparat einmal kurz an die Schachtel klopft, in der er wohnt. Das weckt den Geist, der ... nein, natürlich wohnt da kein Geist, was sind denn das für Dummheiten! Aber gut ist es doch, auf alle Fälle.

Und was manche Männer treiben, wenn sie sich anziehen ... ich habe mir von Damen, die es wissen müssen, sagen lassen: das wäre unbeschreiblich. Daher kann ich's nicht beschreiben. Das soll ja ganz toll sein. Warum ist das alles so –?

Weil sie uns nicht lange genug mit unserer Eisenbahn haben spielen lassen.

Da haben wir Griechisch lernen müssen (leider nicht genug)

und Geschichtszahlen (leider zu viele) – und die Eisenbahn stand in der großen Pappschachtel und langweilte sich, und nun tragen wir zeit unseres Lebens die Sehnsucht mit uns herum, uns einmal richtig auszuspielen – und nun müssen wir uns mit Grammophonen trösten, mit Radiobasteln, mit den Brückenbaukästen unserer Neffen und, wenn wir Glück haben, mit der Organisation einer Kommunalbehörde. Es ist ein Jammer.

«Im Manne ist ein Kind versteckt, das will spielen …», sagte Nietzsche. «Kinder hab ich alleine», sagte Lottchen, als ich ihr das Zitat vorhielt.

Männer können auch ein Spiel spielen: «Ernst des Lebens» heißt das. Das muß man gesehen haben! Haben Sie das mal gesehen?

Im Kriege regierten mich einst zwei Hauptleute; beide waren im Zivilberuf, den sie halb vergessen hatten, Baumeister, aber nun waren sie Hauptleute, und was für welche! Sie machten sich die Kompetenzen strittig, sie zankten sich den lieben langen Tag miteinander, und eines Tages schlossen sie Frieden, und ich war dabei. Sie gingen aufeinander zu wie zwei große Berberlöwen, hoch aufgerichtet, feierlich brummend, sie schüttelten die Mähnen, und es war ein schier majestätischer Anblick. Hätte ihnen in diesem Augenblick einer gesagt: «Aber meine Herren … so wichtig ist euer Kram ja gar nicht …», sie hätten ihm das Gesicht zerkratzt, etwa wie ein kleiner Junge, dem ein böses Dienstmädchen plötzlich sagt: «Dein Helm ist ja aus Papier!» Und an diese beiden löwischen Hauptleute muß ich oft denken, wenn ich ernste Männer in ernster Berufsarbeit ernst spielen sehe. Aber ich sag's ihnen nicht, denn ich mag mir nicht das Gesicht zerkratzen lassen.

Wieviel Spiel ist im männlichen Ernst! wieviel Pose! wieviel Spiegel! So ernst aber wie eine Frau zum Beispiel ihre Arbeit nimmt – so ernst können wir Männer sie gar nicht nehmen. Das ist schade.

Und alles das darf man gar nicht sagen – es macht furchtbar suspekt. Man muß dran glauben. Man darf nicht spielen. Man muß den Ernst des Lebens hochhalten … bei Brille und Bart! Mancher lernt's nie. Mensch, lach nicht – es gibt so wenig Leute, die dein Lachen ernst nehmen! Sie wollen etwas Ernstes haben, etwas, woran sie sich festhalten können. Und nicht mal dieser Artikel scheint ernst zu sein … Und so beschließe ich ihn denn mit den fingierten «letzten Worten» des sechzigjährigen Franz Blei, die er sich notiert hat, um sie bei seinem Tode zu notieren:

«Ich nehme alles zurück.»

Peter Panter, Voss 19.2.1931

21

Joebbels

Wat wärst du ohne deine Möbelpacker!
Die stehn, bezahlt un treu, so um dir rum.
Dahinter du: een arma Lauseknacker,
een Baritong fort Jachtenpublikum.
Die Weiber – hach – die bibbern dir entjejen
un möchten sich am liebsten uffn Boden lejen!
Du machst un tust und jippst da an …
Josef, du bist n kleener Mann.

Mit dein Klumpfuß – seh mal, bein andern
da sacht ick nischt; det kann ja jeda ham.
Du wißt als Recke durch de Jejend wandern
un paßt in keen Schützenjrahm?
In Sportpalast sowie in deine Presse,
da haste eine mächtich jroße Fresse.
Riskierst du wat? – De Schnauze vornean.
Josef, du bist n kleener Mann.

Du bist mit irgendwat zu kurz gekomm.
Nu rächste dir, nu lechste los.
Dir hamm se woll zu früh aus Nest jenomm!
Du bist keen Heros, det markierste bloß.
Du hast n Buckel, Mensch – du bist nich richtich!
Du bist bloß laut – sonst biste jahnich wichtig!

Keen Schütze – een Porzellanzerschmeißer,
keen Führer biste – bloß n Reißer,
Josef,
du bist een jroßer Mann –!

Theobald Tiger, WB 24.2.1931

22

Verlagskataloge

Verlagskataloge –? Was ist das –? Das gibts wohl gar nicht mehr? Früher …

Da liegen nun auf meinem Nachttisch die alten sorgfältigen und vollständigen Kataloge von Georg Müller, von Piper, von S. Fischer, vom Insel-Verlag … viel Arbeit und Mühe, viel Kosten und Papier sind auf diese Kataloge verwandt worden … und es hat sich auch gelohnt. Denn der Käufer trat in eine enge Beziehung zum Verlag, er kam ihm näher; er las diese Verzeichnisse wie eine Liste guter alter Bekannter … aha! das ist jene Ausgabe und: schau an! die ist nun auch vergriffen, aber ich habe sie noch … und das da, das sollten sie mal wieder neu auflegen … und so fort. Und er sah noch etwas.

Er sah das Gesicht des Verlages.

Denn es hat einmal im deutschen Verlagsbuchhandel eine Zeit gegeben, wo man bei einer Neuerscheinung ziemlich genau hätte angeben können: Das kann nur bei X. erschienen sein. Dann gab es eine Zeit, in der man sagen konnte: Bei Y. kann das nicht herausgekommen sein … und heute weiß man gar nichts mehr. Jedes kann so ziemlich bei jedem erschienen sein, und man kann sie fast allesamt untereinander austauschen. Sie sollten sich fusionieren. Und die richtigen Verlagskataloge haben sie auch nicht mehr.

Ausnahmen zugegeben. Die Insel … Fischer … aber das ist alles nicht vollständig genug, und man hätte doch alle paar Jahre gern eine ganz genaue Liste dessen, was die großen Verlage während ihres Bestehens gemacht haben. Es ist auch bibliographisch nicht in Ordnung; statt einer guten Liste alter vergriffner Bände drucken sie da diese dummen Zeitungsurteile über ihre Bücher ab («Rein kulturhistoriographisch ist hier eine glänzende Arbeit fabelhaft gemacht. Auch vom menschlichen Standpunkt ...»). Schade.

Freilich, bei manchen Verlagen würde sich, machten sie solche Kataloge, etwas Erschreckendes zeigen. Es zeigte sich dann nämlich, daß der Herr Verleger von Neuigkeit zu Neuigkeit getaumelt ist, von Konjunktur zu Konjunktur, von Tierbüchern zu Kriegsbüchern, von o Mensch zur neuen Sachlichkeit, von Turksib zur neuen Romantik ... solch ein Verlagskatalog kann eine Aufdekkung sein und eine Blamage.

Sie hegen und pflegen nicht, was sie machen. Die Folgen sind betrüblicher Natur.

Keine Kontinuität mehr, nur Literaturbörse; wenig Verlagsgesichter, aber viel Fratzen; keine Treue des Käufers, keine des Verlegers – nichts. Woher sollte das alles auch kommen? Wenn die Kaufleute doch endlich lernen wollten, daß das, was alle zugleich machen, keinem mehr zugute kommt; sie könnten sich die Ausgaben sparen. Wenn alle Umschläge bunt brüllen, hört man zum Schluß gar nichts mehr. Wenn alle ihre Bücher in den drei Monaten vor Weihnachten herausbringen, verstopfen sie den eignen Markt, machen den Käufer kopfscheu und haben also falsch spekuliert. Es ist, im wahrsten Sinne des Wortes, ein Affentheater.

Und warum ist das? Weil in die Breslauer der falsche Amerikanismus gefahren ist, zu dem in diesem Lande, bei dieser geschwächten Kaufkraft, auch nicht der leiseste Grund vorliegt. Es ist alles nicht wahr, euer Getue nicht und eure Eile nicht und nichts. Ihr seid in Wahrheit faul.

Es ist nämlich viel mühseliger, Steinchen auf Steinchen einer Tradition aufzubauen, als auf einen «Schlager» zu spekulieren, der dann die ganze Saison herausreißen soll. Und nach zwei Jahren kennt ihr euer eignes Genie nicht mehr. Es ist schwerer, sich einen Stamm von Autoren und von Lesern bestimmter Geistesart und einheitlicher Denkfärbung heranzuziehen als im Literatur-Bac zu setzen, und doch: es lohnt. Natürlich gäbe es dabei Rückschläge, Enttäuschungen ... zum Schluß aber stände ein Gebäude da und nicht einer von diesen Zeitungskiosken, an denen die Schlagzeilen kreischen.

In der Fachliteratur ist das ja wohl anders.

In der sogenannten schönen Literatur aber, die diesen Beinamen heute weniger verdient denn je, ist es mit der Kontinuität traurig bestellt. Es gibt kaum noch große und echte Verlagskataloge. Und so kaufen die Leute keine Verlagswerke mehr, sondern nur noch Novitäten, und so hält sich jedes dieser sinnlos herausgeschleuderten Bücher allerhöchstens ein Jahr … und den Schaden tragen die Autoren und die amerikanischen Verleger aus Beuthen. Sie haben so wenig Verlagskataloge. Weil sie so wenig Verlage haben.

Peter Panter, WB 24.2.1931

23

Kleine Bitte

Wenn einer und er entleiht ein Buch von einer Bibliothek, sagen wir den Marx: Was will er dann lesen? Dann will er den Marx lesen. Wen aber will er mitnichten lesen? Den Herrn Posauke will er mitnichten lesen. Was aber hat der Herr Posauke getan? Der Herr Posauke hat das Buch vollgemalt. Pfui!

Ob man seine eigenen Bücher vollschreiben soll, ist eine andere Frage. (Vgl. hierzu: ‹Über das Vollschreiben von Büchern, Buchrändern sowie buchähnlichen Gegenständen›; Inaugural-Dissertation von Dr. Peter Panter; der Universität Saarow-Pieskow vorgelegt, meinen lieben Eltern gewidmet.) Mit den eigenen Büchern also beginne man, was man mag. Aber wie verfährt man mit fremden?

Die Preußische Staatsbibliothek, der man die Kosten für eine mittlere Infanterie-Division bewilligen sollte, auf daß sie eine moderne Bibliothek werde, sollte sich auf das schärfste gegen jene schützen, die die Unart haben, entliehene Bücher vollzugeifern, man kann das nicht anders nennen.

– «Oho!» – «Ganz falsch, siehe Volkmar Seite 564.» – «Blödian!» – «Bravo!» – «Nein, diese Theorie ist eben nicht von N.

abgelehnt worden!» – «Dumme Frechheit!» … was soll denn das alles –?

Erstens einmal ist es feige, den Autor anzukrähen: er ist ja nicht dabei und kann sich nicht wehren. Zweitens stört es den nächsten Leser außerordentlich bei der Lektüre: man mag nicht oben auf einer linken Seite zu lesen beginnen, wenn unten rechts etwas angestrichen ist, was man nicht kennt; das Auge wird unruhig, schweift ab … ja, wenn wir das selber unterstrichen hätten, dann kennen wir auch das Buch, und das ist ganz etwas anderes. Ein Bibliotheksbuch aber gehört allen, und alle sollten es sauber und anständig behandeln.

Stadtbibliotheken und Fachbibliotheken leiden unter dieser Unsitte – wir alle leiden darunter, die wir uns viele Bücher nicht kaufen können. Es ist wie: Stullenpapier im Grunewald liegen lassen.

Kleine Bitte an Bibliotheksbenutzer:

Laßt Marginalien von andern Leuten schreiben – tut es nicht! Malt nicht die Bücher voll, es ist nicht schön. Zeichnet eure Bemerkungen auf; schreibt nicht so viel in die Bücher hinein, schreibt lieber mehr aus ihnen heraus! Beschimpft den Autor nicht am Rande. Schreibt ihm einen Brief.

Herrn
Geheimbderath Göthe
Weimar.

Eine nähere Adresse ist nicht nötig; der Brief kommt schon an. Frick paßt auf.

Und malt die Bücher nicht voll. Nein? Tut's nicht mehr!

Peter Panter, Voss 3. 3. 1931

24

Auf dem Nachttisch

Obenauf ein schmales Bändchen: Das Reklambändchen Nr. 7003 – ‹Eine Bibliothek der Weltliteratur› von Hermann Hesse. Das ist eine vorbildliche kleine Literaturgeschichte.

Ich halte Hesse für einen Schriftsteller, dessen Qualitäten als

Essayist weitaus größer sind als seine dichterischen Eigenschaften. In seinen Dichtungen ist er entweder weitschweifig, zokkersüß, wenn es auch wirklicher, guter Kristallzucker ist und keine Melasse, manchmal wäich und dann wieder säuerlich. Seine Buchkritiken dagegen haben zur Zeit in Deutschland kein Gegenstück; seit Josef Hofmiller unter die Nationalisten gefallen ist, erst recht nicht. Aus jeder Buchkritik Hesses kann man etwas lernen, sehr viel sogar. Und wie diese kleine Anweisung, sich eine Bibliothek zusammenzustellen, gemacht ist, das ist nun zum Entzücken gar. Sie ist ganz subjektiv, und nur so ist auf diesem ungeheuern Gebiet so etwas wie Sachlichkeit zu erzielen. Wer sich nach diesem Bändchen richtet –: der tut wohl daran. Es steht wolkenkratzerhoch über den gangbaren Literaturgeschichten.

Was die Leute nur mit diesen dicken Wälzern haben …! Es gibt doch keinen Menschen, der über alles gleichmäßig Bescheid weiß; es kann also, wer eine Literaturgeschichte verfaßt, bestenfalls eine saubere Bibliographie geben, und grade solch eine Literaturgeschichte, die mich vor allem einmal klar und sorgfältig und ohne Schmus über Tatsachen unterrichtet, von denen ich etwas wissen möchte –: die kenne ich nicht. Ich kenne anständige, wie die von Wiegler, ich kenne Scheul und Greul wie die von Bartels, der außerdem noch ein Schludrian ist; den hausbacknen und dummdreisten Eduard Engel, den lächerlichen Soergel … Es gibt da eine sehr einfache Art, Stichproben zu machen.

Man suche sich in solchen Literaturgeschichten jene Dichter, die man liebt und wirklich kennt. Da wird man sein hellblaues Wunder erleben. Meist auch nicht der Schimmer einer Idee – sie lieben sie nicht, sie hassen sie nicht, und sie geben nicht einmal eine ganz und gar vollständige Bibliographie. Was soll das also alles –?

Das soll den Bildungsfimmel des deutschen Durchschnitts-Lesers befriedigen. Diese Brillenkerle lesen viel lieber etwas über einen Dichter, als etwas von einem Dichter; der Konsum in Literaturgeschichten ist ungeheuer. Es muß wohl so sein, daß sogar den Lebenden dieser Ausblick auf eine imaginäre Unsterblichkeit imponiert; wie wäre es sonst zu erklären, daß eine Reihe Schriftsteller, darunter achtbare Männer, diesem leeren und kindischen

Albert Soergel, der nie gewußt hat, wo der Gott der Dichtung wohnt, eine Festschrift zum Geburtstag überreicht haben? Wahrscheinlich zu seinem 150. Geburtstag, nach seiner Literaturgeschichte zu schließen, in der die Dichter nach völlig wahnwitzigen Kategorien antreten müssen: «Seele als Ausdruck – Wiener Halbexpressionismus – Angstträumer und Gottsucher – Einzelgänger …» Kurz und gut: Kauft euch für die paar Pfennig das Bändchen Hesses, und ihr werdet gut bedient sein. Wer das wirklich gelesen hat, was er dort fordert –: der hat etwas hinter sich gebracht.

Zu den standard-works solch einer gut angelegten und planmäßig gesammelten Bibliothek gehört natürlich Stendhal. Ich habe neulich nach langer Jagd eine gute Ausgabe des nachgelassenen ‹Lucien Leuwen› erlegt (Paris, Ausgabe: Le Divan, Paris, 37 rue Bonaparte – nicht sehr teuer). Es sind drei kleine Bände, wunderhübsch gedruckt, mit winzigen roten Vignetten.

Bei uns steht bei jedem Fliegenhusten von Buch vorn auf dem Titel: «Roman». Hier steht das Wort nicht – aber das ist ein Roman. Das ist einer.

Ich lasse bei dieser Betrachtung alles Dichterische beiseite, soweit das möglich ist, und die lange Liebesgeschichte in Nancy schenke ich euch. Aber das, was die Kritiker heute mit vollem Maul das «Soziologische» nennen …! Wie das bei Stendhal quillt und blüht; wie sich die Einzelheiten nicht jagen, sondern unaufdringlich eine nach der andern hervorkommen; wie der Dichter über dieses ungeheure Material der Louis-Philippe-Gesellschaft gebietet, wie scheinbar mühelos das ist – das hat ein Herr geschrieben. Manchmal stehen da noch Randnoten, denn der Roman ist nie vollendet worden, manche Partien sind gar nicht zu Ende gearbeitet, und in diesen Randnoten finden sich die hübschesten Dinge. Wann Herr Beyle grade Kopfschmerzen gehabt hat, und daß es an diesem Arbeitstage heiß gewesen sei, und daß jenes Kapitel nochmal geschrieben werden müsse – und dies Uniformdetail stimme nicht, man wird sich erkundigen müssen, und diese Entgegnung Leuwens sei ja sehr hart, aber … Was sieht man daraus?

Daß «Roman» ein Ehrentitel ist, der nur einem wirklichen Weltausschnitt zukommt – und daß diese Weltausschnitte nicht hingeschrieben werden können, wie sich das so viele Schriftsteller denken, von den schreibenden Frauen schon gar nicht zu sprechen, sondern daß man sich dergleichen erarbeiten muß, neben allem andern. Dies hier ist gearbeitet. Wer lernen kann und lernen will, der lerne.

Begeben wir uns die kurze Form.

Kurze Form: O Henry ‹Bluff› (bei Gustav Kiepenheuer in Berlin erschienen). Manchmal kommen wirklich, wenn ich ein Buch hier besprochen habe, Anfragen an den Verlag, wo man das wohl bekommen könnte. Im Schlächterladen, meine Lieben. Wohnt ihr auf dem Lande, dann schreibt an die nächste große Buchhandlung – und wohnt ihr in der Stadt, dann dürft ihr euch doch wirklich nicht davon abschrecken lassen, daß der Sortimenter das Buch nicht vorrätig hat. Das kann man von keinem verlangen – ein so großes Lager gibt es nicht. Man muß den Sortimentern, gegen die ich mancherlei auf dem Herzen habe, das Leben nicht noch schwerer machen, als sie sichs schon gemacht haben. Dies nebenbei.

Die Geschichten Henrys, neben dem Australier Bret Harte einer der besten Leute für amerikanische Kurz-Geschichten, sind eine wahre Freude. Wie das gebaut ist –! Wie das sitzt –! Fast jede Geschichte hat einen kleinen Dreh, einen Trick, eine Überraschung … eine kann man sogar öfter lesen; sie heißt ‹Die Straße, die wir wählen›. Das rührt nun schon an ernste Literatur. Ganz wundervoll. Henry hat viel Witz, viel Ironie. «Und Mama und Papa waren in die Metropolitain gegangen, um de Reszke zu hören. Wenn der Verfasser klug gewesen wäre, hätte ers auf den Fahnen in Caruso umgeändert. Aber das ist nicht meine Schuld. Es zeigt bloß, wie lange sich diese Geschichte in den Redaktionen herumgetrieben hat.» Oder: «Zwei Monate lang lungerte Colloway in Yokohama und Tokio herum und würfelte mit den andern Korrespondenten um Gläschen Rikshas – nein, das ist etwas, worin man fährt …» Und so. Es muß eine Rasseeigentümlichkeit sein: bei uns gedeiht das nicht. In den Zeitungen und Magazinen wimmelt eine Sorte herum, die ahmt den Ton der englischen Kurzgeschichte nach, ganz genau, wie jene sich räuspern und wie sie spucken, besonders dies – aber in den Geschichten steht nichts drin. Die allerarmseligsten Einfälle, über fünf Spalten weg … diese Knaben sollten bei Hebel anfangen.

Wie Henry übersetzt ist, weiß ich nicht, denn ich kenne das amerikanische Original nicht. Klingen tuts nicht schön. Der Übersetzer, Paul Baudisch, hat sich da etwas zurechtgemacht, wenn er Slang übersetzt … das ist recht scheußlich. Es wimmelt von Apostrophs, und wenn doch diese Gilde endlich einmal lernen wollte, daß die kleinen Hauptsätze, mit denen der Angelsachse die Hauptsache einleitet, mit Adverbien zu übersetzen sind! «I gess» heißt mitnichten «Schätze …» – das ist Quatsch. So sprachen die alten Trapper aus unsern Indianergeschichten: «Schätze, der Mustang ist weggelaufen» … laßt doch das sein –! «I gess» heißt manchmal: «wahrscheinlich», und manchmal «Wissen Sie» und manchmal «wohl» und meistens heißt es gar nichts. Merkwürdig, aus welchen Händen unsre Übersetzungen kommen!

Kleine Form: ‹Quer durch› von Ernst Toller. Reisebilder und Reden (erschienen bei Gustav Kiepenheuer in Berlin). Das ist ein sympathisches Buch. Amerika – Rußland – einige politische Reden … sehr lesenswert. Zu dem Schlachthaus-Kapitel kann ich nicht recht Ja sagen; ich habe einmal etwas Ähnliches gemacht und weiß, wie sehr man da, vom Blutgeruch umfangen, in der Gefahr ist, die Toller übrigens selbst charakterisiert: «Werden Sie nicht sentimental, Herr Toller!» Gewiß schlägt die Quantität des Blutes hier in die Qualität um, aber schließlich ist ja das Endresultat in jeder Dorf-Abdeckerei dasselbe. Im übrigen ist Toller so schön unbeeinflußt in den Ländern umhergegangen; wieweit man Vorurteile mit auf Reisen nimmt und sie sich dann bestätigen läßt, steht dahin. Ich kenne beide, Rußland und Amerika, nicht und darf daher nur sehr vorsichtig mitsprechen. Immerhin machen alle Aufzeichnungen den Eindruck unbedingter Wahrhaftigkeit. Sie sind besonders für Rußland ohne die leiseste Prätention; Toller sagt nur: «Ich kam, ich sah, ich schrieb – hier habt ihrs.» Man liest es mit großem Interesse, zum Beispiel, wie ganz Moskau von ihm den Kopf abdreht, weil in der ‹Prawda› ein Aufsatz gegen ihn gestanden hatte: ein böses Symptom von moskauer Byzantinismus und geistiger Unselbständigkeit. Reizend eine kleine Stelle aus der amerikanischen Reise, steht auf einer Seite mit recht ominöser Nummer. «Die roten Lampen, die früher die Straßen der Prostituierten zierten, sind verschwunden; sie hängen jetzt hinten am Auto, sagt man in Amerika.» So ist das! Jetzt weiß ich Bescheid. Die meisten Amerikaner werden also in Autos gezeugt; daher das Tempo. Ich bin gegen den Fordschritt.

Ich habe eine stille Liebe zu Tollern. Der Mann hat das, was wir heute alle sagen, in jenen Jahren 1916 und 1917 gesagt, als das noch Kopf und Kragen kostete; er hat seine Gesinnung auch im Kriege entsprechend betätigt; er hat diese Gesinnung durchgehalten, mit der Tat und mit dem Wort, und er hat für diese seine Gesinnung bezahlt. Und das darf man nie vergessen.

Nicht zu lesen, nur zu besprechen ist: ‹Das deutsche Offizierkorps› von Karl Demeter, Archivrat am Reichsarchiv. Aus der Vorrede: «Ungeachtet der amtlichen Stellung des Bearbeiters hat das Reichsarchiv keinerlei irgendwie gearteten Einfluß auf dessen wissenschaftliche Freiheit ausgeübt.» Freiheit ist gut.

Die Tür zur Geschichte ist nicht von uns besetzt; da liegen die andern und fälschen uns um. Dieser hier lügt wenig – aber er verschweigt alles. Aber auch alles.

Sehn wir von der wildgewordenen Terminologie eines dilettantischen Soziologen ab: zu gebrauchen sind eigentlich nur die paar Kabinettserlasse. Das Buch ist in einem Stil geschrieben … ach, was hat diese Soziologie angerichtet, die ja keine ist! «In jedem Falle entsteht dieses Solidaritätsgefühl teils durch objektive Gegebenheiten, teils durch bewußte subjektive Einwirkungen. Natürlich sind die beiden Momente, das statische und das dynamische, eng miteinander verflochten, ununterbrochen wird wechselseitig das eine aus dem andern erzeugt, und doch besteht jedes für sich als bestimmendes Agens für jenes soziologische Phänomen …» davon leben nun heute Hunderte von Menschen. Und es ist ein völlig inhaltloses Geschwätz; da steht immer einer vor seiner eignen Bildung stramm.

Nun, was also Demeter zu sagen weiß, ist nicht viel; was er aber alles nicht sagt: die grenzenlose Erbitterung der Vernünftigen gegen diese Offiziere; der Schaden, den sie im Ausland angerichtet haben; die tiefe Kulturlosigkeit … kein Wort davon. Die schnöseligen Erben eines echten Preußentums kommen gut weg. Manches, wie die Mißhandlungen wehrloser Untergebner, die wilhelminischen Kinkerlitzchen auf dem Gebiet der Uniform: das wird sanft zugegeben, aber nur sehr zaghaft. Wichtig sind allein die Kabinetts-Erlasse, aus denen klar hervorgeht, was man ja gewußt hat: die deutsche Armee ist ein politisches, ein parteipolitisches Instrument gewesen. Selbstverständlich. Zum Glück waren die Herren für eine geschickte Propaganda zu dumm und zu ungebildet. Das hat sich gewandelt.

So, und nun möchte ich weniger den einzelnen Leser, als vor allem jenen aufmerksam machen, der für Bibliotheken und Schulen Bücher kaufen kann, und zwar möchte ich ihn auf die schönste Publikation dieser Art hinweisen, die ich jemals in deutscher Sprache zu sehen bekommen habe.

‹Gesellschaft und Wirtschaft›, ein bildstatistisches Elementarwerk, herausgegeben vom Bibliographischen Institut AG. in Leipzig. Wer Kinder zu unterrichten hat; wer Volkshochschulkurse leitet; wer eine Arbeiterbibliothek betreut –: der sollte sich dieses Werk nicht entgehen lassen. Das Gesellschafts- und Wirtschafts-Museum in Wien hat Folgendes gemacht:

Jeder von uns kennt die Zeichnungen, die eine Statistik verbildlichen sollen: kleiner Mann links, das ist die deutsche Reichswehr, und großer Mann rechts, das sind die bösen Feinde – und dergleichen. Nur, leider: die Verhältnisse stimmen fast niemals, die Zeichner haben nach den ihnen übergebenen Zahlen abgeschätzt, um wieviel größer jener Export ist als dieser, und dann haben sie das so ungefähr dargestellt, praeter propter, wie der Berliner sagt. Diese Zeichnungen sind denn auch meistens nur ganz grobe Schemata, und das Auge sieht fast immer nur drei Größengrade: klein, größer, groß. Das wiener Museum nun stellt in diesem Atlas die Zahlenverhältnisse ganz anders dar. Es arbeitet mit kleinen Figuren, mit Männerchen und Körben und Zuckerhüten und Kartoffelsäcken, und es vergrößert nun die Figuren nicht, sondern setzt sie so oft nebeneinander, wie sie in den verschiedenen Gesamtsummen enthalten sind; zwanzig kleine schwarze Männerchen bedeuten also zum Beispiel zehn Millionen und zehn kleine Männerchen fünf Millionen. Das nimmt das Auge viel besser auf als die großen und kleinen Figuren, und so ergibt sich ein höchst lehrreiches Bilderbuch, dessen Tafeln uns auf einen einzigen Blick zeigen, was los ist.

Es sind 98 Tafeln, und man kann aus ihnen ablesen:

Bevölkerungsdichte zu vielen Zeiten und in vielen Ländern; Erdölwirtschaft der Erde; Statistik der Arbeitslosigkeit; Streiks; Vermögensverteilung im Deutschen Reich und so fort und so fort. Es ist das allerlehrreichste Konversationslexikon, das sich denken läßt – dazu sehr geschmackvoll gedruckt, in wunderhübschen Farben, und alles ist amüsant und tut dem Auge wohl. Wer da weiß, worüber Leute so diskutieren, ohne auch nur im Besitz der allereinfachsten Zahlenangaben zu sein, der wird diesen Atlas gern zur Hand nehmen. Volksbibliotheken und Bildungsanstalten sollten ihn unbedingt besitzen. Statistik verflacht ja vieles, und ein bißchen mißtrauisch darf man bleiben, nicht gegen die Verfertiger des Atlas, die ihre Quellen sauber angeben, sondern gegen die Statistik selbst, diese süße Form der Lüge. Manche Blätter darf man auch kritisch lesen: so ist zum Beispiel die Wohndichte in den Großstädten so berechnet, daß die Straßen in die Fläche miteingerechnet sind, wodurch das Bild nicht ganz klar wird, und bei der Darstellung der Rüstungen kommt Deutschland unverhältnismäßig gut fort. Aber das sind kleine Schönheitsfehler – der Atlas ist ein Meisterwerk pädagogischer Statistik.

Beschließen wir unsre heutige Bücherpredigt mit ‹Un mois chez les filles› von Maryse Choisy (Editions Montaigne, Paris, 13 Quai de Conti, Fernand Aubier). Es muß eine deutsche Ausgabe vorhanden sein – ich kenne sie aber nicht.

Tatbestand: Die Chiromantin des ‹Intransigeant› ist in die Puffs gegangen. Erschrecken Sie nicht: nur der Wissenschaft halber. Und das hat sie so gemacht, daß sie sich dort als «sous-maîtresse» verdungen hat … das ist also so ein Zwischending zwischen Aufseherin und Dienstmädchen. Das könnte doch nun sehr gut sein; schade, daß E. E. Kisch nicht … aber man soll nichts verschwören. Leider ist das Buch ein großer Schmarrn.

An Ehrlichkeit des Vokabulariums läßt es nichts zu wünschen übrig. Die Verfasserin – o Diotima! – sagt Rechtens so: «Nichts ist mir so widerwärtig als: kleine Ferkeleien im Stil von Anatole

France zu formulieren. Ich schreibe, ohne Zögern: merde, cul, sexe. Das sind klare Wörter, denen man den Vorzug geben soll, frei, mutig, – Wörter, die ein Bild wiedergeben, eben weil sie wenig gebräuchlich sind» (sie meint: im Schrift-Französisch). «Aber drucken zu lassen: ‹Er vergnügte sich mit diesen winzigen, durchaus nicht unschuldigen Kleinigkeiten, mit denen ein Mann seine Frau zu befriedigen sucht›, scheint mir feige Pornographie zu sein.» In Ordnung.

Was dann kommt, ist weniger in Ordnung.

So schön kann Frau Choisy gar nicht sein, als daß sie sich nun immerzu mit dem dreifach gedoppelten Ausruf: «Ich aber bin eine anständige Frau» zwischen uns und die Huren drängt. Was sind das für Mätzchen? Was das für welche sind? Kleinbürgerliche, wie sich aus ihren gradezu monströsen Anschauungen über die Prostitution ergibt. Eine Närrin, die nicht über ihr Arrondissement denken kann. Ich weiß schon: das sei der unbeirrbare Rationalismus der Franzosen. An den glaube ich – aber die Sache hat ihre Grenzen. Wirtschaftslagen sind nicht ewig, wie diese Bürger und Bürgerinnen glauben. Das ist nichtsnutzig, und es ist wertlos, so zu denken.

Dagegen sind Einzelheiten sehr gut, weil sie offenbar wahr sind.

Der Kerl, der sich ins Bordell einen Koffer mitbringt und sich dort in ein altes Brautkleid hüllt, ist ein schönes Exemplar aus einer Psychopathia sexualis, ein melancholisch-irrsinniges – das lohnt zu lesen. Und jene, die herunterkommt und Krach macht, weil ein englischer Kunde immer seine Zigarre raucht, wenn er sie liebt, und dann jene – das muß ich im Original hersetzen: Man kann es sehr gut übersetzen; aber man kann es nicht gut übersetzen.

Also: Es ist Sonnabend abend, das ganze Haus ist voll, Julie kommt von oben heruntergedonnert. «Was ist?» – «Ach, ach …!» «Na? Was ist los? Krank?» – «Ach, wenn es das wäre!» – «Also? Hat er nicht gezahlt?» – «Ach, wenn es bloß das wäre –» «Noch viel schlimmer – noch viel schlimmer!» – «Erzähl! Erzähl schnell! Los!»

– «Un michet (ein Kavalier) … Je ne sais comment il s'y est pris. J'ai eu beau résister. Mais ce sacré cochon est parvenu à me faire jouir. C'est la première fois que ça m'arrive. Jamais je n'oserai regarder mon ami en face ce soir.»

Das ist nicht zu überbieten. An keiner andern Stelle dieser amüsanten und unzulänglichen Berichte kommt so klar heraus, was im tiefsten Grunde der französischen Prostitution steckt: die Bäuerin. Die Kleinbürgerin. Die rationale Frau.

Peter Panter, WB 3. 3. 1931

25

Wenn kein Licht ist

Zu den schwersten Aufgaben, die es auf Erden gibt, gehört offenbar die Leitung eines Elektrizitätswerks. Wenigstens habe ich noch nirgendwo gewohnt, wo nicht plötzlich, schwupps, das Licht ausgegangen wäre. Ja, das ist ungerecht, was du da sagst – so oft ist es gar nicht ausgegangen, vielleicht drei-, viermal – und jetzt machst du so viel davon her. Das ist ja gar nicht so schlimm. Nein. Wohin man kommt, dieselbe Geschichte: abends, wenn man das Licht am nötigsten braucht, im Winter, wenn man sich rasieren will – knips … kein Licht. Einmal habe ich in Schweden gewohnt, da versorgte uns der Trollhättanfall mit dem Licht, also, sie hatten da Wasser in Elektrizität verwandelt, ich weiß nicht, wie man das macht, aber wir haben es ja in der Schule gelernt. Sonntag früh zum Beispiel konnte man auf dem elektrischen Topf kein Wasser kochen; da ging der Trollhättanfall zur Kirche. Ja. Übertreibe ich? Wie ist das, wenn kein Licht ist …?

Wenn kein Licht ist, sind wir erst einen Augenblick ärgerlich – das Gefühl ist ähnlich, wie wenn man sich setzen will und es hat einem jemand den Stuhl von hinten weggezogen. Ja, erst sind wir ärgerlich, und dann rufen wir Frollein Krause, sie soll die Lampe bringen. Oder wir holen sie selber, denn wenn das Licht ausgeht, ist Fräulein Krause nicht da. Das ist im Leben so eingerichtet. Wir holen also die Lampe.

Die gute Lampe …! Sieht mürrisch aus, die alte Frau. Kein

Wunder: wenn man immer nur herangeholt wird, wenn's den Leuten nicht gut geht ... Streichhölzer, wo sind denn die Streich ... Das Flämmchen flackt, die Lampe brennt. Sehr widerwillig brennt sie, auch riecht sie penetrant nach Deterding. Natürlich kein Petroleum drauf! Hundertmal habe ich der Krause schon ... wo ist das Petroleum? Wo das Petroleum ist? Ja, die Lampe sagt's nicht; da mußt du schon selber nachsehen.

Nie wird ein Sterblicher ergründen, was es alles für Flaschen in einer Küche gibt. Und hat er es ergründet: nie wird er verstehen, was in den Flaschen drin ist. Und warum in jeder Flasche immer etwas anderes drin ist, als wo drauf steht. Das kannst du doch nicht sagen: als wo drauf steht! Warum, laß mich. Die Leute verstehen das schon. Da wollen wir mal ein bißchen an den Flaschen riechen. Hm, hm, hm ... manche Menschen schütteln mit dem Kopf, wenn sie etwas gerochen haben. Dann riechen sie noch mal. Was das Mädchen alles aufbewahrt! Das ist doch Tinte? Steht drauf: Rotwein. Na, lassen wir das. Das ist Petroleum. Warum steht dadrauf? Kürako? Was soll das heißen: Kürako? Ach, das war neulich der Curaçao, und den hat sie umgießen wollen – Kürako ist gar nicht schlecht. Also gut, heizen wir die Lampe damit. Nun brennt sie. Ich trage sie ins Arbeitszimmer, auf den Schreibtisch.

Die Lampe brennt mit mildem Schein und heißt natürlich Minna. Das sieht ja ein Pferd. Minna. So traulich und harmlos, gutmütig und zuverlässig – das liegt aber an der weißen Lampenglocke; wenn man die abnimmt, sieht Minna aus, als käme sie gradenwegs vom Anhalter Bahnhof, München–Berlin, nachts vierter Klasse, die Haare hängen ihr zumplig ins Gesicht, aber Minna! Rasch stülpen wir die Lampenglocken wieder auf, und alles ist weißlich milde und treu und behaglich. Da sitzen wir nun, ich und Minna.

Wie klein das Zimmer auf einmal aussieht! Sehr groß ist es ja sowieso nicht, aber nun im Lampenschimmer ist es gradezu klein. Die Schatten haben sich in den Ecken versammelt ... das habe ich irgendwo gelesen, das darf ich also nicht sagen ... gut, keine Schatten in den Ecken; oben auf der Decke, wo der Stukkateur Mehlwürmer geringelt hat, die sich in den Schwanz beißen, scheint eine kleine Sonne: von der Lampe ist das. Wenn man sie da jahrelang stehen läßt, dann gibt es einen schwarzen Kreis. Wie war es früher? Am schönsten muß das gewesen sein, wenn die Festsäle mit Kerzen erleuchtet waren! Wie da die Schatten zuckten! Wie die gepuderten Schultern der Frauen glänzten, so matt, wie Elfenbein – ganz anders als bei diesem gefesselten Licht, Licht auf Flaschen gezogen, pfui! Und wie beweglich das Helle und das Dunkle in den Gesichtern auf- und ablief! Die Leute konnten bei dieser Beleuchtung nie starr aussehen, und die lebendigen Frauen waren doppelt und dreifach lebendig. Ja – aber wochentags saßen sie da um eine Kerze herum und später um eine Lampe – sehr traulich, wie? Sogar sehr gesund für die Augen. So buttergelb ist der Schein; man müßte Minna einen grünen Glashut aufsetzen, dann schimmerte sie grünlich, aber milchweißlich ist auch sehr schön. Was, Minna, Plock macht Minna und entläßt ein kleines brennendes Flöckchen aus dem Schornstein. Sie hat es sehr eilig, Minna fährt durch die Zeit. Andersen ließe sie jetzt sagen: «Seht ihr – da habe ich verachtet auf dem Speicher gestanden, zwischen allen den andern Kisten und Kasten, die lange nicht so fein sind wie ich, denn ich bin aus einer feinen Familie, ich war Lampe bei einem Kammeradjunkten. Auf dem Speicher sind ja nachts Mäuse und auch ein Kobold, Gott soll uns bewahren!» Was, Minna? Minna funzelt träumerisch vor sich hin. Sie sagt nichts.

Jetzt haben wir uns schon aneinander gewöhnt; Minna brennt, und ich schreibe. Einmal macht sie mir vor lauter Liebe einen Fettfleck auf das Papier, aber das tut nichts. Sie ist doch das Zentralfeuer, der heimische Herd, meine kleine Privatsonne. Wie, Minna? Dich müßte eigentlich eine Frau in der Hand tragen, nachts; eine Frau mit einem langen grauweißen Nachthemd, die Haare aufgesteckt, die Füße in Latschen, Minna, du leuchtest auch zu allem, du bist eine brave, gute, liebe … Die Krone im Zimmer hellt auf – wie ein majestätischer Sonnenaufgang ist das. Ah! erwartet sie. Ich denke: Ah! – Ganz hell ist es. So hell. Gar nicht! So hell, wie es eben immer ist, und wie es überhaupt zu sein hat!

Herrgott, mach doch die dämliche Lampe aus. Steht da, klein und häßlich, gelb und verfunzelt. Weg damit. Pütt!

Oben steigt ein graublauer Rauchwurm aus dem Zylinder und

legt sich quer durchs Zimmer. Er sieht aus wie eine Wolke auf alten Sezessionsbildern, aus dem Jahre 1901. Stell die Lampe weg. Alles voll Petroleum … die Hände … Minna? Wer heißt hier Minna? Hier ist keine Minna.

Es gibt Träume mit elektrischem Licht, Radio und allem Zubehör. Und es gibt Träume, wenn kein Licht ist. Ist das dein Ernst? Es ist mein Spaß – also mein Ernst.

Peter Panter, Voss 8. 3. 1931

26

Rußland

1919

Es brodelt, es brabbelt, es raunt in der Welt:
Rußland! Rußland!
Sie morden! Sie plündern! sie rauben das Geld!
Rußland! Rußland!
Wie sie die Fürsten durch Gossen schleifen –
das wird auf den Nachbarn übergreifen!
Sie arbeiten nicht! Alles bleibt stehn!
Das Chaos! So kann das nicht weitergehn …!
Sperrt die Grenzen ab! Der Prolet wird begehrlich!
Rußland –
Rußland ist gefährlich.

1931

Es brodelt, es brabbelt, es raunt in der Welt:
Rußland? Rußland?
Der Fünfjahresplan glückt! Das System, es hält!
Rußland? Rußland?
Wie sie arbeiten! Wie ihre Pläne reifen!
Das kann auf den Nachbarn übergreifen!
Es geht ihnen besser … Was wird da geschehn?
Wenn sie exportieren? Das kann nicht gehn.

Nieder mit Rußland! Die Kerls sind nicht ehrlich!
Rußland –
Rußland ist gefährlich.

*

Sie toben, vom wilden Affen gebissen.
Rußland ist ihr schlechtes Gewissen.
Propaganda glüht.
Und sogar den Papst haben sie bemüht.
Ist etwas auf Erden schief und krumm,
dann riecht es bestimmt nach Petroleum.

Theobald Tiger, WB 10.3.1931

27

Sein spannendster Roman

Fremde Literaturen von innen zu sehn: das ist uns nicht oft vergönnt. In Paris habe ich die Nasenspitze in diesen Laden gesteckt – schön wars nicht, es roch auch nicht gut. Die bessern Leute verhalten sich dort still oder sitzen in der französischen Provinz, und in die Augen springt das Gelle, das Grelle, das Laute. Ein sonderbarer Betrieb, den mitzumachen schon eine erhebliche Charakterlosigkeit erfordert. Es gibt erfreuliche Ausnahmen, und es gibt Grasset, der mit wildem Gefuchtel alle halbe Jahr an etwas andres glaubt und dadurch auch die andern veranlaßt, es zu glauben. Für sechs Monate. (Paul Cassirer war so ähnlich; nur kälter und böser.) Solche Leute richten mitunter manches Gute und manchmal viel Unheil an. Ja, das sind die Franzosen, und über die wissen wir ja einiges – aber wie sieht die amerikanische Literatur von innen aus?

Das zeigt uns einer, dem ich das nie zugetraut hätte: Upton Sinclair. ‹Das Geld schreibt›; eine Studie über amerikanische Literatur (erschienen im Malik-Verlag zu Berlin).

Sinclair steht bei mir unter den Aussortierten; ich mag ihn nicht. Seine Romane sind, je neuer sie sind, um so altbackner; seine Dialoge aus Pappe, seine Gesinnung untadlig und recht langweilig ausgedrückt. Er hat oft recht, aber ich schlafe dabei ein. Dieser Band kleiner Essays jedoch ist quicklebendig von der ersten bis zur letzten Zeile, amüsant, bunt, bewegt und bewegend; etwas außerordentlich Interessantes.

Sinclair nimmt seine Kollegen durch. Was uns das angeht? Sehr viel. Er tut es nämlich mit so grundsätzlichen Erwägungen, so lehrreich und so kritisch, auch da, wo er irrt, grade da, wo er irrt, daß man den deutschen Schriftstellern nur wünschen kann, dergleichen mit eben so wenig Pose, mit so wenig Brille und mit so wenig Aspekt auf Olympisches zu tun, das bei uns die Leute über vierzig so leicht befällt. Dieser Band ist in kurzen Hosen geschrieben.

Sinclair macht also nicht den fatalen Fehler, subjektive Abneigungen in scheinbar objektive Historie zu kleiden – das ist ein alter Trick. Er sagt vielmehr: diesen mag ich nicht, und jenen liebe ich, und dieser ist mir ein Greul und ein Scheul, und jener ist korrumpiert. Wodurch?

Dies ist die These des Buches:

«Die Künstler, die heute unsern Luxusklassen dienen, erscheinen mir wie Affen in einem Käfig, die nichts andres zu tun haben, als sich gegenseitig nach Läusen abzusuchen und das Publikum mit unzüchtigen Vorführungen zu beglücken.» Gar nicht übel formuliert, und ganz nebenbei: wahr.

Fast ganz ohne Beispiel ist zunächst, was Upton Sinclair über Upton Sinclair sagt. «Als der Weltkrieg ausbrach, ergoß sich der Idealismus Amerikas in einen neuen Kanal. Die amerikanischen Schriftsteller wurden – wie die übrige Bevölkerung auch – organisiert und militärisch gedrillt. Wir nannten uns die ‹Erwachenden›. Vielen von uns wäre es heute peinlich, an die Possen jener Zeit erinnert zu werden. Zehn Jahre sind indessen verflossen; einer dieser amerikanischen Schriftsteller nimmt sich hier vor, in kurzen Worten von seiner Schande zu berichten und die Tausende von jungen Menschen um Vergebung zu bitten, die er ins Schlachthaus hinüberlocken half.» Wir haben in Deutschland und Österreich eine literarische Gesinnungspolizei; ich möchte mal sehen, ob einer von diesen Jungens jemals so über sich selbst zu schreiben imstande wäre.

Er nimmt also amerikanische Schriftsteller durch, und da wir viele davon kennen, so ist das auch für uns wichtig. Er steht ihnen ja näher als wir.

Er macht das mit sehr viel Witz; mit so viel Witz und Humor, wie sie in keinem seiner Romane zu finden sind. Dieses kapitalistische System, sagt er, «verlangt, daß jeder Mensch so aussieht wie eine Schneiderreklame und so denkt wie der Mann, der den Text dazu gemacht hat». Nach dieser Melodie kritisiert er sie.

Hergesheimer zum Beispiel: sehr böse und fast ganz negativ. Ein Snob! und: Elfenbeinturm! und so über viele Seiten. Alles zugegeben: aber ‹Tampico›? Dieses Buch Hergesheimers ist von einem Mann für Männer geschrieben und für kluge Frauen, ist das auch snob? Das ist nicht snob.

Dreisers ‹Amerikanische Tragödie› sei eine komplette Sonntagsschulpredigt; dreimal Ja! Obgleich und weil Galsworthy uns das Gegenteil einreden will. Einmal führt Sinclair anläßlich eines Romans von Reverend Wright die «Just-Technik» vor, wie Kerr das genannt hat («Just in diesem Augenblick trat der langersehnte Sohn ins Zimmer»), und Sinclair, der ein Amerikaner ist, macht das mit Zahlen. Er rechnet nämlich die Wahrscheinlichkeit aus, mit der sich die Handlung des kritisierten Buches begeben könnte. Also etwa so: «Der Held, ein Verbrecher, gelangt auf seiner Flucht vor der Chikagoer Justiz in ein Dorf der Ozarker Gegend, wo ‹Tante Sue, das goldene Mutterherz mit dem Silberhaar› wohnt. Da es schätzungsweise dreitausend Dörfer gibt, in die er hätte fliehen können, so haben wir hier eine Anfangswahrscheinlichkeit von 1:3000.» Schlußergebnis: die Handlung des Romans kann im Leben vorkommen, und zwar mit einer Wahrscheinlichkeit von 1:345 600 Quatrillionen.

Dies aber ist der Grundgedanke des Buches: Die herrschende Klasse hält sich ihre Künstler, wie man sich einen Kanarienvogel hält. Singt er, ists gut; singt er nicht oder, was noch schlimmer ist, nicht die gewünschte Melodie: dann wird er abgeschafft. Das ist so selbstverständlich, sollte man meinen, daß das jeder Künstler erkennen müßte. Dem ist aber nicht so. Viele von uns bilden sich noch immer ein, vom Mond heruntergefallen zu sein und dortselbst, wenn auch möbliert, zu wohnen; sie sehen die Zusammenhänge nicht. Die Abhängigkeit des erfolgreichen, rege produzierenden, durch seine Arbeit lebenden Schriftstellers von der herrschenden Klasse ist überall gleich groß. Das Geld schreibt? Man sollte viel mehr sagen: «Das Geld verhindert, zu schreiben.» Denn der Angelpunkt, um den sich ganze Literaturen drehen, ist das, was nicht in ihnen steht. Hier ist Sinclair ganz und gar im Recht, ganz und gar.

Wenn Sinclair nun ein wenig naiv fordert, man müsse «die Geschäftsleute aus der Literatur ausschalten», so entspricht das seinem etwas vormärzlichen sozialen Standpunkt: er ist ein sauberer Individualist, sein Herz schreit auf über «das, was unrecht ist in der Welt», – aber seine Gegenvorschläge sind oft leer und manchmal ganz und gar unwirksam. Das werfen ihm die Kommunisten mit Recht vor.

Die Rolle des Künstlers in dieser Gesellschaft aber hat er klar erkannt. Er sollte nur nicht das Geld allein dafür verantwortlich machen; er sollte die Geltung hinzufügen, den Drang nach Geltung. Ein bißchen verschweigen, um das Entscheidende herumschweigen, ist so leicht und so verführerisch, wenn man dafür die Geltung eintauschen kann, den Erfolg, den Ruhm und die Beachtung der Welt, in der man lebt. Sicherlich hat keiner der kapitalistischen Staaten auch nur das leiseste Recht, sich über die geistige Unfreiheit in Rußland aufzuhalten; in keinem dieser Staaten, wenn man vom Balkan absieht, hat der Schriftsteller mehr Recht als dies: nicht körperlich verbrannt zu werden. In keinem dieser Staaten läßt die Industrie der periodischen Literatur jene zu Worte kommen, die den Interessen der Kapitalisten schädlich werden können, das ist ein natürlicher Vorgang: es ist Krieg. Die Russen tun genau dasselbe, nur mit dem Unterschied, daß sie ihren legalisierten Terror für die Proletarier ausüben wollen. Welches Resultat das haben wird, bleibt abzuwarten. Der Schriftsteller aber, der sein Wirken für unabhängig hält, nur, weil er geschickt laviert, ist genau so eine lächerliche Figur wie jener, der seinen Unterhaltungskram für Dichtung hält, und welcher Macher täte das heute nicht! Seit der Oktoberrevolution des Jahres 1917 besteht der Kapitalismus aus Angst und bösem Gewissen, also ist er noch grausamer als er vorher schon gewesen ist. Daher auch die maßlose

Überschätzung der Musik, weil die keinem etwas tut. Und nichts wirkt komischer als die Wichtigtuerei, mit der der geduldete Künstler sein Werk betrachtet. Was ist er denn? Er hat, wie die Hühner, einen Auslauf aus seinem Käfig und mehr nicht. Sinclair hat tausendmal recht.

Nicht so unbedingt kann ich ihm in einer ästhetischen Frage zustimmen, die sich politisch gibt, es aber nicht ist. Der Mann ist unmusikalisch; man braucht nur zu hören, wie er über einen Dichter schreibt, von dem ein Gedicht zitiert wird: George Sterling. Das Gedicht wirkt noch in der Übersetzung erschütternd.

Der Mann, der ich nicht bin:
Und in der Nacht, da sah ich klar,
Ich fing zu zählen an:
Er hat so vieles gut gemacht,
Ich habe nichts getan.
Soll ich, sein schlechtes Ebenbild,
Beweinen, was schon hin?
Er weiß, wie billig Tränen sind,
Der Mann, der ich nicht bin.

Sinclair beklagt von diesem verstorbenen Sterling, er sei ein Trinker gewesen. Das ist gewiß sehr bedauerlich, aber Sinclair ist nüchtern und nichts als das. Ich verteidige nicht den Mißbrauch des Alkohols – ich mißbillige nur eine brave, eine wohlgesittete, eine undämonische, eine Limonaden-Kunst. Und es gibt, wahrlich, ich sage euch, es gibt auch rote Limonaden.

Dieser völlige Mangel an Verständnis für das, was lyrische Kunst ist, fällt immer wieder auf. «Lyriker sind Geschöpfe, die sich mit ihren eigenen Säften in einen Kokon verspinnen.» Und dann, ganz tantenhaft: «Jede wahrhaft große Kunst ist optimistisch.» – «Ich halte den Pessimismus, wo er und unter welchen Umständen immer er erscheint, in Kunst, Philosophie, oder Alltag für eine Art Geisteskrankheit.» Auch du Babbit? Zweimal zwei ist vier; das ist wahr. Aber es ist nicht die ganze Wahrheit. «Wozu nähme man sonst die Erschütterungen des künstlerischen Schaffens auf sich?» Wozu –? Weil man muß, Sinclair.

Hier, im Grundgedanken, hat er recht und unrecht. Unrecht hat er, wo er den griechischen Göttinnen Strickstrümpfe überzieht, und es gibt diese Göttinnen, es wird sie ewig geben. «Die Antike», steht bei Kierkegaard, «ist ein Präsens; die Romantik ist ein Aorist.» Und die herkömmliche Poesie des Klassenkampfes ist ein Futurum, allwelches Tempus bekanntlich in den meisten Sprachen keine eigne Form hat, sondern aus bereits vorhandnen Formen zusammengesetzt wird. Sinclair macht sich das Leben einfach, im Grunde so einfach wie das Weltbild des Schrecklichsten aller Schrecken: einer amerikanischen Dame der bessern Gesellschaft. «Wir hätten» (im Anschluß an das Andersensche Märchen von des Kaisers neuen Kleidern gesagt) «einen kleinen Kritikerjungen dringend nötig, der in ganz gewöhnlichem Alltagsenglisch sagt: ‹Das ist ja alles Beischlaf!›» Der Ruf könnte oft nicht schaden, aber: ist nicht sehr vieles wirklich nur dies und sonst gar nichts? Man hebt mit Recht als Plus hervor, daß es in Rußland wenig Lüsternheit gebe – die Leute haben sie nicht nötig, im Leben nicht und in der Literatur auch nicht. Gut. Doch sind damit die irrationalen Kräfte beseitigt, die Imponderabilien, eben das, was sich marxistisch nicht auflösen läßt? Und nun werde ich ja wohl exkommunisiert werden.

Man sagt zweihundertundzwölf Mal Nein zu Sinclairs Buch, auf jeder Seite ein Mal. Und man sagt zweihundertundzwölf Mal Ja – und das ist viel, beinah alles, was man von einem Buch verlangen kann. In der Übersetzung ist übrigens ein kleiner Fehler stehen geblieben: «Pétrone Ingénu» heißt nicht: «aufrichtiger Petronius», sondern: naiver Petronius, harmloser, unschuldiger Petronius.

Und fast gar nichts habe ich von einer Eigenschaft des Buches gezeigt, die man in der angelsächsischen Literatur so häufig trifft und in der deutschen so wenig: die Leute haben Humor, noch im Ernst haben sie Humor. Die Polemiken etwa mit Mencken … das ist bezaubernd. Noch wo sie zupacken, haben sie Zeit, im Kampf einmal «Oh dear!» zur Galerie hinaufzurufen, alles freut sich, und der Kampf geht weiter. Ein Tier lacht nicht. Der Angelsachse kann lachen, weil er lachen kann.

Zeige mir von fern einen dicken Roman Sinclairs, und ich will laufen, daß der Trainer sagt: «Beinah so gut wie das letzte Mal bei Unruh.» Dieses Buch aber – ‹Das Geld schreibt› – ist sein spannendster Roman.

Peter Panter, WB 10.3.1931

28

Schepplin

Du latscht uff deine jroßen Botten
in Kino durch de janze Welt.
Bei Weiße un bei Hottentotten …
wat hast du alles anjestellt!
  Du kommst so an … Der jreeste Recke
  valiert trotz seine Niedertracht.
  Du kiekst bloß eenmal um de Ecke,
    un alles lacht.

Du schmierst se Flammri in Cylinder,
loofst durch de Beene von Pochtier;
du bist so nett zu kleene Kinder,
schmeißt Damens Eis ins Dekollteh.
  Denn jehste hin und feifst ein Liedchen,
  als hättste weita nischt jemacht.
  Und wer dir sieht mit dein Hietchen –:
    der lacht.

Vor dir hat jeda schon jesessen.
Trotz Koppweh, Ärja, Not un Schmerz …
Vor dir hat jeda det vajessn.
Ick wer da sahrn: du hast Herz!
  Du machst, det die vanimftjen Knaben,
  bloß, weil du da bist, Unrecht haben.
    Und tragen se dir mit Jebimmel
    (noch lange nich!) in dunkle Nacht –:

denn sieht dir Jott in sein Himmel
steht uff
un lacht.

Theobald Tiger, WB 17.3.1931

29

Zur soziologischen Psychologie der Löcher

Daß die wichtigsten Dinge durch Röhren gethan werden. Beweise: erstlich die Zeugungsglieder, die Schreibfeder und unser Schießgewehr.

Lichtenberg

Ein Loch ist da, wo etwas nicht ist.

Das Loch ist ein ewiger Kompagnon des Nicht-Lochs: Loch allein kommt nicht vor, so leid es mir tut. Wäre überall etwas, dann gäbe es kein Loch, aber auch keine Philosophie und erst recht keine Religion, als welche aus dem Loch kommt. Die Maus könnte nicht leben ohne es, der Mensch auch nicht: es ist beider letzte Rettung, wenn sie von der Materie bedrängt werden. Loch ist immer gut.

Wenn der Mensch «Loch» hört, bekommt er Associationen: manche denken an Zündloch, manche an Knopfloch und manche an Goebbels.

Das Loch ist der Grundpfeiler dieser Gesellschaftsordnung, und so ist sie auch. Die Arbeiter wohnen in einem finstern, stekken immer eins zurück, und wenn sie aufmucken, zeigt man ihnen, wo der Zimmermann es gelassen hat, sie werden hineingesteckt, und zum Schluß überblicken sie die Reihe dieser Löcher und pfeifen auf dem letzten. In der Ackerstraße ist Geburt Fluch; warum sind diese Kinder auch grade aus diesem gekommen? Ein paar Löcher weiter, und das Assessorexamen wäre ihnen sicher gewesen.

Wenn der Mensch ein Loch sieht, hat er das Bestreben, es auszufüllen, dabei fällt er meist hinein. Man tut also gut, um die Löcher einen großen Bogen zu machen, wobei man sich nicht wundern darf, wenn man in andre fällt. Man falle also lieber in das erste. Loch ist Schicksal.

Das merkwürdigste an einem Loch ist der Rand. Er gehört noch zum Etwas, sieht aber beständig in das Nichts, eine Grenzwache der Materie. Das Nichts hat keine Grenzwache: während den Molekülen am Rande eines Lochs schwindlig wird, weil sie in das Loch sehen, wird den Molekülen des Loches … festlig? Dafür gibt es kein Wort. Denn unsre Sprache ist von den Etwas-Leuten gemacht; die Loch-Leute sprechen ihre eigne.

Das Loch ist statisch; Löcher auf Reisen gibt es nicht. Fast nicht.

Löcher, die sich vermählen, werden ein Eines, einer der sonderbarsten Vorgänge unter denen, die sich nicht denken lassen. Trenne die Scheidewand zwischen zwei Löchern: gehört dann der rechte Rand zum linken Loch? oder der linke zum rechten? oder jeder zu sich? oder beide zu beiden? Meine Sorgen möcht ich haben.

Wenn ein Loch zugestopft wird: wo bleibt es dann? Drückt es sich seitwärts in die Materie? oder läuft es zu einem andern Loch, um ihm sein Leid zu klagen – wo bleibt das zugestopfte Loch? Niemand weiß das; unser Wissen hat hier eines.

Wo ein Ding ist, kann kein andres sein. Wo schon ein Loch ist: kann da noch ein andres sein? Und warum gibt es keine halben Löcher –?

Manche Gegenstände werden durch ein einziges Löchlein entwertet; weil an einer Stelle von ihnen etwas nicht ist, gilt nun das ganze übrige nichts mehr. Beispiele: ein Fahrschein, ein Luftballon und eine Jungfrau.

Das Ding an sich muß noch gesucht werden; das Loch ist schon an sich. Wer mit einem Bein im Loch stäke und mit dem andern bei uns: der allein wäre wahrhaft weise. Doch soll dies noch keinem gelungen sein. Größenwahnsinnige behaupten, das Loch sei etwas Negatives. Das ist nicht wahr: der Mensch ist ein Nicht-Loch, und das Loch ist das Primäre. Lochen Sie nicht; das Loch ist die einzige Vorahnung des Paradieses, die es hienieden gibt. Wenn Sie tot sind, werden Sie erst merken, was leben ist. Verzeihen Sie diesen Artikel; ich hatte nur zwischen dem vorigen und dem nächsten ein Loch ausfüllen wollen.

Kaspar Hauser, WB 17. 3. 1931

30

Die Stiftung

«Aus den Zinsen des Stiftungskapitals der Peter-Urban-Stiftung werden Buchhändlerlehrlingen zur gründlichen Erlernung ihres Berufes Beihilfen von je 600 RM. jährlich in monatlichen Teilbeträgen gewährt. Als Nutznießer der Stiftung kommen nur Angehörige des gebildeten Mittelstandes in Betracht, die bei nachgewiesener Bedürftigkeit gute Schulbildung, möglichst Abiturium von Gymnasium oder Oberrealschule, besitzen.

Es wird ausdrücklich darauf hingewiesen, daß das Stipendium nur zur Ausbildung im Buchhandel gewährt wird. Bei Ausscheiden aus dem Buchhandel entfällt nicht nur die Weiterzahlung, sondern es kann auch die bis dahin gewährte Unterstützung zurückverlangt werden.

Bewerbungsschreiben sind unter Beifügung von Lebenslauf, Schulabgangszeugnis, Bedürftigkeitsnachweis und Zeugnis des Lehrherrn einzusenden an den Vorstand der Peter-Urban-Stiftung, Leipzig C 1, Gerichtsweg 26.

Leipzig, den 7. November 1930.

Der Vorstand der Peter-Urban-Stiftung
Dr. Eduard Urban.
Dr. Albert Heß.»

So zu lesen vor einiger Zeit im Buchhändler-Börsenblatt. Daß der gebildete Mittelstand, der nächstens noch für Anatomieleichen das Abitur fordern wird, unter sich bleiben will, sei ihm gern gegönnt. Aber welch Theater für fünfzig Mark im Monat –!

Mir erscheint ein solches Brimborium recht typisch für die leer laufende Geschäftigkeit deutscher Organisatoren.

Fünfzig Mark im Monat für ein paar junge Leute … und welcher Betrieb!

Zeugnisse und Papiere, Papiere und Zeugnisse; Akten und Prüfungen, und niemand fragt: Ja, lohnt denn das überhaupt? Nein, das fragt niemand, weil fast niemand von den Herren Organisatoren so viel gesunden Menschenverstand hat, daß er sich diese Kardinalfrage stellt:

Stehen Aufwand und Ertrag im rechten Verhältnis –?

Organisation ist so oft Selbstzweck geworden, daß wir dergleichen eine Karikatur nennen dürfen. Sie haben «ze tun» – was dabei herauskommt, ist ihnen völlig gleichgültig. Die Aktentasche schleift ihren Besitzer hinter sich her, wer wen trägt, weiß man nicht genau, und wenn es köstlich gewesen ist, dann ist es Betrieb und Organisation gewesen.

Es gibt aber ein ehernes Gesetz der Wirtschaftsmechanik:

Wenn der Aufwand größer ist als der Ertrag, dann wird die Wirtschaft krank. Sie glauben, Geschäftigkeit sei Arbeit, Betrieb sei Arbeit – Alfons Goldschmidt, der es besser weiß als ich, hat so oft darauf hingewiesen. Die Fachleute lächeln, das ist ihr Beruf, zu lächeln. Die Laien wundern sich: warum es wohl rückwärts geht, rückwärts … Viele Gründe hat das. Einer davon ist, daß eine Monatsbeihilfe von fünfzig Mark mit einem Aufwand von Mühe, Zeit, Kosten und Geld gewährt wird, der dem Resultat nicht gleichkommt. So die Stiftungen und so erst recht der Staat. Er ernährt seine Funktionäre und kostet so viel Geld. Und was liefert er dafür –?

Neue Lasten, Zwangsvorschriften, die uns belästigen, und von Zeit zu Zeit – statt aller verbotenen Filme – einen rechtschaffenen Krieg. Leider nicht nur für Angehörige des gebildeten Mittelstandes.

Ignaz Wrobel, WB 17.3.1931

31

[Paul Baudisch]

Sie schreiben: «In Nummer 9 der ‹Weltbühne› tadelt Herr Peter Panter meine Übersetzung der Kurzgeschichten O. Henrys. Daß ihm mein Versuch, die eigentlich unübertragbaren Slangwitze O. Henrys, die vielfältigen Slangnuancen vom Hinterwäldler-Kauderwelsch bis zum halb saloppen, halb hochtrabenden Bowery-Slang wiederzugeben, als mißglückt erscheint, kann mich nicht zu einer Polemik berechtigen. (Ich bin freilich der Meinung, ein gewissenhafter Kritiker, der ein Versagen feststellt, müsse den Leser auch über die Bedingungen unterrichten, unter denen dieses Versagen erfolgt ist.) Mich aber geht vor allem ein konkreter Vorwurf an, den Herr Panter gegen mich erhebt. Er meint, ich hätte aus Unkenntnis des englischen Sprachgebrauchs die Floskel ‹I guess› zu Unrecht mit ‹Schätze› übersetzt, das gemahne an die alten Trappergeschichten. Dazu muß ich bemerken: ‹I guess› übersetze ich fast nie und ‹I reckon› (diese Phrase, die hier in Betracht kommt und die Herr Panter leider zu erwähnen vergessen hat) nur dann mit ‹Schätze›, wenn der Anklang an alte Trappergeschichten vom Autor oder von mir beabsichtigt ist. Die Absicht mag Herr Panter tadeln, mit Belehrungen sollte er vorsichtiger sein.» Peter Panter erwidert darauf: «Vorsichtiger geht es nicht gut. Die mäßigen Übersetzungen Baudischs, die ich nicht jedesmal, wenn ich ihnen begegnet bin, angemerkt habe, sind nie eine Freude gewesen. Schätze, daß Paul Baudisch meine Kritik nicht ordentlich gelesen hat. ‹Wie Henry übersetzt ist,› steht da, ‹weiß ich nicht, denn ich kenne das amerikanische Original nicht.› Also wußte ich auch nichts von ‹I reckon›. Der Übersetzer versteht gar nicht, daß es sich hier um sein schlechtes Deutsch handelt. ‹Wir da können nich' miteinander auskommen, so und so nich'. 's is' einschichtig genug in die Berge, wenn 'n Mann und 'n Weib was auf sich geben. Aber wenn's sie spucken tut wie 'ne Wildkatz' oder finster dreinglotzt wie 'n Schuhu im Käfig, hat 'n Mann keine Verpflüchtung nich', mit sie zu leben.› Was ist das? Das ist amerikanischer Ganghofer. Wer spricht so? Niemand spricht so. Das machen sich nur die Übersetzer zurecht, die kein Deutsch können. Und weil sie kein Deutsch können, so begreifen sie nicht, daß die Angelsachsen ihre kleinen Hauptsätze ‹Ich fürchte›, ‹Ich glaube›, ‹I guess›, ‹I reckon› nur als Vorschlag setzen, und dann steht das, was sie wirklich sagen wollen, im Nebensatz. Bei uns steht es im Hauptsatz. Baudisch aber übersetzt die Vorschlagsätze immer munter mit. ‹So glaube ich, das macht unsrer Bekanntschaft ein Ende.› Ist das gutes Deutsch? Ich tue nicht glauben so. ‹Well, ich vermute, ich muß mich jetzt fortscheren.› Schätze, das ist miserabel übersetzt. Die Verleger sollten sich einen bessern Übersetzer suchen – in welchen Händen ist diese Arbeit!»

Anonym, WB 17.3.1931

32

Lottchen wird saniert

«Also sind das jetzt *alle* Schulden, die du hast?»

«Das sind alle.»

«Lottchen, daß du mir aber nicht hinterher mit neuen kommst – du weißt: im vorigen Jahr, in Lugano, habe ich auch alles bezahlt, und wie ich fertig war …»

«Daddy, ich schwöre dir – diesmal habe ich wirklich alles gebeichtet! Meine Kassen sind überhaupt tadellos in Ordnung – also wirklich!»

«Gut. Also gib noch mal die Aufstellung her; ich will das mit deinen Kassenbüchern vergleichen … allmächtiger Gott, *das* sind deine Kassenbücher?»

«Na, was denn?»

«Diese traurigen Fetzen?»

«Selber trauriger Fetzen! Geh mal weg! Gib mal her – bring mir das nicht durcheinander – ich hab mir das so schön geordnet …! Soll ich vielleicht doppelte Buchführung machen mit Hauptbuch in Kaliko und sonem Quatsch … gib mal her!»

«Was ist denn das?»

«Das ist der Zettel von den Schulden; aber die hier gelten nicht, die sind schon bezahlt, nein, die sind noch nicht bezahlt, aber die haben Zeit. Die können warten! Kätchen kann warten.»

«Hat dir dein Freund Käte wieder Geld gegeben? Ich habe dir doch gesagt, du sollst die Frau nicht anpumpen! Der Mann ist Arzt und verdient … ja, ich weiß schon. Aber ich will das nicht. Wieviel?»

«Vierzig Mark.»

«Da steht doch aber 65 Mark?»

«Ja … das heißt … das sind noch fünfundzwanzig Mark, die habe ich … die hat sie mir …»

«Also fünfundsechzig. Und was ist das? Hundertundzehn Mark?»

«Das ist für die Kinder. Schuhe und Strümpfe.»

«Also, weiß Gott: es sind ja nicht *meine* Kinder. Hundertundzehn. Teure Kinder hast du. Fünfundsechzig und hundertundzehn … so geht das überhaupt nicht. Gib mal her – jetzt werde ich mal eine neue Aufstellung machen! Also:

Kätchen.......................... 65
Kinder........................... 110
Hankemann................... 92

Ja, die hast du gebeichtet – ich weiß schon.

Louis Brest … ach so, die Bank, wieviel? Zweihundertundneun Mark? Sage mal, Lottchen, dir piekt es wohl?»

«Wieso? Das ist ein altes Debet-Konto, das habe ich … Das verstehst du nicht – Herrgott, hör doch mal zu! Ich habe mir aus meiner Kleiderkasse im Mai, nein, im vorigen Oktober, fünfundvierzig Mark geborgt, bitte, ich geb sie mir zurück, ich kenn mich doch, mir kann man borgen; und die habe ich in die Kinderkasse getan, und weil in der Reisekasse noch neunundachtzig Mark wegen der Gasrechnung gefehlt haben, da habe ich eben die Miete vom nächsten Vierteljahr genommen – und auf diese Weise habe ich auf der Bank ein Debet-Konto! Das ist doch lohrisch!»

«Ja, das ist sehr logisch. Aber davon hast du nichts gesagt. Ich will dich ja gern sanieren, das tue ich ja alle Jahre, dieses Großreinemachen – zweihundertundneun Mark Debet … sage mal Lottchen, wer glaubst du eigentlich, wer ich bin?»

«Du bist ein alter Gnietschfritze! Hab dich doch nicht so

wegen der zweihundert Mark! Überhaupt sind sie nicht eilig! Die haben Zeit!»

«Und kosten Zinsen! Also weiter:

Louis Brest 209
Werßhofen 54

Was ist das?»

«Das ist das, wo ich dir neulich gesagt habe!»

«Davon hast du nichts gesagt!»

«Davon habe ich nichts gesagt? Das ist ja großartig! Ich habe nur nicht gleich vierundfünfzig gesagt, damit du nicht so'nen Schreck kriegst ... ich habe nur einen Teil zugegeben.»

«Wieviel?»

«Drei Mark fünfzig. Das hat man davon, wenn man Rücksicht nimmt! Die gehören überhaupt in die Wirtschaftskasse. Die Schulden, das sind gar nicht meine Schulden ... das schuldet die Wirtschaftskasse!»

«Wem?»

«Der Kleiderkasse. Nu weiter!»

«Also wovon ich das alles bezahlen soll ... ich weiß es nicht. Ich weiß es wirklich nicht ...»

Werßhofen 54
Postscheck 28

– was heißt Postscheck achtundzwanzig ...?»

«Gib mal her. Ich weiß nicht ... Ach so! Das habe ich an Papa mit Postscheck zahlen wollen.»

«Hast du's denn gezahlt?»

«Nein. Papa war damals grade auf Reisen.»

«Wo ist das Geld?»

«Wo ist das Geld! Wo ist das Geld! Komische Fragen stellst du! Das Geld ist natürlich weg!»

«Wo es ist, will ich wissen!»

«Mein Gott, ich hab es an Neschke geschickt, wegen der Schuld.»

«Wegen welcher Schuld?»

«Na, ich ... also ich schulde ihm noch achtundvierzig Mark, vom vorigen Jahr! Herrgott, ich kann nicht immer mit demselben Hut rumlaufen, man kommt sich ja schon rein dämlich vor!

Alle Frauen haben einen neuen Hut, bloß ich nicht! Mach nicht so'n Gesicht – Neschke kann warten; den brauchst du nicht bezahlen …»

«Zu bezahlen!»

«Verbesser einen doch nicht immer! Das ist ja schlimmer wie ein Lehrer!»

«Als.»

«Wie?»

«Als. Schlimmer als ein Lehrer. Nach dem Komparativ …»

«Ist hier Grammatik, oder machen wir hier Kasse? Also weiter. Neschke wartet – er ist darin viel kulanter wie die Münchner.»

«Welche Münchner?»

«Ach … ich habe da auf der Reise … Daddy, du brauchst nicht gleich zu schreien, zu nach brauchen, ich war doch auf der Durchreise in München, und da habe ich so ein entzückendes Automäntelchen gesehn …»

«Mäntelchen ist schon faul. Wieviel?»

«……»

«Also wieviel?»

«Hundertundzwanzig. Aber ich trage es noch drei Jahre!»

«Diese Frau ist der Deckel zu meiner Urne. Ich vermag es fürder nicht. Fürder ist ein seltenes Wort, aber du bist auch selten. Sind das nun alle Schulden?»

«Das sind alle. Dann bloß noch die Apotheke und fünfzig Mark beim Doktor. Aber der kann wirklich warten. Du brauchst ihn nicht zu bezahlen! Ich will es nicht! Ich will es wirklich nicht! Den bezahl ich allein! Er kann warten! Wirklich!»

«O Popoi. Nein, das ist nicht unanständig; das ist griechisch. Nun schreib mir das alles auf, und ich werde es in meine Brieftasche legen und es mir beschlafen. Großer Gott, du siehst es. Blick herunter! Schreib es so, daß man lesen kann! So, danke. Ich geh jetzt mal runter, Zigaretten kaufen – gib her! Lottchen, du bist eine teure Dame. Aber nun ist auch wirklich alles aufgeschrieben? Ja? Das ist alles? Das ist nun wirklich alles?»

«Das ist alles. Heiliges Ehrenwort. Das ist wirklich alles. Ich bin gar keine teure Dame – ich bin viel zu billig. Bei meinen Qualitäten! Auf Wiedersehn!»

«Auf Wiedersehn!»

(Das Lottchen): «Jetzt hab ich richtig vergessen, ihm die zweiundzwanzig Mark Bridgegeld anzusagen! Allmächtiger Braten! Ach was ... ich buch sie in die Sportkasse!»

Peter Panter, Voss 19.3.1931

33

[Gegen das Remarque-Filmverbot]

Der nordische Barde Goebbels hat in seinen Kundgebungen wiederholt darauf hingewiesen, daß der Remarque-Film ein «Geschäft» sei. Das ist dieser Film sicherlich – im Gegensatz zu den Fridericus-Erzeugnissen, die über und unter Gebühr rein ideale Ausstrahlungen Baldurs zu sein scheinen.

Filme sind Erzeugnisse einer Industrie, gehemmt durch eine Zensur, die im Interesse der herrschenden Klasse funktioniert. Trotzdem gibt es gute und schlechte Filme.

Die Nationaille hat aus unlauteren Beweggründen gegen diesen Film protestiert. Es ist bedauerlich, daß ein Pazifist wie Friedrich Wilhelm Foerster Verwirrung in die Reihen des Pazifismus getragen hat, indem er sagt: «Das Szenario stellt eine tendenziöse Auswahl seitens einer Art von sentimentalem, ja oft weinerlichem Pazifismus dar, bei dem der Abscheu gegen den Krieg nicht aus den Tiefen der moralischen Menschennatur kommt, sondern aus dem Nervensystem, dem Magen, dem Schlafbedürfnis ...» Aus dem Nervensystem! Nur aus dem Nervensystem! Wir haben oft zu Foerster gehalten. In diesem Falle ist dem Vorsteher eines kleineren katholischen Moralamtes nur zu wünschen, daß er einmal in die Lage kommt, *nur* aus dem Nervensystem gegen den Krieg protestieren zu müssen – also etwa nach achtundvierzigstündigem Trommelfeuer.

Noch der niedrigste Pazifismus hat gegen den edelsten Militarismus tausendmal recht! Es gibt kein Mittel, das uns nicht recht wäre, den Moloch des Kriegswahnsinns und des Staatswahnsinns zu bekämpfen.

Der Tod der zehn Millionen ist sinnlos gewesen – sie sind für nichts gefallen.

Nachträglich muß die trauernde Mutter, die trauernde Frau, müssen die Reklamefachleute für den nächsten Krieg, diesem Gemetzel, das selbst der Papst «ehrlos» genannt hat, einen Sinn unterlegen – was die Hinterbliebenen angeht, so brauchen sie diesen Trost: es ist so schwer, sonst weiterzuleben … Ehre der Trauer. Schmach dem Kriege!

Wir brauchen keine Kartenkunststücke, die uns den angeblichen Sinn dieses Wahnsinns vormachen sollen.

Und darum ist uns jeder, jeder Film recht, der der Menschheit den Krieg auch in seinen niederen Formen, gerade in seinen niedrigsten Formen vorführt. Mussolini zeigt seinem Volk nur die Fahnen und nichts als das – Remarque zeigt uns die Fahnen und den Rest: die Zerfetzten und die Taumelnden, die Blutenden und die Zerschossenen – und wer sich daran begeistern will, der mag es tun.

Wir andern rufen gegen die Weltenschande: Nieder mit dem Kriege!

Kurt Tucholsky, Die Menschenrechte 20.3.1931

34

Memoiren aus der Kaiserzeit

Wie sich der kleine Moritz die Weltgeschichte vorstellt – genau so ist sie.

Anton Kuh

Falkenhayn

Es war ein strahlender Sommertag, als ich endlich am 13. Juli ins Hauptquartier Seiner Majestät fuhr. Die Beratung fand in den Parterre-Räumen statt.

Der Kaiser sah ausgezeichnet aus, gesund und frisch, wie wir ihn lange nicht gesehn hatten. Anwesend waren:

Ludendorff, Tirpitz, Mackensen und Bülow, der direkt aus Rom gekommen war.

Seine Majestät hatte uns zusammenberufen, um unsre Meinung über eine Annektierung von Panama zu hören. Ludendorff stimmte selbstverständlich zu, betonte aber, daß man Mexiko dazunehmen müsse, da dies die Stimmung in der Heimat heben würde. Tirpitz riet beinah ab, was auf den Kaiser, wie wir alle bemerken konnten, höchst peinlich wirkte. Bülow in seiner schmeichlerischen Art verbeugte sich leicht, brachte ein französisches Zitat vor und fand den Einfall «prachtvoll». Mackensen küßte als Antwort dem Herrscher stumm die Hand.

Nur ich behielt den Überblick und versprach dem Kaiser, einen genauen Plan zur Besetzung Panamas, das wegen des Suez-Kanals für uns militärisch wichtig war, auszuarbeiten. Auf mich wirkte das Ganze bereits damals wie eine drohende Ankündigung von Deutschlands Zusammenbruch. Infolgedessen schlug ich eine neue Offensive bei Verdun vor, für die ich die volle Verantwortung übernahm. Auch die andern Herren hatten ihre Sachen in der Garderobe abgegeben.

Als wir aus dem Portal traten, regnete es; es war wie eine trübe Vorbedeutung.

Tirpitz

Meine Liebe!
Ich komme grade aus dem Kriegsrat bei Seiner Majestät; draußen ist prachtvoller Sonnenschein; als ich hinfuhr, goß es in Strömen. Die Beratung fand im ersten Stock statt.

Ludendorff war da, Mackensen, Falkenhayn und Bülow, der direkt aus Berlin gekommen war.

Der Kaiser wollte die Annexion Panamas durchsetzen und keinen Frieden abschließen, ohne den Herzogshut von Panama errungen zu haben. Selbstverständlich stimmten alle zu – aber so matt, ängstlich und schlapp, daß ich den allerschlechtesten Eindruck von der politischen und militärischen Führung mit nach Hause nahm. Diese Leute wagen ja nichts zu sagen. Ich berichtete Seiner Majestät, daß nach mir gewordenen Informationen Panama darauf warte, endlich preußisch, also ein Groß-Panama zu werden.

Dafür übernähme ich die Verantwortung. Falkenhayn warf ein, daß Plessen ihm gesagt habe, Lyskow habe bestritten, daß Bülow der Meinung sei, Radowitz sei der geeignete Mann für die ersten Unterhandlungen – wahr ist natürlich das Gegenteil. Ludendorff gab als alter Soldat die Erklärung ab, nicht eher zu ruhen, bis er die Feinde, bzw. die Feinde uns siegreich auf die Knie gedrückt hätten. Bülow machte auf alle einen sehr schlechten Eindruck, weil er dem Kaiser zu diesem Plan, der auf die Flotte sicherlich deprimierend wirken wird, noch zuriet. Keiner hatte den Mut, den Kaiser darauf aufmerksam zu machen, daß Panama zu einem bösen Zankapfel zwischen Bayern, Baden und Preußen werden könnte. Mackensen küßte erst dem Kaiser und dann Bülow die Hand.

Nur ich behielt den Überblick und strich mir den Bart. Der Kaiser sah mich an und verstand mich sofort. Beim Frühstück saß ich zwei Plätze unter (!) Plessen und nur drei Plätze über Falkenhayn. Es steht schlimm um Deutschland.

Draußen im Vestibul sahen wir einen kleinen dicken Zivilisten, der seinen Schirm suchte, aufgeregt hin- und herlaufen. Wir haben alle sehr gelacht; das war aber auch der einzige Lichtblick in dieser trostlosen Beratung. Es steht schlecht um Deutschland. Wer ist daran schuld?

Dein Dich grüßender Alfred.

Mackensen

Unser herrlicher Herrscher hatte mich für den 13. Juli ins Hauptquartier befohlen. Es war ein kalter, wolkiger Tag, ohne Sonne und ohne Regen; ein grauer Himmel blickte durch die Fenster des zweiten Stockes, in dem die Beratungen stattfanden.

Da der Monarch bei meiner Meldung grade saß, konnte ich mich ihm nicht in gewohnter Weise nahen. Bülow, als einziger Zivilist, fiel uns allen durch seine Unehrbietigkeit auf – er küßte dem Kaiser nicht ein einziges Mal die Hand. Es steht schlimm um Deutschland. Tirpitz meldete gehorsamst, daß die Meldung, Radowitz habe Nostiz gemeldet, er werde Falkenhayn nicht melden, daß Bülow ihm eine Meldung gemeldet habe, unzutreffend sei. Der Kaiser bemerkte in seiner überlegenen Art: «Das habe Ich

Mir gleich gedacht!» Der Kaiser trug die kleine Uniform und ich die Verantwortung. Alle waren ratlos.

Nur ich behielt den vollen Überblick und gab mir im Innern das Versprechen, zu Hause nachsehen zu lassen, wo dieses Panama, von dem immerzu die Rede war, eigentlich liegt. Draußen im Park rauschten die mächtigen … (*mit Rücksicht auf die Familie und die Staatssicherheit gestrichen. Der Herausgeber.*)

Im Vorzimmer interviewte mich ein Vertreter der ‹Neuen Freien Presse›, ein Herr Goldmann, der direkt aus dem noch im österreichischen Besitz befindlichen Wien hierher gefahren war, um mich zu sehen, und der nun seinen Regenschirm verloren hatte. Bülow versprach ihm einen neuen, und ich antwortete auf die Frage, wie ich zum Kriege stehe: «Wo haben Sie ihn denn stehen lassen?» Goldmann war tief erschüttert und ging ohne Regenschirm, aber siegesgewiß vondannen.

Ludendorff

Die freimaurerischen Mächte der Jesuiten wollen auch über den 13. Juli ihr dunkles Netz werfen. Wie bekannt, hat der Papst im Grand-Orient geschworen, diesen Tag zum Ausgangspunkt seiner Propaganda für den nächsten Weltkrieg (siehe meine Broschüre ‹Die Reu ist kurz, der Wahn ist lang›, Preis 0,90 RM.) zu machen. Ich gebe hier für die Volksgenossen eine verantwortliche Aufklärung:

Am 13. Juli hat überhaupt kein Kriegsrat stattgefunden.

Mir ist auch niemals ein Protokoll über diesen Kriegsrat vorgelegt worden; ich habe zu diesem Protokoll selbstverständlich keine Stellung genommen und übernehme namens des Hauses Ludendorff die volle Verantwortung.

Paul Goldmann

Bülow stellt neue Siege in Aussicht!
Mackensen optimistisch!
(Spezialtelegramm unsres Sonder-Berichterstatters)

Gr. Hauptquartier, 13. Juli

Es ist Hohenzollernwetter, die Truppen sind aber trotzdem prachtvoller Stimmung, denn der Kaiser hat mich zum Frühstück eingeladen, das ich in der schlichten, aber einfachen Feldküche einnehmen darf.

Die hohen Gestalten der Heerführer und die der politischen Spitzen nahen sich – ich stehe dicht bei ihnen und lasse mich von ihnen ins Gespräch ziehen. Ich drücke die Hoffnung aus, daß wir nun bald wieder unter Dach und Fach kämen, und wies auf den Schutz und Schirm hin, den die Feinde gestern verloren hätten. Bülow sagte mir, wörtlich:

«Wir werden ihnen bald einen neuen besorgen!»

Seine Exzellenz der Generalfeldmarschall von Mackensen fügte hinzu:

«Der Sieg ist unser. Wir werden ihn stehen lassen!»

Ein Schwarm von Lakaien war inzwischen hineingekommen und putzte den historischen Gestalten die Stiefel, und auch ich ging nachdenklich an meine schwere journalistische Arbeit.

Unsre Sache steht gut! Das kann ich im vollen Gefühl meiner Verantwortung sagen.

Paul Goldmann

Bülow

Bei schwerem Erdbeben und leichten südöstlichen Winden fuhr ich am 13. Juli ins Hauptquartier. Ich kam direkt von Hamburg, als ich nach guter und bequemer Fahrt vor dem Hauptquartier, einem häßlichen Bau aus dem siebzehnten Jahrhundert, ausstieg. Ich sah Plessen, besichtigte einen grade dort haltenden Verwundetenzug, und nachdem ich auch die jüdischen Verwundeten begrüßt hatte, trat ich ins Schloß.

Die Beratungen fanden wegen der Fliegergefahr, die der Kaiser sehr fürchtete, im Keller statt. Der Kaiser sah gealtert aus, streckte, als er mich sah, seinen verkürzten Arm aus, und ich begrüßte meinen kaiserlichen Herrn mit allem schuldigen Respekt. Dann begann der Kriegsrat.

Der Kaiser wollte, wozu ich ihm schon oft, je nach der Witterung, zu- und abgeraten hatte, Panama annektieren, ein Plan, wie ihn die glorreiche Republik des sehr verständigen Landesverräters Ebert leider niemals gefaßt hätte. Ich wies meinen kaiserlichen Herrn, dessen notorischer Schwachsinn keinem meiner Nachfolger aufgefallen ist, fest, aber fein darauf hin, daß der Endsieg ja für jeden Kenner feststehe, wenn man auch noch nicht wisse, wem er zufallen würde, daß aber die Annexion eines so kleinen Staates den Siegeswillen der Entente stärken könnte. Ich fügte hinzu:

«Quando conveniunt, ancilla, Sybilla, Camilla»,

das Zitat paßte zwar nicht ganz her, machte aber auf alle Anwesenden einen tiefen Eindruck. Nur der gute Tirpitz meinte, Nostiz habe Radowitz nichts davon gesagt, daß Lyskow Plessen davon Mitteilung gemacht habe, dieser habe jenem keine Mitteilung zugehn lassen. Tirpitz hat es mit der Wahrheit nie sehr genau genommen, sowie auch mit großem Geschick den Marine-Etat im Reichstag vertreten. Es stand nicht gut um Deutschland, das fühlte in dem mit verblichenen samtgrünen Portieren ausgestatteten Raum jeder einzelne. Der gute Mackensen, dessen Großtante den Schwippschwager einer dem König von Macedonien morganatisch angetrauten Lindequist, (einer Gouvernante) geheiratet hat, sagte zu allem Ja und Amen; Ludendorff, dessen historische Größe ja für ewige Zeiten feststeht, irrte auch hier, und während sie nach dem Kriege alle in ihren Memoiren schrieben, wie sie das Unglück Deutschlands vorausgesehen hätten, wagte dennoch an jenem geschichtlichen Tage niemand etwas zu sagen.

Nur ich behielt den vollen Überblick und dachte mir:

«Bei Männern, welche Liebe fühlen,
fehlt auch ein gutes Herze nicht.»

Laut aber sagte ich:

«Long, long ago!»

Der Kaiser erwiderte auf diesen diplomatischen Hieb nichts, und wir wurden um ein Uhr zum Frühstück befohlen.

Draußen im Vestibul empfing ich den Berichterstatter der ‹Neuen Freien Presse›, Paul Goldmann, der direkt aus Wien gekommen war, um mich zu sprechen. Goldmann war stets ein verständnisvoller und kluger Journalist, der nie mehr telegraphierte, als wir erfinden konnten, und er hat auch nie versucht, selbständig zu denken – das überließ er im Kriege den Generalen und im Frieden seinem Verleger. Wir sprachen viel über die berliner Theateraufführungen eines Herrn Steinhardt oder Reinhardt, und der gute Mackensen machte ersichtliche Anstrengungen, diesem Gespräch, das so ganz andre Kulturbegriffe als die militärischen zur Basis hatte, zu folgen.

Beim Frühstück wurde viel über die nicht ganz wünschenswerten Verpflegungsverhältnisse in der Heimat gesprochen. Es gab klare Bouillon, wie sie schon Heinrich XXIX. von Burgund so geliebt hatte, Seezunge nach Müllerin Art, Rumpfstück mit Geldmannstunke (Sauce à la financière) und süßen Auflauf. Die Weine waren recht gut, bis auf einen Malaga, den der gute Tirpitz für Portwein trank, was uns alle recht amüsierte. Der Kaiser war sehr aufgeräumt und klopfte mir, als ich mich verschluckt hatte, mehrere Male huldvoll auf den Rücken. Wir sprachen dann noch über die Munitionslieferungen, sonst aber war von Panama nicht die Rede. Übrigens begann um die gleiche Stunde, als wir das Frühstück einnahmen, ein gewaltiger Sturmangriff bei Verdun.

In meine Privatakten aber habe ich zum Andenken an diesen Tag die Verse notiert, die alle deutschen Staatsmänner zum Wahlspruch ihres verantwortungsvollen Berufs machen sollten:

Deutschland, Gott seis geklagt,
war auf schiefer Bahn.
Ich habs ja gleich gesagt –
aber nichts getan!

Kaspar Hauser, WB 24. 3. 1931

35

Die Herztonplatte

Die Carl Lindström-A. G. hat eine Schallplatte herausgebracht: ‹Der Herzton auf der Schallplatte› (B 37 900). Die Herztöne kommen gut heraus. Aber wie richten sie bei uns so etwas her …

Da haben sie also den Herzton aufgefangen, ihn verstärkt, über den Lautsprecher geleitet und dann aufgenommen. Das ist doch merkwürdig; das möchte man doch einmal hören; es macht nachdenklich. Diese Platte macht nur lachen, soweit nämlich nicht die Herzen, sondern die Münder sprechen.

Ordnung muß sein. So beginnt denn diese Vorführung mit der Mitteilung, daß man etwas vorführen werde, und dann prasselt es nur so von Namen, ein ganzer Jahrmarkt der Eitelkeiten. Hat es noch einen Sinn, anzugeben, wer dieses Verfahren, Herztöne aufzunehmen, erfunden hat, was man ja auch auf dem Plattenetikett vermerken kann, so ist es lächerlich, mitzuteilen: «Die Versuche stehen unter ärztlicher Kontrolle von ...» Und alle haben zwei Titel, hinten einen und vorne einen; vorn sind sie Professor und Doktor gar, und hinten sind sie «von der Preußischen Hochschule für Gebirgsmarine und meteorologische Leibesübungen» oder ähnlichem Unfug.

Dann – alles auf der Platte, auf der die Herzen tönen sollten, – spricht der Onkel Doktor, der uns das zeigen will. Für so einen Vortrag gäbe es nun zwei Methoden:

Entweder lyrisch, allgemein und mit einem wirklichen Grundton jenes Gefühls, das ein Wunder begriffen hat, das Wunder des Lebens. Aber woher sollte das kommen; ein Durchschnittsarzt ... Gut. Oder ganz sachlich, einfach und kurz, kurz, kurz. Nur eines geht gar nicht: der Vortragsstil des «Fachmanns», der sich zu bildungsbedürftigen Oberpostsekretärsfrauen herabbeugt und von «sogenannten Herzklappen» spricht, das Publikum zwar nicht für dümmer haltend, als es ist, denn das gibt es nicht, aber eine falsche Sorte Dummheit supponierend. Man kennt diesen Stil.

Das wäre die eine Seite der Platte; man weiß gar nicht, wo hier die Kehrseite ist. Drehen wir herum: in langen Papiersätzen teilt uns der Onkel Doktor mit, daß er uns nunmehr etwas «zeigen» werde. O, du Papiermensch! wie kannst du meinen Ohren etwas zeigen! Die deutsche Sprache ... ich werde dir zeigen! Also: «Wir werden nunmehr ...» – «Nunmehr werden wir ...» – «Wir werden ...» Und dann zeigen sie. Und der Erklärer läßt nicht nach. Ich lausche:

«Bei den sogenannten Herztönen haben wir es nicht mit eigentlichen Tönen zu tun, sondern mit eigentlich schallartigen Erscheinungen ...» Und was das «schwerkriegsverletzte Herz» angeht, so lernen wir da etwas vom «geräuschartigen Charakter» ...

Kusch!

Bei den sogenannten Popularisierungen deutscher Fachleute haben wir es nicht mit eigentlichen Aufklärungen zu tun, sondern mit eigentlich geklebten Vollbärten. Welcher Apparat! Welches Getue! Welcher Betrieb! Sie werden sich noch ins Grab organisieren. Und deutsch sein heißt eine Sache um seiner selbst willen tun heißt eine Sache.

Peter Panter, WB 24.3.1931

36

Es reut das Lottchen

«Gar nichts. Ich habe gar nichts. Ich? Nichts. Nein ...

Frag nicht so dumm – man kann ja auch mal nicht guter Laune sein, kann man doch, wie? Ich habe gar nichts.

Nichts. Ach, laß mich. Na, ich denke eben nach. Meinst du, bloß ihr Männer denkt nach? Ich denke nach. Nein, kein Geld – meine Rechnungen sind alle bezahlt. Alle! Ich habe keinen Pfennig Schulden. Was? Keinen Pfennig. Bloß die Apotheke und das Aquarium, das ich mir neulich gekauft habe, und die Schneiderin und bei Kätchen. Sonst nichts. Na ja, und die fünfzig Mark bei Vopelius. Nein, wegen dem Geld ist es auch nicht. Wegen des Geldes! Was du bloß immer mit der Grammatik hast – die Hauptsache ist doch, daß ich Geld habe. Ich habe aber keins.

Ach, der Kerl, der ... Na, nichts. Na, dieser Kerl. Der Seemann, von dem ich dir neulich erzählt habe. Er war doch tätowiert wie ein Seemann und sah aus wie ein holsteinischer Bauernjunge. Nein, ich war nie in Holstein – ich denk mir das so. Was mit dem ist ...? Ach, laß mich.

Natürlich, doch, ja! Seemann ist er. Nein, er war nicht mehr hier. Ich dachte immer, er würde mal kommen. Wieso? Wieso! Weil er mich angepumpt hat! Wieso ist das die Höhe? Das ist gar keine Höhe! Ich pump dich doch auch manchmal an. Aber ich sag wenigstens nicht, daß ich's dir wiedergebe! Nein, nicht viel. Ist ja egal. Ach ... ich weine gar nicht. Viel nicht. Einmal fünfzig Mark und einmal achtundsechzig. Na und –?

Na und? Ich hab doch gedacht, er wär' zwei Jahre auf See gefahren. Das hat er mir erzählt. Bitte, meine Freunde lügen nicht … wenn die was erzählen, dann ist es wahr, meistens ist es wahr. Die lügen eben nicht alle wie du neulich mit Micky. Hast du die Person wiedergesehn?

Er war gar nicht auf See. Auf dem Land natürlich. Ach, laß mich.

Na, er hat eben gesessen.

Anderthalb Jahre. Ich weiß nicht warum, aber … Wo? Das ist doch egal. In Tegel.

Ich weiß nicht, weswegen – laß mich in Ruhe. Es hat mir einer erzählt – da war ein Mann, der holt sich hier immer alte Kindersachen ab, die geb ich ihm, und der hat für einen Freund gebeten, den haben sie grade entlassen, und da sind wir ins Gespräch gekommen, und da hat er auf einmal den Namen von dem gesagt, von dem Seemann. Und da ist es rausgekommen. Die kannten sich alle zusammen. Anderthalb Jahre. Mir hat er gesagt, er war in Bali. Und dabei war er in Tegel.

Ich weiß nicht, warum – laß mich in Frieden! Darauf kommt es auch gar nicht an! Mein Geld …? Ich war gleich auf der Kriminalpolizei. Du, da war aber so ein netter Mann, der mich da empfangen hat, den habe ich gefragt. Ich hab's ihm alles erzählt. Sah sehr gut aus, der Mann – ein Kriminalrat oder so. Wie ich rausgehen will, sagt er zu mir: Frau Laßmann, sagt er, Sie haben zu schöne Augen! Das Weiße da drin: ganz blau! Hat er gesagt! Und dann war ich nochmal da, und da hat er mir Gedichte vorgelesen, der Mann macht nämlich Gedichte. Na, meinste, du machst bloß alleine Gedichte?

Sollen sie sich vielleicht vorne reimen – natürlich haben sie sich hinten gereimt! Sehr schöne Gedichte. Und er hat gesagt: Das ist ja glatter Betrug! Glatter Betrug ist das! Vorspielung falscher Tatsachen, sagt er. Und er wird da hinterhaken. Und dann hat er mir noch ein Gedicht vorgelesen. Ob ich so zu meinem Geld komme? Daddy, ich werd dir mal was sagen:

Mein Geld will ich gar nicht wiederhaben! Der Kerl ist bei mir gestrichen. Ich, mit einem Seemann? Nie wieder. Ist das eigentlich ein höherer Beamter, ein Kriminalrat?

Und hier ist noch eine Rechnung, die kannst du auch bezahlen.

Warum sagst du Ahoi? Und ich werde dir mal sagen, woher das alles kommt:

Ich habe viel zu wenig Geld, und viel zu viel Herz. Und bei dir ist es eben umgekehrt. Ahoi –!»

Peter Panter, Voss 29.3.1931

37

Rosen auf den Weg gestreut

Ihr müßt sie lieb und nett behandeln,
erschreckt sie nicht – sie sind so zart!
Ihr müßt mit Palmen sie umwandeln,
getreulich ihrer Eigenart!
Pfeift euerm Hunde, wenn er kläfft –:
Küßt die Fascisten, wo ihr sie trefft!

Wenn sie in ihren Sälen hetzen,
sagt: «Ja und Amen – aber gern!
Hier habt ihr mich – schlagt mich in Fetzen!»
Und prügeln sie, so lobt den Herrn.
Denn Prügeln ist doch ihr Geschäft!
Küßt die Fascisten, wo ihr sie trefft.

Und schießen sie –: du lieber Himmel,
schätzt ihr das Leben so hoch ein?
Das ist ein Pazifisten-Fimmel!
Wer möchte nicht gern Opfer sein?
Nennt sie: die süßen Schnuckerchen,
gebt ihnen Bonbons und Zuckerchen …
Und verspürt ihr auch
in euerm Bauch
den Hitler-Dolch, tief, bis zum Heft –:
Küßt die Fascisten, küßt die Fascisten,
küßt die Fascisten, wo ihr sie trefft –!

Theobald Tiger, WB 31.3.1931

38

Der amerikanische Erfolg

Unter den Kulturgütern, die die Völker gegenseitig austauschen, sind nach den Gasgranaten gleich die Bücher zu nennen. Was geschieht nun, wenn ein Schriftsteller auch außerhalb seines Heimatlandes oder nur außerhalb seines Heimatlandes Erfolg hat –?

In Deutschland zählt der Erfolg extra muros doppelt.

Der Deutsche ist dem Ausland gegenüber unsicher: er ist Snob oder Chauvin, er beugt sich oder er pöbelt. Sichere Würde ist hierzulande selten. Richard Huelsenbeck hat neulich in der ‹Literarischen Welt› rechtens darauf hingewiesen, wieviel Unsicherheit in dieser Gereiztheit ist, und er hat meinen frühern Arbeiten, die das Ausland manchmal zu scharf gegen Deutschland ausspielten, diesen Mangel nicht zu Unrecht vorgeworfen. Die Kritik war unvollständig. Schade, daß er nichts über das so ruhig vorgetragene und so sehr scharfe Deutschland-Buch Diesels gesagt hat. Tatsächlich müßte man ja, was ich in meinem Deutschlandbuch nicht getan habe, deutsche und amerikanische Arbeiter, deutsche und französische Offiziere, deutsche und englische Richter vergleichen – dann käme man zu bessern Resultaten. Die Deutschen haben dies jedoch nicht gerne. Deutschland ist unter den Fremden das, was der Jude unter den Deutschen ist.

Der literarische Erfolg nun, den ein Deutscher im Ausland hat, wird nicht richtig eingeschätzt; es ist so viel Hundedemut darin: «Daß sie uns überhaupt beachten! Sogar in Amerika!» So sollte man das nicht ansehn.

Daß ein Russe in Frankreich gelesen, verstanden und geliebt wird, ist einmal ein Wunder gewesen – zu der Zeit nämlich, wo die Völker voneinander getrennter waren als heute und einander unähnlicher, als sie es heute sind. Mit einem Werk über die Sprachgrenzen zu gelangen, dazu gehörte schon ein beachtliches Format; der Schriftsteller, der dies erreichte, mußte zu einem guten Teil den Sprachpegel der Heimat überragen; bis zum Gürtel steckt jeder drin, und darum sagen wir: «Es geht bei der Übersetzung viel verloren.» Es geht eben dies verloren, was unübersetzbar bleibt:

das Heimatliche des Mannes, seine Verbundenheit mit der Muttersprache, seine Beziehungen zur eignen Kultur ... das läßt sich nie ganz übertragen. Ist auf der andern Seite eine gute Kenntnis des fremden Bodens vorhanden, wie etwa bei gebildeten Polen die Kenntnis der französischen Kultur vorherrschend ist, dann gelingt die Übertragung leichter: das Fremde wird richtig mitgefühlt.

Nun hat sich in der letzten Zeit das Verständnis für den fremden Autor vergrößert, vor allem weil die europäischen Schriftsteller uniformer empfinden als früher, auch sind viele äußere Lebensformen der Völker standardisiert, es gibt bereits überall eine Konfektion des Geistes, deren Bestehen den Absatz von Erzeugnissen nach Maß erleichtert. Was früher ein Wunder gewesen ist, ist heute kein Wunder mehr. Früher kamen das Genie über die Sprachgrenze hinweg und der Vulgärkitsch; heute gelingt es auch dem Mittelmaß.

Die Uniformität des Lebens, hervorgerufen durch annähernd gleiche oder gleichartige Lebensbedingungen hat die Nationen nicht gleich gemacht; das äußere Bild und die obersten zehn, zwanzig Seelenschichten sind in Europa überall dieselben, dann kommt eine Seelenschicht, die jedes Volk für sich hat, und erst in den Grundlagen stimmen die Völker wieder überein. Schlipse und Mutterliebe sind in Warschau und London gleich; was dazwischen liegt, ist verschieden.

Es wäre hübsch, wenn wir nicht aus den Pantinen kippen wollten, weil ein deutsches Werk in fremden Sprachen Erfolg hat. Wie denn überhaupt der Erfolg nicht notwendig eine Qualitätsbezeichnung ist: er spricht nicht, wie die ewigen Neider glauben, gegen das Werk, noch ist er, wie sein Autor glaubt, ein unbedingter Beweis für das Werk. Denn es gibt Erfolge aus Mißverständnis und Erfolge, die sich regional erklären lassen; wenn es überhaupt möglich ist, einen «Wert» der Literatur zu statuieren, so ist die Auflagenziffer nur ein Faktor zu seiner Bestimmung, nicht der Hauptfaktor. Daß der Autor eine hinneigende Liebe zu jener Nation empfindet, die ihn lobt, feiert und ihm zu verdienen gibt, ist verständlich. Für seine Bücher besagt dergleichen wenig.

Es mag vorkommen, daß der betreffende Prophet in seinem Vaterlande nichts gilt; das ist sehr oft bei gewissen Franzosen der

Fall, die in Deutschland maßlos überschätzt werden. Viele schmecken mit delikater Handbewegung ab, was in Frankreich nie etwas andres als Bahnhofslektüre gewesen ist; es sieht aus, als stellte ein Argentinier eine deutsche Bockwurst mit Salat als höchstes der Gerichte hin. Mitunter nimmt sich der Engländer aus der deutschen Literatur, was ihm gefällt – wir begreifen es oft nicht, fügen uns aber gewöhnlich dem fremden Urteil und sagen: «An dem Mann muß doch was dran sein, sonst würde er ja nicht in England ...» aber das ist ein Denkfehler. Man sollte mehr Vertrauen zu seinen Instinkten haben, wozu freilich gehört, daß man welche hat.

Zu glauben, man könne, nach allen Seiten schielend, etwas machen, was überall gelesen wird, ist eine verfehlte Spekulation. Man kann das, aber die Leute mögen es gar nicht. Daher die Erfolglosigkeit jener Filme, die die Hosenhändler der Filmbranche «auf Amerika» machen. Erfolg hat immer nur das Echte, auch Kitsch kann echt sein; dies aber ist gefälschter Kitsch, den gibts in der Literatur auch, und der hat noch keinen wohlhabend gemacht.

Und hier rühren wir an die Grundfrage des ganzen Gebiets: fällt denn die Übersetzung vom Himmel? Sie fällt nicht vom Himmel. Sie wird industriemäßig hergestellt. Zu untersuchen ist also die Rolle des Mittlers.

In den lächerlich prätiös aufgemachten Aufsätzchen der Brechtschen ‹Versuche› steht ein gescheiter und richtiger Satz. Es wird von den Künstlern gesagt: «Ihre Produktion gewinnt Lieferantencharakter. Es entsteht ein Wertbegriff, der die Verwertung zur Grundlage hat.» Ausgezeichnet. Es ist lange nicht so schwer, das Publikum zu überzeugen, als an das Publikum überhaupt erst einmal heranzukommen. Früher hatte der Autor Angst vor den wilden Tieren seiner Premiere; heute verbraucht er das Hundertfache an Nervenkraft, um den Unternehmer von sich zu überzeugen. Und es ist eben nicht identisch, was der Leser und was der Mittler zu haben wünscht. Sie fürchten und verachten einander, aber es ist nicht dasselbe. Der Mittler nun gehört in fast allen Fällen dem «Klub der Neinsager» an; er ist mürrisch; er will das alles nicht, und man fragt sich, warum denn in aller Welt diese Theaterdirektoren Theaterdirektoren, diese Verleger Verleger geworden sind.

Sie sind böse auf ihre Ware, von vornherein erst einmal böse. Und feige.

Daher suchen sie in ihrer fürchterlichen Instinktunsicherheit nach einer Bestätigung ihrer Pläne, und ein Auslandserfolg scheint ihnen solch eine Bestätigung. Ein in Deutschland einigermaßen erfolgreicher Autor hat es also nicht gar so schwer, übersetzt zu werden; soweit die Tätigkeit seines deutschen Verlegers ihm dabei behilflich sein kann, und das ist schon viel, hat er Chancen. Diese Chancen sind oft gar keine; denn was dem eenen sin Uhl, ist dem annern sin Nachtigall, und was in Berlin rechtens gefällt, braucht noch lange nicht in Paris zu gefallen und tuts auch nicht. Doch verwechseln wir auch hier oft Betriebsamkeit mit echter Durchschlagskraft.

Es gäbe andrerseits für einen klugen und gut unterrichteten englischen Verleger viele Möglichkeiten, wenn er sich nur nicht von diesen faden und aufgeregten Übersetzern informieren ließe, die natürlich großes Interesse haben, irgend etwas zu übersetzen, und sehr wenig, grade das zu übertragen, was unabhängig von der deutschen Auflageziffer in London Erfolg haben könnte. Wer da weiß, in welchen Händen die Übersetzungen ruhen, was mit ihrer miserablen Bezahlung eng zusammenhängt, wird sich darüber nicht wundern.

Die Bewertung solcher Schriftsteller aber, die im Ausland Erfolg haben, geschieht nun börsenmäßig; die alberne Methode, den Schriftsteller nach der Zahl der gelieferten Wörter zu honorieren, ihn so wie einen Maurer im Akkord entlohnend, züchtet Schwätzer – bekanntlich ist es viel schwerer und zeitraubender, kurz zu schreiben, als lang. Diese Bewertung ist unsinnig. Man «wiegt mit Gold auf», in des Wortes schönster Bedeutung, und das trifft nun ganz unterschiedslos alles, was der Vertriebsapparat hochschätzt – bis hinunter zu Hitler. Solche Schriftsteller werden hoch bezahlt, weil sie hoch bezahlt werden; den Mittlern imponiert ihr eigner Scheck; nur der.

Deutsche Schriftsteller haben es im Vergleich zu englischen und französischen nicht leicht: sie schreiben für einen viel kleinern Kulturkreis als jene. Ihr Bestreben, in andre Länder zu dringen, ist durchaus legitim. Der Erfolg aber, den sie drüben haben, sagt wenig über ihr Werk aus: es muß deshalb nicht bedeutend sein, das glauben nur sie, und es kann trotzdem bedeutend sein, auch wenn es in Deutschland gar nicht anerkannt wird. Der amerikanische Erfolg allein ist für den Wert eines Werkes so belangvoll wie die Farbe seines Bucheinbandes.

Peter Panter, WB 31.3.1931

39

Die Herren Belohner

Wir haben hier neulich die Worte des Staatsanwalts Rombrecht aus dem Mordprozeß Ulbrich zitiert:

«Die Angeklagte Neumann hat trotz ihres körperlichen Zustandes (sie ist in andern Umständen) sich tapfer während der ganzen Verhandlung gehalten. Das muß mildernd belohnt werden.»

Ist denn kein Justizminister da, der diese Staatsanwälte und Richter auf das erste und oberste Gesetz jeder Verhandlungsführung aufmerksam macht: es gibt keinen Paragraphen im Strafrecht, der «gutes Verhalten» vor Gericht vorschreibt! Eine Handlung kann nur dann mit einer Strafe belegt werden, wenn der Tatbestand für eine Bestrafung gesetzlich bestimmt ist. Was bilden sich denn diese größenwahnsinnigen Funktionäre ein?

«Belohnen» …? Rombrecht hat nichts zu belohnen. Das Gericht ist dazu da, um mit seinen Urteilen die Gesellschaft vor Rechtsbrechern zu schützen – weiter nichts. Das elende und schmachvolle Spiel, das jedesmal anhebt, wenn um das Strafmaß gefeilscht wird, kennt zweierlei Gewichte: schwarze und weiße. Diese mildern, jene verschärfen das Strafmaß.

Aber ich verpflichte mich, jedem Angeklagten beizubringen, in zwei Strafverhandlungen vor verschiedenen Richtern (ohne Ungebühr vor Gericht und ohne doppelten Boden), das eine Mal so aufzutreten, daß die Richter sagen: «Na … es muß dem Angeklagten strafmildernd zugute gehalten werden …» und das andre Mal so, daß er die dickste Strafe aufgebrummt bekommt, die möglich ist. Wie man das macht? Es ist sehr einfach – so grauenerregend einfach wie die Psychologie der Unabsetzbaren. Denn auf diese Psychologie kommt es viel mehr an als auf die der Verbrecher. Über diese wird zu viel geschrieben – über jene zu wenig.

Wie es also mein Schüler machen soll? Ich ließe ihn den Soldaten markieren, das nützt immer: den strammen Soldaten. Nicht übertrieben, aber doch mit den Händen an der seelischen Hosennaht –, die gibts eigentlich nicht, in Moabit gibt es sie. Immer: «Jawohl, Herr Vorsitzender!» «Nein, Herr Vorsitzender!» Und immer antworten: kurz, damit die Herren nicht so lange sitzen müssen, einfach, damit das Gesagte nachher als Belastung dienen kann, und simpel, damit die Akademiker ihre Überlegung fühlen. Und keine langen Verteidigungen. Und eine Spur unterwürfig, aber nicht zu sehr. Und immer dem vorgesetzten Richter ins Auge sehn. Und nicht um Mitleid flennen, sondern etwa wie der Sohn jenes bebarteten Oberlehrers bei Curt Goetz: «Ich habe eine Strafe verdient und bitte um eine gehörige solche.» Dann wird mein Schüler so etwas Ähnliches wie Gnade finden. Denn diese Richter bilden sich wirklich ein, über den Angeklagten zu stehn, die ihnen da vorgeworfen werden; ein frostiges Hohngelächter würde erschallen, wenn man ihnen das ausreden wollte. Unheilbar.

Und das andre Mal ließe ich meinen Schüler widersprechen, nicht frech, aber fest. Von allen Möglichkeiten der Verteidigung müßte er Gebrauch machen, ruhig, aber durchaus gegen den ewig redenden Richter. Und dann werde ich den Schüler wohl lange Jahre nicht mehr wiedersehn.

Wer sich dem Gericht unterwirft, ist ein guter Angeklagter. Wer aber Widerstand leistet, in der Form, in der Sache, im nicht genügenden Geständnis oder gar politisch: der ist ein böser Angeklagter.

Das heißt: Es steht in diesen Gehirnen nicht mehr die Straftat, für deren Aburteilung die Richter ihr Gehalt beziehen, zur Diskussion, sondern sie führen Vormittag für Vormittag vor ihren Schranken ein Kindertheater auf, mit Kinderbegriffen von Reue und Sünde, mit Fibelbildchen von «guter Mutter» und «schlechter Mutter», und nur eines wird immer als strafverschärfend angesehn: ein fester Charakter.

Reue, Reue … Man klappe die Hirnschale eines mittlern Staatsanwalts, die irgend eines kleinen Landgerichtsdirektors auf, und man wird darin Anschauungen über Seelenkunde finden, die museal sind. Nein: die nie gut gewesen sind. Man muß wissen, was darüber an Universitäten gelehrt wird, und in welche Kollegs Juristen zu gehen pflegen, und man weiß genug. Nicht, als ob sie sich von falschen Krokodilstränen erweichen ließen, so dumm sind sie wieder nicht. Aber was sie da pro reo und contra reum in die Wagschale legen, das ist lächerlich. Und ungehörig.

Niemand hat den Staatsanwalt gefragt, was er über das Verhalten des Angeklagten vor Gericht denkt. Straftaten soll der Richter aburteilen, und wenn er sich schon an den Täter macht: dann müßte er ihn zuvor verstehn. Und davon kann bei dieser Praxis keine Rede sein.

Man lehre die Richter und die Staatsanwälte die Grundbegriffe des Strafrechts, wenn sie schon keine Seelenkunde betreiben.

Ignaz Wrobel, WB 31.3.1931

40

Duett

Der Menschenfreund *von einem Anonymus*

Wenn da irgendwo in Polen
Oder mittenmang de Akropopolis
Jemand Hiebe kriegt auf nackte Sohlen
Oder Rhizinus in Litern, bis
Er sich nicht mehr muckt und nicht bewegt:
Dann is der Tucholsky mächtich uffjeregt.

Aber wenn in Rußland Leninisten
Täglich Hundert stellen an die Wand,
Und ein jeder, der nicht für die Bolschewisten,
Hingeknallt wird in den kühlen Sand,
Wenn die janze kultivierte Jeisteswelt nich helfen kann:
Det jeht den Tucholsky janischt an.

Wenn von Rom aus wird erlassen,
Daß im Bannfluch jede Schweinerei
Und ein jeder bei's Jenick zu fassen,
Bis die Ehe wieder heilig sei,
Weil der Satan nur den Trauring in der Westentasche trägt:
Dann is der Tucholsky mächtich uffjeregt.

Aber wenn in Rußland so ein Luder
Sich verliebte in den roten Freund,
Wenn er schwört ihr: «Ich bin dein Coucheur und Bruder»,
Womit jede Nächste ist gemeint,
Wenn sie mit dem schwangern Leibe nirgends Rechte finden kann:
Det jeht den Tucholsky janischt an.

Wenn bei uns die Arbeitslosen
Stille sind von wejen Republik,
Weil die selber nicht gebettet ist auf Rosen.
Wenn die Sowjets immer noch erfochten keinen Sieg,
Wenn man ihren Stern noch nich als deutsche Brosche trägt:
Dann is der Tucholsky mächtig uffjeregt.

Aber wenn da oben hoch im Osten
Man die Kindlein klein mit Bohnenmehl ernährt,
Wenn ein jeder, der nur muckst auf seinem Posten,
Schnell die Treppe rückwärts runterfährt,
Und er wieder bibbernd Schlange stehen kann
(Gott vom Halse – Hoch die Sowjets!)
Das jeht den Tucholsky janischt an.

Antwort:

Jeht ma an.
Ick wer Sie mah wat sahrn:
Rußland isn Ding für sich.
Ja, die Leute haben schwer zu trahrn,
ja, det is nich alles sonderlich.
Ja, ick weeß, wat so bekannt is …
Aba, Menschenskind, det Land is
eene Hoffnung.

Ja, die tun sich mechtich schinden.
Alles jeht nach Formelar.
Det die Schwangern keene Hilfe finden,
det is iebrijens nich wahr.
Wie det arbeet! Manches is wien langer
Angsttraum. Sie, det janze Land is schwanger!
Un in Hoffnung.

Erst Jewitter, denn n Rejenbogn.
Keener weeß: wat wittn nu zuletzt?
Aba wat wird jejn die jelogn!
Wat wird jejn die jehetzt!
Bei die andern is et ooch beschmissen.
Rußland is n Mahnruf ant Jewissen.
Mensch, ick kann nich.
Ja, da is so manches Blut jeflossen.
Mensch, ick kann nich.
Mein Sie, unsre KPD-Jenossen
machen mir det Dingrichs leicht?
Die sind schlimma als der Papst, valleicht.
Doch ick weeß in mein Sinn:
alle Proletarier sehn nach hin.
Anjekläfft, jefürcht, umstellt:
det is ehmt für de janze Welt
– nehm Se mirs nich iebel –:
eene Hoffnung.

Anonym, WB 7.4.1931

41

Bauern, Bonzen und Bomben

Wer, um sich oder einem Dritten einen rechtswidrigen Vermögensvorteil zu verschaffen, einen andern durch Gewalt oder Drohung zu einer Handlung, Duldung oder Unterlassung nötigt …

§ 253 StGB.

Ein politisches Lehrbuch der Fauna Germanica, wie man es sich nicht besser wünschen kann:

‹Bauern, Bonzen und Bomben› von Hans Fallada (erschienen bei Ernst Rowohlt in Berlin). Bevor wir ins Thema steigen: das Buch hat ein gotteslästerlich schlechtes Satzbild. Wie sieht denn nur die Seite aus? Ich habe immer gelernt, der weiße Rand müsse sich nach der Innenseite des Buches hin verbreitern – dies Satzbild ist aber gar nicht schön. Rowohlt, Sie sind doch sonst nicht so? Jetzt gehts los.

Falladas Buch ist die beste Schilderung der deutschen Kleinstadt, die mir in den letzten Jahren bekannt geworden ist. Der Verfasser hat einen Bauernroman schreiben wollen – wohl anknüpfend an die Vorgänge in Neumünster in Holstein, wo Bauernführer im Sinne Klaus Heims und, unabhängig von ihm, die Nationalsozialisten die vorhandene Unzufriedenheit der Bauern benutzten, um gegen das, was sie die Republik nennen, vorzugehen. «Die Gestalten des Romans», steht im Vorwort, «sind keine Photographien, sie sind Versuche, Menschengesichter unter Verzicht auf billige Ähnlichkeit sichtbar zu machen. Bei der Wiedergabe der Atmosphäre, des Parteihaders, des Kampfes aller gegen alle ist höchste Naturtreue erstrebt. Meine kleine Stadt steht für tausend andere und für jede große auch.»

Die Bauern nun sind in diesem Roman eine dunkle, anonyme Masse – die paar Typen, die herausgegriffen werden, sind viel blasser als die Bewohner der kleinen Stadt Altholm; und von den wirtschaftlichen Gründen bäurischer Notlage wird so gut wie nichts gesagt. Einmal ist das heikle Thema, daß die Bauern vielleicht intensiver wirtschaften sollten, um sich gegen die ausländische Konkurrenz anders als mit Schutzzöllen zu behaupten, leise angeschlagen; kein Wort davon, daß die Verdienste, die der Bauernschaft durch die Inflation in den Schoß gefallen sind, sie damals für lange Zeit hätten schuldenfrei machen können, es war jene Zeit, wo die Ledersessel und die Klaviere in die Bauernhäuser transportiert wurden. Und wo stehn die Bauern heute … also davon ist in dem Buch wenig zu spüren. Den Bauern gehts eben schlecht – und nun revoltieren sie.

Das tun sie auf eine recht merkwürdige Weise.

Die dem Altdeutschen entlehnten romantischen Formen des armen Konrad wirken wie aufgeklebt. «Bauern Pommerns, habt ihr darüber hinaus schuldig gefunden die ganze Stadt Altholm mit allem, was darin lebt, so sprecht: sie ist schuldig! – Ankläger, welche Strafe beantragst du gegen die Stadt Altholm?» Das ist tragische Oper, Film und Neuruppiner Bilderbogen. Sicherlich wird auf diesen Things so gesprochen; es ist die gehobene Sprache von Ackerbürgern, die das Feierliche solcher Handlungen durch einen Stil bekunden, der leise Erinnerungen an die Bibel und an alte verschollene Zeiten aufweist, da der Bauer einmal wirklich revolutionär gewesen ist. Aber warum, warum das alles so ist – davon bekommen wir in diesem Buch wenig zu hören. Gut gesehn und gut geschildert ist das Dumpfe am Bauern, seine Schlauheit, seine ungeheure Aktivität im passiven Erdulden, woran sich jeder Gegner mit der Zeit totläuft ... aber der Bauer: der ist nicht in diesem Buch. Das hat kein Bauer geschrieben. Dieser Autor hat die Bauernbewegung schildern wollen, und unter der Hand ist ganz etwas andres herausgekommen: ein wundervoller Kleinstadtroman.

George Grosz, der du das Titelbild hättest zeichnen sollen, das lies du! Es ist dein Buch.

Die Technik ist simpel; es ist der brave, gute, alte Naturalismus, das Dichterische ist schwach, aber der Verfasser prätendiert auch gar nicht, ein großes Dichtwerk gegeben zu haben. Ein paar Stellen sind darin, an denen schlägt ein Herz. Nein, ein großes Kunstwerk ist das nicht. Aber es ist echt ... es ist so unheimlich echt, daß es einem graut.

Gezeigt wird das politische Leben einer kleinen Provinzstadt; ihre Intriguen und ihre Interessenten; ihre Stammtische und ihre Weiberkneipen; ihr Rathaus und ihre Polizeiwache ... es ist schmerzhaft echt. Das hat einer geschrieben, der diese Umwelt wie seine Tasche kennt, einer, der sich aber doch so viel Distanz dazu bewahrt hat, sie schildern zu können. Er hat genau die richtige Entfernung, deren ein Schriftsteller bedarf: nah, aber nicht zu nah. Es scheint mir ungemein bezeichnend, daß wir keinen solchen Arztroman haben; keinen solchen Börsianerroman; keinen solchen Großstadtroman: es ist, als hätten die Angehörigen dieser gehobenen Bürgerschichten keine Augen im Kopf, um das zu sehen, was rings um sie vorgeht. Es ist ihnen wohl zu selbstverständlich. Fallada hat gesehn.

Es ist eine Atmosphäre der ungewaschenen Füße. Es ist der Mief der Kleinstadt, jener Brodem aus Klatsch, Geldgier, Ehrgeiz und politischen Interessen; es ist jene Luft, wo die kleine Glocke an der Tür des Posamentierwarenladens scheppert und eine alte Jungfer nach vorn gestolpert kommt ... Augen tauchen hinter Fensterladen auf und sehen in den «Spion» ... und wenn das nun noch ein Dichter geschrieben hätte, der nicht nur theoretisch im Vorwort sagt, daß dieses Altholm für tausend andre Städte stehe, sondern wenn er uns das nun auch noch im Buch selbst gezeigt hätte –: dann wäre dies ein Meisterwerk.

So ist es nur ein politisch hochinteressanter Roman geworden. Ich kann mir nicht denken, daß ich dieses Buch zu Ende gelesen hätte, wenn es etwa eine bretonische Kleinstadt schilderte; das kann für den Fremden nur ein Künstler wie Maupassant schmackhaft machen. Dieses Werk hier habe ich in zwei Nächten gefressen, weil es uns politisch angeht, nur deswegen. Beinah nur deswegen.

Im Gegensatz zu diesen dummen Büchern gegen die «Bonzen», wo der Sozialdemokrat nichts als dick, dumm und gefräßig ist und die andern rein und herrlich; wo die Arbeiter abwechselnd als verhetzt und unschuldig oder als blöde Masse geschildert werden, und wo sich die ganze Wut nicht zu Worte gekommener Zahlabendmitglieder entlädt – im Gegensatz dazu sind hier Menschen gezeichnet, wie sie wirklich sind: nicht besonders bösartig, aber doch ziemlich übel, mutig aus Feigheit, klein, geduckt alle zusammen – und niemand ist in diesem Betrieb eigentlich recht glücklich.

Die Bauern demonstrieren in der Stadt mit der schwarzen Fahne gegen die zu hohen Steuern. Der Bürgermeister verbietet die Demonstration nicht, der Regierungspräsident will sie verboten haben; beides sind Sozialdemokraten. Der Regierungspräsident entsendet an die Grenze des städtischen Machtbereichs Schupo; sowie einen «Vertrauensmann». Der Vertrauensmann bringt die städtische Polizei und die Bauern ein bißchen aufeinander; hier ist ausgezeichnet geschildert, wie so etwas verläuft: wie guter böser

Wille, Tücke, Schlauheit und Gerissenheit des Beamten ineinander übergehn – Amtsmißbrauch? Das weisen Sie mal nach! Und wie sich dann vor allem die Ereignisse selbständig machen; wie es eben nicht mehr in der Macht der Menschen liegt, ihnen zu gebieten – das «es» ist stärker als sie. Die Herren Führer stehen nachher als Opfer da – wie ist das gewesen? Ein Telephonanruf, die Ungeschicklichkeit eines Polizeiinspektors ... du lieber Gott, es sind lauter Kleinigkeiten, und zum Schluß ist es ernste Politik. Fallada hat das gut aufgebröselt; er begnügt sich an keiner Stelle mit diesen schrecklichen Rednerphrasen, wie wir sie sonst in jedem politischen Roman finden: er trennt das Gewebe auf und zeigt uns das Futter. Riecht nicht gut, diese Einlage.

Hießen alle diese Leute: Kowalski, Pruniczlawski, Krczynakowski und spielte dieser Roman in Polen –: die deutsche Rechtspresse würde ihn mit Freudengeheul begrüßen. Was? Diese Tücke! diese Falschheit – denn ein Grundzug geht durch das ganze Buch, und der ist wahr:

Fast alles, was hier geschieht, beruht auf Nötigung oder Erpressung.

Der Bürgermeister drückt auf die Zeitungsleute; die Zeitungsleute drücken auf das Rathaus; die Bauern auf die Kaufleute; jeder weiß etwas über wen, und jeder nutzt diese Kenntnis auf das raffinierteste aus. Nun wollen wir uns nicht vormachen, es käme solches nur in deutschen Kleinstädten vor; diese Leute sind immer noch Waisenknaben gegen die Franzosen, die aus Personalkenntnissen gradezu meisterhaft Kapital zu schlagen verstehn – die gute Hälfte ihrer Politik besteht aus solchen Dingen, und es ist sehr lustig, daß der Name ihrer einschlägigen Institution in wörtlicher Übersetzung «allgemeine Sicherheit» bedeutet. Also das ist überall so. Gestaltet ist es in diesem Buche meisterhaft.

Was vor allem auffällt, ist die Echtheit des Jargons. Das kann man nicht erfinden, das ist gehört. Und bis auf das letzte Komma richtig wiedergegeben: es gibt eine Echtheit, die sich sofort überträgt: man fühlt, daß die Leute so gesprochen haben und nicht anders.

Diese Aktschlüsse, wenn sie auseinandergehn, mit «Na, denn ...» und «Also nicht wahr, Herr Bürgermeister ...»; der schönste Gesprächsschluß ist der auf Seite 517 ... die grammophongetreue Wiedergabe dessen, was so in einer Konferenz gesprochen wird: wie da die Bürger aller Schattierungen eine Nummer reden, halb Stammtisch und halb Volksversammlung; wie sie unter Freunden sprechen und wie sie sprechen, wenn jemand dabei ist, gegen den sie etwas haben; wie sie schweinigeln …

Ja, da lesen wir nun so viel über die Sittenverderbnis am Kurfürstendamm. Aber auf keinem berliner Kostümfest der Inflationsjahre kann es böser zugegangen sein als es heute noch in jeder Kleinstadt in gewissen Ecken zuzugehen pflegt, wenn die Ehemänner, fern von Muttern, in das Reich der Aktphotographien und der Weiberkneipen hinuntertauchen. Jeder hat was auf dem Kerbholz. «Ich sage bloß: Stettin …», sagt einer zum Bürgermeister. Ich sage bloß: Altholm – und hierin steht dieses erfundene Altholm, das gar nicht erfunden sein kann, für jede Stadt. Dieses Laster ist unsagbar unappetitlich.

Wenn sie aber festgestellt haben, daß Betty, die Sau, heute keine Hosen trägt, dann reißen sie sich am nächsten Vormittag zusammen und werden «dienstlich». Und das ist nun allerdings ganz und gar deutsch. «Ich komme dienstlich», sagt einer zu einem Duzfreund. Und dann spielen sie sich eine Komödie vor: jeder weiß, daß der andre weiß, daß er weiß – sie grinsen aber nicht, sondern sie wechseln vorschriftsmäßig Rede und Gegenrede, damit sie nachher in den Bericht setzen und beschwören können: «Herr Stuff sagte mir, daß er von dem Verbleib des Inseratenzettels nichts wüßte. So wahr mir Gott helfe.» O welsche Tücke, o polnische Niedertracht, o deutsche Dienstlichkeit.

Und eine Gerichtsverhandlung: wie da die unbequemen Zeugen zu Angeklagten werden; wie es gedreht wird; wie dieses ganze Theater gar nichts mehr mit Rechtspflege, dagegen alles mit Politik zu tun hat –: das ist ein Meisterstück forensischer Schilderung. Nur zu lang.

Und wenn man das alles gelesen hat, voller Spannung, Bewegung und ununterbrochen einander widerstreitender Gefühle: dann sieht man die immense Schuld jener Republik, die wir einmal gehabt haben und die heute zerbrochen ist an der Schlappheit, an der maßlosen Feigheit, an der Instinktlosigkeit ihres mittlern Bürgertums, zu dem in erster Linie die Panzerkreuzer bewilligenden Führer der Sozialdemokratie zu rechnen sind. Der Lebenswille der andern war stärker; und wer stärker ist, hat das Anrecht auf einen Sieg. Beklagt euch nicht.

Hier, in diese kleinen Städte, ist der demokratische, der republikanische Gedanke niemals eingezogen. Man hat – großer Sieg! auf manchen Regierungsgebäuden schwarz-rot-gold geflaggt; die Denkungsart der breiten Masse hat die Republik nie erfaßt. Nicht nur, weil sie maßlos ungeschickt, ewig zögernd und energielos zu Werke gegangen ist; nicht nur, weil sie 1918 und nach dem Kapp-Putsch, nach den feigen Mordtaten gegen Erzberger und Rathenau alles, aber auch alles versäumt hat – nein, weil der wirkliche Gehalt dieses Volkes, seine anonyme Energie, seine Liebe und sein Herz nicht auf solcher Seite sein können. Die Sozialdemokratie ist geistig nie auf ihre Aufgabe vorbereitet gewesen; diese hochmütigen Marxisten-Spießer hatten es alles schriftlich, ihre Theorien hatten sich selbständig gemacht, und in der Praxis war es gar nichts. Das Volk versteht das meiste falsch; aber es fühlt das meiste richtig. Daß nun dieses richtige Grundgefühl heute von den Schreihälsen der Nazis mißbraucht wird, ist eine andre Sache.

Hier ist eine Blutschuld der nicht mehr bestehenden Republik. Aus keinem Buch wird das deutlicher als aus diesem, der Verfasser hat es uns vielleicht gar nicht zeigen wollen – die These springt aber dem Leser in die Augen. Was war hier zu machen –! Und was hat man alles nicht gemacht –! Zu spät, zu spät.

Ich empfehle diesen Roman jedem, der über Deutschland Bescheid wissen will. Wie weit ist das von dem Rapprochement-Geschwätz der braven Leute aus den großen Städten entfernt. Hier ist Deutschland – hier ist es.

Es wäre anzumerken, daß der Künstler in Fallada nur an einigen wenigen Stellen triumphiert. Manchmal sagt er kluge Sachen; wie sich zwei bei einer Unterredung vorsichtig abtasten: «Ein Anfang ist gemacht, ein günstiger Anfang. Die beiden Herren haben sich in ihren Antipathien getroffen, was meistens wichtiger ist, als daß die Sympathien übereinstimmen.» Und einmal steht da einer dieser Sätze, an denen das frühere Werk Gerhart Hauptmanns so reich ist. Einem Bauern geht alles, aber auch alles schief. «Welche sind, die haben kein Glück, sagt Banz und meint sich.»

Ja, das ist ein Buch! So ist die Stadt; so ist das Land, vor allem das niederdeutsche, und so ist die Politik. Man sieht hier einmal deutlich, wie eben diese Politik nicht allein in wirtschaftliche Erklärungen aufzulösen ist; wie sich diese Menschen umeinanderdrehen, sich bekämpfen und sich verbünden, sich anziehen und abstoßen, sich befehden und verbrüdern … als seien sie von blinden und anonymen Leidenschaften getrieben, denen sie erst nachher, wenn alles vorbei ist, ein rationalistisches Etikett aufkleben; das Etikett zeigt den Flascheninhalt nicht richtig an. Sie drücken aufeinander und «lassen den andern hochgehn»; sie spielen einander die Komödie des Dienstlichen vor – und es sind arme Luder, alle miteinander. Und man bekommt einen kleinen Begriff davon, wie es wohl einem zumute sein mag, der in diesen mittlern und kleinen Städten auf republikanischem Posten steht. Fällt er wegen seiner Gesinnung? Natürlich. Fällt er durch seine Gesinnung? Nie. Sie «machen ihn kaputt», wie der schöne Fachausdruck heißt, aber so: «Herr Schulrat P. hat gegen den § 18 der Bestimmung verstoßen, nach der er …» Immer ist da so ein § 18, und immer funktioniert dieser Paragraph prompt, wenn sie ihn grade brauchen. Und niemals hilft die Republik ihren Leuten; sie wird so gehaßt und hat dabei gar nich veel tau seggn. Sie sieht sich das alles mit an … sie läßt diese unsäglichen Richter machen, die die Hauptschuld an den blutigen Opfern der letzten Zeit tragen. Rechtsschutz gibt es nicht. Gleichheit vor dem Strafgesetz gibt es nicht. Kommunist sein bedeutet: Angeklagter sein, und wenn die Nazis ganze Kleinstädte terrorisieren, so bleibt der Landgerichtsrat milde und hackt auf den Belastungszeugen herum. Und wenn es gar nicht anders geht, wenn sonst nichts da ist, einen verhaßten Republikaner tot zu machen, dann hilft irgend ein § 18. Noch niemals aber ist ein Mitglied der herrschenden Rechtskaste über solch einen Paragraphen gestolpert, falls er sich nicht bei seiner Klasse mißliebig gemacht hat. Da gilt dann der Paragraph nicht. Man fällt nicht über seine Fehler. Man fällt immer über seine Feinde, die diese Fehler ausnutzen.

*

So einen Arztroman möchten wir lesen. So einen Journalistenroman. So einen berliner Roman. Dazu wäre allerdings der besondere Glücksfall nötig, daß ein schriftstellerisch begabter Mann in diesem Milieu lebt und es so genau kennt, wie Fallada das seinige.

Er hat es kaschiert. Seine Helden heißen nicht Knut, sondern Tunk. Wird diese Tarnkappe genügen? Begeistert wird die kleine Stadt von seiner Schilderung grade nicht sein – nicht davon, wie er sie entblößt; wie er aufzeigt, daß weit und breit keine Juden da sind, die man für alles verantwortlich machen könnte; weit und breit keine Kommunisten, die etwas bewirken. Fallada, sieh dich vor. Es gibt ein altes Grimmsches Märchen von der Gänsemagd, die eine Prinzessin war und die nun als Magd dienen muß. Den Kopf ihres treuen Rosses haben sie ans Stadttor genagelt, und jeden Morgen, wenn sie ihre Gänse da vorübertreiben muß, sieht sie es an und spricht:

«O Fallada – daß du hangest!»

Wenn sie dich kriegen, Hans Fallada, wenn sie dich kriegen: sieh dich vor, daß du nicht hangest! Es kann aber auch sein, daß sie in ihrer Dummheit glauben, du habest mit dem Buch den Sozis ordentlich eins auswischen wollen, und dann bekommst du einen Redakteurposten bei einem jener verängstigten Druckereibesitzer, die in Wahrheit die deutsche Presse repräsentieren.

Obgleich und weil du den besten deutschen Kleinstadtroman geschrieben hast.

Ignaz Wrobel, WB 7.4.1931

42

Es gibt keinen Neuschnee

Wenn du aufwärts gehst und dich hochaufatmend umsiehst, was du doch für ein Kerl bist, der solche Höhen erklimmen kann, du, ganz allein –: dann entdeckst du immer Spuren im Schnee. Es ist schon einer vor dir da gewesen.

Glaube an Gott. Verzweifle an ihm. Verwirf alle Philosophie.

Laß dir vom Arzt einen Magenkrebs ansagen und wisse: es sind nur noch vier Jahre, und dann ist es aus. Glaub an eine Frau. Verzweifle an ihr. Führe ein Leben mit zwei Frauen. Stürze dich in die Welt. Zieh dich von ihr zurück …

Und alle diese Lebensgefühle hat schon einer vor dir gehabt; so hat schon einer geglaubt, gezweifelt, gelacht, geweint und sich nachdenklich in der Nase gebohrt, genau so. Es ist immer schon einer da gewesen.

Das ändert nichts, ich weiß. Du erlebst es ja zum ersten Mal. Für dich ist es Neuschnee, der da liegt. Es ist aber keiner, und diese Entdeckung ist zuerst sehr schmerzlich. In Polen lebte einmal ein armer Jude, der hatte kein Geld, zu studieren, aber die Mathematik brannte ihm im Gehirn. Er las, was er bekommen konnte, die paar spärlichen Bücher, und er studierte und dachte, dachte für sich weiter. Und erfand eines Tages etwas, er entdeckte es, ein ganz neues System, und er fühlte: ich habe etwas gefunden. Und als er seine kleine Stadt verließ und in die Welt hinauskam, da sah er neue Bücher, und das, was er für sich entdeckt hatte, gab es bereits: es war die Differentialrechnung. Und da starb er. Die Leute sagen: an der Schwindsucht. Aber er ist nicht an der Schwindsucht gestorben.

Am merkwürdigsten ist das in der Einsamkeit. Daß die Leute im Getümmel ihre Standard-Erlebnisse haben, das willst du ja gern glauben. Aber wenn man so allein ist wie du, wenn man so meditiert, so den Tod einkalkuliert, sich so zurückzieht und so versucht, nach vorn zu sehen –: dann, sollte man meinen, wäre man auf Höhen, die noch keines Menschen Fuß je betreten hat. Und immer sind da Spuren, und immer ist einer dagewesen, und immer ist einer noch höher geklettert als du es je gekonnt hast, noch viel höher.

Das darf dich nicht entmutigen. Klettere, steige, steige. Aber es gibt keine Spitze. Und es gibt keinen Neuschnee.

Kaspar Hauser, WB 7.4.1931

43

Wallenstein und die Interessenten

Mein Onkel Casimir, Chef-Leuchtturmwächter der Insel Achnoe in der Ostsee, hat mir neulich einmal erlaubt, in seiner Bibliothek zu kramen. Die Bibliothek besteht aus zwei stattlichen Bänden: ‹Kochbuch für den gebildeten Mittelstand› von Frau Hofrat Elise Zibelius, darin liest der Onkel, der schwer magenleidend ist, in stillen Nächten und freut sich; sowie: ‹Anleitung zur Errichtung von Wildgehegen im deutschen Mittelgebirge› – in diesem Werk hat der Onkel, wenn er Leuchtturm-Wache hat, die kleinen o's mit Tinte ausgefüllt; er hält bereits auf Seite 462.

Neben diesen beiden Büchern steht da noch ein großer Kasten mit alten Briefen; sie sind einmal bei einem Schiffbruch an Land geschwemmt worden, auf manchen ist die Schrift ganz ausgewischt, viele sind vom Seewasser zerfressen und verdorben – aber andere sind doch noch gut lesbar. Und in dieser Briefkiste habe ich mit Erlaubnis des Onkels kramen dürfen.

Es fanden sich dort sechs Briefe, die ich mir abgeschrieben habe, weil ich glaube, daß sie einer breiteren Öffentlichkeit ein gewisses Interesse abzuringen in der Lage sein dürften. Sie stammen aus dem Jahre 1802 und sind an den Verleger Cotta gerichtet. Hier sind sie:

1.

Reichsverband Ehemaliger Holkischer
Reitender Jäger E.V. Weimar, 4. Aug. 1802

An die J.G. Cotta'sche Buchhandlung
Stuttgart

Geehrter Herr!
In Ihrem dortigen Verlag ist eine Sudeley ‹Wallensteins Lager› von einem gewissen Schiller, Friedrich, erschienen, in der auch Holkische Reitende Jäger auftreten. Abgesehen von der völligen

Unkenntnis, mit der dieses «militärisch» sein sollende Zeug dargestellt ist, müssen wir auf das schärfste Verwahrung dagegen einlegen, daß vaterländische Belange in dieser Art von einem Zivilisten platt getreten werden. In dieser Zeit, die wie keine andere stramme Zucht und gut preußische Disciplin braucht, muß es als eine schwere Verletzung unserer sowie der Allgemein-Belange angesehen werden, wenn ein Holkischer Jäger eine Aufwärterin mit den Worten:

«Bleib Sie doch bei uns, artiges Kind!»

seinen schnöden Lüsten gefügig zu machen sucht. So etwas tut ein Holkischer Jäger nicht! Insbesondere sind während des ganzen Dreißigjährigen Krieges derart wüste und ausschweifende Scenen niemals vorgekommen. Diesbezügliche Klagen sind dem hiesigen Generalsekretariat des Reichsverbandes Ehemaliger Holkischer Reitender Jäger nicht zu Ohren gekommen.

Wir müssen daher namens von Tausenden alter Regimentskameraden fordern, daß das «Werk» des p. Schiller, Friedrich, entweder ganz unterdrückt oder aber die dort vorkommenden Holkischen Jäger in welsche Berittene umgewandelt werden.

I. A.: *Bertelmann*
Generalsekretär des R. E. H. R. J.

2.

Königl. Bayerische
Buchprüfungsstelle — München, den 18. Januar 1802

An die J. C. Cottasche Buchhandlung

Stuttgart

Die nachgesuchte Genehmigung, das Werk

Die Piccolomini

in Bayern zu vertreiben, kann hieramts nicht erteilt werden.

Gründe:

Das Werk ist geeignet, die bayerische Sittlichkeit zu verletzen bzw. in ihren Grundfesten zu erschüttern. Ausschlaggebend für das Verbot ist das unsittliche Verhältnis der Figur Thekla mit der

Figur Max. Im 5. Auftritt des dritten Aufzuges sind diese beiden Personen, deren eheliche Verbindung nicht angezeigt wird, *allein* auf der Bühne, was hieramts nicht geduldet werden kann. Es heißt dort an einer besonders entsittlichenden Stelle:

«Thekla (ihn zärtlich bei der Hand fassend).»

Eine solche offenbare Ausschweifung ist geeignet, auf Jugendliche unter 80 Jahren entsittlichend zu wirken sowie die Anschauungen über Moral, Ehe, Liebe und die Notwendigkeit hoher Zolltarife auf das schwerste zu erschüttern.

Die hiesige Behörde wird im Gegenteil alles tun, um die Anschaffung sowie auch Verbreitung dieser pornographischen Schrift auf Schulen und andern öffentlichen Oertern zu verhindern.

m.p. Xaver Gscheitner
Regierungsoberamtmann, Leiter der Buchprüfungsstelle
München.

3.

Königsberg, den 2. Januar 1802

Herrn Cotta,
Stuttgart

Namens der hier versammelten Königsberger Bürger mit dem Familiennamen

Neumann

protestieren 163 Neumänner gegen die unbefugte Verwendung ihres guten Namens in einem bei Ihnen erschienenen Werke ‹Piccolominis Tod› von Goethe. Darin findet sich ein Rittmeister Neumann und ist derselbe geeignet, das Ansehen, das die weit verbreitete Familie Neumann in allen Landen genießt, auf das schwerste zu schädigen.

Wir behalten uns alle diesbezüglichen Schritte gegen Sie und den Verfasser Goethe vor.

Gustav Neumann — *Dr. med. Anton Neumann*
Herbert Neumann — *D. Dr. Fritz Neumann*
Obermedikus Neumann — *Turnlehrer Neumann*

4.

Fachverband der Herzogl. Anhaltinischen
Fernrohr-Industrie sowie verwandter
Berufe

Dessau, am 23. April 1801

Namens und auftrags der Herzogl. Anhaltinischen Fernrohr-Industrie sowie der angeschlossenen Berufe legen die Unterzeichneten Verwahrung ein gegen eine von Ihrer Buchhandlung vertriebene Charteke

Das Lager der Piccolomini, von Fritz Schiller.

Wie wir hören, tritt in diesem Schauerstück eine Gestalt namens Seni auf, die sich als Sterndeuter bezeichnet.

Namens und auftrags der Herzogl. Anhaltinischen Fernrohr-Industrie sowie der angeschlossenen Berufe können wir den Fritz Schiller nicht als berechtigt ansehn, die hochangesehenen Erzeugnisse unserer Industrie sowie der verwandten Berufe derart lächerlich zu machen sich in der traurigen Lage zu befinden.

Wir fordern Sie daher auf, wenigstens in diesem Theaterstück genaustens – im Programm *und* im Text – anzugeben, von welcher Fernrohr-Handlung die dort benutzten Fernröhre bezogen worden sind, widrigenfalls wir bei dem hiesigen Herzogl. Anhaltinischen Kammergericht Regreß einlegen werden.

Namens und auftrags
Willibald Pontenscheuer
Eigentümer der Fernrohr-Handlung

Pontenscheuer und Sohn
Dessau; Krumme Straße 7.
Eingang durch den «Wilden Löwen» des Herrn Kramer.
Sextanten und Meßgeräte, Vergrößerungs-Gläser,
sowie die verwandten Berufe.

5.

(Anonym)

Wenn Ihr bestochener Juden-Knecht nicht allerschleunig das Buch Maria Piccolomini von Cotta verbrennen laßt dann sollt Ihr mal sehn wir werden es Euch schon eintränken so das Heilige zu verunschimpfieren sowie auch das Vaterland mit Füßen wahrscheinlich hat euch der Polenkönig einen Batzen Geldes dafür gegeben daß ihr es tut das wird aber nicht mehr lange dauern

Vier nationale Männer!

6.

Stadtverwaltung zu Eger — Eger, am 15. September 1802

Sehr geehrter Herr Hofrat Cotta!
Als Bürgermeister der kaisertreuen Stadt Eger möchte ich Ihre Aufmerksamkeit auf ein durch Sie vertriebenes Werk

‹Wallensteins Tod› von Professor Schiller

hinlenken.

Ich muß meinem Bedauern Ausdruck geben, daß eine hochangesehene Buchhandlung wie die Ihre ein solches Buch publiciert hat. Dasselbe ist geeignet, durch die Schilderung von Unruhe-Scenen sowie von Tumulten und Straßen-Aufläufen, die sich angeblich in Eger abgespielt haben sollen, den österreichischen Fremdenverkehr auf das schwerste zu schädigen und müssen wir im Interesse unserer durch die Nöte der Zeiten so schwer geplagten Geschäftsleute dagegen protestieren und fordern, daß dieses Werk

a) entweder ganz unterdrückt, was am besten, oder
b) der Schauplatz der Handlung nach Pilsen verlegt, oder
c) eine Scene hinzugefügt wird, aus der erhellt, daß die Stadtverwaltung von Eger alles getan hat, um einem Umsichgreifen der Tumulte im Interesse ihrer Badegäste Einhalt zu tun.

m. p. T. Betternich,
Bürgermeister von Eger

Peter Panter, Voss 12. 4. 1931

44

Die Gefangenen

Hörst du sie schlucken, Herrgott?
Sie sitzen muffig riechend und essen ein muffiges Essen,
holen es mit dem Blechlöffel aus den amtlichen Gefäßen
und führen es in ihren privaten Mund.
                                        Der Körper verdaut es,
und es ist ganz sinnlos, was sie da tun.
        Hörst du sie schlucken, Herrgott?

        Siehst du sie im Hof trotten, Herrgott?
Man bewegt sie, wie die Pferde, damit sie nicht frühzeitig
                                                            sterben –
sie sollen leidensfähig erhalten werden,
und im Schubkasten des Gefängnispastors liegt eine Bibel;
daraus liest er ihnen von Zeit zu Zeit etwas vor und glaubt
                                                            wirklich,
er sei besser als sie …
        Siehst du sie in ihrer Kirche sitzen, Herrgott?

        Fühlst du sie leiden?
Nachts bedrängen sie wüste Träume,
ihre innere Sekretion ist nicht in Ordnung,
sie sehen riesige Geschlechtsteile auf Beinen
und zupfen an sich herum …
        Fühlst du sie leiden?

Ja, sie haben gefehlt – das ist wahr.
Doch kann kein Mensch den andern bestrafen – er kann ihn nur
                                                            quälen,
denn Schuld und Strafe kommen niemals zusammen.
Ja, sie haben gefehlt, das ist wahr.
    Da sitzen sie und leiden:
        Weil sie aus Not gestohlen haben;
            weil ihre Eltern nur einen verwüsteten Körper zeugen
                                                            konnten;

weil sie in Spanien eine Republik haben wollten;
weil sie Stalins Politik nicht billigen;
weil sie den Duce nicht lieben;
weil sie in Amerika Gewerkschaften
gründen wollten …
Sie sind Späne des irdischen Sägewerks –
die Gerechten könnten nicht sein, wenn die Ungerechten nicht
wären.
Ja, sie haben gefehlt – das ist wahr.

Und so ist es eingeteilt:
Sie haben gesündigt.
Andre haben sie verurteilt.
Wieder andre vollstrecken das Urteil.
Was haben diese drei Dinge miteinander zu tun?

Gott, du siehst es –!
Erbarme, erbarme dich der Gefangenen!
Der Mensch, der da richtet, erbarmt sich nicht.
Man müßte ihn quälen, wiederum,
und wiederum wäre nichts damit getan.
Hörst du sie, siehst du sie, fühlst du sie,
die Gefangenen –?

Theobald Tiger, WB 14. 4. 1931

45

So verschieden ist es im menschlichen Leben!

Neulich habe ich alte Jahrgänge des ‹Brenner› gelesen, einer Zeitschrift, die in Innsbruck erschienen ist und wohl noch erscheint … Das war eine merkwürdige Lektüre.

Es gibt eine Menge verhinderter Katholiken, meist sind es Juden, denen ist die katholische Kirche nicht katholisch genug, oder sie erscheint ihnen überhaupt nicht als katholisch. Ich mag mich mit dieser Kirche nicht gern auseinandersetzen; es hat ja keinen Sinn, mit einer Anschauungsweise zu diskutieren, die sich hat strafrechtlich schützen lassen. Mit so unhonorigen Gegnern trete ich nicht gern an. Was aber jene verhinderten Katholiken angeht, die es gern sein möchten, es aber nicht sein können und die darunter leiden, wie nur ein Mensch leiden kann: es sind das nicht nur die forschen Konvertiten, die da toben. Es ist noch etwas andres.

Da ist eine ganze Literaturgattung, die schlägt der Welt ununterbrochen das Neue Testament auf den Kopf und wundert sich, daß es nicht gut klingt. Das höchste Pathos blüht hier; kaum einer kann gewaltigere Töne finden als der, der aufzeigt: Siehe, die Welt lebt nicht, wie Christus es gelehrt hat. Es gibt nur noch ein Pathos, das höher ist: das ist das Pathos über Christus hinweg.

Im ‹Brenner› nun, dessen Sauberkeit, Tapferkeit und Reinheit nicht bezweifelt werden kann, gehts hoch her. Und dabei ist mir etwas aufgefallen.

Da ist zum Beispiel Theodor Haecker, ein Schriftsteller von beachtlichem Format, wenn man nicht genau hinsieht. Wenn man aber genauer hinsieht, dann zeigt sich unter dem Lärm der donnernden Moralpauken ein kleiner Mann, der es dem Hermann Bahr aber ordentlich gibt, und, auf einmal, Hosianna, Amen und Ite missa est, sind wir mitten im fröhlichen Gezänk eines Literaturcafés. Frommer Schwannecke. Es scheint, als ob diese Sorte Literaten sich erst religiös sichern müssen, bevor sie loshacken. Sie haben nie begriffen, daß es christlich, mehr: daß es philosophisch wäre, zu schweigen und vorüberzugehn. Ja, wenn ein Gläubiger aufschreit und dem Wahnwitz der Welt einen Spiegel entgegenhält, von dem jene nachher sagt, es sei ein Zerrspiegel, weil sie nicht glauben kann, daß sie so gemein aussähe! Wer dieses aber allmonatlich, regelmäßig und mit hitziger Wonne tut: der ist kein Christ, und wenn er zehnmal den ganzen Kierkegaard übersetzt hat. Der ist genau dasselbe wie Hermann Bahr, nur mit umgekehrtem Vorzeichen. Und schließlich ist psychopathische Lebensuntüchtigkeit noch kein Christentum, und «das Böse» ist kein Schimpfwort. Wenn einer mit seinem Leben und nun gar mit dem Leben nicht fertig wird, so wird der Anblick dadurch nicht schöner, daß er sich auf die Bibel beruft. Die geheime Wonne, dem andern aber ordentlich einen zu versetzen, wird hier durch Moralinsäure legalisiert und durch eine verfälschte Himmelssüßigkeit, die nach Sacharin schmeckt und durchaus von dieser Erde stammt. Das Ziel ist vielleicht gut; die Kämpfer sind es mitnichten. Und die Hälfte ihrer Religion besteht in der Verachtung der Ungläubigen; das hält warm und ist ein schönes seelisches Unterfutter.

Viel Rauch um diesen Brenner. Schade um die reine Flamme.

*

Der Zustand der gesamten menschlichen Moral läßt sich in zwei Sätzen zusammenfassen: We ought to. But we don't.

*

Wenn Stefan Zweig einen erkälteten Magen hat –: schreibt er sich dann etwas auf die eigne Bauchbinde –?

*

Das Englische ist eine einfache, aber schwere Sprache. Es besteht aus lauter Fremdwörtern, die falsch ausgesprochen werden.

*

Scharfe Sozialkritiker sind in ihren Nicht-Vaterländern sehr beliebt, nur dürfen es grade keine Kommunisten sein. Sonst aber hat es der Deutsche gern, wenn der Amerikaner die amerikanische Kultur demoliert; wir haben uns immer sehr für die Freiheit der andern interessiert.

*

Man kann jeden schreibenden Menschen bis ins Mark daran erkennen, wie er das Wort «ich» setzt. Manche sollten es lieber nicht setzen. Hitler setzt es. «Wenn ich in Deutschland spreche, so strömen mir die Menschen zu ...» Der Ton ist vom Kaiser entlehnt, und das Ganze hat etwas Gespenstisches: denn dieses «ich» ist überhaupt nicht da. Den Mann gibt es gar nicht; er ist nur der Lärm, den er verursacht.

*

Die einen haben nichts zu essen und machen sich darüber Gedanken, das kann zur Erkenntnis ihrer Lage führen: und das ist dann Marxismus; die andern haben zu essen und machen sich keine Gedanken darüber: und das ist dann die offizielle Religion. So verschieden ist es im menschlichen Leben!

Peter Panter, WB 14.4.1931

46

Weltbild, nach intensiver Zeitungslektüre

Seit Mussolini fahren die Züge in Italien pünktlich ab, in Rußland gibt es keine seidnen Strümpfe, und das kommt alles von der Prohibition. Kein Wunder, sehn Sie mal allein die englischen Manieren – das sind ehmt Gentlemen, na ja, und dann die Tradition! Das ist ganz was andres, das ist wie die Luft in Paris oder die Mehlspeisen in Stockholm, das macht den Ungarn eben keiner nach! Haben Sie gelesen: Hoesch war bei Briand? Ja. Ich weiß nicht, was er da gemacht hat – aber es ist ungemein beruhigend, das zu lesen. In Südamerika heizen sie mit Mais, riesige Viehbestände haben die, und unsre juristische Karriere ist auch überfüllt. Was mit dem König von Spanien bloß ist! Soll er doch schon gehn; 'n König heutzutage, das ist doch nichts! Und wo er sich überhaupt immer auf die Unterlippe tritt! Einen richtigen Diktator müßte man dem Mann mal hinschicken; die Hauptrolle spielt Fritz Kortner. Der Zündholz-Kreuger hat einen ewigen Trust erfunden, Brecht will für die Dreigroschenoper Arbeitslosenunterstützung haben, er hat gesagt, das wär doch keine Arbeit, Stalin von den eignen Parteigenossen was, weiß ich nicht, aber so kann es keinesfalls weitergehn! Das dürfen die Leute ja gar nicht! Die Butter ist nu auch wieder teurer geworden, seit die türkischen Frauen alles haben fallen lassen, bin ich doch dafür, daß Cilly Außem in die Dichterakademie, Sie, Tennis-Borussia liegt in Front, da kann der Big Tilden nichts machen, und der kann doch gewiß Tennis, im Westen ist ein isländisches Tief mit schwachen südöstlichen Winden, Kortner spielt die Hauptrolle, und meine Meinung ist meines Erachtens die: nur ein Gremium kann uns helfen! Ein Gremium oder Radium, eins von den dreien, und Kortner spielt die Hauptrolle. Ist eigentlich der Joseph Goebbels mit der Josephine Baker verwandt? Die Polizei greift scharf durch, es wird ja in der letzten Zeit wieder kolossal durchgegriffen, da haben sie bei den Nazis eine Haussuchung gemacht, das Haus haben sie gefunden, aber sonst haben sie leider nichts gefunden, Großkampftag im Parlament von Jugoslawien, der König übernimmt die

Verantwortung, das wird nicht gehn, die hat doch Brüning schon übernommen, so übernimmt sie immer einer vom andern, und wer sitzt nachher in der, Tschechei stellt die Lieferung von Journalisten an Deutschland ein, was werden wir denn nun machen, o Gott, o Gott, da bleiben uns dann eben nur noch die Wiener, ja, das goldene wiener Herz am Rhein, davon leben wieder die aus Czernowitz, so eng ist die Weltwirtschaft miteinander verknüpft, und Kortner spielt die Hauptrolle. Daß Briand bei Hoesch ... das hab ich schon erzählt. Gib noch mal das Hauptblatt her, wo war denn das ... Ritueller Tenor unterrichtet, nein, das wars nicht, Geselligkeit, seelenvolle Vierzigerin sucht Balkonzimmer mit gleichdenkendem Witwer spätere Badebenutzung nicht ausgeschlossen, man kann aber wirklich keine Zeitung mehr aufmachen, ohne daß man einen Chinesen sieht, dem sie den Kopf, das ist ja an den Haaren herbeigezogen, Stefan Zweig schreibt, dieses Buch ist voll verhaltener menschlicher Genialität und seit dem Reichskursbuch vielleicht das innerlichste, daß von den Nacktphotographien von Lieschen Neumann gar keine veröffentlicht werden! Dividende bei Mittelstahl, der Papst über die Ehe, Al Capone über die Prohibition, Hitler stellt eine Garde rassegereinigter S.A.-Leute auf, Kortner spielt die Hauptrolle, abgebauter Kardinal sucht Kinderwagen zu verkaufen, Reichstag, werde hart, ach Gottchen, Unterhaltungsbeiblatt, wie ich zu meinen Kindern kam, technische Beilage, die Dampfkesselwarmwasserrohrentzündung, die Herzogin von Woster in einem pikanten rotbraunen, Familiennachrichten, das ist doch die, wo der Mann die geschiedene, Kurszettel und andre Konkurse, verantwortlich für den Gesamtinhalt:

Wir leben in einer merkwürdigen Zeitung –!

Kaspar Hauser, WB 14.4.1931

47

Das schwarze Kreuz auf grünem Grunde

> Weh euch, Schriftgelehrte und Pharisäer, ihr Heuchler, die ihr die Becher und Schüsseln auswendig reinlich haltet, inwendig aber ists voll Raubes und Fraßes!
>
> *Matthäus 23; 25*

Im Zuchthaus zu Celle, das von Fritz Kleist fortschrittlich geleitet wird, hat im vorigen Jahr der Präsident des Strafvollzugamts zu Hannover, Muntau, die Weihnachtsfeier gestört. Ein wiener Schauspieler, Herr Tyndall, hatte aus Nathan dem Weisen rezitiert und seinem Vortrag einige ruhige und maßvolle Schlußworte folgen lassen, die allerdings nicht biblisch waren. Darauf erhob sich Muntau und protestierte. Die Gefangenen lärmten, und nur der Geschicklichkeit des Direktors Kleist gelang es, die Situation zu retten, die Muntau verfahren hatte. Das Justizministerium veröffentlichte eine Erklärung, die den Präsidenten deckte. Wer ist dieser Mann?

Ein schönes Beispiel für die Sorte, die im Strafvollzug trotz aller gegenteiligen Versicherungen des wohlmeinenden Justizministers die Melodie angibt. Es ist keine schöne Melodie.

Der Präsident Muntau ist ein christlich-sozialer Reichstagsabgeordneter. Er hat aber noch eine dritte Tätigkeit: er ist «Vorsitzender des schwarzen Kreuzes, der christlichen Gefangenenhilfe E.V.» (Abzeichen: Schwarzes Kreuz auf grünem Grunde.) Da muß man hineingetreten sein.

«Es ist heute wichtiger als je, die Gefangenen schon während der Strafzeit in lebendige Berührung mit Gott und Gottes Wort zu bringen.» Und warum? Weil das ganze Volk unter den gegenwärtigen wirtschaftlichen Verhältnissen so leide. Und dagegen ist ja Gottes Wort immer sehr gut.

Hier ist die peinlichste und häßlichste Vergewaltigung von Strafgefangenen am Werk: Menschen, die sich nicht wehren können, werden gezwungen, sich wenigstens mit dem Munde zu einer Weltanschauung zu bekennen, die fast jeder von ihnen in der Freiheit nicht akzeptiert. Selbstverständlich werden Muntau wie seine Kollegen weit von sich weisen, jemals einen Gefangenen zu «zwingen». Nein, die Bastonade bekommt er nicht. Aber jeder weiß doch, wie ein Beamter zu schikanieren vermag, und wer von den Strafgefangenen dem Anstaltspfarrer nicht bußfertig genug erscheint, gelangt nie zu jenen kleinen Vergünstigungen, die uns andern in der Freiheit so geringfügig erscheinen und die in dem begrenzten Lebensfeld eines Eingesperrten so unendlich wichtig sind. Der nicht bußfertige Gefangene ist also nicht «würdig», in die höhern Stufen des Strafvollzuges zu gelangen.

Dieses Bekenntnis zur Frömmigkeit wird erpreßt. «Recht erfreulich war die Entwicklung unseres Genesungsheimes ‹Licht nach dem Dunkel› in Westercelle bei Celle. Gott hat dort in diesem ersten vollen Wirtschaftsjahr ganz sichtbarlich gesegnet ... In mehreren Fällen galt der Aufenthalt in unserm Heim als Bedingung für vorzeitige Strafaussetzung mit Bewährungsfrist.» Wer also nicht damit einverstanden war, in jenem Heim sichtbarlich für den lieben Gott Mohrrüben zu hacken, der war noch nicht reif für die Bewährungsfrist. Wie groß ist des Allmächtigen Güte!

Und hierzu wie zu den Personen, die diesen Strafvollzug immer noch bestimmen dürfen, ist zu sagen:

Es ist eine Dreistigkeit und eine Unverfrorenheit, in Strafgefangenen Objekte zu religiösen Experimenten zu sehen.

Niemand hat das Recht, einem Rechtsbrecher «zur Vergeltung» alle Lebensrechte zu nehmen, die trotzdem die seinen sind, auch noch, wenn er gemordet hat. Die Gesellschaft hat nur das Recht, sich zu sichern – also den Mörder aus dem gesellschaftlichen Leben auszuschließen. Niemals mehr.

Mit welchem Recht denn auch mehr? Wo ist die Aktivlegitimation dieser Herren? Wer ist Muntau? Was berechtigt ihn dazu, die Nachfolge Christi in den Gefängnissen anzutreten? Nichts als ein paar bestandene Examina und – hier ist der Kern –: das Wohlwollen des Beamtenkörpers, der ihn, ohne die Volksmeinung zu befragen, kooptiert hat. So kommt ein solches Amt zustande.

Denn wer befaßt sich mit dem Strafvollzug? Jene Gesellschaften, Vereine und Vereinchen, die ihre Traktätchen nicht anders an den Mann bringen können; die breite Öffentlichkeit aber hat

«Gottseidank» mit diesen Dingen nichts zu tun oder sie ist machtlos. Der Beamte regiert. Und er regiert nicht gut.

Es ist keine Rede davon, unter O-Bruder-Mensch-Geschrei dem Rechtsbrecher die Füße zu küssen. Es gibt unter den Berufsverbrechern und unter den Gelegenheitsverbrechern böse Jungens, wirklich niedrige Charaktere, die nicht nur durch die Gesellschaftsordnung so geworden sind, sondern deren seelische Anlagen gesellschaftsschädlich sind und es auch bleiben. Man sichere die Gesellschaft vor ihnen – niemand aber vermesse sich, sie aus Rache zu quälen.

Die empörende Dreistigkeit der Strafvollzugsbehörden, sich wie einen Gott über den Gefangenen zu setzen, ist international. Man lese Berichte aus französischen Gefängnissen, wie zum Beispiel den von Francis Carco ‹Les Prisons de Femmes›, und der Menschheit ganzer Jammer faßt einen über so viel seelische Verderbnis an: wie sie nämlich unter den Direktoren dieser Anstalten herrscht. Die Franzosen unterscheiden sich dadurch von den Deutschen, daß man dort dem Publizisten erlaubt, diese Dinge zu sagen – gebessert wird allerdings kaum etwas. Nun, es soll zunächst jeder bei sich zu Hause ausfegen.

Was Deutschland angeht, so sind im Strafvollzug neben dem bekannten Bullentyp gewisser Unterorgane Menschen beschäftigt, denen jede, aber auch jede Kenntnis der menschlichen Seele fehlt. Das ginge noch an, wenn sie sich nämlich darauf beschränken wollten, nur die Tore der Strafanstalten geschlossen zu halten und darauf zu sehen, daß sich das äußere Leben der Gefangenen hygienisch und ordentlich gestaltet. Sie wollen aber mehr. Sie wollen: absolute Unterordnung.

Nun wissen sie in ihrer kleinbürgerlichen Beschränktheit nicht, daß der seelische Widerstand eines Gefangenen sehr oft den letzten Rest Menschenwürde enthält, der noch in ihm ist – sie wissen es nicht, und sie wollen es nicht wissen. Sie wollen herrschen. Bessern sie –?

Dazu wäre eine völlig andre Methode des Strafvollzugs nötig. Wenn man überhaupt an das schwere Werk geht, Menschen zu beeinflussen, dann kann das nie und nimmer mit Brutalität geschehn. Die Beschränkung der Freiheit ist immer und in allen Fällen genug Strafe, wenn man überhaupt an diesem blödsinnigen Begriff festhalten will. Strafen –?

Gott straft. Aber wo ist die Legitimation dieser Muntaus? Ich erschlage im Jähzorn einen Arbeitskollegen. Ich bin ein Rechtsbrecher. Und nun falle ich unter die Herrschaft eines mehr oder minder beschränkten, kleinkalibrigen Mannes, der mir mit seinen Anordnungen das Leben zerstört? Was soll das? Wird dadurch der Erschlagene wieder lebendig? Ich kann den Zusammenhang nicht sehn.

Die seelische Wirkung solcher Art Strafe besteht in zweierlei: in der Gehobenheit des Bestrafenden, der viel innere Kraft daraus zieht, daß er sich so als Schicksal aufspielen darf, und in der verbissenen Wut, im Grimm, im Haß der Bestraften. Reue? Was diese Christen da Reue nennen, wird mit dem Maul zwar bekannt – in den seltensten Fällen aber mit der Seele gefühlt. Reue kann man nicht herstellen.

Unter welchen Vorwänden maßen sich diese Direktoren, deren seelische Qualifikationen nur von Gleichgesinnten, also unzureichend geprüft werden, das Recht an, Gefangene zu schinden? Und sie werden geschunden. Ganz abgesehn von denen, die die Unabsetzbaren auf dem Gewissen haben, unverantwortlich und nicht haftbar für den Schaden, den sie bei einem fahrlässigen Justizirrtum anrichten, mögen in den Strafanstalten auch böse Menschen sitzen. Was um alles in der Welt ist damit getan, daß man sie quält? Es ist ja nicht wahr, daß andre Menschen dadurch abgeschreckt werden, ihrerseits das Recht zu brechen – es ist ja nicht wahr, daß auch nur ein einziger diese Orte des seelischen Grauens gebessert verläßt. Zerbrochen oder geknickt, verbittert oder innerlich zerschlagen – gebessert niemals.

Wir brauchen keine Psychologie der Verbrecher; wir brauchen eine Psychologie der Richter und der Gefängnisbeamten, nebst ihrer frommen Schwestern. Wie sieht es in diesen Herzen aus!

Ein Kongreß der Strafanstaltsdirektoren wird sicherlich keine Versammlung wilder Sadisten sein. Es sind in ihrer Mehrheit Bürger, mit all der Phantasielosigkeit, der dumpfen Gleichgültigkeit, der Unfähigkeit, sich in die Seele eines andern Menschen zu versetzen, und erfüllt von dem ehernen Aberglauben, sie seien wirklich besser als jene, die ein Richterspruch verurteilt hat. Wer aber nicht weiß, was Sünde ist, wer nie begriffen hat, wie es in uns allen aussieht –: der ist zu allerletzt legitimiert, andre Menschen zu «strafen», indem er ihnen sinnlose Sprechverbote auferlegt, sie wie dressierte Hunde zusammentreibt und in ihre Zwinger entläßt. Man betrachte sich das einmal von der andern Seite.

Wieviel trübe Herrschsucht ist in diesen Beamten! Wieviel kleines Neronentum! Welche mißleitete Sexualität in manchen dieser frommen Schwestern, die am Tage nachholen, was ihnen die Nacht nicht gewährt! Was sich dort als sozial nützlich gibt, ist mitunter viel, viel schlimmer als das, was aus sozial mißleiteten Trieben von den Rechtsbrechern gefehlt worden ist. Wir brauchten eine Psychologie der Herrschenden.

Der Muntaus sind viele. Sie richten maßloses Unheil an.

Das A und O, woran dieser lächerliche Strafvollzug krankt und kranken muß, steckt nicht nur im Wirtschaftlichen.

Es steckt vor allem in dem hochmütigen und echt pharisäischen Irrtum, daß ein bestandenes Assessorexamen dazu berechtigt, sich über den Rechtsbrecher auch sittlich zu erheben. Die Herren lesen die Bibel und lassen sie lesen; aber sie haben sie nie verstanden.

Niemals darf der Rechtsbrecher Grundrechte des Menschen verlieren, auch er nicht. Das primitive Rachebedürfnis des Gerichtssaal-Publikums («Den Kerl müßte man aushauen und ihm Pfeffer in die Wunden streuen!») wird mit modernern Mitteln von den Strafvollstreckern realisiert – man kann Menschen noch mehr leiden machen als dadurch, daß man sie prügelt. Die Gegenmeinung jener, die besser als das Publikum des Durchschnitts begriffen haben, was Strafe ist, und daß ja der Mensch den Menschen überhaupt nicht strafen, sondern ihn nur quälen kann, sich also so ein Lustmoment schaffend, das ihm oft nicht bewußt ist: diese Gegenmeinung verhallt.

Wie lange noch –?

*

Ein Zuchthaus sei kein japanischer Blumentempel. Es sei aber auch kein sadistisches Kabinett.

Betritt ein Rechtsbrecher eine dieser Strafanstalten, so müssen in ihm, wenn er nicht ein abgehärteter Sträfling ist, aller Widerspruch, alle Bitternis, alle Wut wach werden, die ein gequälter Mensch zu fühlen fähig ist. Das Verbrechen steht mit dem, was dort geschieht, in gar keinem Zusammenhang mehr. Dort wird gekämpft.

Es wird gekämpft zwischen Menschen, die einmal eine Untat begangen haben, und den Feldwebeln des Geistes. Kusch, du Hund, halts Maul, friß, arbeite, onaniere und gehorche, gehorche, gehorche! Und ein ohnmächtiges Ding ringelt sich am Boden, tut das alles und knirscht vor Wut. Und es ist ja nicht wahr, daß man «der Bande nicht anders beikommen kann». Jeder Kenner wird bestätigen, daß grade unter diesen Leuten das Rechtsgefühl merkwürdig lebendig ist; daß die Mehrheit der Rechtsbrecher, wenn man sie nur richtig leitet, nämlich mit Festigkeit, aber mit Verständnis, ein ungeheuer feines Gefühl für Gerechtigkeit hat, und daß, sofern man sie nicht quält und schindet, grade diese einsehen: «Daß man mich gefangen hält, verstehe ich – ich habe das und das begangen.» Worüber sie sich aber zerfressen vor Wut, sind jene unnötigen Demütigungen, die keinen andern Sinn haben, als das Lebensgefühl eines mittelmäßigen Beamten zu erhöhen. Nichts ist denen so widerwärtig wie öffentliche Kontrolle. Mißtrauisch betrachten sie jeden, der sich überhaupt um den Strafvollzug kümmert; denn sie haben ihn gepachtet. Ich habe mancherlei Korrespondenz mit Strafanstaltsdirektoren geführt; wie wenige sind fähig, sich auch nur anständig auszudrücken. «Es wird Ihnen mitgeteilt …» Kleine Leute. Aber innerhalb ihrer Mauern aufgeblasen wie Ballons. Bedauernswert die Opfer, die ihnen in die Finger fallen.

Der Geist dieses Strafvollzugs ist schlecht. Er ist durchsetzt von übeln religiösen Wahnvorstellungen; von Irrtümern über die einfachsten Funktionen der Seele; von sozial maskierten, höchst minderwertigen Begierden. Greift einer ein, so schallt ihm ein Chor entgegen: «Ja, soll man vielleicht den Gefangenen jeden Tag Pudding zu essen geben und sie abends ins Varieté führen?» Nein.

Man sollte aber vor allem einmal Menschen aus dem Strafvollzug ausroden, die ihrerseits Verbrecher an Seelen sind, dumpfe Rohlinge, Caligula-Naturen und Pharisäer, die jener Christus gegeißelt hat, dessen Namen sie mißbrauchen. Denn nie empfindet ein normaler Mensch so viel Lust im Bett wie jene an ihrem Schreibtisch. Fluch ihnen.

Zu fordern ist, immer wieder: das Recht für die Rechtsbrecher.

Ignaz Wrobel, WB 21.4.1931

48

Ein Stück Dichtung

In dem Kriegsbuch Köppens, ‹Heeresbericht›, steht viel Gutes: gut Gesehnes, Erlebtes vielleicht, Gestaltetes, sauber und kräftig in der Tendenz, ganz und gar unsentimental, aber durchaus voller Gefühl – und ein Stück Dichtung ist darin.

Seite 395. «Es geht einige 100 Meter weit bergab.» Allein um dieses Kapitels 19 willen lohnt es, das Buch zu lesen und zu besitzen, um es immer wieder zu lesen.

Es wird nämlich dort geschildert, wie nach einer ungeheuern Artillerievorbereitung ein Offizier und ein Unteroffizier nach vorn gehen, um zu sehen, wie es da aussieht. Nach dem Plan muß die Infanterie schon lange gestürmt haben ... Los.

Und da ist nichts. Da ist nichts!

Es ist eine Mondlandschaft, in die sie kommen. Es ist totenstill, die deutschen Stellungen liegen so verlassen ... natürlich, die Infanterie ist ja nach vorne gegangen. Nein, die Infanterie ist nicht heraus, die Leute sind noch alle da, aber sie sind alle tot. Vergast, zerschossen, zertrommelt. Nur einen Major finden sie, und der lacht, der lacht. Er ist wahnsinnig geworden.

Das sind dreizehn Seiten von höchster Eindringlichkeit. Diese seltsam gläserne Luft, es ist so unwirklich, was da geschehen ist – und es war alles umsonst: die lange Vorbereitung, die Berechnungen auf den Planquadraten, die viele Munition, die ungeheure Anstrengung der Trommelfeuernacht – alles war umsonst.

Hier ist einmal das geglückt, was Jünger nie recht geglückt ist, auch in den ersten seiner Kriegsbücher nicht, wo er seine Schreiberei noch nicht zum Handwerk erniedrigt hat. In der Schilderung Köppens steht an dieser Stelle kein Wort gegen den Krieg oder für den Krieg – es ist einfach wiedergegeben, was sich da begeben hat. Und das war schrecklich und groß, noch in seiner sinnlosen Widerwärtigkeit groß.

Das ist ein echtes Stück Dichtung.

Peter Panter, WB 21.4.1931

49

Parteimarsch der Parteilosen

Alle Rechte vorbehalten

Da streiten sich die Leute rum:
die Jejner wären imma dumm –
    Is ja jahnich wahr!
Un wie se alle brülln un schrein,
und jeda sacht, det muß so sein –
    Is ja jahnich wahr!
    Nu sieh ma unsereinen an,
    vaehrtet Publikum!
    Wir treten vor dich Mann fier Mann
    als Individium.
        Es tönt die Straßen lang
        der herrliche Jesang:
            Wir brauchen keine Innung,
            wir brauchn kein Vaein!
            Wir machn uns – wir machn uns
            unsan Dreck allein!
            Wir ham doch die Jesinnung
            un ooch die Stänkerein –
            drum brauchn wa keene Innung
            und brauchn auch keen Vaein –!

Dem eenen weht die Fahne rot –
un wer nich mitmacht, isn Idiot …
        Is ja kaum ze jlohm!

Der annre hat n braunet Hemd;
det heest: det hat a sich jeklemmt
aus Rom.
Der dritte, der sitzt mittenmang,
die Hosn mächtig voll.
Nur wir, wir wissen janz jenau,
wat jeda machn soll.
Wir ssiehn vajnücht vorbei.
Wir sinn die Nullpachtei …!
Wir brauchen keine Innung,
wir brauchen kein Vaein!
Wir machn uns, wir machn uns
unsan Dreck allein!
Wir ham doch die Jesinnung
un ooch die Stänkerein –
drum brauchn wa keene Innung
un brauchn auch keen Vaein –!

Theobald Tiger, WB 28.4.1931

50

Die Essayisten

St Clou den 25 Juni 1721

… Ich habe mitt den zeittungen einen grossen brieff bekommen von dem postmeister von Bern, er heist Fischer von Reichenbach; aber sein stiehl ist mir gantz frembt, ich finde wörtter drinen, so ich nicht verstehe, alsz zum exempel: «Wir uns erfrachen dörffen thutt die von I.K.M. generalpost-verpachtern erst neüer dingen eingeführte francatur aller auswärtigen brieffschaften unss zu verahnlassen.» Dass ist ein doll geschreib in meinem sin, ich kans weder verstehen, noch begreiffen; das kan mich recht ungedultig machen. Ist es möglich, liebe Louise, dass unssere gutte, ehrliche Teüutschen so alber geworden, ihre sprache gantz zu verderben, dass man sie nicht mehr verstehen kan?

Liselotte von der Pfalz

«Ich habe nun bis ins einzelne verfolgt und nachgewiesen, daß letztere Periodizität der Weltanschauungsformen und erstere Periodizität der Stilformen stets Hand in Hand gehen als religiös-philosophische bzw. ethisch-ästhetische Ausdrucksformen und Widerspiegelungen der organischen Entwicklung jedes Kulturzeitalters von seiner ‹Renaissance› bis zu seiner ‹Agonie›, und daß auch wieder die verschiedenen Kulturzeitalter sich als Volksaltersstufen entsprechend organisch auseinander entwickeln, in großen Zügen als patriarchalische Kindheit, feudale Jugend, konstitutionelle Reife, soziales Alter und kosmopolitisches Greisentum der Völker.»

Und davon kann man leben –?

Offenbar sehr gut, denn dies ist die Lieblingsbeschäftigung vieler Leute: Essays zu schreiben. Die meisten davon sehn so aus wie diese Probe.

Es hat sich bei jenen Schriftstellern, die nie aliquid, sondern immer de aliqua re schreiben, ein Stil herausgebildet, den zu untersuchen lohnt. So wie es, nach Goethe, Gedichte gibt, in denen die Sprache allein dichtet, so gibt es Essays, die ohne Dazutun des Autors aus der Schreibmaschine trudeln; jenes alte gute Wort darf auch hier angewandt werden: der Essaystil ist der Mißbrauch einer zu diesem Zweck erfundenen Terminologie. Es ist eine ganze Industrie, die sich da aufgetan hat, und sie hat viele Fabrikanten.

Die Redlichkeit des alten Schopenhauer scheint bei den Deutschen vergeblich gewesen zu sein. Jeder Satz in den beiden Kapiteln ‹Über Schriftstellerei und Stil› und ‹Über Sprache und Worte› gilt noch heute und sollte, Wort für Wort, den Essayisten hinter die Ohren geschrieben werden, es wäre das einzig Lesbare an ihnen. «Den deutschen Schriftstellern würde durchgängig die Einsicht zustatten kommen, daß man zwar, wo möglich, denken soll wie ein großer Geist, hingegen die selbe Sprache reden wie jeder Andere. Man brauche gewöhnliche Worte und sage ungewöhnliche Dinge: aber sie machen es umgekehrt.» Und: «Wenige schreiben wie ein Architekt baut, der zuvor seinen Plan entworfen und bis ins Einzelne durchdacht hat; – vielmehr die Meisten nur so, wie man Domino spielt.» Sie schreiben so, und sie sprechen auch so. Jeder kennt ja diese fürchterlichen Diskussionen, die sich nach einem Vortrag zu erheben pflegen; da packen Wirrköpfe die Schätze ihrer Dreiviertelbildung aus, daß es einen graust, und man mag es nicht hören. Dieser Stil hat sich so eingefressen, daß es kaum einen Essayisten, kaum einen Kaufmann, kaum einen höhern Beamten gibt, der in seinen Elaboraten diesen schauderhaften Stil vermeidet. Das Maul schäumt ihnen vor dem Geschwätz, und im Grunde besagt es gar nichts. Wer so schreibt, denkt auch so und arbeitet noch schlechter. Es ist eine Maskerade der Seele.

Der Großpapa dieses literarischen Kostümfestes heißt Nietzsche, einer der Väter Spengler, und die österreichischen Kinder sind die begabtesten in der Kunst, sich zu verkleiden. Es gibt Anzeichen, an denen man alle zusammen erkennen kann, untrüglich.

Bei Nietzsche finden sich hunderte von Proben dieses Essaystils, es sind seine schwächsten Stellen. Sie blenden auf den ersten Blick; auf den zweiten erkennt man, welch spiegelnder Apparat die Blendung hervorgebracht hat – die Flamme ist gar nicht so stark, sie wird nur wundervoll reflektiert. Das sind jene bezaubernden Formeln, die sie ihm seitdem alle nachgemacht haben, allerdings mit dem Unterschied, daß die Nachahmer einzig die Formeln geben, während sie bei Nietzsche meist das Ende langer Gedankenreihen bilden – manchmal freilich sind auch sie nur Selbstzweck, ein kleines Feuerwerk im Park. «Sportsmen der Heiligkeit» – das ist sehr gut gesagt, aber es ist zu spitz gesagt. Auch findet sich in diesem Wort eine Technik angewandt, die sie uns in Wien, also in Berlin bis zum Überdruß vorsetzen: die Vermanschung der Termini. Sie hören in der Lichtsphäre; sie sehen Gerüche; sie spielen sich als gute Fechter auf, aber nur im Kolleg, wo sie sicher sind, daß nicht gefochten wird; sie sind Priester in der Bar, und es ist alles unecht. Nietzsche hat ihnen die Pose geliehen; wieweit man einen Künstler für seine Anhänger und auch noch für die falschen verantwortlich machen kann, steht dahin – Nietzsche hat auf sie jedenfalls mehr im bösen als im guten gewirkt. Von ihm jenes «man», wo «ich» oder das altmodische «wir» gemeint ist; beides hatte einen Sinn, dieses «man» ist eine dumme Mode. «Man geht durch das hohe Portal in die Villa der Greta Garbo …» Quatsch doch nicht. Man? Du gehst. Von Nietzsche jene Wichtigtuerei mit dem Wissen, das bei ihm ein organischer

Bestandteil seines Humanismus gewesen ist; die Nachahmer aber sind nur bildungsläufig und lassen ununterbrochen, wie die Rösser ihre Äpfel, die Zeugnisse ihrer frisch erlesenen oder aufgeschnappten Bildung fallen; ich empfehle ihnen Plotin, und sehr hübsch ist auch Polybos, statt Hippokrates, man kann das nicht so genau kontrollieren. Von Nietzsche jene Pose der Einsamkeit, die bei den Nachahmern nicht weniger kokett ist als der Ausdruck jener Einsamkeit beim Meister; «man» lese das heute nach und man wird erstaunt sein, wie blank poliert die Schmerzen aus Sils-Maria sind. Von Nietzsche jene lateinische Verwendung des Superlativs, wo statt der größte: sehr groß gemeint ist. So entstehen diese fatalen Urteile: «das beste Buch des achtzehnten Jahrhunderts», und um das zu mildern, wird der falsche Superlativ mit einem «vielleicht» abgeschwächt. Das lesen wir heute in allen Kritiken. Sie haben an Nietzsche nicht gelernt, gut deutsch zu schreiben. Er war ein wunderbarer Bergsteiger; nur hatte er einen leicht lächerlichen, bunt angestrichenen Bergstock. Sie bleiben in der Ebene. Aber den Bergstock haben sie übernommen.

Aus der Hegelecke naht sich ein Kegelkönig: Spengler. Von diesem Typus sagt Theodor Haecker: «Das Geheimnis des Erfolges besteht genau wie bei Hegel darin, daß jeder, der keck genug ist, auch mittun kann.» Und das tun sie ja denn auch. Sie stoßen einen Kulturjodler aus, die Jagd geht auf.

Der Italiener sieht sich gern malerisch: er stellt sich vorteilhaft in den Ort. Der deutsche Essayist sieht sich gern historisch: er stellt sich vorteilhaft in die Zeit. So etwas von Geschichtsbetrachtung war überhaupt noch nicht da. Nur darf man das Zeug nicht nach zwei Jahren ansehn, dann stimmt nichts mehr. Sie schreiben gewissermaßen immer eine Mittagszeitung des Jahres, mit mächtigen Schlagzeilen, und zu Sylvester ist alles aus. Die habens gut. Sie sehen die Perioden; sie ordnen sie bereits für die nächsten Jahrtausende ein; sie haben nicht einen Schimmer von Humor, überschätzen also sich und ihre Zeit und spielen Geschichte. «Wenn einst die Geschichte dieser Bewegung geschrieben wird ...» Keine Sorge, sie wird nicht. Sie eskomptieren die Zukunft. Und die Vergangenheit wiederum ist ihnen nur das Spielfeld ihrer kleinen Eitelkeiten, wo sie den großen Männern Modeetiketten aufpappen:

Grüß di Gott, Cäsar! Wos is mit die Gallier? Auf der Kehrseite dieser falschen Vertraulichkeit steht dann das Podest, auf das die alten Herren hinaufgeschraubt werden, und wenn sich einer mit Wallenstein befaßt, dann glaubt er, der Geist des in den Geschichtsbüchern so Fettgedruckten sei ihm ins eigne Gehirn geronnen. Welcher Geschichtsschwindel!

Nur wenige Menschen vermögen eine Theaterkulisse aus der Nähe zu beurteilen; dazu gehören sehr viel Erfahrung, Augenmaß und Verständnis für Perspektive. Nur wenige Menschen vermögen das, was sie erleben, geschichtlich richtig zu sehn, und ganz und gar kanns keiner. Diese Essayisten tun so, als könnten sies. Man hat an alten Kirchen hier und da kleine Dukatenmännchen, die machen Dukaten. So machen sie Geschichte.

Kein Wunder, daß dann der Stil, den sie schreiben, so gräßlich aussieht; auf zwei linken Barockbeinen kommt er einhergewankt. «Das Wollen» gehört hierher. Die geschwollenen Adjektive, denen man kalte Umschläge machen sollte. Die dämliche Begriffsbestimmung, die für jeden Hampelmann eine eigne Welt aufbauen möchte. «Er kommt her von …» – «Für ihn ist …» – Der Mißbrauch der Vokabeln: «magisch», «dynamisch», «dialektisch». Diese faden Klischees, die fertig gestanzt aus den Maschinen fallen: «das Wissen um …» – «wir wissen heute»; der «Gestaltwandel» und dann: der «Raum».

Ohne «Raum» macht ihnen das ganze Leben keinen Spaß. Raum ist alles, und alles ist im Raum, und es ist ganz großartig. «Rein menschlich gesehn, lebt die Nation nicht mehr im Raum …» Man versuche, sich das zu übersetzen: es bleibt nichts, weil alles aufgeblasen ist. Früher hätte etwa ein Mann, der eine Bücherei leitete, gesagt: «Männer lesen gewöhnlich andre Bücher als Frauen, und dann kommt es auch noch darauf an, welchem Stand sie angehören.» Viel steht in diesem Satz nicht drin; ich spräche oder schriebe ihn gar nicht, weil er nichts besagt. Heute spricht, nein, der Direktor der städtischen Bücherhallen ergreift das Wort: «Dieser Gegensatz zwischen Mann und Frau ist verschieden nach dem soziologischen Ort, an dem man vergleicht.» Dieser soziologische Ort heißt Wichtigstein a.d. Phrase, aber so blitzen tausend Brillen, so rinnt es aus tausend Exposés, tönt es aus tausend Reden, und das ist ihre Arbeit: Banalitäten aufzupusten wie die Kinderballons. Stich mit der Nadel der Vernunft hinein, und es bleibt ein runzliges Häufchen schlechter Grammatik.

Und es sind nicht nur jene österreichischen Essayisten, von denen jeder so tut, als habe er grade mit Buddha gefrühstückt, dürfe uns aber nicht mitteilen, was es zu essen gegeben hat, weil das schwer geheim sei –: die Norddeutschen können es auch ganz schön. Zu sagen haben sie alle nicht viel – aber so viel zu reden!

Aus einem einzigen Buch:

«Abermals ist also der gesamte Komplex der Politik Niederschlag des Kulturgewissens und der geistigen Strömungen unserer Zeit.» – «Was Klaus Mann erlaubt ist, darf nicht Edschmid erlaubt sein, denn er hat sich nicht nur an den Vordergründen zu ergötzen, sondern um die Perspektiven zu wissen und an der Ordnung des Chaotischen beteiligt zu sein.» Da bekommt also der vordergründige Edschmid eine Admonition im Chaotischen. Und man höre den falschen Ton: «Charakteristisch waren zunächst die jungen Männer, welche mit gelassener Hand den Fernsprecher ans Ohr legten und ihrem Bankbevollmächtigten Weisung für Ankauf oder Abstoß von Papieren gaben. Begabte, freundliche, quicke junge Burschen, man soll gegen sie nichts Schlechtes sagen.» – «Junge Burschen ...» das hat der alte Herr Pose selber geschrieben, und diese fett aus dem Wagen winkende Hand ist ein Wahrzeichen vieler Schriftsteller solcher Art. Manchmal winken sie, wenn sie grade in London sitzen, zu Deutschland, manchmal zu den Jungen hinüber, manchmal spielen sie neue Zeit ... auf alle Fälle wedeln sie immer mit irgend etwas gegen irgendwen. Aber: «Wie Blüher die Geschichte des Wandervogels, wie er seine eigne schreibt, das alles ist unverfälscht deutsch: gefurchte Stirn, bedeutende Geste, Ernstnehmen des geringsten Umstandes bis zum Bekennen biographischer Intimitäten, stets bestrebt, sogar Belangloses auf letzte Gründe zu untersuchen und sein Ich ohne Rest zu objektivieren.» Na also! Und dieser Satz schöner Selbsterkenntnis stammt aus demselben Buch, dem alle diese Proben entnommen sind: aus Frank Thiessens ‹Erziehung zur Freiheit›. Ein Mann mit zu viel Verstand, um dumm zu sein, mit zu wenig, um nicht schrecklich eitel zu sein; mit zu viel, um jemals Wolken zu einem Gewitter verdichten zu können, er ist kein Dichter; mit zu wenig Verstand, um einen guten Essayisten abzugeben. Doch welche Suada! welch gefurchte Stirn, bedeutende Geste … siehe oben.

Ich habe eine Sammlung von dem Zeug angelegt; sie wächst mir unter den Händen zu breiten Ausmaßen. «Der vollkommene Sieg der Technik reißt unsere ganze Gesinnung ins Planetarische.» – «Hier ist dämonisches Wissen um letzte Dinge der Seele mit einer harten, klaren, grausam scheidenden Darstellungskunst vereint – unendliches Mitleid mit der Kreatur kontrastiert großartig mit einer fast elementaren Unbarmherzigkeit der Gestaltung.» Wo er recht hat, hat er recht, und das hat sich Stefan Zweig wahrscheinlich auf einen Gummistempel setzen lassen, denn es paßt überall hin, weil es nirgends hinpaßt. «Nach den beschreibenden Gedichten der Jugend bemerkt man im Gedicht ‹Karyatide› das Eindringen eines stärker dynamisierenden Wortvorgangs; das Motiv schwindet, zerrinnt fast in den zeitflutenden Verben; das zeithaltige funktionsreiche Ich läßt das Motiv vibrieren und aktiviert den Dingzustand im Prozeß; nun lebt das Motiv stärker, doch nur in der Zentrierung in das Ich; die Bedingtheit der Welt durch das lyrische Ich wird gewiesen.» Dies wieder stammt von Carl Einstein, der bestimmt damit hat versuchen wollen, was man alles einer Redaktion zumuten kann. Und wie die obern Zehntausend, so erst recht die untern Hunderttausend.

Man setze den mittlern Studienrat, Syndikus, Bürgermeister, Priester, Arzt oder Buchhändler auf das Wägelchen dieser Essay-Sprache, ein kleiner Stoß – und das Gefährt surrt ab, und sie steuern es alle, alle. «Der heutige Mensch, so er wirken will, muß innerlich verhaftet sein, sei es in seinem Ethos, in seiner Weltanschauung oder in seinem Glauben, aber er darf sich nicht isolieren durch Verharren in seinem Gedankengebäude, sondern muß kraft seines Geistes seine Grundhaltung stets neu verlebendigen und prüfen.» Wenn ich nicht irre, nennt man das jugendbewegt.

Verwickelte Dinge kann man nicht simpel ausdrücken; aber man kann sie einfach ausdrücken. Dazu muß man sie freilich zu Ende gedacht haben, und man muß schreiben, ohne dabei in den Spiegel zu sehn. Gewiß ließen sich Sätze aus einem philosophischen Werk herauslösen, die für den Ungebildeten kaum einen Sinn geben werden, doch ist das kein Einwand gegen diese Sätze. Wenn aber ein ganzes Volk mittelmäßiger Schreiber, von denen sich jeder durch einen geschwollenen Titel eine Bedeutung gibt, die seinem Sums niemals zukommt, etwas Ähnliches produziert wie ein Denkmal Platos aus Hefe, bei dreißig Grad Wärme im Schatten, dann darf denn doch wohl dieser lächerliche Essay-Stil eine Modedummheit genannt werden. Unsre besten Leute sind diesem Teufel verfallen, und der große Rest kann überhaupt nicht mehr anders schreiben und sprechen als: «Es wird für jeden von uns interessant sein, die Stellungnahme des Katholizismus zu den einzelnen Lebensproblemen und den aktuellen Zeitfragen kennen zu lernen und zu sehen, welche Spannungseinheiten hier zwischen traditionsgebundener Wirtschaftsauffassung und der durch die Notwendigkeiten der Zeit geforderten Weiterentwicklung bestehen.» So versauen sie durch ihr blechernes Geklapper eine schöne und klare Sprache wie es die deutsche ist. Sie kann schön sein und klar. Die abgegriffenen Phrasen einer in allen Wissenschaftsfächern herumtaumelnden Halbbildung aber haben sie wolkig gemacht. Die Soziologin, der philosophische Arzt, der Intendant, der Verfasser von Wirtschaftsberichten: sie irren, wenn sie glauben, es sei Bildung, was sie da verzapfen. Die deutsche Sprache, hat Börne einmal gesagt, zahlt in Kupfer oder in Gold. Er hat das Papier vergessen.

Der deutsche Essay-Stil zeigt eine konfektionierte humanistische und soziologische Bildung auf, die welk ist und matt wie ihre Träger. Und das schreibt in derselben Sprache, in der Hebel geschrieben hat! Man sollte jedesmal, wenn sich so ein wirres und mißtönendes Geschwätz erhebt, von der Bäumer bis zu Thieß, von Flake bis zu Keyserling, die falschen Würdenträger auslachen.

Versuche, einen Roman zu schreiben. Du vermagst es nicht? Dann versuch es mit einem Theaterstück. Du kannst es nicht? Dann mach eine Aufstellung der Börsenbaissen in New York. Versuch, versuch alles. Und wenn es gar nichts geworden ist, dann sage, es sei ein Essay –.

Ignaz Wrobel, WB 28.4.1931

51

Schloß Gripsholm

Wir können auch die Trompete blasen
Und schmettern weithin durch das Land;
Doch schreiten wir lieber in Maientagen,
Wenn die Primeln blühn und die Drosseln schlagen,
Still sinnend an des Baches Rand.

Storm

Für IA 47 407

Erstes Kapitel

1

Ernst Rowohlt Verlag
Berlin W 50
Passauerstraße 8/9 *8. Juni*

Lieber Herr Tucholsky,
schönen Dank für Ihren Brief vom 2. Juni. Wir haben Ihren Wunsch notiert. Für heute etwas andres.

Wie Sie wissen, habe ich in der letzten Zeit allerhand politische Bücher verlegt, mit denen Sie sich ja hinlänglich beschäftigt haben. Nun möchte ich doch aber wieder einmal die «schöne Literatur» pflegen. Haben Sie gar nichts? Wie wäre es denn mit einer kleinen Liebesgeschichte? Überlegen Sie sich das mal! Das Buch soll nicht teuer werden, und ich drucke Ihnen für den Anfang zehntausend Stück. Die befreundeten Sortimenter sagen mir jedesmal auf meinen Reisen, wie gern die Leute so etwas lesen. Wie ist es damit?

Sie haben bei uns noch 46 RM gut – wohin sollen wir Ihnen die überweisen?

Mit den besten Grüßen

Ihr
(Riesenschnörkel) Ernst Rowohlt

—

10. Juni

Lieber Herr Rowohlt,

Dank für Ihren Brief vom 8. 6.

Ja, eine Liebesgeschichte … lieber Meister, wie denken Sie sich das? In der heutigen Zeit Liebe? Lieben Sie? Wer liebt denn heute noch?

Dann schon lieber eine kleine Sommergeschichte.

Die Sache ist nicht leicht. Sie wissen, wie sehr es mir widerstrebt, die Öffentlichkeit mit meinem persönlichen Kram zu behelligen – das fällt also fort. Außerdem betrüge ich jede Frau mit meiner Schreibmaschine und erlebe daher nichts Romantisches. Und soll ich mir die Geschichte vielleicht ausdenken? Phantasie haben doch nur die Geschäftsleute, wenn sie nicht zahlen können. Dann fällt ihnen viel ein. Unsereinem …

Schreibe ich den Leuten nicht ihren Wunschtraum («Die Gräfin raffte ihre Silber-Robe, würdigte den Grafen keines Blickes und fiel die Schloßtreppe hinunter»), dann bleibt nur noch das Propplem über die Ehe als Zimmer-Gymnastik, die «menschliche Einstellung» und all das Zeug, das wir nicht mögen. Woher nehmen und nicht bei Villon stehlen?

Da wir grade von Lyrik sprechen:

Wie kommt es, daß Sie in § 9 unsres Verlagsvertrages 15 % honorarfreie Exemplare berechnen? So viel Rezensionsexemplare schicken Sie doch niemals in die Welt hinaus! So jagen Sie den sauern Schweiß Ihrer Autoren durch die Gurgel – kein Wunder, daß Sie auf Samt saufen, während unsereiner auf harten Bänken dünnes Bier schluckt. Aber so ist alles.

Daß Sie mir gut sind, wußte ich. Daß Sie mir für 46 RM gut sind, erfreut mein Herz. Bitte wie gewöhnlich an die alte Adresse. Übrigens fahre ich nächste Woche in Urlaub.

Mit vielen schönen Grüßen

Ihr

Tucholsky

—

Ernst Rowohlt Verlag
Berlin W 50
Passauerstraße 8/9

12. Juni

Lieber Herr Tucholsky,

vielen Dank für Ihren Brief vom 10. d. M.

Die 15 % honorarfreien Exemplare sind – also das können Sie mir wirklich glauben – meine einzige Verdienstmöglichkeit. Lieber Herr Tucholsky, wenn Sie unsre Bilanz sähen, dann wüßten Sie, daß es ein armer Verleger gar nicht leicht hat. Ohne die 15 % könnte ich überhaupt nicht existieren und würde glatt verhungern. Das werden Sie doch nicht wollen.

Die Sommergeschichte sollten Sie sich durch den Kopf gehn lassen.

Die Leute wollen neben der Politik und dem Aktuellen etwas haben, was sie ihrer Freundin schenken können. Sie glauben gar nicht, wie das fehlt. Ich denke an eine kleine Geschichte, nicht zu umfangreich, etwa 15–16 Bogen, zart im Gefühl, kartoniert, leicht ironisch und mit einem bunten Umschlag. Der Inhalt kann so frei sein, wie Sie wollen. Ich würde Ihnen vielleicht insoweit entgegenkommen, daß ich die honorarfreien Exemplare auf 14 % heruntersetze.

Wie gefällt Ihnen unser neuer Verlagskatalog?

Ich wünsche Ihnen einen vergnügten Urlaub und bin mit vielen Grüßen

Ihr

(Riesenschnörkel) Ernst Rowohlt

—

15. Juni

Lieber Meister Rowohlt,

auf dem neuen Verlagskatalog hat Sie Gulbransson ganz richtig gezeichnet: still sinnend an des Baches Rand sitzen Sie da und angeln die fetten Fische. Der Köder mit 14 % honorarfreier Exemplare ist nicht fett genug – 12 sind auch ganz schön. Denken Sie mal ein bißchen darüber nach und geben Sie Ihrem harten Verlegerherzen einen Stoß. Bei 14 % fällt mir bestimmt nichts ein – ich dichte erst ab 12 %.

Ich schreibe diesen Brief schon mit einem Fuß in der Bahn. In einer Stunde fahre ich ab – nach Schweden. Ich will in diesem Urlaub überhaupt nicht arbeiten, sondern ich möchte in die Bäume gucken und mich mal richtig ausruhn.

Wenn ich zurückkomme, wollen wir den Fall noch einmal bebrüten. Nun aber schwenke ich meinen Hut, grüße Sie recht herzlich und wünsche Ihnen einen guten Sommer! Und vergessen Sie nicht: 12 %!

Mit vielen schönen Grüßen

Ihr getreuer

Tucholsky

Unterschrieben – zugeklebt – frankiert – es war genau acht Uhr zehn Minuten. Um neun Uhr zwanzig ging der Zug von Berlin nach Kopenhagen. Und nun wollten wir ja wohl die Prinzessin abholen.

2

Sie hatte eine Altstimme und hieß Lydia.

Karlchen und Jakopp aber nannten jede Frau, mit der einer von uns dreien zu tun hatte, «die Prinzessin», um den betreffenden Prinzgemahl zu ehren – und dies war nun also die Prinzessin; aber keine andre durfte je mehr so genannt werden.

Sie war keine Prinzessin.

Sie war etwas, was alle Schattierungen umfaßt, die nur möglich sind: sie war Sekretärin. Sie war Sekretärin bei einem unförmig dicken Patron; ich hatte ihn einmal gesehn und fand ihn scheußlich, und zwischen ihm und Lydia ... nein! Das kommt beinah nur in Romanen vor. Zwischen ihm und Lydia bestand jenes merkwürdige Verhältnis von Zuneigung, nervöser Duldung und Vertrauen auf der einen Seite und Zuneigung, Abneigung und duldender Nervosität auf der andern: sie war seine Sekretärin. Der Mann führte den Titel eines Generalkonsuls und handelte ansonsten mit Seifen. Immer lagen da Pakete im Büro herum, und so hatte der Dicke wenigstens eine Ausrede, wenn seine Hände fettig waren.

Der Generalkonsul hatte ihr in einer Anwandlung fürstlicher Freigebigkeit fünf Wochen Urlaub gewährt; er fuhr nach Abbazia. Gestern abend war er abgefahren – werde ihm der Schlafwagen leicht! Im Büro saßen sein Schwager und für Lydia eine Stellvertreterin. Was gingen mich denn seine Seifen an – Lydia ging mich an.

Da stand sie schon mit den Koffern vor ihrem Haus – «Hallo!»

«Du bischa all do?» sagte die Prinzessin – zur grenzenlosen Verwunderung des Taxichauffeurs, der dieses für ostchinesisch hielt. Es war aber missingsch.

Missingsch ist das, was herauskommt, wenn ein Plattdeutscher hochdeutsch sprechen will. Er krabbelt auf der glatt gebohnerten Treppe der deutschen Grammatik empor und rutscht alle Nase lang wieder in sein geliebtes Platt zurück. Lydia stammte aus Rostock, und sie beherrschte dieses Idiom in der Vollendung. Es ist kein bäurisches Platt – es ist viel feiner. Das Hochdeutsch darin nimmt sich aus wie Hohn und Karikatur; es ist, wie wenn ein Bauer in Frack und Zylinder aufs Feld ginge und so ackerte. Der Zylinder ischa en finen statschen Haut, över wen dor nich mit grot worn is, denn rutscht hei ümmer werrer aff, dat deit he ... Und dann ist da im Platt der ganze Humor dieser Norddeutschen; ihr gutmütiger Spott, wenn es einer gar zu toll treibt, ihr fest zupackender Spaß, wenn sie falschen Glanz wittern, und sie wittern ihn, unfehlbar ... diese Sprache konnte Lydia bei Gelegenheit sprechen. Hier war eine Gelegenheit.

«Kann mir gahnich gienug wunnern, dasse den Zeit nich verschlafen hass!» sagte sie und ging mit festen, ruhigen Bewegungen daran, mir und dem Chauffeur zu helfen. Wir packten auf. «Hier, nimm den Dackel!» – Der Dackel war eine fette, bis zur Albernheit lang gezogne Handtasche. Und so pünktlich war sie! Auf ihren Nasenflügeln lag ein Hauch von Puder. Wir fuhren.

«Frau Kremser hat gesagt», begann Lydia, «ich soll mir meinen Pelz mitnehmen und viele warme Mäntel – denn in Schweden gibt es überhaupt keinen Sommer, hat Frau Kremser gesagt. Da wär immer Winter. Ische woll nich möchlich!» Frau Kremser war die Haushälterin der Prinzessin, Stubenmädchen, Reinmachefrau und Großsiegelbewahrerin. Gegen mich hatte sie noch immer, nach so langer Zeit, ein leise schnüffelndes Mißtrauen – die Frau hatte einen guten Instinkt. «Sag mal … ist es wirklich so kalt da oben?»

«Es ist doch merkwürdig», sagte ich. «Wenn die Leute in Deutschland an Schweden denken, dann denken sie: Schwedenpunsch, furchtbar kalt, Ivar Kreuger, Zündhölzer, furchtbar kalt, blonde Frauen und furchtbar kalt. So kalt ist es gar nicht.» – «Also wie kalt ist es denn?» – «Alle Frauen sind pedantisch», sagte ich. «Außer dir!» sagte Lydia. – «Ich bin keine Frau.» – «Aber pedantisch!» – «Erlaube mal», sagte ich, «hier liegt ein logischer Fehler vor. Es ist genaustens zu unterscheiden, ob pro primo …»
«Gib mal 'n Kuß auf Lydia!» sagte die Dame. Ich tat es, und der Chauffeur nuckelte leicht mit dem Kopf, denn seine Scheibe vorn spiegelte. Und dann hielt das Auto da, wo alle bessern Geschichten anfangen: am Bahnhof.

3

Es ergab sich, daß der Gepäckträger Nr. 47 aus Warnemünde stammte, und der Freude und des Geredes war kein Ende, bis ich diese landsmännische Idylle, der Zeit wegen, unterbrach. «Fährt der Gepäckträger mit? Dann könnt ihr euch ja vielleicht im Zug weiter unterhalten …» – «Olln Döskopp! Heww di man nich so!» sagte die Prinzessin. Und: «Wi hemm noch bannig Tid!» der Gepäckträger. Da schwieg ich überstimmt, und die Beiden begannen ein emsiges Palaver darüber, ob Korl Düsig noch am «Strom» wohnte – wissen Sie: Düsig – näää … de Olsch! So, Gottseidank, er wohnte noch da! Und hatte wiederum ein Kind hergestellt: der

Mann war achtundsiebzig Jahre und wurde von mir, hier an der Gepäckausgabe, außerordentlich beneidet. Es war sein sechzehntes Kind. Aber nun waren es nur noch acht Minuten bis zum Abgang des Zuges, und … «Willst du Zeitungen haben, Lydia?» – Nein, sie wollte keine. Sie hatte sich etwas zum Lesen mitgebracht – wir unterlagen beide nicht dieser merkwürdigen Krankheit, plötzlich auf den Bahnhöfen zwei Pfund bedrucktes Papier zu kaufen, von dem man vorher ziemlich genau weiß: Makulatur. Also kauften wir Zeitungen.

Und dann fuhren wir – allein im Abteil – über Kopenhagen nach Schweden. Vorläufig waren wir noch in der Mark Brandenburg.

«Finnste die Gegend hier, Peter?» sagte die Prinzessin. Wir hatten uns unter anderm auf Peter geeinigt – Gott weiß, warum.

Die Gegend? Es war ein heller, windiger Junitag – recht frisch, und diese Landschaft sah gut aufgeräumt und gereinigt aus – sie wartete auf den Sommer und sagte: Ich bin karg. «Ja …», sagte ich. «Die Gegend …» «Du könntest für mein Geld wirklich etwas Gescheiteres von dir geben», sagte sie. «Zum Beispiel: diese Landschaft ist wie erstarrte Dichtkunst, oder sie erinnert mich an Fiume, nur ist da die Flora katholischer – oder so.» «Ich bin nicht aus Wien», sagte ich. «Gottseidank», sagte sie. Und wir fuhren.

Die Prinzessin schlief. Ich denkelte so vor mich hin.

Die Prinzessin behauptete, ich sagte zu jeder von mir geliebten Frau, aber auch zu jeder –: «Wie schön, daß du da bist!» Das war eine pfundsdicke Lüge – manchmal sagte oder dachte ich doch auch: «Wie schön, daß du da bist … und nicht hier!» – aber wenn ich die Lydia so neben mir sitzen sah, da sagte ich es nun wirklich. Warum –?

Natürlich deswegen. In erster Linie …? Ich weiß das nicht. Wir wußten nur dieses: Eines der tiefsten Worte der deutschen Sprache sagt von zwei Leuten, daß sie sich nicht riechen können. Wir konnten es, und das ist, wenn es anhält, schon sehr viel. Sie war mir alles in einem: Geliebte, komische Oper, Mutter und Freund. Was ich ihr war, habe ich nie ergründen können.

Und dann die Altstimme. Ich habe sie einmal nachts geweckt, und, als sie aufschrak: «Sag etwas!» bat ich. «Du Dummer!» sagte sie. Und schlief lächelnd wieder ein. Aber ich hatte die Stimme gehört, ich hatte ihre tiefe Stimme gehört.

Und das dritte war das Missingsch. Manchen Leuten erscheint die plattdeutsche Sprache grob, und sie mögen sie nicht. Ich habe diese Sprache immer geliebt; mein Vater sprach sie wie hochdeutsch, sie, die «vollkommnere der beiden Schwestern», wie Klaus Groth sie genannt hat. Es ist die Sprache des Meeres. Das Plattdeutsche kann alles sein: zart und grob, humorvoll und herzlich, klar und nüchtern und vor allem, wenn man will, herrlich besoffen. Die Prinzessin bog sich diese Sprache ins Hochdeutsche um, wie es ihr paßte – denn vom Missingschen gibt es hundert und aberhundert Abarten, von Friesland über Hamburg bis nach Pommern; da hat jeder kleine Ort seine Eigenheiten. Philologisch ist dem sehr schwer beizukommen; aber mit dem Herzen ist ihm beizukommen. Das also sprach die Prinzessin – ah, nicht alle Tage! Das wäre ja unerträglich gewesen. Manchmal, zur Erholung, wenn ihr grade so zu Mut war, sprach sie missingsch; sie sagte darin die Dinge, die ihr besonders am Herzen lagen, und daneben hatte sie im Lauf der Zeit schon viel von Berlin angenommen. Wenn sie ganz schnell «Allmächtiger Braten!» sagte, dann wußte man gut Bescheid. Aber mitunter sprach sie doch ihr Platt oder eben jenes halbe Platt: missingsch.

Das weiß ich noch wie heute … Das war, als wir uns kennen lernten. Ich war damals zum Tee bei ihr und bot den diskret lächerlichen Anblick eines Mannes, der balzt. Dabei sind wir ja rechtschaffen komisch … Ich machte Plüschaugen und sprach über Literatur – sie lächelte. Ich erzählte Scherze und beleuchtete alle Schaufenster meines Herzens. Und dann sprachen wir von der Liebe. Das ist wie bei einer bayrischen Rauferei – die raufen auch erst mit Worten.

Und als ich ihr alles auseinandergesetzt hatte, alles, was ich im Augenblick wußte, und das war nicht wenig, und ich war so stolz, was für gewagte Sachen ich da gesagt hatte, und wie ich das alles so genau und brennendrot dargestellt und vorgeführt hatte, in Worten, so daß nun eigentlich der Augenblick gekommen war, zu sagen: «Ja, also dann …» – da sah mich die Prinzessin lange an. Und sprach:

«Einen weltbefohrnen dschungen Mann –!»

Und da war es aus. Und ich fand mich erst viel später bei ihr wieder, immer noch lachend, und mit der erotischen Weihe war es nichts geworden. Aber mit der Liebe war es etwas geworden.

Der Zug hielt.

Die Prinzessin fuhr auf, öffnete die Augen. «Wo sind wir?» – «Es sieht aus wie Stolp oder Stargard – jedenfalls ist es etwas mit St», sagte ich. «Wie sieht es noch aus?» fragte sie. «Es sieht aus», sagte ich und blickte auf die Backsteinhäuschen und den trübsinnigen Bahnhof, «wie wenn hier die Unteroffiziere geboren werden, die ihre Mannschaften schinden. Möchtest du hier Mittag essen?» Die Prinzessin schloß sofort die Augen. «Lydia», sagte ich, «wir können auch im Speisewagen essen, der Zug hat einen.» – «Nein», sagte sie. «Im Speisewagen werden die Kellner immer von der Geschwindigkeit des Zuges angesteckt, und es geht alles so furchtbar eilig – ich habe aber einen langsamen Magen …» – «Gut. Was liest du da übrigens, Alte?» – «Ich schlafe seit zwei Stunden auf einem mondänen Roman. Der einzige Körperteil, mit dem man ihn lesen kann …» und dann machte sie die Augen wieder zu. Und wieder auf. «Guck eins … die Frau da! Die is aber misogyn!» – «Was ist sie?» – «Misogyn … heißt das nicht miekrig? Nein, das habe ich mit den Pygmäen verwechselt; das sind doch diese Leute, die auf Bäumen wohnen … wie?» Und nach dieser Leistung entschlummerte sie aufs neue, und wir fuhren, lange, lange. Bis Warnemünde.

Da war der «Strom». So heißt hier die Warne – war es die Warne? Peene, Swine, Dievenow … oder hieß der Fluß anders? Es stand nicht dran. Mit Karlchen und Jakopp hatte ich der Einfachheit halber erfunden, jeder Stadt den ihr zugehörigen Fluß zu geben: Gleiwitz an der Gleiwe, Bitterfeld an der Bitter und so fort. Hier am Strom lagen lauter kleine Häuser, eins beinah wie das andre, windumweht und so gemütlich. Segelboote steckten ihre Masten in die graue Luft, und beladene Kähne ruhten faul im stillen Wasser. «Guck mal, Warnemünde!»

«Diß kenn ich scha denn nu doch wohl bißchen besser als du. Harre Gott, nein … Da ische den Strom, da bin ich sozusagen an groß gieworn! Da wohnt scha Korl Düsig un min oll Wiesendörpsch, un in das nüdliche lütte Haus, da wohnt Tappsier Kröger, den sind solche netten Menschen, as es auf diese ausgeklürte Welt sons gahnich mehr gibt … Und das is Zenater Eggers sin Hus, Dree Linden. Un sieh mal: das alte Haus da mit den schönen Barockgiebel – da spückt es in!» – «Auf plattdeutsch?» fragte ich. «Du büschan ganzen mongkanten Mann; meins, den Warnemünder Giespenster spüken auf hochdeutsch rum – nee, allens, was Recht is, Ordnung muß sein, auch inne vierte Dimenzion …! Und …» Rrrums – der Zug rangierte. Wir fielen aneinander. Und dann erzählte sie weiter und erklärte mir jedes Haus am Strom, soweit man sehen konnte.

«Da – da is das Haus, wo die alte Frau Brüshaber in giewohnt hat, die war eins so fühnsch, daß ich 'n bessres Zeugnis gehabt hab als ihre Großkinder; die waren ümme so verschlichen … und da hat sie von 'n ollen Wiedow, dem Schulderekter, gesagt: Wann ick den Kierl inn Mars hat, ick scheet em inne Ostsee! Un das Haus hat dem alten Laufmüller giehört. Den kennst du nich auße Weltgeschichte? Der Laufmüller, der lag sich ümme inne Haaren mit die hohe Obrigkeit, was zu diese Zeit den Landrat von der Dekken war, Landrat Ludwig von der Decken. Und um ihn zu ägen, kaufte sich der Laufmüller einen alten räudigen Hund, und den nannte er Lurwich, und wenn nu Landrat von der Decken in Sicht kam, denn rief Laufmüller seinen Hund: Lurwich, hinteh mich! und denn griente Laufmüller so finsch, und den Landrat ärgerte sich … un davon haben wi auch im Schohr 1918 keine Revolutschon giehabt. Ja.» – «Lebt der Herr Müller noch?» fragte ich. «Ach Gott, neien – he is all lang dod. Er hat sich giewünscht, er wollt an Weg begraben sein, mit dem Kopf grade an Weg.» – «Warum?» – «Dscha … daß er den Mächens so lange als möchlich untere Röck … Der Zoll!» Der Zoll.

Europa zollte. Es betrat ein Mann den Raum, der fragte höflichst, ob wir … und wir sagten: nein, wir hätten nicht. Und dann ging der Mann wieder weg. «Verstehst du das?» fragte Lydia. «Ich verstehe es nicht», sagte ich. «Es ist ein Gesellschaftsspiel und eine Religion, die Religion der Vaterländer. Auf dem Auge bin ich blind. Sieh mal – sie können das mit den Vaterländern doch nur machen, wenn sie Feinde haben und Grenzen. Sonst wüßte man nie, wo das eine anfängt und wo das andre aufhört. Na, und das ginge doch nicht, wie …?» Die Prinzessin fand, daß es nicht ginge, und dann wurden wir auf die Fähre geschoben.

Da standen wir in einem kleinen eisernen Tunnel, zwischen den Dampferwänden. Rucks – nun wurde der Wagen angebunden. «Wissen möcht ich …», sagte die Prinzessin, «warum ein Schiff eigentlich schwimmt. Es wiegt so viel: es müßte doch untergehn. Wie ist das! Du bist doch einen studierten Mann!» – «Es ist … der Luftgehalt in den Schotten … also paß mal auf … das spezifische Gewicht des Wassers … es ist nämlich die Verdrängung …» – «Mein Lieber», sagte die Prinzessin, «wenn einer übermäßig viel Fachausdrücke gebraucht, dann stimmt da etwas nicht. Also du weißt es auch nicht. Peter, daß du so entsetzlich dumm bist – das ist schade. Aber man kann ja wohl nicht alles beieinander haben.» Wir wandelten an Bord.

Schiffslängs – backbord – steuerbord … ganz leise arbeiteten die Maschinen. Warnemünde blieb zurück, unmerklich lösten wir uns vom Lande. Vorbei an der Mole – da lag die Küste.

Da lag Deutschland. Man sah nur einen flachen, bewaldeten Uferstreifen und Häuser, Hotels, die immer kleiner wurden, immer mehr zurückrückten, und den Strand … War dies eine ganz leise, winzige, eine kaum merkbare Schaukelbewegung? Das wollen wir nicht hoffen. Ich sah die Prinzessin an. Sie spürte sogleich, wohinaus ich wollte. «Wenn du käuzest, min Jung», sagte sie, «das wäre ein Zückzeh fuh!» – «Was ist das?» – «Das ist Französisch» – sie war ganz aufgebracht – «nu kann der Dschung nich mal Französch, un hat sich do Jahrener fünf in Paris feine Bildung bielernt … Segg mohl, was hasse da eigentlich inne ganze Zeit giemacht? Kann ich mi schon lebhaft vorstelln! Ümme mit die kleinen Dirns umher, nöch? Du bischa einen Wüstling! Wie sind denn nun die Französinnen? Komm, erzähl es mal auf Lydia – wir gehn hier rauf und runter, immer das Schiff entlang, und wenn dir schlecht wird, dann beugst du dich über die Reeling, das ist in den Büchern immer so. Erzähl.»

Und ich erzählte ihr, daß die Französinnen sehr vernünftige Wesen seien, mit einer leichten Neigung zu Kapricen, die seien aber vorher einkalkuliert, und sie hätten pro Stück meist nur einen

Mann, den Mann, ihren Mann, der auch ein Freund sein kann, natürlich – und dazu vielleicht auch anstandshalber einen Geliebten, und wenn sie untreu seien, dann seien sie es mit leichtsinnigem Bedacht. Beinah jede zweite Frau aber hätte einen Beruf. Und sie regierten das Land ohne Stimmrecht – aber eben nicht mit den Beinen, sondern durch ihre Vernunft. Und sie seien liebenswürdige Mathematik und hätten ein vernünftiges Herz, das manchmal mit ihnen durchginge, doch pfiffen sie es immer wieder zurück. Ich verstände sie nicht ganz. «Es scheinen Frauen zu sein», sagte Lydia.

Die Fähre schaukelte nicht grade – sie deutete das nur an. Auch ich deutete etwas an, und die Prinzessin befahl mich in den Speiseraum. Da saßen sie und aßen, und mir wurde gar nicht gut, als ich das sah – denn sie essen viel Fettes in Dänemark, und dieses war eine dänische Fähre. Die Herrschaften aßen zur Zeit: Spickaal und Hering, Heringsfilet, eingemachten Hering, dann etwas, was sie «sild» nannten, ferner vom Baum gefallenen Hering und Hering schlechthin. Auf festem Land eins immer besser als das andre. Und dazu tranken sie jenen herrlichen Schnaps, für den die nordischen Völker, wie sie da sind, ins Himmelreich kommen werden. Die Prinzessin geruhte zu speisen. Ich sah ehrfürchtig zu; sie war eßfest. «Du nimmst gar nichts?» fragte sie zwischen zwei Heringen. Ich sah die beiden Heringe an, die beiden Heringe sahen mich an, wir schwiegen alle drei. Erst als die Fähre landete, lebte ich wieder auf. Und die Prinzessin strich mir leise übers Knie und sagte ehrfürchtig: «Du bischa meinen kleinen Klaus Störtebekker!» Und ich schämte mich sehr.

Und dann ruckelten wir durch Laaland, das dalag, flach wie ein Eierkuchen, und wir kramten in unsern Zeitungen, und dann spielten wir das Bücherspiel: jeder las dem andern abwechselnd einen Satz aus seinem Buch vor, und die Sätze fügten sich gar schön ineinander. Die Prinzessin blätterte die Seiten um, ich sah auf ihre Hände ... sie hatte so zuverlässige Hände. Einmal stand sie im Gang und sah zum Fenster hinaus, und dann ging sie fort, und ich sah sie nicht mehr. Ich tastete nach ihrem Täschchen, es war noch warm von ihrer Hand. Ich streichelte die Wärme. Und dann setzten sie uns wieder über ein Meerwasser, und dann rollten wir weiter, und dann – endlich! endlich! – waren wir in Kopenhagen.

«Wenn wir nach hinten heraus wohnen», sagte ich im Hotel, «dann riecht es nach Küche, und außerdem muß noch vom vorigen Mal ein besoffner Spanier da sein, der komponiert sich seins auf dem Piano, und das macht er zehn Stunden lang täglich. Wenn wir aber nach vorn heraus wohnen, dann klingelt da alle Viertelstunde die Rathausuhr und erinnert uns an die Vergänglichkeit der Zeit.»

«Könnten wir nicht in der Mitte … ich meine …» Wir wohnten also nach dem Rathausplatz zu, und die Uhr klingelte, und es war alles sehr schön.

Lydia pickte auf ihrem Teller herum, mir sah sie bewundernd zu. «Du frißt …», sagte sie freundlich. «Ich habe schon Leute gesehen, die viel gegessen haben – und auch Leute, die schnell gegessen haben … aber so viel und so schnell …» – «Der reine Neid –», murmelte ich und fiel in die Radieschen ein. Es war kein feines Abendessen, aber es war ein nahrhaftes Abendessen.

Und als sie sich zum Schlafen wendete und grade die Rathausuhr geklingelt hatte, da sprach sie leise, wie zu sich selbst:

«Jetzt auf See. Und dann so ein richtig schaukelndes Schiff. Und dann eine Tasse warmes Maschinenöl …» Und da mußte ich aufstehn und viel Selterwasser trinken.

4

Ja, Kopenhagen.

«Soll ich dir das Fischrestaurant zeigen, in dem Ludendorff immer zu Mittag gegessen hat, als er noch eine Denkmalsfigur war?» – «Zeig es mir … nein, gehen wir lieber auf Lange Linie!» – Wir sahen uns alles an: den Tivolipark und das schöne Rathaus und das Thorwaldsen-Museum, in dem alles so aussieht, wie wenn es aus Gips wäre. «Lydia!» rief ich, «Lydia! Beinah hätt ich es vergessen! Wir müssen uns das Polysandrion ansehn!» – «Das … was?» – «Das Polysandrion! Das mußt du sehn. Komm mit.» Es war ein langer Spaziergang, denn dieses kleine Museum lag weit draußen vor der Stadt.

«Was ist das?» fragte die Prinzessin.

«Du wirst ja sehn», sagte ich. «Da haben sich zwei Balten ein Haus gebaut. Und der eine, Polysander von Kuckers zu Tiesenhausen, ein baltischer Baron, vermeint, malen zu können. Das kann er aber nicht.» – «Und deshalb gehn wir soweit?» – «Nein, deshalb nicht. Er kann also nicht malen, malt aber doch – und zwar malt er immerzu dasselbe, seine Jugendträume: Jünglinge … und vor allem Schmetterlinge.» – «Ja, darf er denn das?» fragte die Prinzessin. «Frag ihn … er wird da sein. Wenn er sich nicht zeigt, dann erklärt uns sein Freund die ganze Historie. Denn erklärt muß sie werden. Es ist wundervoll.» – «Ist es denn wenigstens unanständig?» – «Führte ich dich dann hin, mein schwarzes Glück?»

Da stand die kleine Villa – sie war nicht schön und paßte auch gar nicht in den Norden; man hätte sie viel eher im Süden, in Oberitalien oder dortherum vermutet … Wir traten ein.

Die Prinzessin machte große Kulleraugen, und ich sah das Polysandrion zum zweiten Mal.

Hier war ein Traum Wahrheit geworden – Gott behüte uns davor! Der brave Polysander hatte etwa vierzig Quadratkilometer teurer Leinwand voll gemalt, und da standen und ruhten nun die Jünglinge, da schwebten und tanzten sie, und es war immer derselbe, immer derselbe. Blaßrosa, blau und gelb; vorn waren die Jünglinge, und hinten war die Perspektive.

«Die Schmetterlinge!» rief Lydia und faßte meine Hand. «Ich flehe dich an», sagte ich, «nicht so laut! Hinter uns kriecht die Aufwärterin herum, und die erzählt nachher alles dem Herrn Maler. Wir wollen ihm doch nicht weh tun.» Wirklich: die Schmetterlinge. Sie gaukelten in der gemalten Luft, sie hatten sich auf die runden Schultern der Jünglinge gesetzt, und während wir bisher geglaubt hatten, Schmetterlinge ruhten am liebsten auf Blüten, so erwies sich das nun als ein Irrtum: diese hier saßen den Jünglingen mit Vorliebe auf dem Popo. Es war sehr lyrisch.

«Nun bitte ich dich …», sagte die Prinzessin. «Still!» sagte ich. «Der Freund!» Es erschien der Freund des Malers, ein ältlicher, sympathisch aussehender Mann; er war bravbürgerlich angezogen, doch schien es, als verachtete er die grauen Kleider unsres grauen

Jahrhunderts, und der Anzug vergalt ihm das. Er sah aus wie ein Ephebe a.D. Murmelnd stellte er sich vor und begann zu erklären. Vor einem Jüngling, der stramm mit Schwert und Schmetterling dastand und die Rechte wie zum Gruß an sein Haupt gelegt hatte, sprach der Freund in schönstem baltischem Tonfall, singend und mit allen rollenden Rrrs: «Was Sie hier sehn, ist der völlich verjäistichte Militarrismus!» Ich wendete mich ab – vor Erschütterung. Und wir sahen tanzende Knaben, sie trugen Matrosenanzüge mit Klappkragen, und ihnen zu Häupten hing eine kleine Lampe mit Bommelfransen, solch eine, wie sie in den Korridoren hängen –: ein möbliertes Gefilde der Seligen. Hier war ein Paradies aufgeblüht, von dem so viele Seelenfreunde des Malers ein Eckchen in der Seele trugen; ob es nun die ungerechte Verfolgung war oder was immer: wenn sie schwärmten, dann schwärmten sie in sanftem Himmelblau, sozusagen blausa. Und taten sich sehr viel darauf zu gute. Und an einer Wand hing die Photographie des Künstlers aus seiner italienischen Zeit; er war nur mit Sandalen und einem Hoihotoho-Speer bekleidet. Man trug also Bauch in Capri.

«Da bleibt einem ja die Luft weg!» sagte die Prinzessin, als wir draußen waren. «Die sind doch keineswegs alle so …?» – «Nein, die Gattung darf man das nicht entgelten lassen. Das Haus ist ein stehen gebliebenes Plüschsofa aus den neunziger Jahren; keineswegs sind sie alle so. Der Mann hätte seine Schokoladenbildchen gradesogut mit kleinen Feen und Gnomen bevölkern können … Aber denk dir nur mal ein ganzes Museum mit solch realisierten Wunschträumen – das müßte schön sein!»

«Und dann ist es so … blutärmlich!» sagte die Prinzessin. «Na, jeder sein eigner Unterleib! Und daraufhin wollen wir wohl einen Schnaps trinken!» Das taten wir.

Stadt und Straßen … der große Tiergarten, der dem König gehört und in dem die wilden zahmen Hirsche herumlaufen und sich, wenn es ihnen grade paßt, am Hals krauen lassen, und so hohe, alte Bäume …

Abfahrt. «Wie wird das eigentlich mit der Sprache?» fragte die Prinzessin, als wir im Zug nach Helsingör saßen. «Du warst doch schon mal da. Sprichst du denn nun gut schwedisch?» – «Ich mache das so», sagte ich. «Erst spreche ich deutsch, und wenn sie das nicht verstehn, englisch, und wenn sie das nicht verstehn, platt – und wenn das alles nichts hilft, dann hänge ich an die deutschen Wörter die Endung as an, und dieses Sprechas verstehas sie ganz gut.» Das hatte grade noch gefehlt. Es gefiel ihr ungemein, und sie nahm es gleich in ihren Sprachschatz auf. «Ja – also nun kommt Schweden. Ob wir etwas in Schweden erlebas? Was meinst du?» – «Ja, was sollten wir wohl auf einem Urlaub erleben …? Ich dich, hoffentlich.» – «Weißt du», sagte die Prinzessin, «ich bin noch gar nicht auf Reisen, ich sitze hier neben dir im Coupé; aber in meinem Kopf dröhnt es noch, und … Allmächtiger Braten!» – «Was ist?» – «Ich habe vergessen, an Tichauer zu telephonieren!» – «Wer ist Tichauer?» – «Tichauer ist der Direktor der NSW – der Norddeutschen Seifenwerke. Und der Alte hat gesagt, ich solle ihm abtelephonieren, weil er doch verreist … und da ist die Konferenz am Dienstag … ach du liebes Gottchen, behüte unser Lottchen vor Hunger, Not und Sturm und vor dem bösen Hosenwurm. Amen.» – «Also was wird nun?» – «Jetzt werden wir telegraphieren, wenn wir in Helsingör auf die Fähre steigen. Du allmächtiger Braten! Daddy, Berlin läuft doch immer mit. Das dauert mindestens vierzehn Tage, bis man es einigermaßen los ist, und wenn man es glücklich vergessen hat, dann muß man wieder zurück. Das ist ein fröhlicher Beruf …» – «Beruf … Ich hielt es mehr für eine Beschäftigung.» – «Du bist ein Schriftsteller – aber recht hast du doch. Lenk mich ab. Steig mal auf die Bank und mach mal einen. Sing was – wozu hab ich dich mitgenommen?» Nur Ruhe und Geduld konnten es machen … «Sieh mal, Hühner auf dem Wasser!» sagte ich. «Hühner? Was für welche?» – «Gesichtshühner. Der Naturforscher Jakopp unterscheidet zweierlei Sorten von Hühnern: die Gesichtshühner, die man nur sehen, und die Speisehühner, die man auch essen kann. Dies sind Gesichtshühner. Finnste die Natur hier?» – «Etwas dünn, um die Wahrheit zu sagen. Wenn man nicht wüßte, daß es Dänemark ist und wir gleich nach Schweden hinüberfahren –»

Und da hatte sie nun recht. Denn nichts lenkt den Menschen so von seinem gesunden Urteil ab wie geographische Ortsnamen, geladen mit alter Sehnsucht und bepackt mit tausend Gedankenverbindungen, und wenn er dann hinkommt, ist es alles halb so schön. Aber wer traut sich denn, das zu sagen –!

Helsingör. Wir telegraphierten an Tichauer. Wir stiegen auf die kleine Fähre.

Unten im Schiffsrestaurant saßen drei Österreicher; offenbar waren es altadlige Herren, einer hatte eine ganz abregierte Stimme. Er kniff grade die Augen so merkwürdig zu, wie das einer tut, der mit der Zigarre im Mund zahlen muß. Und dann hörte ich ihn murmeln: «Ein g'schäiter Buuursch (mit drei langen u) – aber etwas medioker …» Ich bin gegen den Anschluß.

Oben standen wir dann am Schiffsgeländer, atmeten die reine Luft und blickten auf die beiden Küsten – die dänische, die zurückblieb, und die schwedische, der wir uns näherten. Ich sah die Prinzessin von der Seite an. Manchmal war sie wie eine fremde Frau, und in diese fremde Frau verliebte ich mich immer aufs neue und mußte sie immer aufs neue erobern. Wie weit ist es von einem Mann zu einer Frau! Aber das ist schön, in eine Frau wie in ein Meer zu tauchen. Nicht denken … Viele von ihnen haben Brillen auf, sie haben es im eigentlichen Sinne des Wortes verlernt, Frau zu sein – und haben nur noch den dünnen Charme. Hol ihn der Teufel. Ja, wir wollen wohl ein bißchen viel: kluge Gespräche und Logik und gutes Aussehen und ein bißchen Treue und dann dieser nie zu unterdrückende Wunsch, von der Frau wie ein Beefsteak gefressen zu werden, daß die Kinnbacken krachen … «Hast du schwedischen Geldes?» fragte die Prinzessin träumerisch. Sie führte gern einen gebildeten Genitiv spazieren und war demzufolge sehr stolz darauf, immer «Rats» zu wissen. «Ja, ich habe schwedische Kronen», sagte ich. «Das ist ein hübsches Geld – und deshalb werden wir es auch nur vorsichtig ausgeben.» – «Geizvettel», sagte die Prinzessin. Wir besaßen eine gemeinsame Reisekasse, an der hatten wir sechs Monate herumgerechnet. Und nun waren wir in Schweden.

Der Zoll zollte. Die Schweden sprechen anders deutsch als die Dänen: die Dänen hauchen es, es klingt bei ihnen federleicht, und die Konsonanten liegen etwa einen halben Meter vor dem Mund und vergehen in der Luft, wie ein Gezirp. Bei den Schweden wohnt die Sprache weiter hinten, und dann singen sie so schön dabei … Ich protzte furchtbar mit meinen zehn schwedischen Wörtern, aber sie wurden nicht verstanden. Die Leute hielten mich sicherlich für einen ganz besonders vertrackten Ausländer. Kleines Frühstück. «Die Bouillon», sagte die Prinzessin, «sieht aus wie Wasser in Halbtrauer!» – «So schmeckt sie auch.» Und dann fuhren wir gen Stockholm.

Sie schlief.

Der, der einen Schlafenden beobachtet, fühlt sich ihm überlegen – das ist wohl ein Überbleibsel aus alter Zeit, vielleicht schlummert da noch der Gedanke: er kann mir nichts tun, aber ich ihm. Dieser Frau gab der Schlaf wenigstens kein dümmliches Aussehen; sie atmete fest und ruhig, mit geschlossenem Mund. So wird sie aussehen, wenn sie tot sein wird. Dann liegt der Kopf auf einem Brett – immer, wenn ich an den Tod denke, sehe ich ein ungehobeltes Brett mit kleinen Holzfäserchen; dann liegt sie da und ist wachsgelb und wie uns andern scheint, sehr ehrfurchtgebietend. Einmal, als wir über den Tod sprachen, hatte sie gesagt: «Wir müssen alle sterben – du früher, ich später» – in diesem Kopf war so viel Mann. Der Rest war, Gott seis gelobt, eine ganze Frau.

Sie wachte auf. «Wo sind wir?» – «In Rüdesheim an der Rüde.» Und da tat sie etwas, wofür ich sie besonders liebte, sie tat es gern in den merkwürdigsten, in den psychologischen Augenblicken: sie legte die Zunge zwischen die Zähne und zog sie rasch zurück: sie spuckte blind. Und dafür bekam sie einen Kuß – auf dieser Reise schienen wir immer in leeren Abteilen zu sitzen – und gleich wandte sie einen frisch gelernten dänischen Fluch an: «Der Teufel soll dich hellrosa besticken!» und nun fingen wir an, zu singen.

In Kokenhusen
singt eine Nachtigall
wohl an der Düna Strand.
Und die Nachtigall
mit dem süßen Schall
legt ein Kringelchen in
mei-ne Hand –!

Und grade, als wir im besten Singen waren, da tauchten die ersten Häuser der großen Stadt auf. Weichen knackten, der Zug schepperte über eine niedrige Brücke, hielt. Komm raus! Die Koffer. Der Träger. Ein Wagen. Hotel. Guten Tag. Stockholm.

5

«Was machen wir nun?» fragte ich, als wir uns gewaschen hatten. Der Himmel lag blau über vier Schornsteinen – das war es, was wir zunächst von Stockholm sehn konnten. «Ich meine so», sagte die Prinzessin, «wir nehmen uns erst mal einen Dolmetscher – denn du sprichst ja sehr schön schwedisch, sehr schön ... aber es muß altschwedisch sein, und die Leute sind hier so ungebildet. Wir nehmen uns einen Dolmetscher, und mit dem fahren wir über Land und suchen uns eine ganz billige Hütte, und da sitzen wir still, und dann will ich nie wieder einen Kilometer reisen.»

Wir spazierten durch Stockholm.

Sie haben ein schönes Rathaus und hübsche neue Häuser, eine Stadt mit Wasser ist immer schön. Auf einem Platz gurrten die Tauben. Der Hafen roch nicht genug nach Teer. Wunderschöne junge Frauen gingen durch die Straßen ... von einem gradezu lockenden Blond. Und Schnaps gab es nur zu bestimmten Stunden, wodurch wir unbändig gereizt wurden, welchen zu trinken – er war klar und rein und tat keinem etwas, solange man nüchtern blieb. Und wenn man ihn getrunken hatte, nahm der Kellner das Gläschen rasch wieder fort, wie wenn er etwas Unpassendes begünstigt hätte. In einem Schaufenster der Vasagatan lag eine schwedische Übersetzung des letzten Berliner Schlagers. Eh – und sonst haben Sie nichts von Stockholm gesehn? Was? Der Nationalcharakter ... wie? Ach, lieben Freunde! Wie einförmig sind doch unsre Städte geworden! Fahrt nur nach Melbourne – ihr müßt erst lange mit den Kaufleuten konferieren und disputieren; ihr müßt, wenn ihr sie wirklich kennen lernen wollt, ihre Töchter heiraten oder Geschäfte mit ihnen machen oder, noch besser, mit ihnen erben; ihr müßt sie über das aushorchen, was in ihnen ist ... sehen könnt ihr das nicht auf den ersten Blick. Was seht ihr?

Überall klingeln die Straßenbahnen, heben die Schutzleute ihre weißbehandschuhten Hände, überall prangen die bunten Plakate für Rasierseife und Damenstrümpfe … die Welt hat eine abendländische Uniform mit amerikanischen Aufschlägen angezogen. Man kann sie nicht mehr besichtigen, die Welt – man muß mit ihr leben oder gegen sie.

Der Dolmetscher! Die Prinzessin wußte Rats, und wir gingen zum Bureau einer Touristen-Vereinigung. Ja, einen Dolmetscher hätten sie. Vielleicht. Doch. Ja.

Bedächtig geht das in Schweden zu – sehr bedächtig. In Schweden gibt es zwei Völkerstämme: den gefälligen Schweden, einen freundlichen, stillen Mann – und den ungefälligen. Das ist ein gar stolzer Herr, man kann ihm seinen Eigensinn mit kleinen Hämmern in den Schädel schlagen: er merkt es gar nicht. Wir waren an den gefälligen Typus gekommen. Einen Dolmetscher, den hätten sie also, und sie würden ihn morgen früh ins Hotel schicken. Und dann gingen wir essen.

Die Prinzessin verstand viel vom Essen, und hier in Schweden aßen sie gut, solange es bei den kalten Vorgerichten blieb – dem Smörgåsbrot. Unübertrefflich. Ihre warme Küche war durchschnittlich, und vom Rotwein verstanden sie gar nichts, was mir vielen Kummer machte. Die Prinzessin trank wenig Rotwein. Dagegen liebte sie – als einzige Frau, die ich je getroffen habe – Whisky, von dem die Frauen sonst sagen, er schmecke nach Zahnarzt. Er schmeckt aber, wenn er gut ist, nach Rauch.

Am nächsten Morgen kam der Dolmetscher.

Es erschien ein dicker Mann, ein Berg von einem Mann – und der hieß Bengtsson. Er konnte spanisch sprechen und sehr gut englisch und auch deutsch. Das heißt: ich horchte einmal … ich horchte zweimal … dieses Deutsch mußte er wohl in Emerrika gelernt haben, denn es hatte den allerschönsten, den allerfarbigsten, den allerlustigsten amerikanischen Akzent. Er sprach deutsch wie ein Zirkus-Clown. Aber er war das, was die Berliner «richtig» nennen – er verstand sofort, was wir wollten, er versank in Karten, Fahrplänen und Prospekten, und am Nachmittag trollten wir von dannen.

Wir fuhren nach Dalarne. Wir fuhren in die Umgebung Stockholms. Wir warteten auf Zuganschlüsse und rumpelten über staubige Landwege in die abgelegensten Dörfer. Wir sahen verdrossene Fichten und dumme Kiefern und herrliche, alte Laubbäume und einen blauen Sommerhimmel mit vielen weißen Wattewolken, aber was wir suchten, das fanden wir nicht. Was wir denn wollten? Wir wollten ein ganz stilles, ein ganz kleines Häuschen, abgelegen, bequem, friedlich, mit einem kleinen Gärtchen … wir hatten uns da so etwas Schönes ausgedacht. Vielleicht gab es das gar nicht?

Der Dicke war unermüdlich. Während wir herumfuhren und suchten, fragten wir ihn des nähern nach seinem Beruf. Ja, er führte also die Fremden durch Schweden. Ob er denn alles wüßte, was er ihnen so erzählte. Keine Spur – er hatte lange in Amerika gelebt und kannte seine Amerikaner. Zahlen! Er nannte ihnen vor allem einmal Zahlen: Jahreszahlen und Größenangaben und Preise und Zahlen, Zahlen, Zahlen … Falsch konnten sie sein. Mit uns sprach er von Tag zu Tag fließender deutsch, aber es wurde immer amerikanischer. «Fourteen days ago» hieß eben «Virrzehn Tage zerrick», und so war alles. «Drei Wochen zerrick», sagte er, als wir grade wieder von einer ergebnislosen Expedition zurückgekommen waren und zu Abend aßen, «drei Wochen zerrick – da war eine amerikanische Familie in Stockholm. Ich habe zu ihnen gesagt, wenn man nur einmal in Emerrika gewesen ist, dann meint man, die ganze andre Welt ist eine Kolonie von Emmerika. Ja. Danach haben mich die Leute *sehr* gähn gehabt. Prost!» – Prost? Wir waren hier in Schweden, der Mann hatte «Skål!» zu sagen. Und «Skål», das ist eigentlich «Schale». Und weil die Prinzessin eine arme Ausländerin war, die uns Schweden nicht so verstand, so sagte ich «Schale auf Ihnen!», und das verstanden wir alle drei. Der Dicke bestellte sich noch einen kleinen Schnaps. Träumerisch sah er ins Glas. «In Göteborg wohnt ein Mann, der hat einen großen Keller – da hat er es alles drin: Whisky und Branntwein und Cognac und Rotwein und Weißwein und Sekt. Und das trinkt der Mann nicht aus – das bewahrt sich der Mann alles auf! Ich finde das ganz grroßartig –!» Sprachs und kippte den seinigen.

Aber nun verging ein Tag nach dem andern, und wir hatten viele Gespräche mitangehört, hatten unzählige Male vernommen, wie die Leute sagten, was die Schweden immer sagen, in allen Lagen des menschlichen Lebens: «Jasso …» und auch ihr «Nedo» und was man so spricht, wenn man nichts zu sagen hat. Und der Dicke hatte uns in viele schöne Gegenden geführt, durch wundervolle, satte Wälder – «Hier sind schöne Läube!» sagte er, und das war die Mehrzahl von «Laub» – und nun fing die Prinzessin an, aufzumucken. «He lacht sik ’n Stremel», sagte sie. «Meinen lieben guten Daddy! Wi sünd doch keine Rockefellers! Nu ornier doch endlich mal enägisch ne Dispositschon an, daßn weiß, woanz un woso!»

Was nun –? Der Dicke ging nachdenklich, aber mit der Welt soweit ganz zufrieden, vor uns hin; er stapfte mit seinem Stock auf das Pflaster und dachte emsig nach; man konnte an seinem breiten Rücken sehen, wie er dachte. Dann brummte er, denn er hatte etwas gefunden. «Wir fahren nach Mariefred», sagte er. «Das ist ein kleiner Ort … das ist all right! Morgen fahren wir.» Die Prinzessin sah mich unheilverkündend an. «Wenn wir da nichts finden, Daddy, dann stech ich dir inne Kleinkinnerbiewohranstalt und kutschier bei mein Alten nach Abbazia. Dor kannst du man upp aff!»

Aber am nächsten Tag sahen wir etwas.

Mariefred ist eine klitzekleine Stadt am Mälarsee. Es war eine stille und friedliche Natur, Baum und Wiese, Feld und Wald – niemand aber hätte von diesem Ort Notiz genommen, wenn hier nicht eines der ältesten Schlösser Schwedens wäre: das Schloß Gripsholm.

Es war ein strahlend heller Tag. Das Schloß, aus roten Ziegeln erbaut, stand leuchtend da, seine runden Kuppeln knallten in den blauen Himmel – dieses Bauwerk war dick, seigneural, eine bedächtige Festung. Bengtsson winkte dem Führer ab, Führer war er selber. Und wir gingen in das Schloß.

Viele schöne Gemälde hingen da. Mir sagten sie nichts. Ich kann nicht sehen. Es gibt Augenmenschen, und es gibt Ohrenmenschen, ich kann nur hören. Eine Achtelschwingung im Ton einer Unterhaltung: das weiß ich noch nach vier Jahren. Ein Gemälde? Das ist bunt. Ich weiß nichts vom Stil dieses Schlosses – ich weiß nur: wenn ich mir eins baute, so eins baute ich mir.

Herr Bengtsson erklärte uns das Schloß, wie er es seinen Amerikanern erklärt hätte, der Spiritus sang aus ihm, und nach jeder Jahreszahl sagte er: «Aber so genau weiß ich das nicht», und dann sahen wir im Baedeker nach, und es war alles, alles falsch – und wir freuten uns mächtig. Ein Kerker war da, in dem Gustav der Verstopfte Adolf den Unrasierten jahrelang eingesperrt hatte, und so dicke Mauern hatte das Schloß, und einen runden Käfig für die Gefangenen gab es und ein schauerliches Burgloch oder eine Art Brunnen … Menschen haben immer Menschen gequält, heute sieht das nur anders aus. Aber am allerschönsten war das Theater. Sie hatten in der Burg ein kleines Theater – vielleicht damit sie sich während der Belagerungen nicht so langweilen mußten. Ich setzte mich auf eines der Bänkchen im Zuschauerraum und führte mir eine Schäferkomödie auf, in der geliebt und gestochen, geschmachtet und zierlich gesoffen wurde – und nun wurde die Prinzessin sehr energisch. «Jetzt oder nie!» sagte sie. «Herr Bengtsson – also!»

Wie alle gutmütigen Männer hatte der Dicke Angst vor Frauen – er beugte seine Seele, wie der Wanderer den Rücken unter den Regenschauern beugt, und er strengte sich gewaltig an und ging gar sehr ins Zeug. Er telephonierte lange und verschwand.

Nach dem Mittagessen kam er fröhlich an, sein Fett wogte vor Zufriedenheit. «Kommen Sie mit!» sagte er.

Das Schloß hatte einen Anbau – auf eine Frage hätte der Dicke sicherlich gesagt: aus dem einundzwanzigsten Jahrhundert … es war ein neuerer Bau, langgestreckt, glatt in der Fassade, hübsch. Wir gingen hinein. Drinnen empfing uns eine sehr freundliche alte Dame. Es ergab sich, daß hier in diesem Schloßanbau zwei Zimmer und dazu noch ein kleineres zu vermieten waren. Hier im Schloß? Zweifelnd sah ich Herrn Bengtsson an. Hier im Schloß. Und bekochen wollte sie uns auch. Aber würden uns denn nicht die zahllosen Touristen stören, die da kommen und die Gemälde und die Folterkammer sehen mußten? Sie kämen nur Sonntags, und sie kämen überhaupt nicht hierher, sondern sie gingen dortherum …

Wir besichtigten die Zimmer. Sie waren groß und schön; alte Einrichtungsstücke des Schlosses standen darin, in einem schweren behaglichen Stil; ich sah keine Einzelheiten mit meinen blinden Augen – aber es sprach zu mir. Und es sagte: Ja.

Aus einem Fenster blickte man auf das Wasser, aus einem andern in einen stillen kleinen Park. Die Prinzessin, die die Vernunft ihres Geschlechts hatte, sah sich inzwischen an, wo man sich waschen konnte und wie es mit den Lokalitäten bestellt wäre … und kam zufrieden zurück. Der Preis war erstaunlich billig. «Wie kommt das?» fragte ich den Dicken; wir sind selbst dem Glück gegenüber so argwöhnisch. Die Dame im Schloß täte es aus Freundlichkeit für ihn, denn sie kannte ihn, auch kamen selten Leute hierher, die lange bleiben wollten. Mariefred war als kleiner Ausflugsort bekannt; man weiß, wie solche Bezeichnungen den Plätzen anhaften. Da mieteten wir.

Und als wir gemietet hatten, sprach ich die goldenen Worte meines Lebens: «Wir hätten sollen …» und bekam von der Prinzessin einen Backenstreich: «Oll Krittelkopp!» Und dann begossen wir die Mietung mit je einem großen Branntwein, wir alle drei. «Kennen Sie die Frau im Schloß gut? Sie ist doch so nett zu uns?» fragte ich Herrn Bengtsson. «Wissen Sie», sagte er nachdenklich, «den Affen kennen alle – aber der Affe kennt keinen». Und das sahen wir denn auch ein. Und dann verabschiedete sich der Dicke. Die Koffer kamen, und wir packten aus, stellten die Möbel so lange um, bis sie alle wieder auf demselben Platz standen wie zu Anfang … die Prinzessin badete Probe, und ich mußte mich darüber freuen, wie sie nackt durchs Zimmer gehen konnte – wirklich wie eine Prinzessin. Nein, gar nicht wie eine Prinzessin: wie eine Frau, die weiß, daß sie einen schönen Körper hat. «Lydia», sagte ich, «in Paris war einmal eine Holländerin, die hat sich auf ihren Oberschenkel die Stelle tätowieren lassen, auf die sie am liebsten geküßt werden wollte. Darf ich fragen …» Sie antwortete. Und es beginnt nunmehr der Abschnitt

6

Wir lagen auf der Wiese und baumelten mit der Seele.

Der Himmel war weiß gefleckt; wenn man von der Sonne recht schön angebraten war, kam eine Wolke, ein leichter Wind lief daher, und es wurde ein wenig kühl. Ein Hund trottete über das Gras, dahinten. «Was ist das für einer?» fragte ich. «Das ist ein Bulldackel», sagte die Prinzessin. Und dann ließen wir wieder den Wind über uns hingehen und sagten gar nichts. Das ist schön, mit jemand schweigen zu können.

«Junge», sagte sie plötzlich. «Es ist ganz schrecklich – aber ich bin noch nicht hier. Gott segne diese Berliner Arbeit. In meinem Kopf macht es noch immer: Burr-burr ... Der Alte und all das Zeugs ...»

«Wie ist der Alte jetzt eigentlich?» fragte ich faul.

«Na ... wie immer ... Er ist dick, neugierig, feige und schadenfroh. Aber sonst ist er ein ganz netter Mensch. Dick – das wäre ja zu ertragen. Ich habe dicke Männer ganz gern.» Ich machte eine Bewegung. «Brauchst dir gar nichts einzubilden ... Dein bißchen Fett!»

«Du glaubst wohl, weil du Lydia heißt, du wärst was Beßres! Ich will dir mal was sagen ...» Nachdem sich die Unterhaltung wieder gesetzt hatte:

«Also gut, dick. Aber seine Neugier ... er hätte am liebsten, ich erzählte ihm jeden Tag einen neuen Klatsch aus der Branche. Er ist ein seelischer Voyeur. Er selbst nimmt an den meisten Dingen gar nicht richtig teil; aber er will ganz genau wissen, was die andern machen und wie sie es machen und mit wem, und wieviel sie wohl verdienen – das vor allem! Und wovon sie leben ... Wie? Wie er Geld verdient? Das macht er durch seine rücksichtslose Frechheit. Daddy, das lernen wir ja nie! Ich sehe das nun schon vier Jahre mit an, wie der Herr Generalkonsul zum Beispiel nicht zahlt, wenn er zahlen soll ... Wir könnten das nicht, deshalb kommen wir ja auch nicht zu Geld. Das muß man mitansehn! Da kann aber kommen, wer will; diese eiserne Stirn, mit der er unterschriebene Verträge verdreht, ableugnet, sich plötzlich nicht mehr erinnert, wie er sich verleugnen läßt ... nein, Daddy, du lernst es nicht. Du willst es doch immer lernen! Du lernst es nicht!»

«Lassen die Leute sich denn das gefallen?»

«Was sollen sie denn machen? Wenn es Ihnen nicht paßt, sagt er, dann klagen Sie doch! Aber ich beziehe dann bei Ihnen nichts mehr! Und das hält er auch eisern durch. Das wissen die Leute ganz genau – sie geben schließlich nach. Neulich haben wir doch das ganze Bureau renovieren lassen – was er da mit den Handwerkern getrieben hat! Ja, aber auf diese Weise kommt man nach Abbazia, und die Handwerker fahren mit der Hand übern Alexanderplatz. So gleicht sich alles im Leben aus.»

«Und wieso ist er schadenfroh?»

«Das muß ein Erbfehler sein – an dieser Schadenfreude haben offenbar Generationen mitgearbeitet. Einer allein schafft das nicht. Ich glaube, wenn ihm sein bester Freund einen Gefallen tun will, dann muß er sich zum Geburtstag vom Chef das Bein brechen. Ich habe so etwas noch nicht gesehn. Der Mann sucht gradezu nach Gelegenheiten, wo er sich über das Malheur eines andern freuen kann ... Es ist vielleicht, um sich die eigne Überlegenheit zu beweisen; wenn er frech wird, hält er sich für sehr überlegen. Das muß es wohl sein. Er ist so unsicher ...»

«Das sind sie beinah alle. Ist dir noch nicht aufgefallen, wieviel Frechheit durch Unsicherheit zu erklären ist?»

«Ja ... Das ist eine vergnügte Stadt! Aber was soll ich machen? Da sagen sie: So eine Frau wie Sie! ... Wenn ich das schon höre! ... Irgendeinen Stiesel heiraten ... Du lachst. Daddy, ich kann mit diesen Brüdern nicht leben. Na ja, das Geld. Aber es ist doch nicht bloß der Schlafwagen und das große Auto; das Schlimmste ist doch, wenn sie dann reden! Und wenn sie erst anfangen, sich gehen zu lassen ... Komm, es wird kühl.»

Der Uhr nach wurde es nun langsam Abend; hier aber war noch alles hell, es waren die hellen Nächte, und wenn Gripsholm auch nicht gar so nördlich lag, so wurde es dort nur für einige Stunden dunkel, und ganz dunkel wurde es nie. Wir gingen über die Wiesen und blickten auf das Gras.

«Wir wollen zu Abend essas!» sagte die Prinzessin auf schwedisch.

Wir aßen, und ich trank sehr andächtig Wasser dazu. Wenn man in ein fremdes Land kommt, dann muß man erst einmal das fremde Wasser in sich hineingluckern lassen, das gibt einem den wahren Geschmack der Fremde. Da saßen wir und rauchten. So – und jetzt begannen die Ferien, die richtigen Ferien.

Die Vorhänge des Schlafzimmers waren dicht zugezogen und

mit Nadeln zugesteckt. Männer können nur im tiefen Dunkel schlafen; die Prinzessin hielt das gradezu für ein männliches Geschlechtsmerkmal. Ich las. «Raschle nicht so bösartig mit der Zeitung!» sagte sie.

In dieser Nacht drehte sich die Prinzessin um und schlief wie ein Stein. Sie atmete kaum; ich hörte sie nicht. Ich las.

Es ist vorgekommen, daß ich nachts, in wilder Traumfurcht, aufgefahren bin und mich an die Prinzessin angeklammert habe ... wie lächerlich! «Willst du mich retten?» fragte sie dann lachend. Das ist zwei- dreimal geschehen – oft wußte ich es gar nicht. «Heute nacht hast du mich wieder gerettet ...» sagte sie dann am nächsten Morgen. Aber nun waren Ferien; heute nacht würde ich sie bestimmt nicht retten. Ich legte meine Hand hinüber, auf die Schlafende. Sie seufzte leise und veränderte ihre Lage. Schön ist Beisammensein. Die Haut friert nicht. Alles ist leise und gut. Das Herz schlägt ruhig. Gute Nacht, Prinzessin.

Zweites Kapitel

All to min Besten, sä de Jung – dor slögen se em den Stock upn Buckel entzwei.

1

Das Kind stand am Fenster und dachte so etwas wie: Wann hört dies auf? Dies hört nie auf. Wann hört dies auf?

Es hatte beide Arme auf das Fensterbrett gestützt, das durfte es nicht – aber es war für einen Augenblick, für einen winzigen, gestohlenen Augenblick, allein. Gleich würden die andern kommen; man spürte das zuerst im Rücken, der nun der Tür zugewendet war, der Rücken kitzelte erwartungsvoll. Wenn die andern kommen, ist es aus. Denn dann kommt *sie*.

Das kleine Mädchen schüttelte sich: es war wie die schnelle leise Bewegung eines Hundes, der Wasser abschüttelt. Das, was das Kind bedrückte, brauchte es nicht erst zu überdenken: es saß inmitten seiner kleinen Leiden wie auf einem Lotosblatt, zwischen andern Lotosblättern, und alle runden Blätter sahen es an – das Kind in der Mitte. Und es kannte sie alle, seine Leidensblätter.

Die andern Kinder – sein Spitzname «Das Kind» – dieses Kinderheim in Schweden – der tote Will, und nun stieg die Kurve der Furcht siedend-rot nach oben: Frau Adriani, die rothaarige Frau Adriani – und dahinter dann das Traurigste: Mutti in Zürich. Es war zu viel. Das Kind zählte neun Jahre – es war zu viel für neun Jahre. Nun weinte es das bitterste Weinen, das Kinder weinen können: jenes, das innerlich geweint wird und das man nicht hört.

Trappeln. Schurren. Türenklappen. Kein Wort: eine stumme Schar näherte sich. Also war sie dabei. Du großer Gott –

Die Tür öffnete sich majestätisch, als habe sie sich allein aufgetan. Im Rahmen stand die Frau Direktor, der «Teufelsbraten»: die Adriani. Ihren Beinamen hatte sie von ihrem Lieblingsschimpfwort.

Sie war nicht sehr groß: eine stämmige, untersetzte Person, mit rötlichem Haar, grau-grünlichen Augen und fast unsichtbaren Augenbrauen. Sie sprach schnell und hatte eine Art, die Leute anzusehn, die keinem gut tat …

«Was machst du hier?» Das Kind duckte sich. «Was du hier machst?» Sie ging dabei auf die Kleine zu und gab ihr eine Art Knuff gegen den Kopf – es war nicht einmal eine Ohrfeige; der Schlag ignorierte, daß da ein Kopf war: er verfügte nur über das vorhandene Material. Zufällig war es ein Kopf. «Ich habe … ich … ich bin …» – «Du bist ein Teufelsbraten», sagte die Adriani. «Drückst dich hier oben herum, während unten geturnt wird! Heute abend kein Essen. In die Schar!» Das Kind schlich unter die andern; sie machten ihm hochmütig und mit artigem Abscheu Platz.

Dies war eine Kinderkolonie, Läggesta, in der viele deutsche Kinder waren und auch einige schwedische und dänische. Frau Adriani nützte ihr Besitztum am Mälarsee auf diese Weise gut aus. Zwei Nichten halfen ihr bei der Arbeit: die eine, wie ein Ableger der Tante, gehaßt und gefürchtet wie sie; die andre sanft, aber unterdrückt und furchtsam; sie versuchte zu mildern, wo sie konnte – es gelang ihr selten. Wenn die Alte ihre Tage hatte, waren die beiden Nichten nicht zu sehen. Sie hatte vierzig Kinder. Sie hatte keine Kinder. Und die vierzig hatten es nicht gut. Die Frau plagte sich viel um die Kinder; aber sie war hart zu ihnen, sie schlug. Schlug sie gern …? Sie herrschte gern. Jedes Kind, das die Kolonie vor der Zeit verließ, war in ihren Augen ein Verräter; sie hätte nicht sagen können, woran; jedes, das hinzukam, eine willkommne Bereicherung des Materials, auf dem sie regierte. Wenn sich auch viele Kinder beklagten und fortgenommen wurden –: sie hatte viele Waisen darunter, und es kamen immer neue Mädchen.

Kommandieren … Damit hatte sie es nun sonst nicht leicht. Denn wo sich die Schweden beugen, verbeugen sie sich höflich, weil sie es so wollen. Sie gehorchen nur, wenn sie eingesehen haben, daß es hier und an dieser Stelle nötig, nützlich oder ehrenvoll ist, zu gehorchen … sonst aber hat einer, der in diesem Lande herrschen will, wenig Gelegenheit dazu. Man verstände ihn gar nicht; man lachte ihn aus und ginge seiner Wege.

Frau Adriani wechselte oft ihr Personal und brachte sich die Angestellten häufig aus Deutschland mit, wohin sie manchmal reiste. Im Winter saß sie hier oben fast allein, nur wenige Kinder blieben dann da – wie zum Beispiel die kleine Ada. Ihr Mann … wenn Frau Adriani an ihren Mann dachte, war es, wie wenn sie eine Fliege verjagen mußte. Dieser Mann … sie zuckte nicht einmal mehr die Achseln. Er saß in seinem Zimmer und ordnete Briefmarken. Sie verdiente das Geld. Sie. Und im Winter wartete sie auf den Sommer – denn der Sommer war ihre Zeit. Im Sommer konnte sie durch die langen Korridore des Landhauses donnern und befehlen und verbieten und anordnen, und alles um sie herum fragte sich gegenseitig nach ihrer Stimmung und zitterte vor Furcht, und sie genoß diese Furcht bis in die Haarspitzen. Fremde Willen unter sich fühlen – das war wie … das war das Leben.

«Jetzt bleiben alle hier oben, bis es zum Essen klingelt. Wer spricht, hat Essen-Entzug. Sonja! Deine Haarschleife!» Ein Mädchen riß sich, puterrot, die Schleife, die sich gelöst hatte, aus den Haaren und band sie von neuem. Es war so still – man hörte vierzig kleine Mädchen atmen. Frau Adriani genoß mit einem kalten Blick ihrer grau-grünen Augen die Situation, dann ging sie hinaus. Hinter ihr zischelte es zwiefach: das waren die, die, ganz leise, sprechen wollten, und die andern, die die Flüsternden mit einem «Pst!» daran zu hindern suchten. Das Kind stand für sich allein. Kleine Mädchen können sehr grausam sein. Es war sonst keine bestraft worden, am heutigen Tage – die Majorität hatte also stillschweigend beschlossen, das Kind fallen zu lassen. Das Kind hieß «das Kind», weil es einmal auf die Frage der Adriani: «Was bist du?» geantwortet hatte: «Ich bin ein Kind.» Niemand beachtete es jetzt.

Wann hört dies auf? dachte das Kind. Das hört nie auf. Und dann liefen die Tränen, und nun weinte es, weil es weinte.

2

Die Bäume rauschten vor unsern Fenstern, und sie rauschten mich aus einem Traum, von dem ich schon beim Erwachen nicht mehr sagen konnte, was das gewesen sein mochte. Ich drehte mich in den Kissen; sie waren noch schwer von Traum. Vergessen ... Warum war ich aufgewacht?

Es klopfte.

«Die Post! Daddy, die Post! Geh mal an die Tür!» Die Prinzessin, die eben noch geschlafen hatte, war wach – ohne Übergang.

Ich ging. Zwischen Bett und Tür überlegte ich, wie es doch zwischen Mann und Frau Morgen-Augenblicke gibt, da hat es sich mit der Liebe ausgeliebt. Sehr entscheidende Augenblicke – wenn die gut verlaufen, dann geht alles gut. Von dem quäkrigen «Wieviel Uhr ist es denn ...?» bis zum «Hua – na, da steh auf!» ... da pickt die kleine Uhr auf dem Nachttisch viel Zeit auf, der Tag ist erwacht, nun schläft die Nacht, es schläft die unterirdische Hemisphäre ... bei den meisten Frauen wenigstens, leider ... Ich war an der Tür. Eine Hand steckte Briefe durch den Schlitz.

Die Prinzessin hatte sich im Bett halbaufgerichtet und warf vor Aufregung alle Kissen durcheinander. «Meine Briefe! Das sind meine Briefe! Du Schabülkenkopp! Gib sie her! Na, da schall doch gliks ...» Sie bekam ihren Brief. Er war von ihrer Stellvertreterin aus dem Geschäft, und es stand darin geschrieben, daß es nichts zu schreiben gäbe. Die Sache mit Tichauer wäre in Ordnung. Beim kleinen Inventarbuch wären sie bei G. Das zu hören beruhigte mich ungemein. Was für Sorgen hatten diese Leute! Was für Sorgen sie hatten? Ihre eignen, merkwürdigerweise.

«Geh mal Wasser braten!» sagte die Prinzessin. «Du mußt dich rasieren. So, wie du da bist, kannst du keinem Menschen einen Kuß geben. Was hast du für einen Brief bekommen?» – Ich grinste und hielt den Brief hinter meinem Rücken verborgen. Die Prinzessin stritt erbittert mit den Kissen. «Wahrscheinlich von irgend einer Braut … einer dieser alten Exzellenzen, die du so liebst … Zeig her. Zeig her, sag ich!» Ich zeigte ihn nicht. «Ich zeige ihn nicht!» sagte ich. «Ich werde dir den Anfang vorlesen. Ich schwöre, daß es so dasteht, wie ich lese – ich schwöre es. Dann kannst du ihn sehn.» Ein Kissen fiel, erschöpft und zu Tode geschlagen, aus dem Bett. «Von wem ist er?» – «Er ist von meiner Tante Emmy. Wir sind verzankt. Jetzt will sie etwas von mir. Darum schreibt sie. Sie schreibt:

Mein lieber Junge! Kurz vor meiner Einäscherung ergreife ich die Feder …»

«Das ist nicht wahr!» schrie die Prinzessin. «Das ist … gib her! Es ist ganz grrroßartig, wie Bengtsson sagen würde. Geh dich rasieren und halt die Leute hier nich mit deine eingeäscherten Tantens auf!»

Und dann gingen wir in die Landschaft.

Das Schloß Gripsholm strahlte in den Himmel; es lag beruhigend und dick da und bewachte sich selbst. Der See schaukelte ganz leise und spielte – plitsch, plitsch – am Ufer. Das Schiff nach Stockholm war schon fort; man ahnte nur noch eine Rauchfahne hinter den Bäumen. Wir gingen quer ins Land hinein.

«Die Frau im Schloß», sagte die Prinzessin, «spricht ein privates Deutsch. Eben hat sie mich gefragt, ob wir es nachts auch warm genug hätten – ich wäre wohl gewiß ein Frierküchlein …» – «Das ist schön», sagte ich. «Man weiß bei den nordischen Leuten nie, ob sie sich das wörtlich aus ihren Sprachen übersetzen oder ob sie unbewußt Neues schaffen. In Kopenhagen kannte ich mal eine, die sagte – und sie hatte eine Baßstimme vor Wut: Dieses Kopenhagen ist keine Hauptstadt – das ist ein Hauptloch! Ob sie das wohl erfunden hat?» – «Du kennst so viele Leute, Daddy!» sagte die Prinzessin. «Das muß schön sein …» – «Nein, ich kenne lange nicht mehr so viel Leute wie früher. Wozu auch?» – «Ick will di mal wat seggen, min Jung», sagte die Prinzessin, die es heute mit dem Plattdeutschen hatte. «Wenn du nen Minschen kennen liernst un du weißt nich so recht, wat mit em los ist, dann frag di ierst mal: giwt hei mie Leev oder giwt hei mi Geld? Wenn nix von beid Deil, denn lat em lopen und holl di nich bi em upp! Dessenungeachtet brauchst du aber nicht in diesen Fladen zu treten!» – «Donnerschlag!» – «Du sollst keines Fluches gebrauchen, Peter!» sagte die Prinzessin salbungsvoll. «Das schickt sich nicht. Und nun legen wir uns woll ein büschen auf düsen Rasenplatz!»

Da lagen wir …

Der Wald rauscht. Der Wind zieht oben durch die Wipfel, und ein ganz feiner Geruch steigt vom Boden auf, ein wenig säuerlich und frisch, moosig, und etwas Harz ist dabei.

«Was hätte Arnold jetzt gesagt?» fragte ich vorsichtig. Arnold war ihr erster; wenn die Prinzessin sehr guter Laune war, konnte man sie daran erinnern. Jetzt war sie guter Laune. «Er hätte nichts gesagt», antwortete sie. «Er hatte auch nichts zu sagen, aber das habe ich erst sehr spät gemerkt.» – «Also nicht klug?» – «In meinem Papierkorb ist mehr Ordnung als in dem seinen Kopf! Er sprach wenig. Im Anfang hielt ich dieses Schweigen für sehr bedeutend; er war eben ein karger Schmuser. Das gibts.» Schritte auf dem weichen Moos; ein kleiner Junge kam den Waldweg entlanggestolpert, er murmelte etwas vor sich hin … als er uns sah, schwieg er; er blickte zu den Bäumen auf und begann dann zu laufen.

«Das wäre etwas für einen Staatsanwalt», sagte ich. «Der würde in seiner Schläue einen ganzen Tatbestand aufbauen. Wahrscheinlich hat dieser Knabe aber nur Zahlen gebetet und sich geschämt, als er uns gesehn hat …» – «Nein, es war so», sagte die Prinzessin. Sie lag auf dem Rücken und erzählte zu den Wolken:

«Ein Jung sall mal nan Kopmann gahn un Seip un Solt halen. Dor sä hei ümme vor sich hen: Seip un Solt … Seip und Solt … Hei sei över nich nah sin Feut, un so full he övern Bohnenstrang. Dunnersweer! Tran un Teer! sä he – un bleew nu uck bi Tran un Teer un köffte Tran und Teer … Peter! Peter! Wie ist es mit dem Leben! Erzähl schnell, wie es mit dem Leben ist! Nein, jetzt sage nicht wieder deine unanständigen Wörter … die weiß ich allein. Wie ist es? Jetzt gleich will ich es wissen!» – Ich sog den bittern Geschmack aus einem trocknen Zweig mit Fichtennadeln.

«Erst habe ich gemerkt», sagte ich, «wie es ist. Und dann habe ich verstanden, warum es so ist – und dann habe ich begriffen, warum es nicht anders sein kann. Und doch möchte ich, daß es anders wird. Es ist eine Frage der Kraft. Wenn man sich selber treu bleibt …»

Mit ihrem tiefsten Alt: «Nach den Proben an Treue, die du bei mir abgelegt hast …»

«Ob es wohl möglich ist, mit einer Frau ernsthaft etwas zu bereden. Es ist nicht möglich. Und sowas hat nun das Wahlrecht!»

«Das sagt der Chef auch immer. Was der jetzt wohl macht?»

«Er wird sich wahrscheinlich langweilen, aber sehr stolz sein, daß er in Abbazia ist. Dein Generalkonsul …»

«Daddy … dein Literatenstolz ist auch nicht das Richtige. Weißt du – manchmal denke ich so … der Mann ist doch immerhin etwas geworden. Sie haben ihm doch den Generalkonsul und die Seife und den Safe und das alles nicht in die Wiege gelegt – und die Wiege, lieber Daddy … der Mann betont mir viel zu oft, daß er Zeit seines Lebens in guten Verhältnissen gelebt hätte – also hat er nicht. Er hat wahrscheinlich allerhand Saures geschluckt, bis sie ihn an das Süße herangelassen haben. Na, nun schmatzt er … Was? Natürlich hat er das vergessen, das mit dem Sauern. Ach, das tun sie ja alle. Erinnerung – Junge, Erinnerung … das ist ein alter Leierkasten. Die Leute haben doch heute ihr Grammophon! Wenn man nur mal rauskriegen könnte, wie so einer langsam was geworden ist – so einer wie der Chef – wie das so vor sich geht … Verheiratet ist er nicht … und wenn er eine Frau hätte, die könnte es einem ja auch nicht sagen, weil sie nichts gemerkt hat. Sie fände es selbstverständlich, und vom Aufstieg wollen sie ja alle nichts hören, weil sie damit zugeben würden, daß ihre Ahnen noch ohne Visier herumgelaufen sind. Aufstieg … das sagen sie bloß, wenn sie einem keine Gehaltserhöhung geben wollen. Also sprach die kluge Prinzessin Lydia und beendete ihre Rede mit einem herrlichen –»

Hier hatte die Prinzessin den Schluckauf.

Dann wollte sie vom Boden hochgezogen werden; dann stand sie allein auf, mit einem schönen gymnastischen Schwung – und dann krochen wir langsam zurück durch den Wald. Wir standen uns nach Haus, an jeder Schneise blieben wir stehn und hielten große Reden; jeder tat so, als ob er dem andern zuhörte, und er hörte ja auch zu, und jeder tat so, als bewunderte er den Wald, und er bewunderte ihn ja auch – aber im allertiefsten Grunde, wenn man uns gefragt hätte: wir waren nicht mehr in der großen Stadt und noch nicht in Schweden. Aber wir waren beieinander.

Da lag das erste Haus von Mariefred. Ein Grammophon kratzte sich eins. «Es ist hier zur Erholung, das Grammophon», sagte die Prinzessin ehrfürchtig. «Hörst du – es ist noch ganz heiser. Aber die Luft hier wird ihm gut tun.» – «Hast du Hunger, Lydia?» – «Ich hätte gern … Peter! Daddy! Allmächtiger Braten! Wie heißt der Genetiv von Smörgås … Ich möchte gern etwas Smörgåssens … achgottachgott!» Und dies bewegte uns sehr, bis wir bei Tisch saßen und die Prinzessin alle vier Fälle des schwedischen Vorgerichts herunterdeklinierte.

«Was machen wir nach Tisch?» – «Das ist eine Frage! Nach Tisch gehn wir schlafen. Karlchen sagt auch immer: in den Taghemden ist so viel Müdigkeit … man muß sich völlig ausziehn und schlafen. Dann schläft man. Und das ist eben Erholung.» – «Sage mal … sitzt dein Freund Karlchen noch immer beim Finanzamt im Rheinland?» Ich sagte, er säße. «Und woanz ist diesen Mann denn nu eigentlich?» – «Lieber Mann», sagte ich zur Prinzessin, «das ist vielleicht ein Mann! Aber das darf man ihm nicht sagen – sonst wachsen ihm vor Stolz Pfauenfedern aus den Ohren. Das ist ein … Karlchen ist eben Karlchen.» – «Keine Erklärung. So schwabbelt mein Konsul auch immer, wenn er was nicht sagen will. Ich für mein Teil gehe jetzt ins Bett, schlafas.» Ich hörte sie noch nach der Melodie von Tararabumdiä singen:

Da hat das kleine Pferd
sich plötzlich umgekehrt
und hat mit seinem Stert
die Fliegen ab-ge-wehrt –

Dann rauschten uns die Bäume in Schlaf.

3

Nachmittags standen wir vor dem Schloß – Touristen kamen und gingen.

Wir wandelten in den «innern Burggarten»; da war ein zierlicher Brunnen in der Mitte, kleine Erker klebten an den Mauern – man hatte an dem Schloß herumrestauriert … schade. Aber vielleicht wäre das Ganze sonst eingefallen; so alt war es schon.

Ein großer Tourenwagen fuhr vor.

Ihm entstieg ein jüngerer Mann, dann folgten zwei Damen, eine ältere und eine jüngere, und dann wurde ein dicker Herr aus dem Fond gekratzt. Sie sprachen deutsch und standen etwas ratlos um den Wagen herum, wie wenn sie vom Mond gefallen wären. Dann sprach der Dicke hastig und laut mit dem Chauffeur. Der verstand ihn zum Glück nicht.

Sie lösten Karten für das Schloß. Der Führer war schon nach Hause gegangen, und man ließ sie allein pilgern. «Lydia …», sagte ich. Wir gingen nach.

«Was willst du machen?» fragte Lydia, und dabei senkte sie die Stimme, so gut hatte sie mich verstanden. «Ich weiß noch nicht», sagte ich. «Es wird mir schon etwas einfallen … Komm mit.» Die Touristen standen im großen Reichssaal, sie sahen zur getäfelten Decke auf, und eine der Damen sagte so laut, daß es hallte: «Ganz nett!» – «Offenbar schwedischer Stil!» sagte der Dicke. Sie murmelten. «Wenn sie jetzt noch fragen, ob das alles hier gebaut ist … Rasch!» – «Wohin?» – «Komm dahin, wo der große Brunnen ist. Irgend etwas müssen wir da aufführen …»

Man hörte sie schlurren und husten – dann waren wir außer Hörweite. Wir gingen leise und schnell.

Da war ein großer, runder Raum, mit einer Holzgalerie, und in der Mitte des fest gestampften Bodens lag eine kreisrunde Holzscheibe: der Eingang zum Verließ. Und da fanden wir eine Leiter. Lydia half, wir setzten die Leiter an – hurra! Sie stand. Also sehr tief konnte es nicht sein. Ich kletterte hinunter, gefolgt von den spöttisch-bewundernden Blicken der Prinzessin. «Grüß die Fledermäuse!» – «Hol din Mul!», sagte ich. Ich kletterte – ein ganzes Endchen … ein amerikanischer Filmkomiker mimt den Feuerwehrmann, so sah das aus, und mir war gar nicht komisch zu Mute, wohin ging das hier? Aber für einen Spaß ist uns nichts zu teuer. Dunkelheit und Staub. Nur der runde Schein von oben … «Bitte Streichhölzer! Aus deiner Tasche!» Die Schachtel kam herunter und fiel mir auf die Füße. Ich suchte und stieß mir den Kopf an der Leiter – dann hatte ich sie. Ein Flämmchen … das war also doch ein großer Raum, an der einen Wandseite waren Ringe in die Mauer gelassen; offenbar hatten sie hier ihre Gefangenen nicht in drei Stufen gebessert, sondern gleich in einer einzigen … Und da war auch ein zweites Brunnenloch.

«Lydia?» – «Ja?» – «Zieh die Leiter auf – kannst du das? Ich werde dir helfen. Ich hebe an – horupp! So … hast du?» Die Leiter war oben. «Stell sie weg!» Ich hörte, wie die Prinzessin mit der Leiter wirtschaftete. «Setz die runde Scheibe wieder auf, kannst du? Und versteck dich.» Nun war es ganz dunkel. Schwarz.

Das ist merkwürdig, wenn man so etwas nicht gewöhnt ist. Im Augenblick, wo man in völliger Dunkelheit steckt, belebt sich das Dunkel. Nein, man erwartet, daß es sich belebt; man fürchtet das und sehnt sich nach dem Belebenden. Ich räusperte mich leise, zum Zeichen, daß ich auch noch da wäre, jedoch keine feindlichen Absichten hegte … Ich tastete mich umher. Da war ein Nagel an der Wand, von dem wollen wir nicht fortgehn … He? Da waren sie. Man hörte deutlich die Stimmen; die Holzscheibe war nur dünn.

«Hier ist nichts», sagte eine Stimme. «Wahrscheinlich ein Brunnen – für die Belagerung oder so. Sehr interessant. Na, gehn wir weiter. Hier ist nichts.»

Hier wird gleich was sein.

«Huuuuuuu –», machte ich.

Oben wurde es totenstill. Die schleppenden Fußschritte waren verstummt. «Was war das?» sagte jemand. «Hast du das gehört?» – «Ja, mir war auch so – wahrscheinlich nur so ein Klang –»

«Huuuuuuu–aa–huuuuuuu –!» machte ich von neuem.

«Adolf, um Gotteswillen – vielleicht ist hier ein Tier eingesperrt, ein Hund – komm weg!» – «Na, erlaube mal, das gibts doch nicht! Ist – ehö – ist da jemand?» – Ich blieb so still. «Eine Täuschung», sagte eine Männerstimme. «Komm – da war ja nichts», sagte der andre der Männer. Und da dachte ich an die Löwen in den Zoologischen Gärten vor der Fütterung, holte tief Atem und begann zu röhren:

«Huuuuuu – brru – aa – huuuuuuuuah!» –

Das war zu viel. «Hi!» kreischte oben eine Frau, und dann gab es ein eiliges Gestiefel, einer sagte noch schnell: «Aber das ist doch – das muß doch geklärt werden ... werden gleich unten mal fragen ... Unerhört – das ist doch ...» – «Komm hier weg! Was müssen wir auch in alle Schlösser ...» Fort waren sie. Da stand ich in meiner Dunkelheit. Mucksmäuschenstill.

Ganz leise: «Lydia?» ... Nichts. Ein wenig Kalk rieselte von der Mauer. Hm ... Ein Ton? Hier ist doch alles aus Holz und Stein; das klingt doch nicht. Ich lauschte. Mein Herz klopfte um eine Spur schneller, als ich ihm das erlaubt hatte. Nichts. Man soll keine Leute erschrecken, siehst du, man soll keine Leute erschrecken ... «Lydia!» Lauter: «Holla! He! Alte!» Nichts.

Durch mein Gehirn flimmerte: Spaß muß sein. Ist den Burschen ganz recht. Still stehn, sonst machst du dich schmutzig. Hast Angst. Hast keine Angst. Ist ja Unsinn. Lydia kommt gleich. Wenn sie nun in Ohnmacht gefallen ist oder plötzlich stirbt, dann weiß niemand, daß du hier stehst. Roman, Filmidee. Pathé hat mal sowas gemacht. Eine Gemeinheit, Leute in Dunkelarrest zu stecken. Ich habe im Kriege mal einen rauskommen sehen, der taumelte, als er das Licht sah. Dann begann er zu weinen. Er hatte nicht ordentlich Krieg geführt, deshalb hatten sie ihn eingesperrt, das soll man nicht. Die Richter ausprobieren lassen, was sie da verhängen. Geht aber nicht, weil sie ja wissen: es ist nur eine Probe. Also Wahnwitz der Todesstrafe, deren Wirkung niemand kennt. Nun ging das Herz ganz ruhig, ich hatte nachzudenken und ließ die Gedanken laufen ... Die Holzscheibe ruckte an, wurde fortgezogen. Licht. Lydia. Die Leiter.

Ich stieg hinauf. Die Prinzessin lachte über das ganze Gesicht. «Wie ist denn das alles so plötzlich gekommen? Komm mal her – Na, nun aber gleich nach Haus! Allmächtiger, wie siehst du aus!» Ich war grau vor Dreck, behangen mit Spinnweben, die Hände von schwarzen Streifen geziert und der Rest entsprechend. «Wat hebben se seggt? Was hast du getan? Menschenskind, nu sieh dir man blodsen ierst mal in den Speegel!» Ich sah lieber nicht in den Spiegel. «Wo warst du so lange, Alte? Läßt einen da unten schmachten! Das ist Liebe!» – «Ich …», sagte die Prinzessin und steckte den Spiegel wieder ein; «ich habe hier ein Töpfchen gesucht, sie haben aber keins. Die alten Burggrafen haben offenbar an chronischer Verstopfung gelitten!» – «Falsch», lehrte ich, «falsch und ungebildet. Sie setzten sich zu diesem Behufe auf kleine Örtlichkeiten, die es hier natürlich auch gegeben hat, und diese Örtlichkeiten gingen in den Schloßgraben, wenn aber sie belagert wurden, und es kam der böse Feind, dann …» – «Nunmehr ist es wohl an der Zeit, daß wir dich waschen. Du Ferkel!» – Und wir spazierten in unsre Wohnung, vorüber an der maßlos erstaunten Wirtin, die sicherlich dachte, ich wäre in den Branntwein gefallen. Bürstung, Waschung, frischer Kragen, prüfende Blicke der Prinzessin, dreimal zurück, weil immer noch etwas kleben geblieben war. «Wen ärgern wir nun?» – «Schetzt kommst du mich aber raus. Nichs as Dummheiten hat diesen Kierl innen seinen Kopf. Un das will 'n iernsten Mann sein!» – «Will nicht … Muß. Muß.» Wir traten ins Freie.

Weiter hinten stand ein kleiner Pavillon; darin saß die Autogesellschaft und trank Kaffee. Wir schlenderten vorüber und sprachen lustig miteinander. Der jüngere Mann stand auf und kam auf uns zu. «Die Herrschaften sind Deutsche …?» – «Ja», sagten wir. «So … vielleicht … wenn Sie an unserm Tisch Platz nehmen wollten …?» Der Dicke erhob sich. «Teichmann», sagte er. «Direktor Teichmann. Meine Frau. Meine Nichte, Fräulein Papst. Herr Klarierer.» Nun mußte ich auch etwas sagen, denn dies ist die Sitte unsres Landes. «Sengespeck», sagte ich. «Und meine Frau.» Worauf wir uns setzten und die Prinzessin mir unterm Tisch an die Schienenbeine trat. Kaffeegeschlürf. Tellergeklapper. Kuchen.

«Sehr hübsch hier – Sie sind wohl auch zur Besichtigung hier?» – «Ja.» – «Reizend. Sehr interessant.» Pause.

«Sagen Sie … ist das Schloß eigentlich bewohnt?» Die Prinzessin trat heftig. «Nein», sagte ich. «Ich glaube nicht. Nein. Sicher nicht.» – «So … wir dachten …» – «Warum fragen Sie?» Die Gesellschaft wechselte untereinander bedeutungsvolle Blicke. «Wir dachten nur … wir hatten da oben in dem einen Raum jemand sprechen hören – aber so eigentümlich, mehr wie ein Hund oder ein wildes Tier …» – «Nein», sagte ich, «nach allem, was ich weiß: Tiere wohnen in dem Schloß gar nicht. Fast gar nicht.» Pause.

«Überhaupt …», sagte Herr Direktor Teichmann und sah sich um, «hier ist nichts los! Finden Sie nicht auch?» – Wir bestätigten, daß hier nichts los wäre. «Wissen Sie», sagte der Direktor, «wenn man sich wirklich amüsieren will: da gibts ja nur Berlin. Oder Paris. Aber sonst nur Berlin. Is doch 'n andrer Zuch. Was?» – «Hm –», machten wir. «Ich finde es hier auch gar nicht elegant!» sagte Frau Direktor Teichmann. Und Fräulein Papst: «Ich habe mir das ganz anders vorgestellt.» Und Herr Klarierer: «Wo gehn wir denn heute abend in Stockholm hin?» Frau Direktor Teichmann aber wollte nirgends mehr hingehn; sie hätte sich vorhin so aufgeregt, im Schloß … Inzwischen hatte mir die Prinzessin einen Ring abgedreht, einen Manschettenknopf aufgemacht, alles unter dem Tisch – und ich fand, es sei nun genug. Denn wer weiß, was sie sonst noch … Und wir verabschiedeten uns, weil wir im Ort eine Verabredung hätten. «Fahren Sie nachher auch nach Stockholm?» – Nein, wir bedauerten.

Wir bedauerten noch, als wir draußen auf den Wiesen standen und uns freuten: daß wir nicht nach Stockholm fahren mußten, daß wir in Schweden waren, daß wir Urlaub hatten … «Was kommt da?» sagte die Prinzessin, die Augen hatte wie ein Luchs. Durch die Wiesen bewegte sich eine dünne Reihe kleiner Gestalten, auf einem schmalen Wege. «Was ist das –?»

Es kam näher.

Kinder waren es, kleine Mädchen, artig aufgereiht, wie Perlchen an der Schnur, immer zwei zu zwei. Eine herrisch aussehende Person ging an ihrer Spitze, sah sich öfter um – keines sprach. Nun waren sie nahe bei uns, wir traten beiseite und ließen den Zug vorüber. Die Führerperson warf uns einen glitzernden Blick zu. Die Kinder trappelten dahin. Wir sprachen nicht, als sie vorbeizogen. Ganz zum Schluß ging ein Kind allein; es ging, wie wenn es von jemandem gezogen würde, es hatte verweinte Augen, schluckte manchmal im Gehen vor sich hin, aber es weinte nicht. Sein Gesicht war auch nicht verschwollen, wie es verheulte Kinder haben

… es sah vielmehr leer geweint aus, und in den bräunlichen Haaren lag ein goldner Schimmer. Es sah uns an, so müde und gleichgültig, wie es einen Baum angesehn hätte. In einem Anfall von Übermut und Kinderliebe steckte ihm die Prinzessin zwei kleine Glockenblumen, die wir gepflückt hatten, in die Hand. Das Kind zuckte zusammen, dann sah es auf, seine Lippen bewegten sich; es wollte vielleicht etwas sagen, danken … da drehte sich vorn die Person um, die Kleine beschleunigte ihre Schritte und hoppelte ängstlich der Schar nach. Staub und das Geräusch der marschierenden Kinderfüße. Dann war das Ganze vorüber.

«Merkwürdiges kleines Mädchen», sagte die Prinzessin. «Was sind denn das für Kinder? Wir wollen nachher einmal fragen … Peter, mein Sohn, gibt es hier eigentlich Nordlicht? Ich möchte so gern mal ein Nordlicht sehn!»

«Nein», sagte ich. «Doch, ja. Aber alles, was man sehn will, meine Tochter, findet immer grade in dem Monat statt, wo man nicht da ist … Das ist so im Leben. Aber das bekommst du erst in der nächsten Klasse. Nordlicht – ja …»

«Ich denke es mir wundervoll. Ich habe mal als Kind im Konversationslexikon eins gesehn – das war überhaupt eine Welt für sich, das Lexikon, mit den kleinen Seidenpapierblättchen … Und da waren sie abgebildet, die Nordlichter, ganz bunt und groß, sie sollen ja über den halben Himmel gehn. Ich glaube, ich hätte eine ungeheure Angst, wenn ich das mal sehe. Denk mal, große, bunte Lichter am Himmel! Wenn das nun herunterkommt! Und einem auf den Kopf fällt! Aber sehn möchte ich es schon mal …»

Blaßblau wölbte sich der Himmel über uns; an einer Stelle des Horizonts ging er in tiefes Dunkelblau über, und da, wo die Sonne vorhin untergegangen war, leuchtete es gelbrosig, es schimmerte und blinkte nur noch ein wenig. «Lydia», sagte ich, «wollen wir uns ein Nordlicht machen?» – «Na …» – «Sieh mal», sagte ich und deutete mit dem Finger nach oben, «siehst du, siehst du – da – da ist es –!»

Wir sahen beide fest nach oben – wir hielten uns an den Händen, Pulsschlag und Blutstrom gingen von einem zum andern. In diesem Augenblick hatte ich sie so lieb wie noch nie. Und da sahen wir unser Nordlicht.

«Ja –», sagte die Prinzessin, leise, damit sie es nicht verscheuchte. «Das ist ja wunderbar. Ganz hellgrün – und da – rosa! Und Kugelstreifen – und das da, ganz spitz-hoch … Sieh mal, sieh mal!» Jetzt wagte sie es, schon lauter zu sprechen, denn nun leuchtete uns das Nordlicht wie wirklich. «Das sieht aus wie eine kleine Sonne», sagte ich. «Und da, wie geronnene Milch, und da, weiße Zirruswölkchen … blau … ganz hellblau!» – «Guck, und am Horizont geht es gewiß noch weiter – da ist alles ganz silbergrau. Daddy, ist das schön!»

Wir standen still und sahen nach oben. Ein Wagen klapperte vorüber und schreckte uns auf. Der Bauer, der auf dem Bock saß und freundlich grüßte, sah nun auch nach oben, was es da wohl gäbe. Wir sahen erst ihn an, dann die Wiesen, die ein wenig kalt und grau dalagen. Wir lächelten, wie beschämt. Dann blickten wir wieder zum Himmel auf. Da war nichts. Er lag glatt, blau und halbhell. Da war nichts.

«Peter …», sagte die Prinzessin. «Peter …»

4

«Sagen Sie bitte, Frau Andersson», sagte ich zu der Schloßdame, die uns einen schönen guten Abend bot, und ich sprach ihren Namen «Anderschon» richtig aus – «was mögen das für Kinder sein, denen wir vorhin begegnet sind? Da … da hinten … in den Wiesen?» – «Ja, da sind viele Kinder. Das ist wohl Bauernjungen, die spielen da viele Gängen …» – «Nein, nein. Es waren kleine Mädchen, sie gingen geordnet, wie ein Institut, eine Schule, so etwas …» – «Eine Schule?» Frau Andersson dachte nach. «Ah – das werden die von der Frau Adriani gewesen sein. Von Läggesta.» Und sie deutete über den See, wo man weit, weit in einer Lichtung recht undeutlich ein großes Gebäude liegen sah. «Das ist ein Pensionat, das ist eine Kinderkolonie. Ja.» Dazu machte sie ein Gesicht, wie ich es noch nie bei ihr gesehen hatte. Ich wurde neugierig. Man soll nie jemand nach dem fragen, was man wissen will, das ist eine alte Weisheit. Dann sagt ers nicht. «Da sind gewiß viele Kinder … wie?» – «Ja, eine heile Masse», sagte Frau Andersson; man mußte oft raten, was sie wohl meinte, denn sie übersetzte sich wahrscheinlich alles wörtlich aus dem Schwedischen. «In diesen Pensionat sind viele Kinder, aber nicht viele schwedische Kinder. Es gescheht Gottlob!» – «Warum Gottlob, Frau Andersson?» – «Jaha», sagte sie und schlug mit der Seele einen Haken, wie ein verfolgter Hase, «da sind nicht viele schwedischen Kinder, ne-do!» «Schade», sagte ich und kam mir mächtig diplomatisch vor. «Da ist es gewiß hübsch ...» Frau Andersson schwieg einen Augenblick. Dann nahm sie beherzt einen kleinen Anlauf. Sie senkte die Stimme.

«Das ist ... das ist nicht eine liebe Frau, der da ist. Aber ich will nichts Böses sagen ... verstehn Sie. Es ist eine deutsche Dame. Aber sie ist keine gute Dame. Das Volk von Deutschland sind so wohnliche Menschen – nicht wahr ... Waren Sie so gut, fassen Sie mir das nicht übel!» – «Sie meinen die Vorsteherin von dem Pensionat?» – «Ja», sagte Frau Andersson. «Die Versteherin. Die Versteherin, das ist eine schlimme Person. Das ist ... jeder fühlt sie hier. Wir haben nicht an ihr Geschmack. Sie ist nicht gut gegen den Kindern.» – «So», sagte ich und sah auf die Bäume, die leise mit den Blättern zitterten, wie wenn sie fröstelten, «so – keine gute Dame? Na ... was macht sie denn? Schreit sie mit ihnen?» – «Ich will Sie etwas sagen», sagte Frau Andersson, und nun wandte sie sich zur Prinzessin, als ob diese Sache nur unter Frauen abzuhandeln wäre; «sie ist hart zu den Kindern. Die Versteherin ... sie slagt die Kinder.» Der Prinzessin gab es einen Ruck. «Sagt denn da niemand was?» – «Jaha ...», sagte Frau Andersson. «So schlagt sie sie nicht. Die Polizei kann darein nichts sprechen. Sie schlagt ihnen nicht, so zu krank zu werden. Aber sie ist unrecht dazu, die Kinder ist sehr bange für ihr.» Sie deutete auf ein schloßartiges Gebäude, das hinter Mariefred auf einem Hügel lag. «Ich möchte lieber da sein als bei der Kinderfrau.» – «Was ist denn das da hinten?» fragte ich. «Das ist eine Irrtums-Anstalt», sagte Frau Andersson. «So – und die Irren haben es besser als diese Kinder da?» – «Ja», sagte Frau Andersson. «Aber da will ich sehn, ob das Abendmahl fertig ist ... einen Augenblick!» Und sie ging, eilfertig, wie wenn sie zu viel gesagt hätte.

Wir sahen uns an. «Komisch, wie?» – «Ja ... das gibts», sagte ich. «Wahrscheinlich irgend so ein Deubel von Weib, das da mit der Zuchtrute regiert …» – «Peter – spiel noch ein bißchen Klavier, bis das Essen fertig ist!»

Und wir gingen ins Musikzimmer der Schloßfrau, das hatte sie uns erlaubt, und ich setzte mich an das kleine Klavier und ließ fromme Gesänge ertönen. Ich spielte hauptsächlich auf den schwarzen Tasten; man kann sich besser daran festhalten. Ich spielte:

> Manchmal denke ich an dich,
> das bekommt mich aber nich …
> denn am nächsten Tag bin ich so müde –

und:

> Wenn die Igel in der Abendstunde
> still nach ihren Mäusen gehn,
> hing auch ich an deinem Munde –

und dann sangen wir alte Volkslieder und dann amerikanische Lieder, und dann sangen wir ein Reiterlied, das wir selber gedichtet hatten, und das ganz und gar blödsinnig war, von der ersten bis zur letzten Zeile, und dann war das Abendessen fertig.

Wir hatten eine Flasche Whisky aufgetrieben. Das war nicht einfach gewesen, denn wir hatten kein «Motbok», nicht dieses kleine Buch, das die Schweden zum Bezug von Schnaps berechtigt. Aber die Flasche hatten wir. Und gar so teuer war sie auch nicht gewesen. Braun und Blond … black and white … ihr sollt leben …!

Wir saßen vor dem Haus an einem Holztischchen und sahen zum Schloß hinüber. Ab und zu tranken wir einen Schluck.

Zehn schlug es von dem alten Kirchturm – zehn Uhr. Die Luft stand still; die Bäume rührten kein Blatt – alles ruhte. Helle Nächte. Es war eine starre Ruhe, wie wenn sich etwas staute und die Natur den Atem anhielte. Hell? Es war nicht hell. Es war nur nicht dunkel. Die Äste drohten so schwärzlich, sie warteten. Wie wenn man allem die Haut abgerissen hätte: schamlos, ohne Dunkel, stand es herum, der Schwärze beraubt. Man hätte das schwarze Kleid der Nacht herbeizaubern und alles zudecken mögen, damit nichts mehr sichtbar wäre. Das Schloß hatte sein brennendes Rot eingebüßt und sah fahlbraun aus, dann düster. Der Himmel war grau. Es war Nacht, ohne Nacht zu sein.

«So still, wie es jetzt ist, so sollte es überall und immer sein, Lydia – warum ist es so laut im menschlichen Leben?» – «Meinen lieben Dschung, das findest du heute nicht mehr – ich weiß schon, was du meinst. Nein, das ische woll ein für alle Mal verlöscht ...» «Warum gibt es das nicht», beharrte ich. «Immer ist etwas. Immer klopfen sie, oder sie machen Musik, immer bellt ein Hund, marschiert dir jemand über deiner Wohnung auf dem Kopf herum, klappen Fenster, schrillt ein Telephon – Gott schenke uns Ohrenlider. Wir sind unzweckmäßig eingerichtet.» – «Schwatz nicht», sagte die Prinzessin. «Hör lieber auf die Stille!»

Es war so still, daß man die Kohlensäure in den Gläsern singen hörte. Bräunlich standen sie da, ganz leise setzte sich der Alkohol ins Blut. Whisky macht sorgenfrei. Ich kann mir schon denken, daß sich damit einer zu Grunde richtet.

Weit in der Ferne läutete eine Glocke, wie aus dem Schlaf geschreckt, dann war alles wieder still. Weißgrau lag unser Haus; alle Lichter waren dort erloschen. Die Stille wölbte sich über uns wie eine unendliche Kugel.

In diesem Augenblick war jeder ganz allein, sie saß auf ihrem Frauenstern, und ich auf einem Männerplaneten. Nicht feindselig ... aber weit, weit von einander fort.

Mir stiegen aus dem braunen Whisky drei, vier rote Gedanken durchs Blut ... unanständige, rohe, gemeine. Das kam, huschte vorbei, dann war es wieder fort. Mit dem Verstand zeichnete ich nach, was das Gefühl vorgemalt hatte. Du altes Schwein, sagte ich zu mir. Da hast du nun diese wundervolle Frau ... du bist ein altes Schwein. Kein Haus ohne Keller, sagte das Schwein. Mach dir doch nichts vor! Du sollst das nicht, sagte ich zu dem Schwein. Du hast mir schon so viel Kummer und Elend gemacht, so viel böse Stunden ... von der Angst, daß ich mir etwas geholt hätte, ganz zu schweigen. Laß doch diese unterirdischen Abenteuer! So schön ist das gar nicht – das bildest du dir nur ein! Höhö, grunzte das Schwein, das ist also nicht schön. Stell dir mal vor ... Still! sagte ich, still! Ich will nicht. Oui, oui, sagte das Schwein und wühlte schadenfroh; stell dir vor, du hättest jetzt ... Ich schlug es tot. Für dieses Mal schlug ich es tot – sagen wir: ich schloß den Koben ab. Ich hörte es noch zornig rummeln … dann sangen wieder die Gläser, ganz, ganz leise, wie wenn eine Mücke summte. «Daddy», sagte die Prinzessin, «kann man hier eigentlich das blaue Kostüm tragen, das ich mitgenommen habe?»

Ich war wieder bei ihr; wir saßen wieder auf demselben Trabanten und rollten gemeinsam durch das Weltall. «Ja …», sagte ich. «Das kannst du.» – «Paßt es?» – «Natürlich. Es ist doch diskret und leise in der Farbe, das paßt schön.» – «Du sollst nicht so viel rauchen», sagte ihre tiefe Stimme; «dann wird dir wieder übel, und wer hats nachher? Ich. Tu mal die Pfeife weg.» Ich, Sohn, tat die Pfeife weg, weil die Mutter es so wollte. Leise legte ich meine Hand auf die ihre.

5

Maurer hatten das große Haus in Läggesta gebaut – wer denn sonst. Handwerker; ruhige bedächtige Männer, die sich erst dreimal umsahen, bevor sie eine Bewegung machten, das ist auf der ganzen Welt so. Als alles fertig war, hatten sie die Wände mit Kalk beworfen, manche Zimmer hatten sie gestrichen, viele tapeziert, ganz unterschiedlich und alles nach Angabe. Dann waren sie gleichmütig weggegangen, das Haus war fertig, nun konnte darin geschehen, was wollte. Das war nicht mehr ihre Sache, sie waren nur Handwerker. Die Gerichtsstube, in der einer gefoltert wird, war, als sie geboren wurde, ein ziegelgemauertes Viereck, glatt und geweißt, oben hatte der Maler fröhlich pfeifend auf seiner Leiter gestanden und hatte den bestellten grauen Streifen rings an die Wände gemalt; es war ein Handwerksstück, das er da vollführte … und nun war es auf einmal eine Gerichtsstube. So unbeteiligt bauen Menschen den Schauplatz zukünftiger Szenen; sie errichten die Kulissen und das Gerüst, sie stellen das ganze Theater auf, und dann kommen andre und spielen dort ihre traurigen Komödien.

Das Kind lag im Bett und dachte.

Denken … Vor langen Zeiten, als es noch einen Vater gehabt hatte, da hatte es mit ihm immer «Denken» gespielt. Und der Vater hatte dabei so gelacht, er konnte so wundervoll lachen … «Was tust du?» hatte das Kind gefragt. «Ich denke», hatte der Vater gesagt. «Ich will auch denken.» – «Gut … denke auch!» Und er war ernsthaft in der Stube auf und ab gegangen, das Kind immer hinterher, es ahmte genau die Haltung des Vaters nach, würdeschwer hielt es die Hände auf dem Rücken, runzelte die Stirn wie er … «Was denkst du?» hatte der Vater gefragt. «Ich denke: Löwe –», hatte das Kind geantwortet. Und der Vater hatte gelacht …

Nebenan schnaufte Inga und warf sich hin und her. Das Kind war plötzlich wieder da, wo es wirklich war: in Schweden. In Läggesta. Mutti war in der Schweiz, so weit fort … das Kind fühlte es heiß in sich hochsteigen. Es hatte so viel flehentliche Briefe geschrieben, drei, eigentlich nur drei – dann war der Teufelsbraten dahinter gekommen, daß eines der Dienstmädchen die Briefe heimlich zur Post getragen hatte. Das Mädchen wurde entlassen, das Kind an den Haaren gezogen, und die Briefe, die nun nach der Schweiz gingen, waren musterhaft. Ja, vielleicht mußte das alles so sein. Vielleicht hatte die Mutter kein Geld, um das Kind bei sich zu behalten, und hier oben war es eben billiger. So hatte es ihm die Mutter erklärt.

Es war hier so allein. Es war unter den neununddreißig kleinen Mädchen ganz allein – und es hatte Angst. Sein Leben bestand eigentlich nur aus Angst. Angst vor dem Teufelsbraten und Angst vor den ältern Mädchen, die es anschwärzten, wo sie nur konnten, Angst vor dem nächsten Tag und Angst vor dem Vortag, was von dem nun wieder ans Licht kommen könnte, Angst vor allem, vor allem. Das Kind schlief nicht – es bohrte mit seinen Augen Löcher in das Dunkel.

Daß die Mutter es hierher gegeben hatte! Hier waren sie einmal gewesen, vor Jahren, vor drei, vier Jahren – und damals war der Bruder Will gestorben. Er lag da begraben auf dem Kirchhof in Mariefred, und das Kind durfte manchmal das Grab besuchen, wenn der Teufelsbraten das erlaubte oder befahl. Meist befahl er es. Dann stand es an dem kleinen Kindergrab, rechts, die vierzehnte Reihe, das mit dem grauen Steinchen, an dem die Buchstaben noch so neu schimmerten. Aber dort hatte es nie geweint. Es weinte nur manchmal zu Hause um Will – um den dicken, kleinen Will, der jünger gewesen war als das Kind, jünger, toller im Spiel und ein guter Junge. Hier und da bekam er einen Klaps, aber die Mutter tat ihm nicht weh, und er lachte unter seinen Kindertränen und war dann wieder ein guter, kleiner Spieljunge. Wie aus Wolle. Und dann wurde er krank. Eine Grippe, sagten die Leute, und nach vier Tagen war er tot. Das Kind roch noch den Arztgeruch, das war nicht hier gewesen, das war in Taxinge-Näsby, nie würde es den Namen vergessen. Den säuerlichen Arztgeruch, das «Psst!» – alles ging leise, auf Zehenspitzen, und dann war er gestorben. Wie das war, hatte das Kind vergessen. Will war nicht mehr da.

Der Bruder nicht. Mutti nicht. Vater weggegangen, wohin … Niemand war da. Das Kind war allein. Es dachte das Wort nicht – viel schlimmer: es fühlte die Einsamkeit, wie nur Kinder sie fühlen können.

Die kleinen Mädchen raschelten in den Kissen. Eins flüsterte im Schlaf. Das war jetzt der zweite Sommer hier oben. Es würde nie anders werden. Nie. Mutti soll kommen, dachte das Kind. Aber sie müßte es hier fortnehmen, denn gegen Frau Adriani kam auch Mutti nicht auf. Niemand kam gegen sie auf. Schritte? Wenn sie jetzt käme? Einmal war Gertie krank gewesen; da war Frau Adriani fünf Mal in der Nacht heraufgekommen – fünf Mal hatte sie nach dem kranken Kind gesehen, sie hatte fast eifersüchtig mit der Krankheit gekämpft. Und zum Schluß hatte sie das Fieber besiegt. Wenn sie jetzt käme? Nichts – eins der acht Betten hatte geknarrt. Das war Lisa Wedigen, die schlief immer so unruhig. Wenn doch einer – wenn doch einer – wenn doch einer … Morgen war Baden im See. Da spritzen einen die Mädchen immer so mit Wasser. Wenn doch einer –

Die Hände des Kindes tasteten vorsichtig unter das Kopfkissen, suchten im Laken, verschoben alles. Fort? Nein. Sie waren noch da.

Unter dem Kopfkissen lagen, verwelkt und zerdrückt, zwei kleine Glockenblumen.

Drittes Kapitel

Ei ist Ei, sagte jener –
und nahm das größte.

1

Wir beugten uns beide über den Brief und lasen gemeinschaftlich:

Lieber Freund!

Ich habe in diesem Jahr noch acht Tage Urlaub gut und würde die gern mit Dir und Deiner lieben Frau Freundin verleben. Wie ich höre, seid Ihr in Schweden. Lieber Freund, würdest Du wohl Deinen alten Kriegskameraden, der Dir in so manchem Granattrichter den Steigbügel gehalten hat, bei Euch aufnehmen? Lieber Freund, ich zahle auch das Reisegeld für mich allein; es ist mir sehr schmerzlich, für mich allein etwas bezahlen zu müssen; es ist dies sonst nicht meine Art, wie Du weißt. Schreibe mir bitte, wie ich zu Euch fahre, lieber Freund.

Kann ich da wohnen? Wohnt Ihr? Sind da viele Mädchen? Soll ich lieber nicht kommen? Wollen wir uns gleich den ersten Abend besaufen? Liebst Du mich?

Ich sende Dir beigebogen in der Falte das Bild meines Fräulein Tochter. Sie wird so schön wie ich.

Lieber Freund, ich freue mich sehr, Euch zu sehen, und bin

Euer gutes Karlchen

Darunter stand, mit Rotschrift, wie ein Aktenvermerk:

«Sofort! Noch gestern! Eilt unbeschreiblich!»

«So», sagte ich. «Da hätten wir ihn. Soll er kommen?»

Braun war die Prinzessin und frisch. «Ja», sagte sie. «Jetzt kann er kommen. Ich bin ausgeruht, und wenn er überhaupt nach acht Tagen wieder wegfährt? Abwechslung ist immer gut.» Demgemäß schrieb ich.

Wir waren in der Mitte der Ferien.

Baden im See; nackt am Ufer liegen, an einer versteckten Stelle; sich voll Sonne saugen, daß man mittags herrlich verdöst und trunken von Licht, Luft und Wasser nach Hause rollt; Stille; Essen; Trinken; Schlaf; Ruhe – Urlaub.

Dann war es so weit. «Wollen wir ihn abholen?» – «Halen wi em aff.»

Es war ein strahlender Tag – ein Wetter, wie die Prinzessin sagte, ein Wetter zum Eierlegen. Wir gingen auf den Bahnhof. So ein winziger Bahnhof war das; eigentlich war es nur ein kleines Haus, das aber furchtbar ernst tat und vor lauter Bahnhof vergessen hatte, daß es Haus war. Da lagen auch zwei Schienenpaare, weil die ja zu einem Bahnhof gehören, und hinten kam der Waggon angeschnauft. Einen Zug gab es hier nicht – nur einen Motorwagen. Er hatte sich einen kleinen Schornstein angesteckt, damit man es ihm auch glaubte. Einfahrt. Gezisch. Karlchen.

Wie immer, wenn wir uns lange nicht gesehen hatten, machte er eine gleichmütig-freundlich-dümmliche Miene, so: «Na … da bist du ja …» Er kam auf uns zu, der Schatten der kommenden Begrüßung lag schon auf seinem Gesicht, in der Hand trug er ein kleines Köfferchen. Der Bursche war gut gewachsen, und sein leicht zerhacktes Gesicht sah «jung und alert» aus, wie er das nannte.

Guten Tag – und dies ist … und das ist … gebt euch mal die Hand … und: Wo hast du denn das große Gepäck? – Als die Präliminarien vorbei waren:

«Na, Karlchen, wie war denn die Reise?»

Er war nach Stockholm in einem Flugzeug geflattert, und heute mittag war er angekommen … «War es schön?» – «Na …», sagte Karlchen und fletschte nach alter Gewohnheit das Gebiß – «da war eine alte Dame, die hatte Luftbeschwerden. Gib mir mal 'n Zigarettchen. Danke. Und da haben sie doch diese kleinen Tüten … Zwei Tüten hatte sie schon verbraucht, und dann bekam sie nicht rasch genug die dritte, und der Mann neben ihr muß sich nun einen neuen Sommerüberzieher kaufen oder den alten reinigen lassen. Ich saß leider nicht neben ihr. Die sonstige Aussicht war sehr schön. Und wie gefällt es denn der Gnädigsten hier?»

Wenn Karlchen «Gnädigste» sagte, woran er selber nicht glaubte, dann machte er sich ganz steif und beugte den Oberkörper fein nach vorn; dazu hatte er eine bezaubernde Bewegung, den Unterarm mit einem Ruck zu strecken und ihn dann mit spitzem Ellenbogen wieder einzuziehen, wie wenn er nach seinen Manschetten sehen wollte …

Wie es der Gnädigsten gefiele? «Wenn der hier nicht dabei wäre», sagte die Gnädigste, «dann würde ich mich sehr gut erholen. Aber Sie kennen ihn ja – er schwabbelt so viel und läßt einen nicht in Ruhe …» – «Ja, das hat er immer getan.» «Wie schön», sagte er plötzlich, «daß ich meinen Schirm in der Bahn habe stehn lassen.» Und wir gingen zurück und holten ihn. In Schweden kommt nichts fort. Die Beiden waren sich sofort und sogleich einig – merkwürdig, wie bei Menschen oft die ersten Minuten über ihre gesamten spätern Beziehungen entscheiden. Hier war augenblicklich zu spüren, daß sich beide auf Anhieb verstanden:

das Ganze wurde nicht recht ernst genommen. Und ich schon gar nicht.

Karlchen war noch genau so wie vor einem Jahr, wie vor zwei Jahren, wie vor drei Jahren: so wie er immer gewesen war. Er hob grade den Kopf und schnupperte leicht mißtrauisch in der Luft umher. «Hier ist … irgendwas … Irgendwas ist hier … wie?» Das sagte er so hin, sprach dabei die Konsonanten scharf aus und trübte auch wohl manchmal das a, wie sie es im Hannöverschen zu tun pflegen. Genau so waren wir damals im Krieg am Ufer der Donau entlangspaziert und hatten gefunden, daß da irgend etwas sein müsse … Es war aber nichts.

Ich hoppelte neben den beiden her, die in ein angeregtes Gespräch über Schweden und über die Landschaft, über die Fliegerei und über Stockholm vertieft waren, die Prinzessin hatten wir in die Mitte genommen, manchmal sprachen wir über sie hinweg, und ich badete in einer tiefen Badewanne von Freundschaft.

Sich auf jemand verlassen können! Einmal mit jemand zusammen sein, der einen nicht mißtrauisch von der Seite ansieht, wenn irgend ein Wort fällt, das vielleicht die als Berufsinteressen verkleidete Eitelkeit verletzen könnte, einer, der nicht jede Minute bereit ist, das Visier herunterzulassen und anzutreten auf Tod und Leben … ach, darauf treten die Leute gar nicht an – sie zanken sich schon um eine Mark fünfzig … um einen alten Hut … um Klatsch … Zwei Männer kenne ich auf der Welt; wenn ich bei denen nachts anklopfte und sagte: Herrschaften, so und so … ich muß nach Amerika – was nun? Sie würden mir helfen. Zwei – einer davon war Karlchen. Freundschaft, das ist wie Heimat. Darüber wurde nie gesprochen, und leichte Anwandlungen von Gefühl wurden, wenn nicht ernste Nachtgespräche stattfanden, in einem kalten Guß bunter Schimpfwörter erstickt. Es war sehr schön.

Wir hatten ihn im Hotel untergebracht, weil es in diesen Tagen bei uns keinen Platz mehr gab. Er sah sein Zimmer an, behauptete, es röche darin wie im Schlafzimmer Ludwigs des Anrüchigen, es wäre überhaupt «etwas dünn» … das sagte er von allem, und ich hatte es schon von ihm angenommen; dann mußte er sich waschen, und dann saßen wir unter den Bäumen und tranken Kaffee.

«Na, Fritzchen …?» sagte er zu mir. Niemand wird je ergründen können, warum er mich Fritzchen nannte. «Kann man denn bei euch baden? Wie ist der See?» – «Es sind gewöhnlich sechzehn Grad Celsius oder zwanzig Remius», sagte ich. «Das macht die Valuta.» Das sah er ein. «Und was tun wir heute abend?» – «Ja …», sagte die Prinzessin, «heute wollen wir einen ganz stillen Abend abziehen …» – «Kann man hier Rotwein bekommen?» – Ich berichtete die betrübliche Tatsache mit dem Rotwein und erzählte davon, daß in der «Sprit-Zentrale» ein junger Mann Chablis unter den Rotweinen gesucht habe. Karlchen schloß wehmütig die Augen. «Aber du darfst den Wein bezahlen, Karlchen – das ist der sogenannte Einstand, den die Fremden hier geben.» Das hörte er leider nicht. Ein Mädchen ging vorüber – nicht einmal ein besonders hübsches. «Na …?» sagte Karlchen, «was …?» Und sprach weiter, als ob gar nichts gewesen wäre. Es war auch nichts. Aber er mußte das sagen – sonst wäre er wohl geplatzt. Und nun fingen wir langsam an, uns wie vernünftige Menschen zu gebärden.

Wir waren ein ganzes Stück Zeit miteinander gefahren und sprachen unter uns einen Cable-Code, der vieles abkürzte. Die Prinzessin fand sich überraschend schnell darein – es war ja auch nichts Geheimnisvolles, es war eben nur die Übereinstimmung in den Grundfragen des Daseins. Wir wußten beide, daß es «alles nicht so doll» sei … und wir hatten uns aus Skepsis, Einsicht, Unvermögen und gut angelegter Kraft eine Haltung zusammengekocht, die uns in vielem schweigen ließ, wo andre wild umhersurrten. Die größten Vorzüge dieses Mannes lagen, neben seiner Zuverlässigkeit, im Negativen: was er alles nicht sagte, was er nicht tat, nicht anstellte … Da gab es keine fein gebildeten Verdauungsgespräche, in denen die Herren dem «Geist ihrer Zeit» einen scheußlichen Tribut darbringen, ohne übrigens ihr Leben auch nur um einen Deut zu ändern. Da wurde nicht literarische Bildung verzapft, und es gab keine Wiener Aphorismen über Tod, Liebe, Leben und Musik wie bei den Journalisten aus Österreich und den ihnen Anverwandten … es wird einem himmelangst, wenn man das hört, und beim ersten Mal glaubt man das druckfertige Gerede auch, und es ist alles, alles nicht wahr. Was Karlchen anging, so war das ein Stiller. Er rauchte die Welt an, wunderte sich über gar nichts mehr, war ein braver Arbeiter im Aktengarten des Herrn und zog zu Hause zwei Kinder auf, ohne dabei ein Trockenmieter seiner selbst zu werden. Hier und da fiel er in Liebe und Sünde, und wenn man ihn fragte, was er nun wieder angestellt hätte, dann fletschte er die Zähne und sagte: «Sie hat mich über die Schwelle der Jugend geführt!», und dann ging es wieder eine Weile. Jetzt saß er da und rauchte und dachte nach.

«Wir müssen an Jakopp schreiben», sagte er. Jakopp war der andre – wir waren drei. Mit der Prinzessin vier. «Was wollen wir ihm denn schreiben?» fragte ich. «Hast du ihn gesehn? Du bist doch über Hamburg gefahren?» Ja, Karlchen war über Hamburg gefahren, und er hatte ihn gesehn. Jakopp war der Verschrullteste von uns, am Hamburger Wasserwerk sich betätigend, ein Ordentlicher, der deshalb auch die Georginen über alles liebte – «Georgine, die ordentliche Blume», sagte er – ein Kerl von bunter Verspieltheit und mit vierhundertvierundvierzig fixen Ideen im Kopf. Wir paßten gut zueinander.

«Wo ist denn auf einmal die Prinzessin?» fragte Karlchen. Die Prinzessin war ins Städtchen gegangen, «Knöpfchen kaufen». Wir kauften nie zusammen Knöpfchen, womit jede Art Einkauf gemeint war – wenn wir es aber doch taten, dann zankten wir uns dabei. Nun war sie fort. Wir schwiegen eine Weile.

«Na, und sonst, Karlchen?» – «Sonst hat sich Jakopp Pastillen gekauft, weil er doch so viel raucht. Und wenn er raucht, dann hustet er doch so. Du kennst das ja – es ist ein ziemlich scheußlicher Anblick. Und jetzt hat er sich gegen das Rauchen ein Mittel besorgt: Fumasolan heißen die Dinger. Hm –» – «Na und? Helfen sie?» – «Nein, natürlich nicht. Aber er sagt: seit er das nimmt, verspürt er eine merkwürdige Steigerung seiner Manneskräfte. Das stört ihn sehr. Ob sie ihm die falschen Pastillen eingepackt haben?» – So ging alles in Jakopps Leben zu, und wir hatten viel Freude daran.

«Gib mal eine Karte. Was wollen wir ihm denn ...?» Endlich hatte ich es heraus. Wir wollten ihm eine Telegrammkarte schicken, weil das tägliche Telegramm, das ihn gestört und herrlich aufgebracht hätte, zu teuer gewesen wäre. Wir telegraphierten also fortab auf Karten entsetzlich eilige Sachen – heute diese:

> hergeflogenes karlchen soeben fast zur gänze eingetroffen drahtet sofort, ob sofort drahten wollt stop grossmutti leider aus schaukel gefallen
>
> grossvati

Diese schwere Arbeit hatten wir hinter uns ... nun ruhten wir aus und sagten erst mal gar nichts. Da kam die Prinzessin.

Sie hatte vielerlei Knöpfchen eingekauft; es ist rätselhaft, was für eine Fülle von Waren Frauen noch in den kleinsten Ortschaften entdecken. Und Geld hatte sie auch nicht mehr, und ich zog mit gefurchter Stirn die Brieftasche und tat mich sehr dick. Dann legten wir uns ins Gras.

«Geht euch das eigentlich auch so», sagte Karlchen, der hier schon völlig zu Hause war, «daß ihr euch so schwer erholt? Erholung ist eine Arbeit, finde ich. Man macht und tut, auch wenn man gar nichts tut – und man merkt es erst hinterher, wie ...?» – «Hm», machten wir; wir waren zu faul, zu antworten. Es knisterte. «Steck die Zeitungen weg!» sagte ich. «Habt ihr gelesen ...?» sagte er. Und da war es.

Da war die Zeit.

Wir hatten geglaubt, der Zeit entrinnen zu können. Man kann das nicht, sie kommt nach. Ich sah die Prinzessin an und zeigte auf die Zeitung, und sie nickte: wir hatten heute nacht davon gesprochen, davon und von der Zeit und von dieser Zeit ... Man denkt oft, die Liebe sei stärker als die Zeit. Aber immer ist die Zeit stärker als die Liebe.

«Gelesen … gelesen …», sagte ich. «Karlchen, was liest du jetzt eigentlich für eine Zeitung?» – Er nannte den Namen. «Man soll nicht nur eine lesen», lehrte ich weise. «Das ist gar nichts. Man muß mindestens vier Zeitungen lesen und eine große englische oder französische dazu; von draußen sieht das alles ganz anders aus.» – «Ich muß mich immer wundern», sagte die Prinzessin, «was unsereiner da so vorgesetzt bekommt. Seht mal – Zeitungen für uns gibt es eigentlich gar nicht. Sie tun immer alle so, als ob wir wer weiß wie viel Geld hätten – nein, als ob es gar kein Geld auf der Welt gäbe … dabei wissen sie genau: wir haben nur wenig – aber sie tun so. Was sie uns da alles erzählen … und was sie alles abbilden!» – «Geronnene Wunschträume. Du sollst schlafen, du sollst schlafen, du sollst schlafen, liebes Kind!» – «Nein, das meine ich nicht», sagte die Prinzessin. «Ich meine: sie sind alle so furchtbar fein. Noch wenn sie den Dalles schildern, ist es ein feiner Dalles. Sie schweben eine Handbreit über dem Boden. Ob mal ein Blatt sagt, wie es nun wirklich ist: daß man am zwanzigsten zu knapsen anfängt, und daß es mitunter recht jämmerlich und klein ist, und daß man sich gar nicht so oft ein Auto leisten kann, von Autos kaufen überhaupt nicht zu reden, und mit ihrer lächerlichen Wohnungskultur … haben wir vielleicht anständige Wohnungen?»

«Die Leute fressen einen auf», sagte ich. «Das Schlimmste ist: sie stellen die Fragen und sie ziehen die Kreise und sie spannen die Schnüre – und du hast zu antworten, du hast nachzuziehen, du hast zu springen … du kannst dir nichts aussuchen. Wir sind nicht hienieden, um auszusuchen, sondern um vorliebzunehmen – ich weiß schon. Aber daß man lauter Kreuzworträtsel aufbekommt: Rom gibt dir eins auf und Rußland eins und Amerika und die Mode und die Gesellschaft und die Literatur – es ist ein bißchen viel für einen einzelnen Herrn. Finde ich.»

«Wenn man sich das recht überlegt», sagte Karlchen, «sind wir eigentlich seit neunzehnhundertundvierzehn nicht mehr zur Ruhe gekommen. Spießerwunsch? Ich weiß nicht. Man gedeiht besser, wenn man seinen Frieden hat. Und es kommt alles nach – es wirkt so nach … Weißt du noch: der allgemeine Irrsinn in den Augen, als uns das Geld zerrann und man ganz Deutschland für tausend Dollar kaufen konnte? Damals wollten wir alle Cow-boys werden. Eine schöne Zeit!»

«Lieber Mann, wir haben das Pech, nicht an das zu glauben, was die Kaffern Proppleme nennen – damit trösten sie sich. Es ist ein Gesellschaftsspiel.»

«Arbeiten. Arbeit hilft», sagte die Prinzessin.

«Liebe Prinzessin», sagte Karlchen, «ihr Frauen nehmt das ja ernst, was ihr tut – das ist euer unbestrittener Vorzug vor uns andern. Wenn man das aber nicht kann … Immerhin: eine so schöne junge Frau …»

«Sie werden ausgewiesen, wenn Sie so reden», sagte die Prinzessin. «Vestahn Sei Plattdütsch?» – Karlchen strahlte: er sprach Platt wie ein hannöverscher Bauer, und jetzt schnackten sie eine ganze Weile in fremden Zungen. Was sagte sie da? Ich horchte auf. «Das hast du mir doch noch gar nicht erzählt?»

«Nein …? Habe ich das nicht?» Die Prinzessin tat furchtbar unschuldig. Sie log sonst gut – aber jetzt log sie ganz miserabel. «Also?»

Der Generalkonsul hatte es mit ihr treiben wollen. Wann? Vor zwei Monaten. «Bitte erzähl.»

«Er hat gewollt. Na, ihr wollt doch alle. Verzeihen Sie, Karlchen, außer Ihnen natürlich. Er hat eines Abends … also das war so. Eines Abends hat er mich gefragt, ob ich länger bleiben könnte, er hätte noch ein langes Exposé zu diktieren. Das kommt manchmal vor – ich habe mir nichts dabei gedacht; natürlich bin ich geblieben.» – «Natürlich …», sagte ich. «Ihr habt ja sonst den Achtstundentag.» – «Quackel nicht, Daddy – wir haben ihn natürlich nicht, ich habe ihn nicht. Das ist eben in meiner Position …» – «Darüber werden wir uns nie einigen, Alte. Ihr habt ihn nicht, weil ihr ihn euch nicht erkämpft. Und ihr kämpft nicht – ach, ich habe jetzt Ferien.» – «Gibt es dafür Ferien?» fragte Karlchen. «Also», fuhr die Prinzessin fort, «Exposé. Wie das fertig ist, bleibt er mitten im Zimmer stehn – wissen Sie, Karlchen, mein Chef ist nämlich furchtbar dick – bleibt mitten im Zimmer stehn, sieht mich mit so ganz komischen Augen an und sagt:

Haben Sie eigentlich einen Freund? Ja, sage ich. Ach, sagt er, sehn Sie mal an – und ich hatte gedacht, Sie hätten gar keinen. Warum nicht? sage ich. Sie sehn nicht so aus, also ich meine … Na, und dann kam er langsam damit heraus. Er wäre doch so allein, das sähe ich doch … zur Zeit hätte er überhaupt keinen Menschen, und er hätte mal eine langjährige Freundin gehabt, die hätte ihn aber betrogen –». Karlchen schüttelte bekümmert den Kopf, wie so etwas wohl möglich wäre. «Na, und was hast du gesagt?» – «Du alter Affe – ich habe Nein gesagt.» – «Ach?» – «Ach! Hätte ich vielleicht Ja sagen sollen?» – «Na, wer weiß! Eine gute Position … Hör mal, ich habe da einen Film gesehn –» – «Da bezieht er nämlich seine Bildung her, Karlchen. Würden Sie mit Ihrem Chef was anfangen?» – Karlchen sagte, er würde mit seinem Chef nie etwas anfangen. «Das ist ja alles Unsinn», sagte die Prinzessin. «Männer verstehen das nicht. Was hat man denn davon? Ich müßte seine Sorgen teilen wie seine Frau, arbeiten wie seine Sekretärin, und wenn die Börse fest ist, dann bleibt er eines Abends bei einer andern mitten im Zimmer stehn und fragt die, ob sie vielleicht einen Freund … Ach, geht mir doch los!» – «Und an mich hast du gar nicht gedacht?» sagte ich. «Nein», sagte die Prinzessin. «An dich denke ich erst, wenn der Mann in Frage kommt.» Und dann standen wir auf und gingen an das Seeufer.

Das Schloß schlief dick und still; überall roch es nach Wasser und nach Holz, das lange in der Sonne gelegen hatte, nach Fischen und nach Enten. Wir gingen am See entlang.

Und ich genoß diese Beiden; dies war ein Freund, nein, es waren zwei Freunde – und ich verriet die Frau nicht an den Mann, wie ich es fast immer getan hatte; denn wenn da ein Mann war, mit dem es etwas zu erzählen gab, dann ließ ich die Frau liegen, als ob ich nicht noch eben mit ihr geschlafen hätte; ich gab sie auf, kümmerte mich nicht mehr um sie und verriet sie voller Feigheit an den ersten Besten. Dann ließ sie los. Und dann wunderte ich mich.

Die Zwei sprachen sich in ihren Dialekten über ihre Heimat aus. Sie sagten, wo man das r aussprechen müsse und wo nicht; sie ergänzten ihre Schimpfwörterverzeichnisse; sie wußten beide, was das ist: niederdeutsch. Es ist jener Weg, den die deutsche Sprache leider nicht gegangen ist, wieviel kraftvoller ist da alles, wieviel bildhafter, einfacher, klarer – und die schönsten Liebesgedichte, die der Deutsche hat, stehen auf diesen Blättern. Und die Menschen … was es da im alten Niederdeutschland, besonders an der Ostsee, für Häuser gegeben hat, eine Traumwelt von Absonderlichkeit, Güte und Musik, eine Käfersammlung von Leuten, die alle nur einmal vorkommen … Vieles davon ist nun in die Hände dummer Heimatdichter gefallen, die der Teufel holen möge – scheinbar gutmütige Bürger, unter deren rauchgeschwängerten Bärten der Grog dampft und die die kraftvolle Männlichkeit ihrer alten Sprache in einen fatalen Brei von Gemütlichkeit umgelogen haben –: Oberförster des Meeres. Manche haben sich den Bart abrasieren lassen und glauben nun, wie alte Holzschnitte auszusehen – aber es hilft ihnen nichts; kein Wald rauscht ihnen, kein Meer rauscht ihnen, ihnen rauscht der Bart. Ihre Gutmütigkeit verschwindet im Augenblick, wo sie etwas verwirrt in die neue Zeit starren und auf den politischen Gegner stoßen; dann krabbelt aus ihnen ans Licht, was in ihnen ist: der Kleinbürger. Unter ihren Netzhemden schlägt ein Herz, im Parademarsch.

Das ist nicht unser Plattdeutsch, das nicht.

Niederdeutschland aber geht nicht ein – es lebt und wird ewig leben, solange dieses Land steht. Dergleichen hat es außerhalb Deutschlands nur noch einmal gegeben, aber da auf dem Rücken einer dienenden, nicht gut behandelten Kaste: in Kurland. Doch der Niederdeutsche ist anders. Seine Worte setzt er bedächtig, und sie sind gut. Und darüber sprachen die Beiden. Und ich wußte: das Beste an der Prinzessin stammte aus diesem Boden. Und ich liebte in ihr einen Teil dieses Landes, das einem so sehr schwer macht, es zu lieben. Dessen ratlose Seelen es für eine Auszeichnung halten, gehaßt zu werden. Da war die Zeit, da war sie wieder. Nein, für uns gibt es wohl keine Ferien.

Die Beiden aber schnackten unentwegt. Jeder pries *sein* Plattdeutsch als das allein wahre und schöne, das des andern wäre ganz falsch. Jetzt waren sie bei den Geschichten angelangt.

Die Prinzessin erzählte die vom Schuster Hagen, dem der Amtsverwalter sein Prost Neujahr zugerufen hatte: «Ick wünsch See uck veel Glück taut niege Johr, Meisting!» – Und der andre hatte dann verehrungsvoll über den ganzen Marktplatz zurückgebrüllt: «Ins Gegenteil! Ins Gegenteil, Herr Amtsverwalter!» Und jene vom Schulzen Hacher, der seinen Ochsen auf die Ausstellung brachte und dazu sprach: «Ick dau dat nicht för Geld. Ick dau dat blodsen för de Blamasch!»

Und dann wieder Karlchen: wie Dörten, Mathilde und Zophie, die neugierigsten Mädchen in ganz Celle, ihn gefragt hatten, wer denn der junge Mann wäre, der jetzt immer morgens durch die Straßen ginge. Er konnte es ihnen nicht sagen. Und dann hatte er sie nachts geweckt, das ging gut, denn sie wohnten Parterre – und als sie ganz erschreckt ans Fenster kamen, alle drei: «Ich wollte den Däömen nur sagen: der Herr von heute morgen hat fromme Bücher verkauft.»

Und dann sangen sie schöne Lieder, immer eines nach dem andern. Die Prinzessin:

«Auf dem Berge Sinai, da sitzt die Mutter Pietschen,
und wenn sie nichts zu essen hat, dann …

Karlchen, wie ist das mit einem Lullerchen Schlaf, heute nachmittag?» fragte sie plötzlich. Karlchen sang grade:

«Sie trug ein bunt kariertes Kleid,
mir tut mein Geld noch heute leid –

Nein», sagte er. «Heute nachmittag tun wir einen schönen Spaziergang. Das ist gut für den Dicken, und wir schlafen dann nachts besser.» Der Dicke war ich. Wohlwollend musterte mich sein Blick. «Wenn man euch junges Volk so sieht … gut erholt seid ihr –!»

Und so fühlten wir uns auch. Ich wackelte schweigend neben den Beiden her, denn junges Glück soll man nicht stören.

Begehrte er sie –?

Natürlich begehrte er sie. Aber dies war ungeschriebenes Gesetz zwischen uns: Totem und Tabu … Unter welchem Tier wir geboren waren, wußten wir nicht; aber es mußte wohl das gleiche sein. Und die Frauen des andern: nie. Rational gemacht hatten wir das so: «Deine Bräute … also wenn man die schon sieht – herzlichen Glückwunsch!» Und wieder fühlte ich, zum hundertsten

Male in so vielen Jahren, das Unausgesprochene dieser Freundschaft, das Fundament, auf dem sie ruhte. Ich kannte den Urgrund seiner Haltung. Ich wußte, weil ich es mitangesehen hatte: was der Mann alles erlebt hatte («Über mich ist ein bißchen viel hinweggebraust!» pflegte er zu sagen); ich sah seine unbedingte Selbstbeherrschung, wenns schief ging, der konnte die Ohren steif halten. Oft, wenn ich nicht weiter wußte, dachte ich: Was täte Karlchen jetzt? Und dann ging es wieder eine Weile. Eine richtige Männerfreundschaft … das ist wie ein Eisberg: nur das letzte Viertel sieht aus dem Wasser. Der Rest schwimmt unten; man kann ihn nicht sehn. Klamauk – Klamauk ist nur schön, wenn er auf Ernst beruht.

«Plattdeutsch predigen», hörte ich Karlchen grade sagen, «nein – nein.» – «Das ist doch Unfug, Herr Karlchen», sagte die Prinzessin. «Warum denn nich? Den Bauern vestehn es doch viel besser. Natürlich euern Platt … aber unsen Plattdeutsch …» – «Schöne junge Frau», sagte Karlchen; «das ist es nicht. Die Bauern verstünden es schon – und eben deswegen mögen sie es nicht. In der Kirche wollen sie nicht die Sprache ihres Alltags; vor der haben sie keine Achtung – was kann an dem sein, was sie im Stall sprechen? Sie wollen das andre, das Ungewöhnliche, das Feierliche. Sonst sind sie enttäuscht und nehmen den Pastor nicht für voll. Na, und nun gehn wir ja wohl im Chantant … Fritzchen, weißt du noch?»

Und ob ich es wußte! Das stammte von Herrn Petkoff aus Rumänien, vom rumänischen Kriegsschauplatz, den wir gemeinsam bevölkert hatten. Herr Petkoff pflegte Geschichten zu erzählen, die sich durch besondere Pointenlosigkeit auszeichneten, aber sie endeten alle im Puff. «Sagt er zu mir: Petkoff, du Schwain, komm, gehn wir im Chantant!» Und was da nun war, wollte die Prinzessin gern wissen. Karlchen machte vor: «Petkoff sagte und schlug sich dabei auf die Oberschenkel: Hier ein Mättchän und da ein Mättchän …» – «Aber Karlchen», sagte die Prinzessin, «da muß ich ja ganz rot werden!» – «Er hatte eine Freundin, der Petkoff. Die hatte vor seiner Zeit dreizehn Geliebte gehabt.» – «Dreizehn Geliebte», lobte die Prinzessin. «Und wieviel schnelle Männer –?»

So schritten wir selbander dahin.

Da blieb die Prinzessin stehn, um sich zu pudern. «Ich begreife nicht, wie man sich in Gottes freier Natur pudern kann», sagte ich. «Die Luft hat doch … der Teint ist …» – «Du gewinn den Nobelpreis und halt den Schnabel», sagte sie. «Hör mal, ich sage dir das wirklich …» – «Daddy, das verstehn die Männer nie – und wir verstehn uns doch wirklich gut. Jeder seins, lieber Daddy. Du schminkst dich nicht, und ich genieße des Puders. So ist das!» Nun setzten wir uns auf eine Bank. Ich brummte: «They are all the same …», dieser Satz Byrons machte meinen halben englischen Sprachschatz aus. «Sei mal nett zu ihr!» sagte Karlchen, und die Prinzessin war begeistert und nickte ihm fröhlich zu: «Nicht wahr?» – «Wer seine Braut zu seinem Weibe macht», sagte Karlchen, «der soll auch das Weib zu seiner Braut machen!» – «Nun gebt euch einen Kuß!» sagte ich. Das taten sie. «Sei wirklich nett zu ihr!» sagte Karlchen noch einmal. Er war ein Vorübergehender. Der Vorübergehende ist stets milde und weise, hat für alles gute und kluge Worte und geht vorüber. Wir, die wir bleiben … Aber gleich war diese kleine Wolke vorbei. Weil Karlchen das gescheite Wort sprach: «Bei uns zu Hause sagen sie immer: Zur Heirat gehört mehr als nur vier nackte Beine ins Bett.»

«Karlchen», sagte ich unvermittelt, «was wird aus uns mal? Ich meine … so später … im Alter …?»

Er antwortete nicht gleich. Dafür die Prinzessin: «Daddy, weißt du noch, was auf der alten Uhr stand, die wir in Lübeck zusammen gesehen haben und die wir damals nicht kaufen konnten?» – «Ja», sagte ich. «Es stand drauf: Lasset die Jahre reden.»

Ich sah sie an, und sie gab den Blick zurück: wir faßten uns mit den Augen bei den Händen. Sie war bei mir. Sie gehörte dazu. Sie sorgte für mich.

Als wir aber nach Hause kamen, lag da für die Prinzessin ein großer Strauß aus Mohrrüben, Petersilie und Sellerie. Der war von Karlchen, denn so liebte er, wenn er liebte.

2

«Das laßt man Frau Direktor sehn!» sagte das Stubenmädchen Emma. «Die ist heute grade in der richtigen Laune!»

Das Gelächter der vier kleinen Mädchen verstummte jäh. Eine

bückte sich scheu nach den Büchern, mit denen sie sich eben geworfen hatten. Hanne, die dicke Hanne aus Ostpreußen, setzte zu einer Frage an. «Was ist denn? Ist Frau Direktor ...?» – «Na, macht nur!» sagte das Mädchen und lachte schadenfroh. «Ihr werdt ja sehn!» Und ging eilig davon. Die Vier standen noch einen Augenblick zusammen, dann verteilten sie sich rasch im Korridor. Hanne war die Letzte.

Sie hatte grade die Tür des Schlafzimmers aufgemacht, in dem die andern schon standen und ihre Badesachen zusammensuchten, als man die schrille Stimme der Frau Adriani aus dem untern Stockwerk vernahm – wie laut mußte sie sprechen, daß man das so deutlich hören konnte! Die Mädchen standen wie die Wachspuppen.

«So? Ach! Das hast du nicht gewußt! Das hat das gute Lieschen nicht gewußt! Habe ich dir nicht schon tausendmal gesagt, daß man seinen Schrank nicht offen stehn läßt? Was? Wie?» – Man hörte, wie aus einer Watteschachtel, ein ganz leises Weinen. Oben sahen sie sich an und atmeten, sie schauerten vor Angst zusammen. «Du bist eine Schlumpe!» sagte die ferne Stimme. «Eine dreckige Schlumpe! Was? Der Schrank ist allein aufgegangen? Na, da hört doch ... Und – was ist denn das hier? Wie? Seit wann bewahrst du dir denn Essen in der Wäsche auf? Wie? Du Teufelsbraten! Ich werde dir –»

Nun wurde das Weinen lauter, so laut, daß man es deutlich hören konnte. Schläge konnten sie nicht hören –: Frau Adriani pflegte nicht zu schlagen, sie knuffte. «Hier – und da – und jetzt ... Ich werde euch überhaupt mal alle ...» Fortissimo: «Alle runter kommen! In den Eß-Saal!»

In die Wachspuppen oben kam Leben; sie warfen ihre Badesachen auf die Betten, sie hatten plötzlich hochrote Köpfe, und einer, der ewig blassen Gertie, standen Tränen in den Augen. Man hörte, rasch hervorgestoßen: «Macht doch! Fix!», dann gingen sie hinunter, sie liefen fast, schweigend.

Aus allen Türen kamen die Mädchen; sie hatten erschrockene Gesichter, eine fragte leise: «Was ist denn ...» und wurde gleich zur Ruhe verwiesen; wenn es gewittert, soll man lieber nicht sprechen. Auf den Treppen trappelte es, Schritte, Poltern, Türenklappen … nun war der Eß-Saal voll. Als Letzte kam Frau Adriani, eine rote Wolke, mit der weinenden Lisa Wedigen an der Hand.

Das Gesicht der Frau war gerötet, ihr Lebensmotor lief auf Touren; sie lebte doppelt, wenn sie in solcher Erregung war. «Alle da –?» Sie sah über die Mädchen hin, mit jenem Blick, von dem jede glaubte, er hätte sie, grade sie gemeint. Hart: «Lisa Wedigen hat Essen gestohlen!» – «Ich …», was die Kleine sagen wollte, erstickte in Geschluchz. «Lisa Wedigen stiehlt. Sie hat von unserm Essen gestohlen», sagte Frau Adriani mit Nachdruck, «gestohlen, und sie hat es in ihrem Schrank versteckt. Der Schrank war natürlich in einer scheußlichen Unordnung, wie immer bei Dieben; die Wäsche vom Essen beschmutzt, die Schranktür war offen. Wer nicht hören will, muß fühlen. Ihr wißt, wie ich es euch gleich am Anfang gesagt habe: wenn hier eine was falsch macht, dann büßen alle. Das ist Gerechtigkeit. Ich werde euch …! Also:

Lisa hat heute abend Essenentzug. Sie darf die nächsten acht Tage nicht mit uns spazieren gehen, sondern bleibt zu Hause auf dem Zimmer. Morgen bekommt sie nur das halbe Essen. Das Baden fällt heute aus. Ihr macht alle Schreibübungen. Lisa schreibt besonders vier Kapitel aus der Bibel ab. Ihr seid eine ganz verlotterte Bande! Marsch – auf die Zimmer!»

Schweigend und beklommen tropfte die Schar aus den beiden Türen; manche sahen sich bedeutungsvoll an, die Abgehärteteren schlenkerten mit den Armen und taten unbekümmert-trotzig; zwei weinten. Lisa Wedigen schluchzte, sie sah niemand an und wurde von niemand angesehn. Das Kind blickte auf –

Der große Abreiß-Kalender an der Wand zeigte eine 27, eine schwarze 27. Als sich das Kind mit den andern durch die Tür schob, blätterte der Zugwind im Kalender … so viele Blätter waren das, so viele Blätter. Und wenn dieser Kalender verbraucht war, dann hängte Frau Adriani einen neuen auf. Der Blick des Kindes fiel auf das Bildnis Gustav Adolfs, das im Korridor hing. Der hatte es gut. Er war hier, und er war doch nicht hier. Dem taten sie nichts. Merkwürdig, daß die Menschen den Sachen nichts tun. Das Kind dachte: Noch einmal so, und ich laufe fort, ich laufe aus dem Haus …

In den Stuben herrschte eine stille Geschäftigkeit. Die Badeanzüge und die Handtücher wurden fortgelegt, zitternde Hände rissen Schubladen auf und kramten hastig darin umher, ein Flüsterwort unterbrach diese Geräusche.

Unten im Eß-Saal stand die Adriani, allein.

Ihr Atem ging rasch, sie hatte sich, anfangs kalt, in eine Wut hineingesteigert – wie sie meinte: zu pädagogischen Zwecken, und jetzt war sie wütend, weil sie wirklich wütend war. Ihr beißender Ärger besänftigte sich erst, als sie an die Vorstellung dachte, in der sie soeben aufgetreten war. Sie hatte so ein aufmerksames Publikum gehabt … alles kam darauf an, ein Publikum zu haben. Sie sah sich um. Hier war alles, bis zum Bewurf an der Mauer, dem Kitt in den Ritzen der Fensterscheiben, dem Linoleumbelag und den Türangeln – alles war gezählt, kontrolliert, aufgeschrieben und beaufsichtigt. Hier gab es nichts, das nicht ihrer Herrschaft unterstand. Sie fühlte: wenn sie den brennenden Herd scharf anblickte – er würde leiser brennen. Hier war ihr Reich. Deshalb ging auch Frau Adriani mit den Kindern nicht gern aus; sie vergällte ihnen die Spaziergänge, wo sie nur konnte, denn die Natur stand nicht stramm vor ihr. Ihr Wille tobte durch das geräumige Landhaus, das sie längst nicht mehr als gewöhnliches Haus ansah – es war ein souveränes Reich, eine kleine Welt für sich. Ihre Welt. Sie knetete die Kinder. Sie formte täglich an vierzig Kindern, den Dienstboten und ihren Nichten – der Mann zählte nicht; mit so vielen Figuren spielte sie ein lebendiges, ein schmerzvolles, ein lustvolles Spiel. Und setzte immer die andern matt. Und siegte immer. Das Geheimnis ihres Erfolges war keines: sie glaubte an diesen Sieg, konnte arbeiten wie ein Bauernpferd und sparte ihre Gefühle für sich selbst.

Sie kam sich sehr einmalig vor, die Frau Adriani. Und hatte doch viele Geschwister.

3

Es war ein bunter Sommertag – und wir waren sehr froh. Morgens hatten sich die Wolken rasch verzogen; nun legte sich der Wind, und große, weiße Wattebäusche leuchteten hoch am blauen Himmel, sie ließen die gute Hälfte unbedeckt und dunkelblau – und da stand die Sonne und freute sich.

«Wir gehn heute auch nicht in die Heija», sagte Karlchen, der merkwürdigerweise nach dem Essen nicht schlafen wollte. «Sondern wir gehen nicht schlafen und vielmehr gehn wir in die Felder. Hoppla!»

Auf und davon. Bauern kamen vorüber, wir grüßten, und sie sagten etwas, was wir nicht verstanden. «Bielern dich man blodsen nich ins Schwedsche!» sagte die Prinzessin. «Wenn man ierst die Landessprache päffekt kann, denn is das nich mehr so schoin. Denn den Baum des Wissens is nich ümme den des Lebens.» – «Lydia», sagte ich, «wir wollen doch mal bei dem Kinderheim längs gehn!» Und wir gingen.

Um den See herum, an den Chausseen entlang; einmal kam uns ein Auto entgegengetorkelt, man kann es nicht anders nennen, so sehr fuhr es im Zick-Zack. Ein junger Herr saß am Steuer, mit jenem dämlich-angespannten Gesicht, wie es Neulinge am Steuerrad haben. Er war ganz Aufmerksamkeit, Krampf und Angst. Sein Lehrer saß neben ihm. Wir sprangen beiseite, denn der junge Herr hätte sicherlich lieber uns drei überfahren als eine Ameise, die er wohl grade sah ... Dann gingen wir von der Chaussee ab, in den Wald.

Die Wege in Schweden führen manchmal grade durch kleine Anwesen, die Zauntür ist offen, und man geht über den Hof hinweg. Da standen kleine Häuschen, still und sauber ... «Guck – das wird das Kinderheim sein!» sagte Karlchen.

Auf einem kleinen Hügel lag ein langgestrecktes Haus; das war es sicherlich. Wir gingen langsam näher. Es war ganz still. Wir blieben stehn. «Müde?» – Und wir lagerten uns auf dem Moos und ruhten. Lange, lange.

Plötzlich knallte drin im Haus eine Tür – es war wie ein Schuß. Stille. Die Prinzessin hob den Kopf.

«Ob wir wohl die strenge Leiterin zu sehen be...» ich sprach nicht zu Ende. Eine kleine Tür an der Querseite des Hauses hatte sich geöffnet, und heraus stürzte ein kleines Mädchen. Es lief wie ein blinder Mensch, nein, wie ein Tier: es hatte nicht nötig, zu sehen, wohin die Füße traten – ein Instinkt trieb es. Es lief erst ein kleines Stück ganz gradeaus, dann blickte es auf, und mit einer blitzschnellen Bewegung schlug es einen Haken und lief uns grade in die Arme. «Na … na», machte ich. Das Kind sah auf: wie wenn es aus einem langen Schlaf erwachte. Sein Mund öffnete sich, schloß sich wieder, die Lippen zitterten, es sagte nichts. Nun erkannte ich es: wir hatten es auf unserm Spaziergang mit den andern getroffen. «Na …?» sagte die Prinzessin. «Du hast es aber eilig … wo willst du denn hin? Spielen?»

Da ließ das kleine Mädchen den Kopf sinken und fing an zu weinen … ich hatte so etwas noch niemals gehört. Frauen sind, wenn der Schmerz kommt, weniger lyrisch als wir Männer – sie helfen also besser. Die Prinzessin beugte sich hinunter. «Was … was ist denn –» und wischte der Kleinen die Tränen ab. «Was hast du denn? Wer hat dir denn etwas getan?» Das Kind schluchzte. «Ich … sie … ich bin schon mal weggelaufen, heute … die Frau Direktor … Lisa Wedigen hat gestohlen, sie will mich hauen, sie will uns alle hauen, ich bekomme heute nichts zu essen – ich will zu Mutti! Ich will zu Mutti!» – «Wo ist denn deine Mutti?» fragte die Prinzessin. Die Kleine antwortete nicht; sie starrte ängstlich auf das Haus und machte eine Bewegung, als wollte sie fortlaufen. «Nun bleib mal da – wie heißt du denn?» – «Ich heiße Ada», sagte die Kleine. «Und wie noch?» – «Ada Collin.» – «Und wo ist deine Mutti?» – «Mutti …», sagte das Kind, und dann etwas, was man nicht verstand. «Wohnt deine Mutti sonst auch hier?» Das Kind schüttelte den Kopf. «Wo denn?» – «In der Schweiz. In Zürich …» «Na und?» fragte ich. So dumm können nur Männer fragen. Das Kind sah nicht hoch; es hatte die Frage gar nicht begriffen. Wir standen herum, etwas ratlos. «Warum bist du denn weggelaufen – nun erzähl das mal ganz richtig. Erzähl mal alles –», fing die Prinzessin wieder an.

«Die Frau Adriani haut uns … sie hat uns heute kein Essen gegeben … ich will zu Mutti … ich will zu Mutti …!» Karlchen dachte wie stets scharf und schnell. «Laß uns doch mal aufschreiben, wo die Mutter wohnt», sagte er. «Sag», fragte die Prinzessin, «wo wohnt denn deine Mutti?» – Das Kind schluckste. «In Zürich.» – «Na ja, aber wo da …?» – «Hott … Hott … Sie kommt, sie kommt!» schrie das Kind und riß sich los. Wir hielten es fest und sahen auf.

Im Hause hatte sich die Haupttür geöffnet, und aus ihr trat

schnell und energisch eine rothaarige Frau. Sie kam rasch auf uns zu. «Was machen Sie da mit dem Kind?» fragte sie, ohne Begrüßung.

Ich nahm den Hut ab. «Guten Tag!» sagte ich höflich. Die Frau sah mich nicht einmal an. «Was haben Sie mit dem Kind! Was tut das Kind bei Ihnen?» – «Es ist hier aus dem Haus gelaufen und hat geweint», sagte Karlchen.

«Das Kind ist ein Ausreißer und ein Tunichtgut. Es ist heute schon einmal weggelaufen. Geben Sie das Kind her und kümmern Sie sich nicht um Sachen, die Sie nichts angehn!» – «Langsam, langsam», sagte ich. «Das Kind hat so furchtbar geweint; es behauptet, Sie hätten es geschlagen.» Die Frau sah mir fest ins Gesicht, kampfbereit. «Ich? Ich habe es nicht geschlagen. Hier werden keine Kinder geschlagen. Ich habe die elterliche Gewalt über das Kind, ich habe das schriftlich. Was fällt Ihnen denn ein? Bei mir herrscht Zucht und Ordnung … hetzen Sie mir hier nicht die Kinder auf! – Das ist *mein* Haus!» schrie sie plötzlich laut und deutete auf das Gebäude. «Das mag sein», sagte ich. «Aber hier stimmt doch etwas nicht – das Kind kommt in Todesangst da herausgelaufen und …» Die Frau riß das Kind an der Hand und blitzte mich böse an; in ihren grünen Augen stand ein Flämmchen.

«Du kommst jetzt mit», sagte sie zum Kind. «Sofort! Und Sie gehen! Los!» – «Es wäre hübsch», sagte Karlchen langsam, «wenn Sie etwas höflicher mit uns sprechen wollten.» – «Mit Ihnen spreche ich überhaupt nicht», sagte die Frau. Die Prinzessin hatte sich niedergebeugt, sie wischte dem Kind, das bleich geworden war, die Tränen ab. «Was tuscheln Sie da mit dem Kind?» schrie die Frau. «Sie haben gar nichts zu flüstern! Sie sind nicht für das Kind verantwortlich – ich bin es! Ich bin hier die Leiterin – ich bin das! Ich!» In den Augen das Flämmchen … Hitze strahlte von der Person aus.

«Ich glaube, wir lassen die Dame –», sagte Karlchen. Die Frau riß abermals an dem Kind; sie riß wie an einer Sache; ich fühlte: sie meinte nicht das Mädchen, sie meinte ihre Herrschaft über das Mädchen. Das Kind war grün vor Angst, sie zog es hinter sich her; niemand sprach. Jetzt war sie am Haus. Ich machte eine halbe Bewegung, als wollte ich etwas aufhalten … nun verschwanden die Beiden durch die große Tür, die Tür schloß sich, ein Schlüssel knirschte. Aus.

Da standen wir. «Ganz hübsch …», sagte Karlchen. Die Prinzessin steckte ihr Taschentuch fort. «Ihr seid alle beide kolossale Esel», sagte sie energisch. «Gut», sagte ich, «aber warum?» – «Kommt mit.»

Wir gingen ein Stück in den Wald hinein. «Ihr …», sagte die Prinzessin. «Krieg können wir hier nicht machen, das sehe ich ja ein. Aber wir wollen doch dem Kind helfen, nicht wahr? Na, und wie heißt die Mama?» – «Collin. Frau Collin», sagte ich sehr stolz. «Gut – und wie willst du helfen?» Ja, das war richtig. Wir wußten ja die Adresse nicht. Zürich … Zürich … was hatte das Kind da gesagt?

«Ich habe ihr leise gesagt», fuhr die Prinzessin fort, «wir kämen nach einer halben Stunde an das Haus – sie soll versuchen, uns auf einem Zettel die Adresse herauszuschmuggeln. Ich kann mi nich denken, daß den klappen wird – das ahme Kind is szu un szu verängstigt. Na … wir könn sche ma sehn … Nein, is das ein Drachen! De is aber wedderböstig! Sie spuckt gliks Füer ut!»

«Eine famose Frau», sagte Karlchen. «Die möchte man heiraten. Also ich muß ja sagen … ich muß ja schon sagen …» – «Legen wir uns ein bißchen auf die Wiese», sagte die Prinzessin. Wir legten uns.

«Hast du das gesehn, Karlchen», sagte ich; «der Alten haben sich richtig die Haare gesträubt! Ich habe so etwas noch nie gesehn …» – «Man kann den Hintern schminken, wie man will», sagte Karlchen, «es wird kein ordentliches Gesicht daraus. Die Frau …» – «Still!» sagte die Prinzessin. Wir lauschten. Aus dem Haus, das ein Stück zurücklag, drang eine Stimme, eine hohe, keifende Stimme. Man konnte nicht verstehn, was da gesagt wurde – man konnte nur hören, daß jemand erregt schrie. Mir wurde heiß. Vielleicht schlug sie das Kind –

«Äh», machte Karlchen. Die Wiese verschwand, wie durch einen Nebel noch die Altstimme der Prinzessin: «Wir gehn nachher gleich an das Haus – wir müssen das» … ein riesiges ovales Rund, oben, unter der steinernen Wölbung, ausgespannte rote Tücher;

unten die Arena, dann eine hohe Steinmauer, darüber die ersten Reihen der Zuschauer, Ränge über Ränge, Tausende von Köpfen, bis sie sich oben verloren im braunen Licht. Unten, in der Mitte, hing einer an einem Kreuz; ein Panter sprang an ihm hoch und riß ein Stück Fleisch nach dem andern … Der Mann schrie nicht, sein Kopf lag seitlich auf der linken Schulter, er war wohl schon bewußtlos. Staub und das Gedröhn der Masse … Eine kleine vergitterte Tür öffnete sich; ein paar Kerle mit Lederschürzen stießen zitternde Menschen, vier Männer und eine Frau, vor sich her in das große Rund. Drei von ihnen waren mit Fetzen bekleidet; die Frau war halbnackt, und einen hatten sie geschminkt, er trug, was schrecklich anzusehen war, eine Maske und eine Krone aus Goldschaum: ein Schauspieler seines eigenen Todes. Das Gittertürchen schloß sich von innen. Die Kerle blieben dahinter stehen, Zuschauer ihres Berufs. An der Seite hatten noch ein paar Tiere im Sande gelegen, ein Tiger, ein Löwe. Als sie die Menschen sahen, die da hereingetrieben wurden, erhoben sie sich, faul und böse. Eins der vier Opfer trug eine Waffe – ein gekrümmtes Schwert. Der Panter am Kreuz hatte von dem da oben abgelassen; er lag und kaute an einem abgerissenen Arm. Das Blut troff.

Und da hatte der Löwe plötzlich zum Sprung angesetzt; nun war er wütend, denn heimtückisch hatte ihm jemand von geschütztem Platz oberhalb der Mauer ein brennendes Holzscheit auf den Kopf geworfen. Das Tier brüllte. Der Gladiator trat vor, mit einer Bewegung, die heldisch sein sollte und recht jämmerlich ausfiel. Eine Tuba gellte; ihr Klang war rot. Der Löwe sprang. Er sprang grade über den Gladiator hinweg, auf den Geschminkten. Er faßte ihn, die Maske zeigte denselben unveränderten idiotischen Ausdruck – dann schleifte er den Kreischenden die Arena entlang. Den Gladiator hatten zwei Tiger angefallen. Er wehrte sich kräftig, mit dem Mut der Verzweiflung; er schlug um sich, erst nach irgend einem angelernten Plan, dann sinnlos und ohne Verstand. Eines der Tiere umschlich ihn, es ging auf leisen Pfoten zurück, dann waren beide über ihm. Wie ein Schlag ging es durch den Zirkus. «Rrrrhach –!» machte die Menge – es war *ein* Stöhnen. Die Menschen waren von ihren Sitzen aufgesprungen, sie starrten verzückt nach unten, um nur ja keine Einzelheit zu verlieren, hierhin sahen sie und dorthin; wohin sie blickten: Blut, Verzweiflung, Ächzen und Gebrüll – Menschen litten da, lebendes Fleisch zuckte, sich im Sande zu Tode zappelnd, sie oben in Sicherheit – es war herrlich! Der ganze Zirkus badete in Grausamkeit und Entzücken. Nur die untersten Reihen saßen still und ein wenig hochmütig da, sie zeigten keinerlei Bewegung. Es waren die Senatoren und ihre Frauen, Vestalinnen, der Hof, höhere Heerführer und reiche Herren … gelassen reichten sie einander Konfekt aus kleinen Dosen, und einer ordnete seine Toga. Schreie feuerten die Tiere an, sie noch wütender zu machen; Schreie gellten auf den feigen Kämpfer hinunter, der sich so gar nicht zu wehren gewußt hatte … Ausdünstung und Geheul, das Tier Masse wälzte sich in einem Orgasmus von Lust. Es gebar Grausamkeit. Was hier vor sich ging, war ein einziger großer schamloser Zeugungsakt der Vernichtung. Es war die Wollust des Negativen – das süße Abgleiten in den Tod, der andern. Dafür Tag um Tag Sandalen geflochten, Pergamente beschrieben, Mörtel geschleppt, den Adligen Besuche gemacht und die langen Morgen im Atrium verwartet; Tücher gewebt und Leinen gewaschen, Terrakotten bepinselt und stinkende Fische verkauft … um endlich, endlich diesen großen Festtag zu genießen: den im Amphitheater. Alles, aber auch alles, was der Tag an Geducktheit, an Unterdrückung, an Wunschträumen und nicht auszuübender Wollust in diese Bürger und Proletarier hineingepreßt hatte: hier konnte es sich austoben. Es war wie Liebeserfüllung, nur noch ungestümer, noch heißer, noch zischender. Wie eine spitze Stichflamme stieg die Lust aus den viertausend Menschen – sie waren *ein* Leib, der sich ganz verausgabte, sie waren die Raubtiere, die die Menschen da unten zerfleischten, und sie waren die Zerfleischten. Die Grausamkeit schlug ihre Augen auf – sie hat schon so viele Namen gehabt, in jedem Jahrhundert einen andern. Sie atmeten hastig, der wildeste Strom war aus ihnen heraus, nun ergoß sich der Rest in lauten, lärmenden Gesprächen, in Zurufen und in Zeichen, die sie über die Köpfe hinweg einander gaben, die Daumen nach unten gesenkt; tausend Stimmen, sprechende und rufende, ertönten, und nur hier und da stieg aus der Arena ein Schrei auf wie ein Signalpfiff des Schmerzes. Hier floß ab, was an verbrecherischer Lust in den Menschen war – nun würden sie so bald keinen mehr ermorden; die Tiere hatten es für sie getan. Nachher gingen sie in die Tempel, um zu beten. Nein: um zu bitten. Unten betraten die ersten Wärter den Sand und machten sich mit heißen Eisen an die Körper, die da lagen – waren sie auch wirklich tot? Hatten sie die Massen auch nicht um ein Quentchen Schmerz betrogen? In einer Ecke kämpfte einer um seine verzuckenden Minuten, die Tiere verschwanden fauchend und aufgeregt-satt durch die kleinen Gittertüren, der Sand wurde gefegt, und oben, in den höchsten Rängen, verbrodelte die letzte Lust, die das Leben am Leiden gefunden hatte. «Was hast du?» fragte die Prinzessin. «Nichts», sagte ich.

«Ihr meint, wir gehn nachher nochmal an das Haus?» fragte Karlchen zweifelnd.

«Natürlich gehn wir», sagte die Prinzessin. «Das Kind muß gieholfen werden – wir müssen helfen.» Und da stieg in mir etwas auf, es war eine so dumpfe Wut, daß ich aufstehen und tief einatmen mußte – verwundert sahen mich die beiden an. Plötzlich spürte ich dieselbe Lust an der Zerstörung, am Leiden der andern; diese Frau leiden machen zu können … O Wonne des guten und gerechten Kreuzzuges, du Laxier der Unmoral! Mit einem kalten Wasserstrahl löschte ich das aus, während ich ausatmete. Ich kannte den Mechanismus dieser Lust: sie war doppelt gefährlich, weil sie ethisch unterbaut war; quälen, um ein gutes Werk zu tun … das ist ein sehr verbreitetes Ideal. «Gehn wir?» Wir gingen.

Als wir das Haus wiedersahen, waren wir wie auf Kommando still. «Einer links, einer hinten herum», sagte Karlchen. «Es muß aber einer bei der Prinzessin bleiben», sagte ich. «Das Weib ist imstande und haut.» – «Dann geht ihr da», sagte er. «Ich will es von links versuchen.» Wir schlichen näher.

Das Haus lag still, ganz still. Ob sie uns durch ein Fenster beobachtete? Wenn sie nun einen Hund hatte? Immerhin: es war ein fremdes Grundstück; wir hatten hier nichts zu suchen. Die Frau war im ius. Welch eine preußische Überlegung! Ein Kind litt. Los.

Still war alles. Weit sah man von hier hinaus, am Haus vorbei, ins Land. Da lag der Mälarsee, da das Schloß Gripsholm, rot, mit den dicken Kuppeln, und der Mischwald, Tannen und Birken.

«Pst!» machte die Prinzessin. Nichts. Karlchen war nicht zu sehen. Fragend sah ich sie an. Wir gingen langsam weiter und traten vorsichtig auf, als gingen wir auf Eis. War das ein Gesicht hinter einem Fenster – eine kreisrunde Scheibe …? Täuschung, es war ein Widerschein. Wir gingen nah am Haus vorbei. Die Prinzessin blickte überall umher. Plötzlich ging sie vorwärts – «Rasch!» sagte sie – sie lief auf einen weißen Fleck zu, der unweit des Hauses im Grase war … da lag ein kleines Stück Papier. Hinten wandelte Karlchen langsam am Zaun vorbei. Die Prinzessin bückte sich, sah das Papier an, hob es auf und schritt rasch weiter.

Wir beeilten uns, bis wir aus der Umgatterung heraus waren. «Na?» sagte Karlchen.

Die Prinzessin blieb stehn und las vom Papier:

Collin Zürich Hottingerstrase 104.

Die Rückseite eines Kalenderblatts, und eine kraklige Kinderhandschrift. «Strase» war mit einem s geschrieben. «Dat harrn wi hinner uns!» sagte die Prinzessin. «Auf in den Kampf» – pfiff Karlchen.

Zurück nach Gripsholm.

4

Wir liefen durcheinander wie die Indianer, wenn sie sich auf den Kriegspfad begeben. Alle drei redeten mit einem Mal. «Mal langsam –», sagte das kluge Karlchen. «Telegraphieren … ihr seid ja verdreht. Wir schreiben jetzt erst mal an die Frau einen vernünftigen Brief. Und da muß drin stehn …»

Was sich nun begab … das möchte ich nicht noch einmal durchmachen. Es war eine Schlacht. Es wurde nicht *ein* Brief geschrieben – es wurden vierzehn Briefe geschrieben, immer einer nach dem andern, dann drei zu gleicher Zeit, und während ich auf meiner Maschine herumhackte, bis sie heiß wurde, schrieben die beiden andern emsig ihre Bogen voll. Es war wie eins dieser altmodischen Gesellschaftsspiele («Was tut er? – Was tut sie? – Wo lernten sie sich kennen?»), und jeder wollte zuerst seins vorlesen, und jeder fand seinen Schrieb am allerschönsten und am allerfeinsten und die der andern von oben bis unten unmöglich. «Unmöglich!» sagte die Prinzessin. «Dat is ja Kinnerkram is dat ja!» – Ich wollte etwas erwidern. «Du bischa so klug», sagte sie. «Du schast ock mit na Pudel sin Hochtid! Nu do mi dat to Leev …», und dann fing alles wieder von vorn an.

Schließlich blieben drei Entwürfe übrig – zur engern Wahl. Karlchen hatte einen juristischen Brief geschrieben, ich einen feinen und die Prinzessin einen klugen. Und den nahmen wir.

Darin war knapp und klar erzählt, was wir gesehen hatten, und daß wir uns nicht in die Collinschen Familienangelegenheiten einmischen wollten und daß sie nur ja nicht an die Frau schreiben sollte, das gäbe bestimmt ein Unglück, und sie brauchte sich nicht zu beunruhigen, wir würden inzwischen sehen, was sich machen ließe – aber sie möchte uns erlauben, einmal mit ihr zu telephonieren. «So», sagte die Prinzessin und klebte zu. «Das hätten wir. Gleich weg mit ihm. Auf die Post –!» Als der Brief in den Kasten plumpste, fiel uns je ein Stein vom Herzen. «So ein Kind …», sagte ich. «So ein kleiner Gegenstand –!» Und da lachten mich die Beiden heftig aus.

«Gib mir mal 'n Zigarettchen!» sagte Karlchen, der gern andrer Leute Zigaretten rauchte und ihre Zahnpasten benutzte. («Freundschaft muß man ausnutzen», pflegte er zu sagen.) «Wißt ihr auch», sagte er in die abendliche Stille, während wir langsam durch die Straßen von Mariefred gingen und uns die Schaufenster ansahen, «daß ich morgen abend fahre?» Bumm – das hatten wir vergessen. Die acht Tage waren um – ja –

«Wollen Sie nich noch n büschen bei uns bleiben, Karling?» fragte die Prinzessin. «Gnädigste», sagte der lange Lümmel und streckte den Arm aus, «leider läuft mein Urlaub ab – ich muß. Ich muß. Herrschaften, das war aber eine anstrengende Konferenz!» Er blieb stehen. «Na, du bist doch Experte in Konferenzen … du Beamter!» – «Ich schimpfe dich auch nicht Literat, du Buffke. Der alte Eugen Ernst sagte immer: Wenn einer nichts zu tun hat, dann holt er die andern, und dann machen sie eine Konferenz. Und zum Schluß, wenn alle geredet haben, dann konstatiert er. Und dann ist es aus. Und jetzt setz dich nochmal an deinen Schreibpflug und schreibe für Jakopp ein Kartentelegramm!» Das tat ich.

«Ich finde», sagte ich zu Karlchen, «es muß ein Einwort-Telegramm sein. Es wird sonst zu teuer. Da:

> Drahtetsofortobhiesigenmälarsee-
> zwecksbewässerungkäuflicherwerben-
> wolltwassergarantiertechtallerdingsnur-
> zuschwimmzweckengeeignetfasthoch-
> achtungsvollfritzchenundkarlchenwasser-
> oberkommissäre.»

«Na, da wollen wir ihm den Abschiedstrunk rüsten, was?» sagte Lydia. Wir rüsteten. Wir krochen umher und plagten die gute Schloßdame, auf daß wir etwas zu trinken bekämen; wir kauften ein und fanden es alles nicht schön genug; wir stellten auf und packten aus, und … «Was gibt es zu essen?» erkundigte sich Karlchen. «Was möchten Sie denn?» fragte die Prinzessin. «Ich möchte am liebsten Murmeltierschwanzsuppe.» – «Wie bitte?» – «Kennt ihr das nicht? Die jungen Leute! Zu meiner Zeit … Also Murmeltierschwanzsuppe wird im hohen Norden von den Eskimos gewonnen. Sie jagen das Murmeltier so lange, bis es vor Schreck den Schwanz verliert, und auf diese Weise –» Worauf wir ihm zwei Kissen an den Kopf warfen, und dann gingen wir hinunter und aßen.

«Ich möchte eigentlich noch über Ulm fahren», sagte Karlchen. «Da habe ich eine Braut zu stehn – die hätte ich gern überhört.» – «Sie sollten sich was schämen!» sagte die Prinzessin. «Ist sie hübsch?» fragte ich. «Na, wie wird sie schon sein … deine Weiber …» Er grinste, und: Deine vielleicht … konnte er ja jetzt nicht sagen. «Wie willst du über Ulm fahren?» fragte ich. «Da kommst du doch gar nicht hin!» – «Ich fahre auch nicht», sagte Karlchen. «Ich möchte bloß mal …» – «Er ist ein gesprochener Casanova», sagte die Prinzessin. «Du, Alte –» sagte ich, «manchmal läßt er seinen lieben Worten auch Taten folgen, und dann geht es gar heiter zu.» Karlchen lächelte, wie wenn von einem ganz andern wilden Mann gesprochen würde, und wir entkorkten mit einem weithin hörbaren Flupp den Whisky, woraufhin Karlchen zum «Herrn Fluppke» ernannt wurde, und dann saßen wir und tranken gar nicht viel. Wir redeten uns besoffen. Die vier Windlichter bewegten sich in dem schwachen Luftzug.

«Rauch nur deine Pfeife!» sagte Karlchen. «Rauch nur! Er verträgt doch kein Nikotin, Prinzessin! Ist die Pfeife etwa neu?» «Das ist es ja eben», sagte ich. «Ich muß sie anrauchen. Mensch, Pfeifen anrauchen ...» – «Kann man das nicht mit Maschinen?» fragte die Prinzessin. «Ich habe mal so was gehört.» – «Man kann es mit Maschinen», sagte Karlchen. «Ich hatte einen Schulfreund, in der Oberprima, der hatte erfunden, Pfeifen mit der Luftpumpe anzurauchen. Ich weiß nicht mehr, wie er das gemacht hat – aber er machte es. Ich hatte ihm meine neue Pfeife gegeben, eine wundervolle neue Pfeife. Und da muß er wohl zu stark mit der Pumpe gearbeitet haben ... und da hat sich die Pfeife selbst ausgeraucht, und es blieb überhaupt nichts weiter von ihr übrig als ein Häufchen Asche. Er hat mir eine neue kaufen müssen. Mir ist diese Pfeifengeschichte immer sehr symbolisch vorgekommen ... Ja. Aber wofür symbolisch: das habe ich vergessen.» Wir schwiegen, tief sinnend.

«Ein Esel», sagte die Prinzessin. Wir wollten protestieren – aber sie meinte einen richtigen, der da hinter den Bäumen hervorkam. Er wollte wohl auch einen Whisky haben. Wir standen gleich auf und streichelten ihn, aber Esel wollen nicht gestreichelt werden; ein weiser Mann hat herausgefunden, es sei das Unglück der Esel, Esel zu heißen – denn nur deshalb würden sie so schlecht behandelt. Diesen behandelten wir gut und nannten ihn Joachim. Und wir spielten ihm Grammophon vor ... «Spiel mal büschen was aus Kaahmen –», sagte die Prinzessin. «Nein! Spiel das mit die kleinen Gnomens ...!» Da war ein Musikstück, das hatte so einen kleinen, hüpfenden Marschrhythmus, und die Prinzessin behauptete, dazu müßte eine Pantomime vonstatten gehn, in der kleine Zwerglein mit Laternlein über die Bühne huschten. Ich drehte die Platte mit den Gnomen an, der Apparat lief, der Esel fraß Gras dazu, wir tranken Whisky, und: – «Mir auch noch einen Zahn voll!» sagte Karlchen. Und die Prinzessin aß zum Nachtisch Käse mit Sellerie, das hatte ihr ein großer Gourmet empfohlen. «Wie schmeckt es?» fragte Karlchen. «Es schmeckt –», die Prinzessin probierte langsam und sorgfältig – «es schmeckt wie schmutzige Wäsche.» Mißbilligend schlug selbst Joachim mit dem Schweife.

Und dann sangen wir ihm alles vor, was wir wußten, und das war eine ganze Menge.

«For that is the wisky
that makes me bright and brisky!»

– «Muh!» machte der Esel und wurde verwarnt, denn er war doch keine Kuh, Karlchen blies stille Weisen auf einem Kamm mit Seidenpapier und begehrte stürmisch, im Chantant zu gehen … die Prinzessin lachte viel und manchmal würdelos laut, und ich war, wie jeder von uns, der einzig Nüchterne in diesem Hallo.

Bevor wir zu Bett gingen: «Lydia – er soll nicht wieder Postkarten schreiben! Immer schreibt er Karten.» – «Was für …?» fragte sie. «Wenn er abreist, dann kommen am nächsten Tag ganz wahnwitzige Postkarten an, die schreibt er im Zug – das ist so seine Art, Abschied zu nehmen. Er soll das nicht; es regt mich so auf!» – «Herr Karlchen, schwören Sie, daß Sie uns diesmal keine Karten schreiben werden?» – Er gab sein kleines Gießener Ehrenwort. Wir trollten in die Heija.

Und brachten ihn am nächsten Abend an den Bahnhof, zu dem kleinen Schnaufewagen, und die beiden gaben sich einen Abschiedskuß, der mir reichlich lang erschien. Und dann mußte er einsteigen, und wir standen am Wagen und gaben ihm durch das Fenster kluge Ratschläge auf den Weg, und er fletschte uns an, und als der Wagen anfuhr, sprach er freundlich: «Fritzchen, ich habe deine Zahnpaste mitgenommen!», und ich warf vor Aufregung meinen Hut nach ihm, und der trudelte beinahe unter die Räder, und dann winkte er, und dann verschwand das Bähnlein um die Ecke, und dann sahen wir gar nichts mehr.

Und am nächsten Mittag trafen vier Postkarten ein: von jeder größern Station eine – bis nach Stockholm. Auf der letzten stand Folgendes:

«Liebe Toni!

Laß Dich auf keinen Fall auf die Polizei bestellen wegen der falschen Eintragung im Hotel – vom 15.! Bleibe eventuell fest und steif dabei, daß Du meine Tochter wärst!

Lieber Freund, ehe ich heute abend fortfuhr, habe ich Dich noch einmal von der Seite angesehn und muß sagen, daß ich aufrichtig erschrocken war. Ich glaube, Dir fallen die Haare aus. Lieber Freund! Das ist mehr als ein Anzeichen – das ist ein Symptom!

Sucht nicht vergeblich nach dem zweiten Kanarienvogel – ich habe ihn für meine lieben Kinderchen mitgenommen. Wo ist der Esel?

Liebe Marie, sieh doch bitte sofort nach, wo mein Siegelring geblieben ist – er muß unter Deinem Kopfkissen liegen. Ich weiß es bestimmt.

Schade um meinen vertanenen Urlaub!

Ich bin immerdar

Euer liebes

Karlchen.»

Viertes Kapitel

Wennt unse Paster man nich süht,
mit unsen Herrgott will ick woll
färdig werden, sä de Bur – dor
makt he sin Heu an Sünndag.

1

«Wie ist denn das alles so plötzlich gekommen?» fragte die Prinzessin, als ich aus der Kerze seitlich umfiel.

Wir turnten. Lydia turnte, ich turnte – und hinten unter den Bäumen kugelte sich Billie umher. Billie war kein Mann, sondern hieß Sybille und war eine Mädchenfrau. «Junge, ja …», sagte die Prinzessin und ließ sich hochatmend zu Boden fallen, «wenn wir davon nicht klug und schön werden …» – «Und dünn», sagte ich und setzte mich neben sie. «Wie findest du sie?» fragte die Prinzessin und deutete mit dem Kopf nach den Bäumen hinüber.

«Gut», sagte ich. «Das ist mal ein nettes Mädchen: lustig; verspielt; ernst, wenn sie will – komm an mein Herz!» – «Wer?» – «Sie.» – «Daddy, mit dem Herzen … diese Dame hat sich eben ierst von ihren Freund gietrennt, abers ganz akrat un edel und in alle Freundlichkeit.» – «Wer war das doch gleich?» – «Der Maler. Ein anständiger Junge – aber es ging nicht mehr. Frag sie nicht danach, sie mag nicht davon sprechen. Solche Suppen soll man allein auslöffeln.» – «Wie lange kennt ihr euch eigentlich?» – «Na, gut und gern zehn Jahre. Billie … das ist eben mein Karlchen, weißt du? Ich mag sie. Und zwischen uns hat noch nie ein Mann gestanden – das kann ich mir überhaupt nicht vorstellen. Sieh mal, wie sie läuft! Se löpt, as wenn er de Büx brennt!»

Sibylle kam herüber.

Es war schön, sie laufen zu sehn; sie hatte lange Beine, einen gestrafften Oberkörper, und ihr dunkelblaues Schwimmkostüm leuchtete auf dem rasigen Grün.

«Na, ihr Affen», sagte Billie und ließ sich neben uns nieder. «Wie wars?» – «Gedeihlich», sagte die Prinzessin. «Der Dicke hat geturnt, gleich kommen ihm die Knie zum Halse heraus … er ist sehr brav. Wie lange springst du jetzt Seilchen?» – «Drei Minuten», sagte ich und war furchtbar stolz. «Wie haben Sie geschlafen, Billie?»

«Ganz gut. Wir dachten doch erst, als uns die Frau das kleine Zimmer ausgeräumt hatte, es wäre zu heiß wegen der Sonne, die da den ganzen Tag drin ist … Aber so heiß ist das hier gar nicht. Nein, ich habe ganz gut geschlafen.» Wir sahen alle aufmerksam vor uns hin und wippten hin und her.

«Hübsch, daß du hergekommen bist», sagte die Prinzessin und kitzelte Billie mit einem langen Halm am Nacken, ganz leise. «Wir hatten vor, hier wie die Einsiedler zu leben – aber dann war erst sein Freund Karlchen da, und jetzt du – aber es ist doch so schön still und friedlich … nein … wirklich …» – «Sie sind sehr gütig, mein Frollein», sagte Billie und lachte. Ich liebte sie wegen dieses Lachens; manchmal war es silbern, aber manchmal kam es aus einer Taubenkehle – dann gurrte sie, wenn sie lachte. «Was haben Sie da für einen hübschen Ring, Billie», sagte ich. «Nichts … das ist ein kleiner Vormittagsring …» – «Zeigen Sie mal … ein

Opal? Der bringt … das wissen Sie doch … Opale bringen Unglück!» – «Mir nicht, Herr Peter, mir nicht. Soll ich vielleicht einen Diamanten tragen?» – «Natürlich. Und mit dem müssen Sie dann im Schambah Zepareh Ihren Namen in den Spiegel kratzen. Das tun die großen Kokotten alle.» – «Danke. Übrigens hat mir Walter erzählt: da ist er in Paris in einem cabinet particulier gewesen, und da hat auch eine etwas an den Spiegel gekratzt. Raten Sie, was da gestanden hat!» – «Na?» – «Vive l'anarchie! Ich fand das sehr schön.» Wir freuten uns. «Gymnastizieren wir noch ein bißchen?» fragte ich. «Nein, meine Herrschaften, was ich bün, ick hätt somit gienug», sagte die Prinzessin und reckte sich. «Mein Pensum ist erledigt. Billie, deine Badehose geht auf!» Sie knöpfte ihr das Trikot zu.

Billies Körper war braun, von Natur oder von der Sonne der See, woher sie grade kam. Sie hatte zu dieser getönten Haut rehbraune Augen und merkwürdigerweise blondes Haar – echtes blondes Haar … es paßte eigentlich gar nicht zu ihr. Billies Mama war eine … eine was? Aus Pernambuco. Nein, so war das nicht. Die Mama war eine Deutsche, sie hatte lange mit ihrem deutschen Mann in Pernambuco gelebt, und da muß einmal irgend etwas gewesen sein … Billie war, vorsichtig geschätzt, ein Halbblut, ein Viertelblut … irgend so etwas war es. Eine fremde Süße ging von ihr aus; wenn sie so dasaß, die Beine angezogen, die Hände unter den Knien, dann war sie wie eine schöne Katze. Man konnte sie immerzu ansehn.

«Was war das gestern abend für ein Schnaps, den wir getrunken haben?» fragte Billie langsam und verwandte kein Auge von dem, was in einer nur ihr erreichbaren Ferne vor sich ging. Die Frage war ganz in der Ordnung – aber sie machte ein falsches Gesicht dazu, in leis verträumter Starre, und dann diese Erkundigung nach dem Schnaps … Wir lachten. Sie wachte auf. «Na …», machte sie.

«Es war der Schnaps Labommelschnaps», sagte ich sehr ernsthaft. «Nein wirklich … was war das?» – «Es war schwedischer Kornbranntwein. Wenn man so wie wir nur ein Glas trinkt, erfrischt er und ist angenehm.» – «Ja, sehr angenehm …» Wir schwiegen wieder und ließen uns von der Sonne bescheinen. Der Wind atmete über uns her, fächelte die Haut und spülte durch die

Poren, in denen das Blut sang. Ich war in der Minderheit, aber es war schön. Meist bildeten die Beiden eine Einheit – nicht etwa gegen mich … aber ein bißchen ohne mich. Bei aller Zuneigung: wenn ich dann neben ihnen ging, fühlte ich plötzlich jenes ganz alte Kindergefühl, das die kleinen Jungen manchmal haben: Frauen sind fremde, andre Wesen, die du nie verstehen wirst. Was haben sie da alles, wie sind sie unter ihren Röcken … wie ist das mit ihnen! Meine Jugend fiel in eine Zeit, wo die Takelage der Frau eine sehr komplizierte Sache war – zu denken, was sie da alles zu haken und zu knöpfeln hatten, wenn sie sich anzogen! Ein Ehebruch muß damals eine verwickelte Sache gewesen sein. Heute knöpfen die Männer weit mehr als die Damen; wenn die klug sind, können sie sich wie einen Reißverschluß aufmachen. Und manchmal, wenn ich Frauen miteinander sprechen höre, dann denke ich: sie wissen das «Das» voneinander; sie sind denselben Manipulationen und Schwankungen in ihrem Dasein unterworfen, sie bekommen Kinder auf dieselbe Weise … Man sagt immer: Frauen hassen einander. Vielleicht, weil sie sich so gut kennen? Sie wissen zu viel, eine von der andern – nämlich das Wesentliche. Und das ist bei vielen gleich. Wir andern haben es da wohl schwieriger.

Da saßen sie in der Sonne und schwatzten, und ich fühlte mich wohl. Es war so etwas wie ein Eunuchenwohlsein dabei; wäre ich stolz gewesen, hätte ich auch sagen können: Pascha – aber das war es gar nicht. Ich fühlte mich nur so geborgen bei ihnen. Nun war Billie vier Tage bei uns, und in diesen vier Tagen hatten wir miteinander keine schiefe Minute gehabt … es war alles so leicht und fröhlich.

«Wie war er?» hörte ich die Prinzessin fragen. «Er war ein Kavalier am Scheitel und an der Sohle», sagte Sibylle, «dazwischen …» Ich wußte nicht, von wem sie sprachen – ich hatte es überhört. «Ach wat, Jüppel-Jappel!» sagte die Prinzessin. «Wenn einen nichts taugt, denn solln sofordsten von ihm aff gehn. Was diese Frau is, diese Frau ischa soo dumm, daß sie solange – na ja. Seht mal! Pst! ganz stille sitzen – dann kommt er näher … Und wie er mit dem Schwänzchen wippt!» Ein kleiner Vogel hüpfte heran, legte den Kopf schief und flog dann auf, von etwas erschreckt, das in seinem Gehirn vor sich gegangen war – wir hatten uns nicht geregt. «Was mag das für einer gewesen sein?» fragte Billie. «Das war ein Amselbulle», sagte die Prinzessin. «Ah – dumm – das war doch keine Amsel …», sagte Billie. «Ich will euch was sagen», sprach ich gelehrt, «bei solchen Antworten kommt es gar nicht darauf an, obs auch stimmt. Nur stramm antworten! Jakopp hat mal erzählt, wenn sie mit ihrem Korps einen Ausflug gemacht haben, dann war da immer einer, das war der Auskunftshirsch. Der mußte es alles wissen. Und wenn er gefragt wurde: Was ist das für ein Gebäude? – dann sagte er a tempo: Das ist die Niedersächsische Kreis-Sparkasse! Er hatte keinen Schimmer, aber alle Welt war beruhigt: eine Lücke war ausgefüllt. So ist das.» Die Mädchen lächelten höflich, ich war auf einmal allein mit meinem Spaß. Nur ein Sekündlein, dann war es vorbei. Sie standen auf.

«Wir wollen noch laufen», sagte Billie. «Einmal rund um die Wiese! Eins, zwei, drei – los!» Wir liefen. Billie führte; sie lief regelmäßig, gut geschult, der Körper funktionierte wie eine kleine exakte Maschine … es war eine Freude, mit ihr zu laufen. Hinter mir die Prinzessin japste zuweilen. «Ruhig laufen!» sagte ich vor mich hin, «du mußt durch die Nase atmen – mit dem ganzen Fuß auftreten – nicht zu sehr federn!» und dann liefen wir weiter. Mit einem langen Atemzug blieb Billie stehn; wir waren beinah einmal um die große Wiese herumgekommen. «Uffla!» – Wir waren ganz warm. «Ins Schloß unter die Brause!» Wir nahmen unsre Bademäntel und gingen langsam über die Wiese; ich trug meine Turnschuhe in der Hand, und das Gras kitzelte meine Füße. Das ist schön, mit den Mädchen zusammenzusein, ohne Spannung. Ohne Spannung?

2

«Was nehmen wir denn dem Kind nun mit?»

«Bonbons», schlug Billie vor. «Nein», sagte ich, «das wird ihr die Alte verbieten – oder sie muß sie an die ganze Belegschaft austeilen.» – «Wir gehn Knöpfchen kaufen», sagte die Prinzessin. «Ich werde schon was finden. Kommt – ach was, Hut! Aber Billie!» Wir gingen.

Frau Collin hatte geschrieben. Sie wäre uns sehr dankbar, und wir möchten zu der Frau Adriani hingehn und mit ihr sprechen, und dann sollten wir sie anrufen. Die Auslagen würde sie gern …

«Nicht huddan! Ladi!» rief die Prinzessin. Billie sah sie entgeistert an, und ich mußte ihr erklären, daß das «rechts» und «links» bedeute – so trieb man in manchen plattdeutschen Ecken die Esel an. Gott weiß, woher diese alten Rufe stammen mochten.

Ja, das Kind, der «kleine Gegenstand …» Ich dachte mit Kraft daran, daß es geplagt und geschlagen würde, denn hier stand nun etwas bevor … Als Junge hatte ich immer an Portal-Angst gelitten, an jener rasenden Furcht, in ein fremdes, in ein ganz fremdes Haus hineinzugehn – geduckt ging ich dann schließlich und fiel natürlich auf die moralische Nase. Tiere wittern Furcht. Menschen wittern Furcht. Seitdem ich aber gelernt habe, daß sie alle sterben müssen, geht es schon besser. Zwanzig Jahre hat das gedauert. Der Plattdeutsche drückt die Sache kürzer und unpathetischer aus: «Wat is he denn? Sin Mors hat man ook bloß twee Hälften!» Ja, das ist wahr.

Und nun sollte ich da als fremder Mann zu einer bösen, fremden Frau gehn – ich spielte einen Augenblick alle Phasen: Hänsel bei der Knusperhexe, dann: ich geniere mich doch aber so … und dann war es vorbei. Es ging viel schneller vor sich, als man es schreiben kann. Vorbei. «Man muß», hat ein kluger Inder gesagt, «den Tiger vor der Jagd in Gedanken töten – der Rest ist dann nur noch eine Formalität.» Die Frau Adriani …? Ich dachte an meinen Feldwebel, an das geprügelte, weinende Kind … in Ordnung.

«Sei still!» rief die Prinzessin in ein Fenster hinein, an dem ein Papagei in seinem Käfig krächzte, «sei still! Sonst wirst du ausgestopft!» Das Tier mußte wohl deutsch verstehn – denn nun schwieg es. Billie lachte. «Ihr wolltet doch noch englische Sauce kaufen», sagte sie in einer jener Ideenverbindungen, derer nur Frauen fähig sind. «Tun wir auch – komm, wir gehen in die Fruktaffär, die haben alles.» Die Schweden schreiben manche Fremdwörter phonetisch, das macht viel Spaß. Wir kauften also englische Sauce, die Prinzessin beroch mißtrauisch die verstöpselte Flasche und machte mit Händen und Füßen dem Verkäufer das Leben schwer; Billie warf ein Glas mit Senfgurken herunter, die solches aber gut überstanden, sie kamen mit dem Schreck davon und schäumten nur noch eine Weile in ihrem Essig … «Sieh mal, so viel Salz!» sagte ich. Die Prinzessin sah das Faß an: «Als Kind habe ich immer gedacht: wenn in ein Salzmagazin ein Tropfen Wasser fällt, dann verzehrt er das ganze Lager.» Darüber mußte ich scharf nachdenken und vergaß beinah, hinter den Beiden herzugehn, sie standen schon auf der Straße und knabberten Rosinen. «Und dem Kind nehmen wir eine Puppe mit», sagte die Prinzessin. «Kommt mal rüber! Ach, bleibt da – ich werde schon … nein, Billie kommt mit!» Einen winzigen Augenblick lang tat mir das leid; ich hätte gern mit Billie allein auf der Straße gestanden. Was hätten wir uns dann erzählt? Nichts, natürlich.

«Habt ihr?» – «Wir haben», rief Billie. «Zeigt mal», bat ich. «Doch nicht hier auf der Straße!» sagte sie. «Meinst, die Puppe wird sich verkühlen?» sagte die Prinzessin und wickelte an dem Paket herum. Ich guckte hinein. Da lag ein Schwedenmädchen, in der Landestracht von Dalarne, bunt und lustig. Sie wurde wieder zugedeckt. «Einpacken ist seliger denn nehmen», sagte die Prinzessin und band die Schnur zu. «Ja, dann wollen wir mal … Ob sie schießt, die liebe Dame?» – «Laß mich nur …!» – «Nein, Daddy, ich laß dich gar nicht. Du greifst erst zu, wenn sie frech wird und alles drunter und drüber geht. Sag du die Einleitung, und daß wir den Brief bekommen haben und alles, und dann werde ich mal mit ihr.» – «Und ich?» fragte Billie. «Du legst dich derweil in den Wald, Billie; wir können unmöglich zu der Frau wie ein rächender Heerhaufe geströmt kommen. Dann ist gleich alles verloren. Es ist schon dumm – hier gehts lang – schon dumm, daß wir zwei sind. Zwei gegen einen – da knurrt der ja schon von vornherein …» – «Na, mehr als die kann man nicht gut knurren. Ist das ein Deubel!» Ich hatte Billies Arm genommen. «Arbeiten Sie hier eigentlich?» fragte Billie. «Ich werde meiner Arbeit was blasen!» sagte ich. «Nein – hier legen wir eine schöpferische Pause ein … Billie, Sie sind ein netter Mann», sagte ich ganz unvermittelt. «Na, junges Volk», sagte die Prinzessin und machte ein Gesicht wie eine wohlmeinende Tante, die eine Verlobung in die Wege leitet, «das ist hübsch, wenn ihr euch gern habt!» Ich hörte die Untertöne: in diesem Augenblick fühlte ich, daß es echte Freundinnen waren – hier war keine Spur von Eifersucht; wir hatten uns übers Kreuz wirklich gern, alle drei.

Jetzt kam mir der Weg bekannt vor, da war das Gatter, und da lag das Kinderheim.

Billie war langsam weitergegangen, wir kamen an die Tür. Keine Klingel. Hier sollte wohl nicht geklingelt werden. Wir klopften.

Nach langer Zeit näherten sich Schritte, ein Mädchen öffnete. «Kan Ni tala tyska?» fragte ich. «Guten Tag … ja, ja … was wollen Sie denn?» sagte sie lächelnd. Sie freute sich offenbar, mit uns deutsch sprechen zu können. «Wir möchten zu der Frau Adriani», sagte ich. «Ja … ich weiß nicht, ob sie Zeit hat. Frau Adriani hält grade Appell ab, das heißt also … sie sieht den Kindern die Sachen nach. Ich werde … einen Augenblick mal …»

Wir standen in einer grau gekalkten Halle, die Fenster waren durch Holzleisten in kleine Vierecke abgeteilt; wie Gitter, dachte ich. An der Wand ein paar schwedische Königsbilder. Jemand kam die Treppe herunter. Die Frau.

«Guten Tag», sagten wir. «Guten Tag», sagte sie, ruhig. «Wir kommen im Auftrag der Frau Collin in Zürich und möchten gern einmal mit Ihnen wegen der Kleinen sprechen.» – «Haben Sie … einen Brief?» fragte sie lauernd. «Jawohl.» – «Bitte.»

Sie ging voran und ließ uns in ein großes Zimmer, eine Art Saal, hier aßen wohl die Mädchen. Lange Tische und viele, viele Stühle. In einer Ecke ein kleinerer Tisch, an den setzten wir uns. Wir nannten unsre Namen. Sie sah uns fragend und kalt an.

«Da hat uns die Frau Collin geschrieben, wir möchten nach ihrem Kind sehn – sie könnte diesen Sommer leider nicht nach Schweden kommen, hätte es aber gern, wenn sich von Zeit zu Zeit jemand um das Kind kümmerte.» – «Um das Kind kümmere ich mich», sagte Frau Adriani. «Sind Sie mit Frau Collin … bekannt?» – «Nun wäre es vielleicht vorteilhaft, wenn wir die Kleine sprechen könnten; da sind auch Grüße von der Mama zu bestellen und ein Auftrag auszurichten.» – «Was für ein Auftrag?» – «Ich werde ihn der Kleinen selber ausrichten – selbstverständlich in Ihrer Gegenwart. Dürfen wir sie sprechen?» – Frau Adriani stand auf, rief etwas auf schwedisch zur Tür hinaus und kam zurück.

«Ich finde Ihr Verhalten mehr als merkwürdig, das muß ich schon sagen. Neulich konspirieren Sie mit dem Kind, mischen sich in meine Erziehungsmethoden … Was ist das? Wer sind Sie eigentlich?» – «Unsre Namen haben wir Ihnen gesagt. Übrigens …» – «Frau Adriani», sagte die Prinzessin, «niemand will Sie hier kontrollieren oder sich in Ihre Arbeit einmischen. Sie haben sicherlich viel Mühe mit den Kindern – das ist ja klar. Aber wir möchten doch die Mama in jeder Weise informieren …» – «Das besorge ich schon», sagte Frau Adriani. «Gewiß. Wir möchten ihr bestellen, daß wir die Kleine wohl und munter angetroffen haben … und wie es ihr geht, und … da kommt sie ja.»

Das Kind näherte sich schüchtern dem Tisch, an dem wir saßen; es ging unsicher und trippelnd und kam nicht ganz nah heran. Wir sahen es an; das Kind sah uns an …

«Na, Ada», sagte die Prinzessin, «wie geht es dir denn?» – Die Stimme der Adriani: «Sag mal Guten Tag!», und das Kind zuckte zusammen und stotterte etwas wie Guten Tag. «Wie gehts dir denn?» – Die Frau Adriani ließ kein Auge von dem Kind. Das kleine Mädchen sprach wie hinter einer Mauer. «Danke … gut …»

«Ich soll dir auch einen schönen Gruß von deiner Mama bestellen», sagte die Prinzessin. «Sie läßt dich grüßen – und dann fragt sie hier in diesem Brief,» – die Prinzessin kramte in ihrem Täschchen – «ob das Grab von Will auch gut in Ordnung ist. Das war wohl dein kleiner Bruder?» – Das Kind wollte Ja sagen – aber es kam nicht dazu. «Das Grab ist in Ordnung», sagte Frau Adriani, «dafür sorge ich schon. Wir gehen alle paar Wochen auf den Friedhof, das ist Pflicht, natürlich. Und das Grab wird dort gut gepflegt, ich überwache das, ich trage die Verantwortung.» – «So, so …», sagte die Prinzessin. «Und hier habe ich dir auch etwas mitgebracht, eine Puppe! Da! Spielst du denn auch schön mit den andern Mädchen?» Das Kind sah angstvoll hoch und nahm die Puppe; seine Augen verdunkelten sich, es schluckte, schluckte noch einmal, ließ dann plötzlich den Kopf sinken und fing an zu weinen. Es war so jämmerlich. Das Weinen warf alles um. Frau Adriani sprang auf und nahm das Kind bei der Hand.

«Du kommst jetzt heraus und gehst nach oben … das ist nichts für dich! Den Gruß hast du ja nun gehört, und …» – «Einen Augenblick», sagte ich. «Ada, wenn du einmal etwas Wichtiges an deine Mutti zu bestellen hast: wir wohnen im Schloß Gripsholm!» – «Hier wird gar nichts Wichtiges bestellt», sagte die Frau Adriani recht laut und ging mit der Kleinen schnell zur Tür. «Was hier – da geh doch schon! – was hier zu bestellen ist, das wird durch mich bestellt – und du merk dir das …» Sie sprach draußen weiter, wir hörten sie schelten, konnten aber nichts mehr verstehn. «Soll ich …» – «Keinen Krach», sagte die Prinzessin. «Das hat nur das Kind auszubaden. Wir werden mit Zürich telephonieren und dann weiter sehn!» Wir standen auf.

Frau Adriani kam zurück, sehr rot im Gesicht.

«Nun will ich Ihnen mal was sagen», rief sie. «Wenn Sie sich unterstehn, sich hier noch einmal blicken zu lassen, dann werde ich die Polizei benachrichtigen! Sie haben hier gar nichts zu suchen – verstehn Sie mich! Das ist unerhört! Auf der Stelle verlassen Sie mein Haus! Sie betreten mir nicht mehr meine Schwelle! Und probieren Sie es ja nicht noch einmal, hier herumzuspionieren – ich werde … Ich muß mir doch einen Hund anschaffen», sagte sie wie zu sich selber. «Ich werde der Frau Collin schreiben, wen sie sich da ausgesucht hat – wo ist überhaupt der Brief?»

Ich winkte der Prinzessin mit den Augen ab, niemand antwortete, wir gingen langsam auf die Haustür zu. Ich fühlte, wie die Frau eine Winzigkeit unsicher wurde. «Wo … wo der Brief ist?» – Wir sprachen nicht, wir verabschiedeten uns nicht, das hatte sie ja schon besorgt, wir gingen stumm hinaus. Drohen? Wer droht, ist schwach. Wir hatten noch nicht mit Zürich telephoniert.

Als die Frau sah, daß wir schon an der Haustür standen, verfiel sie in hemmungsloses Gebrüll; man hörte eilige Schritte auf dem Steinfußboden unten im Keller, also liefen dort die Hausmädchen zusammen und horchten. «Ich verbitte … ich verbitte mir ein für alle Mal Ihre Besuche! Scheren Sie sich raus! Und kommen Sie ja nicht wieder! Wer sind Sie überhaupt … zwei verschiedene Namen! – Heiraten Sie lieber!» schrie sie ganz laut. Und dann waren wir draußen. Die Tür schloß sich mit einem Knall. Bumm. Da standen wir.

«Hm –», machte ich. «Das war ein großer Sieg.»

«Na, Daddy, da ist nichts zu machen. Das ist ja eine Megäre – was haben wir nun?» – «Jetzt haben wir ein bleiches Nein erhalten, wie wir Schweden sagen. Also werden wir telephonieren.» – «Sowie wir nach Hause kommen. Aber wenn du das der Frau Collin nicht richtig sagst, was hier los ist … wie der kleine Gegenstand ausgesehen hat! So vermiekert … und verprügelt! Sei schümpt un schümpt ümmerlos … De is aber steelhaarig! Gotts Blix, die müßt man ja in Öl kochen –!» Das fand ich zu teuer.

Wir gingen auf das Wäldchen zu, in dem Billie sein mußte. Und schimpften furchtbar auf die Frau Adriani. Und suchten Billie. «Billie! Billie!» Kein nichts und kein gar nichts. «Ob dieses rothaarige Luder glücklich ist?» – «Daddy, du stellst manchmal komische Fragen! Ob sie glücklich ist …! Das Kind ist unglücklich! Donnerhagel – was machen wir denn da? Wir müssen dem Kind helfen! Das kann man ja nicht mitansehn! Und nicht mitanfühlen! Herrgott von Bentheim! Billie!»

Wir stolperten beinah über sie.

Sie lag hinter einer kleinen moosigen Erhöhung, in einer Erdfalte; auf dem Bauch lag sie, die langen Beine nach oben gestreckt, sie las und schlug von Zeit zu Zeit ihre Füße zusammen. «Ja? Na, was habt ihr … was war?» Wir erzählten, beide zu gleicher Zeit, und nun war aus Frau Adriani bereits ein feuerspeiender Berg geworden, eine ganze Hölle von kleinen und großen Teufeln, die Vorsteherin einer Affentanz-Schule und ein Scheusal schlechthin. Nun, die Frau war ja wirklich eine starke Nummer.

Ich sah auf die beiden, während sie sich besprachen. Wie verschieden sie doch waren! Die Prinzessin Feuer und Flamme; das Kinderleid hatte sie aufgebracht, ihr Herz sprühte. Billie bedauerte das Kind, aber es war, wie wenn ein Fremder in der Untergrundbahn «Verzeihung!» sagte … sie bedauerte es artig und wohlerzogen und ganz unbeteiligt. Vielleicht, weil sie das alles nicht so miterlebt hatte … Die Gleichgültigkeit so vieler Menschen beruht auf ihrem Mangel an Phantasie.

«Wir wollen noch ein wenig spazieras», sagte die Prinzessin. «Wohin?» – «Kommt ihr mit …? Ich möchte mir mal das Grab ansehen. So ein Scheusal …» Das Gewitter gegen die Rothaarige vergrollte langsam. Wir gingen und machten einen weiten Umweg um das Kinderheim. «Gleich, wenn wir nach Hause kommen – aber gleich», sagte die Prinzessin, «melden wir Zürich an. Wir müssen un müssen dem Kind da rauskriegen! Die Frau Adriani entbehrt nicht einer gewissen Charmanz!»

Billie pfiff leise vor sich hin. Ich starrte in eine dunkle Baumgruppe und las aus den Blättern ab: ich hatte Billie haben wollen, ich fühlte, daß ich sie nicht bekommen würde, und jetzt hatte ich einen sittlichen Grund, sie niedriger zu stellen als Lydia. Billie hatte kein Herz. Hast du ihr Herz geliebt, du Lügner? Sie hat so lange Beine … Ja, aber sie hat ja kein Herz.

Wir gingen langsam durch den Wald, die Beiden unterhielten sich – nun ruddelten sie. «Ruddeln», das ist so ein Wort für: klatschen, über jemand herziehen. Man konnte gar nicht folgen, so schnell ging es. Hopphopphopp … schade, daß man nicht dabei sein kann, wenn die andern über uns sprechen – man bekäme dann einigermaßen die richtige Meinung von sich. Denn niemand glaubt, daß es möglich sei, so unfeierlich, so schnell, so gleichgültig-nichtachtend Etiketten auf Menschenflaschen zu kleben, wie es doch überall geschieht. Auf die andern vielleicht – aber auf uns selber?

Billie: «… hat er ihr versprochen, und wie es soweit war, nichts.» – «Ihre Dummheit», sagte Lydia. «Bei Empfang: die Ware – das Geld, wie mein Papa immer sagt. Vertrauen! Vertrauen! Es gibt doch nur eine Sicherheit: Fußangeln. Wie?» Merkwürdig, woher sie das hatte. So schlechte Erfahrungen hatte sie doch gar nicht hinter sich …

Billie ging wie eine Tanzende: es federte alles an ihr. Sie trug eigentümliche Kleiderstoffe – ich wußte nicht, wie das hieß; es war buntes und grob gewebtes Zeug, heute zum Beispiel sah sie aus wie eine Indianerin, die sich aus ihrem Hochzeitszelt einen Rock geschneidert hatte … und so viele Armbänder! Gleich, dachte ich, wird sie die Arme in die Luft werfen, die schöne Wilde, und mit einem Liebesruf in den Wald stürzen, zu den andern … Schade, daß sie kein Herz hat.

«Seht ihr, da hinten liegt der Friedhof! Doch, wir schaffen das noch bis zum Abendbrot – also!» Wir gingen rascher. Ein leichter Wind hatte sich erhoben, dann wurden die Windstöße stärker, ein hauchzarter Regen fiel. Manchmal trug der Wind etwas wie Meeresatem herüber, von der See, von der Ostsee.

Nun waren wir angelangt, da war eine kleine Holztür, und über die niedrige Steinmauer ragten alte Bäume.

Es war ein alter Friedhof; man sah das an den verwitterten, ein wenig zerfallenen Gräbern auf der einen Seite. Auf der andern standen die Gräber hübsch ordentlich in Reih und Glied … gut gepflegt. Es war ganz still; wir waren die einzigen, die die Toten heute nachmittag besuchten – die wen besuchten? Man besucht ja nur sich selber, wenn man zu den Toten geht.

«Welche Reihe …? Warte mal, das hat sie hier im Brief aufgeschrieben. Achtzehnte … nein, vierzehnte … eins, zwei … vier, fünf …» Wir suchten. «Hier», sagte Billie.

Da war das Grab. So ein kleines Grab.

WILHELM COLLIN
GEBOREN … GESTORBEN …

und ein paar windverwehte Blumen. Wir standen. Niemand sprach. Ob das nun der Auftritt von vorhin war oder die Tatsache, daß es so ein winzig kleines Grab war, dieser Gegensatz zwischen der Inschrift Wilhelm Collin und dem Hügelchen – das war doch in Wahrheit noch gar kein Wilhelm gewesen, sondern ein wehrloses Bündelchen Fleisch, das man hätte beschützen sollen … Eine Träne fing ich nicht mehr, sie rollte. «Heul nicht», sagte die Prinzessin, die zwinkerte, «heul nicht! Die Sache ist viel zu ernst zum Weinen!» Ich schämte mich vor Billie, die uns mitleidsvoll ansah. Ihre Augen blickten warm. Sie sagte leise etwas zur Prinzessin, und als nun beide zu mir herübersahen, fühlte ich, daß es etwas Freundliches gewesen sein mußte. Ich vergaß, daß ich Billie begehrt hatte, und flüchtete zu der Prinzessin.

In Gripsholm meldeten wir Zürich an.

3

«Da liegt sozusagen die Sittlichkeit mit der Moral im Streite», sagte die Prinzessin, und wir lachten noch, als wir uns an den großen Tisch in unserm Zimmer setzten. Die Schloßfrau hatte Billie auseinandergesetzt, es wäre gar nicht wahr, daß «alle Schweden immer nackt badeten», wie man so oft sagen hörte. Gewiß, manchmal, in den Klippen, wenn sie unter sich wären … aber im übrigen wären es Leute wie alle andern auch, wenig wild nach irgend einer Richtung, es sei denn, daß sie gern Geld ausgäben, wenn einer zusähe.

Draußen fiel der Regen in perlenden Schnüren.

«Das ist aber ein fröhlicher Regen», sagte Billie. Das war er auch. Er rauschte kräftig, oben am Himmel zogen schwarz-braune Wolken rasch dahin, vielleicht waren nur wir es, die so fröhlich waren, trotzalledem. Das war schön, hier in der trockenen Stube zu sitzen und zu sprechen. Was hatte Billie für ein Parfum? «Billie, was haben Sie für ein Parfum?» Die Prinzessin schnupperte. «Sie hat sich etwas zusammengegossen», sagte sie. Billie wurde eine Spur rot – schien mir das nur so? «Ja, ich habe gepanscht. Ich mache mir da immer so etwas zurecht …» aber sie sagte die Namen nicht.

«Billie, hilf mir mal – kannst du das? Guck mal!» Die Prinzessin löste seit gestern an einem schweren Silbenrätsel herum. «Ich habe hier: Hochland in Asien … doch, das habe ich. Aber hier: Orientalischer Männername … Wendriner? Nein, das kann ja wohl nicht stimmen – Katzenellenbogen …? Auch nicht … Fritzchen! Sag du!» – «Wie heißt er denn nun eigentlich?» fragte Billie entrüstet. «Mal sagst du Peter zu ihm und mal Daddy und jetzt wieder Fritzchen …!» – «Er heißt Ku-ert …», sagte die Prinzessin. «Ku-ert … Dascha gah kein Nomen – wenn hei noch Fänenand oder Ullerich heiten deer, as Bürgermeister sinen!» Verachtung auf der ganzen Linie. Aber nun war Billies Bildungsdrang gereizt; die beiden Köpfe beugten sich über das Zeitungsblatt. Ich saß faul daneben und sah zu. Und da, so vor den beiden … Kikeriki – machte es in mir ganz leise, Kikeriki … Sie tuschelten und kuderten vor Lachen. Ich zog an der neuen Pfeife, die nun schon ein wenig angeraucht war, und saß mit einer Miene da, die gutmütige Männerüberlegenheit andeuten sollte. Eben hatte Billie etwas gesagt, was man bei einigermaßen ausschweifender Phantasie auch sehr zweideutig nehmen konnte, die Prinzessin sandte mir blitzschnell einen Blick herüber: es war wie Einverständnis zwischen

Verschworenen. Nachtverschworene … Am Tage wurde fast nie von der Nacht gesprochen – aber die Nacht war im Tag, und der Tag war in der Nacht. «Liebst du mich noch?» steht in den alten Geschichten. Erst dann – erst dann!

Sie warfen das Rätsel hin. «Wir wollen es nach dem Abendbrot noch einmal versuchen», sagte Billie. «Schlaft ihr hier eigentlich gut ein? Ich muß mich sonst immer in Schlaf lesen – aber hier geht es so schnell …» – «Du mußt es machen wie die Baronin Firks», sagte die Prinzessin. «Die Baronin Firks war natürlich aus Kurland, und die Kurländer, das sind die Apotheker Europas –: sie haben alle einen leichten Klaps. Und wenn die alte Dame nachts nicht einschlafen konnte, dann setzte sie sich auf ein Schaukelpferd und schaukelte so lange, bis … Ja? Was ist?» Es hatte geklopft. Ein Kopf in der Tür. «Das Telephon? Zürich!» Wir liefen alle drei.

Kleiner Kampf am Apparat. «Laß mich … kannste da nich mal weggehn … Harre Gott … Laß mich doch mal!» Ich.

«Hallo!» Nichts. Wie immer bei Ferngesprächen: erst nichts. Man hörte es in der Membrane leise surren. Diese Geräusche sind je nach den Ländern, in die man telephoniert, verschieden; aus Frankreich zum Beispiel läuft ein silberhelles Gewässer durch die Drähte, und man bekommt solche Sehnsucht nach Paris … Hier surrte es. Sie hatten wohl wegen der politischen Konferenzen neue Kupferdrähte nach der Schweiz … «Mariefred? Bitte melden Sie sich!» – Und dann deutlich, aber leise eine klagende Stimme. Frau Collin.

«Hier ist Frau Collin. Sie haben mir geschrieben? Wie geht es denn Ada?» – «Ich will Sie nicht beunruhigen – aber sie muß da heraus.» – «Ja, warum denn? Um Gottes –» «Nein, mit der Gesundheit ist das Kind in Ordnung. Aber ich schreibe Ihnen heute abend noch einmal ausführlich – diese Frau Adriani ist eine unmögliche Erzieherin. Das Kind macht einen so verängstigten Eindruck, es …» Und ich packte aus. Ich schmetterte es alles aus mir heraus, die ganze Wut und das ganze Mitleid und die Rankünewegen der Niederlage heute nachmittag und meinen Abscheu vor solchen Herrschweibern … alles packte ich aus. Und die Prinzessin wackelte wild hetzend mit der Faust. Frau Collin blieb einen

Augenblick still. «Hallo?» – «Ja, was machen wir denn da …?» Die Prinzessin stieß mich und zischelte etwas. Ich wehrte mit dem Kopf ab: Laß!

«Ich schlage Ihnen vor, daß Sie uns einen Brief schreiben, mit dem wir das Kind abholen können. Schicken Sie uns bitte einen Scheck über das, was Sie dort mutmaßlich schuldig sind … wenns mehr ist, will ich das gern auslegen. Und schreiben Sie es nicht der Frau: sonst wird sie das Kind nicht gleich entlassen, sondern sie wird es noch quälen – schreiben Sie also uns. Ihre Schrift kennt die Frau Adriani ja. Also, einverstanden?»

Pause der Unentschlossenheit. Ich gab eine Berliner Referenz. «Ja, wenn Sie meinen … Ach … aber wo soll ich denn dann mit dem Kind hin?» – «Ich habe in der Schweiz zu tun – ich bringe Ada zu Ihnen, und wir werden schon anderswo etwas für sie finden; aber da muß sie heraus. Wirklich – das geht nicht. Einverstanden?»

Die Stimme klagte, klang aber ein wenig fester. «Es ist so nett, wie Sie mir helfen. Sie kennen mich doch gar nicht!» – «Ich habe das da gesehen, wissen Sie … das geht nicht. Also gemacht?» – «Jawohl. Wir wollen das so machen.» Und noch einiges verbindliche Hin und Her. Knack. Abgehängt. Aus. Die Beiden tanzten einen wilden Tanz, einmal ums ganze Zimmer. Ich behielt den Hörer noch einen Augenblick in der Hand. «Gottseidank …», sagte ich. – «Ob sie es nun auch tut?» fragte die Prinzessin, noch ein wenig atemlos. «Was hat sie gesagt?» fragte Billie. Nun war sie schon etwas mehr bei der Sache – gar nicht mehr so höflich-teilnehmend wie heute nachmittag. Feldzugskamerad Billie … Ich berichtete. Und dann tanzten wir alle drei.

«Dascha wunnerbor!» sagte Lydia. «Wann kann ihr Brief hier sein? Heute ist Dienstag. Mittwoch … Donnerstag … In drei Tagen, wie?» Wir schrien alle durcheinander und waren so vergnügt. In mir war so etwas wie: Wohltun schmeckt süß, Rache trägt Zinsen, und liebe deinen Nächsten wie der Hammer den Amboß. «Darf ich die jungen Damen auf die Weide treiben?» Wir gingen zum Essen.

«Billie!» sagte ich, «wenn das der alte Geheimrat Goethe sähe! Wasser in den Wein! Wo haben Sie denn diese abscheuliche Angewohnheit her! sagte er zu Grillparzer, als der das tat. Oder hat er es zu einem andern gesagt? Aber gesagt hat er es.» – «Ich vertrage nichts», sagte Billie, und ihre Stimme klang, wie wenn ein silberner Ring in einen Becher fällt … – «Verträgt Margot vielleicht mehr?» fragte die Prinzessin. «Margot …», sagte Billie und lachte. «Ich habe sie mal gefragt, was sie wohl täte, wenn sie beschwipst wäre. Sie war es nämlich noch nie. Sie hat gesagt: wenn ich betrunken bin, das stelle ich mir so vor – ich liege unter dem Tisch, habe den Hut schief auf und sage immerzu Miau!» Das wurde mit einem sanften Rotwein begossen; Billie schluckte tapfer, die Prinzessin sah mich an, schmeckte und sprach: «Ich mache mir ja nichts aus Rotwein. Aber wenn das der selige Herr Bordeaux wüßte …», und dann sprachen wir wieder von Zürich und von dem kleinen Gegenstand, und Billie wurde munter, wohl weil sie uns Rotwein trinken sah. Die Prinzessin blickte sie wohlgefällig von der Seite an.

Ich gähnte verstohlen. «Na, schickst all een to Bett?» fragte die Prinzessin. «Ich schreibe noch den Brief an die Frau. Löst ihr nur euer Rätsel!» Sie lösten. Ich schrieb.

Was die Schreibmaschine heute nur hatte! Manchmal hat sie ihre Nücken und Tücken, das Luder; dann verheddern sich die Hebel, nichts klappt, das Farbband bleibt hacken, gleich schlage ich mit der Faust … «Hö-he-he!» rief die Prinzessin herüber. Sie kannte das, und ich schrieb beschämt und ruhiger weiter. So, das war fertig. Vielleicht ist der Brief zu schwer … Haben wir hier keine Briefschaukel? «Ich bringe ihn noch auf die Post!»

Es regnete. Schön ist das, durch so einen frischen Regen zu gehn … Wie heißt der alte Spruch? Es gibt kein schlechtes Wetter, es gibt nur gute Kleider. Nun, es gibt schon schlechtes Wetter; es gibt mißratenes Wetter, es gibt leeres Wetter, und manchmal ist überhaupt kein Wetter. Der Regen befeuchtete mir die Lippen; ich schmeckte ihn und atmete tief: es ist doch hier weiter gar nichts, Ferien, Schweden, die Prinzessin und Billie – aber dies ist einer jener Augenblicke, an die du dich später einmal erinnern wirst: ja, damals, damals warst du glücklich. Und ich war es und dankbar dazu.

Zurück.

«Na, habt ihr gelöst?» – Nein, sie lösten noch und waren grade in eine erbitterte Streiterei geraten. «Vater der Kirchengeschichte» ... sie mußten da irgend einen Unsinn gemacht haben, denn für dieses eine Wort hatten sie noch acht Silben übrig, darunter: e-di-son, und obgleich der ja nun viel in seinem Leben getan und seine ganze Zeit umgestaltet hat: Kirchengeschichte hatte er doch wohl nicht ... «Löst das nachher!» sagte ich. «Wann nachher?» fragte Billie. «Da schlafen wir.» – «Billie schläft überhaupt heute bei mir», sagte die Prinzessin. «Du kannst nebenan in der Kemenate schlafen!» – «Hurra!» riefen die Beiden. «Macht es Ihnen etwas?» fragte mich Billie. «Aber ...!» Und sie lief davon und holte ihre Sachen, jene Kleinigkeiten, die jede Frau braucht, um glücklich zu sein. «Du gefällst ihr, mein Sohn», sagte die Prinzessin. «Ich kenne sie. Ist sie nicht wirklich nett?» Und die Prinzessin begann umzuräumen und Billies Zimmer nachzusehn, und es gab eine furchtbare Aufregung. «Wohin soll ich die Blumen stellen?» – «Stell sie auf den Toilettentisch!»

Es war kein alter Bordeaux – aber es war ein schwerer Bordeaux. Das Zimmer lag im abgeblendeten Schein der Lampen, es war so warm und heimlich, und wir kuschelten uns.

«Schon?» fragte ich. Die Damen wollten schlafen gehn. «Aber wenn ihr im Bett seid», sagte ich, «dann laßt die Tür noch offen – damit ich höre, was ihr euch da erzählt!» Ich ging und zog mich aus. Dann klopfte ich. «Willst du ...!» sagte die Stimme der Prinzessin. «Wird hier ehrsame Damens bei der Toilette stören! Mädchenschänder! Wüstling! Blaubart! Ein albernes Geschlecht –!» Wo aber war mein Eau de Cologne? Mein Eau de Cologne war dadrin – so ging das nicht! Man ist doch ein feiner Mann. Ich klopfte wieder. Geraschel. «Ja?» Ich trat ein.

Sie lagen im Bett. Billie in meinem: sie hatte einen knallbunten Pyjama an, auf dem hundert Blumen blühten, jetzt sah sie aus, wie die wilde Lieblingsfrau eines Maharadschas ... sie lächelte ruhig in ihr Rätselblatt. Sie war beinah schön. «Was willst du?» fragte die Prinzessin. «Mein Eau ...» – «Haben wir all ausgebraucht!» sagte sie. «Nu wein man nicht – ich kauf dir morgen neues!» Ich brummte. «Habt ihr denn fertig gelöst?» – «Wenn wir dich brauchen, rufen wir dich ... Gute Nacht darfst du auch sagen!» Ich ging an sie heran und sagte artig zu jeder Gute Nacht, mit zwei tiefen Verbeugungen. «Billie, was haben Sie für ein schönes Parfum!» Sie sagte nichts; ich wußte, was es war. Das Parfum «arbeitete» auf ihrer Haut – es war nicht das Parfum allein, es war sie. Und sie hatte für sich das richtige ausgewählt. Die Prinzessin bekam einen Kuß, einen ganz leise bedauernden Kuß. Dann ging ich. Die Tür blieb offen.

«Halbedelstein –» hörte ich Billie sagen. «Halbedelstein … Laß mal: Saphir … nein. Rubin … nein. Opal … auch nicht. Lydia!» – «Topas!» rief ich aus meinem Zimmer. «Ja, – Topas! Du bist ein kluges Kind!» sagte die Prinzessin. «Nun – nein, so geht das nicht – laß doch mal –» Jetzt rauften sie, die Betten rauschten, Papier knatterte … «Hiii –!» rief Billie in einem ganz hohen Ton. Etwas zerriß. «Du dumme Person!» sagte die Prinzessin. «Komm – jetzt schreiben wir das nochmal auf dies Papier … da stimmt doch was nicht! Wir haben eben falsch ausgestrichen …» – «Der Doktor Pergament kann Silbenrätsel ohne Bleistift lösen!» rief ich. Sie hörten gar nicht zu. Sie waren wohl sehr eifrig bei der Arbeit. Pause.

Die Prinzessin: «Hauch … Hast du sowas gesehn? Was ist Hauch?» – «Atem!» sagten Billie und ich gleichzeitig. Es war wie ein Einverständnis. Wieder raschelten sie. «Das ist ja ganz falsch! Der Inbegriff alles sinnlich Wahrnehmbaren – sinnlich Wahrnehmbaren …» Jetzt waren sie offenbar am Ende ihres Lateins, denn nun wurde es ganz still – man hörte gar nichts mehr. «Ich weiß nicht …», sagte die Prinzessin. «Das ist bestimmt ein Druckfehler!» – «Druckfehler bei Silbenrätseln gibt es nicht!» rief ich. «Du halt deinen Schnabel, du alte Unke!» – «Laß doch mal …» – «Gib mal her …» – «Weißt du Rats?» Beide: «Wir wissen nichts.» – «Es muß ein Erwachsener kommen», sagte ich. «Da laßt mich mal ran.» Und ich stand auf und ging hinein.

Ich nahm einen Stuhl und setzte mich zur Prinzessin. Einen Augenblick lang hatte der Stuhl in meiner Hand geschwankt; er wollte zu Billie, der Stuhl. «Also – gebt mal her!» Ich las, warf das Papier herunter, hob es wieder auf und probierte mit dem Bleistift auf einem neuen Blatt. Die beiden sahen spöttisch zu. «Na?» – «So schnell geht das nicht!» – «Er weiß ja auch nicht!» sagte Billie. «Wir wollen erst mal alle in den Rotwein steigen!» sagte ich. Das geschah.

«Sehr hübsch», sagte die Prinzessin. «Rotweinflecke haben Hausfrauen gern, besonders auf Bettwäsche. Du altes Ferkel!» Das galt mir. «Die gehn doch raus», maulte ich. «Salzflecke werden gereinigt, indem man Rotwein darüber gießt», lehrte die Prinzessin. Und dann lagen sie wieder beide bäuchlings an ihrem Blatt und lösten. Und es ging nicht vorwärts. Billie hatte die Haare aus der Stirn gestrichen und sah wie ein Baby aus. Wie ein Babybild von Billie. Wie rund ihr Gesicht war, wie rund. «Ge... Geweihe –!» schrie Billie. «Geweihe! Für Jagdtrophäen! Siehst du, das haben wir vorhin nicht gewußt! Aber wohin gehört chrys – chrys ...» – «Ich auch!» Nun lag ich halb auf dem Bett, bei der Prinzessin, und starrte angestrengt auf die Bleistiftschreiberei. «Chrysopras!» sagte ich plötzlich. «Chrysopras! Gebt mal her!» Die beiden schwiegen bewundernd, und ich genoß meine lexikalische Bildung. Wir horchten. Ein Windstoß fuhr gegen die Scheiben, draußen trommelte der Nachtregen.

«Kalt ist das ...», sagte ich. «Komm zu mir!» sagte die Prinzessin. «Du erlaubst doch, Billie?» Billie erlaubte. Ganz still lag ich neben der Prinzessin.

«Gestalt aus Shakespeares Sturm ...» Allmählich rann die Wärme Lydias zu mir herüber. Mir lief etwas leise den Rücken hinunter. Billie rauchte und sah an die Decke. Ich legte meine Hand hinüber – sie nahm sie und streichelte mich sanft. Ihr Ring blitzte matt. Noch lagen wir beieinander wie junge Tiere – wohlig im Zusammensein und froh, daß wir beisammen waren: ich in der Mitte, wie geborgen. Billie fing an, in der Kehle zu knurren. «Was knurrst du da?» sagte Lydia. «Ich knurre», sagte Billie. Gestalt aus Shakespeares Sturm ... War es das Wort? Das Wort Sturm? Wenn Bienen andre Bienen zornig summen hören, werden sie selber zornig. War es das Wort Sturm? Oben in den Schulterblättern begann es, ich dehnte mich ein ganz klein wenig, und die Prinzessin sah mich an. «Was hast du?» Niemand sagte etwas. Billie knackte mit meinen Nägeln. Wir hatten das Blatt sinken lassen. Es war ganz still.

«Gib mal Billie einen Kuß!» sagte die Prinzessin halblaut. Mein

Zwerchfell hob sich – ist das der Sitz der Seele? Ich richtete mich auf und küßte Billie. Erst ließ sie mich nur gewähren, dann war es, wie wenn sie aus mir tränke. Lange, lange … Dann küßte ich die Prinzessin. Das war wie Heimkehr aus fremden Ländern.

Sturm!

Als Zephir begann es – wir waren «außer uns», denn jeder war beim andern. Es war ein Spiel, kindliche Neugier, die Freude an einer fremden Brust … Ich war doppelt, und ich verglich; drei Augenpaare sahen. Sie entfalteten den Fächer: Frau. Und Billie war eine andre Billie. Ich sah es mit Staunen.

Ihre Züge, diese immer ein wenig fremdartigen Züge, lösten sich; die Augen waren feucht, ihre Gespanntheit wich, und sie dehnte sich … Der Pyjama erblühte bunt. Nichts war verabredet, alles war wie gewohnt – als müßte es so sein. Und da verloren wir uns.

Es war, wie wenn jemand lange mit seinem Bobsleigh am Start gestanden hatte, und nun wurde losgelassen – da sauste der Schlitten zu Tal! Wir gaben uns jenem, der die Menschen niederdrückt und aufhebt, zum tiefsten und höchsten Punkt zugleich … ich wußte nichts mehr. Lust steigerte sich an Lust, dann wurde der Traum klarer, und ich versank in ihnen, sie in mir – wir flüchteten aus der Einsamkeit der Welt zueinander. Ein Gran Böses war dabei, ein Löffelchen Ironie, nichts Schmachtendes, sehr viel Wille, sehr viel Erfahrung und sehr viel Unschuld. Wir flüsterten; wir sprachen erst übereinander, dann über das, was wir taten, dann nichts mehr. Und keinen Augenblick ließ die Kraft nach, die uns zueinander trieb; keinen Augenblick gab es einen Sprung, es hielt an, eine starke Süße erfüllte uns ganz, nun waren wir bewußt geworden, ganz und gar bewußt. Vieles habe ich von dieser Stunde vergessen – aber eins weiß ich noch heute: wir liebten uns am meisten mit den Augen.

«Mach das Licht aus!» sagte Lydia. Das Licht erlosch, erst die große Krone im Zimmer, dann das Lämpchen auf dem Nachttisch.

Wir lagen ganz still. Am Fenster war ein schwacher Schein. Billies Herz klopfte, sie atmete stark, die Prinzessin neben mir rührte sich nicht. Aus den Haaren der Frauen stieg ein Duft auf und mischte sich mit etwas Schwachem, was die Blumen sein mochten oder das Parfum. Sanft löste sich Billies Hand aus der meinen. «Geh», sagte die Prinzessin, fast unhörbar.

Da stand ich nebenan im Zimmer Billies und sah vor mich hin. Kikeriki – machte es ganz leise in mir, aber das war gleich vorbei, und ein starkes Gefühl der Zärtlichkeit wehte zu denen da hinüber. Ich legte mich nieder.

Sprachen sie? Ich konnte es nicht hören. Ich stand wieder auf und kroch unter die Dusche. Eine süße Müdigkeit befiel mich – und ein fast zwanghafter Trieb, hinzugehn und ihnen Rosen auf die Decke … wo bekommt man denn jetzt nachts Rosen her … das ist ja – Jemand war an der Tür.

«Du kannst Gute Nacht sagen!» sagte die Prinzessin. Ich ging hinein.

Billie sah mich lächelnd an; das Lächeln war sauber. Die Prinzessin lag neben ihr, so still. Zu jeder ging ich, und jede küßte ich leise auf den Mund. «Gute Nacht …» und «Gute Nacht …» Kräftig rauschten draußen die Bäume. Eine Sekunde lang stand ich noch am Bett.

«Wie ist denn das alles so plötzlich gekommen?» sagte die Prinzessin leise.

Fünftes Kapitel

Das war ein Wurf! sagte Hans – da warf er seine Frau zum Dachfenster hinaus.

1

Einer von den Tagen, wie sie sonst nur im Spätsommer vorkommen: bunt, gesättigt und windstill. Wir lagen am Seeufer.

Ein paar Meter vor uns schaukelte ein Boot, unser Badeboot – das Wasser gluckste leise gegen das Holz, auf und ab, auf und ab … Wenn man die Hand ins Wasser hielt, gab das ein winziges Kältegefühl, dann zog man sie wieder heraus, und dann trockneten die Tropfen in der Luft. Ich rauchte einen Grashalm, die Prinzessin hielt die Augen geschlossen.

«Heute ist vorgestern», sagte sie. Das war so ihre Art der Zeitrechnung; da wir übermorgen fortfahren wollten, so war heute vorgestern.

«Wo mag sie jetzt sein?» fragte ich. Die Prinzessin sah auf die Uhr: «Jetzt ist sie zwischen Malmö und Trälleborg», sagte sie; «in einer Stunde steigt sie auf die Fähre.» Dann schwiegen wir wieder. Billie – dachte ich – Billie …

Sie war abgefahren: leise, heiter, froh – und es war nichts gewesen, es war nichts gewesen. Ich war glücklich; es hatte keinen Schatten gegeben, Gottseidank nein. Ich sah zur Prinzessin hinüber. Sie mußte den Blick gespürt haben; sie öffnete die Augen.

«Wo bleibt die Frau Collin? Watt seggst to det Ei? Hett de Katt leggt!»

Die Frau Collin hatte nicht geschrieben – und wir wollten doch fort. Wir mußten fort; unser Urlaub war abgelaufen. Noch einmal telephonieren? Schließlich und endlich … «Diese dämliche Person», schimpfte ich vor mich hin. «Man muß doch das Göhr da herauskriegen! Himmelherrgottdonner …» – «Daddy, du repräsentierst ein Volk!» sagte die Prinzessin würdevoll, als ob uns die schwedischen Bäume hören könnten. «Du sollst des Anstands gedenk sein!» Ich sagte ein zweisilbiges Wort. Woraufhin mich die Prinzessin mit etwas Mälarsee anspritzte. Und da wollte ich sie in den See werfen. Und da lag ich drin.

Ich pustete sie mit Wasser voll wie ein Elefant, sie warf mir Hölzchen an den Kopf … dann legte sich das alles. Ich kroch heran, und wieder saßen wir friedlich zusammen.

«Was machen wir aber wirklich?» fragte ich triefend. «Warten? Wir können nun nicht mehr warten! Du mußt am Dienstag zu Hause sein, und auf mich lauern sie auch. Mal muß der Mensch doch wieder arbeiten! Hier vertue ich meine kostbare Zeit mit dir …» Sie hob drohend den Arm. Ich rückte ein Stückchen weg. «Ich meinte nur. Aber wollen wir telephonieren? Ja?»

«Nun wollen wir erst mal zu Ende baden», sagte die Prinzessin. «Wenn wir nachher nach Gripsholm kommen, werde ich dir das alles sagen. Holla – hopp!»

Und wir schwammen.

«Paß auf –», pustete ich dazwischen, «sie wird es nicht tun, die Frau Collin. Wahrscheinlich hat sie sich das überlegt – ich hatte so den Eindruck, daß sie den kleinen Gegenstand gar nicht bei sich haben will – vielleicht führt sie ein uhrenhaftes Leben …» Die Prinzessin kniff mich ins Bein. «Oder sie traut uns nicht und denkt, wir werden das Kind entführen. Aber der Frau Adriani hat sie getraut. Na, du wirst es sehen! Diese Weiber! Aber das sage ich dir, Alte: wenn sie heute nicht schreibt! Nie wieder in meinem Leben kümmere ich mich um fremde Kinder. Um fremde nicht! um deine auch nicht! um meine auch nicht! Himmelkreuzund …» – «Daddy», sagte die Prinzessin. «Solang as ich dir kenn, hältst du ümme weise Redens über das, wasse tun wirst, und mehrstenteils kommt nachher allens ganz anners. Aber dascha so bei die Männers. Bischa mallrig!» – «Ich werde …» – «Ja, du wirst. Wenn sie dir das Futurum wegnehmen, dann bleibt da aber nicht viel.» – «Person!» – «Selber!» Huburr – der ganze See fing an zu schaukeln, weil wir eine wilde Seeschlacht veranstalteten. Dann schwammen wir ans Ufer.

Auf dem Wege zum Schloß:

«Mein Alter hat gar nicht geschrieben … sie werden ihn doch nicht in Abbazia an ein öffentliches Haus verkauft haben?» – «Na, ob da Bedarf für ist …» «Daddy, wo ist eigentlich der Dakkel?» – «Dein Kofferdackel?» – «Ja.» – «Der steht doch … der steht unter meinem Bett. Nachts bellt er.» Wir gingen ins Haus.

Die Prinzessin pfiff wie ein Lockvogel. Was gabs?

Der Brief war da – ein dicker Brief. Sie riß ihn auf, und ich nahm ihn ihr fort, dann flatterten die Bogen auf den Boden, wir sammelten sie auf und brachen in ein fröhliches Geschrei aus. Da war alles, alles, was wir brauchten.

«Das ist fein. Na – aber nun! Wie nun?»

«Das beste is», sagte die Prinzessin, «wir gehn gliks mal eins hin un holen uns dem Kinde her von diese alte Giftnudel. Auf was wolln wi nu noch warten?»

«Jetzt essen wir erst mal Mittag, und dann gleich nach Tisch … Krach ist gut für die Verdauung.»

Wir saßen grade bei den Preißelbeeren, diesem mild brennenden

Kompott, da hörten wir draußen vor der Tür ein Getöse, das Ungewöhnliches anzeigte. Wir ließen die Löffel sinken und horchten. Nun –?

Die Schloßfrau kam herein; sie sah aus wie ein Extrablatt.

«Da ist ein Kind draußen», sagte sie und sah uns ganz leicht mißtrauisch an, «ein kleines Mädchen – sie weiß nicht, was Sie heißen, aber sie sagt, sie will zu den Mann und der Frau, die ihr eine Puppe gegeben hat, und sie weinten die ganze Zeit und sie bin so rot im Gesicht … Kennen Sie das Kind?» Wir standen gleich auf. «O ja – das Kind kennen wir schon.» Hinaus.

Da stand der kleine Gegenstand.

Sie sah recht zerrupft aus, verweint, die Haare hingen ihr ins Gesicht, vielleicht war sie schnell gelaufen. Das Kind war nicht recht bei sich. Als es Lydia sah, lief es rasch auf sie zu und versteckte sein Gesicht an ihrem Kleid. «Was hast du denn? Was ist denn?» Die Prinzessin beugte sich nieder und verwandelte sich aus dem Sportmädchen von heute morgen in eine Mama; nein, sie war beides. Die Schloßfrau stand dabei, ein Schwamm der Neugierde – sie saugte es alles auf. Also?

Das rote Weib hatte das Kind geprügelt und geknufft und so laut geschrien; das Kind war fortgelaufen. Es war wohl nicht mehr auszuhalten gewesen. Und nun zitterte das Kind und zitterte und sah nach der Tür. Kam sie –? Frau Adriani würde sie holen. Frau Adriani würde sie holen. Es war nur bruchstückweise aus ihr herauszubekommen, was es gegeben hatte. Schließlich wußten wir alles.

Wir standen herum. «Ich gebe sie nicht mehr heraus», sagte ich. «Nein … natürlich nicht», sagte die Prinzessin. Die Schloßfrau: «Senden Sie nicht das Kind zurück?» Der kleine Gegenstand begann laut zu weinen: «Ich will nicht zurück! Ich will zu meiner Mutti!» – «Noch einen schwarzen Kaffee», sagte ich zur Prinzessin, «und dann gehts los.» Wir nahmen das Kind mit hinein und bauten vor ihm Cakes auf. Es nahm keine Cakes. Wir tranken still; wenn es wild zugeht, soll man immer erst einmal bis hundert zählen oder einen Kaffee trinken.

«So, Lydia – jetzt wisch mal dem Kind das Geheul ab und beruhige es ein bißchen, und ich werde mit dem süßen Schatz telephonieren! Würden Sie mich bitte mit dem Kinderheim verbinden?» Die Schloßfrau stellte viele Fragen, ich beantwortete sie sehr kursorisch, sie sagte etwas Schwedisches in das Telephon, und dann saß ich da und wartete.

Jemand meldete sich, auf schwedisch. Ich sprach aufs gradewohl deutsch. «Kann ich Frau Adriani sprechen?» Lange Pause. Dann eine harte, gelbe Stimme. «Hier Frau Direktor Adriani!» Ich meldete mich. Und da brach es drüben los.

«Das Kind ist wohl bei Ihnen? Ja?» – «Ja.» – «Sie geben es sofort … Sie schicken mir sofort das Kind! Ich werde es abholen lassen – nein: Sie schicken es mir sofort … Sie bringen mir auf der Stelle das Kind zurück! Ich zeige Sie an! Wegen Kindesentführung! Das haben Sie dem Kind in den Kopf gesetzt! Sie! Was? Wenn das Kind nicht in einer halben Stunde … nicht in einer halben Stunde bei mir … Haben Sie mich verstanden?» In mir schnappte das Regulativ ein, das die Feder zurückhält. Ich hatte mich fest an der Leine. «Wir sind in einer halben Stunde bei Ihnen!» Ein Knack – es wurde abgehängt.

«Lydia», sagte ich. «Was nun? Ich werde mit der Alten schon reden – diesmal ist sie dran. Aber die Sachen von dem Kind … Es hilft nichts: wir müssen das Kind mitnehmen, sonst bekommen wir nicht alles!» – «Hm.» – «Und wenn wir es hier in Gripsholm lassen, dann ist die Alte imstande und nimmt es von hier fort, und das ganze Theater fängt von vorn an. Erklär das mal dem kleinen Gegenstand!» Das dauerte zehn lange Minuten; ich hörte die Kleine nebenan weinen und immer wieder weinen, dann wurde sie ruhiger, und als nun auch die Schloßfrau auf sie einsprach, wurde sie still. «Nehmen Sie mich auch gewiß … nehmen Sie mich auch ganz gewiß wieder mit?» fragte sie immer wieder. Wir redeten ihr gut zu. «Sie weinete, Er tröstete den Trost aus voller Brust –», sagte die Prinzessin leise. Und dann gingen wir.

Wir sprachen, damit das Kind uns nicht verstände, französisch. «Du springst ihr doch hoffentlich gleich mit dem Brief und mit dem Scheck ins Gesicht?» – «Lydia», sagte ich. «Lassen wir sie ein kleines Weilchen toben. Ein Hälmchen … Ich möchte noch mal sehn, wie das ist. Nur ein Weilchen!» Die Prinzessin fiel murrend aus dem Französischen in ihr geliebtes Plattdeutsch. «Ick schall mi von Schap beeten laten, wenn ick n Hund in de Tasch hebb?» Und nun wandten wir uns wieder zu der Kleinen, die unruhiger wurde mit jedem Schritt, der uns dem Kinderheim näher brachte. «Darf ich auch wieder heraus? Aber sie läßt mich ja nicht – sie läßt mich ja nicht!» – «Wir müssen doch deine Sachen holen, und du brauchst keine Angst zu haben …» Als wir das Kinderheim sahen, sagten wir gar nichts mehr. Ich legte der Kleinen leise meinen Arm um die Schultern. «Komm – das geht gut aus!» Sie ließ sich ein bißchen ziehen, aber sie ging still mit. Wir brauchten nicht zu klopfen – die Tür war offen.

Frau Adriani stand unten in der Halle, sie war über eine Truhe gebeugt und wandte uns den Rücken zu. Als sie unsre Schritte hörte, drehte sie sich blitzschnell um. «Ah – da sind Sie ja! Na, das ist Ihr Glück! Sind Sie meinem Mädchen nicht begegnet? Nein? Na, es ist schon jemand unterwegs, falls Sie nicht gekommen wären … Wo bist du hingelaufen, du Teufelsbraten!» schrie sie das Kind an: «Wir sprechen uns nachher! Nachher sprechen wir uns! Los jetzt!» Das Kind verkroch sich hinter die Prinzessin. «Einen Augenblick», sagte ich. «So schnell geht das nicht. Warum ist das Kind von Ihnen fortgelaufen?» – «Das geht Sie gar nichts an!» schrie Frau Adriani. «Gar nichts geht Sie das an! – Komm her, mein Kind!» Sie ging auf das Kind zu, das ängstlich zusammenzuckte. Sie legte der Kleinen die Hand auf den Kopf. «Was sind denn das für Dummheiten! Wozu läufst du denn vor mir fort? Hast du Angst vor mir? Du mußt vor mir keine Angst haben! Ich will doch dein Bestes! Da läufst du nun zu fremden Leuten … stehen dir denn diese fremden Menschen näher als ich? Ich habe dir doch erzählt: die sind nicht mal richtig verheiratet …» Sie sprach so falsch-eindringlich in das Kind hinein, aber ihre Stimme wußte sich gehört; sie sprach gewissermaßen im Profil. «Läufst hier fort …!» Das Kind schauerte zusammen.

«Kann ich Sie wohl mal sprechen?» sagte ich sanft. «Was … wir haben uns nichts zu sagen!» – «Vielleicht doch.» Wir gingen alle in den Eß-Saal.

«Also das Kind ist zu Ihnen gelaufen! Das ist ja reizend! Ihr Glück, daß Sie es auf meine Weisung sofort wiedergebracht haben! Sie wird nicht mehr weglaufen – das kann ich Ihnen versprechen. So ein Geschöpf! Na warte …» – «Das Kind muß doch einen Grund gehabt haben, wegzulaufen!» sagte ich. «Nein. Das hat es gar nicht gehabt. Es hat keinen Grund gehabt.» – «Hm. Und was werden Sie nun mit ihm machen?» – «Ich werde es bestrafen», sagte Frau Adriani satt und hungrig zugleich. Sie reckte sich in ihrem Stuhl. «Erlauben Sie mir bitte eine Frage: Wie werden Sie es bestrafen?» – «Ich brauchte Ihnen darauf keine Antwort zu geben – ich muß das nicht. Aber ich sage es Ihnen, denn es ist im Sinne von Frau Collin, im Sinne von Frau Collin, daß das Kind streng gehalten wird. Sie wird also Zimmerarrest bekommen, die kleinen Hausstrafen, Arbeiten, es darf nicht mit den andern spazieren gehn – so wird das hier gemacht.» – «Und wenn wir Sie bitten, dem Kind die Strafe zu erlassen … täten Sie das?» – «Nein. Dazu könnte ich mich nicht entschließen. Da könnten Sie bitten … Das wollten Sie mir sagen?» fügte sie höhnisch hinzu. «Nun … behandeln Sie denn alle Kinder so? Man muß manchmal streng sein, gewiß, aber die Kinder so zur Verzweiflung treiben …» – «Wer treibt hier die Kinder zur Verzweiflung! Erziehen Sie Ihre Kinder, verstehn Sie! Wenn Sie mit der Dame da welche haben! Dieses hier erziehe ich!» – «Ga hen und fleut die Hühner und verget den Hahn nich!» murmelte die Prinzessin. «Was sagten Sie?» fragte Frau Adriani. «Nichts.» – «Ich habe meine Grundsätze. Solange ich die Macht über das Kind habe …»

Ich sah ihr fest in die Augen … einen Augenblick lang noch ließ ich sie zappeln in ihrer wahnwitzigen und ungeduldigen Wut. Immer liefen ihre flinken Augen von uns zu dem Kind und wieder zurück, sie wartete auf das Kind. Ich überlegte, wieviel Menschen auf der Welt in der Gewalt solcher da sein mochten, und wie das nun wäre, wenn wir ihr das Kind wirklich überlassen müßten, und was die andern Kinder hier auszustehen hätten … «Also – jetzt werde ich das Nötige in die Wege leiten …» Frau Adriani stand auf. Da packte ich zu.

«Das Kind wird nicht bei Ihnen bleiben», sagte ich.

«Waaas –?» brüllte sie und stemmte die Arme in die Seite. «Wir nehmen das Kind zu seiner Mutter zurück. Hier ist ein Brief von Frau Collin, hier ist ein Scheck … wir werden gleich bezahlen …» Über das Gesicht der Frau lief wie eine Welle über kochende Milch ein Schreck; man sah, wie es in ihr dachte; man hörte sie denken, sie glaubte nicht. «Das ist nicht wahr!» – «Doch, das ist wahr. Nun kommen Sie nur – setzen Sie sich wieder hin … ich werde Ihnen das alles hübsch der Reihe nach übergeben.» – «Du gehst nach oben!» herrschte sie das Kind an. «Das Kind bleibt hier», sagte ich. «Das ist der Brief. Die Unterschrift ist beglaubigt.» Frau Adriani riß ihn mir aus der Hand.

Dann warf sie ihn der Prinzessin vor die Füße. «Das ist der Dank!» schrie sie. «Das ist der Dank! Dafür habe ich mich um diesen verwahrlosten Balg gekümmert! Dafür habe ich für sie gesorgt! Aber das … das haben *Sie* der Frau Collin eingeredet! Sie haben sie aufgehetzt! Sie haben mich verleumdet! Das werde ich … Raus! Sie …!» – «Wir nehmen also das Kind gleich mit. Sie werden augenblicklich die Sachen packen lassen und mir die Rechnung übergeben. Dafür bekommen Sie gegen Quittung diesen Scheck. Er ist auf Stockholm ausgestellt.» Geld! Geld war im Spiel! Die Frau blendete über und wechselte sofort die Tonlage. Sie sprach viel ruhiger, kälter – sehr fest.

«Die Rechnung kann ich Ihnen im Augenblick nicht machen. Das Kind hat mir vieles zerbrochen, da sind Schadenersatzansprüche. Selbstverständlich muß bis zum Quartalsende gezahlt werden – das ist so ausgemacht. Selbstverständlich. Und dann muß ich erst zusammenstellen lassen, was hier alles im Haus durch die Schuld dieses Mädchens entzweigegangen ist. Das dauert mindestens eine Woche.» – «Sie schreiben mir jetzt eine Quittung über den Scheck aus; er deckt die Kosten bis zum Vierteljahrsschluß, dann bleiben noch zweiundfünfzig Kronen übrig … über den Rest werden Sie sich mit Frau Collin einigen. Das Kind kommt mit uns mit.» Das Kind hatte aufgehört, zu weinen, es sah fortwährend von einem zum andern und ließ die Prinzessin keinen Augenblick los, keinen Augenblick.

Frau Adriani sah auf den Scheck, den ich in der Hand hielt. «Mit Geld allein ist die Sache nicht abgetan!» sagte sie. «Immerhin … Warten Sie.» Sie ging. Die Prinzessin nickte befriedigt. Die Frau kam wieder.

«Sie hat einen Schrank ruiniert … sie hat ein Fenster kaputt gemacht; das Fenster war von innen abgeriegelt, sie muß da etwas hinausgeworfen haben … das macht … ich habe auch noch eine Wäscherechnung …» – «Nun ist es genug», sagte ich. «Sie bekommen nun gar nichts, und dann nehmen wir das Kind mit, auch ohne seine Sachen – oder aber Sie schreiben mir eine Quittung über den Scheck aus, und dann liefern Sie uns alle Sachen aus, die dem Kind gehören,» – Frau Adriani machte eine Bewegung – «alle Sachen, und dann bekommen Sie Ihr Geld. Nun?»

Sie ringelte sich; man fühlte, wie es in ihr gärte und wallte … aber da war der Scheck! da war der Scheck! Psychologie ist manchmal sehr einfach. Nein, so einfach war sie doch nicht. Wieviel Stimmlagen hatte diese Frau! Nun legte sie die letzte Platte auf.

Sie begann zu weinen. Die Prinzessin starrte sie an, als hätte sie ein exotisches Fabeltier vor sich.

Frau Adriani weinte. Es klang, wie wenn jemand auf einer kleinen Kindertrompete blies, es war mehr eine Art Quäken, was da herauskam, ganz leise, bei völlig trocknen Augen – so machen die kleinen Gummischweinchen, wenn sie die Luft von sich geben und verrunzelnd zusammenfallen. Großaufnahme: «Ich bin eine Frau, die sich ihr Leben erarbeitet hat», sang die Kindertrompete. «Ich habe viele Reisen gemacht und mir Bildung erworben. Ich habe einen kranken Mann; ich habe niemanden, der mir hilft. Ich stehe diesem Hause seit acht Jahren vor – ich bin den Kindern wie eine Mutter, wie eine Mutter … das Kind ist mir ans Herz gewachsen … ich habe für dieses Kind … Scheißbande!» brüllte sie plötzlich.

Es war wie eine Erlösung. Die Vorstellung des Stücks «Das gerührte Mutterherz» war so dumm gewesen, es waren die gangbaren Mittel einer Provinz-Hysterika … daß wir wie von einem Alpdruck befreit waren, als sie mit dem Kraftwort abschloß und in die Realität zurückkehrte, in ihre Wirklichkeit. «So», sagte ich. «Nun gehn wir und packen ein!» Ihr letzter Widerstand flackerte auf. «Ich packe nicht. Gehn Sie selber nach oben und suchen Sie sich ihre Lumpen zusammen. Liegt wahrscheinlich alles durcheinander. Ich suche nicht.» Sie knallte auf einen Stuhl. Und sprang gleich wieder auf. «Natürlich lasse ich Sie nicht allein hinaufgehn! Senta! Anna!» Es erschienen zwei Mädchen. Sie sagte zu ihnen etwas auf schwedisch, das wir nicht verstanden. Wir gingen hinauf.

Aus allen Türen sahen Mädchenköpfe, verängstigte, neugierige, aufgeregte Gesichter. Keines sprach; ein Mädchen knickste verlegen, dann andre. Wir standen oben im Schlafzimmer Adas; die vier kleinen Mädchen, die darin waren, drückten sich scheu in einer Ecke zusammen. Wir öffneten den Schrank, und die Prinzessin fragte nach einem Koffer. Ja, das Kind hatte einen mitgebracht, aber der stände auf dem Boden. «Wollen Sie ihn bitte ...» Ein Mädchen ging. Die Prinzessin räumte den Schrank aus. «Das? Das auch?» Mit einem Schwung öffnete sich die Tür, Frau Adriani preschte ins Zimmer. «Ich will genau sehn, was sie mitnimmt! Am Ende eignen Sie sich noch fremde Sachen an!» Eine schlechte Verliererin war sie – wer bleibt anständig, wenn er seine Partie verloren hat? «Sie können alles genau sehn, und im übrigen – Holla!» Sie war auf das Kind zugegangen, das sich duckte. Ich trat mit einem raschen Satz dazwischen. Wir sahen uns einen Augenblick an, die Frau Adriani und ich; in diesem Blick war so viel körperliche Intimität, daß mir graute. Dieser Kampf war der Gegenpol der Liebe – wie jeder Kampf. Und in diesem Blick der Augen öffnete sich mir eine tiefe Schlucht: diese Frau war niemals befriedigt worden, niemals. Durch mein Gehirn flitzte jenes zynische Rezept:

Rp.
Penis normalis
dosim
Repetatur!

Aber das allein konnte es nicht sein. Hier tobte der Urdrang der Menschheit: der nach Macht, Macht, Macht. Und nichts trifft solch ein Wesen mehr als ein unerwarteter Aufstand. Dann stürzt eine Welt ein. Spartakus ... So viele Kinder litten hier. Ich hätte geschlagen. Sie wich zurück.

Das Mädchen kam mit dem Koffer; wir packten, schweigend. Einmal riß die Frau ein Hemdchen an sich und warf es wieder hin. Das Kind hielt die Hand der Prinzessin. Die Mädchen in ihrer Ecke atmeten kaum. Frau Adriani sah zu ihnen hinüber und ruckte mit dem Kopf, da gingen sie schlurfend zur Tür hinaus. Der

Koffer wurde geschlossen. Wir trugen ihn hinunter. Ein Mädchen wollte uns helfen – Frau Adriani verbot es mit einer Handbewegung. Der Koffer war nicht schwer. Das Kind ging eilig mit; es weinte nicht mehr. Ich hörte es einmal tief aufatmen.

«Die Quittung?» Frau Adriani ging auf ihren Tisch zu, schrieb etwas auf ein Blatt und reichte es mir, wie mit der Feuerzange. Um ein Haar hätte sie mir leid getan, aber ich wußte, wie gefährlich dieses Mitleid war und wie verschwendet. Es hätte ihr nicht einmal gut getan, denn von diesem Seelenhonorar kauft sie sich neue Kulissen, und alles fängt wieder von vorn an. Ich gab ihr den Scheck. Ich sah auf ihr Gesicht. Der Vorhang war heruntergelassen – jetzt wurde nicht mehr gespielt. Das Stück war aus.

Langsam gingen wir aus dem Hause, in dem das Kind so viel gelitten hatte.

Keiner von uns sah mehr zurück. Die Haustür wurde geschlossen.

2

Der letzte Urlaubstag …

Ich bin schon für die Reise angezogen, zwischen mir und dem Mälarsee ist eine leise Fremdheit, wir sagen wieder Sie zueinander.

Die langen Stunden, in denen nichts geschah; nur der Wind fächelte über meinen Körper – die Sonne beschien mich … Die langen Stunden, in denen der verschleierte Blick ins Wasser sah, die Blätter zischelten und der See plitschte ans Ufer; leere Stunden, in denen sich Energie, Verstand, Kraft und Gesundheit aus dem Reservoir des Nichts, aus jenem geheimnisvollen Lager ergänzten, das eines Tages leer sein wird. «Ja», wird dann der Lagermeister sagen, «nun haben wir gar nichts mehr …» Und dann werde ich mich wohl hinlegen müssen.

Da steht Gripsholm. Warum bleiben wir eigentlich nicht immer hier? Man könnte sich zum Beispiel für lange Zeit hier einmieten, einen Vertrag mit der Schloßdame machen, das wäre bestimmt gar nicht so teuer, und dann für immer: blaue Luft, graue Luft, Sonne, Meeresatem, Fische und Grog – ewiger, ewiger Urlaub.

Nein, damit ist es nichts. Wenn man umzieht, ziehen die Sorgen nach. Ist man vier Wochen da, lacht man über alles – auch über die kleinen Unannehmlichkeiten. Sie gehen dich so schön nichts an. Ist man aber für immer da, dann muß man teilnehmen. «Schön habt ihr es hier», sagte einst Karl der Fünfte zu einem Prior, dessen Kloster er besuchte. «Transeuntibus!» erwiderte der Prior. «Schön? Ja, für die Vorübergehenden.»

Letzter Tag. So erfrischend ist das Bad in allen den Wochen nicht gewesen. So lau hat der Wind nie geweht. So hell hat die Sonne nie geschienen. Nicht wie an diesem letzten Tag. Letzter Tag des Urlaubs – letzter Tag in der Sommerfrische! Letzter Schluck vom roten Wein, letzter Tag der Liebe! Noch einen Tag, noch einen Schluck, noch eine Stunde! Noch eine halbe …! Wenn es am besten schmeckt, soll man aufhören.

«Heute ist heute», sagte die Prinzessin – denn nun stand alles zur Abfahrt bereit: Koffer, Handtaschen, der Dackel, der kleine Gegenstand und wir. «Du siehst aus!» sagte Lydia, während wir gingen, um uns von der Schloßfrau zu verabschieden, «du hast dir je woll mitn Reibeisen rasiert! Keinen Momang kann man den Jung allein lassen!» Ich rieb verschämt mein Kinn, zog den Spiegel und steckte ihn schnell wieder weg.

Großes Palawer mit der Schloßfrau. «Tack … danke …» und: «Herzlichen Dank! … Tack so mycket …» und «Alles Gute!» – es war ein bewegtes und freundliches Hin und Her. Und dann nahmen wir Ada an die Hand, jeder griff nach einer Tasche, da stand der kleine Motorwagen … Ab.

«Urlaub jok», sagte ich. Jok ist türkisch und heißt: weg. «Du merkst auch alles», sagte die Prinzessin und kämmte das Kind. «Lydia, ich hätte nie geglaubt, daß du so eine nette Kindermama abgeben kannst! Sieh mal an – was alles in dir steckt!» – «Ich bin Sie nämlich eine Zwiebel!» sagte die Prinzessin und enthüllte damit, vielleicht ohne es zu wissen, das Wesen aller ihrer Geschlechtsgenossinnen.

Und dann fing das Kind langsam, ganz langsam und stockend, an, zu erzählen – wir drängten es nicht, erst wollte es überhaupt nicht sprechen, dann aber sprach es sich frei, man merkte, es wollte erzählen, es wollte alles sagen, und es sagte alles:

Den Krach mit Lisa Wedigen und das Blatt vom Kalender; die

dauernden Strafen und die Glockenblumen unter dem Kopfkissen und sein Spitzname «Das Kind»; der kleine Will und Mutti und was der Teufelsbraten sich alles ausgedacht hatte, um die Mädchen zu tyrannisieren, und Hanne und Gertie und das Essen im Schrank und alles.

Es ging ein bißchen durcheinander, aber man verstand doch, worauf es ankam. Und ich nannte den kleinen Gegenstand nunmehr Ada Durcheinander, und die Prinzessin bemutterte und bevaterte das Kind zu gleicher Zeit, und ich schlug vor, sie solle dem Kind die Brust geben, und dann brach ein wilder Streit darüber aus, welche: die linke oder die rechte. Und so kamen wir nach Stockholm.

Und fuhren zurück nach Deutschland.

Berlin streckte die Riesenarme und langte über die See ... «Wir müssen der Frau Kremser telegraphieren», sagte die Prinzessin, «sicher ist sicher. Junge, haben wir uns gut erholt! Was möchtest du denn?» Das Kind hatte ein paar Mal vor sich hingedruckst, hatte angesetzt und wieder abgesetzt. «Na?» – Nein, aufs Töpfchen mußte sie nicht. Sie wollte etwas fragen. Und tat es.

«Sind Sie Landstreicher?» Wir sahen uns entgeistert an. «Die Frau Adriani hat gesagt ...» Es stellte sich heraus, daß die Frau Adriani uns dem Kind als passionierte, ja als professionelle Landstreicher hingestellt hatte – «diese Landstreicher da draußen, die nicht mal verheiratet sind!» – und das Kind, das jetzt völlig aufgetaut war, wollte nun alles wissen: ob wir Landstreicher wären, und was wir denn da anstrichen ... und ob wir schon mal verheiratet gewesen wären und warum nun nicht mehr, und dann mußte es aufs Töpfchen, und dann brachten wir es zu Bett. Ich ertappte mich dabei, ein wenig eifersüchtig auf das Kind gewesen zu sein. Wer war hier Kind? Ich war hier Kind. Nun aber schlief es, und Lydia gehörte mir wieder allein.

«Bist du verheiratet?» fragte die Prinzessin. «Na, das hat noch gefehlt!» – «Alte», sagte ich. «Nein, wir Landstreicher, wir sind ja nicht verheiratet. Und wenn wir es wären ... Fünf Wochen, das ginge gut, wie? Ohne ein Wölkchen. Kein Krach, keine Propppleme, keine Geschichten. Fünf Wochen sind nicht fünf Jahre. Wo sind unsre Kümmernisse?» – «Wir haben sie in der Gepäckaufbewahrungsstelle abgegeben … das kann man machen», sagte die Prinzessin. «Für fünf Wochen», sagte ich. «Für fünf Wochen geht manches gut, da geht alles gut.» Ja … vertraut, aber nicht gelangweilt; neu und doch nicht zu neu – frisch und doch nicht ungewohnt: scheinbar unverändert lief das Leben dahin … Die Hitze der ersten Tage war vorbei, und die Lauheit der langen Jahre war noch nicht da. Haben wir Angst vor dem Gefühl? Manchmal, vor seiner Form. Kurzes Glück kann jeder. Und kurzes Glück: es ist wohl kein andres denkbar, hienieden.

Wir rollten in Trälleborg ein. Es war spät abends; die weißen Bogenlampen schaukelten im Winde, und wir sahen zu, wie der Wagen auf die Fähre geschoben wurde. Das Kind schlief schon.

Ein großer Passagierdampfer rauschte durch das Wasser in den Hafen. Alle Lichter funkelten: vorn die Schiffslaternen, oben an den Masten kleine Pünktchen, alle Kammern, alle Kajüten waren hell erleuchtet. Er fuhr dahin. Musik wehte herüber.

Whatever you do –
my heart will still belong to you –

Eine Welle Sehnsucht schlug in unsre Herzen. Fremdes erleuchtetes Glück – da fuhr es hin. Und wir wußten: säßen wir auf jenem Dampfer und sähen den erleuchteten Zug auf der Fähre, wir dächten wiederum –: da fährt es hin, das Glück. Bunt und glitzernd fuhr das große Schiff an uns vorüber, mit den Lichtpünktchen an seinen Masten. Die schwitzenden Stewards sahen wir nicht, nicht die Reeder in ihren Büros, nicht den zänkischen Kapitän und den magenkranken Zahlmeister … natürlich wußten wir, daß es so etwas gibt – aber wir wollten es jetzt, in diesem einen Augenblick, nicht wissen.

Whatever you do –
my heart will still belong to you –

Unsre Herzen fuhren ein Stückchen mit.

Dann stand unser Wagen auf der Fähre. Das Schiff erzitterte leise. Die Lichter an der Küste wurden immer kleiner und kleiner, dann versanken sie in der blauen Nachtluft.

Wir standen an Deck. Die Prinzessin sog den salzigen Atem des Meeres ein. «Daddy – ich bedanke mich auch schön für diesen Sommer!» – «Nein, Alte – ich bedanke mich bei dir!» Sie sah über die dunkle See. «Das Meer …», sagte sie leise, «das Meer …» Hinter uns lag Schweden, Schweden und ein Sommer.

Später saßen wir im Speisesaal in einer Ecke und aßen und tranken. «Auf den Urlaub, Alte!» – «Auf was noch?»

«Auf Karlchen!» – «Hoch!»

«Auf Billie!» – «Hoch!»

«Auf die Adriani!» – «Nieder!»

«Auf deinen Generalkonsul!» – «Mittelhoch!»

«Das sind alles keine Trinksprüche, Daddy. Weißt du keinen andern? Du weißt einen andern. Na?»

Ich wußte, was sie meinte.

«Martje Flor», sagte ich. «Martje Flor!»

Das war jene holsteinische Bauerntochter gewesen, die im Dreißigjährigen Kriege von den Landsknechten an den Tisch gezerrt wurde; sie hatten alles ausgeräubert, den Weinkeller und die Räucherkammer, die Obstbretter und den Wäscheschrank, und der Bauer stand daneben und rang die Hände. Roh hatten sie das Mädchen herbeigeholt – he! da stand sie, trotzig und gar nicht verängstigt. Sie sollte einen Trinkspruch ausbringen! Und warfen dem Bauern eine Flasche an den Kopf und drückten ihr ein volles Glas in die Hand.

Da hob Martje Flor Stimme und Glas, und es wurde ganz still in dem kleinen Zimmer, als sie ihre Worte sagte, und alle Niederdeutschen kennen sie.

«Up dat et uns wohl ga up unse olen Dage –!» sagte sie.

52

Auf dem Nachttisch

Die Gesamtausgabe der Freudschen Schriften ist da. Elf Bände, die die Welt erschütterten.

Einer der wenigen Männer, die diesen Mann richtig sehn,

scheint Freud zu sein. Mit dem Lorbeergemüse seines Ruhmes kann er die faulen Äpfel seiner Tadler garnieren, und wenn er weise ist, sieht er die Schar seiner Schüler an und denkt sich sein Teil. Lassen wir die schlechten Schüler, halten wir uns an die guten und halten wir uns an ihn.

Es ist das Schicksal der Wahrheiten, hat Schopenhauer gesagt, daß sie erst paradox erscheinen und dann trivial. An Freud ist das genau zu studieren. Die Gesamtausgabe seiner Schriften zeigt aber noch etwas andres.

Langsam beginnt sich das Fleisch von diesem Werk zu lösen, das Zufällige, das Alltägliche – und es bleibt das Skelett. Wir können nicht sehen, was davon noch im Jahre 1995 lebendig sein wird, und ob überhaupt noch etwas lebendig sein wird, nämlich in der Form, die er ihm gegeben hat. Fortwirken wird es, das kann man sagen. Er hat eine Tür aufgemacht, die bis dahin verschlossen war.

Es gibt Partien in diesen elf Bänden, besonders in den ersten, die muten an wie ein spannender Kriminalroman. Wie da die Theorien langsam keimen und aus den platzenden Hüllen kriechen, wie sie sich scheu ans Licht wagen, ins Helle sehn und plötzlich sehr bestimmt und fest auftreten: nun sind sie da und leben und wirken. Die Darstellungskunst Freuds ist fast überall die gleiche: in den grundlegenden Schriften, in den kleinen Aufsätzen, so in dem wunderschönen Gedächtnisartikel für Charcot – überall ist ein klarer, methodisch ordnender Geist am Werk.

Das Modische an diesen Schriften wird vergehen; die kindische Freude der Amerikaner und sonstiger puritanisch verbildeter Völker, nun einmal öffentlich über Sexualität sprechen zu können … das hat mit Freud nicht viel zu tun. Bleiben wird der große Erneuerer alter, verschütteter Wahrheiten – der Wahrheit: der Wille des Menschen ist nicht frei.

Das schön gedruckte und gut gebundene Werk ist im Internationalen Psychoanalytischen Verlag zu Wien erschienen. Es finden sich darin auch die jüngsten Schriften Freuds, auf die immer wieder hingewiesen werden muß, als letzte die ‹Zukunft einer Illusion›. Es fehlt noch das ‹Unbehagen in der Kultur›; ein zwölfter Band wird erscheinen. Die Grenzen Freuds werden in seinem Gesamtwerk erkenntlich. Er ist nicht der liebe Gott, doch hat er uns gelehrt, wieviel Krankheitsgeschichte in den gereizten Kritiken über ihn zu finden ist. Für halbgebildete Katholiken sei gesagt: es ist die Bibel der Gottlosen. Josef Wirth darf das falsch zitieren. Man versteht die Welt nicht, wenn man diese Bände nicht kennt. Sigmund Freud wird am sechsten Mai fünfundsiebzig Jahre alt. Wir grüßen ihn voller Liebe und Respekt.

Nach diesem beherzigenswerten Vermerke fahren wir fort im löblichen Werke. Willy Haas ‹Gestalten der Zeit› (erschienen bei Gustav Kiepenheuer, Berlin). Essays aus vielen Bezirken: France, Barrès, Tolstoi, Ludendorff, Werfel und Kafka; Totenmasken und das rapprochement … in dem Bändchen werden viele Themen angeschlagen. Manches ist wundervoll im Einfall, so etwa die Parallele von Theologie und Kriminalroman, wie überhaupt eine gute dogmatische Vorbildung den Autor befähigt, zum Beispiel so eine Erscheinung wie die Ludendorffs besser zu sehen als das andre vermocht haben. Manches habe ich nicht verstanden: für eine so hymnisch-getragene Untersuchung über Hofmannsthal muß ich mich inkompetent erklären, das müssen die Österreicher unter sich abmachen, unsereiner hat da wohl nichts zu suchen. Ich glaube davon nicht eine Silbe. Haas, ein Mann von viel Bildung, Wissen und Geschmack, hat nur einen Fleck: das ist der Literaturjargon, in dem er oft schreibt. Tut ers nicht, dann blinkt das nur so von Klarheit, und alles ist treffsicher und rational untermauert; tut ers, dann kullern ihm die Modewörter dahin, und dieses Gemisch von philosophischen, soziologischen, medizinischen, psychologischen Brocken gibt keine gute Suppe. Möge er doch seine eigne Sprache sprechen und nicht die jener Knaben, die nachts um halb eins Laotse mit Carus gleichsetzen, weils schon gleich ist. Haas gehört nicht zu ihnen – er soll auch nicht ihren Jargon schreiben.

Dieser Essayband ist ein Buch mit Einfällen, ein reiches Buch, das den Leser reizt, die behandelten Themen seinerseits zu studieren. Die Aufsätze von Willy Haas erscheinen fortlaufend in der ‹Literarischen Welt›; hoffentlich ist dies nicht sein letzter Auswahlband.

Matwey Liebermann ‹Im Namen der Sowjets› (erschienen im Malik-Verlag zu Berlin). Ein moskauer Sling berichtet aus den russischen Gerichtssälen. Das ist sehr beachtlich, diese Gerichtschronik der Prawda. Um so beachtlicher, als es sich hier nicht um große Affairen handelt, wie etwa den Ramsin-Prozeß; über den mag man ‹Spione und Saboteure› (erschienen im Neuen Deutschen Verlag zu Berlin) nachlesen. Liebermann gibt den Alltag, Alltagsprozesse, Mord und Totschlag, wie sie in jedem Lande vorkommen. Nur die Färbungen sind verschieden. Hier so:

Ob das nun am Berichterstatter oder an den prozeßführenden Organen liegt, es geht eine Art Fibelton durch das Buch. Nun kann ich nicht russisch; ich höre also den Ton nur in der Übersetzung, und da mag er unrein klingen. Aber es ist etwas von erhobenem Zeigefinger, vom braven und vom bösen Russen; doch wenn das Auditorium höhnisch dazwischen ruft, weil der ungeschickte und «nicht sympathische» Angeklagte dumme Ausreden vorbringt, so ist das schließlich nichts andres als das, was jedes Gerichtssaalpublikum auf der ganzen Welt empfindet. Es wird aber hier um neunzig Grad gedreht, und man hat manchmal den Eindruck, in einem Kindergarten zu sein. Vielleicht ist diese strenge, dogmatische Behandlung der Angeklagten notwendig, vielleicht muß die neue Sittlichkeit, die die Russen realisieren wollen, erst in die Gehirne gehämmert werden, und zwar so und nicht anders –: das kann ich nicht beurteilen. Soweit es sich um eindeutige politische und sowjetfeindliche Akte handelt, ist das verständlich; geht es ins Gefühlsleben hinab, so trennt mich von dieser Anschauung eine Welt. Ich weiß sehr genau, daß das Dreieck von zwei Männern und einer Frau in seiner Auswirkung auch vom Wirtschaftlichen abhängig ist. Das aber, was hier getrieben wird, muß zum Klischee führen, auch in der Beurteilung solcher Gefühlsverwirrungen. Noch hat man nicht den Eindruck, daß die urteilenden Genossen Pharisäer seien – durchaus nicht. Der Weg, den sie gehen, kann sie jedoch dahin führen, es zu werden. Es ist eine andre, uns ferne, fremde und dünne Luft, in der geurteilt wird. Gewohnt, alles was geschieht, in seinen Wirkungen auf das Individuum zu beziehen, sehe ich die Wirkungen dieser Justiz nicht klar vor Augen. Freilich haben wir als Angehörige von Staaten, in denen die Justiz so im argen liegt, überhaupt keine Veranlassung, uns in Vergleichen zu überheben – schlimmer, dümmer, verrotteter und gemeiner als die durchschnittliche bürgerliche Rechtsprechung mit ihren verhärteten Spießern, von denen kaum einer weiß, was Schuld, Reue und Strafe ist … so schlimm wie bei uns kann es in Rußland nicht sein. Man fertige nicht so viel Psychologien über Verbrecher an; man schreibe eine Psychologie, die dartut, wie es in den Köpfen der Staatsanwälte und der Richter aussieht, und warum es da so aussieht, und man wird Merkwürdiges zu sehen bekommen. Das russische Strafrecht zeigt sich in diesem Buch von seiner besten Seite, und dieses Recht ist gut. Die Richter tun das gleiche – aber es sind Russen, und ich kann sie nicht ganz verstehn; auch in ihrem Rationalismus nicht, grade da nicht. Denn er ist keiner.

Die Bucheinbände John Heartfields werden immer besser; dieser ist wieder sehr geglückt, besonders die Photos auf der Rückseite. Viel kopiert, nie erreicht.

Weil wir grade bei den Gerichteten sind: ‹Menschen im Zuchthaus› von Lenka von Koerber (erschienen im Societäts-Verlag zu Frankfurt am Main). Brav, aber das ist kein neuer Weg; nicht brav. Es ist doch alles wieder von oben nach unten gesehn; die Bestraften sind eben doch eine andre Rasse, und es ist gar nichts, gar nichts. Sicherlich kann diese Frau in der freiwilligen Anstaltshilfe viel Gutes tun, aber ihre Anschauungen von Schuld und Sühne sind ganz und gar bürgerlich, also unbrauchbar. Lenka, schauen Sie nicht auf die Strafanstaltsdirektoren, mit denen Sie da zu tun haben – das sind keine Lehrmeister, sondern in ihrer Mehrzahl Gegenbeispiele. Schlagen Sie sich an die Brust, Lenka – nur wer sich einmal wirklich schuldig gefühlt hat, denken Sie, ohne von einem Richter verurteilt worden zu sein –: nur der weiß, was das ist: Strafe. Zuchthaus? Diese Zucht ist eine miserable Zucht, eine verdammte Zucht, eine Unzucht.

Warum übrigens fast alle schreibenden Frauen den zusammengesetzten, substantivierten Infinitiv anwenden! Dieses Musikalisch-schreibenwollen, aber Nicht-hinten-hochkönnen – das ist wirklich keine Freude.

Nur aus Spaß angezeigt und nur für Leute, die das Büchlein gratis einsehen können: ‹Kaplan Fahsel in seinem Werdegang unter Zuhilfenahme seiner Briefe und Aufzeichnungen› dargestellt von Henriette v. Gižycki (beim Buchverlag Germania in Berlin erschienen). Na, und so ist es denn auch. Man hält es wirklich nicht für menschenmöglich, worauf alles die Leute hineinfallen. Das Werk der Verfasserin und diese selbst kann ich nicht charakterisieren: ich komme sonst ins Kifänknis. Und das ist die Sache wieder nicht wert. «Ich hoffe, daß dieses Schriftchen zum Verständnis des eigenartigen Werdeganges eines Mannes unsrer Zeit beiträgt.» Husch-husch; das tuts.

‹Stempellieder› von Franz Zorn (erschienen als Sonderheft des ‹Sturm›, Dezember-Heft 1930. Im Verlag des ‹Sturm›, Berlin W 15).

Schade. Das könnte etwas sein. Es ist aber nur der zerbrochene Aufschrei eines zerbrochenen Bürgers, der – mit aller Ehrfurcht vor seiner Not sei es gesagt – im Augenblick, wo er eine Stellung hätte, mit dem kapitalistischen System durchaus zufrieden wäre. Es ist die ausweglose Hoffnungslosigkeit eines, der noch nicht den Weg zur Arbeiterbewegung gefunden hat, ohne den solcher Not eben nicht beizukommen ist. Das Parteibuch allein genügt gewiß nicht; das Gedichtbuch aber auch nicht. Es sind ein paar sonderbare Zeilen in dem Heft; am besten die, wo alte, einmal gehörte Formen und Versfetzen durch die Gedichte geistern. Verzweiflung allein ist kein Agens in diesem Kampf, der zu führen ist.

Nach diesem durchaus politischen Vermerke fahren wir fort im löblichen Werke. Karl Benno von Mechow ‹Das Abenteuer› (erschienen bei Albert Langen in München). ‹Ein Reiterroman aus dem großen Krieg.› Hei, Hornist, blas' ins Horn! Welchen Krieg meint Ihr itzt? Er meint die letzte große Industrie-Schlachterei. Doch gehts nimmer so in dieser Scharteke zu; bey der heiligen Sankta Barbara, mitnichten!

Das Buch ist wunderhübsch geschrieben; wenn es als Märchen herausgekommen wäre, wärs gar nicht übel. Es ist ein ästhetischer Krieg; ein pflaumenblauer Herbst-Krieg, mit Ritten durch die regenschweren Baumalleen des Ostens … sicher ist das auch so gewesen, und wenn man von der gewissen übermanierlichen Geziertheit eines Salonrauhreiters absieht, ist die Lektüre freundlich und heiter. Das müßte so ein Buch für den Kulturdichter Binding sein – der liebt diese sauber gebürstete Romantik. Allerdings schwätzt Mechow lange nicht so falsch-gescheit daher und ist nicht halb so reaktionär wie jener, der Liebling gut-liberaler Kreise. Der Stil Mechows ist bezeichnend für ein ganzes Bücherbrett voll Kriegsbüchern: leicht geziert. Da, wo er rauh ist, ist er es in Anführungsstrichen – haben die Unteroffiziere bei der Kavallerie nicht so gesprochen: «Von dem wollte ich erzählen. Das ist einer, so einen sah ich noch nie»? Genau so haben sie gesprochen. Man hat, wenn man das Buch liest, niemals das Gefühl, als könnten bei dieser Reiterunternehmung auch Leute sterben, Söhne, Familienväter, verkleidete Papierwarenhändler und Bureauangestellte, zu Hause steht die Frau nach der powern Rente an … nicht doch. Stören Sie die Romantik nicht, Herr!

Sehr bezeichnend, daß dieses Buch im Osten spielt. Im Westen gabs das alles nicht. Und nach dem Westen sind auch niemals Freikorps gezogen, in diese so verdammt zivilisierte Gegend, wo nach 1918 jedermann die Recken mit Stahlhelm und Sturmband gefragt hätte: «Die Herren haben wohl einen kleinen sitzen?» Landsknechts-Romantik blüht vorwiegend im Dreck und in der Weite unordentlich bestellter Felder.

Manchmal blüht sie aber auch am Telephon, am photographischen Apparat und in der sauberen Schweiz. Das Zeitalter der Spionenbücher ist angebrochen, dieser patriotischen Detektiv-Schmöker.

‹Die Weltkriegs-Spionage (Original-Spionage-Werk); im Verlag Justin Moser, München, Abteilung Vertriebsstelle amtlicher Publikationen und Veröffentlichungen aus Kriegs-, Militär-, Gerichts- und Reichsarchiven.› Uff. Und so ein dickes Buch! Wenn man damit einen Kriegsgerichtsrat vor den Kopf haut … er bleibt leben. Denn diese Köpfe sehn innen zum Beispiel so aus: «Zum Schluß möchte ich nur noch der erst kürzlich wieder von Professor Doktor Louter gebrachten Behauptung entgegentreten, der Exkaiser habe die Verurteilung Miss Cavells bedauert. Dies ist völlig unzutreffend.» Sicher. Der und bedauern –!

Also lassen wir diesen teuren Prachtschinken beiseite und wenden wir uns einem erschwinglichen Bändchen zu: ‹Vorsicht! Feind hört mit!› Herausgegeben von Hans Henning Freiherrn Grote (erschienen im Verlag von Neufeld & Henius in Berlin). Das Ding hat 150 Bilder; für ein Schreckensmuseum gegen Krieg und nationale Barbarei lohnt sich der Ankauf sehr.

Das Buch ist ein Dokument vaterländischer Raserei, ein Leckerbissen für jeden Psychiater, der kein Patriot ist. «Die Spionage ist ein Dauerzustand unter den Völkern, der sich in seiner Existenz um Krieg oder Frieden nicht kümmert, denn sie ist geboren aus der klaren Erkenntnis, daß immer Kampf unter den Menschen und Nationen sein wird bis in alle Ewigkeit.» Gottseidank, heißt dies, Gottseidank: denn nun sind wir, mit unsern Anlagen, die wir im Frieden nicht zu verwerten wissen, unentbehrlich. Das Buch enthält viele solcher Perlen: Textstellen und Bilder.

Text: «Es wurde bei uns sogar versäumt, dem deutschen Soldaten und dem deutschen Volke eindeutig und klar zu sagen, wofür sie kämpften.» Hoppla – ein kleiner Betriebsfehler. Aber wissen wir es heute? Heute wissen wir es. Wofür? Für einen Schmarrn. Und keine weinende Mutter, die sich eine Ideologie für den Verlust ihres Sohnes zurecht machen muß, um noch leben zu können, kann daran etwas ändern.

Manchmal machten diese allerchristlichen Staaten einander Konkurrenz, um sich gegenseitig die Soldaten abspenstig zu machen. «Werteste deutsche Soldaten!» fängt ein französischer Werbezettel an. Wenn sie sie nachher hatten, sprachen sie ganz anders, nämlich eine Sprache, die jeder Allerwerteste verstanden hat.

Man erfährt bezaubernde Dinge. Der große schwedische Radierer und Maler Anders Zorn war dem berliner Polizeipräsidium «spionageverdächtig», ein damals geläufiger Terminus, mit dem die Irren ihre Wahnvorstellungen zu benamsen pflegten – Zorn aber wäre, von andern Gründen abgesehen, viel zu faul gewesen, sich mit Politik zu befassen; d'Annunzio wird kontinuierlich Rappaport benannt, und man weiß nicht, worüber man mehr lachen soll: über diese Deutschen, die ihn damit zu vernichten glauben, oder über d'Annunzion; von der großen Literatur der gequälten Matrosen hat der Verfasser nichts gehört, denn für ihn ist die Matrosenrevolte in Kiel von den Engländern gemacht; Battisti wird als Spion bezeichnet, was eine Lüge ist, das ist er nie gewesen; wenn die Franzosen einen erschießen, so ist es ein «angeblicher Spion», und schmatzend wird von den Untaten rheinischer Anti-

Separatisten berichtet. Die erzählen: «Unterwegs begegneten wir einem Lastauto, besetzt mit Separatisten. Nachdem wir diese beerdigt hatten, setzten wir unsern Marsch mit selbigem Lastauto fort.» Ich höre einen spitzen, schrillen Schrei, er rührt von einer Eierstockträgerin her und klingt wie: «Bravo!» Und auch so etwas kriegt Kinder und heißt Mutter.

Die Bilder dieses Bändchens aber sind manchen Kupferpfennig wert. Wie der Wahnsinn «Staatsgrenze» durch die Abbildung des elektrischen Zaunes zwischen Belgien und Holland klar erkennbar wird: hier Mord Pflicht, dort Mord verboten; wie Menschen erschossen werden und fallen – es ist sehr lehrreich. Der Höhepunkt aber dürfte wohl das Bild auf Seite 176 sein.

Die lieben Bundesbrüder pflegten ja die Angehörigen ihrer Völker, die unter Habsburgs Szepter indivisibiliter vereinigt waren, stückweise aufzuhängen, wenn sie anders mit ihnen nicht fertig wurden. Man sieht also in einer Serie von Bildern:

Drei russische Spione, zwei Männer und eine Frau, sie in der Mitte, stehen an Kreuzen. Drei Kreuze in einer Reihe? das muß ich schon mal irgendwo gesehn haben. Jeder auf einem kleinen Podest von Tischen, die man unter ihnen aufgeschichtet hat. Der dritte Mann rechts, der zuletzt an die Reihe kommen wird, hat nur ein Bein, das andre ist ihm bis übers Knie amputiert. Das macht aber nichts. Die Bundesbrüder reißen der Frau die Tische weg, sie hängt – haben Sie das mal gesehn? Es ist reizend. Dann dem zweiten. Der Dritte, der Einbeinige, sieht inzwischen ein bißchen zu, er hat den Kopf dorthin gewendet, niemand hat den Leuten die Augen verbunden, und der Einbein wartet nun, wann die Henkersknechte im Kaiserrock, Gott erhalte, auf ihn zugehen. Zum Schluß sieht man die drei Menschen baumeln, und viele umgestoßene Tische vor ihnen. Die Schweine hatten gefressen, da stießen sie die Tische um. Sie waren damals reich gedeckt, diese Tische.

Ich weiß nicht, was diese drei Leute begangen haben. Ich weiß nur eines:

So groß kann keine Untat sein wie das Verbrechen der Kriegsgerichtsräte auf allen Seiten, der Generale auf allen Seiten. Wie sah das Gesicht des Kontinents damals aus! So angegriffen! Und daher mußten sich alle verteidigen. Die Patzer sind früher zu den Huren gegangen und haben sie geprügelt, für Geld. Die Patzer! Was brauchen wir die Huren! Wir haben einen Feind, wir haben das Vaterland, und wir haben so schöne Kriege.

Peter Panter, WB 5.5.1931

53

Wo sind meine Schuhleisten –?

Wo sind … Ob das nicht jedesmal so ist, wenn man sich abends im Hotel auszieht – wo sind meine Schuhleisten! Wahrscheinlich gestohlen. Himmeldonnerwetter, wo sind die Dinger! Da … nein. Da …? Auch nicht. Na, wo stellen denn diese Zimmermädchen bloß die Leisten hin! Das muß eine internationale Verschwörung sein: bevor eine Zimmermädchen wird, muß sie einen großen Eid ablegen, den Gästen immer die Schuhleisten zu verstecken! Und da sind sie auch nicht! Na, ist das zu glauben? Mark Twain hat mal eine Geschichte darüber geschrieben, wie Hausmädchen immer wichtige Briefe wegwerfen, dagegen irgendeinen alten Fetzen Papier einem beharrlich und vierzehn Tage lang immer wieder auf den Nachttisch packen … wo sind denn die Dinger? Unterm Bett … Jetzt muß ich armer, alter Mann mit meinem dicken Bauch mich auch noch bücken, das ist mir auch nicht an der Wiege gesungen worden. Mama konnte übrigens gar nicht singen. Da hätte sie eben das Grammophon andrehen sollen. Unterm Bett sind sie auch nicht. Also man sollte es nicht für möglich halten: haben denn diese Mädchen keine Leisten! Das ist doch keine so große Sache … Ich werde klingeln. Nein, ich werde *nicht* klingeln. Wir wollen doch mal sehen, ob die männliche Intelligenz nicht imstande ist, den Schleichwegen weiblichen Schafsinns zu folgen. Wahrscheinlich hat sie sie in den Nachttopf gelegt. Auch nicht. Im Schreibtisch …? Mich soll das nicht wundern. Frauen sind zu allem fähig. Einmal, in Gremsmühlen, lagen die Dinger in der Badewanne. «Ich dachte …» hat das Stubenmädchen nachher gesagt.

Wenn sie schon anfangen, zu denken … Frauen sind eine muntere Erfindung … Man sollte Zimmermännchen haben, das ist mal sicher. Wenn ich reich wäre – da sind sie auch nicht – wenn ich reich wäre: nur einen Diener. Einen faltigen, ausrasierten Kammerdiener, der überhaupt nicht spricht und aussieht wie ein alter Raubvogel. Nein, lieber einen jungen – einen fixen, alerten Kerl … jetzt sage doch ein Mensch an, wo dieses Mädchen die Leisten hingepackt hat! Frauen … also das ist überhaupt nichts. Kochen können sie nicht. Na, können sie vielleicht kochen? Keine Ahnung haben sie, keine Ahnung. Die großen französischen Restaurants haben alle einen Chef de Cuisine – Männer können kochen. Frauen können nicht kochen. Schuhleisten richtig weglegen können sie auch nicht. Was können Frauen eigentlich? Na ja … aber jetzt will ich meine Schuhleisten haben, und sie sind nicht da. Also, wenn ich Reichskanzler wäre, da würde ich einen Erlaß herauslassen, daß Hotelzimmer nur von Männern, also von denkenden Wesen, aufgeräumt werden dürfen. Ja. Frauen sind dazu nicht imstande. Nein. Schuhleisten sind ein Grundrecht der Verfassung. Denn wenn die Schuhe eine Nacht lang ohne die Leisten stehen, erkälten sie sich, und überhaupt. Na, ist das nicht zum … Ich werde klingeln. Wer's nicht im Kopf hat, der muß es eben in den Beinen haben. Frauen … das ist ja nichts.

Ja –? Ja, ich habe geklingelt. Fräulein, wo haben Sie denn meine Schuhleisten hingetan? Was? Wie? Na, sone Dinger zum in die Stiefel zu tun. Was? Die haben Sie nicht gesehen? Das ist ja gar nicht möglich – ich hab sie doch heute morgen noch hierhin … Sehen Sie doch bitte mal nach …! Nein, da habe ich schon nachgesehen; da auch; da auch. Ja. Na, was nu? Sehen Sie – sie sind nicht da! Na, wo haben Sie die denn hingetan? Wo tun Sie denn sonst immer Schuhleisten hin? Was? In den Nachttisch? Da sind sie aber nicht. Ach, du lieber Gott. Danke. Ja. Nein. Ja, sehen Sie morgen nochmal nach.

Wenn ich jetzt die Schuhleisten hätte, ich schmisse sie ihr nach! Also mit Weibern ist ja kein Auskommen. Es ist kein Auskommen. Mensch, heirate – du lachst dir tot. Aber das kommt davon, daß ich überhaupt von zu Hause weggegangen bin; man soll eben nur zu Hause reisen. Himmelkreuzbombendonnerwetter, und natürlich hat sie sie irgendwo hingepackt, aber das weiß sie nicht mehr, denn was geht schon in so einen Frauenkopf rein! Ein paar Filme und Adolar. Na, ich sollte hier Hoteldirektor sein; die Damen hätten nichts zu lachen. Also nicht – keine Schuhleisten.

Pyjama. Wo ist der Pyjama? Der ist im Koffer. Da wollen wir gleich mal …

Hm. Da liegen die Schuhleisten obenauf. Ehüm.

Da gehören sie auch hin. Schuhleisten gehören in den Koffer. Natürlich. Und deswegen habe ich sie heute morgen da auch reingelegt. Männer … Männer halten eben Ordnung!

Peter Panter, Voss 10. 5. 1931

54

Auch eine Urteilsbegründung

In einem der jetzt üblichen Hexenprozesse ist Walther Victor als verantwortlicher Redakteur des ‹Sächsischen Volksblattes› in Zwickau zu vier Monaten Gefängnis verurteilt worden. Durch einen Beitrag seien dort eine staatlich geschützte Religionsgesellschaft und ihre Einrichtungen beleidigt. Vier Monate Gefängnis … dafür kann man schon eine ganze Menge Leute vom Reichsbanner in den Bauch knallen.

Unerörtert bleibe, ob dieses Urteil zu Recht ergangen ist oder nicht. Ich untersuche die Urteilsbegründung.

In dieser ist den beiden Juristen – Küntzel und Lindner – etwas durchgerutscht, was in Urteilsbegründungen sehr selten zu finden ist: nämlich die wahren Gründe, die das Urteil hervorgerufen haben. Es heißt da:

«Bei der Strafzumessung hat das Schöffengericht als straferhöhend folgende Umstände berücksichtigt:

Der Artikel, der weitesten Volkskreisen zugängig war, hat eine zersetzende Wirkung auf die Bevölkerung, namentlich auf die Jugendlichen, ausüben müssen. Das ergibt ohne weiteres Form und Inhalt dieses Aufsatzes. Durch den Artikel wird in der Bevölkerung die Ehrfurcht vor der christlichen Religion und ihren Einrichtungen in hohem Maße untergraben. Das muß eine Verrohung der sittlichen Anschauungen des Volkes und damit eine Erschütterung der Grundlage eines gesunden Volkstums und eines gefestigten Staatswesens zur Folge haben. Es ist in dieser Richtung nicht abzusehen, welcher Schaden durch diesen Artikel angerichtet worden ist.

Weiterhin fiel in gleichem Sinne ins Gewicht, daß nach der Überzeugung des Gerichts die genannte zersetzende Wirkung auch der wahre und eigentliche Zweck des Aufsatzes ist. Es ist äußerlich eine Form gewählt, die den Aufsatz als Kritik des Strafvollzugs oder der lebenslänglichen Zuchthausstrafe erscheinen läßt, aber hinter diesem Gewande der Erzählung, des Witzes, der Satire verbirgt sich der geheime Zweck, unmerklich und dem Leser unbewußt Ehrfurchtslosigkeit vor der christlichen Religion und vor der hergebrachten, durch das Christentum begründeten sittlichen Weltanschauung unter dem Volke zu verbreiten. Dieser Zweck, der mit dem Abdruck des Artikels in kluger Berechnung verfolgt, aber in abgefeimter Weise verschleiert worden ist, muß als höchst verderblich und verwerflich bezeichnet werden. Deshalb ist eine empfindliche Strafe erforderlich.»

Diese Begründung ist Wort für Wort und Satz für Satz eine grobe und ungehörige Beschimpfung aller jener, die nicht der Kirche angehören, und diese Urteilsbegründung ist nicht nur juristisch unhaltbar, sie ist auch in jeder Weise eindeutig tendenziös und politisch reaktionär. Es wird in ihr angenommen, daß außerhalb der christlichen Moral keine Sittlichkeit bestehe, und daß, wenn die Grundlagen der christlichen Ethik gefallen sind, wie es ja tatsächlich schon in weiten Bezirken der Fall ist, damit jede Ethik dahinschwände. Also müßten diese zwickauer Juristen Nietzsches gesammelte Werke beschlagnahmen, was im objektiven Verfahren möglich wäre. Das tun sie nicht, vermutlich, weil sie ihn nicht gelesen haben. Und sie tun es nicht, weil sich Nietzsche, der nach Joseph Wirth beinah ein so guter Schriftsteller ist wie Hitler, nur an die Gebildeten wendet – nicht aber, wie das zwickauer Volksblatt, an die breite Masse. Und nur dieser muß offenbar die Religion erhalten bleiben.

Wir verbitten uns das.

Selbstverständlich hat jede Religionsgemeinschaft Anrecht darauf, vor Schmähungen geschützt zu werden. Der Staat schützt nicht jede; Beschmutzungen von jüdischen Friedhöfen werden hierzulande erstaunlich milde geahndet. Ich habe auch unsern Gesinnungsfreunden gegenüber immer wieder betont, daß mir die grobe Art, die katholische Kirche zu bekämpfen, nicht gefällt und daß ich sie nicht für richtig halte. Nun wird aber auf beiden Seiten gesündigt: in der Hitze des Gefechts sind den Kirchengegnern Geschmacklosigkeiten unterlaufen, die nicht zu entschuldigen sind, was wiederum kein Wunder nimmt, wenn man die Polterreden kennt, die manchen Geistlichen auf den Kanzeln unterlaufen, wo man muntere politische Hetzreden hören kann. Sie bleiben Hetzreden, auch wenn sie in getragenem und feierlichem Tonfall vorgebracht werden.

Was aber hier in Zwickau gepredigt wird, geht denn doch über die Hutschnur. Und demgegenüber ist zu sagen:

Die christliche Religionsgemeinschaft ist nicht der Hort aller Sittlichkeit. Es gibt kein religiöses Monopol der Ethik. Millionen von anständigen und sittlich gefestigten Menschen schmähen die Kirche nicht, leben aber bewußt und ganz und gar an ihren Lehren vorbei, und sie tun recht daran. Es ist unrichtig, daß der, der die Lehren der Kirche überwunden hat, ein sittlich minderwertiges Individuum ist. Wer so versagt hat, wie das Christentum im Kriege, sollte uns nichts von Sittlichkeit erzählen. Und keine Strafe wird uns hindern, entgegen den beschimpfenden und höchst unjuristischen Darlegungen der zwickauer Juristen von einem gesetzlichen Rechte Gebrauch zu machen. Nämlich allen unsern Freunden und vor allem den Frauen einen Rat zu erteilen:

Tretet aus der Kirche aus. Tretet aus der Kirche aus. Tretet aus der Kirche aus.

Ignaz Wrobel, WB 12.5.1931

55

Sauflied, ganz allein

Alle Rechte vorbehalten

Manchmal denke ich an dich;
das bekommt mich aber nich,
denn am nächsten Tag bin ich so müde.
Du mein holdes Glasgespinst!
Ob du dich auf mich besinnst?
Morgens warst du immer etwas prüde.
Darum trink ich auf dein Wohl
dieses Gläschen Alkohol!
Braun und blond – rot und schwarz –
Ihr sollt leben!

Kind, der Wein der schmeckt nach Leim,
denn er stammt aus Rüdesheim –
und sein Schein wird blaß und blasser.
Ich schenk mir noch ein Gläschen ein,
denn sie haben dort am Rhein
so ein gut's, gesundes Wasser.
Und darum trink ich auf dein Wohl
dieses Fläschchen Alkohol!
Braun und blond – rot und schwarz –
ihr sollt leben!

Deine Augen waren blau
ganz genau wie bei der Frau
Erna Margot Glyn Kaliski.
Rheinwein ist nicht stark genug,
darum nehm ich einen Schluck
von dem guten, gelben Whisky.
Und ich trinke auf dein Wohl
dieses Fläschchen Alikol –

Braun und blond – black and white …
Ihr sollt leben!

Tinte, Rotwein und Odol
sind drei Flüssigkeiten wohl –
davon kann der Mensch schon leben.
So schön kannst du gar nicht sein,
wie in meinen Träumerein –
so viel kannst du gar nicht geben.
Allerschönste Frauenzier,
ach, wie gut, daß du nicht hier!
O, wie gerne man doch küßt,
wenn die Frau wo anders ist …!
Und darum trink ich auf dein Wohl!
Nun ade, mein Land Tirol!
Lebe wohl! Nur in den kleinen Räuschen
lebe wohl, kann die Frau uns nicht enttäuschen!
Lebe wohl! Mein Land Tirol!
Lebe wohl –! Lebe wohl –!

Theobald Tiger, WB 12. 5. 1931

56

Theobald Tiger spricht

Wir sind hier in der Prosaklasse, und der Tiger meldet sich immerzu. Was hast du denn? Du sagst doch sonst bloß Verse auf? Was willst du denn? Mußt du mal raus? Wackel doch nicht so mit dem Arm! Na, da sags schon, damit einmal Ruhe ist …

– «Ich möchte mal was sagen. Seit achtzehn Jahren singe ich meins in Versen, aber dieses hier möchte ich ganz ausnahmsweise in Prosa von mir geben. Herr Lehrer, ich muß petzen:

ich werde so furchtbar beklaut.

Von wem? Von den Cabarets. Es ist wirklich nicht hübsch, was sie da aufführen.

Kein Cabaretist, kein Conférencier, kein Cabaret-Direktor käme auf den sicherlich fruchtbringenden Gedanken, sich einen Anzug zu mausen; keiner von ihnen stellte an ein Elektrizitätswerk das Ansinnen, den elektrischen Strom umsonst zu liefern … aber einen Text? Einen Text kauft man nicht; den stiehlt man.

Sie stehlen eine Ware. Denn jedes literarische Produkt ist, neben allem andern, eine Ware wie ein Pfund Butter; das trifft auf Operetten zu wie auf die Verse Stefan Georges, und dabei ist auch gar nichts Herabwürdigendes. Waren aber sollte man nicht stehlen. Und die Cabaretleute klauen, daß jeder Taschendieb von ihnen lernen könnte.

Noch niemals habe ich von pazifistischen Organisationen, von Dilettanten oder von Arbeitervereinen, die meine Verse oder Szenen verwerten, Geld gefordert oder erhalten. Das ist auch ganz etwas andres: die wollen nur der Sache dienen, unsrer Sache; sie verdienen mit ihren Darbietungen nichts, diese kleinen Spieltrupps der Arbeiter sind ja froh, wenn sie ohne Unkosten durchkommen. Ihnen sei alles, was ich jemals geschrieben habe, mit Freuden gegeben.

Der Cabaretist aber lebt von diesen Texten; er verdient sich sein Brot damit. Dann sollte er mir meins nicht wegnehmen. Er mag durch mich verdienen, so viel er will – aber nicht an mir.

Da ist noch etwas andres.

Sie fragen nicht einmal, ob ich mit der Art der Rezitation einverstanden bin, und so erleben wir denn, daß da oben Verse aufgesagt werden, die niemals für den Vortrag geschrieben sind, also nicht für das Ohr, sondern für das Auge – und das ist ein himmelweiter Unterschied. Davon wissen die meisten Schauspieler nichts. Sie sagen munter auf, was ihnen grade, beim Lesen, gefallen hat – und dann wundern sie sich, wenn kein Mensch lacht, und wenn das nicht gefällt. Und der Autor ist der Dumme. Ich habe einmal in einem berliner Cabaret so etwas erlebt: da betrat eine bleichgesichtige Nutte das Nudelbrett und quäkte etwas, was ich geschrieben hatte, und ich wollte vor Scham in den Boden sinken.

Sie sagen auf. Sie rezitieren, und wie rezitieren sie! Ich höre meine Verse, auch die pathetischen, recht ruhig, und wenn ich sie je vorlese, so lese ich sie auch so vor, nämlich still. Sie brüllen. Sie schnalzen. Sie rollen und donnern. Sie fuchteln und agieren. Sind das noch meine Verse? Das sind nicht mehr meine Verse. Die Mädchen machen sich niedlich damit und hopsen sie kaputt, von allen guten Geistern verlassen. Und dann bezahlen sie noch nicht mal.

Sie sprechen das auf Schallplatten. Sie ‹bearbeiten› es. Sie modeln es um; sie ‹bringen› es. Und der Autor guckt in den Mond.

Natürlich gibt es Ausnahmen. Willi Schaeffers ist ein anständiger Mann; was mein Freund Paul Graetz von mir spricht, hat er erworben, und er verständigt mich vorher über alles. Claire Waldoff ist sauber. Und noch ein paar. Der Rest aber klaut; leider auch die ‹Katakombe›.

O Zuhörer. Wahrlich, ich sage dir: wenn du ein Gedicht von mir in einem Cabaret hörst, ein Chanson oder sonst etwas: meist kann ich nichts dafür.»

Kurt Tucholsky, WB 12.5.1931

57

Der neue Remarque

Wenn in Deutschland ein Musikprofessor berühmt wird, dann beginnen sich zwei Gruppen um ihn zu streiten: die Radfahrer etwa und die Briefmarkensammler. Fast jeder deutsche geistige Streit verläuft heute auf einer falschen Ebene, nämlich auf einer, wo er nichts zu suchen hat. Man sehe sich die Gegner Einsteins, Emil Ludwigs oder Chaplins an; man betrachte die Freunde jener geistig provinziellen Schriftsteller, die uns als Heimatdichter angepriesen werden – und man weiß Bescheid. Was Freund und Feind gleichermaßen aus den Pantoffeln kippen läßt, ist der Erfolg des Kritisierten – es muß da ein Induktionsstrom des Neides vorhanden sein … und somit hielten wir denn bei Remarque.

‹Der Weg zurück› (erschienen im Propyläen-Verlag zu Berlin).

Die Bilderbuchethik der braven oder wilden Patrioten sei nicht angerührt. Denen war Remarque immer ein Stein im Schnürstiefel: er erschien ihnen pazifistisch, weil er statt unkontrollierbarer Schwammigkeiten sehr reale und konkrete Geschichten aus dem

Kriege aufgemalt hat; das wollten sie nicht. Durchfall stört die Romantik: die falsche nämlich.

Brüllt auf so ein Buch die heulende Scylla der Rechten ein, so pfeift die Carybdis der Linken: «Wie hältst dus denn mit der Partei? Hast du dein Parteibuch dabei?» Der Dichter hat es nicht leicht – die Meistersinger von Moskau prüfen ihn auf Haut und Knochen, und Fleisch braucht er gar nicht zu haben, wenn es nur mit der Dogmatik stimmt. Und zum Schluß knallt ihm noch die penetrante Besserwisserei Alfred Döblins eins um die Ohren, ohne daß der Getroffene Zeit hätte, diesem maßlos überschätzten Schriftsteller dessen Wappenspruch entgegenzurufen: «Worauf herauf?» – Doch nun wollen wir wirklich von Remarque sprechen.

Das neue Buch ist eine saubere und anständige Arbeit, nicht mehr und nicht weniger.

Es ist ein Buch, das begrenzte Gültigkeit hat; nicht ausgeschlossen ist, daß es trotzdem im Ausland Erfolg hat. Während ‹Im Westen nichts Neues› für alle galt, gilt diese Schilderung nur für Deutschland. Im übrigen sollte man sich abgewöhnen, Remarque nun ein für alle Mal mit dem großen Erfolg seines Lebens abzustempeln. Der Mann will mehr. Ob er mehr kann, wird er zu erweisen haben. In diesem Buch hat er es nicht erwiesen.

Es ist saubere, einfache und klare Epik.

Die Rückkehrer können sich nicht ins bürgerliche Leben zurückfinden; der Gestalter Remarque auch nicht. Schildert er Kampfszenen, den Rückmarsch, den Geist der alten Kumpane, ihren Krach, ihre Sauferein und ihre Späße: dann ist das immer gut und echt und stellenweise auch stark. Schildert er irgend etwas andres, eine Bar, eine Szene beim Arzt, eine Familie –: dann ist das blaß, flächig, ohne Hintergründe, mager und ganz und gar gleichgültig. Sieht dieser Mann nur seine Kompagnie? Hat er nie etwas andres gesehn? Ist das sein Erlebnis gewesen, das einzige in seinem Dasein?

Manchmal gehts darüber hinaus. Da ist etwa eine kleine Szene, wie die deutschen und die amerikanischen Soldaten zu tauschen beginnen: Arthur Ledderhose und ein Amerikaner stehen einander gegenüber und fixieren sich. Wer wen übers Ohr hauen könnte – das ist brillant gesehn und in zehn Zeilen famos wiedergegeben. Da ist eine Klamaukszene, wie einer den Schinder-Feldwebel wiederfindet, es der Kumpanei ankündigt und vor Aufregung den Schlucken bekommt; da steht ein Satz «Aber wer kann einen sterbenden Bauern täuschen!» – da sind knappe, scharfe Formulierungen: «Ihm gegenüber erzählt eine Dame von ihrem gefallenen Mann, und sie macht sich so wichtig dabei, als wäre sie gefallen und nicht er.» Oder: «Sie haben den Krieg nur bis zum Bahnhof gesehn, von dem wir abfuhren.» Das ist alles gut, und das sitzt. Aber damit ist es auch beinahe aus, und was dann kommt, ist nicht mehr viel.

Es fällt mir gar nicht ein, Remarque auf eine Parteizugehörigkeit zu prüfen. Doch läßt er den Leser völlig ratlos zurück, so ratlos, wie es die Leute seiner Kompagnie sind, die mir eigentlich am besten gefallen, wenn es für sie etwas zu hauen gibt. Aber damit kann man doch wohl nicht alles lösen. Und so sitzen wir denn alle zusammen da: der Dichter, seine Freunde und seine Leser, und sie wissen alle miteinander nicht, was denn da nun eigentlich werden soll. Ja, wenn man genauer hinsieht: viele wissen auch nicht genau, was man mit ihnen gemacht hat, vier Jahre lang, und wer es gemacht hat, und warum es so hat sein müssen, und wie es vielleicht anders werden kann. Kein Wort davon. Und das brauchte nun eben nicht in feierlichen Tiraden gepredigt zu werden; man könnte das ja auch gestalten, aber Remarque kann es nicht. Es langt nicht.

Das soll uns nicht hindern, zu sagen: Wenn nur alle Bücher so sauber gearbeitet, so hübsch grundiert und ausgemalt, so reinlich gestaltet wären. Aber es langt nicht.

Auf Remarque als Kämpfer können wir nicht zählen, seit er sich von dem Kammerjäger Goebbeles so leicht hat besiegen lassen. Da hat nun schon mal einer von uns so einen großen Erfolg, daß er auf alles husten kann – und dann stellt er sich nicht heraus. Schade. Bleibt abzuwarten, ob man auf den Dichter Remarque in Zukunft wird zählen können. Will er die Bessern unter seinen Lesern befriedigen, so mache er sich mit Picke, Seil und Axt auf, hinauf zu höhern Gipfeln und heraus aus dem platten Flachland braver Leitartikel, die keinen leiten. ‹Im Westen nichts Neues› hätte anonym erscheinen sollen, weil es ein anonymes Buch ist – namenlos wie das Leiden jener, denen es aus dem Herzen geschrieben ist. Nicht so weiter, wie dieses zweite Buch; nicht so weiter.

Ignaz Wrobel, WB 19.5.1931

58

Der patriotische Schneider

Paul Poiret … der Schneider, ganz richtig: der Dicke, der in jedem Jahr vor dem Kriege die Karikatur für die Moden des nächsten Winters lieferte, derselbe, der die Frauen nicht anzog, sondern dekorierte: er hat seine Memoiren geschrieben. Das Hübscheste daran ist ihr Titel: ‹En habillant l'Epoque.› Kann ich nicht übersetzen. Ich bin mächtig neugierig herangegangen: I! dachte ich, die Franzosen kriegen ja manches Kunststück fertig; vielleicht können sogar ihre Schneider schreiben, haben sie doch so viele Schneider unter ihren Schriftstellern gehabt. Heute werden aber in Frankreich schwere deutsche Brillen getragen. Aber Patou, nein: Worth, nein: Poiret, wer kann denn diese Schriftsteller alle auseinanderhalten. Poiret hat mich nicht nur enttäuscht. Ich habe nur bis Seite 197 gelesen.

Bis dahin gehts ziemlich langweilig zu. Der Mann hat so etwas Schmuddliges, das man sich nicht erklären kann – es ist wie ein pariser Parfüm, aber auf der Haut einer balkanesischen Vierteldame. Irgend etwas stimmt mit ihm nicht. Dies und jenes ist ganz lustig; wer hat nichts Lustiges erlebt! So, wie eine russische Fürstin oder Großfürstin zu ihm kommt, das ganze Haus ist in Aufruhr, alles baut sich am Lift auf, Paulchen vornean, und dann steigt eine kleine Person aus, eine Handvoll Prinzessin, und schnurrt im allerrussischsten Akzent: «Poirret, zeigge mirr deine Kleiderr!» Auspeitschen lassen hat sie ihn dann nicht, merkwürdigerweise. Ja, also Seite 197.

Das ist das Kapitel über den Krieg. Poiret hatte damals Gäste bei sich, in der Bretagne, wo er drei Villen gemietet hatte, es kann ja nicht genug kosten. Ein wiener Künstlerehepaar war unter den Gästen. Er erfährt den Kriegsausbruch. Nun:

«Kaum war ich zuhause, ließ ich die Koffer packen und den Wagen fertig machen. Wir mußten noch am selben Abend fort. Ich sagte zu unserm Wiener, ich würde ihn nach Paris mitnehmen; er antwortete, sein Fahrrad wäre entzwei. ‹Von Fahrrad kann hier gar keine Rede sein›, entgegnete ich. ‹Österreich hat Frankreich den Krieg erklärt. Gestern waren wir Kameraden, heute können wir das nicht mehr sein. Ich bin Franzose, und ich kann nicht gegen Österreich ins Feld ziehn und Österreicher in mein Haus lassen. Ich nehme Sie mit, und Sie werden der erste sein, der auf die Gefangenenliste kommt!› Ich nahm ihn auch nach Paris mit, behandelte ihn rücksichtsvoll, er mußte neben dem Chauffeur sitzen, und am nächsten Morgen, in der Frühe, lieferte ich ihn auf der Kommandantur ab, und die sperrte ihn ein.»

Dann habe ich das Buch nicht weitergelesen; patriotische Pornographie habe ich nicht gern.

Zusatz in irgend einem dieser unsäglichen Patriotenblätter: «Der Franzose hat eben seine Pflicht getan. Sehr vernünftig. Da sieht mans. Die Freunde unsrer Pazifisten beschämen die letztern ... Erst das Vaterland. Sehr richtig. Rait oder rong mai köntrieh!» (Deutscher, sprich Deutsch!)

Besoffen oder nicht besoffen: meine Mutter. Das kann man sagen. Aber mir ist ein anständiger Kerl, der wie ein Gentleman handelt, lieber als ein patriotischer Schneider.

Peter Panter, WB 19. 5. 1931

59

Die Ehemalige

Einmal habe ich in einem Berliner Warenhaus dieses hier erlebt:

Ich stand bei den Handschuhen und hatte, wie immer, meine Handschuhnummer vergessen und bekam vielerlei Handschuhgebilde übergestülpt. Neben mir stand eine junge Frau, eine Kundin

… nein, das war keine Kundin. Sie stand da so … so, als ob sie dazu gehörte, aber sie gehörte doch offenbar nicht dazu, denn sie hatte Hut und Mantel an und bediente auch niemand, aber sie kaufte auch nichts. Sie sprach mit dem kleinen Fräulein, das hinter dem Ladentisch stand und grade nichts zu tun hatte. Ich hörte:

– «Na, und is denn die Kaminski noch da? Was, die ist auch weg? So, nach Magdeburg? Na, und was treibt denn der Rembitzer? Was? Macht er abends immer noch solchen Klamauk? Da ist ja Grete – die ist aber dick geworden …!»

Es war eine Ehemalige, die hier sprach. Offenbar hatte sie geheiratet, und nun stand sie hier und besuchte ihre früheren Kolleginnen und fragte und bekam Antwort und informierte sich, aus lauter Neugier und Freude und Interesse.

Und der Ladentisch wurde auf einmal so breit, so breit …

Sie *war* eine Kollegin gewesen; sie war es nicht mehr. Sie war eine Schlachtenbummlerin, und die Mädchen an der Arbeitsfront waren ja soweit ganz nett zu ihr – denn nun waren noch andere dazugetreten – aber es war da spürbar eine Kluft, klein und schmal, aber eben eine Kluft. Und warum war das?

Die Ehemalige hatte es nicht mehr nötig. Sie wußte zwar noch recht gut über die kleinen Intimitäten des Rayons Bescheid, gewiß, obgleich sie, wie sich herausstellte, zum Beispiel nicht wußte und auch nicht hatte wissen können, daß die Strember einen gewaltigen Spektakel mit einer Prinzessin aus der Buchhaltung bekommen hatte, und daß es mit der damals so gutmütigen Fahrenheid nicht mehr zum Aushalten sei, man wisse auch warum. Na, so … Hier wurde das Gespräch etwas dünn, und ich fing einige Seitenblicke auf.

Die Ehemalige verdroß das alles nicht. Sie plauschte und fragte und unterhielt sich und gab ab und zu eine winzige Messerspitze überlegner Ironie in die Unterhaltung, wenig, nur so ein Körnchen … Und sagte: «Zu meiner Zeit» – und sah aus wie ein alter pensionierter General.

Da stand sie und gehörte nicht mehr dazu. Es half ihr alles nichts: nicht die alte Kameradschaft, nicht die Bekanntschaft mit den Kollegen, beliebt mußte sie auch gewesen sein, das merkte man gut – aber sie gehörte eben nicht mehr dazu.

Denn gemeinsame Arbeit schafft Gemeinsamkeitsgefühle. Die halten nicht sehr lange vor – das fängt in der Schulklasse an, geht über die Kompagnie bei den Soldaten und hört im Amt auf … aber solange man dabei ist, gehört man eben dazu, weil man denselben Kummer zu tragen hat. Das adelt. Das verleiht eine unsichtbare Auszeichnung. Das gibt eine unsichtbare Nummer auf die Schultern: una ex nostris, eine von den Unsrigen. Heiratet sie aber, geht sie aus dem gemeinsamen Trott heraus, läuft ihre Uhr anders (darauf kommt alles an) –: dann gehört sie eben nicht mehr dazu, ist eine Ehemalige, wird wohl noch hier und da akzeptiert und aufgenommen und angehört …

Da kam die Aufsicht. Der kleine Schwarm stob auseinander. Eine, die erste Verkäuferin, blieb stehen und wechselte mit der Ehemaligen noch ein paar Worte, aber hinter diesen Worten stand schon leise, fast unmerklich, eine kleine Ungeduld: «Nun halt uns hier nicht in der Arbeit auf – du weißt ja, wie es hier ist – du mußt es ja wissen –!»

Und da verabschiedete sich die Ehemalige und ging. Es sah aus, als hätte sie ein Gefecht verloren. Sie freute sich wohl, die junge Frau, daß sie nun einen Mann hatte und hier nicht mitzutun brauchte – aber es war doch ein ganz kleines Bedauern dabei und ein ganz winziger, ihr vielleicht nicht bewußter Schmerz. Sie ging ab durch die Mitte.

«Paßt dieses Paar hier?» fragte mich die Verkäuferin.

«Danke, ja», sagte ich und sah der Ehemaligen nach, bis sie im Gewühl verschwand.

Peter Panter, Voss 24. 5. 1931

60

So verschieden ist es im menschlichen Leben!

Ich reiste im Traum nach Kottbus und ließ dortselbst meine Handtasche stehen. Jetzt muß ich zurückträumen und sie holen.

*

Willst du eine reizende Damenbekanntschaft machen? Vergiß, dich zu rasieren.

*

Die Militaristen irren. Es ist gar nicht die Aufgabe der Pazifisten, sie zu überzeugen – sie sollen vielmehr in einem Kampf, der kein Krieg ist, besiegt, nämlich daran gehindert werden, über fremdes, ihnen nicht gehöriges Leben zu verfügen. Man mache sie unschädlich; einzusehen brauchen sie gar nichts. Ich bin für militaristischen Pazifismus.

*

Die meisten berliner Theater- und Cabaret-Abende gehören dem einen oder dem andern Typus an: jüdische Hochzeit oder münchner Atelierfest.

*

Die Apologetik der katholischen Kirche –: das ist wie ein Luftschiff auf Rädern.

*

«Wozu noch Lust? Ich liebe ihn doch!» Da war sie neunzehn Jahre. «Wozu noch Liebe? Sie belustigt mich doch!» Da war er vierzig Jahre. Als sie fünfzig wurden, kam er in die zweite Jugend und liebte, wieder. Sie hatte nie aufgehört, zu lieben.

*

Ein boxender Buchhändler, der mäßige Vorträge über Plato hält –: kein Mensch hörte danach hin. Zieht sich aber derselbe Mann einen Kaplansrock an: dann bibbert das Publikum. Bei den Männern tauchen die alten Kinderideen von der Größe der Kirche auf, und die Damen denken: «Darf er? Er darf nicht. Tut ers? Wenn ja, mit wem? Und warum nicht mit mir?»

Wie interessant kann doch Plato sein!

*

Solch ein friedliches Land –! Da tragen die Polizisten noch Säbel.

*

Welche Hochachtung hat doch der Franzose vor der Sprache! «Il a trouvé ce mot …» Das Wort war vorher da; der Autor hat es nur gefunden.

*

Es gibt Auslandskorrespondenten, die wollen die fremden Völker, zu denen man sie geschickt hat, nicht erkennen. Sie wollen sie durchschauen.

*

Manche Schriftsteller sammeln große Männer. «Haben Sie schon Mussolini? Ich habe ihn doppelt!»

*

Sie sprach so viel, daß ihre Zuhörer davon heiser wurden.

*

Nie geraten die Deutschen so außer sich, wie wenn sie zu sich kommen wollen.

*

Er besuchte alle Premieren – nicht aus Liebe zur Kunst, sondern um als Erster Nein sagen zu können.

*

Lungenhaché … das sieht aus wie: «Haben Sie das gegessen oder werden Sie das essen?»

*

Zwei Kriegsminister: Churchill kann Trotzki nur verhöhnen. Aber Trotzki kann Churchill mitdenken.

*

Gott schuf Kluge, Dumme, ganz Dumme und Geschäftsführer der SPD-Presse.

*

Die Engländer werden mit ihren Arbeitslosen nicht fertig; die Franzosen quälen ihre Strafgefangenen, die männlichen in Guyana und die weiblichen in Rennes, daß es einen Hund jammern kann; die Jugoslawen quetschen mißliebigen Politikern die Fingernägel ab, die Ungarn den ihren die Hoden, und die Rumänen befassen sich liebevoll mit den gefangenen Frauen – alle, alle aber sind sich darin einig, daß das Sowjetsystem ein verrottetes System sei. So verschieden ist es im menschlichen Leben!

Peter Panter, WB 26.5.1931

61

Die Rotstift-Schere

Die Kämpfe, die Heine und Börne gegen die Zensur auszufechten hatten, standen unter dem Zeichen des Rotstifts. Der Zensor strich.

Die Kämpfe, die der Film gegen die Zensur auszufechten hat, stehen unter dem Zeichen der Schere. Der Zensor schneidet.

Eine Pressefreiheit gibt es nicht, so man nämlich fragt: «Frei wovon?» Eine Buchfreiheit gibt es so einigermaßen. Jedesmal aber, wenn die Technik ein neues Mittel zur Reproduktion von Meinungsäußerungen erfunden hat, fährt den reaktionären Stieseln ein Schreck ins Gebein. Und jedesmal fallen auch prompt die sogenannten Fortschrittsparteien auf diesen Schreck herein. «Man kann doch aber nicht jeden Film ...» Genau, genau so hat einst die fromme Geistlichkeit gesprochen, als die Buchdruckerkunst aufkam und jedes Buch das Imprimatur des Erzbischofs oder seines Landesherrn tragen mußte; damals druckte man nur mit allerhöchster Erlaubnis. Es hat lange gedauert, bis sich die gedruckte Literatur aus diesen Fesseln befreit hat.

Was Radio und Film heute produzieren, ist chemisch gereinigtes Zeug, das seinen Naturgeschmack verloren hat. Der Äther ist eine einzige große Kinderstube, die Filmleinewand ein Sabberlätzchen, das man dem Baby Masse vorgehängt hat. Immer hübsch ein Löffelchen nach dem andern und nur Milchbrei.

Es ist, wie am Beispiel des Buches zu sehen, einfach dummes Zeug, zu sagen, daß die gewöhnlichen Strafgesetze nicht ausreichten. Natürlich ist ein Bild eindrucksvoller als der Buchstabe. Wenn aber wirklich Schweinereien photographiert werden oder Roheiten oder Beleidigungen, so kommt man mit dem Strafgesetz allemal aus. Rundfunk und Radio sind in Mitteleuropa in der Hand der herrschenden Klasse, und da sind sie nicht gut aufgehoben: sie verbiegt die neuen Instrumente, so daß sie lange nicht alles hergeben, was sie hergeben könnten.

Was jene flaue Ausrede von der «Gesinnung der Andersdenkenden» angeht, «die man nicht verletzen dürfe», so ist das Unfug. Man gewöhne die Herren Schulze und Levi daran, daß sie einen Film, der ihnen nicht gefällt, links oder rechts liegen lassen, und daran, daß man eine Antenne auch erden kann. Die Diktatur dieser Mittelmäßigkeiten ist beinah so schlimm wie der kaum noch verhüllte Fascismus, der im Film und im Radio wütet. Diese Zensur besteht aus Frechheit und aus Angst.

Sie hat nicht einmal System.

Der einzige Pol in der Verbote Flucht ist die deutliche Tendenz gegen links: die Aktien könnten wackeln, wenn jemand einmal aufzeigt, was an der Fabrikation einer Glühlampe nun wirklich verdient wird. Vom «Thema» darf nicht gesprochen werden, sagte jener kaiserliche Schutzmann, ergriff seinen Helm und löste die Versammlung auf. Sonst ist aber von einem Grundgedanken bei dieser lächerlichen Zensur nichts zu merken. Oft ist die Kirche beleidigt, das ist sie ja immer, und ein Scherzgedicht wie das von Klabund über die Heiligen Drei Könige darf zwar gedruckt werden, allerdings nicht ohne daß der Sozialdemokrat Braun in einem jämmerlichen Entschuldigungsschreiben an das Zentrum die Verse «unflätig» nennt – o, Bebel, Bebel! Aber das Gedicht darf nicht im Rundfunk verbreitet werden. Jede Erklärung dieser Inkonsequenz ist eine Lüge: Rundfunk und Film sind einfach wirksamer als das Buch und haben sich noch nicht ihre Freiheit erkämpft. Also kann man sie knuten, also kann man sie zensurieren.

Lest Bücher! Sie sind kleine Inseln der Freiheit im Meer der Zensur.

Ignaz Wrobel, WB 26.5.1931

62

Auf dem Nachttisch

‹Das ärztliche Volksbuch›, herausgegeben von Heinrich Meng, K.A. Fiessler und Paul Federn. Drei stattliche Bände, erschienen in dem höchst verdienstvollen Hippokrates-Verlag zu Stuttgart. Das ist wieder mal ein «Doktor-Buch», zu dem man Ja sagen kann.

Nicht nur der mechanisierte Krankenhaus-Betrieb macht eine seelische Mitwirkung beim Vorgang der Heilung unerläßlich; es gibt überhaupt keine Heilung, die ganz und gar einseitig an einem Patienten, als Objekt, vollzogen würde. Will aber der Patient mittun, so kann er das unter rational gebildeten Menschen nicht mehr allein durch Anspannung seiner meist ramponierten Seelenkräfte; er muß es über den Umweg des Rationalismus tun: er muß also wissen, «was ihm fehlt». Das ärztliche Volksbuch unterrichtet ihn in ausgezeichneter Weise.

Um das einzig Negative vorwegzunehmen, das mir aufgefallen ist: die Photos sind gut, aber die farbigen Tafeln haben so etwas Verwaschenes, man geht nicht immer mit ganz klaren Vorstellungen davon. Der Text ist sauber, klar und vor allem ganz und gar vernünftig. Er belehrt ohne erhobenen Zeigefinger, und die Herausgeber haben noch dazu etwas sehr Gescheites getan: sie lassen nicht eine medizinische Schule allein zu Worte kommen, sondern mehrere: Homoiopathen und Allopathen, und vielerlei Therapie wird, soweit ich das beurteilen kann, vorurteilsfrei und ruhig besprochen. Ganz besonders gescheit und aufklärend ist alles, was über die Hygiene des Alltags gesagt ist: über die Vorbeugung gegen Krankheiten, über Geschlechtskrankheiten und Geschlechtsgesundheit; Atmung und Turnen: so ein Buch wird gewiß nur Gutes stiften. Es ist daneben für Laien das beste medizinische Nachschlagewerk, das ich kenne. Und wenn es auf Abzahlung ist: «Wer zwei Paar Hosen hat», sagt Lichtenberg, «mache eines zu Gelde und kaufe dieses Buch.» Denn wie ein Radioapparat innen aussieht, das wissen viele, aber wie der Mensch innen aussieht, das wissen viele nicht, und die meisten beginnen, sich auch erst dann dafür zu interessieren, wenn es für sie zu spät ist.

«Es glüht wieder unter harter Kruste.» Wie bitte? «Es glüht unter der Kruste.» Gewiß, aber … was … wie – ‹Vorstoß. Prosa der Ungedruckten.› Herausgegeben von Max Tau und Wolfgang von Einsiedel (erschienen im Verlag Bruno Cassirer, Berlin).

Eine Anthologie schlechter Prosa. Wenn einer schreibt: «Aus den Vorräumen vernahm man charakteristischen Lärm, als verwehrte das Gesinde Herzudrängenden den Eintritt», so versteht der Schreiber nichts von Epik, denn «charakteristisch» ist ein Zeitungswort, und gestaltet ist so gar nichts. Aber diese Autoren sind in ihre aufgeschnappten Modewörter so verliebt, daß es einer zu dieser immerhin beachtlichen Leistung bringt: «Ein roter, über die ganze Breite seiner mitleidslosen Stirn verlaufender Strich meldete menschlich, daß der Helm dieses Haupt drückte – aber wohl schon verbildet hatte.» Das Haupt des Helden, nicht das des Autors. Wenn einer schreibt: «Dostal bleibt abgängig dem Dienst und dem Hause, unwillig abwehrend Zuspruch», so ist diese scheußliche Mischung von österreichischem Amtsdeutsch und Sternheimschen Komödiendeutsch was?

«Darum sprechen sie aber auch nicht in der Sprache der Literaten, sondern sie wenden sich an alle, denen es noch um echte Dichtung zu tun ist.» Sie: das sind die in dieser Anthologie vertretenen Autoren. Diese Autoren, unter die auch Walter Bauer geraten ist, werden uns in der Vorrede und in den Reklamen als «nicht zünftige Schriftsteller» vorgestellt. Das habe ich gern. Es scheint also so zu sein, daß man, um anständige Literatur zu produzieren, nicht nur Autobusschaffner sein kann, sondern es sogar sein muß, als ob nicht ein Beruf von 1931 im Gegensatz zu dem Stadtschreiberamt Gottfried Kellers dem Schreibenden die Hauptsache fortnimmt, die er für eine saubere künstlerische Leistung braucht: Zeit. Grade die hat er nicht. Ich muß mir eine Grippe lachen, wenn ein Schriftsteller darauf stolz ist, daß er es ist – aber lassen sich die Herren Anthologie-Herausgeber ihren Blinddarm bei einem Gärtner herausnehmen? Ich beim Arzt. Der hat das nämlich gelernt, und wenn er ein guter Spezialist ist, dann hat er Jahre seines Lebens damit verbracht, zu operieren. Schriftsteller im Nebenberuf sind meist keine.

Selten ist wohl eine schlechte Anthologie dreister und dümmer eingeleitet worden als es die beiden Herren tun, die den ‹Vorstoß› herausgegeben haben. Wer sind sie eigentlich? Auf Grund welcher Leistungen spielen sie sich so auf? Sie halten es wirklich für einen Vorzug, in diese Anthologie aufgenommen worden zu sein – weil sie die Manuskripte angenommen haben? Sie hätten vor allem eines zurückweisen sollen: ihre Vorrede. «Die Prüfung der verschiedenartigen Einsendungen erfolgte zunächst nach Richtlinien, die sich aus ihrem besondern Formcharakter ergaben.» Ja. Und es glüht unter harter Kruste, und nun wollen wir aber alle mal nicht mehr vom «Wissen um …» schreiben, und wie diese paar gleichgültigen Feuilletons da eingeleitet werden, das ist nicht zum Blasen! Von «Snobisten» reden diese Literaturisten, und: «Das Neue der echten Dichtung liegt nämlich weniger in dem, was sie sagt, als in dem, was sie verschweigt. Und die Autoren dieser Sammlung, sie können wieder verschweigen.» Sogar ihr Talent; es ist ganz innerlich, außen ist gar nichts zu sehn. Kurz und gut: auf diesen Vorstoß kann ich keinen Zurückzieher machen; so sieht der Nachwuchs hoffentlich nicht aus.

Land und Leute: Angelica Balabanoff ‹Wesen und Werdegang des italienischen Fascismus› (erschienen im Verlag Heß & Co., Wien). Zeigt den Werdegang Mussolinis, geschildert von seiner ehemaligen Genossin. Der gradezu grauenerregenden Schmeichelei, mit der deutsche liberale Interviewer Mussolini angehimmelt haben, weil er ihnen nicht mit dem nackten Hintern ins Gesicht gesprungen ist, sondern sich wie ein gesitteter Mensch benommen hat («Ich weiß gar nicht, was Sie wollen: Er ist doch so ein netter Mensch!») – solcher unwürdigen Haltung steht dies Buch gegenüber. Man muß einen Teil Ressentiment abziehen. In Jules Romains ‹Diktator›, der zwar nichts gestaltet, aber vieles klug umredet, werden der zur Macht gekommene Genosse und der in der Theorie verbliebene Genosse gezeigt. Das ist ein unüberbrückbarer Gegensatz, und das Wort «Verrat» flammt auf. Im Falle Mussolini hätte es einen Sinn, von Verrat zu sprechen, wenn der Mann jemals ein echter Sozialist gewesen ist, was ich bezweifle. Frau Balabanoff läßt kein gutes Haar am Fascismus; ich stimme ihr gefühlsmäßig zu. In den Grundzügen macht das Werk den Eindruck höchster Wahrhaftigkeit: sicher ist der Fascismus eine Herrschaft gegen die Arbeit, ebenso sicher umkleidet er sich mit arbeiterfreundlichen Gesetzen, und die hundsgemeine Terrorisierung des Einzelnen, die Präponderanz des Staates noch im Nachttopf des Italieners: das ist abscheulich. Ganz besonders lehrreich der Anhang, der das Konkordat und die Carta del Lavoro zum Abdruck bringt.

Balabanoff ja. Robert Michels nein. Der hat bei Orell Füßli in Zürich ein Werk ‹Italien von heute› erscheinen lassen, und das darf denn doch wohl als ein Skandal bezeichnet werden. Von dem mörderischen Stil gar nicht zu sprechen: «Da aber sowohl ein Überhaupt-nicht-organisiert-sein als auch ein Nicht-in-einer-anerkannten-Gewerkschaft-organisiert-sein gestattet ist …» Viel schlimmer ist die Gesinnung dieses Buchs. Hier haben wir den an das herrschende Regime eng angeschlossenen Professor in Reinunkultur, jenen, der alles, aber auch alles, was geschieht, mit seinen sakralen und statistischen Mätzchen umgibt, um zu beweisen, es sei gut, was geschehen sei. Ich bin fest davon überzeugt, daß Michels genau dasselbe Buch andersherum geschrieben hätte, wenn Italien heute kommunistisch wäre, oder wenn es gelungen wäre, den Fascismus abzuwehren. Alles, was ist, ist vernünftig, sagt Hegel. Er hätte gewisse Professoren ausnehmen sollen.

Eine solche Verkennung der Tatsachen ist gradezu unerhört. Kein Wort vom Terror; kein Wort über die widerwärtigen Verfolgungen der Nicht-Fascisten; kein Wort vom andern Italien. Dafür aber so: «In diesem Punkt geben Mussolini und viele aus seiner Umgebung mit ihrer treuen Arbeitssamkeit, die sich beim Duce selbst bis ins Unglaubliche steigert, das beste Beispiel.» Weiß dieser schmeichelnde Soziologe nicht, daß ein Diktator für sich arbeitet? daß es seine Sache ist, für die er Nächte und Nächte schuftet? Es handelt sich nicht um Geld. Es handelt sich um viel mehr: es handelt sich um Geltung. Wir wollen doch die törichte Legende von den Staatsmännern, die «sich aufopfern», beiseite lassen. Mussolini hat viele andre geopfert, und wenn Michels, dieser Hofgeschichtsschreiber, ihm den hohen Mut lobend anmerkt, mit dem jener sich angeblich ohne Bewachung unter das Volk mischt, so spricht das nicht grade für die Beliebtheit des Mannes. Das Buch ist dumm und unbrauchbar; nicht etwa, weil es den Fascismus lobt, sondern weil es ihn dumm lobt. Michels gleicht jenem Typus, den Lewis im ‹Babbitt› beschreibt: dem Professor, der den Kapitalisten die nötige wissenschaftliche Weihe für ihr Tun gibt. Es ist immer einer da, der weiht. Robert Michels braucht sich nicht mehr zu entwickeln; der Mann ist fertig. Friede seiner Universität.

Max Hodann ‹Sowjet-Union› (erschienen bei der Deutschen Verlags-Aktien-Gesellschaft Universitas in Berlin).

Mit diesem Buch hat sich Hodann zwischen sämtliche vorhandene Stühle gesetzt; schon deshalb ist das Buch zu loben. Den Sozialdemokraten ist es zu sowjetfreundlich, und den Kommunisten sicherlich zu wenig. Wobei denn einmal auf den gänzlich unbegründeten Hochmut, auf den peinlichen Studienrats-Ton hingewiesen werden mag, mit dem in den Organen der schläfrigen sozialdemokratischen Bildungsarbeit Bücher besprochen werden. Auf Grund welcher Leistungen sich diese verkümmerten und verstaubten Bonzen eigentlich erlauben, mit erhobenem Zeigefinger zu lehren, was sie nicht verstehen, weiß ich nicht. So viel Mißerfolge und dann noch frech? Diese Kerle sind die schlimmsten Hindernisse bei der so nötigen Einheitsfront gegen den Fascismus.

Das Buch Hodanns will die russischen Eindrücke seines Verfassers so wiedergeben, wie er sie gehabt hat – das gelingt ihm vortrefflich. Es will sie deuten – das gelingt ihm nicht so gut. Kein Vergleich mit Feilers grandiosem ‹Experiment des Bolschewismus›, das noch da, wo es irrt, turmhoch über fast allen andern Rußland-Büchern steht (erschienen im Societäts-Verlag zu Frankfurt am Main). Rußland ist ein hinter der europäischen Zivilisation zurückgebliebenes Land, das alles einholen will, was es in zweihundert Jahren versäumt hat. Es versucht dort ferner eine revolutionäre Regierung, ihr Programm durchzusetzen. Das sind zwei verschiedene Dinge. Diese beiden Dinge gehen häufig ineinander über, aber man darf sie nicht vermengen. Das Buch Hodanns ist breiter als tief, aber es ist ein anständiges, ganz und gar unbeeinflußtes Werk: keine Schleuder, keine Harfe – eine gute Untersuchung. Es gibt dem Leser keinen konfektionierten Standpunkt – er mag selber nachdenken und aus den gebotenen Tatsachen lernen.

‹Das Käthe Kollwitz-Werk› (erschienen im Verlag Carl Reißner, Dresden). Wunderschön und gar nicht genug zu empfehlen. Schade, daß Arthur Bonus die Einleitung geschrieben hat. Er versucht darin, das Herz der Kollwitz auf die halbreligiöse Formel von Friedrichshagen 1902 zu bringen, etwas ganz und gar Schreckliches. Man lese etwa heute Bölsche … aber dann schon lieber Katholizismus, tausendmal lieber. Bölsche ist ein Altarkelch mit Lagerbier.

Die Reproduktionen der Radierungen sind so gut, wie sie nur sein können – natürlich geht auf dem Wege über den Druck viel verloren. Wo aber ist dieses einmalige Pathos geblieben? wo gibt es ein dieser Kraft ebenbürtiges Werk in der jetzigen revolutionären Bewegung? Es sähe heute anders aus, gewiß; es wäre weniger gefühlvoll, es wäre härter – aber wo ist es? George Grosz liegt auf einem andern Feld. Die Kollwitz ist für uns etwas Einmaliges. Laßt uns den Hut abnehmen.

Zum Schluß finde ich gar keine Worte des Entzückens. ‹Aus der Frühzeit der Photographie 1840–70›, von Helmuth Th. Bossert und Heinrich Guttmann (erschienen im Societäts-Verlag, Frankfurt am Main). Ja, also das ist etwas für uns Idylliker, Reichsverband Deutscher Idylliker, E. V., Sitz: Dinkelsbühl.

Früher habe ich alte Photos gesammelt; ich besitze noch einen ganzen Kasten voll, und ich bin dankbar, wenn mir einer welche schenkt. (Zaunpfahl.) Das ist bezaubernd, was es hier zu sehen gibt. Die Technik aus den ersten Anfängen der Photokunst ist wundervoll, und es kommen heute schon viele Leute auf den Geschmack an diesen alten Blättern oder Daguerrotypien. Das wäre aber nur für die Photographen. Doch liegt der Zauber dieses Buches in etwas anderm.

Hier ist ein Stück Leben aufbewahrt. Es ist rührend, das alles zu sehen – nicht etwa, weil es «niedlich» ist. Wir kennen ja diese fürchterliche Zeit epigonalen Bürgertums, das sich in Attituden und Posen seiner alten Epochen gefiel. Niedlich … nein. Doch sind uns die dargestellten Leute, Berühmtheiten und ganz anonyme Menschen, so nahe, wie keine Zeichnung das je vermitteln kann. Man riecht die Menschen. Man wittert sie und ihre Zeit. Keine Linse ist objektiv, wenn das Ding auch so heißt. Aber ein Stück Wirklichkeit gibt sie doch, und es ist ganz wunderbar, was wir hier zu sehn bekommen. Ein Beispiel für viele: niemals gibt uns irgend ein in Prowangssa-Öl gemalenes Hofbild so einen Friedrich Wilhelm den Vierten, wie den auf dem Photo: einen satten, wohlgenährten, nicht einmal uneleganten Aristokraten, soweit ein Hohenzoller dieser Observanz das zu sein vermochte. Man versteht die Leute viel besser, wenn man ihre alten Photos sieht: schade, daß es von Goethe keine gibt. Sicherlich hätte er darauf ein bißchen ausgesehn wie Possart, halten zu Gnaden. Und erst die Frauen …! Und die Gruppenaufnahmen …! Und das alte Paris …!

Wer auch nur ein Paar Hosen hat, mache auch sie zu Gelde und kaufe dieses Buch.

Peter Panter, WB 2.6.1931

63

Die brennende Lampe

Wenn ein jüngerer Mann, etwa von dreiundzwanzig Jahren, an einer verlassenen Straßenecke am Boden liegt, stöhnend, weil mit einem tödlichen Gas ringend, das eine Fliegerbombe in der Stadt verbreitet hat; er keucht, die Augen sind aus ihren Höhlen getreten, er verspürt einen widerwärtigen Geschmack im Munde, und in seinen Lungen stichts, es ist, wie wenn er unter Wasser atmen sollte –: dann wird dieser junge Mensch in einem verzweifelten Blick an den Häusern hinauf, zum Himmel empor, fragen:

«Warum –?»

Weil, junger Mann, zum Beispiel, einmal in einem Buchladen eine sanfte grüne Lampe gebrannt hat. Sie bestrahlte, junger Mann, lauter Kriegsbücher, die man dort ausgestellt hatte; sie waren vom ersten Gehilfen fein um die sanft brennende Lampe herumdrapiert worden, und die Buchhandlung hatte für dieses ebenso geschmackvolle wie patriotische Schaufenster den ersten Preis bekommen. Deswegen.

Weil, junger Mann, deine Eltern und deine Großeltern auch nicht den leisesten Versuch gemacht haben, aus diesem Kriegsdreck und aus dem Nationalwahn herauszukommen. Sie hatten sich damit begnügt – bitte, stirb noch nicht, ich möchte dir das noch schnell erklären, zu helfen ist dir ohnehin nicht mehr – sie hatten sich damit begnügt, bestenfalls einen allgemeinen, gemäßigten Protest gegen den Krieg loszulassen; niemals aber gegen den, den ihr sogenanntes Vaterland geführt hat, grade führt, führen würde. Man hatte sie auf der Schule und in der Kirche, und, was wichtiger war, in den Kinos, auf den Universitäten und durch die Presse national vergiftet. So vergiftet, wie du heute da liegst: hoffnungslos. Sie sahen nichts mehr. Sie glaubten ehrlich an diese stumpfsinnige Religion der Vaterländer, und sie wußten entweder gar nicht, wie ihr eignes Land aufrüstete: geheim oder offen, je nach den Umständen; oder aber sie wußten es, und dann fanden sie es sehr schön. Sehr schön fanden sie das. Deswegen, junger Mann.

Was röchelst du da –? «Mutter»? Ah, nicht doch. Deine Mutter war erst Weib und dann Mutter, und weil sie Weib war, liebte sie den Krieger und den Staatsmörder und die Fahnen und die Musik und den schlanken, ranken Leutnant. Schrei nicht so laut; das ist so gewesen. Und weil sie ihn liebte, haßte sie alle die, die ihr die Freude an ihrer Freude verderben wollten. Und weil sie das liebte, und weil es keinen öffentlichen Erfolg ohne Frauen geben kann, so beeilten sich die liberalen Zeitungsleute, brave Familienväter, die viel zu feige waren, auch nur ihren Portier zu ohrfeigen, so beeilten sie sich, den Krieg zu lobpreisen, halb zu verteidigen, jenen den Mund und die Druckerschwärze zu verbieten, die den Krieg ein entehrendes Gemetzel nannten; und weil deine Mutter den Krieg liebte, von dem sie nur die Fahnen kannte, so fand sich eine ganze Industrie, ihr gefällig zu sein, und viele Buchmacher waren auch dabei. Nein, nicht die von der Rennbahn; die von der Literatur. Und Verleger verlegten das. Und Buchhändler verkauften das.

Und einer hatte eben diese sanft brennende Lampe aufgebaut, sein Schaufenster war so hübsch dekoriert; da standen die Bücher, die das Lob des Tötens verkündeten, die Hymne des Mordes, die Psalmen der Gasgranaten. Deshalb, junger Mann.

Eh du die letzte Zuckung tust, junger Mann:

Man hat ja noch niemals versucht, den Krieg ernsthaft zu bekämpfen. Man hat ja noch niemals alle Schulen und alle Kirchen, alle Kinos und alle Zeitungen für die Propaganda des Krieges gesperrt. Man weiß also gar nicht, wie eine Generation aussähe, die in der reinen Luft eines gesunden und kampfesfreudigen, aber kriegablehnenden Pazifismus aufgewachsen ist. Das weiß man nicht. Man kennt nur staatlich verhetzte Jugend. Du bist ihre

Frucht; du bist einer von ihnen – so, wie dein fliegender Mörder einer von ihnen gewesen ist.

Darf ich deinen Kopf weicher betten? Oh, du bist schon tot. Ruhe in Frieden. Es ist der einzige, den sie dir gelassen haben.

Kaspar Hauser, WB 2.6.1931

64

[Einfluß der Wohnung auf die Schaffenskraft]

Alle Mietwohnungen sind zu laut, weil die Wände zu dünn sind. Die schönste Ausgestaltung der Räume für das Auge nützt nichts, solange nicht auch das *Ohr* das bekommt, was es braucht: nämlich Stille. Unsere Mietwohnungen aber sind umbrandet von Musik, Hundegebell, Klopfen und Hämmern und Schritten …, und solche Wohnung zerstört die Schaffenskraft. Stehe ich mit dieser Forderung nach Stille allein –?

Kurt Tucholsky, BT 6.6.1931

65

Paris in Ordnung

Guten Tag, Paris!

Guten Tag, Herr Fremder!

Ich, ein Fremder? Wo ich doch so lange bei dir …!

Guten Tag, Herr Fremder. In Paris gibt es Franzosen oder solche, die es zu sein vorgeben – sie gehören dazu, und das sind keine Fremden. Du aber bist ein Fremder, und wenn du hundert Jahre bei mir lebst. Richtig, es gibt auch einige Pariser, und davon ist die Hälfte aus Korsika. Guten Tag, Fremder. Wie gefalle ich dir? Es ist mir übrigens gleichgültig – aber wie gefalle ich dir?

Unverändert schön. Wenn man so nach zwei Jahren wieder durch deine Straßen geht und alles ansieht … Du änderst dich nicht. Du wandelst dich – doch du änderst dich, scheinbar, nicht.

Die Schutzleute heben den kleinen weißen Stab, der mitunter sehr hart sein kann, genau wie früher; die roten Rubinlämpchen an den Autos blinken auf, dieselben Cafés haben dieselbe Kundschaft, wenn man von den beiden Amüsiervierteln absieht, wo alle Viertelstunde ein neues Lokal aufgetan wird, mit jedesmal ganz anderm Publikum – und alle Monat ist eines eben das schickste, das allerfeinste und das, wohin alles zu gehen hat – heute ist es der «Blaue Engel», wo die wilden Völkerschaften die Verse, in denen sie von Kopf bis Fuß eingestellt sind, mit aufgeweichten Konsonanten mitsingen:

«Isch bin von Kopf bis Fuß
auf Liebe angestellt –»

welch schöner richtiger Fehler!

Heute also ist es der «Blaue Engel», und morgen wird das Ding zweifellos «chez sex-appeals» heißen, denn alles ist vergänglich.

Dieselben Restaurants haben noch dieselben Besitzer, die ernsthaft über ihre Saucen wachen; dieselben Buchläden haben dieselben Leser, und wenn ich zu meiner alten Concierge ginge, so bin ich fest davon überzeugt, daß ihr Mann sie noch prügelt (es gibt eine himmlische Gerechtigkeit), und daß sie noch denselben schwarz-weiß gefleckten Kater hat, und der Kater noch dieselben Flöhe … es ist alles in Ordnung.

In den Theatern spielen sie noch dieselben Stücke, mit «J'aime, tu aimes, je souffre, tu souffres …» und wenn es hochmodern zugeht, so sind es gut und gern zehn Vorstellungen gewesen, und auch die Comédie Française steht noch da, weil sich nichts so gut hält wie das ehrwürdige Alter. Dieselbe Seine fließt unter denselben Brücken, dieselben kleinen Blechstimmen der singenden Schauspielerinnen tönen auf den kleinen Bühnen, und nur der Präsident heißt jetzt nicht mehr Doumergue, sondern Doumer, (ça rime sur amer), und sie sind alle, alle noch da.

Bastia ist noch da, dessen Verse immer besser werden – er sagt sie selber auf, mit viel Stockschnupfen und großem Talent. Und der dicke, freche Martini ist Offizier der Ehrenlegion geworden, wohl zur Belohnung dafür, daß er so maßlos unverschämte und witzige Angriffe gegen die Regierung von sich gibt. Republiken muß man schlecht behandeln, dann behandeln sie einen gut.

Alle sind noch da, und neue sind hinzugekommen. Die Falten in den vertrauten Gesichtern sind schärfer geworden, das ist alles. Vieles hat sich gewandelt – die jungen Leute sind wohl anders als ihre Papas, aber das Ganze als äußeres Bild ist geblieben, so, wie es immer gewesen ist. Noch immer ist die soziale Verflechtung dieser Gesellschaftsordnung so unendlich dichtmaschig, daß es für den einzelnen außerordentlich schwer ist, sich hindurchzuwinden – ewig wird es mir ein Rätsel bleiben, wie man in diesem Lande Geld verdienen kann. Die Franzosen indessen verdienen es, aber ihre Hauptkraft besteht doch darin, es nicht auszugeben. Welche Kunst des Geizes! Welcher Zeitaufwand, um dreißig Sous zu sparen! Zeit kostet nichts. Geld kostet viel.

Teurer …? Ja, Paris, du bist teurer geworden. Ich spreche nicht von deinen Frauen, die, wenn sie nicht nur alles im Schaufenster haben, sich stets sehr vorteilhaft in einen Handel begeben, dessen Regeln genau festliegen und den man mit keinem bösen Fremdwort bezeichnen sollte – doch das ist ein sehr verwickeltes Thema. Das «biftek» (französische Bezeichnung für «unser täglich Brot») steht höher im Preis – die Löhne sind nicht mitgegangen, und dann fehlen die Amerikaner! Die Amerikaner sind nicht da! Ist so viel Glück ausdenkbar! Bei aller schuldigen Sympathie mit dem notleidenden Hoteliergewerbe. Denn wenn die Amerikaner nicht da sind, dann gibt es auch keine Amerikanerinnen, und das ist dann der Himmel auf Erden.

Ja, und die Kolonialausstellung ist eingeweiht, wird jeden Tag einmal eingeweiht, und sie fangen schon an, sie abzubrechen, daß sie wenigstens damit am 15. September fertig werden, denn vorläufig wimmelt es noch von Gerüsten und Baustaub und Arbeitern und Hammergeklopf. Und die Rikschas … nein, Rikschas gibt es nicht. Man hat sie laufen lassen wollen, doch haben etliche Organisationen gegen die Einführung der «pousse-pousse» protestiert, weil dieses die Menschenwürde verletze. Worüber man auch andrer Meinung sein kann.

Die Sonne scheint. Die Autos rollen. Auf den Fahrdämmen gibt es kleine, mit runden Metallscheiben bezeichnete Übergangsstellen; da müssen die Autos aufpassen, und wenn einer, und er wird da überfahren, dann gilt das nicht, und er hat mit Morgenstern den Trost, daß nicht sein kann, was nicht sein darf. Die Clairons blasen, aber zum Glück wenig. Die Portierfrauen lesen die Post ihrer Mieter. Die Börse brüllt. Neulich ist in einem Nachtlokal ein Franzose gesehen worden – wahrscheinlich wollte er dort die Toilette pachten, denn zu welch anderm Zweck sollte er wohl sonst dahin gehen? Um zwölf laufen alle zu Tisch. Jeder hat vierundvierzig Freunde an Hand, mit denen er des Lebens Herr wird – ohne «combine», ohne einen Dreh wäre das nicht zu machen. Die Hupe gellt. Ein dicker Mann sitzt in einem Hauseingang und raucht über seiner Zeitung. Sein Sohn hat ein Motorrad und ist über Land gefahren, in das alte Frankreich, das ständig ein neues Frankreich wird. Die Frauen sehen eine Spur süßer aus als sie sind. Nichts ist anders geworden, Paris, es ist alles in Ordnung.

Peter Panter, Voss 6. 6. 1931

66

Wir Zuchthäusler

Dies ist der Titel eines Buches von Georg Fuchs (erschienen bei Albert Langen in München). ‹Wir Zuchthäusler, Erinnerungen des Zellengefangenen Nr. 2911›.

Fuchs geht über die Tatsache seiner Verurteilung zu zwölf Jahren Zuchthaus hinweg, und auf diese Verurteilung kommt es hier auch nicht an. Es sei nur so viel gesagt, daß er von einem bayrischen sogenannten Volksgericht zu dieser fürchterlichen Strafe verurteilt worden ist, wegen Hochverrats, es kann auch Landesverrat gewesen sein, so genau weiß ich den Vorwand nicht mehr. Der Wahnwitz der nationalen Hexengerichte, die den religiösen Fanatismus in einen patriotischen gewendet haben, geht durch alle Staaten – es werden auch heute noch vom Reichsgericht, meist unter Ausschluß der Öffentlichkeit, in dieser Hinsicht Urteile gefällt, die unter die Notverordnung fallen und die hier nicht charakterisiert werden sollen, wie sie es verdienten. In dreihundert Jahren wird kein Mensch verstehn, warum sich die Leute um ihre murksigen Vaterländchen so abgestrampelt haben – es ist ja in der Tat vollkommen gleichgültig, ob die Pfalz französisch, das Elsaß deutsch, die Rheinlande separatistisch sind, und der schäumende Eifer, mit dem eben dieser Satz, der heute einer bessern Gotteslästerung gleichkommt, in nationalen Blättern nachgedruckt werden wird, zeigt nur die elende Verwirrung der meisten Geister dieses Kontinents. Beruhigt euch; es gibt weitaus wichtigeres und höheres als eure lächerlichen Fahnen.

Georg Fuchs also flog hinein; inzwischen ist er wieder herausgeflogen; sie haben ihn begnadigt. Und nun hat er seine Zuchthaus-Erinnerungen publiziert.

*

Das Buch enthält sehr gutes Material über den Strafvollzug. Fuchs schreibt weitschweifig; dieser münchner Bühnenreformator und Ästhetiker ist nie ein guter Schriftsteller gewesen – als ich die ersten Kapitel gelesen hatte, schätzte ich den Autor auf 64 Onkeljahre; ich hatte mich geirrt, Fuchs ist 63.

Der erste und letzte Eindruck der Lektüre ist der vom vollendeten Stumpfsinn dieses Strafvollzugs, der eine einzige Sinnlosigkeit darstellt. Wir werden gleich sehn, warum.

Nicht alle Einzelheiten sind so erschütternd wie die in dem großartigen und nie genug zu empfehlenden Buch Max Hölzens (im Malik-Verlag); diesen Sträfling hier haben sie nicht geprügelt; es ist, nach seinen Schilderungen, überhaupt sehr «human» in diesem bayrischen Zuchthaus Ebrach zugegangen. Dreckig und human. Da hätten wir gleich eine sehr bezeichnende Stelle. Fuchs hat während seiner Strafzeit keine Wanzen gefunden. «Das ist Deutschland!» vermerkt er, und er ist so stolz darauf, dieser arme, geduckte, lebendig begrabene Mann hält noch das Banner hoch: das ist Deutschland! Das ist es wirklich; aber ganz anders, als ers meint.

Dreckig gehts in Ebrach zu: die Schweinerei mit den Abortkübeln in den Zellen riecht auch dort zum Himmel empor … und waschen? Es wird schlecht geheizt; in den Jahren 1923 bis 1927 wurden die Schlafsäle nur Sonnabend nachmittags etwas erwärmt, aber nie mehr als auf 12° Celsius. «Es ist nicht möglich, sich hier richtig zu waschen. In der Frühe tritt die ganze Belegschaft, einer hinterm andern und jeder mit seinem blauen Emailbecher voll Wasser in der Hand, an einen mit Blech ausgeschlagenen Trog, nimmt ein Maul voll Wasser, läßt es über die Hände laufen und reibt sich damit schnell das Gesicht ab.» Bayern hat stets eine katholische Mehrheit gehabt. Gott sieht aufs Herz.

Also: körperliche Reinlichkeit keine; Essen unschmackhaft und auf die Dauer anwidernd ... das muß aber so sein. Denn, so hat nach Fuchs ein Strafanstaltsdirektor gesagt, der Gefangene muß zwar ernährt werden, doch so, daß ihm die Nahrungsaufnahme keine Lust bereite. Dem Direktor hat dieser Satz sicherlich viel Lust bereitet. Da bleibt denn also die sittliche Einwirkung der Strafe. Und um dieses völlige Manko festzustellen, leistet das Buch gute Dienste.

Fuchs spricht dabei wenig von sich – er erzählt sehr viele Einzelschicksale aus der Anstalt; er spricht sehr gemäßigt und sehr ruhig von den Beamten, und seine Besserungsvorschläge zeigen, daß der Mann so gut wie unpolitisch ist. Um so größerer Glaube ist seinen Erinnerungen beizulegen; ihr Verfasser geht von keiner Tendenz aus, was ja nichts schadete, aber er kommt gar nicht in die Gefahr, zu färben. So wie er es beschreibt: so mags da wohl aussehn.

Und so sieht es aus:

Gewiß nicht unschuldige Rechtsbrecher; zieht man die ungeheuere Quote von Schuld ab, die die Erbmasse des einzelnen und die sozialen Umstände am Rechtsbruch tragen, bleibt natürlich auch individuelle Schuld. In den etwas zähflüssigen Darlegungen Fuchsens leuchtet ein blendendes Paradox auf, jener Satz, den er als Urteil über die Zuchthaus-Insassen sagt: «Viel besser als die da draußen sind sie auch nicht.» Aber natürlich tausendmal besser als ihre Peiniger.

Also zunächst der Rechtsbruch. Darauf eine Gerichtsverhandlung, die in den allermeisten Fällen Fabrikware schlechtester Observanz ist. Die Richter werden mit dem Wust von überflüssigen Anzeigen nicht fertig, ihre Vorbildung ist ungenügend; ihre Auswahl klassenmäßig –: es ergibt sich jene uns allen bekannte halb- oder mehrstündige Farce von Verhandlung, in der mit den Angeklagten umgesprungen wird, als seien sie Bauklötzer. Es ist wie beim Militär: der Angeklagte soll nicht auffallen – es lebe der bequeme Angeklagte! Der Apparat herrscht; der Angeklagte ist um der Richter willen da. Und so fällt denn auch das Urteil aus. Wozu, so frage ich mich immer, wozu nur diese langwierigen und kostspieligen Verhandlungen! Wäre es nicht praktischer, die Herren teilten ihr Urteil dem Angeklagten auf einer Postkarte mit –?

Urteil. Irgendwas: vier Jahr Gefängnis; drei Jahr Zuchthaus; fünf Jahr Zuchthaus – man kann sich das an den Knöpfen abzählen oder man kann es auch auswürfeln. Da kaum einer der beteiligten Unabsetzbaren überhaupt ahnt, was ein Jahr Einsperrung bedeutet, so knallen diese Urteilssprüche herunter, abgeschossen von Leuten, die ihre Geschosse nie am eignen Körper ausprobiert haben. Sie wissen es nicht. Was sie nicht entschuldigt.

Zuchthaus. Und da beginnt nun etwas ganz und gar Gespenstisches.

Mordet ein Lustmörder einen kleinen vierjährigen Jungen und kommt der Vater dazu, so wäre es durchaus begreiflich, wenn der Mann in seiner Raserei den Mörder erwürgte. Ich spräche ihn frei. Rache? Verständlich, wenn sie eben aus dem Affekt stammt. Und wenn sie vom Beteiligten, also vom Betroffenen, ausgeübt wird. Der Verletzte aber darf sich nach unserm Strafrecht nicht rächen; er wird auch in den wenigsten Fällen zivilrechtlich entschädigt – den strafrechtlichen Anspruch auf Vergeltung übernimmt für ihn der Staat. Und der vergilt nun.

Es ist ganz und gar blödsinnig. Da sitzen also in allen Ländern hunderte und tausende von Strafanstaltsbeamten herum, die rächen. Natürlich ist ihnen das in vielen Fällen selber unbequem; es sind auch weiche und sanftmütige Männer darunter, die ihren Beruf natürlich nicht als Berufung erwählt haben, sondern weil man irgend etwas werden muß und wegen der Pensionsversorgung. Sie rächen nun – und da läuft alles kunterbunt durcheinander:

Echter Sadismus kleiner Beamtenseelen (findet sich bei den akademisch gebildeten Herren öfter als bei den einfachen Wärtern); Grausamkeit aus Faulheit; Stumpfsinn; Bureaukratismus und Kretinismus, wie es grade trifft. Und alle, alle sind sich in einem Punkt einig: der Strafgefangene ist um ihretwillen da und sie um des Betriebes willen, und die Hauptsache ist, daß der Apparat läuft wie geölt. Nichts kränkt diese Leute mehr, als wenn es irgend eine Stockung oder Unordnung in der Maschine gibt; dann schlagen sie fürchterlich zu.

Vor dem Urteil der Öffentlichkeit haben sie wenig Furcht und noch weniger Achtung; die Öffentlichkeit bringt zwar durch Steuergelder die Gehälter dieser Beamten auf, hat aber so gut wie gar kein Recht und auch keine Möglichkeit, sich in die Einzelheiten des Strafvollzuges zu mischen. Der spielt sich hinter verschlossenen Türen ab und seine Kontrolle in verschlossenen Akten. Dieser Unfug da wird nur geduldet, weil sich zu wenig Menschen um ihn kümmern.

Da haben wir also einen meist sinnlos verurteilten Rechtsbrecher, der schon das Verfahren nicht richtig verstanden hat – und auf der andern Seite einen Haufen wild zusammengewürfelter Schreiber, Ärzte, Prediger, Wärter ... die rächen. Wen? Was? Das wissen sie nicht.

Die Wirkung auf die Gefangenen ist katastrophal. Das kommt in kaum einem Buch so klar und deutlich heraus wie in diesem Buche von Georg Fuchs. Er hat richtig gesehn, daß kein Mensch auf die Dauer so leben kann wie der christliche Codex dieser Strafanstalten das verlangt: nämlich dauernd im Unrecht, dauernd büßend, dauernd gedrückt. Das gibt es nicht – täte es einer, er endete durch Selbstmord. Was also geschieht –?

Es bildet sich eine Seelenkruste um den Gefangenen. Druck erzeugt Gegendruck; der Gefangene stemmt sich gegen die sinnlose Vergewaltigung und bezieht die Tat, die er begangen hat, in sein Seelengebiet ein; und wenn es eine Weile so gegangen ist, dann hat er auch noch recht. Von Buße ist nicht die Spur zu merken.

Fuchs hebt nun sehr gut hervor, daß eine Buße, die durchaus nicht kirchlich zu sein braucht, notwendig wäre – doppelt notwendig für so belastete Psychopathen, wie wir sie im Zuchthaus antreffen. Aber die angewandte Gewalt läßt ein derartiges Sühnegefühl fast niemals aufkommen. Und das Bild sieht dann so aus:

Der Täter hat eine Tat begangen, und das Gericht hat ihn für den Tatbestand verurteilt; die Zuchthausverwaltung quält ganz sinnlos auf dem Mann herum, und so kommen Schuld und Strafe niemals zusammen. Sie laufen aneinander vorbei; es wird gewissermaßen ganz jemand anders ... nicht einmal gestraft, nur geschunden. Besserung: Unsinn. Innere Einkehr: vacat. Strafe: dummes Zeug. Es ist so, wie wenn jemand, der ein Los gewonnen hat, in ein rot tapeziertes Zimmer gebracht würde – ein völlig sinnloser Vorgang.

So sieht die Strafe aus, die die Staaten über ihre Rechtsbrecher verhängen. Es gibt keinen einsichtigen Menschen, aber keinen, der jemals unter diesen Leuten gelebt hat, oder der sie kennt, der da nicht sagte: Was hier getrieben wird, ist viel schlimmer als eine Schlechtigkeit: es ist die sturste Dummheit, die sich nur einer ausdenken kann.

Daran ändern, wie Fuchs richtig herausgearbeitet hat, die neuen Verfügungen über den Strafvollzug gar nichts. Der Grausamkeitsduselei steht nicht einmal die viel geschmähte Humanitätsduselei gegenüber – es ist eine idiotische und blöde Quälerei, die gar nichts erzeugt, wenn man von den vollgeschmierten Akten absieht. Ja, richtig: und dann macht sie die Gefangenen kaputt.

Aber dann prügelt doch lieber! Das Herzchen, der Wallace, dessen Bücher man fortab boykottieren sollte, hat sich mit erfrischender Deutlichkeit für die Prügelstrafe (an andern) ausgesprochen, und die Vulgäransicht der Stammtische kann es gleichfalls nicht grausam genug bekommen. Dann trinken sie ihr Bier aus und denken auch nicht einen Augenblick daran, was aus den so Geschundenen nun eigentlich wird. Und sie können nicht daran denken, weil sie genau so wenig wie die Richter die Struktur der menschlichen Seele kennen. Fibelvorstellungen beherrschen sie – sie und die Kirche, soweit es sich um den gewöhnlichen Geistlichen handelt. Es ist nichts mit ihnen.

Fuchs zeigt an den einzelnen Leuten, deren Leben er vor uns aufrollt, wie dem Ideal der Verwaltung am meisten diejenigen entgegenkommen, die vollkommen stumpfsinnig geworden sind. Die machen wenigstens keine Schwierigkeiten.

Solange einer noch denkt, fühlt, remonstriert, also: lebt – solange wird ein Kleinkrieg zwischen Strafer und Gequältem geführt, der an Unerbittlichkeit nicht seinesgleichen hat. Sie haben da in Ebrach einen Mörder, der ein Leben wie ein gefangener Gorilla hinter sich hat. Monate und Monate hat er – nach Ausbruchsversuchen und einem geglückten Ausbruch, nach Anfällen und Getobe – in diesen Mauerlöchern des Dunkelarrests hingebracht … sie haben seinen Willen nicht gebrochen. Und eben das soll geschehn. Buße? Wie bitte? Sühne? Sie hören doch: der Wille soll gebrochen werden. Es ist ein reizender Strafvollzug. Es ist gar keiner – es ist ein einziger stupider Unfug.

Lehrreiche Einzelheiten: Wie der Arzt, ein alter Medizinalrat, dem man nicht in die Finger fallen möchte, mit unzulänglichen Instrumenten und ohne Narkose operiert, was also, wenn das richtig wäre, eine nette kleine Körperverletzung darstellte, – wobei allerdings der geschulte Jurist zu wissen hat, daß Körperverletzungen durch Ärzte allenfalls in der Privatpraxis vorkommen können …

Leben an Leben dieser Gefangenen zieht vorüber, und ob es an der süddeutschen Landschaft liegt: manche dieser Lebensgeschichten könnten von Jakob Wassermann stammen – das gleiche Hell-Dunkel liegt auf diesen Lebensläufen. Besonders die Geschichte von dem blutschänderischen Adligen: wenn Fuchs sie wahrheitsgetreu erzählt hat, ist sie eine schöne Novelle (für den Leser) und ein tragisches Ereignis für den, ders erlitten hat. Manchmal macht sich der Paragraphenstall völlig selbständig und funktioniert nun wie irrsinnig. Da ist also dieser Mörder ausgebrochen, unter gradezu unmenschlichen Mühen, es ist ihm geglückt, er ist draußen, er verbirgt sich bei einem Bauern, und da fangen sie ihn. Als er mit Triumph ins Zuchthaus zurückgeführt wird, photographieren Neugierige den Zug. Und während nun dieser nie gebändigte Mann wieder in seinem Loch sitzt, gebunden und gefesselt, macht er – eine wundervolle psychopathische Leistung – das «Recht am eignen Bilde» geltend, und weil wir doch in einem Rechtsstaat leben, wo der Paragraph alles, das Individuum aber nichts gilt, muß ihm sein ius werden, der Apparat spielt, und es werden auf seine Eingaben und Beschwerden alle Photos, derer man habhaft werden kann, eingezogen. Inzwischen schinden sie ihn weiter. Denn Recht muß doch Recht bleiben.

Man lernt viel aus diesem Buch – viel auch über Bayern, viel über die von den Schreihälsen der Nazis ausgebrüllte Sittlichkeit der Bauern; hier finden sich die besten Seiten, die Fuchs geschrieben hat: Blutschande, Abtreibung ... wer Ohren hat, der höre. Aber diese Esel haben lange Ohren und doch keine.

Es ist ein lehrreiches Buch.

Hat auch einige Geleitworte von Schriftstellern, Juristen und Ärzten, die sich mit derlei befassen. Jeder hat das seine gesagt – nur einer tanzt aus der Reihe, dreist, ohne die leiseste Ahnung ... es ist der Kegelkönig Spengler.

Goethe untersuchte einen Schafsknochen; Stammtische denken in Kontinenten. Was Spengler hier von sich gegeben hat, ist beispiellos. Er stellt fest, daß «die deutsche Justiz vor dem Kriege an Unbestechlichkeit und Würde in der Welt unübertroffen dastand», was einfach eine Unwahrheit ist, denn die englische Justiz ist immer mindestens so gut gewesen, wie die deutsche. Nun aber: «... so gehört es zu den Erscheinungen jeder Revolution, ein sentimentales Mitgefühl nicht mit dem Ermordeten, sondern mit dem Mörder zu haben. Das ist eine Erscheinung, die wir gegenwärtig bis zum Ekel um uns herum wahrnehmen müssen, über deren Zuchtlosigkeit sich das Ausland mit Recht lustig macht und die letzten Gründe darauf zurückführt, daß zwischen Revolutionären, Verbrechern und Literaten kein Wertunterschied besteht, von andern Unterschieden ganz zu schweigen.» Und da darf denn diesem Racker-Latein gegenüber wohl gefragt werden:

Wer ist Spengler? Ein Literat. Ein Literat aber, der einen Literaten einen Literaten schilt, ist ein Dummkopf. Der Mann läßt sich mit trutzigen Augenbrauen photographieren und sieht aus wie ein geschlagener General, der in der Theorie gesiegt hat. Was bildet sich dieser gipserne Groschen-Napoleon ein? Er hat ein paar Bücher geschrieben. Das kann viel sein – in diesem Falle ist es nicht viel. In dem Augenblick aber, wo er sich verräterisch gegen den Geist auf seiten einer klobigen und vermeintlichen Aktivität stellt, gehört ihm eins auf die Finger. Nicht nur, weil ihm alle Zuchthausstrafen noch nicht scharf genug sind. Sondern weil sich hier der Geltungsdrang eines kleinen Stubengelehrten austobt, dem es nicht vergönnt ist, im praktischen Leben eine Rolle zu spielen, in jenem Leben, das er, eben weil er es nicht meistert, so überschätzt. Daher die Unerbittlichkeit, die nichts kostet; die eherne Grausamkeit auf dem Papier, die den Männern der Praxis ein Anlaß sein kann, noch gemeiner zu verfahren, als sie es ohnehin tun; daher die Verachtung des eignen Berufs: der Literatur. Beschimpfte jemand Stefan George, weil er kein Ozeankapitän sei, so wäre das töricht; für diesen Spengler aber ist kein Wort des Vorwurfs hart genug, denn er mimt den Kapitän; doch ist er keiner. Mann der Tat … aber dieser Dschingiskhan z.D. wäre ja nicht einmal imstande, eine kleine Klosettpapierfabrik anständig zu leiten, denkt aber in Äonen und Kontinenten und will uns weismachen, rücksichtsloses Geschreibe sei Feldherrnenergie und Tatwille. Wie dumm und seicht ist alles, was er hier – angesichts so vieler unglücklicher Menschen – zu sagen hat! Da predigt er unter anderm eine unsinnige Überschätzung der Politik, dieser neuen Religion, die er ausdrücklich aus der allgemeinen Skala der Strafen herausgenommen haben will. Politische Delikte seien sozusagen Kriegsverbrechen. Das ist Nonsens. Sage mir, wie ein Land mit seinen schlimmsten politischen Gegnern umgeht, und ich will dir sagen, was es für einen Kulturstandard hat – ob das nun Italien, Amerika, Deutschland oder Rußland ist. Es ist verständlich, daß sich ein so schwer kämpfendes Land wie Rußland seiner Gegner zu erwehren versucht; das mißtönende Geheul aber: «An die Wand! Erschießen! Erschießen!» klingt nicht gut in unsern Ohren.

Spengler lebt in einer Zivilisation, die er ständig anpöbelt; er profitiert von ihr und steckt bis an den Hals in dieser Kaufmannszeit. Ein Heros des Füllfederhalters. Und Menschen leiden, leiden … Was weiß dieser Möchte-Attila davon! Nichts weiß er davon. Ein Mann, der überhaupt kein Gefühl für das Einzelwesen hat, aber mit dem Kosmos herumwirtschaftet. Er thront auf einer unerreichbaren Höhe von 1,25 Meter und predigt, es komme auf die großen Zusammenhänge an. Wenn ich recht unterrichtet bin, gebären unsre Mütter nicht Deutschland und nicht Europa, sondern kleine Menschenwesen, Oswald oder Maria geheißen. Dieser Literat ist kein guter Literat. Sondern ein buckliges Titänlein.

Das Buch von Georg Fuchs aber sei angelegentlichst empfohlen.

Ignaz Wrobel, WB 9.6.1931

67

Lied ans Grammophon

Nobody's fault but your own
Brunswick A 8284

Nun komm, du kleine Nähmaschine,
und näh mir leise einen vor.
Ich denke dann an Clementine,
du säuselst sanft mir in das Ohr.
Und am Klavier ohn Unterlaß
führt rhythmisch einer seinen Baß.

Sie war so lieb. Kocht ich im Grimme,
weil jemand mich geärgert hat,
dann sang sie mit der Oberstimme
und strich mir alle Falten glatt.
Und am Klavier ohn Unterlaß
führt rhythmisch einer seinen Baß.
pom-pom

Still sah sie immer nach dem Rechten
und stellte alles so nett hin.
Am Tage kühl. Doch in den Nächten
zerschmolz die süße Schaffnerin.
pom-pom

O spiele weiter!
Clementine
war ihrerseits aus Brandenburch.
Sie trog mich mit der Unschuldsmiene
und ging mit einem Dichter durch.

Bei dem ist sie bis heut geblieben.
Gewiß … der Mann hat keinen Bauch.
Und er hat alles klein geschrieben;

stefan george tut das auch.
und im klavier ohn unterlaß
führt rhythmisch einer seinen baß.

Du spielst. Ich muß mich still besaufen.
Voll ist das Glas und wieder leer.
He! Holla! Du bist abgelaufen …
Die Nadel knirscht. Du singst nicht mehr.
In meinem Ohr ohn Unterlaß
rauscht rhythmisch unser Schicksalsbaß:
pom-pom.

Theobald Tiger, WB 9.6.1931

68

Liebespaar in London

Es ist Sonnabend mittag und auf dem Piccadilly Circus dreht sich der Verkehr langsamer, man kann beinah sein eignes Wort verstehn, denn eine gewaltige Zentrifugalkraft hat die Londoner nach außen geschleudert –: Wochenende. Es ist das einzige Mal in der Woche, wo du sagen darfst: der Verkehr zappelt an dir vorüber, sonst zappelt hier gar nichts. Aber nun haben wohl alle große Sehnsucht, herauszukommen. Auf Wiedersehen, City!

Immerhin, viele sind noch da. Da hätten wir in den Theatern der Shaftesbury Avenue herzzerreißend schöne Schauspiele ‹Herbstkrokus› oder ‹Wie schön sind doch die Tränen einer Braut›, vielleicht heißt das Stück auch anders, aber die Photos, die da in den Schaukästen hängen, sehen aus, als hieße es so. Und vor dem Theater sitzen auf kleinen Stühlchen lange Reihen von Frauen und Mädchen und auch ein paar Männer, sie sitzen da Schlange, weil sie unnumerierte Plätze und Ruhe und Zeit haben, und da warten sie, bis die Türen aufgemacht werden. Damit sie sich nicht langweilen, haben sie sich Zeitungen mitgebracht und Zigaretten und Bonbons und Freundinnen, und dann ist da auch ein alter Straßensänger, der singt ihnen etwas vor, und mitten auf dem

Damm, da, wo die Taxis warten, steht mit Verlaub zu sagen ein Mann auf dem Kopf und wackelt mit den Beinen. Übrigens sieht kaum einer danach hin, und man muß nun nicht denken, daß alle Londoner immer auf dem Kopf stehen und mit den Beinen wackeln, Reisebeschreibungen verfallen oft in diesen Fehler. Dieser Mann tut das gewiß nicht zu seinem Vergnügen – wie sagte neulich ein Steptänzer im Varieté? «Es muß doch noch eine weniger anstrengende Art geben, sich sein Geld zu verdienen!» Sicherlich. Dieser also steht kopf.

Und vorbei braust das und eilt und geht und fährt und läuft. Ich auch.

«Excuse me!» Beinah hätte ich sie angerannt.

Sie stehen mitten im Weg, er und sie, und rechts und links fluten die Leute an ihnen vorüber. Sie sehen sie nicht. Sie sehen sich an. Ich kehre langsam um und gehe langsam an ihnen vorüber. Ich bin viermal umgekehrt, und ich bin viermal an ihnen vorüber gegangen.

Sie sprechen nichts. Sie sehen sich an. Sie sehen sich nur immerzu an.

Er spricht mit den Augen: «So kann das doch nicht weitergehn», sagt er, ohne den Mund aufzutun. «Das geht nun schon seit Wochen so – aber so kann das doch nicht weitergehn! Hier stimmt doch etwas nicht! Ist da ein andrer? Natürlich ist da ein andrer. Ich kann mir auch denken, wer es ist. Ich weiß, wer es ist. Sybil! Dazu alle unsre Liebe? Dazu?» – Sie antwortet mit den Augen, sie antwortet wenig. «Ich weiß nicht», sagte sie, ohne den Mund aufzutun. «Ich weiß nicht. Ich habe ja nichts gegen dich.» Sie ist ganz in sich gekrochen; die wahre Sybil hat sich zurückgezogen, und eine etwas repräsentative Sybil steht da und weist mit den schwarzen, schönen Augen einen Angriff zurück. Sie braucht ihn kaum zurückzuweisen – die Mauern sind so hoch …

«Sybil …!» sagen seine Augen. Nichts sagen ihre Augen.

«Weißt du noch», sagen seine Augen. «Weißt du noch? Weißt du noch den hübschen Abend am Ufer, wo nebenan im Zelt das Grammophon gespielt hat, und wo wir hinter den Bäumen zu der fremden Musik getanzt haben? Und dann sind wir weiter fortgetanzt, immer weiter, immer weiter, und wir haben die Musik nur noch ganz leise durch die Zweige gehört. Weißt du noch?» – Nichts sagen ihre Augen. Sie stehen unbeweglich, in diesem brausenden Strom der Menschen, und manche stoßen sie an, aber sie merken es nicht. «Weißt du noch?» sagen seine Augen. «Wir sind durch Hampstead gegangen, ich habe dich nach Hause gebracht, und seitdem kenne ich jeden Gartenzaun und jeden Pfahl und jedes Haus auf diesem Weg – an allem und jedem hängt ein Wort von dir … weißt du noch?» Ihre Augen sind nun gesenkt, wie ein Schleier liegt es auf ihnen, sie antwortet nicht. Ich sehe, wie er seine Augen mit Gewalt siegen lassen will – es hilft ihm nichts, sie ist stärker. Er bäumt sich auf, er ist doch ein Mann; aber es hilft ihm nichts, denn sie ist eine Frau. Er versteht das nicht. Nie versteht ein Liebender, daß was gewesen ist, einst nicht mehr gelten kann – es war doch aber einmal! Und da meinst du, Tor, es müsse immer sein? Aber es ist nicht immer.

Sie stehen noch immer da und sagen nichts und sehen sich an. Zum Glück achtet niemand auf sie – es ist schon ein bißchen lächerlich, was sie da treiben. Auf der Bühne mag solches erlaubt sein, auf der Bühne, wo das englische Publikum, dieses dankbarste Theaterpublikum der Welt, lacht, wenn ein Kellner ein Tablett fallen läßt, und todernst wird, wenn die Geigen wimmern und sich die Waldkulisse lila färbt, denn das ist die Liebe. Auf dem Theater … gut. Aber im Leben? Im Leben verbirgt man seine Gefühle, so lange, bis die Leute glauben, man habe gar keine, denn das ist die gute Erziehung. Und da stehen sie.

Wer ist bewegt? Der Verkehr, der an den Reglosen vorüberfließt? Es ist eigentlich umgekehrt: der Verkehr ist reglos, und sie, sie sind bewegt. Jürgen Fehling hat einmal in einem Stück Barlachs so eine Szene aufgebaut: das Liebespaar saß inmitten einer Horde saufender Spießer am Tisch und sah sich an. Und die Trinkenden und Prostenden wurden immer stiller und stiller, schließlich erstarrten sie zu Wachsfiguren, nur die Liebenden sprachen noch und waren lebendig.

Und inmitten einer emsig dahintreibenden Welt, die ins Freie hinaus will, steht die Gruppe dieser beiden, bewegt und mit schlagenden Herzen in einer wächsernen Welt, die sie nicht sieht und die sie nicht sehen. Versunken … Da stehen sie und sehen sich an, er wartet, und sie ist schon bei einem andern, mit dem sie eins zu werden hofft, da stehen sie, unrettbar und unweigerlich *zwei*, man kommt ja immer nur auf Sekunden zusammen, und dann schlägt das Gewoge über ihnen zusammen, der Straßensänger krächzt sein Lied, und die schweren Autobusse schmettern und stampfen vorüber, hinaus in die grünen Vorstädte, wo der englische Rotdorn blüht.

Peter Panter, Voss 14.6.1931

69

Der Mensch
Ein Schulaufsatz von Kaspar Hauser

Der Mensch hat zwei Beine und zwei Überzeugungen: eine, wenns ihm gut geht, und eine, wenns ihm schlecht geht. Die letztere heißt Religion.

Der Mensch ist ein Wirbeltier und hat eine unsterbliche Seele, sowie auch ein Vaterland, damit er nicht zu übermütig wird.

Der Mensch wird auf natürlichem Wege hergestellt, doch empfindet er dies als unnatürlich und spricht nicht gern davon. Er wird gemacht, hingegen nicht gefragt, ob er auch gemacht werden wolle. Früchte im Mutterleib werden vom Staat geschützt, solange sie noch nicht draußen sind; wenn sie erst einmal draußen sind, erlischt dieses Interesse.

Der Mensch ist ein nützliches Lebewesen, weil er dazu dient, durch den Soldatentod Petroleumaktien in die Höhe zu treiben, durch den Bergmannstod den Profit der Grubenherren zu erhöhen, sowie auch Kultur, Kunst und Wissenschaft.

Der Mensch hat neben dem Trieb der Fortpflanzung und dem, zu essen und zu trinken, zwei Leidenschaften: Krach zu machen und nicht zuzuhören. Man könnte den Menschen gradezu als ein Wesen definieren, das nie zuhört. Wenn er weise ist, tut er damit recht: denn Gescheites bekommt er nur selten zu hören. Sehr gern hören Menschen: Versprechungen, Schmeicheleien, Anerkennungen und Komplimente. Bei Schmeicheleien empfiehlt es sich, immer drei Nummern gröber zu verfahren als man es grade noch für möglich hält.

Der Mensch gönnt seiner Gattung nichts, daher hat er die Gesetze erfunden. Darf er schon nicht, dann sollen die andern aber auch nicht.

Um sich auf einen Menschen zu verlassen, tut man gut, sich auf ihn zu setzen; man ist dann wenigstens für diese Zeit sicher, daß er einem nicht davonläuft. Manche verlassen sich auch auf den Charakter.

Der Mensch zerfällt in zwei Teile: in einen männlichen, der nicht denken will, und in einen weiblichen, der nicht denken kann. Beide haben sogenannte Gefühle: man ruft diese am besten dadurch hervor, daß man gewisse Nervenpunkte des Organismus funktionieren läßt. In diesen Fällen sondern manche Menschen Lyrik ab.

Der Mensch ist ein pflanzen- und fleischfressendes Wesen; auf Nordpolfahrten frißt er hier und da auch Exemplare seiner eignen Gattung, doch wird dies durch den Fascismus wieder ausgeglichen.

Der Mensch ist ein politisches Geschöpf, das am liebsten zu Klumpen geballt sein Leben verbringt. Jeder Klumpen haßt die andern Klumpen, weil sie die andern sind, und haßt die eignen, weil sie die eignen sind.

Jeder Mensch hat 1 Leber, 1 Milz, 1 Lunge und 1 Fahne; sämtliche vier Organe sind lebenswichtiger Natur. Es soll Menschen ohne Leber, ohne Milz und mit halber Lunge geben; Menschen ohne Fahne gibt es nicht.

Schwache Fortpflanzungstätigkeit facht der Mensch gern an und dazu hat er mancherlei Mittel: den Stierkampf, das Verbrechen, den Sport und die Gerichtspflege.

Menschen miteinander gibt es nicht. Es gibt nur Menschen, die herrschen, und solche, die beherrscht werden. Doch hat noch niemand sich selber beherrscht: weil der opponierende Sklave immer mächtiger ist als der regierungssüchtige Herr. Jeder Mensch ist sich selber unterlegen.

Wenn der Mensch fühlt, daß er nicht mehr hinten hoch kann, wird er fromm und weise; er verzichtet dann auf die sauern Trauben der Welt. Dieses nennt man innere Einkehr. Die verschiedenen Altersstufen des Menschen betrachten einander wie verschiedene Rassen; Alte haben gewöhnlich vergessen, daß sie jung gewesen sind, oder sie vergessen, daß sie alt sind, und Junge begreifen nie, daß sie alt werden können.

Der Mensch möchte nicht gern sterben, weil er nicht weiß, was dann kommt. Bildet er sich ein, es zu wissen, dann möchte er es auch nicht gern: weil er das Alte noch ein wenig mitmachen will. Ein wenig heißt hier: ewig.

Neben den Menschen gibt es noch Sachsen und Amerikaner, aber die haben wir noch nicht gehabt und bekommen Zoologie erst in der nächsten Klasse.

Kaspar Hauser, WB 16.6.1931

70

Englische Perücken

In England ist manches von Charell inszeniert, u.a. das Weiße Rößl, die Truppenschau und die Gerichtspflege.

Wenn das matte Tageslicht von oben auf den rotgekleideten Richter fällt, vereinen sich die braunen Tische, die weißen Perükken der Gerichtspersonen, die Talare und alle Farben zu jener seltsamen Harmonie von Gedämpftheit, die das englische Landschaftsbild auszeichnet, ein leiser Vielklang.

Jede Justiz verkleidet sich. Die Verkleidung besagt, wo immer wir sie antreffen: hier spricht nicht eine Privatperson, sondern ein Instrument des Staates, etwas sozusagen Unpersönliches. Daß es das nicht gibt, ist eine andere Sache – Standesuniformen unterstreichen allemal die Bedeutung des Standes, und machen eine menschliche Handlung zu etwas, was den Alltag überragen soll. Daher tragen der englische Richter und der englische Anwalt eine Perücke.

Selbige ist aus Roßhaar und kostet etwa sieben Pfund. Kleine Löckchen sind in sie gedreht, beim Richter sind es wohl einige mehr als beim Anwalt. Es ist nicht jene Art von Perücke, wie wir sie beim Mister Speeker im Unterhaus sehen – die fällt auf beiden Seiten lang herunter. Die richterlichen Perücken sind kleiner und beinahe zierlich. Perücken 1931 – das ist eine merkwürdige Sache.

Wenn sich Menschen in historische Gewänder ihres Volkes stekken, dann gibt es zweierlei Möglichkeiten: sie sehen unsagbar lächerlich aus, oder aber das Kostüm hebt das Gesicht der Rasse. Mit den Ritterrüstungen ist das meist so eine Sache; die Tracht des achtzehnten Jahrhunderts, von Franzosen getragen, zeigt zum Beispiel, wieviel ungekannte Hofleute noch unter ihnen wandeln, wieviel witzige Barbiere; wieviel geschmeidige Köche und galante Abbés … im Zivil ist das kaum zu sehen. Die englische Gerichtsperücke hat vielerlei Wirkungen auf ihre Träger.

Ich bin durch viele Säle der Courts gegangen. Manchen Richtern hilft die Perücke gar nichts. Sie haben sich das Ding übergestülpt und sehen nun aus wie der Dorfrichter Adam; die Perücke sitzt hilflos da oben und hat überhaupt keine Beziehungen zum Träger. Sie mag ihn nicht. Und er bleibt unter ihr ein sicherlich höchst ehrenwerter Herr Jones oder Smith, aber weiter auch gar nichts.

Bei anderen aber arbeitet der Roßhaardeckel erst etwas heraus, was bei ihnen im Gewand des Bürgers, ohne Talar und außerhalb des Gerichts, vielleicht nicht zu sehen ist: die Gesichter werden in einem Maße englisch, scharf und charakteristisch, daß es beinahe wie inszeniert aussieht. Zu gut, denkt man; das kommt im Leben eigentlich nicht vor. Es kommt vor.

Der untere Rand der Perücke schneidet oben an der Stirn so scharf ab, daß manche Gesichter wie aufgesetzte Masken aussehen – man möchte die Gesichter abreißen und das darunter liegende Gesicht sehen. Das Richtergesicht lächelt freundlich und spricht begütigend; nachher wird es etwas sagen, und dann wird einer aufatmend nach Hause gehen, oder lange Jahre in einer kleinen Stube sitzen …

Übrigens darf man diese Mützchen nicht von hinten sehen – darauf ist die Sache nicht eingerichtet. Einmal stand ich hinter einem plaidierenden Anwalt, und die Perücke hob sich hinten ein wenig, und da kam das zivile Haar zum Vorschein, da ist dann gar nichts mehr von Würde der Gerichtsperson und dergleichen: unter dieser Perücke sitzt das, was Auto fährt und durchaus von heute ist.

Manche Perücken wachsen nach innen.

Haben diese Perücken auch einen Zopf –? Es gibt eine so schöne Redensart im Berlinischen: «Das kann man von der Stadtbahn aus nicht sehn!» – Ich sitze vorläufig in London noch auf der Stadtbahn, sehe die Perücken an und schweige.

Peter Panter, Voss 23. 6. 1931

71

Das Persönliche

Schreib, schreib …
Schreib von der Unsterblichkeit der Seele,
vom Liebesleben der Nordsee-Makrele;
schreib von der neuen Hauszinssteuer,
vom letzten großen Schadenfeuer;
gib dir Mühe, arbeite alles gut aus,
schreib von dem alten Fuggerhaus;
von der Differenz zwischen Mann und Weib …
Schreib … schreib …

Schreib sachlich und schreib dir die Finger krumm:
kein Aas kümmert sich darum.

Aber:
schreibst du einmal zwanzig Zeilen
mit Klatsch – die brauchst du gar nicht zu feilen.
Nenn nur zwei Namen, und es kommen in Haufen
Leser und Leserinnen gelaufen.
«Wie ist das mit Fräulein Meier gewesen?»
Das haben dann alle Leute gelesen.
«Hat Herr Streuselkuchen mit Emma geschlafen?»

Das lesen Portiers, und das lesen Grafen.
«Woher bezieht Stadtrat Mulps seine Gelder?»
Das schreib – und dein Ruhm hallt durch Felder und Wälder.

Die Sache? Interessiert in Paris und in Bentschen
keinen Menschen.
Dieweil, lieber Freund, zu jeder Frist
die Hauptsache das Persönliche ist.

Theobald Tiger, WB 23.6.1931

72

Wann arbeiten die –?

Manchmal, wenn sie mir die Haare schneiden, blättere ich in den illustrierten Zeitungen, die uns vermitteln, wie das Leben, mit Auswahl, aussieht. Da vergeht nun kein Haarschnitt, ohne daß ich Bilder von Festivitäten, Bällen, Routs, Parties, Empfängen und Abendgesellschaften zu sehen bekomme, auf denen (rechts vorn im linken Hintergrund) der Minister Doktor X. zu sehen ist.

Luxus –? Das ist ja dummes Zeug. Die widerwärtige Manier, jedem in der Öffentlichkeit stehenden Mann die Koteletts nachzuzählen, die er ißt, wollen wir nicht mitmachen – das soll nur Goebbeles besorgen, der ohnehin nicht bis drei zählen kann. Aber da ist etwas andres.

Gewiß, diese Männer haben tagsüber viel zu tun. Sie müssen viele Akten lesen, viel diktieren, und, was am ermüdendsten ist, ungeheuer viele Leute empfangen. Nichts macht so müde, wie andre sprechen zu hören, aufzupassen, aufzunehmen, Ja und Nein sagen zu müssen, entscheiden zu müssen ... Soweit gut.

Aber man muß doch, denke ich mir, von Zeit zu Zeit auch einmal etwas für sich arbeiten! Man kann doch ungestraft nicht immer nur geben; man muß doch auch einmal aufnehmen. Wann tun das diese Männer? Wann arbeiten die –?

Ein praktischer Arzt, der nicht von Zeit zu Zeit einen Kursus zur Erlernung neuer Heilmethoden macht, gerät bald ins Hintertreffen, die Praxis allein tuts nicht. Ein bißchen Theorie braucht jeder. Wann ergänzen diese Minister, Staatssekretäre, Landgerichtspräsidenten, Oberregierungsräte ihr Wissen? Wann arbeiten sie –?

Niemand weiß das. Ich höre Rudi Breitscheid, der so gern möchte und so wenig kann, murmeln: «Er weiß nicht, wieviel grade auf diesen Bierabenden …» O, ich weiß. Diese Politik riecht nach Bierabend; auch ist mir aus andern Ländern bekannt, wieviel und welch wichtige Entscheidungen bei gesellschaftlichen Begegnungen gefällt werden oder doch aus ihnen hervorgehen. Ich weiß, ich weiß. Nur: Mal, einmal muß der Mensch doch auch theoretisch und konzentriert neues aufnehmen!

Im Sommer? Die Herren sehn nicht so aus. Sie haben so viel «ze tun». Und sie arbeiten so wenig. Es gibt auch eine betriebsame Faulheit.

Und so rollt der Betrieb über sie hinweg, immer weiter, immer weiter. Und leise und bescheiden frage ich mich im stillen Winkel: Wann arbeiten die –?

Ignaz Wrobel, WB 23.6.1931

73

Ich gehe mit einer langen Frau

Erika ist ein bißchen lang geraten – sie weiß es und sie ist sehr unglücklich darüber. Es sind genau acht Zentimeter zu viel.

Wie habe ich ihr schon gut zugeredet! Um sie zu trösten, habe ich ihr die Geschichte von der langen Dame erzählt, die im Parkett sitzt, und die Leute hinter ihr rufen: «Setzen! Setzen!» – Empört steht sie auf, um die Rufer zur Ruhe zu verweisen, da schreit einer: «Jetzt steigt det Aas noch uff de Banke!» – Tröstet sie nicht.

Dann habe ich ihr erzählt, wie eine andere lange Dame an einer Gartenhecke vorbeiging und den Gärtner im Garten fragte, wo es denn nach Adlershorst gehe. «Da reiten Sie nur immer geradeaus …», sagte der Gärtner. Tröstet sie auch nicht.

Aber mit Erika spazierenzugehen, das ist ein wirklicher Genuß. Nicht nur, weil sie eine so reizende Dame ist … nein: ich lese in den Augen aller Vorübergehenden, und das ist ein großes Vergnügen.

Meinerseits bin ich etwas klein und dick. Gott sieht aufs Herz. Und nun ist Erika sehr schlank und groß. Und wenn wir dann beide durch die Straßen gehen, dann freuen sich die Leute an dem stattlichen Paar, und ich lese also in den Augen.

Die Männer sehen meist an uns vorbei; sie haben keine Zeit. Wenn sie aufsehen, freuen sie sich ein bißchen, aber doch nur flüchtig – ein Mann ist so ein Dussel, er weiß gar nicht, was eine schöne Schadenfreude ist. Und wenn die Männer allein gehen, dann denken sie, und damit haben sie vollauf zu tun. (Und dann muß man sehen, was dabei herauskommt!)

Aber die Frauen …!

Es geht so blitzschnell, und ich habe meine große Freude daran.

In den Augen steht:

«Hurra! Eine Frau, die mir unterlegen ist! Sie ist zu lang! Tobby! Mama! Margot! Hast du die gesehen? Guck mal die! Das ist aber eine lange Stange!» Das ist häßlich – Erika ist gar keine Stange, das weiß ich nun besser. Aber sie ist acht Zentimeter zu lang, und das ist ein Nachteil, der sofort in die schönen Augen der Spaziergängerinnen fällt, und ich lese:

«Sie ist zu lang. Hihi. Die möcht ich mal tanzen sehen. Die möcht ich mal laufen sehen! Steigt der kleine Dicke auf eine Fußbank, wenn er sie küßt? Lisa, guck mal!»

Lisa guckt und findet das nun auch. Es ist aber auch zu schön …! So eine große Frau –!

Übrigens gibt es da Nuancen, und es kommt alles auf die Kinderstube an. Hat die Kinderstube nach Norden gelegen, dann bricht die Schadenfreude unverhohlen aus: in den Augen glimmt das Flämmchen der Nächstenliebe, ein spöttisches Geblinkere hebt an, Zwinkern und Blinkern, der Ellenbogen stupst den Nachbarn in die trauliche Seite, und zwei sind sich einig in einem unaussprechlichen Glück: dem Nebenmenschen eins auswischen zu können.

Bei feineren Leuten flitzt nur ein schneller Blick hinüber, fast unmerklich …, aber Erika ist gerichtet. So tragen wir viel zur Erheiterung unserer Nächsten bei.

Es ist unerfindlich, wie boshaft Menschen sein können. Erika kann doch nichts dafür, daß sie so lang ist. Mir ist sie grade richtig –, mir ist sie nicht zu lang. Und es ist doch schließlich mehr als gemein, so über Eigenschaften herzuziehen, für die keiner etwas kann.

Da gehen wir, und ich fange alle diese Blicke auf.

Entgegen kommt uns ein Paar. Er von normaler Statur, und sie: so zierlich, so puppenhaft, so klein, so unendlich lütt …

Ich stupse Erika in die Seite und lasse blitzschnell einen Blick auf Frau Liliput hinüberflitzen.

«Erika», sagte ich, «hast du diese kleine Person gesehen –? Lächerlich. Ist ja lächerlich. Was macht der, wenn er sie küßt –?»

Peter Panter, Voss 30.6.1931

74

Hetären-Gespräche

Falsch:

– «Du wunderst dich gewiß, wie ich zu diesem Leben gekommen bin. Mein Vater war Oberstleutnant bei den Husaren in Krefeld, und meine Mutter war eine geborene von. Ich hatte eine glückliche Jugend; da geriet ich im Alter von achtzehn Jahren in die Hände eines gewissenlosen Verführers, der mir im Schlaf meine Unschuld raubte. Meine Eltern verstießen mich, als die Schande offenbar wurde, und bald sank ich von Stufe zu Stufe …»

Richtig:

– «… hab ich zu der Frau gesagt: Bitte, den Koffer können Sie ja gar nicht pfänden, der ist ja schon gepfändet, überhaupt werde ich mich bei der Staatsanwaltschaft beschweren, denn da hab ich sehr gute Beziehungen. Kennst du einen Staatsanwalt Kleinböhmer? Das ist ein guter Freund von mir … weißt Du, das ist ein Stiefelfreier, der kommt alle vierzehn Tage zu mir, und dann muß ich ihm …

Da sagt die Frau, dann wird sie die Polizei holen. Ich sage, bitte, sage ich, holen Sie nur die Polizei, da werden Sie schon was erleben! Hast du sowas gesehn! Wo überhaupt die Mieten so teuer sind! Ach, Fritzi, das ist ja gar nicht wahr – du kriegst heute in ganz Hamburg nichts Anständiges unter hundertachtzig Mark … Bestell noch ne Flasche Sekt. Sieh mal die Frau da drüben! Die war in Untersuchungshaft, drei Wochen haben sie sie dabehalten, aber sie konnten ihr nichts beweisen, ihr Freund sitzt heute noch. Die hat enorm verdient, die war in Berlin zur Grünen Woche, na, und die Leute mit dem grünen Hütchen geben ja was aus. Ich hab auch so einen. Der hat ein großes Gut in … der Name tut ja nichts zur Sache. Du, das ist ein komischer Kerl! Der ist hier alle halbe Jahr in Hamburg, und mit seiner Frau ist das wohl nicht ganz richtig, und da will er immer …

Fritzi! Das ist doch Ullgreen! Der Schwede! Na, das ist aber ulkig! Du, ich habe solchen Hunger – bestell mir mal – Ober, geben Sie mal die Karte! Was macht denn der jetzt in Hamburg? Was ist denn das für eine Frau, mit der er tanzt? Die ist doch nicht aus dem Trocadero? Ins Trock kann man ja gar nicht mehr gehn, ja, Roastbeaf, ach, du mit deinem Alkazar, mit Gemüse, ist eigentlich noch immer so viel Betrieb im Lunapalais – da war ich mal früher … Was? Was für Leute? Das ist noch gar nichts. Da hatten wir hier einen Argentinier, was Fritzi? der kam immer, und dann mußten wir ihm mitten im Zimmer einen großen Block aufbauen, und er hatte bloß eine Hose an, und dann kniete er, und dann mußten wir so tun, als ob er hingerichtet würde, und …

Nein, morgen kann ich nicht. Fritzi, quatsch doch nicht, morgen können wir nicht, da haben wir Erich. Siehste – du vergißt auch alles. Das ist ein sehr feiner Mann, das ist ein Großindustrieller aus dem Rheinland, na, wir haben überhaupt sehr gute Leute – ich habe doch Kompott bestellt, bringen Sie mal eine Portion gemischtes Kompott – meinst du, sie hat mir den Koffer rausgegeben? Nu kenn ich aber hier einen sehr feinen Mann von der Polizei, den hab ich gleich antelephoniert, er war ja nicht da, aber das hat die Frau wohl gehört, und da hat sie den Koffer gleich rausgegeben … Was für ein …? Das ist eine Goldgrube. Ich kenn den Direktor – ich war mal bei ihm, er hat mich engagieren wollen, für seine Revue, und da mußte ich mich ganz ausziehn, du, der hat in seiner Wohnung lauter Fesseln und Halseisen und Ruten und all son Zeug … schließt er einfach die Tür ab, du, der Sekt ist alle, und ich sage: Sie, sage ich, wenn Sie mich nicht rauslassen, dann schrei ich! Da ist dann mit dem Engagement nichts geworden. So ein alter Esel. Ein fießer Kerl. Aber eine Goldgrube. Neulich war Elli bei ihm, und da hat er ihr …

Natürlich kenn ich den. Wir gehn in jeden Film, wenn er spielt. Der war mal bei uns, und jedesmal, wenn er … dann hat er …

Gehn wir noch in die kleine Bar, einen Whisky trinken? Ach, gehn wir noch, Du, gib mal der Blumenfrau was, ich hab mir vorhin von ihr eine Nadel geliehn. Also, was ich mich über diese Geschichte mit dem Koffer schon aufgeregt habe! Das ist die Frau ja gar nicht wert. Ich bin auch leidend. Der Arzt, der Professor hier vom Krankenhaus, hat gesagt, so eine Leber hat er überhaupt noch nie gesehn … Fritzi, das weißt du doch – das tut die Frau alles bloß, weil ich damals in dem Prozeß gegen ihren Schwager, diesen Luden, nicht so ausgesagt habe, wie Hans gewollt hat. Dabei habe ich doch den Brief gar nicht bekommen! Du hast gar nichts gesehn! Wenn Marga damals nicht zu Emil gesagt hätte, daß sie von dem Doktor nichts weiß, dann hätten wir alle zusammen nichts von Seiermann gekriegt, und Willi … Du, kauf mir doch so einen Teddybären! Der ist aber süß! Pusch pusch … beiß mal den Onkel! Guten Abend. Das war ein ungarischer Akademieprofessor – sehr berühmter Mann, ich hab vergessen, wie der heißt. Du, weißt du, was der immer macht –?

Ja, denk doch mal, der ist ganz plötzlich gestorben. Nein, nächsten Sommer gehn wir ins Gebirge. Ganz plötzlich gestorben … schade, ich konnt nicht zur Beerdigung kommen, ich geh sonst so gern zu so was … es ist so feierlich, wenn die Orgel spielt, man weint so schön …

Nein, wir haben nur sehr gute Kavaliere. Und ich will dir mal was sagen, warum sie eben alle so gern zu uns kommen –:

Son Mann hat doch das Bedürfnis, sich mal auszusprechen –!»

Kaspar Hauser, WB 30.6.1931

75

Sind Sie eine Persönlichkeit? Der andere auch! Der andere auch!! Der andere auch!!!

Eine kleine Sonntagspredigt

Auf der Erde leben einundeinedreiviertel Milliarde Menschen (die Anwesenden natürlich ausgenommen) – und im Grunde denkt jeder, er sei ganz allein, was die Qualität anbetrifft. «So wie ich …» denkt jeder, «so ist kein anderer – so kann kein anderer sein.» Ob das wohl richtig ist?

Wir sehen den Verbrecher und den Jubilar als Einzelwesen und rechnen beiden das allgemeine Niveau mit an; es ist so, wie wenn sich ein Seehund rühmen wollte, daß er schwimmen kann. Alle Seehunde können es.

Da ist zum Beispiel der Beruf.

Sie kennen ja alle die Festrede, die bei der Jahresversammlung des Reichsverbandes wissenschaftlich geprüfter Traumbuch-Verfasser steigt: jeder Traumbuch-Verfasser ist mindestens ein Napoleon, ein Goethe, ein Rockefeller, ein … nach Belieben auszufüllen. Andere Berufe kommen da gar nicht mit. Vor wem erzählt der Mann das eigentlich? Damit kann er doch nur einem Eskimo imponieren, einem der nicht weiß, daß die in der Festrede gerühmten Eigenschaften heute so ziemlich alle zivilisierten Menschen besitzen: wir alle können telefonieren, ein Grammophon anstellen, das elektrische Licht anknipsen; viele von uns können schoffieren, viele haben Entschlußkraft, verstehen, sich in einer fremden Stadt zurechtzufinden, können Reisedispositionen treffen – es ist die Zeit, die die Menschen so geformt hat; das Verdienst eines einzelnen ist es nicht. Aber das hören sie nicht gern – sie spielen vor sich selber und vor einem imaginären Publikum gern den Wundermann. «So schön wie ich das kann …» Verlaß dich drauf: der andere kann das alles auch.

Der Schriftsteller tut gern so, als sei er von einem Zauberwesen begnadet und als sei dies etwas ganz und gar Einzigartiges: schriftzustellern – und vergißt dabei, daß es Tausende und Tausende können, wie er. Der Arzt umgibt sich gern mit einer Atmosphäre des geheimnisvollen Medizinmannes (wobei nicht untersucht werden soll, inwieweit der Patient das braucht und wünscht). Der Industrielle tut gern so, als habe er allein – Herr Generaldirektor Bölk – Tatkraft, Klugheit und Umsicht der ganzen Welt gepachtet … kurz: jeder will als Einzelwesen gewertet und möglichst verehrt werden und läßt unbewußt-bewußt außer acht, daß Millionen neben ihm und um ihn sind, die sich auf genau derselben Ebene bewegen wie er es tut.

Dagegen wehrt sich das Individuum – es ist sein letzter, sein verzweifelter Kampf gegen die unbarmherzige Uniformierung einer mechanistischen Zeit. Er will nicht. Er spielt: einmaliges Individuum.

Die Klugen (die Anwesenden natürlich eingeschlossen) geben das alles für den Beruf und für das Gemeinschaftsleben zu. «Aber», sagt jeder von ihnen, «aber … man hat doch da so seine kleinen Eigenheiten …» Und hier wird die Sache restlos komisch.

Denn grade bei den «kleinen Eigenheiten» ist die Übereinstimmung so groß, daß man glauben sollte, die Menschen würden in Serien hergestellt.

Die Tage der Niedergeschlagenheit, wo alles aus ist: Beruf grau, Liebe danebengegangen, Geld flöten, Bücher langweilig, das ganze Leben verfehlt – der andere auch! Der merkwürdige Waldspaziergang damals, wo von den Fichten lauter Gestorbene heruntergrüßten und so schauerlich nickten, und wo du schneller gingst, weil du Furcht hattest, dich drüber ärgertest, Mut markiertest, und nun noch mehr Furcht hattest – der andere auch! Der wie ein Nieskitzel plötzlich auftretende Reiz, bei ganz ernsten Situationen lachen zu müssen, die Angst davor, das Bemühen, dieses blödsinnige Lachen grade noch herunterzuschlucken – der andere auch! Immer: der andere auch.

Du hast da morgens, wenn du dich anziehst, eine Reihe kleiner, fast sakraler Handlungen … der andere auch. Du hast manchmal, bevor du in ein fremdes Haus gehst, die «Portalangst» … der andere auch. Du bist mutig, sagen wir, beim Zahnarzt und feige vor dem Examen – oder umgekehrt ... der andere auch. Du machst so eine komische Bewegung mit den Kinnbacken, wenn du ein Buch aufschneidest ... Immer, immer: der andere auch.

Ja, zum Donnerwetter, sollen wir denn nun gar nichts mehr haben, das uns ganz allein gehört? Doch, das gibt es vielleicht ... aber es finden sich stets, wenn man näher zusieht, Hunderte, die machen es dann doch genau so, und Tausende, die machen es beinah so, und Zehntausende, die machen es ähnlich ... der andere auch.

Es tut gut, das zu wissen.

Denn nichts ist gefährlicher, als den Partner zu niedrig einzuschätzen – auf diese Weise sollen schon Kriege verloren gegangen sein. Glaub du ja nicht, du seist der einzig Schlaue weit und breit; du allein verständest den Reiz der Einsamkeit auszukosten; habest allein den Wunsch, mit einer Frau auf einer einsamen Insel (für vier Wochen) zu wohnen ... glaub das nicht. Und doch glauben wir es im stillen alle.

Wir besetzen das Theater des Lebens so:

Hauptrolle: ICH. Dann eine ganze Weile gar nichts. Dann eine unübersehbare Statisterie: die andern. Nicht, daß wir sie nun alle für dämlich hielten ... aber eben doch nur: für die «andern» ... und es gehört schon eine ganze Menge Lebensklugheit, nein, Weisheit dazu, einzusehen, daß es mit den andern im Grunde genau, aber ganz genau so bestellt ist, wie mit uns. Denn jeder von ihnen hat schon verzweifelt vor einem Haus auf eine Frau gewartet und dabei an dem Haus hochgesehen wie an einem bösen Urwelttier ... jeder von ihnen hatte seinen kleinen Stolz, als er sich freigeschwommen hatte; jeder von ihnen hat vier kleine dumme Gegenstände in den Schubladen, die behangen sind mit Erinnerungen ... jeder hat das. Nicht nur du allein. Nicht nur ich allein. Jeder hat, um es mit einem Wort zu sagen, die unaufgeräumte kleine Schublade, auf die jeder so stolz ist, als habe er sie ganz allein.

Peter Panter, Uhu, Juni 1931

76

Sind Sie eine Persönlichkeit?
Der andere auch! Der andere auch!!
Der andere auch!!!

Nachdenkliches Chanson

Nach einigen Schwedenpünschen
beginnen Sie zu wünschen:
Sie drehen ganz im stillen
die bunten Zuckerpillen:

«Ein Wochenendhäuschen … und dann einen Beruf, der einem Spaß macht … nein, überhaupt keinen Beruf … eine anständige Rente … weißt du, so eine, die nicht zu sehr beschwert … also sagen wir: 500 Mark im Monat, na, ich wär' schon mit 800 zufrieden – also die Rente … dann würd' ich studieren … und angeln … und radiobasteln … irgendwo im Grünen, im Stillen … eine nette Frau … Kinder … und nichts von der Welt hören und sehen – aber das sind so meine Privatwünsche … das kann man keinem Menschen sagen – das versteht ja keiner …»

Ach!
Damit stehn Sie aber nicht vereinzelt da!
So was denkt man von Florenz bis Altona!
Was Sie da so treiben, das hat lange im Gebrauch
der andere auch!
der andere auch!
der andere auch!

Man schluckt voll Wut mitunter,
weil man muß, so manches runter.
In der Nacht, beim Mondenscheine,
nimmt man Rache – ganz alleine:

«Ich bin zu gut für diese Welt … diese Kerls können mir alle nicht das Wasser reichen … die fühlen eben, daß ich mehr bin, als sie … daher die Wut … laßt mich mal was werden, laßt mich bloß mal was werden! – dann kenne ich die Brüder alle nicht mehr! – doch: ich kenne sie … Ich sage dann ganz freundlich, ganz freundlich sage ich: Guten Tag! Na, wie geht's denn immer? Sind Sie noch im Geschäft, ja? Ich? Ich reise so in der Welt umher … im Winter war ich in der Schweiz, ja, Skisport … im Sommer geh' ich auf meine Besitzung in Dänemark … Gott, man muß zufrieden sein –»

Ach!
Damit stehn Sie aber nicht vereinzelt da!
So was denkt man von Florenz bis Altona!
Was Sie da so treiben, das hat lange im Gebrauch
der andere auch!
der andere auch!
der andere auch!

Sie sagen im Theater:
Diese Menschen … heiliger Vater!
Jeder einzelne ein Hund, ein krummer –
da bin *ich* doch eine andere Nummer …

«Nu sieh dir mal die Gesichter hier an! Ein dämliches Pack! Nicht wert, daß man ihnen das Stück hier vorführt … verstehn's ja doch nicht! – Ich habe heute nachmittag Kirchengeschichte des frühen Mittelalters gelesen, ich beschäftige mich jetzt damit ein bißchen … glaubst du, daß hier ein Mensch höhere Interessen hat? Nicht zehn im ganzen Theater, das sag' ich dir! – Hübsche Frau da vorn in der Loge … wenn man an die ran könnte … glatt sagte die: ja … sie kennt mich bloß nicht … aber wenn sie mich kennen würde … eigentlich sieht man mir ja schon an, daß ich was Besseres bin, nicht so wie die andern …»

Ach!
Damit stehn Sie aber nicht vereinzelt da!
So was denkt man von Florenz bis Altona!

Was Sie da so treiben, das hat lange im Gebrauch
der andere auch!
der andere auch!
der andere auch –!

Theobald Tiger, Uhu, Juni 1931

77

An das Publikum

Hochverehrtes Publikum,
sag mal: bist du wirklich so dumm,
wie uns das an allen Tagen
alle Unternehmer sagen?

Jeder Direktor sitzt auf dem Popo
und spricht: «Das Publikum will es so!»
Jeder Filmfritze sagt: «Was soll ich machen?
Das Publikum wünscht diese zuckrigen Sachen!»
Jeder Verleger zuckt die Achseln und spricht:
«Gute Bücher gehn eben nicht …»
Sag mal, verehrtes Publikum:
bist du wirklich so dumm –?

So dumm, daß in Zeitungen, früh und spät,
immer weniger zu lesen steht?
Aus lauter Furcht, du könntest verletzt sein;
aus lauter Angst, es soll niemand verhetzt sein;
aus lauter Besorgnis, Müller und Cohn
könnten mit Abbestellung drohn?
Aus Bangigkeit, es käme am Ende
einer der zahllosen Reichsverbände
und protestierte und denunzierte
und demonstrierte und prozessierte …
Sag mal, verehrtes Publikum:
bist du wirklich so dumm –?

Ja, dann … Es lastet auf dieser Zeit
der Fluch der Mittelmäßigkeit.
Hast du so einen schwachen Magen?
Kannst du keine Wahrheit vertragen?
Bist also nur ein Grießbrei-Fresser –?
Ja, dann …
  Ja, dann verdienst dus nicht besser.

Theobald Tiger, WB 7.7.1931

78

Der Verdachtsfreispruch

Zu den unangenehmsten Eigenschaften der Unabsetzbaren gehören sämtliche ihrer Eigenschaften. Der Justizminister pflegt gern von einer «Vertrauens-Krise» zu sprechen; er irrt. Der Patient ist längst tot – kein verständiger Mensch hat zu dieser Rechtsprechung mehr Vertrauen als sie verdient. Und sie verdient keins. Nun möchte ich aber nicht hören, daß die deutschen Richter nicht bestechlich seien. Wir sind es auch nicht – und niemand macht davon viel Wesens.

Blättern wir im Sündenregister der Talare, so finden wir unter dem Buchstaben V den «Verdachtsfreispruch». Der ist so:

Es wird einer angeklagt. Die Voruntersuchung ergibt ein sehr zweifelhaftes Bild. Die Kriminalkommissare bembern in den Mann hinein; er gesteht nicht. Die Staatsanwaltschaft zögert, stellt aber nicht ein. Sicher ist sicher. Die Beschlußkammer eröffnet; das geht fix, hopp, hopp, hopp; sicher ist sicher. Hauptverfahren.

Der Angeklagte gesteht auch da nicht. Die Zeugen wackeln. Der Vorsitzende ergeußt eine schöne Rede über den Mann in dem Holzkästchen: er solle doch gestehen und Reue zeigen, das werde das Strafmaß herabsetzen. Das sagt er, bevor das Urteil überhaupt feststeht. Der Angeklagte geht auf den Handel nicht ein, bereut nicht, gesteht nicht und ist überhaupt ein böses Luder. Beratung.

Es ergibt sich, daß man bei bestem schlechten Willen nicht verurteilen kann. Freispruch. Was, Freispruch?

Zähneknirschender Freispruch. Und statt nun zu sagen: «Wir haben alle Verdachtsmomente geprüft – in dubio pro reo – die Schuld des Angeklagten steht nicht fest», denn das und nur das haben die Richter festzustellen: statt dessen befassen sie sich in der Begründung ihres freisprechenden Urteils mit der moralischen Unschuld des Angeklagten, nach der sie kein Mensch gefragt hat, und nun bekommt er es aber zu hören:

Er solle sich ja nicht einbilden, daß er nun unschuldig sei. Nur den wackligen Zeugenaussagen habe er es zu verdanken, daß man ihn nicht verknacke; er sei ein ganz übler Lumpenhund; ein schuldiger Unschuldiger; man habe ihn – Himmelparagraphundzwirn! – zwar freisprechen müssen, aber es solle gewiß nie wieder vorkommen, und das nächste Mal ...! Und er könne zwar gehen, aber moralisch sei er gerichtet.

Was ist denn das alles –! Ist der Mann im strafrechtlichen Sinne schuldig oder ist er es nicht? Sind die Richter, diese Richter mit dieser Vorbildung und mit dieser politischen Denkungsart, legitimiert, über irgendjemand ein moralisches Urteil abzugeben? Sie sind es nicht.

Der Hund hat beißen wollen. Es hat nicht gegangen. Knurrend zieht er sich zurück. Und hinterläßt einen Verdachtsfreispruch, für den er jedesmal eine kräftige Züchtigung verdiente.

Ignaz Wrobel, WB 7. 7. 1931

79

Der Predigttext

Bei einem skandinavischen Kurort – «nennen wir ihn N.», wie es in den alten Romanen heißt – fährt ein mit vier Kindern, einer Frau und einem Chauffeur besetztes Auto über den gefrorenen See. Das Eis gibt nach; das Auto versinkt. Drei Kinder und die Mutter ertrinken – der Chauffeur rettet sich und ein Kind.

Bei der kirchlichen Beerdigungsfeier wählte der protestantische Pastor als Unterlage zu seiner Predigt diesen Bibeltext, Psalm 69, 2, 3:

«Gott hilf mir; denn das Wasser gehet mir bis an die Seele. Ich versinke in tiefem Schlamm, da kein Grund ist; ich bin im tiefen Wasser, und die Flut will mich ersäufen.»

Die frommen Herren wollen so oft wissen, was wir denn eigentlich gegen sie und ihre Religion, wie sie sie ausüben, vorzubringen hätten. Eines unsrer Argumente ist die trostlose Plattheit ihrer religiösen Gefühle.

Mir ist das ja gleich, ich bin dort nicht abonniert, und wers mag, der mags ja wohl mögen. Aber ist es nicht armselig, daß einem Pastor bei so einem schrecklichen Unglücksfall nichts weiter einfällt, als nach der Bibelkonkordanz zu greifen, dort unter «Wasser» nachzusehn und nun etwas «Bezügliches» aufzusagen? Ich höre ordentlich, wie er das Gegenständliche in das umgeredet hat, was er das Symbolische nennt, was aber hier nur das Allegorische gewesen ist. Die armen Wesen sind ins Wasser gefallen und darin ertrunken. «Also, auch, lieben Zuhörer …» Heißt das nicht die Religion herabwürdigen? Für einen wahrhaft fromm empfindenden Menschen muß so ein Handwerksstück von Predigt ein Greul und ein Scheul sein.

Und der Grund, aus dem der Kirche täglich mehr und mehr Leute fortlaufen, was nur zu begrüßen ist, liegt eben hierin: daß viele Diener dieser Kirche nur noch viel zu reden, aber wenig zu sagen haben. Wie schlecht wird da gesprochen! Wie oberflächlich sind die scheinbaren Anknüpfungspunkte an das Moderne, darauf sind diese Männer auch noch sehr stolz. Wie billig die Tricks, mit einer kleinen, scheinbar dem Alltag entnommenen Geschichte zu beginnen, um dann … emporzusteigen? Ach nein. Es ist so etwas Verblasenes – die Sätze klappern dahin, es rollen die Bibelzitate, und in der ganzen Predigt steht eigentlich nichts drin.

In diesem Fall scheint mir die Herbeizerrung des schönen 69. Psalms eine besondere Ungeschicklichkeit, mehr: eine grobe Taktlosigkeit zu sein.

Auf Betreiben der katholischen Kirche, die manche ihrer Positionen wanken sieht – keine Angst, wir sind in Deutschland! – läßt sich Rom neuerdings mit vielen Paragraphen schützen: eine Frömmigkeit hinter dem Stacheldraht der Gesetze. Das Wort: Die Gottlosen kommen! geht um.

Aber eine so gute Propaganda, wie sie die Kirche gegen die Kirche macht, können wir gar nicht erfinden. Und ich weiß viele, die mit mir denken: Wir sind aus der Kirche ausgetreten, weil wir es nicht länger mitansehn konnten. Wir sind zu fromm.

Ignaz Wrobel, WB 14. 7. 1931

80

Der Markt des Schweigens

Es liegt im Nordosten von London: Sie fahren mit der gut gelüfteten Untergrundbahn hin, das ist am billigsten. Wenn Sie oben sind, ein Stückchen rechts … und noch ein Stückchen rechts … und da, wo der Schutzmann steht ist der Markt, der Caledonian Market.

Auf einem großen eingezäunten Platz stehen die Händler, vor sich die Ware meist auf die Erde gebreitet, auf Tücher oder auch auf kleinen Tischen. Was es da gibt –? Bitte, fragen Sie, was es nicht gibt.

Es gibt:

Silberwaren, versilbertes Alfenid, verzinktes Silber, garantiert echtes Silber, gestempeltes Silber. Großvaterstühle, Nachtstühle, gewöhnliche Stühle. Neue Gebisse. Ganz leicht gebrauchte Gebisse. Kinderwagen-Ersatz-Räder. Alte Stiefel sowie ein Bild des Generals Kitchener. Noch viel mehr alte Stiefel. Eingeweide von Sofas. Schauerliches Nippes aus Original-Kitschwood. Ein lebendiger kleiner Junge steht in einem überlebensgroßen Goldrahmen: man weiß nicht genau, wer von beiden zu verkaufen ist. Delfthundchen. Nachttöpfe. Ein Quadratkilometer Bücher. Schnürsenkel sowie Bonbons und Limonaden – merkwürdig, daß alle billigen Dinge auf der Welt so schreiende Farben haben!

Wenn man die gerade gezogenen Gänge alle herauf- und heruntergehen wollte: diese Meilen zu bewältigen, würde Stunden dauern. Es hört nie auf.

Diese Kleinhändler kaufen unter anderem alten Hausrat auf, ich sehe sie auf den Boden gehen und mit einem mißmutig-prüfenden

Blick das ganze Gerümpel überblicken. «Drei Pfund», sagen sie. Wenn ich sie aber frage, was der alte Zinnkrug da kosten soll, dann loben und preisen sie ihn, streicheln ihn mit den Blicken und sagen: «Beautiful, indeed!» Und er kostet siebzehn Schillinge, gut und gern.

Aber das ist nun auch alles, was sie sagen. Sie strampeln nicht, sie preisen nicht übermäßig an – es ist der leiseste Markt, den ich jemals getroffen habe. Manchmal hörst du einen Ausrufer, er ruft seine Worte aber mehr für seine Waren und über seine Waren aus, damit die wissen, was sie wert sind – um die Käufer kümmert er sich scheinbar gar nicht. Manchmal ein Grammophon. Horch!

«And the Germans say: Ja – ja!
and the Frenchmen …»

Leise schieben sich die Leute an den aufgehäuften Waren vorbei – es ist fast nichts zu hören, welch ein leises Volk! Falsch. Im Theater braust das Publikum, dieses dankbarste Theaterpublikum … fast hätte ich gesagt: Europas, aber England liegt nicht in Europa, das ist ein geographischer Irrtum. England liegt in England. Beim Boxen neulich, in Blackfriars Ring, welch ein Klamauk! Aber hier, auf dem Markt, da sind sie leise – man darf gar nicht an südländische Märkte denken – nicht an den Pariser Flohmarkt … hier ist es still, ganz still. Mich wundert, daß nicht an einem Stand Schweigen verkauft wird: ironisches Schweigen; lüsternes Schweigen; dummes Schweigen; beredtes Schweigen, noch wie neu – aber Schweigen wird nicht verkauft.

Ob ich etwas gekauft habe –? Nein, ich habe nichts gekauft. Alles, was ich gesehen habe, fand ich mäßig und teuer. Seid ihr auch so mißtrauisch, wenn euch einer erzählt, er habe auf so einem Markt eine echte chinesische Vase, dreiundzwanzigste Kung-Dynastie nach Christi Geburt, gefunden, der Ochse, der Händler, habe das natürlich nicht gewußt, welches Kleinod …? Hier, sehen Sie mal an! Für vier Schilling! Hm. Margarete zeigte mir nachher ein Silberschälchen, das hatte sie da erstanden, für ein Butterbrot – dabei essen die Engländer doch gar keine Butterbrote. Margarete glaubt an ihre Silberschale und hält sie für Silber. Sie trägt einen kleinen Stempel auf dem Bauch, die Schale. Aber wer kennt sich in den englischen Gewichten aus –! Die Engländer haben für alles ihre eigenen Maße, und daß sie die Jahre nach Jahren rechnen, daß das englische Jahr nicht dreizehn und einen halben Monat hat, das ist ein großes Wunder. Die Schale war wohl vier Yard schwer und sollte eine Guinee kosten, was natürlich einundzwanzig Schilling bedeutet – es ist gar nicht so einfach im englischen Leben.

Dieser Markt findet sicherlich schon seit Wilhelm dem Eroberer statt. Alle besseren Sachen in England datieren aus dieser Zeit und werden infolgedessen auch nicht geändert. Und wenn man näher zusieht: auf diesem Markt, im Parlament und anderswo, dann stellt sich leise, ganz leise heraus, daß die meisten Dinge hier ihre endgültige Form angenommen haben. Ändern sie sich –? Manchmal ändern sie sich auch. Aber sie ändern sich in England nie mit einem Ruck, sondern langsam, fast, ohne daß man es merkt – schweigend. Es wird gehandelt, daß es nur so raucht – schweigend. England hat die stillste Börse der Welt; kennen Sie das Gebrüll um die Pariser Börse? So ist die englische Börse nicht.

Aber natürlich kann man nicht mit leeren Händen nach Hause kommen. Wie stände ich dann vor meinen Bekannten da?? Da habe ich denn etwas gekauft, was man in jedem Haushalt dringend gebraucht –: einen Londoner Souffleurkasten. Raten Sie, was ich gegeben habe! Die Hälfte. Er ist ein Prachtstück. Ich weiß nur noch nicht, was ich damit anfangen soll. Immerhin ist er eine schöne Erinnerung an den Caledonian-Markt.

Anmerkung: Londoner Theater haben keine Souffleurkasten.

Peter Panter, Voss 15.7.1931

81

Die beiden Flaschen

In Wells …

Nein, nicht Wales – Wales ist, wenn er gut angezogen ist. In Wells …

Auch nicht: well – das ist das, was die Engländer sagen, um erst einmal den nötigen Vorschlag des Satzes zu haben; denn hier fängt kein Mensch seinen Satz mit der Hauptsache an. Die Hauptsache steht im Nebensatz. Ich habe neulich in London einen jungen Herrn gefragt, ob hier, an dieser Stelle, wo auch er warte, der Omnibus 176 halte. Was sagte er? «I hope so», sagte er. Ja wäre zu bestimmt gewesen, man kann nie wissen, vielleicht hält er nicht, und die englische Sprache, die so präzis sein kann, liebt die zierlichen Hintertüren, nur so als Notausgang, sie macht wohl selten von ihnen Gebrauch. Sie setzt aber gern hinzu, daß und wann es ganz ernst wird. «Was ist der Unterschied», fragte neulich in einer Revue einer, «zwischen einem Schutzmann und einer jungen Dame? – Wenn der Schutzmann ‹Halt› sagt, dann meint er das auch.» Also in Wells.

Wells ist eine kleine süße Stadt im Somersetschen. Das kann man aber nicht sagen; man sagt wohl: im Hannöverschen – aber es heißt: in Somerset. Wells hat eine schöne Kathedrale und so eine geruhige Luft …! Dabei ist die Stadt nicht traulich, sie ist brav und beinah modern und ordentlich, und alles stimmt, und es ist so nett da!

Da spaziere ich also herum und sehe mir statt der Sehenswürdigkeiten die Schaufenster an, das sind so meine Sehenswürdigkeiten, man kann da immer eine Menge lernen. Bei einem Antiquar stand Glas im Fenster, und wenn Glas im Fenster steht … wie sagt ein altes berlinisches Couplet? «Wer Bildung hat, wird mir verstehn!» Ich kaufe also in Gedanken alles Glas, was da steht – und schließlich sehe ich zwei dunkelgrüne, bauchige, lustige Flaschen. Sie haben ein metallnes Etikett um den Hals gehängt, alle beide, auf der einen steht:

Whisky

und auf der andern:

Gin.

Gin ist ein entfernter Stiefzwilling von Genever – und was Whisky ist, weiß jeder bessere Herr. Und weil mein Whisky immer in diesen langen Flaschen wohnt, in denen man ihn kauft, so beschloß ich, diese grüne Flasche, die, wie man sofort sehen konnte, mit Vornamen Emilie hieß, käuflich zu erwerben. Hinein.

Die Engländer haben eine unsterbliche Seele und schrecklich

unregelmäßige Verben. Ich sagte einen Spruch auf – wenn das mein englischer Lehrer gehört hätte, hätte er mich bestimmt hinter die Ohren gehauen. Aber der Verkäufer verstand mich, er sagte viel, was ich verstand, und noch einiges, was ich nicht verstand – diese Engländer haben manchmal so einen komischen Akzent, wie? Und nun begann der Handel.

Sehr teuer war die Flasche nicht. («Was hast du gegeben? Mich interessiert das nämlich, ich habe nämlich meinem Mann auch so eine Flasche …» – Sei doch mal still. Du immer mit deinen Zahlen!) Teuer war sie nicht. Aber, aber:

Diese Whisky-Flasche war nicht allein zu haben. Sie war ein Illing – man mußte die Gin-Flasche dazu kaufen. «Warum –?» fragte ich den Mann. (Dies war der einzige ganz richtige Satz, den ich in dieser Unterhaltung von mir gegeben habe.) Warum –? Und da gab der Mann mir eine Antwort, die so schön war, daß ich sie hier aufschreiben muß, eine Antwort, mit der man ungefähr halb England erklären kann, wenn es einen danach gelüstet. Man hätte denken können, er werde antworten: weil ich die andere nicht allein verkaufen kann. Oder: weil ich dann mehr verdiene. Oder: Diese beiden Flaschen und diese sechs Gläser und dieses Tablett bilden eine Garnitur … ich kann sie nicht auseinanderreißen. Nichts davon – Gläser und Tablett waren ja auch gar nicht da. Der Mann sagte:

«Because they were always together.» Weil sie immer zusammen waren.

In dieser Antwort ist alles, was im Engländer ist: die unverrückbare Festigkeit, mit der Gefügtes stehen bleibt, bis es von selber einfällt, zum Beispiel. Because they were always together. Weil sie immer zusammen waren, sind sie denn auch noch heute zusammen: der Engländer und sein Cricket, jener für den Fremden völlig rätselhafte Vorgang, ein Mittelding zwischen Schachspiel und Religionsübung; zusammen sind der Mann und die Farbe seiner Universität; zusammen der Herr und der Frack, wenn es Abend wird; der Richter und seine Perücke; das Land und die Macht. Because they were always together.

Und da ergriff mich ein Rühren, ich dachte, was geschehen könnte, wenn ich die Flasche Emilie von der Flasche Martha risse, wie Martha weinen würde, und daß ich das nicht alles verantworten könnte. Und da habe ich sie alle beide gekauft. Because they were always together.

Möchte vielleicht jemand die andere Flasche haben –?

Peter Panter, Voss 19.7.1931

82

So verschieden ist es im menschlichen Leben –!

Ein Druckfehler. «Und Faust stieg hernieder zum Ursprung aller Dinge, zum Tiefsten und zum Höchsten, darin die ganze Natur und das menschliche Leben eingeschlossen sind: zu den Matern.»

*

Das französisch-deutsche Rapprochement vollzieht sich unter einer Handvoll Gebildeter; schießen dürfen nachher die Arbeiter. Sie tun es auch. Denn sie kennen einander nicht und lernen einander erst sterbend oder in der Gefangenschaft kennen. Ein sehr nahes Rapprochement verwirklicht sich, wenn man so weiter macht, immer nur in den Ackergräben. Schade um jeden Pfennig, den man an diesen Unfug wendet.

*

Wenn man die fein abgewogenen Aufsätze Oskar A.H. Schmitzens, Bindings und ihresgleichen liest, hat man immer das Gefühl: Es gibt wirklich nur eine Lösung. Man muß reich heiraten.

*

Das Schmalz, mit dem der mittlere deutsche Parteiführer das Wort «Berufsbeamtentum» ausspricht ... wenn doch nur jeder Arbeitslose so viel Fett auf seinem Brot hätte!

*

Ein Kunstwerk sagte früher etwas über die Geistesverfassung seines Schöpfers. Heute zeigt es etwas andres an: die Geistesverfassung des Kunstkaufmanns, der es vertreibt. Selbe ist nicht immer sehr interessant.

*

«Sie war», steht einmal bei Paul Morand, «schön wie die Frau eines andern.» Ich möchte das variieren: Er war energisch wie der Rechtsanwalt der Gegenpartei.

*

Wenn ich das schön gedruckte Buch eines mit Buchweizengrütze gefütterten Philosophen aus Amerika lese, hinter seinen Brillengläsern blitzen fröhlich jungenhafte Augen, die sich so optimistisch mit dem Elend der andern abfinden, alles ist gut und schön, wir haben eine gute Predigt gehabt, Breakfast auch, ja danke, auf welch unbeflecktem Wege wohl so ein Wesen zur Welt gekommen sein mag, die Amerikanerinnen sind doch unterhalb des Nabels alle aus Celluloid –

wenn ich so einen fröhlichen Professor lese, dann weiß ich endlich, wie einem gebildeten Chinesen zu Mute ist, der europäische Touristen sieht.

*

Der Engländer hat für jeden Begriff ein Wort und für jede seiner Nuancen noch eins – da ist ein großer Wortreichtum. Bei dem Franzosen ist das anders. Wenn man den fragt, wie ein besonders kniffliger Begriff auf französisch heiße, dann denkt er lange nach. Und dann sagt er: «faire».

*

Früher sagte man: Kopf- und Hand-Arbeiter. Die Schreihälse der Nazis plakatieren: «Arbeiter der Stirn und der Faust!» Die Stirn, das ist der Kopfteil, mit dem die Ochsen ziehen, und eine Hand, die zur Faust geschlossen ist, kann überhaupt nicht arbeiten.

*

Möchten wir wohl eine Literatur lesen, die vorher die Zensur des Herrn Seeger und seiner Filmzensoren passiert hätte? Nein, das möchten wir nicht. Wie sähe solch eine Literatur aus? Sie sähe recht kläglich aus. Was muß man also tun? Man muß jede Filmzensur, die über die bestehenden Strafgesetze hinausreichen will, abschaffen.

Peter Panter, WB 21.7.1931

83

Zuzutrauen

Zu den jämmerlichsten aller Argumente der Rechtspflege, bei der das Recht langsam zu Tode gepflegt wird, gehört dieser Satz:

«Dem Angeklagten ist die Tat zuzutrauen.»

Wann –? Allemal dann, wenn die Unabsetzbaren aus den Akten und den Vernehmungen, aus den Zeugenaussagen und der höchst dubiosen Tätigkeit der in der Öffentlichkeit viel zu wenig gekannten «Gerichtspflege» die Überzeugung gewonnen haben, das sittliche Niveau des Angeklagten sei derart, daß die Ausführung der Tat bei ihm nicht mehr überraschen könne. Gott segne diese Seelenkunde.

Man erinnert sich vielleicht noch an den furchtbaren Fall des schlesischen Massenmörders Denke. Der Mann, ein schwerer Geisteskranker, pflegte wandernde Handwerksburschen anzulocken, er gab ihnen zu essen und zu trinken, und wenn sie eingeschlafen waren, tötete er sie; ihr Fleisch fraß er oder pökelte es ein. Er hat sich dann in seiner Zelle erhängt. Nun, dieser Denke war nach außen hin ein braver Mann; er war sogar, wie damals zu lesen stand, Fahnenträger in seinem Verein, eine Würde, die mancher anstrebt, ohne sie zu erreichen. Und niemals hätte ihm der landläufige Richter «die Tat zugetraut». Ich sehe ordentlich den Polizeibericht vor mir: «D. ist in der Gemeinde als ordentlicher und ruhiger Mann bekannt.» Darauf dann der Richter: Also ist ihm die Tat nicht zuzutrauen.

Diese Strafkammern haben sich da einen Artigkeitskodex zurechtgemacht, der schon manchen Unschuldigen Jahre von Gefängnis gekostet hat, vom Zuchthaus ganz zu schweigen. Das ist überall so. So hat neulich in England ein Handlungsgehilfe sein lockres Leben mit dem Tode gebüßt; er stand im Verdacht des Mordes, beweisen konnte man ihm den nicht so recht, aber es war ihm auf Grund seines Lebenswandels zuzutrauen, und schon hing er. Zuzutrauen …?

Aber es gibt Tausende und Tausende von Menschen, die ein unordentliches Leben führen; solche, die saufen und die huren, solche, die kleine Unterschlagungen begehn und Kinder quälen; solche, die sich in den Wirtshäusern prügeln und ihre Frau betrügen nach Strich und Faden … und denen man, wenn man etwas von Psychologie versteht, gar nichts zutrauen kann: sie leben sich aus und haben es nicht nötig, Morde zu begehen.

Und es gibt Monstra in Beamtengestalt; sauber gebürstete Staatspensionäre, die innerlich vor Bosheit und Tücke kochen, vor unterdrückten Trieben und vor zurückgehaltener verbrecherischer Leidenschaft; solche, die nur zu feige sind, das zu begehn, wovon sie nachts fiebrig träumen … und dann knallt es doch einmal aus ihnen heraus, und keiner hat es ihnen zugetraut. Diese Richter zu allerletzt.

Das muß nicht immer nach solch einfachem Schema laufen. Es gibt überhaupt kein Schema, nach dem man einem eine Tat zutrauen kann; das ist nur bei sehr seltenen und sehr einfachen Tatbeständen möglich.

Die Unabsetzbaren aber haben sich da so etwas wie das Modell eines braven Untertanen zurechtgemacht; man kann im Halbschlaf aufzählen, was vor einem Gericht als belastend und was als gute Nummer vermerkt wird, wenn dort das Vorleben aufgerollt wird. Ach, dieses Vorleben …! Möchte doch jeder Schöffe und jeder Geschworene diesen eingeprügelten Respekt vor den Juristen zu Hause lassen und sich an die eigne Nase packen, bevor er an die Beurteilung eines fremden Vorlebens geht. Es ist beinah umgekehrt als die richterliche Vulgärpsychologie lehrt: die sogenannten einfachen Menschen sind gewöhnlich viel verwickelter und die sogenannten verwickelten Fälle sind viel einfacher als es der Staatsanwalt wahr haben will.

Und so soll es denn vorgekommen sein, daß auf diesem Wege verbohrter Seelenkunde schreckliche Justizirrtümer zustande gekommen sind. Ja, machen denn die Richter auch Fehler?

Es ist ihnen, nach genauer Beurteilung ihrer Vorbildung und des unter ihnen herrschenden Kastengeistes, nach ihrer Geschichte und nach der Beschaffenheit dieses Klassenstaates, zuzutrauen.

Ignaz Wrobel, WB 21.7.1931

84

[Die Krise des Buches, Wege zu ihrer Linderung]

Einer der Gründe der Bücherkrise scheint mir der zu hohe Preis des deutschen Buches zu sein. Alle Jammerklagen der Unternehmer ändern nichts an der Tatsache, daß Lohnabbau, Entlassungen und zu hohe Preise dahin geführt haben, daß sich auch diese Unternehmerkategorie ihre eigene Kundschaft kaputt macht.

Ein Buch ist unter anderm auch eine Ware. Und diese Ware ist für den Angestellten und Arbeiter eben nicht so viele Arbeitsstunden wert, wie dafür gefordert werden. Einen solchen Raum kann die Beschaffung von Literatur in einem normalen Haushaltsbudget nicht einnehmen. Die Krise hat noch andere Gründe – aber was uns nottut, sind billige Bücher.

Kurt Tucholsky, Die Literarische Welt 24. 7. 1931

85

Der Mitesser

Denen, die sich nicht getroffen fühlen

Er wohnt am Rand der reichen Leute,
verkehrt mit Adel und heißt Schmidt.
Den Schlips von morgen trägt er heute
und fährt in fremden Autos mit.
Er lebt in einem ihm fremden Stile –
Fauler Kopp!
Fauler Snob!
Aber davon gibts viele.

Er selbst hat nur ein kleines Zimmer,
als Untermieter bei Frau Schay.

Doch geht er aus, dann tut er immer,
als wär er aufgewachsen bei.
  Von der Socke bis zum gescheitelten Haar:
  es ist alles nicht wahr – es ist alles nicht wahr!

Er ist so gerne eingeladen:
er zeckt an Kaufmann und Bankier.
Er weiß: am Lido muß man baden,
er grüßt im Ritz den Herrn Portier.
  Er nassauert elegant und beflissen
  vor fremden Kulissen.

Was er auch hat, das hat er gratis.
Er läuft mit der Society.
Er kennt die feinsten Cocktail-Parties.
Nur seine Lage kennt er nie.
  Bald kunstgewerblicher Friseur,
  bald Redakteur …
  so sehn wir ihn gestern, morgen und heute:
  ein Affe.
      Ein Affe der reichen Leute.

Theobald Tiger, WB 28.7.1931

86

Verkehr über dem Haus

Als ich mietete, fragte ich den Gärtner: «Ist es hier auch still?» Denn dies ist mein Privatsparren: still muß es sein, so still, daß man die Druckfehler in den Büchern knistern hört. Der Gärtner sah ruhig auf. Er war grade damit beschäftigt, eine erlegte Elster neben eine erlegte Krähe auf die Sträucher aufzuspießen, und das tat er, damit die andern Vögel abgeschreckt würden, ihm seine Bohnen und seine Erdbeeren aufzuessen. Und so wuchsen da nun Gemüse und Fleisch, und Kompott, alles miteinander. Es sah recht schauerlich aus, aber wir Landwirte in Kent machen das so. «Ob es hier still ist?» wiederholte er. «Ganz still. Ganz außerordentlich schrecklich still. Nur … aber das macht nichts.» – Ich habe jedesmal eine Heidenangst, wenn da etwas ist, was aber nichts macht. Ich kenne das. «Was macht nichts –?» sagte ich. Die Landlady stand dabei und half ein. «Er meint die Flugzeuge», sagte sie. «Über dieses Grundstück führt die Fluglinie nach dem Kontinent!»

Bums. Das war mal eine moderne Regiebemerkung; wir hatten schon von allem gehabt: Baubauhunde und Klavierdamen und Gesangsdamen, und dann klopft doch da immer einer, – aber Flieger …? Flieger über dem Haus? Das war neu. Also mietete ich. Die Flieger flögen so leise, hatte mir die Dame gesagt.

*

Ja, da sitze ich nun, und während ich dieses schreibe, kommt hier und da so ein Ding an und durchpflügt mit bekanntem Geräusch die Luft, und ich sehe dann auf und blicke ihm ein bißchen nach. Da fährt er hin.

Manchmal, wenn es so grau und verregnet ist wie heute, dann fliegen die Herren ganz niedrig, man kann mit bloßem Auge die Nummer der Kiste lesen. Sie kommen des Morgens daher und des Mittags geflogen und des Abends, und einer kommt ganz spät, das ist aber kein Passagierflugzeug mehr, hat man mir gesagt, das ist bloß ein Postflugzeug, und das tröstet ungemein. Briefe machen nicht solchen Krach. Da fliegen sie hin.

Nach welcher Ordnung das geht, habe ich noch nicht heraus. Die Flugzeugführer, die Tenöre der Luft, fliegen ziemlich frei herum, wenigstens sieht es von unten so aus. Kein Bobby mit weißem Ärmel schwebt ihnen entgegen und hält sie auf, es ist eine ziemliche Anarchie. Aber das wird sich ja wahrscheinlich eines Tages legen. Vorläufig fliegen sie manchmal links, wie es sich in England gehört, und manchmal rechts, so daß man denkt, man sei in Europa, aber das täuscht, wir sind hier nicht in Europa. Und sagen Sie selbst, wohin kämen wir, wenn etwa alle Fahrzeuge nach derselben Verkehrsordnung fahren wollten! Übrigens fahren diese nicht. Mist wird gefahren. Sie fliegen.

Da fliegen sie hin. Ein französischer Stich des achtzehnten Jahrhunderts, sagen wir Fragonard, hätte daraus gewiß eine kleine lüsterne Sache gemacht: der Beschauer sitzt mit einem riesigen Fernrohr unten und versucht, den Damen auf die, sagen wir, Füßchen zu sehen. Aber damit ist es hier nichts, ich sehe höchstens die runden Fenster der Passagierkabinen. Da wohnt doch nun der Wallace ganz in der Nähe – aber ob sie schon mal einmal, aber auch nur ein einziges Mal einen herausgeworfen haben? Nein. Und ich denke es mir so schön: da kommt also das geknebelte Opfer heruntergeflogen, zerschneidet unterwegs mit einem Tauchnitzband seine Fesseln, landet vor meinem Fenster und sagt, selbstverständlich? «Schöner Tag heute!», und dann stürzt er eilig zur nächsten Polizeiwache, und wenn die da in London ankommen, dann sind sie schon verhaftet. Das kann man doch für sein Geld verlangen. Aber nichts ist es damit.

Manchmal donnern sie über den Wolken einher; dann hört man sie nur, kann sie aber nicht sehen. Manchmal fliegen sie hoch, so hoch – wie kleine glitzernde Pünktchen sind sie dann, hoch oben. Abends sind sie mitunter erleuchtet, das sieht hübsch aus: Postkutschen des Himmels.

Da fliegen sie hin. Ich sehe ihnen fröhlich nach, und wenn da ein Greenhorn dabei ist, dann freue ich mich, denn ich weiß etwas mehr als er. Er weiß nämlich nicht, was ihn da in London auf dem Flugplatz erwartet – aber ich weiß es. Da wird er gefragt werden, was er denn hier wolle, und ob er auch er sei, und ob er denn auch die Mittel habe, identisch zu sein, und was es alles so gibt. Aber davon weiß das Greenhorn vorläufig noch nichts. Vorläufig wird er da noch durch die Luft getragen, er sitzt da und sieht ab und zu ängstlich auf seine kleine Papiertüte. Und schaut herunter.

Er sieht mein Häuschen wie eine Streichholzschachtel … Hören Sie, da brummt einer! Der Wind steht grade aufs Haus, vom Meer her – und es hört sich recht bösartig an, das Gebrumm. Wie wenn ein himmlischer Zahn plombiert werden soll. Daß so ein schweres Ding fliegen kann! Nein, Notlandung war noch nicht, obgleich wir hier solche Notlandeplätze haben. Aber es war noch keine. Und neulich kam etwas angesegelt, mit großen Schrauben, es sah unheimlich aus, wie ein fliegender Raddampfer oder so etwas. Es ist jedenfalls so viel Verkehr hier über dem Haus, daß man die Kinder nicht allein ausfliegen lassen … das dürfte wohl vorgegriffen sein. Aber lange kann es nicht mehr dauern, dann wären wir so weit.

Peter Panter, Voss 30. 7. 1931

87

Deutsches Chaos

10. August

Das für heute früh 8.30 Uhr angesetzte Chaos ist durch eine Notverordnung der Regierung auf morgen verschoben worden.

11. August

Heute 8.30 Uhr ist das Chaos ausgebrochen (siehe auch Letzte Nachrichten). Das Chaos wurde durch eine Rede des Reichskanzlers sowie durch einen kurzen, kernigen Spruch des Reichspräsidenten Hindenburg eröffnet. Der preußische Ministerpräsident Braun führte in seiner Chaos-Rede aus, daß Deutschland auch fürderhin.

Das bayrische Chaos brach erst um 9.10 Uhr aus.

Die Reichsbank nahm eine abwartende Stellung ein.

12. August

Heute hat das Reichs-Chaos-Amt seine Arbeit angetreten. Jedes Chaos (sprich: Chaos) bedarf demnach einer besonderen Chaos-Ausbruchs-Genehmigung durch das Reichs-Chaos-Amt, einer Nachprüfung durch das Reichs-Chaos-Nachschau-Amt sowie durch die einzelnen Chaos-Landesämter. Die Reichsbank nimmt vorläufig eine abwartende Haltung ein.

13. August

Das Chaos ist nunmehr überall definitiv ausgebrochen.

Ein reizender Vorfall wird aus Eßlingen (Württemberg) bekannt. Der dortige Bürgermeister hatte verabsäumt, die Verfügungen des Reichs-Chaos-Amts zur Durchführung zu bringen, und so wußten die guten Eßlinger noch bis gestern abend überhaupt nichts von dem Chaos und gingen ihrer Tätigkeit (Nichtauszahlung von Gehältern sowie Vertröstung der Gläubiger untereinander) mit rührendem Eifer auch weiterhin nach. Erst ein Funkspruch der württembergischen Chaos-Regierung machte diesem Zustand ein Ende. Das Backen von Chaos-Spätzle ist bis auf weiteres verboten.

14. August

Die Sozialdemokratische Partei Deutschlands hat heute zu den Vorgängen einen bedeutungsvollen Entschluß gefaßt. Die Partei ermächtigt danach die Fraktion, den Ältestenrat des sogenannten «Reichstages» zu ersuchen, bei der Reichsregierung dahin vorstellig zu werden, daß die Regierung mit allen zur Verfügung stehenden Mitteln dahin wirken möge, den § 14 des Chaos-Gesetzes abzumildern. Die Partei würde sich sonst andrerseits genötigt sehn, in die Opposition zu gehn.

Der Entschluß ist deshalb so bedeutungsvoll, weil wir aus ihm zum ersten Mal erfahren, daß es in Deutschland eine Sozialdemokratische Partei gibt, und daß diese Partei jemals in der Opposition gestanden hat.

Die Reichsbank wird sich vermutlich abwartend verhalten.

15. August

(Leitartikel) ... fest, aber entschieden gemäßigt. Was wir nun zum Nutzen der gesamten Weltwirtschaft, deren Augen gespannt auf Deutschland gerichtet sind, brauchen, ist Ruhe und Ausdauer. Es muß durch das Chaos durchgehalten werden! Reichskanzler Brüning wird auch im Chaos die Geschäfte weiterführen; in den Etat-Positionen, insbesondere denen der Reichswehr, treten zunächst keine Änderungen ein. Daß der Kanzler sich persönlich von der ordnungsgemäßen Durchführung des Chaos überzeugt, begrüßen auch wir, insbesondre, daß er gestern in einigen berliner Kaufläden erschien, um sich zu informieren. In der Lebensmittelhandlung von Grote setzte sich der Kanzler dabei versehentlich auf eine Wage. Die Deutsche Staatspartei wird auch weiterhin das Zünglein an der Wage bilden. Daß sich die Reichsbank dabei abwartend verhält, bedarf keiner Erwähnung.

16. August

Es wird vielfach angenommen, daß im Chaos die Vorschrift, wonach Frischeier einer Genehmigung der Reichs-Eier-Absatz-Zentrale zum Tragen einer Banderole sowie zur Benutzung des Adlerstempels durch den Reichs-Milch-Ausschuß im Benehmen mit der Zentrale zur Aufzucht junger Hähne bedürfen, aufgehoben ist. Das ist irrig. Die Vorschrift bleibt selbstverständlich auch weiterhin in Kraft. Sehr aktuell wird sie allerdings nicht sein. Es gibt keine Eier.

17. August

In den städtischen Fürsorgeanstalten wird ein besonderer Chaos-Prügeltag eingelegt. Warum? Weyl.

18. August

Nach der neusten Chaos-Verordnung ist es verboten, Devisen-Kurszettel zu veröffentlichen. Es dürfen lediglich die ausländischen Börsennamen mit den dazu gehörigen Barometer-Zahlen angegeben werden.

19. August

(Zuschrift eines Lesers) … «denn doch zu weit mit dem Chaos! Meine Frau und meine Schwägerin gingen gestern Abend über den Wittenbergplatz, und war es ihnen nicht möglich, in die dortige Bedürfnisanstalt für Damen Einlaß zu bekommen, da die Aufsichtsfrau offenbar einmal fortgegangen war, um in einer nahen Restauration ein Glas Bier einzunehmen. Als Kriegsteilnehmer und Familienvater frage ich namens aller Gleichgesinnten: Ist das noch ein Chaos?»

20. August

Zu der Verfügung über die Vertilgung von Ungeziefer in Wohnungen unter sechs Zimmern ist noch nachzutragen, daß Schrotschüsse auf Wanzen nur von ½ 11 Uhr morgens bis ¾ 1 mittags statthaft sind. Es empfiehlt sich, in den andern Tagesstunden die Wanzen mit einem Tischmesser zu zerspalten.

Auch die Spaltung des rechten Flügels der linken Opposition der Stennes-Gruppe ist nunmehr Tatsache. Hitler hat Südtirol sowie sich definitiv aufgegeben. Die Reichsbank verhält sich abwartend.

Die Großbanken haben beschlossen, anstatt der am 1. September fälligen Gehaltszahlung von jedem Angestellten einen Monatsbeitrag von 35 RM einzufordern. Die Einzahlung dieses Arbeits-Erlaubnis-Geldes auf städtische Sparkassen ist erlaubt.

Die Berliner Studentenschaft hat gestern anläßlich des zehnten Chaos-Tages gegen den Westfälischen Frieden sowie gegen alle noch kommenden Friedensschlüsse protestiert. Vier Polizeibeamte sowie die akademische Würde wurden leicht verletzt. Der Schnellrichter wurde Hitler vorgeführt.

21. August

Leichtes Chaos, bei starken südwestlichen Winden.

Der Bildungsausschuß der SPD hat nunmehr gegen die parteischädigenden Auswüchse der Asphalt-Literaten protestiert. Die Partei als solche ist allerdings aufgelöst.

Gerhart Shaw und Bernhard Hauptmann haben beschlossen, zur Verminderung der Reklamespesen ihre nächsten Geburtstage als 150. Geburtstag zusammen zu feiern.

23. August

Der Titel des Konfusionsrats Dr. Schacht ist in den eines Ober-Chaos-Rats abgeändert worden.

24. August

Gestern wurde in den Straßen Schönebergs eine Reichsmark gesehn. Es handelt sich vermutlich um eine Irreführung des Publikums, und wir machen nochmals darauf aufmerksam, daß es gegen die staatspolitischen Interessen ist, wenn sich in Deutschland noch irgendwelches Geld befindet. Wenn auch das Ausland nicht hinsieht: wir werden es ihm schon zeigen! Die Reichsbank verhält sich abwartend.

25. August

Wie wir hören, hat sich die Bridgepartie von Jakob Goldschmidt aufgelöst. Er kann das ewige Abheben nicht mehr vertragen.

26. August

Die Ziffer 5 des §67 der Wiederaufnahme-Verfügung der Aufhebung der Rückgängigmachung des Verbotes von Rücküberweisungen alter Postscheckzahlungen nach Haiti wird in Gemäßheit des §10, II, 17 des Allg. Landrechts aufgehoben bzw. wieder in Kraft gesetzt. Unsre Voraussage ist demnach eingetroffen: das Chaos unterscheidet sich in nichts von dem vorherigen Zustand –!

Kaspar Hauser, WB 4.8.1931

88

Der bewachte Kriegsschauplatz

Im nächsten letzten Krieg wird das ja anders sein … Aber der vorige Kriegsschauplatz war polizeilich abgesperrt, das vergißt man so häufig. Nämlich:

Hinter dem Gewirr der Ackergräben, in denen die Arbeiter und Angestellten sich abschossen, während ihre Chefs daran gut verdienten, stand und ritt ununterbrochen, auf allen Kriegsschauplätzen, eine Kette von Feldgendarmen. Sehr beliebt sind die Herren nicht gewesen; vorn waren sie nicht zu sehen, und hinten taten sie sich dicke. Der Soldat mochte sie nicht; sie erinnerten ihn an jenen bürgerlichen Drill, den er in falscher Hoffnung gegen den militärischen eingetauscht hatte.

Die Feldgendarmen sperrten den Kriegsschauplatz nicht nur von hinten nach vorn ab, das wäre ja noch verständlich gewesen; sie paßten keineswegs nur auf, daß niemand von den Zivilisten in einen Tod lief, der nicht für sie bestimmt war. Der Kriegsschauplatz war auch von vorn nach hinten abgesperrt.

«Von welchem Truppenteil sind Sie?» fragte der Gendarm, wenn er auf einen einzelnen Solaten stieß, der versprengt war. «Sie», sagte er. Sonst war der Soldat «du» und in der Menge «ihr»

– hier aber verwandelte er sich plötzlich in ein steuerzahlendes Subjekt, das der bürgerlichen Obrigkeit untertan war. Der Feldgendarm wachte darüber, daß vorn richtig gestorben wurde.

Für viele war das gar nicht nötig. Die Hammel trappelten mit der Herde mit, meist wußten sie gar keine Wege und Möglichkeiten, um nach hinten zu kommen, und was hätten sie da auch tun sollen! Sie wären ja doch geklappt worden, und dann: Untersuchungshaft, Kriegsgericht, Zuchthaus, oder, das schlimmste von allem: Strafkompagnie. In diesen deutschen Strafkompagnien sind Grausamkeiten vorgekommen, deren Schilderung, spielten sie in der französischen Fremdenlegion, gut und gern einen ganzen Verlag ernähren könnte. Manche Nationen jagten ihre Zwangsabonnenten auch mit den Maschinengewehren in die Maschinengewehre.

So kämpften sie.

Da gab es vier Jahre lang ganze Quadratmeilen Landes, auf denen war der Mord obligatorisch, während er eine halbe Stunde davon entfernt ebenso streng verboten war. Sagte ich: Mord? Natürlich Mord. Soldaten sind Mörder.

Es ist ungemein bezeichnend, daß sich neulich ein sicherlich anständig empfindender protestantischer Geistlicher gegen den Vorwurf gewehrt hat, die Soldaten Mörder genannt zu haben, denn in seinen Kreisen gilt das als Vorwurf. Und die Hetze gegen den Professor Gumbel fußt darauf, daß er einmal die Abdeckerei des Krieges «das Feld der Unehre» genannt hat. Ich weiß nicht, ob die randalierenden Studenten in Heidelberg lesen können. Wenn ja: vielleicht bemühen sie sich einmal in eine ihrer Bibliotheken und schlagen dort jene Exhortatio Benedikts XV. nach, der den Krieg «ein entehrendes Gemetzel» genannt hat und das mitten im Kriege! Die Exhortatio ist in dieser Nummer nachzulesen.

Die Gendarmen aller Länder hätten und haben Deserteure niedergeschossen. Sie mordeten also, weil einer sich weigerte, weiterhin zu morden. Und sperrten den Kriegsschauplatz ab, denn Ordnung muß sein, Ruhe, Ordnung und die Zivilisation der christlichen Staaten.

Ignaz Wrobel, WB 4.8.1931

89

Der Papagei-Papagei

Dieses unwahrscheinliche Tier gibt es wirklich, ich habe es selbst mit eigenen Ohren gesehn, und es ist die merkwürdigste Spielart Vogel, die man sich vorstellen kann. Er wohnt zwischen Ischl und Salzburg und heißt natürlich Lora.

Er verdient sich sein Brot als schlichter Papagei, bei wohlsituierten Leuten.

Zunächst frißt dieses Unding mit einem Löffel. Die Köchin, die ihn vergöttert, gibt ihm morgens eine Tasse an den Käfig; er sitzt auf dem Käfig und schielt hinunter. Dann kommt er. Dann gibt sie ihm einen Löffel, mit dem panscht er in dem Kaffee umher, und er frißt seine Brocken und seinen Kaffee aus dem Löffel, mit dem er sehr vorsichtig hantiert. Ab und zu schielt er über seinen Schnabel hinweg, ob ihm vielleicht jemand den Löffel wegnehmen will. Das will aber keiner, denn Papagei Lora beißt. Und zwar jeden und alles, nur nicht in die Mamsell, aber vielleicht doch, und sie ist es wohl schon gewöhnt, und da macht es weiter nichts. Sprechen …? Ja, er spricht.

Ich muß erst erzählen, wer Gussy ist.

Gussy ist eine Frau, die ihrerseits alles und alle so nachmachen kann, daß man den Beteiligten nur wünschen kann, sie hörten es nicht – so schrecklich genau ist es und so ironisch und überhaupt. Und sie kann nicht nur die Schauspieler nachmachen und die Leute aus dem nächsten Obstgeschäft –, sie kann auch Grammophone nachmachen und natürlich auch Papageien. Gut und schön.

Jetzt hat sie aber der Lora alles mögliche vorgesprochen, das gesamte Papageien-Repertoire, aber nun kommt das Unheimliche –:

Sie hat es ihr nicht in Menschensprache vorgesprochen, sondern in der Papageien-Sprache. Die beherrscht sie zur Vollendung: sie spricht fließend papageiisch, mit einem leichten Anklang ins Frankfurterische.

Was braucht so ein Vogel, damit er durchkommt? – Er muß «Lora» rufen können, damit man weiß, wer er ist: er muß «Mamsehell» rufen, damit ihm die Köchin Kaffee bringt; er muß ein bißchen bellen können, grade so viel, wie man zu oberflächlichem Verkehr mit Hunden braucht; er muß nach Stefan brüllen und Jaja und Nein-nein, und dergleichen. Und das hat nun die Gussy diesem Vogel auf papageiisch beigebracht, und jetzt ist der Vogel irrsinnig, aber er weiß es nicht. Er spricht wie ein Papagei, der wie ein Papagei spricht.

Kommst du an das Haus, dann sitzt das Luder da oben auf dem Fenstersims und sagt, in einer gradezu niederträchtig parodistischen Tonart: «Mamsähäll!» – aber das nun so breit, so auseinandergezogen, so kreischend, daß man versucht ist, hinaufzurufen: «Herr, Sie übertreiben!» Aber man kann ja wohl nicht zu Lora Herr sagen. Und er sitzt da und brüllt und gluckst und pfeift, und manchmal sagt er auch, in der schlimmsten Schmieren-Tonart der Welt: «Achgottachgottachgottachgott ...!» und dann fängt er an zu weinen, und wenn sein Gefieder so falsch wäre wie dieses Geheul, dann färbte er ab.

Ich habe ihm gesagt: «Mensch. Sei doch vernünftig. So spricht ja kein Papagei –, das ist ja alles dummes Zeug!» –, aber er hört nicht. Er meint, so spricht der Papagei. Und so lebt denn dieser seltsame Zaubervogel dahin, indem er ständig seine eigene Rasse nachmacht, kopiert, parodiert, sich selber überbietet, ein außer Rand und Band geratener Überpapagei. Sein Besitzer Emil gibt ihn für alles Geld der Welt nicht her. Er hat ihn für diesen Sommer neu streichen lassen, und jetzt fehlt nur noch, daß sich ein Varieté-Komiker an dem Vogel belernt, wie der Papagei spricht.

Gussy behauptet, er verstände, was er sagt, und jeder feinere Papageienfreund wird mir bestätigen, daß sie recht hat. Wenn aber dieser versteht, was er manchmal sagt, das Ferkel, dann wäre er rot und nicht grün. Es ist ein herziger Vogel; die Unermüdlichkeit, mit der er seine Sachen aufsagt, berechtigen ihn zu den schönsten Hoffnungen, und wir werden ihm sicher eines Tages noch in der Politik begegnen.

Peter Panter, Voss 9.8.1931

90

Die Augen der Welt

Da ist nun Deutschland, ein Land, das sich für alles interessiert, was in der Welt vorgeht, und ist doch eine Provinz geblieben, trotz allem: Provinz Deutschland. Woran liegt das –?

Erst haben sie mit dem Säbel gerasselt, und wenn die andern unwillig dazu gemurmelt haben, dann haben sie das für Furcht gehalten und diese vermeintliche Furcht für Achtung vor dem deutschen Wesen. Und dann, als die Friedensbedingungen an den Schaufenstern klebten, haben sie Luft durch die Nase gestoßen, recht verächtlich, und haben nicht begriffen, was das heißt: einen Krieg verlieren, an dem sie immerhin ein gut Teil Schuld hatten. Und seitdem rasseln sie und wimmern sie, immer in schöner Abwechslung, und wenn sie draußen genug gewimmert haben, dann kommen sie nach Hause und sagen: «So schlimm ist das alles gar nicht. Erstens haben wir gar nicht gewimmert. Zweitens haben wir nur im Interesse des Vaterlandes gewimmert. Und drittens hatten die andern doch mächtige Angst vor uns.»

Weit entfernt, in dem Gedeihen eines intakten Staatsbureaukraten-Apparates das Heil des Landes zu sehn, wollen wir untersuchen, wie es in der Seele des Durchschnitts-Deutschen aussieht, wenn er an das Ausland denkt. Seine Begriffe sind wüst. Ein kleiner Teil von Gebildeten ist wirklich über das unterrichtet, was draußen vor sich geht – die Rechte und die Linke, soweit es das noch gibt, haben einige sehr gute Außenpolitiker, auf die aber, wenns zum Klappen kommt, niemand hört. Das Gros hat von Tuten und Blasen keine Ahnung.

In Deutschland dominiert, was die Außenpolitik angeht, der innenpolitische Stammtisch. Zu dessen ehernen Grundsätzen gehört die Phrase: «Die Augen der Welt sind auf uns gerichtet». Dieser Satz ist einfach eine Lüge.

Deutschland spielt in der Welt nicht die Rolle, die es zu spielen glaubt.

Es hat für den lateinischen Kulturkreis eine kleine Bedeutung, wie mir scheint: eine zu kleine. Es hat für den angelsächsischen

Kulturkreis eine kleine Bedeutung. Es hat für seine unmittelbaren Nachbarn eine Bedeutung, die meistens im Warenaustausch liegt und nicht so sehr auf dem Gebiet der Kulturpolitik. Deutschland weiß nicht, wie klein sein kulturpolitisches Hinterland ist.

Hat etwas in Paris Erfolg, auf welchem Gebiet auch immer: so hat es damit in allen französischen Kolonien Erfolg, die ja immerhin recht beträchtlich sind; es hat weiterhin Erfolg in der Levante und in Südamerika, wo die Franzosen das erstaunliche Kunststück fertig bekommen haben, wenig Waren und einen großen Teil ihrer Kultur zu exportieren, und das mit guter Wirkung. Hat etwas in England Erfolg, so weiß man, was geschieht: die halbe Welt ist, was ihre Lebensart angeht, angelsächsisch. Und man fragt sich, ob sich diese deutschen Radaupatrioten denn keinen Atlas kaufen können, auf dem ja immerhin zu sehen ist, wie diese Kugel heute nun einmal aussieht. Folgerungen –?

Der bestehende Zustand ändert am Wert dessen, was der Deutsche hervorbringt, zunächst gar nichts. Ich lebe jetzt seit rund sieben Jahren im Ausland, und nichts ist mir so fatal, wie jener Typus Deutscher, der sich an eine fremde Nation wegwirft. Er darf sie lieben – er soll sich nicht wegwerfen. Es gibt da eine Nummer von Deutschen, die haben gewissermaßen Notre-Dame gebaut, und wenn sie durch die londoner City gehn, dann möchten sie sich am liebsten auf dem Damm wälzen; sie protzen, und zwar mit der Macht der andern, gegen ihr Land. Das ist dummes Zeug und verrät nur die eigne Unsicherheit.

Der Wert Deutschlands hat mit seiner Weltgeltung gar nichts zu tun. Man muß diese Weltgeltung nur genau kennen, sonst verrechnet man sich zum Schaden Deutschlands, so wie sich die Kaiserlichen 1914 verrechnet haben, wo sie den Islam und Indien und weiß Gott was noch alles in ihre verfaulte Rechnung eingesetzt haben, weil sie nicht Bescheid gewußt haben, wieviel sie in Wahrheit draußen wert gewesen sind. Viel weniger als sie geglaubt haben – etwa den zehnten Teil. Das hat sich bis heute nicht geändert.

Es gibt viele Arten, einen Staat zu machen. Mit der deutschen Not ist kein Staat zu machen. Es ist eine glatte und simple Lüge, zu behaupten, die Augen der Welt seien auf Deutschland gerichtet, die Welt beschäftige sich intensiv mit der deutschen Krise …

es ist nicht wahr. Daß die beteiligten Finanzleute alles Interesse haben, ihre in Deutschland angelegten Kapitalien zu retten, ist richtig; die breiten Massen der lateinischen Länder und der angelsächsischen Welt befassen sich wenig mit uns: wir spielen in ihrem Gefühlsleben eine ganz untergeordnete Rolle. Etwa die, die bei uns Bulgarien spielt oder Jugoslavien. Die Völkischen mögen ihr Geheul stoppen: damit ist nicht gesagt, daß Deutschland diesen beiden Ländern gleichzusetzen sei. Im Gegenteil, ich füge etwas hinzu, was keiner von den völkischen Beobachtern nachdrucken wird, die meine Artikel zu fälschen pflegen. Ich füge nämlich hinzu, daß der wahre Wert Deutschlands nicht richtig eingeschätzt wird: von manchen gebildeten Ausländern zu hoch, von den Massen zu tief.

Das ist Deutschlands eigne Schuld. Was wir an Kulturwerten exportieren, wie wir es exportieren: wenn man das sieht, möchte man sich in Grund und Boden schämen. Und das nimmt den nicht wunder, der etwa die Tendenzen des Vereins für das Deutschland im Ausland kennt. Diese Tendenzen sind unentwegt wilhelminisch; die da haben nichts hinzugelernt und alles vergessen. Das einzige, was sie inzwischen gelernt haben, ist, wie man die Kinder in den Schulen zwingen kann, diesen Trubel mitzumachen.

Die braven Mittelparteien, die heute vom patriotischen Raptus befallen sind wie nur eh und je zu Beginn des Krieges, mit derselben Terminologie, mit denselben plumpen Propagandakünsten: sie irren, wenn sie glauben, die Welt horche auf Deutschland. Sie horcht gar nicht. Das Leben geht draußen seinen Gang, und nichts ist wahnwitziger und verfehlter als diese törichte Theorie vom «Abgrund» und von der Welt-Katastrophe. «Noch geht es England gut …» In diesem «noch» ist der menschenfreundliche Wunsch enthalten: «Uns geht es schlecht. Dann soll es denen aber auch schlecht gehen. Auch sie sollen in den Abgrund, in die Katastrophe!» Diese Katastrophe spielen die Deutschen aus wie einen Trumpf beim Kartenspiel. «Wenn wir schon untergehen sollen», las ich neulich bei einem dieser wild gewordenen Patrioten, «dann sollen sie wenigstens alle mit.» Sie denken gar nicht daran.

Man kann schon an der Verschiedenheit der Vokabeln erkennen, wie weit das Ausland von uns entfernt ist. Es gibt eine internationale Krise des Kapitalismus, aber die andern werden auf ihre Weise damit fertig, nicht auf die unsre. Da fahren nun so viel gute und brauchbare deutsche Reiseschriftsteller in der Welt herum, die allerhand Nützliches von draußen nach Hause bringen – ja, lernt denn die Masse der Deutschen nicht endlich erkennen, daß beispielsweise Asien immer asiatisch reagiert und eben nicht europäisch und am allerwenigsten deutsch? «Rußland muß badisch werden!» stand zu Kriegsbeginn auf den Viehwägen, in denen man das Menschenmaterial transportierte. Aber ich fürchte: eher wird Baden russisch.

Sie haben draußen ihre eignen Sorgen, und sie brauchen die unsern nicht. Und Deutschland ist ihnen viel gleichgültiger als jene im Geist Provinziellen ahnen.

Genau so, wie die rasenden alten Weiber, die sich Windjacke und Stahlhelm kaufen, damit sie sich als Männer fühlen, die Rückwirkung der deutschen Krise auf die Welt überschätzen –: genau so tun es leider die Kommunisten. Es war einer der größten und unbegreiflichsten Irrtümer Lenins, zu glauben, die Revolution springe fast mechanisch auf die Welt über, wenn sie nur in Rußland gesiegt habe. Falsch: die Welt ist dazu nicht reif. Es ist nichts mit jener von vielen Deutschen so laut oder heimlich herbeigesehnten Apokalypse – es ist der Wunsch des Schülers, die Schule solle verbrennen, weil das Zeugnis nichts taugt. Die Schule aber verbrennt nicht.

Die andern denken nicht daran unterzugehen, nur deshalb, weil bei uns in schändlicher Weise Bankwucher betrieben wird. Sie denken nicht daran, in das «Chaos» zu stürzen, und zwar deshalb nicht, weil bei ihnen, den Lateinern, den Angelsachsen, den Amerikanern, ganze Schichten des Bürgertums noch viel gesünder und kräftiger sind als das von den Theoretikern des Umsturzes gewöhnlich in Rechnung gestellt wird. Diese Rechnung ist falsch. Was da in Frankreich knistert, was da in England bröckelt – ihr könnt hundert Beispiele zitieren, Äußerungen aus deren eignen Munde. Und ihr zitiert sie alle falsch, weil einer englischen Bürgersfrau die Wandlung der Sitten für die Nachmittagsbesuche bereits wie Bolschewismus erscheint. Man muß mit französischem Maßstab messen, wenn man Marseille verstehen will, und mit englischem, wenn man begreifen will, was sich in England wandelt. Mit Wünschen ist nichts getan. Ein anständiger Arzt hat erst einmal vor der Therapie eine richtige Diagnose zu stellen, und wenn wir ehrlich sind, müssen wir klar sehn. Wir können die Tatsachen beklagen, aber wir müssen sie sehn, wie sie sind. Was da durch die Welt schleicht, ist eine geistige Krise erster Oberservanz, die also die wirtschaftliche nach sich zieht – doch geht hier nichts unter. Es wandelt sich nur etwas, und zwar grundlegend. Womit Deutschland zunächst gar nicht geholfen ist.

Das ist unbequem, das ist hart, das ist langweilig. Also wollen sie das nicht sehn. Sie wollen: das volle Theater, mit einem atemlos gespannten Publikum, das ihren sentimentalen Arien und ihrem Panzerkreuzer-Gerassel lauscht. Das Land irrt. Das Theater ist halbleer, und das Stück interessiert nicht.

Also sollte man wohl diesem Notstand anders begegnen, als mit jenen abgebrauchten Gesten zu einer Galerie hin, die gar nicht vorhanden ist. Welche Würdelosigkeit ist darin: im Gerassel und im Gegrein welche Würdelosigkeit! Wie sie nach jedem Zeitungsaufsatz fiebern, der von ihnen Notiz nimmt. Welche Überschriften! «Paris optimistisch!» «London gespannt!» Aber es stimmt ja alles gar nicht; das da ist Angelegenheit eines kleinen Klubs politischer Fachleute, und damit basta. Euer Einfluß auf die fremden Kulturkreise ist vorhanden, aber er ist kleiner und ganz anders beschaffen als ihr meint.

Exportiert eine Geistigkeit, die die Welt angeht, eine, die in Deutschland gewachsen und die echt ist! Exportiert Qualitätswaren, die es wirklich sind, nicht solche, die durch Dumping und niedrige deutsche Löhne in fremde Absatzmärkte hineingepumpt werden und die man den Fremden vergeblich als Qualität einzureden sucht! Exportiert Gutes, und ihr werdet Gutes ernten. Was heute exportiert wird, ist Größenwahn, der aus einem Insuffizienzgefühl herrührt, und damit erobert man keine Welt.

Ignaz Wrobel, WB 11.8.1931

91

Autarkie

Im Juni hat noch keiner gewußt,
was Autarkie bedeutet;
heut hebt sich jede deutsche Brust,
wenn das Schlagwort herunterläutet:
Autarkie!
Wir schließen einfach die Grenzen zu.
Dann hat die liebe Seele Ruh.
Appelsinen, jroße un kleene,
die machen wir uns alleene.

Kohlrüben wachsen bei uns zu Hauf.
Für uns ist nichts zu schade.
Wir rauchen still unser Sofa auf,
mit Maikäfer-Marmelade.
Autarkie! Autarkie!
Wir schuften für Zins und für Zinseszins,
und wir bleiben eine kleine Provinz.
Paris is ja so jemeene!
Wir machen uns allens alleene.

Dann halten wir fest das Proletenpack:
beherrscht von Bureaukraten,
von Banken und Knüppel aus dem Sack,
von Polizei und Soldaten.
Kräht der Adler auf dem Mist:
Autarkie!
ändert sichs Wetter, oder es bleibt wie es ist –
Autarkie!
Für Pleite, Not und Kirchhofsruh –
brauchen wir etwa das Ausland dazu?
Diese Wirtschaftskapitäne,
die machen det janz alleene.

Theobald Tiger, WB 11. 8. 1931

92

Die Herren Wirtschaftsführer

Stets hat die Menschheit ihre Helden gehabt: Priester oder Ritter, Gelehrte oder Staatsmänner. Bis zum 14. Juli 1931 waren es für Deutschland die Wirtschaftsführer, also Kaufleute.

Die Kaufleute sind Exponenten des Erwerbsinnes; sie haben immer ihre Rolle gespielt, doch wohl noch nie so eine große wie heute. Weil das, was sie in Händen halten, das wichtigste geworden ist, werden sie in einer Weise überschätzt, die lächerlich wäre, wenn sie nicht so tragische Folgen hätte. Die deutsche Welt erschauert, sie braucht Götzen, und was für welche hat sie sich da ausgesucht –!

Man sollte meinen, daß der gesunde Menschenverstand wenigstens eines sehen könnte: den Mißerfolg. Aber damit ist es nichts. Niemand von denen, die diese Wirtschaftsführer bewundern, behielte auch nur einen Tag lang einen Chauffeur, der ihm die Karre mit Frau und Kind umgeworfen hätte, auch dann nicht, wenn dem Chauffeur die Schuld nicht nachzuweisen wäre. Er kündigt, denn solchen Chauffeur will er nicht. Aber solche Wirtschaftsführer, die will er.

Der unbeirrbare Stumpfsinn, mit dem diese Kapitalisten ihre törichte Geldpolitik fortsetzen, immer weiter, immer weiter, bis zur Ausblutung ihrer Werke und ihrer Kunden, ist bewundernswert. Alles, was sie seit etwa zwanzig Jahren treiben, ist von zwei fixen und absurden Ideen beherrscht: Druck auf die Arbeiter und Export.

Für diese Sorte sind Arbeiter und Angestellte, die sie heute mit einem euphemistischen und kostenlosen Schmeichelwort gern «Mitarbeiter» zu titulieren pflegen, die natürlichen Feinde. Auf sie mit Gebrüll! Drücken, drücken: die Löhne, die Sozialversicherung, das Selbstbewußtsein – drücken, drücken! Und dabei merken diese Dummköpfe nicht, was sie da zerstören. Sie zerstören sich den gesamten innern Absatzmarkt.

Sie scheinen ihn nicht zu wollen – dafür haben sie dann den Export. Was dieses Wort in den Köpfen der Kaufleute angerichtet hat, ist gar nicht zu sagen. Ihre fixe Idee hindert sie nicht, ihre Waren auch im Inland weiterhin anzupreisen; ihre Inserate wirken wie Hohn. Wer soll sich denn das noch kaufen, was sie da herstellen? Ihre Angestellten, denen sie zum Leben zu wenig und zum Sterben zu viel geben, wenn sie sie nicht überhaupt auf die Straße setzen? Die kommen als Abnehmer kaum noch in Frage. Aber jene protzen noch: daß sie deutsche Werke seien, und daß sie deutsche Kaufleute und deutsche Ingenieure beschäftigten – und wozu das? «Um den Weltmarkt zu erobern!»

So schlau wie die deutschen Kaufleute sind ihre Kollegen jenseits der Grenzen noch alle Tage. Es setzt also überall jener blödsinnige Kampf ein, der darin besteht, einen Gegner niederzuknüppeln, der bei vernünftigem Wirtschaftssystem ein Bundesgenosse sein könnte. Die Engländer preisen rein englische Waren an, die Amerikaner rein amerikanische, und das Wirtschaftsinteresse tritt als Patriotismus verkleidet auf. Eine schäbige Verkleidung, ein jämmerlicher Maskenball.

Schuld –? Vielleicht gehört eine große geistige Überlegenheit dazu, aus diesem traurigen Trott des Geschäftes herauszukommen und auch einmal ein bißchen weiterzublicken als grade bis zum nächsten Ultimo. Aber das können sie nicht. Sie machen weiter, wie sie es bisher getrieben haben. Also so:

Niederknüpplung des Inlandskunden; Spekulation auf einen Export, der heute nicht mehr so durchzuführen ist wie sich die Herren das träumen; Überlastung der gesamten Industrie durch ein gradezu formidables Schreibwerk, das hinter dem Leerlauf der Staatsbureaukratie um nichts zurücksteht. Was da an Pressechefs, Syndicis, Abteilungsleitern, Bureaufritzen herumsitzt und Papierbogen vollschreibt, ohne auch nur das leiseste zu produzieren, das belastet uns alle. Aufgeblasen der Verwaltungsapparat – man sehe sich etwa das Verwaltungsgebäude der I. G.-Farben in Frankfurt am Main an: das Ding sieht aus wie eine Zwingburg des Kapitalismus, weit ins Land dräuend. Früher haben die Ritter die Pfeffersäcke ausgeplündert; heute hat sich das gewandelt.

Wie immer in ungesunden Zeiten ist der Kredit in einer gradezu sinnlosen Weise überspannt. Das Wort «Wucher» ist ganz unmodern geworden, weil der Begriff niemand mehr schreckt, er erscheint normal. Nun haben aber Kartelle und kurzfristige Bankkredite die Unternehmungslust und die sogenannte «freie Wirtschaft» völlig getötet – es gibt sie gar nicht mehr. Fast jeder Unternehmer und besonders der kleinere ist nichts als der Verwalter von Bankschulden; gehts gut, dann trägt er den ungeheuern Zins ab, und gehts schief, dann legen die Banken ihre schwere Hand auf ihn, und es ist wie in Monte Carlo: die Bank verliert nicht. Und wenn sie wirklich einmal verliert, springt der Steuerzahler ein: also in der Hauptsache wieder Arbeiter und Angestellte.

«Das Werk», dieser Götze, hat sich selbständig gemacht, und stöhnend verrichten die Sklaven ihr Werk, nicht mehr Sklaven eines Herrn, sondern Sklaven ihrer selbst. Auch der Unternehmer ist längst zu einem Angestellten geworden, nur kalkuliert er für sich ein derartiges Gehalt heraus, daß er wenig riskiert. Die fortgeschrittenen Kommunisten tun recht daran, den Unternehmer nicht mehr damit zu bekämpfen, daß sie ihm Sekt und Austern vorwerfen, dergleichen verliert von einer gewissen Vermögensgrenze ab seine Bedeutung. Aber daß diese Kerle die Verteilung von Ware und Verdienst ungesund aufbauen, daß sie ihre Bilanzen vernebeln und den Angehörigen der wirtschaftlich herrschenden Klassen so viel Geld zuschieben, daß den andern nicht mehr viel bleibt: das und nur das ist Landesverrat.

Ohnmächtig sieht der Staat dem zu. Was kann er machen? Nun, er kann zum Beispiel eine Verordnung erlassen, wonach das zu verkaufende Brot sein Gewicht auf der Kruste eingeprägt erhalten muß, und das ist ein großer Fortschritt. Seine Gesetze berühren die Wirtschaft gar nicht, weil sie ihm ebenbürtig an Macht, weil sie ihm überlegen ist. Sie pariert jeden Schlag mit den gleichen Mitteln: mit denen einer ausgekochten Formaljurisprudenz, mit einer dem Staat überlegenen Bureaukratie, mit Geduld. Schiebt ihm aber alle Lasten zu, ohne ihm etwa das Erbrecht zu konzedieren. Er hat zu sorgen. Wovon? Das ist seine Sache.

Also unsre Sache. Für wen wird gelitten? Für wen gehungert? Für wen auf Bänken gepennt, während die Banken verdienen?

Für diese da. Es ist nicht so, daß sie sich mästen, das ist ein Wort für Volksversammlungen. Sie mästen den Götzen, sie sind selber nicht sehr glücklich dabei, sie führen ein Leben voller Angst, es ist ein Kapitalismus des schlechten Gewissens. Sie schwindeln sich vom Heute in das Morgen hinein, über viele Kinderleichen, über ausgemergelte Arbeitslose – aber das Werk, das Werk ist gerettet.

Selbst die ‹Frankfurter Zeitung›, die sich in einer gradezu rührenden Weise bemüht, diesen störrischen Eseln des Kapitalismus gut zuzureden, wobei jene wild hinten ausschlagen, gibt zu, daß «nach den Erhebungen, die das Institut für Konjunkturforschung und eine deutsche Großbank unabhängig voneinander durchgeführt haben, noch entbehrliche Läger im Werte von mehreren Milliarden vorhanden sind» – man male sich das angesichts dieser Not aus! Aber die Läger bleiben. Und das Werk ist gerettet.

Wo steht geschrieben, daß es gerettet werden muß? Warum ist die Menschheit nicht stärker als dieser Popanz? Weil sie den Respekt in den Knochen hat. Weil sie gläubig ist. Weil man sie es so gelehrt hat. Und nun glaubt sie.

Noch ist die andre Seite stärker als man glaubt. Zu warnen sind alle jene, die die Arbeiter sinnlos in die Maschinengewehre und in die weitgeöffneten Arme der Richter hineintreiben. Drei Jahre Zuchthaus – zwei Jahre Gefängnis – vier Jahre Zuchthaus … das prasselt nur so. Noch sind jene stärker. Die Arbeiterparteien sollten ihre Kräfte nicht in einem zunächst aussichtslosen Kleinkrieg verpulvern, solche Opfer haben einen ideologischen Wert, ihr praktischer ist noch recht klein. Drüben ist viel Macht.

Also muß gekämpft werden. Aber so wenig ein geschulter Proletarier individuelle Attentate auf Bankdirektoren gutheißen kann, so wenig sind Verzweiflungsausbrüche kleinerer oder größerer Gruppen allein geeignet, ein System zu stürzen, das jede, aber auch jede Berechtigung verloren hat, Rußland zu kritisieren. Wer so versagt, hat zu schweigen.

Doch schweigen sie nicht. Sie haben die Dreistigkeit, unter diesen Verhältnissen noch «Vertrauen» zu fordern, dieselben Männer, die das Unglück verschuldet haben. Und keiner tritt ab, nur die Gruppierung ändert sich ein wenig. Das verdient die schärfste Bekämpfung.

Kampf, ja. Doch unterschätze man den Gegner nicht, sondern man werte ihn als das, was er, immer noch, ist: ein übernotierter Wert, der die Hausse erstrebt und die Baisse in sich fühlt. Sein

Niedergang wird kommen. Das kann, wie die gescheiten und weitblickenden unter den Kaufleuten wissen, auch anders vor sich gehen als auf dem Wege einer Revolution. Bleiben die Wirtschaftsführer bei dieser ihrer Wirtschaft, dann ist ihnen die verdiente Revolution sicher.

Ignaz Wrobel, WB 18. 8. 1931

93

Europäische Kinderstube

«rapprochement (raproschmá) m. 1. Zusammenrücken n, Wiederannäherung f; (réunion) Vereinigung f. 2. fig. (réconciliation) Annäherung f, Versöhnung f»

Sachs-Villatte

Die pariser ‹Comoedia› vom 19. Juli enthält auf der ersten Seite folgenden Artikel:

Das merkwürdige Schamgefühl Thomas Manns wird Paris mit einem skandalösen Buch beschenken.
Nächstens wird bei Bernard Grasset ein neues Werk Thomas Manns ‹Sang réservé› erscheinen.
Der Inhalt ist allem Anschein nach äußerst anstößig.
So anstößig, daß Thomas Mann unmittelbar nach Erscheinen der deutschen Ausgabe alle bereits ausgedruckten Exemplare aus dem Handel zurückgezogen hat. Das Romanthema ist: Blutschande.
Dieses Werk ist auch nicht in den Gesammelten Werken Thomas Manns, die zur Zeit erscheinen, aufgenommen.
Man nimmt wohl in Deutschland an, daß Frankreich weniger Schamgefühl hat. Herr Thomas Mann, der befürchtet, seine Landsleute vor den Kopf zu stoßen, hat keinerlei Bedenken, dergleichen mit Frankreich zu tun.
Ist das nun seinerseits ein Zeichen von Hochachtung für unsre Fähigkeit, uns von allem das beste auszuwählen?
Oder muß man in seinem Verhalten nicht im Gegenteil eine für uns sehr unfreundliche Unverfrorenheit sehen? Dies Buch ist für

> Deutschland nicht gut. Aber für Frankreich, nicht wahr, ist es noch alle Tage gut! Schließlich ist ja für ein so verdorbenes Volk wie das französische nichts zu gewagt …
>
> Immerhin hat aber dieses verdorbene Volk in seinen Cafés, in seinen Restaurants, in seinen Theatern und auch nicht in der Gesellschaft jenen Geschlechterwechsel organisiert, wie er in Berlin üblich ist.
>
> Dieses verdorbene Volk hat die Lehre Freuds weder erfunden noch hat es sie und ihre zahlreichen Abarten theoretisch oder praktisch angewendet.
>
> Dieses verdorbene Volk hält keine Kongresse über sexuelle Seltsamkeiten ab, wie wir noch im vorigen Jahr so einen Kongreß im Rheinland erlebt haben. Dieses Volk hat keine Koedukation, weder solche, bei der die Kinder angezogen sind, noch solche mit Nacktkultur, wie das in den großen deutschen Städten gang und gäbe ist, und so wundern wir uns über die plötzliche Schamhaftigkeit eines deutschen Autors, in demselben Lande, wo man dauernd Stücke spielt, die sich auch nicht eine Viertelstunde auf einer pariser Bühne halten könnten.
>
> Wir wollen immerhin einem andern Deutschen, dem Fürsten Bülow, Gerechtigkeit widerfahren lassen. Der wendet sich im letzten Bande seiner Memoiren energisch gegen die üble Gewohnheit seiner Landsleute, Paris das moderne Babylon zu nennen.
>
> *P. L.*

Es erscheint merkwürdig, daß ein großes Blatt wie ‹Comoedia› offenbar nicht die Mittel besitzt, sich Redakteure zu halten, die lesen und schreiben können und die über Europa soviel Bescheid wissen, wie nötig ist, um sich eine Meinung über fremde Länder zu bilden. Wo in aller Welt hat die Redaktion diesen Analphabeten aufgegabelt? Das muß nicht leicht gewesen sein – Frankreich hat so gute Schulen.

Was zunächst die Meinung angeht, Frankreich sei kein unmoralisches Land, so ist das der einzige Lichtblick in diesem traurigen Artikel. Ich habe mich seit Jahren bemüht, diese wirklich kindische Vorstellung aus den deutschen Köpfen herauszutrommeln; da aber die heimischen Schriftgelehrten immer viel besser über das Ausland orientiert zu sein glauben als die Leute, die dort leben, so ist das keine einfache Aufgabe. Der Rest des Artikels aber …

Da bemühen sich nun auf beiden Seiten wohlmeinende und gebildete Männer, ihre Völker über einander zu informieren. Die

Deutschen sind über die Franzosen meist falsch, die Franzosen über die Deutschen meist gar nicht unterrichtet. Da erscheinen nun Übersetzungen: da geben sich französische Wochen- und Monatsschriften solche Mühe – und dann kommt einer und trampelt im Porzellanladen herum, daß es nur so kracht.

Zunächst ist das Buch ‹Wälsungenblut›, um das es sich hier handelt, nicht unsittlich. Thomas Mann hat das Werk meines Wissens nicht etwa aus sittlichen Bedenken aus dem Handel zurückgezogen, sondern aus Gründen, die nur ihn allein angehn. Diesem Schriftsteller vorzuwerfen, er schriebe unsittliche Bücher, ist nicht nur eine Niedrigkeit – es ist eine Dummheit, die einen gradezu katastrophalen Mangel an Bildung enthüllt. Eine solche Blamage hätte ‹Comoedia› nicht nötig gehabt.

Es ist unrichtig, zu behaupten, Thomas Mann halte Frankreich für gut genug, dort Bücher abzusetzen, die man in Deutschland aus Gründen der Moral nicht veröffentlichen könne. Ganz abgesehen davon, daß es von diesem Werk eine begrenzte deutsche Ausgabe gibt: Thomas Mann spricht und schreibt französisch, weiß von Frankreich viel und hat sich während seines pariser Besuchs seiner Aufgabe mit Takt entledigt. Ich sehe die Wirkungen dieses Besuchs ganz anders an als er, aber der Artikel der ‹Comoedia› ist ein Anwurf, der zurückgewiesen werden muß. Nicht der Wert der literarischen Leistung Manns steht hier zu Diskussion – die literarische Sauberkeit steht zur Diskussion. ‹Comoedia› hat die Grundgesetze jeder geistigen Debatte verletzt.

Wenn die Homosexualität sich in Deutschland mitunter in den Vordergrund drängt, so hat das mancherlei Gründe. Germanische Rassen neigen mehr zur Gleichgeschlechtlichkeit als lateinische (brüllt nicht, es ist so), und außerdem hat der Deutsche die fatale Neigung, aus allem eine «Weltanschauung» zu machen, als welches Wort sich nicht ins französische übersetzen läßt. Mit Moral hat dergleichen nichts zu tun.

Koedukation ist keine Spezialität von Bordellen. Nacktkultur auch nicht. Der gesunde Versuch der Bevölkerung, die entsetzliche Wohnungsnot durch sportliche Betätigung in frischer Luft auszugleichen, hat Auswüchse; es gibt auch törichte Vereine, wo Postsekretäre vor entsprechenden Frauenleibern ihre sicherlich sündige Lust zu bekämpfen vorgeben … was aber Körperpflege angeht, so fasse sich Paris an die eigne Nase: es hat wenig brauchbare Hallenschwimmbäder für das Volk, und was sich an Prüderie und Albernheit in französischen Seebädern begibt, reicht an das finsterste Bayern heran.

Auf deutschen Theatern werden Stücke gespielt, die nicht etwa unanständig sind, sondern die man in Paris deshalb auslachte und mit Recht auslachte, weil diese schwerfällige Art, sich dem Bett zu nähern, in Frankreich auf kein Verständnis trifft. Dort gleitet man in sanfter Kurve auf die Lagerstatt: der Deutsche sieht erst vorher im Lexikon nach, obs auch stimmt. Unmoral? Nein: Privatdozenten der Sünde.

Was hingegen den Angriff gegen die Lehre Freuds angeht, so darf gefragt werden, ob der Verfasser jener Glosse auch nur ein einziges Mal ein Buch Freuds in der Hand gehabt hat. Ich möchte das bezweifeln. Er hält diese Lehre wahrscheinlich für einen Freibrief, Embryos zu vergewaltigen, was ja die Deutschen bekanntlich zum Frühstück zu tun pflegen.

Kurz: Rapprochement.

*

Auf welchem Erdteil leben wir!

Man kann sich an den Fingern abzählen, was nun für ein Spiel anhebt.

Die völkischen Esel werden begeistert I-A schreien, weil der Erbfeind den Juden Thomas Mann verunschimpfiert hat. Und sie werden hinzufügen: «Da sieht man, wie diese Pornographen den Ruf des braven deutschen Volkes im Ausland schädigen! Da hat mans wieder!» Das Spiel hat schon angehoben. Die ‹Deutsche Zeitung› ist schwer begeistert, schäumt vor Schadenfreude und wirft mit Bourdet zurück, dessen leichtes Spiel vom «Sexe Faible» sie für «französische Selbstentlarvung eines verendeten Zeitalters» hält. So wenig weiß sie von Frankreich.

Und dann werden wieder die Franzosen antworten, die Deutschen seien Heuchler und Ferkel. Wenn sie überhaupt antworten – denn die meisten von ihnen können ja nicht deutsch lesen. Und dann werden die völkischen Esel ihr Gebrüll wieder aufnehmen und über den Rhein rufen, Paris sei viel schlimmer als Babylon, schlimmer schon deshalb, weil es so teuer sei. Und alle Franzosen tränken immerzu Champagner, und woraus, das könne man nur in Herrengesellschaft erzählen. Und so vergnügen wir uns alle Tage.

Narren. Ein Haufe von Narren, denen das eigne Land zum religiösen Begriff geworden ist. Und da jede Religion ihren Teufel nötig hat: der Teufel, das ist allemal der Ausländer.

Wir brauchen Thomas Mann nicht in Schutz zu nehmen. Die Sauberkeit des literarischen Betriebes gegen Schmierfinken aber wollen wir doch wahren.

So zum Beispiel werden Kriege vorbereitet.

Peter Panter, WB 18.8.1931

94

Erklärung

Der Schutzverband Deutscher Schriftsteller hat zu der Notverordnung über die Presse eine Kundgebung erlassen, in der es heißt:

«Der SDS. verkennt nicht, daß in einer Notzeit jede Regierung die Möglichkeit haben muß, falschen und den Bestand des Volkes gefährdenden Nachrichten selbst mit dem Mittel des Publikationszwanges entgegenzutreten.»

Diese Kundgebung gibt die Lage nicht richtig wieder.

Durch die Notverordnung über die Presse werden nicht die Interessen des Volkes wahrgenommen. Es mag sein, daß der Schutzverband Deutscher Schriftsteller nicht in der Lage ist, in die Opposition zu gehen – Opposition gegen Geldgeber gibt es nicht.

Die Kundgebung macht dann lendenlahm und brav die Regierung darauf aufmerksam, daß …

Ich bin aus dem Schutzverband Deutscher Schriftsteller ausgetreten.

Kurt Tucholsky, WB 18.8.1931

95

Der Grundakkord

Da ist diese Geschichte von den beiden Musikern, die wohnten in einer gemeinsamen Wohnung. Und der eine spielte noch spät abends vor dem Schlafengehen Klavier, und er spielte eine ganze große Melodie, mit allen Variationen, und zum Schluß noch einmal das Grundthema, aber das spielte er nur knapp bis zum Schluß, da hörte er auf, und den Schlußakkord, den spielte er nicht mehr. Sondern ging zu Bett.

Nachts um vier aber erhob sich der andere Musiker, schlich leise zum Klavier und schlug den fehlenden Grundakkord an. Und dann ging er beruhigt und erlöst schlafen.

Der Mensch will alles zu Ende machen. Wird er von einer kleinen Arbeit abgerufen, die grade vor ihrem Ende steht, so kann man hundert gegen eins wetten, daß jeder von uns sagt: «Einen Augenblick mal – ich will das bloß noch …», die Arbeit ist vielleicht gar nicht wichtig, aber man kann sie doch so nicht liegenlassen, denn dann schreit sie. Und immer ist diese kleine Zwangsvorstellung stärker als alle Vernunft.

Der Mensch will auch alles zu Ende lesen – wenn der Schriftsteller etwas taugt. Was ein richtiges Buch ist, das muß einen ganzen Haushalt durcheinanderbringen: die Familie prügelt sich, wer es weiterlesen darf, die Temperatur ist beängstigend, und Mittag wird überhaupt nicht mehr gekocht. Und nichts ist schlimmer, als ein Buch anzufangen und es dann nicht mehr zu Ende lesen zu können. Das ist ganz schrecklich. Haben wir nicht schon alle einmal einen Roman auf der Reise verloren, liegengelassen, «verborgt» (lebe wohl! lebe wohl!) und uns dann krumm geärgert, daß wir nicht wissen, wie es weitergeht? Da gibt es ja dann das probate Mittel, sich das Buch allein zu Ende zu dichten, aber das wahre Glück ist das auch nicht, denn dabei muß man sich anstrengen, während man bei der Lektüre die ganze Geschichte ohne eigene Mühe vor sich ausgebreitet sieht – und dann weiß man doch auch nie, ob man richtig gedichtet hat, nein, das führt zu nichts.

Der Dichter muß dichten, und der Leser will lesen. Umgekehrt ist es naturwidrig. Im Theater ist es schon anders. Wie dritte Akte aussehen, weiß ich nicht so ganz genau – ich gehe meist schon nach dem zweiten fort. Da reden sie so lange und dann hören sie gar nicht auf, und was wird denn schon dabei herauskommen! Wenn es eine Operette ist, dann wird zum Schluß die Musik noch lauter werden, und alle kommen an die Rampe getobt und winken ins Publikum, und ich bekomme meinen Mantel viel zu spät, weil vor mir der große, dicke Herr steht, der immer sagt: «Ich warte aber schon so lange …!» Und wenn es ein ernstes Stück ist, dann sehn sie sich zum Schluß in die Augen, zart verdämmert die Abendröte im Stübchen, und Olga sagt zu Friedrich: «Auf immer.» Und wieder kriege ich meinen Mantel zu spät. Nein, dritte Akte sind nicht schön. Es gibt ja Leute, die bekommen niemals den Anfang der Stücke zu sehn, weil sie mit ihren Frauen ins Theater gehen müssen, und für solche Paare sind dann die dritten Akte da. Es gibt übrigens eine Sorte Menschen, die schmerzt es, wenn man das Theater vorzeitig verläßt – das sind die Logenschließer. Vor dem Krieg in Berlin, bei ‹Puppchen, du bist mein Augenstern›, und nach dem Krieg in London, bei Wallace, dem bekannten Anhänger der Prügelstrafe, fielen mir beidemal bejahrte Logenschließer in den Paletot: «Sie wollen schon gehen? Aber das schönste kommt ja erst …!» Aber roh und herzlos stieß ich die bekümmerten Greise beiseite und entfloh, ins Freie, wo die fröhlichen Omnibusse rollten und wo ich ein viel schöneres Stück kostenlos zu sehen bekam: «Abend in der Stadt», in vielen Akten.

Soll man vor dem Ende aufhören? «Wenn es am schönsten schmeckt …», ja, das kennen wir. Vielleicht ist es hübsch, vor dem Ende aufzuhören – unten liegt immer so viel Satz. «Es war ja alles sehr schön, was ich in meinem Leben gehabt habe», hat einmal eine reiche Dame gesagt, die wirklich so ziemlich alles durchgekostet hatte, «aber es müßte um elf Uhr aus sein.»

Es ist aber nicht alles um elf Uhr aus. Die Stücke fangen meistens nett an, der zweite Akt bietet mancherlei Spannungen, aber dann zieht sich's, dann zieht sich's, und zum Schluß … nein, man sollte doch schon immer in Pasewalk aussteigen.

Man hat dann wenigstens diese leise, kleine Sehnsucht in sich. Die Sehnsucht nach dem Grundakkord.

Peter Panter, Voss 20. 8. 1931

96

Die Lügen-Kartei

Lügen haben kurze Beine, viele Frauen aber auch, das beweist also nichts. Wie kommt es nur, daß viele Lügen überhaupt ans Tageslicht gelangen –?

Das kommt daher, daß die meisten Lügner kein gutes Gedächtnis haben. Wer lügt, muß aber ein sehr gutes Gedächtnis haben. «Du hast doch aber neulich gesagt ...» so fängt es an, und dann setzt der arme geängstigte Mann, denn Frauen sagen stets die Wahrheit, setzt der Mann auf die alte Lüge eine neue. Das bekommt ihm meist nicht gut. Als alter, erfahrener Lügner kann ich nur sagen: meine Schwindeleien sind alle herausgekommen, weil ich nicht ordentlich aufgepaßt habe. Frauen passen schrecklich auf ...

Diesem Übelstand verdient, abgeholfen zu werden. Zu solchem Behufe wäre es vielleicht angängig, wenn jeder, der da löge, sich eine Lügen-Kartei zulegte, damit er wenigstens weiß, was er so zusammengelogen hat. Es fällt zum Beispiel sehr auf, wenn man am Dienstag erzählt hat, man habe ein Konto auf einer großen Bank, und wenn man am Freitag plötzlich viel Geld ausgibt – das reimt sich nicht zusammen. Nicht jeder hat die Geistesgegenwart jener Frau, auf deren Bett der Ehemann ein paar, mit Verlaub zu sagen, Hosenträger fand. «Du hast einen Liebhaber!» rief er aus. Und die gekränkte Frau sprach würdevoll: «Erstens habe ich keinen Liebhaber, und zweitens hat er keine Hosenträger!» Auch lügen will gelernt sein.

Man lüge konsequent, während man abrupt die Wahrheit sagen kann. Wobei es einem dann freilich geschehen kann, daß die Wahrheit von keinem geglaubt wird, sie ist ja auch mitunter recht abenteuerlich, die Wahrheit. Man lüge also konsequent, und vor allem: man merke sich genau, was man gesagt hat: es muß eins zum andern kommen. Man trage also in die Kartei ein:

«Am 14. zu Lilly gesagt, daß schon als Knabe freigeschwommen» und:

«Gestern am Stammtisch behauptet, Englisch zu können» – und so fort. Von den komplizierteren Lügengebilden wie Geschäftsberichten, Eifersuchtsaffären und Parteiprogrammen ganz zu schweigen. Man gehe da mit der allergrößten Vorsicht ans Werk – und ohne daß die Sache kräftig durchorganisiert ist, läßt sich das überhaupt nicht machen.

Ganz besonders wichtig ist die Kartei bei den sogenannten «Notlügen», die etwa 101 v.H. der gesamten Lügen ausmachen. Leider gibt es so wenig Leute, die aus reiner Freude am Lügen lügen; schon Oscar Wilde klagte bekanntlich über den Verfall des Lügens. Lügen ist eine Kunst, eine große Kunst – was stümpern die Leute da herum …

Die Kartei allein tuts freilich auch nicht. Man probiere vor dem Spiegel – der Mund lügt, aber ehe die Augen mitlügen, das ist eine große Sache. Es flirrt da etwas in ihnen, es flimmert, es zwinkert – also das ist gar nicht einfach. Doch wird nach der Spiegelprobe die Kartei hoffentlich einen Fehler verhüten, den die meisten Lügner begehen: sie lügen zuviel. Sie übertreiben. Es stimmt alles zu genau. Man lüge wenig, spreche möglichst wenig von dem, was man da zu verbergen hat – damit kommt man noch am allerweitesten.

Ich für mein Teil bin ja nie weit gekommen. Wenn ich sagte: «Gestern abend war ich im Verein», dann sagt Lieschen: «Merkwürdig, daß du da nicht mit abgebrannt bist», und wenn ich sage: «Reizend ist Ihr Buch, das Sie mir gegeben haben», dann sagt der Autor: «Entschuldigen Sie – aber ich hatte Ihnen aus Versehen ein altes Kochbuch gegeben», und mir nützt keine Kartei etwas. Infolgedessen habe ich mir angewöhnt, mit Aplomb die Wahrheit zu sagen, mit dem Erfolg, daß mir die Leute nun überhaupt nichts mehr glauben. Wirklich geglaubt werden nur Lügen.

Die Lügen-Kartei, D.R.G.M., sollte jedermann wenigstens in der Taschenausgabe bei sich tragen; sie wird ihm viele Verlegenheiten ersparen. Ich hatte auch eine. Leider habe ich sie gestern bei

Freunden liegen lassen, und nun will ich in einen wohlverdienten und längeren Urlaub gehen – die Stadtluft bekommt mir nicht.

Peter Panter, Voss 25. 8. 1931

97

Die Lösung

Wenn was nicht klappt, wenn was nicht klappt,
dann wird vor allem mal nicht berappt.
Wir setzen frisch und munter
die Löhne, die Löhne herunter –
immer runter!
Wir haben bis über die Ohren
bei unsern Geschäften verloren …
Unser Geld ist in allen Welten:
Kapital und Zinsen und Zubehör.
So lassen wir denn unser großes Malheur
nur einen, nur einen entgelten:
Den, der sich nicht mehr wehren kann.
Den Angestellten, den Arbeitsmann;
den Hund, den Moskau verhetzte,
dem nehmen wir nun das Letzte.
Arbeiterblut muß man keltern.
Wir sparen an den Gehältern –
immer runter!
Unsre Inserate sind nur noch ein Hohn.
Was braucht denn auch die deutsche Nation
sich Hemden und Stiefel zu kaufen?
Soll sie doch barfuß laufen!
Wir haben im Schädel nur ein Wort:
Export! Export!

Was braucht ihr eignen Hausstand?
Unsre Kunden wohnen im Ausland!
Für euch gibts keine Waren.

Für euch heißts: sparen! sparen!
Nicht wahr, ein richtiger Kapitalist
hat verdient, als es gut gegangen ist.
Er hat einen guten Magen.
Wir mußten das Risiko tragen …
Wir geben das Risiko traurig und schlapp
inzwischen in der Garderobe ab.
Was macht man mit Arbeitermassen?
    Entlassen! Entlassen! Entlassen!
Wir haben die Lösung gefunden:
Krieg den eignen Kunden!
Dieweil der deutsche Kapitalist
Gemüt hat und Exportkaufmann ist.
Wußten Sie das nicht schon früher –?
    Gott segne die Wirtschaftsverführer!

Theobald Tiger, WB 25.8.1931

98

Lehár am Klavier

Es gibt in London einige Kinos, deren Programme nur aus einer tönenden Wochenschau bestehen, das ist recht lustig mitanzusehn. Natürlich ist dieses Zeug zensiert, gesiebt, geprüft und noch einmal geprüft – vom Hersteller bis zum Zensor eine einzige Kette von: «Pst! Das können wir nicht machen! Aufnahmegenehmigung verweigert!», und das interessanteste an dieser Wochenschau ist sicherlich das, was sie alles nicht und niemals bringt.

Sie zeigt hauptsächlich Massen: Feste und Aufzüge und immer wieder Militär und Flottenrevuen in tausend verschiednen Aufmachungen. Der Steuerzahler hat ja etwas von seinem Militär: nicht nur, daß er gratis totgeschossen wird, wenn die nationale Ehre es erfordert, nein, schon im Frieden ersetzt ihm das Militär die große Oper. Das bekommt man hier alles zu sehn.

Und Rennen werden vorgeführt, die so geschickt photographiert sind, daß man auch vom besten Platz niemals so viel und so gut beobachten könnte ... und plötzlich, mitten in London, was wär denn jetzt dös? Da hätten wir den Herrn Lehár.

Ein Text zeigt an, daß er nun gleich erscheinen wird, und daß er uns etwas auf dem Klavier vorspielen wird, und daß man auch zugucken könnte, wie er an einer neuen Operette arbeiten täte. Ich sehe solche unanständigen Sachen für mein Leben gern, und vor Aufregung kniff ich mir ins Bein, weil keiner da war, den ich hätte kneifen können – und los gings. Da war er.

Da saß also ein ziemlich dicker, gemütlicher Mann an einem Klavier, und die Wochenschau sprach mit seiner Stimme:

«Ich freie mich, daß meine Melodien in der ganzen Welt gespielt werden, und ich heere, daß man mich nun auch mal sehen mechte ... und daher ...»

Und daher spielte er uns zunächst auf einem sehr mäßigen Klimperkasten je ein paar Takte aus seinen alten Operetten, von denen ja die ‹Lustige Witwe› wirklich hübsche Musik enthält. Und dann spielte er dieses, und dann spielte er jenes, und warum soll er nicht, das wäre ja alles gut und schön. Nun aber kam das mit der neuen Operette – wir sollten einen Blick in die Werkstatt des Meisters tun.

In der Werkstatt standen zwei Librettisten.

Allmächtiger Vater im Himmel, der du die Käsemaden erschaffen hast und den Hitler, die Hundewürstchen und schwarze und rote Pfaffen und die fleischliche Liebe mit Kompott – lieber Gott, das hättest du nicht tun dürfen! Das nicht. Aber es war sehr lehrreich.

Die ischler Kurpromenade kenne ich nur in unbevölkertem Zustand, aber jetzt weiß ich endlich, wie die Leute aussehen, die in Lehárs ‹Friederike› den Satz aufgeschrieben haben: «Ja, hier ist alles in Poesie getaucht!» Da standen die beiden Taucher, und es war ganz herrlich. Der eine, der Kleine, sagte gar nichts, er stand nur da und war der Textdichter. Der größere Taucher aber, das war der, der die schönen Lieder schreibt, und eines davon hatte er auf einem Papier in der Hand, und sie taten so, als seien sie in der Werkstatt, das waren sie aber nicht, dazu wurde zu wenig gefuchtelt, es ging alles so ruhig her, und der Taucher sagte zu Lehár: «Spiels amal, damit wir sehn, obs auch klappt!»

Und Lehár spielte, und der Taucher sang mit … nein, das ja nun nicht, denn er konnte nicht singen, und das kann ja auch kein Mensch von ihm verlangen. Gott, es singen so viele, die das nicht können! Und er fing an:

Wenn die Liebe will,
stehn die Sterne still …

aber da unterbrach er sich und sprach: «Ich deute nur an» und dann deutete er an:

«Und die ganze Erde wird ein Märchenland!» – und Lehár paukte, und der Kleine stand dabei, und:

«Der Erfolg einer Operette hängt in hohem Maße von einem guten Libretto ab. Die Personen des Stückes müssen lebenswahr gezeichnet und ihr Schicksal dem Verständnis des Publikums nahe gebracht werden. Ich nehme gewöhnlich ein Libretto nur dann an, wenn mich das Geschick der Heldin des Stückes packt und wenn mich die Erlebnisse des Helden so gefangennehmen, als handele es sich um meine eigene Person. Die Schürzung des Knotens und dessen Lösung muß zwanglos und in logischem Zusammenhang erfolgen.» Also sprach Lehár.

Es war sehr erhebend. Man hörte ordentlich den Tenor, wie der das aber nun hinlegen würde. Ein männlicher Kritiker sollte niemals etwas über Tenöre aussagen – wir sind da nicht kompetent. Wenn die Frauen so leise zerfließen, weil der Tenor im Falsett haucht: davon verstehen wir nichts, das ist ein physiologischer Vorgang, und Männer haben ja nur ganz selten einen Uterus. Wir müssen uns bescheiden: es ist dies eine Art, der Liebe teilhaftig zu werden, die uns verschlossen bleibt.

«Warum besitzt nun die Operette eine weit größere Anziehungskraft auf das Publikum als irgend ein anderes Bühnenwerk? Meiner Meinung nach liegt es daran, daß die Operette dem allgemeinen Geschmack am meisten gerecht wird. Die Oper, das Schauspiel, die Komödie, ebenso wie Novelle oder Gedicht bleiben in ihrer Wirkung auf einen Teil des Publikums beschränkt. Die Operette dagegen wendet sich an die gesamte Bevölkerung und findet überall Liebhaber. Man hat oft genug behauptet, daß die Operette dem seichten Geschmack des Publikums entgegenkomme. Trotzdem möchte ich behaupten, daß eine gute Operette durchaus geschmackbildend wirken kann. Dem kultivierten Zuschauer schafft sie Anregung und Vergnügen, während sie andererseits den Geschmack primitiver Naturen zu heben geeignet ist. In der Operette macht sich die Kunst sozusagen über sich selbst lustig. Der dramatische Sinn lacht über die törichten Verwicklungen des Lebens, der musikalische Sinn freut sich der graziösen und spielerischen Flüssigkeit der Melodien, das Auge ergötzt sich an den prächtigen Kostümen und den stilvollen Dekorationen. Alles in der Operette dient nur dem einen Zweck, dem Zuschauer eine ungetrübte Freude zu bereiten. In jedem Menschen schlummert, wie Nietzsche sagt, das große Kind. Diese Bemerkung trifft auf jeden Zuhörer der Operette, besonders aber auf die Frau zu, die mächtigste Verbündete der Operette. Sie sieht sich selbst in der Primadonna verkörpert, von der Bewunderung, die man der Heldin entgegenbringt, fühlt sie sich selbst umschmeichelt. Für die Frau tragen alle Operetten den Titel: Wie gefalle ich dem Mann? Aus Musik, Text und darstellerischer Leistung schöpft sie neue Kenntnis der Anmut und Kunst des allewigen Liebesspiels.» Also sprach Lehár.

Dabei klingen alle seine Melodien ganz gleich, es ist gewissermaßen die ewige Melodie, und man kann sie alle untereinander auswechseln. Puccini ist der Verdi des kleinen Mannes, und Lehár ist dem kleinen Mann sein Puccini.

Und dieser Dreck ist international, und die ausübenden Künstler bilden sich gewiß ein, sie erfüllten eine hohe Kulturmission, wenn sie das Zeug in aller Welt sängen. «Denken Sie, der Mut! Er singt in England und nun gar vor dem König deutsch!» Die nationale Ichbezogenheit der Deutschen glaubt ja gern, daß überall «etwas passiert», wenn sie auftauchen; es geschieht aber in Wahrheit gar nichts, und in London kann einer abessinisch, nordchaldäisch, deutsch oder hebräisch singen: wenn er nur gut singt.

Brot und Spiele ... Mit dem Brot ist es zur Zeit etwas dünn. Na, da spieln mir halt. Lehár, mein Lehár, wie lieb ich dich –!

Peter Panter, WB 25. 8. 1931

99

Herr Wichtig

Im Verlag Orell Füssli in Zürich ist ein kleines Buch von Rolf Italiaander erschienen ‹So lernte ich segelfliegen›. Der Verfasser, ein Sechzehnjähriger, erzählt darin von einem Segelfliegerkurs, den er in Rossitten besucht hat; ein wenig zu fertig, nicht ganz so unmittelbar, wie man sich das wünschte – aber im großen ganzen recht sympathisch. Wir erfahren aus dem Büchlein dies und jenes, auch, daß es bei dieser Erziehung durch alte Offiziere nun einmal nicht ohne jene militärische Schroffheit abgeht, die auf die Betroffnen wie süße Liebkosung wirkt … also das ist ein masochistischer Erbfehler. Nun aber hat das Buch ein Vorwort, und das sieht so aus:

Lieber Rolf Italiaander!

Soeben bin ich mit dem Manuskript Ihres ‹So lernte ich segelfliegen› fertig. Das war mir eine hocherfreuliche Weihnachtslektüre. War ich doch selbst im August dieses Jahres zum erstenmal in Rossitten gewesen und stand noch ganz unter dem Eindruck dieser Landschaft und dieser Schule!

Der Segelflug ist ein stolzes Zeugnis für die Leistungen deutschen Geistes trotz schwerster äußerer Bedrückung.

Freut euch, ihr deutschen Jungen und – Mädels, an dieser Schilderung deutscher Jugendlust beim Segelflug!

Dominicus

Staatsminister a. D.

1. Vorsitzender des Deutschen Luftfahrverbandes.

Man sieht den Mann: ein ehemaliger Kommunalbeamter, behängt mit Titeln und einem ewigen Gehrock, etwas Grausliches.

Frage: Warum ist der Segelflug ein stolzes Zeugnis deutschen Geistes trotz schwerster äußerer Bedrückung? Das ist doch gar nicht wahr. Diese Jungen da freuen sich an einem Sport, das geschieht in jedem Lande, und es sei ihnen gern gegönnt. Wozu muß in diese, wie man denken sollte, harmlose Betätigung das Gift des Nationalismus hineingetragen werden?

Weil in Deutschland keine Verdauungsstörung vor sich geht,

ohne daß nicht einer dazu brüllt: «Im Felde unbesiegt! Trotz allem! Hurra!» Sie bekommen es sogar fertig, ein Fliegerdenkmal zu errichten, auf dem diese Unwahrheit prangt:

Wir toten Flieger
Blieben Sieger
Durch uns allein.
Volk
Fliege wieder
Und du wirst Sieger
Durch dich allein.

Schön, aber falsch. Die toten Flieger sind jene, die abgeschossen, also unterlegen sind – was ihnen gewiß nicht zur Schande gereicht. Aber aus einem Abschuß, den man im umgekehrten Fall als Glorie feiert, einen Sieg zu konstruieren, das geht doch wohl nicht an.

Rossitten. Segelflug an der Rhön. Herr Dominicus, Staatsminister a.D. Verein für das Deutschtum im Ausland. Es ist überall dasselbe.

Es ist übelste Wichtigmacherei, Nationalismus, geistige Aufrüstung an allen Ecken und Enden und Reklame für den nächsten Krieg.

Ignaz Wrobel, WB 25.8.1931

100

«Nein – meine Suppe eß ich nicht –!»

Wenn man in England um die Ecke geht, sieht es immer ganz anders aus als man denkt, und so steht denn gleich hinter Picadilly Street ein kleines altes Viertel um den Shepherd Market aufgebaut. Daß es da hingehört, kann man am besten daran erkennen, daß es dort gar nicht hingehört. Und da hätten wir ein Haus, schon halb abgerissen, oben drauf liegt eine schwarze Sache, die sieht aus wie Dachpappe, das Ganze macht einen recht traurigen Eindruck, und hinter einigen Fenstern hängen Vorhänge, also ist es bewohnt.

Unten bewohnt und oben abgerissen? Was ist das? Das ist ein Mann mit einem Dickkopf.

In diesem Hause wohnt ein Colonel (sprich: «Körnl»), der hat da immer gewohnt. Und eines Tages haben sie ihm gesagt: «Herr Körnl, nun müssen Sie ausziehen, denn das Haus ist verkauft und soll abgerissen werden!» Da hat aber der Körnl seinen Mietsvertrag aus der Schublade gezogen und hat gesagt: «Hier!» (und dabei hat er sicherlich jene Bewegung gemacht, die die Leute machen, wenn sie etwas schwarz auf weiß besitzen, sie halten dann die ausgestreckte Hand hin, als sei die das Papier …) – «Hier!» hat er gesagt: «so und so, dies ist mein Mietvertrag, und ich darf hier wohnen bleiben!» «Na ja», haben die andern gesagt, natürlich auf englisch, «na ja, das ist ja gut und schön. Aber sehen Sie mal an – wir wollen doch nun das Haus hier abreißen, wir haben uns das alles so hübsch ausgerechnet, nun machen Sie doch keine Geschichten … was wollen Sie denn noch in dem alten Haus?» – «Wohnen bleiben», hat der Körnl gesagt. Da haben sie ihm eine Abstandssumme geboten. Er ist dageblieben. Dann haben sie ihm schrecklich gut zugeredet. Er ist dageblieben. Und da haben sie angefangen, das Haus abzureißen.

Sie haben aber nur die Teile abgerissen, die er nicht bewohnt, also das Dach und ein halbes linkes Haus, mit einer freien Wohnung, aber an seine Wohnung dürfen sie ja nicht heran, und so sieht denn das Haus wie eine alte verwunschene Ruine aus, mitten in London. Aber er hat seinen Willen durchgesetzt und ist wohnen geblieben, und das wird er doch mal sehen.

Nun sieht er es. Das Bedauerliche an der Sache bleibt, daß sie ihm nicht den Keller wegreißen können, denn dann stände seine Wohnung in der Luft und täte sie das: er zöge immer noch nicht aus. England erwartet, daß jeder Mann seine Pflicht tut. Na, und die tut er. Und zieht nicht aus. Und diese Geschichte ist sehr wahr, denn so schöne Geschichten, wie sie hierzulande geschehen, kann sich kein Mensch ausdenken.

Und jetzt weiß ich auch, warum es in so vielen englischen Schlössern spukt. Die alten Herrschaften wollen da nicht heraus, nicht aus ihren Zimmern, nicht aus den Sälen – sie bleiben da. Ein zähes Volk. Zäh wie Rostbeef. Doch hier muß der Berichterstatter sein Haupt verhüllen, denn sonst kommt er auf die englische Küche zu sprechen, und das ist die einzig schöne Geschichte in England, die keine schöne Geschichte ist.

Den Körnl fichts nicht an. Und komm ich in aber fünfhundert Jahren noch einmal desselbigen Weges gefahren: der Körnl sitzt sicherlich noch da, auf seiner Kehrseite und auf einem Mietvertrag, der wahrscheinlich neunundneunzig Jahre läuft und aber neunundneunzig, und er ißt Rostbeef und wohnt noch immer in dem kleinen schwarzen Haus am Shepherd Market.

Peter Panter, Voss 1. 9. 1931

101

Reparationsfibel

> Warum ist doch der Deutsche nach dem für ihn verderblichen und schimpflichen Frieden, da man ihn wie eine Heerde theilt, aufgebrachter auf die Franzosen, als selbst auf die Engländer und einen ihrer größten Bundesgenossen während des Krieges? Weil der Mensch immer mehr auf die Wirkung, durch die er leidet, als auf die Ursache sieht, die das Leiden veranlaßt hat.
>
> *F. M. Klinger, Betrachtungen und Gedanken über verschiedene Gegenstände der Welt und der Literatur. 1802*

«Der gegenwärtige Rechtszustand ist der, daß die westfälischen Schienenwalzwerke mit den lothringisch-französischen Werken zusammen beschließen können, auf dem Wege höherer Schienenpreise der deutschen und der französischen Republik eine neue Steuer aufzuerlegen, daß aber die beiden Regierungen nicht darüber verhandeln dürfen, ob sie gemeinschaftlich gegen ihre Ausbeuter vorgehen wollen.» In der gar nicht genug zu empfehlenden Broschüre Rudolf Kellers ‹Deutschland und Frankreich› (erschienen bei R. Piper & Co. in München) findet sich dieser Satz, benebst vielen andern Sätzen, die in keiner großen deutschen Tageszeitung zu finden sind – aus begreiflichen Gründen. «Nicht die Verzweiflung des ganz kleinen Mannes ist das Charakteristische des heutigen Deutschland, sondern die Desertion des Kapitalisten. Der oberste Grundsatz des Kapitalismus ist, daß der Unternehmer ein Risiko trägt und dafür einen verhältnismäßig größern Anteil am Gesamtgewinn in Anspruch nimmt. Der reichsdeutsche Kapitalist jedoch will kein Risiko mehr tragen, wie zuerst Professor Bonn mit Nachdruck gezeigt hat. Er hat sich der kommunistischen Grundanschauung angeschlossen, daß alles von der Gesamtheit oder vom Staate erhalten werden muß, er will am liebsten in der heutigen Lage Deutschlands keine Investitionen mehr wagen …» Keller zeigt zweierlei: daß zwei Drittel der Young-Plan-Raten an die amerikanische Regierung gezahlt werden, und zwar indirekt – und daß viel größer als diese Zahlungen, verlogen «Tribute» genannt, jener Überpreis ist, den das deutsche Volk an seine Ausbeuter: an die Landwirtschaft, die Stahl- und Kohle-Herren, an die Kartelle und Trusts bezahlt. Das kann kein Volk auf die Dauer tragen.

Was tut es also –? Es läßt sich anlügen. Und glaubt diesen Dreck auch noch, den einige fünfzig kapitalistische Dynastien durch Presse, Kino, Kirche und Schulen herunterregnen lassen. Die kleine Oberschicht regiert unumschränkter als es jemals ein asiatischer Fürst getan haben dürfte: sie ergänzt sich, nicht etwa nach den Grundsätzen des freien Wettbewerbes, sondern durch Kooptation, durch Heirat, durch Erbschaft, und sie nimmt Unfehlbarkeit für sich in Anspruch. Wenn diese Krise jetzt einen positiven Erfolg aufweist, so ist es, hoffen wir, der des erschütterten Vertrauens in jene Gesellschaft.

Die Verblödung dieses Bürgertums ist vollständig.

Sie sehen nichts, sie hören nichts, und der himmlische Vater ernährt ihre Ausbeuter dennoch. Und wo bleiben deren Gewinne?

Wofür kein Geld da ist, wissen wir. Für Löhne zum Beispiel. Diese schlechten Karikaturen eines epigonalen Kapitalismus suchen ihre Absatzmärkte lieber in der Mandschurei als zwischen der Elbe und der Oder. Da wohnt ein geduldiger Stamm, der wie die angespannten Büffel für die gesamte übrige Welt arbeiten soll und auch arbeitet, und niemals für sich. Alle stellen etwas her, was sie selber nicht kaufen können; ihre Hungerlöhne reichen nicht. Und die Weisheit ihrer Antreiber kennt bei allen Krisen nur ein einziges Mittel, nur eines: die Löhne der Sklaven noch mehr herabzusetzen, immer wieder herabzusetzen. Wenn nur der Export garantiert ist.

Und wo bleiben die Überschüsse? Wofür ist Geld da?

Für die Unterstützung Hitlers, in dem diese Wirtschaftsführer mit Recht einen Hort und einen Schutz gegen ihre Arbeiter sehn. Und wofür ist noch Geld da? Für die dümmste, aber auch schon die allerdümmste Propaganda, eine von der Sorte, wie sie bereits im Kriege das vergnügte Lächeln der Gegner Deutschlands hervorgerufen hat.

‹Reparationsfibel›, Bilder von O. Garvens, O. Gulbransson (leider), Th. Th. Heine (leider, leider), E. Schilling, W. Schulz und Ed. Thöny. (Erschienen bei der Verlagsbuchhandlung Broschek & Co., Hamburg.)

Es ist ein großes Heft, mit bunten Bildern; es herzustellen war gewiß nicht billig. Doch wir habens ja. Es ist viersprachig: die Deutschen, die Engländer, die Franzosen und die Spanier dürfen von dieser Weisheit profitieren. Das Spanische kann ich nicht kontrollieren – die andern Sprachen sind einwandfrei benutzt, die fremdsprachigen Bildunterschriften sind sehr gut. Aber welcher Unfug!

Da wird neben manchem richtigen einem Ausland, das zum Glück nicht hinhört, eingebläut, wer oder was an der deutschen Krise schuld sei. Die verbrecherische Auspowerung deutscher Arbeitskräfte durch die eignen Landsleute? Ach, keine Spur. Es liegt alles, alles am Frieden von Versailles.

Erste Lüge: der Waffenstillstand sei im Vertrauen auf Amerika abgeschlossen worden. Falsch. Der Waffenstillstand ist abgeschlossen worden, weil die Deutschen nicht mehr weiter konnten. Es war aus.

Zweite Lüge (eine Verschweigung): die Deutschen haben mit ihren Gegnern, mit den Rumänen und den Russen, genau dasselbe gemacht, was Versailles mit den Deutschen gemacht hat. Wozu führt man auch sonst Krieg? Um den Gegner möglichst zu schwächen. Die Deutschen haben mit den Franzosen und den Engländern genau dasselbe machen wollen, was die später mit ihnen gemacht haben; das zeigen die zahlreichen Forderungen der Wirtschaftsführer und besonders der Schwer-Industrie während des Krieges.

Dritte Lüge: Der deutsche Michel und der Warenüberfluß der Welt. Dadurch, daß Deutschland als Käufer ausfällt, gerät der Weltmarkt an einigen Stellen in Unordnung; weitere Folgen hat das zunächst nicht.

Vierte Lüge: Die Weltarmee der Arbeitslosen hat wenig mit dem Frieden von Versailles zu tun, dagegen alles mit jenem großen Krieg, den die Kapitalisten in ihrer abgrundtiefen Dummheit gegen die Arbeiter aller Länder führen.

Fünfte Lüge: «Wehe euch, wenn ich abstürze», sagt der mit dem Versailler Rucksack beschwerte deutsche Bergsteiger zu dem hinter ihm kletternden Franzosen, Engländer, Italiener, Polen. Falsch: England und Frankreich und Italien sind keineswegs auf Deutschland allein angewiesen, das ist eine sinnlose Überschätzung der deutschen Position.

Sechste Lüge: «Kanada kann mit Weizen heizen, aber die Deutschen können ihre Kohlen nicht essen.» Dann sollen sie den kanadischen Weizen hereinlassen. Das tun sie aber nicht. Die deutsche Landwirtschaft verhindert vielmehr seit dreißig Jahren mit allen Mitteln, daß die hohen Lebensmittelzölle fortfallen; sie will ihren veralteten und unzureichenden Betrieb gegen die ausländische Konkurrenz schützen, auf Kosten der Deutschen, die teures und schlechtes Brot essen müssen. Aber Kanada heizt mit Weizen.

Siebente Lüge: «Nehmt diese Last – Versailles – von der Welt, und sie ist geheilt.» Falsch: es gibt allerdings eine Last: wenn man die von der Welt nimmt, dann ginge es ihr besser, und das ist der Kapitalismus, der wohl Geld hat, einen solchen Schund wie dieses Heft zu bezahlen, aber gar kein Geld, seine Gewinne anständig zu verteilen.

Es ist, wie wenn Gott sie mit Blindheit geschlagen hat, um sie desto sicherer zu verderben. Daß um sie herum alles verdorrt; daß diese Angestellten, denen sie kleine Brotbrocken hinwerfen, damit sie nicht auf den Kuchen schielen, immer lustloser arbeiten, weil es ja keinen Sinn mehr hat, diese Arbeit zu verrichten – das sehen sie nicht. Sie machen Propaganda. Dafür haben sie Zeit, und dafür haben sie Geld.

Daß diese Propaganda nun auch noch gänzlich nutz- und sinnlos vertan ist, sei nur nebenbei erwähnt. Welcher grandiosen Täuschung gibt sich doch Deutschland über seine eigne Stellung in der Welt hin! Dasselbe haben sie in den Kriegsjahren getan, sie sind damit elend hereingefallen – sie haben nichts dazu gelernt.

Diese Reparationsfibel hat viele schöne Empfehlungen auf den Weg mitbekommen. Die Mittel, deren sich diese Propaganda bedient, sind so kindlich, so dumm, so weltenweit von der Denkungsart der Völker entfernt, an die sie sich wendet ... aber das macht nichts.

Doktor Schieck, sächsischer Ministerpräsident: «Ich bin der Überzeugung, daß die anschauliche Darstellung dazu beitragen wird, den Widersinn der Reparationszahlungen auch dem Auslande vor Augen zu führen.» Seeckt: «... ganz außerordentlich wirkungsvoll.» Geheimrat Kümmel, ein Arzt: «... ein zweifellos großes Verdienst ...» (Muß heißen: «ein zweifellos großer Verdienst»). Westarp: «... für besonders wirksam ...» Reichsbankpräsident Doktor Luther: «... in eindringlicher und klarer Weise die die ganze Welt schädigende Wirkung der Reparationen ...» Generaldirektor Amsinck, Hamburg-Südamerikanische Dampfschiffahrts-Gesellschaft: «Ich kann nur hoffen ...» Und, damit auch dies nicht fehlt, Walter von Molo: «Die Verbreitung dieser Fibel ist Menschenpflicht und drum auch echt deutsche Pflicht ...» Na gewiß doch.

Und man fragt sich: Wo leben eigentlich alle diese? Auf dem Mond. Aber sie gleichen einer Prozeßpartei, die sich an den Schriftsätzen des eignen Anwalts delektiert. Der Richter durchfliegt sie vielleicht, und Wirkung haben sie gar keine.

Gelogen, daß Versailles an allem schuld sei. Gelogen, daß die übrige Welt andre als egoistische und kapitalistische Interessen an Deutschland habe – und diese Interessen sind noch nicht ein Zehntel so groß wie Deutschland glaubt. Gelogen, daß diese faule Kriegspropaganda irgend etwas für Deutschland bewirkt.

Und das führt. Und das gibt den Ton an. Und das entscheidet über die Gewinnverteilung. Begeistert umbrüllt von den Bürgersöhnen, die ihren Kohlrübentatendrang an Juden auslassen oder an Arbeitern und in den Straßen der Universitätsstädte einen Krieg führen, den zu führen ihnen draußen verwehrt ist.

Reparationsfibel ist ein gutes Wort. Das Zeug ist gut genug für kleine Kinder. Das Ausland aber liest es nicht, und Deutschland ist keine Klippschule.

Die einzige Hoffnung, die bleibt, ist die auf eine oppositionelle, radikale und politisch klar denkende Jugend. Die Alten aber werden noch im Sarg murmeln:

Entlassungen. Herabsetzung der Löhne. Zu hohe Soziallasten. Versailles.

Ignaz Wrobel, WB 1.9.1931

102

Zwei Sprachbücher

Beide sind von Hans Reimann: ‹Vergnügliches Handbuch der deutschen Sprache› (erschienen bei Gustav Kiepenheuer in Berlin) und ‹Sächsisch› (erschienen bei R. Piper & Co. in München). Beides Kollegs von lehrreicher Lustigkeit.

Das Vergnügliche Handbuch der deutschen Sprache ist ganz und gar unsystematisch – Reimann hat das so gewollt, und er hat auch gewußt, warum: die Leute halten es sonst für eine Grammatik, und dann lesen sie es nicht. Schade ist es doch. Denn in diesem kleinen Buch ist mit schärfster Sprachsorgfalt eine Fülle von Wissen untergebracht, und weil aber alles mit viel Klamauk erzählt ist, von Anekdoten unterbrochen, von Witzen und allerlei Erinnerungen, so wird der Brillenleser es nicht ernst nehmen, wenigstens nicht jene Sorte, die da angesichts eines dicken Wälzers meint: «Wenn einem dies Buch auf den Fuß fällt, ist man lahm – also ist es ein schweres Buch». Reimanns Sprachbuch ist ein leichtes Buch, und doch kann man viel daraus lernen.

Das Sprachgefühl Reimanns ist so lebendig und so fein, daß ich ihm und uns nur eines wünschte: er sollte einmal das herrliche Buch des alten Wustmann ‹Allerhand Sprachdummheiten› neu bearbeiten. Die Neuauflage dieser Sprachbibel ist gekürzt und lange nicht mehr so gut wie zu Lebzeiten Wustmanns, und manches ist veraltet darin. Es ist aber keine Kenntnis der deutschen Sprache ohne systematische Arbeit möglich. Warum können Frauen meist nicht interpungieren? Weil sie oft nicht wissen, was ein Nebensatz und was ein erweiterter Infinitiv ist, und ohne das gehts nun einmal nicht.

Doch hat Reimann sein Möglichstes getan, um das Buch nicht zu ‹Allerlei Miscellen aus der Sprachlehre› werden zu lassen, und so viel ich auch darin umhergepickt habe: da ist kaum eine Stelle, zu der ich nicht aus vollem Herzen Ja sagte. Schade nur, daß er seinen Lesern, die diese Freiheit nicht verdienen, in vielen Fällen die Tür zur Anarchie offen läßt, indem er etwa sagt: man schreibe, wie es einem um den Federhalter ist. Willkür in der Sprachbehandlung ist meist vom Übel, und ohne festes Gerüst kann man nicht springen. Außerordentlich sein eigner Sprachreichtum, außerordentlich sein innerer Kompaß für die Sprache, für ihre Komik, für ihre Unzulänglichkeit, für die Unzulänglichkeit unsrer Gehirne. Ganz besonders schön und ein herrliches Museum der Scheußlichkeiten ist das kleine Schlagwörter-Lexikon, in dem er alle diese fürchterlichen Unarten der Epoche von «Abbau» bis «zyklothym» aufbewahrt hat. Möchten doch alle Redakteure ihren Mitarbeitern den ernsthaften Gebrauch dieser widerwärtigen Klischeewörter verbieten!

Reimann, aber zwei Dinge habe ich nicht verstanden, ein kleines und ein großes. Das kleine ist: «Ein was steht nur in zwei Fällen. Erstens nach alles und zweitens, wenn auf den Inhalt des vorangegangenen Satzes oder auf mehrere Wörter Bezug genommen wird.» Und wie ist es mit: «Das Erhabenste, was Beethoven geschaffen hat»? Das ist nämlich richtig, weil – nach Wustmann – hier «von allem» zu ergänzen ist, also: «Das Erhabenste von allem, was Beethoven geschaffen hat.» Hinter dem Superlativ von substantivierten Eigenschaftswörtern, sagt Wustmann, ist in den meisten Fällen «was» das richtige.

Doch ist dies eine Kleinigkeit gegenüber einer Schreibweise, Reimann, die ich gar nicht begreifen kann. Sie schreiben: Bettvorleger. Affenpintscher. Doktorwürde. Aber: SaueregurkenZeit. GerichtsberichtErstatter. TeerDestillat. SpiegelScheiben. Und einmal sogar: «Im WarteSaal des Hauptbahnhofs». Nanu –? Haben wir noch nicht genug Durcheinander mit den großen und kleinen Buchstaben? Müssen wir jetzt diese Säulen des Unsinns auch noch innerhalb der Wörter aufrichten? Das verstehe, wer kann. Ich habs nicht verstanden.

Im Lehrbuch des Sächsischen aber habe ich alles verstanden. «Der Sachse denkt wie die Katze um den heißen Brei.» Und, von der sächsischen Küche: «Das Brötchen ist physiognomielos und unterscheidet sich in aufgeweichtem Zustand kaum von einem ertrunkenen Bieruntersetzer aus Pappe» – da weiß man doch!

Das Buch ist vor allem deshalb so vorzüglich, weil es sich nicht gnädig herbeiläßt, den sächsischen Dialekt zu belächeln, wie das unerträglicherweise oft bei Dialekten geschieht, sondern es nimmt ihn als Ausdrucksweise einer Gemütsverfassung ganz und gar ernst, und nun wird er erst komisch! So ein gutes Buch über den berlinischen Dialekt kenne ich nicht – da kommen sich die Herren Sprachforscher immer so überlegen vor, wenn sie den berliner Dialekt beschreiben …!

Reimann, der Qualitätsgefühl hat, weiß, daß zum Beispiel Roda Roda eine der saubersten Schreibarten sein eigen nennt, die wir kennen, klipp und klar, aber es ist ja nur ein Humorist. Wenn es einen Roda Roda-Ring gäbe –: Hans Reimann hat ihn allemal verdient.

Peter Panter, WB 1.9.1931

103

Also wat nu – ja oder ja?

Wie ick noch n kleena Junge wah,
da hattn wa aufe Schule
een Lehra, den nannten wa bloß: Papa,
een jewissn Doktor Kuhle.
Und frachte der wat, und der Schieler war dumm,

un der quatschte und klöhnte bloß so rum,
denn sachte Kuhle feierlich:
«Also – du weeßt et nich!»

So nachn Essen, da rooch ick jern
in Stillen meine Ssijarre.
Da denk ick so, inwieso und wiefern,
und wie se so looft, die Karre.
Wer weeß det … Heute wähln wa noch rot,
un morjen sind wa valleicht alle tot.
Also ick ja nich, denkt jeda. Immahin …
man denkt sich so manchet in seinen Sinn.
Ick bin, ick werde, ick bin jewesen …
Da haak nu so ville Biecher jelesen.
Und da steht die Wissenschaft uff de Kommode …
Wie wird det mit uns so nachn Tode?
Die Kürche kommt jleich eilich jeloofn,
da jibt et n Waschkorb voll Phillesophn …
Det lies man. Un haste det hinta dir,
dreihundert Pfund bedrucktet Papier,
denn leechste die Weisen
beit alte Eisen
un sachst dir wie Kuhle, innalich:
Sie wissen et nich. Sie wissen et nich.

Theobald Tiger, WB 1.9.1931

104

Lyrik der Antennen

Es ist unvorstellbar, wie sie entstehen, ganze New-Yorker Stadtteile müssen an ihnen arbeiten. Und so ziemlich alle sind gleichartig, mit «I love you» und «blue» und dem ganzen Kram. Zur Zeit sind sie wohl außerordentlich gefühlvoll. Was für ein Gefühl ist das –?

Es ist eine konfektionierte Lyrik, die über den großen Städten schwebt. Sie bedient sich zum Teil alter Formen – aber der Inhalt ist ein pochendes Maschinenherz. «Du machst mich so traurig – du machst mich so froh –», aber das ist gar nicht wahr, der Sänger glaubt es auch nicht; er bekommt gut bezahlt, wenn er den nötigen weichen Kehlkopf einstellt, und die Hörer wissen auch, daß das alles nicht wahr ist, doch entspannt es nach Geschäftsschluß recht angenehm, und es läßt sich gut danach tanzen. Diese Musik klingt so süß, aber sie ist, wenn man näher hinhört, glashart und sehr spröde, sie gibt nichts her, sie will ein Schlager sein, nach Geschäftsschluß.

Das geht über die Welt, alle Leute singen es, sicherlich kann man in den Straßen Kantons und Rio de Janeiros dieselben Melodien hören ... es ist eine Musik zwischen den Geschäften, keine Musik der Geschäfte ... doch, auch eine Musik der Geschäfte. Wenn die Börse trällern könnte: so sänge sie.

Hoch über den Antennen, die diese Musik versenden, zittert die Lyrik der Welt. Wurzellos ist das, diese Musik hat kein Vaterland, nur einen Herstellungsort: sie ist nicht geboren, sie ist copyright. Der sie gemacht hat, glaubt kaum an sie; der sie vertreibt, schon gar nicht – der Hörer auch nicht so recht ... sie ist ein Gebrauchsgegenstand. Wie Kaugummi.

Doch denke ich manchmal: wie müssen Menschen beschaffen sein, die sich das abends vorspielen lassen? Wie also sind wir beschaffen?

Es sind Menschen, die wohnen in der Stadt, und einen Garten haben sie nicht. Doch sehen sie manchmal gerührt in einen kleinen künstlichen Garten aus Stoff-Pflanzen und Papierbäumen, der steht in einer Glaskugel, und die Hände dieser Menschen gleiten mit einer Zärtlichkeit, die sie sonst nicht verschenken, über die glatte Kugel des Glases ... das ist ihre Poesie. Übrigens denken sie sich nichts weiter dabei, und so verwickelte Sachen schon gar nicht. «Stell mal das Grammophon an, Barbara!» Barbara stellt es an.

Und es erhebt sich eine Haaröl-Stimme, ein Kerl singt, dem wimmert es nur so aus der Kehle, er hat sozusagen ein Bett-Timbre, samten entquillt ihm die Liebe, denn er hat einen guten

Scheck bekommen. Es ist so eine unpersönliche Zärtlichkeit, die dieser Stimme entströmt, sie richtet sich an niemand, und daher sind alle sehr gerührt. Nein, gerührt nicht – nur leicht angerührt. Und weil die Musik dazu «Tschuck-tschuck – tschuck-tschuck-tschuck» macht, so tanzen sie ein bißchen, im Atelier oder sonstwo. Was singt der Mann da –?

Fleißige junge Damen, die sonst nichts zu tun haben, sitzen mit Bleistift und Papier vor dem Apparat und notieren sich die bedeutenden Worte, jene Kombinationen von «I love you» und «happineß», ein immer wechselndes Kaleidoskop. So berühmt möchte ich auch einmal sein – sieh doch, wie sie notieren und schreiben und sich die Platte vierundsechzigmal vorspielen lassen, damit ihnen auch kein kostbares Wort verlorengehe! Und wenn sie es glücklich herausbekommen und alles aufgeschrieben haben, dann verlieren sie den Zettel, inzwischen aber können sie den Text auswendig, und sie singen ihn mit, bis er von einem neuen Text abgelöst wird, in dem der Sänger versichert, er sei froh, weil er eben so traurig sei, und alles durch you-hou … Einer singt und sagt «Goldnen Juni-Tagen», aber es ist kein Gold und kein Juni und keine Tage … solche schönen Lieder sind das.

Doch darf man diese Gebrauchsmusik, die es immer gegeben hat, nie mit dem einfachen Ohr hören. Es gehört noch eine andere Art Ohr dazu, sie ganz und gar aufzunehmen. Gebrauchsmusik wird nur von den Mitlebenden verstanden – daher ist es unmöglich, alte Operetten völlig aufzufrischen, selbst ganze Teile von Offenbach sind verstaubt, dahin, klanglos trotz allen musikalischen Charmes. Warum? Weil wir nicht mehr mit dem Zylinder auf dem Kopf hinter die Kulissen gehn und den kleinen Ballettmädchen Ringe schenken – weil sich die Formen, nicht die Geschlechter, wohl aber die Formen der Liebe gewandelt haben – und diese alten Walzer klingen auf einmal so einfach. Aber sie waren es nicht. Der Komponist der Gebrauchsmusik hatte nur nicht alles in seinen Schlager hineinlegen können, er hatte den Zeitgenossen mit dem Ellbogen angestoßen und ihm zugezwinkert: «Du weißt doch … du weißt doch …» und der Zeitgenosse wußte. Wir wissen nicht mehr.

Doch wissen wir genau, was es mit den amerikanischen Schlagern auf sich hat. Diese Lieder stellen sich dumm – es ist das äußerste Raffinement, mit dem etwa eine sehr elegante Frau «ein ganz einfaches Kleid» anzieht, eines, an dem nun überhaupt nichts mehr dran ist – so ganz einfach, wissen Sie? Kostet viel Geld, das Kleid. Die Lieder stellen sich kindlich – simpel – jugendlich – sie sind es gar nicht. Sie sind alt wie der Wald, traurig, jammervoll leer, weil alles nur in sie hineingepumpt ist … Liebe aus Blech. Und doch ist da etwas.

Es ist das Zeitgefühl, eben jenes von 1931, eben jenes, das abgearbeitete Menschen haben, wenn sie sich abends dadurch ausruhen wollen, daß sie sich nicht ausruhen. Gefühle zerbröckeln, es schwingt etwas, einer singt von ihren schönen braunen Augen, doch es sind die Augen eines Schaukelpferds, Puppenliebe und Affentheater, und doch ist alles echt, weil es so wunderschön falsch ist.

Hoch über den Antennen aber, die diese Musik versenden, zittert die Lyrik der Welt.

Peter Panter, Voss 5.9.1931

105

Der Priem

Alle Rechte vorbehalten

Unter vielem Spucken zu singen

Es haben die Matrosen
wohl auf dem blauen Meer
nicht nur die weiten Hosen –
sie haben noch viel mehr.
Denn gibt es nichts zu rauchen,
weißt du, was sie da brauchen
bei Nacht und auch bei Tag?
Den Kautabak – den Kautabak –

ein kleines Stückchen Kautabak
von der Firma Eckenbrecht
aus Kiel.

Es heulen die Sirenen.
Die Braut in Tränen schwimmt.
Es schwimmt die Braut in Tränen,
wenn der Seemann Abschied nimmt.
Sie drücken sich die Hände;
dann gibt sie ihm am Ende
verschämt ein kleines Pack
mit Kautabak – mit Kautabak –
mit nem halben Pfündchen Kautabak
von der Firma Eckenbrecht
aus Kiel.

Da hinten liegt sein Kutter,
da hinten liegt sein Kahn.
Sie sagt, sie fühlt sich Mutter,
er sieht sie blöde an.
Er läßt sich von ihr kosen,
die Hände in den Hosen,
dann nimmt er einen Schlag
vom Kautabak – vom Kautabak –
ein kleines Stückchen Kautabak
von der Firma Eckenbrecht
aus Kiel.

Das Schiff fährt in den Hafen
wohl in Batavia.
Mit den Mädchen muß man schlafen,
wozu sind sie sonst da!
Die er geliebkost hatte,
liegt nackt auf einer Matte;
er holt aus seinem Pack
den Kautabak – den Kautabak –
ein kleines Stückchen Kautabak

von der Firma Eckenbrecht
aus Kiel.

Das Schiff tät nicht versaufen,
in Hamburg legt es an.
Marie mußt sich verkaufen
nachts auf der Reeperbahn.
Nun spürt der arme Junge
grad unter seiner Zunge
den bitteren Geschmack
vom Kautabak – vom Kautabak –
vom kleinen Stückchen Kautabak
von der Firma Eckenbrecht
aus Kiel.

Wie dem Seemann mit den Frauen,
uns gehts genau wie ihm.
Das Leben muß man kauen,
das Dasein ist ein Priem.
Es schmeckt dem Knecht und Ritter
mal süß und auch mal bitter …
Spuck ihn aus, wer ihn nicht mag!
Den Kautabak – den Kautabak –
das kleine Stückchen Kautabak
von der Firma Eckenbrecht
aus Kiel!

Theobald Tiger, WB 8.9.1931

106

Kleine Nachrichten

Der geschlagene Weltmeister Sharkey hat einen Ruf als Boxlehrmeister für Kansas City angenommen.

Der Chauffeur Theodor Schultze, dem nach einem Zusammenstoß der Fahrschein entzogen wurde, hat eine Fahrschule eröffnet.

Doktor Rudolf Hilferding ist dem Kontrollausschuß der Banken beigetreten.

*

Die Abteilung I a des berliner Polizeipräsidiums verhaftete gestern fünf Kommunisten, die im Verdacht stehn, mit Waffenfunden im Zusammenhang zu stehn, von denen als sicher gelten darf, daß sie im Benehmen mit Personen gemacht wurden, die im Verdacht stehn, im Verdacht zu stehn. Ein Verfahren wegen Hochverrats ist demgemäß im Gange.

*

Wie wir hören, sind Verhandlungen im Gange, die eine Kreditgewährung an die Erde seitens des Planeten Mars zum Inhalt haben. Bisher hat der Planet als Antwort auf alle Anfragen nur seinen Namen gefunkt.

*

Ein bekannter berliner Dramatiker hat sich in einem Theater erhängt, weil seine Monats-Tantiemen wohl für einen Stehplatz ausreichten, nicht aber, auch noch Theaterzettel und Garderobengebühr zu bezahlen. Der Dichter, der als ausschweifend galt, hat sich in der Damentoilette erhängt. Der betreffenden Toilettenfrau ist gekündigt worden.

*

Reichstagspräsident Löbe weilte über das Wochenende zu Besuch bei Bekannten, in deren Hause Feuer ausbrach. Als die Feuerwehr anrückte, stand Reichstagspräsident Löbe bereits auf einem Stuhl und hielt eine feurige Ansprache. Er wurde gelöscht.

*

Die Filmbranche hat beschlossen, Ehrenwörter mit Gummizug in den Handel zu bringen. Die ersten zweitausend Stück sind bereits vergriffen.

*

In Genf gibt es einen Völkerbund.

*

In Reinickendorf ist eine riesige internationale Kommunisten-Zentrale ausgehoben worden. Ihre Fäden erstreckten sich von Reinickendorf bis nach Peking. Eine genaue Durchsuchung der Papierkörbe hat ergeben, daß in der Zentrale außerordentlich gefährliches

Stullenpapier

verwandt wurde. Die Polizei ist weiterem Stullenpapier auf der Spur.

*

Die obersten Sportbehörden aller Sportarten haben sich zu einem Reichskartell zusammengeschlossen. Wie wir hören, beabsichtigt das Kartell, die Ausübung von Sport bis auf weiteres gänzlich zu verbieten, damit die Behörden ungehinderter arbeiten können.

*

Gegen das Deutsche Reichspatent Nummer 678 456 (Männerhosen mit Reißverschluß) hat der Verband der Deutschen Lichtspieltheater-Besitzer Protest eingelegt, weil er eine Störung seiner Vorstellungen befürchtet.

*

Da das deutsche Volk seinen Reichstag so sehr entbehrt, hat sich die Scala entschlossen, ihn zu engagieren: er tritt also allabendlich dort auf. Es wird gebeten, den Reichstag während seiner Arbeit nicht zu stören, das besorgt er selber.

Das Reichstagsgebäude ist nunmehr ganz und gar von dem Bureau des Geheimrats Galle belegt worden, der sich dort selber verwaltet.

*

Reichskanzler a. D. Cuno hat sich bereiterklärt, seine Pension von 18 000 Mark in der von ihm geschaffenen Papiermark entgegenzunehmen.

*

Die Ortsgruppe der berliner Bardamen hat ein Stillhalte-Konsortium gebildet.

*

Der Chefredakteur einer großen süddeutschen Zeitung hat erklärt, daß sich sein Blatt in der Beurteilung der Krise geirrt habe; doch hoffen die Ärzte, den Kranken durchbringen zu können.

*

Lord Breitscheid ist auch von der Ufa als Edelkomparse verpflichtet worden.

*

Das Reichsgericht hat den Plan, eine Studienkommission nach Italien zum Studium der Kamorra und der Maffia zu entsenden, als unnötig abgelehnt.

*

Wie wir hören, ist der Vorschlag, künftighin auf Botschafterposten nur noch Bürgerliche und in die Schützengräben nur noch Adlige zu schicken, wieder zurückgezogen worden. Es bleibt bei der alten Verteilung.

Kaspar Hauser, WB 8.9.1931

107

Der musikalische Infinitiv

Unter den Dingen, die S.J. aus allen Aufsätzen herausstrich, wenn er sie «ins Deutsche übersetzte», war eines, das er inbrünstig haßte, und das er vernichtete, wo immer er es antraf. Das war der substantivierte Infinitiv. «Das Musizieren» pflegte er immer in Sätze aufzulösen oder durch ein Substantiv zu ersetzen – und er hatte recht.

Es gibt nun eine Gattung von Menschen ... also, Menschen ist übertrieben, die schwimmen und plätschern in substantivierten Infinitiven. Das sind die gebildeten Kunstschriftsteller, und zwar tun sie es allemal gern dann, wenn sie auf die Musik zu sprechen kommen. Da wimmelt es nur so von diesen falschen Hauptwörtern. «Es ist ein Blühen und Glühen in dieser Musik ...», und wenn der einfache Infinitiv nicht langt, dann backen sie sich einen: «Dieses Von-vorn-herein-alles-noch-einmal-denken» – ei, das ist schön! Von dem «Wollen» wollen wir schon gar nicht sprechen; es sind die nationalen Politiker, die dieses dicke Wort dauernd anwenden, als gebe es nicht «Wille», nicht «Absicht», nicht «Trieb» – es gibt nur noch «das Wollen». Das klingt dann so: «Er darf nicht durch Verharren im Geworden-Sein das Sichentwickeln des Volkswerdens in falschem Wollen zu einem Steckenbleiben verführen wollen.» Wohl bekomms.

Auch die Tanzkritiker stelzen gern auf diesen Infinitiven einher, aber diese Menagerie hat ja von jeher eine besondere Sprache zur Rechtfertigung ihres So-Seins und Do-Seins gebraucht.

Mich dünkt, als sei es schon einmal besser mit der deutschen Sprache gewesen als heute, wo jeder Hitlerknabe das Wort deutsch im Maul führt. Zur Zeit lesen wir: nachgemachtes Beamtendeutsch; nachgemachtes gehobenes Deutsch, so, wie früher die Oberlehrer, wenn sie von den alten Germanen sprachen, einen Baß gehen ließen; nachgemachtes Philosophendeutsch solcher falscher Philosophen, die da im Gehirn Sülze haben, und der substantivierte Infinitiv ist eines der schlimmsten Kennzeichen dieser vertrackten Stile. Man kann ihn manchmal anwenden: nämlich dann, wenn eine Tätigkeit zu einem abstrakten Begriff werden soll. Eine Untersuchung über das Schreiben im sechsten Lebensjahr, das gibt es; das Wollen einer Partei aber gibt es nicht. Im übrigen sollte man sich bei alledem nicht auf Vater Hegel und Onkel Schelling beziehen, deren Deutsch keinem zur Nachahmung dienen kann. Ich sehe, wie ein Schüler den Finger hochhebt … Nein, er will nicht hinaus, im Gegenteil. Er will uns klar machen, daß grade diese zum Hauptwort erhobenen Verbalformen wie keine andre Form es ermöglichten, uns durch ein Sich-mitten-Hinein-Stellen in die dynamische Statik des Die-Begriffe-in-ein-Wort-Verwandelns … Herr Schüler, ich möchte mal rausgehn.

Peter Panter, WB 8.9.1931

108

Kurzer Abriß der Nationalökonomie

Nationalökonomie ist, wenn die Leute sich wundern, warum sie kein Geld haben. Das hat mehrere Gründe, die feinsten sind die wissenschaftlichen Gründe, doch können solche durch eine Notverordnung aufgehoben werden.

Über die ältere Nationalökonomie kann man ja nur lachen und dürfen wir selbe daher mit Stillschweigen übergehn. Sie regierte von 715 vor Christo bis zum Jahre 1 nach Marx. Seitdem ist die

Frage völlig gelöst: die Leute haben zwar immer noch kein Geld, wissen aber wenigstens, warum.

Die Grundlage aller Nationalökonomie ist das sog. «Geld».

Geld ist weder ein Zahlungsmittel noch ein Tauschmittel, auch ist es keine Fiktion, vor allem aber ist es kein Geld. Für Geld kann man Waren kaufen, weil es Geld ist, und es ist Geld, weil man dafür Waren kaufen kann. Doch ist diese Theorie inzwischen fallen gelassen worden. Woher das Geld kommt, ist unbekannt. Es ist eben da bzw. nicht da – meist nicht da. Das im Umlauf befindliche Papiergeld ist durch den Staat garantiert; dieses vollzieht sich derart, daß jeder Papiergeldbesitzer zur Reichsbank gehn und dort für sein Papier Gold einfordern kann. Das kann er. Die obern Staatsbankbeamten sind gesetzlich verpflichtet, Goldplomben zu tragen, die für das Papiergeld haften. Dieses nennt man Golddeckung.

Der Wohlstand eines Landes beruht auf seiner aktiven und passiven Handelsbilanz, auf seinen innern und äußern Anleihen sowie auf dem Unterschied zwischen dem Giro des Wechselagios und dem Zinsfuß der Lombardkredite; bei Regenwetter ist das umgekehrt. Jeden Morgen wird in den Staatsbanken der sog. «Diskont» ausgewürfelt; es ist den Deutschen neulich gelungen, mit drei Würfeln 20 zu trudeln.

Was die Weltwirtschaft angeht, so ist sie verflochten.

Wenn die Ware den Unternehmer durch Verkauf verlassen hat, so ist sie nichts mehr wert, sondern ein Pofel, dafür hat aber der Unternehmer das Geld, welches Mehrwert genannt wird, obgleich es immer weniger wert ist. Wenn der Unternehmer sich langweilt, dann ruft er die andern und dann bilden sie einen Trust, das heißt, sie verpflichten sich, keinesfalls mehr zu produzieren, als sie produzieren können sowie ihre Waren nicht unter Selbstkostenverdienst abzugeben. Daß der Arbeiter für seine Arbeit auch einen Lohn haben muß, ist eine Theorie, die heute allgemein fallen gelassen worden ist.

Eine wichtige Rolle im Handel spielt der Export. Export ist, wenn die andern kaufen sollen, was wir nicht kaufen können; auch ist es unpatriotisch, fremde Waren zu kaufen, daher muß das Ausland einheimische, also deutsche Waren konsumieren, weil wir sonst nicht konkurrenzfähig sind. Wenn der Export andersrum geht, heißt er Import, welches im Plural eine Zigarre ist. Weil billiger Weizen ungesund und lange nicht so bekömmlich ist wie teurer Roggen, haben wir den Schutzzoll, der den Zoll schützt sowie auch die deutsche Landwirtschaft. Die deutsche Landwirtschaft wohnt seit fünfundzwanzig Jahren am Rande des Abgrunds und fühlt sich dort ziemlich wohl. Sie ist verschuldet, weil die Schwerindustrie ihr nichts übrig läßt, und die Schwerindustrie ist nicht auf der Höhe, weil die Landwirtschaft ihr zu viel fortnimmt. Dieses nennt man den Ausgleich der Interessen. Von beiden Institutionen werden hohe Steuern gefordert, und muß der Konsument sie auch bezahlen.

Jede Wirtschaft beruht auf dem Kreditsystem, das heißt auf der irrtümlichen Annahme, der andre werde gepumptes Geld zurückzahlen. Tut er das nicht, so erfolgt eine sog. «Stützungsaktion», bei der alle, bis auf den Staat, gut verdienen. Solche Pleite erkennt man daran, daß die Bevölkerung aufgefordert wird, Vertrauen zu haben. Weiter hat sie ja dann auch meist nichts mehr.

Wenn die Unternehmer alles Geld im Ausland untergebracht haben, nennt man dieses den Ernst der Lage. Geordnete Staatswesen werden mit einer solchen Lage leicht fertig; das ist bei ihnen nicht so wie in den kleinen Raubstaaten, wo Scharen von Briganten die notleidende Bevölkerung aussaugen. Auch die Aktiengesellschaften sind ein wichtiger Bestandteil der Nationalökonomie. Der Aktionär hat zweierlei wichtige Rechte: er ist der, wo das Geld gibt, und er darf bei der Generalversammlung in die Opposition gehn und etwas zu Protokoll geben, woraus sich der Vorstand einen sog. Sonnabend macht. Die Aktiengesellschaften sind für das Wirtschaftsleben unerläßlich: stellen sie doch die Vorzugsaktien und die Aufsichtsratsstellen her. Denn jede Aktiengesellschaft hat einen Aufsichtsrat, der rät, was er eigentlich beaufsichtigen soll. Die Aktiengesellschaft haftet dem Aufsichtsrat für pünktliche Zahlung der Tantiemen. Diejenigen Ausreden, in denen gesagt ist, warum die A.-G. keine Steuern bezahlen kann, werden in einer sogenannten «Bilanz» zusammengestellt.

Die Wirtschaft wäre keine Wirtschaft, wenn wir die Börse nicht hätten. Die Börse dient dazu, einer Reihe aufgeregter Herren den

Spielklub und das Restaurant zu ersetzen; die frömmern gehn außerdem noch in die Synagoge. Die Börse sieht jeden Mittag die Weltlage an: dies richtet sich nach dem Weitblick der Bankdirektoren, welche jedoch meist nur bis zu ihrer Nasenspitze sehn, was allerdings mitunter ein weiter Weg ist. Schreien die Leute auf der Börse außergewöhnlich viel, so nennt man das: die Börse ist fest. In diesem Fall kommt – am nächsten Tage – das Publikum gelaufen und engagiert sich, nachdem bereits das Beste wegverdient ist. Ist die Börse schwach, so ist das Publikum allemal dabei. Dieses nennt man Dienst am Kunden. Die Börse erfüllt eine wirtschaftliche Funktion: ohne sie verbreiteten sich neue Witze wesentlich langsamer.

In der Wirtschaft gibt es auch noch kleinere Angestellte und Arbeiter, doch sind solche von der neuen Theorie längst fallen gelassen worden.

Zusammenfassend kann gesagt werden: die Nationalökonomie ist die Metaphysik des Pokerspielers.

Ich hoffe, Ihnen mit diesen Angaben gedient zu haben, und füge noch hinzu, daß sie so gegeben sind wie alle Waren, Verträge, Zahlungen, Wechselunterschriften und sämtliche andern Handelsverpflichtungen –: also ohne jedes Obligo.

Kaspar Hauser, WB 15.9.1931

109

Schnipsel

Wenn die Maschinen, die die Menschen so im Lauf der Zeit erfunden haben, nun auch noch funktionierten: was wäre das für ein angenehmes Leben –!

*

Langweilig ist noch nicht ernsthaft.

*

Er trug sein Herz in der Hand, und er ruhte nicht, bis sie ihm aus der Hand fraß.

*

Die beste Übersetzung für puella publica, die mir bekannt ist, heißt: Vorfreudenmädchen.

*

Erwarte nichts. Heute: das ist dein Leben.

*

Es gibt Zeiten, wo es für den Schriftsteller, der da wirken will, nicht gut ist zu schreiben. Wo das Geklapper der Schreibmaschine nicht so wichtig ist wie das Tick-Tack des Maschinengewehrs. Doch tackt dieses nur nach, was jene ihm vorgeschrieben hat.

*

Man stelle sich vor, Friedrich Nietzsche wäre gestorben, ohne Angehörige zu hinterlassen. Und man stelle sich vor, Freunde hätten sein Werk in Obhut genommen. Und es käme dann eine Frau gegangen, eine Frau Förster, Lieschen Förster, die sagte: «Ich möchte das Nietzsche-Archiv verwalten!» – Was hätten die Freunde gesagt? Nichts hätten sie gesagt. Man hätte die Achseln gezuckt und geschwiegen; eine arme Person …

Nun aber ist Lieschen die Schwester. Und nun darf sie. Sie darf den Nachlaß Nietzsches, seine Briefe, seine Zettel verwalten und sie verwaltet sie so, wie wir wissen. Genutzt hat es ihr nichts. Nietzsche, der wahre Nietzsche, ist, hauptsächlich durch Andler, bekannt geworden – trotz dieses Archivs.

Aber ist dieses Urheberrecht nicht eine Schande – ein Recht, das geistige Werte wie einen Käseladen vererbt? Es ist eine Schande.

*

Wenn einer einen Tintenklex auf dem Kinn hat und damit ernste Sachen redet, dann färbt die Tinte auf das Ernste ab, und alle seine Argumente werden lächerlich. So kindisch sind wir Menschen.

*

Wenn einer nichts gelernt hat –: dann organisiert er.

Wenn einer aber gar nichts gelernt und nichts zu tun hat –: dann macht er Propaganda.

*

Das wird im nächsten Krieg ein reizvolles Schauspiel sein: die Rotarier-Clubleute der gegnerischen Länder zu sehn, wie sie als gute Patrioten treu zu ihren Fahnen stehn, bedauernde, aber grundsätzliche Erklärungen loslassen, und dennoch – und das tröstet ungemein – auch fürderhin gute Rotarier sein und bleiben werden.

Aber machen das schließlich die Katholiken anders –?

*

Wer lobt, wird selten nach seiner Aktivlegitimation gefragt.

*

Greift einer den Militarismus, eine große Zeitung oder Moskau an, dann wird unter den Schlägen der Verteidigung ein Stöhnen hörbar: «Er hat Gott gelästert!» Vorwurfsvolle Augen klappen zum Himmel auf: Eigentlich brauchten wir uns ja gar nicht zu wehren … denn er hat Gott gelästert.

*

Merk: Wer sich so mit dem Nebel des Mysteriums umgibt, wie alle diese, die es mehr oder minder begabt der katholischen Kirche nachmachen, der zeigt, daß seine Position bei voller Klarheit viel zu fürchten hat.

*

Der Amerikaner hält sich für den ersten Mann der Welt, weil er kein Farbiger ist.

Der Engländer hält sich für den ersten Mann der Welt, weil er Engländer ist.

Der Deutsche hält sich für den ersten Mann der Welt, weil er die Juden und die Franzosen haßt; was er selber ist, weiß er nicht genau.

So verschieden ist es im menschlichen Leben.

Peter Panter, WB 15. 9. 1931

110

Am Telephon

Neulich hat der französische Ministerpräsident den deutschen Reichskanzler antelephoniert, um ihm mitzuteilen, daß er wegen einer Unpäßlichkeit Briands nicht zum ursprünglich vorgesehenen Datum nach Berlin kommen könne. Warum telephonieren eigentlich die europäischen Staatsmänner nicht viel häufiger miteinander –?

Da liegen nun die Hauptstädte Europas, eine von der andern immer nur ein paar Flugstunden entfernt. Und wie verständigen sich die Direktoren der Staatsverbände, die ja trotz allen Geschreis nur einen großen Klub bilden? Sie verständigen sich untereinander in einer Art, gegen die die Trommelpost der Neger eine höchst moderne und hervorragende Sache ist.

Welches Brimborium und welche Feierlichkeit, wenn sie einander etwas zu sagen haben! Da werden Botschafter in Bewegung gesetzt, diese Briefträger der Umständlichkeit, da gibt es Verbalnoten und schriftliche Noten und Konferenzen und ein Getue, das die braven Zeitungen, schmatzend und diese scheinbaren Neuigkeiten mit Wonne schlürfend, berichten. Und man stelle sich vor, die großen Konzerne, die ja an Wichtigtuerei auch nicht grade Schlechtes leisten, gestatteten sich diese Zeitverschwendung!

Das ginge zwischen den Staaten nicht anders? Diese höchst wichtigen und schrecklich geheimen Gespräche zwischen Brüning und MacDonald, zwischen MacDonald und Laval könnten abgehört werden? Aber die Trusts, deren Macht in Europa weit größer ist als die Macht dieser lächerlichen Staaten, telephonieren ja auch, und Gott weiß, daß auch dort der Verrat in allen Bureauzimmern blüht. Und es geht doch. Natürlich wird kein verständiger Mensch erwarten, daß sich die europäischen Staatsmänner am Telephon alles mitteilten, obgleich zum Beispiel eine telephonische Kriegserklärung («Hallo, Sie! – Von morgen ab ist Krieg») höchst reizvoll wäre. Warum telephonieren sie nicht?

Weil sie sich viel zu feierlich nehmen. Weil sie noch immer glauben: England, das sei eine schier religiöse Sache, und Deutschland, das sei ein Heiligtum, und Frankreich, das sei eine Kultstätte. Macht euch doch nicht in die Hosen! Es ginge uns allen viel besser, wenn die Staaten ihre wahre Rolle erkennen wollten. Noch aber leben sie, während einer Epoche, die die Gesättigten gern Frieden zu nennen belieben, in einem latenten Kriegszustand. Welches Theater, wenn einer den andern besucht! Darunter liegen dann Streichholz- und Petroleumgeschäfte sowie die allen gemeinsame Angst, der Arbeiter könne sich eines Tages mit Gewalt seinen Lohn nehmen, den sie ihm heute vorenthalten. Große Oper spielen die Staaten, mit Helden, denen die Strumpfbänder rutschen. Leider eine Oper mit tragischem Ausgang.

Ignaz Wrobel, WB 15. 9. 1931

111

Vom Urlaub zurück

Wenn einer vom Urlaub zurückkommt, dann ist er noch gar nicht da, wenn er da schon da ist. «Na, wie war's?» sagen die andern. «Sie sehn aber schön erholt aus! Gutes Wetter gehabt?» Darauf fängt er an zu erzählen. Wenn er aber Ohren hat, zu hören, so merkt er, daß die Frage eigentlich mehr gesellschaftlicher Natur war – so genau wollen es die andern gar nicht wissen. Und dann bricht er seine Erzählung mit allen ihren Einzelheiten bald ab. Schon deshalb, weil man ja hier keinem klar machen kann, warum die eine Bergtour beim besten Willen nie zu machen war, und daß das ganze Haus so furchtbar über Fräulein Glienicke und über die Ziegen lachen mußte ... davon wissen die hier nichts. Woher sollen sie das auch wissen!

Wenn einer vom Urlaub zurückgekehrt ist, gehört er in den ersten beiden Tagen noch nicht so recht zum Betrieb. Während seiner Abwesenheit haben sich vielerlei kleine Sachen ereignet, von denen er natürlich nicht unterrichtet ist, und so versteht er manche Anspielungen nicht, er weiß nicht, daß Bader nicht mehr bei der Abteilung III b ist, sondern sich mit Koch verkracht hat, er sitzt jetzt in der Wirtschaftsabteilung, und da werden sie ihn vielleicht auch bald herausschmeißen. Das weiß er alles nicht, noch nicht, nicht mehr – und etwas mitleidig wird er informiert. In dem Ton der Zuhausegebliebenen schwingt ein wenig jener Ton mit, den sonst «alte erfahrene Beamte» einem Neuling gegenüber anzuwenden pflegen. In den ersten beiden Tagen geht der Betrieb über den Kopf des Ex-Urlaubers hinweg: die andern wissen alles, er weiß nur die Hälfte. Die da werfen sich die Bälle zu – er fängt sie nicht.

In seinen Gesprächen flackert, also da kannst du nichts machen, immer noch der Urlaub auf. Einmal denkt er: «Heute vor acht Tagen …», aber da klingelt das Telefon, und die Erinnerung zerstiebt. Dann kommt wieder einer vorbei, stellt die üblichen Fragen, und er antwortet. «Danke – nur viel zu kurz! So – Sie gehen jetzt auch auf Urlaub?» Aber das interessiert wieder den ehemaligen Urlauber nicht mehr.

In diesen ersten Tagen geht die Arbeit eigentlich nicht leichter als vor dem Urlaub; sie geht eher etwas schwerer von statten. Die Lungen sind noch voll frischer Luft, der Körper hat noch den Rhythmus des Schwimmens und des Laufens in sich, die Haut fühlt sich in den Stadtkleidern noch nicht wohl, und der Hals nicht im Kragen. Das Auge sieht zum Hof hinaus; wenn man den Kopf dreht, kann man ein Stückchen blauen Himmel sehn. Übrigens ist er heute nicht blau, es regnet. Aber der Regen im Freien, das war doch ganz etwas anderes.

Sitzt er noch fest in seiner Stellung? Er sitzt noch fest. Doch braucht man nur mal auf Urlaub zu gehen, gleich machen sie Dummheiten (Melodie: «Ohne mich geht der ganze Betrieb zu Grunde!»). Das war ja alles sehr schön und gut, da in Riesenhausen an der Dassel, die Bäume haben gerauscht, auf der Veranda haben wir Skat gespielt, aber unterdessen haben die hier … «Müller! Wo sind die A-Belege?» Die Schweinerei hört von heute ab auf; WIR sind wieder da.

Das dauert gut und gern seine drei, vier Tage. Dann haben sich die andern an den Zurückgekehrten gewöhnt; er gehört nun schon wieder dazu, er ist da, er erlebt es alles mit, nichts kittet so aneinander wie gemeinschaftliches Arbeits-Erlebnis. Das kommt gleich nach der Liebe und nach der Gottbehüte Verwandtschaft.

Nach sechs Tagen fragt ihn kein Mensch mehr nach dem Urlaub, nun kommen auch die letzten Sommerurlauber zurück, alle sind wieder da und fangen ganz langsam an, sich auf den nächsten Urlaub zu freuen.

Peter Panter, Voss 17. 9. 1931

112

Der kartellierte Zeisig

Bescheiden trippelnd nähert sich unser **Herr Zeisig** *... wie? also gut, mein Herr Zeisig ... nein, nähert sich unser Herr Zeisig dem* **Bureaudiener** *der Andullje-Aktien-Gesellschaft mit beschränkter Haft auf Aktien. Dem Bureaudiener geht der Hintern mit Grundeis; er weiß nicht, ob die Andullje ihm nicht zum nächsten Termin kündigen wird, ein Termingeschäft, das kein tüchtiger Arbeitspender zu verabsäumen pflegt. Doch fragt er den Zeisig grundeisig nach dessen Begehr und tut dann das, was jeder gut geschulte Bureaudiener überall zu tun hat: er läßt ihn warten.*

Der Zeisig *sitzt im Wartezimmerchen und zimmert und wartet. Auf dem Hof schnattern die Schreibmaschinen; man hört, auch wenn man nicht hinhört, wie sie sagen: «Zuunsermgrößtenleidwesendiesezahlungjetztnichtleisten.»* **Der Zeisig** *nickt – er kennt diese Melodie. Andullje – denkt er. Was ist das überhaupt für ein Name? Er ist hierhergekommen, um etwas zu tun, was Zeisige sonst gar nicht machen: er will einen Fühler ausstrecken. Er möchte hören, ob man nicht willens sei, die Kartell-Satzungen zu mildern – die Preise sind zu hoch! Die Andullje könnte, wenn sie wollte ... Wer ist die Andullje? Das weiß man nicht. Es ist eine Art Gottheit, mit einigen irdischen Vertretern, die sich aber meistens vertreten lassen, zum Schluß bleibt dann bloß noch der Bureaudiener übrig, und der kann nichts dafür. Man nennt das eine Interessen-Gemeinschaft. Die Preise sind viel zu ...* – «Sie möchten reinkommen», *sagt* **der Grundeisdiener,** *und* **der Zeisig** *tut es.*

Hinter seiner Schreibburg residiert **Generaldirektor Klempnerskirch,** *ein eleganter Wirtschaftsführer von circa 46 Jahren, heute ist es ein bißchen fester, sagen wir: 47. Er hebt seine Augenbraue, das bedeutet: «Ah, der Herr Zeisig!» – er läßt sie wieder sinken, das heißt: «Bitte, nehmen Sie einen Stuhl, aber ohne unser Obligo!»* **Der Zeisig** *sitzt.*

Generaldirektor Klempnerskirch: Zu unserm größten Leidwesen, mein lieber Herr Zeisig, müssen wir Sie zum nächsten Ersten entlassen.

Der Zeisig: Iche …

Generaldirektor Klempnerskirch: Entlassen. Die allgemeine Wirtschaftssituation ist für Deutschland derart gelagert, verstehn Sie mich, daß wir wesentliche Rationalisierungsmaßnahmen vorzunehmen uns in die Lage versetzt sehn. Die Lage dauert noch an. Sie werden begreifen, daß es unter diesen Umständen auch für Sie das Beste ist …

Der Zeisig: Ihr …

Generaldirektor Klempnerskirch: Unterbrechen Sie mich nicht. Das Unternehmen kann nur gedeihn, wenn alle unsre Mitarbeiter entlassen sind und daher auch ihrerseits Verständnis für die augenblickliche Situation aufbringen. Unsre Einstellung …

Der Zeisig: Aber …

Generaldirektor Klempnerskirch: Unterbrechen Sie mich nicht. Die Bereinigung der durch die augenblickliche Krise hervorgerufenen Krise zwingt uns, grade von unsern leitenden Angestellten das Vorletzte zu fordern. Das Letzte fordern wir von unsern Arbeitern. Wie lange waren Sie bei uns im Hause?

Der Zeisig: Zehn Minuten.

Generaldirektor Klempnerskirch: Was soll das heißen? Wie lange Sie bei uns angestellt sind …!

Der Zeisig: Gar nicht. Ich bin hierher gekommen, um mit Ihnen wegen der Kartell-Satzungen zu sprechen. Ich bin gar nicht bei Ihnen angestellt, Herr Generaldirektor!

Generaldirektor Klempnerskirch: Entschuldigen Sie mich, mein lieber Herr Zeisig! Wenn ich einen Menschen seh, entlasse ich ihn – ich bin schon derartig in der Übung …! Entschuldigen Sie mich, Sie verstehn: die Krise ist gelagert.

Der Zeisig: Piep. Ich bin also hierhergekommen … es handelt sich um die Satzungen. **Der Zeisig** *gluckst, nimmt allen Mut zusammen, dann heraus*: Die Preise sind zu hoch, Herr Generaldirektor!

Dem **Generaldirektor Klempnerskirch** *fallen die Augen aus dem Kopf; er hebt sie auf und setzt sie wieder ein*. Die Preise sind zu hoch? Ja, was fällt Ihnen denn eigentlich ein? Haben Sie schon mal ein Kartell gesehn, das seine Preise herabsetzt? Immer hoch den Preis –!

Der Zeisig: Herr Generaldirektor – die Kundschaft kauft nicht mehr. Alle meine Abnehmer sagen mir das. Die Leute sind arbeitslos und können nicht kaufen. Das heißt: kaufen können sie schon, aber sie können nicht bezahlen.

Generaldirektor Klempnerskirch: Sollen sie lieber bezahlen; zu kaufen brauchen sie nicht. Da entlassen wir nun und entlassen, und die Leute wollen immer noch nicht kaufen! Das kann nur börsentechnische Gründe haben.

Der Zeisig: Steuertechnische vielleicht ...?

Generaldirektor Klempnerskirch: Alles in Deutschland hat steuertechnische Gründe. Lieber Freund, wenn es nach mir ginge, würde ich noch hundert Leute engagieren, damit ich sie am nächsten Ersten entlassen kann. Das wäre gesunde Wirtschaftspolitik! Was wir zum Aufbau brauchen, ist der Abbau – daran ist kein Zweifel. Und da kommen Sie mir mit zu hohen Preisen. *Ein Kopf steckt sich zur Tür herein.* **Der Generaldirektor** *wird seiner ansichtig und brüllt*: Sie sind entlassen! *Der entlassene Kopf verschwindet.* Kurz und gut, mein lieber Zeisig: es ist nicht daran zu denken. Es sei denn ...

Der Zeisig: Es sei denn ...?

Generaldirektor Klempnerskirch: Es sei denn, die Regierung entschlösse sich, die Löhne abzuschaffen. Dann könnte man eventuell daran denken, von einer Heraufsetzung der Kartellpreise abzusehn. Aber solange das nicht geschieht, bleiben wir fest, wir und unsre Preise. Merken Sie sich: es kommt nicht darauf an, daß unsre Waren gekauft werden, es kommt darauf an, daß sie hergestellt werden!

Der Zeisig: Sehr wohl.

Generaldirektor Klempnerskirch: Sie kennen die Grundsätze unsres Kartells: man muß vor allem die Unkosten vermindern. Löhne sind Unkosten. Also. Traurig genug, daß wir überhaupt Arbeiter brauchen! Wissen Sie, was Deutschland werden muß?

Der Zeisig: Bitte?

Generaldirektor Klempnerskirch: Exportfähig muß es werden. Am besten, man exportierte das ganze Land – das Geschäft möchte ich machen. Was meinen Sie dazu?

Der Zeisig: Piep.

Generaldirektor Klempnerskirch: Warum sagen Sie in einemfort Piep, Menschenskind?

Der Zeisig: Ich war früher ein Vogel, Herr Generaldirektor.

Generaldirektor Klempnerskirch: Sie haben einen –! Kommen Sie mir nicht mit Phantastik, Herr – wenn ich das will, lese ich unsre Geschäftsberichte. Was ist –? *Das bezieht sich auf* **Fräulein Wagenmitte**, *die Privatsekretärin des Generaldirektors. Draußen hat sie soeben einen Teil ihres kärglichen Gehalts, nicht immer geschlossenen Mundes, verzehrt, und dann hat sie sich die Lippen nachgezogen, weil sie etwas Bessres ist, nein, sie ist etwas Bessres, weil sie sich die Lippen nachzieht, und dann ist sie hereingegangen, ein bißchen stören. Sie tuschelt, das hat der Generaldirektor gern.*

Die Wagenmitte: Puschpusch – huschelhuschel – tuscheltuschel …

Der Zeisig *denkt mit dem Solarplexus*: Ob man mal mit der …? Wenn man mal mit der …?

Generaldirektor Klempnerskirch: Schön. Tschuldigen einen Moment, Herr … Herr Zeisig. Bitte schreiben Sie, Frollein. Ähm – an die Zeudag, Magdeburg und so weiter … Innä … Inbeantwortungihreswertenschreibensvomneulichen … Ihnen mit, daß wir eventuell geneigt sind – mm – Ihnen drei Waggon gegen prima … äh … Zeisig, kennen Sie die Liechtensteiner Holding-Gesellschaft?

Der Zeisig, *dessen Gedanken grade der Wagenmitte ganz leise das Hemd hochgehoben haben*: Holding-Gesellschaft?

Generaldirektor Klempnerskirch: Früher eine Dachgesellschaft, jetzt im Keller. Gute Leute; in Deutschland total pleite, also vertrauenswürdig. Kennen Sie nicht? Schreiben Sie, Fräulein Wagenmitte: wir geben nicht. Ich ziehe alles zurück. Nein. Doch nicht. Ja. Doch. Nein. Schreiben Sie: die Andullje liefert, und zwar prompt, und zwar die gewünschten Rohseiden … ich diktiere Ihnen das nachher.

Wie der Generaldirektor «Rohseiden» sagt, fühlt **die Wagenmitte**, *daß sie im rechten Strumpf ein Loch hat, der Fuß klebt an einer Stelle. Merkwürdig, denkt sie, wer wohl heute Rohseide kaufen kann … Sie entschwindet.*

Generaldirektor Klempnerskirch: *sieht ihr nach und sagt*:

Müßte man auch entlassen. Also, lieber Zeisig – der langen Rede kurzer Sinn: die Preise sind unantastbar. Erst die Regierung – dann wir. Vorleistungen gibt es hier nicht! Wir können nicht. Wir müßten Steuern bezahlen; wir hätten unsre Löhne voll ausbezahlen sollen; wir sollten unsre Gläubiger befriedigen –: also haben wir kein Geld. Und Hitler will auch leben. Waren Sie beim Volksentscheid?

Der Zeisig: Ehüm. Nein.

Generaldirektor Klempnerskirch: Sehr unrecht. Das haben wir finanziert, und Sie gehn nicht hin! Hitler ... der ist aus dem Stroh, aus dem die großen Leute gedroschen werden! Wir haben ihn finanziert – das lenkt ab und ist mal auf alle Fälle gut. Hic Rhodus – hic Domino! Sonst finanzieren wir gar nichts. Denn das erste, was ein tüchtiger Geschäftsmann in jeder Krise zu tun hat, ist: Geld anhalten. Nicht auszahlen. Das ist das einzig wahre. Ich habe mein Geld nicht gestohlen. Meine Arbeiter haben es ehrlich verdient. Preise herabsetzen! Bei dem Diskont?

Der Zeisig: Schließlich haben die Banken ja vorher verdient. Der Absatz ...

Generaldirektor Klempnerskirch: Lieber Freund, wir haben von den guten Zeiten profitiert, jetzt sollen die andern auch von den schlechten profitieren. Absatz! Absatz! Die Industrie hat Dreck am Absatz. Verstehn Sie mich! Die Preise bleiben. Ein Mann – ein Wort. Zwei Männer – vier Wörter. n Augenblick mal! *n Augenblick mal ist eine magische Formel:* **der Generaldirektor** *sagt es nicht etwa zum Telephon, das geschnarrt hat, weil es zu heiser ist, zu klingeln; er sagt es zum Besucher, der ja nicht klingeln kann. Und telephoniert ausgiebig.* **Der Zeisig** *freut sich, wie schön rechteckig der Plafond gebaut ist. Als er sich genug gefreut hat, fängt* **Generaldirektor Klempnerskirch** *das Gespräch erst richtig an.* **Dem Zeisig** *wird der Plafond langsam oval. Auch schmerzen ihn beim Sitzen seine Hämorrhoiden, die so lästig sind, weil sie kein Mensch richtig schreiben kann. Nun ist der Kirchenklempner so weit.*

Generaldirektor Klempnerskirch: Sie kommen mir grade so vor wie der Mann, der da vorhin auf Ihrem Stuhl gesessen hat. Sagt der Mann, einer von der Plavag, zu mir, ob ich nicht mein Geld in seine Fabrik stecken will! Ich? Mein Geld? Ich bin doch kein Spieler! Ich trage die Verantwortung, da brauch ich doch nicht noch mein Geld zu riskieren! **Der Zeisig** *flattert schwach, doch* der **Generaldirektor** *macht Husch und fährt fort*: Wir brauchen höhere Preise, damit wir billiger herstellen können! Das begreift doch ein Kind! Wir brauchen teure Inlandspreise, weil wir billige Exportpreise haben müssen! Und hohe Zölle, natürlich – damit das Land nicht von fremden Waren überschwemmt wird!

Der Zeisig: Ich bin ruiniert!

Generaldirektor Klempnerskirch: Da kann man nur gratulieren!

Der Zeisig: Was soll ich tun?

Generaldirektor Klempnerskirch: Verschaffen Sie sich eine Geschäftsaufsicht und markieren Sie da den starken Mann, das kann der schwächste! **Der Zeisig** *will etwas piepen, aber der Generaldirektor läßt ihn kein Ei legen.* Und ich sage Ihnen – ich gehe von dem Standpunkt aus: wer nicht ißt, braucht auch nicht zu arbeiten! Wir haben hier, verstehn Sie mich, das Risiko getragen, verstehn Sie mich; wir haben das Risiko getragen, ich habe das Risiko getragen, bis nach der Schweiz hab ich es getragen, und die Anktankte-Staaten sind verpflichtet, verstehn Sie mich, Deutschland Geld zu geben, sonst geht es unter, und jene mit uns! Brüning wirds schaffen, da gibts an der Börse nur eine Stimme, und wenn die Börse was sagt, dann können Sie Gift drauf nehmen; es ist sowieso das einzige, was Ihnen dann noch übrig bleibt.

Der Zeisig: Ist das Ihr letztes Wort?

Generaldirektor Klempnerskirch *hat sich aufgerichtet, ein wenig schräg, die Unterarme sind auf die Sessellehne gestützt, die Faust ist schwach geballt*: Wenn Sie vielleicht glauben, daß sich jemals ein deutscher Industrieller so albern benimmt, wie mich der Herr Hauser hier schildert, da irren Sie sich! Lesen Sie unsre Syndikatsbeschlüsse nach! Wir sind das Mark, was! wir sind die Rükkenmärker der deutschen Wirtschaft! Herr Zeisig, ich habe Ihnen nur noch das eine zu sagen, was ich seit Monaten allen Leuten sage: Herr Zeisig, Sie sind entlassen –! **Herr Zeisig** *riskiert eine zahme Verbeugung, die unbeachtet bleibt, und entflattert. Drau-*

ßen fällt er beinah über **die Wagenmitte**, *die ihn entrüstet von sich abstaubt.*

Auf der Straße vor der riesigen Zwingburg der Andullje steht **der Zeisig** *und will über den Damm hüpfen. Was müßte man mit diesen Kerlen machen? denkt er. Da naht ein Wagen und fährt ihn beinah um und um. Es ist ein grüner Wagen.* **Der Zeisig** *sieht ihm gedankenvoll nach. Wenn Sie sich beeilen, können Sie ihn noch stehn sehn –: Tauben- und Jägerstraßen-Ecke.*

Kaspar Hauser, WB 22. 9. 1931

113

Goethe-Jahr 1932

Nächstes Jahr, da werden wir was erleben!
So im März, April und Mai:
Goethe hundert Jahre tot! Das wird was geben!
  Wär es schon vorbei –!

Richtig, Joethe!
        Hundert Philologen wälzen
Briefe, Werke, Bilder im Archiv.
Und schon seh ich Wolfgang Goetzen stelzen
durch die Fölljetöner lang und tief.

Richtig, Joethe!
        Spitzen der Behörden
weihen ölig quasselnd etwas ein.
Und die Spitzen der Behörden wörden
alle voll von Faust-Zitaten sein –
  richtig, Joethe!

Und es wimmelt von Bezüglichkeiten:
«Goethe und ...» so tönt es immerzu.
Auf den bunten Marken muß er schreiten,
Und dann sagen alle zu ihm Du!

Böte, Kröte, Nöte, Röte, Flöte …
wochenlang reimt alles sich auf Goethe.
Dann verstummen Prosa und Sonett.
Von den deutschen Angestellten-Massen
hat man keinen weniger entlassen.
Klassiker sind nur fürs Bücherbrett.

Nächstes Jahr, da kannst du was erleben!
So im März, April und Mai …
Lieben Freunde, das wird etwas geben!
Wär es schon vorbei –!

Theobald Tiger, WB 22. 9. 1931

114

Eines aber

möchten wir in absehbarer Zeit gewiß nicht hören: das jammervolle Geächz der aus der Regierung herausgeworfenen Sozialdemokraten, weil man sie dann grade so behandeln wird, wie sie heute den Reaktionären helfen, die Arbeiter zu behandeln.

Eines Tages wird es soweit sein. Die furchtbare Drohung, sich nunmehr bald an die frische Luft zu verfügen, wird von der Partei wahrgemacht werden, wahrscheinlich eine halbe Minute, bevor man sie auch in aller Förmlichkeit bitten wird, den Tempel zu räumen. Und dann wird sich die Führung besinnen: Jetzt sind wir in der Opposition. Mit einem großen O. Wie macht man doch das gleich …?

Da werden sie dann die Mottenkisten aufmachen, in denen – ach, ist das lange her! – die guten, alten Revolutionsjacken modern, so lange nicht getragen, so lange nicht gebraucht! Werden ihnen zu eng geworden sein. Und dann frisch als Sansculotten maskiert, vor auf die Szene. «Die Partei protestiert auf das nachdrücklichste gegen die Gewaltmaßnahmen …» Herunter! Abtreten! Faule Äpfel! Schluß! Schluß!

Die werden sich wundern. Und sie werden keinen schönen Anblick bieten. Denn nichts ist schrecklicher als eine zu jedem Kompromiß bereite Partei, die plötzlich Unnachgiebigkeit markieren soll. Millionen ihrer Anhänger sind das gar nicht mehr gewöhnt; die Gewerkschaftsbureaukratie auch nicht, für die uns allerdings nicht bange ist: es findet sich da immer noch ein Unterkommen. Wären die Stahlhelm-Industriellen nicht so maßlos unintelligent – sie könnten sich das Leben mit denen da schon heute wesentlich leichter machen. Sie werden es sich leicht machen.

Alles gut und schön. Aber erzählt uns ja nichts von: Recht auf die Straße; Polizeiwillkür; Verfassung; Freiheit ... erzählt sonst alles, was ihr lustig seid. Aber dieses eine jemals wieder zu sagen –: das habt ihr verscherzt.

Ignaz Wrobel, WB 22. 9. 1931

115

Theobald Tiger

freut sich, daß ein Nazi-Papier einmal ordentlich hereingefallen ist.

Die Nr. 159 des 2. Jahrganges der düsseldorfer ‹Volksparole› vom 27. August enthält ein Gedicht ‹Die Ortskrankenkasse›. Dieses Gedicht ist gestohlen: es stand hier in der ‹Weltbühne› am 3. Juni 1930. Der neue Verfasser nennt sich mit Recht «Schloch». Wahrscheinlich heißt er mit Vornamen auch Adolf.

Oder hat sich jemand mit den Schriftgelehrten einen Scherz erlaubt? Dazu gehört freilich nicht viel, mit denen etwas zu tun, was sie gewohnt sind: sie anzuführen.

Jetzt wollen wir einmal sehn, ob diese deutschen Mannen so viel Ehrlichkeit und Anständigkeit besitzen, zuzugeben, daß sie geklaut haben. Und noch dazu bei dem freundlich feixenden

Theobald Tiger

Theobald Tiger, WB 22. 9. 1931

116

Romanwürfel

Man löse den Bouillon-Extrakt in zwei Liter Wasser auf, und man hat –

Der Page von Hochburgund. Mit heißem Kopf in dem kleinen Mädchenzimmer auswendig gelernt, ich bin der Page von Hochburgund und trage der Königin Schleppe – schönes Gedicht. Viel, viel schöner als das Gedicht aber war das Kostüm – ein Gedicht von einem Kostüm! Trude hat auch gesagt: Beinah unanständig, aber das hat sie bloß gesagt, weil sie neidisch war; sie durfte ja auch auf den Ball gehen, aber ihre Mama hat ihr bloß so ein murksiges Kostüm zusammengenäht, Marketenderin, nichts Halbes und nichts Ganzes. Ich bin der Page von Hochburgund. Beinah, beinah fiel alles ins Wasser … Krach mit Papa, der in diesen Tagen besonders schlechter Laune war, aber man war doch schließlich kein Schulmädchen mehr …! Besänftigt, liebes Papachen, um den Hals gefallen, abends Ball.

Erst fiel er einem gar nicht auf. Ein guter Tänzer, aber da waren so viele gute Tänzer … Und dann eben doch. Weißt du noch: ich bin beinah mit dem Glas Zitronenlimonade hingefallen, und du hast mich aufgefangen, was hast du gesagt? Ja. «Wenn das deine Königin sieht!» Du hast du gleich gesagt, du warst immer so unverschämt. So begann es.

Der erste Kuß hinter der großen Palme, rechts im Saal. Nachher nichts mehr möglich, weil mit Papa und Mama nach Hause gefahren. Im Auto fast nichts gesprochen … «Was hast du denn? Hast du dich denn nicht gut amüsiert? Wer war denn der große Blonde, mit dem du immer getanzt hast?» Diese Fragen …!

Dann eben das. Es hat sich aber nicht lange gezogen, dann gleich geheiratet. Schwer, Papa begreiflich zu machen, oder eben nicht begreiflich zu machen, daß man heiraten *mußte*, weißt du noch? Ging aber alles gut. Das Kind kam zwei Monate zu früh, fiel gar nicht auf. Dann kam der Krieg.

Flieger natürlich. So ein strammer Junge. Und dann allein zu Hause sitzen, mit der Tochter, dann mit Brotkarten, dann die

Angst, die Angst …! Hundertmal im Tage zum Briefkasten gelaufen, ob nicht … Nichts. Man war schon froh, wenn kein Telegramm da war. Dann Postsperre. Dann: er. Er und doch nicht er, aber immerhin: er. Welche hitzigen Urlaube! Zwei Kinder: noch eine Tochter und dann ein Sohn. Dann die Niederlage.

Ich bin der Page von Hochburgund. 1919, an einem bösen Winterabend, wo die letzten Kohlen spärliche Wärme gaben, das Eintrittsbillett zum Ball gemeinsam angesehen. Wo ist das jetzt –? Das ist verloren, wie so vieles andere auch. Ach, Erinnerungen … Dann böse Jahre – er stellungslos, kein Geld, Augenblicksverdienste … dann eine Stellung. Nach Kartoffeln anstehen, Inflation, Börsenkurs; kein Wetter mehr, kein Sonnenaufgang, keine Dämmerung, nur noch Dollarkurse und trage der Königin Schleppe.

Immer nur ein einziger Mann in meinem Leben. Eben doch nicht. Warum, warum! Weil … also wenn ich es genau überlege … ein Schwein. Zugegeben. Aber damals nicht. Er war klein, braun und beweglich, so beweglich. Ganz anders. Ganz anders – das wird es wohl gewesen sein. Ja, das war es wohl: er war eben anders. Ich bin der Page … du lieber Gott, wenn du alles, aber auch jede nur mögliche Bewegung von einem Mann auswendig kennst, dann kennst du ihn eben, wie? Ja. Man versteht es selber nicht, wie das möglich ist: erst geliebt, geliebt, mit allen Herzschlägen, und nun gleichgültig wie ein alter Stuhl. Die Kinder – ja, die Kinder, gewiß. Aber er? Gleichgültig wie ein alter Stuhl. «Du bist so komisch, komisch, heute, Maria …» – «Na ja, ich bin eben komisch.» Auf dem Leibe brannten noch die Küsse des andern. Die Kinder schwankten, eine Tochter hielt zum Vater, der Sohn und die andere Tochter zu ihr. Und dann kam die Geschichte mit der Erbschaft.

Seine Mutter war gestorben. Nun war ja zu erwarten, daß Alfred, sein Bruder, Schwierigkeiten machen würde, er war der verhätschelte Lieblingssohn der Alten gewesen, das hatte alle schon immer geärgert. Aber daß er so etwas aufstellen würde, das hätte doch keiner für möglich gehalten. Wegen jedes Tellers machte er einen Spektakel – es war einfach ekelhaft. Und ihr Mann war nicht energisch genug; er war nicht beweglich genug, er war zu stur, er hätte beweglicher sein müssen. So beweglich wie … ja. Gegenerklärungen, scheinbar wegen der paar alten Löffel und der Schlafzimmervorhänge – aber in Wahrheit ging es um das Blut: solch ein Haß wie der zwischen Verwandten! Dann, mitten im Prozeß, wo sie als Zeugin geladen war, der freche Anwurf, vor allen Leuten: «Deine Frau betrügt dich!» Bumm.

Verweint, allein, fallen gelassen, in einem kleinen Pensionsstübchen. Ich bin der Page von Hochburgund. Die Kinder nicht mehr gesehen. Der Braune, leider keine Zeit, verreist, auf Reisen, immer auf Reisen, schreibt nichtssagende Briefe. Die Liebe wie erloschen. Trude wiedergesehen – glücklich verheiratet, gradezu protzig glücklich; ihre Kinder gezeigt, ihren Kleiderschrank – nachher zu Hause viel geweint. Weißt du noch? hat Trude gefragt. Man wollte nichts mehr wissen. Man wollte vergessen. Man hat vergessen.

Alfred hat den Mann wegen Meineid denunziert; Verfahren. Kein Funke von Mitgefühl. Kopfschüttelnd die alte Liebe überdacht: wie ist so etwas möglich, wie ist so etwas möglich! Es war doch einmal. Ja, es war einmal. Aber nun ist da nichts mehr.
Kümmerliche Arbeit im Büro. Es geht, es geht. Natürlich geht es, man hat ja Energie. Freundliche Beziehungen zu einem Arzt, aber er traut sich nicht so recht, und nun das Ganze noch einmal? Noch einmal: erste Liebestage, scheuer Kuß, heißer Kuß, Zusammengehen und Zusammenbleiben – noch einmal? Die Kraft langt nicht mehr. Einmal im Spaß gesagt: «Können Sie mir eigentlich Veronal geben – man weiß nie, wozu das gut ist …!» Er hat ganz erschrockene Augen gemacht. Gleichgültig gelesen, daß das Meineidsverfahren eingestellt ist. Möge es. Das ist vorbei. Krähenfüße um die Augen. Eine nicht mehr ganz junge, etwas dickliche Frau … «Warum heiratet die eigentlich nicht? Sie ist doch geschieden.» Vom Mann, ja. Von der Welt auch. Keiner weiß, wieviel Mut in dieser sauber fortgeführten Existenz steckt, wieviel Anständigkeit, wieviel stille Größe. Ich bin der Page von Hochburgund und trage der Königin –
und man hat eine nahrhafte, anregende und bekömmliche Suppe.

Peter Panter, Voss 24. 9. 1931

117

Ein Ehepaar erzählt einen Witz

«Herr Panter, wir haben gestern einen so reizenden Witz gehört, den *müssen* wir Ihnen ... also den *muß* ich Ihnen erzählen. Mein Mann kannte ihn schon ... aber er ist zu reizend. Also passen Sie auf.

Ein Mann, Walter, streu nicht den Tabak auf den Teppich, da! Streust ja den ganzen Tabak auf den Teppich, also ein Mann, nein, ein Wanderer verirrt sich im Gebirge. Also der geht im Gebirge und verirrt sich, in den Alpen. Was? In den Dolomiten, also nicht in den Alpen, ist ja ganz egal. Also er geht da durch die Nacht, und da sieht er ein Licht, und er geht grade auf das Licht zu ... laß mich doch erzählen! das gehört dazu! ... geht drauf zu, und da ist eine Hütte, da wohnen zwei Bauersleute drin. Ein Bauer und eine Bauersfrau. Der Bauer ist alt, und sie ist jung und hübsch, ja, sie ist jung. Die liegen schon im Bett. Nein, die liegen noch nicht im Bett ...»

«Meine Frau kann keine Witze erzählen. Laß mich mal. Du kannst nachher sagen, ob's richtig war. Also nun werde ich Ihnen das mal erzählen.

Also, ein Mann wandert durch die Dolomiten und verirrt sich. Da kommt er – du machst einen ganz verwirrt, so ist der Witz gar nicht! Der Witz ist ganz anders. In den Dolomiten, so ist das! In den Dolomiten wohnt ein alter Bauer mit seiner jungen Frau. Und die haben gar nichts mehr zu essen; bis zum nächsten Markttag haben sie bloß noch eine Konservenbüchse mit Rindfleisch. Und die sparen sie sich auf. Und da kommt ... wieso? Das ist ganz richtig! Sei mal still ..., da kommt in der Nacht ein Wandersmann, also da klopft es an die Tür, da steht ein Mann, der hat sich verirrt, und der bittet um Nachtquartier. Nun haben die aber gar kein Quartier, das heißt, sie haben nur ein Bett, da schlafen sie zu zweit drin. Wie? Trude, das ist doch Unsinn ... Das kann sehr nett sein!»

«Na, ich könnte das nicht. Immer da einen, der – im Schlaf strampelt ..., also ich könnte das nicht!»

«Sollst du ja auch gar nicht. Unterbrich mich nicht immer.»

«Du sagst doch, das wär nett. Ich finde das nicht nett.»

«Also …»

«Walter! Die Asche! Kannst du denn nicht den Aschbecher nehmen?»

«Also … der Wanderer steht da nun in der Hütte, er trieft vor Regen, und er möchte doch da schlafen. Und da sagt ihm der Bauer, er kann ja in dem Bett schlafen, mit der Frau.»

«Nein, so war das nicht. Walter, du erzählst es ganz falsch! Dazwischen, zwischen ihm und der Frau – also der Wanderer in der Mitte!»

«Meinetwegen in der Mitte. Das ist doch ganz egal.»

«Das ist gar nicht egal … der ganze Witz beruht ja darauf.»

«Der Witz beruht doch nicht darauf, wo der Mann schläft!»

«Natürlich beruht er darauf! Wie soll denn Herr Panter den Witz so verstehen … laß mich mal – ich werd ihn mal erzählen! – Also der Mann schläft, verstehen Sie, zwischen dem alten Bauer und seiner Frau. Und draußen gewittert es. Laß mich doch mal!»

«Sie erzählt ihn ganz falsch. Es gewittert erst gar nicht, sondern die schlafen friedlich ein. Plötzlich wacht der Bauer auf und sagt zu seiner Frau – Trude, geh mal ans Telefon, es klingelt. – Nein, also das sagt er natürlich nicht … Der Bauer sagt zu seiner Frau … Wer ist da? Wer ist am Telefon? Sag' ihm, er soll später noch mal anrufen – jetzt haben wir keine Zeit! Ja. Nein. Ja. Häng' ab! Häng' doch ab!»

«Hat er Ihnen den Witz schon zu Ende erzählt? Nein, noch nicht? Na, erzähl' doch!»

«Da sagt der Bauer: Ich muß mal raus, nach den Ziegen sehn – mir ist so, als hätten die sich losgemacht, und dann haben wir morgen keine Milch! Ich will mal sehn, ob die Stalltür auch gut zugeschlossen ist.»

«Walter, entschuldige, wenn ich unterbreche, aber Paul sagt, nachher kann er nicht anrufen, er ruft erst abends an.»

«Gut, abends. Also der Bauer – nehmen Sie doch noch ein bißchen Kaffee! – Also der Bauer geht raus, und kaum ist er rausgegangen, da stupst die junge Frau …»

«Ganz falsch. Total falsch. Doch nicht das erstemal! Er geht raus, aber sie stupst erst beim drittenmal – der Bauer geht nämlich dreimal raus – das fand ich so furchtbar komisch! Laß mich mal! Also der Bauer geht raus, nach der Ziege sehn, und die Ziege ist da, und er kommt wieder rein.»

«Falsch. Er bleibt ganz lange draußen. Inzwischen sagt die junge Frau zu dem Wanderer –»

«Gar nichts sagt sie. Der Bauer kommt rein ...»

«Erst kommt er nicht rein!»

«Also ... der Bauer kommt rein, und wie er eine Weile schläft, da fährt er plötzlich aus dem Schlaf hoch und sagt: Ich muß doch noch mal nach der Ziege sehen – und geht wieder raus.»

«Du hast ja ganz vergessen, zu erzählen, daß der Wanderer furchtbaren Hunger hat!»

«Ja. Der Wanderer hat vorher beim Abendbrot gesagt, er hat so furchtbaren Hunger, und da haben die gesagt, ein bißchen Käse wäre noch da ...»

«Und Milch!»

«Und Milch, und es wär auch noch etwas Fleischkonserve da, aber die könnten sie ihm nicht geben, weil die eben bis zum nächsten Markttag reichen muß. Und dann sind sie zu Bett gegangen.»

«Und wie nun der Bauer draußen ist, da stupst sie den, also da stupst die Frau den Wanderer in die Seite und sagt: Na ...»

«Keine Spur! Aber keine Spur! Walter, das ist doch falsch! Sie sagt doch nicht: Na ...!»

«Natürlich sagt sie: Na ...! Was soll sie denn sagen?»

«Sie sagt: Jetzt wäre so eine Gelegenheit ...»

«Sie sagt im Gegenteil: Na ... und stupst den Wandersmann in die Seite ...»

«Du verdirbst aber wirklich jeden Witz, Walter!»

«Das ist großartig! Ich verderbe jeden Witz? *Du* verdirbst jeden Witz – ich verderbe doch nicht jeden Witz! Da sagt die Frau ...»

«Jetzt laß *mich* mal den Witz erzählen! Du verkorkst ja die Pointe ...!»

«Also jetzt mach mich nicht böse, Trude! Wenn ich einen Witz anfange, will ich ihn auch zu Ende erzählen ...»

«Du hast ihn ja gar nicht angefangen ... *ich* habe ihn angefangen!» – «Das ist ganz egal – jedenfalls will ich die Geschichte zu Ende erzählen; denn du kannst keine Geschichten erzählen, wenigstens nicht richtig!» – «Und ich erzähle eben meine Geschichten nach meiner Art und nicht nach deiner, und wenn es dir nicht paßt, dann mußt du eben nicht zuhören …!» – «Ich will auch gar nicht zuhören … ich will sie zu Ende erzählen – und zwar so, daß Herr Panter einen Genuß von der Geschichte hat!» – «Wenn du vielleicht glaubst, daß es ein Genuß ist, dir zuzuhören …» – «Trude!» – «Nun sagen Sie, Herr Panter – ist das auszuhalten! Und so nervös ist er schon die ganze Woche … ich habe …» – «Du bist …» – «Deine Unbeherrschtheit …» – «Gleich wird sie sagen: Komplexe! Deine Mutter nennt das einfach schlechte Erziehung …» – «Meine Kinderstube …!» – «Wer hat denn die Sache beim Anwalt rückgängig gemacht? Wer denn? Ich vielleicht? Du! Du hast gebeten, daß die Scheidung nicht …» – «Lüge!» – Bumm: Türgeknall rechts. Bumm: Türgeknall links.

Jetzt sitze ich da mit dem halben Witz.

Was hat der Mann zu der jungen Bauersfrau gesagt?

Peter Panter, Voss 29. 9. 1931

118

Sigilla Veri

Aus dem Antisemitismus kann erst etwas richtiges werden, wenn ihn ein Jude in die Hand nimmt.

Roda Roda

So um die zehnte Abendstunde, wenn die Luft in den Kneipen schon etwas dick geworden ist und der Alkohol die Gehirntätigkeit verlangsamt hat; um die zehnte Abendstunde, wenn die Stammtischrunden der alten Majore, der Tierärzte, Studienräte und Bergassessoren in mystischer Gelähmtheit dumpf hinter ihren Gläsern hocken –: da bringt der deutsche Mann das Gespräch gern auf die Juden.

Schwer setzt der aufrechte Trinker sein Glas vor sich hin, wischt sich den Bart, putzt den Kneifer und spricht: «Daran sind meines Erachtens nach nur die Juden schuld!» – «Wahr, wahr …» murmelt es um den Tisch, und auch Frieda, die Kellnerin, und Heinrich, der Herr Ober, nicken. Und der Oberbergrat fährt fort: «Meine Herren, schon im Jahre 1677 …» Woher weiß er das –?

Es gibt eine Stammtisch-Wissenschaft, die gilt nur von abends um halb neun bis um dreiviertel zwölf. Am Tage haben die Leute alles vergessen: Daten, Namen, Büchertitel und den Rest. Aber eines ist ihnen geblieben: das Bewußtsein, daß die Juden schuld sind.

Nun aber ist, um diesen Wissenslücken abzuhelfen, gegen die Radfahrer endlich das große und schöne Werk erschienen, dessen wir so lange entraten haben:

Sigilla Veri
(Ph. Staufs Semi-Kürschner)

Lexikon der Juden, -Genossen und -Gegner aller Zeiten und Zonen, insbesondere Deutschlands, der Lehren, Gebräuche, Kunstgriffe und Statistiken der Juden sowie ihrer Gaunersprache, Trugnamen, Geheimbünde etcetera.

Unter Mitwirkung gelehrter Männer und Frauen aller in Betracht kommenden Länder im Auftrage der «Weltliga gegen die Lüge» in Verbindung mit der «Alliance chrétienne arienne».

U. Bodung-Verlag.

Das hat mir schon lange gefehlt. Denken Sie doch nur –!

Was die Kunstgriffe der Juden angeht, so benötige ich deren Kenntnis wie das liebe Brot – das wilde Volk der Verleger und der Filmleute macht unsereinem das Leben nicht leicht. Und die Gaunersprache? «Requisition» statt Diebstahl? – Und die Trugnamen? «Lindström»? – Und die Geheimbünde? Es muß sehr interessant sein.

Doch ist es nicht ganz leicht, das Buch zu erhalten. Ich habe bisher nur den Prospekt mit den Probeseiten bekommen.

Bedingungen, gleichzeitig Bestellschein:

2. Ich bin nichtjüdischer Herkunft und mit Juden weder versippt noch verschwägert.

4. Ich erkläre ehrenwörtlich, daß ich nicht von dritter Seite aus als Käufer-Strohmann vorgeschoben bin.
5. Ich verpflichte mich
   c) alle Stellen, in denen eine Beleidigung gefunden oder gesucht werden könnte, dem Verlage zwecks Ausmerzung mitzuteilen. Der Verlag legt Wert darauf, sachliche wissenschaftliche Aufklärung zu bringen …

Die sieht so aus:

> Carbe, geb. Cohn, Dr., Gerichtsassessor, Neffe des Dr. h.c. Ru. Mosse, Erbe des ‹B.T.› Berlin. Ihm wurde das populäre Gedicht ‹Haben Sie nicht den kleinen Cohn gesehn?› auf den Leib geschrieben, er erhielt dann 1917 vom preuß. Min. des Innern durch den guten Freund des Hauses Mosse, Ministerialdirektor Freund, den neuen Namen: Carbe.

Wenn ich den Verlag darauf aufmerksam machen darf: in diesem Abschnitt sind zwei Unrichtigkeiten enthalten, aber die muß er sich schon allein heraussuchen. Gegen ein Freiexemplar des Werkes bin ich bereit, ihm zu sagen, wer in Wahrheit der kleine Cohn gewesen ist. Herr Carbe war es nicht. Goebbels auch nicht.

Ein Frei-Exemplar? Der Verlag wird sich hüten; so hoch bemißt er den Wert dieser Mitteilung nicht. Denn sein Werk ist teuer, so teuer, als wäre es echt jüdisches Produkt. Das sechsbändige Lexikon kostet im Buchhandel pro Band 70 RM.; der Subskriptionspreis ist, je nach der Zahlungsweise, 50 RM. pro Band, oder 46 RM., bis herunter zu 35 RM., heißt ein Geschäft.

Die Probeseiten des Prospekts haben es in sich.

Einstein zum Beispiel, dem ein eignes Kapitel gewidmet ist, hat ebenso wie Soldner den Faktor 2 vergessen; da staunen Sie. Was das heißt? Ich habe keine Ahnung, der Leser aber auch nicht; es ist die typische Stammtischwissenschaft, aus Zeitungsausschnitten zusammengesetzt, aus Büchern hervorgekramte Details, und auf alle Fälle – Ober, noch ein Halbes! – hat der Einstein mal Unrecht.

Über Magnus Hirschfeld: «Wenn man nun erwägt, daß das Laster in dem stark mischrassigen, von Abkömmlingen spanischer Juden förmlich wimmelnden Holland von jeher verbreitet war, und daß dort Personen jeden Standes und Alters gewohnheitsmäßig die gemeinsten Ausdrücke im Munde führen, so ist dem Holländer durch die Propaganda des Wissenschaftlich-Humanitären Comités die Möglichkeit gegeben, das orientalische Laster in seinem Lande ‹wissenschaftlich gestützt› auf ‹deutsche› Einflüsse zur Schädigung des deutschen Ansehens zurückzuführen, um dadurch zugleich die Juden und Mischlinge, die es doch in den arischen Ländern verbreitet haben, zu entlasten.»

Über Knigge, der gesagt hat, daß es weder für den Denker noch für den Menschenfreund einen Unterschied zwischen Juden und Christen gibt, welches Diktum offenbar aus dem Zusammenhang gerissen ist: «Dieser Satz ist völlig frei aus dem Handgelenk geschüttelt».

Zwei volle Probeseiten über den «Kulturbolschewismus» – das ist bekanntlich alles, was einem nicht paßt, wie ja denn der Antisemitismus der Sozialismus der Dummen ist.

Schöne Probeseite über Kutisker, Iwan – die über den Pastor Craemer und den Devaheim-Skandal ist offenbar noch nicht fertig.

Kurz: Stammtisch.

Antisemitismus ... Herrschaften, warum engagiert ihr nicht mich! Für 67,50 Mark monatlich und freie Pension mit zweimaligem sonntäglichem Ausgang liefere ich euch über die Juden ein Material, das wenigstens echt ist – ihr kennt sie nicht einmal.

Immer wieder erschütternd ist die partielle Gehirnlähmung bei den Deutschen: überall da eine Verschwörung zu wittern, wo sie mit ihrem Wesen auf irgendeinen Widerstand stoßen. Willy Haas hat für den Fall Ludendorff das stark theologische Moment dieses Hergangs aufgezeigt; man lese das in seinen ‹Gestalten der Zeit› nach. Sie stellen sich wirklich die Welt vor, wie sie in den Kinderfibeln gemalt wurde: unten im Keller sitzen spitzmützige Juden und kochen, finstere Gebete murmelnd, eine herrliche Dynamitsuppe gegen die Gojim. Ihr ahnungslosen Esel!

Warum packt ihr den Juden nicht da, wo er wirklich zu fassen ist! In seiner engen Ichbezogenheit; in seiner ewigen Empfindlichkeit, die ihn aufschreien läßt, wenn ihm einmal einer die Wahrheit sagt; in seinem Aberglauben, welcher annimmt, der, der schneller denke, sei klüger als der, der langsam denke; in seiner wahnwitzigen Eitelkeit, die besonders für Deutschlands Fluren die jüdische Klugheit nur aus einem Grunde hat statuieren können: weil die andern meist noch dümmer sind. An der Levante oder gegenüber den Schotten hat der Jude nichts zu melden – die stecken ihn alle Tage in den Sack des Handels. Ach, ihr ahnungslosen Esel! Welch ein jammervoller Antisemitismus ist das! Es gibt bei euch noch eine andre Sorte: das sind die Mischtiker aus den Bezirken um Hielscher, die im Nebel ihren Pfad suchen, ihn aber bis heute noch nicht gefunden haben. Denen kann man freilich nicht beikommen – sie überschütten dich mit Vokabeln, die sie zu diesem Behuf erfunden haben, und mit dem Judentum hat auch dies nichts zu tun. Die meisten Antisemiten sagen viel mehr über sich selber aus als über ihren Gegner, den sie nicht kennen.

Wäre ich Antisemit –: ich schämte mich solcher Bundesgenossen.

Ignaz Wrobel, WB 29.9.1931

119

Imma mit die Ruhe!

Wenn ick det sehe, wat se so machn,
wie se bei de jeringsten Sachn
sich uffpustn, det man denkt, se platzen –
wie se rot anlaufn, bis an die Jlatzen,
  ahms spät un morjens um achte –:
    sachte! sachte!
Warum denn so furchtbar uffjerecht?
Wir wern mal alle inn Kasten gelecht.

Wissen Se, ick wah mal dabei –
da hattn se uff de Polessei
eenen Selbstmörda, jänzlich nackt,
in eenen murksijen Sarch jepackt.
  Die hatten det eilich! Un ick dachte:
    Sachte! Sachte!

Un der Anblick hat sich mir injeprecht:
Wir wern mal alle inn Kasten jelecht.

Janich rellejöhs.
Wie soll ick det sahrn …?
Ick kann det Jefuchtel nich vatrahrn.
Wir komm bei Muttan raus mit Jeschrei,
un manche bleihm denn auch dabei.
Wenn ick mir det so allens betrachte:
Imma sachte!
Mal liechste still. Denn wird ausjefecht.
Un wir wern alle inn Kasten jelecht.

Theobald Tiger, WB 6. 10. 1931

120

Parteiwirtschaft

Wie wäre es, wenn man nun einmal einen dämlichen kleinen Trick aus unsrer Politik entfernte, der darin besteht, jeder grade an der Macht befindlichen Partei vorzuwerfen, sie betreibe Parteiwirtschaft –? Ja, was soll sie denn eigentlich sonst betreiben –?

Das Wohl der Allgemeinheit …, ich weiß schon. Aber ich möchte nur einmal wissen, wozu denn Wahlen und Propaganda und Parteikampf da sein sollen, wenn nicht zu dem alleinigen Zweck, eine Partei an die Macht zu bringen. Und wenn sie dort angekommen ist, was hat sie zu tun? Natürlich ihre Macht zu gebrauchen. Das haben alle Parteien begriffen, mit Ausnahme der SPD, der man sehr zu Unrecht den Vorwurf macht, sie mißbrauche ihre Machtstellung. Sie hat gar keine. Es mag ja sein, daß die Pöstchenverteilung für ihre Mitglieder angenehm ist – ihre Macht hat sie nie richtig benutzt: sie hat stets nur Kompromisse gemacht, und die zu ihrem Schaden. Sind die Rechten an der Macht, so benutzen sie ihre Macht, und sie tun recht daran. Und das Zentrum … aber das ist ja in Deutschland immer an der Macht. Die Zeitungen kreischen gegen Moskau, und das Land wird von Rom regiert.

Doch sollte man mit jener tiefen Unehrlichkeit aufhören, jeder Regierung vorzuwerfen, sie sei eine Parteiregierung. Natürlich ist sie das, und das soll sie auch sein. Daß aber in Deutschland der Begriff «Partei» bis auf das Rinnstein-Niveau gesunken ist, das ist eine andre Sache, und hier sollte man zupacken. Der Rest ist Heuchelei.

Das Niveau, auf dem sich die meisten deutschen politischen Debatten bewegen, ist kaum noch zu unterbieten. Sieht man von einigen Jugendbünden ab, die sich, besonders sehr weit rechts und sehr weit links, ernsthaft um einen gesunden Kampf bemühen, das heißt, die den Gegner nicht bagatellisieren und ihn nicht fortdisputieren, sondern die wirklich antreten – dann bleibt ein Meer von Lügen. Man sehe sich etwa, wenn man die Geduld dazu aufbringt, diese unsägliche Hitlerpresse an: wie das der Regierung vorwirft, das Land nach Prinzipien zu regieren, also genau das zu tun, was jene tun wollen. Es ist mehr als jämmerlich, was da getrieben wird.

Zu bekämpfen ist allein die Parteiwirtschaft, die sich nicht offen als solche bekennt, sondern die vorgibt, für das große Ganze zu arbeiten, so, wie die katholische Kirche gern «die Natur» vorschiebt, wenn sie ihr Dogma meint. Sagt, was ihr wollt, und sagt, was ihr tut, wenn ihr an der Macht seid. Euch dann noch Parteiwirtschaft vorzuwerfen, ist die Negierung jeder Politk.

Ignaz Wrobel, WB 6.10.1931

121

Einer, der es genau weiß

Als ich in den ersten Monaten nach Siegfried Jacobsohns Tode die Redaktion der ‹Weltbühne› innehatte, meldete sich unter andern Otto Forst de Battaglia mit dem Angebot von Beiträgen. Ich wies ihn ab – das Zeug, das ich von ihm gelesen hatte, ermunterte mich nicht, ihn unsern Lesern vorzusetzen. Dann vergaß ich den Mann und den Namen.

Heute liegt nun vor: ‹Der Kampf mit dem Drachen› von Otto Forst de Battaglia, ‹Zehn Kapitel von der Gegenwart des deutschen Schrifttums und von der Krise des deutschen Geisteslebens›. Darin bekommen wir es alle miteinander nicht schlecht zu hören.

Es ist die alte Leier: die wahren deutschen Künstler werden niedergehalten und unterdrückt; alles, was heute Geltung hat, hat keine Geltung zu haben; die Spießbürger der Rechten werden weit über die Spießbürger der Linken gestellt, und das Ganze soll eine wilde Attacke sein, geritten zugunsten der völkischen Belange.

Die Rechten haben mit ihren literarischen Vertretern durchaus Pech. Dies Buch zum Beispiel ist kaum für uns Leute vom Bau interessant; es ist die typische interne Abrechnung, ein Atelierscherz, mit seinen kleinen Gehässigkeiten und faden Austriacismen nur den Beteiligten verständlich; was das Publikum damit anfangen soll, kann ich mir nicht vorstellen. Vermutlich wird es keiner lesen. Ich möchte aber einmal einen kleinen Begriff davon geben, wie diese überheblichen Männchen arbeiten, die heute, mit der Nase für die Konjunktur, auf der Rechten statt auf der Linken herumschleichen.

Forst de Battaglia schreibt über den ‹Jahrgang 1902› von Ernst Glaeser:

«An einem Wort haben die Franzosen während des Krieges einen im übrigen ausgezeichnet gefälschten Aufruf erkannt, mit dem die deutsche Gegenpropaganda revolutionäre Stimmung in Frankreich entfesseln wollte. Es hieß da von einer ‹joie sadistique› und die drei überflüssigen Buchstaben, der unscheinbare Germanismus ‹sadistique› anstelle des richtigen ‹sadique› hat genügt, den eingeschmuggelten Feind zu entlarven. Jetzt haben wir bei Glaeser etwas Ähnliches: Sein Motto, das Grundmotiv seines Buches lautet im französischen Mund: ‹La guerre, ce sont nos parents›. Das eine ‹ce sont› statt des richtigen ‹c'est›, der eine Germanismus, den sicher alle deutschen Leser übersahen, entlarvt dieses Wort als Konstruktion Glaesers und drückt so das Siegel auf die vorgebliche Echtheit dieser Kriegserinnerungen.»

Er weiß es ganz genau. Aber abgesehn von dem grammatischen Fehler, den der Herr Lehrer macht («Es hieß da von einer joie sadistique» ist Unsinn; entweder: Es ist da von einer joie sadistique die Rede, oder: es heißt da joie sadistique) – abgesehn von diesem Fehler ist das, was er über das französische Motto erzählt, grundfalsch.

Man kann in der französischen Sprache des Alltags sagen: «C'est nos parents.» Die korrekte Form aber ist die von Glaeser gewählte: «Ce sont nos parents.» Das unbetonte «ce» kann nur Attribut sein, aber nicht Subjekt; Subjekt ist «parents». Soll das Pronomen Subjekt sein, so muß die betonte Form genommen werden, und die heißt «cela». Man sagt: «C'est un homme», wobei «homme» Subjekt ist; man sagt aber: «Cela est beau», wobei cela Subjekt ist.

Das ist die starre Regel. Nun hat der Alltagsgebrauch diese Unterschiede leicht verwischt; man kann also sagen: «La guerre, c'est nos parents», aber man muß es nicht sagen. Der Satz, der ja ein Paradox ist, wird wahrscheinlich besser «c'est nos parents» lauten; von einem Fehler ist keine Rede.

«Les voyez-vous, les hussards, les dragons, la garde?
Les voilà – ce sont eux!»

heißt es in einem französischen Liede.

Otto Forst de Battaglia stecke seine Nase in die Grammatiken: Grammaire Maquet et Flot, 3ième degré (bei Hachette erschienen): Seite 91, §§331 bis 334. Oder: Grammaire Crouzet (bei Didier erschienen): Seite 71, §§170, 171.

Jeder haut einmal daneben. Aber diese fatale Besserwisserei, dieses peinliche Bildungsgeprotz, das am Kaffeehaustisch ganze Wissenschaften erledigt ... und wenn du nachher zu Hause nachblätterst, dann ist es alles falsch. Hoffentlich steht das, was dieser Drachentöter sonst über die Literatur aussagt, auf einer besser fundierten Basis. Aber so gefährlich ist das ja alles gar nicht. Obgleich er mich, nicht einmal sehr unsanft, auch beim Wickel hat, muß ich doch sagen: die meisten seiner Drachen sind gar keine Drachen, sondern Regenwürmer, dieser Siegfried ist kein Siegfried, sondern ein mischblütiger Pole, der Sehnsucht nach einer reinen Rasse hat, die es nicht gibt, und wir gehen zur Tagesordnung über. Neugierig bin ich nur, wann er uns den nächsten Artikel einsenden wird.

Peter Panter, WB 13.10.1931

122

Beit Friehstick

Wenn ick in meine Stulln beiße,
denn kuck ick in de Sseitung rin.
Die liejn nämlich inne Sseitung,
da wickelt se mir Mutta in.
Ick streiche det Papier scheen jlatt
und seh, wats so jejehm hat.

Ick lese von drei Zwillingsschwestern
und vonne Feiersbrunst in Wald …
Mal is die Sseitung noch von jestern,
mal isse füchzehn Tahre alt.
Wat mir det Friehstick nich vamiest.
Et is ja bloß, det man wat liest.

Da ha ick nu so rausjefunden:
Erscht kommt die Sseitung in Vakehr,
un schon nach vierunzwanssich Stunden,
da stimmt det allens jahnich mehr!
Denn sind se reine wie blamiert.
Ick ha dadrieba simmeliert …

Ick sach ma so:
Wat die so sahrn
un wat die allens proffezein,
det stimmt schon nich mehr nach acht Tahrn –
det kann nie wahr jewesn sein!
Nu ham die Brieda mächtjet Jlick:
et blättert ja keen Mensch zerrick!
Man schmeißt et wech. Und kooft sich brav un bieda
n neuet Blatt un jloobt et imma wieda.
Un willste wissen wat det is jewesen,
denn mußte alte Sseitungsnumman lesen.

Un siehste denn, wie die vakehrt sind –:
denn weeßte, wat die neien wert sind.

Theobald Tiger, WB 13.10.1931

123

[Le prix littéraire de la Société des Nations]

Je me permets de vous faire savoir que je suis par principe un adversaire de tout prix littéraire.

Kurt Tucholsky, Pologne Littéraire 15.10.1931

124

[Gelehrte, Schriftsteller und Künstler für die Amnestie]

Das grenzenlose Unrecht, das an den hungernden, also revoltierenden Proletariern täglich durch die Justiz verübt wird, könnte durch eine umfassende Amnestie nur teilweise wieder gutgemacht werden: diese Amnestie ist das mindeste, was ein Volk, zu Goethe aufblickend und dem Reichsgericht untertan, seinem Rechtsbewußtsein schuldet.

Einen jeder menschlichen Gemeinschaft wirklich schädlichen Menschen, wie den Herrn *Vicenz* aus Hamburg, wiederum auf die Gesellschaft loszulassen, weil er dafür bezahlt und versprochen hat, seine Ferkeleien in Zukunft im Auslande zu verüben –: das geht doch wohl nicht an. Und wenn die Rote Hilfe für die Freilassung eines Proletariers auch 40000 RM. böte, sie ließen ihn nicht los. Hier wird nicht gestraft, hier wird gerächt.

Wir erbetteln für die proletarischen Opfer keine Gnade, wir erwarten auch keine Gerechtigkeit. Wir erwarten die Wiedergutmachung eines Unrechts.

Ignaz Wrobel, Tribunal 15.10.1931

ist gar keine – für die Welt ist sie längst keine Frage mehr. Jeder deutsche Spezialist könnte zweihundert Artikel fremder Spezialisten zitieren, aber die Massen im Ausland bewegt diese längst erledigte Materie keineswegs. Die Kriegsschuldfrage ist eine lediglich innerdeutsche Sache, erfunden zu Propagandazwecken, erfunden, um vom Wesentlichen abzulenken, nämlich von der Grundfrage allen deutschen Lebens: wer beutet Deutschland aus? Die fremden Mächte nur zum geringen Teil.

Es ist ein beschämender Anblick, das Geheul und Getobe der Studenten zu beobachten, wie sie ununterbrochen auf dieser erledigten und längst entschiednen Frage herumreiten. Es ist, wie wenn man einen Verdauungsvorgang ungeschehen machen wollte. Was wollen sie –? Die Weltgeschichte rückwärts drehen? Aber die antideutsche, zum Teil berechtigte, zum Teil völlig unsinnige Propaganda der Kriegsjahre hat ihre durchgreifende Wirkung getan, und die verständigen und friedliebenden Ausländer schämen sich heute dieses Wahnsinnzustandes und wollen, voller Scham, nicht mehr an ihn erinnert werden. Jede Propaganda auf diesem Gebiet ist wirkungslos und wird es bleiben.

Was Deutschland erreichen kann, liegt auf einem ganz andern Feld. Freilich ist der Vertrag von Versailles, wie jeder Friedensvertrag Diktat des Siegers an den Besiegten, nicht ewig. Doch hat, ein recht alltäglicher Vorgang, dieses Unrecht einen Rechtszustand geschaffen, den man nur mit Gewalt oder durch einen neuen Vertrag abändern kann. Hat Deutschland heute oder morgen diese Gewalt, ihn abzuändern, zur Verfügung? Kein Student will sich das überlegen; noch die lautesten Schreier denken nicht daran, Krieg mit Frankreich zu führen. Sie bilden sich ein, durch Resistenz etwas erreichen zu können, und das ist unrichtig.

Was diesen eingesperrten und sich nur nach Österreich orientierenden Randalmachern immer wieder gesagt werden muß, ist: daß man allein nicht wettlaufen kann. Die andern laufen nämlich nicht mit. Sie verstehen das Geschrei gar nicht; sie werten es vielleicht als das, was es unter anderm auch ist: als ein Zeichen des alten wilhelminischen Ungeistes. Und sie schütteln die Köpfe und leben ihr Leben weiter.

Diese Protestaktionen haben weite deutsche Kreise ergriffen: man kann sich doch von Hitler nicht im Nationalismus schlagen lassen! Man kann. Man muß nur den Mut aufbringen, es zu tun.

Die Schlachten, die in den kleinen Universitätsstädten und in den großen gleichmäßig geschlagen werden, sind von vornherein verloren, soweit das Ausland in Betracht kommt. Es sind Schlachten und Siege gegen einen, der jenen viel verhaßter ist als alle früheren Entente-Staaten zusammen. Gegen einen Deutschen. Gegen den deutschen Arbeiter und Angestellten, der niedergeknüppelt werden soll.

Ignaz Wrobel, WB 20.10.1931

126

An das Baby

Alle stehn um dich herum:
Photograph und Mutti
und ein Kasten, schwarz und stumm,
Felix, Tante Putti …
Sie wackeln mit dem Schlüsselbund,
fröhlich quietscht ein Gummihund.
«Baby, lach mal!» ruft Mama.
«Guck», ruft Tante, «eiala!»
Aber du, mein kleiner Mann,
siehst dir die Gesellschaft an …
Na, und dann – was meinste?
Weinste.

Später stehn um dich herum
Vaterland und Fahnen;
Kirche, Ministerium,
Welsche und Germanen.

Jeder stiert nur unverwandt
auf das eigne kleine Land.
Jeder kräht auf seinem Mist,
weiß genau, was Wahrheit ist.
Aber du, mein guter Mann,
siehst dir die Gesellschaft an …
Na, und dann – was machste?
Lachste.

Kurt Tucholsky, Lerne lachen ohne zu weinen, [Oktober] 1931

127

,

Das da ist ein Komma. So wenig man es als Überschrift verwerten kann, so wenig kann man es, wie wir gleich sehn werden, an einer andern Stelle gebrauchen. Kommen Sie mit auf die Kommajagd –?

Deutsche Interpunktion ist, wenn jeder macht, was er will. Zum Beispiel bei einem der besten Übersetzer aus dem französischen, bei Ferdinand Hardekopf, so: «Der Alkohol verheert schleichend das Land, und zwar in weit höherem Maße, als die, nur den Konsum der öffentlichen Schankstätten erfassenden Statistiken es erkennen ließen.» Falls es eine Gottheit gibt, die sich mit der Interpunktion befaßt, so wird sie gebeten, ihr Antlitz zu verhüllen. Man lese sich den Satz mit dem Komma vor, und man wird die Spitze hinter «die» fühlen. Und der von mir hochverehrte Hardekopf steht mit diesem Komma nicht allein da. Irgend eine Akademiegröße interpungiert auch so – es ist herzzerreißend.

«Meine, neben diesen äußerlich robusten Bauerngestalten fast schmächtige Figur …», aber warum muß denn noch dem Auge und dem Atem ausdrücklich kund und zu wissen getan werden, daß dieses dem Substantiv gehörige Adjektiv noch einen Zusatz hat! Es geht doch bei solchen in der deutschen Sprache nicht immer vermeidbaren Längen sehr gut auch ohne Komma, wie diese Beispiele hier zeigen! Ist unser Satzbau noch nicht verzwickt genug? Bei Döblin haben die Kommata die Masern, sie bleiben daher alle zu Hause. Bei Hardekopf wieder hat einer, um das Polgarsche Bild zu gebrauchen, den Text mit der Komma-Büchse bestreut, und jetzt stocken Auge und Atem. Dabei wird das nicht einmal konsequent gehandhabt. Hardekopf schreibt zum Beispiel richtig: «die meiner Verwaltung anvertraute Bewohnerschaft», wobei denn offenbar der bestimmte Artikel nicht durch ein Komma vom Zusatz abgetrennt wird, wohl aber das besitzanzeigende Fürwort. Nein, es ist wirklich nicht schön. Ich warne nur deshalb davor, weil es keine Sprachdummheit gibt, die sich nicht sofort, einer Grippe gleich, ansteckend verbreitet. So hat Döblin etwas Schönes angerichtet: weite Strecken mancher Literatur haben den Kommata-Fraß und die Interpunktionsräude.

Mit allem schuldigen Verlaub. In diesen bewegten Zeiten. Weil wir sonst keine Sorgen haben.

Peter Panter, WB 27.10.1931

128

«Bitte – fädeln Sie mal ein ...»
Neuestes Experiment für Individual-Psychologen

Mache diesen Versuch:

Bitte eine dir bekannte Frau, eine Nadel einzufädeln. Sie wird es tun – und dabei wird sie den Faden in das Nadelöhr hineinstecken.

Bitte einen dir bekannten Mann, eine Nadel einzufädeln. Er wird es, nach anfänglicher Verwunderung, tun («Wozu? Was soll denn das? Können Sie das nicht selbst?») – und dabei wird er die Nadel über das Faden-Ende stülpen.

Dieses erfüllt mich mit größter Verwunderung. Warum ist das so? Warum ist das immer so? Liegt hier ein tiefer Unterschied zwischen der weiblichen und der männlichen Natur begründet? Was ist es? Welches Symbol liegt da verborgen? Warum stülpen die Männer, wenn es nicht grade Schneider sind, oder Leute, die berufsmäßig mit winzigen Gegenständen zu hantieren haben?

Warum fädeln nur die Frauen ein? Weil man es ihnen so beigebracht hat? Aber man hat ihnen doch mancherlei beigebracht, und sie benutzen oft ihre eigene Methode und handeln nach ihrem eigenen Kopf! Was geht hier vor sich –?

Ist es vielleicht, weil der Mann einst das Schwert geführt hat, und nun das metallische Glitzern der Nadel … (nach Belieben auszufüllen). Und die Frau, liebt sie die Präzisionsarbeit, das treu sorgende Element, welches … (nach Belieben auszufüllen)? Es ist eine ganz erstaunliche Sache, ich traue mich gar nicht mehr, jemand danach zu fragen, denn das Gefädel ist schon nicht mehr zu ertragen. Wer wird mir das erklären?

Von den Experimental-Psychologen laßt uns nicht sprechen. Nadel und Faden … wenn das herauskommt, daß das Experiment wirklich neunhundertundneunundneunzigmal von tausend wirklich, wie oben beschrieben, verläuft –: was läßt sich da alles schlußfolgern! Jeder Arzt, der auf sich hält, wird künftighin ein Heftchen Nadeln und einige Fäden auf seinem Tisch liegen haben, und er wird zu den Patienten sprechen: «Bitte, fädeln Sie mal ein!», und Gnade Gott, wenn dann eine Frau die Nadel über den Faden stülpt oder ein Mann richtig fädelt –! Es ist gar nicht auszudenken, was dann alles geschieht …

Es ist ein tiefes Geheimnis. Seit Wochen bilde ich den Schrecken meiner Umgebung; ich trage, wo ich gehe, stets Nadel und Faden bei mir, und ich sage abwechselnd zu Lottchen, dem Londoner Schutzmann an der Ecke, zu meiner Amme und zum Frisör: «Würden Sie bitte mal diesen Faden in diese Nadel einfädeln?» Der Forscher muß viel leiden, und es hat schon manchen Kummer gegeben; aber schließlich, wenn sie alle ihren Vers mit: «Sagen Sie mal – bei Ihnen piekt es wohl?» aufgesagt haben, dann fädeln sie ja doch. Die Frauen mit dieser blitzschnellen Bewegung des Fadens zur Zungenspitze, sie feuchten ihn an, und, schwupps, haben sie ihn eingefädelt. Die Männer lachen immer erst ein bißchen, so, wie einer lacht, wenn ihm was schief gegangen ist, sie wälzen ihre Ungeschicklichkeit auf mich ab, ich lasse mir das auch still gefallen, und dann fädeln sie ein. Es dauert. Den Rekord hat Karlchen geschlagen – er hat genau dreiunddreißig Minuten gefädelt, und dabei hat er auch noch gemogelt. Und natürlich hat er gestülpt.

Wenn die Versuchsobjekte fertig sind, dann halte ich ihnen einen kleinen Zettel entgegen, auf dem steht: «Frauen fädeln, Männer stülpen.» Dann sagen die Objekte: «Sie sind ja völlig übergeschnappt!» – und dann versuchen sie es noch einmal, aber nun sind sie befangen, ihre Hände zittern; bei den Männern geht es noch viel schlechter als das erstemal – und meist tun sie dann, nun grade, das Entgegengesetzte. Aber das gilt nicht.

Es ist ein tiefes Geheimnis. Regen sich atavistische Ur-Ur-Ur-Ur-Instinkte? Aber die Neanderthal-Menschen haben doch nicht gefädelt, oder doch? Mit Bronze-Nadeln? Und haben ihre Frauen gefädelt? Und haben die Männer gestülpt? Und was bedeutet das alles –?

Frauen fädeln. Männer stülpen. Machen Sie den Versuch – aber verstecken Sie vorher Ihren ‹Uhu› –!

Peter Panter, Uhu, Oktober 1931

129

Schnipsel

Shaw. So ernst, wie der heiter tut, ist er gar nicht.

*

Der englische Schriftsteller William Gerhardi sprach einst: «Wenn eine Frau sagte, sie sei genau wie alle Frauen – die wäre anders.»

*

Es war einmal ein Vertrag zwischen einer Filmgesellschaft und einem Autor, der wurde von der Gesellschaft anständig und sauber erfüllt. Das war kurz vor Erfindung der Photographie.

*

Nichts kommt dem Gerechtigkeitsgefühl gleich, das einen deutschen Republikaner befällt, wenn er gegen einen Stahlhelmer vorgehn soll. Wie peinlich genau er dann die Paragraphen abwägt …! Aber es ist gar kein Gerechtigkeitsgefühl: es ist Feigheit und zutiefst eine innere Sympathie.

*

Da gab es einen englischen General, der war so unmusikalisch, daß er nur zwei Musikstücke erkennen konnte. Eins davon war God save the King.

*

Golf, sagte einmal jemand, ist ein verdorbener Spaziergang.

*

Segen des Rundfunks. Die alte Frau Runkelstein pflegte sich abends im Lehnstuhl die Kopfhörer anzuschnallen, die Musik ertönte, und dann schlief sie ein. Wenn das Programm aber zu Ende war, dann wachte sie vor Schreck auf. Und dann ging sie schlafen. Siehe die Überschrift.

*

«Wenn ich so viel Geld hätte», sagte Joachim Ringelnatz, «und so viel Macht, daß ich alles auf der Welt ändern könnte, dann ließe ich alles so, wie es ist.»

*

Wenn ein Franzose einen Vertrag unterschrieben hat, dann hält er ihn. Doch bevor er ihn unterschreibt, macht er unendliche Geschichten, in Verlauf derer man junge Hunde kriegen kann. Und dann unterschreibt er ihn nicht. Es sind kleine Leute, wie?

Wenn ein Deutscher einen Vertrag unterschrieben hat, ist der Vorfall für ihn erledigt, und er ist höchst erstaunt, wenn er ihn nun auch noch erfüllen soll. Dann gibt es ein großes Lamento und viel Geschrei der Rechtsanwälte. Aber er unterschreibt jeden Vertrag. Es sind großzügige Leute.

*

Es gibt so wenig brauchbare Buch-Kritiken, weil jeder Schriftsteller fälschlich annimmt, er könne, weil er Schriftsteller ist, auch Kritiken schreiben.

Bei den großen Schneidern liegen manchmal Empfehlungen von Schustern und Hemdenmachern herum. So sehn unsre Buchkritiken aus.

*

Wenn die geliebte Frau mit einem andern Mann flirtet, erscheint sie uns leise lächerlich. Die Steine des Kaleidoskops, das wir so gut kennen, geben ein neues Bild; wir sehn sie zum ersten Mal gewissermaßen von der Seite. Eifersucht macht kritisch. Wenn

Männer mit einer für sie neuen Frau beschäftigt sind, gilt das natürlich alles nicht.

*

Nähme man den Zeitungen den Fettdruck –: um wieviel stiller wäre es in der Welt –!

*

Es gibt eine Frage, die stellt nur ein Deutscher. Wenn dich die Leute besuchen, dann nimmt dich jener unter den Arm, raucht einmal an seiner Zigarre und sagt: «Sagen Sie mal – was zahlen Sie hier eigentlich Miete?»

Ist doch auch interessant.

*

Die Presse wäre viel weniger unausstehlich, wenn sie sich nicht so grauslich wichtig nähme.

*

Wenn ein Kommunist arm ist, dann sagen die Leute, er sei neidisch. Gehört er dem mittleren Bürgertum an, dann sagen die Leute, er sei ein Idiot, denn er handele gegen seine eignen Interessen. Ist er aber reich, dann sagen sie, seine Lebensführung stehe nicht mit seinen Prinzipien im Einklang.

Worauf denn zu fragen wäre: Wann darf man eigentlich Kommunist sein –?

Peter Panter, WB 3.11.1931

130

Die Verräter

Na, Verräter eigentlich nicht. Ein Verräter, das ist doch ein Mann, der hingeht und seine Freunde dem Gegner ausliefert, sei es, indem er dort Geheimnisse ausplaudert, Verstecke aufzeigt, Losungsworte preisgibt … und das alles bewußt … nein, Verräter sind diese da nicht. Die Wirkung aber ist so, als seien sie welche, doch sind sie anders, ganz anders.

Da wird man vom Vertrauen der Parteigenossen ausgesandt, mit dem bösen Feind zu unterhandeln, sozusagen die Arbeiter zu vertreten, die ja inzwischen weiterarbeiten müssen. Und die erste Zeit geht das auch ganz gut. Geld … ach, Geld … wenn die Welt so einfach wäre. Geld ist zunächst gar nicht zu holen. Der Arbeiterführer bleibt Arbeiterführer; leicht gemieden von den Arbeitgebern, merkwürdiges Wort, übrigens. Nein, nein, man bleibt ein aufrechter Mann.

Aber im Laufe der Jahre, nicht wahr, da sind so die langen Stunden der gemeinschaftlichen Verhandlungen an den langen Tischen: man kennt einander, die Gemeinsamkeit des Klatsches eint, und es wird ja überall so viel geklatscht. Nun, und da stellt sich so eine Art vertraulicher Feindschaft heraus.

Kitt ist eine Sache, die bindet nicht nur; sie hält auch die Steine auseinander. Zehn Jahre Gewerkschaftsführer; zehn Jahre Reichstagsabgeordneter; zehn Jahre Betriebsratsvorsitzender – das wird dann fast ein Beruf. Man bewirkt etwas. Man erreicht dies und jenes. Man bildet sich ein, noch mehr zu verhüten. Und man kommt mit den Herren Feinden ganz gut aus, und eines Tages sind es eigentlich gar keine Feinde mehr. Nein. Ganz leise geht das, unmerklich. Bis jener Satz fällt, der ganze Reihen voller Arbeiterführer dahingemäht hat, dieser infame, kleine Satz: «Ich wende mich an Sie, lieber Brennecke, weil Sie der einzige sind, mit dem man zusammenarbeiten kann. Wir stehen in verschiedenen Lagern – aber Sie sind und bleiben ein objektiver Mann …» Da steckt die kleine gelbe Blume des Verrats ihr Köpfchen aus dem Gras – hier, an dieser Stelle und in dieser Stunde. Da beginnt es.

Der kleine Finger ist schon drüben; der Rest läßt nicht mehr lange auf sich warten. «Genossen,» sagt der Geschmeichelte, «man muß die Lage von zwei Seiten ansehn …» Aber die Genossen verstehen nicht recht und murren: sie sehn die Lage nur von einer Seite an, nämlich von der Hungerseite. Und was alles Geld der Welt nicht bewirkt hätte, das bewirkt jene perfide, kleine Spekulation auf die Eitelkeit des Menschen: er kann doch die vertrauensvollen Erwartungen des Feindes nicht enttäuschen. Wie? Plötzlich hingehn und sagen: Ja, die Kollegen billigen das nicht, Krieg muß zwischen uns sein, Krieg und Kampf der Klassen, weil wir uns ausgebeutet fühlen …? Unmöglich. Man kann das unmöglich sagen. Es ist zu spät.

Und dann geht es ganz schnell bergab. Dann können es Einladungen sein oder Posten, aber sie müssen es nicht sein – die schlimmsten Verräterein auf dieser Welt werden gratis begangen. Dann wird man Oberpräsident, Minister, Vizekönig oder Polizeipräfekt – das geht dann ganz schnell. Und nun ist man auch den grollenden Zurückgebliebenen, die man einmal vertreten hat und nun bloß noch tritt, so entfremdet – sie verstehen nichts von Realpolitik, die Armen. Nun sitzt er oben, gehört beinah ganz zu jenen, und nur dieses kleine Restchen, daß sie ihn eben doch nicht so ganz zu den Ihren zählen wollen, das schmerzt ihn. Aber sonst ist er gesund und munter, danke der Nachfrage.

Und ist höchst erstaunt, wenn man ihn einen Verräter schilt. Verräter? Er hat doch nichts verraten! Nichts – nur sich selbst und eine Klasse, die zähneknirschend dieselben Erfahrungen mit einem neuen beginnt.

Ignaz Wrobel, WB 10.11.1931

131

Kritik als Berufsstörung

Auf meinem Nachttisch lag einmal ein Buch von O. Henry, das hatte Paul Baudisch übersetzt. Mir gefiel die Übersetzung nicht, ich tadelte sie, und Baudisch erwiderte. Von zwei Seiten kam ihm Rekurs, beide Male von Schriftstellern, deren fachliche Kenntnis sie dazu berechtigten. Stephan Ehrenzweig erwiderte im ‹Tagebuch›, mein Rat an die Verleger, sich hinfürder einen andern Übersetzer auszusuchen, ginge etwas weit, «weil dieser Rat sozusagen aus der jeder Erörterung zugänglichen beruflichen in die keiner Erörterung zugängliche geschäftliche Sphäre» vorstieße; zum andern protestierte brieflich ein von mir sehr geschätzter Dichter, Hans Reisiger aus München, der schrieb, es ginge doch nicht an, einem hochbegabten und gewissenhaften Übersetzer mit ein paar allgemeinen Worten so von oben her das Geschäft zu verderben.

Über Paul Baudisch läßt sich diskutieren: ich glaube, damals an Beispielen gezeigt zu haben, daß er seine Sache nicht gut gemacht hat, doch lasse ich mich da gern eines Bessern belehren; auch weiß ich, daß es wesentlich schlechtere Übersetzer als Baudisch gibt. Worüber sich aber gar nicht streiten läßt, das ist die Auffassung, Kritik dürfe keine Berufsschädigung hervorrufen. Das ist ein ernstes Kapitel.

*

Die Industrialisierung der Literatur ist wie die aller Künste nahezu vollkommen – Außenseiter haben es sehr, sehr schwer. Was die deutsche Buchkritik anlangt, so ist sie auf einem Tiefstand angelangt, der kaum unterboten werden kann. Das Lobgehudel, das sich über die meisten der angekündigten Bücher ergeußt, hat denn auch zur Folge gehabt, daß die Buchkritik kaum noch irgend eine Wirkung hervorruft: das Publikum liest diese dürftig verhüllten Waschzettel überhaupt nicht mehr, und wenn es sie liest, so orientiert es sich nicht an ihnen. Die einzige sichtbare Wirkung, die wir noch ausüben, ist die Wirkung auf den Kommissionär: auf den Verleger. Der wiederum beachtet die Kritik, von der er doch weiß, wie sie in den meisten Fällen zustande kommt, viel zu sehr, er läuft den gelobten Autoren nach und den getadelten aus dem Wege. Die unmittelbare Wirkung dieser Kritiken auf den Absatz der Bücher veranschlage ich nach meinen Erfahrungen als sehr gering: ein Reisebuch von mir hat eine sehr gute Aufnahme bei den Kritikern gefunden und geht nicht, und das Buch, über das die meisten meiner Kritiker wie die Wilden hergefallen sind, ist einer meiner größten Erfolge.

Ich glaube aber, daß, wenn sich Absatzwirkungen zeigen, sie dann eben Wirkungen der Kritik sind, die mit der Besprechung auf das innigste zusammenhängen und von leidenschaftlichen Kritikern mit vollem Recht beabsichtigt werden. Der Kritiker will eine bestimmte Literaturgattung fördern, also bearbeitet er Publikum und Verleger; er will eine andre Gattung schädigen, dann tadelt er sie. Warum also soll es einem Kritiker verwehrt sein, sich auch unmittelbar an denjenigen zu wenden, der erfahrungsgemäß seine Kritiken am meisten zu beachten pflegt? Ich kann darin nichts Unerlaubtes sehn.

Doch sind wir leider soweit gediehn, daß Kritik nur noch als Berufsförderung oder Berufsstörung angesehn wird, und so wird denn auch der Kritiker gewertet. Lobt er, ist er für den Belobten ein großer und bedeutender Kritiker; tadelt er, so ist er für den Getadelten ein Ignorant und taugt nichts. Besonders die Schauspieler haben es in dieser Kritik der Kritik zu einer großen Virtuosität gebracht: derselbe Kritiker gilt ihnen heute als allererster Meister und morgen, weil er getadelt hat, als letzter Murks.

Die Verfilzung in der Literatur ist schon groß genug; wir wollen wenigstens ein paar Inseln beibehalten. Die Literaturkritik ist sehr oft korrupt, bestechlich ist sie nicht. Sie gibt das billiger.

Die Herren Tadler sind noch Lichtblicke im literarischen Leben. Aber die Hudler des Lobes … Ich habe mich oft gefragt, was denn diese Leute bewegen mag, jeden Quark mit dem Prädikat «bestes Buch der letzten siebenundfünfzig Jahre» auszuzeichnen. Ich glaube, einige Gründe gefunden zu haben.

Es ist bei den meisten eine Art Geltungstrieb, der sich da bemerkbar macht. Fast jeder Kritiker hält sich in der Viertelstunde, wo er seine Kritik aufpinselt, für einen kleinen Herrgott. Ein besonders übles Exemplar dieser Gattung hat einmal gesagt: «Ich wollte ja die Buchkritik längst aufgeben. Aber –» er sprach Dialekt «aber man gibt doch nicht gern 's Peitscherl aus der Hand!» Es ist der Machttrieb. Ich habe ihn nie begriffen. Was ist denn das für ein Cäsarentum, das sich darin sonnt, wie hundert junger Autoren gelaufen kommen und um eine Besprechung bitten; wie sie den großen Meister, dessen Werke man so bewundere, anflehen … und die ganze türkische Musik. Und dann also setzt sich jener hin und verleiht kleine Nobelpreise, sehr von oben herunter – er nennt das: fördern.

Der Geltungstrieb hat auch gesellschaftliche Ursachen.

Es gibt eine Menge von Literatur-Kritikern, die mit den in Frage kommenden Autoren gesellschaftlich verkehren; es ist ja so schwer, jemand zu verreißen, mit dem man öfter zu Abend gegessen hat. Man trifft ihn doch wieder … Und diese Kritiker wollen sich durch einen Verriß ihre Salonkarriere nicht verderben – sie möchten nun einmal dazu gehören, sie wollen dabei sein, eingeladen, umschmeichelt werden … und so loben sie denn den gewaltigsten Quark, wenn ihn eine wohlhabende Frau geschrieben hat; wenn der Autor ein Auto hat; und vor allem: wenn er Beziehungen hat. Und hier sitzt das Grundübel der literarischen Verfilzung.

Neulich hat sich in der ‹Frankfurter Zeitung› ein Verleger über den Typus des Mittelsmanns beklagt, der durch seine Hin- und Herträgerei zwischen Autor und Verlag Geld schlucke, die Autoren verdreht mache und überhaupt viel Unheil anrichte. Tatsächlich ist die industrialisierte Literatur ein großer Klub, und es liegt im Geschäftsinteresse fast jedes Autors, dazu zu gehören, dabei zu sein, mitgezählt zu werden. Dem kann man sich nur sehr, sehr schwer entziehen, dazu gehört viel Unabhängigkeitssinn. Die meisten haben ihn nicht. Ich will gar nicht einmal von den Wanzen des literarischen Hotels sprechen; von den Leuten, die eine Idee haben («Ich sage bloß: Lindbergh»), und die nachher furchtbar kreischen, wenn irgendwo irgendwann von irgendwem ein Buch über Lindbergh erscheint. An dieser Börse will keiner fehlen. Und um sich zu legitimieren, lobt er – wahllos, unterschiedslos, alles durcheinander, und es ist eine Jammer, wie selbst tüchtige Schriftsteller dieser Seuche zum Opfer fallen. Wobei der freundliche, kleine Trick erwähnt sein mag, die Freunde der nähern literarischen Umgebung oder den Autor des sonst zu lobenden Buchs als bereits anerkannte und wichtige Größen so zu zitieren, daß sich der geängstigte Leser denken muß: Und diesen offenbar doch weit bekannten Mann kenne ich noch nicht? Eine unmittelbare Korruption ist in solchen Fällen niemals nachzuweisen; beweisen Sie einmal, daß der Kritiker anders geurteilt hätte, wenn er auf seine Beziehungen nicht solchen Wert legte. Das kann man nicht beweisen.

Und da meine ich: wenn getadelt wird, dann mag jedes Argument gegen den Tadler gelten: du hast den Autor nicht verstanden; du hast den Übersetzer unterschätzt; du bist nicht legitimiert, zu tadeln – alles, alles. Aber ein einziges Argument gilt nun mal bestimmt nicht: deine Kritik kann dem Getadelten wirtschaftlich schaden, ja, du hast gradezu seine Auftraggeber aufgefordert, ihn nicht mehr zu beschäftigen – er hat aber Frau und Kind … Also das geht nicht. Ich will dem Mann schaden, wenn ich ihn tadele. Ich will die Leser vor ihm warnen und die Verleger auch –

ich will aus politischen, aus ästhetischen, aus andern offen anzugebenden Gründen diese Sorte Literatur mit den Mitteln unterdrücken, die einem Kritiker angemessen sind. Das heißt: ich habe die Leistung zu kritisieren und weiter nichts. Aber die mit aller Schärfe.

Hätte mein Lob unmittelbare wirtschaftlich erfreuliche Folgen für den Gelobten: es wäre mir gleichgültig. Das ist eine für jenen angenehme Folgeerscheinung. Aber schließlich ist ja der Kritiker nicht dazu da, der Frau des Romanverfassers Piepenbringk die Anschaffung neuer Schlafzimmervorhänge zu ermöglichen. Lasset uns denn weiterhin unbeeinflußt von der Klüngelei kleiner Gruppen, die den Salon reicher Börseaner für einen Salon halten, und außerhalb jener Lobesversicherungsgesellschaften auf Gegenseitigkeit das sagen, was wir über die Bücher zu sagen haben.

Peter Panter, WB 17.11.1931

132

Betriebsunfall

Hat eine Katze Ellenbogen?
Nein.
Hat jemals ein Bankier betrogen?
Nein.
Und wenn er mal und hat er mal und fällt er schon mal rein:
dann kann das kein Bankier gewesen sein.

Liest du das gern, nachmittags aufm Sofa?
Nein.
Entschädigt einer Schultheiß-Patzenhofa?
Nein.
Und setzt auch dem der Staatsanwalt in seinen Pelz ne Laus:
dann holn ihn die Verteidiger wieder raus.

Ist das nun für die Börse sehr betrüblich?
Nein.
Ist das auch bei den andern üblich?
Ja.
Ich lese still den Handelsteil, und seh ich so den Mist:
man weiß nie, was noch Tüchtigkeit und was schon Schiebung ist.

Theobald Tiger, WB 24.11.1931

133

Rheinsberg

(«Zum hundertsten Tausend»)

Natürlich kommt das nie mehr wieder.
Allein: es war einmal.
Ich war ein Star und pfiff die bunten Lieder;
ich war Johann, der muntre Seifensieder –
und Claire war real.

Das ist schon lange her.
Und heute –?
Jetzt sind die andern dran.
Nach unsrer Sprache plaudern Liebesleute,
Zahntechniker und ihre jungen Bräute …
Das hört sich also an:

«Du sock nisch imme nach die annern Mättschen blickn!
Isch eiffesüschtisch, olle Bums-Roué!
Du imme mit die kleinen Dickn!
Nu isch ins Bett bigehn bimickn,
weil müdischlisch biwé!»

So liebt euch denn (in allen Ehren)!
Die Liebe währet ewiglich.
Und folgt ihr dieses Büchleins Lehren

und küßt ihr euch, ihr Wölfchen und ihr Clairen –:
dann denkt an mich.

Kurt Tucholsky, Rheinsberg 1931

134

Sie, zu ihm

Ich hab dir alles hingegeben:
mich, meine Seele, Zeit und Geld.
Du bist ein Mann – du bist mein Leben,
du meine kleine Unterwelt.
Doch habe ich mein Glück gefunden,
seh ich dir manchmal ins Gesicht:
Ich kenn dich in so vielen Stunden –
nein, zärtlich bist du nicht.

Du küßt recht gut. Auf manche Weise
zeigst du mir, was das ist: Genuß.
Du hörst gern Klatsch. Du sagst mir leise,
wann ich die Lippen nachziehn muß.
Du bleibst sogar vor andern Frauen
in gut gespieltem Gleichgewicht;
man kann dir manchmal sogar trauen …
aber zärtlich bist du nicht.

O wärst du zärtlich!
Meinetwegen
kannst du sogar gefühlvoll sein.
Mensch, wie ein warmer Frühlingsregen
so hüllte Zärtlichkeit mich ein!
Wärst du der Weiche von uns beiden,
wärst du der Dumme. Bube sticht.
Denn wer mehr liebt, der muß mehr leiden.
Nein, zärtlich bist du nicht.

Theobald Tiger, WB 1. 12. 1931

135

Ein kleiner Volksschullehrer

Wenn sich die Schwäche auf die Stärke stürzt, um von ihr zu profitieren, also auf deutsch: wenn sie Biographien schreiben, dann fängt die Lebensbeschreibung oft so an: «X. war damals ein kleiner Volksschullehrer ...» Halt.

Warum klein –? Ist ein Volksschullehrer allemal klein –? Es gibt doch unter diesen, wie unter den «kleinen Angestellten», solche und solche; so wenig etwa jeder Volksschullehrer ein großer Mann ist, was ja wohl auch die unerbittlichste Interessenvertretung dieser Männer nicht wird behaupten wollen, so wenig schmeckt uns das Attribut klein. Ein kleiner Angestellter ...? Hat Gott den Mann auf diesen Platz geweht? Arbeitet sich vielleicht jeder empor, der es verdiente, oben zu sein? Davon ist doch bei der tiefen Illoyalität dieses Lebenskampfes keine Rede. Polgar hat einmal so formuliert: wenn schon das Leben ein Rennen sein soll, dann macht wenigstens den Start für alle gleich. Na, und ist er das vielleicht –?

Er ist so ungleich wie möglich. Der eine hat eine kleine Rente oder die Unterstützung seiner Familie, um über die entscheidenden Jahre jedes Menschenlebens glatt hinwegzukommen: er kann also in Ruhe etwas für seine Ausbildung tun, ohne sie durch eine Nebenarbeit gefährden zu müssen. Solche Nebenarbeit kann fördern, sie kann aber, je nach dem Beruf, erheblich ablenken. Nichts ist manchmal so wichtig, wie in Ruhe aufnehmen zu können, ohne dabei geben zu müssen. Hat diese Ruhe jeder? Die hat nicht jeder.

Und wenn der Volksschullehrer klein ist: ist der Ministerialrat groß? Ich kenne der Ministerialräte manche, die dumm sind wie das Monokel Fritz Langs, und groß sind sie gar nicht. Sie sind nur routiniert; reißt man sie aus ihrer Routine, so versagen sie kläglich. Zum Beispiel allemal im Ausland, wo man ihren Titel kaum aussprechen kann, und wo sie nur das gelten, was sie wert sind.

Und die Kapitäne der Wirtschaft –? Das ist doch wohl nicht euer Ernst.

Es scheint mir nun aber allerhöchste Zeit, eine Sache nicht mit denen zu verwechseln, die von ihr profitieren. Sehr viel dümmer als diese Wirtschaftskapitäne kann man sich nicht gut anstellen. Seit 1914 Niederlage auf Niederlage, Blamage auf Blamage, falsche Voraussage auf falsche Voraussage – alles dummes Zeug. Und die sollen uns etwa als groß hingestellt werden? Ausverkauf! Ausverkauf!

Nein, es wäre hübscher, wenn sich die Biographiker und ähnliche Leute dieses Ausdrucks vom kleinen Volksschullehrer enthalten wollten – es ist ein schlechtes Klischeewort. Denn es gibt törichte und innerlich verwachsene Volksschullehrer, und es gibt große Pädagogen; es gibt weitschauende Verwaltungsbeamte, und es gibt hochbesoldete Esel. Denn man kommt ja nicht immer von unten her zu den großen Stellungen – man kann auch hineingesetzt werden, man kann hineinheiraten, man kann erben. Und diese guten Partien und diese Erben wollen uns nachher erzählen, sie seien bedeutend, weil alles vor ihnen, die Stellen zu vergeben haben, katzbuckelt?

Sagen wir nicht mehr: er war zu Beginn seiner Laufbahn ein – kleiner Volksschullehrer. Sagen wir: Volksschullehrer.

Ignaz Wrobel, WB 1.12.1931

136

Auf dem Nachttisch

Herr Pietsch, eines von Glasbrenners himmlischen Geschöpfen, geht außerordentlich besoffen Unter den Linden spazieren. Und rasselt mit seinem Stock eine Ladenjalousie an. «Det kann ick», sagt Pietsch. «Dafor bin ick Mutter.»

Louise Diel ‹Ich werde Mutter› (bei Carl Reißner in Dresden erschienen). Ja … Es hat also eine Frau die Gefühle ihrer Mutterschaft beschrieben. Vierhundert Seiten; es steht alles drin, was einer gebildeten Frau durch den Kopf geht, wenn das Kapitel «Schwangerschaft» angeschlagen wird. Ich habe mich bei der Lektüre immerzu geschämt. Kennen Sie das, wenn man sich schämt, weil einer auf dem Podium stecken bleibt? Frau Diel bleibt nicht stecken.

Das Buch ist in der Empfindung sauber, an keiner Stelle kokett. (Die Frau ist verheiratet. Wäre sie es nicht, nie hätte sie den Mut besessen, dieses Buch zu schreiben.) Die dargestellten Gefühle sind wahr, genau so hat die Frau sicherlich gefühlt. Das Buch ist durchaus anständig gemeint. Und es ist von einer so erschütternden Durchschnittlichkeit, daß das Wort Strindbergs als Motto davorstehn sollte: «Wahres Muttergefühl kann nur ein Mann empfinden.» Was wiederum Frau Diel nicht verstehen wird, denn sie liebt doch ihren kleinen Jungen.

Wir werden uns rasch klar machen, welche Schicht hier spricht, wenn wir das Buch da betrachten, wo es lustig sein möchte. Es ist Geschmackssache: mir verursacht dieser neckische Familienhumor, der den Arzt durch vierhundert Seiten hindurch «Doktorchen» oder «Doktor» ohne Artikel nennt, etwa jene Gefühle, über die Schwangere mitunter klagen. Ich habe immerzu nachgedacht, warum es beim Zusammenklang meines Nachttisches und dieser Mama einen Mißklang gibt. Jetzt weiß ich es.

Muttergefühle mögen restlos gut sein. Die Beziehung der Geschlechter zueinander ist es mitnichten. Der Partner, sagt vielgelesener Kitschfranzose in einem Augenblick der Erleuchtung, der Partner in der Liebe ist immer auch der Feind. Nun waren zum Beispiel die Untertanen der deutschen Landesmutter aus dem Jahre 1910 gewiß keine restlose Freude – sie bekamen ihre Kinder durch Zustellung der Geburtsurkunde oder durch Blütenstaub, jedenfalls nicht auf natürlichem Wege, was man, wenn man sie sah, auch gut verstehn konnte. Doch Gott bewahre uns vor der neuen Ausgabe, für die das alles frei, natürlich, erlaubt, göttlich, menschlich und sonst noch allerhand ist! Das ist ganz furchtbar. Fühlen diese Frauen nicht, wie schamlos sie sind? Sie fühlen es nicht. Es stehen in diesem Buch Dinge, wie zum Beispiel die behaglich angeschnittene Frage, ob man auch während der Schwangerschaft Geschlechtsverkehr pflegen dürfe ... was sagt eigentlich Herr Diel dazu? Findet er das schön, daß seine Frau dergleichen drucken läßt? Ich weiß schon: dem Reinen ist alles rein. Sicherlich. Und dem Flanellnen ist alles Flanell, was gewiß nicht auf die polizeilich gemeldete Frau Louise Diel bezogen werden soll. Eine, die nichts wäre als Hure, wenn die ein Kind bekäme, das ginge nicht gut. Eine, die nichts ist als Mutter, wenn die liebt … das geht auch nicht gut. Es ist, wie wenn jemand mit Dynamit backe, backe Kuchen macht. Ein Amor, dem seine Mama einen Wickel um den Hals getan hat, damit er sich nicht erkältet.

Eines hat mir einen kleinen Schlag gegeben, das sind die Bildbeigaben des Buches. Sie stammen von Käthe Kollwitz. Ich kann gar nicht verstehn, daß sie da mitgetan hat. Immerhin: das Buch wird ein beliebtes Weihnachtsgeschenk gebildeter, aber schwangerer Mittelstandsfrauen abgeben.

Über ‹Berlin, Wandlungen einer Stadt› von Karl Scheffler (erschienen bei Bruno Cassirer in Berlin) wollen wir rasch hinweggleiten. Sein wunderschönes ‹Berlin, ein Stadtschicksal›, das im Jahre 1910 erschienen ist, hat er neu bearbeitet, aber alles, was in dem alten Buch zu Ende formuliert und mit bester Eindringlichkeit gesagt wurde, ist nicht mehr da. Geblieben ist ein Buch über die Museen der Stadt, über ihre Architektur … nirgendwo aber wirken diese Dinge so aufgeklebt wie in Berlin. Ich habe nie verstanden, daß es von Wichtigkeit sein kann, zu untersuchen, wieviel Cézannes dieses Museum hat und wie wenig Liebermänner jenes – das Schefflersche Buch wirkt unendlich vorgestrig, was der Autor keineswegs ist. Es geht allem, was den Berliner von heute brennend interessiert, sorgfältig aus dem Wege und wandelt auf Boskettwegen, die mir auf dem Mond zu liegen scheinen. Mit Berlin hat das Buch nicht viel zu tun.

Drei Kriegsbücher, ein ganzes und zwei halbe.

Das ganze heißt ‹Im Sturm ums Niemandsland› von dem irischen General Crozier (erschienen bei Paul Zsolnay in Wien). Bereute Roheit, oder: Nächstes Mal machen wir es grade so.

Der Herr General macht sich und uns wenigstens nichts vor. «Auf dem Grunde liegen die zwei toten Deutschen im Stahlhelm, noch immer unbegraben, während zehn Yard entfernt in einem saubern Grab mit grobem Kreuz und frischer Inschrift die menschlichen Überreste des letzten britischen Soldaten der 119. Infanteriebrigade ruhen, der ‹im Kriege gefallen ist, den Krieg zu enden›. Wir lesen die Inschrift: Er starb für sein Vaterland. ‹Was soll mit den zwei Kerlen in dem Loch da geschehen?› fragt Andrews leichthin, ‹ich nehme an, sie starben auch für ihr Vaterland.› – ‹Das schon,› antworte ich, ‹aber unglücklicherweise auf der falschen Seite›.» Das ist Europa, und wir haben dem nichts hinzuzufügen.

Höchstens, daß die britische Nation ihren frühern Welterfolg einem schrankenlosen Nationalismus verdankt, der besonders peinlich schmeckt.

Das Buch hat alle kriegerischen Eigenschaften: es ist stellenweise hochmütig, ungebildet und im Grunde ein bißchen dumm. Wo der Verfasser Ironie gibt, fühlt er das nicht einmal. Wenn er Douglas Haig beschreibt, wie er vorbeireitet, «aufrecht auf seinem Offizierspferd, einen Stahlhelm und eine Gasmaske zur Vorsicht mit sich führend», weil man ja nie wissen kann … so ahnt er nicht, daß er hier die Karikatur dieser sogenannten Generale aufgemalt hat. Übrigens ist das Buch schlecht übersetzt.

Zwei halbe Kriegsbücher: eines von einem schweizerischen Soldaten, zu lesen braucht man es nicht, aber anblättern und lachen kann man schon. ‹Marsch im Jura 1916/17› von Max Oederlin (erschienen bei Grethlein & Co. in Zürich). Das Buch ist deshalb so unwiderstehlich komisch, weil dieser Herr Soldat gar nicht gefühlt hat, wie nichtig seine Manöver und Biwakabenteuer neben dem Krieg gewesen sind. Wenn er noch gute Grenzschilderungen gegeben hätte! Nichts davon. Die harten Krieger, die natürlich im Ernstfall genau so gute Soldaten wie die Deutschen gewesen wären, spielen hier schweißgebadet Billard und trinken manches Glas Bier.

Wenn schon von der Schweiz im Kriege die Rede ist, dann halte man sich an andre Zeitdokumente.

«Grenzwachkompagnie 58/III. Lieber Freund! Vier Wochen lang lag ich bei der Ruine Landskron. Es ist in der Nähe von Basel. Von dort aus kam ich ins erste Treffen, weil Franzosen durch das Leimental nach Basel und weiter durch die Schweiz marschieren wollten. Es kam ihnen böse zu stehn. Du kennst meine Ansicht wie ich die Deine. Leider war ich grade auf Patrouille und war der erste, der die roten Hosen bemerkte. Ich hatte nur vier Mann bei mir, was tun? Ich sträubte mich zu schießen, so rief ich die Kerle an, zurückzugehen. Erst verstand die Bande nicht deutsch, dann kamen sie näher und plötzlich stoßen sie auf uns. Zwei Kameraden fielen, mich selbst wollte die Gesellschaft lebendig haben. Ich hatte aber keine Lust zum Mitgehen und Du weißt, ich habe manche Auszeichnung im Schießen geholt. Es ist allerdings ein bitteres Gefühl, schießen zu müssen. Ich glaube nicht, daß es möglich ist, daß die ersten Schüsse treffen können, so besudelt ist man. Zudem kommt man in kalten Schweiß und erst nach und nach überlegt man genau.»

Das ist zitiert nach den ‹Kriegsdokumenten›, die Eberhard Buchner gesammelt hat (erschienen bei Albert Langen in München, zu einer Zeit, als der Verlag noch nicht nationalistisch war). Diese Bände zu durchblättern, das ist eine sehr nachdenkliche Lektüre. Es wäre möglich, beinah neben jede Meldung die Wahrheit zu setzen; das Ganze wirkt wie das mißtönende Geschrei aus einem Irrenhaus. Eine Fundgrube für Zeitungsleute, die ihre Sache ernst nehmen.

Das zweite halbe Kriegsbuch spielt im sogenannten Frieden und behandelt die ‹Affaire Zabern›. Verfasser ist einer der Beteiligten: der Sergeant Höflich (erschienen im Verlag für Kulturpolitik in Berlin).

Zabern – das ist lange her! Im Jahre 1913 erlaubten sich einige Offiziere Übergriffe gegen die elsässische Bevölkerung, und es ging hoch her: die Presse schäumte, der Reichstag dröhnte, und die Offiziere machten Karriere. Dann zogen alle in den Krieg und hatten Zabern vergessen. Nicht so die Elsässer.

Was der Sergeant in durchaus gemäßigtem Tonfall berichtet, wohlgeschult an kaiserlichen und republikanischen oder sagen wir besser nachkaiserlichen Zeitungen, das zeigt, wie der Apparat immer stärker ist als alle Vernunft. Hier war nun nicht viel Vernunft: so, wenn der Oberst von Reuter, sicherlich nicht einer der schlimmsten, einen Verhafteten anbrüllt: «Wollen Sie gefälligst die Mütze abnehmen vor einem preußischen Oberst!» – wie der Leutnant von Forstner in der Instruktionsstunde sagt … aber das war schon schwachsinnig, denn grade ein patriotischer Offizier dürfte so etwas nicht sagen: Der Leutnant hatte gelegentlich einer Instruktion über Deserteure geäußert, daß solchen Leuten nichts weiter übrig bleibe, als in der Fremdenlegion Unterschlupf zu suchen. Sie haben dann keine andre Ehre mehr als unter der französischen Fahne zu dienen. Dann: «Auf diese Fahne könnt ihr scheißen.» Man sollte das auf Fahnen nicht tun.

Der Verfasser, Sergeant Höflich, hatte die Soldaten aufgehetzt, «im Falle der Notwehr» sofort von der Waffe Gebrauch zu machen, als sei geschlagen zu werden für einen Soldaten schimpflicher als für einen andern Menschen – und Forstner hatte hinzugesetzt: «Wenn ihr dabei einen solchen Wackes über den Haufen stecht, schadet das auch nichts, ich gebe euch dann noch zehn Mark Belohnung!» Und Schersant Höflich hinterher: «Und von mir noch drei Mark dazu!» Soweit die kaiserliche Instruktion.

Man kann sich denken, was das im Elsaß, wo die moralischen Eroberungen der Preußen sowieso etwas dünn aussahen, für einen Eindruck machte. «Boche» hörten sie dann nicht gern, aber einen Elsässer «Wackes» nennen – das ist ganz etwas andres. Dann gab es den üblichen großen politischen Klamauk, aber es war ein deutscher Klamauk, und so hatte er keine Folgen. Schant Höflich drückt das in unnachahmlicher Selbstverspottung, deren er sich bestimmt nicht bewußt ist, so aus: «Daß Reichskanzler und Kriegsminister – trotz des mit überwältigender Mehrheit ausgesprochenen Mißtrauensvotums – auf ihrem Posten bleiben durften, ging uns nichts an und war Sache des deutschen Volkes und des Reichstages.» Und so war es denn auch.

Was ist uns das heute noch? Der ahnungsvolle Verleger merkte an, es seien alle Rechte vorbehalten, «auch die der Übersetzung, der Verfilmung und Verwendung für den Tonfilm …» Das ist es uns heute.

Ludwig Bauer ‹Morgen wieder Krieg› (erschienen bei Ernst Rowohlt in Berlin).

Das Buch hat ein merkwürdiges Schicksal: soweit ich das übersehen kann, ist es fast ganz totgeschwiegen worden. Warum wohl –? «Emil», sagt ein altes berliner Lied, «Emil mit dem Doppelkinn, du paßt in keene Wieje nich mehr rin!» Dieses außerordentlich gescheite Buch paßt in keine der heute geltenden Kategorien, es ist nämlich mit dem gesunden Menschenverstand geschrieben worden.

Der kommt nicht nur in Sachen Deutschland zu Folgerungen, die nur in Deutschland als fürchterliche Ketzerein gelten. Ich wünschte, eine Hitlerregierung erfüllte wenigstens eine ihrer dreitausend Versprechungen, wenigstens diese eine. Sie rolle die Kriegsschuldfrage noch einmal auf. Was wird sie ernten? Empörung? Grimmigen Widerstand? Innere Einkehr der Feinde, wie diese Nazis glauben, die von Europa nichts kennen? Sie werden auf völlige Verständnislosigkeit stoßen – es wird niemals zu ernsten Verhandlungen kommen, weil es diese Frage nicht mehr gibt. Bauer sagt: «Nehmen wir an, es geschähe ein Wunder, es würden heute zwei Briefe vom Zaren und Poincaré aufgefunden, Anfang Juli 1914 geschrieben, darin stände schwarz auf weiß: wir fallen jetzt über Deutschland her, wir sind glücklich, daß endlich diese Gelegenheit gekommen ist, wir schieben Deutschland die Verantwortlichkeit zu und werden so erreichen, daß alle Welt unser Bundesgenosse wird – nun wohl, was würde dann geschehn? Nichts. Es gäbe eine Sensation, unendlichen Lärm, aber die Mächte würden nicht wieder in Paris zusammenkommen, die alten Grenzen neuerdings herstellen, die Wiedergutmachungen zurückerstatten, die Verträge zerreißen ... Denn die Staaten sind nun so, wie sie geschaffen wurden, sie tragen in sich das Recht des Bestehenden. Der deutsche Unschuldsbeweis ist undenkbar, weil es eben keine deutsche Unschuld 1914 gibt; aber sogar wenn er unwiderleglich erbracht werden könnte, würde er nicht mehr bewirken als ein Achselzucken.»

Die Vorschläge, die das Buch macht, um diesen wahnwitzig gewordenen Kontinent zu retten, diese Vorschläge erscheinen mir unzureichend. Eine Propagandastelle etwa gegen die nationale Lüge ... das halte ich nicht für durchführbar. Es ist alles viel zu spät, und man wird das auch niemals tun. Aber die Schilderung des Bestehenden, die Schilderung Europas, so, wie es nun einmal ist, die ist gut gelungen. Es gibt einige deutsche Diplomaten, die wissen Bescheid – sehr intelligent ist der adlige Durchschnitt nicht, aber so dumm ist er wieder nicht, um nicht einigermaßen die deutschen Chancen zu sehn. Sie wissen es. Es gibt Referenten im Auswärtigen Amt, die kennen ihre Verhandlungspartner. Aber gestoßen, geknufft und umbrüllt von den tobenden Stammtischen in Prenzlau und Sangerhausen, in Greiz, Gera und Weimar, stehn die Vertreter des Deutschen Reiches im Ausland da wie die Hanswurste: sie sollen etwas erreichen, was niemand erreichen kann. Ludwig Bauer sieht, was kommen wird, erbarmungslos klar – für wen hat er das geschrieben?

Für die Majorität der Deutschen einmal sicherlich nicht.

Für die haben die stärkern Bataillone recht, so sehen sie auch den chinesisch-japanischen Konflikt an – immer feste druff! Doch gilt die Theorie von den starken Bataillonen dann nicht, wenn Deutschland besiegt wird – dann ist Krieg bitterstes Unrecht. Krieg muß sein, aber nur, wenn Deutschland siegt. Wie die dummen Jungen. Und sie freuen sich so, wenn dieser Völkerbund versagt!

Er muß versagen, denn es gibt ihn gar nicht. Bauer setzt auseinander, wie gefährlich die genfer Komödie ist: sie kompromittiert eine gute Idee. Gibt es einen Völkerbund? Es gibt keinen. Das glauben nur noch so brave Pazifisten wie Hans Wehberg – aber die gibt es auch nicht, und so gleicht sich alles im Leben aus. Wir werden uns im nächsten Krieg wiedersprechen.

Der Völkerbund existiert nicht, weil kein Staat auch nur auf ein Partikelchen seiner absoluten Souveränität verzichtet hat – und nur so könnte er entstehen und bestehn. Deutschland hat am allerwenigsten das Recht, ihn zu kritisieren. Wer einen so barbarischen Nationalismus will und bejaht, der mache seinen Krieg und schweige, wenn von Pazifismus die Rede ist.

Ludwig Bauer aber sei allen empfohlen, die sich noch ein Restchen jenes Menschenverstandes bewahrt haben, der heute als Rationalismus und Liberalismus von wild gewordenen Analphabeten angeprangert wird.

Wenden wir uns zum Schluß freundlicheren Dingen zu.

Wenn einer den Schnupfen hat und nicht ausgehn kann oder die Grippe und nicht ausgehn will oder er ist Mutter und kann nicht ausgehn, dann lese er den ‹Prager Pitaval› von Egon Erwin Kisch (erschienen im Verlag Erich Reiß in Berlin). Das ist ein herrlicher Schmöker! Aus alten Scharteken, aus dem Pitaval, aus eignen Erlebnissen tut Kisch hier das, was er am besten kann: er erzählt. «Verzähl uns was!» sagen die Kinder, wenn sie sich langweilen. Es ist zu schön. Pracht- und Mittelstück die klassische Darstellung des Falles Redl. Sehr gut, daß er das aufgenommen hat – der Band ist einst bei der seligen «Schmiede» erschienen, deren Inhaber übrigens Schule machen, denn es gibt allerhand Verleger, deren Abrechnungen zu wünschen übrig lassen. Was tut der Schutzverband? Er ist uneins miteinander, und so vergeht allen Beteiligten auf das schönste die Zeit. Nein, wir sind keine gefährlichen Arbeitnehmer.

Auf dem Nachttisch liegt noch vielerlei. Aber der Inhaber hat sich in die Kissen zurückgezogen und tut was –? Er schmökert. Er liest E. E. Kisch.

Peter Panter, WB 8. 12. 1931

137

Hégésippe Simon

> In allen Städten glaubt man, die allgemeinen Laster und Übel der Menschen und der menschlichen Gesellschaft seien grade diesem Ort eigentümlich. Ich bin niemals irgendwo gewesen, wo ich nicht gehört hätte: hier sind die Weiber eitel und treulos, sie lesen wenig und sind schlecht unterrichtet; hier sind die Leute neugierig auf alles, was einer tut, sie schwätzen und klatschen; hier vermögen Geld, Gunst und Laster alles; hier herrscht der Neid, und die Freundschaften sind hier wenig aufrichtig. In dieser Art geht es weiter, als ob anderswo diese Dinge anders wären. Die Menschen sind erbärmlich aus Notwendigkeit und glauben hartnäckig, sie seien nur aus Zufall so erbärmlich.
>
> *Leopardi*

Die menschliche Dummheit ist international.

Waren die Dummen früher konfessionslos gefärbt, so schimmern sie heute in allen Farben der Nationalfahnen, die den Kontinent bis zur Geistesschwachheit verdummen. Französische Dummheit schmeckt anders als englische. Zum Beispiel so:

Wer einen einzelnen Redakteur mit einer falschen Einsendung hineinlegt, macht sich einen Spaß, überschätzt aber die Zeitung, weil er sie ernst nimmt. Aber eine ganze Gruppe hineinzulegen … Das hat im Jahre 1913 der inzwischen verstorbene Journalist Paul Birault gemacht. Er schrieb an die Abgeordneten der radikalen Partei Frankreichs folgenden Zirkularbrief:

«Sehr geehrter Herr Abgeordneter!

Dank der Freigebigkeit eines großherzigen Spenders sind die Anhänger Hégésippe Simons endlich in die Lage versetzt, über die Mittel zu verfügen, die für die Errichtung eines Denkmals benötigt werden. Das Denkmal wird diesen Mann, der seiner Zeit vorangeeilt ist, der Vergessenheit entreißen.

Von dem Wunsch beseelt, die Jahrhundertfeier dieses echt demokratischen Erziehers mit allem bürgerlichen Glanz zu begehen (Einfügung Ignaz Wrobels: entschuldigen Sie, ‹civique› gibts im Deutschen nicht), bitten wir Sie ergebenst um die Erlaubnis, Ihren Namen in die Liste der Ehrenmitglieder des Comités einzusetzen.

Sollten Sie bei der Einweihungsfeier das Wort ergreifen wollen, werden wir Ihnen das gesamte Material zugänglich machen, das für Ihre Rede vonnöten ist.

Mit den besten Empfehlungen

Ihr sehr ergebener …»

Die Antworten strömten zu Hauf.

Ehrenmitglieder? Das wollten sie sein. Eine Rede halten? Aber mit Wonne. Ein Abgeordneter aus den Pyrenäen bat sofort um das Material für einen Speech; viele andre taten desgleichen.

Nur hatte die Sache einen kleinen Haken. Herrn Hégésippe Simon hat es nie gegeben.

Der Journalist hat sicherlich monatelang an diesem Namen geknobelt, und für ein französisches Ohr ist er ihm gradezu herrlich gelungen. Simon, das kann man leicht behalten, und Hégésippe, das klingt etwas altmodisch, aber nicht zu altmodisch … und das ganze war recht vertrauenerweckend, etwa: fortgeschrittner Schüler der Ecole Normale Supérieure. Und so fielen sie denn in Scharen auf diesen Scherz hinein. Der Spaß wurde noch ein wenig fortgesetzt, Ort und Zeit der Feier wurden bekanntgegeben, und es strichen denn auch richtig eine ganze Menge Leute zu dieser Stunde in jenem Park umher …

Geltungsbedürfnis, Eitelkeit und die menschliche Dummheit der Abgeordneten hatten sich um diesen Kern kristallisiert, den Birault ihnen vorgeworfen hatte.

Dieser Hégésippe Simon ist in Frankreich sehr bekannt; Sie können ihn überall zitieren, den verdienten Mann. Und das ließ nun einen andern Journalisten nicht schlafen.

Man unterschätzt in Deutschland die Intelligenz der Action Française, und man überschätzt ihren Einfluß. Die Franzosen haben einen geistigen Nationalismus, der nicht in Mystizismus verschwimmt, etwas bei uns ganz und gar Unvorstellbares. Der französische Nationalismus ist auch nicht offensiv; die deutsche Provinzpresse lügt systematisch, wenn sie das behauptet, was ihr diesbezüglich diktiert wird. Dieser Nationalismus ist auch nicht so einflußreich, wie die jungen Franzosen, die mit von der Partie sind, gern behaupten; wäre es so, wie sie es schildern, dann müßten wirklich die gesamte Intelligenz und die Majorität der Studenten Anhänger dieser Gruppe sein, in der Maurras den Kopf und Daudet das Maul repräsentieren, und dann gäbe es heute in Frankreich keine demokratischen Verwaltungsbeamten und keine links gerichteten Lehrer und Richter mehr. Nun ist aber ein erheblicher Teil der Lehrer auf den höhern Schulen demokratisch und die Majorität der Volksschullehrer steht einem integralen Sozialismus nahe, der in Frankreich gern als kommunistisch verschrien wird, was allerdings eine sanfte Täuschung darstellt. Soweit gut.

Nun hatte die Action Française da einen Mann sitzen, Alain Mellet. Der dachte sich im Jahre 1929 etwas aus.

Es dürfte vielleicht bekannt sein, daß der Durchschnittsfranzose, den stammelnde Übersetzer gern den «mittlern Franzosen» nennen, keine blasse Ahnung von Geographie hat. Oslo, Koserow und Rio de Janeiro … so genau kommt das bei ihm nicht drauf an. Diese Schwäche wohl kennend, schickte Herr Mellet seinerseits ein Zirkular in die Welt, und zwar wandte er sich wieder an die Abgeordneten der Linken. (Daß ihm die Rechten ebenso auf den

Leim gegangen wären, ist sicher; er hätte dann nur eine andre Leimsorte wählen müssen.) Der Brief lautet ein wenig gekürzt so:

«Hochverehrter Herr Abgeordneter!

Wir rufen Ihr Mitleid und Ihr Gerechtigkeitsgefühl an, wenn wir Sie bitten, das Folgende mit Aufmerksamkeit zu lesen:

In diesem unserm zwanzigsten Jahrhundert, das von der lichtvollen Idee des Rechts erfüllt ist, seufzen mehr als hunderttausend unglückliche Poldevianer wie die Sklaven unter dem Joch von ein paar Dutzend Großgrundbesitzern.

Während die Männer in den Fabriken und landwirtschaftlichen Betrieben des Auslands arbeiten, führen die Frauen, die alten Leute und die unmündigen Kinder ein Leben wie die Tiere. Wir sehn keine Hilfe für sie, es sei denn, das Weltgewissen nehme sich ihrer an, jenes Gewissen, das wir in Ihrem Herzen, verehrter Herr Abgeordneter, anrufen.

Wir sind natürlich keine Freunde der Sowjetrepublik, keine Freunde der Ukraine, durch die wir zu viel gelitten haben, aber das muß doch gesagt werden: solche Greuel wären selbst dort, heute, nach der Revolution, nicht mehr möglich.

Und darum bitten wir Sie, sehr geehrter Herr Abgeordneter: helfen Sie uns! Wir wollen von Ihnen keinen Pfennig Geld, sondern etwas viel Wesentlicheres: Ihre moralische Unterstützung, etwa durch ein Schreiben, das wir dann im nächsten Monat der dritten Unterkommission der Generalkommission beim Völkerbund für den Schutz der nationalen Minderheiten unterbreiten können.

Wir danken Ihnen im voraus, sehr geehrter Herr Abgeordneter, für Ihre Antwort, die wir gleichzeitig mit den Äußerungen Ihrer Parlamentskollegen aus dem großen Frankreich der Revolution nach Genf schicken werden!

Für das poldevianische Comité:

Lyneczi Stantoff. Lamidaëff.»

Nun hätten die Herren Abgeordneten nur die Unterschriften dieses Hilfschreis richtig zu lesen brauchen: die Action Française wird in Frankreich kurz «L'A. F.» genannt, und der zweite Mann wäre also nichts als «L'ami d'A. F.», der Freund der Action Française. Der erste aber heißt, wenn man vorsichtig buchstabiert:

Herr Inexistantoff, also etwa: Herr Nichtvorhandowski. Außerdem gibts keine Poldevianer.

Doch wußten die Abgeordneten dieses alles mitnichten, und es gab einen Hereinfall, über den sich Paris monatelang amüsierte.

Sie antworteten, und ob sie antworteten!

Ein sozialistischer Abgeordneter aus den Ardennen:

«Ich antworte auf Ihren so schmerzlich bewegten Appell, indem ich Ihnen sage, daß ich als Sozialist auf Seiten der Opfer der Unterdrückung stehe. Mein Herz blutet bei dem Gedanken, daß sich Menschen, die frei und glücklich sein sollten, unter dem Joch der Junker krümmen und seelisch und körperlich leiden.»

«Es ist eine Schande,» schrieb ein andrer, «daß in unserm Jahrhundert wiederum Verbrechen begangen werden, die die Idee der Menschheit besudeln.» Dergleichen fiel ihnen fix und fertig aus dem Mund; politische Gedanken, und nun gar erst politische Phrasen, werden ja in Serien hergestellt, und man hat sie jederzeit zur Verfügung. Einer für alle, und alle für keinen.

Nun klingt doch das im Französischen so schön, es rollt und es dröhnt, da muß man hineingetreten sein:

«Votre cri d'alarme ne peut laisser indifférent un membre du Parlement français, ancien combattant de la grande guerre, descendant de ces glorieux ancêtres de la Révolution qui ont proclamé à la face du monde les droits imprescriptibles de l'homme et du citoyen.»

Worüber wieder jeder seine Witze machen darf, jeder, nur kein deutscher Nationalist. Weil er nicht begreift, was denn hier so dumm karikiert erscheint.

Auch ein Kommunist fehlt nicht: der Genosse Béron:

«... erlaube ich mir, Ihnen in Erinnerung zu bringen, daß die kommunistische Partei der Kammer sich mehr als einmal gegen die Unterdrückung der nationalen Minderheiten ausgesprochen hat.» Gut. Aber:

«Mit allem Nachdruck unterstreiche ich die Stelle in Ihrem Brief, in der Sie sagen: So etwas wäre bei den Russen nach der Revolution nicht möglich.» Wo er recht hat, hat er recht.

*

Fix und fertig. Fix und fertig liegen die Phrasen in den Gehirnfächern, ein kleiner Anlaß, ein Kurzschluß der Gedanken, und heraus flitzt der Funke der Dummheit.

Wobei noch zu bemerken wäre, daß man vor dem Kriege für ein Individuum mobil machen konnte. Heute muß es schon ein ganzes Volk sein.

Die Action Française hat aus diesem Spaß den Schluß gezogen: Da seht ihr es – der Parlamentarismus! Nein, sie hat gar nicht verstanden, was sie da angerichtet hat.

Es ist wohl so, daß die Triebe im Menschen schlummern, eine dösende Wache. Anonym sind sie. Wenn sie aber ans Licht treten, nehmen sie einen Namen an. Sehr beliebt ist heute: Nationalismus.

Der Nationalismus setzt sich aus Motiven zusammen, die mit ihm nichts zu tun haben. Er heißt so. Er ist keiner.

Ignaz Wrobel, WB 15.12.1931

138

Media in vita

Die läuft rum, die mir die Augen zudrückt:
eine Krankenpflegerin.
Ordnet noch die Fläschchen auf dem Nachttisch,
wenn ich schon hinüber bin.
Leise kreuzt sie meine Hände übern Bauch.
Das ist ein Beruf wie andre auch.

Jeden Morgen, wenn ich mich rasiere,
denk ich in dem Glanz des Lampenscheins,
während ich mich voller Seife schmiere:
jetzt sinds nur noch x Mal minus eins.
Und da steh ich voller Schaum und Frömmigkeit,
und ich tu mir außerordentlich leid.

Da, wo sich die Parallelen
schneiden, fliege ich dann hin.
Ach, ich werde mir doch mächtig fehlen,
wenn ich einst gestorben bin.
Andern auch –? Wer seine Augen aufmacht, sieht:
Sterben ist, wie wenn man einen Löffel aus dem Kleister zieht.

Theobald Tiger, WB 15.12.1931

139

Im Gefängnis begreift man

«Ja, liebe Genossen und Genossinnen, hier im Gefängnis begreift man besser als draußen, wie notwendig die Rote Hilfe ist ... Aber die Ihr draußen seid, Ihr habt noch die Freiheit – und mancher kann nicht sagen, wie lange noch ... Euch möchte ich bitten ...»

Da möchte ich mitbitten.

Die zitierten Sätze stammen aus dem rührenden Brief eines Arbeiters, Georg Keisinger; die ‹Rote Hilfe› hat ihn veröffentlicht.

Über meinem Schreibtisch hängt ein Bild. Drei Sträflinge sind darauf zu sehn. Und darunter steht: «Wir erwarten, daß ihr für uns kämpft, wie wir für euch gekämpft haben.»

Sechstausend sprechen heute so – mehr als sechstausend. Ich halte es einfach für eine Dankesschuld an diese Männer und Frauen, daß wir helfen, so gut wir können. Hier hilft vor allem Geld.

Die Rote Hilfe stellt den Leuten Anwälte, wenn es noch nicht zu spät ist. Sie sendet ihnen Liebesgaben ins Gefängnis. Sie hilft den Familien weiter, die von diesen juristischen Verwaltungsmaßnahmen am schlimmsten getroffen werden. Über manches wäre vielleicht zu streiten. Aber ich meine, man sollte aus einer Solidarität helfen, die da bekundet:

Was ein deutscher Richter an sogenannten entehrenden Strafen verhängt, ist für uns nicht einmal eine Ehre – es ist gleichgültig. Gleichgültig seine Meinung über Landesverrat; gleichgültig seine feinen Unterschiede zwischen Überzeugungsattentätern und gemeinen Verbrechern –: was hier ausgefochten wird, ist ein Teil jenes großen Kampfes, der heute quer durch die Völker geht. Und zum Kriegführen gehört Geld.

Reich sind wir alle zusammen nicht. Aber hier zehn Mark und da zehn Mark, es summiert sich. Und es macht die besten Vorkämpfer unsrer Sache stark. Die Geber sind in Freiheit. Wie lange noch, hat der Arbeiter gefragt. Er hat ganz recht: wie lange noch? Bis zur nächsten Notverordnung?

Man kann für etwas geben. Man kann aber auch gegen etwas geben. Gebt bitte Mann für Mann und Frau für Frau ein paar Mark gegen diese Richter und für unsre Gesinnungsfreunde!

Die Postschecknummer der Roten Hilfe ist: Berlin 109 676.

Kurt Tucholsky, WB 15.12.1931

140

Schnipsel

Wenns gut geht, wirft sich der Unternehmer in die Brust; sein Verdienst beruht auf seinem Verdienst, und weil er das Risiko getragen hat, will er auch den Hauptanteil des Gewinnes für sich.

Wenns schief geht, sind die Umstände daran schuld. Dann muß der Staat einspringen und das Defizit decken, denn Kohlengruben, Stahlwerke und die Landwirtschaft dürfen nicht Not leiden. Und sie leiden auch keine Not, weil sie notleidend sind.

Auf alle Fälle aber kann der Unternehmer nichts dafür, er trägt die Verantwortung, und wir tragen ihn.

*

Um wie viel stiller ginge es in manchen Familien zu, wenn sich alle Frauen Männer kaufen könnten!

*

Bei einem französischen Zeitungsartikel muß man sich immer fragen: «Was will der Mann?» und: «Wer hat ihn dafür bezahlt?»

Bei einem deutschen Zeitungsartikel muß man sich fragen: «Was verschweigt er?» und: «Wer hat ihn dafür auf die Schulter geklopft?»

*

Mit dem Tode ist alles aus. Auch der Tod –?

*

Neben manchem anderm sondern die Menschen auch Gesprochnes ab. Man muß das nicht gar so wichtig nehmen.

*

Kleine Nachricht. Die Ausreisegebühr aus den hamburger Zuchthäusern ist um 40 Mark erhöht worden.

*

Ist es ein Zufall, daß die Vertreter der wildesten Gewaltlehren, Nietzsche, Barrès, Sorel, keine zwanzig Kniebeugen machen konnten? Es dürfte kein Zufall sein.

*

Schade, daß es nicht im Himmel einen Schalter gibt, bei dem man sich erkundigen kann, wie es unten nun wirklich gewesen ist.

*

«Er wußte um die Geheimnisse des Seins …» solche Wendungen sollte man auf Gummistempel schneiden und dann verbrennen.

*

Max Liebermann wäre auch ohne Hände ein großer Bankier geworden.

*

Wenn ein Mann weiß, daß die Epoche seiner stärksten Potenz nicht die ausschlaggebendste der Weltgeschichte ist –: das ist schon sehr viel.

*

Er war hochmütig wie der Sohn einer zweiten hamburger Familie, aber etwas gebildeter.

*

Dieses Mädchen ist höflich-sinnlich.

*

Der Schriftsteller Fülöp-Miller ist gründlich oberflächlich.

*

Was sagte wohl ein Wirtschaftsführer, wenn wir ihm seinen Betrieb so schilderten, wie er ihn zwei Jahre später im Prozeß schildern wird? Wenn wir also sagten: «Du weißt gar nicht, was hier vorgeht, oder du willst es nicht wissen; um dich herum wird betrogen; du bist geistig nicht auf der Höhe, fast in der Nähe des Paragraphen einundfünfzig; um dich herum wird bestochen!» Das alles darf aber erst ausgesprochen werden, wenn der Kerl tausend Unschuldige in seine Pleite hineingezogen hat.

*

Es gibt skeptische Ärzte und Ärzte mit Bart. Darüber darf man aber nicht vergessen: es gibt auch skeptische Patienten und solche mit Bart. Zeileis ist unter anderm ein Wunschbild seiner Kranken. Bart will Bart.

Peter Panter, WB 22.12.1931

141

Basel

Das empfinde ich jedesmal, wenn ich durch Basel komme, aber es hat noch keiner geschrieben ... keiner.

Der vollkommene Wahnwitz des Krieges muß doch jedem aufgegangen sein, der da etwa im Jahre 1917 auf diesem Bahnhof gestanden hat. Da klirrten die Fensterscheiben; da murrten die Kanonen des Krieges herüber; wenn du aber auf diesem Bahnhof einem Beamten auf den Fuß tratest, dann kamst du ins Kittchen. Hier durftest du nicht. Dort mußtest du. Und wer dieses Murren der Kanonen hörte, der wußte: da morden sie. Da schlagen sie sich tot. Ein halbes Stündchen weiter – da tobte der Mord. Hier nicht. Das hat keiner geschrieben, merkwürdig.

Ich weiß ja nicht, wie sie das gemacht haben, daß die Kugeln der beiderseitigen Vaterländer nicht auf schweizer Gebiet abgeirrt sind, und manchmal sind sie ja wohl, und wenn ich nicht irre, hat es auch dadurch auf schweizer Seite einen Toten gegeben oder zwei. Es steht da von dem großen englischen Grotesk-Zeichner W. Heath Robinson in ‹Some Frightful War Pictures› ein grandioses Blatt: «Ein schweizer Schäfer sieht einer Schlacht an der Grenze zu.» Da sitzt also der Schäfer inmitten seiner Bähbäh-Schafe und raucht eine Friedenspfeife, hinter sich hat er einen Topf mit schweizer Milch stehn, und auf dem benachbarten Berge steht eine Sennerin mit etwas Ziege, und ein kleiner Mann jodelt Noten in die Luft ... Die Grenze aber ist ein scharfer, punktierter Strich.

Und hinter dieser Grenze, da gehn sie aufeinander los, die Deutschen und die Engländer, immer ganz genau an der Grenze entlang, und selbst die heruntergefallenen Mützen bleiben artig im Kriegsgebiet liegen und oben am Himmel ist ein wildes Gewimmel von Zepps und Flugzeugen, aber immer hübsch an der Wand lang und keinen Millimeter drüber. Und der Schäfer raucht.

So ähnlich wird es ja wohl gewesen sein.

Schade, daß das keiner geschrieben hat. Dieses Grausen, dieses Herzklopfen auf der einen Seite – und die strenge Absperrung auf der andern ... nichts ist ja schrecklicher, als eine Mordtat zu hören, die man nicht sehn kann. Und an diesen Wahnwitz denke ich immer, wenn ich auf dem Bahnhof zu Basel stehe.

Ignaz Wrobel, WB 22.12.1931

142*

Liebe Weltbühne!

Meine Freundin Grete Walfisch erzählt:

Frau Thommsen und Frau Pommer gehn in Hamburg bei Karstadt einkaufen. Und wie sie nun so drei Stunden bei Karstadt eingekauft haben, da muß Frau Thommsen miteins..., ja, und da muß Frau Pommer den natürlich auch.

Und wie sie denn auf Toilette kommen, da ist man nur ein Sitz. Frau Thommsen geht zuerst, und wie sie wieder rauskommt, da sagt die Frau mit dem Tuch:

«Soll ich nochmal überwischen oder sind die Damen bekannt?»

Anonym, WB 22.12.1931

143

Rote Signale

Unter diesem Titel ist im Neuen Deutschen Verlag zu Berlin ein illustriertes Heftchen Gedichte erschienen. Es sind Beiträge aus der A.I.Z., die bei Münzenberg herauskommt.

Die deutsche Propagandadichtung hat noch nicht ihren Stil gefunden; sie wird ihn aber finden. Noch tastet sie. Manches in diesem Bändchen ist zu trocken, zu abstrakt, zu sehr aus der Photo abgeschrieben, unter der das Gedicht abgedruckt steht, und also ohne Bild nicht recht wirksam. (Auch mein Freund Theobald Tiger verfällt oft in diesen Fehler. Und das ist ein Fehler, wenn es sich um Vortragsstücke handelt.) Ein paar Gedichte sind glatt verhauen. Manches poltert; Erich Weinert hat auch leise Töne, von denen man hier nicht viel hört. Prasselnder Versammlungsbeifall ist gut; künstlerische Wirksamkeit kann besser sein.

Was absterben sollte, ist die blanke Elendsschilderung. Die Proletarier und Angestellten wissen, daß es ihnen schlecht geht und wie schlecht es ihnen geht. Zu zeigen sind Auswege. Und nun wieder nicht, wie die KPD in ihrer Verranntheit oft gemeint hat, gereimte Parteithesen, die viel, viel unwirksamer sind als die Funktionäre glauben. Gewiß muß man die Linie innehalten, das ist schon richtig. Doch was wollen diese Gedichte? Den deutschen Grundfehler wiederholen? Schon Bekehrte bekehren? Das ist überflüssig. Wer das Parteibuch bereits hat, will zwar gestärkt werden – der Schwerpunkt aber liegt anderswo.

Er liegt in der politischen Beeinflussung der Schwankenden. Und auf deren Seelenzustand ist Rücksicht zu nehmen. Missionare müssen indianisch lernen – mit lateinisch bekehrt man keine Indianer.

Das Bändchen ist ein Versuch; es ist ein Weg aufwärts spürbar. Seltsam ist nur, wie wenig Arbeiter unter den Verfassern vertreten sind; jeder Redakteur dieser Richtung weiß ja, wie kleinbürgerlich fast alle von Proletariern eingesandten Verse sind, wie wenig ursprünglich, wie angelesen. Schade – hier wäre ein Feld.

Hoffentlich schaffen es die Agitproptruppen. Das beste Gedicht scheint mir aus deren Bereich jene ‹Proletarische Selbstkritik› von Willi Karsch zu sein; ein Volltreffer. Das sitzt. Erste Strophe:

> Vier Treppen links im Hinterhause
> als Oberhaupt und Haustyrann
> herrscht der Familienvater Krause

und sieht sich seine Bude an:
Een Haufen Nipps, – der Schönheit wejen –
zwee Engel überm Ehebett
mit joldbesticktem Morjensejen
und eene Venus im Klosett.
Und neben Militärandenken
mit schönem schwarzweißrotem Band
und Hochzeits- und Vereinsjeschenken
hängt einsam Lenin an der Wand.
    Bloß wenn er an der Theke steht,
    ist Krause Sozialist:
    da schwitzt er Klassenkämpfertum
    und schimpft uff Bürgermist.
    Sonst frißt er sich ne Plauze ran,
    ist fromm und gottergeben …
Doch kommts nicht auf die Schnauze an,
ihr müßt auch danach leben!

Es gibt keinen Erfolg ohne Frauen. Das Bändchen wendet sich endlich auch an sie, und wenn ihr einem oder einer eine kleine Weihnachtsfreude machen wollt …

*

Soweit war diese Kritik gediehen, als dem Neuen Deutschen Verlag ein Zettelgen ins Haus flatterte: auf dem standen gar viele Zahlen. Es war aber kein Kurszettel, sondern ein Schreiben des berliner Polizeipräsidiums, das die ‹Roten Signale› beschlagnahmt hat.

«… weil die Regierung und die Justiz und die Religionsgesellschaften und ihre Einrichtungen beschimpft und böswillig verächtlich gemacht werden, und weil außer diesen Stellen die ganze Tendenz der Druckschrift dahin geht, die Leser der Druckschrift aufzuhetzen und für einen politischen Umsturz reif zu machen.» Und ich hatte geglaubt, das täte der Hunger.

Illustrierter Beobachter, ein Naziblatt:

«S.A. marschiert. Sturmbann VII/5 bei der Arbeit.» Dazu Bilder:

«Sturmbannerführer R. – Besichtigung des Radfahrersturms durch seinen Führer. – Besichtigung durch den Standartenführer in Neustadt i. Sa. – Bild links: Vereidigung des Sturmbannes VII/5.»

Was ist das –?

Das ist ein harmloser Radfahrerverein, und der wird erlaubt. Und Rotfront ist verboten.

Beleidige die «Breslauer Juden», du kannst es ungestraft tun. Kritisiere «Soldaten» – du kannst es nicht tun. Sag: Schwangere werden gequält, Gefangene geschunden; nicht immer sind alle schuldig, die da schuldig gesprochen werden – du darfst es nicht sagen. Sag: «Die Reichswehr …», und du bist auf alle Fälle schuldig; sei es, daß du sie pazifistisch nennst, sei es, daß du sie nicht pazifistisch nennst – du sollst den Namen deines Gottes überhaupt nicht nennen, und dieser Satz ist nun wahrscheinlich eine Gotteslästerung.

Der Regierungsrat, der das hier mit zusammengekniffnen Lippen und einem fiskalischen Bleistift in der bezaubernden Hand liest, er senke den Bleistift. Unsre Arbeit ist getan. Niemand braucht mehr aufgehetzt, niemand für den politischen Umsturz reif gemacht zu werden.

– «Könnte man da nicht …?»

Nein, Herr Regierungsrat, man kann, aber man könnte nicht. Ich habe nichts gesagt. Haben Sie was gesagt?

Einheitsfront der Arbeiter und Angestellten – wo bist du –?

Ignaz Wrobel, WB 29.12.1931

144

Die Seriösen

Wenn dir ein ernster Kaufmann spricht:
so hör ihn nicht! so hör ihn nicht!
Er spricht dir von den schweren Zeiten,
von Wirtschaft und Notwendigkeiten …
    Erst wird er fachlich. Und dann krötig.
    Der hats nötig –!

Ja, mit gepumptem Auslandsgeld,
da war sie schön, die deutsche Welt.
Da rauchten wirbelnd alle Essen,
da hatten sie die großen Fressen.
Das Land war ihnen sehr erbötig …
Die habens nötig.

Das Geld ist hin. Die Arbeit knapp.
Die Konjunktur sank tief herab …
Wer sich und uns derart verwirrt hat;
wer dauernd sich so oft geirrt hat;
wer sich in allen schweren Tagen
nur Pleiten holt und Niederlagen,
ein Heros der Finanz-Etappe –:
der erzähle uns nichts, sondern halte die Klappe!
1, 2, 3 –
am Zuchthaus glatt vorbei!
3, 2, 1 –
Was du dir nimmst, ist deins!
Von Tag zu Tag wird stets defekter
der Ruf vom Generaldirekter.
Was der uns predigt, darauf flöt ich.
Der hats nötig.

Theobald Tiger, WB 29. 12. 1931

145

[Helft helfen!]

Ja –? Ja!

6500 proletarische Gefangene sitzen in den Kerkern der Republik.

Sie haben wohl rund 14 000 Angehörige, diese 6500 […] 20 000 Menschen sind unglücklich gemacht – eine kleine Stadt ist das.

Du kannst nicht allen helfen? Hilf einem Haus der kleinen Stadt.

Sie haben für uns gekämpft. Wir wollen sie nicht vergessen.

Ignaz Wrobel, Die Rote Hilfe, Dezember 1931

Anhang

Benutzungshinweise und Danksagung

Übergreifende Hinweise auf die Art der Textpräsentation und die Prinzipien der Textkritik, die Erfassung des Schriftenbestandes sowie die Anlage des Sachkommentars und der Register sind in der «Editorischen Einleitung» zur Gesamtausgabe in Band 1 dargelegt. Zur näheren Handhabung des Kommentaranhangs sollen die folgenden Benutzungshinweise dienen, die über den Aufbau des Kommentars informieren.

Jeder Text ist mit einer Nummer versehen worden, wobei für jeden Band gesondert fortlaufend durchnumeriert wird. Ferner ist zu jedem Text ein eigener Zeilenzähler montiert worden, in dieser Gesamtausgabe sind die Zeilenzähler also nicht auf Seiten sondern auf Texte bezogen. Alle Querverweise und Registernotationen erfolgen unter Angabe der Textnummer und der Zeilenzahl; [72], 14 bedeutet also: Text Nr. 72 und dessen Zeile 14. Innerhalb eines Bandes wird nur nach diesen beiden Angaben verwiesen. Querverweise zu anderen Bänden erfolgen unter Angabe der Band- und Text- bzw. Briefnummer sowie der Zeilenzahl, z. B. Bd. 4 [185], 3 oder Bd. 20 [B 125], 32. Verweise auf noch nicht in dieser Ausgabe gedruckte Texte Tucholskys erfolgen unter Angabe des Erstdrucks und der Erfassungsnummer in der Bibliographie von Bonitz/ Wirtz (z. B. D 1416).

Im Kommentarkopf wird zunächst die Verfasserangabe (V) vermerkt, unter der der Text erschienen ist, sei es unter «Kurt Tucholsky» oder unter «Peter Panter, Theobald Tiger, Ignaz Wrobel» usw. In der zweiten Zeile des Kommentarkopfes sind die bibliographischen Angaben des Erstdrucks (D^1) notiert, in den folgenden Zeilen gegebenenfalls die erforderlichen Daten zu weiteren, von Tucholsky betreuten Drucken zu seinen Lebzeiten (D^2, D^3 usw.). Weichen die Verfasserangaben zwischen dem Erstdruck und weiteren Drucken zu Lebzeiten voneinander ab, wird dies schon bei den Verfasserangaben (V) in der ersten Zeile des Kommentarkopfs festgehalten, z. B.: «Peter Panter (D^1); Kurt Tucholsky (D^2)». Nach dem Verzeichnis der Drucke folgt im Kommentarkopf der Hinweis auf die bibliographischen Nachweise (Bibl.) des betreffenden Textes bei Bonitz/Wirtz (mit Vermerk der dortigen Erfassungsnummer, z. B. D 652) oder der Ergänzungsbibliographie von Ackermann. Ebenso ist dort die Zahl der von Bonitz/Wirtz ermittelten Nachdrucke zu Lebzeiten (NdzL) und der postumen Nachdrucke (Nd) vermerkt, die für texteditorische Fragen nicht relevant sind, und deren vollständige bibliographische Angaben ein interessierter Benutzer bei Bonitz/Wirtz nachschlagen kann. Am Ende der bibliographischen Nachweise (Bibl.) wird jeweils auf den Abdruck des betreffenden Textes in den «Gesammelten Werken» («GW» mit Bandangabe) oder den Nachtragsbänden zu den «Gesammelten Werken» («DT» bzw. «Rep») hingewiesen. Sämtliche Siglen der Werke und Ausgaben Tucholskys sowie anderweitige allgemeine Abkürzungen, die in den Kommentarköpfen und den folgenden Teilen des Kommentars benutzt wurden, sind in den Siglen- und Abkürzungsverzeichnissen im Anhang aufgelöst. Das gleiche gilt für abgekürzt zitierte Literatur (wie «Bonitz/Wirtz» oder «Ackermann»), die im Literaturverzeichnis des Anhangs vermerkt ist.

Wenn es sich bei dem Text um eine Buch-Rezension (Rez.) oder die Aufführungs-Besprechung (Bespr.) eines Theaterstücks oder eines Films handelt, werden die erforderlichen bibliographischen, theatergeschichtlichen oder filmographischen Angaben zu dem Buch, Stück bzw. Film am Ende des Kommentarkopfs unter «Rez.» oder «Bespr.» genannt. Alphabetische Verzeichnisse der rezensierten Bücher und der besprochenen Aufführungen und Filme sind im Anhang zu finden.

Nach dem Kommentarkopf folgen jeweils die editorisch und philologisch relevanten Notationen. Sofern zu einem Text eine Handschrift (H) oder ein Typoskript (T) erhalten ist, werden in der Rubrik «Überlieferung» die Überlieferungsform mit Bogen- und Seitenangaben und die benutzten Schreibmittel vermerkt, am Ende dieser Angaben folgt in Klammern der Hinweis auf den Verwahrort (z. B. «DLA»). Unter «Lesarten» werden danach alle aussagefähigen Änderungen von Tucholskys Hand (Streichungen, Ergänzungen, Überschreibungen) notiert, lediglich geringfügige Korrekturen von offensichtlichen Schreibfehlern werden nicht festgehalten.

Wenn von einem Text mehrere Drucke zu Lebzeiten überliefert sind, die nachweislich von ihm selbst bearbeitet wurden, sind im Abschnitt «Varianten» alle aussagefähigen Änderungen der späteren Drucke (D^2, D^3 usw.) gegenüber dem Erstdruck (D^1) festgehalten. Wiederum wurde lediglich auf den Vermerk der Korrektur von unzweifelhaften Druckfehlern verzichtet.

Wenn Emendationen bei einem Text ausgewiesen werden müssen, erfolgt dies am Ende der textkritischen Notationen im Kommentar ohne Überschrift mit fettgedruckter Zeilenzahl, z. B.: **17** Festrede] *emend. aus* Festreden. Wortergänzungen sind im Text in eckige Klammern gesetzt, Streichungen oder Ersetzungen von Worten sind als Emendation vermerkt.

Sofern das exakte Erscheinungsdatum eines Textes nicht durch den Druckträger vorgegeben ist und die Datierung auf Recherchen beruht, wird die Begründung in der Rubrik «Datierung» dargelegt. Wenn ein Nachweis von KTs Verfasserschaft geleistet werden mußte, wird dies im Abschnitt «Zuschreibung» begründet. Gelegentlich müssen Angaben zur «Entstehung» und «Wirkung» in einer entsprechenden Rubrik dargelegt werden.

Vor dem Beginn des durch die Zeilenzählung ausgewiesenen Stellen-Kommentars werden ohne Überschrift allgemeine Informationen gegeben, die für das Verständnis des geschichtlichen Kontextes, auf den der Text bezogen ist, relevant sind. Ebenso sind dort Hinweise auf einschlägige Artikel und Debatten in anderen Zeitungen vermerkt – sowie allgemeine Querverweise zu anderen thematisch relevanten Texten von Tucholsky (z. B. auch Querverweise zu anderen Rezensionen von Büchern desselben Verfassers bzw. persönliche Bekanntschaften u. dgl.).

In den Zeilen-Kommentaren werden die erforderlichen Sachinformationen zu der betreffenden Textstelle gegeben. Querverweise im Kommentar dieses Bandes erfolgen unter Angabe der Text-Nummer und der Zeile. Eine kursivgestellte Zeilenzahl verweist auf einen Kommentareintrag, geradegestellte Zeilenzahlen auf Textstellen. Wenn im Personen- und Werkregister Zeilenzahlen in runde Klammern gesetzt sind, so ist damit eine indirekte Nennung der Person oder des Werks indiziert. Querverweise zu anderen Bänden erfolgen unter Angabe der Band- und Text- bzw.

Briefnummer sowie der Zeilenzahl. Verweise auf noch nicht in dieser Ausgabe gedruckte Texte Tucholskys erfolgen unter Angabe des Erstdrucks und der Erfassungsnummer in der Bibliographie von Bonitz/Wirtz (z. B. D 1416). Abgekürzt zitierte Literatur ist mit vollständigen Angaben im «Literaturverzeichnis» dieses Anhangs vermerkt.

Am Ende dieses Anhangs findet sich ein alphabetisches Verzeichnis aller Titel. Den Abschluß bildet ein chronologisches Titelverzeichnis, das zugleich als Inhaltsverzeichnis für den Textteil benutzt werden kann.

Den Mitarbeitern der Oldenburger Kurt Tucholsky-Forschungsstelle Stefan Ahrens, Bärbel Boldt, Gisela Enzmann-Kraiker, Annika Schmidt und Hans Werner Schroeder, die mir bei den Recherchen sowie den Register- und Korrekturarbeiten behilflich waren, dankt die Herausgeberin, ebenso Mara Munderloh für die Texteinrichtung, daneben bin ich insbesondere Ute Maack für intensive Unterstützung bei der Entstehung des Bandes zu Dank verpflichtet.

Siglen der Schriften von Kurt Tucholsky

AB	Kurt Tucholsky: Ausgewählte Briefe 1913–1935. Hg. von Mary Gerold-Tucholsky und Fritz J. Raddatz. Reinbek 1962
AB 2	Kurt Tucholsky: Ich kann nicht schreiben, ohne zu lügen. Briefe 1913 bis 1935. Hg. von Fritz J. Raddatz. Reinbek 1989
BK	Kurt Tucholsky: Briefe an eine Katholikin 1929–1931. Reinbek 1970
BS	Kurt Tucholsky: Briefe aus dem Schweigen 1932–1935. Hg. von Mary Gerold-Tucholsky und Gustav Huonker. Reinbek 1977
DD	Kurt Tucholsky: Deutschland, Deutschland über alles. Montiert von John Heartfield. Berlin 1929
DT	Kurt Tucholsky: Deutsches Tempo. Ergänzungsband 1 der GW. Hg. von Mary Gerold-Tucholsky und Fritz J. Raddatz. Reinbek 1985
FG	Theobald Tiger: Fromme Gesänge. Mit einer Vorrede von Ignaz Wrobel. Berlin-Charlottenburg 1919
GW	Kurt Tucholsky: Gesammelte Werke. Bde 1–10. Hg. von Mary Gerold-Tucholsky und Fritz J. Raddatz. Reinbek 1975
LL	Kurt Tucholsky: Lerne lachen ohne zu weinen. Berlin 1931
ML	Kurt Tucholsky: Das Lächeln der Mona Lisa. Berlin 1929
5 PS	Kurt Tucholsky: Mit 5 PS. Berlin 1928
Pyr	Peter Panter: Ein Pyrenäenbuch. Berlin 1927
Rep	Kurt Tucholsky: Republik wider Willen. Ergänzungsband 2 der GW. Hg. von Fritz J. Raddatz. Reinbek 1989
Rh	Kurt Tucholsky: Rheinsberg. Ein Bilderbuch für Verliebte. Berlin-Charlottenburg 1912
SG	Kurt Tucholsky: Schloß Gripsholm. Eine Sommergeschichte. Berlin 1931
TpK	Kurt Tucholsky: Träumereien an preußischen Kaminen. Berlin-Charlottenburg 1920
UuL	Kurt Tucholsky: Unser ungelebtes Leben. Briefe an Mary. Hg. von Fritz J. Raddatz. Reinbek 1982
QT	Kurt Tucholsky: Die Q-Tagebücher 1934–1935. Hg. von Mary Gerold-Tucholsky und Gustav Huonker. Reinbek 1978

Abkürzungsverzeichnis

A	Abendausgabe
AA	Auswärtiges Amt
a. a. O.	am angegebenen Ort
Abb.	Abbildung
abgedr.	abgedruckt
a. D.	außer Dienst
ADGB	Allgemeiner Deutscher Gewerkschaftsbund
Adj.	Adjektiv
AdK	Akademie der Künste
AIZ	Arbeiter-Illustrierte-Zeitung
allg.	allgemein
aloR	am linken oberen Rand
alR	am linken Rand
aluR	am linken unteren Rand
aoR	am oberen Rand
arR	am rechten Rand
auR	am unteren Rand
amer.	amerikanisch
angestr.	angestrichen
Anm.	Anmerkung
Art.	Artikel
AT	Altes Testament
Aufl.	Auflage
Ausg.	Ausgabe
ausgew.	ausgewählt
Ausw.	Auswahl
B	Brief
bayr.	bayerisch
BBC	Berliner Börsen-Courier
Bd.	Band
Bde	Bände
Beibl.	Beiblatt
Beil.	Beilage
Bespr.	Besprechung
Bibl.	Bibliographie
Bl.	Blatt

BPRS	Bund proletarisch-revolutionärer Schriftsteller Deutschlands
brit.	britisch
bspw.	beispielsweise
BT	Berliner Tageblatt
BVP	Bayerische Volkspartei
BVZ	Berliner Volks-Zeitung
B.Z.	B.Z. am Mittag
CvO	Carl von Ossietzky
D	Druck
dän.	dänisch
DAD	Das Andere Deutschland
DAZ	Deutsche Allgemeine Zeitung
DDP	Deutsche Demokratische Partei
demokr.	demokratisch
ders.	derselbe
DFG	Deutsche Friedensgesellschaft
d.h.	das heißt
d.i.	das ist
div.	diverse
DLA	Deutsches Literaturarchiv, Marbach
DLfM	Deutsche Liga für Menschenrechte
DNVP	Deutschnationale Volkspartei
d.R.	der Reserve
d.S.n.	dem Sinn nach
dt.	deutsch
DVP	Deutsche Volkspartei
DZ	Deutsche Zeitung
E	Erstdruck
EA	Erstaufführung
ebd.	ebenda
eigentl.	eigentlich
emend.	emendiert
engl.	englisch
Erg.	Ergänzungen
ersch.	erschienen
erw.	erweitert
e.U.	eigenhändige Unterschrift

ev.	evangelisch
evtl.	eventuell
Ex.	Exemplar
expl.	exemplarisch
Faks.	Faksimile
frz.	französisch
FZ	Frankfurter Zeitung
GA	Gesamtausgabe
geb.	geboren
gegr.	gegründet
gen.	genannt
gest.	gestorben
gestr.	gestrichen
griech.	griechisch
H	Handschrift
H.	Heft
Hbg.	Hamburg
Hbj.	Halbjahr
hebr.	hebräisch
hg.	herausgegeben
Hg.	Herausgeber
HM	Hedwig Müller
hs.	handschriftlich
IAH	Internationale Arbeiterhilfe
Ill.	Illustrationen
ill.	illustriert
intern.	international
i. S. v.	im Sinne von
ital.	italienisch
Jg.	Jahrgang
Jh.	Jahrhundert
K	Kommentar
Kap.	Kapitel
kath.	katholisch

kgl.	königlich
Korr.	Korrektur(en)
korr.	korrigiert
KPD	Kommunistische Partei Deutschlands
KT	Kurt Tucholsky
KTA	Kurt Tucholsky-Archiv im DLA
KTF	Kurt Tucholsky Forschungsstelle, Oldenburg
lat.	lateinisch
LfM	Liga für Menschenrechte
lib.	liberal
loE	linke obere Ecke
LT	Landtag
lt.	laut
luE	linke untere Ecke
luth.	lutherisch
M	Morgenausgabe
1. M	Erstes Morgenblatt
2. M	Zweites Morgenblatt
MdL	Mitglied des Landtages
MdR	Mitglied des Reichstages
militär.	militärisch
Mitarb.	Mitarbeiter / Mitarbeiterin
Mitgl.	Mitglied
ms.	maschinenschriftlich
MT	Mary Gerold-Tucholsky
mtl.	monatlich
NL	Nachlaß
Nd	Nachdruck
NdzL	Nachdruck zu Lebzeiten
nat.	national
nat.-soz.	nationalsozialistisch
niederl.	niederländisch
Nr.	Nummer
NS	Nationalsozialismus
NSDAP	Nationalsozialistische Deutsche Arbeiterpartei
NV	Nationalversammlung

o. D.	ohne Datum
öffentl.	öffentlich
österr.	österreichisch
OHL	Oberste Heeresleitung
o. J.	ohne Jahr
o. S.	ohne Seitenangabe
o. T.	ohne Titel
pE	postumer Erstdruck
polit.	politisch
preuß.	preußisch
PrLT	Preußischer Landtag
Pseud.	Pseudonym
PT	Prager Tagblatt
Red.	Redakteur / Redaktion
rep.	republikanisch
Repr.	Reprint
rev.	revidiert
Rez.	Rezension
RF	Rote Fahne
RGBl	Reichsgesetzblatt
RHD	Rote Hilfe Deutschland
RT	Reichstag
Rub	Rubrik
ruE	rechte untere Ecke
russ.	russisch
RWM	Reichswehrministerium
s.	siehe
S.	Seite
s. a.	siehe auch
SB	Die Schaubühne
schwed.	schwedisch
schweiz.	schweizerisch
SDS	Schutzverband Deutscher Schriftsteller
senkr.	senkrecht
SJ	Siegfried Jacobsohn
Slg.	Sammlung
s. o.	siehe oben

sog.	sogenannt
SPD	Sozialdemokratische Partei Deutschlands
stellv.	stellvertretend
stg.	seitig
StGB	Strafgesetzbuch
StPO	Strafprozeßordnung
s. u.	siehe unten
T	Typoskript
TB	Das Tage-Buch
Td	Teildruck
Tsd.	Tausend
u. a.	unter anderem, und andere
UA	Uraufführung
u. d. T.	unter dem Titel
udZ	unter der Zeile
Übertr.	Übertragung
übers.	übersetzt
üdZ	über der Zeile
Ufa	Universum Film Aktiengesellschaft
unpag.	unpaginiert
unterstr.	unterstrichen
u. ö.	und öfter
urspr.	ursprünglich
USPD	Unabhängige Sozialdemokratische Partei Deutschlands
V	Verfasserangabe
Var.	Varianten
VB	Völkischer Beobachter
v. Chr.	vor Christi Geburt
veränd.	verändert
Verf.	Verfasser
Verl.	Verlag
Verh. d. NV	Verhandlungen der Nationalversammlung
Verh. d. RT	Verhandlungen des Reichstages
vermutl.	vermutlich
verm.	vermehrt
vgl.	vergleiche
Vol.	Volume

Vors.	Vorsitzende(r)
Vorw.	Vorwort
Voss	Vossische Zeitung
WaA	Welt am Abend
WaM	Welt am Montag
WB	Die Weltbühne
WRV	Weimarer Reichsverfassung
W.T.B.	Wolff's Telegraphisches Bureau
Z.	Zeile
ZAS	Zeitungsausschnitt-Sammlung
zit.	zitiert
Ztg.	Zeitung
zus.	zusammen
zusgest.	zusammengestellt
z.T.	zum Teil
z.Z.	zur Zeit

Kommentar

1

Darf man tippen –?

V: Peter Panter
D[1]: Vossische Zeitung Nr. 1, 1.1.1931, Post-Ausg., Unterhaltungsblatt Nr. 1, [S. 4]
Bibl.: Bonitz / Wirtz D 2537; GW 9

24 gestriges] *emend. aus* gestrige

Zu KTs Tätigkeit für die ‹Vossische Zeitung› s. die «Übersicht» im Anhang.

1 *Max Pulver*] Pulver, ein Schweizer Schriftsteller, war in den 20er Jahren auch wegen seiner graphologischen Studien bekannt. 1930 erschien seine ‹Symbolik der Handschrift› (Zürich). – Bernhard Diebold rezensierte das Werk in der WB 13.1.1931, I, 72. – Vgl. auch Pulvers Beitrag ‹Ein Sachverständiger für Graphologie›, WB 31.3.1931, I, 464f.

2 *mit der Maschine?*] Vgl. hierzu KTs Brief an Sibylle Schoepf-Witting vom 26.8.1922 (AB, 143), in dem es heißt: «[…] entschuldigen Sie bitte die Maschinenschrift. Aber meine Handschrift kann ich selbst nicht lesen, und daher tippe ich dergleichen gern.»

4 *Liebesbriefe*] Einem Brief an Martha Maria Gehrke vom 29.3.1926 fügte KT folgenden Zeitungsausschnitt bei: ‹Margarete St. (Berlin, Halensee): Liebesbriefe mit der Schreibmaschine›, den er vermutl. der ‹Berliner Morgenpost› entnommen hat (DLA, ohne Abdr. des Zeitungsausschnitts in AB 2, 139f).

2

Lamento

V: Theobald Tiger (D[1]); Kurt Tucholsky (D[2])
D[1]: WB Jg. 27, Nr. 1, 6.1.1931, I, S. 11
D[2]: Lerne lachen ohne zu weinen 1931, S. 378–379, u.d.T.: Die Frau spricht. 4. Lamento

Bibl.: Nd s. Bonitz/Wirtz D 2538; 12 Nd, 1 Nd mit Noten; GW 9 u.d.T.: Die Frau spricht. 4. Lamento

Varianten

Die Varianten sind nach D^2 verzeichnet

7 nicht ...] nicht. **17** fehlt ...] fehlt. **18** betrügt –:] betrügt: **27** wird ...] wird. **37** gut ...] gut. **40f** zusammengefügt ...] zusammengefügt.

Zu KTs Tätigkeit für ‹Die Weltbühne› s. die «Übersicht» im Anhang.

3

Carl Sonnenschein

V: Peter Panter

D^1: WB Jg. 27, Nr. 1, 6.1.1931, I, S. 17–22

Bibl.: Bonitz/Wirtz D 2539; GW 9

Rez.: Karl Hoeber: Dr. Carl Sonnenschein. Der Studentenführer und Großstadtseelsorger. Berlin: Buch-Verlag Germania 1930; Ernst Thrasolt: Dr. Carl Sonnenschein. Der Mensch und sein Werk. München: Kösel & Pustet 1930

1 f *Du merkst ... Wonne sei.*] Wilhelm Busch: Kritik des Herzens [1874], in: Ders.: Gesamtausgabe in 4 Bänden. Hg. von Friedrich Bohne. Wiesbaden 1960, Bd. 2, 520 (in der Vorlage: «Du merkst, daß die Bedaurerei/So eine Art von Wonne sei»).

5 f *«katholischen Aktion»*] Bis zum 2. Vatikanischen Konzil (1962–65) übliche Bezeichnung für die Aktivitäten von Laien in der kath. Kirche, die zur «Ausbreitung des Gottesreiches» beitragen sollten. Begründer dieser Bewegung war Papst Pius XI., der in seiner 1922 erschienenen Enzyklika ‹Ubi Arcano› zu einer «Actio Catholico» aufgerufen hatte, mit der er dem zunehmenden Atheismus begegnen wollte. – Vgl. auch Heinz Pol: Katholische Aktion, WB 2.6.1931, I, 802–804.

6 *Klausner*] Gemeint ist Erich Klausener, Vorsitzender der «katholischen Aktion» in Berlin und späterer Gegner der nat.-soz. Kirchen- und Rassenpolitik. Klausener wurde 1934 während des Röhm-Putsches ermordet.

7 *Modewort «aufziehen»*] Vgl. hierzu auch KTs Aufsatz ‹Aufgezogen›, BT 10.11.1919, A; D 597: «Die deutsche Sprache ist um ein schönes Wort reicher. Erfunden haben es die Offiziere im Krieg [...]. Das neue Wort

heißt ‹aufziehen›.» – Vgl. weiter ‹Beamtenpest II›, WB 30.10.1928, II, 660–665, hier: 662; D 2104: «Denn wenn in Deutschland etwas amtlich organisiert wird, was die Herren mit einem dem Kasino entlehnten scheußlichen Ausdruck ‹aufziehen› nennen [...].»

35 *Der Weise*] Gemeint ist Arthur Schopenhauer.

35 f *«menschliche Urphänomen»*] Die Aussage ist in dieser Form nicht nachweisbar. Im Register von Gustav Friedrich Wagner findet sich unter dem Stichwort «Güte» kein Eintrag, bei Schopenhauer ist von «Herzensgüte» die Rede. Schopenhauer spricht vom «ethische[n] Urphänomen» (‹Die beiden Grundprobleme der Ethik›, Schopenhauer 1937 ff, Bd. 4, 110, 260); über das menschliche «Urphänomen» heißt es: «Der eigene Leib, der Wille ist unser Urphänomen» (‹Die Welt als Wille und Vorstellung› II, ebd., Bd. 3, 378).

36 *nach Nietzsche*] Nietzsche hat sich wiederholt zum Thema Güte in diesem Sinn geäußert. Vgl. z. B.: «Zwei Quellen der Güte. – Alle Menschen mit gleichmäßigem Wohlwollen behandeln und ohne Unterschied der Person gütig sein, kann ebensosehr der Ausfluß tiefer Menschenverachtung als gründlicher Menschenliebe sein.» (‹Menschliches, Allzumenschliches›, Bd. 2, Abt. 1, Nr. 236, in: Friedrich Nietzsche: Werke in 3 Bänden. Hg. von Karl Schlechta. München 1956, Bd. 1, 831). – «An sich hat ja Wissen und Weisheit keinen Wert; ebenso wenig als Güte [...].» (‹Aus dem Nachlaß der achtziger Jahre›, ebd., Bd. 3, 672).

45 *leicht verkracht*] Zwischen Thrasolt und Sonnenschein bestanden Meinungsverschiedenheiten über die Jugendbewegung, für die ersterer lange Zeit eingetreten war; darüber hinaus wurde das Verhältnis durch Sonnenscheins Haltung zu Rom sowie durch seine Einstellung zum Staat und zum Krieg belastet, die Thrasolt als konformistisch und opportunistisch kritisierte. Im Vorwort gibt Thrasolt an, daß er seine Biographie erst auf Drängen des Verlags Kösel & Pustet hin verfaßt und zuvor Anfragen anderer Verlage abgelehnt habe.

50 f *den Menschen mit seinem Widerspruch*] Sprichwörtl. nach dem 26. Gedicht ‹Homo sum› aus dem Zyklus ‹Huttens letzte Tage› von Conrad Ferdinand Meyer. Dort heißt es: «Das heißt: ich bin kein ausgeklügelt Buch,/ Ich bin ein Mensch mit seinem Widerspruch.» – s. auch Z. 79.

57 *verübelt*] Offenbar bezieht sich KT auf eine Passage in Thrasolts Kapitel «Vorbereitung». Dort heißt es: «Aus den Kreisen von rechts, dem Kreis der einseitigen und blinden Verehrung Sonnenscheins, von Laien- wie von geistlicher Seite, die schon die Studie im ‹Hochland› als ein Attentat auf Sonnenschein bezeichnet hatte, schrieb und sagte man mir: ‹Sie werden doch den Nimbus Sonnenscheins nicht zerstören›, oder: ‹Sie werden sich

doch hüten, das Bild anzutasten, das sich das einfache, gläubige Berliner Volk von Sonnenschein gemacht hat.› Eine Stimme aus dem Kreis der Ablehnung, aus dem Kreis seiner römischen Studiengenossen, verurteilte aufs schärfste die Studie im ‹Hochland› als Verhimmelung Sonnenscheins und sprach aus: ‹Es wäre am besten, Sonnenschein ganz totzuschweigen›.» (Thrasolt: Dr. Carl Sonnenschein. Erinnerungen und Geschichtsversuche, in: Hochland 26 [1929], Nr. 8, 113–128). Direkte Reaktionen auf diesen Aufsatz lassen sich im ‹Hochland› nicht nachweisen.

4 *«Wende»*] Gemeint ist der von Thrasolt als «Berliner Wende» bzw. als «Hinüberwechseln aus der Opposition in den Opportunismus» (Thrasolt 1930, 243) bezeichnete Rechtsruck Sonnenscheins nach dessen Übersiedlung in die Hauptstadt.

6 ff *«Ohne ... Berlin.»*] ebd., 250.

7 *Lammenais'*] Gemeint ist Hugues Félicité Robert de Lamennais (La Mennais), frz. kath. Theologe und Schriftsteller. Er forderte in den 1820er Jahren die Trennung von Kirche und Staat, verfolgte eine Versöhnung von Kirche und Demokratie, von Katholizismus und Liberalismus. 1832 wurden seine Lehren mit der Enzyklika ‹Mirari vos› erstmals verurteilt.

7 *Murris*] Romolo Murri, ital. Priester und Politiker, gehörte der Reformergruppe des ital. Modernismus an und wurde 1907 exkommuniziert.

7 *Sagniers*] Gemeint ist Marc Sangniers, frz. Journalist und Politiker, er gründete 1894 die Zeitschrift ‹Sillon›, Hauptvertreter der gleichnamigen christlich-sozialen Bewegung in Frankreich. Die Zeitschrift wurde 1910 von Pius X. verboten.

9 *ausgeklügelt Buch*] s.o. *50f.*

1 ff *«Schuld daran ... Meinung ...»*] Thrasolt 1930, 157.

9 *«Die Schuld ... genug.»*] ebd., 216.

8 *nimmt Cäsar*] Nach Matth. 22, 21; Markus 12, 17; Lukas 20, 25: «So gebet dem Kaiser, was des Kaisers ist und Gott, was Gottes ist!»

8 *Reichsarchiv*] Dem 1919 in Potsdam gegr. Reichsarchiv oblag die alleinige Verwaltung des gesamten Urkunden- und Aktenmaterials des alten Heeres (seit 1867) sowie der Reichsbehörden. Eine eigene Forschungsabteilung erarbeitete das amtl. Werk ‹Der Weltkrieg 1914–1918›. Bd. 1–14 und 3 Ergänzungsbände 1925–1944. – Zu KTs Kritik am Reichsarchiv vgl. auch den Artikel ‹Die Akten›, WB 3.8.1922, II, 126–127; D 1105; vgl. zudem in diesem Band [24], 165ff.

3 f *«Es ... ist ...»*] Thrasolt 1930, 189.

0 f *«Wir ... niemand.»*] ebd., 182.

8 *Offiziellen seiner Partei*] Gemeint ist das Zentrum, die 1870 gegr. Partei des polit. Katholizismus. Im Rahmen der 1919–1920 regierenden Weima-

rer Koalition, gebildet aus SPD, Zentrum und DDP, war die Zentrumspartei, die mit Fehrenbach, Wirth, Marx und Brüning vier Reichskanzler stellte, maßgeblich an der Regierungsarbeit der Weimarer Republik beteiligt.

129 f *Bewegung*] Gemeint ist die «katholische Aktion», s.o. *15f.*

131 *Hofprediger*] Anspielung auf den protest. Geistlichen und Politiker Adolf Stoecker, der von 1874 bis 1889 in Berlin als Hof- und Domprediger tätig war. 1878 gründete Stoecker die «Christlich-soziale Arbeiterpartei». Als Mitglied des preuß. Abgeordnetenhauses (1879–98) und des Deutschen Reichstags (1881–1893; 1898–1908) war Stoecker einer der Führer des rechten Flügels der Deutschkonservativen Partei. Zudem war er der Initiator einer antisemitischen Volksbewegung, die es sich zum Ziel gesetzt hatte, die Arbeiterschaft an ein protest. Christentum zu binden und von der SPD fernzuhalten.

133 ff *«Es wird … stammten.»*] Thrasolt 1930, 187.

138 *‹Hochland›*] 1909 von Karl Muth gegr., bis 1941 in München erscheinende kath. Monatszeitschrift, die die kulturelle Selbstisolierung der Katholiken infolge des Kulturkampfes aufheben wollte.

140 ff *«So groß … lieferte.»*] Matthias Laros: Revolutionierung der Ehe, in: Hochland 28 (1930), Bd. 2, 193–207, hier: 194.

150 *8. November*] Am 9.11.1918 wurde mit der Abdankung Kaiser Wilhelm II. das Ende der Monarchie besiegelt und von Scheidemann die Republik ausgerufen.

155 *«Iwan Noske»*] Thrasolt 1930, 230. Gemeint ist Gustav Noske. Unter Anspielung auf Iwan den Schrecklichen (= Iwan IV. Wassiljewitsch) wird Noskes brutales Vorgehen während des Spartakistenaufstandes in Berlin im Jan. 1919 angesprochen. Dieser war seit 1919 KT ein bevorzugtes Objekt seines Spotts, so z.B. in ‹Schlafbursche Noske› (WB 6.5.1920, I, 529–531; Bd. 4 [87]).

156 *Kapp-Putsch*] Auch Kapp-Lüttwitz-Putsch genannt, vom 13. bis zum 17.3.1920 währender Umsturzversuch rechtsradikaler Politiker und Militärs um die «Nationale Vereinigung», der neben Kapp und Lüttwitz auch Ludendorff und Tirpitz angehörten. – Vgl. KTs Artikel ‹Kapp-Lüttwitz›, WB 25.3.1920; Bd. 4 [58].

156 ff *«… als eines … Sieger …»*] Thrasolt 1930, 230.

163 *Ehrhards*] Gemeint ist der Seeoffizier Hermann Ehrhardt, der Anfang 1919 die «Brigade Ehrhardt» gegründet hatte, ein Freikorps, das maßgeblich am Kapp-Putsch beteiligt war.

167 ff *«Die SPD … Sein.»*] Thrasolt 1930, 219.

175 *Joseph Matthes*] s. KTs Artikel ‹Für Joseph Matthes›, WB 13.8.1929, II,

233–236; D 2267. – Matthes war einer der Führer der rhein. Separatistenbewegung. – Vgl. auch KTs Briefe an Joseph Fr. Matthes, AB 2, 227–238.

77 ff *«Die Angelegenheit ... anfassen.»*] Thrasolt 1930, 220.

81 f *Wer ist bei den französischen Generalen*] Die separatist. Bewegungen im Rheinland und in der Pfalz wurden von Belgien und Frankreich unterstützt. Im Okt. 1923 erkannte der frz. Oberkommandierende Tirard die von Adam Dorten und Matthes gebildete «Vorläufige Regierung der Rheinischen Republik» an. Auch in der Rheinpfalz wurde 1924 unter dem Schutz des frz. Befehlshabers eine «Autonome Regierung der Pfälzischen Republik» gebildet. Beide Versuche scheiterten jedoch am Widerstand der Bevölkerung. Konrad Adenauer, damals Oberbürgermeister von Köln, hatte am 1.2.1919 in einer Rede vor rheinischen Politikern für eine Loslösung des Rheinlandes von Preußen plädiert. Seine Vorstellungen, die er 1923 der Öffentlichkeit nochmals präsentierte, liefen auf einen westdt. Bundesstaat im Rahmen des Reichs, nicht jedoch auf eine autonome rheinische Republik hinaus.

9 *‹Notizen›*] Carl Sonnenschein: Notizen. Weltstadtbetrachtungen. 10 Hefte. Berlin 1929 und 1930.

1 *hingewiesen habe*] s. ‹Brief an eine Katholikin›, WB 4.2.1930, I, 198–204; D 2364.

4 *mit Nietzsche zu vergleichen*] Thrasolt nimmt einen solchen Vergleich nicht vor.

7 *‹Besonnter Vergangenheit›*] Carl Ludwig Schleich: Besonnte Vergangenheit. Lebenserinnerungen (1859–1919). Berlin 1930.

9 ff *«Über weiche ... Stil!»*] Sonnenschein: Notizen [Linz A.D.], Heft 9. Berlin 1929 (1. Jan. 1928 bis 3. Juni 1928), 21–25, hier: 23; 12. Febr. 1928.

2 ff *«Je ... Vögel!»*] Schleich 1930, 112.

2 *den vier f*] Von Turnvater Jahn in der Bedeutung frisch, fromm, fröhlich, frei verwendet.

5 *wahnsinnige Modewort*] Bezieht sich auf «Mensch»; vgl. hierzu KTs Aufsatz ‹Das ‹Menschliche››, Voss 31.7.1927; Bd. 9 [99].

0 *referiert*] Robert Breuer: Carl Sonnenschein, WB 9.11.1926, II, 728–732. Der Journalist und Schriftsteller Breuer (eigentl. Lucian Friedländer) war SPD-Mitglied und Mitarbeiter des ‹Vorwärts›. In der SB hatte er unter dem Pseudonym «Germanicus» geschrieben.

1 f *‹Dr. Sonnenschein ... Beleuchtung›*] Thrasolt 1930, 365.

2 *Du ahnungsloser Engel du*] Nach einem Zitat aus Goethes ‹Faust› I, (Marthens Garten), Vers 3494.

6 f *«Er war ... gesagt*] Dazu nichts ermittelt.

3 f *«Nanu? ... verwandt!»*] Dazu nichts ermittelt.

255 *Katholizismus studieren*] Vgl. hierzu KT: Briefe an eine Katholikin 1929–1931. Berlin 1970. – KTs Briefe entstanden zwischen 1929 und 1931, Empfängerin war die dem Sonnenschein-Kreis nahestehende kath. Publizistin Marierose Fuchs. Entstehungsanlaß war Fuchs' Aufsatz ‹Journalistik im Buch› (Germania 13.7.1929, Literarische Beilage), in dem sie auch auf KTs Journalistik zu sprechen kam. In einem offenen Brief an Fuchs (WB 4.2.1930, s.o. *201*) hatte KT bereits auf Sonnenschein Bezug genommen.

269 *Freidenker*] (auch Freigeister) Der seit 1697 nachgewiesene Begriff steht für eine auf die engl. und frz. Aufklärung (Voltaire, d'Alembert, Lamettrie, Holbach, Diderot) zurückgehende Bewegung, die ein von allen Dogmen befreites Christentum forderte. Eine der frühesten Formen des Zusammenhangs waren die geheimen Freimaurerbünde. KT gehörte, wie CvO, zeitweilig einem solchen an.

4

Kleiner Vorschlag

V: Ignaz Wrobel
D[1]: WB Jg. 27, Nr. 1, 6.1.1931, I, S. 33 [Rubrik:] Bemerkungen
Bibl.: Bonitz/Wirtz D 2540; GW 9

1 f *«Literaten»*] KT hatte sich bereits in dem Aufsatz ‹Die Zeit› (WB 18.2.1930, I, 283–286, hier: 285; D 2369) gegen eine pejorative Verwendung des Begriffs «Literat» gewendet («‹Literat› ist kein Schimpfwort, am allerwenigsten sollte ein Literat es gebrauchen»). Anlaß war ein Aufsatz des Herausgebers des BT, Theodor Wolff, in dem dieser «Literaten» in einem Atemzug mit «Sensationsschreibern» nannte. 1932 wird KT seine Aussage wiederholen: «Nichts ist verächtlicher, als wenn Literaten Literaten Literaten nennen.» (‹Schnipsel›, WB 26.1.1932, I, 140–141, hier: 140; D 2688). – Vgl. dazu auch die «Antwort»: ‹Kurt Hiller›, WB 19.5.1931, I, 743.

6 *Schimpfwort*] Der in Zusammenhang mit der Dreyfus-Affäre entstandene Begriff des «Intellektuellen» erhielt in Deutschland mit Beginn der Weimarer Republik unter Kommunisten in Zusammenhang mit der Debatte um das Verhältnis der Intellektuellen zur Arbeiterbewegung und -klasse eine negative Bedeutung. Bereits 1919 wurde er in der linksgerichteten ‹Aktion› in pejorativem Sinn gebraucht (vgl. Pol Michels: Das Verbrechen der Intellektuaille, in: Die Aktion Jg. 9, H. 45/46, 15.11.1919, Sp. 752–

754). Gegen Ende der 20er Jahre verband die KPD die pejorative Verwendung des Terminus' «Literat» mit der kritischen Haltung dem Begriff des «Intellektuellen» gegenüber. – Vgl. hierzu z. B. das Urteil der ‹Roten Fahne› über die WB: Peter.: ‹Weltbühne›, Piscator und Arbeiterbewegung, RF 23.3.1928; abgedr. in: Ossietzky 1994, Bd. VII, 264–268. – Vgl. hierzu auch Dietz Bering: Die Intellektuellen. Geschichte eines Schimpfwortes. Stuttgart 1978, 94–147. – Vgl. zudem die möglicherweise von KT geschriebene «Antwort»: ‹Intellektueller›, WB 22.9.1931, II, 461. – Vgl. auch SG [51], 2587.

9 *an das «reale Leben» zu verraten*] Kritik an der Neuen Sachlichkeit, in deren Namen man die Entpoetisierung der Literatur, die Annäherung literarischen Schreibens an die journalistische Berichterstattung also, forderte. – Vgl. hierzu auch [48], *4*.

5 *Jules Renard angemerkt*] Jules Renard: Le Journal (1887–1910), 4 Bde. Paris 1925–27, hier: Bd. 4 (1906–1910), 1186: «Un homme des lettres ne doit être qu'homme de lettres. Tout le reste est littérature.» – In KTs Exemplar (AdK; Slg. Tucholsky) ist der Passus angestrichen. Eine Übersetzung findet sich u. d. T. ‹Lesefrucht› in: WB 22.4.1930, I, 638: «Ein Literat sei Literat und nichts als das. Alles, was er sonst macht, ist Literatur.» – Vgl. dazu auch KTs Rezension: ‹Jules Renard. Aus seinen Tagebüchern›, Voss 18.3.1930; D 2381.

9 *«am praktischen Leben»*] Anspielung auf den politisierten Literaturbegriff der Kommunisten, der die literarische Produktion ausschließlich in den Dienst politischer Tätigkeit und Ziele stellte.

0 f *Schmockerei*] Von KT häufig verwendeter Ausdruck für eine negative Form von Journalismus, abgeleitet von Schmock, einer zentralen Figur in Gustav Freytags Drama ‹Journalisten› (1854). Schmock verkörpert den Typus des skrupellosen Journalisten. Im 2. Akt des 2. Aufzugs äußert er: «Ich habe geschrieben links und wieder rechts. Ich kann schreiben nach jeder Richtung.»

2 f *statt uns anzuflegeln*] In Zusammenhang mit der innerhalb der KPD geführten Debatte um die Bedeutung linksbürgerlicher Intellektueller für die Arbeiterbewegung übten die Kommunisten massive Kritik an der linksbürgerlichen «freischwebenden Intelligenz». Sie richtete sich insbesondere gegen die Mitarbeiter der WB; KT wurde wiederholt namentlich angegriffen. So schrieb z. B. Hans Conrad in der Zeitschrift ‹Die Front› (‹Deutschlands Tragödie›, in: Die Front 2 [1929], Nr. 7, 195–199): «Die Tragödie Deutschlands ist nicht zuletzt die jämmerliche Halbheit seiner ‹linken Intellektuellen›, die da über den Parteien thronen, weil es ‹einem in den ‹Reihen› nicht leicht gemacht wird›, (um mit Kurt Tucholsky zu

sprechen). Diese Leute haben 1918 gänzlich versagt, sie versagen noch heute.» – KT antwortete Conrad in seinem Aufsatz ‹Die Rolle des Intellektuellen in der Partei› (Die Front Jg. 2 [1929], Nr. 9, 250–253; D 2175); vgl. auch Ignaz Wrobel: Gebrauchslyrik, WB 27.11.1928, II, 808–811; D 2130, in dem er bereits das Verhältnis des Schriftstellers zur Arbeiterklasse bzw. zur Arbeiterbewegung zu klären versucht hatte. – Auch in der kommunist. Tageszeitung ‹Die Rote Fahne› (Peter.: ‹Weltbühne›, Piscator und Arbeiterbewegung, RF 23.3.1928) waren KT und CvO als Vertreter «der kleinbürgerlichen Sippe der ‹Weltbühnen›-Zunft» kritisiert und KTs Tätigkeit für die ‹AIZ› kritisch kommentiert worden: *«Für die Arbeiter schreiben?* Die Honorare der proletarischen Zeitungen sind neben denen des Hauses Ullstein nicht konkurrenzfähig. Auch müßte man sich bescheiden: gerade die verschnörkelten Geistreicheleien sind für Proleten keine erbauliche Kost. Was man schreibt – und man schreibt bisweilen hanebüchen ‹radikal› –, atmet doch immer den eigenen Lebensstil, riecht nach Salon, nach wohltemperiertem Tee und Anzügen auf Maß. Es ist so *angenehm*, ‹kultivierte Opposition› im *eigenen* bürgerlichen Lager zu spielen.» Wenige Monate danach (20.9.1928) kritisierte der Komponist Hanns Eisler in seinem Aufsatz ‹Das Elend des Peter Panter› in der RF die «linken bürgerlichen Literaten»: «Sie tun zwar in diesen verschiedenen linken Wochenschriften furchtbar radikal, schreiben aber zugleich auch die dümmsten Aufsätze in Modemagazinen und plaudern so nett in guten bürgerlichen Zeitungen.» Ausgangspunkt von Eislers Kritik war KTs in der ‹Vossischen Zeitung› erschienener Aufsatz ‹Das Elend mit der Speisekarte› (Voss 16.9.1928; D 2074), in dem er über eine Hotelspeisekarte geschrieben hatte. In seinem Artikel ‹Gebrauchslyrik› reagierte KT auf diese Angriffe. – Auch Walter Benjamins Rezension ‹Linke Melancholie› gehört in diesen Zusammenhang. Benjamin hatte KT in seine Kritik an der Neuen Sachlichkeit bzw. an linksbürgerlichen Autoren einbezogen: «Die linksradikalen Publizisten vom Schlage der Kästner, Mehring oder Tucholsky sind die politische Mimikry des zerfallenden Bürgertums. Ihre Funktion ist, politisch betrachtet, nicht Parteien sondern Cliquen, literarisch betrachtet, nicht Schulen sondern Moden, ökonomisch betrachtet, nicht Produzenten sondern Agenten hervorzubringen. Und zwar ist diese linke Intelligenz seit fünfzehn Jahren ununterbrochen Agent aller geistigen Konjunkturen, vom Aktivismus über den Expressionismus bis zu der Neuen Sachlichkeit gewesen.» (Walter Benjamin: Linke Melancholie. Zu Erich Kästners neuem Gedichtbuch, in: Die Gesellschaft 8 [1931], Bd. 1, 181–184, hier: 182). – Vgl. in diesem Zusammenhang ferner die Replik Conrads auf KTs Aufsatz ‹Über die Rolle des Intellektuellen in der proletarischen Revolution›, in: Die Front 2 (1929), Nr. 11, 280–283, sowie die Stellungnahmen Kurt Hillers gegen die Vorwürfe seitens der KPD: ‹Rede vor roten Studenten›, WB 1.1.1929, I, 1–4; ‹Die Rolle der Geistigen in der Politik›, WB 15.4.1930, I, 568–573; ‹Kreml und Liebknechthaus›, WB 5.5.1931, I, 639–641; vgl. auch: Werner Ackermann: Proletariat und radikale Literaten, WB 9.7.1929, II, 57f.

5

Die Herren Autoren

V: Peter Panter
D^1: Vossische Zeitung Nr. 10, 11.1.1931, Post-Ausg., Unterhaltungsblatt Nr. 9, [S. 1]
Bibl.: Nd s. Bonitz/Wirtz D 2541; 2 Nd; GW 9

2 f *zweiten schlesischen Dichterschule*] Seit dem späten 17. Jh. geläufiger Begriff für die aus Schlesien stammenden Autoren der Barockzeit. Ihre Hauptvertreter sind von Lohenstein, von Hoffmannswaldau und Gryphius.
8 f *Hofmannswaldau*] Hofmann von Hoffmannswaldau, der Begründer der dt. galanten Dichtung. Die heute übliche Schreibweise lautet Hoffmannswaldau.
2 *jeder Zoll ein kleiner König*] Nach Shakespeares ‹König Lear›, IV, 6: «Ja, jeder Zoll ein König.»
9 *«Was … Werk»*] Diese Wendung benutzte KT bereits in dem Aufsatz ‹Besuch bei J.V. Jensen›, Voss 19.6.1927; s. Bd. 9 [75], 27.

6

Die Aussortierten

V: Peter Panter (D^1); Kurt Tucholsky (D^2)
D^1: WB Jg. 27, Nr. 2, 13.1.1931, I, S. 58–61
D^2: Lerne lachen ohne zu weinen 1931, S. 221–226
Bibl.: Nd s. Bonitz/Wirtz D 2542; 3 Nd; GW 9

Varianten
Die Varianten sind nach D^2 verzeichnet
6 «Dichtwerk – Knall – Nachtigall»,] «Dichtwerk! Knall! Nachtigall!»,

13f Chinesen›] Chinesen›? **17** angesehen] angesehn **33ff** Um über … verstehen.] *fehlt* **46f** er also … und] *fehlt* **48** nie mehr] nachher nie mehr **49** gewandt,] gewandt **50** die] sie **58** hier] *fehlt* **58f** in bewußter … Theater] *fehlt* **71** einzusehen] einzusehn **80f** Dergleichen … dieser,] Dergleichen darf man wohl nicht sagen, **86** Ambraser] altdeutschen Ambraser **87** Orendel …] Orendel, **100** Da] Das **110** hat.] haben könnte. **111** schneller;] schneller: **114** abgesehen] abgesehn **119f** Wenn … absieht:] *fehlt* **120** es] Es **121** Werke –]Werke; **133f** Nun soll … ist eine.] *fehlt* **138** «Roman»] Roman **138** nennen …] nennen, **139** ausgehen] ausgehn **152** kann] kann, **156** ansehen] ansehn **157** still … das] still. Das

4 *Expressionist*] KT hat sich zum Expressionismus in ausführlicher Form nicht geäußert. Zu seiner ablehnenden Haltung der expressionist. Bewegung gegenüber vgl. aber seinen Artikel ‹Naturalismus? Naturalismus!› (Voss 8.10.1925; D 1495), in dem es heißt: «Der Expressionismus hat uns nicht getröstet. Ich weiß nicht, wer der Erfinder des schönen Wortes vom ‹sauren Kitsch› ist, den jener darstelle – aber es kann kein Pflaster auf die Wunde sein, daß jüngere und sonst ehrbare Menschen ihre Glieder in die Stellung festgebackener ägyptischer Mumien bringen, oder sich emsiglich bemühen, mit Känguruhpfoten alten Wandmalereien zu gleichen. Das bringt uns in der Sache nicht weiter.» – Vgl. auch KTs Artikel ‹Krankheit und Besserung›, BT 3.11.1919; D 592; ‹Feuerwerk›, WB 22.7.1920; Bd. 4 [155].

11 f *‹Trotzköpfchens Nachgeburt›*] Anspielung auf die populären ‹Trotzkopf›-Romane Emmy von Rhodens. 1930 setzte Else Wildhagen mit dem Roman ‹Trotzkopfs Nachkommen – Ein neues Geschlecht› (Stuttgart) die Mädchenbuch-Serie fort.

55 *Lichtenberg*] Lichtenberg 1902ff, Bd. 2 (Zweites Heft 1772–1775), 159, Aphorismus D 396. Das genaue Zitat lautet: «Wenn ein Buch und ein Kopf zusammenstoßen und es klingt hohl, ist das allemal im Buch?»

71 *Leben ist aussuchen*] Im Gegensatz zu einem Satz Wilhelm Raabes formuliert. Bei Raabe (‹Gedanken und Einfälle›, in: Ders.: Sämtliche Werke. Serie 3. Berlin 1913–1916. Bd. 6, 551) heißt es: «Man kommt nicht in die Welt, um sich auszusuchen, sondern um ‹vorlieb› zu nehmen.» – Von KT auch formuliert im Brief an HM 21.8.1935; s. Bd. 21 [B 99], 46.

73 f *André Gide, auf Paul Claudel*] Bereits 1930 hatte KT in dem Aufsatz ‹Lampenfieber› (WB 14.1.1930, I, 111–112; D 2357) geschrieben: «Merk: es gibt solche Bücher, wo es aussetzt. Leg mir Claudel vor – ich verstehe keinen Ton. Ich habe es mit den ‹Falschmünzern› von Gide versucht … ein Loch.»

85 *Talmi-Tiara*] Die Tiara ist eine außerlithurgische Kopfbedeckung des Papstes, die dieser bei feierlichen Aufzügen trägt. Sie ist Bestandteil der päpstlichen Heraldik. Talmi ist mit Gold plattiertes Messing.

86 *Ambraser Handschrift*] Das spätmittelalterl. ‹Ambraser Heldenbuch›, eine Sammlung mittelhochdt. Dichtung. Die heute in der österr. Nationalbibliothek in Wien aufbewahrte Handschrift erhielt ihren Namen nach dem Aufbewahrungsort bis 1806, Schloß Ambras bei Innsbruck. Die zwischen 1504 und 1515/16 entstandene Handschrift wurde im Auftrag Kaiser Maximilians I. von Hans Ried zusammengestellt und niedergeschrieben.

86 *Wolfdietrich*] Heldendichtung des 13. Jh. Der Wolfdietrich-Stoff wurzelt in der merowing. Geschichte. Die im ‹Ambraser Heldenbuch› fragmentarisch überlieferte Fassung des Stoffs gilt als die älteste erhaltene, um 1230 entstandene Version.

87 *Wittich von Orendel*] Eine literarische Figur dieses Namens taucht in der Ambraser Handschrift nicht auf. ‹Orendel› ist der Titel eines mittelhochdt. Legendenepos' in mittelfränk. Sprache, deren älteste erhaltene Fassung aus dem 14. Jh. stammt und die auch Teil der ‹Ambraser Handschrift› ist. – Wittich ist der Name einer Figur in dem um 1270 entstandenen Heldenepos ‹Die Rabenschlacht›, allerdings ist er hier nicht Redakteur, sondern Verräter und Bösewicht. Auch dieses Epos ist in der ‹Ambraser Handschrift› enthalten. Da zudem das von KT zitierte «Blatt 1104» in der Handschrift nicht existiert, ist davon auszugehen, daß es sich um eine ironische Bemerkung KTs handelt.

7

Die klassische Scheußlichkeit der Sportpreise

V: Peter Panter
D[1]: Vossische Zeitung Nr. 16, 18.1.1931, Post-Ausg., Unterhaltungsblatt Nr. 15, [S. 1–2]
Bibl.: Nd s. Bonitz/Wirtz D 2543; 1 Nd; DT

0 f *das ist eben das Feine daran*] Ein Lieblingszitat KTs. Bei Andersen heißt es: «Das ist eben das Feine an ihnen.» (z.B. in ‹Ole Luköie›, in: Hans Christian Andersen: Sämtliche Märchen und Geschichten. Hanau/Main o.J., Bd. 1, 208; ‹Die Springer›, ebd., 320; ‹Die glückliche Familie›, ebd., 383).

29 *Silber ist geduldig*] Nach dem Spruch: Papier ist geduldig.

58 f *Direktor eines Gaswerks*] Vermutl. ist KTs Freund Hans Fritsch (gen. Jakopp) gemeint; Fritsch war von 1926 bis zu seinem Tod im Jahr 1931 Geschäftsführer der Hamburger Gaswerke.

69 *Hochschule für Leibesübungen*] Die Deutsche Hochschule für Leibesübungen, an der Sportlehrer ausgebildet wurden, war am 20.5.1920 in Berlin gegr. worden. Hauptträger war der Dt. Reichsausschuß für Leibesübungen. – Vgl. hierzu Bd. 9 [167], 51 f, sowie im selben Band [A 3], 1–28.

8

Ballade

V: Theobald Tiger (D^1); Kurt Tucholsky (D^2)
D^1: WB Jg. 27, Nr. 3, 20.1.1931, I, S. 101
D^2: Lerne lachen ohne zu weinen 1931, S. 369–371, u.d.T.: Eine kleine Geburt
Bibl.: Nd s. Bonitz/Wirtz D 2544; 18 Nd, 1 Nd mit Noten, alle u.d.T.: Eine kleine Geburt; GW 9, u.d.T.: Eine kleine Geburt

Varianten
Die Varianten sind nach D^2 verzeichnet
26 Boot-legger] Bootlegger **36** Bedürfnismann …!] Bedürfnismann. **42** Kind] Jöhr

Die erste Strophe findet sich in nur leicht abgeänderter Form als Widmung für Lisa Matthias in einem Exemplar der deutschsprachigen Ausgabe des Romans ‹L'Honorable partie de campagne› von Raucat (Paris 1924) mit der Datierung: «Paris 1929 (Racine)». – Vgl. Bd. 20 [B 234], *35*.

9

Tip

V: Peter Panter
D^1: WB Jg. 27, Nr. 3, 20.1.1931, I, S. 112–113 [Rubrik:] Bemerkungen
Bibl.: Bonitz/Wirtz D 2545

24 *meine Verse klauen*] s. [56].

Lottchen beichtet 1 Geliebten

V: Peter Panter (D[1]); Kurt Tucholsky (D[2])
D[1]: Vossische Zeitung Nr. 20, 23.1.1931, Post-Ausg., Unterhaltungsblatt Nr. 19, [S. 1]
D[2]: Lerne lachen ohne zu weinen 1931, S. 310–314, u.d.T.: Das Lottchen. 3. Das Lottchen beichtet 1 Geliebten
Bibl.: Nd s. Bonitz/Wirtz D 2546; 2 NdzL, 22 Nd; weiterere NdzL: Vorwärts 11.3.1931, M, u.d.T.: Lottchen beichtet; Arbeiterwille (Graz) 14.3.1931, u.d.T.: Lottchen beichtet; GW 9, u.d.T.: Das Lottchen. 3. Das Lottchen beichtet 1 Geliebten

Varianten
Die Varianten sind nach D[2] verzeichnet
5 Neien] Nein **7** Nein –] Nein, **13** Na ja …] Na ja, **16** harmlos – vollkommen harmlos …] harmlos, vollkommen harmlos, **18** Sizilien.] Sizilien! **23** kompromittiert –] kompromittiert. **24** duselig] dusslig **25** wenn's] wenn es **26** Julie – man] Julie! Man **32** sitzt] ist **42** Mann –] Mann … **44** ausgesehen] ausgesehn **44** küßt] küßte **46** Sag mal –] Sag mal, **49** einem] einen **53** gebraucht –] gebraucht; **54** so sah] gesehn habe **55** sah] gesehn habe **56** Denn] Dann **60** geben …!] *es folgt* Da bring ich ihn lieber runter. **63** hatte –] hatte … **67** zählt] erzählt **70** Nein –] Nein, **70** ihm –] ihm; **73** doch!] doch …! **75** Details! Keine] Details? Keine **82** überhaupt:] überhaupt, **83** gleich – –] gleich – **89** ist eben] ist **89** Na ja –] Na ja, **89** gefällt eben] gefällt schon

Das Vorbild der Lottchen-Figur in der nach ihr benannten Feuilleton-Serie (Beginn: ‹Ankunft›, Voss 6.9.1928; D 2069) war Lisa Matthias, von KT «Lottchen» genannt. Sie hatten sich im Jan. 1927 auf einem Künstlerball im Berliner Restaurant Schlichter kennengelernt. Die Beziehung hielt bis April 1931.
Die ‹Lottchen›-Serie (s. in diesem Band auch [32] und [36]) wurde im Okt. 1931 im Zuge der Kündigung seiner Zusammenarbeit mit der Voss durch den Ullstein Verlag (s. [117], *0*) beendet.

6 *Daddy*] Lisa Matthias nannte KT von Beginn ihrer Freundschaft an wegen seines «onkelhaften Aussehens» Daddy (vgl. Matthias 1962, 45). – Der Name taucht auch in SG auf.

26 *Fräulein Julie*] Anspielung auf Strindbergs Stück ‹Fräulein Julie. Ein naturalistisches Trauerspiel› (1889), in dem die adelige Julie nach einer für sie demütigenden Affäre mit einem Knecht Selbstmord begeht.

34 *Begleitdogge*] Franziska Gräfin zu Reventlow: Von Paul zu Pedro. Amouresken (1912), in: Dies.: Romane. Hg. von Else Reventlow. München, Wien 1976, 35. – Reventlow spricht von «elegante[r] Begleitdogge».

82 *Paul Graetz*] Graetz war neben Rosa Valetti, Trude Hesterberg, Claire Waldoff und Ernst Busch einer der berühmtesten Interpreten der Chansons KTs. – Vgl. auch [56], *56*.

11

Schrei nach Lichtenberg

V: Peter Panter
D^1: Vossische Zeitung Nr. 22, 25.1.1931, Post-Ausg., Literarische Umschau Nr. 4, [S. 1]
Bibl.: Nd s. Bonitz/Wirtz D 2547; 12 Nd; GW 9

1 *«Ehret … Meister!»*] Richard Wagner: Die Meistersinger von Nürnberg, III, 5, Schlußansprache des Hans Sachs.

4 *Kitty*] Mit Kitty Frankfurter hatte sich KT 1912 verlobt.

8 *zwölfbändige Ausgabe*] Eine zwölfbändige Gesamtausgabe von Lichtenbergs Werken hat es nicht gegeben. In den 20er Jahren lagen fünf Gesamtausgaben vor: Georg Christoph Lichtenberg's Vermischte Schriften. 9 Bde. Göttingen 1800–1806; G.C. Lichtenberg's Vermischte Schriften. 5 Bde. Wien 1817 (= Meisterwerke deutscher Dichter und Prosaisten, Bd. 23–37); G. Chr. Lichtenberg's Vermischte Schriften. 9 Bde. Wien 1844; Georg Christoph Lichtenberg's Vermischte Schriften. 14 Bde. Göttingen 1844–1853; Georg Christoph Lichtenberg's Vermischte Schriften. 14 Bde. Göttingen 1867.

10 *Aphorismen*] s.u. *78*.

18 *Gleichen-Rußwurm]* Ersch. 1919 als Bd. 130 der «Deutschen Bibliothek».

19 *Schirmer*] Erschienen 1923.

22 *Leitzmann*] Aphorismen. Nach den Handschriften hg. von Albert Leitzmann. 5 Bde. Berlin 1902–1908 (= Deutsche Literaturdenkmale des 18. und 19. Jahrhunderts. Nr. 123.131.136.140.141).

23 *drei Bände*] Die von Leitzmann besorgte Ausgabe umfaßt fünf Bände. Eine weitere Fassung mit nur drei Bänden, wie KT schreibt, hat es nicht

gegeben. Da KT aus allen fünf Bänden zitiert, handelt es sich offensichtlich um eine Verwechslung.

25 *Herzog*] Georg Christoph Lichtenberg: Schriften. 2 Bde. Jena 1907.

27 f *Diotimas ‹Schule der Liebe›*] Diotima: Schule der Liebe. Jena 1930. Unter dem Pseudonym Diotima publizierte die Schriftstellerin Lenore Frobenius-Kühn. – Vgl. dazu auch KTs Rezension des Buchs in: ‹Auf dem Nachttisch›, WB 28.10.1930, II, 651–656; D 2491.

28 *schweig still, mein Herz*] Nach dem Kehrreim in Mörikes Gedicht ‹Schön-Rohtraut› (1838): «Schweig stille, mein Herze!»

37 *Buckel*] Lichtenberg war seit frühesten Kindestagen wohl infolge von Rachitis bucklig. Selbst als Erwachsener war er nicht größer als 1,45 m.

45 *Morgenstern*] Christian Morgenstern: Stufen. Eine Entwicklung in Aphorismen und Tagebuch-Notizen. Hg. von Margareta Morgenstern. München 1918.

5 *Hebbels*] Christian Friedrich Hebbel: Notenbuch meines Herzens. Hg. von Felix Bamberg. 2. Bde. Berlin 1885–1887. – Das Tagebuch beginnt im März 1835 und endet mit Hebbels Todesjahr 1863. Hebbels Tagebücher sind keine Lebenschronik im traditionellen Sinn, sondern notieren Einfälle und Eindrücke, Beobachtungen und Erlebnisse, Aphorismen und Aperçus in der Art Lichtenbergs. Aufgrund der Auseinandersetzung mit politischen, sozialen und existentiellen Themen gelten sie als ein besonders eindrucksvolles Beispiel von Tagebuchliteratur.

8 ff *«Graf Kettler … hatte.»*] Lichtenberg 1902ff, Bd. 1, 110, Aphorismus B 209 (1768).

0 ff *«Ihr Unterrock … gespielt.»*] ebd., Aphorismus B 212 (1768).

5 ff *«Ich habe … zu schneiden.»*] Lichtenberg 1902ff, Bd. 3, 201, Aphorismus F 405 (1776).

8 *in Büchern etwas anzustreichen*] Vgl. dazu KTs Aufsatz ‹Soll man das tun?›, in: Die losen Blätter Jg. 1930/31, Nr. 3, 46–47; D 2532, sowie [23] in diesem Band.

1 f *physikalischen und lokalen Eintragungen*] Lichtenberg war Experimentalphysiker. 1777 entdeckte er die nach ihm benannten elektromagnetischen «Lichtenberg-Figuren»; mit Hilfe von elektrostatischen Entladungen demonstrierte er als erster das Phänomen, auf dem die Xerographie beruht.

4 ff *«Die Allmacht … beim Abzuge.»*] Lichtenberg 1902ff, Bd. 4, 173, Aphorismus J 1024 (1789).

9 ff *«Es ist … Nachdenken.»*] Lichtenberg 1902ff, Bd. 3, 12, Aphorismus E 52 (1775).

4 *Universitätsprofessor in Göttingen*] Lichtenberg wurde 1775 zum Ordinarius für Philosophie der Georgia Augusta in Göttingen ernannt.

74 f *Gottfried Bürger begraben geholfen hat*] Mit Hilfe Lichtenbergs gelang es dem ebenfalls in Göttingen lebenden Bürger, 1784 außerordentl. Professor an der Universität Göttingen zu werden. Sowohl wegen seiner prorevolutionären Haltung als auch aufgrund seiner privaten Lebenssituation, hatte Bürger in seinen letzten Lebensjahren nur noch wenige Vertraute und Freunde. Als Bürger 1794 im Alter von 46 Jahren völlig verarmt und von der Göttinger Gesellschaft verachtet und verspottet an Schwindsucht starb, war Lichtenberg einer der wenigen, die sich nicht von ihm distanziert hatten. – Über die Beisetzung Bürgers berichtete Lichtenberg in einem Brief an Christian Gottlob Heyne vom 14.6.1794 (Lichtenberg 1967ff, Bd. 4: Briefe, 882): «Ich habe sein Begräbnis durch das Perspektiv mit angesehen. […] Es begleitete ihn niemand als Professor Althof mit farbigem Kleide, Dr. Jäger und des Verstorbenen armer Knabe.»

76 f *«So traurig … Vogels.»*] Lichtenberg 1902ff, Bd. 3 (Sudelbuch), 227.

78 *«Sudelbüchern»*] Gemeint sind die ‹Aphorismen›. Über mehr als 30 Jahre notierte Lichtenberg neben seinen Tagebüchern Einfälle und Gedanken. So entstanden 15 Hefte unterschiedlichen Formats und Umfangs, die von ihm selbst mit alphabetischen Buchstaben numeriert (h, g fehlen, andere sind unvollständig überliefert) und als «Sudelbuch» bezeichnet wurden: «Die Kaufleute haben ihr *Waste book* (Sudelbuch, Klitterbuch glaube ich im deutschen), darin tragen sie von Tag zu Tag alles ein was sie verkaufen und kaufen, alles durch einander ohne Ordnung […]» (Lichtenberg 1902ff, Bd. 3, 11, Aphorismus E 46). Zudem hat Lichtenberg Heft F. explizit als ‹Sudelbuch› tituliert. Leitzmanns Ausgabe trägt somit einen unzutreffenden, von Lichtenberg nicht verwendeten Titel. Auch Leitzmanns Verfahren, die nicht klassifizierbaren privaten Aufzeichnungen und physikalischen Notizen Lichtenbergs als «Aphorismen» zu bezeichnen, gilt heute als umstritten. Lichtenbergs Begriff dürfte das Vorbild für KTs ‹Sudelbuch› abgegeben haben.

80 f *«Er hatte … gelernt.»*] Lichtenberg 1902ff, Bd. 4, 89, Aphorismus J 488 (1789).

81 *«Er trieb … Finsternis-Handel.»*] Lichtenberg 1902ff, Bd. 5, 77, Aphorismus L 384 (1786).

85 *Hogarths Bildern*] Lichtenberg: Ausführliche Erklärung der Hogarthischen Kupferstiche [1794–1816], in: Lichtenberg 1967ff, Bd. 3, 657–1060. – Hogarth war der erste bedeutende Maler und Kunsttheoretiker des 18. Jh. In den von Lichtenberg beschriebenen Kupferstichen karikiert er sozial- und moralkritisch die engl. Gesellschaft der Zeit Popes und Fieldings. Lichtenbergs Berühmtheit im 19 Jh. ging auf diese Arbeiten zurück: Mit einer Gesamtaufl. von rund 10000 Exemplaren im gesamten 19.

Jh. fand dieses Werk eine größere Verbreitung als alle anderen Schriften Lichtenbergs zusammen.

36 *Garrickschen Hamlets*] Lichtenberg: Briefe aus England an Heinrich Christian Boie [1776–1778]. Lichtenberg hielt sich zwischen 1770 und seiner Ernennung zum ordentl. Professor in Göttingen im Dez. 1775 wiederholt in England auf, in drei Briefen an seinen Freund Boie vom 1. und vom 10.10. sowie vom 20.11./2.12.1775 berichtet Lichtenberg von dem engl. Schauspieler Garrik, den er am 2. und am 12.12.1774 in der Rolle des Hamlet gesehen hatte. Lichtenbergs Intention war es, das dt. Publikum mit dem engl. Theaterleben bekannt zu machen. Seine Schilderungen beeinflußten im 18. Jh. sowohl die Hamlet-Darstellungen der Hamburger Bühne Schröters als auch Wilhelm Meisters Theaterspiel in Goethes gleichnamigem Roman. – Vgl. Lichtenberg 1967ff, Bd. 3, 326–367.

38 *Der Brief*] Lichtenberg an Albrecht Ludwig Friedrich Meister, 8. August 1782, in: Lichtenberg 1967ff, Bd. 4, 457f: «Es ist alles vorbei, und ich bemühe mich garnicht mehr an das Vergangene zu denken, und nachgerade fange ich an einige Fertigkeit darin zu erlangen.»

39 *Blumenmädchen*] Gemeint ist Maria Dorothea Stechard, die Lichtenberg 1777 kennenlernte und mit der er seit 1780 zusammenlebte. Die 1765 geborene und am 4.8.1782 verstorbene Tochter eines göttingischen Leinenwebers war Blumenverkäuferin. Vgl. hierzu folgende Briefstelle Lichtenbergs: «Das erste Mal, da ich sie sah, befand sie sich in einer Gesellschaft von 5 bis 6 andern, die, wie die Kinder hier tun, auf dem Wall den Vorbeigehenden Blumen verkaufen. Sie bot mir einen Strauß an, den ich kaufte» (Lichtenberg an Gottfried Hieronymus Amelung, Anfang 1783, in: Lichtenberg 1967ff, Bd. 4, 488–490, hier: 489).

40 *an jenen Lessings*] Gotthold Ephraim Lessing an Johann Joachim Eschenburg, 10.1.1778 (Briefe von und an Lessing 1776–1781. Hg. von Helmut Kiesel. Frankfurt/M. 1994, 119):
«Lieber Eschenburg,
Meine Frau ist tot: und diese Erfahrung habe ich nun auch gemacht. Ich freue mich, daß mir viel dergleichen Erfahrungen nicht mehr übrig sein können zu machen; und bin ganz leicht.»

46 f *Der Weisheit … vertragen.*] Lichtenberg 1902ff, Bd. 5, 11, Aphorismus L 2 (1796).

49 f *Wo ist Lichtenberg –?*] Ein Jahr nach KTs Aufsatz brachte der Alfred Kröner Verlag, Leipzig, eine Auswahl der Aphorismen und Schriften Lichtenbergs. In seinem Vorwort nahm der Herausgeber Ernst Vincent auf KTs Aufsatz Bezug. KT rezensierte die Ausgabe im Juni 1932: ‹Lichtenberg›, WB 28.6.1932, I, 964–966; D 2742.

12

Eine Frage

V: Theobald Tiger (D^1); Kurt Tucholsky (D^2)
D^1: WB Jg. 27, Nr. 4, 27.1.1931, I, S. 123
D^2: Lerne lachen ohne zu weinen 1931, S. 413–414
Bibl.: Nd s. Bonitz/Wirtz D 2548; 1 NdzL, 4 Nd; weitere NdzL: Der Sozialdemokrat (Wien), März 1931; Arbeiterwille (Graz), 1.2.1931; GW 9

Varianten
Die Varianten sind nach D^2 verzeichnet
5 drehn …!»] drehn!» **9** denn eure Waren] eure Waren denn **21** Kartelle –] Kartelle! **33** vier] *fehlt*

13

Die Reportahsche

V: Peter Panter
D^1: WB Jg. 27, Nr. 4, 27.1.1931, I, S. 151–152 [Rubrik:] Bemerkungen
Bibl.: Nd s. Bonitz/Wirtz D 2549; 3 Nd; GW 9

1 *«nervös»*] Gemeint ist die Nervositätsdiskussion um die Jahrhundertwende.

2 *«fin de siècle»*] Literarische Epochenbezeichnung (nach dem gleichnamigen Lustspiel von Jouvenot/Micard aus dem Jahr 1888) für die Zeit zwischen 1870 und 1900. Unter dem Begriff «Fin de siècle» werden künstlerische Stilrichtungen wie Décadence, Neuromantik, Neuklassik und Impressionismus subsumiert.

2 *«Übermensch»*] Anspielung auf die Verwendung des Begriffs bei Nietzsche.

4 f *Egon Erwin Kisch*] Kisch gilt, insbesondere mit seiner 1925 ersch. Reportagensammlung ‹Der rasende Reporter› als Begründer der literarischen Reportage.

10 *Klopf-Fechter*] Eigentl. Berufsfechter, im übertragenen Sinn auch «gekaufter Schriftsteller»; vgl. hierzu auch CvOs am 14.2.1928 in der WB ersch. Artikel ‹Ein kritischer Klopffechter› über Fechter (Ossietzky 1994, Bd. IV, 313–314). Dieser war seit 1918 als Feuilletonredakteur bei der ‹Deutschen Allgemeinen Zeitung› (DAZ) tätig. Aufgrund seiner völkisch orien-

tierten Literaturbewertung galt und gilt Fechters literaturwissenschaftliches und literaturkritisches Werk als umstritten. Heinz Pol zufolge beabsichtigte Fechter 1931 Joseph Goebbels, dessen Roman ‹Michael. Ein deutsches Schicksal in Tagebuchblättern› (München) 1929 erschienen war, für den Kleistpreis vorzuschlagen (vgl. Heinz Pol: Goebbels als Dichter, WB 27.1.1931, I, 129–133, hier: 133).

11 ‹*Versuche einer Rollen-Reportage*›] Dazu nichts ermittelt.

25 ‹*Krieg und Frieden*›] Roman von Lev Nikolaevic Graf Tolstoj, erschienen 1868/69 (4 Bde.; dt. Übersetzung 1885).

14

Rezepte gegen Grippe

V: Peter Panter
D[1]: Vossische Zeitung Nr. 29, 3.2.1931, Post-Ausg., Unterhaltungsblatt Nr. 28, [S. 1]
Bibl.: Nd s. Bonitz/Wirtz D 2550; 1 NdzL, 11 Nd; weiterer NdzL: PT 4.2.1931; GW 9

2 *Weißenbergs*] Joseph Weißenberg trat seit 1901 in Berlin als Heilmagnetiseur und «Jenseitsforscher» auf. Unter seinen Anhängern galt er als Wunderheiler und Inkarnation des Heiligen Geistes. 1926 gründete Weißenberg die «Evangelisch-Johannische Kirche nach der Offenbarung des St. Johannis».

3 *Vanderbilts*] Nachfahre von Cornelius Vanderbilt, einem der reichsten Unternehmer seiner Zeit. Auch in den 30er Jahren gehörte das Vermögen der Familie zu einem der größten der Welt.

15

Herz mit einem Sprung

V: Theobald Tiger (D[1]); Kurt Tucholsky (D[2])
D[1]: WB Jg. 27, Nr. 5, 3.2.1931, I, S. 175
D[2]: Lerne lachen ohne zu weinen 1931, S. 371–373
Bibl.: Nd s. Bonitz/Wirtz D 2551; 9 Nd; GW 9

Varianten

Die Varianten sind nach D^2 verzeichnet

1 Alle Rechte vorbehalten] *fehlt* **3** pipst] piepst **8–13** Dein Teint … Tageblatt.] *fehlt* **15** ich:] ich **22** Doch] *fehlt* **29** warm …] warm. **46** Herz –] Herz, **47** Herz –] Herz,

16

Schnipsel

V: Peter Panter (D^1); Kurt Tucholsky (D^2)
D^1: WB Jg. 27, Nr. 5, 3.2.1931, I, S. 185–186
D^2: Lerne Lachen ohne zu weinen 1931, 347–360, u.d.T.: So verschieden ist es im menschlichen Leben –!, in anderer Zusammenstellung (Td)
Bibl.: Bonitz/Wirtz D 2552; GW 9

Die ‹Schnipsel› in den folgenden Zeilen wurden nicht in D^2 übernommen: 1–4, 9–10.

Varianten

Die Varianten sind nach D^2 verzeichnet

35f Manchmal … herunter.] *in D^2 zusammengezogen mit Z. 55f (Varianten s. dort)* **55f** Ja … nicht.] Protestantische Gänsehäute aber gibt es nicht. *an den ‹Schnipsel› in Z. 35f angefügt* **58** heutigen] jetzigen

14 *Brecht*] Vgl. die «Antwort»: ‹Kritiker›, WB 17.3.1931, I, 408. – Zu KTs Verhältnis zu Brecht vgl. auch Dirk Grathoff: Ossietzky, Die Weltbühne und Brecht, in: Nachdenken über Ossietzky. Hg. von Helmut Reinhardt. Berlin 1989, 192–204. – Vgl. auch [46], 16f.

16 *Upanishaden*] Indische, philosophische und theologische Abhandlungen des Brahmanismus, entstanden im Anschluß an die Weden, die älteste (ca. 1200 v. Chr.) religiöse Literatur der Inder. Die älteren, im spätwed. Sanskrit verfaßten Upanishaden sind vermutl. 800–600 v. Chr. entstanden. Sie behandeln den Ursprung der Welt, den Geburtenkreislauf und das Wirken des Karma (Tatvergeltung) sowie die Erlösung.

74 *Ans Vaterland, ans teure, schließ dich an.*] Zitat aus Schillers ‹Wilhelm Tell›, II, 1.

17

Gestoßener Seufzer

V: Theobald Tiger
D^1: WB Jg. 27, Nr. 6, 10.2.1931, I, S. 213
Bibl.: Nd s. Bonitz/Wirtz D 2553; 5 Nd; GW 9

9 *Lottchen*] s. [10], *0.*

18

Eugen Burg

V: Peter Panter (D^1); Kurt Tucholsky (D^2)
D^1: WB Jg. 27, Nr. 6, 10.2.1931, I, S. 225 [Rubrik:] Bemerkungen
D^2: Lerne lachen ohne zu weinen 1931, S. 210–212
Bibl.: Nd s. Bonitz/Wirtz D 2554; 1 Nd; GW 9

Varianten
Die Varianten sind nach D^2 verzeichnet
12 Paul Otto] Rudolf Forster und Paul Otto **33** Theater, Theater –] Nur Theater – **36f** sollen] wollen **45f** ist –] ist, **50** neu] neu,

Zum 60. Geburtstag des österr. Schauspielers Eugen Burg, der nach kurzer Spielzeit am Deutschen Theater in Berlin und am Raimund Theater in Wien im Jahr 1901 ans Deutsche Schauspielhaus in Hamburg kam.

3 *S. J.*] Siegfried Jacobsohn.

19

Von den Kränzen, der Abtreibung und dem Sakrament der Ehe

V: Ignaz Wrobel (D^1); Kurt Tucholsky (D^2)
D^1: WB Jg. 27, Nr. 7, 17.2.1931, I, S. 237–241
D^2: Lerne lachen ohne zu weinen 1931, S. 236–244
Bibl.: Nd s. Bonitz/Wirtz D 2555; 3 Nd; GW 9

Varianten
Die Varianten sind nach D^2 verzeichnet

14 gesprochen,] gesprochen. **14** das ist … Gesellschaft.] *fehlt* **16 ff** Es gibt … nicht gut.] *fehlt* **22 f** Das ist sie nicht –] Sie ist es nicht, **29** feinen] *fehlt* **29 f** untergehen – wer] untergehn. Wer **34** etwas] reichlich **48** S. A.-Trupps] Hitler-Trupps **67** religiösen Gebräuche der andern] heidnischen religösen Gebräuche **73** sehen] sehn **94** nett] lieblich **112** beginnt,] beginnt **112** fliegen,] fliegen **113** ins] im **128** ja, … Plaidoyer] *fehlt* **131 f** «Sie haben … auch recht.»] «Die eine Partei hat recht. Und die andre Partei hat auch recht.» **134** ziehen uns] weisen **135** zurück] hin **136** beweisen] besagen **149** daß man] *es folgt* bei dieser Gelegenheit **155** andrer] der andern **155** aber] aber: **157** muß –?] muß? **160** habe] habe nur **164** geht –] geht; **168** gedeihen] gedeihn **174** Mal] mal **178** vorübergehen] vorübergehn **180** damit] *fehlt* **182** Nie.] *fehlt* **189** Das wird sich legen,] *fehlt* **189** gibt das] gibt es **190** mal sehen] einmal sehn **196** Mich] Uns **207** gebeugt] gekrümmt **211** Jude:] Jude, **214** wenn] *es folgt* die medizinische oder

1 *Encyklika über die Ehe*] Pius XI.: Casti connubii, 31. 12. 1930; dt.: Rundschreiben über die christliche Ehe in Hinsicht auf die gegenwärtigen Verhältnisse, Bedrängnisse, Irrtümer und Verfehlungen in Familie und Gesellschaft. – Eine dt. Übersetzung erschien u. a. 1931 im Herder Verlag, Freiburg / Br.

11 f *Von den … Gesellschaft.*] Vgl. KT an Marierose Fuchs am 21. 2. 1931: «Es sind allerlei Entgegnungen gekommen [auf den Artikel ‹Carl Sonnenschein›], wie überhaupt immer, wenn ich über die Kirche schreibe, auch viele Briefe. Auf diese Post bezog sich der etwas freche Satz über die gewissen Damen im letzten Artikel (Kränze). Es gibt da eine Sorte, die soll wirklich der Teufel holen. Ich höre immer ganz hohe, spitze Töne und sehe etwas vor mir, was ich gar nicht andeuten mag. Wie viel Schuld, wie unendlich viel Schuld hat ein gewisser Frauentypus an Krieg, Hitler pp.» (BK, 67).

27 *Sittengesetzen*] Nach kath. Verständnis sittliche Grundsätze, die aus der thomistischen Naturrechtsordnung abgeleitet und mit Absolutheits- und Allgemeinheitsanspruch vertreten werden, z. B. die Unauflöslichkeit der Ehe.

40 *Tertullian*] Tertullian gilt als ein frühchristl. Apologet und als der erste bedeutende lat. Kirchenschriftsteller.

44 *Kaiserbesuch*] Tertullian berichtet in seiner Schrift ‹De corona› von einem Vorfall in Karthago unter der Regierung des Severus. Vgl. Tertullianus: Apologetische-Dogmatische und Montanistische Schriften. Übers. und

mit einer Einl. versehen von Karlheinrich Kellner, hg. von Gerhard Esser (Bibliothek der Kirchenväter. Bd. 24). Kempten, München 1915. 2 Bde. Angabe nach der Einleitung von Gerhard Esser, Bd. 2, 3–32, hier: 24.

50 *donatio*] Tertullian spricht von «Geldspende» (‹De corona›, Bd. 2, 230–263, hier: 230ff). Die Tatsache, daß die Soldaten bekränzt sind, ist ein Hinweis darauf, daß die Ursache der Spende ein errungener Sieg war.

55 f *Centurio*] Im röm. Heer Befehlshaber einer Zenturie, einer Einheit von hundert Soldaten.

61 f *schwankte wie Bileams Esel*] Im 4. Buch Moses 22–24 züchtigt Jahwe den zur Zeit der Landnahme Israels um 1200 v. Chr. lebenden Propheten Bileam/Balaam, der von dem Moabiterkönig Balak zu sich gerufen wurde, um die Israeliten zu verfluchen, durch den Mund einer in menschlicher Sprache redenden Eselin. Diese verweigert dreimal den Befehl, bevor sie auf die Knie fällt.

70 f *in manchen Lagern gestanden hat*] Tertullian trat um 193 zum Christentum über. Um 205 jedoch zerwarf er sich mit der Kirche. Diese Phase wird als die vormontanistische von Tertullians montanistischer Periode, in der auch die Schrift ‹De corona› entstand, unterschieden. Sie währte von 205 bis 220. Unter seiner Führung entwickelte sich die anfangs mehr schwärmerische Bewegung des Montanismus zu einer Partei, die sich zwar hinsichtlich des Glaubensbekenntnisses kaum von der Kirchengemeinde unterschied, für das praktische Leben indes rigoristische Regeln, wie z. B. die Bußdisziplin, aufstellte. Die Mehrheit der Montanisten versagte Tertullian schon bald ihre Gefolgschaft. Es blieb die exzentrische, auf seinen Lebensstil eingeschworene Gruppe der Tertullianisten zurück.

71 *lobt den Soldaten*] Tertullian stand mit seiner zustimmenden Haltung gegen die herrschende Meinung. Die Gemeinde (Karthago), in der es zu dem beschriebenen Vorfall kam, befürchtete, das Verhalten des Soldaten könnte Anlaß zu neuen Überfällen geben und wertete es demzufolge als gegen die Interessen der neuen Konfession gerichtet. Letztlich wandte sich Tertullian mit seiner Schrift nicht nur gegen das Tragen von Kränzen, sondern auch gegen die von der Kirche befürwortete Verbindung von Christsein und Soldatenstand.

2 *‹Vom Kranze des Soldaten›*] Tertullianus: Apologetische-Dogmatische und Montanistische Schriften (s. o. *44*), Bd. 2, 230–263.

8 ff *«Welches … der Natur ist.»*] ebd., 240f.

0 *Freidenker*] s. [3], *269*.

0 *Bedenken … geäußert*] s. [3], 269, *269*.

4 *die Kirche hier predigt*] In seiner Schrift plädierte Pius IX. für die Aufrechterhaltung der christl. Ehe und wandte sich gegen die «Ausschaltung

des Kindersegens» (45 ff) durch Empfängnisverhütung sowie gegen die medizinische, soziale und eugenische Indikation.

168 *bißchen Aufklärung*] Unterstützt durch reformpädagog. Bewegungen und gefördert durch die Sexualwissenschaft und Psychoanalyse (Krafft-Ebing, Freud) setzten im ersten Drittel des 20. Jh. Aktivitäten zur sexuellen Aufklärung und Erziehung ein (Max Hodann, Magnus Hirschfeld, Wilhelm Reich). Im Zuge dieser sexuellen Aufklärungsarbeit kam es auch zu einer verstärkten Aufklärung über Verhütung, Schwangerschaftsvermeidung und Geburtenregelung. – Vgl. zu diesem Thema den Aufsatz von Lisa Matthias: Birth control, WB 27.1.1931, I, 134–136.

180 f *ihre politischen Parteien*] Zentrumspartei (vgl. [3], *128*); Bayrische Volkspartei.

184 f *Da liegt es schon, trotz allem*] Am 5.10.1930 hatte Brüning mit Hitler verhandelt, angeblich ging es um eine taktische Angelegenheit zur Unterstützung der Notmaßnahmen. Tatsächlich jedoch bot Brüning für eine erste Phase Regierungsbündnisse des Zentrums mit der NSDAP auf Länderebene an, in der zweiten Phase, nach erwiesener Tolerierung der Brüningschen Politik durch die NSDAP, stellte er ein Zusammengehen auch auf Reichsebene in Aussicht. Hitler hielt sich nicht an die vereinbarte Vertraulichkeit des Gesprächs, was schließlich zu wechselseitigen Enthüllungsdrohungen in der Öffentlichkeit führte.

188 *Wotankult*] Wotan ist der dt. Name für den german. Gott Otin (altnord.). Dem Zeugnis der Edda und der altnord. Dichter zufolge war er der oberste Gott der Asen, des Göttergeschlechts der Germanen. Sie verehrten ihn als den Gott der Ekstase, aber auch als Toten- und Kriegsgott.

194 f *unsern Glauben an den Sozialismus?*] KT war am 1.3.1920 in die USPD eingetreten und gehörte nach deren Auflösung zu den Mitgliedern, die sich der SPD anschlossen, freilich ohne erkennbares Engagement.

205 *religionslos lebende Juden*] KT war am 1.7.1914 aus der jüdischen Gemeinde Berlin ausgetreten. Vgl. hierzu auch KTs Brief an Arnold Zweig vom 15.12.1935 (AB, 333).

210 ff *«Er war … Füßen.»*] Ludwig Börne: Aus meinem Tagebuche. Soden, den 16. Mai 1830, in: Ders.: Sämtliche Schriften. Neubearbeit. und hg. von Inge und Peter Rippmann. Düsseldorf 1964, 765–845, hier: 809. – Das Zitat lautet wörtlich: «Er war nicht bloß ein Deutscher, sondern zugleich ein Jude, also ein Hase mit acht Füßen.» – Börne ließ sich 1818 taufen und nahm einen neuen Namen an; ursprünglich hieß er Juda Löw Baruch.

20

Der verspielte Mann

V: Peter Panter
D^1: Vossische Zeitung Nr. 43, 19.2.1931, Post-Ausg., Unterhaltungsblatt Nr. 42, [S. 1]
Bibl.: Nd s. Bonitz/Wirtz D 2556; 2 Nd; NdzL: PT 20.2.1931; GW 9

15 *Werke Lévy-Brühls*] Lucien Lévy-Bruhl: Die Seele der Primitiven. Wien 1930 (dt. L'Âme primitive. Paris 1927).

49 *«Im Manne ... spielen ...»*] Friedrich Nietzsche: Also sprach Zarathustra. Ein Buch für alle und keinen (1883–1885), in: Nietzsche 1968, 6. Abt., Bd. 1, 81.

55 *zwei Hauptleute*] Einer der beiden war der Adjutant Eduard Zimmermann, der Kommandeur der Artillerie-Fliegerschule in Alt-Autz. Mit seinen Vorgesetzten im rumänischen Suwalki befaßte sich KT in dem Aufsatz ‹Wat Grotmudder vertellt›, WB 31.8.1922, II, 219–223; D 1129. Vgl. hierzu Hepp 1993, 410.

83 *«Ich nehme alles zurück.»*] Franz Blei: Erzählung eines Lebens (Kap.: «Verabschiedung des Lesers»). Leipzig 1930, 492.

21

Joebbels

V: Theobald Tiger
D^1: WB Jg. 27, Nr. 8, 24.2.1931, I, S. 287
Bibl.: Nd s. Bonitz/Wirtz D 2557; 10 Nd (davon 1 Td); GW 9

CvO druckte das Gedicht ab, obwohl KT bereits seit Herbst 1930 auf einer schwarzen Liste der Nationalsozialisten stand. Goebbels reagierte in seinem Aufsatz ‹Wie lange noch, Catilina?› (‹Angriff› 28.2.1931) auf KTs Gedicht, in dem es heißt: «Wir ersparen uns dazu jeden Kommentar. Wir bemerken nur, daß der Verfasser jener berüchtigte Theobald Tiger ist, der unter den wechselnden Pseudonyms Kaspar Hauser und Peter Panter, mit seinem richtigen Namen Kurt Tucholski geheißen, Woche für Woche alles, was deutsch in Deutschland ist, verhöhnt und mit dem Spülicht seines verdorbenen und kranken Gehirns überschüttet. Es ist derselbe, der in seinem Buch ‹Deutschland über alles› ein Photomontagebild deutscher

Generale veröffentlichte mit der Unterschrift: ‹Tiere sehen Dich an!› Derselbe, der erklärte, er würde jederzeit bereit sein, jedes deutsche Militärgeheimnis an das feindliche Ausland zu verraten; der ungestraft schreiben konnte, im Kriege habe jeder Offizier bis zum Feldwebel abwärts mit der Mutter Germania gehurt. Derselbe, der sich stolz brüsten durfte, er habe sich während des Krieges nach besten Kräften gedrückt und er werde das auch in Zukunft tun.» –
Am 7.3.1931 erschien des weiteren in der Zeitschrift ‹Deutscher Vorwärts› (Berlin), eine Replik, signiert mit Lieselotte Sanftmut (KT archivierte sie in seinem ‹Sammelbuch für Zeitungsausschnitte aller Art› (ZAS, Ordner Nr. 10) unter der Rubrik: «Gekreisch und Drohungen»:

Theobald.
An Theobald Tiger (Panther, Kaspar Hauser, Ignaz Wrobel, Kurt Tucholsky.)
Wat wärst du ohne deine doofen Lacher,
Die stehn un blöken gräßlich dumm,
Dahinter du, der arme Späßemacher,
Een Clown for's Tauentziehnpublikum.
Die Weiber – hach – die im Romanischen Café
Mit schwarzen Brillen glühn im Negligé,
Die plinsen dir janz jibbrig an …
Theobald, du bist een mieser Mann.

Mit dein Schmerbauch – seh mal, bein andern,
Da sagt ick nischt; det kann ja jeder ham.
Du willst als Künstler durch die Dichtung wandern
Und bist doch nur 'n vafaulter Schwamm.
Im Tingeltangel sowie in deine Presse,
Da haste eene mächtig große Fresse,
Riskierst du mal? – De Schnauze vornean.
Theobald, du bist een mieser Mann.

Du bist ooch mal aus Lemberg herjekomm.
Nu rächste dir, nu lechste los.
Dir hamse mit de Schere zuviel wegjenomm!
Du bist keen Don Juan, det markierste bloß.
Dir hamse rausjefischt aus 'n Nil.
Sone Kreuzung von Brathering und
Mandrill. –

Du hast een jrosses Maul, det is sehr lose
Un een Jesicht, det paßt nur in de Hose.
Jetzt biste frech un hast jut reden.
Bald hockste in Frankreich, bald in Schweden.
Vor Jahren, in Berlin, da haste dir geniert.
Und die Wände mit Panzerplatten tapeziert.
Da jingste nur mit falschem Bart
Det abends uff de krumme Fahrt!
Du bildst dir ein, du wärst so furchtbar tichtig,
Du kommst dir sehr jefärlich vor un wichtig.
Dir möcht ick jerne mit 4 Unzen
So in de Abendstunde mal verpunzen.
Mir dir möcht ich in diesen Jahr'n
So ohne Zeugen Schlitten fahr'n.
Dir hamse Jrieg mit de Zeppeline jepufft.
Du bist nur een Kläffer – zu kleen for'n
Schuft.
Keen Dichter – een Selbstanpreiser.
Keen Kämpfer biste – bloß 'n Reißer.
Theobald, du bist een mieser Mann!

3 *deine Presse*] Seit 1927 war Goebbels Hg. der Zeitschrift ‹Der Angriff›.

22

Verlagskataloge

V: Peter Panter
D^{1}: WB Jg. 27, Nr. 8, 24.2.1931, I, S. 292–293 [Rubrik:] Bemerkungen
Bibl.: Nd s. Bonitz / Wirtz D 2558; 1 Nd; GW 9

3 *auf meinem Nachttisch*] Seit Dezember 1927 schrieb KT für die WB seine Sammelrezensionen unter dem Titel ‹Auf dem Nachttisch›.

4 *Georg Müller*] Georg Müller gründete 1903 in München den nach ihm benannten Verlag, der sich auch auf dem Gebiet der Buchkunst hervortat; u.a. verlegte man Werke von Wedekind, Bierbaum und Strindberg, Ausgaben von Klassikern und Weltliteratur. Der Verlag fusionierte 1931 mit dem Verlag Albert Langen.

4 *Piper*] Reinhard Piper gründete 1904 in München den Piper Verlag mit

Schwerpunkten auf den Bereichen Literatur, Bildende Kunst und Philosophie. Hier erschienen die naturalistischen Werke von Holz und Dehmel, die berühmte Schopenhauer-Ausgabe von Deussen sowie Übersetzungen der Werke Dostojewskijs.

4 f *S. Fischer*] Samuel Fischer gründete 1886 in Berlin den S. Fischer Verlag. Das Programm der Anfangsjahre bestimmten die Werke Ibsens und der dt. Naturalisten. Später öffnete sich der Verlag auch gegenläufigen literarischen Strömungen (Thomas Mann, Hesse, Schnitzler, Hofmannsthal, Peter Altenberg, Döblin, Flake, Jahnn u. a.).

5 *Insel-Verlag*] Gegr. 1902 in Leipzig für die seit 1899 von Heymel, Schröder und Bierbaum hg. Zeitschrift ‹Die Insel›. Seit 1905 wurde der Verlag von Anton Kippenberg geleitet. In dem bibliophilen, der neuen Buchkunst verpflichteten Verlag publizierten u. a. Hofmannsthal und Rilke. Darüber hinaus kümmerte sich Kippenberg um bibliophile und billige Volksausgaben.

35 *o Mensch*] Zu KTs Polemik gegen das «O-Mensch-Pathos» des Expressionismus vgl. [6], *4*.

35 *neuen Sachlichkeit*] Zu Anfang der 20er Jahre entstandene literarische Reaktionsbewegung auf den Expressionismus; vgl. [4], *9*, sowie [48], *4*.

35 *Turksib*] Turkestan-Sibirische Eisenbahn.

36 *neuen Romantik*] Eine explizit als «neue Romantik» bezeichnete literarische Strömung hat es nicht gegeben; allerdings sprach man zu Anfang der 30er Jahre in Zusammenhang mit den gegen die Neue Sachlichkeit gerichteten Tendenzen von einer «neuen Romantik».

50 *Breslauer*] Bei KT geläufige Bezeichnung für jüdische Intellektuelle. – Vgl. hierzu den Aufsatz ‹Breslau›, WB 10. 11. 1921, II, 485–486; D 972. Es heißt dort: «Die geistige Mutter von Berlin heißt Breslau.» – Vgl. auch KTs Artikel ‹Die Parole›, WB 4. 1. 1927, I, 23 f; Bd. 9 [3], 57 f.

60 *Literatur-Bac*] Bac: Abkürzung für Bakkarat, frz. Kartenglücksspiel.

72 *die amerikanischen Verleger aus Beuthen*] Beuthen (Schlesien) war kein Verlagsort. Vermutlich von KT hier in ähnlichem Sinn wie «Breslauer» (s. o. *50*) gebraucht.

23

Kleine Bitte

V: Peter Panter
D[1]: Vossische Zeitung Nr. 53, 3. 3. 1931, Post-Ausg., Unterhaltungsblatt Nr. 52, [S. 1]

Bibl.: Nd s. Bonitz/Wirtz D 2559; 1 NdzL, 1 Nd; weiterer NdzL: PT 8.3.1931; GW 9

Vgl. hierzu auch [11], *58*.

13 *Preußische Staatsbibliothek*] Ehemalige Königliche Bibliothek in Berlin. Zahlreiche erhaltene Leihscheine (DLA) belegen, daß KT dort häufig gearbeitet hat.

44 *Frick*] Wilhelm Frick war seit dem 23.1.1930 der erste nat.-soz. Minister (Innen- und Bildungsminister in Thüringen; vgl. den Beitrag von G. Reuchlin: Thüringer Bilanz, WB 20.1.1931, I, 82–89).

24

Auf dem Nachttisch

V: Peter Panter
D^1: WB Jg. 27, Nr. 9, 3.3.1931, I, S. 321–325
Bibl.: Bonitz/Wirtz D 2560; GW 9
Sammelrez.: Hermann Hesse: Eine Bibliothek der Weltliteratur. Leipzig: Reclam 1929. – Stendhal [d.i. Marie Henri Beyle]: Lucien Leuwen. Paris: Le Divan 1929. – O. Henry [d.i. William Sydney Porter]: Bluff. Kurzgeschichten. Übers. von Paul Baudisch. Berlin, Potsdam: Kiepenheuer 1926. – Ernst Toller: Quer durch. Reisebilder und Reden. Berlin: Kiepenheuer 1930. – Karl Demeter: Das deutsche Offizierskorps in seinen historisch-soziologischen Grundlagen. Berlin: Verlag von Reimar Hobbing 1930. – Gesellschaft und Wirtschaft. Ein Bildstatistisches Elementarwerk. Das Gesellschafts- und Wirtschaftsmuseum in Wien zeigt in 100 farbigen Bildtafeln Produktionsformen, Gesellschaftsordnungen, Kulturstufen, Lebenshaltungen. Leipzig: Bibliographisches Institut [1930]. – Maryse Choisy: Un mois chez les filles. Reportage. Paris: Éditions Montaigne 1928

4 f *Qualitäten als Essayist*] 1928 war von Hesse der politische Schriften und literaturkritische Arbeiten vereinigende Band ‹Betrachtungen› (Berlin) erschienen.

8 f *Buchkritiken*] Hesse war seit 1900 als Literaturkritiker tätig. Bis zu seinem Tod im Jahr 1962 verfaßte er fast 3000 Besprechungen, die in etwa sechzig verschiedenen Zeitungen und Zeitschriften erschienen.

10 *Josef Hofmiller*] Der Essayist und Literaturkritiker Hofmiller hatte sich während des 1. Weltkriegs als patriotischer Publizist hervorgetan. In den 20er Jahren trat er zunehmend für eine bodenständige, volkstümliche Literatur ein und wandte sich gegen die literarische Moderne.

25 *Wiegler*] Paul Wiegler: Geschichte der deutschen Literatur. 2 Bde. Berlin 1930.

25 *Bartels*] Adolf Bartels: Geschichte der deutschen Literatur. 2 Bde. Leipzig 1901/2. Große Ausgabe in 3 Bdn. Leipzig 1924–28. – Bartels aus völkischer Gesinnung heraus verfaßte Untersuchung gehörte im 3. Reich zu den Standardwerken der Literaturgeschichte. Bereits 1922 hatte KT Bartels als einen «im Irrgarten der deutschen Literatur herumtaumelnde[n] Pogromdepp» und als einen «Hakenkreuzpolichinell» mit «leicht angekümmeltem Antisemitismus» bezeichnet (‹Herr Adolf Bartels›, WB 23.3.1922, I, 291–294, hier: 293 und 294; D 1022).

27 *Engel*] Eduard Engel: Geschichte der deutschen Literatur. Wien, Leipzig 1906. – Mit der Bezeichnung «dummdreist» spielt KT vermutl. auf die Deutschtümelei Engels an. Aufgrund seiner jüd. Herkunft erhielt dieser 1933 Publikationsverbot.

27 *Soergel*] Albert Soergel: Dichtung und Dichter der Zeit. Eine Schilderung der deutschen Literatur des letzten Jahrzehnts. Leipzig 1911/12.

43 *Festschrift*] Für Albert Soergel, zum 50. Geburtstage. Chemnitz 1930. Beiträge von Rudolf G. Binding, Hans Carossa, Theodor Däubler, Alfred Döblin, Paul Ernst, Hermann Hesse, Arno Holz, René Schickele u.a.

46 ff *«Seele als Ausdruck … Einzelgänger»*] Soergel 1911/12, 690, 729, 736, 437.

55 *‹Lucien Leuwen›*] Stendhal: Lucien Leuwen. Établissement du texte et préface par Henri Martineau. Paris 1929.

62 *Liebesgeschichte in Nancy*] Gemeint ist die Beziehung des Romanprotagonisten Lucien Leuwen mit einer in Nancy lebenden Madame Chasteller. Dieser Handlungsstrang ist insofern von zentraler Bedeutung für den Roman, als Mme Chasteller in ihrer Verbundenheit mit dem 1830 politisch entmachteten Haus der Bourbonen der republikanischen Gesinnung Leuwens entgegenstellt wird. Ursprünglich sollte der Roman ‹Le Rouge et Le Blancs› heißen.

67 *Louis-Philippe-Gesellschaft*] Der Roman spielt während der von 1830 bis 1848 währenden Regentschaft des Bürgerkönigs Louis Philippe. Er ist als eine Kritik an der bürgerlichen Mittelmäßigkeit der Restaurationsgesellschaft nach der Julirevolution von 1830 angelegt.

70 *nie vollendet worden*] Die ersten Kapitel erschienen 1855, dreizehn Jahre nach Stendhals Tod, u.d.T. ‹Le chasseur vert› in der Sammlung ‹Les nou-

velles inédités›. Die erste umfassende, auf sämtl. erhaltenen Manuskripten basierende Ausgabe besorgte Henri Martineau 1947 für die «Bibliothèque de la Pléiade».

72 *Beyle*] Der eigentliche Name von Stendhal lautete Marie Henri Beyle.

85 *O Henry*] O[liver] Henry. Henry hieß eigentl. William Sydney Porter.

97 *Australier Bret Harte*] Harte war nicht Australier, sondern Amerikaner. Er gilt als Wegbereiter des Realismus in der amer. Literatur. Berühmt wurde er durch seine Kurzgeschichten aus dem Goldgräbermilieu.

01 f *‹Die Straße, die wir wählen›*] O. Henry 1926, 88–95.

03 ff *«und Mama … hat.»*] ebd., 170; in der Vorlage: «De Reszke (der Vorgängerstar Carusos an der New-Yorker Metropolitanoper) zu hören […]».

08 ff *«Zwei Monate … fährt …»*] ebd., 244.

14 f *sich räuspern und wie sie spucken*] Nach Schillers ‹Wallensteins Lager›, I, 6: «Wie er sich räuspert und wie er spuckt./Das habt Ihr ihm glücklich abgeguckt.»

17 *bei Hebel*] KT spielt auf Johann Peter Hebels Kalendergeschichten an, die dieser von 1803 bis 1815 für den vom Karlsruher Gymnasium hg. ‹Badischen Landkalender› (später unter Hebels Leitung ‹Der Rheinländische Hausfreund›) verfaßte. Aus seinen Beiträgen für die Jahrgänge 1802–1811 stellte Hebel das ‹Schatzkästlein des rheinischen Hausfreundes› (Stuttgart 1811) zusammen. – Vgl. auch KTs Rezension des bibliophilen Auswahlbandes ‹Die Schwänke des Rheinländischen Hausfreundes› (Berlin 1922), in: ‹Alter Kümmel›, WB 14.7.1925, II, 71–72; D 1445.

20 *Paul Baudisch*] Der von KT kritisierte Baudisch reagierte in einem Leserbrief auf diese Anschuldigung. Vgl. [31] sowie [131] zu den Reaktionen von Stephan Ehrenzweig und Hans Reisiger. – Vgl. dazu auch KTs Aufsatz ‹Übersetzer›, Voss 4.3.1927; Bd. 9 [31].

25 *gess*] In der «Antwort»: ‹Aufmerksamer Leser›, WB 10.3.1931, I, 372, heißt es: «In Peter Panters Nachttisch aus der letzten Nummer war teilweise versehentlich die Form ‹I gess› stehen geblieben, es muß natürlich ‹I guess› heißen.»

5 *Schlachthaus-Kapitel*] «Im Chicagoer Schlachthaus», Toller 1930, 28–31.

6 *etwas Ähnliches gemacht*] s. KTs Artikel ‹Les Abattoirs›, WB 8.9.1925, II, 367–370; D 1479.

8 f *«Werden Sie nicht sentimental, Herr Toller!»*] Toller 1930, 30.

4 *Rußland und Amerika*] Seine zehnwöchige Reise durch die Sowjetunion unternahm Toller im Frühjahr 1926. Er folgte einer Einladung des sowjet. Kommissars für Erziehung Anatoli Lunatscharsky. Die ‹Amerikanischen Reisebilder› beschreiben die Eindrücke seiner von Sept. bis Dez. 1929 dauernden Vortragsreise durch die USA; Toller war einer Einladung von

Ludwig Lore, dem Herausgeber der deutschsprachigen ‹Volkszeitung› und Präsidenten der International Labour Alliance gefolgt.

148 *«Ich kam, ... ihrs.»*] Variation des Caesar zugeschriebenen Ausspruchs «veni, vidi, vici» (Ich kam, sah und siegte).

150 *‹Prawda›*] (russ.) Wahrheit, sowjet. Tageszeitung und Organ des ZK der KPdSU, hg. seit 1918 in Moskau.

150 f *ein Aufsatz gegen ihn gestanden hatte*] Kurz nach Tollers Ankunft in Moskau erschien in der ‹Prawda› ein verleumderischer Artikel des dt. Kommunisten und KPD-Mitglieds Paul Frölich, alias Paul Werner, der ihn des Defätismus' und des Verrats an der Münchener Räterepublik beschuldigte. Die ‹Prawda› stimmte nach anfänglichem Zögern einer Gegendarstellung Tollers zu. In seinen Aufzeichnungen (97) reagierte Toller auf Frölichs Vorwürfe; er bezeichnet diesen als «zur rechten Opposition» gehörend und fügt hinzu: «Moskauer oder deutsche kommunistische Blätter würden gar nicht erst in die Versuchung kommen, sein Bild zu bringen. ‹Klassenfeind›, ‹Konterrevolutionär›, ‹Verräter›, ‹sozialfaschistischer Lakai›, ‹Helfer der Bourgeoisie› sind die mildesten Namen, die diese Blätter ihm geben.»

153 f *mit recht ominöser Nummer*] Toller 1930, 69. Die Zahl 69 ist die Bezeichnung für eine Beischlafstellung.

158 *Fordschritt*] Anspielung auf den amer. Automobilindustriellen Henry Ford und das nach diesem benannte Produktionssystem des Fordismus; durch Rationalisierung (Arbeitsteilung) und Maschinisierung (Fließbandarbeit) bei gleichzeitig erträglichen Arbeitsbedingungen (kurze Arbeitszeiten, hohe Löhne) gelang es Ford, die Herstellungskosten für hochwertige Industrieprodukte zu senken und somit deren Absatz zu steigern.

160 *1916 und 1917 gesagt*] Toller, der sich bei Kriegsbeginn freiwillig zum Kriegsdienst gemeldet hatte, war von März 1915 bis Mai 1916 an der Front eingesetzt. 1917 bekannte er sich zum Pazifismus und nahm 1917/18 an der Antikriegsbewegung teil; als USPD-Mitglied wurde er zweiter Vorsitzender des Vollzugsrats während der bayr. Revolution (Nov. 1918), nach Eisners Ermordung Vorsitzender des Zentralrats (April 1919).

163 f *für diese seine Gesinnung bezahlt*] Toller wurde am 16.7.1919 wegen Hochverrats zu fünf Jahren Festungshaft verurteilt. Seine Haftzeit schilderte er in dem Bericht ‹Justiz-Erlebnisse› (Berlin 1927). KT rezensierte das Buch in ‹Der Rechtsstaat›, WB 12.7.1927, II, 51–55; Bd. 9 [89].

167 ff *«Ungeachtet ... ausgeübt.»*] Der Präsident des Reichsarchivs Dr. h.c. von Mertz: Zum Geleit, o.S.

173 f *dilettantischen Soziologen*] Demeter, promovierter Soziologe und Historiker, arbeitete seit 1920 im Reichsarchiv; 1921 wurde er zum Archivrat

und 1933 zum Leiter des Reichsarchivs (s. auch [3], *108*), Abteilung Frankfurt / M., ernannt.

6 ff *«In jedem Falle … Phänomen …»*] Demeter 1930, 215.

4 *Kabinetts-Erlasse*] Einige dieser Erlasse sind im Anhang zu Demeters Untersuchung (249–369) abgedr. (z. B. die «Kabinettsordre König Friedrich Wilhelms III. über Ehre und Duell» von 1828, 295 f; «Kaiserliche Kabinettsordre über literarische Veröffentlichungen der Offiziere», 342 f).

9 *Museum in Wien*] Das vom Leipziger Bibliographischen Institut hg. Werk war vom Wiener Museum erarbeitet worden.

6 *praeter proper*] Etwa, ungefähr.

2 *deutsche Ausgabe*] Choisy: In den Tiefen von Paris. Reportage. Übertragen von Karl Blanck. Leipzig 1930.

4 *Chiromantin des «Intransigeant»*] Chiromantin, aus dem griech., Handliniendeuterin; der ‹Intransigeant: Journal de Paris› (‹Der Unversöhnliche›) wurde 1880 als linksradikale Pariser Abendzeitung von Henri Rochefort gegründet und erschien bis 1940.

9 *schade, daß E. E. Kisch nicht …*] In vielen seiner Reportagen berichtete Kisch aus dem Außenseitermilieu, u. a. über Obdachlose, Kriminalfälle, Verbrechermilieu und Gefängnisse.

2 *Diotima*] s. [11], *27f*.

2 ff *«Nichts ist mir … sein.»*] Choisy 1930, 216: «Rien ne me dégoûte davantage que les petites saletés exprimées en un style d'Anatole France. J'écris sans hésiter merde, cul, sexe. Ce sont des mots nets, nobles, francs, courageux, des mots qui font image parce que peu usités. Mais imprimer: ‹Il s'amusait à ces petites bagatelles coupables avec lesquelles un homme cherche à satisfaire une femme› me semble lâche, pornographique.»

7 *Psychopathia sexualis*] In Anlehnung an das Hauptwerk des Psychiaters Richard Krafft-Ebing: Psychopathia sexualis. Eine klinisch-forensische Studie. Stuttgart 1886. – Vgl. Bd. 4 [238], 8, *8*.

4 ff *«Was ist? … ce soir.»*] Choisy 1930, 61. Ich weiß nicht, wie er es angestellt hat. Ich konnte mich noch so sehr widersetzen. Aber diesem verfluchten Schwein ist es gelungen, mir Lust zu verschaffen. Es ist das erste Mal, daß mir das widerfährt. Niemals werde ich es wagen, meinem Freund heute abend ins Gesicht zu sehen.

25

Wenn kein Licht ist

V: Peter Panter
D[1]: Vossische Zeitung Nr. 58, 8.3.1931, Post-Ausg., Unterhaltungsblatt Nr. 57, [S. 3–4]
Bibl.: Bonitz / Wirtz D 2561; Rep

9 *in Schweden gewohnt*] KT hatte die Sommermonate Mai bis Sept. 1929 in Läggesta, nahe Schloß Gripsholm verbracht (s. [51], «Entstehung»). Seit März 1930 bewohnte er die Villa Nedsjölund in Hindås.

10 *Trollhättanfall*] Trollhättafälle, Wasserfälle des Göta Älv in Südschweden, nahe der Stadt Trollhättan.

21 *Das ist im Leben so eingerichtet*] Nach Joseph Viktor von Scheffel: Der Trompeter von Säkkingen. Ein Sang vom Oberrhein (Stuttgart 1854; 2. Stück). Es heißt dort: «Das ist im Leben häßlich eingerichtet [...].»

27 *nach Deterding*] Der niederl.-brit. Erdölmagnat Henri William Deterding war 1901 Generaldirektor der «Royal Dutch Petroleum Company», die 1907 mit der Londoner «The Shell Transport and Trading Company Ltd.» zur «Royal Dutch / Shell-Gruppe» fusionierte.

77 *Andersen ließe sie jetzt sagen*] Über die sprechenden Dinge in den Märchen des von KT verehrten Hans Christian Andersen s. ‹Herr Konferenzrat Andersen›, Voss 14.8.1927; Bd. 9 [104], 15 ff.

99 *Sezessionsbildern, aus dem Jahre 1901*] Vermutlich bezieht sich KT hier auf die im Mai 1898 von Liebermann, Leistikow u.a. gegen die wilhelminische Repräsentationskunst opponierende «Berliner Sezession»; 1901 konnte Liebermann mit Hilfe Leistikows das Gewicht dieser Vereinigung vor der Öffentlichkeit auf spektakuläre Weise stärken: Slevogt und Corinth, die Gründungsväter der Münchener Sezession folgten seinem Ruf von München nach Berlin; die bedeutendsten Vertreter der neuen Malerei arbeiteten nun in der Hauptstadt, in den jährlich stattfindenden Ausstellungen wurden ihre Werke vorgestellt. Die Sezessionsausstellung aus dem Jahr 1901 zeigte zudem Werke von Pissarro, Renoir, van Gogh, Monet und Josef Israël. Es waren insbesondere deren Gemälde, an denen das Publikum Anstoß nahm.

26

Rußland

V: Theobald Tiger
D[1]: WB Jg. 27, Nr. 10, 10.3.1931, I, S. 350
Bibl.: Nd s. Bonitz/Wirtz D 2562; 10 Nd; NdzL: Berlin am Morgen 3. Jg., Nr. 91, 19.9.1931, S. 7, u.d.T.: Rußland in Berlin; GW 9

Vgl. auch KTs Artikel ‹Die Informierten›, WB 27.5.1930, I, 810; D 2422.

16 *Fünfjahresplan glückt!*] Vgl. dazu den unmittelbar vorhergehenden Artikel ‹Menschewiken› von CvO (WB 10.3.1931, I, 348–350, hier: 350; jetzt in: Ossietzky 1994, Bd. VI, 47–49).

16 *Das System, es hält!*] Unter dem Eindruck der Weltwirtschaftskrise gab es zu Anfang der 30er Jahre bis in die Kreise der polit. Rechten hinein Tendenzen, das sowjet. Planwirtschaftssystem als Alternative zum anarchischen Privatkapitalismus zu werten. Vgl. z.B. für den konservativ-revolutionären «Tat-Kreis» das Buch von Ferdinand Fried: Das Ende des Kapitalismus. Jena 1931.

9 *den Papst haben sie bemüht*] Papst Pius XI. schrieb am 2.2.1930 einen Brief an Kardinal Basilio Pompilij, in dem er die antikirchlichen Repressionen in der Sowjetunion beklagte und zu einem «Gebetskreuzzug» aufrief. Die dt. Zeitungen berichteten ab dem 9.2.1930 über diesen Brief (Abdruck in: Germania 13.2.1930, M).

27

Sein spannendster Roman

V: Peter Panter
D[1]: WB Jg. 27, Nr. 10, 10.3.1931, I, S. 360–363
Bibl.: Nd s. Bonitz/Wirtz D 2563;; 2 Nd; GW 9
Rez.: Upton Sinclair: Das Geld schreibt. Eine Studie über amerikanische Literatur. Übers. von Elias Canetti. Berlin: Malik-Verlag 1930 (= Gesammelte Werke in Einzelausgaben, Bd. 12; Originaltitel: Money Writers. A Study of American Literature. New York: A. & C. Boni 1927)

2 *In Paris*] KT lebte von Mitte 1924 bis 1929 mit Unterbrechungen als Auslandskorrespondent der WB und der Voss in der frz. Hauptstadt.

8 *Grasset*] Bernard Grasset, frz. Verleger. In seinem 1907 gegründeten Verlag gleichen Namens erschienen u.a. Werke von Giradoux, Mauriac, Proust. In den 20er Jahren verlegte er insbesondere jüngere Autoren, darunter Werke von Maurois, Morand, Radiguet.

10 *Paul Cassirer*] Der Kunsthändler und Verleger gründete 1908 den Paul Cassirer Verlag, in dem neben Kunstbänden vor allem expressionist. (Heinrich Mann, Barlach, Lasker-Schüler, Schickele), ab 1916 paz. und ab 1918 soz. (Kautsky, Lukács, Bloch) Literatur erschien. Cassirer war zudem Verleger und zeitweiliger Herausgeber der expressionist. Zeitschriften ‹Pan› (1910–1915) und ‹Die weißen Blätter› (1913–1921).

18 *Aussortierten*] s. [6].

39 ff *«Die Künstler … beglücken.»*] Sinclair 1930, 210 f.

45 ff *«Als der Weltkrieg … hinüberlocken half.»*] ebd., 51.

63 ff *«verlangt … gemacht hat.»*] ebd., 95 f.

66 *Hergesheimer zum Beispiel*] ebd., 95–103.

67 *Elfenbeinturm!*] Mehrheitlich verfaßte Hergesheimer romantische, in exotischem Milieu spielende Gesellschafts-, Familien- und Liebesromane. Der Begriff spielt auf dessen ästhetizistisches, aktuelle gesellschaftspolitische Fragen aussparendes Literaturkonzept an.

68 *‹Tampico›*] Joseph Hergesheimer: Tampico. New York 1926; dt. Berlin 1927. Übers. von Paul Baudisch.

71 *‹Amerikanische Tragödie›*] Theodore Dreiser: An American Tragedy. 1925; dt. Wien 1927. – In seinem in der Nachfolge von Balzacs und Zolas Gesellschaftsromanen verfaßten Werk zeichnet Dreiser ein Panorama der amer. Gesellschaft seiner Zeit. Der Roman wurde sein größter Bucherfolg.

71 f *komplette Sonntagsschulpredigt*] Sinclair 1930, 132.

72 f *Galsworthy uns das Gegenteil einreden will*] Dazu nichts ermittelt.

74 *Romans von Reverend Wright*] Reverend Wright [d.i. Harold Bell Wright]: The re-creation of Briant Kent. Chicago 1919.

74 *«Just-Technik»*] Alfred Kerr: Technik des realistischen Dramas, in: Ders.: Das neue Drama. Berlin 1905, 295–309, hier: 303 f. – Es handelt sich nicht um ein wörtliches Zitat. Bei Kerr heißt es in Zusammenhang der Werke Hermann Sudermanns: «Eine höchst wunderliche Häufung von Zufällen aber bietet Sudermann, dessen Technik eine wertvolle Fundgrube ist für die Wahl abschreckender Beispiele. Man erinnere sich an den Schluß des ersten Akts der ‹Ehre›. […] Unter den vielen Lokalen, die in Betracht kommen, ist er just in das geraten, wo sich Alma an diesen Abend befand. Unter den vielen Mädchen […] hat er grade die Bekanntschaft derjenigen gemacht, die sich nachher als Schwester seines Freundes entpuppt.»

79 *«Der Held … von 1:3000.»*] Sinclair 1930, 94 f. – Sinclair greift hier auf

die Untersuchung eines Mathematikers und Mitarbeiters der Zeitschrift ‹New Republic› zurück. Dieser nahm sich Wrights Roman vor und kam nach den Regeln der Wahrscheinlichkeitsrechnung zu diesem Ergebnis.

02 f *«die Geschäftsleute … ausschalten»*] ebd., 79f. – Bei Sinclair heißt es: «die Geschäftsleute von der Schriftstellerei fernzuhalten».

04 *vormärzlichen sozialen Standpunkt*] Die frühsozialistische Kapitalismuskritik vor 1848, die häufig an idealisierten agrarisch-handwerklichen Produktions- und Sozialformen orientiert und von moralischem Pathos getragen war.

05 f *«das, was unrecht ist in der Welt»*] Anspielung an Gilbert Keith Chestertons Essayband ‹Was unrecht ist an der Welt› (Orig.: What's wrong with the world) München 1924.

07 f *werfen ihm die Kommunisten mit Recht vor*] Der amer. Schriftsteller und Kommunist John Reed hatte Sinclair bereits 1918 (Reed an Sinclair, 6.11.1918) wegen seiner Unterscheidung zwischen einem «westlichen» und einem «deutschen» Kapitalismus angegriffen (vgl. hierzu Daniel Aaron: Writers on the left. Episodes in american literary communism. New York 1992, 65–67). Anfang der 30er Jahre galt Sinclair unter den dt. Kommunisten als ein «Marxist mit dem Gemüt» (Csillag: Das Geld schreibt, in: Linkskurve Jg. 3, Nr. 3, März 1931, 25f, hier: 25); vgl. auch Alexander Abusch: Upton Sinclair. Zum heutigen 50. Geburtstag des amerikanischen Schriftstellers, RF 20.9.1928. – 1930 forderte die ‹Linkskurve› Upton Sinclair auf, «Klarheit» über seine politische Position und über sein Verhältnis zum Kommunismus zu schaffen (Die Redaktion: ‹Ist es wahr, Upton Sinclair?›, Linkskurve Jg. 2, Nr. 8, Aug. 1930, 21), nachdem Ernst Feder, Redakteur des BT, als Resümee eines Gesprächs mit Sinclair über diesen geäußert hatte: «Mit aller Entschiedenheit lehnt es Sinclair ab, als Kommunist bezeichnet zu werden.» Sinclair habe ihm gegenüber bekannt: «Ich bin gegen jede Gewaltanwendung und ich habe mit der Kommunistischen Partei nichts zu tun.»

42 ff *Der Mann … der ich nicht bin.*] Sinclair 1930, 158. Die erste Zeile ist zugleich auch der Titel des Gedichts.

58 f *«Lyriker sind … verspinnen.»*] ebd., 146.

60 f *«Jede wahrhaft … optimistisch.»*] ebd., 169.

61 ff *«Ich halte den … Geisteskrankheit.»*] ebd.

63 *Auch du Babbit?*] Anspielung auf Sinclair Lewis' Roman ‹Babbitt› (1922; dt. München 1925; übertr. von D. Bródy), in dem Lewis den Typus des kleinstädtischen, fortschrittsgläubigen, materialistisch orientierten Durchschnittsamerikaners des mittleren Westens porträtiert. Der Begriff bür-

gerte sich in der Nachfolge des Romans als Bezeichnung für den amer., mittelständischen Spießertypus ein. KT hat sich wiederholt positiv zu Lewis' Roman geäußert. – Vgl. seine Rezension ‹Babbitt›, WB 5.5.1925, I, 665–669; D 1409; vgl. weiter KTs Brief an SJ vom 9.3.1925 (AB, 99f) und die Briefe an E. Plietzsch vom 21.11.1925 (AB, 173) und an MT vom 1.7.1929 (UuL, 524).

169 ff *«Die Antike ... Aorist.»*] Søren Kierkegaard: Die Tagebücher. 4 Bde. Hg. von Hayo Gerdes. Düsseldorf 1962, Bd. 1, 70 (Eintrag vom März 1836): «Das Antike ist ein Präsens, das Romantische ein Aorist.»

177 *Andersensche Märchen*] Hans Christian Andersen: Des Kaisers neue Kleider. 1837 erschienen in der Reihe ‹Märchen, für Kinder erzählt› (11 Hefte, 1835–1848).

177 ff *«Wir hätten ... Beischlaf!»*] Sinclair 1930, 143. Der Hinweis auf Andersen ist eine Ergänzung KTs.

198 *Die Polemiken etwa mit Mencken*] Sinclair 1930, 132–140. Gemeint ist der Kritiker und Herausgeber der Zeitschrift ‹American Mercury› Henry Louis Mencken.

204 f *«Beinah so gut ... Unruh.»*] Vgl. hierzu KTs Polemik gegen Fritz von Unruh insbesondere in den Aufsätzen der Jahre 1925 und 1926.

28

Schepplin

V: Theobald Tiger
D^1: WB Jg. 27, Nr. 11, 17.3.1931, I, S. 386
Bibl.: Nd s. Bonitz / Wirtz D 2564; 2 Nd; Ackermann: 1 NdzL; GW 9

0 *Schepplin*] Charlie Chaplin.

29

Zur soziologischen Psychologie der Löcher

V: Kaspar Hauser (D^1); Kurt Tucholsky (D^2)
D^1: WB Jg. 27, Nr. 11, 17.3.1931, I, S. 389–390
D^2: Lerne lachen ohne zu weinen 1931, S. 272–274
Bibl.: Nd s. Bonitz / Wirtz D 2565; 12 Nd; Ackermann: 1 NdzL; GW 9

Varianten
Die Varianten sind nach D[2] verzeichnet
25ff Wenn der … Schicksal.] *fehlt* **50** sein?] *es folgt ein Absatz* **54f** ein Luftballon und eine Jungfrau.] eine Jungfrau und ein Luftballon. **60** wahr] richtig **64** Artikel] Abschnitt **64** vorigen] *es folgt* Stück

1 ff *Daß die wichtigsten Dinge … Schießgewehr.*] Lichtenberg 1902ff, Bd. 3, 8 (Aphorismus E 35).

21 *Ackerstraße*] Straße im Berliner Nordosten, Sitz eines der AEG-Werke; dort befanden sich auch städtische Wärmehallen für Arme und Obdachlose.

30

Die Stiftung

V: Ignaz Wrobel
D[1]: WB Jg. 27, Nr. 11, 17.3.1931, I, S. 399 [Rubrik:] Bemerkungen
Bibl.: Bonitz / Wirtz D 2566

1 ff *«Aus den Zinsen … Heß.»*] Börsenblatt für den deutschen Buchhandel Jg. 97, Nr. 262, 11.11.1930, 106.

9 *und wenn es köstlich gewesen*] Zitat aus Psalm 90, 10: Unser Leben währet siebenzig Jahre, und wenn es hoch kommt, so sind es achtzig Jahre, und wenn es köstlich gewesen ist, so ist es Mühe und Arbeit gewesen; denn es fähret schnell dahin, als flögen wir davon.

4 *Alfons Goldschmidt*] Goldschmidt, studierter Jurist und Staatswissenschaftler, war lange Jahre als Wirtschafts- und Sozialwissenschaftler u.a. an den Universitäten Leipzig, Córdoba / Argentinien und Mexico tätig. Als Spezialist für Wirtschaftsfragen schrieb er für das BT und die ‹B.Z. am Mittag›; für die WB verfaßte er zwischen 1918 und 1932 über hundert Artikel, zumeist Stellungnahmen zu wirtschaftswissenschaftl. und -polit. Fragen.

4 *verbotenen Filme*] 1926 konnte Sergej Eisensteins ‹Panzerkreuzer Potemkin› nur in einer gekürzten Fassung erscheinen; 1930 waren Hans Tintners Film ‹Cyankali› (nach dem gleichnamigen Drama von Friedrich Wolf) und die Verfilmung von Remarques Roman ‹Im Westen nichts Neues› (vgl. [33] und K) verboten worden. Im gleichen Jahr wurde Richard Os-

walds Kriegsschuldfilm ‹1914, die letzten Tage vor dem Weltbrand› (zunächst u.d.T.: ‹1914 – Die Schüsse von Sarajewo›) auf Initiative des AA von der Filmprüfstelle Berlin verboten, weil er «geeignet sei, das Ansehen und die Stellung Deutschlands zu schädigen» (nach: ‹Der Film ‹1914 – Die Schüsse von Sarajewo››, DAZ 24.12.1930, M). Erst nach einigen Änderungen und der Hinzufügung einer «klärenden Einleitung» wurde der Film freigegeben.

31

[Paul Baudisch]

V: Anonym
D^1: WB Jg. 27, Nr. 11, 17.3.1931, I, S. 407–408 [Rubrik:] Antworten

Zum Kontext s. [24], 118–131

32

Lottchen wird saniert

V: Peter Panter (D^1); Kurt Tucholsky (D^2)
D^1: Vossische Zeitung Nr. 67, 19.3.1931, Post-Ausg., Unterhaltungsblatt Nr. 66, [S. 1–2]
D^2: Lerne lachen ohne zu weinen 1931, S. 306–310, u.d.T.: Das Lottchen. 2. Das Lottchen wird saniert
Bibl.: Nd s. Bonitz/Wirtz D 2567; 11 Nd; NdzL: PT 26.3.1931; GW 9

Varianten
Die Varianten sind nach D^2 verzeichnet
1 alle] *nicht hervorgehoben* **10** das] *nicht hervorgehoben* **23** Der] Ihr **66** gleich] *fehlt* **66** so'nen] sonen **76** nicht …»] nicht.» **82** du's] dus **95** so'n] son **95f** bezahlen …»] bezahlen!» **134** Sportkasse!»] Sportkasse –!»

0 *Lottchen*] Zu den ‹Lottchen›-Texten s. [10], *0*.
17 *Kaliko*] Baumwollgewebe, das, gefärbt oder bedruckt, als Bucheinband verwendet wird.

22 *dein Freund Käte*] Vermutlich ist die wohlhabende Ärztin Käte Jessel gemeint, eine Freundin von Lisa Matthias. Letztere sprach Käte mit der Anrede «mein Freund» an. Vgl. hierzu Matthias 1962, 43.

39 *Hankemann*] Lisa Matthias zufolge hat KT wesentliches «Material» seines Aufsatzes einem Brief von ihr (27.1.1929) entnommen (s. Matthias 1962, 154).

41 *Louis Brest*] s.o. *39*. Lt. Lisa Matthias die Berliner Bankfirma Louis Berndt (s. Matthias 1962, 95).

51 *Werßhofen*] s.o. *39*.

33

[Gegen das Remarque-Filmverbot]

V: Kurt Tucholsky
D[1]: Die Menschenrechte Jg. 6, Nr. 3, 20.3.1931, S. 46–47
Bibl.: Nd s. Bonitz/Wirtz D 2569; 1 Nd; GW 9

17 Nervensystem! Wir] *emend. aus* Nervensystem, Wir

Stellungnahme zum Verbot des Films ‹Im Westen nichts Neues›, nach Erich Maria Remarques gleichnamigem Roman (Berlin 1929), in Zusammenhang mit einer von der DLfM im Berliner Bachsaal organisierten Kundgebung «Remarque und die Wirklichkeit» am 2.2.1931. Zusammen mit KTs Stellungnahme sind u.a. Beiträge von Albert Einstein, Käthe Kollwitz, Erich Maria Remarque, Ludwig Renn und Arnold Zweig abgedruckt. Die DLfM hatte bereits nach dem durch die Nationalsozialisten erzwungenen Verbot des Films am 11.12. eine öffentliche Kundgebung angekündigt und organisiert, da diese Entscheidung «das deutsche Volk als Träger eines neuen Militarismus erscheinen» lasse (zit. nach ‹Kreuz-Zeitung› 14.12.1930).
Die dt. Erstaufführung des Films ‹Im Westen nichts Neues› (Orig.: All Quiet on the Western Front; Amerikanischer Tonfilm. Prod.: Universal Pictures Corporation of New York; Regie: Lewis Milestone; Drehbuch: Maxwell Anderson, Del Andrews, George Abbott, Lewis Milestone nach dem gleichnamigen Roman von Erich Maria Remarque; Kamera: Arthur Edeson; Musik: David Brockman; Darsteller: Lew Ayres, Louis Wolheim, Russell Gleason u.a.) fand am 5.12.1930 statt. Nachdem die Film-

prüfstelle, die von den Länderregierungen Bayerns, Württembergs, Sachsens, Thüringens und Braunschweigs angerufen worden war, den Film zunächst freigegeben hatte, wurde er von der Filmoberprüfstelle unter Vorsitz des Ministerialrats im Reichsinnenministerium Ernst Seeger verboten. – Vgl. dazu auch KTs Rezension des Romans: ‹Endlich die Wahrheit über Remarque!›, WB 11.6.1929, I, 902–904; D 2237; ‹Hat Mynona wirklich gelebt?›, WB 31.12.1929, I, (1930), 15–19; D 2337, sowie das Kapitel «Erfolg ohne Tendenz. Tucholsky im Streit um Remarque», in: Meyer/Bonitz 1990, 585 ff.

1 *nordische Barde Goebbels*] Die Barden, keltische Sänger von Kampf- und Preisliedern, besangen im Gefolge der Fürsten deren Ruhm oder schrieben Schmählieder auf deren Feinde. Zu Goebbels vgl. unten 9.

1 *in seinen Kundgebungen*] Um die Absetzung des Films zu erlangen, demonstrierten die Nationalsozialisten wiederholt vor dem Berliner Mozartsaal am Nollendorfplatz. Auch die ersten öffentlichen Aufführungen des Films am 5. und 7.12. wurden von ihnen gestört: Goebbels verteilte 200 Eintrittskarten an Parteimitglieder, während der Vorstellung warf man Stinkbomben und setzte weiße Mäuse aus. Der ‹Völkische Beobachter› (‹‹Im Westen nichts Neues›: Proteststurm gegen die gemeine Beschimpfung des deutschen Soldaten und unserer Gefallenen›, Reichsausg. 7./8.12.1930) berichtet von der ersten öffentlichen Aufführung des Films am 5.12.1930: «Dr. *Goebbels* versuchte von seinem Platz aus auf die Zuhörer einzuwirken, protestierte aber vor allem gegen die Schmach, die mit der Aufführung dem deutschen Berlin angetan wurde. Fortwährend mußte die Vorstellung unterbrochen werden und die vorsorglich herbeigerufene Polizei ließ sich verstärken. Es kam zu dem Kuriosum, daß Dr. Goebbels, den man unverschämterweise wie einen Rädelsführer behandelte, von zwei Schupos auf seinem Platz bewacht wurde.» Auch die Vorführung des Films am 7. und 8.12. versuchten die Nationalsozialisten zu stören (vgl.: ‹Der Krieg am Nollendorfplatz. Polizei geht mit Samthandschuhen vor›, in: WaA 8.12.1930, sowie: ‹Guerilla am Nollendorfplatz. Im Westen täglich Neues!›, Deutsche Tageszeitung 8.12.1930, A). Am 8.12. organisierten die Nationalsozialisten schließlich eine Demonstrationskundgebung gegen den Film (vgl.: ‹Schluß mit dem Remarque-Film!›, VB 10.12.1930). Einen Tag später, am 9.12.1930, fand die zweite große Kundgebung der Nationalsozialisten statt (vgl.: ‹Neue Riesenkundgebung gegen die Deserteur-Moral. 60000 marschieren auf›, VB 11.12.1930). Am 10.12.1930 verbot der Polizeipräsident von Berlin, Grzesinski, weitere Kundgebungen und Umzüge (vgl.: ‹Statt Filmverbot

– Verbot der Proteste›, Kreuz-Zeitung 11.12.1930). Am 11.12. wurde der Film schließlich durch die Filmoberprüfstelle verboten (vgl.: ‹Der Hetzfilm verboten›, Kreuz-Zeitung 13.12.1930; im 1. Beiblatt wurden auch die Gutachten des Reichswehrministeriums und des Reichsinnenministeriums vor der Filmoberpüfstelle abgedruckt; Joseph Goebbels: In die Knie gezwungen, Der Angriff 12.12.1930; N.N.: Dr. G. über den Remarque-Film, Osnabrücker Tageblatt 14.12.1930). – Zum Filmverbot vgl. auch: Bärbel Schrader (Hg.): Der Fall Remarque. «Im Westen nichts Neues» – Eine Dokumentation. Leipzig 1992.

3 *im Gegensatz*] Ironische Anspielung auf den großen finanziellen Erfolg der Fridericus-Filme.

4 *Fridericus-Erzeugnissen*] ‹Fridericus Rex›. Regie: Arzen von Cserépy: 1. Sturm und Drang (1922); 2. Vater und Sohn (1922); 3. Sanssouci (1923); 4. Schicksalswende (1923). Konservative Kreise lobten die positive Darstellung Friedrichs des Großen, die politische Linke warf dem Regisseur eine revanchistische und militaristische Gesinnung vor und lehnte den Film als antirepublikanische Provokation und chauvinistisches Machwerk ab. Das monumentale vierteilige Historienepos wurde ein großer Erfolg. – Vgl. dazu auch KTs Gedicht ‹Fridericus Rex› (WB 23.2.1922, I, 194; D 1010). 1930 lief zudem der Ufa-Film ‹Das Flötenkonzert von Sanssouci› an (Regie: Gustav Ucicky; Darsteller: Otto Gebühr, Hans Rehmann, Renate Müller, Walter Janssen, Raoul Aslan, Theo Lingen; UA: 19.12.1930 im Berliner Ufa-Palast am Zoo).

4 *über und unter Gebühr*] Anspielung auf den Sänger und Schauspieler Otto Gebühr, der in beiden Filmen (in ‹Fridericus Rex› in allen vier Teilen) die Rolle des Preußenkönigs spielte.

5 *Baldurs*] Baldur, in der german. Mythologie der Gott des Lichts und der Fruchtbarkeit. Er verkörpert das Gute und Gerechte.

7 *Zensur*] Am 8.7.1929 hatten die Deutschnationalen einen Entwurf für die Verschärfung des Lichtspielgesetzes von 1920 vorgelegt, der die Kritik der Kirchen und süddt. Länder berücksichtigte. Der Entwurf scheiterte jedoch Ende 1930 im RT insbesondere am Einspruch von SPD und KPD. Am 15.7. wurde lediglich eine Änderung ausländische Filme betreffend (Gesetz über die Vorführung ausländischer Bildstreifen) durchgesetzt. Es ermächtigte die Reichsregierung, «zur Wahrung der kulturellen Interessen im deutschen Lichtspielwesen Bestimmungen über die Voraussetzungen der Vorführung ausländischer Bildstreifen (Filme) zu erlassen». Wichtiger allerdings wirkte sich die Einrichtung von drei Prüfstellen (Prüfstelle Berlin und München sowie Oberprüfstelle Berlin) aus, deren Besetzung in Händen des Reichsinnenministers lag und in denen auch die

Kirchen durch Beisitzer vertreten waren. – Zensurmaßnahmen den Film betreffend vgl. Klaus Petersen: Zensur in der Weimarer Republik. Stuttgart, Weimar 1995, 245–274; zur Zensur vgl. auch [61].

9 *aus unlauteren Beweggründen*] Die Hauptinitiatoren der Kampagne waren die Nationalsozialisten unter Führung Goebbels'; er war 1926 von Hitler als Gauleiter der NSDAP in Berlin-Brandenburg eingesetzt und von diesem beauftragt worden, das «rote Berlin» zu erobern. Mit seinem von den nationalkonservativen Kreisen unterstützten Kampf gegen die Verfilmung von Remarques Roman ‹Im Westen nichts Neues›, wollte Goebbels die von der SPD geführte preuß. Koalition herausfordern und einen polit. Sieg erringen. Es ging, wie er in seinem Artikel ‹In die Knie gezwungen› schrieb, um «eine Prestigefrage zwischen der preußischen Regierung und der nationalsozialistischen Bewegung»; man wollte den «Gewalthabern in Preußen [...] zeigen, daß die Zeit vorbei ist, wo sie sich der deutschen Volksehre gegenüber alles, aber auch alles, leisten konnten. [...] Es war ein Kampf um die Macht zwischen marxistischer Asphaltdemokratie und deutschbewußter Staatssittlichkeit. Und zum ersten Male haben wir in Berlin die Tatsache zu verzeichnen, daß die *Asphaltdemokratie in die Knie gezwungen* wurde» (Der Angriff 12.12.1930).

12 ff *«Das Szenario stellt ... Schlafbedürfnis ...»*] F.: Im Westen nichts Neues, in: Die Zeit Jg. 1, H. 24, 20.12.1930, 748f, hier: 748.

17 f *zu Foerster gehalten*] Vgl. hierzu KTs Aufsätze: Der Fall Röttcher, WB 29.11.1927, II, 815–820; Bd. 9 [161]; ‹Gesunder Pazifismus›, DAD Jg. 8, Nr. 13, 31.3.1928, [4]; D 1994.

18 f *Vorsteher eines kleineren katholischen Moralamtes*] Gemeint ist die von Foerster von 1930–1933 hg., linkskatholisch-pazifistisch orientierte Zeitschrift ‹Die Zeit. Organ für grundsätzliche Orientierung›.

31 *der Papst «ehrlos» genannt hat*] Papst Benedikt XV. (von 1914 bis 1922 im Amt) solidarisierte sich während des Weltkriegs mit demokratischen, pazifistischen und freimaurerischen Gruppierungen. Die WB druckte im Aug. 1931 (4.8.1931, II, 171–173, hier: 172) eine Stellungnahme des Papstes (Rom, Vatikan, 28. Juli 1915) ab, in der es heißt: «[...] beschwören wir euch, [...] endlich dieser grauenhaften Schlächterei ein Ende zu setzen, die nun schon ein Jahr Europa entehrt».

34

Memoiren aus der Kaiserzeit

V: Kaspar Hauser
D[1]: WB Jg. 27, Nr. 12, 24.3.1931, I, S. 426–430
Bibl.: Nd s. Bonitz/Wirtz D 2570; 8 Nd; NdzL: PT 31.3.1931; GW 9

1 f *Wie sich der … so ist sie.*] Anton Kuh: Vita oder Der Mensch [1921], in: Ders.: Von Goethe abwärts. Aphorismen, Essays, Kleine Prosa. Wien, Hannover, Bern 1963, 319.

5 *13. Juli*] Anspielung auf die letzte Kriegskonferenz im Juli 1918 in Spa, wo trotz der sich schon abzeichnenden Niederlage in einem letzten Kriegstaumel Annexionsziele festgelegt wurden.

10 f *der direkt aus Rom gekommen war*] Der ehemalige Reichskanzler von Bülow war seit Ende 1914 als Sonderbotschafter in Rom tätig.

26 *neue Offensive bei Verdun*] Falkenhayn hatte die von Ende Febr. bis Mitte Dez. 1916 ausgetragene Schlacht bei Verdun geplant und durchgeführt. Vom 15. bis 17.7.1918 fand die letzte dt. Westoffensive statt.

89 f *‹Neuen Freien Presse›*] Bürgerlich-liberale Tageszeitung, hg. von M. Benedikt, erschienen 1864–1939, ging aus der 1848 gegr. ‹Die Presse› hervor. In einem Brief an Maximilian Harden (14.4.1926, AB, 136) urteilte KT über die NFP: «Sie haben oft der ‹Neuen Freien Presse› Artikel gegeben, aus Gründen, die mich nichts angehn. Identificieren Sie sich mit der Politik des Blattes? Ich habe bei Ullstein das mir sehr angenehme Gefühl: er kauft eine Ware. Niemals hat eine Beeinflussung stattgefunden, niemals hat Bernhard oder irgend ein andrer jemals meine Freiheit angetastet, mir je übelgenommen, daß ich an anderer Stelle, wo ich Politik mache, genau das Gegenteil von der Politik der Vossischen schreibe, in der selten auch nur eine politische Andeutung von mir steht.» – Vgl. aber auch KTs Aufsatz ‹1372 Fahrräder›, NFP 24.1.1932, M; D 2687.

98 *freimaurerischen Mächte*] Ludendorff hatte in den 20er Jahren zwei Schriften gegen Freimaurer publiziert: ‹Auf die Kriegspfade gegen die Freimaurerei. Aufklärungsschrift der großen National-Mutterloge ‹Zu den drei Weltkugeln›› (Berlin 1928); ‹Vernichtung der Freimaurerei durch Enthüllung ihrer Geheimnisse›. 2 Bde. (München 1928 und 1929); vgl. KTs Gedicht ‹Ludendorff oder Der Verfolgungswahn›, WB 6.11.1928, II, 700; D 2114.

100 *Grand-Orient*] «Grand Orient de France» (GOdF), Freimaurerloge, bei der KT im März 1925 einen Antrag auf Affiliierung gestellt hatte. – Zu

KTs Freimaurertum vgl. Hans-Detlef Mebes: Kurt Tucholsky 1924–1935. – Ein zweites Leben im geheimen?, in: Humanität. Das deutsche Freimaurer-Magazin Jg. 11, Nr. 7, Okt./Nov. 1985, 8–17.

110 *Paul Goldmann*] Von dem österr. Journalisten Goldmann waren während des Krieges folgende Bücher erschienen: ‹Gespräche mit Hindenburg› (Berlin o.J. [1916]); ‹Beim Generalfeldmarschall v. Hindenburg. Ein Abend im Hauptquartier› (Berlin 1914).

135 *Bülow*] 1931 erschien der dritte Band von Bülows ‹Denkwürdigkeiten›: ‹Weltkrieg und Zusammenbruch› (Hg. von Franz v. Stockhammern. Berlin 1931).

150 f *Landesverräters Ebert*] Ebert, Reichspräsident von 1919 bis 1925, war wegen seiner Haltung beim Munitionsarbeiterstreik von der republikfeindlichen Rechten des Landesverrats beschuldigt worden. Auch nach dem Beleidigungsprozeß, den Ebert 1924 gegen einen Redakteur geführt hatte, wurde er aus formalen Gründen von dem Vorwurf des Landesverrats nicht freigesprochen.

156 *Entente*] Im 1. Weltkrieg alle Gegner der Mittelmächte, der Bündnispartner des Dt. Reichs und Österreich-Ungarns (Türkei und Bulgarien).

157 *«Quando … Camilla»*] Sprichwörtl. nach Prof. Taubmann in Wittenberg. Der vollständige Vers lautet: «Quando conveniunt Ancilla, Sybilla, Camilla, Garrire incipiunt et ab hoc et ab hoc et ab ille.» (Wenn Grete, Sibylla, Camilla sich sehen, Welch Schwatzen und Klatschen hört man dann entstehen.» – Auch in SG schreibt KT durchgehend Sybilla statt Sibylla.

167 *morganatisch*] Eine im Recht des Hochadels standesungleiche Ehe. Die daraus entstehenden vermögens- und erbrechtlichen Konsequenzen werden durch einen Ehevertrag geregelt. In Deutschland wurde diese Form der Ehe 1919 abgeschafft.

175 f *«Bei Männern … nicht.»*] Sprichwörtl. Zitat aus Mozarts ‹Die Zauberflöte. Eine große Oper in zwei Aufzügen› (1794; Text von Emanuel Schikaneder), 1. Aufzug, 14. Auftritt.

35

Die Herztonplatte

V: Peter Panter
D[1]: WB Jg. 27, Nr. 12, 24.3.1931, I, S. 441–442 [Rubrik:] Bemerkungen
Bibl.: Bonitz/Wirtz D 2571

1 *Carl Lindström-A. G.*] Die Berliner Lindström A.-G., gegr. 1904, war in den 20er Jahren der führende Hersteller von Sprechapparaten, Schallplatten, Diktier- und Rechenmaschinen. Das Unternehmen gehörte zum amer. Columbia-Grammophon-Konzern.

36

Es reut das Lottchen

V: Peter Panter (D^1); Kurt Tucholsky (D^2)
D^1: Vossische Zeitung Nr. 76, 29.3.1931, Post-Ausg., Unterhaltungsblatt Nr. 75, [S. 3]
D^2: Lerne lachen ohne zu weinen 1931, S. 314–316, u.d.T.: Das Lottchen. 4. Es reut das Lottchen
Bibl.: Nd s. Bonitz/Wirtz D 2572; 11 Nd; GW 7

Varianten
Die Varianten sind nach D^2 verzeichnet
14 doch] *es folgt* ein bißchen **17** ist …?] ist? **22** ich's] ichs **25** wär'] wär **27** meistens ist es] *es folgt* sogar **33** warum, aber …] warum. **34** Tegel] Plötzensee **36** erzählt – da] erzählt. Da **42** Tegel] Plötzensee **46** hab's] habs **47** rausgehen] rausgehn

Zu den ‹Lottchen›-Texten s. [10], *0*.

10 *Vopelius*] Vermutl. fiktiv; vgl. [32], *39*.
42 *Tegel*] Strafanstalt in Tegel.

37

Rosen auf den Weg gestreut

V: Theobald Tiger
D^1: WB Jg. 27, Nr. 13, 31.3.1931, I, S. 452
Bibl.: Nd s. Bonitz/Wirtz D 2573; 16 Nd, 1 Nd mit Noten; GW 9

0 *Rosen auf den Weg gestreut*] Die Zeile stammt aus dem Gedicht ‹Lebenspflichten› von Ludwig Heinrich Christoph Hölty (entstanden 1776, E: 1778 im ‹Göttinger Musenalmanach›). Die erste Strophe des Gedichts lau-

tet: «Rosen auf den Weg gestreut / Und des Harms vergeßen! / Eine kleine Spanne Zeit / Ward uns zugemeßen. / Heute hüpft, im Frühlingstanz, / Noch der frohe Knabe; / Morgen weht der Todtenkranz / Schon auf seinem Grabe.» Zitiert nach: Ludwig Heinrich Christoph Hölty: Sämtliche Gedichte. Kritisch und chronologisch hg. von Wilhelm Michael. Weimar 1918 (Reprint Hildesheim 1969). 2 Bde, hier: Bd. 1, 201 f.

6 *Küßt die Fascisten*] Nach der kommunist. Parole: «Schlagt die Faschisten, wo ihr sie trefft».

38

Der amerikanische Erfolg

V: Peter Panter
D^1: WB Jg. 27, Nr. 13, 31. 3. 1931, I, S. 469–471
Bibl.: Bonitz / Wirtz D 2574; GW 9

8 f *in der ‹Literarischen Welt›*] Richard Huelsenbeck: Kritik an Deutschland, in: Die Literarische Welt Jg. 7, Nr. 8, 20. 2. 1931, 1 f.

10 *meinen frühern Arbeiten*] Zu KTs (und John Heartfields) «Bilderbuch» ‹Deutschland, Deutschland über alles› (Berlin 1929) schrieb Huelsenbeck: «Upton Sinclair zum Beispiel haßt seine Krüppel, und deswegen bleiben seine Bücher auf dem Niveau der Reportage. So liegt der Fall, meine Herren. Aus diesen und anderen Gründen mag ich das Buch nicht, das Tucholsky unter dem Titel ‹Deutschland über alles› mit Photos von Heartfield herausgegeben hat. Ich mag sehr viele Dinge, die Tucholsky geschrieben hat, und deswegen habe ich den Mut, das auszusprechen. In diesem Buch ist ein kalter Haß, der nichts besagt. Diese Offiziere, Generäle und Studenten sind gar keine Deutschen, sondern Panoptikumfiguren. Ich könnte mir ein Buch über England denken, in dem man eine Reihe sadistischer Fressen nebeneinanderreihte, so daß Leute, die die Dinge nicht kennen, das Gruseln kriegten. Dieses Buch ‹Deutschland über alles› sagt überhaupt nichts über Deutschland, sondern nur etwas über die Gefühlslage der Autoren. Von Heartfield weiß ich, daß er niemals über Deutschlands Grenzen hinausgekommen ist; aber Tucholsky ist doch ein Mann, der von einem moralischen Willen angetrieben wird.»

14 *Deutschland-Buch Diesels*] Eugen Diesel: Die deutsche Wandlung: Das Bild eines Volkes. Stuttgart 1929 (vgl. KTs Rezension des Buches: ‹Ein

Deutschland-Buch›, WB 23.9.1930, II, 481–487; D 2469. – 1931 erschien eine weitere Untersuchung Diesels mit dem Titel ‹Das Land der Deutschen› (Leipzig; Volksausgabe 1933).

15 *Deutschlandbuch*] Deutschland, Deutschland über alles. Ein Bilderbuch von Kurt Tucholsky. Montiert von John Heartfield. Berlin 1929.

59 f *Prophet in seinem Vaterlande*] Nach Matthäus, 13, 25.

85 *Hosenhändler der Filmbranche*] Vgl. CvO: Attentat auf die Filmkritik, WB 4.1.1930, II, 697–699; jetzt in: Ossietzky 1994, Bd. V, 468–470, hier: 468. Von KT nochmals erwähnt im Brief an HM vom 14.11.1935 (s. Bd. 21 [B 136Q], 73 f).

93 f *Brechtschen ‹Versuche›*] Bertolt Brecht: Versuche 1–12, Heft 1–8, erschienen 1929–1933 im Kiepenheuer Verlag Berlin. Mit diesen Heften schuf sich Brecht die Möglichkeit, seine «Versuche», Arbeiten mit experimentellem Charakter also, laufend zu veröffentlichen.

95 ff *«Ihre Produktion … Grundlage hat.»*] Brecht: Anmerkungen zur Oper ‹Aufstieg und Fall der Stadt Mahagonny›, in: Ders.: Versuche 4–7, Heft 2. Berlin 1931, 107–115, hier: 107.

8 *zu Hitler*] 1926 hatte der Verlag J. Eher Nachf. eine 2. Aufl. des ersten Teils von ‹Mein Kampf› (‹Eine Abrechnung›) vorgelegt, 1929 folgte die 2. Aufl. des zweiten Teils (‹Die nationalsozialistische Bewegung›).

39

Die Herren Belohner

V: Ignaz Wrobel (D^1); Kurt Tucholsky (D^2)
D^1: WB Jg. 27, Nr. 13, 31.3.1931, I, S. 472–473 [Rubrik:] Bemerkungen
D^2: Lerne lachen ohne zu weinen 1931, S. 102–104
Bibl.: Nd s. Bonitz/Wirtz D 2575; 6 Nd; GW 9

Varianten
Die Varianten sind nach D^2 verzeichnet
1 f Wir … zitiert:] Der Staatsanwalt Rombrecht hat in einem Mordprozeß (Ulbrich) gesagt: **10** «gutes Verhalten»] gutes Verhalten **14** «Belohnen» …?] Belohnen …? **15** seinen Urteilen] seinem Urteil **44 f** den Angeklagten zu stehn, die ihnen da vorgeworfen werden] dem Angeklagten zu stehn, der ihnen da vorgeworfen wird **56 ff** Das heißt … Charakter.] *fehlt* **63 f** Staatsanwalts] *es folgt* auf **64** auf] *fehlt* **75** Und] Aber

Vgl. hierzu auch KTs Aufsatz ‹Wiedersehen mit der Justiz›, WB 5.4.1927, I, 543–546; Bd. 9 [48].

2 *Mordprozeß Ulbrich*] Die sechzehnjährige Lieschen Neumann hatte zusammen mit ihrem Freund Stolpe den Uhrmacher Ulbrich erdrosselt. – Vgl. dazu Moritz Goldstein: Raubmörders Kinderstube, WB 17.2.1931, I, 260f; Balthasar: Liebeswerben um Lieschen Neumann, WB 27.1.1931, I, 152f; ‹Mordprozeß Ulbrich. Lieschen Neumann und die beiden jugendlichen Mörder vor den Geschworenen›, BT 28.1.1931, A, und weitere Berichte vom 29.1.1931 bis zum 5.2.1931: ‹Urteil im Prozeß Ulbrich›, BT 5.2.1931, M.

3 ff *«Die Angeklagte Neumann … werden.»*] ‹Um Lieschen Neumann›, WB 10.2.1931, I, 227–229, hier: 228.

16 *zu schützen*] Vgl. [47], *58f.*

27 *Unabsetzbaren*] Der entsprechende verfassungsrechtliche Grundsatz der WRV, Art. 102, lautete: «Die Richter sind unabhängig und nur dem Gesetz unterworfen.» – Vgl. dazu KTs Artikel ‹Deutsche Richter›, WB 12.4.1927, I, 581–584; Bd. 9 [52], *64.*

33 *Moabit*] Im Berliner Stadtteil Moabit befanden sich das Untersuchungsgefängnis und das Kriminalgericht, zu dem die Strafkammern und Staatsanwaltschaften der drei Berliner Landgerichte gehörten.

41 f *«Ich habe … solche.»*] Curt Goetz: Die tote Tante. Eine erbauliche Begebenheit [1924], in: Ders.: Sämtliche Bühnenwerke. Stuttgart 1963, 356–381, hier: 361. – Der von KT zitierte Satz wird nicht von dem Sohn des Oberlehrers Traugott, sondern von seiner Tochter Innocentia gesprochen. – Vgl. hierzu auch Bd. 21 [B 75], *43f.*

40

Duett

V: Anonym
D[1]: WB Jg. 27, Nr. 14, 7.4.1931, I, S. 487–488
Bibl.: Nd s. Bonitz/Wirtz D 2576; 2 Nd

Lisa Matthias zufolge ist nur der zweite Teil des Gedichts (ab Z. 39) von KT verfaßt: «Das Gedicht wurde am 7. April 1931, direkt unter den Reimen des anonymen Verfassers, abgedruckt» (Matthias 1962, 73).

2 *Polen*] In Polen bestand seit dem Militärputsch Pilsudskis im Jahr 1926 ein diktatorisches System, in dem die Opposition terrorisiert wurde.

7 *Ehe wieder heilig sei*] Vgl. hierzu [19].

4 *nirgends Rechte finden kann:*] Die nach der Oktoberrevolution einige Zeit proklamierte «freie Liebe» hatte oft fatale Folgen für die Frauen, weil sie den Männern zum Vorwand wurde, sich jeder Verantwortung zu entziehen.

41

Bauern, Bonzen und Bomben

V: Ignaz Wrobel
D[1]: WB Jg. 27, Nr. 14, 7.4.1931, I, S. 496–501
Bibl.: Nd s. Bonitz/Wirtz D 2577; 7 Nd; GW 9
Rez.: Hans Fallada: Bauern, Bonzen und Bomben. Berlin: Rowohlt 1931

8 *Vorgänge in Neumünster*] Die von Fallada in seinem Roman geschilderten Ereignisse haben sich im schleswig-holsteinischen Neumünster zugetragen. Es handelt sich um die sog. «Landvolkbewegung», die mit den Massendemonstrationen vom 28.1.1928 ihren Anfang nahm und im Nov. mit einem zweimonatigen Prozeß endete. Fallada war seit Frühjahr 1929 als Annoncenwerber und Lokalreporter für das Neumünsteraner Lokalblatt, den ‹General-Anzeiger›, tätig, in dessen Auftrag er auch über den Prozeß berichtete. Bereits kurz vor Erscheinen des Romans hatte Fallada in drei Aufsätzen über die Vorfälle geschrieben (‹Landvolkprozeß›, WB 3.12.1929, II, 832–835; ‹Bauernkrieg wider Neumünster›, TB 14.9.1929, II, 1516–1519; ‹Landvolkprozeß›, TB 23.11.1929, II, 2007f). – Die Landvolkbewegung entstand als Protest gegen die hohe Steuerlast für die Bauern. Da diese unter der Inflation weit weniger zu leiden hatten als andere Berufsgruppen – wenn sie nicht sogar von ihr profitiert hatten, wie KT andeutet (35*ff*) –, forderte die Regierung mit der Stabilisierung der Währung nach 1923 von den Bauern höhere Steuern und Sozialabgaben. 1927 spitzte sich die Krise mit dem Sturz der Schweinepreise und einem Ernteausfall nach einer langen Regenperiode zu. Am 28.1.1928 fanden in vielen Kreisstädten der Provinz Schleswig-Holstein, Oldenburg und Nordhannover Demonstrationen statt. Die Bauern verlangten von der Regierung u.a. eine Verringerung der Einfuhr landwirtschaftlicher Erzeugnisse und eine Erleichterung der Steuer- und Zinslast. Die Demonstrationen wurden daher von ihren Organisatoren auch als «Steuerstreiks» («Keine Steuer aus der Substanz» lautete der Slogan) deklariert.

Dabei darf aber nicht übersehen werden, daß die Motivation der Aufstände primär politischer Natur war. In ihnen manifestierte sich die Antipathie der Bauern Preußen bzw. der preuß. Verwaltung gegenüber und nicht zuletzt der Antisemitismus und die Republikfeindlichkeit der Landbevölkerung; man warf der Regierung vor, durch ihre Wirtschaftspolitik Deutschland vom Ausland und von der internationalen, von Juden dominierten Finanzwelt abhängig zu machen. Nach mehreren zwischen April und Sept. 1929 in Schleswig-Holstein, im Freistaat Oldenburg und in Lüneburg verübten Sprengstoffanschlägen auf öffentl. Gebäude und Politiker, so z.B. auf das Haus des Regierungsvizepräsidenten Grimpe in Schleswig, wurden im Sept. 23 Personen verhaftet, darunter die Organisatoren der Bewegung, Claus Heim und Wilhelm Hamkens. Zur Verbreitung ihrer Ideen gründeten die Führer der Landvolkbewegung im März 1929 die Zeitschrift ‹Das Landvolk› (Itzehoe). Leitender Redakteur war Bruno Salomon, sein Bruder Ernst von Salomon war einer der Mitarbeiter. Dieser beschrieb seine Erlebnisse während der Landvolkbewegung in den Romanen ‹Die Stadt› (1932) und ‹Der Fragebogen› (1951). Die unmittelbaren Vorfälle, auf die Fallada in seinem Roman Bezug nimmt, ereigneten sich am 1.8.1929. Hamkes wurde an diesem Tag aus dem Neumünsteraner Gefängnis, in dem er eine vierwöchige Strafe abgesessen hatte, entlassen; anläßlich dieses Ereignisses organisierten die Bauern eine Demonstration, mit der sie dessen Freilassung feiern wollten. Die SPD-Regierung in Schleswig befürchtete nach mehreren Sprengstoffanschlägen am Vortag Unruhen und Ausschreitungen und forderte daher den zuständigen SPD-Bürgermeister von Neumünster Lindemann (im Roman Gareis) auf, die Demonstration zu verbieten. Dieser hielt jedoch die Vorkehrungen für übertrieben und ließ die von der Regierung angebotene Schutzpolizei lediglich in einem Vorort von Neumünster postieren. Gleichzeitig ordnete der Regierungspräsident Abegg an, Hamkes nicht in Neumünster, sondern in Flensburg aus der Haft zu entlassen. Während der Demonstration kam es infolge der Beschlagnahme der schwarzen Bauernfahne durch die Polizei (s.u. *109f*) zu Unruhen, Lindemann ließ eine der Demonstration folgende Versammlung auflösen. Im Anschluß an diese Zwischenfälle kam es vom 28.10. bis zum 12.11.1929 zu einem in Altona stattfindenden Prozeß, in dem letztlich aber nicht die Bauern, sondern die Polizei und die Regierung von Schleswig Fehler eingestehen mußten.

19 *Klaus Heims*] Eigentlich Claus Heims, s.o. *18*.

20 *Nationalsozialisten*] Zwar distanzierte sich die schleswig-holsteinische NSDAP aufgrund ihrer damaligen Legalitätspolitik offiziell von den Bau-

erndemonstrationen. Da man aber die Landvolkbewegung als Konkurrenz im Kampf um die Gunst der Bauern und den Verlust der bäuerlichen Wählergruppen fürchtete, bemühten sich die Nationalsozialisten um eine Vereinnahmung. 1929 wurde die erste nat.-soz. Zeitung in Schleswig-Holstein gegr., die ‹Schleswig-Holsteinische Tageszeitung› (Itzehoe); Chefred. war der spätere Kommunist Bodo Uhse, der diese Zeit in seinem im Exil entstandenen Roman ‹Söldner und Soldat› (1935) beschrieben hat.

22 ff *«Die Gestalten des Romans … auch.»*] Fallada 1931, [5].

30 *Stadt Altholm*] Steht im Roman für das schleswig-holsteinische Neumünster, vgl. oben *18*.

36 *durch die Inflation*] Nach Kriegsende bewirkte der Abbau der Zwangswirtschaft und die Inflationskonjunktur die Entschuldung vieler Bauern.

43 f *armen Konrad*] «Armer Konrad» nannte sich der Bauernbund, der sich 1514 gegen Herzog Ulrich von Württemberg erhob.

44 ff *«Bauern Pommerns … die Stadt Altholm?»*] Fallada 1931, 233.

48 *Neuruppiner Bilderbogen*] Vom Verlag Gustav Kühn, ab 1835 auch von Oehmigkeit & Riemenschneider in Neuruppin hg. Bilderfolge von Einblattdrucken mit größtenteils humoristischem oder satirischem Inhalt. Die Drucke erschienen in unregelmäßigen Abständen als kolorierte Holzschnitte, später als Lithographien.

49 *Things*] Volks- und Gerichtsversammlungen.

99 *«Bonzen»*] Die «Bonzen» bei Fallada sind die Sozialdemokraten. Eine der Hauptfiguren des Romans ist der Bürgermeister der Stadt Altholm, der Sozialdemokrat Gareis. Historisches Vorbild für diese Figur ist der sozialdemokratische Bürgermeister der Stadt Neumünster, Lindemann.

100 *wo der Sozialdemokrat*] Anspielung auf die Romane kommunist., im «Bund proletarisch-revolutionärer Schriftsteller» vereinigter Autoren, deren zentrales Anliegen u.a. die Darstellung des von der KPD propagierten Sozialfaschismusthese war. – Im Unterschied zu KTs Urteil wertete die KPD-nahe ‹Linkskurve› die Schilderungen Falladas als Untermauerung der kommunist. Sozialfaschismusthese. Karl-Heinz Wittfogel, der das Buch für die Zeitschrift besprach, kam zu dem Urteil, die «Bonzen» bei Fallada, vorab Bürgermeister Gareis, seien «offenkundig profaschistisch»: «Der Sozialfaschismus und der offene Faschismus reichen sich […] die biederen Hände.» (‹Bauern, Bonzen, Faschisten. Die Geheimnisse von Neumünster›, in: Die Linkskurve Jg. 4, Nr. 2, Februar 1932, 28–30, hier: 30). Mit diesem Urteil befand sich Wittfogel in Übereinstimmung mit der Einschätzung des Romans durch die Nationalsozialisten.

101 *die andern*] Die Kommunisten.

109 f *schwarzen Fahne*] Sie war das Symbol der Landvolkbewegung. In Falladas

Roman (77) wird die Fahne vom Landvolkkämpfer Henning folgendermaßen beschrieben: «Das Fahnentuch ist schwarz. Das ist das Zeichen unserer Trauer über diese Judenrepublik. Drin ist ein weißer Pflug: Symbol unserer friedlichen Arbeit. Aber, daß wir auch wehrhaft sein können: ein rotes Schwert. Alles zusammen die alten Farben: schwarzweißrot.»

154 *auf Seite 517*] «‹Na ja schön› sagt der Bürgermeister. ‹Aber jetzt wär ich euch doch sehr verbunden, wenn ihr euch drücken wolltet. Für heut abend hab ich euch lange genug gesehen.›» «‹Guten Abend, Genosse› sagen sie. ‹Ach scheiß› sagt er.»

166 *«Ich sage bloß: Stettin …»*] Fallada 1931, 284.

170 *Betty, die Sau, heute keine Hosen trägt*] ebd., 275 (in der Vorlage: «Betty, das Aas»).

172 *«dienstlich»*] Vgl. dazu auch KTs Aufsatz ‹Dienstlich›, Vorwärts 8.10.1913; Bd. 1 [180].

173 *«Ich komme dienstlich»*] Fallada 1931, 322 und 361.

178 f *«Herr Stuff … helfe.»*] ebd., 184.

189 *heute zerbrochen*] Wie viele Zeitgenossen sah KT in den seit 1930 bestehenden Präsidialkabinetten bereits die Aufhebung der Republik.

191 f *Panzerkreuzer bewilligenden*] Am 20.3.1931 hatte der RT die dritte Baurate für den Panzerkreuzer A und die erste Baurate für den Panzerkreuzer B bewilligt. Das Votum resultierte aus der Tolerierung der Regierungspolitik durch die Mehrheit der SPD-Fraktion. 108 SPD-Abgeordnete hatten sich der Stimme enthalten, um nicht durch Ablehnung den Sturz der Regierung Brüning und die Berufung einer nat.-soz. Regierung herbeizuführen. Zur Tolerierungspolitik der SPD vgl. auch [114], *4*.

197 *schwarz-rot-gold*] Fahne der Republik im Unterschied zur schwarz-rot-weißen Fahne, die die Farben Preußens (weiß und schwarz) mit denen der Hanse (weiß und rot) verknüpft. Diese waren die 1871 vom Norddeutschen Bund übernommenen Nationalfarben des Kaiserreichs. – Zum Streit um die Reichsflagge vgl. KTs Artikel ‹Flaggenfriede›, WB 8.11.1927, II, 716; Bd. 9 [150].

200 f *Kapp-Putsch*] Vgl. [3], *156*.

201 *Mordtaten*] Das Zentrumsmitglied Matthias Erzberger, Initiator der Friedensresolution des RT, war als Ankläger der dt. Führung im Weltkrieg Zielscheibe der antirepublikanischen Rechten. Er fiel 1920 einem Attentat zum Opfer. Rathenau wurde 1922 von zwei Offizieren der rechtsextremen «Organisation Consul» ermordet.

211 *nicht mehr bestehenden Republik*] s.o. *189*.

217 f *Rapprochement-Geschwätz*] Annäherung. – Vgl. hierzu auch [93].

222 ff *«Ein Anfang … übereinstimmen.»*] Fallada 1931, 345.

226 *Gerhart Hauptmanns*] Hauptmanns naturalistisches Frühwerk. – Vgl. dazu auch KTs Bemerkungen zu Hauptmanns Spätwerk, Bd. 21 [B 7Q], 31 ff: «Dieser schwabblige, quabblige, charakterlose Schwätzer ist einmal ein Dichter gewesen, so leid es mir tut.»

227 f *«Welche sind … meint sich.»*] Fallada 1931, 482.

251 *an den blutigen Opfern der letzten Zeit*] Gemeint sind die Kämpfe zwischen Kommunisten und Nationalsozialisten seit Anfang 1931 z.B. in Hamburg, wo im März der kommunist. Abgeordnete Hennings von Nationalsozialisten niedergeschossen wurde (vgl. ‹Schießereien in Hamburg zwischen Kommunisten und Nationalsozialisten›, BT 19.1.1931, A; ‹Meuchelmord der Nationalsozialisten›, BT 16.3.1931); in Berlin (vgl. ‹Neuer politischer Mord. Nationalsozialisten greifen Kommunisten an›, BT 2.2.1931, A; ‹Nationalsozialisten überfallen Reichsbannerleute›, BT 3.3.1931, A; ‹Die Bluttat des Nationalsozialisten›, BT 13.3.1931, A); in Zittau (‹Blutige Krawalle in Zittau›, BT 24.2.1931, A); in Düsseldorf (‹Zwei Tote in Düsseldorf. Die Zusammenstöße mit Kommunisten›, BT 19.3.1931, A); in Bochum (vgl. ‹57 Nationalsozialisten festgenommen›, BT 20.3.1931, A). – Ende März wurde daraufhin eine Notverordnung zur Bekämpfung politischer Ausschreitungen durch den Reichspräsidenten erlassen (vgl. ‹Radikale Exzesse. Notverordnung durch den Reichspräsidenten heute ergangen›, BT 28.3.1931, A).

74 f *Grimmsches Märchen*] Die Gänsemagd (= Kinder- und Hausmärchen. Gesammelt durch die Brüder Grimm. Nr. 89) – (Das Zitat lautet im Wortlaut: «O du Falada, da du hangest.») – Nach diesem Märchen wählte Fallada (eigentlich Rudolf Ditzen) sein Pseudonym. Es ist die Geschichte eines sprechenden Pferdes, das getötet wurde, weil es die Wahrheit sprach; sein an einem Torbogen angebrachter Kopf jedoch spricht weiter und verrät die Geheimnisse der Kammerjungfer, die das Pferd ihrer Herrin mit dem ihren vertauscht hatte, um in der Rolle der Königstochter auftreten zu können.

79 *«O Fallada … hangest!»*] Fallada bedankte sich in einem Brief vom 10.6.1932 gelegentlich der Übersendung seines Romans ‹Kleiner Mann was nun› für die ausführliche Besprechung von ‹Bauern, Bonzen und Bomben›: «Sehr verehrter Herr Tucholsky! sie haben den Fallada nicht gehängt, wie Sie nach ‹Bauern, Bonzen und Bomben› befürchteten und so schreibt er weiter. Und er hat diesmal wieder eine Anregung von Ihnen befolgt und hat ein Buch von der Naturgeschichte des kleinen Angestellten geschrieben, wie er lebt und liebt, gedeiht und verdirbt. […] Ich möchte Ihnen heute nur sagen, eine wie große Freude Sie mir damals gemacht haben, und möchte Sie herzlich grüßen» (AdK; Fallada-Archiv).

42

Es gibt keinen Neuschnee

V: Kaspar Hauser (D^1); Kurt Tucholsky (D^2)
D^1: WB Jg. 27, Nr. 14, 7.4.1931, I, S. 515 [Rubrik:] Bemerkungen
D^2: Lerne lachen ohne zu weinen 1931, S. 260–261
Bibl.: Nd s. Bonitz/Wirtz D 2578; 1 NdzL, 15 Nd; Ackermann: 1 NdzL; weiterer NdzL: PT 4.12.1931 (V: Peter Panter); GW 9

Variante
Die Variante ist nach D^2 verzeichnet
23 gab] das gab

43

Wallenstein und die Interessenten

V: Peter Panter
D^1: Vossische Zeitung Nr. 88, 12.4.1931, Post-Ausg., Unterhaltungsblatt Nr. 85, [S. 2]
Bibl.: Nd s. Bonitz/Wirtz D 2579; 1 NdzL, 9 Nd; GW 9

19 *Verleger Cotta*] Neben Schiller und Goethe, deren Alleinverleger Cotta seit 1802 bzw. 1806 wurde, publizierten nahezu alle wichtigen Autoren der Aufklärung in seinem Verlag.

22 f *Reichsverband Ehemaliger Holkischer Reitender Jäger E. V.*] Seit 1630 in kaiserlichen Diensten, stellte der dän. General Heinrich Graf von Holk 1632 ein nach ihm benanntes, in der Folgezeit weithin gefürchtetes Reiterregiment zusammen.

27 *‹Wallensteins Lager›*] Schillers ‹Wallenstein. Ein dramatisches Gedicht›, an dem er von 1796 bis 1799 gearbeitet hatte, erschien im Jahr 1800 bei Cotta in 3 Teilen: ‹Wallensteins Lager› (UA: Weimar 12.10.1798), ‹Die Piccolomini› (UA: Weimar 30.1.1799), ‹Wallensteins Tod› (UA: Weimar 20.4.1799).

28 f *Holkische Reitende Jäger*] Im Personenverzeichnis heißt es «Zwei Holkische reitende Jäger».

38 *«Bleib Sie doch bei uns, artiges Kind!»*] Schiller: Wallensteins Lager, I, 5.

57 *Die Piccolomini*] s.o. *27*.

62 f *unsittliche Verhältnis*] Schiller: Die Piccolomini. Im dritten Aufzug, fünf-

ter Auftritt trifft Max Piccolomini, Oberst bei einem Kürassierregiment, mit Prinzessin von Friedland, der Tochter von Wallensteins Gemahlin Herzogin von Friedland, zusammen.

87 f *Rittmeister Neumann*] Schiller: Die Piccolomini, IV, 2 und 5.

104 *Charteke*] Veraltete Schreibweise für niederdt. Scharteke, ein schlechtes, wertloses Buch; seit dem 19. Jh. erweitert angewandt auf beliebige Gegenstände.

107 *Seni*] Der Astrolog Giovanni Baptista Seni tritt in ‹Die Piccolomini›, II, 1, und in ‹Wallensteins Tod›, I, 1, auf.

146 *in Eger*] Die letzten beiden Aufzüge von ‹Wallensteins Tod› spielen in Eger, wo der historische Wallenstein ermordet wurde.

44

Die Gefangenen

V: Theobald Tiger (D^1); Kurt Tucholsky (D^2)
D^1: WB Jg. 27, Nr. 15, 14.4.1931, I, S. 534
D^2: Lerne lachen ohne zu weinen 1931, S. 414–416
Bibl.: Nd s. Bonitz/Wirtz D 2580; 10 Nd; GW 9

Varianten
Die Varianten sind nach D^2 verzeichnet
12 f Bibel; daraus] Bibel. Daraus **15** sie ...] sie. **18** Träume,] Träume; **24** bestrafen –] bestrafen, **25 f** quälen, denn] quälen. Denn **29** aus Not] *fehlt* **37 f** Sägewerks – die] Sägewerks. Die

32 *Spanien eine Republik*] Am 28.1.1930 wurde General Primo de Rivera aufgrund sozialer Unruhen und der nicht gelösten Frage des Großgrundbesitzes von König Alfons XIII. zum Rücktritt gezwungen. Nach der Abdankung von Riveras Nachfolger General Dámaso Berenguer am 14.2.1931 richtete sich der Unwillen der Bevölkerung gegen den König selbst. Nach großen Erfolgen der Republikaner bei Gemeindewahlen verließ Alfons XIII. am 14.4. das Land; am gleichen Tag wurde in Madrid die Republik ausgerufen.

34 *Duce*] (ital.) Führer, Bezeichnung für den ital. Faschistenführer Benito Mussolini.

35 *Gewerkschaften*] Während der Weltwirtschaftskrise hatten die im Dachverband American Federation of Labor (AFL) zusammengeschlossenen Berufsgewerkschaften starke Mitgliederverluste zu verzeichnen. Zugleich

aber bildeten sich in den Betrieben zahlreiche industriegewerkschaftliche Zellen und Organisationen, deren Ausbau von seiten der Arbeitgeber z. B. durch fristlose Kündigungen von Gewerkschaftsmitgliedern oder den Einsatz von Spitzeln und Streikbrechern massiv behindert wurde.

45

So verschieden ist es im menschlichen Leben!

V: Peter Panter (D^1); Kurt Tucholsky (D^2)
D^1: WB Jg. 27, Nr. 15, 14. 4. 1931, I, S. 542–543
D^2: Lerne lachen ohne zu weinen 1931, S. 347–360, in anderer Zusammenstellung (Td)
Bibl.: Nd s. Bonitz / Wirtz D 2581; 6 Nd; GW 9

D^2 ist eine Zusammenstellung von ausgewählten Aphorismen bzw. ‹Schnipseln› aus mehreren gleichartigen Texten (aus diesem Band: [16], [60], [82] und [109]). Sie gliedert sich in die Abschnitte ‹In der Politik›, ‹Im Geiste›, ‹Bei den Damen›, ‹Und überhaupt›. Der Auswahl ist als Motto ein Zitat von Börne vorangestellt: «Diese abgerissenen Sätze stehen in geheimer Verbindung und sind aus der Gehirnloge als Brüder hervorgetreten. Ich hätte sie und die Leser ebenso leicht an eine gemeinschaftliche Galeerenkette der Langeweile schmieden können.»
Folgende Aphorismen wurden nicht in D^2 übernommen: 56–57, 76–80.

Varianten
Die Varianten sind nach D^2 verzeichnet
0 Leben!] Leben –! **7** mit dieser Kirche nicht gern] nicht gern mit der Kirche **9** hat strafrechtlich] strafrechtlich hat **30f** Sorte Literaten] Schriftsteller **36** aussähe] aussehe **43** der Anblick] solch ein Anblick **45** einen] eins

1 *‹Brenner›*] Die Zeitschrift ‹Der Brenner› wurde 1910 von Ludwig von Ficker in Innsbruck herausgegeben. Ficker konnte neben Theodor Haecker, Theodor Däubler, Albert Ehrenstein, Else Lasker-Schüler, Hermann Broch, Rainer Maria Rilke u. a. als Mitarbeiter gewinnen. Lag der thematische Schwerpunkt der Zeitschrift vor dem 1. Weltkrieg auf Literatursatire, Polemik und Zeitkritik, so veröffentlichte Ficker nach 1918 vor allem sprachphilosophische und theologische Essays und Lyrik.

2 *und wohl noch erscheint*] Der ‹Brenner› erschien bis 1954.

4 *verhinderter Katholiken*] Der im folgenden erwähnte Theodor Haecker konvertierte 1921 vom Judentum zum Katholizismus.

7 *nicht gern auseinandersetzen*] Zur Auseinandersetzung KTs mit der kath. Kirche s. [3].

9 *strafrechtlich schützen lassen*] § 166 StGB der WRV setzte für Gotteslästerung, Kirchenbeschimpfung und die Verletzung religiöser Empfindungen eine dreijährige Haftstrafe fest; vgl. [54], 4 f und [79], 41 ff.

4 *Theodor Haecker*] Der Essayist Haecker schrieb neben seiner Tätigkeit für die kath. Zeitschrift ‹Das Hochland› seit 1914, verstärkt aber in den 20er Jahren für den ‹Brenner›. 1927 erschien seine Untersuchung ‹Christentum und Kultur› (München). – Vgl. hierzu auch KT an Marierose Fuchs am 21. 2. 1931 (BK, 68): «Ja, also ich habe da in einem Sammelband, mit dem ich nicht sehr viel anfangen konnte, einiges von Haecker gelesen. Darauf habe ich mir vieles von ihm kommen lassen, auch den ‹Brenner›, der in Innsbruck erscheint. Nein mia filia – das will man nicht. Der Haecker … na, Sie werden das in der WB lesen. Welch ein frommes Falsett! Er überschlägt sich vor Frömmigkeit, der Papst ist ihm ein Verräter – und er? Ei, das mag man aber gar nicht.»

7 f *Hermann Bahr*] Haecker: Revolution, in: Der Brenner Jg. 6, Nr. 7, November 1920, 481–502, hier: 489 ff: «[…] jenen neuen Midas, dem die Gabe gegeben ward, alles, was er liest, in Müll zu verwandeln, vorausgesetzt, daß es nicht vorher schon Müll ist, also Hermann Bahr vor den Schreibtisch, welcher – der Bahr – hinwiederum den Erzbischhof von München, und, gegebenenfalls wohl ein Dutzend anderer, in seinen Vortragssaal lockt, ein Umstand, der die Finsternis der kulturintellektuellen Verfassung offizieller Christenführer blitzartig offenbaren mag. Denn kein auch nur mittelmäßiger, kandider Intellekt eines Laien, der in diesen Dingen mitzureden befugt ist, wird heute noch die tief unappetitliche Ideen-Promiscuität, in der dieses in Auflösung begriffene Komödiantenhirn lebt, verwechseln, sei es mit der schönen, aber doch immer, im Schweigen und im Reden, humoristisch differenzierten und ironisch graduierten Duldsamkeit eines reifen ‹katholischen› Geistes, sei es mit dem halb dämonischen Gebahren eines edeln Jünglings, der zu gefährlichen und suspekten Ideen der Kunst, der Philosophie und des Lebens sehr wohl eine Zeit lang, spielend und um zur Selbsterkenntnis zu kommen, sich verhalten mag, wie Heinz zu Falstaff, bis er eines Tages die bestimmende Distanz auch im Äußern verwirklicht und jenseits jeder Mißdeutung deklariert.»

Ite missa est] «Geht, die gottesdienstliche Versammlung ist entlassen.» Schlußworte der kath. Meßfeier.

30 *Schwannecke*] Berliner Weinlokal und Restaurant in der Rankestraße, wie das Romanische Café ein beliebter Literatentreffpunkt.

37 *allmonatlich*] Entgegen KTs Aussage veröffentlichte Haecker nur unregelmäßig im ‹Brenner›, in einigen Fällen handelt es sich um Abdrucke aus selbständig publizierten Werken. Bis 1928 erschienen in unregelmäßigen Abständen fünf Beiträge.

38 *Kierkegaard übersetzt*] Søren Kierkegaard: Tagebücher. 2 Bde. Ausgewählt und übersetzt von Theodor Haecker. Innsbruck: Brenner-Verlag 1923. – Vgl. auch Haecker: Søren Kierkegaard und die Philosophie der Innerlichkeit. Innsbruck: Brenner-Verlag 1913.

39 *dasselbe wie Hermann Bahr*] Anspielung auf Bahrs wechselnde weltanschauliche Positionen. Vom deutschnationalen Burschenschaftler wandelte er sich zum Sozialisten, später zum Monarchisten und kath. Verfechter eines föderativen Europas mit Zentrum Österreich.

54 *We ought to. But we don't.*] Wir sollten eigentlich. Aber wir tun's nicht. – Vgl. KTs Maxime «Wir hätten sollen ...», in SG als die «goldenen Worte meines Lebens» bezeichnet (s. [51], 831); vgl. auch ‹Wir hätten sollen ...›, BT 2.10.1919, A; D 566.

70 f *«Wenn ich ... Menschen zu ...»*] Zitat aus Hitlers Rede am 21.2.1931 im Braunen Haus. KT zieht zwei Passagen zusammen: «Wenn ich heute in Deutschland spreche, dann strömen in meine Versammlung sicherlich zahlreiche Parteigenossen. [...] Es strömen aber in meine Versammlungen auch Tausende von Menschen, die der Bewegung an sich gänzlich fernestehen [...]» (VB 21.2.1931; abgedr. in: Adolf Hitler: Reden, Schriften, Anordnungen: Februar 1925–Januar 1933. Hg. vom Institut für Zeitgeschichte, Bd. IV, hg. von Constantin Goschler. München 1994, 215).

46

Weltbild, nach intensiver Zeitungslektüre

V: Kaspar Hauser
D^1: WB Jg. 27, Nr. 15, 14.4.1931, I, S. 548–549
Bibl.: Nd s. Bonitz/Wirtz D 2582; 10 Nd; GW 9

6 f *eben keiner nach!*] Redewendung aus Heinrich Manns ‹Der Untertan› (Leipzig, Wien 1918, 428). In Kap. 6 ruft Diederich Heßling angesichts des preuß. Leutnants, der ihn vom Bürgersteig in den Rinnstein gedrängt hat, begeistert aus: «Den macht uns niemand nach».

7 *Hoesch war bei Briand*] Leopold v. Hoesch war von 1924–1932 dt. Botschafter in Paris, Briand zu dieser Zeit frz. Außenminister. – Vgl. auch ‹Hoesch bei Briand›, BT 13.3.1931, M.

11 *König von Spanien*] s. [44], *32*.

13 *auf die Unterlippe tritt*] Anspielung auf die wulstige Unterlippe der Mitglieder des span. Königshauses der Bourbonen. – Ähnliche Formulierungen finden sich bereits in KTs Aufsatz ‹In Zivil›, Vorwärts 14.8.1912; Bd. 1 [53], 10 f, sowie in ‹Ein Pyrenäenbuch›, Bd. 9 [1], 223 f.

15 *Zündholz-Kreuger*] Gemeint ist der schwed. Zündholzfabrikant Ivar Kreuger.

16 *Dreigroschenoper*] Bertolt Brecht: Die Dreigroschenoper. UA: Theater am Schiffbauerdamm 1928. – Vgl. auch [16], *14*, sowie [129], *6*.

23 *Big Tilden*] Der amer. Tennisspieler William T. Tilden, Wimbledon-Sieger der Jahre 1920, 1921 und 1930, wurde «Big Bill» genannt.

30 *kolossal durchgegriffen*] Vgl. [41], *251*.

32 f *Großkampftag im Parlament*] Am 9.3.1931 hatte König Alexander I. eine neue autoritäre Verfassung und ein restriktives Wahlgesetz durchgesetzt.

51 *Lieschen Neumann*] s. [39], *2* und *3 ff.*

52 *Mittelstahl*] Mitteldeutsche Stahlwerke, Aktiengesellschaft.

52 *der Papst über die Ehe*] s. [19].

53 *rassegereinigter S. A.-Leute*] Anfang April fand innerhalb der SA eine Säuberung statt. Stennes wurde von Hitler abgesetzt, Röhm als Nachfolger benannt.

55 *Reichstag, werde hart*] Nach der sprichwörtl. Redensart «Landgraf, werde hart!», einer Formulierung aus dem Gedicht ‹Der Acker der Edlen› von Wilhelm Gerhard, im Anschluß an eine Sage aus der ‹Düringischen Chronik› von Johannes Rothe.

47

Das schwarze Kreuz auf grünem Grunde

V: Ignaz Wrobel (D^1); Kurt Tucholsky (D^2)
D^1: WB Jg. 27, Nr. 16, 21.4.1931, I, S. 577–581
D^2: Lerne lachen ohne zu weinen 1931, S. 87–93
Bibl.: Nd s. Bonitz / Wirtz D 2583; 4 Nd; GW 9

Varianten
Die Varianten sind nach D^2 verzeichnet

7 gestört.] *es folgt ein Absatz* **7** wiener] Wiener **17 f** Justizministers] Justizministeriums **31** sich] sich, **31** Munde] Munde, **35** Nein,] Nun, **41 f** Der … gelangen.] *fehlt* **43** Dieses] Das **57** trotzdem die seinen] sein **57** auch] auch dann **69** können;] können: **70** «Gottseidank»] Gottseidank **70** tun] tun, **75 f** die nicht … sondern] *fehlt* **93** nämlich] *fehlt* **94** der] ihrer **95** darauf … daß sich] *fehlt* **96** gestaltet.] zu gestalten. **97** absolute] die absolute **101** nicht] auch nicht **101 f** Bessern sie –?] *es folgt* Sie strafen. **103 ff** Dazu … will. Strafen –?] *fehlt* **113** zerstört?] zerstört. **116 ff** Die seelische … herstellen.] *fehlt* **126 ff** Ganz abgesehn … sitzen.] *fehlt* **132** brechen –] brechen, **138** aus!] aus? **144** jene … hat.] die Verurteilten. **147** «strafen»] strafen **149** Man … Seite.] *fehlt* **151** mißleitete] versetzte **160** vor allem] *fehlt* **165** Rachebedürfnis] Rechtsbedürfnis **170** Publikum des Durchschnitts] Durchschnitts-Publikum **171** ja] *fehlt* **175** Wie lange noch –?] *in* D^2 *erster Satz des nächsten Absatzes* **196** ich –] ich, **197** begangen] ausgefressen **199 f** Nichts ist denen] Denen ist nichts **202** sie haben ihn] den haben sie **202 ff** Ich habe … geteilt …»] *fehlt* **210** Seele;] Seele: **213** Nein.] *fehlt*

5 *fortschrittlich geleitet*] Kleist war ein Vorkämpfer des modernen Strafvollzugs. – Vgl. dazu auch KTs Rezension der Untersuchung von Kleists ‹Jugend hinter Gittern. Im Jugendgefängnis› (Jena 1931): ‹Strafvollzug›, WB 19. 1. 1932, I, 107; D 2686.

8 *Nathan dem Weisen*] Gotthold Ephraim Lessing: Nathan der Weise (1779). – Tyndall sprach über die darin erzählte Parabel von den drei Ringen.

11 *protestierte*] Lt. Zeitungsberichten argumentierte Muntau, die Vorführung habe sein religiöses Gefühl verletzt: «Ich spreche als Präsident des Strafvollzugs zu Ihnen. Ich bin zu einer Weihnachtsfeier gekommen. Was ich erlebt habe, ist das Schlimmste, was geschehen konnte.» – Vgl. ‹Weihnachten im Zuchthaus. Eine seltsame Weltanschauungsdebatte›, BT 1. 1. 1931, M; ‹Weihnachtsfeier im Zuchthaus. Der Weltanschauungskonflikt in Celle›, BT 2. 1. 1931, A.

14 *Erklärung*] Vgl. ‹Die gestörte Weihnachtsfeier. Ist Dr. Muntau zum Strafvollzugs-Präsidenten geeignet?›, BT 3. 1. 1931, A: «Gelegentlich einer Weihnachtsveranstaltung in der Strafanstalt Celle, an der alle Gefangenen teilnahmen, hat ein Mitwirkender in dem Vortrag weltanschauliche Ausführungen einseitiger Natur gemacht, die dazu angetan waren, das Empfinden andersdenkender Teilnehmer zu verletzen, und die im Rahmen einer allgemeinen Feier als durchaus ungeeignet bezeichnet werden müssen. Der Strafanstaltsdirektor und der Präsident des Strafvollzugsamts hatten sich bedauerlicherweise über den Inhalt des Vortrages nicht vergewissert.

Beide mißbilligen es, daß die Ausführungen gemacht worden sind. Es werden Maßnahmen getroffen werden, die eine Wiederholung derartiger unliebsamer Vorfälle in Zukunft unmöglich machen.»

19 f *Reichstagsabgeordneter*] Muntau war von Sept. 1930 bis Juli 1932 Reichstagsabgeordneter für den «Christlich-Sozialen Volksdienst».

21 *schwarzen Kreuzes*] Vgl. dazu den Artikel ‹Das schwarze Kreuz auf grünem Grunde› (Zur Freiheit Jg. 3 [1930], H. 1, 13–15, hier: 14), in dem der Vorstand der christlichen Gefangenenhilfe seine Beweggründe für die Namensgebung darlegt. Es heißt dort: «Der Glaube an die versöhnende und befreiende Macht des Kreuzes Christi ist Kern und Stern aller unserer Arbeit in der christlichen Gefangenenhilfe. Nur von hier aus gewinnen wir immer wieder neue Kraft und neue Hoffnung. Darum ruht das schwarze Kreuz auf grünem Hoffnungsgrunde und ist uns damit ein Wegweiser zur Ewigkeit.»

21 *christlichen Gefangenenhilfe*] Die Christliche Gefangenenhilfe war im Jan. 1925 auf Anregung Muntaus, Präsident des Strafvollzugsamts in Celle, mit dem Ziel der Seelsorge im Gefängnis (zugelassen mit §52 der Dienst- und Vollzugsordnung für die Gefangenenanstalten der Justizverwaltung in Preußen vom 1.8.1923), gegründet worden; insbesondere hatte man die «sittliche Hebung der Gefangenen» vor Augen (Muntau: Vorwort, in: Stimmen aus der Christlichen Gefangenenhilfe 1 [1926], Nr. 1, 3). Der Verein besaß zwei Publikationsorgane, dessen Hg. Muntau war: die im Dez. 1927 gegr. Monatszeitschrift ‹Zur Freiheit. Mitteilungen aus der Christlichen Gefangenenhilfe› sowie die seit 1926 erscheinenden ‹Stimmen aus der Christlichen Gefangenenhilfe›.

24 ff *«Es ist … bringen.»*] Zitat in diesem Wortlaut nicht ermittelt, jedoch ähnlich formuliert in: Muntau: Die Christliche Gefangenenhilfe, in: Zur Freiheit Jg. 1 (1927), H. 1, 2–5, sowie Muntau: Die Christliche Gefangenenhilfe, in: Zur Freiheit Jg. 1 (1927/28), H. 6, 81–84, sowie Muntaus Rundschreiben, abgedr. in: Stimmen aus der Christlichen Gefangenenhilfe Jg. 1 (1926), H. 1, 4–7.

5 *Bastonade*] Prügel auf Fußsohlen oder Rücken.

3 ff *«Recht … Bewährungsfrist.»*] Zitat in diesem Wortlaut nicht ermittelt, vgl. jedoch den Bericht über den Erwerb des Genesungsheims: D. Bornhat: Jahresbericht der Christlichen Gefangenenhilfe e.V. für 1929, in: Zur Freiheit Jg. 3 (1930), H. 2, 21–40, hier: 22 ff, einschl. Abbildungen; D. Bornhat: Feierstunden in unserem Genesungsheim «Licht nach dem Dunkel», in: Zur Freiheit Jg. 3 (1930), H. 6, 92–94, einschl. Abbildungen. – Der Verein hatte das Genesungsheim im April 1929 erworben. Vgl. dazu die Meldung ‹Genesungsheim «Licht nach dem Dunkel»›, Zur Freiheit Jg. 2

(1929), H. 4, 43f, sowie den Bericht ‹Die Einweihungsfeier des Genesungsheims «Licht nach dem Dunkel»›, Zur Freiheit Jg. 2 (1929), H. 6, 79–90.

58 f *Recht, sich zu sichern*] KT vertritt hier die Auffassung der modernen Schule innerhalb der Strafrechtswissenschaft. Im Gegensatz zum vergeltungstheoretischen Strafkonzept der juristisch-positivistischen Schule unter Führung von Karl Binding und Karl v. Birkmeyer legte Franz von Liszt, bei dem KT in Berlin Strafrecht studiert hatte, 1882 in seinem ‹Marburger Programm› eine soziologisch-spezialpräventiv orientierte Strafrechtskonzeption vor. Diese sah eine Zweck- bzw. Schutzstrafe vor, die in erster Linie die Aufgabe haben sollte, die Gesellschaft vor weiteren Straftaten zu schützen (= es wird gestraft, damit keine weiteren Taten begangen werden). Dieser zweckgebundenen, an der künftigen Sicherung der Gesellschaft orientierten Konzeption stand die Auffassung der klassischen Schule gegenüber, nach der die Vergeltung der begangenen Tat nach Maßgabe der jeweiligen Deliktschwere vorgenommen wurde (es wird gestraft, weil die Tat begangen wurde). Zwar war dieser Schulenstreit in der Zeit vor und nach dem 1. Weltkrieg abgeflaut, er fand aber immer wieder Nahrung aufgrund unterschiedlichster Positionen im Zusammenhang mit der Diskussion um die Strafrechtsreform der 20er Jahre. – Vgl. hierzu auch [39], 14ff, und [66].

83 *‹Les Prisons de Femmes›*] Francis Carco: Les Prisons de Femmes. Paris 1931.

83 f *der Menschheit ganzer Jammer*] Sprichwörtl. Zitat nach Goethe: Faust I, Kerkerszene, Vers 4406: «Der Menschheit ganzer Jammer faßt mich an.»

127 *Unabsetzbaren*] s. [39], 27.

137 *Psychologie der Richter*] Vgl. [52], 118ff.

202 f *Korrespondenz mit Strafanstaltsdirektoren*] Eine entsprechende Korrespondenz ist nicht überliefert.

48

Ein Stück Dichtung

V: Peter Panter
D[1]: WB Jg. 27, Nr. 16, 21.4.1931, I, S. 590 [Rubrik:] Bemerkungen
Bibl.: Bonitz/Wirtz D 2584; GW 9
Rez.: Edlef Köppen: Heeresbericht. Berlin, Leipzig: Horen-Verlag 1930

4 *ein Stück Dichtung*] Köppen weist sein Werk bereits im Titel nicht als fiktionale Erzählliteratur, sondern als einen authentischen Bericht über eigene Erlebnisse aus. In einer dem ersten Teil des Buchs vorangestellten «Notiz» heißt es: «Personennamen und Bezeichnungen der Truppenteile entsprechen – außer in den Dokumenten – nicht der Wirklichkeit; doch ansonsten entsprechen die Schilderungen den eigenen Erfahrungen.» (Köppen hatte sich 1914 freiwillig gemeldet, verweigerte aber schon 1918 den Kriegsdienst, woraufhin er in eine Irrenanstalt nach Mainz eingeliefert wurde). Indem KT nachdrücklich Köppens Bericht als ein «Stück Dichtung» bezeichnet, wendet er sich indirekt gegen die von der Neuen Sachlichkeit forcierte Trennung zwischen fiktionaler Dichtung und authentischem Bericht.

25 *in den ersten seiner Kriegsbücher*] Ernst Jünger: In Stahlgewittern. Aus dem Tagebuch eines Stoßtruppführers. Hannover 1920; 2. Aufl. (= 2. Fassung Berlin 1922; 3. Fassung Berlin 1924); ders.: Der Kampf als inneres Erlebnis. Berlin 1922; ders.: Das Wäldchen 125. Eine Chronik aus den Grabenkämpfen 1918. Berlin 1925; ders.: Feuer und Blut. Ein kleiner Ausschnitt aus einer großen Schlacht. Magdeburg 1925.

49

Parteimarsch der Parteilosen

V: Theobald Tiger
D[1]: WB Jg. 27, Nr. 17, 28.4.1931, I, S. 606
Bibl.: Nd s. Bonitz/Wirtz D 2585; 3 Nd; GW 9

1 *Da streiten sich die Leute rum*] Nach dem «Hobellied» des Tischlers Valentin in Ferdinand Raimunds ‹Der Verschwender. Originalzaubermärchen› (1868): «Da streiten sich die Leut' herum oft um den Wert des Glücks.»

7 *unsan Dreck allein!*] Friedrich August III., König von Sachsen, am Tag seiner Thronenthebung (10.11.1918): «Macht euren Dreck alleene!»; vgl. auch KTs Artikel ‹Ein Königswort›, WB 24.4.1919, I, 483; D 476.

50

Die Essayisten

V: Ignaz Wrobel (D^1); Kurt Tucholsky (D^2)
D^1: WB Jg. 27, Nr. 17, 28.4.1931, I, S. 620–625
D^2: Lerne lachen ohne zu weinen 1931, S. 187–195
Bibl.: Nd s. Bonitz / Wirtz D 2586; 10 Nd; NdzL: PT 5.5.1931; GW 9

Varianten
Die Varianten sind nach D^2 verzeichnet
32 So wie] So, wie **34** trudeln; jenes] trudeln. Jenes **39** vergeblich gewesen zu sein] nichts gefruchtet zu haben **47 ff** Und: … auch so.] *fehlt* **93** Polybos,] Polybos **96** nach und] nach, und **111** die] und die **118 ff** Die habens … spielen Geschichte.] *fehlt* **128** werden,] werden; **132 ff** Nur wenige … Perspektive.] *fehlt* **136 f** Man hat] Wir sehn **153** alles aufgeblasen] es aufgepustet **158** nein,] nein – **221** versuchen] probieren **238** doch ist das] und das ist **252** schöne] so schöne **255** aber] *fehlt* **256 ff** Die Soziologin … verzapfen.] *fehlt* **265** von der Bäumer] von Bäumer **271** Essay –.] Essay.

1 ff *St. Clou … verstehen kan?*] Briefe der Herzogin Elisabeth Charlotte von Orléans aus den Jahren 1676–1722. Hg. von W. L. Holland. 6 Bde. Stuttgart 1867–81, Bd. 6, 160–164, hier: 160 f.

15 ff *«Ich habe … der Völker.»*] Dazu nichts ermittelt.

30 *aliquid*] Etwas.

31 *de aliqua re*] Über etwas.

32 *nach Goethe*] Das Zitat ist in dieser Form nicht nachweisbar. Eine ähnlich lautende Aussage findet sich in: ‹Noten und Abhandlungen zu besserem Verständnis des west-östlichen Divan› (Abschnitt: «Orientalischer Poesie Ur-Elemente») Goethe: WA, I. Abt., 7. Bd., 102: «[…] daß die Sprache schon an und für sich productiv ist und zwar in so fern sie dem Gedanken entgegen kommt, rednerisch, in so fern sie der Einbildungskraft zusagt, poetisch.» – KT könnte jedoch Goethes gemeinsam mit Schiller verfaßtes Distichon aus ‹Tabulae votivae› (Schiller: Sämtliche Werke. Hg. von Gerhard Fricke und Herbert G. Göpfert. München 1958/59, Bd. 1, 313) gemeint haben, in dem es heißt: «Dilettant, / Weil ein Vers dir gelingt in einer gebildeten Sprache, / Die für dich dichtet und denkt, glaubst du schon Dichter zu sein.»

35 *Mißbrauch*] Abwandlung der Sentenz «Marxismus ist der Mißbrauch einer zu diesem Zweck erfundenen Terminologie», die KT im Q-Tagebuch zum Brief an HM vom 2.12.1934 zitiert (s. Bd. 20 [B 261Q], 125 f). Die Herkunft des Zitats konnte nicht ermittelt werden.

39 f *beiden Kapiteln*] Arthur Schopenhauer: Über Schriftstellerei und Stil; ders.: Über Sprache und Worte, in: Ders.: Parerga und Paralipomena. Kleine philosophische Schriften (= Sämtliche Werke. Hg. von Paul Deussen. Bd. 5/2). München 1913 (= Nachdruck der Erstausgabe Berlin 1851). KT benutzte die von Grisebach besorgte Reclamausgabe der Werke Schopenhauers. Ein Band seines Handexemplars hat sich im KTA erhalten.

43 ff *«Den deutschen Schriftstellern … umgekehrt.»*] Über Schriftstellerei und Stil (= Kap. III), 568.

47 ff *«Wenige schreiben … spielt.»*] Über Sprache und Worte (= Kap. XXV), 598.

73 f *«Sportsmen der Heiligkeit»*] Friedrich Nietzsche: Zur Genealogie der Moral (1887; 3. Abh.: Was bedeuten asketische Ideale, Abschnitt 17), in: Ders.: Werke 1968, 6. Abt., Bd. 2, 397.

94 *Pose der Einsamkeit*] Vgl. z.B. Nietzsches Vorrede zur 2. Auflage von ‹Menschliches, Allzumenschliches› (1886), in: Ders.: Werke 1968, 4. Abt., Bd. 2, 7–16, hier vor allem 7; vgl. weiter Nietzsches Einsamkeitspathos in ‹Jenseits von Gut und Böse› (ebd., 6. Abt., Bd. 2, 59). Vgl. zudem Nietzsches Briefe aus Sils Maria an Franz Overbeck vom 5.9.1881 und an Peter Gast [d.i. Heinrich Köselitz] vom 22.9.1881.

97 *Sils-Maria*] Ort im Oberengadin, in dem sich Nietzsche ab 1881, nachdem er seinen Basler Haushalt aufgelöst hatte, bevorzugt während der Sommermonate aufhielt. Neben Sils Maria waren auch Genua, Marienbad und Nizza Orte, an denen Nietzsche die von KT angesprochene «Einsamkeit» erfuhr.

08 ff *«Das Geheimnis des Erfolges … mittun kann.»*] Theodor Haecker: Übersicht, in: Der Brenner Jg. 6, Nr. 5, Juni 1920, 341–361, hier: 342 (= Aus dem Nachwort [1917] zu Søren Kierkegaard ‹Tagebücher (III)›).

51 *menschlich*] Vgl. KTs Polemik auf die Verwendung des Wortes «menschlich» in ‹Das ‹Menschliche››, Voss 31.7.1927; Bd. 9 [99].

73 ff *«Abermals … Zeit.»*] Frank Thiess: Erziehung zur Freiheit. Stuttgart 1929, 29.

74 ff *«Was Klaus Mann … beteiligt zu sein.»*] ebd., 310.

80 ff *«Charakteristisch … Schlechtes sagen.»*] ebd., 175.

91 ff *«Wie Blüher … objektivieren.»*] ebd., 346.

91 *Blüher*] Thiess bezieht sich in seinem Kapitel «Über die Jugend» wiederholt auf Hans Blühers Schriften ‹Wandervogel. Geschichte einer Jugendbewegung› und ‹Die deutsche Wandervogelbewegung als erotisches Phänomen› (beide Berlin 1912).

05 f *«Der vollkommene Sieg … Planetarische.»*] Dazu nichts ermittelt.

207 ff *«Hier ist dämonisches … Gestaltung.»*] Dazu nichts ermittelt.

213 ff *«Nach … gewiesen.»*] Carl Einstein: Gottfried Benns ‹Gesammelte Gedichte›, in: Die Neue Rundschau Jg. 38 (1927), Bd. II, 446–448, hier: 446 f.

227 ff *«Der heutige Mensch … prüfen.»*] Dazu nichts ermittelt.

232 *jugendbewegt*] Vgl. [3], *222.*

246 ff *«Es wird für … bestehen.»*] Dazu nichts ermittelt.

259 *hat Börne einmal gesagt*] Ludwig Börne: Schilderungen aus Paris [Die französische Sprache] (1822–24), in: Ders.: Gesammelte Schriften. Neue vollständige Ausg. Hamburg, Frankfurt/M. 1862, Bd. 3, 3–21, hier: 17.

263 *Hebel*] Johann Peter Hebel, vgl. [24], *117.*

51

Schloß Gripsholm

V: Kurt Tucholsky

D^1: Berliner Tageblatt Jg. 60, Nr. 134, 20.3.1931, M, 1. Beiblatt [S. 2] bis Nr. 196, 26.4.1931, M, 4. Beiblatt [S. 2] (in 29 Fortsetzungen und Schluß), im einzelnen verzeichnet bei Bonitz/Wirtz D 2568

Im Titelkopf jeweils: Schloss Gripsholm/Eine Sommergeschichte

Bibl.: Bonitz/Wirtz D 2568

D^2: 1.–18. Tsd. Berlin: Ernst Rowohlt 1931, 221 (3) S.

D^3: 2. Aufl. 19.–30. Tsd. Berlin: Ernst Rowohlt 1931

D^4: 3. Aufl. 31.–40. Tsd. Berlin: Ernst Rowohlt 1931

D^5: 4. Aufl. 41.–50. Tsd. Berlin: Ernst Rowohlt 1932

Bibl.: Nd s. Bonitz/Wirtz C 13; 1 NdzL (Td), 7 Td, 13 Nd in Sammlungen, 7 Nd in Einzelausg.; GW 9

Td (alle zu Lebzeiten erschienen):

Td^1: WB 5.5.1931, I, 646–648, mit Anm. der Red.: «Dies ist das erste Kapitel einer kleinen Sommergeschichte ‹Schloß Gripsholm›, von Kurt Tucholsky, die soeben im Verlag von Ernst Rowohlt, Berlin, erschienen ist. (s. Bonitz/Wirtz C 13); Z. 10–116 dieser Ausgabe

Td^2: PT 17.5.1931, u.d.T.: Schloß Gripsholm (nicht bei Bonitz/Wirtz); Z. 10–116 dieser Ausgabe

Td^3: PT 4.6.1931, u.d.T.: Ein guter Freund (nicht bei Bonitz/Wirtz); Z. 1688–1846 dieser Ausgabe

Überlieferung

T: 4 unpag. Bl., 132 pag. Bl. Durchschlagpapier, 2 unpag. Nachblätter, auf 220 x 282 mm geschnitten und gebunden, gelegentlich mit geringem Textverlust arR, der teils hs. wieder ergänzt wurde. Die Paginierung ist zentriert aoR vorgenommen. 1 stg. mit hs. Korr., Erg. und Anm. in Blei- und Buntstift (blau und grün) von KT und späteren hs. Eintragungen in Bleistift von Lisa Matthias (KBS, Sign. L 65:7). T stammt aus dem Nachlaß von Lisa Matthias, der es von KT geschenkt wurde, vgl. Matthias 1962, 232 ff. Für den Einband wurde eine dunkle, grau-bläulich gesprenkelte Pappe verwendet. Auf dem vorderen Einbanddeckel ist zentriert ein Etikett mit einem braunen, gemusterten Zierrahmen aufgeklebt (Abb. bei Matthias 1962, 237), auf dem mit Tinte von KTs Hand in Druckbuchstaben und unterstr. vermerkt ist: Lottchens Exemplar. Am oberen Rand des Etiketts in kleineren Druckbuchstaben von KTs Hand: Dem Silber wiedergegeben! (Alpacca). Zur Erläuterung sei darauf hingewiesen, daß

Alpacca eine aus Kupfer, Nickel und Zink bestehende Neusilberlegierung ist. Am unteren Rand des Etiketts ist zentriert ebenfalls von KTs Hand vermerkt: 1931. In der unteren Ecke links findet sich der Vermerk: fix. D. In den anderen drei Ecken offensichtlich unbestimmbare Zierzeichnungen von KTs Hand.

Auf der gelblichen Rückseite des vorderen Einbanddeckels findet sich zentriert in Druckschrift von KTs Hand (in Tinte mit Blaustift überdeckt):

Kennst du das Sopha ...

> Leser, kommst du zu Lottchen, so sage mir später, du habest –
> sie da liegen gesehen, wie das Gesetz es befahl.
>
> Xenien

Anmerkung: Es handelt sich hier nicht um die Variation eines Xenions von Goethe und Schiller, jedoch um die Abwandlung von sprichwörtlich geläufigen Goethe- und Schiller-Zitaten: Die Überschrift spielt auf das Lied der Mignon in Goethes 1795/96 ersch. Roman ‹Wilhelm Meisters Lehrjahre› (Beginn des dritten Buches) an, das mit den Worten beginnt: «Kennst du das Land, wo die Citronen blühn» (WA, I. Abt., 21. Bd., 233); der von KT daruntergesetzte Zweizeiler variiert ein dem griech. Lyriker Simonides von Keos zugeschriebenes Distichon, das, von Schiller in seine Elegie ‹Der Spaziergang› (1795) übernommen, bekannt wurde: «Wanderer, kommst du nach Sparta, verkündige dorten, du habest/Uns hier liegen gesehn, wie das Gesetz es befahl» (Schiller: Sämtliche Werke. Hg. von Gerhard Fricke und Herbert G. Göpfert. München 1958/59, Bd. 1, 231). Eine Abb. der H findet sich bei Matthias 1962, 237. Am oberen Rand der Rückseite des vorderen Einbanddeckels findet sich ein unterstr. Bleistiftvermerk von Lisa Matthias' Hand: Vom Buch abweichende Fassung.

Lisa Matthias hat das ihr geschenkte T später nach dem Erscheinen mit D^2 verglichen und hat die Abweichungen von D^2 gegenüber T dann hs. mit Bleistift in T notiert. Dies führt zu der verwirrenden Situation, daß sich in T sowohl Bleistiftkorrekturen und -änderungen von KTs Hand finden, die dann in D^2 ausgeführt sind, als auch Bleistiftvermerke von Lisa Matthias' Hand, die nach D^2 nachträglich vermerkt wurden. In editorischer Hinsicht sind die Vermerke von Lisa Matthias also nicht zu berücksichtigen, im Gegenteil: sie würden die Überlieferungslage nur verwirren und werden deshalb auch nicht unter den Varianten vermerkt.

Das erste unpag. Vorsatzblatt ist leer. Auf dem zweiten unpag. Vorsatzblatt ist folgender typoskriptliche Vermerk mit einer hs. Ergänzung zu finden:

An die Herren K o r r e k t o r e n und S e t z e r!
In diesem Manuskript befinden sich – neben plattdeutschen Stellen – Abweichungen vom Duden.
Diese b e w u s s t gesetzten Fehler sind gewöhnlich durch zwei kleine Bleistift-Strichelchen unter dem Text bezeichnet.
Ich bitte, in allen diesen Fällen genau nach Manuskript abzusetzen und nicht ohne Rückfrage zu ändern. Es handelt sich also nicht um Schreibfehler.
Nur die Kapitelanfänge (Erstes Kapitel – Zweites Kapitel und so fort) setzen auf einer neuen Seite an.
Die einzelnen Kapitel-Abschnitte, die mit arabischen Ziffern bezeichnet sind, gehen fortlaufend weiter. *[hs.:]* Absätze mit Einzug!

Die angekündigten doppelten Bleistiftunterstreichungen von vorsätzlichen grammatikalischen Abweichungen sind in T nur gelegentlich zu finden, es war ja auch nur eine Durchschriftkopie, die nicht direkt an den Setzer gegangen sein dürfte. Auf dem dritten unpag. Vorsatzblatt ist die Titelei im Typoskript festgehalten:

S c h l o s s G r i p s h o l m
von
Kurt Tucholsky
—

Auf dem vierten unpag. Vorsatzblatt findet sich das Motto von Storm (vgl. 1–6).
Auf dem ersten unpag. Nachsatzblatt nach der pag. S. 132 ist im Typoskript mit hs. Erg. ein Werbetext vermerkt, der in leicht abgewandelter Form auch in D^2 auf der unpag. S. 224 zu finden ist:
Vom gleichen Verfasser sind erschienen
Mit 5 PS 25. Tausend
Das Lächeln der Mona Lisa 26. Tausend
Lerne lachen ohne zu weinen 11. Tausend
bei Ernst Rowohlt Verlag in Berlin
Deutschland, Deutschland über alles! 50. Tausend
Neuer Deutscher Verlag Berlin
Rheinsberg. Ein Bilderbuch für Verliebte *[hs.:]* 99. Tausend
Josef Singer AG Verlag Berlin

Das zweite Nachsatzblatt ist wie das erste Vorsatzblatt leer.
Ein Typoskript aus KTs Besitz ist nicht erhalten, lediglich eine Mappe

(DLA, Abb. bei Soldenhoff 1987, 184), die von KTs Hand in großen Druckbuchstaben betitelt ist: Das Buch. Daran erinnert die Bemerkung von Lisa Matthias über «das neue Buch» (Matthias 1962, 232). Die Innenseite der Mappe ist von KT beschriftet in Druckbuchstaben: «Schloss Gripsholm», darunter in Sütterlinschrift: Die Geschichte eines Sommerurlaubs. Auf der inneren Rückseite der Mappe ist von KTs Hand in Druckschrift vermerkt: Angelegt: 1–10–30 [in Schreibschrift:] erster Entwurf beendet: 17–12–30 [darunter druckschriftlich:] Abgeschlossen: 31–12–30 [in Schreibschrift:] ohne Fahnen-Korrekturen. In der Mappe sind Postkarten, Photos und Postkartenleporellos von Schloß Gripsholm erhalten, sowie die Druckfahnen einer Seite mit dem Aufdruck: Tucholsky: Gripsholm 53. Der Text entspricht D^2 auf den Seiten 184 bis 185: «Ich gähnte verstohlen. [...] Nun, es gibt schon schlechtes Wetter; es gibt mißratenes Wetter, es gibt leeres Wetter und manchmal ist über-» (in unserem Abdruck Z. 3298–3312).

Lesarten und Varianten

Die hand- und maschinenschriftlichen Korrekturen, Ergänzungen und Anmerkungen in T sind in diesem Lesartenverzeichnis nur vermerkt, soweit sie aussagefähig sind; bloße Beseitigungen von Tippfehlern, Übereinanderschreibungen, fehlende Abstände zwischen Worten, die teils auch auf Mängel der Schreibmaschine zurückzuführen sind, werden nicht festgehalten. Ebensowenig hs. Ergänzungen für Textverluste arR, die durch das Beschneiden von T entstanden sind. In T sind zwar auch Änderungen von KTs Hand vermerkt, es diente aber nicht als Druckvorlage, so daß dort viele Änderungen nicht mehr ausgeführt sind, sondern nachträglich von Lisa Matthias hs. vermerkt wurden (die von uns zur Vermeidung von Verwirrungen nicht notiert sind).

Die Grundlage unseres Abdrucks bildet D^2, von dort wird zum Fortsetzungs-Vorabdruck D^1 und zu T zurückverglichen. D^3 bis D^5 sind in den Vergleich zu späteren Drucken einbezogen worden. Bei D^3 handelt es sich um einen identischen Nachdruck von D^2, erst in D^4 sind einige wenige Varianten zu verzeichnen, die dann in D^5 übernommen wurden. Verglichen wurden auch die Teildrucke zu Lebzeiten Td^1 bis Td^3. Sie weisen jedoch nur redaktionelle Abweichungen auf und wurden deshalb im Variantenverzeichnis nicht berücksichtigt. Bloße drucktechnische Abweichungen zwischen D^2 und T (Ä, Ö, Ü statt Ae, Oe, Ue und ß statt ss) werden ebenfalls nicht festgehalten. Veraltete C-Schreibungen («Cylinder», «Accent», «Capricen» u.a.) sind von KT in den Drucken modernisiert, jedoch nicht durchgängig. Die verbliebenen Abweichungen sind in

unserem Druck stillschweigend korrigiert und hier nicht vermerkt worden. Einfache Veränderungen von Satzzeichen (wie – zu, ; zu ,), die sich häufig finden, sind ebenfalls nicht vermerkt worden. Verschleifungen («stehn», «gehn», «andre» etc.) finden sich häufig in D^1, da sie womöglich auf den Setzer zurückzuführen sind, wurden sie nicht gesondert vermerkt. Großschreibungen («Beiden» z.B.) finden sich häufig in D^1 aber nicht durchgehend, sie wurden stillschweigend angeglichen und nicht vermerkt. Ebenso wurden Differenzen zwischen «gabs» und «gab's», «obs» und «ob's» usw. behandelt. Offensichtliche Druckfehler in D^2 wurden stillschweigend korrigiert und nicht vermerkt, ebensowenig wurden offensichtliche Druckfehler in D^1 oder späteren Drucken im Variantenverzeichnis notiert. Es findet sich aber in einem Teil von D^2 an einer Stelle ein Druckfehler («karietes» statt «kariertes»), der in einem weiteren Teil der gleichen Auflage nicht enthalten ist (s. Z. 2065 dieser Ausgabe).
Der Vergleich erfolgt von D^2 zu D^1 und T sowie zu D^3 bis D^5 und Td^1 bis Td^3.
0 Schloß Gripsholm] *Der in den meisten Ausgaben anschließende Untertitel* Eine Sommergeschichte *findet sich in D^1, er ist aber in unserer Vorlage D^2 und in den weiteren Auflagen nur auf dem Umschlag zu finden, nicht im Text; er fehlt auch in T. In der Mappe, in der KT wahrscheinlich sein Arbeitstyposkript aufbewahrte, findet sich der hs. Untertitel* Die Geschichte eines Sommerurlaubes *(vgl. oben «Überlieferung»)* **7** Für IA 47 407] *fehlt in T und D^1* **8** Erstes Kapitel] *gesperrt und doppelt unterstr.; Beginn von Bl. 1 T, fehlt in D^1; in T alR quergestellt hs. mit grünem Buntstift* Kleiner Einzug **9** 1] *fehlt in T, der ganze erste Abschnitt (Z. 7–114) fehlt in D^1* **21** werden,] *in T folgt hs. gestr.* 15 % für Sie, **21** Ihnen] Ihnen auch *T* **24** 46] *in T hs. üdZ für gestr.* 460 **30** 10. Juni] *fehlt in T* **36** Dann … Sommergeschichte] *fehlt in T* **37** wie] *davor in T ms. gestr.* dass **39** mit] *Beginn Bl. 2 T* **41** mir] *in T folgt ms. gestr.* vielleic[ht] **46** hinunter] herunter **46 f** Propplem] Problem *T* **57** 46] *in T ms. korr. aus* 460 **72** es] *Beginn Bl. 3 T* **75** Sommergeschichte] Liebesgeschichte *T* **77** Die Leute] *in T hs. korr. aus* Grade die jungen Leute **78** was] *in T hs. üdZ für gestr.* das **79** kleine] heitre *T* **91** 15.] 14. *T* **103** ausruhn.] *in T folgt* Immerhin will ich nachdenken, wo es in Gottes *(Beginn Bl. 4)* weiter Welt wohl so etwas wie eine Liebesgeschichte geben könnte. Liebe auf dem Mond … das mag ich nicht – ich bin für die Wirklichkeit. Und die sieht ja so aus, wie wir leider alle wissen. Worauf sie sich auch reimt. *es folgt ein Absatz* **112** von Berlin] *fehlt in T* **115** 2] *fehlt in D^1* **116** Sie] *Beginn von D^1, davor das Storm-Motto (Z. 1–6) in Kursivdruck* **117** mit der] mit denen *T D^1* **122** Sie war] *in T und D^1 folgt* das, was viele junge Damen des Bürgertums sind oder zu sein

vorgeben, wenn sie arbeiten, arbeiten müssen, um Geld zu verdienen – **123** unförmig] unförmlich *T D'* **125** und zwischen] aber zwischen *T D'* **126** vor. Zwischen] vor – zwischen *T D'* **129** Sekretärin] *mit* tärin *Beginn Bl. 5 T* **131** so] nun *T D'* **132 f** seine Hände fettig waren.] er fettige Hände hatte. *T D', dort folgt* Was haben Sie gegen die Seifenhändler, Herr? Ehrsame Leute; Sie sind auch nicht von einem prinzlichen Apfelbaum heruntergefallen. Nein. Diese Sorte Kaufleute nimmt übrigens die Ware zum Vorwand – sie handeln nicht mit Seife. Sie handeln. Die Seife könnte auch Buckskin sein oder Blechbeschläge, Teppiche (*in T ms. üdZ für ms. gestr.* Aluminium) oder Zahnplomben – sie handeln. *(in T folgt hs. mit Blei- und Blaustift gestr.* Da schreiben sie immer so viel von den Aussaugern – haben Sie die Herren Aussauger schon mal aus der Nähe gesehn, die armen Luder? Macht wollen sie – siegen – und wenn sie älter geworden sind, in Ruhe ihre Geschäfte abwickeln; beim Geschäft muss einer – nach ihrer Vorstellung – unten liegen, und das soll natürlich der andre sein.*)* Damit gehen die Vormittage hin. Man kann viel von ihnen lernen, von den Geschäftsleuten. Unsereiner kann viel von ihnen lernen. Mancher lernts nie. **135** gewährt] zugebilligt *T D'* **140** den] ihren *T D'* **141** die Prinzessin] *in T hs. üdZ für gestr.* Lydia **142** Taxichauffeurs] Taxi-Chauffeurs *T D'* **150** sich] *Beginn Bl. 6 T* **151** in] im *T D'* **164** Wir fuhren.] Dann fuhren wir. *T D'* **165** begann] sagte *T* **166** gibt] gäbe *T D'* **167** hat Frau Kremser gesagt] sagt Frau Kremser *T D'* **170** noch immer] heute noch *T D'* **173** «Es ist doch merkwürdig»] «Schweden hat eine falsche Presse» *T D'* **181** Kuß] *Beginn Bl. 7 T* **183** das] *davor in T ms. gestr.* der **185** 3] *fehlt in D'* **188** Idylle, der Zeit wegen, unterbrach] Idylle der Zeit wegen unterbrach. *T D'* **190 f** Döskopp! … Prinzessin] Döskopp!» sagte die Prinzessin. «Heww di man nich so!» *T, hs. eingekreist und mit Einweisungszeichen versetzt* sagte die Prinzessin **200 ff** Sie … Zeitungen.] *fehlt in D'* **203** vorher ziemlich genau] ziemlich genau vorher *T* **206 f** Vorläufig … Brandenburg.] *fehlt in T* **214** Gescheiteres] *mit* scheiteres *Beginn Bl. 8 T* **215** oder sie] oder: sie *T* **218** schlief.] schlief, *T, es folgt* Die Prinzessin schlief; auf ihrem Schoss schlummerte ein Leitartikel, dessen Ueberschrift über die ganze Zeilenbreite brannte. Ich sah nicht hin, sonst wäre ich auch eingeschlafen. **222** da] *gesperrt und ms. unterstr. T* **225** nicht.] *in T folgt* Die Prinzessin machte sich wenig Gedanken über diese pathetische Komödie – **225** Wir] wir *T* **231** Und dann] *Beginn 1. Forts. D'* **234** gehört.] *in T folgt* Sie sagt, sie könnte nicht singen. Ich habe das nie geglaubt. **238** sie] *Beginn Bl. 9 T* **248** Manchmal] Sie sprach es manchmal *T* **249** wenn] *üdZ hs. korr. für* wann *es folgt ms. gestr.* es *T* **249** sprach sie missingsch] *fehlt in T* **250** darin die Dinge] die Dinge darin *T* **250** und daneben] und dabei *hinter* und *ms.*

gestr. sie *T* **251** viel] so viel *T* **251** angenommen.] angenommen, *T, es folgt* dass sie sich auch den dortigen Eingebornen rasch verständlich machen konnte. *T* **254** missingsch] Missingsch *T* **265** was für] wie *T* **266** brennendrot] brennend-rot *T* **271** Und da] *Beginn Bl. 10 T* **278** blickte] sah *T* **280** ihre] die *T* **284** und] *in T hs. üdZ für ms. gestr.* es **285** habe aber] aber habe *T* **289** Frau] Alte *T* **290** Misogyn ...] *in T hs. korr. aus* Miso ... **291** den] dem *T D*[1] **291** verwechselt; das] verwechselt, das *T* **292** wie?] *in T üdZ für gestr.* nein? **293** aufs neue] *fehlt in T* **299** fort.] fort ... *T* **302** Masten] Maste *T* **308** netten] *Beginn Bl. 11 T* **310** Hus, Dree Linden.] Hus Dree Linden ... *T* Hus, Dree Linden! *D*[1] **315** aneinander.] *in T folgt hs. gestr.* «Du sollst ihn mal zeigen», sagte Lydia plötzlich leise. «Der Mann für die Pässe ist da.» **315 f** Und dann] *in T folgt hs. gestr.* war auch das überstanden, und sie **316** sie] *in T üdZ eingefügt* **323** kennst] *in T ms. korr. aus* kennste **323 f** Weltgeschichte?] *in T folgt* Un das will ein gebildeten Minschen sein! ... **333** he ist] er is doch *T* **334** wollt an] wollt am *T* **334** grade an] grade am *T* **340** verstehe] *mit* he *Beginn Bl. 12 T* **347** eisernen] *fehlt T* **348** Dampferwänden.] Dampferwänden aus Eisen. *T* **349** möcht] möchte *T* **349** die] *fehlt in T* **349** Prinzessin] *in T folgt hs. gestr.* träumerisch **350** wiegt so viel] *in T ms. üdZ für ms. gestr.* ist so schwer an Gewicht **351** Mann!»] *in T folgt hs. gestr.* Wozu hab ich dich lassen Bildung lernen?» **354** wenn] sowie *udZ für gestr.* bald *zunächst* sowie *gestr. und üdZ korr.* in bald *T* **359** Schifflängs] *Beginn 2. Forts. D*[1] **361** vom Lande] von der Muttererde *T* **363** Häuser, Hotels] die Häuser, die Hotels *T D*[1] **364** zurückrückten, und den Strand ...] zurückrückten ... das war der Strand ... *T* **371** da] *Beginn Bl. 13 T* **382** anstandshalber einen Geliebten,] einen Geliebten, anstandshalber, *T* **384** Beinah jede] Jede *T* **388** doch] *in T üdZ für gestr.* aber **388** pfiffen sie] *in T mit hs. Umstellungszeichen korr. aus* sie pfiffen **397** gefallenen] *in T hs. korr. aus* gefallnen **405** und] *Beginn Bl. 14 T* **408** dalag] da lag *T* **413 ff** Einmal ... Wärme.] *fehlt in T* **417** Meerwasser] *in T hs. korr. aus* Meereswasser **421** muß] *in T folgt hs. gestr.* da **426** Zeit.»] *in T und D*[1] *folgt statt Absatz ein Bindestrich* **430** pickte auf ihrem Teller herum] nippte am Abendessen *T* **441** 4.] *Beginn Bl. 15 T* **448** wäre.] wäre, *T, es folgt* und innerlich ist es das ja wohl auch ... **459** dasselbe, seine Jugendträume:] dasselbe: die Ideale seiner Knabenjugend. *T* **461** die Prinzessin.] *davor ms. in T gestr.* Lyd[ia] **461** Frag] Frage *D*[1] **465** Glück?»] *in T folgt* Es ist hochedel, von einem gradezu glühenden Vegetarismus, und alles ist voll von platonischer Liebe, von süsser Lyrik und sanftem Himmelblau. Uebrigens muss man das nun nicht die Gattung entgelten lassen – das Haus ist ein stehen gebliebenes Plüschsofa aus den neunziger Jahren.» **469** Die] *Beginn Bl. 16 T* **469 f** das Polysandrion] dieses Wunderwerk *T* **478** an», sagte ich, «nicht so laut! Hinter] an – nicht so laut!» sagte ich. «Hinter *T* **479** erzählt] erzählt es *T* **482** gesetzt] *in T hs. korr. aus* niedergesetzt *dies zuvor ms. korr. aus* niedergelassen **488 ff** Mann; ... sich vor] Mann, stellte sich murmelnd vor *T* **494 f** schönstem baltischem Tonfall, singend] schönstem, baltischen singenden Tonfall *T* **500** ein möbliertes] es war ein möbliertes *T* **500 ff** Hier ... zu gute] *fehlt in T* **506** aus seiner italienischen Zeit] *in T hs. üdZ eingefügt* **509** «Da] *Beginn Bl. 17 T* **510** Die] Sie *T* **510 ff** «Nein, ... alle so.] «Nein, sie sind gewiss nicht alle so. *T* **519** taten wir.] *in T folgt auf einen Absatz* Und danach gingen wir umher und kramten bei einem Antiquar, obgleich wir gar kein Geld hatten, grosse Einkäufe zu machen. «Was kostet dieses Buch hier?» fragte ich den Mann, der deutsch sprach und ein kleines Mützchen trug. «Vier Kronen.» (*es folgt üdZ eingefügt* – «Vier Kronen ...?) Mais comme prix il y a ici un deux», sagte ich zur Prinzessin. «Le prix est marqué en florins», sagte der Antiquar freundlich. Die Prinzessin freute sich königlich und sagte ihr Lieblingswort: «Wie ist denn das alles so plötzlich gekommen?» – Und wir kramten und stöberten weiter, ich hochroten Kopfes, und: «Da! Sieh mal», sagte die Prinzessin. Sie reichte mir ein Bild herüber. Ich machte ein abweisendes Gesicht und nahm es; es war ein altes gerahmtes Bild, auf Seide gestickt, aber ich tat so, als ob es den Aussatz hätte. Das habe ich gelernt: wenn man einem Antiquar zeigt, dass einem etwas gefällt, dann kostet es gleich um die Hälfte mehr. Der Antiquar macht das gewiss auch so, wenn er einkauft. Denn was man einkauft, das muss man erniedrigen, aber was man verkauft, dass muss man erhöhen. *Absatz* Das Bild zeigte eine Frau mit einer schönen himmelblauen Blume, und vor ihr stand ein Mann, der verneigte sich tief. Unter dieser Scene hiess es in deutschen verschnörkelten Buchstaben: *Absatz* «Werte Dame, darf ich fragen, wohin tragen Sie die blaue Blume?» *Absatz* Und das fanden wir so schön, dass wir kauften – der Mann wollte *(Beginn Bl. 18)* fünfzehn Kronen haben, wir boten sieben, er schwor, es nicht unter zwölf weggeben zu können, und dann hielten wir bei neun. Und hatten es. *Absatz* «Du hast im Seifenhandel auch nicht viel gelernt, Alte», sagte ich draussen. «Ein richtiger Kaufmann wäre fortgegangen, wäre nachmittags nochmal wiedergekommen, hätte vom Wetter gesprochen und hätte das Bild für vier Kronen gekauft.» – «Du siehst die Kaufleute schief und krumm, Peter», sagte sie. «Sie sind viel klüger als du denkst, und noch viel dümmer, als du weisst. Sie sind in den Einzelheiten ihres Berufs gerissen und schlau – sie wissen ziemlich genau, wann der andere Nein sagen wird, und dem kommen sie zuvor – wenigstens wir im Seifenhandel tun das, aber das verstehst du ja nicht. Dumm sind sie nur ausserhalb ihres

Shops, da ist fast jeder von ihnen ein Esel. Mein Alter zum Beispiel … wenn der so seine politischen Ansichten zum Besten gibt …» – «Hat er denn welche?» – «Er hat Angst», sagte Lydia. «Die ersetzt ihm alles. Die Angst diktiert (*es folgt ms. gestr.* ihm) seine Entscheidungen: wen er wählen soll, und wohin er reist, und wie er sein Geld anlegt – er hat Angst. Leider …» – «Leider?» – «Leider fürchtet er immer die Falschen». **523** Bäume …] Bäume, deren Aeste bis in den Himmel wachsen … *T* **524** Abfahrt.] *in T fehlt vorhergehender Absatz, stattdessen folgt ein Absatz* **531** Das] *Beginn 3. Forts.* D^1 **532** Sprachschatz] *Beginn Bl. 19 T* **533** erlebas] erleben *T* **537** Allmächtiger Braten!] Himmelherrgott! *T* **542** Dienstag] *davor in T ms. gestr.* Montag **548** vergessen] ganz vergessen *T* **566** Helsingör] *Beginn Bl. 20 T* **570** einer] jeder *in T hs. üdZ für gestr.* einer *(unausgeführte Korrektur)* **574** am] *hs. korr. aus* an dem *T* **575** blickten] sahen *T* **580** Frau!] *in T folgt* Weit, weit … Was dachte sie wohl jetzt? Wie sieht das in den Puppen innen aus? Kinder pflegen ihr Spielzeug aus Neugier aufzuschlitzen, und Affen sehn hinter den Spiegel. **581** tauchen.] tauchen, *T, es folgt* in die Natur, wo sie am tiefsten ist – **582** verlernt] ver«lernt» *T* **583** dünnen] erotischen *T* **586** Beefsteak] Beafsteek *T* **588** träumerisch] *in T hs. üdZ für gestr.* wie träumend **593** besaßen] hatten *T* **595** wir] *Beginn Bl. 21 T* **596** als] wie *T* **597** es klingt bei ihnen] bei ihnen klingt es *T* **599** Luft, wie] Luft wie *T* D^1 **601 f** Wörtern,] *in T folgt* die ich wußte, **602** sie] *davor in T ms. gestr.* ich **607** Sie] Die Prinzessin *T* **609** das ist wohl] es ist das wohl *T* D^1 **612** ruhig,] *in T Komma hs. eingefügt* **612** geschlossenem] *in T hs. korr. aus* geschlossnem **613** wird. Dann] wird – dann *T* **616** und wie] und, wie *T* **616** ehrfurchtgebietend.] *in T folgt hs. gestr.* Sie hatte nie Kinder gehabt, bis heute. **625** Abteilen] Abteilungen *T* **625 ff** und gleich … besticken!»] *fehlt in T* **627** wir] *Beginn Bl. 22 T* **634** Hand –!] Hand – *T* **642** konnten.] *in T folgt hs. gestr.* «Was nun?» **645** Leute] *in T folgt ms. gestr.* hier **649** Stockholm.] *der folgende Absatz fehlt in T* **650** Sie] *Beginn 4. Forts.* D^1 **651** schön.] *in T folgt ms. gestr.* Und Schnaps gab es nur zu bestimmten Stunden, wodurch wir unbändig gereizt wurden, welchen zu trinken – er war klar und rein und **654** Blond.] *in T folgt* Weich, mit harter Unterlage. **657** Kellner] *mit* ner *Beginn Bl. 23 T* **661** Was?] *in T hs. üdZ für gestr.* Wie? **662** wie?] *in T hs. üdZ für gestr.* was? **663** nur] *in T hs. üdZ eingefügt* **665** wenn ihr sie] *in T ms. üdZ für gestr.* um sie **665** lernen] *davor in T ms. gestr.* zu **668** sehen] *hs. korr. aus* sehn *T* **669** Straßenbahnen] *davor in T ms. gestr.* Elektrischen **672** Uniform … angezogen.] Uniform angezogen, mit amerikanischen Aufschlägen. Sie ist von traditioneller Individualität. (Aufschlägen *hs. üdZ für gestr.* Spitzen) *T* **678 f** In Schweden gibt es zwei Völkerstämme:] Schweden ist von zwei Völkerstämmen bevölkert *T* **679** den] es gibt den *T* **680** ungefälligen] Ungefälligen *T* **681** man] und man *T* **682** Schädel] *in T hs. üdZ für gestr.* Kopf **684** also] *in T hs. üdZ eingefügt* **684** morgen] *in T ms. korr. aus* morgens **686** Essen,] *in T folgt* es machte ihr Freude, zu essen, doch machte sie kein Theater daraus. *T* **686** und hier] Hier *T* **687** dem] *Beginn Bl. 24 T* **696** konnte] *in T ms. üdZ für gestr.* sprach **696** sprechen] *in T ms. üdZ mit hs. Einweisungszeichen eingefügt* **702** sofort, was] sofort was *D*[I] **707** Dörfer] *in T hs. üdZ für gestr.* Gegenden **709** Sommerhimmel] *in T ms. üdZ korr. aus* Himmel **710** nicht.] *in T folgt hs. gestr.* Da gab es Hotels mit dünnen Wänden und schreienden Kindern und plärrenden Hunden; da gab es Familienpensionen mit ehrsamen, starren Familienrundtischen, da gab es sehr teure Villen mit Garagen und Privat-Ententeichen ... aber was wir suchten, fanden wir nicht. **713** ausgedacht. Vielleicht] ausgedacht ... vielleicht *T* **716 f** führte] führe *T* **717** Fremden] *Beginn Bl. 25 T* **729** Welt] Land *T* **730** *sehr*] *unterstr. T keine Hervorhebung D*[I] **736** In Göteborg wohnt] Da lebt in Göteborg *T* **743** sagten] das sagten *T* **744** «Nedo»] «Ne-do» *T* **745** spricht] *in T hs. üdZ für gestr.* sagt **750** Rockefellers] *Beginn Bl. 26 T* **764** Mariefred] *in T folgt ms. gestr.* am Mälarsee **765** Natur, Baum] *in T hs. korr.* aus Natur. Baum **767** wäre] gestanden hätte *T* **768** Gripsholm.] *in T folgt hs. gestr.* Und wir gingen in das Schloss. **769** Es war] *Beginn 5. Forts. D*[I] **769** strahlend] strahlender *T* **769 f** aus roten Ziegeln erbaut] das aus roten Ziegeln erbaut ist *T* **772** Bengtsson] Der Dicke *T* **773** Und wir gingen in das Schloß] *folgt in T hs. hinter hs. gestr.* Wir gingen hinein. **781** der Spiritus sang aus ihm] *in T hs. udZ eingefügt* **782** so] *Beginn Bl. 27 T* **785** hatte, und] hatte – und *T* **788** gequält, heute] *hinter* ge- *neue Zeile, diese vollständig ms. gestr., Anfang unleserlich gestr., dann gestr.* quält quältqu lt quä l quäuäuäuäu quält quält *dahinter* quält. Heute *T* **790** Theater – vielleicht] Theaterchen – vielleicht, *T* **794** wurde –] *in T und D*[I] *folgt Absatz* **813** sie gingen] *Beginn Bl. 28 T* **816** darin] darin herum *T* **826** für ihn,] *in T folgt* Bengtsson, **826** selten] wenig *T* **827** lange] *davor in T ms. gestr.* dort **827** bleiben] *in T hs. üdZ für gestr.* wohnen **833** Branntwein] *in T hs. üdZ für gestr.* Bellmann **834 f** gut? Sie ist doch so nett zu uns?] gut, dass sie so nett zu uns ist? *T* **837** ein. Und dann] ein. Und wir schrieben um das Gepäck, und dann *T* **838** Dicke.] Dicke; *T* **838** Die] die *T, davor ms. gestr.* und **839** alle] *in T ms. üdZ mit hs. Einweisungszeichen eingefügt* **845** die Stelle] *Beginn Bl. 29 T* **849** Wiese] *in T hs. üdZ für gestr.* Seele **859** noch immer] *in T mit Umstellungszeichen hs. korr. aus* immer noch **862** Na] *in T hs. korr. aus* Ja **867** weil du Lydia heißt,] mit deinem y im Namen, *T* **876** verdient?] *Beginn Bl. 30 T* **879** Wir könnten das nicht,] *fehlt in T* **883** wie er] *in T ms. üdZ* **884** lernst es] *fehlt in T* **885** die Leute sich denn] sich denn die Leute *T D*[1] **886** «Was] *Beginn 6. Forts. D*[1] **888** mehr!] *in T hs. korr. aus* mehr. **888** auch] dann auch *T* **889** schließlich] dann *T* **891 f** Abbazia, und die] Abbazia; die *T* **902** wird] *in T hs. üdZ für gestr.* ist **903** es] er *D*[1] **907** Da sagen sie:] *fehlt in T* **908** Irgendeinen] Irgend einen *T, Beginn Bl. 31* **911** reden!] dadrin reden! *T* **912** lassen ...] *in T folgt hs. gestr.* Ihr seid ja auch keine reine Freude – aber gegen die da **913** noch] *in T ms. üdZ* **915** dort] doch *T* **916 f** Wiesen und] Wiesen, im Gleichschritt, und *T* **918** «Wir] *davor in T* Im Schloss. **918 f** auf schwedisch] *fehlt in T* **920** Wir aßen, und ich] *in T ms. üdZ für gestr.* Ich **922** in sich hineingluckern] durch sich hindurchrinnen *T* **922 f** wahren] richtigen *T* **923** der] *davor in T ms. gestr.* an **924** Ferien,] Ferien: *T* **927** das] *in T hs. üdZ für gestr.* dies **930** In] Und in *T* **938** retten.] *in T folgt* Es gibt Frauen, die nur nachts gut aussehen. Oder nur tagsüber. Die *(Beginn Bl. 32)* Lydia war gleichmässig, am Tage und in der Nacht. **942** Zweites Kapitel] *gesperrt und doppelt unterstr.; Beginn Bl. 33 T* **946** 1] *in T hs. eingefügt* 1. **947** Fenster und dachte] Fenster, dachte *D*[1] **951** Augenblick, allein] Augenblick allein *T* **954** *sie*] *unterstr. und gesperrt T gesperrt D*[1] **955** schnelle leise] schnelle, leise *D*[1] **957** überdenken] *in T ms. korr. aus* überlegen **960** Leidensblätter.] *in T folgt* Dies waren sie: **964** Traurigste] Schlimmste *T* **968** Wort] gesprochenes Wort *T* **971** «Teufelsbraten»] Teufelsbraten *T* **972 f** Lieblingsschimpfwort] *mit* wort *Beginn Bl. 34 T* **978** hier?»] *in T folgt* fragte der Teufelsbraten das Kind. **979** Sie ging] und ging *T* **981** war: er] war – er *T* **984** während] wenn *T* **985** schlich] trat *T* **986** andern; sie machten ihm] andern, die ihm *T* **987** Platz.] Platz machten. *T* **990** gut] günstig *T* **991** Nichten] Töchter *T* **991** Arbeit] *davor in T ms. gestr.* Beaufsichtigung **991** eine, wie ein] eine ein *T* **992** Tante] Mutter *T* **995** Nichten] Töchter *T* **995 f** Sie hatte keine Kinder] *fehlt in T* **996** Und die vierzig] Und die Kinder *T, (*Und die *hs. üdZ für gestr.* Die) **997** hart zu ihnen] lächerlich streng *T D*[1] **997 f** schlug. Schlug] schlug, schlug *T* **999** in ihren Augen ein Verräter] ein Verräter in ihren Augen *T* **1000** eine] *davor in T hs. gestr.* war **1001** regierte.] regierte *T, es folgt* und mit dem erst jene Verbindung herzustellen war, die allein Frau Adriani das Leben lebenswert machte: zu kommandieren. **1004** Kommandieren] *Beginn 7. Forts. D*[1] **1004** sonst] in Schweden *T* jetzt *D*[1] **1005** Denn wo sich die Schweden beugen,] Die Schweden sind für derartige Dinge keineswegs geschaffen, sie sind ein freies Volk, und wo sie sich beugen, *T* **1005** höflich] *Beginn Bl. 35 T* **1008** der] *in T folgt ms. gestr.* dort **1012 f** reiste.] *in T folgt* Man liebte sie nicht in der Gegend um den See. **1026** Essen-Entzug] Essenentzug *D*[1] **1026** Haarschleife!] Haarschleife? *T* **1027 f** Schleife ... Haaren] Schleife aus den Haaren, die sich gelöst hatte, *T* **1031** die, ganz leise,] die ganz leise *T D*[1] **1037** einmal] *fehlt in T*

1037 auf] *Beginn Bl. 36 T* **1038** geantwortet] einmal geantwortet *T* **1040** Wann] *davor in T mit Blaustift Absatzzeichen eingefügt, udZ hs.* [Absatz] **1044** mehr] *fehlt in T* **1051** ich,] ich gedankenschnell, *T* **1052** Morgen-Augenblicke] Morgenaugenblicke *D'* **1062** schall] sall *T* **1065** Die Sache] Das *T* **1066** kleinen] *Beginn Bl. 37 T* **1071** geben.] *in T folgt hs. gestr.* Du siehst aus wie Swinegel, ick bin all do! **1076** sagte ich.] *in T hs. üdZ eingefügt* **1080** Darum] Also *T* **1090** und dick] und *in T hs. üdZ eingefügt* **1097** «Das] *Beginn Bl. 38 T* **1103** kenne] *in T folgt hs. gestr.* heute **1108** Leev] *in T hs. üdZ für gestr.* Leiw **1108** Geld?] Geld. *T* **1110** Fladen] Fladen da *T* **1112** salbungsvoll] *fehlt in T* **1114** wir …] *in T folgt hs. gestr.* Pause. **1124** sprach wenig.] *in T durch Streichungen und Änderungen üdZ korr. aus* hielt wenigstens den Mund. **1124 f** bedeutend; er] bedeutend. Er *T* **1125** eben] *in T hs. üdZ* **1127** er murmelte] *Beginn Bl. 39 T* **1130** «Das] *Beginn 8. Forts. D'* **1131** aufbauen.] aufbauen … *T* **1135** un] und *D'* **1136** un] und *D'* **1139** und] un *D'* **1140** ist!] ist … *T* **1148** bleibt] sein kann *T* **1151** ernsthaft etwas] *in T vorgenommene und wieder rückgängig gemachte Umstellung zu* etwas ernsthaft **1152** sowas] das *T* **1157** Weißt] *Beginn Bl. 40 T* **1166** Grammophon!] *hs. korr. aus* Grammophon. *T* **1172** sie damit zugeben würden] darin das Eingeständnis liegt *T* **1178** dann] *in T hs. üdZ eingefügt* **1189** Prinzessin] *Beginn Bl. 41 T* **1191** gern …] gern etwas … *T* **1193** sehr] *davor in T ms. gestr.* so **1199** eben] eine *T* **1201 f** diesen] *davor in T ms. gestr.* den **1204** Pfauenfedern] die Pfauenfedern *T* **1211** Stert] Steert *D'* **1215** Schloß] *in T folgt hs. gestr.* herum **1220** schon.] *in T folgt hs. gestr.* Nun wohnt niemand *(hs. üdZ korr. aus* Niemand wohnt nun*)* mehr *(Beginn Bl. 42)* darin; niemand kann mehr in solchen Schlössern wohnen, und wenn es einer doch tut, wie *(davor ms. gestr.* da*)* man das manchmal sieht, dann wohnt er doch nur in einem Teil – denn niemand hat mehr die Kraft und die Dienerschaft und den innern Atem, solch ein Schloss vollzuwohnen. **1225** wären] seien *T* **1227** nicht.] nicht … *T* **1228** Sie lösten] Nun lösten sie *T* **1234** Touristen] Reisenden *T* **1243** fest gestampften] festgestampften *D'* **1243 f** Holzscheibe: der] Holzscheibe. Das war der *T* **1244** Verließ. Und da fanden wir] Verliess, es war wohl auch ein alter Brunnen … und da war *T* **1247** Prinzessin] *mit* sin *Beginn Bl. 43 T* **1249** ein] es sah aus, wie wenn ein (ein *hs. korr. aus* einer*) T* **1249 f** mimt den Feuerwehrmann,] den Feuerwehrmann mimt … *T* **1250** so sah das aus, und] *fehlt in T* **1250 f** zu Mute] zumute *D'* **1260** Zieh] Zieh bitte *T* **1260** auf] rauf *T* **1268** sehnt sich] *in T hs. üdZ eingefügt* **1270** hegte] *in T hs. üdZ für gestr.* hätte **1274** Wahrscheinlich] Offenbar *T* **1276** nichts.»] *folgender Absatz fehlt in T* **1282** «Huuuuuuu–aa–huuuuuuu –!»] *Beginn Bl. 44 T* **1283** Gotteswillen] Gottes willen *D'* **1285** still.] still. – *D'* **1287 f** die

Löwen ... Fütterung] den Tag, wo die Löwen in den Zoologischen Gärten kein Fleisch bekommen *T* **1288** Zoologischen] zoologischen D^1 **1291** Das] *Beginn 9. Forts.* D^1 **1296** meiner] *in T ms. üdZ für gestr.* der **1299 f** um eine] eine *T* **1311 f** eingesperrt, das] eingesteckt. Das *T* D^1 **1313** wissen:] *Beginn Bl. 45 T* **1315** kennt.] kennt ... *T* **1316** laufen ...] laufen. *T* **1320** Haus!] Haus – *T* **1324** Speegel] *in T folgt hs. gestr.* an **1326** schmachten!] *in T hs. korr. aus* schmachten. **1329** lehrte] *in T ms. üdZ für gestr.* sagte **1332** wenn aber] und wenn *T* D^1 **1336** wäre] *in T hs. üdZ für gestr.* sei **1343 f** Autogesellschaft] *davor in T hs. gestr.* deutsche **1345** lustig] froh *T* **1347** vielleicht] *Beginn Bl. 46 T* **1352 f** unterm Tisch] *in T ms. üdZ für gestr.* unter dem Tisch **1363** ich, «nach] ich[.] «Nach *T (Textverlust arR)* **1371 f** «Ich ... elegant!»] «Man sieht hier auch gar keine eleganten Toiletten», *T* **1375** mir] *in T ms. üdZ mit hs. Einweisungszeichen* **1379** hätten.] hätten, wir träfen uns ... *T* **1380** Stockholm] *mit* holm *Beginn Bl. 47 T* **1383** hatten] *in T folgt* und daß wir entfernte Bekannte waren **1396** aber es weinte] es weinte aber *T* **1399** lag ein goldner] war ein goldiger *T* **1399** an, so müde und] so *hs. üdZ* und *hs. korr. aus Komma T (Anm.: Auf dem selben Blatt von T finden sich auch hs. Änderungen von Lisa Matthias nach* D^2*)* **1401** ihm] *in T ms. üdZ mit hs. Einweisungszeichen* **1405** die Kleine] das Kind *T* **1405** ihre] seine *T* **1406** nach.] *in T folgt* Es drehte sich nicht mehr um. **1408** «Merkwürdiges] *Beginn 10. Forts.* D^1 **1411** mal] *hs. korr. aus* einmal (*mit* mal *Beginn Bl. 48) T* **1411** sehn!»] sehn ...» *T* **1421** mal sehe] sehn sollte *T* **1423** mal] *in T ms. korr. aus* einmal **1426** gelbrosig] gelb-rosig *T* **1427** nur] da *T* **1438** Jetzt wagte sie es] Nun traute sie sich *T* **1442 f** silbergrau.] *in T folgt* Hier über uns scheint es wie rosa durch den Himmel *(Beginn Bl. 49)* ... und da so *(hs. üdZ für gestr.* langt*)* ein breiter Streifen, *(es folgt hs. gestr.* hinüber*)* wie wenn er das Ganze durchstreichen wollte ... *T* **1444** oben.] *in T folgt* Unsre Blicke liefen über die weite Himmelskugel, wie [!] beobachteten angestrengt, damit wir auch jede geträumte Einzelheit in uns aufnähmen ... **1445** auf dem Bock] oben *T* D^1 **1448** blickten] *in T hs. üdZ für gestr.* sahen **1455** «Anderschon» richtig] richtig «Anderschon» *T* **1463** sah.] sah – *T, es folgt* man ahnte es mehr, als dass man es erkennen konnte. **1466** will,] will – *T* **1469** meinte,] *hs. üdZ T* **1470** wahrscheinlich] *fehlt in T* wohl D^1 **1470** Schwedischen.] *in T folgt hs. gestr.* Immerhin – wenn wir so schwedisch sprechen könnten ... **1471** Kinder] *Beginn Bl. 50 T* **1473** Jaha] Ja-ha *T* **1474** «da] «... da *T* **1491** als ob] wie wenn *T* **1493** slagt] *in T durch 2 kl. Bleistiftstr. udZ als gewollter Fehler kenntlich gemacht; Druckfehler in* D^1 plagt **1494** was] etwas *T* **1494** Jaha] Ja-ha *T* **1496** nicht, so] nicht so *T* **1497** ist] *davor in T ms. gestr.* habe[n?] **1497** ihr.] *in T folgt* Ich möchte lieber da sein –» **1497** Sie deutete] und damit deutete sie *T* **1498** lag.] lag – *T* **1498f** Ich möchte lieber da sein] *fehlt in T* **1500** Irrtums-Anstalt] Irrtumsanstalt *D'* **1500f** Andersson.] *in T folgt* «Eine … was?» Es stellte sich heraus, dass dies eine Irrenanstalt war. **1502** «Ja»] *Beginn Bl. 51 T* **1502** sehn] *davor in T ms. gestr.* mal **1506** ich.] *in T folgt* Mir tut das immer so leid … **1506** «Wahrscheinlich] wahrscheinlich *T* **1508** bis das Essen fertig ist!»] *in T hs. hinter gestr.* – das steht dich so gut!» **1509** Schloßfrau] *in T ms. üdZ korr. aus* Schloßdame **1510f** ließ fromme Gesänge ertönen.] *in T hs. üdZ für gestr.* spielte fromme Weisen **1515** nich] nicht *T* **1525f** aufgetrieben. Das war nicht einfach gewesen] aufgetrieben, was nicht einfach gewesen war *T* **1528** so] so sehr *T* **1531** Wir] *Beginn 11. Forts. D'* **1532** tranken wir] trank jeder *T* **1533** Zehn] Zehn – *T* **1534f** Nächte.] Nächte – *Beginn Bl. 52 T* **1537** drohten] *in T folgt hs. gestr.* drüben **1537** Wie] Es war, wie *T* **1538** hätte:] hätte; *T* **1539** es] *in T folgt hs. gestr.* alles **1544** ist, so] ist», sagte ich leise, «so *T* **1556** Blut.] Blut, *T, es folgt* dieser chemische Vorgang war bekannt, und jedesmal stellte er sich ein, daran war Gottseidank nicht zu zweifeln. **1556** sorgenfrei] *in T hs. üdZ korr. aus* sorgenlos **1557** zu Grunde] zugrunde *D'* **1557** richtet.] *in T folgt hs. gestr.* Zum Glück ist er nicht billig. **1558** Weit] *in T davor mit Blaustift Absatzzeichen und üdZ der Vermerk* [Absatz] **1558** eine Glocke] ein Kirchturm *T* **1561** Kugel.] *folgender Absatz fehlt in T* **1564** von einander] voneinander *T D'* **1565** Mir] *Beginn Bl. 53 T* **1565** stiegen] *in T hs. üdZ korr. aus* steigen **1567f** Mit dem Verstand zeichnete ich nach] Ich zeichnete mit dem Verstand nach *T* **1571** vor!] vor … *T* **1573** hätte] habe *T* **1574** Abenteuer] Unternehmungen *T* **1579** tot – sagen] tot. Sagen *T* **1583** mitgenommen habe] *davor in T ms. gestr.* mithabe **1588** ihre tiefe Stimme] *in T ms. üdZ für gestr.* die Prinzessin **1588** Stimme; «dann] Stimme. «Dann *T* Stimme, «dann *D'* **1597** Zimmer] *Beginn Bl. 54 T* **1598** sie] *in T hs. korr. aus* die **1602f** glatt und geweißt] glatt, geweißt *T* **1607** zukünftiger] zu zukünftigen *T* **1612** ihm] dem Vater *T* **1615** denken.» –] denken», *T es folgt* hatte das kleine Mädchen gesagt. **1615** auch!»] auch», *T, es folgt* hatte der Vater gesagt. **1616** er] *fehlt in T* **1618f** runzelte die Stirn wie er] seine Stirn war gerunzelt, wie die seine *T* **1622** her.] her, *T, es folgt hs. gestr.* im Schlafe **1623** da] *in T hs. üdZ eingefügt* **1627f** eines der … hatte.] das Kind die Briefe durch das Dienstmädchen heimlich *(Beginn Bl. 55)* zur Post gegeben hatte. *T* **1633** erklärt.] *folgender Absatz fehlt in T* **1637** anschwärzten] anzeigten *T* **1638f** von dem … könnte] was der nun wider [!] ans Licht bringen würde *T* **1641** Dunkel.] *in T folgt ms. gestr.* Dass die **1642** Daß] *Beginn 12. Forts. D'* **1643** damals] hier *T* **1647** stand es] *in T ms. üdZ* es *für gestr.* das **1648** die] *in T hs. üdZ eingefügt* **1653** lachte] *in T folgt ms. gestr.* gleich wieder **1658** Arztgeruch,] Arztgeruch im

Haus; *T* **1660** hatte] das hatte *T* **1661** Der] *Beginn Bl. 56 T* **1661** Mutti] Mutter *T* **1663** viel] es war viel *T* **1666** Sommer hier oben.] Sommer, in dem es hier oben war. *T* **1669** kam] *in T hs. üdZ eingefügt* **1670 ff** Einmal … käme?] *fehlt in T* **1671** fünf Mal … fünf Mal] fünfmal … fünfmal *D*[1] **1684** Drittes Kapitel] *gesperrt und doppelt unterstr.; Beginn Bl. 57 T* **1686** *und*] *davor in T ms. gestr.* da **1698** mir bitte,] mir, bitte, *D*[1] **1711** wegfährt?] wegfährt – *T* **1715** und] *Beginn Bl. 58 T* **1725** gehören] gehörten *T* **1728** Karlchen.] Jener. *T* **1740** Er war] Es ergab sich, daß er *T* **1740** geflattert, und heute] geflattert war, heute *T* **1742** nach alter Gewohnheit das Gebiß] das Gebiss, wie es seine Gewohnheit war *T* **1748** neben] *Beginn Bl. 59 T* **1755** wollte …] *in T und D*[1] *folgt* «Wie schön», sagte er plötzlich, «dass ich meinen Schirm in der Bahn habe stehen lassen.» Wir gingen zurück und holten ihn. In Schweden kommt nichts fort. *in T und D*[1] *folgt ein Absatz* **1756** Wie] *Beginn 13. Forts. D*[1] **1759 ff** «Wie schön … fort.] *fehlt in T und D*[1] **1763** wie] *in T folgt hs. gestr.* oft **1763** Menschen] *in T folgt hs. üdZ* oft **1764 f** augenblicklich] augenblicks *T, dieses ms. korr. aus* augenblicklic[h] **1766** *das Ganze*] *ms. unterstr. T ohne Hervorhebung D*[1] **1768** so wie] so, wie *T* **1769** so wie] so, wie *T* **1771** irgendwas] *in T ms. korr. aus* irgendetwas **1772** aus] *fehlt in T* **1775** irgend etwas] irgendetwas *D*[1] **1777** hoppelte] *folgt hs. gestr.* so *T* hoppelte so *D*[1] **1777 f** Gespräch] *Beginn Bl. 60 T* **1778** Schweden] die Schweden *T* **1788** Mark fünfzig] Mark und fünfzig *T* **1792** Karlchen.] *in T folgt* Ich möchte das nie in Anspruch nehmen – aber das Gefühl, dass es so etwas gibt … **1793** und] *in T hs. üdZ eingefügt* **1796** in diesen Tagen] *fehlt in T* **1800** es] das *T* **1808** «Kann] *Beginn Bl. 61 T* **1810** Sprit-Zentrale] *in T hs. üdZ korr. aus* Spritzentrale **1812** Wein] *in T hs. korr. aus* Rotwein **1813** geben] *davor in T ms. gestr.* bezahlen **1814** leider] gar *T* **1816** als ob] wie wenn *T* **1816** war] war ja *D*[1] **1821** Cable-Code] Kabel-Code *D*[1] **1827** uns in vielem schweigen ließ] Zurückhaltung in vielem in sich schloss *T* **1830** fein] falsch *T* **1833** Da] Hier *T* **1834** es gab] *fehlt in T* **1835 f** Musik … Anverwandten] Musik geschwätzt, wie es nur die Gebildeten aus Oesterreich und die ihnen Anverwandten tun können *T* **1837** das hört] es hört *T* **1837** beim ersten Mal] das erste Mal *T* beim erstenmal *D*[1] **1841** des Herrn] *Beginn Bl. 62 T* **1848** Prinzessin] *in T folgt* (zur Zeit) **1857** auf einmal] *fehlt in T* **1858** Städtchen] *in T hs. üdZ für gestr.* Dorf **1859** Einkauf] *ms. korr. aus* Einkaufs *T* **1872** «Gib] *Beginn 14. Forts. D*[1] **1873** hatte] *Beginn Bl. 63 T* **1877** hergeflogenes karlchen] Hergeflogenes Karlchen *T* **1882 ff** was für … entdecken.] wie Frauen noch in den kleinsten Ortschaften eine Fülle von Waren entdecken, von denen unsereiner nichts ahnt. *T* **1892** weg!»] *in T hs. korr. aus* weg», **1897** nickte:] nickte – *T* **1903** nicht] *Beginn Bl. 64 T* **1906** «Ich muß mich immer wundern»] «Ich möchte wissen» *T* **1907 f** Zeitungen für uns gibt] die Zeitungen für uns, also für uns Angestellten, gibt *T* **1909** wie viel] was für *T* **1910** nur wenig] wenig Geld *T* **1918** zu knapsen anfängt] anfängt, zu knapsen *T* **1918** jämmerlich] *in T folgt ms. gestr.* ist **1919** oft ein Auto] viel Autos *T* **1920** überhaupt nicht] schon gar nicht *T* **1923** Die Leute] Sie *T* **1925** Schnüre – und] *in T hs. korr. aus* Schnüre, und **1929** Rußland eins] *in T* eins *hs. üdZ eingefügt* **1934** nicht.] nicht … *T* **1935** man] *Beginn Bl. 65 T* **1935** es kommt] so kommt *D'* **1938** Dollar] Dollars *T* **1938** konnte?] konnte … *T* **1938 f** Damals wollten wir alle Cow-boys werden.] Das war damals, als wir alle Cow-boys werden wollten … *T* **1939** Zeit!] Zeit. *T* **1949** strahlte:] strahlte – *T* **1954** miserabel] schlecht *T* **1966** werden] *Beginn Bl. 66 T* **1971** bleibt] *in T folgt ms. gestr.* also **1977** zur Zeit] zurzeit *D'* **1979** aber] *fehlt in T* **1981** Nein] nein *D'* **1982** Ja] ja *D'* **1982** weiß!] weiß … *T* **1987 f** Ich müßte seine Sorgen teilen] Ich teile seine Sorgen *T* **1988** arbeiten] *davor in T* ich muss **1995** Das] *Beginn 15. Forts. D'* **1995 f** Wasser und nach] Wasser, nach *T* **1998** dies war] *davor in T ms. gestr.* da war **1998** nein] *Beginn Bl. 67 T* **1999** und ich verriet die Frau nicht an den Mann] *in T ms. unterstr.* **2001** als ob] wie wenn *T* **2002** hätte] hatte *T* **2003** sie] sie – *T* **2004** sie] *in T folgt ms. gestr.* ich **2005** sprachen] *in T hs. üdZ für gestr.* erzählten **2005** Dialekten] beiderseitigen Dialekten *T* **2006** aus] *in T hs. üdZ eingefügt* **2006** das r] das R *T* **2006** müsse] müsste *T, ms. korr. aus* müsse **2012** was] wie *T* **2013** für] *fehlt in T* **2015** alle nur einmal] jeder nur ein Mal *T* **2017** Bürger] Spiesser *T* **2020** haben –:] hatten –: *T* **2020** haben] hatten *T* **2021** glauben] glaubten *T* **2022** hilft] half *T* **2022** rauscht] rauschte *T* **2022 ff** kein Meer rauscht ihnen,] *fehlt in T* **2023** rauscht] rauschte *T* **2024** verschwindet] verschwand *T* **2024** wo] wenn *T* **2025** starren] starrten *T* **2025** stoßen] stiessen *T* **2025** krabbelt] krabbelte *T* **2026** ist] war *T* **2027** schlägt ein] schlug ihr *T* **2028** ist] war *T* **2029** Niederdeutschland] *Beginn Bl. 68 T* **2029** geht] ging *T* **2029** lebt] lebte *T* **2031** einmal] ein Mal *T* **2032** dienenden, nicht] dienenden und nicht *T* **2033** ist anders] war frei *T* **2033** setzt] setzte *T* **2034** sind] waren *T* **2035** Beste an der Prinzessin] Beste, was die Prinzessin ihr eigen nannte, *T* **2037** ratlose] verirrte *T* **2040** *sein*] *ms. unterstr. T keine Hervorhebung D'* **2040 f** Plattdeutsch] *in T hs. korr. aus* Plattdeutschland **2041** wäre] *hs. üdZ für gestr.* sei *T* **2043** die vom] jene von *T* **2053** wäre] gewesen wäre *T, hs. üdZ* wäre *für gestr.* sei **2054** konnte es ihnen nicht sagen.] hatte es ihnen nicht sagen können. *T, ms. üdZ für gestr.* wusste es nicht. **2061** «Auf] *Beginn Bl. 69 T* **2063** wie ist das] was ist *T* **2065 f** «Sie … leid –] *in T und D' anderer Zweizeiler* «Eine kleine Dickmadam fuhr mal mit der Eisenbahn – **2073** her, denn] her … *T* **2077** nicht; aber] nicht: aber *T* **2078** andern:]

andern … *T* **2078** Rational gemacht] Rationalisiert *T* **2081 f** Freundschaft,] *in T folgt* das, worüber nicht mehr zu reden war, **2083 f** was der Mann alles erlebt hatte] was über den Mann hinweggegangen war *T* **2086** ging,] ging … *T* **2092** «nein] *Beginn Bl. 70 T* **2097** verstünden] verständen *T* **2106** hatten.] hatten, *T, es folgt hs. gestr.* sozusagen **2115** «Und wieviel schnelle Männer –?»] *fehlt in D[1]* **2116** So] *Beginn 16. Forts. D[1]* **2120** Nobelpreis] Nobel-Preis *D[1]* **2123** das!] das. *T, es folgt* Liebe ist *(Beginn Bl. 71)* doch keine Hypothek. **2124** brummte:] brummte … *T* **2134 ff** Weil … Bett.»] *fehlt in D[1]* **2137** unvermittelt,] *in T folgt* weil mir eine warme Welle zum Herzen schlug, **2145** mich.] *in T folgt mit Blaustift ein Absatzzeichen, dann* Was ist Liebe? Sturm? Wärme? Hinneigung? oder Sklaverei? *mit Blaustift getilgter Absatz* Liebe ist, wenn sie dir die Krümel aus dem Bett macht. **2146 ff** Als … liebte.] *fehlt in T* **2148** denn] und *D[1]* **2153 f** geworfen] *mit* fen *Beginn Bl. 72 T* **2156** nur!»] nur», *T* **2161** zusammensuchten] *in T ms. üdZ korr. für gestr.* zusammenpackten **2175** Und –] *in T folgt hs. gestr.* und **2174** Essen] das Essen *T* **2174 f** Teufelsbraten!] *in T folgt hs. gestr.* Du Luder! **2176** deutlich] klar *T* **2179** alle …» Fortissimo: «Alle] alle … Alle *T* **2182** sie] alle *T* **2183** ewig] *in T ms. üdZ mit hs. Einweisungszeichen* **2183** Tränen] *davor in T hs. gestr.* die **2188** lieber] *in T ms. üdZ mit hs. Einweisungszeichen* **2188 f** sprechen] *davor in T ms. gestr.* laut **2189** den] *Beginn Bl. 73 T* **2195** er] *davor in T ms. gestr.* sie **2201** war] *in T ms. üdZ mit hs. Einweisungszeichen* **2206** uns] *fehlt in T* **2208** aus. Ihr] aus – ihr *T* **2217** sich] *fehlt in T* **2218** schob] ging *T* **2220** hängte] hing *T* **2221** Adolfs] *Beginn Bl. 74 T* **2222** und] aber *T* **2231** Ihr] *Beginn 17. Forts. D[1]* **2232** hineingesteigert –] *in T ms. korr. aus* hineingeredet *es folgt Komma statt Bindestrich* **2234** erst] *fehlt in T, es folgt zweimal hs. gestr.* etwas **2237** zum] auf den *T* **2237** dem] den *T* **2238** dem] den *T* **2239** den] die *T* **2244** konnte, denn] konnte: denn *T* konnte; denn *D[1]* **2248** Kindern, den] Kindern und vier *T* **2249** und ihren Nichten] *fehlt in T* **2249 f** mit so vielen Figuren spielte] aus vierundvierzig Figuren formte *T* **2251** Spiel] Schach *T* **2252** immer] *mit* mer *Beginn Bl. 75 T* **2256** doch] *fehlt in T* **2259** hatten … Wind,] waren die Wolken rasch dahingegangen; nun hatte sich der Wind gelegt, *T* **2260** hoch] *in T hs. üdZ eingefügt* **2261** Himmel, sie] Himmel; sie *D[1]* **2267** nach dem Essen] *in T ms. üdZ mit hs. Einweisungszeichen* **2264** wollte.] wollte – *T, es folgt* und Heija war ein alter Kinderausdruck für Bettchen. **2265** gehn wir] *fehlt in T* **2266** Hoppla] *hs. üdZ korr. aus* Hopla *T* Hopla *D[1]* **2267** Auf und davon.] Wir gingen davon. *T* **2269** Schwedsche!»] *in T hs. korr. aus* Schwedsche», **2269** Prinzessin. «Wenn] *in T hs. korr. aus* Prinzessin, «wenn **2273** gehn!] gehn. *T, es folgt* Was mag da sein?» **2276** fuhr es im Zick-Zack] im Zick-Zack fuhr es *T D[1]* **2277 f**

Neulinge am Steuerrad haben.] die haben, die fahren lernen. *T* **2283** Die] *Beginn Bl. 76 T* **2285** standen] lagen *T* **2285** sauber …] *in T folgt hs. gestr.* wenn man zum Beispiel von Lugano abfährt und nach Norden geht, dann halten die Leute von Breitengrad zu Breitengrad ihre Sachen immer sauberer … Sich selber? … das ist eine andere Sache. **2286** sein!»] sein …», *T* **2287** Haus;] Haus – *T* **2289** dem] das *T* **2290** Lange, lange.] Lange – lange … *T* **2300** Arme.] *in T folgt* Es hatte uns gar nicht bemerkt und rannte beinah die Prinzessin um. **2300** wie] es war, wie *T* **2303** wir hatten es] das wir *T* **2303 f** andern] *in T folgt ms. gestr.* Kind[ern] **2304** getroffen.] getroffen hatten. *T* **2308 f** sie helfen also] *in T ms. üdZ korr. aus* also helfen sie **2309** hinunter] herunter *T* **2310** und] *Beginn Bl. 77 T* **2313** gestohlen] *davor in T ms. gestr.* Esse[n] **2317** als wollte sie fortlaufen] wie wenn sie fortlaufen wollte *T* es *statt* sie *D*^{1} **2321** sonst] *in T ms. üdZ mit hs. Einweisungszeichen* **2323** ich. So] ich; so *T* **2325** begriffen] aufgenommen *T* **2329** Mutti …!»] Mutti …» *T* **2332** schluckste] schluchzte *D*^{1} **2333** Na ja,] Na ja», *T, es folgt ms. gestr.* sagte die P[rinzessin] **2333** «Hott … Hott …] *in T hs. üdZ für gestr.* «Sonn… Sonn… **2336** Haupttür] *davor in T üdZ hs. eingefügt und wieder gestr.* große **2336** geöffnet,] aufgetan, *T, es folgt hs. gestr.* die grosse Tür, **2341** Kind!] Kind? *D*^{1} **2341** tut] *Beginn Bl. 78 T* **2343** Karlchen.] *in T folgt ms. gestr.* «Wir dachten …» **2345** weggelaufen.] weggelaufen, *T, es folgt* und ich werde es bestrafen. **2347** langsam»,] langsam …», *T* **2349** Hier] *in T* Bei mir *hs. üdZ für gestr.* Hier *T (nicht ausgeführte Korr.)* **2351** habe das] habe sie *T* **2352** Bei mir] Hier *T* **2353** *mein*] *ms. unterstr. T keine Hervorhebung D*^{1} **2354** sein»] sein, dass das Ihr Haus ist» *T* **2356** herausgelaufen] heraus gelaufen *T* **2357** stand] *in T hs. üdZ für gestr.* sah ich **2359** «Du] *Beginn 18. Forts. D*^{1} **2364** Kind?»] Kind …» *T* **2365** flüstern!] flüstern – *T D*^{1} **2372** Mädchen] *Beginn Bl. 79 T* **2375** die große] *davor ms. gestr.* das *T* **2382** «Krieg] *davor in T hs. gestr.* «Gut – **2385** war] *in T folgt ms. gestr.* nun **2388** ihr leise gesagt] ihm zugetuschelt *T* **2389** sie soll] es solle *T* **2402** «Still!»] *Beginn Bl. 80 T* **2403** das] *in T folgt hs. gestr.* nun doch **2405** erregt] Erregtes *T* **2409** das» …] das», *T D*^{1} **2414** sprang] sprang immerzu *T* **2415** Der Mann schrie] *in T üdZ ms. und wieder ms. gestr.* Das Blut troff **2423** Goldschaum:] Goldschaum. *T, es folgt* Dieser trat *(es folgt hs. gestr.* hier*)* in einem legendenhaften *(ms. üdZ für gestr.* legendarischen*)* Stück auf – **2427** hereingetrieben wurden] hereinkamen *T* **2427 f** sich, faul] *Komma hs. eingefügt T* sich faul *D*^{1} **2432** Und] *Beginn Bl. 81 T* **2437** sprang. Er] sprang; er *T* **2439** die] *in T hs. üdZ für gestr.* seine **2440** dann] *in T ms. üdZ für gestr.* nun **2246** *ein*] *unterstr. T gesperrt D*^{1} **2450** Ächzen] *in T hs. üdZ für gestr.* Stöhnen *(es ist nicht eindeutig auszumachen, ob diese Änderung hs. von KT oder Lisa Matthias* *ausgeführt wurde)* **2455** Frauen,] *in T folgt* die dort sassen; **2456** einander] sich *T* **2459** hinunter] herunter *T* **2462** großer] *in T folgt hs. eingefügt Komma* **2463** Negativen] *Beginn Bl. 82 T* **2466** die langen] *in T ms. üdZ* **2466** Morgen] *in T folgt ms. gestr.* für Morgen **2474** eine] *in T folgt ms. gestr.* mit **2475** Menschen] Menschen auf *T* **2475** *ein*] *unterstr. T gesperrt* D^1 **2478** sie ... jedem] wenn sie erscheint, hat sie viele Namen, und in jedem *T* **2481** sie] sie sich *T* **2482** Stimmen,] *in T folgt hs. gestr.* zu gleicher Zeit, **2483** rufende,] *Komma in T hs. eingefügt* **2483** ertönten,] *Komma in T hs. eingefügt, es folgt hs. gestr.* mit einem Mal, **2488 f** Sand ... lagen –] Sand. um mit heissen Eisen die Körper zu versuchen, die da lagen – *T* **2491** betrogen?] *in T folgt* Hatten sie alles gegeben – auch das Leben? **2493** aufgeregt-satt] *Beginn Bl. 83 T* **2495** hatte.] *in* D^1 *folgt Absatz* **2504** Frau] *ms. korr. aus* Fraue *T* **2509** gingen.] *folgender Absatz fehlt in* D^1 **2516** hatte?] *in T hs. üdZ* hatten ... *für gestr.* haben ... **2519** Still] *Beginn 19. Forts.* D^1 **2520** das] *in T hs. üdZ für gestr.* unser **2521** Kuppeln,] Kuppeln ... *T* **2521** Birken.] Birken ... *(mit* ken *Beginn Bl. 84) T* **2524** als gingen wir auf Eis.] wie wenn wir auf Eis gingen ... *T* **2525** es war] *fehlt in T* **2529** war ...] war: D^1 **2529** wandelte] *ms. üdZ für gestr.* ging *T* **2542** die] *fehlt in T* **2544** wenn sie] die *T* **2545** jetzt] *in T hs. üdZ für gestr.* nun **2548** *ein*] *unterstr. T gesperrt* D^1 **2551** meiner] *Beginn Bl. 85 T* **2551** wurde] war *T* **2554** seins] *in T hs. üdZ für gestr.* seines **2558** erwidern] sagen *T* **2559** ock] uck *T* **2565 f** einmischen] mischen *T* **2566** wollten] wollten, *T* **2566** nur ja] *fehlt in T* **2567** Unglück,] Unglück – *T* **2567** nicht] auch nicht *T* **2572** Kind ...] *in T hs. üdZ korr. aus* Kind – **2576** benutzte] gebrauchte *T* **2582** «Wollen] «Wolln *(Beginn Bl. 86) T* **2594** Karlchen,] *in T folgt* als ihm mein Geschriebenes reichte, **2602** ihm] *in T folgt hs. gestr.* nun **2615** Karlchen] *mit* chen *Beginn Bl. 87 T* **2627** Flupp] *in T hs. korr. aus* «Flupp» **2629** viel] so viel *T* **2631** Er] Prinzessin, er *T* **2632** Nikotin, Prinzessin! Ist] Nikotin – ist *T* **2640** muß] hat *T* **2641** haben] *fehlt in T* **2644** Ja.] *fehlt in T* **2645** vergessen.»] vergessen. Ja.» *T* **2647** «Ein] *Beginn Bl. 88 T, Beginn 20. Forts.* D^1 **2648** hervorkam] *ms. üdZ und wieder gestr.* langsam *T* **2657** kleinen, hüpfenden] hüpfenden kleinen *T* **2660** lief,] *in T folgt* in der Nadel sammelte sich Staub an, und wenn die Prinzessin nicht hinsah, pustete ich ihn fort, das konnte sie nicht leiden; der **2661** Whisky, und: –] Whisky – *T* D^1 **2662** Karlchen. Und] Karlchen –, und *T* **2662** aß] *in T hs. üdZ für gestr.* probierte **2668** Menge] *in T folgt* Und dann trugen uns die Wolken bis an die Wolken – **2669 f** «For ... brisky!»] *fehlt in T* «King Salomon has threehundred wives / and that's the reason why / he always missed the morning train / kissing them all good-bye!» D^4 D^5 **2674** manchmal] einige Male *T* **2675** Hallo.] *folgender Absatz fehlt in T* **2676** gingen:]

in T folgt Absatz **2677** schreibt] *Beginn Bl. 89 T* **2681** diesmal] *fehlt in T* **2686** erschien. Und] erschien – und *T* **2696** Folgendes] *fehlt in D*[1] **2704** Freund! Das] *in T hs. korr. aus* Freund, das **2705** Symptom!] *in T hs. korr. aus* Symptom. **2706 ff** Sucht … bestimmt.] *in T umgekehrte Reihenfolge der beiden Absätze* **2712** Schade] *Beginn Bl. 90 T* **2716** Viertes Kapitel] *gesperrt und doppelt unterstr., Beginn Bl. 91 T* **2724** hinten unter] hinten, unter *D*[1] **2725** Bäumen kugelte] Bäumen, kugelte *D*[1] **2725** umher.] umher – *T* **2730** hinüber] *davor in T ms. gestr.* her **2731** Mädchen:] Mädchen – *T* **2731 f** lustig; verspielt;] lustig, verspielt, *T* **2735** Maler] *in T hs. üdZ für gestr.* Musiker **2738** kennt] *in T ms. korr. aus* kennst **2738** ihr euch eigentlich] *in T ms. üdZ für gestr.* du sie jetzt **2739** eben] *fehlt in T* **2741** mal] doch mal *T* **2745** gestrafften] merkwürdig hohen *T* **2746** Grün.] *in T folgt* Es war ein strahlender Sonnentag. (*mit* nentag *Beginn Bl. 92*) **2753 f** erst … wegen] erst, das kleine Zimmer, das uns die Frau noch ausgeräumt hat, wäre zu heiss – wegen *T* **2758** «Hübsch] «Das ist hübsch *T* **2760** dann] nun *T* **2761** jetzt] dann *T* **2764** manchmal war es silbern, aber manchmal kam es] es war silbern und kam *T* **2765** Taubenkehle – dann gurrte sie,] Taubenkehle; sie gurrte, *T* **2770** mit] *davor in T ms. gestr.* damit **2776** schön».] *Beginn Bl. 93 T* **2778** sagte die Prinzessin und reckte sich.] *in T ms. üdZ mit hs. Einweisungszeichen* **2779** deine Badehose] dein Kostüm *T* **2779** auf!»] auf.» *T* **2780** ihr das Trikot] es ihr *T* **2781** Billies] *Beginn 21. Forts. D*[1] **2781** von Natur] von der Natur *T* **2782** getönten] braungetönten *T* **2791** Knien,] *in T folgt ms. gestr.* und in die Ferne sah, **2795 ff** Die Frage … lachten.] Es war etwas so Komisches in dieser verträumten Starre und dem, was sie gesagt hatte, dass wir laut lachten. *T* **2801** Glas] Gläschen *T* **2804** atmete] fächelte *T* **2804** fächelte] kühlte *T* **2806** etwa] *fehlt in T* **2807** aber] *Beginn Bl. 94 T* **2812** wo die Takelage der] in der die Takelage *(hs. üdZ für gestr.* Montage*)* einer *T* **2814** knöpfeln] knöpfen *D*[1] **2819** «Das»] «das» *T* **2824** vielen] allen *T* **2828** ihnen.] ihnen … *T, es folgt* Wir flirteten nicht; jetzt wurde *(dahinter hs. gestr.* eben*)* geturnt. **2829 f** miteinander] *fehlt in T* **2830** gehabt] gehabt miteinander *T* **2831** fröhlich.] fröhlich … *T* **2832** ich] *in T folgt ms. gestr.* grade **2837** ja.] *Beginn Bl. 95 T* **2846** Nur] *in T hs. üdZ für gestr.* Immer **2854** Nur] Es war nur *T* **2860** japste] *in T hs. üdZ korr. aus* jappte **2860** zuweilen.] hier und da … *T* **2870** 2] *Beginn Bl. 96 T* **2873** muß sie] sie *fehlt in T* **2875** Aber] *fehlt in T* **2882** in manchen plattdeutschen Ecken] *fehlt in T* **2883** woher] wo *T* **2883** stammen] herrühren *T* **2884** dachte] *in T hs. üdZ für gestr.* musste **2885** daran] *in T folgt hs. gestr.* denken **2886** Portal-Angst] Portalangst *T D*[1] **2887** in] *in T hs. üdZ eingefügt* **2888** hineinzugehn] hineingehn zu müssen *T* **2888** schließlich] *in T folgt hs. gestr.* hinein **2889** wittern] *in T ms. üdZ für gestr.* riechen **2890** wittern] *in T ms. üdZ für gestr.* riechen **2891** Zwanzig Jahre hat das] Das hat zwanzig Jahre *T* **2892** die Sache] das *T* **2895** Und] *Beginn 22. Forts. D^1* **2895** da] da also *T* **2897** Knusperhexe, dann: ich] *in T folgt* aber knusprig war diese nun gar nicht; dann: Ich **2899** muß] muss in Gedanken *T* **2900** vor] *Beginn Bl. 97 T* **2900** in Gedanken] *fehlt in T* **2902 f** in Ordnung] *davor in T hs. gestr.* es war alles **2905** still! Sonst] still – sonst *T* **2925** gern mit Billie] *in T mit hs. Umstellungszeichen korr., aber nicht in D^1 und D^2 ausgeführt* mit Billie gern **2926** natürlich.] natürlich … *T* **2927** rief] sagte *T* **2927** Zeigt] Zeig *T* **2928** sie] Billie *T* **2930** Da lag] *in T ms. üdZ für gestr.* Es war **2932** zugedeckt.] *Beginn Bl. 98 T* **2935** laß] lasse *T* **2935** greifst] *in T hs. üdZ für gestr.* packst **2942** der] der eine *T* **2944** genommen.] genommen, *T, es folgt* und wir gingen froh miteinander. **2946** legen] machen *T* **2947** ein] *fehlt in T* **2947 f** unvermittelt.] *in T folgt* Billies Körper straffte sich. **2957** wohl] *in T hs. üdZ für gestr.* offenbar **2958** sich] sich der Tür *T* **2960** offenbar] *mit* bar *Beginn Bl. 99 T* **2961** sprechen zu können] zu sprechen *T* **2962** sie Zeit] *in T üdZ ms. gestr.* grade **2964** mal …»] *in T folgt* Und ging schnell davon und liess uns warten. **2967** Königsbilder] *in T folgt hs. gestr.* oder so etwas. **2973** voran] vor *T* **2974** Tische und viele] Tische, viele *T* **2978** leider nicht] *davor in T ms. gestr.* nic[ht] **2991** meine] *Beginn Bl. 100 T* **2991** Was ist das? Wer] was ist das … wer *T* **2995** klar] verständlich *T* **3003 f** Die … Tag!»] «Sag mal Guten Tag!» die Stimme der Adriani *T* **3005** wie] von *T* **3006** Kind.] Kind; *T, es folgt* ihre Blicke bohrten sich in das Gesicht der Sprechenden. **3021** sich] *Beginn Bl. 101 T* **3025** «Du] *Beginn 23. Forts. D^1* **3033** nichts mehr] *in T ms. üdZ mit hs. Einweisungszeichen für ms. gestr.* nicht mehr **3034 f** hat nur das Kind auszubaden.] badet nur das Kind aus. *T* **3048** Haustür] *in T ms. üdZ für gestr.* Tür **3052** schwach.] *Beginn Bl. 102 T* **3054** Gebrüll; man] Gebrüll, *T, üdZ ms. und wieder gestr.* und **3055** dort] *fehlt in T* **3057** alle Mal] allemal D^1 **3057** Besuche!] Besuche … *T* **3057** sich] sich doch *T* **3059** laut.] laut, *T, es folgt gestr.* und ich hatte mächtige Mühe, mir das Lachen zu verbeissen. **3063** ja] *fehlt in T* **3065** werden wir] wir werden *T* **3070** Das fand ich] *in T ms. korr. aus* Ich fand das **3076** da? Wir] da – wir *T* **3080 f** Erdfalte] *Beginn Bl. 103 T* **3086** Affentanz-Schule] Affentanzschule D^1 **3087** ja] *fehlt in D^1* **3093** Vielleicht, weil] Das kam vielleicht daher, dass *T* **3097** mir] *in T folgt ms. gestr.* das **3099 f** machten … Kinderheim.] wählten einen Weg, der uns nicht am Kinderheim vorbeiführte. *T* **3107** Billie] *davor in T ms. gestr.* Sie **3110** unterhielten] *davor in T ms. gestr.* schwatzt (*mit* hielten *Beginn Bl. 104) T* **3112** herziehen.] herziehen … *T, es folgt* nein, das taten sie nicht ausschliesslich, sie nahmen einfach die zweihundert Menschen vor, die jeder von uns kennt. **3116** sei] sein könne

T **3120f** war, nichts] war: nichts *T* **3126** eine Tanzende:] wenn eine tanzt – *T* **3126f** eigentümliche] *davor ms. gestr.* som[?] *T* **3134** Friedhof! Doch,] Friedhof … doch … *T* **3134** wir] *davor in T ms. gestr.* das **3138** See] Ostsee *T* **3139** Nun waren wir] *davor in T hs. gestr.* Da waren wir, *(mit* wir *Beginn Bl. 105)* **3142** Gräbern auf der einen Seite.] Gräbern, die seinen linken Teil ausmachten. *T* **3142** andern] andern Seite *T* **3147** «Welche] *Beginn 24. Forts. D'* **3147f** aufgeschrieben. Achtzehnte] aufgeschrieben … achtzehnte *T* **3150** Da] Wirklich, das *T* **3151f** WILHELM … GESTORBEN …] *in T auf einer Zeile* **3154** sprach.] *in T folgt* Wie vielen Menschen unsrer Zeit sagen mir die Kirchhöfe nicht viel. Mich überkommt die Erinnerung an einen Gestorbenen unabhängig *(davor ms. gestr.* ohne Ankündigung,*)* von Ort und Zeit – *(dahinter hs. gestr.* abends um acht Uhr am Arbeitstisch,*)* und das ist dann eine echte Trauer. Von Beerdigungen will ich schon gar nicht sprechen, diesen halb barbarischen Zeremonien, in denen Steifheit, Verlegenheit, gespielte Trauer und wahre Trauer, komische Cylinder und gefrorene Peinlichkeit sich *(ms. üdZ mit hs. Einweisungszeichen)* kreuzend durcheinandergehn … Aber **3154** Ob] ob *T* **3156** Wilhelm Collin] WILHELM COLLIN *T D'* **3158** sollen …] *in T folgt* ich schäme mich nicht, es zu sagen: mir wurden die Augen nass. **3162** Prinzessin] *Beginn Bl. 106 T* **3163** als] *in T hs. üdZ für gestr.* da **3169** uns] uns gemeinsam *T* **3173** wären] *davor in T ms. gestr.* sind **3176** zusähe.] zusähe … *T* **3179** schwarz-braune] schwarzbraune *D'* **3180** vielleicht] und vielleicht *T* **3185** gepanscht] gepantscht *D'* **3194** entrüstet] *mit* tet *Beginn Bl. 107 T* **3197** deer] deet *D'* **3200** faul] *in T folgt ms. gestr.* und **3200** so] *fehlt in D'* **3204** Eben] Immer *D'* **3206** mir] *in T hs. üdZ eingefügt* **3211** dann!] dann – *T* **3216** Prinzessin.] *in T folgt hs. gestr.* «He?» – **3220** lange, bis …] lange … *T* **3226** Man] *Beginn Bl. 108 T* **3226** hörte … surren.] hörte, wie es in der Menbrane leise surrte. *T* **3228** läuft] *in T hs. üdZ für gestr.* tönt **3232** deutlich, aber] *hs. üdZ für* deutlich eine *T* deutlich aber *D'* **3234** geschrieben? Wie] geschrieben – wie *T* **3236** Gottes –] *in T ms. korr. aus* Gotteswi[llen] **3236** Nein, mit] Nein, das Kind ist mit *T* **3237** ist das Kind] *fehlt in T* **3237** schreibe] berichte *T* **3238** ausführlich] schriftlich *T* **3252** Frau: sonst wird sie das Kind nicht] Frau – sie wird das Kind dann nicht *T* **3253** also] *in T hs. üdZ eingefügt* **3259** da] *Beginn Bl. 109 T* **3262** mir] mir da *T* **3264f** verbindliche] *in T hs. korr. in* verbindliches **3267** Gottseidank] Gott sei dank *D'* **3269** sie] *in T folgt hs. gestr.* denn nun **3270** mehr bei der Sache] beteiligter *T* **3274** Dienstag.] Dienstag … *T* **3274** In] Na, in *T* **3284** Billie, und ihre] Billie – ihre *T* **3285** fällt …] *in T hs. üdZ für gestr.* fiele … **3286** Prinzessin.] *in T folgt* Das war eine gemeinsame Freundin. **3290** sage] *Beginn Bl. 110 T* **3295f** wurde … sah.] entfaltete sich wie eine Blume. *T*

3296 blickte] sah *T* **3296f** wohlgefällig] *in T folgt ms. gestr.* an **3299** Frau. Löst] Frau», sagte ich. «Löst *T* **3300** Rätsel!] Rätsel. *T* **3305** So, das] So – das *T* **3306** hier] *fehlt in D*[1] **3309** Spruch?] Spruch: *T* **3313** und] *in T ms. udZ für gestr.* ich **3313** tief:] *hs. korr. aus* tief – *T, es folgt hs. gestr.* in diesem Augenblick wusste ich: **3315f** ja, damals,] Ja, damals … *T* ja, ja damals, *D*[1] **3320** geraten] ausgebrochen *T* **3320** Kirchengeschichte] *mit* chengeschichte *Beginn Bl. 111 T* **3321** irgend einen] irgendeinen *D*[1] **3324** hat] hatte *T* **3325** Löst] *in T hs. üdZ für gestr.* Macht **3326** «Billie] *Beginn 25. Forts. D*[1] **3327** Kemenate] Kemmenate *T* **3329** sie] Billie *T* **3330** Kleinigkeiten] *fehlt in T* **3332** wirklich] *in T hs. üdZ eingefügt* **3337** abgeblendeten] hellen *T* **3337** Lampen,] *in T folgt* wir hatten alles angezündet, was es nur anzuzünden gab … **3339** schlafen] *in T hs. üdZ für gestr.* zu Bett **3340** offen] auf *T* **3348** meinem:] meinem – *T* **3350** ruhig] *mit* hig *Beginn Bl. 112 T* **3356** zwei] *in T ms. üdZ für gestr.* einer **3357f** Parfum] Parfüm *(so auch Z. 3352 und 3353) D*[1] **3358f** «arbeitete»] «arbeitet» *D*[1] **3360** für] *in T ms. üdZ mit hs. Einweisungszeichen* **3360** ausgewählt.] ausgewählt, *T, es folgt* nicht jedes Parfum wird von jeder Haut angenommen. **3375** Die Prinzessin:] *in T ms. üdZ mit hs. Einweisungszeichen* **3382** Silbenrätseln] *Beginn Bl. 113 T* **3385** nichts] nicht *T* **3387** zur Prinzessin] *in T ms. üdZ für gestr.* ans Bett der **3396** Ferkel!] Ferkel. *T* **3399** Prinzessin. Und] *in T ms. korr. aus* Prinzessin, und **3400ff** Billie … rund.] *fehlt in T* **3402** Babybild] Baby *D*[1] **3414f** Wärme] *Beginn Bl. 114 T* **3415** Lydias] *in T folgt* durch das Pyjama **3415f** hinunter] herunter *T* **3419** waren: ich] waren; ich *D*[1] **3420f** Billie … Billie.] *fehlt in T* **3423** Wenn Bienen] Wenn die Bienen *T* **3425** wenig, und die] wenig – die *T* **3431** sie mich] mich sie *T* **3435** Als] *Beginn 26. Forts. D*[1] **3436** Spiel, kindliche Neugier,] Spiel – kindliche Neugier … *T* **3446** hatte] hätte *T* **3446f** Schlitten] *Beginn Bl. 115 T* **3447** niederdrückt] nieder *ms. üdZ mit hs. Einweisungszeichen T* **3448** aufhebt] auf *in T ms. üdZ mit hs. Einweisungszeichen* **3450** wir] und wir *T* **3459** heute] wie heute *T* **3464** Am … Schein.] *fehlt in T* **3466** der Frauen] beider *T* **3468** Parfum] Parfüm *D*[1] **3473** Ich legte] Nun hatte drüben eine Hand den Riegel vorgeschoben, und ich legte *T* **3480** hinein.] *Beginn Bl. 116 T* **3481** sah] *davor in T hs. gestr.* lag da und **3482** lag] *in T ms. üdZ mit hs. Einweisungszeichen* **3488** Fünftes Kapitel] *gesperrt und doppelt unterstr.; Beginn Bl. 117 T* **3492** 1] *fehlt in T* **3494** gesättigt und windstill] gesättigt, windstill *D*[1] **3494** Seeufer] See *T* **3496** gluckste] gluckerte *T* **3498** trockneten] trocknete *T* **3501** Tropfen] Feuchtigkeit *T* **3499** in der Luft] der Wind *T* **3502** wollten,] *in T folgt* konnte sie am Abschiedstag vom heutigen Tag sagen: **3502** so war heute] es war *T* **3504** ich.] *in T folgt* Sie: das war Billie. **3505** Uhr:] Uhr. *T* **3509f** keinen Schatten] keine Flecke *T*

D[1] **3510** Gottseidank] Gott sei Dank *D*[1] **3514** Die] *in T hs. korr. aus* Ja, die **3515** unser] *in T hs. üdZ für gestr.* der **3518 f** repräsentierst] *mit* tierst *Beginn Bl. 118 T* **3519** als ob] wie wenn *T* **3526** zusammen.] *in T folgt nach Absatz* «Du hast alles –», sagte sie, «sogar mich!» **3528** warten!] *hs. korr. aus* warten, Alte! *T* **3532** Ja?] Wollen wir? *T* **3537** pustete] prustete *D*[1] **3541** Bein.] *in T folgt* Ich strampelte. **3542** denkt,] denkt: *T* **3543** sehen! Diese] sehen – Diese *T* **3544** dir,] *in T hs. korr. aus* dir: *üdZ hs. eingefügt* Alte **3544** schreibt! Nie] schreibt – nie *T* **3546** um deine] Um deine *D*[1] **3546** um meine] Um meine *D*[1] **3547** «Solang] *Beginn 27. Folge D*[1] **3549** kommt] *Beginn Bl. 119 T* **3551** aber] auch *D*[1] **3558** da] *in T folgt ms. gestr.* für **3558** ist ...»] *in T folgt* ist ... Aber es wird ihm sicherlich auch da *(mit Umstellungszeichen korr. aus* auch da sicherlich*)* was Geschäftliches einfallen ... Und vielleicht braucht er dann eine Sekretärin?» – **3563** die] *in T hs. üdZ eingefügt* **3565** brauchten.] *in T folgt hs. gestr.* Ich reckte mich. **3574** anzeigte.] vermuten liess. *T, es folgt hs. gestr.* man wittert das: da ist etwas los! **3577** «Da] *Beginn Bl. 120 T* **3584** sah] *in T folgt ms. gestr.* zerr **3594** gewesen.] *in T folgt ms. gestr.* Das kam bruchstückweise ans Licht. **3595** sah] sah immerzu *T* **3601** Der kleine Gegenstand] *in T ms. üdZ mit hs. Einweisungszeichen für gestr.* Das Kind **3605** vor ihm Cakes] Cakes vor ihm *T* **3608** «So] *Beginn Bl. 121 T* **3611** ich] *davor in T ms. gestr.* die **3614** schwedisch] *hs. korr. zu* Schwedisch *(nicht ausgeführte Korr.) T* **3614** gradewohl] Gratewohl *D*[1] **3618** es] sie *T* **3619** Kind!] Kind ... *T* **3619** es] sie *T* **3620** es] sie *T* **3622** Das haben Sie] Sie haben das *T, es folgt ms. gestr.* Kin[d] **3631** in Gripsholm] *in T hs. üdZ eingefügt* **3632** es] sie *T* **3633** fängt] geht *T* **3633** dem kleinen] *davor in T ms. gestr.* der Kleinen!» Das **3638** mit?»] *in T hs. korr. aus* mit hierher»? **3639** zu.] *Beginn Bl. 122 T* **3639** weinete, Er] weinete – er *T* **3644** noch] *fehlt in T* **3645** Weilchen!] Weilchen. *T* **3645 f** murrend] *fehlt in T* **3646** Französischen] Französisch *D*[1] **3648** hebb?»] *in T folgt* murrte sie. **3653 f** der ... Arm] dem Kind leise meinen Arm *T, durch Umstellungszeichen korr. aus* leise meinen Arm dem Kind *(*meinen *ms. korr. aus* meine *es folgt ms. gestr.* Hand*)* **3656** war] *in T ms. üdZ für gestr.* stand **3657** Frau] *Beginn 28. Forts. D*[1] **3663** an:] an. *T* **3663 f** Nachher ... uns!] Wir sprechen uns nachher! *T* **3667 ff** Komm ... schauerte zusammen.] *fehlt in T* **3676** sie ... Profil.] Sie sprach gewissermaßen im Profil – sie sprach so falsch-eindringlich in das Kind hinein, aber ihre Stimme wusste sich gehört. *D*[1] **3679** sagen!»] *Beginn Bl. 123 T* **3682** es] es mir *D*[1] **3684** warte ...»] *in T folgt ms. gestr.* «Also? **3686** Hm.] *fehlt in D*[1] **3689** mir bitte eine] mir, bitte, eine *D*[1] **3698** Das wollten Sie mir sagen?»] Ist es das, was Sie mir sagen wollten?» *T* **3709** von uns] *davor in T ms. gestr.* wieder zu dem K[ind] **3710** Ich] ich *T, davor* Man denkt ja so schnell: **3711** in] *davor in T hs. gestr.* wohl **3711** Gewalt] *mit* walt *Beginn Bl. 124 T* **3713** was] *in T folgt hs. gestr.* wohl **3715** packte] *in T ms. üdZ für gestr.* griff **3717** Seite.] Seite, *T, es folgt* wie eine Bilderbuchfrau. **3726 f** Die Unterschrift ist beglaubigt.»] *in T hs. üdZ eingefügt T (alR hat Lisa Matthias vermerkt* «geändert auf meinen Rat hin»; *dies ist der einzige Vermerk dieser Art von Lisa Matthias in T)* **3730** diesen verwahrlosten Balg] dieses verwahrloste *T, es folgt* Balg *ms. üdZ für ms. gestr.* Geschöpf **3730** gekümmert! Dafür] bekümmert – dafür *T D^1* **3731** *Sie*] *unterstr. T keine Hervorhebung D^1* **3734 f** lassen … übergeben.] lassen, und Sie übergeben mir die Rechnung. *T* **3735 f** Dafür … Scheck] Ich werde Ihnen gegen Quittung diesen Scheck geben. *T* **3741** muß … werden] wird bis zum Quartalsende ausgezahlt *T* **3743** zusammenstellen] *Beginn Bl. 125 T* **3744** entzweigegangen] zerbrochen *T* **3752** Adriani] *versehentlich* Collin *T* **3754** ging.] *in T und D^1 folgt* Wir sahen uns an. **3754** Die Prinzessin] Ich *T* **3754 f** Die Frau] Sie *T D^1* **3765** Sie] *in T hs. üdZ für gestr.* Die Frau *Beginn 29. Forts. D^1* **3770 f** als … sich.] wie wenn sie ein exotisches Fabeltier wäre. *T* **3773** was] *in T hs. üdZ für gestr.* das **3774** herauskam] *Beginn Bl. 126 T* **3782** Scheißbande!» brüllte] Scheisse!» sagte *T* Dreckbande!» sagte *D^1* **3789** wir] *in T folgt ms. gestr.* wohl *(darüber noch einmal hs.* wohl *und wieder gestr.)* **3791** ihre] *in T ms. üdZ für gestr.* die **3795** zu ihnen etwas] etwas zu ihnen *T* **3795** schwedisch] Schwedisch *D^1* **3798** Keines] Keine *T* **3799** Adas; die] *in T ms. üdZ für gestr.* der Kleinen, *T* **3800** kleinen] *in T hs. üdZ eingefügt* **3803** ihn bitte] ihn, bitte *D^1* **3806** Zimmer.] *Beginn Bl. 127 T* **3812** an] *in T ms. korr. aus* lan[g] **3814 f** öffnete sich mir] sah ich in *T* **3816 ff** Durch … Repetatur!] *fehlt in D^1* **3824** solch] so *T* **3824** unerwarteter] unverwarteter *T* **3824** Aufstand.] *in T folgt ms. gestr.* Spartakus **3825** viele] viel *T* **3829** hielt] *in T folgt ms. gestr.* immer noch **3830** sah] sah einmal *T* **3833** helfen –] *in T ms. üdZ für gestr.* behilflich **3835** Ich … aufatmen.] Es fühlte wohl: Freiheit *T D^1* (auf wohl: *folgt in T* nun käme es heraus *rechts daneben hs.* Freiheit) **3837** Feuerzange] *mit* zange *Beginn Bl. 128 T* **3846** Die] *davor in T ms. gestr.* Hinter **3864** für] *fehlt in T* **3866** Wenn man umzieht,] *hs. üdZ eingefügt T* **3866 f** ziehen die Sorgen nach.] *durch Umstellungszeichen korr. aus* die Sorgen ziehen nach *T, es folgt hs. gestr.* wenn man umzieht *(Beginn Bl. 129) ungestr. folgt* – denn es ist etwas andres, ob man nur vorübergehend in Gripsholm wohnt oder für immer. **3868** dich] einen *T* **3871** erwiderte] *davor ms. gestr.* sagte *T* **3872** Schön? Ja, für] Schön – ja. Für *T* **3877** Wein,] Wein … *T* **3877** Liebe! Noch] Liebe – noch *T* **3880** «Heute] *Beginn Schluß D^1* **3883** «du] *davor in T ms. gestr.* «als **3886** weg] fort *T* **3889** Her.] *in T folgt* Und teilte jedem eine Gabe … **3890** an die] *in T ms. üdZ für gestr.* bei der **3896** Sie] *Beginn Bl. 130 T* **3900** überhaupt] gar nicht *T* **3901** merkte, es] merkte: es *T* **3903** das Blatt vom Kalender;] der grosse dicke Kalender mit den vielen Blättern, der nie enden wollte; *T* **3904** dauernden] immerwährenden *T* **3913** darüber] *fehlt in T D*[1] **3917 ff** Berlin … sicher.] *in T Sätze in umgekehrter Reihenfolge* **3919** erholt!] erholt. *T* **3919 f** Was möchtest du denn?»] Ja, mein Kind, du musst mal!» *T* **3920 ff** Das Kind … hinieden.] *fehlt in T* **3920** paar Mal] paarmal *D*[1] **3948 f** es … hienieden.] das ist ein Pleonasmus. *D*[1] **3951** Winde] Seewind *T* **3953** Ein] *in T folgt ms. gestr.* Vergnügungs **3955** alle Kajüten] alle *in T hs. üdZ für gestr.* die **3957** Whatever] What ever *Beginn Bl. 131 T* **3958** heart] *in T hs. üdZ für gestr.* hart **3962** und] *fehlt in T* **3963** das große] *davor in T ms. gestr.* der grosse **3963** Schiff] *davor in T ms. gestr.* hochmastige **3964 f** nicht die Reeder in ihren Büros] nicht die Heizer an den Kesseln *T* **3967** gibt] gübe [gäbe] *T* **3969** Whatever] What ever *T* **3970** heart] *in T hs. üdZ für gestr.* hart **3971** mit] *in T folgt hs. gestr.* ihm mit **3975** Wir … Die] *zunächst ohne Absatz an vorhergehenden Text angefügt, dann ms. gestr. und in neuer, eingerückter Zeile wiederholt T* **3982** Karlchen] *in T hs. üdZ für gestr.* Billie **3983** Billie] *in T hs. üdZ für gestr.* Karlchen **3984** die] *in T ms. üdZ für gestr.* Frau **3988** Ich] *Beginn Bl. 132 T* **3990** holsteinische] friesische *D*[4] *D*[5] **3991** gezerrt] gezogen *T* **3993** die Obstbretter und den Wandschrank, und] *fehlt in T* **3995** trotzig] *davor in T ms. gestr.* und **4002** et] es *D*[4] *D*[5] **4002** ga] goh *D*[4] *D*[5] **4002** unse olen Dage] unsre ohlen Tage *D*[4] *D*[5]

Entstehung

Die Entstehung des Romans muß in Verbindung mit KTs Übersiedlung nach Schweden im Frühjahr 1929 gesehen werden. KT faßte, nachdem er Paris als Wohnort aufgegeben hatte, den Entschluß, Schweden zu seinem neuen Lebens- und Arbeitssitz zu machen. Im April reisten er und seine damalige Lebensgefährtin Lisa Matthias mit dem Auto nach Schweden (vgl. dazu Matthias 1962, 164 ff), um ein Haus für die Sommermonate zu mieten. Im südlich von Mariefred und Schloß Gripsholm am Mälarsee gelegenen Weiler Läggesta bei Hedlandet fanden sie eine möblierte Villa mit Blick auf See und Schloß. Lisa Matthias blieb bis Anfang Mai, kam jedoch nochmals im August, um KT bei der Suche nach einer dauerhaften Bleibe behilflich zu sein; er fand sie schließlich im Oktober 1930 in Hindås bei Göteborg. Hier arbeitete er bis zum Jahresende an der Niederschrift seines Romans. Als Lisa Matthias am 26.12. in Hindås eintraf, gab ihr KT das fertige Typoskript zu lesen.

Zwar war KT während der Monate, die er in Läggesta verbrachte, mit anderen Projekten beschäftigt, insbesondere mit seinem Photo-Text-Band

‹Deutschland Deutschland über alles›, der im August 1929 erschien; doch einem Brief an MT ist zu entnehmen, daß er sich bereits im Sommer 1929 mit dem Plan trug, einen Roman zu schreiben. Am 16.6.1929 schrieb KT (UuL, 522). «Ferne sey es von mir, einen Roman zu schreiben – ich weiß keinen. Mal abwarten.» Berücksichtigt man zudem Lisa Matthias' Aussage, KT habe ihr gegenüber nie ein Geheimnis daraus gemacht, «daß Rowohlt ihn schon seit langem um ein Buch ‹à la Rheinsberg› gebeten hatte» (Matthias 1962, 233) – so darf davon ausgegangen werden, daß KT und Rowohlt bereits 1929 über einen Roman gesprochen haben und der Entschluß, einen solchen zu schreiben, auf eine Anregung des Verlegers zurückzuführen ist. Eine Äußerung KTs MT gegenüber erhärtet diese Annahme: «Na, Ei ... ausbrüten ... das dauert wohl. Ich weiß noch nicht», heißt es in einem Brief an MT vom 9.2.1930; UuL, 529). Auch die einleitenden Worte, die sein Freund Walter Hasenclever seiner Buchrezension voranstellte, legt diese Vermutung nahe: «Eigentlich ist unser alter Verleger Ernst Rowohlt daran schuld, der als Ameisenbär zu den beiden Raubtieren [Tiger und Panther] schlich und sagte, sie müßten mal was besseres machen, als immer am Knochen der deutschen Politik nagen.» (‹Eine Sommerreise gratis›, B.Z. am Mittag 2.7.1931). Doch erst am 10. Dezember unterschrieb KT den Verlagsvertrag mit Rowohlt (DLA), in dem festgelegt wurde, daß er bis zum 15.1.1931 eine «kleine Geschichte» bzw. das «druckfertige Manuskript», abzuliefern habe, «ca 10 Bogen à 16 (sechzehn) Seiten»; Rowohlt sicherte im Gegenzug zu, das Buch bis zum 1.3.1931 in den Handel zu bringen.

KT hatte im Herbst 1930 mit der Arbeit an SG begonnen. Mitte Oktober vermeldete er Walter Hasenclever (15.10.1930; AB, 244): «Ich selbst habe mich in allerlei Arbeiten gefangen, da sitze ich nun und schaffe Menschen nach seinem Ebenbilde, und so sind sie denn auch.» Zum Jahresende saß er an der Überarbeitung, wie sich einem Brief an Marierose Fuchs vom 27.12.1930 (BK, 65) entnehmen läßt: «Ich sitze aber noch in der Stille und bebrüte ein kleines Ei. Das ist bald da, und wenn der Vogel heraus ist, im Frühjahr, werde ich anfangen, zu reisen.» Neben diesen brieflichen Äußerungen gibt auch die von KT am 1.10.1930 angelegte Mappe «Schloß Gripsholm» genauen Aufschluß über den Entstehungszeitraum und die einzelnen Arbeitsgänge des Verfassers. Danach war das Typoskript am 31.12.1930 abgeschlossen (s. «Überlieferung»).

Am 18.1.1931 (AB, 311) schrieb KT an seinen Bruder Fritz Tucholsky: «Nach der Fertigstellung des kleinen Buches, dessen Korrekturen mir noch drohen +++, habe ich etwas pausiert, und nun gehts wieder los.» Ende Februar 1931 saß KT dann über den Korrekturarbeiten an SG,

Marierose Fuchs gegenüber äußerte er am 21.2.1931 (BK, 66): «Ich hatte zwar keine Masern, wohl aber eine weitaus schlimmere Krankheit: die Korrekturitis, und das ist ... na, lassen wir das. Es wird ein kleines Dingelchen, und Sie bekommen es dann. Viel Mühe macht solches Kind. Passons.» Noch im März war KT mit der Überarbeitung des Romans beschäftigt, in einem Brief an Marierose Fuchs vom 18.3.1931 heißt es: «Das kleine Büchlein bekommen Sie, wenns da ist – [...].» Aus einem Brief an Fritz Tucholsky wissen wir, daß das Buch spätestens am 6.4.1931 in Druck gegangen ist (vgl. KT an Fritz Tucholsky, 6.4.1931; AB, 312).
Wenngleich KT also nur knapp drei Monate von Oktober bis Dezember an seinem Roman geschrieben hat, so bezeichnete er dessen Entstehung doch als «eine schrecklich langwierige Arbeit» (Brief an Herbert Moll, 1.9.1931; AB 2, 189) und «Schinderei» (Brief an Marierose Fuchs, 5.5.1931; BK, 72). Wiederholt hob er insbesondere die Kürzungsarbeiten und Streichungen, seine «Korrekturitis» (Brief an Marierose Fuchs, 21.2.1931; BK, 66), als äußerst mühevoll und aufwendig hervor. Seinen Äußerungen Alfred Stern gegenüber ist zu entnehmen, daß es KT vornehmlich auf die straffe Erzählform und eine reduzierte Ausdrucksweise ankam. «In den langen Wintermonaten, in denen ich mich mit ‹Gripsholm› beschäftigt habe», schreibt er am 6.5.1931 an Alfred Stern (AB, 214) «hat mir nichts so viel Mühe gemacht, wie diesen *Ton* des wahren Erlebnisses zu finden. [...] Beschränkung als Kunstmaxime. Wenns am schönsten schmeckt, soll man aufhören. Man muß, sozusagen, den Rahmen richtig setzen, der das Bild gut abschneidet – fast alle Autoren schreiben zu lang. Ich habe von S.J. die Kunst des Streichens gelernt – und ein halber Blaustift bei Gripsholm ist drauf gegangen.» Das Ziel einer gestrafften Erzählkunst vor Augen hat er SG «vier Mal geschrieben, und jedesmal wurde es kürzer.» Auch Rudolf Leonhard gegenüber erwähnte KT, er habe seinen Roman, «damit er ganz, ganz leicht und luftig wird, 4 (vier) Mal aufgemalt» (31.7.1931; AB 2, 35).
Auch die nach Erscheinen des Buchs getroffenen Aussagen indizieren, welch großen Wert KT auf eine knappe Erzählweise legte. Sein erklärtes Ziel war eine durch «Leichtigkeit» gekennzeichnete Sprache sowie die Vermeidung von deutschem «Tief» und inhaltlicher Überladenheit (an Marierose Fuchs, 13.6.1931; BK, 74). Dementsprechend wehrte er sich ausdrücklich gegen den Vorwurf, das Buch sei «heruntergehauen»: «Das [Pyrenäenbuch] ist nun wirklich ‹heruntergehauen›, etwas, was manche Dummköpfe von Gripsholm behaupten, weil sie nicht wissen, was Leichtigkeit ist, und daß man nicht unbedingt schwitzen muß, wenn man Literatur macht [...].» (an Marierose Fuchs, 4.7.1931; BK, 76). Marierose Fuchs

gegenüber bekannte er in dem Brief vom 13.6.1931 (BK, 74): «Gripsholm: nein, viel Substanz hat das nicht. Mir scheint es nun ein Hauptvorzug einer Omelette soufflée zu sein, möglichst wenig Substanz zu haben, und Rinderbraten stand nicht auf der Speisekarte. Leichtigkeit, das ist im deutschen ein Vorwurf für den Autor. Tief ... tief mußte sein. Ach, ist das ein verbogenes Land. Aber das klingt nun so, wie der Seufzer eines mißverstandenen Genies, und ich weiß so genau, wie klein mein Talent ist. Damit hat das garnichts zu tun. Ich habe auch keineswegs den Eindruck, nun eine gewaltige Sache geleistet zu haben. Das war eine Fingerübung [...].»

Wirkung

Zwar behauptete Rowohlt KT gegenüber, er müsse sich bezüglich SG «durchwinden» (Brief an MT 4.7.1931; UuL, 533); doch die Verkaufszahlen sprechen eine andere Sprache. Die «Geschichte eines Sommerurlaubs», so der ursprünglich vorgesehene Untertitel des Romans (s. «Überlieferung»), wurde einer der größten Buch- und Publikumserfolge KTs. Die Erstauflage stellte alle bisherigen Verkaufszahlen seiner früheren Bücher in den Schatten, bereits 1932 ging SG in die 4. Aufl. (41.–50. Tsd.). Dem großen Verkaufserfolg ging eine durchweg positive Aufnahme des Romans in der Presse voraus, wobei allerdings die linkskommunistische Kritik angesichts eines in ihren Augen unpolitischen Buchs weitgehend auf eine differenzierte Auseinandersetzung verzichtete (Abdr. zahlreicher Rezensionen bis 1933 in der Broschüre ‹Kurt Tucholsky. Schloß Gripsholm›, hg. von der Kurt-Tucholsky-Gesellschaft e.V., Berlin 1994, 53–73). Weiterhin dürfte die Tatsache, daß KT ein politisch denkender, links stehender Schriftsteller war, für die Rezeption nicht unwichtig gewesen sein. Zu Anfang der dreißiger Jahre galt er nicht gerade als der Autor, dem man einen wenn nicht unpolitischen, so doch über weite Strecken aktuelle politische Geschehnisse ausklammernden Roman zugetraut hätte. Doch ungeachtet dieser Faktoren waren vor allem in den Monaten Mai bis August 1931 knapp zwei Dutzend überwiegend zustimmende Rezensionen zu verzeichnen, wirkliche Verrisse gab es nicht, was angesichts der empörten Reaktion vieler Kritiker auf KTs zwei Jahre zuvor publiziertes ‹Deutschland›-Buch doch erstaunte. Auch im Ausland wurde der Roman wohlwollend aufgenommen, es erschienen Rezensionen in schweizerischen, englischen, schwedischen, dänischen und polnischen Zeitschriften. Daß es trotz des positiven Echos zu Lebzeiten KTs nicht zu Übersetzungen kam, hatte weniger mit der mangelnden Rezeption als mit der sich ausbreitenden Weltwirtschaftskrise zu tun.

Entgegen den Ankündigungen des Verlags und den Urteilen vieler Rezen-

senten, wollte KT seinen Roman nicht als ein «Reisebuch» verstanden wissen: «das hat sich der Verlag [...] ausgedacht», schrieb er an Marierose Fuchs (18.3.1931; BK, 71); verständlicherweise war KT zudem mit der Aufnahme seines Werks nicht recht zufrieden, wurde sein Roman doch sehr einseitig als eine unbeschwerte Urlaubs-, Sommer- und Liebesgeschichte rezipiert, ein Rezensent bezeichnete ihn gar als «Kitsch» und «Courths-Mahler für Gebildete» (L.A., Hofer Anzeiger 19.11.1931). Immer wieder verwies man auf die Parallelität zu KTs 1913 entstandenem Roman ‹Rheinsberg›, man fand allerdings das neue Werk nicht ganz «so unmittelbar und so unbekümmert» (Hi., BT 12.7.1931, M). Vornehmlich wurde die «Heiterkeit» und «Leichtigkeit» der Geschichte gelobt (Walther Victor, Sächsisches Volksblatt [Zwickau] 3.5.1931), man besprach das Buch als die «freundliche Geschichte eines Urlaubers» (Die Frechheit, Juli 1931), als «geruhsame Strandbad-» bzw. «Freiluftlektüre [...] voller Problemlosigkeit, voll unbeschwerter Sommerstimmung» (kl., Nationalzeitung [Basel] 21.6.1931), als «eine der amüsantesten und märchenhaftesten Liebesgeschichten, die im Zeitalter der Notverordnungen geschrieben wurde» (Hasenclever, B.Z. am Mittag 2.6.1931), las es als ein «leckeres Ferien- und Sommerbuch» und «besinnliche Liebesdichtung» (Max Hermann [Neiße], Reclams Universum 2.7.1931), als «geruhsame[n] Ferienroman», «wahrhaftige Biedermeierei an Zartheit und voll liebevoller Arabesken», oder als «romantisch weltfernes Sommeridyll» (M., Der Bund [Bern], 20.5.1932); auch hob man immer wieder die «olympische Heiterkeit» des Buchs (Herbert Günther, Die Literatur, August 1931) hervor; die dem Roman inhärenten Aspekte – moderne Massentheorien, Freud-Rezeption, Verhältnis von Herrschaft, Macht und Lust, Machtstrukturen in Straf- und Fürsorgeanstalten, im übrigen nahezu ausnahmslos spezifische Themen der Aufsätze KTs – wurden hingegen kaum beachtet. Nahm man die Figur der Frau Adriani überhaupt zur Kenntnis, so bezeichnete man sie als eine «böse Hexe» und «Schloßgespenst» (Hanns Schulze, 8-Uhr-Abendblatt 19.5.1931), «böse Pensionsmama» (Friedrich Michael, Neue Leipziger Zeitung 22.5.1931) oder «harte Pensionsmutter» (L.A., Dresdner Nachrichten 25.7.1931). Wurden die Geschehnisse um das Kinderheim überhaupt erwähnt, wertete man sie in der Regel als eine «ohne weiteres zu entbehren[de] Nebenhandlung» (ebd.).
Nur wenige Rezensenten machten auf die «Tiefgründigkeit» und «weise Resignation» (H. Felkowska, Glosie Kobiet [Lwow] 8.9.1931) bzw. «Hinter- und Untergründigkeit» (kl., Nationalzeitung [Basel] 21.6.1931) des Textes aufmerksam. Im August urteilte KT angesichts des Rezeptionsverlaufs (Brief an Marierose Fuchs vom 2.8.1931; BK, 78): «Was die Leute

so über mich zusammenschreiben! Gegen Gripsholm hat einer (einer) etwas wirklich Vernünftiges geschrieben, und dann zwei Freunde in Briefen. Die haben die Mängel des Buches wirklich erkannt: wie die beiden Handlungen nicht ineinander übergehen, und wie die Leute sich stellenweise ihre eigene Klugheit abfragen.» Gemeint hat KT eine in den ‹Dresdner Nachrichten› erschienene Rezension vom 25.6.1931, in der es über SG hieß: «Sie [die Sommergeschichte] ist im guten Sinne des Wortes ‹zusammengehauen› [...].» KT bewahrte die Rezension in seinem ‹Sammelbuch für Zeitungsausschnitte aller Art› (ZAS) auf und vermerkte handschriftlich: «Der einzig gescheite Satz, der über das Buch geschrieben ist.»
Schenkten linkskommunistische Zeitschriften KTs Roman kaum Beachtung, so nahmen die Blätter der Deutschnationalen den Roman zum Anlaß, mit der Person KT abzurechnen; für die ‹Politische Wochenschrift› z.B. war das Buch das Produkt einer «Giftnudel», eines «rasende[n] Bolschewik[en], Bürger- und Kapitalistenfresser», der «in hamsunelnde[r] Weisheit» und mit «berlinisch-jüdische[r] Schnodrigkeit» «Sexualdiätik» liefere (R.F., Politische Wochenschrift 25.7.1931).
In einem Punkt jedoch stand die rechte Literaturkritik nicht allein. Auch linksbürgerliche und gemäßigt konservative Zeitungen gaben ihrem Unmut darüber Ausdruck, daß KT über Deutschland herziehe, selbst aber in der Fremde lebe. In der liberal-demokratischen Zeitschrift ‹Welt am Montag› z.B. rechnete Hans Wesemann in Zusammenhang mit seiner Besprechung des Romans mit dem in Schweden lebenden KT ab und verunglimpfte dessen Werk als das literarische Produkt eines Autors, der sich als «Emigrant» zu fühlen habe und daher jeglicher Legitimation entbehre, sich über Deutschland und die Deutschen zu äußern: «Sie sind immer dabei, aber nicht drin», lautete seine Conclusio (‹Von Rheinsberg bis Schloß Gripsholm oder: Der sterbende Schwan›, WaM 8.6.1931). Diese Haltung der WaM, deren Bezieher vornehmlich die Mitglieder des Deutschen Friedenskartells waren, blieb nicht ohne Wirkung. Auch im BT, in der Zeitung also, die KTs Roman im Vorabdruck gebracht hatte, wurde der Roman distanziert und kühl rezensiert. Man hielt es für angebracht, dem Leser mitzuteilen, daß KTs Freunde sich «ziemlich gleichgültig über die neue Sommergeschichte» äußerten und seine Feinde es ihm verübelten, «daß er, seit Jahren außerhalb des Landes, trotzdem von fernem» über Deutschland «herzieh[e]» (Hi., BT 12.7.1931, M).

Datierung

Der im Vertrag mit dem Rowohlt Verlag vorgesehene Erscheinungstermin, der 1.3.1931, konnte nicht eingehalten werden (s. «Entstehung»). Das Erscheinungsdatum läßt sich dennoch recht genau bestimmen: Eine Anzeige im ‹Börsenblatt für den deutschen Buchhandel› vom 8.4.1931 kündigte das Buch für den 1.5.1931 an. In der redaktionellen Anmerkung zum Teilabdruck in der WB vom 5.5.1931 (Td[1]) hieß es dann: «soeben im Verlag von Ernst Rowohlt, Berlin, erschienen».

Widmungen

Einige wenige Widmungsexemplare von SG sind überliefert. Ein Exemplar erhielt der frz. Übersetzer und Literaturkritiker Marcel Belvianes: «Marcel Belvianes – / Meinem besten, / weil einzigen / Übersetzer – / Tucholsky. / 1931» (KTA). In die Ausgabe Gertrude Meyers schrieb KT: «Die Seele der Frau ist / selten richtig temperiert. / (Goethe) / und / Hasenclever / und / Peter Panter / Für Monky / 193[1?]» (Privatbesitz). Die Widmung in einem dritten erhaltenen Exemplar – der Empfänger könnte der Schriftsteller und Journalist Marc Neven DuMont gewesen sein – lautet: «Die Liebe der andern … / das ist beinah so lächerlich wie / unsre eigne Liebe von vorgestern. / To the man who knows / London / in Dankbarkeit / Tucholsky. / 1931.» (Privatbesitz).

Kommentar

1 ff *Wir … Rand.*] Theodor Storm: Sämtliche Werke. Bd. 1 (Gedichte, Novellen 1848–1867). Frankfurt / M. 1987, 85. – E: 1864, es handelt sich um eines der wenigen Gedichte, dem Storm keine Überschrift beigegeben hat.

7 *IA 47 407*] Kennzeichen des Wagens von Lisa Matthias (vgl. die Abb. bei Soldenhoff 1987, 178), der KT seinen Roman gegen deren Willen widmete; diese lehnte das Buch aufgrund von dessen «Eiseskälte» und des fehlenden «Gefühl[s]» wegen ab: «Wenn mein voller Name in der Widmung vorkam, würde unser Verhältnis – dieses nun schon halb verkümmerte Verhältnis – aller Welt offenbar. Ich hatte daran kein Interesse», heißt es in Lisa Matthias' Erinnerungen ‹Ich war Tucholskys Lottchen› (Hamburg 1962, 232 und 249). – Matthias berichtet dort weiter: «Das erste, was Tucholsky tat, war, daß er mir das Manuskript zu *Schloß Gripsholm* in die Hand drückte. Er drängte darauf, ich solle es so schnell als möglich lesen. Ich zog mich also ins Wohnzimmer zurück und legte mich auf die breite Couch. Wir hatten damals alle solche großen Liegesofas, und wir nannten sie alle ‹Sündenwiese›. Ich las. Je weiter ich kam, desto elender wurde mir zu Mute. *Das* also war das *neue Buch, das* war ‹die Geschichte mit Inhalt›, die Frucht unserer mehrjährigen Freundschaft. Ich fand das Resultat einfach beklemmend.»

10 ff *Ernst Rowohlt Verlag*] Die der eigentl. Romanhandlung vorangestellte Verlagskorrespondenz mit Ernst Rowohlt, in dessen Verlag SG erschien, ist fiktiv. In einem Brief an Alfred Stern vom 6.5.1931 schreibt KT (AB, 214): «Außer einem etwas vagen Modell zum Karlchen und der Tatsache, daß es wirklich ein Schloß Gripsholm gibt, in dem ich nie gewohnt habe, ist so ziemlich alles in dieser Geschichte erfunden: vom Briefwechsel mit Rowohlt an bis zur (leider! Leider!) Lydia, die es nun aber gar nicht gibt.» Zwar gibt Lisa Matthias in ihren Erinnerungen an, KT hätte ihr gegenüber «nie ein Geheimnis daraus gemacht, daß Rowohlt ihn schon seit langem um ein Buch ‹à la Rheinsberg› gebeten hatte» (Matthias 1962, 233). Ein der fiktiven Verlagskorrespondenz vergleichbarer Briefwechsel zwischen KT und Rowohlt ist aber nicht überliefert. Erhalten hat sich indes der Verlagsvertrag zwischen KT und der «Firma Ernst Rowohlt» vom 10.12.1930 (abgedr. in: Kurt Tucholsky: Schloß Gripsholm. Hg. von der Kurt Tucholsky-Gesellschaft e.V., Berlin 1994, 7–9). – Zur fiktiven Verlagskorrespondenz vgl. Ernst Rowohlt: Brief an einen Unvergessenen, in: WB (Ost) Jg. 3, Nr. 1/2, 1. Januar-Doppel-Heft 1948, 28–30, wo es heißt: «Wie oft haben wir später darüber gelacht, und genau so haben wir gelacht, wenn die verdammten Spießer unseren lustigen Briefwechsel über Honorarfragen usw., der ‹Schloß Gripsholm› vorgestellt ist, tierisch ernst nahmen.»

12 *Passauerstr. 8/9*] Ab 1930 Sitz des Rowohlt Verlags.

22 *Sortimenter*] Veralteter Ausdruck für Buchhändler.

47 f *«menschliche Einstellung»*] Vgl. KTs Artikel ‹Die Einstellung›, WB 14.8.1924, II, 270; D 1263.

49 *bei Villon stehlen*] Der frz. Dichter Francis Villon gilt als bedeutendster Vertreter der europ. Vagantendichtung, der weltl.-latein. Lyrik des Mittelalters; seine Gedichte, Lieder und Sprüche handeln von Liebe, Spiel und Wein.

51 *§ 9 unsres Verlagsvertrages*] Der entsprechende Paragraph des Vertrages zwischen KT und dem Rowohlt Verlag ‹Schoß Gripsholm› betreffend (s.o. *10ff*) lautete: «Die Firma Ernst Rowohlt Verlag K.G.a.A. hat das Recht, von der ersten Auflage (die Auflage zu 1000 (tausend) Exemplaren gerechnet) 25 % (fünfundzwanzig Prozent) über die Auflage hinaus als Rezensions-, Frei, Gratis- und Partie-Exemplare honorarfrei zu drucken. Bei den weiteren Auflagen vermindert sich die Anzahl der honorarfreien Exemplare auf 15 % (fünfzehn Prozent).»

93 *Verlagskatalog*] Gulbranssons Zeichnung zeigt in einer Frontalansicht Ernst Rowohlt im Badeanzug, mit den Beinen im Wasser sitzend, beim Angeln; hinter ihm steht ein mit Fischen gefüllter Eimer, gezeichnet als

Melonenhut. Die Zeichnung ist abgebildet in: Rowohlt Almanach 1908–1962. Hg. von Mara Hintermeier und Fritz J. Raddatz. Reinbek bei Hamburg 1962, Abbildungsteil.

94 *still … Rand*] Vgl. das Motto von Theodor Storm, *1ff.*

101 *nach Schweden*] KT war Ende Jan. 1930 offiziell nach Schweden umgezogen. Am 7.2.1930 bezog er die oberhalb eines Sees gelegene Villa Nedsjölund im westschwed. Hindås, 30 km östlich von Göteborg; seine Vermieterin, Ida Widegren aus Göteborg, meldet ihn am 8. Febr. in Hindås an.

116 *Lydia*] In vielem trägt diese Figur Züge von Lisa Matthias, der damaligen Freundin KTs. Doch entgegen ihren Aussagen hat KT in mehreren Briefen hervorgehoben, daß seine Romanprotagonistin «erfunden» sei. Vgl. hierzu KT an Marierose Fuchs vom 18.3.1931 (BK, 71): «Es ist eine kleine Geschichte – an der so ziemlich alles erfunden ist. […] Ich habe nicht einmal Modelle benutzt, nicht einmal für die (leider, leider) nicht existierende Geliebte.» Auch in einem Brief an Herbert Moll vom 6.9.1931 (AB 2, 189) heißt es: «Dank für Ihren Gruß an die Prinzessin. Die gibts leider nicht. Ich habe sie in langen Arbeitsmonaten aus dem Nichts geholt, es war eine schrecklich langwierige Arbeit.» Noch in einem Brief an Almuth Niemann vom 19.11.1931 schrieb KT (AB, 217): «Natürlich gibt es nicht nur Privatsekretärinnen – übrigens, (sagen Sie es keinem weiter): wenn Sie Lydian meinen, die gibt es nicht. Sie ist zur Gänze erfunden, es existiert auch kein Modell, nichts.» – Vgl. auch den Brief an Alfred Stern, *10ff.* – Lisa Matthias gibt an, in der Figur der Lydia seien KTs Freundinnen «alle ‹irgendwie› vertreten»: «Da fehlte weder Musch noch die lange Charlotte, da spukte Grete Walfisch, da tanzte Frau Kaludrigkeit einher. […] Natürlich hatte Lydia, die Prinzessin, den Hauptteil der Bonmots geliefert, viele der klugen Worte, die mir mein Vater eingeschärft und die ich Tucholsky erzählt hatte» (Matthias 1962, 233).

117 *Karlchen*] KTs Freund Erich Danehl, den er Ende März 1917 in Alt-Autz kennengelernt hatte. Biographische Angaben bei Hepp 1993, 118 und 417.

117 *Jakopp*] KTs Freund Hans (eigentl. Johannes Hermann) Fritsch, den er nach seiner Stationierung im rumänischen Craiova im Mai 1918 kennengelernt hatte. Biographische Angaben bei Hepp 1993, 121f und 418f.

129 *seine Sekretärin*] Im folgenden ist von «Privatsekretärin» die Rede. Lt. Lisa Matthias (Matthias 1962, 233) erweist KT mit diesem Detail Mary Gerold-Tucholsky seine Reverenz. Diese arbeitete bis zu ihrer Umsiedlung nach Paris im Jahr 1925 als Privatsekretärin in Berlin. Nach ihrer Rückkehr war sie als Chefsekretärin in einer Luxuskartenfabrik beschäftigt.

135 *Abbazia*] Ital. Name für das kroatische Opatija, am Golf von Rijeka, in den 20er Jahren ein Seebad und klimatischer Kurort.

143 *missingsch*] Mischung aus Nieder- und Hochdt., das sowohl in Mecklenburg, Schleswig Holstein und Hamburg gesprochen wird. Es handelt sich um eine halbmundartl. Sprache Niederdeutschlands, die hochdt. sein will, aber durch niederdt. Elemente den niederdt. Sprecher verrät. KT greift damit auf eine literarische Tradition zurück; eine bekannte Missingsch sprechende literarische Figur, ist z.B. Onkel Bräsig aus Fritz Reuters ‹Ut mine Stromtid› (Wismar 1862–64). Die etymologische Herleitung des Wortes Missingsch ist ebenso umstritten wie seine Entstehungsgeschichte. Auf niederdt. Boden findet es sich erstmals bezeugt in der Form von mysensch bzw. «Meißnisch». Der Begriff Missingsch ist seit dem 18. Jh. belegt.

175 *Kreuger*] Schwed. Zündhölzerfabrikant, vgl. auch [46], *15*.

180 *pro primo*] Zuerst.

186 *Warnemünde*] Ostseebad mit über 28000 Kurgästen im Jahr 1933, Seehafen von Rostock an der Mündung der Warnow.

193 *«Strom»*] Warnow, Fluß in Mecklenburg, mündet bei Warnemünde in die Ostsee.

216 *Fiume*] Ital. Name der Hafenstadt Rijeka, östl. der Halbinsel Istrien.

237 *mein Vater*] KTs Vater, Alexander Tucholsky, wurde in Greifswald geboren und lebte bis zur Übersiedlung nach Berlin im Jahr 1899 in Stettin. Hier verbrachte KT seine Jugendjahre, in Stettin wurde er auch erstmals mit dem Plattdt. konfrontiert; aus dieser Zeit resultiert seine enge Verbundenheit mit der norddt. Landschaft, insbesondere mit der Ostsee.

38 *«vollkommnere der beiden Schwestern»*] Klaus Groth: Briefe über Hochdeutsch und Plattdeutsch, in: Ders.: Sämtliche Werke. Bd. 6 (Über Sprache und Dichtung). Flensburg, Hamburg 1961, 67–137, hier: 70.

276 *Stolp*] Stadt im preuß. Regierungsbezirk Köslin (Provinz Pommern), an der Stolpe gelegen, in den 20er Jahren die größte Stadt Hinterpommerns, Knotenpunkt der Bahnlinie Stettin-Danzig. Der Vater von Lisa Matthias stammte von hier; vgl. Matthias 1962, 205.

76 *Stargard*] Stadt in Mecklenburg (Kreis Strelitz), an der Bahnstrecke Berlin-Neubrandenburg-Stralsund gelegen.

94 *Warnemünde*] Stadtteil und Ostseehafen von Rostock, an der Mündung der Warnow gelegen, Endstation der Bahnlinie Berlin-Rostock, in den 20er Jahren beliebtes Ostseebad. Ausgangspunkt der Fährverbindung mit Dänemark.

96 *Peene*] Westl. Mündungsarm der Oder, fließt zwischen Festland und der Insel Usedom 40 km weit nach Norden und mündet bei Peenemünde in die Ostsee.

96 *Swine*] Hauptmündungsarm der Oder zwischen Usedom und Wollin.

296 *Dievenow*] Östl. Mündungsarm der Oder.

299 *Gleiwitz*] Stadt in Oberschlesien, an der Klodnitz gelegen, dem rechten Nebenfluß der Oder.

299 *Bitterfeld*] Kreisstadt im preuß. Regierungsbezirk Merseburg, in den 20er Jahren bedeutende Industriestadt mit Braunkohlewerken und chem. Industrie.

326 *Ludwig von der Decken*] Ludwig Eberhard von der Decken, 1812 auf dem Gut Kahlenberg in Mecklenburg geb. preuß. General, Angehöriger des niedersächs. Adelsgeschlechts, das im späten Mittelalter zum städtischen Patriziat in Stade gehörte. Im April 1828 trat er in das ehemalige königl. Hannöversche Infanterieregiment zu Stade ein, 1860 stieg er zum Oberst auf. Als solcher wechselte er 1867 zur Preuß. Armee, 1868 führte er die 6. Infanterie-Brigade, in der Schlacht bei Gravelotte die Avantgarde der Division Hartmann. Im August 1868 bei Metz schwer verwundet, starb er infolge einer Blutvergiftung 1871 in Heidelberg.

331 *Schohr*] (plattdt.) Jahr.

370 *Jahrener fünf in Paris*] KT hatte von Mitte 1924 bis 1929 mit Unterbrechungen als Auslandskorrespondent der WB und der Voss in der frz. Hauptstadt gelebt.

397 *«sild»*] Norw. Gericht, ein pikant eingelegter junger Hering.

406 f *Klaus Störtebecker*] Eigentl. Störtebeker, Führer der Vitalienbrüder, als Hilfstruppen König Albrechts von Schweden im Kampf gegen Königin Margarete I. von Dänemark seit 1387 auftretende Freibeuter. 1389 versorgten sie das eingeschlossene Stockholm von der See her mit Lebensmitteln. Störtebeker wurde, nachdem die Vitalienbrüder durch die hanseatische Flotte im Jahr 1400 vernichtend geschlagen worden waren, 1401 in Hamburg hingerichtet.

408 *Laaland*] Heute Lolland, südl. Teil Dänemarks, eine dünn besiedelte, vorwiegend landwirtschaft. genutzte Region. Wegen der Fährverbindung Warnemünde-Gedser (Süd-Falster) hier wohl Falster gemeint, die Insel nördl. von Lolland.

417 *über ein Meerwasser*] Die dän. Insel Falster ist von Seeland durch den Storstrommen getrennt. Fährverbindung von Orehoved nach Vordingborg/Seeland.

421 f *noch vom vorigen Mal*] KT war im Mai 1927, nachdem er die Redaktion der WB an CvO abgegeben hatte, nach Mogenstrup-Kro/Dänemark gereist. In Kopenhagen machte er sowohl am Beginn als auch am Ende seines Aufenthaltes Station. Zudem besuchte er wiederholt Freunde in dem 50 km südöstl. gelegenen Kopenhagen; dort wohnte er im Hotel Hafnia (30.5. und nochmals am 14.7.). Seine Eindrücke schilderte er in mehreren

Artikeln, s. Bd. 9 [72], [75], [76], [79], [81], [96], [104]. – Vgl. des weiteren KTs in der dän. Zeitschrift ‹Politiken› erschienener Artikel ‹Lykkelige København, en Oase i Ørkenen› (in: ‹Politiken› Jg. 48, Nr. 94, 31.1.1932, 9; D 2679; dt.: ‹Glückliches Kopenhagen, eine Oase in der Wüste›; Rep, 423–426).

43 *in dem Ludendorff*] Dieser floh 1920 nach dem Fehlschlag des Kapp-Lüttwitz-Putsches, an dem er maßgeblich beteiligt war, nach Dänemark, von dort aus zu Freunden nach Schweden, auf den Landsitz Hessleholm.

45 *Lange Linie*] Langelinie oder Langelinie Kaj im Hafengebiet Kopenhagens (Søndre Freihafen), beliebte Flaniermeile zwischen Gefion-Brunnen und Überseehafen. Hier befindet sich das Wahrzeichen der Stadt, die «kleine Meerjungfrau», 1913 von Edvard Eriksen nach einem Motiv aus einem Andersen-Märchen in Bronze gegossen.

46 *Tivolipark*] Ein 1843 auf einem früheren Abschnitt der Wallanlage von dem Fabrikanten Georg Carstensen angelegter Vergnügungspark im Zentrum Kopenhagens neben dem Rathausplatz, mit Kabaretts, Eispalast, Spielsalons, Pantomimen-Theater.

46 *Rathaus*] 1892–1905 von Martin Nyrop im historisierenden Stil erbaut, u.a. mit Werken von Thorvaldsen ausgestattet.

47 *Thorwaldsen-Museum*] Der 1839–48 für die Aufnahme der Werke des Bildhauers Bertel Thorvaldsen nach den Plänen von M.G. Bindesbøll errichtete Monumentalbau liegt auf der von Kanälen umgebenen Schloßinsel. Thorvaldsen hatte eine Vielzahl von Werken 1838 seiner Geburtsstadt Kopenhagen vermacht.

49 *Polysandrion*] Dazu nichts ermittelt.

0 *zum zweiten Mal*] s.o. *421f.*

1 *Ephebe*] (griech.) die Mannbaren, im antiken Griechenland allgemeiner Begriff für einen Knaben, der die Pubertät erreicht hat; später in der Bedeutung von Jüngling ab 18 Jahren verwendet.

0 *Gefilde der Seligen*] Sprichwörtl. nach Hesiod ‹Werke und Tage›.

7 *Hoihotoho*] Richard Wagner: Die Walküre III, 1 (Walkürenritt).

0 *der große Tiergarten*] Zoologischer Garten und Tierpark, 1859 von dem Ornithologen Kjæbøling auf dem Frederiksberg-Hügel im Zentrum Kopenhagens unter Friedrich VII. gegründet.

5 *Helsingör*] Stadt mit Fährhafen in Norddänemark, von hier aus Fährverbindung nach Helsingborg in Südschweden.

6 *schon mal da*] s.o. *421f.*

2 f *Lottchen*] So nannte KT Lisa Matthias; vgl. KTs Lottchen-Texte, so z.B. [10] und [32].

5 *Fähre steigen*] Vgl. oben *525.*

546 *Daddy*] So wurde KT von Lisa Matthias genannt. Vgl. KTs Lottchen-Aufsätze [10], 6 und [32], 6. In ihren Erinnerungen (Matthias 1962, 44) heißt es dazu: «[...] Tucholsky, den ich, von Anfang an, seines onkelhaften Aussehns wegen *Daddy* getauft hatte [während seine übrigen Freundinnen ihn alle ‹Peter› nannten, was ich recht langweilig fand].»

554 f *«Gesichtshühner*] Der Begriff taucht auch im Q-TB auf, in einem Brief an HM vom 17.12.1935 (Bd. 21 [B 158Q], 71 ff): «Weiß sie eigentlich, daß der sel. Jakopp auf einem See in Holstein das Geflügel feinordentlich in ‹Gesichts-Hühner› und ‹Speise-Hühner› eingeteilt hat? Ja, hat er. Die einen konnte man nur sehn – die andern schießen.»

555 *Naturforscher Jakopp*] Zu Jakopp s. *117*.

573 *Anschluß*] Nach den Bestimmungen des Versailler Vertrages war der Anschluß Österreichs an Deutschland verboten. Letzteres mußte sich verpflichten, die österr. Unabhängigkeit anzuerkennen. Dennoch war die Anschlußfrage in den polit. Auseinandersetzungen dieser Jahre stets virulent. Anläßlich des Versuchs, einen dt.-österr. Zollunionsverein mit dem Ziel der engeren wirtschaftl. Zusammenarbeit zu gründen, wurde die Anschlußfrage zu Anfang der 30er Jahre wieder aktuell. Die Gründung scheiterte jedoch am Veto des Völkerbunds, die Signatar-Staaten des Genfer Protokolls werteten die geplante Union als Vorbereitung des «Anschlusses» und damit als einen Verstoß gegen geltende Verträge des Genfer Protokolls.

650 *schönes Rathaus*] Das an der Scheelegatan gelegene Stockholmer Rådhus ist kein Rathaus im deutschen Verständnis, sondern ein Gerichtsbau, errichtet nach einem Entwurf von Carl Westman 1911 bis 1923 im Stil der Vasa-Renaissance.

651 *Stadt mit Wasser*] Stockholm liegt zwischen Ost- und Mälarsee.

659 *Vasagatan*] Hauptverkehrsstraße im Zentrum Stockholms, Zentralbahnhof und Hauptpost befinden sich hier.

688 *Smörgåsbrot*] Smörgåsbord, Smörgås, ein reichhaltiges Delikatessenbuffet mit allen regionalen Gerichten. Wörtl. Buttergans, ursprüngl. die weißen Fettklümpchen, die beim Buttern im Faß obenauf schwimmen.

696 *Bengtsson*] Im August 1929 starteten KT und Lisa Matthias zu einer längeren Autotour durch Schweden auf der Suche nach einer dauerhaften Bleibe. Dabei wurden sie von einem Bekannten KTs, dem Schweden Hans Törsleff, begleitet.

705 *Dalarne*] Dalarna, gebirgige, waldreiche Landschaft in Mittelschweden, um das Becken des Silijansees und die Flüsse Dalälv Väster und Osterdalälv.

744 *«Jasso*] (schwed.) jaså, ein verstärktes: ja, ja, so ist es.

44 *«Nedo»*] (schwed.) nejdå: nein, nicht heute.

49 *Stremel*] He lacht sik'n Stremel, plattdt. i.S.v.: Er lacht sich kaputt.

57 *Mariefred*] Stadt im Süden der Gripsholm Bucht am Mälarsee (s.u. *764*); KTs Grabstätte befindet sich hier. KT und Lisa Matthias hatten im April 1929 in Läggesta bei Hedlandet, einem Weiler bei Mariefred, ein Haus mit dem Namen Fjälltorp (schwed. Bergkate) für die Monate Mai bis Sept. gemietet. Es lag in unmittelbarer Nähe zu Schloß Gripsholm, war allerdings durch eine Bucht von diesem getrennt. KT hielt sich bis Oktober hier auf. Lisa Matthias berichtet in ihren Erinnerungen, daß sie zunächst daran gedacht hatten, sich in Schloß Gripsholm einzumieten. Bei dieser Aussage handelt es sich jedoch offensichtlich um eine Erinnerungslücke, da die Räume des Schlosses zu keinem Zeitpunkt an Besucher als Unterkunft vermietet wurden. An Herbert Moll schrieb KT am 6.9.1931 (AB 2, 189): «In Gripsholm habe ich auch nie gewohnt – kurz, es ist ein netter Schwindel.»; vgl. auch oben *10ff.*

64 *Mälarsee*] Schwed. Mälaren, inselreicher See in Mittelschweden, erstreckt sich von Stockhom aus 120 km nach Westen. An den Ufern des Sees liegen zahlreiche Herrensitze und Landhäuser.

67 f *Schloß Gripsholm*] Bei Mariefred auf einer ehem. Insel am Ende eines südl. Seitenarmes des Mälaren gelegenes Schloß. Einer der mächtigsten Männer Schwedens, der Reichsvogt Bo Jonsson Grip (so benannt nach dem Greifen in seinem Wappen) hatte im späten 14. Jh. im Hinterland von Stockholm die Burg Gripsholm errichten lassen. Auf den Resten dieser Burg ließ Gustav I. Vasa (Regierungszeit: 1523–1560) 1537ff Schloß Gripsholm bauen; es ist um den sechseckigen, ehemaligen Burghof mit vier runden Ecktürmen angelegt. Im 17. und 18. Jh. erfolgten weitreichende Umbaumaßnahmen, auch entstanden neue Gebäude, insbesondere unter Königin Hedvig Eleonora, deren Witwensitz Gripsholm 1660 bis 1715 war, sowie unter Gustav II. Adolf (Regierungszeit: 1611–1632).

74 *Gemälde*] 1743 fiel Schloß Gripsholm an die Gemahlin König Adolf Fredriks (Regierungszeit: 1751–1771) Lovisa Ulrika, die es aber nie bewohnte. Sie deponierte über 300 Ölgemälde in Gripsholm, die den Grundstock für die spätere umfangreiche Porträtsammlung bildeten. König Karl XIV. Johan (Regierungszeit: 1818–1844) beauftragte den Statthalter des Schlosses, Porträts berühmter Schweden zu sammeln; so entstand die große, über 4000 Gemälde zählende staatliche Porträtsammlung auf Gripsholm.

84 f *Gustav der Verstopfte … Unrasierten*] Ab 1563 hielt Erik XIV., der Sohn Gustav I. Vasas (Regierungszeit: 1560–1568, verfällt 1567 in Geisteskrankheit) seinen Bruder Johan III. (Regierungszeit: 1568–1580) gefangen;

dieser sperrte seinerseits Erik nach dessen Absetzung 1568 auf Gripsholm ein, bis er ihn schließlich vergiftete. Nach 1715 stand das Schloß mitunter leer, z.T. diente es als Gefängnis. Nach dem Staatsstreich vom 13.3.1809 war Gustav IV. (Regierungszeit: 1796–1809) für 8 Monate hier interniert.

789 *Theater*] Das Schloß beherbergt im 3. Obergeschoß ein kleines Schauspielhaus mit Logen, Zuschauersaal, Orchestergraben, Souffleurkasten und Schiebekulissen. Gustav III. (Regierungszeit: 1771–1792) ließ 1773 im ehemal. Kirchturm durch Carl Frederik Adelcrantz ein Theater errichten, 1781–1783 wurde es von Erik Palmstedt stark erweitert und völlig neu eingerichtet. Es gilt als ein Meisterwerk klassizist. Innenarchitektur.

793 *Schäferkömodie*] In Anlehnung an die Schäferdichtung eine beliebte, in der Tradition der bukolischen Dichtung stehende literarische Gattung des europ. Barock.

803 *Anbau*] s.u. *1219*.

812 *Folterkammer*] s.o. *784f.*

831 *«Wir hätten sollen ...»*] s. [45], *54*.

892 f *Alexanderplatz*] Verkehrsreicher Platz im Berliner Osten.

908 *Stiesel*] Langweiliger, tölpelhafter, flegelhafter Kerl.

932 *Traumfurcht*] Zu den Freud-Referenzen der Träume vgl. Erwentraut 1994, 166ff.

934 *retten*] Rekurs auf Freuds Abhandlung ‹Über einen besonderen Typus der Objektwahl beim Manne› aus dem Jahr 1910 (Freud: Studienausgabe, Bd. 5, 187–195, hier: 195), wo es über das «Rettungsmotiv» heißt: «Wenn ein Mann im Traume eine Frau aus dem Wasser rettet, so heißt das: er macht sie zur Mutter, was [...] gleichsinnig ist dem Inhalte: er macht sie zu seiner Mutter.» – Zu den Gemeinsamkeiten von KTs Beschreibung mit Freuds Ausführungen zum «Rettungsmotiv» vgl. Erwentraut 1994, 162.

963 *Adriani*] In einem Brief an Marierose Fuchs (18.3.1931) schrieb KT (BK, 71): «Es ist eine kleine Geschichte – an der so ziemlich alles erfunden ist. Das B.T. hat mir bei dieser Gelegenheit das größte Kompliment gemacht, das ich jemals bekommen habe: sie haben sich schriftlich zusichern lassen, daß diese Geschichte auch wirklich nicht wahr ist – sie hatten Furcht, eine der Figuren könnte klagen. Ich war furchtbar stolz; mehr kann man von einer erfundenen Figur nicht gut verlangen. Ich habe nicht einmal Modelle benutzt [...].» Auch in einem Brief an Alfred Stern vom 6.5.1931 (AB, 214) heißt es über die Figur der Frau Adriani: «Die Intensität der Schilderung muß groß genug gewesen sein; denn mein alter Kollege Fritz Engel vom Berliner Tageblatt hat sich die schriftliche Zusicherung geben lassen, daß diese Frau Adriani auch wirklich nicht existierte – denn sonst

täte sie am Ende einen Prozeß anfangen. Die Zusicherung konnte ich leicht geben. Ihnen zu gestehen, daß dieses alles aus den Fingern gesogen ist, fällt mir schon schwerer.» – Herbert Moll gegenüber beteuerte KT in einem Brief vom 6.9.1931 (AB 2, 189): «Die Adriani gibts auch nicht – nicht das leiseste Modell.» – Vorgegeben ist die Figur der Frau Adriani bereits in KTs 1929 entstandenem Gedicht ‹Geduld› (WB 17.9.1929, II, 448; D 2287), in dem es heißt: «[...] das Fürsorgekind, das einer verwitweten Megäre in die Anstaltsfinger gefallen ist; die braucht bei Männern keine Lust zu suchen, sie hat die Kinder ... Geduld – [...].»
Zum Verständnis der Konzeption dieser literarischen Figur vgl. zudem KTs Aufsatz ‹Die Anstalt› (WB 26.11.1929, II, 798–805; D 2324).

988 *Kinderkolonie*] Für die Beschreibung der Zustände im Kinderheim vgl. auch KTs Aufsatz ‹Die Anstalt› (WB 26.11.1929, II, 798–805; D 2324). – «Fürsorgeanstalten» wurden von KT explizit in seine Ausführungen zur Psychologie der Leitenden und Insassen einbezogen. Vgl. weiter KTs Artikel ‹Noch immer›, Ulk Jg. 48, Nr. 28, 17.7.1919, [2]; D 526, sowie seine Ausfühungen zu den Verhältnissen in Strafanstalten [47], 29ff.

988 *Läggesta*] Vgl. oben *757*.

011 *Personal*] Zur Psychologie und Rolle des «Unterpersonals» in Anstalten vgl. KTs Aufsatz ‹Die Anstalt› (s.o. *988*).

057 f *unterirdische Hemisphäre*] Anspielung auf Freuds räumliches Modell der psychischen Systeme. Vgl. z.B. die 19. ‹Vorlesung zur Einführung in die Psychoanalyse› (‹Widerstand und Verdrängung›), in: Ders.: Studienausgabe, Bd. 1, 285–299; ‹Das Ich und das Es› (1923), in: Ebd., Bd. 3, 274–330, hier: 293. – Vgl. auch die Begriffe «Haus ohne Keller» (1571) und «unterirdischen Abenteuer» (1575).

062 *Schabülkenkopp*] (schleswig-holst.) Maske, Larve, häßlicher Mensch.

091 f *Schiff nach Stockholm*] s.o. *764*.

152 *Wahlrecht*] Obwohl bereits 1891 die Sozialdemokraten das Frauenstimmrecht in ihr Programm aufgenommen hatten und 1902 der «Deutsche Verband des Frauenstimmrechts» gegründet worden war, wurde das volle aktive und passive Wahlrecht für Frauen erst 1918 durchgesetzt.

92 *Smörgås*] s.o. *688*.

200 f *Finanzamt im Rheinland*] Erich Danehl arbeitete von 1920 bis September 1926 bei der Reichsfinanzverwaltung im Landesfinanzamt Hannover, wo er auch zeitweise als kommissarischer Leiter des Finanzamts Zellerfeld fungierte; im Januar 1922 wurde er zum Oberfinanzpräsidium Hannover versetzt, u.a. arbeitete er dort als Leiter des Steueraußendienstes.

218 *kleine Erker*] Die große Restaurierung des Schlosses in den 1890er Jahren (s.u. *1219*) führte zu historisierenden Zutaten wie einem Erker über dem

Außentor und einem hölzernen Erker im Innenhof, der an die Stelle eines unter Gustav III. abgerissenen trat. Auch wurde das Dachgeschoß des Schlosses mit Dachgauben zum Innenhof hin ausgebaut.

1219 *herumrestauriert*] Nach Gustav Vasas Tod verfiel das Schloß, Karl IX. ließ es schließlich für sich herrichten. 1578 wurden die Flügel im Süden und Westen des Burghofes ausgebaut, von 1592–1600 ließ Karl die ältesten Wohnflügel umbauen, ferner wurde der Reichssaal eingerichtet. Im Norden, zur Vorburg hin, baute man den sog. Flügel Karls IX. hinzu, 1596 das Haupttor der Vorburg. Hedvig Eleonora ließ das Schloß in den 1690er Jahren um einen mehrstöckigen Flügel und um eine Wohnung für den Hauptmann der Leibgarde und den Statthalter an der Vorburg erweitern. Gustav III. ließ den Flügel der Königin Hedvig Eleonara aufstocken, eine Reihe von Räumen im klassizist. Stil einrichten und den Kavaliersflügel am äußeren Burghof errichten. Karl XIV. Johan ordnete schließlich eine äußere Instandsetzung an, unter Oskar I. wurden in den 1840er Jahren einige Räume modern, d.h. in historisierendem Stil ausgestattet. Die große, durchaus notwendige Instandsetzung und Restaurierung der 1890er Jahre unter Leitung von Fredrik Lilljekvist führte z.T. zu frei erfundenen historisierenden Renovierungs- und Umbaumaßnahmen.

1220 *so alt*] s.o. *767f.*

1234 *Reichssaal*] Saal im 2. Obergeschoß des Schlosses aus den 1590er Jahren mit Täfelung und Deckenmalerei.

1296 *Dunkelheit*] Rückgriff auf Freuds Ausführungen zur infantilen Angst, die aus der Sehnsucht des Kindes nach der Mutter resultiert. In seiner 25. ‹Vorlesung zur Einführung in die Psychoanalyse› (‹Die Angst›), in: Ders.: Studienausgabe, Bd. 1, 380–397, hier: 393) heißt es hierzu: «Es ist seine [des Kindes] Enttäuschung und Sehnsucht, welche sich in Angst umsetzt, also unverwendbar gewordene Libido, die derzeit nicht in Schwebe gehalten werden kann, sondern als Angst abgeführt wird. [...] Die ersten Situationsphobien der Kinder sind die vor der Dunkelheit und der Einsamkeit; die erstere bleibt oft durchs Leben bestehen, beiden gemeinsam ist das Vermissen der geliebten Pflegeperson, der Mutter also.» – Zu den Freud-Reminiszenzen der Brunnenszene vgl. zudem Erwentraut 1994, 162f.

1307 *Pathé*] Der frz. Industrielle und Filmproduzent Charles Pathé hatte 1896 zusammen mit seinen Brüdern die Filmgesellschaft «Pathé frères» gegr., deren Filmproduktion und -vertrieb den Weltfilmmarkt zu Anfang der 20er Jahre beherrschten.

1314 *Wahnwitz der Todesstrafe*] Vgl. KTs Beitrag zur 1928 erschienenen Umfrage von E.M. Mungenast ‹Der Mörder und der Staat. Die Todesstrafe im Urteil hervorragender Zeitgenossen›. (Stuttgart); D 1941.

350 *Klarierer*] Eine Figur gleichen Namens findet sich bereits in ‹100%›, Die losen Blätter Jg. 1930/31, Nr. 8, 122–123; D 2534.

351 *«Sengespeck»*] Eine Figur gleichen Namens findet sich bereits in der Geschichte ‹Walpurgisnacht›, SB 24.1.1918, I, 87–93; D 346, die KT in seine Sammlung ‹Träumereien an preußischen Kaminen› (Berlin-Charlottenburg 1920) aufnahm.

511 *fromme Gesänge*] Titel der Gedichtsammlung KTs (Berlin-Charlottenburg 1919).

514 ff *Manchmal ... müde –*] Beginn von ‹Sauflied, ganz allein›; s. [55].

518 ff *Wenn die ... Munde –*] Beginn von KTs Chanson ‹Wenn die Igel in der Abendstunde›, WB 4.9.1928, II, 376; D 2068.

526 *«Motbok»*] (schwed.) Kontroll-, Einkaufsbuch.

529 *black and white*] Whiskymarke.

545 *so laut*] Zu KTs Lärmempfindlichkeit vgl. [86], *2*.

570 *Haus ohne Keller*] s.o. *1057* f.

578 f *Ich schlug es tot*] Bezugnahme auf Freuds Unterscheidung von Ich und Es. In seiner 1923 erschienenen Schrift ‹Das Ich und das Es› (Studienausgabe, Bd. 3, 274–330, hier: 293f) schreibt Freud: «Das Ich repräsentiert, was man Vernunft und Besonnenheit nennen kann, im Gegensatz zum Es, welches die Leidenschaften enthält.»

580 *Koben*] Auch Kofen, Hütte, Verschlag.

590 *Sohn ... Mutter*] Zur Mutter-Sohn Beziehung zwischen den beiden Hauptfiguren Lydia und Peter sowie zur Bezugnahme auf Freud vgl. Erwentraut 1994, 158 ff.

593 *alten Kriegskameraden*] KT hatte den Juristen Erich Danehl Ende März 1917 in Alt-Autz (Kurland) kennengelernt. In Craiova, wohin KT im Mai 1918 versetzt wurde, unterstand er als Hilfspolizeibeamter Danehl, der die Polizeistelle leitete.

705 *Karlchen*] s.o. *117*.

773 *Hannöverschen*] s.o. *1200f*.

774 *damals im Krieg*] s.o. *1693*.

789 *Zwei Männer kenne ich*] Gemeint sind Hans Fritsch (Jakopp) und Erich Danehl (Karlchen). Mit ihnen war KT durch eine «enge Männerfreundschaft» verbunden; vgl. Hepp 1993, 118 ff.

803 *Fritzchen*] So hieß KT bei seinen besten Freunden Erich Danehl und Hans Fritsch.

835 *Journalisten aus Österreich*] Vgl. [50], 167 ff.

841 *Aktengarten des Herrn*] s.o. *1200f*.

842 *Trockenmieter*] Während der Gründerzeit insbesondere in Berlin Mieter noch feuchter Wohnungen in neu erbauten Mietshäusern.

1847 *Jakopp*] s. o. *117*; Hans Fritsch war von 1924 stellvertretender, ab 1926 bis zu seinem Tod im März 1931 Geschäftsführer der Hamburger Gaswerke GmbH. KT hat ihn in seinen Texten in der Regel als Direktor der Hamburger Wasserwerke vorgestellt. – Vgl. dazu auch KTs Aufsatz ‹Es ist heiß in Hamburg› (Voss 19. 8. 1928; D 2058): «Jakopp ist mir seit alters befreundet; Etappe an Etappe haben wir die große Zeit durchgestanden, und nun ist er irgend etwas Hervorragendes im hamburger Wasserwerk. Wenn es heiß ist, tut er so, als müsse er selber das Wasser für die ganze Stadt aus dem Boden pumpen – er hat so viel zu tun!»

1853 *Georginen*] Eine Dahlienart, benannt nach dem Petersburger Botaniker J. G. Georgi.

1905 f *von draußen ... anders aus.»*] Vgl. KTs Aufsatz ‹Die Augen der Welt› ([90]) und seinen Brief an Fritz Tucholsky vom 18. 1. 1931 (AB, 310 f).

1915 *Dalles*] Armut, Geldverlegenheit, Bankrott, von jidd. Daless (hebr. dalut).

1927 *auszusuchen*] Nach einem Satz Wilhelm Raabes; s. [6], *71*.

1937 *Geld zerrann*] Inflationszeit 1919 bis 1924 mit ihrem Höhepunkt im Nov. 1923. Währungsreform (1923) und Dawesplan (1924) brachten dann den wirtschaftl. Aufschwung.

1941 *Kaffern*] (neuhebr.) Kaphri, Dorfbewohner, Bauer, Einfaltspinsel.

1950 *schnackten*] (plattdt.) sprachen.

1964 *Achtstundentag*] Nach Beendigung des Ruhrkampfes war aufgrund des Ermächtigungsgesetzes (8. 12. 1923) am 21. 12. 1923 die Verordnung über die Arbeitszeit ergangen. Sie behielt den Grundsatz des 8-Stunden-Tages zwar bei, ließ allerdings so wesentliche Ausnahmen zu, daß ein 10–12-Stundentag die Regel wurde. Der Kampf der Arbeiterschaft um die Einführung des 8-Stunden-Tags führte 1927 zu einer Änderung der Arbeitszeitverordnung. Mit dem Arbeitszeitnotgesetz vom April 1927 wurde allgemein der 8-Stunden-Tag durchgesetzt.

2012 *Niederdeutschland*] Zusammenfassende Bezeichnung für die Gebiete und dt. Mundarten, die im Gegensatz zum Niederfränkischen von der hochdt. Lautverschiebung nicht betroffen waren.

2032 *Kurland*] 1795 bis 1918 war Kurland eine russ. Ostseeprovinz und gehörte zum russ. Gourvernement, nach 1918 zu Lettland. Im 13. Jh. wurde Kurland vom Dt. Orden erobert und christianisiert, 1561 endete zwar die staatsrechtl. Verbindung mit dem dt. Reich, Kurland wurde unter poln. Lehnshoheit ein weltl. Herzogtum; dennoch blieb die Verbindung der Deutschbalten mit dem dt. Reich erhalten. Vom 13. bis zum 19. Jh. hielt ein Einwanderungsstrom insbesondere aus Nord- und Westdeutschland an, so daß mit den Jahren ein baltisches Deutschtum entstand. Vertreten waren alle Stände mit Ausnahme der Bauern, die den Seeweg scheuten –

der Landweg war durch die Litauer versperrt –, so daß das baltische Deutschtum im wesentl. die alleinige Oberschicht des Landes darstellte. Im 19. Jh. begann der Kampf der Letten und Esten gegen die herrschende dt.-baltische Oberschicht. Nach dem 1. Weltkrieg wurden die dt. Schulen geschlossen, die dt. Sprache offiziell verboten.

52 *Celle*] Erich Danehl hatte bis zu seiner Einberufung Anfang 1916 bei der Staatsanwaltschaft in Celle gearbeitet.

76 *Totem und Tabu*] Titel einer 1912 / 1913 erschienenen Schrift von Freud mit dem Untertitel «Einige Übereinstimmungen im Seelenleben der Wilden und Neurotiker», in welcher die dem Totemismus inhärenten Tabus (Verbot der Tötung des Totemtiers und dem Inzestverbot bzw. Exogamiegebot) mit dem Ödipuskomplex in Bezug gesetzt und totemistische Stammesgemeinschaften als blutsverwandtschaftsähnliche «Männerverbände», die «aus gleichberechtigten Mitgliedern bestehen und den Einschränkungen des totemistischen Systems unterliegen», definiert werden (vgl. Freud: Studienausgabe, Bd. 9, 288–444, hier: 425). – Bereits im ‹Pyrenäenbuch› hatte KT auf Freuds Abhandlung Bezug genommen (s. Bd. 9 [1], 3705 ff).

05 *rumänischen Kriegsschauplatz*] KT war zusammen mit Erich Danehl von Mai bis Mitte November 1918 in Rumänien im Polizeidienst eingesetzt; s. o. *1693.*

24 f *«They ... same ...»*] Zitat in diesem Wortlaut nicht ermittelt. KT könnte sich auf folgende Stelle in Byrons ‹Don Juan› (1819–24) beziehen. Im vierten canto, Stanze 61 heißt es: «Yet looks not life, for they are still the same.»

31 f *Vorübergehender*] Zum Motiv des «Vorübergehenden» vgl. auch die Artikel ‹Nachher›, WB 22. 12. 1925, II, 964–965; D 1537, sowie ‹Ab 12.46 Uhr›, Voss 4. 9. 1930; D 2457. Vgl. außerdem unten *3869 ff.*

40 f *in Lübeck zusammen*] KT und Lisa Matthias hielten sich Anfang Sept. 1928 in Lübeck auf.

47 *Strauß aus Mohrrüben ... Sellerie*] Lt. Angabe von Lisa Matthias (Matthias 1962, 233) ist diese Stelle eine Erinnerung an KTs frühere Frau Else Weil.

21 *Gustav Adolfs*] Zu den schwed. Königen vgl. *767 f*, *784 f* und *789*; Porträts der schwed. Könige befinden sich in der Halle des Kinderheims vgl. 2967.

55 *Vestalinnen*] Im alten Rom die 6 Priesterinnen der Vesta, der altital. Göttin des Herdfeuers; sie wohnten klösterlich im Atrium neben dem Tempel zusammen. Für 30 Jahre zum Dienst verpflichtet, mußten die vestalischen Jungfrauen eine symbolische Ehe eingehen, in ältester Zeit mit dem König, später mit dem Pontifex maximus; bei Verletzung der Keuschheit wurden sie bei lebendigem Leib begraben.

60 *Tier Masse*] KT hatte sich schon früh mit Le Bons ‹Psychologie der Mas-

sen› (1895) und Freuds ‹Massenpsychologie und Ich-Analyse› (1921) auseinandergesetzt. Vgl. etwa das Le Bon-Zitat über Masse und Theater in ‹Das politische Kino›, Die Freiheit Jg. 3, Nr. 377, 10.9.1920 (s. Bd. 4 [187], 7–13), sowie KTs Reflexionen über die Masse im ‹Pyrenäenbuch› (Lourdes-Kapitel; s. Bd. 9 [1], 3521 ff und *3521*).

2466 *Atrium*] Mittel- und Hauptraum des altital. Wohnhauses, in dem sich in ältester Zeit das Herdfeuer befand.

2505 *Laxier*] Laxismus, eines der in der kath. Moraltheologie ausgebildeten Moralsysteme.

2538 *«Auf in den Kampf»*] Zitat aus dem berühmten Torerolied des Escamillo im 2. Akt von Georges Bizets Oper ‹Carmen› (UA 1875): «Auf in den Kampf, Torero»; vgl. unten *2655*.

2587 *Beamter*] s.o. *1200f.*

2587 *«Ich schimpfe ... Literat*] Vgl. [4], 1 f, 6 und *1f, 6.*

2587 *Buffke*] Im Berliner Dialekt salopper Ausdruck für Rüpel, Flegel, Grobian.

2588 f *Wenn einer ... Konferenz.*] Ausspruch des ehemaligen Berliner Polizeipräsidenten Eugen Ernst. Von KT auch zitiert in ‹Die Konferenz›, 8-Uhr-Abendblatt 27.4.1923; D 1163.

2592 *Jakopp*] s.o. *117.*

2600 f *wasseroberkommissäre*] s.o. *1847.*

2634 *Pfeifen anrauchen*] Vgl. KTs Gedicht ‹Pfeifen anrauchen›, WB 28.6.1927, s. Bd. 9 [80].

2655 *Kaahmen*] Carmen, Oper von Georges Bizet nach der gleichnamigen Novelle von Prosper Mérimée, UA 1875; vgl. oben *2538.*

2655 f *kleinen Gnomens*] Lt. Angabe Lisa Matthias' (1962, 203) handelt es sich um ein Musikstück mit dem Titel ‹Heinzelmännchens Wachtparade›.

2669 f *«For ... brisky!»*] In der 3. Aufl. 1931 durch einen anderen Liedtext ersetzt. Vgl. hierzu «Lesarten und Varianten», 2669 f.

2689 *Fritzchen*] s.o. *1803.*

2697 *Toni*] So nannte Erich Danehl Lisa Matthias.

2725 *Billie*] Zu den möglichen Vorbildern der Figur Billie vgl. Matthias 1962, 187 und 223.

2726 *Sybille*] Zur Schreibweise vgl. [34], *157.*

2771 *Schambah Zepareh*] Verballhornung von Chambre separée.

2773 *Walter*] Walter Hasenclever.

2773 *cabinet particulier*] Geheimes Nebenzimmer.

2785 *Pernambuco*] Früherer Name von Recife, Staat im nordöstl. Brasilien.

2810 *fremde, andre Wesen*] Vgl. KTs Aufsatz ‹Kindertheater. Eine Kindheitserinnerung von Kurt Tucholsky›, Arcadia 1913; s. Bd. 1 [132].

2847 *mit ihrem Korps*] Hans Fritsch war im Nov. 1915 als Landsturmpflichtiger der 2. Kompagnie des Infanterieregiments 76 eingezogen worden; bis Ende Jan. 1916 war er zum «Dienst mit der Waffe» verpflichtet, danach wurde er krankheitsbedingt in ein Lazarett eingeliefert.

80 *huddan! Ladi!*] (mecklenburg.) rechtshin, linkshin; Zuruf an die Pferde beim Beackern des Feldes.

02 *meinen Feldwebel*] Mit seinen Vorgesetzten im rumänischen Suwalki befaßte sich KT in den Aufsätzen: ‹Vier Jahre und ein Tag›, Die Freiheit Jg. 3, Nr. 212, 6.6.1920; D 760; ‹Wat Grotmudder vertellt›, WB 31.8.1922, II, 219–223; D 1129. – Vgl. hierzu Hepp 1993, 98 und 410.

10 *Fruktaffär*] (schwed.) Geschäft, Laden.

31 *Dalarne*] s.o. *705*.

59 *«Kan Ni tala tyska?»*] (schwed.) Sprechen Sie Deutsch?

34 *Friedhof*] Vermutlich der Friedhof von Mariefred, wo Gertrude Meyer die Urne KTs beisetzen ließ.

91 *Wendriner*] Vgl. hierzu KTs ‹Wendriner›-Geschichten aus den Jahren 1924 bis 1930. Vgl. dazu auch Bd. 9 [120] und Hepp 1998, 102ff.

15 *Baronin Firks*] Die Fircks waren ein baltisches Adelsgeschlecht; vermutlich hier eine Anspielung auf den von KT in frühen Briefen an MT mehrfach erwähnten Baron Fred von Fircks, einen Angehörigen der Freiwilligenverbände Baltische Landeswehr und Eiserne Division. – Vgl. dazu KTs Briefe an MT vom 21.7.1919, 30.7.1919 und 6.8.1919 (UuL, 228, 232, 235).

57 *in der Schweiz zu tun*] KT hielt sich von Anfang Dez. 1929 bis Ende Jan. 1930 in Lugano bei Lisa Matthias auf; ab 19.7.1930 war er im Kurhaus Sonnmatt in Luzern, ab 9.8. zunächst in Locarno, danach in Brissago und Bellinzona (bis 22.8.1930).

81 f *abscheuliche Angewohnheit*] Eine solche Äußerung Goethe Grillparzer gegenüber ist nicht überliefert (zum Treffen zwischen Goethe und Grillparzer vgl. den Bericht Grillparzers, abgedr. in: Goethes Gespräche in 4 Bänden. Hg. von Wolfgang Herwig. Zürich, Stuttgart 1972, 78f). Mehrheitlich hat sich Goethe für die Mischung von Wein und Wasser ausgesprochen (vgl. z.B. ‹Die Wahlverwandtschaften›, WA, I. Abt., Bd. 20, 50, wo es heißt: «Bald werden sie sich als Freunde und als Bekannte begegnen, die schnell zusammentreten, sich vereinigen, ohne an einander etwas zu verändern, wie sich Wein mit Wasser vermischt.» Lediglich im ‹Tasso› (5. Aufzug, 1. Auftritt, in: WA, I. Abt., Bd. 10, 220) schreibt Goethe: «Die erste Pflicht des Menschen, Speis' und Trank / [...] / Wann mischt er Wasser unter seinen Wein?»

35 *Margot*] So hieß eine Freundin Lisa Matthias'. Sie wird in KTs Antwort auf eine Umfrage des ‹Uhu› mit dem Titel ‹Haben Sie sich schon einmal im Mai verliebt?› (Uhu Jg. 4, Mai 1928, H. 8) erwähnt.

3323 *viel in seinem Leben getan*] Der amer. Elektrotechniker Thomas Alva Edison konstruierte neben seinen zahlreichen Erfindungen auf dem Gebiet der Telegraphie den ersten direkt mit einer Dampfmaschine angetriebenen Generator zur Erzeugung des nötigen Stroms; auf der 1. Intern. Elektrizitätsausstellung in Paris 1881 wurde diese Erfindung als ein Weltwunder bestaunt. 1882 errichtete er das erste Elektrizitätswerk in New York, 1895 entwickelte er den Kinoaufnahmeapparat.

3327 *Kemenate*] Vom mittelhochdt. caminata, ein Zimmer mit einer Feuerstätte bzw. ein Wohn- und Schlafgemach in einer Burg. In späterer Zeit wurde der Begriff irrtümlicherweise als ein vom Männerhaus getrenntes Frauenhaus auf einer Burg gedeutet.

3344 *Blaubart*] Nach dem Märchen ‹Barbe-Bleu› aus der Märchensammlung ‹Contes de ma mère l'Oye› (1697; dt. ‹Märchen meiner Mutter Gans›) von Charles Perrault. Ritter Blaubart bringt seine Frauen um, sobald sie ein verbotenes Zimmer betreten.

3414 *Shakespeares Sturm*] The Tempest. Komödie in 5 Akten. UA: 1611 in London, am Hof. Vermutlich das letzte Werk von Shakespeare.

3435 *Zephir*] Ein zartes, weiches Baumwollgewebe aus mercerisierter Baumwolle.

3445 *Bobsleigh*] Mannschaftssportschlitten aus Holz oder Stahl mit zwei Kufenpaaren.

3505 *Malmö*] Hafenstadt in Südschweden, am Knotenpunkt der Bahnlinie Trelleborg-Stockholm gelegen; Schnellverkehr mit Eisenbahn- und Personenfähren nach Travemünde, Lübeck und Kopenhagen.

3505 *Trälleborg*] Trelleborg, Hafenstadt in Südschweden, Endpunkt der Bahnlinie Stockholm-Trelleborg, Schiffsverkehr und Eisenbahnfähre nach Deutschland (Saßnitz).

3550 *mallrig*] (plattdt.) albern.

3557 *Abbazia*] s. o. *135*.

3815 *niemals befriedigt*] In KTs Aufsatz ‹Die Anstalt› (WB 26.11.1929, II, 798–805, hier: 805; D 2324) heißt es über leitende Frauen in Anstalten: «Leitende Frauen unterliegen dem Machttrieb stärker als Männer, weil die meisten zu tun vermögen, was nur wenige Männer können: eine Arbeit bis in die letzte Falte hinein ernst nehmen. Frauen glauben an das, was sie im Dienst tun, wie an ein Evangelium. Daher sind sie: doppelt so aufopferungsbereit wie Männer, doppelt so machtgierig, doppelt so boshaft wie jene, wenn es diese Macht zu verteidigen und auszubauen gilt. Sehr oft schlägt der Machttrieb bei Frauen in seelischen Sadismus um – dann wohl immer, wenn sie geschlechtlich nicht voll befriedigt sind. So kommen viele Kindermißhandlungen zustande.»

818 ff *Rp. … Repetatur!*] Sigmund Freud: Zur Geschichte der psychoanalytischen Bewegung (in: Ders.: Gesammelte Werke. London, Reprint 1949, Bd. 10, 43–113, hier: 52). Es heißt dort: «Als Chrobak erschien, nahm er mich beiseite und eröffnete mir, die Angst der Patientin rühre daher, daß sie trotz achtzehnjähriger Ehe Virgo intacta sei. […] Das einzige Rezept für solche Leiden, fügte er hinzu, ist uns wohl bekannt, aber wir können es nicht verordnen. Es lautet:
Rp.
Penis normalis
dosim
Repetatur!»
Zu KTs Rekurs auf Freuds Theorie der Ätiologie der Neurosen vgl. Freuds 22. ‹Vorlesung zur Einführung in die Psychoanalyse› (‹Gesichtspunkte der Entwicklung und Regression. Ätiologie›, Studienausgabe, Bd. 1, 333–349) – Vgl. zudem Erwentraut 1994, 159.

23 *Macht*] Vgl. dazu Freuds Theorie vom Aggressionstrieb als einer «ursprüngliche[n], selbständige[n] Triebanlage des Menschen» (‹Das Unbehagen in der Kultur› (1930), in: Ders.: Studienausgabe, Bd. 9, 193–270, hier: 249). – Zur Auseinandersetzung KTs mit den Machttheorien Schopenhauers bzw. Le Bons vgl. Hepp 1993, 165f, 189–191, 208–211.

25 *Spartakus*] Führer im dritten Sklavenkrieg, entfloh 75 v. Chr. mit 70 Genossen aus einer Gladiatorenschule in Capua. Durch Zulauf von Sklaven verstärkt, besiegte er mehrmals röm. Truppen und hielt einen Teil Süditaliens in seiner Gewalt.

62 *für lange Zeit hier einmieten*] s.o. *101*.

69 ff *«Schön … Vorübergehenden.»*] Vgl. die nahezu identische Passage in ‹Ab 12.46 Uhr›, Voss 4.9.1930; D 2547; vgl. auch oben *2131f*.

70 *Prior*] Der erstere, Vorsteher eines kath. Klosters, bei Benediktinern Vertreter des Abts.

88 *Tack so mycket*] Tack så mycket (schwed.: Vielen Dank).

33 *Wer war hier Kind?*] Zur Mutter-Kind-Konstellation der Hauptfiguren des Romans sowie den Freud-Reminiszenzen dieser Konzeption vgl. Erwentraut, 154ff.

50 *Trälleborg*] s.o. *3505*.

57 f *Whatever … to you –*] Was immer du tust, mein Herz gehört noch immer dir.

89 *Martje Flor*] Martjen, volkstüml. Name für Marienblümchen und Tausendschön, Flor, 16 Jh. Blumenfülle, Gedeihen, Wohlstand. In der 3. Aufl. von SG handelt es sich nicht um eine holsteinische, sondern um eine friesische Bauerntochter (vgl. «Lesarten und Varianten», 3990).

52

Auf dem Nachttisch

V: Peter Panter

D^1: WB Jg. 27, Nr. 18, 5.5.1931, I, S. 656–660

Bibl.: Nd s. Bonitz/Wirtz D 2587; 1 NdzL (Td), u.d.T.: Elf Bände, die die Welt erschütterten; GW 9

Sammelrez.: Sigmund Freud: Gesammelte Schriften. Bd. 1–11. Hg. von Otto Rank und A[dolf] J[osef] Storfer unter Mitwirk. der Verf. Anna Freud. Wien: Internationaler Psychoanalytischer Verlag 1924–1928. – Willy Haas: Gestalten der Zeit. Mit einem Nachwort von Walter Benjamin. Berlin: Kiepenheuer Verlag 1930. – Matwey Liebermann: Im Namen der Sowjets. Aus Moskauer Gerichtsakten. Aus dem Russ. von Rudolf Selke. Berlin: Malik-Verlag 1930. – Lenka von Körber: Menschen im Zuchthaus. Frankfurt/M.: Societäts-Verlag 1930. – Henriette von Gižycki: Kaplan Fahsel in seinem Werdegang, unter Zuhilfenahme seiner Briefe und Aufzeichnungen dargestellt. Berlin: Buchverlag Germania 1930. – Franz Zorn: Stempellieder. Berlin: Verlag des Sturm (Sonderheft des ‹Sturm›. Dezember 1930). – Karl Benno von Mechow: Das Abenteuer. Ein Reiterroman aus dem großen Krieg. München: Langen Müller 1930. – Die Weltkriegs-Spionage. Authentische Enthüllungen. Hg. mit einem Vorwort von Paul von Lettow-Vorbeck und einem Nachwort von Graf Felix v. Bothmer. Verlag Justin Moser. München 1930. – Vorsicht! Feind hört mit! Eine Geschichte der Weltkriegs- und Nachkriegsspionage. Hg. von Hans Henning Freiherr Grote. Berlin: Neufeld & Henius 1930

1 f *Elf Bände … erschütterten.*] Nach John Reeds Reportage über die Oktoberrevolution ‹Zehn Tage, die die Welt erschütterten› (1919).

9 f *Es ist … trivial.*] Das Zitat ist in dieser Form nicht nachweisbar, KT zieht zwei Zitate zusammen: «Die Wahrheit war zu allen Zeiten paradox: und es ist doch nicht ihre Schuld.» Arthur Schopenhauer: Die beiden Grundprobleme der Ethik, in: Schopenhauer 1937ff, Bd. 4, 274; «Alle Wahrheiten erscheinen bei ihrem Auftreten paradox.» Schopenhauer: Die Welt als Wille und Vorstellung, Bd. 1, in: Ebd., Bd. 2, XV.

26 *Gedächtnisartikel für Charcot*] Sigmund Freud: J.M. Charcot (Nachruf) [1893], in: Ders.: Gesammelte Schriften. Bd. 1. Wien 1924, 243ff. – Nachdem Freud 1885 zum Privatdozenten für Nervenkrankheiten des Wiener Allgemeinen Krankenhauses ernannt worden war, erkannte man ihm im gleichen Jahr ein Stipendium zu, das es ihm ermöglichte, für sechs Monate an der Pariser Salpêtrière bei dem dortigen Direktor Charcot zu lernen und sich in das Krankheitsfeld der Hysterie einzuarbeiten. Charcot, seit

1882 Leiter dieser Klinik für Nervenkrankheiten, war vor allem wegen seinen neuroanatomischen und psychopathologischen Untersuchungen bekannt.

34 f *Internationalen Psychoanalytischen Verlag*] Im Sommer 1918 stellte ein dankbarer Patient, Anton von Freund, Freud einen Teil seines Vermögens zur Verfügung, aus dem im Jan. 1919 der Verlag gegründet wurde. Neben dem Spender und Freud wirkten Ferenczi und Rank an der Gründung mit.

37 f *‹Zukunft einer Illusion›*] ‹Die Zukunft einer Illusion›, ersch. in Bd. 11 (Schriften aus den Jahren 1923–1928. Vermischte Schriften. Hg. von Anna Freud und Adolf J. Storfer. Wien 1928) der Gesamtausgabe. Zusammen mit seiner Untersuchung ‹Das Unbehagen in der Kultur› zählt diese Studie zu den späten, sog. kulturtheoretischen Schriften Freuds.

38 *‹Unbehagen in der Kultur›*] Der Aufsatz erschien in Bd. 12 der Gesamtausgabe: Sigmund Freud: Schriften aus den Jahren 1928–1933. Vermischte Schriften. Hg. von Anna Freud und Robert Wälder. Wien 1934, 29ff (Einzelausgabe: Wien 1930).

42 *halbgebildete Katholiken*] Anspielung auf die als «Kulturbolschewismus-Debatte» bezeichnete Diskussion, die am 5.3.1931 im RT in Zusammenhang mit der Etatsberatung des Innenministeriums stattfand; Wirth gab sich hier als Interessenvertreter der kath. Kirche zu erkennen (vgl. Verh. d. RT, Bd. 445, 1382–1389, insbesondere 1388f).

43 *Bibel der Gottlosen*] Anspielung auf die zur Freidenkerbewegung gehörende kommunist. Organisation «Die Gottlosen». Im März 1931 waren auf Anregung des Reichsinnenministers Wirth mit Hilfe der Notverordnung (Verordnung des Reichspräsidenten zur Bekämpfung politischer Ausschreitungen) vom 28.3.1931 die geplanten Anti-Osterkundgebungen der Gottlosenbewegung verboten worden. Vgl. ‹Wirth gegen die ‹Gottlosen››, BT 28.3.1931; ‹Die verbotenen ‹Gottlosen-Kundgebungen››, BT 5.4.1931, M; CvO: Katholische Diktatur, jetzt in: Ossietzky 1994, Bd. IV, 236ff.

50 *Totenmasken*] So lautet ein Kapitel bei Haas 1930, 227–231.

51 *rapprochement*] Annäherung. Haas schreibt über «Deutschland-Frankreich» (ebd., 219–224). – Vgl. auch [93], 1ff.

52 f *Parallele von Theologie und Kriminalroman*] ebd., Kap.: «Die Theologie in Kriminalromanen», 105–114.

57 *Untersuchung über Hofmannsthal*] ebd., 137–161.

58 *Österreicher*] Hofmannsthal wurde 1874 in Wien geboren; Haas 1891 in Prag. In dem von ihm mitbegr. Prager Herder-Verein lasen auf Haas' Initiative hin Hofmannsthal und Kafka. Diese Begegnung war für Haas von

großer Bedeutung; noch 1964 veröffentlichte er eine Studie über Hofmannsthal (Berlin).

74 *‹Literarischen Welt›*] Haas war Hg. der von 1925 bis 1933 ersch., von Ernst Rowohlt gegr. Zeitschrift ‹Die Literarische Welt›. Der Band versammelt Aufsätze aus den Jahren 1926 bis 1929.

77 *Sling*] Unter diesem Pseudonym veröffentlichte der Schriftsteller und bekannteste Gerichtsreporter der 20er Jahre Paul Felix Schlesinger seine Berichte über Sensationsprozesse und gewöhnliche Verfahren vor Zivil- und Strafgerichten, zumeist in der Voss. In der WB publizierte Sling Aufsätze zu Fragen der Rechtspraxis und Rechtspolitik. – Vgl. dazu auch KTs in Zusammenhang mit Schlesingers Tod entstandenes Gedicht ‹Der Meineid›, WB 28.5.1929, I, 825; D 2231.

79 *‹Prawda›*] vgl. 24], *150.*

80 *große Affairen*] In der «Vorbemerkung» (9) zu Liebermanns Schilderungen heißt es: «Die Schattenseiten des sozialistischen Lebens offenbaren sich deutlich in den Verhandlungen der Gerichte. In den Gerichtsarchiven findet der Gelehrte, der Psychiater, der Jurist, der Arzt und der Sittenschilderer ein umfassendes Material für seine Arbeit. Diesem Material habe ich einige Fälle – aus den Jahren 1923 bis 1929 entnommen.»

80 *Ramsin-Prozeß*] Schauprozeß wegen angebl. Industriesabotage gegen sowjet. und ausländische Techniker. – Vgl. dazu auch Hans Siemsen: G.P.U. (III. Der Ramsin-Prozeß), WB 2.6.1931, I, 795–801.

81 *‹Spione und Saboteure›*] Spione und Saboteure vor dem Volksgericht in Moskau. Bericht über den Hochverratsprozeß gegen Ramsin und Genossen vom 25.11. bis 7.12.1930 im Gewerkschaftshaus in Moskau von Andor Gabor auf Grund der stenographischen Protokolle zusammengestellt. Berlin 1931.

119 *man schreibe eine Psychologie*] Vgl. hierzu auch [47], 136f.

127 *Bucheinbände John Heartfields*] Heartfield gestaltete seit 1921 die Bucheinbände des von seinem Bruder Wieland Herzfelde 1917 gegr. Malik-Verlags. Vgl. auch KTs Ausspruch: «Wenn ich nicht Peter Panter wäre, möchte ich Buchumschlag im Malik-Verlag sein», ‹Auf dem Nachttisch›, WB 2.2.1932, I, 177–180, hier: 177; D 2691.

128 f *Photos auf der Rückseite*] Die Abbildung auf der Rückseite zeigt zwei Männer und eine Frau, vermutlich die Angeklagten und die Gefängniswärterin, in einer Reihe sitzend, unter den Bildern von Marx und Lenin.

150 *‹Kaplan Fahsel*] Helmut Fahsel war kath. Theologe. Henriette von Gižycki nahm ihn als Pensionär in ihr Haus auf.

157 f *«Ich hoffe … beiträgt.»*] Gižycki 1930, 7.

178 *Industrie-Schlachterei*] 1. Weltkrieg.

179 *Scharteke*] Vgl. [43], *104*.

179 f *heiligen Sankta Barbara*] St. Barbara gehörte seit dem 15. Jh. zu den heiligen vierzehn Nothelfern, sie wird als Schutzheilige der Sterbenden verehrt.

187 *Kulturdichter Binding*] Von KT wiederholt verwendete Bezeichnung für Rudolf G. Binding. – Vgl. ‹Larissa Reissner›, WB 22.2.1927, I, 298–302; Bd. 9 [19], 53; ‹Briefe an einen Fuchsmajor›, WB 31.1.1928, I, 163–170; D 1973.

190 f *Liebling gut-liberaler Kreise*] Binding galt vielen in den 20er Jahren als die Verkörperung des «deutschen Dichters» schlechthin. Seine national-konservative und aristokratische Gesinnung sowie sein klassizistisches Dichtungskonzept trugen ihm den Ruf eines vollendeten Gentleman und eine breite Rezeption in bürgerlich-liberalen und adeligen Kreisen ein. Binding wurde 1934 Präsident der Deutschen Akademie der Dichtung.

194 f *«Von dem … noch nie»*] Mechow 1930, 77.

202 f *Freikorps*] Die nach dem 1. Weltkrieg entstandenen Freikorps waren entweder neu gegr. Formationen des alten Heeres oder aus Freiwilligen aufgestellte Verbände; sie unterstanden bis zur Unterzeichnung des Versailler Vertrages der OHL, danach der Reichswehrführung. Sie wurden sowohl zur Bekämpfung kommunist. Aufstände als auch im Baltikum gegen die Rote Armee (1919) und in Oberschlesien gegen die Polen (1921) eingesetzt. Viele der meist rechts gerichteten Mitglieder waren nach der Auflösung der Freikorps in Zusammenhang mit der Stabilisierung der Weimarer Republik am Kapp-Putsch und an Fememorden sowie am Aufbau von Wehrverbänden beteiligt. – Vgl. auch Bd. 4 [13], *37f.*

215 *dickes Buch*] Der Band umfaßt fast 700 Seiten.

217 ff *«Zum Schluß … unzutreffend.»*] Zitat nicht ermittelt.

220 *Miss Cavells*] Die engl. Krankenpflegerin Edith Cavell arbeitete für den brit. Geheimdienst. Sie verhalf nach Ausbruch des Weltkriegs während der dt. Besatzung Belgiens zahlreichen militärpflichtigen Belgiern zur Flucht. Durch ein feldgerichtliches Urteil vom 9.10.1915 wurde sie wegen Kriegsverrats («Zuführung von Mannschaften an den Feind») zum Tode verurteilt und am 12.10.1915 standrechtlich erschossen.

223 f *‹Vorsicht! Feind hört mit!›*] Der Titel des Buches ist «deutschen Warnungsplakat[en]» entnommen. Deren genauer Text lautete: «Vorsicht bei Gesprächen. Feind hört mit!!» (Abb. bei Grote 1930, 21). Die entsprechenden frz. Plakate und Anschläge lauteten: «Méfiez-vous. Le boche est sur la ligne» oder «Taisez-vous! Les oreilles ennemies vous écoutent» (Abb. ebd., 22).

229 ff *«Die Spionage … Ewigkeit.»*] ebd., 14.

237 ff *«Es wurde ... kämpften.»*] Wulf Bley: Die silbernen Kugeln. Propaganda und Zersetzung in der deutschen Heimat und an der Front, in: Grote 1930, 167–204, hier: 171.

246 *«Werteste deutsche Soldaten!»*] ebd., «Französische Frontpropaganda», 196. Der Text des Werbezettels lautete: «Ihr pflegt kleine Papierzettel vor unseren Posten niederzulegen, in denen euch das arme Frankreich zu bedauern beliebt. Dieses Mitleid rührt von einem guten Herzen her. Wir vergelten es gerne. Ihr dauert uns wirklich, daß ihr von euren Vorgesetzten so heillos betrogen werdet.
Übrigens begreifen wir recht wohl, daß euren Zeitungen verboten wird, die Gesamtzahl eurer Verluste zu veröffentlichen. Die kleine Rechnung haben wir selbst gemacht. Wir haben also bloß eure amtlichen Verlustlisten zusammenzuzählen gebraucht: aus diesem einfachen Rechenexempel ergibt sich die Zahl von
Einer Million drei hundert und fünfzig tausend Toten!»

250 *Anders Zorn*] ebd., 25. In einem «Fahndungsblatt des Polizeipräsidiums Berlin» vom 7.10.1916 hieß es: «Der hier abgebildete schwedische Kunstmaler Anders Zorn ist spionageverdächtig. [...] Es wird gebeten, Zorn und die Popea bei einer etwaigen Einreise scharf, aber unauffällig zu durchsuchen, Reiseziel und -zweck feststellen und telegraphisch Nachricht zu geben an die hiesige Dienststelle und die Polizeiverwaltung des Reiseziels.»

254 f *Rappaport*] ebd., 216f. – Wortspiel mit D'Annunzios richtigem Namen Antonio Rapagnetto und dem ital. Wort für Bericht. Damit wird auf D'Annunzios Aktion vom 20.9.1915 angespielt, in der er aus einem Flugzeug heraus über Triest einen Aufruf an die ital. Bevölkerung abgeworfen hatte.

257 f *großen Literatur der gequälten Matrosen*] KT könnte Theodor Pliviers Roman ‹Des Kaisers Kuli. Roman der deutschen Kriegsflotte› (Berlin o.J. [1929]) gemeint haben (vgl. hierzu P. Kast: Ein ehemaliger Kuli über Plivier. Rote Matrosen begrüßen ihren Roman, RF 27.11.1929, Beilage).

258 f *Matrosenrevolte in Kiel*] Im Kieler Hafen stationierte Matrosen gaben am 3.11.1918 den Auftakt zur Novemberrevolution. Einen Tag später war die Stadt in ihrer Hand; danach übernahm ein Arbeiter- und Soldatenrat die Macht.

259 *Battisti*] Grote 1930, 159ff. – Der ital. Journalist Battisti kämpfte im Weltkrieg, obwohl selbst österr. Reserveoffizier, gegen Österreich-Ungarn. Er wurde 1916 gefangengenommen und wegen Hochverrats und Desertion zum Tod verurteilt.

261 f *«angeblicher Spion»*] ebd., 137.

62 f *Untaten rheinischer Anti-Separatisten*] Hans Henning Freiherr Grote: Separatisten, Spione, Gesindel, in: Ebd., 260–285.

63 ff *«Unterwegs ... fort.»*] ebd., 285.

70 *«Staatsgrenze»*] ebd., 48 ff.

72 *hier Mord Pflicht, dort Mord verboten*] Diese Argumentation wird wenig später in Zusammenhang mit KTs Satz «Soldaten sind Mörder» inkriminiert; s. [88], 35 ff und *38*.

72 f *Menschen erschossen*] KT mußte im Febr. 1917 in Alt-Autz als Schreiber bei der Erschießung russ. Spione assistieren.

85 *der Frau*] Die Photographie hält den Augenblick der Exekution des Mannes fest.

89 *die Augen verbunden*] Beide Abbildungen zeigen, daß der Kopf der Frau mit einem Tuch bedeckt wurde.

00 *Patzer*] Stümper.

53

Wo sind meine Schuhleisten –?

V: Peter Panter
D[1]: Vossische Zeitung Nr. 111, 10. 5. 1931, Post-Ausg., Unterhaltungsblatt Nr. 108, [S. 3]
Bibl.: Nd s. Bonitz / Wirtz D 2588; 4 Nd; NdzL: PT 22. 5. 1931; GW 9

9 *eine Geschichte*] Mark Twain: Concerning Chambermaids [1866], in: Ders.: The Complete Humorous Sketches and Tales. Collected by Charles Neider. New York 1961, 75 f (dt. Ausgabe in: Twain: Gesammelte Werke. Bd. 9, Frankfurt / M. 1985).

24 *Gremsmühlen*] KT hielt sich im Sept. 1928 zusammen mit Lisa Matthias in Gremsmühlen bei Eutin auf.

65 *Adolar*] Männl. Name aus dem althochdt.; Zusammensetzung aus Adal (Adel) und aro (Adler). In älteren Lustspielen der Typus des schmachtenden Liebhabers.

54

Auch eine Urteilsbegründung

V: Ignaz Wrobel
D[1]: WB Jg. 27, Nr. 19, 12.5.1931, I, S. 680–681
Bibl.: Nd s. Bonitz/Wirtz D 2589; 3 Nd; GW 9

3 *zu vier Monaten Gefängnis*] Das sozialdemokrat. ‹Sächsische Volksblatt› hatte im Sept. 1929 in der Rubrik «Till Eugenspiegel», die in die Redaktionszuständigkeit von Walther Victor fiel, die Satire ‹Zwischen zwei Halunken› des kommunist. Schriftstellers Paul Körner veröffentlicht (die Satire wurde zudem in der RF abgedruckt). Körner, Mitglied des «Bundes proletarisch republikanischer Schriftsteller» und ständiger Mitarbeiter der kommunist. Zeitschrift ‹Die Linkskurve›, erzählt von einem seit 21 Jahren inhaftierten Gefangenen, der kurz vor seinem Tod in Anwesenheit von Anstaltsdirektor und Anstaltsgeistlichem folgende Sätze geäußert hatte: «Nun kann ich ruhig abreisen. Unser Jesus starb ja auch zwischen zwei Halunken.» Die kath. Kirche zeigte Victor wegen Gotteslästerung (§ 166 StGB) an. Mit der Begründung, dieser habe nicht die Kirche, sondern den Strafvollzug treffen wollen, lehnte das Zwickauer Schöffengericht am 24.3.1930 die Klage in erster Instanz ab. Das Reichsgericht hob jedoch dieses Urteil auf, in zweiter Instanz wurde Victor am 24.2.1931 vom Zwickauer Schöffengericht zu vier Monaten Haft verurteilt. – Vgl. dazu auch Walter Karsch: Walther Victor als Angeklagter, WB 3.3.1931, I, 330–332, hier: 331, sowie Victors Reaktion: ‹Gotteslästerung in Zwickau›, WB 16.3.1931, I, 367; ‹Lämmle lästert Gott›, WB 26.5.1931, I, 779.

4 f *staatlich geschützte Religionsgesellschaft*] s. [45], *9*.

6 f *Reichsbanner*] Der vollständige Name war «Reichsbanner Schwarz-Rot-Gold». Der Bund der dt. Kriegsteilnehmer und Republikaner, der 1925 3,5 Mio. Mitglieder zählte, war 1924 von den Sozialdemokraten Hörsing und Höltermann als Wehrverband zur Verteidigung der Republik gegr. worden. 1932 schloß er sich mit den Gewerkschaften und anderen Verbänden zur Eisernen Front zusammen. KT spielt auf das milde Strafmaß für die Vergehen der Rechten und die hohen Strafen für die der Linken an.

14 ff *«Bei der Strafzumessung … erforderlich.»*] Vgl. den auszugsweisen Abdruck des Urteils in dem Aufsatz: ‹Ein unerhörtes Klassenurteil. Genosse Victor wegen angeblicher Gotteslästerung zu vier Monaten Gefängnis verurteilt›, Sächsisches Volksblatt 23.2.1931.

52 f *nach Joseph Wirth*] Rede Wirths im Haushaltsausschuß des Reichstags

am 20.2.1931 über Radikalismus in Deutschland. Die BVZ (21.2.1931, M) kommentierte Wirths Äußerung mit den Worten: «Vergleich Hitlers mit Nietzsche. Er [Wirth] meinte, viele Stellen in Hitlers Buch ‹Mein Kampf› könnten von Nietzsche stammen, sie seien nur nicht von dem kühnen Schwung eines Sprachgenies getragen, sondern von einer überstürzten und übersteigerten Rassenidee.» – Vgl. hierzu die «Antwort»: ‹Joseph Wirth›, WB 24.2.1931, I, 299, sowie die «Antwort»: ‹Kenner›, WB 10.3.1931, I, 372.

55 f *Religion erhalten bleiben*] Nach einer Eintragung Wilhelm I. in die Altarbibel der Siegesdankkirche zu Altwasser am 6.11.1887: «Dem Volk muß die Religion erhalten bleiben.»

61 ff *unsern Gesinnungsfreunden gegenüber*] Vgl. hierzu: KT an Marierose Fuchs, Briefe vom 13.9.1930 und 11.10.1930 (BK, 49–53), im letzteren wendet er sich gegen Hellmut v. Gerlachs Katholizismus-Kritik.

55

Sauflied, ganz allein

V: Theobald Tiger (D^1); Kurt Tucholsky (D^2)
D^1: WB Jg. 27, Nr. 19, 12.5.1931, I, S. 701
D^2: Lerne lachen ohne zu weinen 1931, S. 367–368
Bibl.: Nd s. Bonitz/Wirtz D 2590; 8 Nd, 1 Nd mit Noten; GW 9

Varianten
Die Varianten sind nach D^2 verzeichnet
1 Alle Rechte vorbehalten] *fehlt* **2** dich;] dich, **12–21** Kind … leben!] *Strophe fehlt* **22** waren] sind so **24** Glyn Kaliski] Glyn-Kaliski **30** black and white] Black and White **46** Mein Land Tirol!] Lebe wohl! **47** Lebe wohl –! Lebe wohl –!] Lebe wohl, mein Land Tirol –!

Der Beginn des Liedes findet sich schon in SG (s. [51], 1514 ff).

30 *black and white*] Whiskymarke.

56

Theobald Tiger spricht

V: Kurt Tucholsky
D[1]: WB Jg. 27, Nr. 19, 12.5.1931, I, S. 708–709 [Rubrik:] Bemerkungen
Bibl.: Nd s. Bonitz / Wirtz D 2591; 1 Nd; GW 9

1 *Prosaklasse*] Unter dem Pseudonym Theobald Tiger veröffentlichte KT in der Regel ausschließlich Lyrik.

8 *furchtbar beklaut*] In einem Brief an MT vom 6.2.1933 (s. Bd. 20 [B 2]) schrieb KT: «Grammophonplatten werden von der AMMRE [Anstalt für musikal. Aufführungsrechte] geregelt, aber leider so, daß die Herren Schauspieler ihr Honorar, die Autoren aber nur eine Beteiligung beziehn. Paul [Graetz] hat mir mit den Käselöchern selig die einzige Summe eingetragen, die ich jemals für Platten bekommen habe. [...] Der Rest fragt manchmal an – das Gros stiehlt.»

53 *auf Schallplatten*] Platten-Aufnahmen mit Gedichten und Chansons von KT gab es vor 1933 von Claire Waldoff, Paul Graetz, Kate Kühl, Ernst Busch, Alfred Beierle, Marek Weber, Trude Hesterberg, Curt Bois, Hans Hellwig, Dora Paulsen, dazu verschiedene Kapellen wie das Kammerorchester Dajos Béla oder die Künstlerkapelle vom Hotel Adlon. – Vgl. hierzu: Alan Lareau: Kurt Tucholsky-Discographie. Marbach 1998.

56 *Paul Graetz*] KT kannte Graetz bereits seit Anfang der 20er Jahre. Für ihn hatte er 1919 / 1920 Chansons zum Vortrag im Kabarett «Schall und Rauch» geschrieben (z.B. ‹Wenn der alte Motor wieder tackt! ...›, ‹Das ist der Herzschlag›; vgl. auch das Widmungsgedicht ‹Wenn eena jeborn wird. Allemal für Paulchen›, WB 14.6.1932, I, 904; D 2740). Willi Schaeffers trug KTs Texte und Chansons in der Nelson-Revue ‹Total Manoli› vor. 1922 planten KT, Graetz, Hans Siemsen und Rosa Valetti die Gründung eines literarischen Arbeiterkabaretts mit dem Namen ‹Die rote Nachtigall›.

59 *‹Katakombe›*] Die «Katakombe», ein literarisch-politisches Cabaret, war 1929 von Werner Finck und Hans Deppe in Berlin gegründet worden.

57

Der neue Remarque

V: Ignaz Wrobel
D[1]: WB Jg. 27, Nr. 20, 19.5.1931, I, S. 732–733

Bibl.: Bonitz/Wirtz D 2592; GW 9
Rez.: Erich Maria Remarque: Der Weg zurück. Berlin: Propyläen-Verlag 1931

Vgl. auch die «Antwort» von E. Wendt auf KTs Rezenzion in WB 30.6.1931, I, 972f.

7 f *Heimatdichter angepriesen*] Mit dem Begriff Heimatdichtung grenzte man in den 20er und 30er Jahren die im ländlichen Milieu und in der Provinz angesiedelte Dichtung konservativ-traditioneller Autoren gegen die (Berliner) Großstadtliteratur der literarischen Moderne ab. Die Gegensatzpaare Berlin-Provinz, Großstadt-Landschaft, Asphalt-Scholle bzw. Heimat bestimmten in den letzten Jahren der Weimarer Republik maßgeblich die literarische wie die gesamtkulturelle Diskussion. Vgl. [87], *109*.

20 *der Linken*] Gemeint ist die kommunist. Linke, die bereits Remarques Anti-Kriegsroman ‹Im Westen nichts Neues› wegen der objektiv-neutralen Berichtform scharf kritisiert hatte. Vgl. z.B. das Urteil der ‹Linkskurve› (Bi.: Wirklich zurück, in: Die Linkskurve Jg. 3, Nr. 8, August 1931, 24f): «In seinen Grundzügen war schon das erste Buch Remarques ‹Im Westen nichts Neues› arbeiterfeindlich. Es war dazu bestimmt, das Bewußtsein der Massen zu umnebeln, alle wirklichen Triebkräfte und Ursachen jener Schrecken des Krieges, die der Autor aufzeichnet, zu verhüllen und als Schicksalsschläge einer unverständlichen und unkontrollierbaren Gewalt hinzunehmen. [...] In seinem neuen Buch jedoch wird noch das letzte Schwanken, der Rest eines pazifistisch-demokratischen Standpunktes aufgegeben. [...] Der Weg Remarques ist ein Weg nach rückwärts, der Weg eines Klassenfeindes.»; vgl. weiter K.N.: Remarque. Im Westen nichts Neues, RF 3.3.1929: «Dieses Buch, das glänzend und hinreißend geschrieben ist, schweigt, und das ist seine tiefe Schuld, vor der neuen Generation. [...] Der ideologische Mangel, das Fehlen einer revolutionären Weltanschauung und damit eines klaren, analysierenden Bewußtseins für die Bedeutung, die Triebkräfte und den Charakter des Krieges, der gestaltet wird, schlägt zwangsläufig auch in Schwächen der künstlerischen Form und ihrer Wirkung um.»

22 *Meistersinger von Moskau*] Abänderung des Titels von Richard Wagners Oper ‹Die Meistersinger von Nürnberg›, hier als Anspielung auf die Komintern verwendet.

25 *penetrante Besserwisserei Alfred Döblins*] Döblin hat sich nicht zu Remarques Romanen geäußert, lediglich zu dem Verbot des Films ‹Im Westen nichts Neues› bezog er Stellung (‹Zensur der Straße›, in: Der Film

Jg. 15, Nr. 50, 13.12.1930; vgl. Alfred Döblin: Schriften zur Politik und Gesellschaft. Olden und Freiburg/Br. 1972, 258f). – Vermutlich spielt KT auf Döblins 1931 erschienene Schrift ‹Wissen und Verändern. Offene Briefe an einen jungen Menschen› (Berlin) an, in der dieser den Intellektuellen einen humanen, «geistesrevolutionären» Sozialismus jenseits doktrinärer Parteien und Ideologien empfahl und eine Ortsbestimmung der dt. Intelligenz neben der Arbeiterschaft vornahm. Döblins Essay war aus den ‹Offenen Briefen an einen jungen Menschen› hervorgegangen, die er 1930 an den Studenten Gustav Hocke geschrieben hatte. Hocke wandte sich in der Krisenzeit zu Beginn der 30er Jahre zwecks einer geistigen und polit. Orientierung an Döblin. Döblins «offene Briefe» erschienen unter den Titeln ‹Offene Antwort an einen jungen Menschen› im ‹Tage-Buch› (TB 5.7.1930, II, 1061–1170) und ‹Führer für junge Wanderer durchs Labyrinth› (TB 23.8.1930, II, 1338–1344; 6.9.1930, II, 1421–1427; 11.10.1930, II, 1638–1645).

33 f *‹Im Westen nichts Neues›*] Erschienen 1929 im Propyläen-Verlag.

50 *kleine Szene*] Remarque 1931, 36f.

55 *Klamaukszene*] ebd., 103.

57 f *«Aber ... täuschen!»*] ebd., 22.

59 ff *«Ihm gegenüber ... nicht er.»*] ebd., 127.

61 f *«Sie haben ... abfuhren.»*] ebd., 139. Das Zitat lautet wörtlich: «Aber Sie haben ihn nur bis zum Bahnhof gesehen [...].»

83 f *hat besiegen lassen*] Anspielung auf die Vorfälle um den Film ‹Im Westen nichts Neues›, dessen Verbot Goebbels im Dez. 1930 erreicht hatte. Vgl. [33], *1*. – Remarque mischte sich zu keinem Zeitpunkt in die Diskussion um seinen Roman und dessen Verfilmung ein. Zur Kritik an Remarques Schweigen vgl. beispielhaft CvOs Rezension ‹Remarque-Film› (Ossietzky 1994, Bd. V, 490–493).

58

Der patriotische Schneider

V: Peter Panter
D[1]: WB Jg. 27, Nr. 20, 19.5.1931, I, S. 739–740 [Rubrik:] Bemerkungen
Bibl.: Bonitz/Wirtz D 2593
Rez.: Paul Poiret: En habillant l'Epoque. Paris: Éditions Bernard Grasset 1930

1 *Paul Poiret ... der Schneider*] Poiret begann im Jahr 1896 bei Doucet, danach arbeitete er bei Worth (vgl. unten *11*), bis er 1906 sein eigenes Haus eröffnete. Er befreite die weibliche Mode vom Korsett und entwarf eine vom Orient inspirierte Kollektion. 1911 gründete er die Schule Martine, sechs Monate später das «Maison Martine», das u. a. Muster für Bezüge und Stoffe gestaltete. Für Poiret arbeiteten zahlreiche Maler und Dekorateure, unter ihnen Vlaminck. Der 1. Weltkrieg, die schlechte ökonomische Lage, aber auch der sich wandelnde Geschmack setzten dieser erfolgreichen Periode Poirets ein abruptes Ende. Nach mehreren Versuchen, an seine früheren Erfolge anzuknüpfen, zog er sich 1925 in die Provence zurück, wo er die von KT besprochenen Memoiren schrieb.

10 *Patou*] Jean Patou, frz. Modeschneider, begann unter dem Namen Parry, bis er 1919 ein Haus unter seinem richtigen Namen eröffnete. Zusammen mit Chanel war er in den 20er Jahren einer der bekanntesten frz. Modeschöpfer.

11 *Worth*] Charles Frederick Worth, in England geboren, arbeitete seit 1846 in Paris als Damenschneider; 1858 setzte er sich mit der Idee durch, für jede Saison eine neue Kleiderkollektion zu entwerfen und sie mit lebenden Modellen seiner Kundschaft vorzuführen. Innerhalb kürzester Zeit avancierte Worth zum Schneider der frz. Königin; mit Ausnahme Queen Victorias zählten alle weiblichen Angehörigen der europäischen Herrscherhäuser zu seiner Kundschaft.

25 *Kapitel über den Krieg*] ‹La guerre›, Poiret 1930, 194–212.

29 ff *«Kaum ... ihn ein.»*] ebd., 197: «De retour chez moi, je fis préparer mes valises, ma voiture. Il fallait partir le soir même. Je dis à mon Viennois que j'allais l'emmener à Paris avec moi. Il me dit que sa bicyclette était détraquée. ‹Il n'est pas question de ça, lui répondis-je. La guerre a été déclarée par l'Autriche à la France. Nous étions camarades hier, nous ne le sommes plus aujourd'hui. Je ne puis pas, moi Français, partir contre l'Autriche, et laisser des Autrichiens dans ma maison. Je vous emmène avec moi et vous serez le premier pisonnier inscrit au tableau.› Je le ramenai à Paris, avec des égards, mais à coté du chauffeur et je le remis le lendemain matin entre les mains du Gourvernement militaire qui l'écroua.»

45 ff *«Der Franzose ... köntrieh!»*] Vermutlich handelt es sich um eine Formulierung KTs.

48 *Rait oder rong mai köntrieh!»*] Right or wrong – my country. Sprichwörtl., dem amer. Admiral Stephen Decatur zugeschrieben. Dieser hatte nach der Rückkehr von einem Flotteneinsatz im Jahr 1816 geäußert: «Our country! In her intercouse with foreign nations, may she always be in the right, but our country, right or wrong!» («[...] aber es ist unser Vaterland, ob im Recht oder Unrecht.»). – Zitiert in dem von KT rezensierten Buch

‹Vorsicht! Feind hört mit! Eine Geschichte der Weltkriegs- und Nachkriegsspionage›. Hg. von Hans Henning Freiherr Grote (Berlin 1930); vgl. [52], *223f.*

59

Die Ehemalige

V: Peter Panter
D^1: Vossische Zeitung Nr. 123, 24. 5. 1931, Post-Ausg., Unterhaltungsblatt Nr. 119, [S. 2]
Bibl.: Nd s. Bonitz / Wirtz D 2594; 4 Nd; GW 9

60

So verschieden ist es im menschlichen Leben!

V: Peter Panter (D^1); Kurt Tucholsky (D^2)
D^1: WB Jg. 27, Nr. 21, 26. 5. 1931, I, S. 776–777
D^2: Lerne lachen ohne zu weinen 1931, S. 347–360, in anderer Zusammenstellung (Td)
Bibl.: Bonitz / Wirtz D 2595; GW 9

Vgl. [45]; folgende Aphorismen wurden nicht in D^2 übernommen: 4–5, 7–12, 18–19, 26–32, 34, 40–42, 58–59, 61–62, 64–71.

Varianten
Die Varianten sind nach D^2 verzeichnet
0 Leben!] Leben –! **14** Cabaret-Abende] Kabarett-Abende **37** da; der] da, der **55** gegessen oder] gegessen, oder

36 f *«Il a trouvé ce mot …»*] Er hat dieses Wort gefunden.
64 *Arbeitslosen*] Ende 1931 hatte England unter dem Kabinett MacDonalds fast 3 Mio. Arbeitslose. Vgl. ‹3 Millionen Arbeitslose in England›, BT 24. 8. 1931, A.
65 *Guyana*] Frz.-Guyana, frz. Strafkolonie im nördl. Südamerika; vgl. dazu KTs Artikel ‹Der Bagno-Sträfling erzählt›, Tempo Jg. 1, Nr. 70, 1. 12. 1928, [11]; D 2135.
66 *Rennes*] Vgl. die von KT in [47], 83 erwähnte Untersuchung von Francis Carco: Les Prisons de Femmes. Paris 1931.

61

Die Rotstift-Schere

V: Ignaz Wrobel (D^1); Kurt Tucholsky (D^2)
D^1: WB Jg. 27, Nr. 21, 26.5.1931, I, S. 778 [Rubrik:] Bemerkungen
D^2: Lerne lachen ohne zu weinen 1931, S. 80–82
Bibl.: Nd s. Bonitz/Wirtz D 2596; 2 Nd; GW 9

Varianten
Die Varianten sind nach D^2 verzeichnet
16 gedruckte] *fehlt* **22** andern und] andern, und **23** sehen] sehn **44** Vom «Thema»] Von Thema **46** ist aber] aber ist **52f** Aber … werden.] Gedruckt: ja. Aber im Rundfunk verbreitet werden darf es nicht. **54** Lüge:] Lüge. **55** Buch … sich] Buch; sie haben sich aber

1 *Kämpfe … gegen die Zensur*] Metternich hatte gegen die Jungdeutschen, denen auch Heine und Börne angehörten, am 10.12.1835 mit einem Bundesverbot eine verschärfte Zensur in den Einzelstaaten durchgesetzt, die ihre Werke in Preußen – dem bedeutendsten Absatzgebiet –, unter eine Sonderzensur stellte. – Vgl. dazu Heines Preußenkritik der Vorreden zu den ‹Französischen Zuständen› aus den Jahren 1831/32. Ludwig Börnes von 1831–1834 erschienene ‹Briefe aus Paris›, Berichte aus dem nachrevolutionären Paris, wurden nach ihrem Erscheinen sofort beschlagnahmt und verboten.

7 *Buchfreiheit*] Mit § 118 WRV war die Zensur abgeschafft, mit § 142 zudem die Freiheit der Kunst in den Grundrechten der WRV verankert worden. Mit dem Strafgesetzbuch allerdings wurden die wesentlichen Zensurkriterien der Vorkriegszeit übernommen: Unzucht bzw. Unsittlichkeit (§ 184 StGB), Gotteslästerung (§ 166 StGB), Beleidigung (§§ 185–187 StGB) und falsche Anschuldigung (§ 164 StGB). Diese Paragraphen bildeten die Rechtsgrundlage zahlreicher Zensurprozesse in der Weimarer Republik. Ebenso räumte die WRV (§ 118 Abs. 2) die Möglichkeit besonderer Gesetze gegen die «Schmutz- und Schundliteratur» und zum «Schutz der Jugend» ein. Ein entsprechendes «Gesetz zur Bewahrung der Jugend vor Schund und Schmutzschriften» wurde im Dez. 1926 verabschiedet. – Zu den Prozessen wegen literarischen Hochverrats vgl. Bd. 9 [14], *11*, sowie [38], *14* und *15*. – Eine weitere Verschärfung der Situation trat mit der Notverordnung vom 28.3.1931 ein. Vgl. hierzu: Kaes 1983, 149ff.

34 *Herren Schulze und Levi*] Vermutl. bezieht sich KT nicht auf bestimmte Personen, sondern auf Vertreter der von ihm genannten Fortschrittsparteien.

49 *Heiligen Drei Könige*] Klabunds Gedicht ‹Die Heiligen Drei Könige. Bettelsingen› wurde 1927 in die Sammlung ‹Die Harfenjule. Neue Zeit-, Streit- und Leidgedichte› (Berlin 1927) aufgenommen. Das Gedicht erregte bereits kurz nach seinem Erscheinen im Jahr 1925 Anstoß: Die Nationalsozialistische Freiheitspartei bezichtigte Klabund der Gotteslästerung und stellte Strafantrag. Es blieb jedoch bei einer Strafanzeige. – Vgl. dazu Klabunds ‹Offener Brief an die Nationalsozialistische Freiheitspartei›. Der Brief wurde am 24. 3. 1925 in der WB (I, 441 f) abgedruckt.

51 *Entschuldigungsschreiben*] In einer in Hildesheim erscheinenden sozialdemokr. Zeitung war Anfang 1931 Klabunds Gedicht abgedruckt worden. Daraufhin beschwerte sich der Fraktionsvorsitzende des preuß. Zentrums Joseph Heß bei dem preuß. Ministerpräsidenten Otto Braun. In seinem Brief vom 8. 1. 1931 hieß es: «Es ist mir das beiliegende Hohngedicht auf die Heiligen Drei Könige zur Kenntnis gebracht worden [...]. Wir Katholiken sind zwar an Verunglimpfungen unserer religiösen Gefühle vom extremen Radikalismus aller Richtungen sehr viel gewöhnt. Mit um so größerem Befremden muß ich es deshalb empfinden, daß dieses Elaborat, das sich durch eine geradezu ekelhafte Tonart auszeichnet, in einer sozialdemokratischen Zeitung gestanden hat. Ich denke natürlich nicht daran, Ihre Partei als solche oder gar Sie selbst dafür verantwortlich zu machen, wenn in irgendeiner sozialdemokratischen Zeitung die Rücksichtnahme auf das religiöse Empfinden anderer Menschen als die selbstverständliche Voraussetzung jeder vornehmen Journalistik derart mit Füßen getreten wird, wie das in diesem Fall geschieht. Wohl aber darf ich diesen Anlaß benutzen, um Sie, sehr verehrter Herr Ministerpräsident, zu bitten, Ihren Einfluß dahin geltend zu machen, daß derartige Unanständigkeiten sich nicht wiederholen» (abgedruckt in: ‹Verhöhnung des Dreikönigsfestes. Dr. Heß protestiert gegen sozialistische ‹Kulturmethoden››, Germania 11. 1. 1931). Ein direktes Entschuldigungsschreiben Otto Brauns hat es vermutlich nicht gegeben; Braun ließ jedoch über den «Sozialdemokratischen Pressedienst» folgende Antwort verbreiten: «Das Gedicht von Klabund, das die Heiligen Drei Könige, wie Heß betont, in höhnischer Form charakterisiert, ist früher auch in anderen als sozialdemokratischen Blättern wiederholt abgedruckt worden. Als über seinen Abdruck vor Jahren einmal im Preußischen Landtag debattiert wurde, hat die Sozialdemokratische Fraktion von der Tribüne des Parlaments herab erklären lassen, daß sie das Gedicht für eine verunglückte Arbeit hält und seine Wiedergabe in dem einen oder anderen sozialdemokratischen Blatt bedauert. Das gilt für die gegenwärtige Zeit politischer Hochspannung ganz besonders» (‹Antwort an Heß›, Germania 15. 1. 1931).

62

Auf dem Nachttisch

V: Peter Panter
D^1: WB Jg. 27, Nr. 22, 2.6.1931, I, S. 808–811
Bibl.: Bonitz / Wirtz D 2599; Rep
Sammelrez.: Das ärztliche Volksbuch. Hg. von Heinrich Meng, Karl August Fiessler und Paul Federn. Bd. 1–3. Stuttgart: Hippokrates-Verlag [1926–1930]. – Vorstoß. Prosa der Ungedruckten. Eine Sammlung unveröffentlichter Prosa unbekannter deutscher Dichter. Hg. von Max Tau und Wolfgang von Einsiedel. Berlin: Bruno Cassirer 1930. – Angelica Balabanoff: Wesen und Werdegang des italienischen Fascismus. Wien: Heß 1931. – Robert Michels: Italien von heute. Politische und wirtschaftliche Kulturgeschichte von 1860–1930. Zürich: Orell Füßli 1930 (Der Aufbau moderner Staaten. Bd. 5). – Max Hodann: Sowjetunion von gestern, heute und morgen. Berlin: Deutsche Verlags-Aktien-Gesellschaft-Universitas [1930]. – Das Käthe-Kollwitz-Werk. Einleitung von Arthur Bonus. Neue Ausgabe. Dresden: Reissner [1927]. – Helmuth Theodor Bossert und Heinrich Guttmann: Aus der Frühzeit der Photographie 1840–1870. Ein Bilderbuch nach 200 Originalen. Frankfurt / M.: Societäts-Verlag 1930

2 Fiessler] *emend. aus* Fließer

30 f *«Wer zwei ... Buch.»*] Lichtenberg 1902 ff, Bd. 3 (Drittes Heft 1775–1779, 20, Aphorismus E 78). – Das Zitat lautet wörtlich: «Wer zwei Paar Hosen hat, mache eins zu Geld und schaffe sich dieses Buch an.»

35 *«Es glüht ... Kruste.»*] Vorstoß 1930 (Vorbericht), 9.

39 ff *«Aus den ... den Eintritt»*] ebd. (Robert Bie: Herr von Krücknitz und die Freischärler), 26.

45 ff *«Ein roter .... hatte.»*] ebd., 46.

49 f *«Dostal ... Zuspruch»*] ebd. (Josef Wiessalla: Die Dostals, 284).

53 ff *«Darum ... ist.»*] ebd. (Vorbericht), 14.

55 f *vertretenen Autoren*] Walter Bauer, Robert Bie, Carlo von Bremen, Marie Luise Kaschnitz-Holzing, Rolf Mayr, Charlotte Pellon, Rudolf Steiner, Josef Wiessalla.

56 *Walter Bauer*] Bauer arbeitete von 1929 bis 1939 als Volksschullehrer in Sachsen. In seinen Anthologien ‹Kameraden, zu euch spreche ich› (Dresden 1929) und ‹Stimme aus dem Leunawerk› (Berlin 1930) warb er für Menschenwürde und Gerechtigkeit in der Arbeitswelt und plädierte für einen humanen Sozialismus.

57 f *«nicht zünftige Schriftsteller»*] Vorstoß 1930 (Vorbericht), 14.

61 f *Stadtschreiberamt Gottfried Kellers*] Keller übernahm 1861 das Amt des ersten Staatsschreibers im Kanton Zürich; in dieser Funktion war er für die Abfassung der Protokolle aus den Sitzungen des Regierungsrats zuständig.

73 *Wer sind sie eigentlich?*] Tau arbeitete von 1928 bis 1938 als Lektor beim Bruno Cassirer Verlag. Neben seiner literaturkritischen Arbeit förderte er junge Autoren, u.a. Hermann Stehr, dessen ‹Gesammelte Werke› (9 Bde, Trier) er 1924 herausgab; von Einsiedel arbeitete als Journalist und Kulturkritiker.

77 ff *«Die Prüfung … ergaben.»*] Vorstoß 1930, (Vorbericht), 4.

81 *«Wissen um …»*] Von KT als «fade[s] Klische[e]» des Essaystils kritisiert in [50], 146f.

83 *«Snobisten»*] Vorstoß 1930, 13.

83 ff *«Das Neue … verschweigen.»*] ebd.

93 *ehemaligen Genossin*] Die in Rußland geborene Balabanoff, bis Kriegsausbruch eine enge Vertraute Mussolinis, hatte die redaktionelle Verantwortung der sozialist. Parteizeitung ‹Avanti› inne, deren Chefredakteur Mussolini von 1912 bis 1914 war.

99 f *Jules Romains ‹Diktator›*] Jules Romains: Le dictateur. Pièce en 4 actes. Paris 1926 (dt. ‹Der Diktator›. 4 Akte. Aus dem Französischen von Hans Feist. Berlin 1927; EA im Berliner Lessingtheater am 23.12.1926 unter der Regie von Karl-Heinz Martin). – Vgl. auch KTs Besprechung der frz. Premiere des Stücks: ‹Ein Diktator und sein Publikum›, WB 19.10.1926, II, 608–610; D 1713.

103 *«Verrat»*] Romains 1927, 81.

113 *Konkordat*] Balabanoff 1931, 265–287. – Das Konkordat war ein Teil der Lateranverträge, die der Vatikan und der faschistische Staat am 11.2.1929 nach jahrelangen Verhandlungen abschlossen. Mit diesen Verträgen wurde u.a. der Streit um den alten Kirchenstaat gegen eine finanzielle Entschädigung beendet und der Vatikan als Stadtstaat anerkannt; der kath. Kirche wurde das Religionsprivileg in Italien und die Angleichung des staatlichen Eherechts an das Kanonische Recht zugebilligt.

113 *Carta del Lavoro*] Balabanoff 1931, 253–262. – Dieses sozialpolitische Programm vom 21.4.1927 brachte die Grundsätze zum Ausdruck, die schon im Arbeitsgesetz vom 3.4.1926 festgelegt worden waren: Aufhebung der Tarifautonomie in staatlicher Regulierung, Verbot von Arbeitskämpfen, Einbindung von Arbeitgebern und -nehmern in gemeinsame Korporationen.

118 ff *«Da aber … ist …»*] Michels 1930, 235.

122 *Professor*] Michels war seit 1914 Prof. für Politik und Statistik an der Universität Basel, seit 1926 zudem Titularprofessor für Nationalökonomie an der Universität Turin und von 1928–1933 ordentl. Professor an der Fakultät der Polit. Wissenschaften der Universität Perugia. – Vgl. auch KTs Rezension ‹Auf dem Nachttisch›, WB 25.3.1930, I, 466–472; D 2385.

128 *Alles, was ist, ist vernünftig*] Georg Friedrich Wilhelm Hegel: Grundlagen der Philosophie des Rechts oder Naturrecht und Staatswissenschaft im Grundrisse [1821]. Jubiläumsausgabe in 20 Bänden. Hg. von Herman Glockner. Stuttgart 1927–1930. Bd. 7, 33. – Das Zitat lautet korrekt: «Was vernünftig ist, das ist wirklich; und was wirklich ist, das ist vernünftig.»

133 ff *«In diesem Punkt ... Beispiel.»*] Michels 1930, 225.

147 *Lewis*] Sinclair Lewis: Babbitt (1922; dt. München 1925; übertr. von D. Bródy). – KT hat sich wiederholt zustimmend zu Lewis' Arbeiten geäußert; vgl. [27], *163*.

169 *Feilers*] Arthur Feiler: Das Experiment des Bolschewismus. Frankfurt/M. 1929.

185 *Arthur Bonus*] Der ev. Pfarrer – Bonus betreute eine Pfarrei in der Niederlausitz – und Schriftsteller betonte in seinen Schriften das Religiöse im Gegensatz zu einem dogmatischen Kirchentum. Er trat für die ‹Germanisierung des Christentums› ein, so der Titel einer 1896 ersch. Schrift.

186 *halbreligiöse Formel*] Im Vorwort (5) von Bonus heißt es: «Im Jahre 1907 kam mir unter der Betrachtung der bis dahin erschienenen Arbeiten der Käthe Kollwitz der starke Eindruck, daß es sich hier um religiöse Kunst handle, obwohl kein einziges der überlieferten Elemente religiöser Formensprache auftrat.»

187 *Friedrichshagen 1902*] In dem von Wilhelm Bölsche 1888 ins Leben gerufenen «Friedrichshagener Dichterkreis», benannt nach dem nahe bei Berlin gelegenen ländlichen Ort, in den sich sowohl Bölsche als auch die Brüder Julius und Heinrich Hart zurückgezogen hatten, verkehrten Vertreter der naturalistischen Bewegung, u.a. die Brüder Gerhart und Carl Hauptmann, Otto J. Hartleben, Max Halbe, Frank Wedekind, Richard Dehmel, Arno Holz und Johannes Schlaf. Julius und Heinrich Hart gaben in ihrer Friedrichshagener Zeit die Zeitschrift ‹Die neue Gemeinschaft› heraus, die einer sozialethischen, weltlich-mystischen Programmatik verpflichtet war. Die von KT genannte Jahreszahl 1902 indiziert die Ablösung des Naturalismus durch den Impressionismus und somit den Übergang der Friedrichshagener von Sozialismus und Demokratie zu Individualismus und Aristokratismus.

188 *Bölsche*] Wilhelm Bölsche, der bis 1918 in Friedrichshagen lebte, verfaßte, nachdem er als Romanschriftsteller erfolglos geblieben war, populärwis-

senschaftliche Schriften über Abstammungslehre und Entwicklungsgeschichte der Natur.

197 *Kollwitz*] Wie KT gehörte auch Kollwitz dem Präsidium des Friedensbundes der Kriegsteilnehmer an (vgl. Ossietzky 1994, Bd. VII, 133–135). Beide unterzeichneten den «Aufruf der französischen Liga für Menschenrechte und des deutschen Bundes Neues Vaterland» vom Januar 1922 (vgl. ebd., 165–167). Kollwitz publizierte zudem gelegentlich in der WB.

200 *Frühzeit der Photographie*] Vgl. hierzu auch KTs Aufsätze ‹Altes Licht›, Voss 16.10.1927; Bd. 9 [137] und ‹Aus einem alten Photographie-Album›, Uhu Jg. 4, H. 1, Oktober 1927, 19–24; Bd. 9 [145].

214 *epigonalen Bürgertums*] Gründerzeit.

228 *Possart*] Zu Possart vgl. auch Bd. 1 [44], 21, *21*; [144], 35 und Bd. 9 [42], *69ff*.

228 *halten zu Gnaden*] Häufig verwendete Anrede Millers in Schillers ‹Kabale und Liebe› (II, 6).

63

Die brennende Lampe

V: Kaspar Hauser (D^1); Kurt Tucholsky, (D^2)
D^1: WB Jg. 27, Nr. 22, 2.6.1931, I, S. 815–816 [Rubrik:] Bemerkungen
D^2: Lerne lachen ohne zu weinen 1931, S. 127–129
Bibl.: Nd s. Bonitz / Wirtz D 2600; 25 Nd; NdzL: PT 4.6.1931; GW 9

Varianten
Die Varianten sind nach D^2 verzeichnet
2 weil] weil er **3** ringend] ringt **4** hat; er] hat, er **5** er verspürt … Munde] im Munde verspürt er einen widerwärtigen Geschmack **6** stichts] sticht es **7** in] mit **10** zum Beispiel, einmal in einem Buchladen] zum Beispiel in einem Buchladen einmal **16** Deswegen.] *fehlt* **25** würde] wird **26** was] was noch **27** vergiftet. So] vergiftet, so **27** da] *fehlt* **32** sie es] sies **32** Deswegen,] Deswegen liegst du, **34** Mutter»?] Mutter?» – **37f** ist so gewesen] war so **39** ihrer Freude] ihrer Lust **40** geben kann] gibt **41** brave Familienväter,] *fehlt* **43** sich,] *es folgt* sage ich dir, **43f** verteidigen, jenen] verteidigen und jenen **45** nannten] nennen wollten **60** reinen] *fehlt*

45 *entehrendes Gemetzel*] s. [88], *48*.

64

[Einfluß der Wohnung auf die Schaffenskraft]

V: Kurt Tucholsky
D[1]: Berliner Tageblatt Jg. 60, Nr. 262, 6.6.1931, M, [Beilage:] Haus, Hof, Garten, S. 284
Bibl.: Bonitz / Wirtz D 2601

1 *zu laut*] Zu KTs Lärmempfindlichkeit s. [86], 2.

65

Paris in Ordnung

V: Peter Panter
D[1]: Vossische Zeitung Nr. 134, 6.6.1931, Post-Ausg., Unterhaltungsblatt Nr. 129, [S. 1]
Bibl.: Bonitz / Wirtz D 2602; NdzL: Argentinisches Tageblatt (Buenos Aires) Jg. 43, Nr. 12870, 13.9.1931, S. 7; DT

1 *Guten Tag, Paris!*] KT hielt sich von Mitte Mai bis Anfang Juni in Paris auf.

3 *Wo ich doch so lange bei dir …*] KT lebte von April 1924 bis März 1929 mit Unterbrechungen in der frz. Hauptstadt.

20 *«Blaue Engel»*] Lokal, benannt nach Josef von Sternbergs Film ‹Der Blaue Engel› (1930, mit Marlene Dietrich und Emil Jannings in den Hauptrollen).

23 f *«Isch bin … angestellt –»*] Song aus Sternbergs Film ‹Der blaue Engel›, geschrieben von Friedrich Hollaender. Der Text lautet korrekt: «Ich bin von Kopf bis Fuß auf Liebe eingestellt.»

38 *Comédie Française*] Frankreichs Nationaltheater, gegr. 1680 durch Ludwig XIV.

42 *Doumergue*] Der 12. Präsident der frz. Republik, regierte von 1924–1931.

42 *Doumer*] Der 13. Präsident der frz. Republik, regierte von 1931 bis zu seiner Ermordung im Mai 1932.

43 *ça rime sur amer*] Das reimt sich auf bitter.

44 *Bastia*] Pariser Chansonnier. – Vgl. KTs Rezension ‹Pariser Chansonniers›, WB 12.10.1926, II, 590–591; D 1709.

46 *Martini*] Pariser Chansonnier. – Vgl. KTs Rezension ‹Pariser Chansonniers›, WB 12.10.1926, II, 590–591; D 1709.

69 *fehlen die Amerikaner*] KT polemisierte wiederholt sowohl gegen die zahlreichen Besucher aus Amerika als auch gegen die in Paris lebenden Amerikaner. Etwa 25 000 US-Bürger hatten in den 20er Jahren in Paris ihren ständigen Wohnsitz, darunter viele Künstler und Intellektuelle. – Vgl. hierzu Bd. 9 [133].

74 *Kolonialausstellung*] Die «Internationale Kolonialausstellung» fand von Mai bis Nov. 1931 im Pariser Bois de Vincennes statt. Die europ. Kolonialmächte zeigten bedeutende Kulturerzeugnisse ihrer Kolonien, um auf diese Weise ihre Kolonialpolitik in ein positives Licht zu stellen. – Vgl. die Ausführungen zur Kolonialausstellung in: «Antwort»: ‹Hamburger›, WB 15.9.1931, II, 424–425.

87 *nicht sein ... darf*] Christian Morgenstern: Palmström, Korf und Palma Kunkel [1910], in: Ders.: Sämtliche Dichtungen. Bd. 8. Basel 1973, 60. Das Zitat lautet im Zusammenhang: «[...]/weil, so schließt er messerscharf,/ nicht sein *kann*, was nicht sein *darf*.»

87 *Clairons*] Frz. Bezeichnung für das klappenlose Signalhorn in Trompetenform, das 1882 in der frz. Armee eingeführt wurde.

94 *«combine»*] Dreh, Kniff, Trick.

66

Wir Zuchthäusler

V: Ignaz Wrobel
D^1: WB Jg. 27, Nr. 23, 9.6.1931, I, S. 838–844
Bibl.: Nd s. Bonitz/Wirtz D 2603; 1 Nd; GW 9
Rez.: Georg Fuchs: Wir Zuchthäusler. Erinnerungen des Zellengefangenen Nr. 2911. München: Langen Müller 1931

4 *Verurteilung*] Fuchs war Angeklagter im sog. Fuchs-Machhaus-Prozeß vor dem Volksgericht München, der am 9.7.1923 endete. Er wurde zu 12 Jahren Haft verurteilt. Grund der Anklage war ein geplanter separatistischer Rechtsputsch, für die der frz. Geheimagent Augustin Richert über Mittelsmänner, unter ihnen Fuchs, die rechtsradikalen Verbände in Bayern gewinnen wollte. Der Putsch sollte den Franzosen als Vorwand für einen Einmarsch in Süddeutschland dienen. Vgl. dazu: ‹Bayerisch-Deutsch oder Bayerisch-Französisch. Ein Sittenbild nationalaktiver Verwahrlosung. Der

Hochverratsprozeß gegen Fuchs und Genossen vor dem Münchener Volksgericht› (München 1923); vgl. auch: CvO: Die bayerische Schweyerei, BVZ 19.7.1923, M, jetzt in: Ossietzky 1994, Bd. II, 276–279.

14 *Notverordung*] Am 28.3.1931 und 17.7.1931 waren die Verordnungen des Reichspräsidenten zur Bekämpfung politischer Ausschreitungen erlassen worden.

21 f *nachgedruckt werden wird*] Vgl. dazu die «Antwort»: ‹Der Reichsbote, Berlin›, WB 30.6.1931, I, 972.

26 *begnadigt*] Fuchs wurde am 1.10.1927 im Rahmen der Reichs-Amnestie anläßlich des achtzigsten Geburtstags von Hindenburg nach fünfjähriger Haft begnadigt.

30 f *Bühnenreformator und Ästhetiker*] Fuchs, der unter dem Pseudonym Anselmus auch als Dramatiker und Lyriker bekannt war, hatte 1910/11 die Münchener Volksfestspiele ins Leben gerufen und zusammen mit Max Reinhardt Aufführungen organisiert, in denen der Gedanke des Massentheaters im Vordergrund stand. Er verfaßte eine Reihe theaterreformerischer Schriften, u.a. ‹Die Revolution des Theaters› (1909); ‹Die Sezession der dramatischen Kunst und das Volks-Festspiel› (1911), in denen er für einen neuen, an der Antike orientierten einfachen Aufführungsstil eintrat.

38 *Buch Max Hölzens*] Max Hölz: Vom «Weißen Kreuz» zur roten Fahne. Jugend, Kampf- und Zuchthauserlebnisse. Berlin 1929 (vgl. KTs Rezension des Buchs in: ‹Auf dem Nachttisch›, WB 18.6.1929, I, 935–941; D 2240). – Hölz, seit 1919 Mitglied der KPD, leitete die kommunist. Aktion gegen den Kapp-Putsch im Vogtland und 1921 den Mitteldeutschen Aufstand; im gleichen Jahr wurde er zu lebenslanger Haft verurteilt, 1928 jedoch amnestiert. – KT rezensierte auch Hölzens ‹Briefe aus dem Zuchthaus› (Berlin 1927): ‹Und immer wieder Max Hölz!›, WB 25.10.1927, II, 652; Bd. 9 [143].

40 *«human»*] Fuchs 1931, 77.

43 f *«Das ist Deutschland!»*] ebd., 89.

52 ff *«Es ist … Gesicht ab.»*] ebd., 138.

58 *Gott sieht aufs Herz.*] Sprichwörtl. nach AT, 1. Sam. 16, 7: «Der Herr aber siehet das Herz an.»

60 ff *Denn, so hat … Lust bereite.*] Fuchs 1931, 200: «Das Prinzip, nach dem man im Zuchthaus beköstigt wird, ist ja, wie ich einmal in einer von einem Strafanstaltsleiter verfaßten Abhandlung gelesen habe, dies, daß der Gefangene zwar ausreichend ernährt werden, durch diese Ernährung aber keinen Genuß haben soll.»

81 f *«Viel besser … nicht.»*] ebd., 289.

100 *Unabsetzbaren*] s. [39], *27.*
113 *Vergeltung*] Vgl. [47], *58f.*
177 *Verfügungen über den Strafvollzug*] Fuchs' Schilderungen trugen nicht unerheblich zur Neuregelung des Strafvollzugswesens bei.
184 *Prügelstrafe (an andern)*] Im Gegensatz zum dt. Reich, wo die Prügelstrafe durch den Vollzug von Freiheitsstrafen vom 7.6.1923 abgeschafft wurde, hielt England auch in den 20er Jahren an der Prügelstrafe als Zusatzstrafe für schwere Verbrechen fest. Wallace hat sich wohl um 1930 innerhalb der Diskussion um diese Praxis geäußert. Näheres nicht ermittelt.
217 *Jacob Wassermann*] Wassermann, in Fürth geboren und lange Zeit in München lebend, situierte seine Werke zumeist im süddt. Raum. Er schrieb in den 20er Jahren breit angelegte Romane, die sich auf die Darstellung individueller Schicksale konzentrieren, so z.B. den dreibändigen Zyklus ‹Der Fall Maurizius› (Berlin 1928), ‹Etzel Andergast› (Berlin 1931) und ‹Joseph Kerkhovens dritte Existenz› (Amsterdam 1934). KT dürfte Wassermann hier zudem wegen der Thematik dieser Romane zitieren. ‹Der Fall Maurizius› erzählt die Geschichte von Etzel Andergast, des 16jährigen Sohnes eines Oberstaatsanwalts, der die Unschuld des seit 18 Jahren wegen Mordes im Zuchthaus sitzenden Leonhart Maurizius beweisen will. Sohn und Vater, der für die Inhaftierung Maurizius' verantwortlich ist, erkennen, daß die Grundlage allen juristischen Urteilens, Kategorien wie Verantwortung, Gerechtigkeit, Schuld und Bestrafung also, letztlich keine verbindliche Geltung hat. – KT widmete seinen Sammelband ‹Mit 5 PS› (1927) Jakob Wassermann.
218 f *Geschichte von dem blutschänderischen Adligen*] Fuchs 1931 (Kap. «Eine Tragödie rassigen Blutes»), 241–252. Freiherr Clemens Erich Weißlingen von Weißenturn (Fuchs gibt allerdings im Vorwort an, er habe die Namen seiner Mitgefangenen abgeändert) lebte als Protestant in einem bayr. Dorf. Aufgrund des Inzests mit seiner Tochter wurde er von Dorfbewohnern angezeigt und vor dem Gericht einer kath. Provinzstadt zu sieben Jahren Zuchthaus verurteilt.
223 f *Mörder ausgebrochen*] ebd., 172ff. Es handelt sich um die Geschichte des Raubmörders Eugen Winckler.
230 *«Recht am eignen Bilde»*] ebd., 194.
242 f *Geleitworte*] Fuchs' Buch wurde vor Fertigstellung der ersten Auflage «einer Reihe von Persönlichkeiten übersandt [...], deren Meinung in ethischen Kulturfragen mit besonderer Aufmerksamkeit gehört zu werden pflegt» (VII). Auszüge aus den Antworten der Angeschriebenen wurden Fuchs' Schilderungen vorangestellt (VII–XIV). Es antworteten Helene Böhlau, Ricarda Huch, Graf Hermann Keyserling, Prof. Dr. Bumke (Lei-

ter der Psychiatrischen Klinik der Universität München), Hans Carossa, Alfred Döblin, Richard Graf Dumoulin-Eckart, Sigmund Freud, Universitäts-Professor A. Gallinger, W. Kahl (Vorsitzender des Strafrechtsausschusses des deutschen Reichstages), Friedrich Muckermann, Erzbischhof Dr. N. Söderblom (Uppsala), Jakob Wassermann und Oswald Spengler.

246 *Schafsknochen*] Johann Wolfgang von Goethe: Versuch einer allgemeinen Knochenlehre [1824], in: WA, II. Abt., 8. Bd.: Zur Morphologie, III. Teil, 173–276.

248 f *«die deutsche … dastand»*] Spengler, in: Fuchs 1931, XIII.

252 ff *«… so gehört … schweigen.»*] ebd. Das Zitat lautet korrekt: «[…] und die im letzten Grunde darauf zurückführt […].» Fuchs nahm zu Spenglers Antwort selbst Stellung (XIII f).

261 f *Ein Literat aber*] Vgl. [4], *1 f.*

287 *Überschätzung der Politik*] In Spenglers Antwort heißt es (XIII): «Die deutsche Justiz […] ist heute untergraben, verächtlich gemacht, zur Angelegenheit von Parteien geworden, so daß das Vertrauen anständiger Menschen zu ihr im Begriff ist, zu verschwinden.»

298 *Zivilisation, die er ständig anpöbelt*] Im Zentrum von Spenglers Hauptwerk ‹Der Untergang des Abendlandes› (Bd. 1: Wien 1918; Bd. 2: Wien 1922) wie auch seiner späteren Schriften (‹Neubau des deutschen Reiches›, München 1924; ‹Der Mensch und die Technik›, München 1931) steht die These von der Ablösung aller großen Kulturen durch Zivilisation, wobei ihm Kultur etwas Lebendiges, Zivilisation hingegen Unlebendiges bedeutet. In den Begriff Zivilisation projizierte Spengler all das, was der Kulturpessimismus seit Nietzsche an der Moderne und die Verklärer des Preußen- und Deutschtums an den westlichen Demokratien negierten.

67

Lied ans Grammophon

V: Theobald Tiger
D^1: WB Jg. 27, Nr. 23, 9.6.1931, I, S. 853
Bibl.: Nd s. Bonitz / Wirtz D 2604; 4 Nd; 1 Nd mit Noten; GW 9

Vgl. auch ‹Lied fürs Grammophon (Lucindy)›, WB 1.1.1929, I, 21; D 2177.

0 *Lied ans Grammophon*] Titel der unten genannten, 1928 ersch. Schallplatte Brunswick A 8284; Interpret Ludwig Anton; Text und Komponist

unbekannt (s. Berthold Leimbach [Hg.]: Tondokumente der Kleinkunst und ihre Interpreten 1898–1945. Göttingen 1991, o.S.).

1 *Nobody's fault but your own*] Einzig und allein dein Fehler.

2 *Brunswick A 8284*] Brunswick war ein Grammophonspezialhaus in Berlin, Tauentzienstraße, sowie eines der bekanntesten Plattenlabels der 20er Jahre.

3 *Nähmaschine*] In KTs Sprachgebrauch übliche Bezeichnung für ein Grammophon.

68

Liebespaar in London

V: Peter Panter
D^{1}: Vossische Zeitung Nr. 141, 14.6.1931, Post-Ausg., Unterhaltungsblatt Nr. 136, [S. 3–4]
Bibl.: Nd s. Bonitz/Wirtz D 2605; 9 Nd; GW 9

KT hielt sich vom 3.6. bis zum 3.10.1931 in England auf; nach einem einmonatigen Aufenthalt in London mietete er ab 3.7. ein Haus in Ashford, Kent. Hier arbeitete er zunächst an seinem Filmexposé ‹Seifenblasen›, später, nachdem sich Mitte Sept. Hasenclever in Ashford eingefunden hatte, an dem gemeinsamen Projekt ‹Christoph Kolumbus›. KT hat seine Antipathie gegen Land und Leute des öfteren artikuliert, am entschiedensten im Artikel ‹Tagebuch einer Abneigung› (10./11.8.1931; D 2818), der im August in der WB erscheinen sollte, aus Rücksicht auf CvO und dessen in England geborene Frau Maud jedoch zurückgezogen wurde und lediglich als WB-Druckfahne (AdK; Slg. Tucholsky) erhalten ist; vgl. auch [70], [80], [81], [86].

7 *Auf Wiedersehen, City!*] KT verließ London Ende Juni.

8 f *Theatern der Shaftesbury Avenue*] Seitenstraße des Picadilly Circus im West End, bereits in den 20er Jahren Zentrum der Londoner Theater- und Musicalszene.

44 *Sybil*] Zur Schreibweise vgl. [34], *157*. – In London war KT zunächst nur mit seiner frz. Freundin Jean de Montaignac, «Gräfin» genannt, unterwegs. Gertrude Meyer stieß später dazu; diese begleitete ihn im Juli auch nach Ashford/Kent.

61 *Hampstead*] Stadtteil im Norden von London.

84 *in einem Stück Barlachs*] Gemeint ist Barlachs Stück ‹Der arme Vetter›, das Fehling 1923 mit Heinrich George in der Rolle des Siebenmark inszenierte. Szene VI spielt in einer «Wirtsstube». – Vgl. Barlachs Zeichnung dieser Szene, in: Ernst Barlach: Der arme Vetter. Mit 20 Zeichnungen von Ernst Barlach. Mit einem Vorwort hg. von Helmar Harald Fischer. München, Zürich 1987, 106–107.

69

Der Mensch. Ein Schulaufsatz von Kaspar Hauser

V: Kaspar Hauser (D^1); Kurt Tucholsky (D^2)
D^1: WB Jg. 27, Nr. 24, 16.6.1931, I, S. 889–890
D^2: Lerne lachen ohne zu weinen 1931, S. 279–281
Bibl.: Nd s. Bonitz/Wirtz D 2606; 30 Nd (davon 3 Td, 1 u.d.T.: ‹Was ist der Mensch?›); Ackermann: 1 NdzL; GW 9

Varianten
Die Varianten sind nach D^2 verzeichnet
0 Ein Schulaufsatz von Kaspar Hauser] *fehlt* **9 ff** Früchte … Interesse.] *fehlt* **26** Darf er schon nicht, dann] Er darf nicht, also **26** aber] *fehlt* **30** einem] *fehlt* **32** Teile:] *es folgt ein Absatz* **32** in einen] In einen **34** besten] sichersten **36** funktionieren läßt] in Funktion setzt **39** eignen] eigenen **40** Gattung,] Gattung; **40** dies] das **45** sind.] *es folgt* Den letzteren Haß nennt man Patriotismus. **46** 1 Leber … Fahne;] eine Leber, eine Milz, eine Lunge und eine Fahne; **47** lebenswichtiger Natur] lebenswichtig **50** an] an, **60** verschiedenen] verschiednen **61** betrachten einander wie verschiedene] halten einander für verschiedne **62** Rassen; Alte] Rassen: Alte **67** gern:] gern; **68** ewig.] *es folgt nach Absatz* Im übrigen ist der Mensch ein Lebewesen, das klopft, schlechte Musik macht und seinen Hund bellen läßt. Manchmal gibt er auch Ruhe, aber dann ist er tot. *es folgt ein Absatz*

9 *vom Staat geschützt*] Am 18.5.1926 war §218 erlassen worden, der die Bestrafung der Betroffenen mit Gefängnishaft bis zu fünf Jahren vorsah.

70

Englische Perücken

V: Peter Panter
D[1]: Vossische Zeitung Nr. 148, 23.6.1931, Post-Ausg., Unterhaltungsblatt Nr. 143, [S. 2]
Bibl.: Nd s. Bonitz/Wirtz D 2607; 3 Nd; GW 9

1 f *Weiße Rößl*] ‹Im Weißen Rößl›. Singspiel in 3 Akten. Text: Hans Müller und Eric Charell (eigentl. Erich Karl Löwenberg), nach dem Lustspiel ‹Im weißen Rößl› von Oskar Blumenthal und Gustav Kadelburg (1898). Komponist: Ralph Benatzky; Bild, Regie: Eric Charell; UA: 8.11.1930 im Großen Schauspielhaus, Berlin. Diese Operette war Charells größter Erfolg. Sie wurde 1931 im Londoner Coliseum aufgeführt, 1932 entstand eine Filmversion. – Vgl. auch KTs Besprechung des Stücks (Aufführung im Metropol-Theater, 1920): ‹Im weißen Rößl›, WB 20.5.1920, I, 605; Bd. 4 [98].

33 *Dorfrichter Adam*] Hauptfigur aus Heinrich von Kleists Lustspiel ‹Der zerbrochene Krug› (UA: 1808). Allerdings ist in Kleists Drama die Perücke von Beginn an nicht auffindbar, ihr Verlust wird letztlich zum Katalysator der Handlung.

61 *sitze vorläufig in London*] KT hielt sich den ganzen Juni 1931 in London auf (s. [68], *0*).

71

Das Persönliche

V: Theobald Tiger
D[1]: WB Jg. 27, Nr. 25, 23.6.1931, I, S. 928
Bibl.: Nd s. Bonitz/Wirtz D 2608; 6 Nd; GW 9

23 *Bentschen*] Stadt im Kreis Posen, 1920 bis 1939 poln. Grenzstation.

72

Wann arbeiten die –?

V: Ignaz Wrobel
D[1]: WB Jg. 27, Nr. 25, 23.6.1931, I, S. 932 [Rubrik:] Bemerkungen
Bibl.: Nd s. Bonitz/Wirtz D 2609; 1 Nd; DT

27 *Breitscheid*] Vgl. in diesem Zusammenhang auch die Auseinandersetzung, die Breitscheid und die WB zur gleichen Zeit austrugen (s. Ossietzky 1994, Bd. VI, 136–139.

73

Ich gehe mit einer langen Frau

V: Peter Panter
D[1]: Vossische Zeitung Nr. 154, 30.6.1931, Post-Ausg., Unterhaltungsblatt Nr. 149, [S. 1]
Bibl.: Nd s. Bonitz/Wirtz D 2610; 1 NdzL, 1 Nd; weiterer NdzL: PT 5.7.1931 u.d.T.: Ich gehe mit einer Frau; GW 9

16 *Gott sieht aufs Herz.*] s. [66], *58.*

74

Hetären-Gespräche

V: Kaspar Hauser
D[1]: WB Jg. 27, Nr. 26, 30.6.1931, I, S. 962–963
Bibl.: Nd s. Bonitz/Wirtz D 2611; 5 Nd; GW 9

0 *Hetären-Gespräche*] In Anlehnung an Lukians ‹Hetärengespräche› (EA: Florenz 1496). – Hetäre: Bezeichnung für gebildete käufliche Frauen. Im alten Griechenland galt der Umgang mit Hetären nicht als anstößig, da Frauen gemeinhin nicht gebildet waren. Berühmte Hetären waren Rhodopis, Lais und Aspasia.
25 *Grünen Woche*] Landwirtschaftsausstellung in Berlin vom 31.1. bis

8.2.1931. Diese 6. Agrarschau in den Ausstellungshallen am Kaiserdamm stand unter dem Motto «Produktionsumstellung und Absatzförderung».

35 ff *Trocadero … Lunapalais*] Tanz- und Vergnügungslokale an der Hamburger Reeperbahn.

75

Sind Sie eine Persönlichkeit?
Der andere auch! Der andere auch!! Der andere auch!!!
Eine kleine Sonntagspredigt

V: Peter Panter
D^1: Uhu Jg. 7 (1930/31), H. 9, Juni 1931, S. 72–76
Bibl.: Nd s. Bonitz/Wirtz D 2597; 3 Nd; GW 9
Mit Zeichnungen von Charles Girod und Horst von Möllendorff

17 Festrede] *emend. aus* Festreden

Zu KTs Tätigkeit für den ‹Uhu› s. die «Übersicht» im Anhang.

76

Sind Sie eine Persönlichkeit?
Der andere auch! Der andere auch!! Der andere auch!!!
Nachdenkliches Chanson

V: Theobald Tiger
D^1: Uhu Jg. 7 (1930/31), H. 9, Juni 1931, S. 74–75
Bibl.: Bonitz/Wirtz D 2598; GW 9

77

An das Publikum

V: Theobald Tiger (D^1); Kurt Tucholsky (D^2)
D^1: WB Jg. 27, Nr. 27, 7.7.1931, II, S. 32
D^2: Lerne lachen ohne zu weinen 1931, S. 382–383
Bibl.: Nd s. Bonitz/Wirtz D 2612; 2 NdzL, 32 Nd (davon 1 Td), 2 Nd mit Noten; Ackermann: 1 NdzL; GW 9

Varianten

Die Varianten sind nach D^2 verzeichnet

1 Hochverehrtes] O hochverehrtes **4** sagen?] *es folgt kein Absatz* **5** sitzt auf dem] mit dickem **6** und] *fehlt* **10** nicht …»] nicht!» **12** dumm –?] dumm? **24** dumm –?] dumm? **25** dann …] *es folgt Absatz, neue Zeile eingerückt*

78

Der Verdachtsfreispruch

V: Ignaz Wrobel
D^1: WB Jg. 27, Nr. 27, 7. 7. 1931, II, S. 33–34 [Rubrik:] Bemerkungen
Bibl.: Nd s. Bonitz / Wirtz D 2613; 6 Nd; NdzL: PT 12. 7. 1931; GW 9

0 *Verdachtfreispruch*] Ein konkretes Verfahren als Anlaß des Aufsatzes konnte nicht eruiert werden. Der Ausgangspunkt des Textes dürfte der in der Weimarer Republik geltende Grundsatz sein, daß dem Angeklagten die Schuld nachzuweisen ist. Gewinnt das Gericht aufgrund der Beweisaufnahme keine volle Überzeugung von der Schuld, bleiben also tatsächliche Zweifel daran bestehen, muß es den Angeklagten nach dem Grundsatz «in dubio pro reo» freisprechen. Für das freisprechende Urteil galt nach der Strafprozeßordnung folgende Vorschrift: «Wird der Angeklagte freigesprochen, so müssen die Urteilsgründe ergeben, ob der Angeklagte für nicht überführt oder ob und aus welchen Gründen die für erwiesen angenommene Tat für nicht strafbar erachtet worden ist.» (StPO § 267, Abs. 5). Das Gesetz unterschied also hinsichtlich der Begründung zwischen einem Freispruch aus tatsächlichen und aus Rechtsgründen (vgl. StPO § 267, Abs. 5, Anm.). KTs Text bezieht sich offenkundig auf den ersteren Fall. Er nimmt damit auf die in der Weimarer Republik verbreitete Praxis der Gerichte Bezug: Statt sich auf die Feststellung zu beschränken, aus welchem tatsächlichen Grund der Angklagevorwurf sich nicht hat bestätigen lassen, und sich abwertender Äußerungen zu enthalten, äußerten sich die Richter jedenfalls in den Fällen herabsetzend oder moralisch disqualifizierend über den Angeklagten im Urteil, in denen sie zwar wegen tatsächlicher Zweifel freisprechen mußten, aber erhebliche Belastungsmomente bestehenblieben (Strafprozeßordnung, 12. neubearb. Aufl., hg. von Friedrich Doerr. München 1930, 185 f).

1 *Unabsetzbaren*] Vgl. [39], *27*.

2 *Justizminister*] Von Dez. 1930 bis Mai 1932 amtierte Curt Joel als Reichsjustizminister.

3 *«Vertrauens-Krise»*] Insbesondere in den Jahren 1926 bis 1928 sprach man von einer «Vertrauenskrise der Justiz». Seit Ende 1925 wurde der publizistische Kampf um die Republikanisierung der Justiz unter dem von Erich Kuttner geprägten Schlagwort «Vertrauenskrise der Justiz» geführt. – Vgl. dazu KTs Aufsatz ‹Opposition! Opposition!›, WB 8.2.1927, I, 213; Bd. 9 [14], 12, *12*; vgl. auch die Serie ‹Deutsche Richter› in Bd. 9; vgl. dazu zudem Robert Kuhn: Die Vertrauenskrise der Justiz (1926–28). Köln 1983.

79

Der Predigttext

V: Ignaz Wrobel
D^1: WB Jg. 27, Nr. 28, 14.7.1931, II, S. 72 [Rubrik:] Bemerkungen
Bibl.: Nd s. Bonitz/Wirtz D 2614; 2 Nd; GW 9

16 *ich bin dort nicht abonniert*] KT gehörte seit 1918 der protestant. Kirche an.

43 *mit vielen Paragraphen schützen*] s. [45], *9*.

80

Der Markt des Schweigens

V: Peter Panter
D^1: Vossische Zeitung Nr. 167, 15.7.1931, Post-Ausg., Unterhaltungsblatt Nr. 162, [S. 1]
Bibl.: Nd s. Bonitz/Wirtz D 2615; 2 NdzL, 2 Nd; weiterer NdzL: PT 17.7.1931; GW 9

Zu KTs Englandaufenthalt s. [68], *0*.

16 *Original-Kitschwood*] Anspielung auf das engl. Wedgwood-Porzellan. Der engl. Kunstkeramiker Josiah Wedgwood stellte etwa seit 1760 in seiner

drei Jahre zuvor gegründeten Manufaktur die sog. Cream-Ware (Queen's Ware) her, die den europ. Markt eroberte.

18 f *Delfthundchen*] Fayence aus den berühmten Manufakturen der niederl. Stadt Delft. Dort wurden seit Anfang des 17. Jh. Tonwaren im charakteristischen Blauweißdekor mit ostasiatischen Motiven und in Nachahmung chinesischer Geschirrformen hergestellt.

45 *Blackfriars Ring*] Blackfriar ist ein Stadtteil in der City von London. Hier entstand 1590 ein Saaltheater, das seit 1609 von der Shakespearetruppe genutzt wurde. Gemeinsam mit Gertrude Meyer besuchte KT in London Boxkämpfe.

47 *Pariser Flohmarkt*] Gemeint ist der Puces de St. Quen an der Porte de Clignancourt.

58 *Margarete*] In London war KT zunächst mit seiner frz. Freundin Jean de Montaignac, «Gräfin» genannt, unterwegs; später stieß Gertrude Meyer dazu.

69 *Wilhelm dem Eroberer*] Wilhelm I., der Eroberer (William the Conqueror), Herzog der Normandie, herrschte seit 1066 als erster normannischer König von England.

81

Die beiden Flaschen

V: Peter Panter
D[1]: Vossische Zeitung Nr. 171, 19.7.1931, Post-Ausg., Unterhaltungsblatt Nr. 166, [S. 3]
Bibl.: Nd s. Bonitz/Wirtz D 2616; 1 NdzL, 8 Nd; weiterer NdzL: PT 7.8.1931; GW 9

Zu KTs Englandaufenthalt s. [68], *0*.

1 *Wells*] Stadt in der Country Somerset im Südwesten von England.

6 *Hauptsache*] Vgl. [24], 121 ff.

20 *Kathedrale*] Gotische Kathedrale, Baubeginn um 1180, eingeweiht im Jahr 1239.

28 f *«Wer Bildung … verstehn!»*] Refrain in KTs Gedicht ‹Vorn an der Rampe›, WB 2.3.1922, I, 224; D 1013.

67 f *unverrückbare Festigkeit*] Vgl. dazu auch [80], 69 ff.

82

So verschieden ist es im menschlichen Leben –!

V: Peter Panter (D^1); Kurt Tucholsky (D^2)
D^1: WB Jg. 27, Nr. 29, 21.7.1931, II, S. 103–104
D^2: Lerne lachen ohne zu weinen 1931, S. 347–360, in anderer Zusammenstellung (Td)
Bibl.: Nd s. Bonitz / Wirtz D 2617; 2 Nd; GW 9

s. [45]; folgende Aphorismen wurden nicht in D^2 übernommen: 1–3, 17–19, 21–24, 30–40.

Varianten
Die Varianten sind nach D^2 verzeichnet
1 Ein] Der **17** Schmalz] Fett **21** Ein … früher] Früher sagte ein Kunstwerk **32** jungenhafte] die jungenhaften **35** unbeflecktem] unbefleckten **37** Celluloid –] Celloloid – **38** lese,] lese:

1 ff *«Und Faust … zu den Matern.»*] In dem von KT zitierten Satz müßte eigentlich «zu den Müttern» stehen. Dieser wahrscheinlich fingierte Druckfehler verweist sowohl auf eine spezifische Drucktechnik als auch auf die latein. Bezeichnung für Mütter.

5 *Rapprochement*] Wiederannäherung, Versöhnung. – Vgl. dazu auch [93].

13 f *Aufsätze Oskar A.H. Schmitzens, Bindings*] Vgl. z.B. Schmitz: Brevier für Weltleute. Essays über Gesellschaft, Mode, Frauen, Reisen, Lebenskunst, Kunst, Philosophie. München 1911; Essays über Menschen, Länder und Völker. ebd. 1928; Wespennester. 2 Bde. München 1928/29; Psychoanalyse und Joga. Darmstadt 1928; Weg zur Reife. Das Ende der Jugendkultur. München 1931. – Rudolf Binding: Rufe und Reden. Führungen und Betrachtungen. Frankfurt/M. 1928; Größe der Natur. Ruf freien Landes. Vom Inhalt des Lebens. Leipzig 1931; Spiegelgespräche (Essays). Frankfurt/M. 1932.

26 f *«Sie war … andern.»*] Zitat nicht ermittelt.

49 *«Arbeiter der Stirn und der Faust!»*] Eine häufig gebrauchte Formel der Nazis, die später auch Hitlers Verordnung über die Deutsche Arbeitsfront vom 24.10.1934 vorangestellt wurde: «Die Deutsche Arbeitsfront ist die Organisation der schaffenden Deutschen der Stirn und der Faust.»

54 *Seeger*] Vgl. [33].

83

Zuzutrauen

V: Ignaz Wrobel
D^1: WB Jg. 27, Nr. 29, 21.7.1931, II, S. 111–112 [Rubrik:] Bemerkungen
Bibl.: Nd s. Bonitz / Wirtz D 2618; 7 Nd; GW 9

25 manchen] *emend. aus* manchem

4 *Unabsetzbaren*] Vgl. [39], *27*.

12 *Massenmörders Denke*] Karl Denke beging in einer dt. Kleinstadt mit 8000 Einwohnern 31 Morde.

84

[Die Krise des Buches, Wege zu ihrer Linderung]

V: Kurt Tucholsky
D^1: Die Literarische Welt Jg. 7, Nr. 30, 24.7.1931, S. 6
Bibl.: Nd s. Bonitz / Wirtz D 2619

Die Umfrage (Untertitel: Ratschläge und Meinungen deutscher Autoren) fand im Rahmen des Themensonderheftes ‹Die Krise› statt. Behandelt wurden neben der diagnostizierten Absatzkrise auf dem Büchermarkt allgemeine Krisenphänomene; so schrieb Walther Tritsch über die ‹Deutung der Krisen›, Willy Haas äußerte sich über die ‹Krise des Kapitalismus› und über «soziale Krise[n]».

1 *Gründe der Bücherkrise*] Den Antworten läßt sich entnehmen, daß Willy Haas, der Hg. der ‹Literarischen Welt›, nach Gründen für den schlechten Absatz von Büchern gefragt hatte. Von den angeschriebenen Autoren (außer KT antworteten Josef Ponten, Stefan Zweig, Arnold Zweig, Heinrich Mann, Lion Feuchtwanger, Friedrich Sieburg, Frank Thieß) wollte Haas wissen, ob man die Absatzkrise auf dem Büchermarkt als eine «Sondererscheinung betrachten dürfe, die mit Sondermaßnahmen zu reparieren» sei, oder ob «diese Absatzkrise nicht eher ein entsprechender Ausdruck der gesellschaftlichen und wirtschaftlichen Krise [sei], in der wir uns befinden und der mit ‹Notverordnungen› absolut nicht beizukommen ist» (zit. nach der Antwort von Emil Belzner: Nachtrag, in: Die Literarische

Welt Jg. 7, Nr. 31, 31.7.1931, 8). – Vgl. dazu auch KTs Artikel ‹Ist das deutsche Buch zu teuer –?›, WB 7.2.1928, I, 208–212; D 1974, sowie den unter gleichem Titel ersch. Aufsatz in WB 12.3.1929, I, 422; D 2212.

85

Der Mitesser

V: Theobald Tiger
D^1: WB Jg. 27, Nr. 30, 28.7.1931, II, S. 147
Bibl.: Nd s. Bonitz / Wirtz D 2620; 4 Nd; GW 9

20 *nassauert*] Auf Kosten anderer leben.

86

Verkehr über dem Haus

V: Peter Panter
D^1: Vossische Zeitung Nr. 180, 30.7.1931, Post-Ausg., Unterhaltungsblatt Nr. 175, [S. 1]
Bibl.: Bonitz / Wirtz D 2621; GW 9

1 *mietete*] KT mietete sich Anfang Juli ein Haus in Wychling Over in Westwell, einem Dorf in der Nähe von Ashford (Kent), wo er den Sommer verbrachte (s. auch [68], *0*). In einem Brief an G. Holl und E. Jannings vom 17.8.1931 heißt es hierzu (AB, 215–216): «Man kann hier himmlisch arbeiten, Klavier und alles ganz richtig und ganz totenstill.»

2 *Privatsparren*] Zu KTs Lärmempfindlichkeit vgl. [64] sowie ‹Traktat über Lerm und Geräusch› (Bd. 9 [132] und die dortigen Verweise) und Bd. 20 [B 65], *11*.

18 *Baubauhunde*] s. Bd. 20 [B 65], *11*.

47 *lüsterne Sache*] Fragonard malte insbesondere graziöse, galante Szenen in Rokokomanier.

55 *Tauchnitzband*] Die 1837 von Bernhard Tauchnitz in Leipzig gegr. Verlagsbuchhandlung gab seit 1841 die ‹Collection of British and American authors›, auch als Tauchnitz-Edition bekannt, heraus, innerhalb derer bedeutende engl. und amer. Schriftsteller in Originalsprache zum Vertrieb

auf dem europ. Festland verlegt wurden. Mitte 1931 erschien der fünftausendste Band.

68 *aber ich weiß es*] Anspielung auf KTs Schwierigkeiten bei der Einreise in Großbritannien. Vgl. dazu auch den Brief an Walter Hasenclever vom 5.1.1934, Bd. 20 [B 103], 72, *72f.*

87

Deutsches Chaos

V: Kaspar Hauser
D^1: WB Jg. 27, Nr. 31, 4.8.1931, II, S. 179–181
Bibl.: Nd s. Bonitz/Wirtz D 2622; 3 Nd; GW 9

2 f *Notverordnung*] Notverordnungen nach Art. 48 WRV anstelle von Gesetzen waren das wichtigste polit. Instrument der Präsidialregierungen. Mit ihnen wurde das parlamentarische Gesetzgebungsverfahren umgangen. Am 17.7.1931 war die «Zweite Verordnung zur Bekämpfung politischer Ausschreitungen» («Pressenotverordnung») erlassen worden (s. [94], *1f)*, einen Tag später die «Verordnung über die Erhebung einer Gebühr für Auslandsreisen».

6 f *Reichskanzlers*] Heinrich Brüning.

58 *Deutsche Staatspartei*] Existierte von 1930 bis 1933; sie war 1930 aus einem von Erich Koch-Weser organisierten Bündnis zwischen der DDP und der Volksnationalen Reichsvereinigung, das noch im selben Jahr zerbrach, hervorgegangen. Die Staatspartei unterstützte die Präsidialkabinette Brünings.

72 *Weyl*] Bezugnahme auf die Vorfälle um die Dezernentin des Landesjugendamtes Weyl. Am 18.2.1930 war es im Anschluß an Mißhandlungen eines Fürsorgezöglings durch den Scheuener Direktor Straube zu einer Revolte gekommen, bei der ein Fürsorgezögling ums Leben kam. Straube wurde seines Amtes enthoben. Trotzdem versuchte Weyl, Straube und die Vorfälle in Scheuen zu verteidigen. Nach massiven Protesten, kam es im Dez. 1930 schließlich zu einem Prozeß. Zum Urteil vgl. Bruno Frei: Offener Brief an den Oberbürgermeister (WB 2.6.1931, I, 790): «Das Gericht hat festgestellt, daß die verantwortliche Dezernentin des Landesjugendamtes, Frau Weyl, den scheuener Erziehungsdirektor Straube, von dem das Gericht als objektiv erwiesen ansieht, daß er ein Menschenschinder und Totschläger ist, begünstigt hat. Das Gericht hat festgestellt, daß eben

diese Dezernentin in grober Fahrlässigkeit die schlimmen Zustände von Scheuen verschuldet hat.» – Vgl. auch: ‹Prozeß um Scheuen. Die Mißhandlungen in der Erziehungsanstalt›, BT 13.12.1931, A; ‹Menschen zweiter Klasse›, BT 26.7.1931 (Beilage: Die Brücke; Sonderheft: ‹Reformiert die Fürsorge-Erziehung›).

81 *Wittenbergplatz*] Platz in Berlin Nähe Kurfürstendamm.

94 *Stennes-Gruppe*] Der Polizeihauptmann Walther Stennes, ab 1927 Mitgl. der NSDAP, wurde Anfang April 1930, nachdem er sich gegen die Umorganisation der SA unter Röhm gesperrt hatte, aus der Partei ausgeschlossen. Gegen die «kapitalistische Wendung» der NSDAP begründete er die «Nationalsozialistische Kampfbewegung».

102 *Westfälischen Frieden*] Frieden von Münster und Osnabrück, Begriff für die am 24.10.1648 nach vierjährigen Verhandlungen über die Beendigung des 30jährigen Krieges zwischen dem dt. Kaiser, Frankreich und seinen Verbündeten einerseits (in Münster) und mit Schweden und seinen Verbündeten andererseits (in Osnabrück) erzielte Einigung.

109 *Asphalt-Literaten*] Der Begriff «Asphaltliteratur» war ein ursprünglich von der Heimatkunstbewegung entwickeltes pejoratives Schlagwort für die großstädtische Literatur der Weimarer Republik im Gegensatz zur Heimatliteratur und zur völkischen Blut- und Bodendichtung. Der Publizist Wilhelm Stapel, der KT bereits seit 1928 befehdete, hatte mit seinem im Jan. 1930 in der Zeitschrift ‹Deutsches Volkstum› erschienenen Beitrag ‹Der Geistige und sein Volk› den «Aufstand der Landschaft gegen Berlin» proklamiert. Innerhalb der «Sektion für Dichtkunst der Preußischen Akademie der Künste» war es daraufhin zu Auseinandersetzungen zwischen dem rechten Flügel um Emil Strauß, Erwin Guido Kolbenheyer und Wilhelm Schäfer und dem linken um Alfred Döblin und Heinrich Mann gekommen. In seinem am 25.1.1931 in der Voss publizierten Aufsatz ‹Bilanz der Dichterakademie› polemisierte Döblin gegen die großstadtfeindlichen Tendenzen innerhalb der Akademie: «Es meldete sich an der Provinzialismus, Heimatkunst, Kunst der Scholle, des sehr platten Landes, ein altes romantisches Ideal und redete aus orphisch dunkler Tiefe – uns an, protestierte gegen Berlin […].» – Vgl. dazu auch: Berlin-Provinz. Literarische Kontroversen um 1930. Bearb. von Jochen Meyer (= Marbacher Magazin 35/1985); vgl. [57], *7f.*

111 *Gerhart … Hauptmann*] Gemeint sind George Bernard Shaw und Gerhart Hauptmann.

115 *Dr. Schacht*] Hjalmar Schacht; vgl. Morus [d.i. Richard Lewinsohn]: Schacht auf Reisen, WB 16.12.1930, II, 918–920.

118 *Schönebergs*] Bezirk im Westen Berlins.

126 *Jakob Goldschmidt*] Goldschmidt war Inhaber der Darmstädter und der Nationalbank (Danatbank), die am 13.7.1931 zusammenbrach. Um ihn gab es Gerüchte, er habe die NSDAP durch Geldsubventionen gestützt (s. ‹Jakob Goldschmidt und die Nationalsozialisten›, Voss 4.11.1930; ‹Goldschmidt, Hugenberg und Hitler›, Vorwärts 17.7.1931, A.

132 *Allg. Landrechts*] Allgemeines Landrecht für die Preußischen Staaten, eine Kodifikation großer Teile des in Preußen geltenden Rechts aus dem Jahr 1794. Bis auf wenige Paragraphen wurde es im 19. Jh. weitgehend außer Kraft gesetzt.

88

Der bewachte Kriegsschauplatz

V: Ignaz Wrobel
D[1]: WB Jg. 27, Nr. 31, 4.8.1931, II, S. 191–192 [Rubrik:] Bemerkungen
Bibl.: Nd s. Bonitz/Wirtz D 2623; 2 Nd; NdzL: PT 3.12.1931; GW 9

KTs Artikel erschien in der sog. «Friedensnummer» der WB, in der u.a. auch die Stellungnahme von Papst Benedikt XV. (Rom, Vatikan, 28. Juli 1915) zum 1. Weltkrieg u.d.T.: ‹Der Krieg ist eine grauenhafte Schlächterei!› abgedruckt wurde.

7 *Feldgendarmen*] Die Feldgendarmerie war eine erstmals 1866 im preuß. Heer eingesetzte Militärpolizeitruppe. Im 1. Weltkrieg rekrutierte sie sich neben Landgendarmen vorwiegend aus Unteroffizieren und Gefreiten der Kavallerie.

38 *Soldaten sind Mörder.*] Aufgrund dieses Satzes erhob der Reichswehrminister Groener, der zugleich auch als Reichsinnenminister fungierte, Anklage gegen KT und gegen CvO als verantwortlichen Redakteur; Gegenstand der Anklage war Beleidigung der Reichswehr und der Soldatenehre. KT nahm in einem heute verschollenen Brief an seinen Anwalt Alfred Apfel Stellung. Darin heißt es: «Der enge Zusammenhang des Artikels mit der Exhortatio des Papstes und die Erwähnung des Weltkrieges beweise, daß es sich ausschließlich um eine ganz allgemeine pazifistische Forderung gehandelt habe, wie sie insbesondere auch von der katholischen Kirche immer wieder erhoben werde. Seine im Kriege entfaltete Tätigkeit als Feldpolizeikommissar bei der Politischen Polizei habe ihn die in dem Artikel geschilderten Tatsachen aus nächster Nähe mitansehen las-

sen.» (zit. nach dem Abdruck in: Das 12-Uhr-Blatt 3.12.1931, bei: ‹Soldaten sind Mörder›. Dokumentation einer Debatte. Hg. von Michael Hepp und Viktor Otto. Berlin 1996, 13f). – Zwar war KTs Satz im Jahr 1931 nicht unbekannt. Seit 1912 hatte er wiederholt Aussagen dieser Art getroffen (vgl. dazu die von Richard v. Soldenhoff hg. Sammlung: Kurt Tucholsky: Unser Militär! Frankfurt 1982, sowie ‹Soldaten sind Mörder›. Zitate aus zwei Jahrtausenden. Hg. von Michael Hepp im Auftrag der Kurt Tucholsky-Gesellschaft unter Mitarbeit von Viktor Otto. Berlin o.J. [1996], 24ff); doch erst jetzt reagierte die Reichswehr. Nachdem das Schöffengericht Charlottenburg die Eröffnung des Hauptverfahrens abgelehnt und die Staatsanwaltschaft daraufhin Beschwerde eingelegt hatte, wurde die Hauptverhandlung für den 1.7. angesetzt, zu der KT selbst nicht erschien; da er im Ausland lebte, war keine Klage gegen ihn erhoben worden. Zudem hatten Freunde ihm geraten, aufgrund der Gefahr von Übergriffen seitens der Nazis nicht nach Deutschland zu kommen. CvO wurde aus der Haftanstalt Tegel vorgeführt, wo er die aus dem «Weltbühnen-Prozeß» resultierende achtzehnmonatige Freiheitsstrafe verbüßte. Die Verteidiger in diesem Prozeß waren Apfel und Rudolf Olden; durch eine umfassende Auflistung von Zitaten berühmter Schriftsteller (u.a. von Klopstock, Goethe, Herder, Raabe, Gerhart Hauptmann) und historischer Personen (Friedrichs III., Friedrichs des Großen, Hindenburgs), in denen vergleichbare Aussagen getroffen werden, konnte man dokumentieren, daß die Bezeichnung der Tötung von Menschen im Krieg mit Mord üblich war und Tradition besaß. CvO wurde, obwohl die Staatsanwaltschaft sechs Monate Haft forderte, freigesprochen. Die von der Staatsanwaltschaft eingelegte Revision wurde am 17.11.1932 ebenfalls abgelehnt. – Eine detaillierte Dokumentation des Prozesses und der Folgen findet sich bei: Hepp/Otto (Hg.): ‹Soldaten sind Mörder›. Dokumentation einer Debatte, 13–94; vgl. auch Ossietzky 1994, Bd. VII, 404–405; 407–404; 448–451; 451–456.

42 f *Hetze gegen den Professor Gumbel*] Gumbel war wegen seines entschiedenen Antimilitarismus und Pazifismus von nationalistischer Seite wiederholt kritisiert und bedroht worden. Anläßlich der beabsichtigten Verleihung des Professorentitels kam es 1930 an der Heidelberger Universität zu einer Skandalkampagne gegen Gumbel. Der nat.-soz. dt. Studentenbund nutzte die Kommunalwahlen im November des gleichen Jahres, um die Heidelberger Bevölkerung gegen Gumbel zu mobilisieren. Ein sog. «nationaler Kampfausschuß» aus NSDAP, DNVP und anderen völkischen Gruppen organisierte eine Unterschriftensammlung gegen ihn, in der man die Entfernung Gumbels aus seinem Lehramt an der Universität forderte;

die Kampagne ging mit Abschluß des Wintersemesters 1930/31 zu Ende; am 5.8.1932 wurde Gumbel die Lehrbefugnis entzogen. – Vgl. hierzu: Eike Wolgast: Emil Julius Gumbel – Republikaner und Pazifist, in: Emil Julius Gumbel 1891–1966. Akademische Gedächtnisfeier anläßlich des 100. Geburtstages. Heidelberg 1993, 9–52.

44 *«das Feld der Unehre»*] Rede Gumbels anläßlich der u.a. von der DFG, dem Reichsbund der Kriegsgeschädigten und den Gewerkschaften in einem Heidelberger Versammlungslokal am 27.6.1924 organisierten Kundgebung «Nie wieder Krieg». Gumbel bat in seiner Rede «die Versammlung sich zu Ehren der Toten, die [...] auf dem Felde der Unehre gefallen sind, von den Plätzen zu erheben» (zit. nach: Emil Julius Gumbel: Vier Jahre politischer Mord. Mit einem Vorwort von Hans Thill. Heidelberg 1980, V; E: 1922). Gumbels Äußerung löste eine Welle deutschnationaler Empörung aus.

47 *Exhortatio Benedikts XV.*] Rom, Vatikan, 28. Juli 1915. Abgedruckt u.d.T.: ‹Der Krieg ist eine grauenhafte Schlächterei!›, WB 4.8.1931, II, 171–173.

48 *«ein entehrendes Gemetzel»*] In dieser Formulierung in der Übersetzung, die Walter Karsch für den Abdruck in der WB anfertigte (vgl. Nachwort von Walter Karsch, ebd., 173f) nicht nachweisbar. Es heißt dort «grauenhafte Schlächterei» und «Gemetzel» (ebd., 172).

89

Der Papagei-Papagei

V: Peter Panter

D^1: Vossische Zeitung Nr. 189, 9.8.1931, Post-Ausg., Unterhaltungsblatt Nr. 184, [S. 3]

Bibl.: Bonitz/Wirtz D 2624; NdzL: PT 15.8.1931, u.d.T.: Jannings' Papagei-Papagei; GW 9

3 f *zwischen Ischl und Salzburg*] Garmisch-Patenkirchen, Wohnort von Gussy Holl und Emil Jannings (s.u. *19*).

4 *Lora*] So hieß der Papagei von Gussy Holl und Emil Jannings (vgl. *19*). – Vgl. KTs Brief an G. Holl und E. Jannings vom 17.8.1931: «Was hat Lore zu dem Artikel gesagt?» (AB, 216) – E. Jannings schrieb am 21.8.1931 an KT: «Geliebter Tucho, gestern erst bekamen wir durch Zufall Deinen süßen Papagei-Papageiartikel zu lesen und alle von Baron Lernet bis zur

Mamsell waren gerührt und begeistert. Gerade heute war große Lorajagd, denn das geliebte Rabenaas breitete plötzlich seine Adlerschwingen aus und flog bei strömenden Regen bis zum See hinunter auf die hohen Tannen. Aber die beiden berühmten Fassadenkletterer Martin und Stefan haben sie erlegt. Jetzt sitzt sie in der Küche, naß bis auf die Knochen und schreit total heiser: Mamsaehaell.» (DLA)

19 *Gussy*] Die Schauspielerin, Diseuse und Kabarettistin Gussy Holl. Mit ihr und ihrem Ehemann, dem Schauspieler Emil Jannings, war KT befreundet. Seine Liebe zu ihr bekannte KT bereits 1913 in dem Aufsatz ‹Gussy Holl›, SB 3.7.1913, II, 687f; Bd. 1 [133]. Nach dem Krieg schrieb er für Holl mehrere Chansons zum Vortrag im Kabarett «Schall und Rauch», darunter ‹Zieh dich aus, Petronella› (s. Bd. 4 [4]) und ‹Immer um die Litfaßsäule rum› (s. Bd. 4 [9]). KT stand mit Holl und Jannings bis 1931 in engem Kontakt.

35 *Stefan*] Sohn von Gussy Holl und Emil Jannings.

55 *Emil*] Emil Jannings.

90

Die Augen der Welt

V: Ignaz Wrobel
D[1]: WB Jg. 27, Nr. 32, 11.8.1931, II, S. 216–219
Bibl.: Nd s. Bonitz/Wirtz D 2625; 1 Nd; GW 9

7 *Friedensbedingungen*] Die Bestimmungen des Versailler Vertrags.

40 *Levante*] «Morgenland», Bezeichnung für die Länder des östlichen Mittelmeeres Ägypten, Syrien, Libanon.

41 *Südamerika*] Frz. Kolonien in Mittel- und Südamerika waren Französisch-Guayana, Martinique, Guadeloupe.

50 f *seit rund sieben Jahren im Ausland*] KT war im April 1924 als Korrespondent der WB und der Voss nach Paris übersiedelt; seit Anfang 1930 lebte er in Hindås bei Göteborg in Schweden.

61 f *die Kaiserlichen 1914 verrechnet haben*] Neben einer Hegemoniestellung in Mitteleuropa, der Annexion kleiner angrenzender Länder und von Teilgebieten der großen Nachbarstaaten, der Gewinnung von «Siedlungsland» im Osten und einer zentralafrikanischen Kolonie hofften dt. Regierungsmitglieder und Industrielle, mit dem Sieg über die alten europ. Kolonialländer (Frankreich, Belgien, Holland, England) auch Einfluß auf

deren entfernte Kolonien zu gewinnen und auf diesem Weg Deutschland zu einer Weltmacht vor England machen zu können. – Vgl. Fritz Fischer: Griff nach der Weltmacht. Düsseldorf ^{3}1967.

80 *Artikel zu fälschen pflegen.*] In seiner Zeitungsausschnitt-Sammlung (ZAS) hat KT eine am 25.6.1924 erschienene Glosse aus der nationalist. Tageszeitung ‹Der Tag› archiviert und mit der hs. Bemerkung «Zitat gefälscht» versehen. In der Rubrik «Glossen zum Tage» war eine Passage aus KTs Artikel ‹Fête du Trône›, WB 19.6.1924, I, 851; D 1228, durch Kürzungen entstellt worden. – Ähnliche Fälschungen durch den VB sind nicht bekannt.

87 f *Vereins für das Deutschland im Ausland*] Vermutl. ist der Verein für das Deutschtum im Ausland gemeint. Der VDA (1908–1933), hervorgegangen aus dem Allgemeinen Deutschen Schulverein zur Erhaltung des Deutschtums im Ausland gehörte zu den einflußreichsten Organisationen der Deutschen im Ausland. Er verfolgte in den 20er Jahren revanchistische Ziele. Vgl. auch [99], 49.

103 ff *«Wenn wir … alle mit.»*] Zitat nicht ermittelt.

110 *Reiseschriftsteller*] In den 20er Jahren erschienen vornehmlich Reiseberichte über die Sowjetunion und die USA, so z.B. von Egon Erwin Kisch: ‹Zaren, Popen, Bolschewiken›, Berlin 1927; ‹Wagnisse in aller Welt›, Berlin 1927; ‹Paradies Amerika›, Berlin 1930; ‹Asien, gründlich verändert›, Berlin 1932; von Arthur Holitscher: ‹Wiedersehen mit Amerika. Die Verwandlung der USA› (1930); von Ernst Toller: ‹Quer durch› (Berlin 1930); von Ernst Glaeser: ‹Der Staat ohne Arbeitslose›, (Berlin 1931). – Vgl. dazu Erhard Schütz: Kritik der literarischen Reportage. Reportagen und Reiseberichte aus der Weimarer Republik über die USA und die Sowjetunion. München 1977.

157 *Panzerkreuzer-Gerassel*] Vgl. [41], *191 f.*

91

Autarkie

V: Theobald Tiger
D^{1}: WB Jg. 27, Nr. 32, 11.8.1931, II, S. 231
Bibl.: Nd s. Bonitz / Wirtz D 2626; 2 Nd; GW 9

Zum Kontext vgl. CvO: Brüning und sein Ruhm (insb. das Kapitel «Pressechef verkündet die Autarkie»), WB 4.8.1931, II, 159–164; jetzt in: Ossietzky 1994, Bd. VI, 158–166.

92

Die Herren Wirtschaftsführer

V: Ignaz Wrobel
D[1]: WB Jg. 27, Nr. 33, 18. 8. 1931, II, S. 254–256
Bibl.: Nd s. Bonitz / Wirtz D 2627; 1 Nd; GW 9

2 *14. Juli 1931*] Am 13. 7. 1931 brach die Darmstädter und Nationalbank (Danatbank) zusammen. Sie war die zweitgrößte unter den dt. Banken. Alle Banken blieben daraufhin geschlossen, mit Hilfe staatlicher Unterstützung durften nach der Öffnung am 17. 7. lediglich Steuern, Löhne und Arbeitslosengelder ausgezahlt werden. Auch die Dresdner Bank mußte am 31. 7. 1931 durch die Reichsbank und das Reichsfinanzministerium gestützt werden. Schon mit 600 Mio. Haushaltsdefizit belastet, mußte die Regierung fast 1 Milliarde Reichsmark zur Stützung der Banken zur Verfügung stellen.

20 *Geldpolitik*] Vgl. hierzu z. B. die Artikel von Bernhard Citron: Wirtschaft bringt Not, WB 4. 8. 1931, II, 186–189; ders.: Die Krise des Kapitalismus, WB 6. 10. 1931, II, 512–515.

111 ff *‹Frankfurter Zeitung›*] Zitat in diesem Wortlaut nicht ermittelt. Ebenfalls unter Berufung auf das Institut für Konjunkturforschung ähnlich formuliert in dem Aufsatz: ‹Lagerabbau. Feststellungen und Möglichkeiten›, FZ 26. 7. 1931, 1. M.

124 *Arbeiter sinnlos in die Maschinengewehre*] Gemeint sind die Vorfälle im Ruhrgebiet anläßlich der dortigen Streikkämpfe. Vgl. hierzu den Artikel ‹Terror-Akte im Ruhrgebiet. Wilde Streiks auf zahlreichen Schachtanlagen – Kommunistische Hetze›, BT 2. 1. 1931, A, in dem es heißt: «Die Polizei ist im Besitz von Unterlagen, aus denen hervorgeht, daß es sich um eine von langer Hand vorbereitete Aktion der Kommunisten handelt. [...] Durch diese von der linken Gewerkschaftsopposition und der kommunistischen Partei angezettelten Teilstreiks wird die Situation im Ruhrkonflikt ganz erheblich verschärft.» Vgl. weiter: ‹Verstärkte Streikagitation. Ein Todesopfer und zahlreiche Verletzte im Ruhrgebiet›, BT 3. 1. 1931, A; ‹Neue Ruhr-Krawalle›, BT 4. 1. 1931, M; ‹Zwei neue Todesopfer›, BT 5. 1. 1931, A; ‹Abwehr des Terrors. Die Bergarbeiterverbände des Ruhrgebiets gegen neue kommunistische Putschversuche›, BT 7. 1. 1931, A. – Im ‹Militärpolitischen Mitteilungsblatt› der KPD vom April 1931 wurde die Behauptung vertreten, Aufständische könnten unter den modernen Bedingungen des Straßenkampfes, trotz gegenteiliger Erfahrungen in Westeuropa, sehr wohl gewinnen, wenn alle Fehler vermieden würden (abgedr.

bei Hermann Weber [Hg.]: Der deutsche Kommunismus. Dokumente 1915–1945. Köln ^{3}1973, 106).

138 *«Vertrauen» zu fordern*] In einem Aufruf der Reichsregierung vom 14.7. hieß es: «Es kommt darauf an, daß das deutsche Volk in dieser schweren Lage die Nerven behält und nicht mangels Selbstvertrauen die Schwierigkeiten vermehrt.» (abgedr. in: FZ 14.7.1931, 1. M). – Vgl. hierzu auch den Aufsatz ‹Stunde der Besinnung. Solidarität der Weltwirtschaft – der Ausweg› (FZ 19.7.1931, 1. M), in dem es u.a. heißt: «Wir haben versucht, den verschiedenen Ursachen dieser Krise nachzugehen, die sich bei roher Betrachtung deutlich heraussheben und die sämtlich gemündet haben in Gleichgewichts- und Vertrauensstörung [...]. Der Satz, es käme jetzt auf Vertrauensschaffung an, klingt fast banal, auch deshalb, weil er in diesen Tagen so oft gebraucht wurde. Er muß aber deutlich verstanden werden, denn Vertrauensschaffung ist der *einzige* Weg, um das System, unsere gegenwärtige gesellschaftliche und wirtschaftliche Ordnung zu erhalten [...].»

144 *Hausse*] Erhöhung, Aufschwung der Wirtschaft.

144 *Baisse*] Fallen der Börsenkurse und Preise.

93

Europäische Kinderstube

V: Peter Panter
D^1: WB Jg. 27, Nr. 33, 18.8.1931, II, S. 266–268
Bibl.: Nd s. Bonitz/Wirtz D 2628; 2 Nd; GW 9

4 *Sachs-Villatte*] Enzyklopädisches Wörterbuch der dt. und frz. Sprache von Charles Sachs und Césaire Vilatte. Berlin-Schöneberg o.J. – Das Exemplar aus KTs Besitz hat sich erhalten (AdK).

5 *pariser ‹Comoedia›*] Pariser Theater- und Kulturzeitschrift, gegr. 1907, stellte ihr Erscheinen 1940 ein. – Auch in der Pariser Zeitschrift ‹Nouvelles littéraires› erschien eine Besprechung von Manns Novelle durch Jaques Lobstein, die die mehr als zwanzig Jahre zurückliegenden Vorfälle wieder aufrollte: ‹Sang réservé: Histoire d'une nouvelle›, lautete der Titel dieser Rezension. Mann ließ dem Hg. der ‹Nouvelles littéraires› Martin du Gard eine Gegendarstellung zukommen, die er zur Veröffentlichung auch an die in Berlin erscheinende ‹Literarische Welt› schickte (vgl. Thomas Mann: Noch einmal ‹Wälsungenblut›. Offener Brief, in: Die Literarische Welt Jg. 7, Nr. 37, 11.9.1931, 7; wiederabgedr. in: Thomas Mann:

Reden und Aufsätze I. Stockholmer Gesamtausgabe. Frankfurt/M. 1965, 720–723).

6 *folgenden Artikel*] Der Artikel erschien u.d.T.: ‹L'étrange pudeur de Thomas Mann va doter Paris d'un livre scandaleux›. Der Name des Autors ist Pierre Lagarde.

9 *Grasset*] Pariser Verleger, vgl. [27], *8*. – Die bei Grasset verlegte Übersetzung erfolgte ohne die Zustimmung Thomas Manns.

10 *‹Sang réservé›*] Traduit de l'allemand de Denise van Moppès. Paris 1931.

14 *Blutschande*] Thema der Novelle ist der Inzest, wobei nicht nur das Milieu assimilierter Berliner Juden, sondern auch die Charaktere der Hauptfiguren Sieglinde und Siegmund Ähnlichkeiten mit der Familie Pringsheim, insbesondere mit Manns Frau Katja und ihrem Zwillingsbruder Klaus aufweisen. Nach Manns eigenen Notizen «verfällt» er nach seiner Heirat mit der aus einer halbjüdischen Münchener Familie stammenden Katja Pringsheim auf die Idee, «die Geschichte zweier Luxuswesen, jüdischer Zwillinge des überfeinerten Berliner Westens, zu improvisieren, deren üppig-spöttisches Einsamkeitspathos sich den Ur-Inzest von Wagners Wälsungen-Geschwisterpaar zum Muster nimmt» (Mann: Noch einmal Wälsungenblut).

15 *Gesammelten Werken*] Thomas Mann: Gesammelte Werke in Einzelausgaben. 15 Bde. Berlin 1922–1935.

28 *in seinen Cafés*] Offensichtlich handelt es um einen Übersetzungsfehler KTs. Es muß heißen: «nicht in seinen Cafés».

43 f *letzten Bande seiner Memoiren*] Bernhard Fürst von Bülow: Denkwürdigkeiten. Hg. von Franz Stockhammern. Berlin 1931. Bd. 3: Weltkrieg und Zusammenbruch. Bd. 4: Jugend- und Diplomatenjahre.

46 *P. L.*] s.o. *6*.

56 *seit Jahren bemüht*] KT verfaßte als Pariser Korrespondent der WB und der Voss in den Jahren 1924 bis 1927 zahlreiche Aufsätze über Frankreich, in denen er das von Klischees bestimmte Frankreichbild in Deutschland zu korrigieren suchte (vgl. z.B. ‹Haßt der Franzose den Deutschen?›, Voss 23.3.1926; D 1595; ‹Deutschenhaß in Frankreich›, Voss 12.5.1926; D 1634; ‹Was weiß der Franzose vom Deutschen?›, Voss 17.8.1927; Bd. 9 [107]). – Der Literaturkritiker und Publizist Marcel Belvianes würdigte KTs Frankreichschilderungen in seinem anläßlich des 40. Geburtstags von KT verfaßten Aufsatz ‹Kurt Tucholsky – pamphlétaire et humoriste›, in: Revue d'Allemagne et des Pays de Langue Allemand Jg. 4, Nr. 29, März 1930, 225ff.

70 *aus sittlichen Bedenken*] Die dt. Ausgabe der Novelle ‹Wälsungenblut›, entstanden 1905, war 1921 im Phantasus-Verlag (mit Steindrucken von Th.

Th. Heine) in einem limitierten Privatdruck erschienen. Ursprünglich sollte die Novelle in der Zeitschrift ‹Die neue Rundschau› (Jg. 17, 1906, Nr. 1) veröffentlicht werden; aus Rücksicht auf die Familie seiner Frau Katja zog Mann die Novelle jedoch zurück. In Münchener Gesellschaftskreisen war das Gerücht aufgekommen, Mann habe «eine heftig ‹antisemitische› Novelle geschrieben», in der er die Familie seiner Frau «fürchterlich compromittierte» (Thomas Mann an Heinrich Mann, 17. 1. 1906). Die Novelle erschien erstmals in der Stockholmer Ausgabe (Erzählungen. 1958).

79 f *begrenzte deutsche Ausgabe*] s. o. *70*.

81 f *während seines pariser Besuchs*] Mann hielt sich im Mai 1931 auf Einladung des Verlegers Fayard, in dessen Verlag die frz. Ausgabe des ‹Zauberbergs› erschien, in Paris auf. Er trug aus seinen Essays über Goethe und Tolstoi vor, des weiteren hielt er eine Freud-Vorlesung.

123 f *der Erbfeind*] Vgl. auch KTs Artikel ‹Der Erbfeind›, WB 30. 10. 1924, II, 675–676; D 1298.

124 *Juden Thomas Mann*] Mann selbst war nicht jüdischer Abstammung; seine Frau Katja Mann geb. Pringsheim entstammte einer halbjüdischen Familie.

127 *Spiel hat schon angehoben*] Der extremistischen Presse in Deutschland waren die Vorfälle in Paris nicht entgangen. In mehreren Aufsätzen wurde Stimmung gegen den Erzfeind Frankreich gemacht. So hieß es in einem Artikel von Friedrich Hussong (‹Der Mann mit dem doppelten Boden›, Der Morgen 10. 8. 1931), die Veröffentlichung von Manns Novelle stelle eine «erschreckende Geschmacklosigkeit» und eine «große Taktlosigkeit gegen eine erwünschte französische Leserschaft» dar und sei eine «fatale intellektuelle Unreinlichkeit gegenüber dem deutschen Publikum, vor dem Herr Mann zu verleugnen gewillt ist, was er für marktgängig in Frankreich hält», und eine «reine Profitgier». – Vgl. auch Martin Raschke: Nationale Kritiker, in: Die Literarische Welt Jg. 7, Nr. 35/36, 28. 8. 1931, 11. – Vgl. Rudolf Vaget: ‹Sang reservée› in Deutschland. Zur Rezeption von Thomas Manns ‹Wälsungenblut›, in: German quartaly 57 (1984), 367–376.

127 f *‹Deutsche Zeitung›*] Das «unabhängige Tageblatt für nationale Politik», wie sich die Zeitung im Untertitel nannte, erschien von 1896 bis 1934 in Berlin. Um 1930 übernahm Alfred Hugenberg das deutsch-national ausgerichtete Blatt mit E. F. Bär als Chefredakteur.

129 *«Sexe Faible»*] Édouard Bourdet: Le sexe faible. Paris 1931. Das Stück wurde 1931 in Berlin aufgeführt.

130 *«französische … Zeitalters»*] Zitat nicht ermittelt.

94

Erklärung

V: Kurt Tucholsky
D[1]: WB Jg. 27, Nr. 33, 18. 8. 1931, II, S. 276 [Rubrik:] Bemerkungen
Bibl.: Nd s. Bonitz / Wirtz D 2629; 1 Nd; GW 9

1 f *Notverordnung über die Presse*] Am 17. 7. 1931 war nach dem Erlaß vom 28. 3. des gleichen Jahres (Aufhebung der Versammlungs- und Demonstrationsfreiheit) die zweite «Verordnung des Reichspräsidenten zur Bekämpfung politischer Ausschreitungen» auf Grund des Art. 48 der WRV erlassen worden. In dieser sog. Pressenotverordnung wird in §1 jeder «verantwortliche Schriftleiter einer periodischen Druckschrift» verpflichtet, «Kundgebungen sowie Entgegnungen» staatlicher Stellen abzudrucken. In §2 hieß es: «Druckschriften, durch deren Inhalt die öffentliche Sicherheit und Ordnung gefährdet wird, können auf Verlangen der obersten Reichs- oder Landesbehörden oder der von ihnen bestimmten Stellen polizeilich beschlagnahmt und eingezogen werden.» Gegen die im März verhängte Verordnung der Reichsregierung hatte der Schutzverband massiven Protest erhoben. Die Reaktion auf die zweite Notverordnung vom Juli indessen fiel eher kleinlaut aus; hinter einem vage formulierten Protest konnte sie die grundsätzliche Billigung der Notverordnung nur schlecht verbergen.
Der Berliner Ortsgruppe des SDS wurde von ihrem Vorsitzenden Jakob Schaffner und dem Geschäftsführer des Gesamt-SDS Werner Schendell untersagt, eine Protestversammlung zu veranstalten. Die als Redner für diese Protestkundgebung vorgesehenen Redner Erich Mühsam, Alfons Goldschmidt, Bernard von Brentano, Erich Kästner, Walter Karsch und Johannes K. Koenig gründeten daraufhin das «Kampfkomitee für die Freiheit des Schrifttums». In seinem Namen wurde Ende Juli der «Aufruf für die Freiheit des Schrifttums» (29. 7. 1931) erarbeitet und verbreitet, den u. a. die WB (4. 8. 1931, II, 198) abdruckte. Noch im August traten Kurt Hiller, Walter Karsch und Erich Kästner wegen Differenzen mit der kommunist. Mehrheit aus dem «Kampfkomitee» wieder aus. In einem ebenfalls in der WB (25. 8. 1931, II, 316 f) abgedruckten ‹Offenen Brief› erklärten sie, daß §1 der Pressenotverordnung «zu billigen ist und keinen Eingriff in das Recht der freien Meinungsäußerung bedeutet, man nur fordern muß, daß die Redaktion auch auf Berichtigungen sofort antworten dürfe und daß der Umfang des unentgeltlich aufzunehmenden Regierungstextes begrenzt werde».

11 *Opposition gegen Geldgeber*] Der SDS erhielt seit Mitte der 20er Jahre Zuschüsse sowohl von der Reichsregierung als auch von der preuß. Regierung (1931: 24 300 RM). Auch vermittelte der Pressechef der Deutschen Bank, Maximilian Müller-Jabusch, einen finanziellen Zuschuß seitens seines Hauses. So schloß der Verband trotz der Weltwirtschaftskrise 1931 seinen Haushalt zwar ohne größere Defizite ab, man war jedoch abhängig von staatl. Subventionen und privaten Geldgebern. Bereits Anfang März war es wegen der Subventionsfrage zu heftigen Auseinandersetzungen innerhalb des Verbandes gekommen. Verteidigten linksbürgerl. Autoren wie Arnold Zweig diese Hilfe, so wertete die kommunist. dominierte Opposition die ministeriellen Unterstützungen als staatl. Bevormundung und Bestechungsversuch. Erich Mühsam z. B. gab zu bedenken, daß die Gelder den SDS zwangsläufig korrumpierten und zu staatl. Loyalität verpflichteten (‹Gewerkschaft der Schriftsteller›, WB 14. 7. 1931, II, 57–61). – Vgl. hierzu auch Ernst Fischer: Der Schutzverband deutscher Schriftsteller 1900–1933. Frankfurt/M. 1980, 271 ff und 571 ff.

14 f *ausgetreten*] KT trat am 18. 8. 1931 aus dem Schutzverband aus.

95

Der Grundakkord

V: Peter Panter
D[1]: Vossische Zeitung Nr. 198, 20. 8. 1931, Post-Ausg., Unterhaltungsblatt Nr. 193, [S. 1]
Bibl.: Nd s. Bonitz/Wirtz D 2630; 1 NdzL, 3 Nd; GW 9

13 f *«Einen Augenblick mal –*] Vgl. auch KTs Artikel ‹'n Augenblick mal –!›, Voss 1. 1. 1927, Bd. 9 [2].

51 f *‹Puppchen, du bist mein Augenstern›*] Lied Nr. 7 aus: ‹… Puppchen!› Große Posse mit Gesang und Tanz in drei Akten, von Jean Kren und Curt Kraatz. Gesangstexte von Alfred Schönfeld. Musik von Jean Gilbert (= Max Winterfeld). Berlin 1913 (UA: Thalia Theater Berlin, 1912).

52 *Wallace*] Dazu nichts ermittelt.

68 *Pasewalk*] Kreisstadt im Bezirk Neubrandenburg.

96

Die Lügen-Kartei

V: Peter Panter
D^1: Vossische Zeitung Nr. 202, 25. 8. 1931, Post-Ausg., Unterhaltungsblatt Nr. 197, [S. 1]
Bibl.: Bonitz / Wirtz D 2631; NdzL: PT 27. 8. 1931; GW 9

42 f *Verfall des Lügens*] Oscar Wilde: The Decay of Lying. An Observation, in: The Nineteenth Century. A monthly review (London), January, Nr. 143 (Buchausg. u. d. T.: ‹The Decay of Lying: a dialogue›, London 1889; dt. ‹Der Verfall der Lüge›, in: Oscar Wilde: Werke. Bd. 5. Dt. von Paul Wertheimer. Berlin o. J. [1922]).

62 *D. R. G. M.*] Deutsches Reichs-Gebrauchsmuster.

65 f *wohlverdienten und längeren Urlaub*] Vermutl. ein Hinweis auf die bevorstehende Kündigung durch die Voss zum 1. 10. 1931. KTs letzter Artikel in der Voss erschien am 29. 9. 1931; vgl. [117].

97

Die Lösung

V: Theobald Tiger
D^1: WB Jg. 27, Nr. 34, 25. 8. 1931, II, S. 293
Bibl.: Nd s. Bonitz / Wirtz D 2632; 2 Nd; GW 9

Vgl. dazu KTs Artikel ‹Die Herren Wirtschaftsführer›, [92].

98

Lehár am Klavier

V: Peter Panter
D^1: WB Jg. 27, Nr. 34, 25. 8. 1931, II, S. 307–310
Bibl.: Nd s. Bonitz / Wirtz D 2633; 3 Nd (davon 1 Td); GW 9

1 *London*] Zu KTs Londonaufenthalt s. [68], *0*.

16 *mitten in London*] Am 8. 5. 1931 war Lehárs ‹Das Land des Lächelns. Romantische Operette in 3 Akten› (EA: 10. 10. 1929 im Metropol Theater,

Berlin) im Theatre Royal, Drury Lane, einer der ruhmreichsten Londoner Bühnen, aufgeführt worden (‹Land of Smiles›; Tenor: Richard Tauber). Die zweite Aufführung fand Mitte Juni statt. Lehár selbst war anwesend, auch befand sich das engl. Königspaar unter den Zuschauern.

20 *Operette*] Léhar gilt als Erneuerer und erfolgreichster Komponist der Wiener Operette. Er schrieb mehr als 20 Operetten.

31 *‹Lustige Witwe›*] Operette in 3 Akten. Text: Viktor León (eigentl. Viktor Hirschfeld), Leo Stein (eigentl. Leo Rosenstein) nach der Komödie ‹L'Attaché d'ambassade› (1861) von Henri Meilhac. UA: 28.12.1905, Theater an der Wien.

42 *ischler Kurpromenade*] Léhar lebte in Bad Ischl, wo er 1948 starb.

44 *Léhars ‹Friederike›*] Singspiel in 3 Akten. Text: Ludwig Herzer (eigentl. Ludwig Herzl) und Fritz Beda-Löhner (eigentl. Fritz Löhner). UA: 4.10.1928, Metropoltheater Berlin.

44 f *«Ja, … getaucht!»*] Friederike. Singspiel in drei Akten von Ludwig Herzer und Fritz Löhner. Musik von Franz Léhar. Textbuch der Gesänge. Berlin 1929, 3.Akt, Nr. 19, 30.

45 *die beiden Taucher*] Vgl. *44f.*

75 *Falsett*] Kopfstimme, bei der nur die Stimmlippenränder in Schwingungen versetzt werden.

99 f *In jedem Menschen … Kind*] Das Zitat ist in dieser Form nicht nachweisbar; bei Nietzsche heißt es: «Im Manne ist ein Kind versteckt, das will spielen» (Nietzsche: Also sprach Zarathustra. Ein Buch für alle und keinen [1883–1885], in: Nietzsche 1968, 6. Abt., Bd. 1, 81).

116 f *nationale Ichbezogenheit*] Vgl. hierzu KTs Aufsatz ‹Die Augen der Welt›, [90].

121 *Brot und Spiele*] «Panem et circenses» verlangte nach Juvenal 10, 81, das römische Volk in der Kaiserzeit, ohne sich um das Gemeinwohl und die Staatsinteressen zu kümmern.

99

Herr Wichtig

V: Ignaz Wrobel
D[1]: WB Jg. 27, Nr. 34, 25.8.1931, II, S. 312 [Rubrik:] Bemerkungen
Bibl.: Bonitz/Wirtz D 2634; Rep
Rez.: Rolf Italiaander: So lernte ich segelfliegen. Mit einem Brief als Vorwort von Staatsminister a.D. Dominicus. Zürich: Orell Füssli Verlag 1931

4 *Rossitten*] Stadt in Lettland.

22 *Dominicus*] Alexander Dominicus war Abg. im preuß. Landtag von 1919 bis 1924, 1921 auch preuß. Innenminister.

49 *Verein für das Deutschtum im Ausland*] s. [90], *87f.*

100

«Nein – meine Suppe eß ich nicht –!»

V: Peter Panter
D[1]: Vossische Zeitung Nr. 208, 1.9.1931, Post-Ausg., Unterhaltungsblatt Nr. 203, [S. 1]
Bibl.: Nd s. Bonitz/Wirtz D 2635; 5 Nd; GW 9

2 f *Picadilly Street*] Seitenstraße des Picadilly Circus im Zentrum Londons.

3 *Shepherd Market*] Alter Kern des Viertels Mayfair.

101

Reparationsfibel

V: Ignaz Wrobel
D[1]: WB Jg. 27, Nr. 35, 1.9.1931, II, S. 328–331
Bibl.: Bonitz/Wirtz D 2636; GW 9
Rez.: Rudolf Keller: Deutschland und Frankreich. München: R. Piper & Co. 1931 – Reparationsfibel. Bilder von O[skar] Gravens, O[laf] Gulbransson, Th[omas] Th[eodor] Heine, E[rich] Schilling, W[ilhelm] Schulz und E[duard] Thöny. Hamburg: Verlagsbuchhandlung Broschek & Co. 1931

1 ff *Warum … hat.*] Friedrich Maximilian Klinger: Betrachtungen und Gedanken über verschiedene Gegenstände der Welt und der Literatur, in: Ders.: Sämtliche Werke in 12 Bänden. Stuttgart, Tübingen 1842, Bd. 12, 256, Spruch 313.

10 ff *«Der … wollen.»*] Keller 1931, 48.

20 ff *«Nicht die … wagen …»*] ebd., 93 f.

26 f *Professor Bonn*] Bonn war von 1920 bis 1933 Professor für Volkswirtschaft

an der Handelshochschule Berlin. Vermutlich bezieht sich Keller auf Bonns Schriften ‹Geld und Geist› aus dem Jahr 1927 und ‹Das Schicksal des deutschen Kapitalismus› von 1926.

31 *zeigt zweierlei*] Keller 1931, 38 f.

31 *Young-Plan*] Der nach O.D. Young benannte Plan zur Neuregelung der dt. Reparationszahlungen löste 1924 den Dawesplan ab; er setzte die dt. Reparationsschuld auf 30,5 Milliarden RM fest und regelte die Zahlungsbedingungen. Im Zuge der Weltwirtschaftskrise wurden die Zahlungen am 1.7.1931 eingestellt.

33 f *«Tribute»*] Keller 1931 (Kap. «Wem zahlt Deutschland Tribut?»), 36–42.

45 *Krise*] Weltwirtschaftskrise.

49 f *Sie sehen nichts … dennoch*] Nach Matth. 6, 26.

69 f *Gulbransson … Heine*] Von KT hochgeschätzte Karikaturisten des ‹Simplicissimus›. Zentrale Themen ihrer Karikaturen waren soziale Gerechtigkeit und die Militarisierung der Gesellschaft.

85 *im Vertrauen auf Amerika*] Im Vorwort heißt es: «In ihrer Gesamtheit sollen sie [die Zeichnungen] der Welt zeigen, wie schwer Deutschland, seitdem es im Vertrauen auf die vierzehn Punkte Wilsons die Waffen niederlegte, gelitten hat, und daß die Revision des Versailler Vertrages nicht nur ein deutsches, sondern ein Weltinteresse darstellt.»

95 f *Forderungen der Wirtschaftsführer*] Am 20.5.1915 hatten sechs führende Wirtschaftsverbände in einer Petition an den Reichskanzler ihre Kriegszielvorstellungen niedergelegt, die im wesentlichen den alldeutschen Annexionsforderungen entsprachen. Sie sah u.a. die wirtschaftliche, politische und militärische Eingliederung Belgiens und wichtiger Industriegebiete Frankreichs in das Reich vor. Die Wirtschaftsunternehmen sollten in dt. Hand überführt werden. Den Kriegsgegnern sollten als Entschädigung die Erstattung der deutschen Kriegskosten auferlegt werden.

98 f *Der deutsche Michel … Welt*] Titel der Zeichnung von Gulbransson.

102 *Die Weltarmee der Arbeitslosen*] Titel der Zeichnung von Thöny.

106 *«Wehe … abstürze»*] Titel der Zeichnung von Thöny.

112 *Kanada kann mit Weizen heizen*] Entgegen KTs Aussage kam es 1931 in Kanada infolge einer langen Trockenperiode zu einer schlechten Ernte (vgl. ‹Das neue Erntejahr beginnt›, BT 4.8.1931, A). Vermutl. spielt KTs Äußerung auch auf die in der zweiten Hälfte 1931 infolge eines Getreideüberschusses weltweit stürzenden Getreidepreise an (vgl. ‹Kampf dem neuen Brotwucher. Stürzende Getreidepreise – hohe Brotpreise›, Vorwärts 5.8.1931). Im Juli wurde daher über Maßnahmen der Reichsregierung zur Erntefinanzierung verhandelt (vgl. ‹300 Millionen für die Erntefinanzierung›, FZ 26.7.1931, M).

112 f *«Kanada … essen.»*] Titel der Zeichnung von Schulz.

120 f *«Nehmt … geheilt.»*] Titel der Zeichnung von Garvens: «Nehmt diese Last von der Welt, und sie ist geheilt.»

138 *Empfehlungen*] Vermutlich handelt es sich um einen Werbezettel, dem die folgenden Zitate entnommen sind.

169 *Universitätsstädte*] Gemeint sind die Demonstrationen und Terroraktionen rechtsgerichteter Studenten an allen großen dt. und österr. Universitäten. Bereits zu Anfang des Jahres (21.1.1931) war es auf dem Gelände der Heidelberger Universität bei einer von den Nationalsozialisten einberufenen Kundgebung von über 1000 Studenten zu schweren Auseinandersetzungen mit der Polizei gekommen. Anlaß war die vom Badischen Kultusministerium verfügte Auflösung des von Vertretern der nat.-soz. Studentenschaft geführten Heidelberger Allgemeinen Studentenausschusses. Die Nazis hatten das Organ als Plattform ihrer polit. Ziele benutzt. Am 29.7. kam es zu Krawallen nat.-soz. Studenten in Berlin. – Vgl. Robert 1Solten: Studentenkrawalle, WB 14.7.1931, II, 73f, sowie [125].

173 *Klippschule*] In Norddeutschland übliche Bezeichnung für Winkelschulen, für die seit dem 16. Jh. insbesondere in den Handelsstädten gegründeten Schulen ohne amtliche Anerkennung, an denen Winkelmeister ohne Lehrbefugnis Elementarunterricht erteilten. Mit Durchsetzung der öffentl. Schulen zu Anfang des 19. Jh. verschwanden sie weitgehend.

102

Zwei Sprachbücher

V: Peter Panter
D^1: WB Jg. 27, Nr. 35, 1.9.1931, II, S. 341–343
Bibl.: Bonitz/Wirtz D 2637
Rez.: Hans Reimann: Vergnügliches Handbuch der deutschen Sprache. Berlin: Kiepenheuer 1931 – Ders.: Sächsisch. Mit Originalzeichnungen von Karl Holtz. München: R. Piper & Co. 1931

KT hat wiederholt Werke Reimanns besprochen. Vgl. ‹Sächsische Miniaturen›, WB 4.8.1921, II, 132–133; D 942; ‹König contra Reimann›, WB 3.4.1924, I, 452–454; D 1208; ‹Auf dem Nachttisch›, WB 6.12.1927, II, 860–863; Bd. 9 [167].

19 *des alten Wustmann*] Gustav Wustmann: Allerhand Sprachdummheiten. Leipzig 1891. – Ein Exemplar der 5. Aufl. (1911) aus KTs Besitz mit zahlreichen Anmerkungen ist im Privatbesitz erhalten (Kopie KTF).

20 *Neuauflage*] 1923 erschien die 9. verbesserte und vermehrte Aufl. (Berlin) u. d. T.: ‹Kleine deutsche Grammatik des Zweifelhaften, des Falschen und des Häßlichen. Ein Hilfsbuch für alle, die sich öffentlich der deutschen Sprache bedienen›.

21 *Lebzeiten Wustmanns*] Wustmann starb im Jahr 1910. 1908 erschien eine 4. verbesserte und vermehrte Aufl.

24 *interpungieren*] Interpunktieren, Satzzeichen setzen.

28 *‹Allerlei Miscellen aus der Sprachlehre›*] Wohl fiktiver Titel.

38 *herrliches Museum*] Reimann: Vergnügliches Handbuch (Kapitel «Museum der Phrasen»), 403–409.

39 *kleine Schlagwörter-Lexikon*] ebd., (Kapitel «Im Schlagwortdschungel»), 357–381.

44 *Reimann*] Die joviale Anrede erklärt sich durch die Tatsache, daß Reimann vereinzelt für die WB schrieb. Des weiteren hatte KT gelegentlich an der von Reimann 1924 bis 1928 in Berlin herausgegebenen satirischen Zeitschrift ‹Das Stachelschwein› mitgearbeitet.

45 ff *«Ein … wird.»*] Reimann: Vergnügliches Handbuch, 162.

52 *sagt Wustmann*] Gustav Wustmann: Allerhand Sprachdummheiten. Leipzig 1903, 115 (Kap. «Das und Was»). Der vollständige Satz lautet: «Hinter dem Superlativ von substantivierten Eigenschaftswörtern, sagt Wustmann, ist in den meisten Fällen ‹was› das richtige, aber doch nur deshalb, weil gewöhnlich ein partitativer Genitiv zu ergänzen ist (von dem, von allem), der das was verlangen würde.»

55 ff *Bettvorleger … Hauptbahnhofs*] Dies und die folgenden Zitate in Reimann: Vergnügliches Handbuch, 115, 129, 130, 198, 298.

56 f *GerichtsberichtErstatter*] ebd., 130.

64 *«Der Sachse … Brei.»*] Reimann: Sächsisch, 81.

65 ff *«Das Brötchen … Pappe»*] ebd., 76.

78 *nur ein Humorist*] Roda Roda verfaßte vor allem witzige Humoresken und Satiren über das k. u. k. Militär, die altösterr. Gesellschaft und den 1. Weltkrieg.

79 *Roda Roda-Ring*] In Anlehnung an den Iffland-Ring, einer angeblich von dem Dramatiker, Schauspieler und Theaterdirektor August Wilhelm Iffland gestifteten Auszeichnung für Schauspieler.

103

Also wat nu – ja oder ja?

V: Theobald Tiger (D^1); Kurt Tucholsky (D^2)
D^1: WB Jg. 27, Nr. 35, 1.9.1931, II, S. 347
D^2: Lerne lachen ohne zu weinen 1931, S. 385–386
Bibl.: Nd s. Bonitz/Wirtz D 2638; 14 Nd (davon 1 o.T.); GW 9

Varianten
Die Varianten sind nach D^2 verzeichnet
2 aufe] auffe **3** Papa,] Papa – **4** jewissn] jewissen **5** Und] Un **5** und] un **10** Stillen] stillen **10** Ssijarre] Sßijarre **11** und wiefern,] un wiefern **12** und] un **17** ick bin] ich wah **18** Biecher] Bicher **19** Und] un **19** Kommode …] Kommode **22** Phillesophn] Phillesophen **27** dir wie] dir, wie

13 f *Heute … tot.*] Der Ausspruch «Heute rot, morgen tot» geht auf die Apokryphen, Jesus Sirach 10, 12, zurück, wo es heißt: «Heute König, morgen todt».

104

Lyrik der Antennen

V: Peter Panter
D^1: Vossische Zeitung Nr. 212, 5.9.1931, Post-Ausg., Unterhaltungsblatt Nr. 207, [S. 1]
Bibl.: Nd s. Bonitz/Wirtz D 2639; 6 Nd; NdzL: Argentinisches Tageblatt (Buenos Aires), Jg. 43, Nr. 12949, 13.12.1931, S. 7, u.d.T.: Lyrik der Antennen. Über den typischen Radioschlager, wie ihn Nordamerika geprägt hat; GW 9

Dem Aufsatz KTs stellte die Redaktion folgende Bemerkung voran: «Nach Ernst Lissauer, der hier vor einer Woche Gedanken über den modernen Schlager äußerte, nun Peter Panter über den typischen R a d i o s c h l a g e r, wie Amerika ihn geprägt hat» (Ernst Lissauer: Glück des Schlagers, Voss 29.8.1931).

105

Der Priem

V: Theobald Tiger
D[1]: WB Jg. 27, Nr. 36, 8.9.1931, II, S. 373–374
Bibl.: Nd s. Bonitz/Wirtz D 2640; 9 Nd, 3 Nd mit Noten; GW 9

Vgl. dazu KTs Brief an Willy Schaeffers vom 2.11.1931: «Lieber Herr Schaeffers, da fragt – von Ihnen befürwortet – eine Dame an, ob sie den ‹Priem› singen kann. Ich hätte ihr gern geantwortet, kann aber ihren Namen nicht lesen. Sagen Sie ihr bitte einen schönen Gruß; wenn *Sie* glauben, daß das künstlerisch langt, dann verlangen Sie bitte RM 150, überweisen Sie RM 25.– einem guten wohltätigen Zweck und überweisen Sie bitte den Rest oder lassen Sie ihn überweisen auf mein Postscheck Berlin 502 83. […]» (DLA).

0 *Priem*] (niederl.) Prüm, (eigentl. Pflaume), ein Stück Kautabak.
37 *Batavia*] Bis 1950 Name von Jakarta, der Hauptstadt Javas.

106

Kleine Nachrichten

V: Kaspar Hauser
D[1]: WB Jg. 27, Nr. 36, 8.9.1931, II, S. 378–379
Bibl.: Bonitz/Wirtz D 2641; GW 9

1 *Sharkey*] Der amer. Weltmeister der Berufsboxer im Schwergewicht. Er verlor 1931 seinen Titel an Max Schmeling. Im Jahr darauf mußte Schmeling ihn jedoch wieder an Sharkey abtreten.
5 *Hilferding*] Dieser amtierte von Aug. bis Okt. 1923, dann nochmals vom Juni 1928 bis Dez. 1929 als Reichsfinanzminister; in dieser Funktion wurde er wiederholt von der WB kritisiert. – Vgl. dazu z.B. KTs Artikel ‹Dienstzeugnisse›, WB 3.3.1925, I, 329–330; D 1373.
8 *I a des berliner Polizeipräsidiums*] Die polit. Abteilung der Polizei beim Berliner Polizeipräsidium, ab 1.2.1929 bei allen staatlichen Polizeiverwaltungen Preußens.
38 *Reinickendorf*] Stadtteil im Norden von Berlin.
48 *Reichskartell*] Im dt. Reich seit Nov. 1923 aufgrund der Kartellverordnung

ein ausgeprägtes Aufsichtssystem; die Aufsicht wurde dabei von der Reichsregierung, insbesondere dem Reichswirtschaftsministerium und dem Kartellgericht, ausgeübt.

57 *Reichstag so sehr entbehrt*] Am 26.3.1931 hatte der RT seine Vertagung bis zum Oktober beschlossen. Er trat erst wieder am 13.10.1931 zusammen. In Zusammenhang mit den im Zuge der Weltwirtschaftskrise erlassenen Notverordnungen (die erste Notverordnung zur Bekämpfung polit. Ausschreitungen erließ Hindenburg am 28. März) wurde der RT automatisch als Gesetzgeber außer Kraft gesetzt und seine Kompetenzen auf die ohne parlamentarische Mehrheit amtierende Regierung übertragen.

58 *Scala*] Großes Berliner Variété in der Lutherstraße, nahe dem Nollendorfplatz gelegen.

62 *Geheimrats Galle*] Galle war Direktor beim RT. Vgl. Bd. 9 [21]: ‹Ein Briefwechsel› (WB 22.2.1927, I, 310–312).

65 *Cuno*] In dessen Reichskanzlerschaft fiel die Inflation von 1923, die Cuno noch verstärkte, indem er umfangreiche Unterstützungszahlungen an das von Frankreich besetzte Ruhrgebiet anordnete.

107

Der musikalische Infinitiv

V: Peter Panter
D[1]: WB Jg. 27, Nr. 36, 8.9.1931, II, S. 381–382 [Rubrik:] Bemerkungen
Bibl.: Nd s. Bonitz/Wirtz D 2642; 1 Nd; GW 9

1 *S.J.*] Siegfried Jacobsohn.
15 *«Wollen»*] Vgl. [50], 139ff.

108

Kurzer Abriß der Nationalökonomie

V: Kaspar Hauser
D[1]: WB Jg. 27, Nr. 37, 15.9.1931, II, S. 393–394
Bibl.: Nd s. Bonitz/Wirtz D 2643; 1 NdzL (V: Karl Murx), 5 Nd; weiterer NdzL: PT 22.9.1931 u.d.T.: Nationalökonomie; GW 9

Wirkung
Das ‹Blatt der Niedersachsen. National-sozialistisches Tageblatt für den Gau Hannover-Ost› brachte am 24.2.1932 unter gleichem Titel einen Nachdruck des Aufsatzes. Gezeichnet war dieser mit «Karl Murx, staatlich prämierter National-Komiker». KT reagierte in dem Beitrag ‹Die armen Luder› (WB 29.3.1932, I, 495; D 2714) auf den nicht genehmigten Nachdruck.

3 f *Notverordnung*] s. [87], *2f*; [114], *4*.
32 *Pofel*] Schund.
33 *Mehrwert*] Als Mehrwert bezeichnet Marx die durch Veräußerung der Arbeitskraft erzielte Wertsteigerung, die über die notwendige Reproduktion der Arbeitskraft (in etwa der dem Arbeiter ausbezahlte Lohn) hinausgeht und vom Unternehmer als Kapital angeeignet wird.
46 f *billiger Weizen*] Vgl. [101], 112 ff.
61 *Vertrauen*] Vgl. [92], 138, *138*.
72 *einen sog. Sonnabend macht*] Jidd. Redensart: sich einen Schabbes (Sabbat) aus etwas machen; vgl. Alexander Moszkowski: Die jüdische Kiste. Berlin 1911, 13.
102 *Obligo*] Verbindlichkeit, Verpflichtung. In der kaufmännischen Sprache üblich, vor allem im Wechselgeschäft.

109

Schnipsel

V: Peter Panter (D^1); Kurt Tucholsky (D^2)
D^1: WB Jg. 27, Nr. 37, 15.9.1931, II, S. 416–417
D^2: Lerne lachen ohne zu weinen 1931, 347–360, u.d.T.: So verschieden ist es im menschlichen Leben –!, in anderer Zusammenstellung (Td)
Bibl.: Bonitz/Wirtz D 2644; NdzL: PT 23.9.1931 (Td); GW 9

s. [45]; folgende ‹Schnipsel› wurden in D^2 übernommen: 1–3, 7–8, 10–11, 13, 20–34.

Varianten
Die Varianten sind nach D^2 verzeichnet
7 Hand, und er ruhte] Hand. Und ruhte **22** dann] nun **24** verwalten!»] verwalten. *es folgt* Und die Einleitung zu seinen Werken will ich auch

schreiben!» **27** Sie darf] sie darf *davor* Sie darf die Werke Nietzsches einleiten, **28** Briefe,] Briefe und **28** verwalten,] verwalten **30** der wahre] *davor* nicht das Brüderchen, **30** Nietzsche, ist] Nietzsche ist **32** dieses] ein solches **32** Schande –] Schande, **33** einen Käseladen] alte Socken

10 *puella publica*] Wörtlich lat.: das öffentliche Mädchen.

23 *Frau Förster*] Elisabeth Förster-Nietzsche, die Schwester von Friedrich Nietzsche, pflegte ihren Bruder nach dem Ableben der Mutter bis zu seinem Tod im Jahr 1900. In dieser Zeit sammelte und verwaltete sie den Nachlaß und begann mit der Errichtung eines Archivs im Weimarer Wohnhaus. Aus dem, wie sich nach ihrem Tod herausstellte, größtenteils ge- bzw. verfälschten Briefwechsel mit ihrem Bruder leitete sie das Recht ab, als alleinige Nachlaßverwalterin zu fungieren. Zusammen mit Peter Gast, der 1892/93 mit einer fünfbändigen Gesamtausgabe begonnen hatte, gab sie eine Auswahl der Schriften Nietzsches aus dem Nachlaß unter dem Titel ‹Der Wille zur Macht› heraus. In der Forschung wurden ihr zahlreiche Fälschungen insbesondere des Briefwerks nachgewiesen, auch wurde die editorische Unhaltbarkeit und sachliche Ungemäßheit dieser Kompilation aufgedeckt. – Zu Förster-Nietzsche vgl. auch KTs Artikel ‹Fräulein Nietzsche›, WB 12.1.1932, I, 54–59; D 2682.

30 *Andler*] Der elsässische Germanist Charles Andler verfaßte eine Reihe von Büchern über Nietzsche, u.a. ‹La jeunesse de Nietzsche jusqu'à la rupture avec Bayreuth› (Paris 1921); Le pessimisme esthétique de Nietzsche (Paris 1921); Nietzsche, sa vie et sa pensée. 6 Bde (Paris 1920–31); Nietzsche et Dostoievsky (Paris 1930); La dernière philosophie de Nietzsche (Paris 1931).

32 *Urheberrecht*] Das «Literarische Urheberrechtsgesetz» (Novelle vom 22.5.1910) sah die Vererbung, nicht aber die Übertragung von Autorrechten auf andere Personen vor.

42 *Propaganda*] s. [101], 131 ff.

44 f *Rotarier*] Mitglieder des 1905 in Chicago gegr. Rotary-Clubs, einer weltweiten, unpolitischen Vereinigung von Männern, die sich unter dem Ideal des Dienens im persönl., berufl. und öffentl. Leben zusammenfinden.

110

Am Telephon

V: Ignaz Wrobel
D[1]: WB Jg. 27, Nr. 37, 15.9.1931, II, S. 418 [Rubrik:] Bemerkungen

Bibl.: Nd s. Bonitz/Wirtz D 2645; 3 Nd; NdzL: PT 22.9.1931; GW 9 u.d.T.: Am Telefon

1 *französische Ministerpräsident*] Pierre Laval.

1 f *deutschen Reichskanzler*] Heinrich Brüning.

22 *geheimen Gespräche*] Brüning und der brit. Premier MacDonald hatten sich im Juni auf dem Landsitz von MacDonald in Chequers und dann nochmals im Juli in Berlin zu Gesprächen getroffen. Vermutlich spielt KT auf die zahlreichen geheimen Gespräche an, die im Zusammenhang mit der Sechs-Mächte-Konferenz über ein Stillhalteabkommen für die Privatschulden Deutschlands im Juli in London geführt wurden.

40 *Streichholz- und Petroleumgeschäfte*] Anspielung auf Ivar Kreugers Streichholzkonzern (vgl. [46], *15*) und den «Royal Dutch/Shell»-Konzern (vgl. [25], *27*).

111

Vom Urlaub zurück

V: Peter Panter
D^1: Vossische Zeitung Nr. 222, 17.9.1931, Post-Ausg., Unterhaltungsblatt Nr. 217, [S. 1]
Bibl.: Nd s. Bonitz/Wirtz D 2646; 7 Nd; NdzL: PT 18.9.1931; GW 9

112

Der kartellierte Zeisig

V: Kaspar Hauser
D^1: WB Jg. 27, Nr. 38, 22.9.1931, II, S. 444–448
Bibl.: Bonitz/Wirtz D 2647; NdzL: PT 27.9.1931; DT

1 *Zeisig*] Zur Figur des Zeisig vgl. auch KTs Aufsatz ‹Der kranke Zeisig›, WB 21.10.1930, II, 617–622; D 2485.

3 *Andullje*] Vermutl. vom frz. andouille, Trottel, Simpel bzw. Waschlappen.

30 *Obligo*] s. [108], *102*.

150 f *Volksentscheid*] Anspielung auf den von den rechten Parteien (DNVP u.a.) initiierten Volksentscheid über den Youngplan (s. [101], *31*), in dem

die Versklavung Deutschlands behauptet wurde. Die Abstimmung fand am 22.12.1929 statt und brachte nicht die erforderliche Mehrheit.

181 *Plavag*] Anspielung auf den Frankfurter Versicherungskonzern (mit angegliederter Konzernbank) Favag. Diese war 1929 infolge von Spekulationen, versicherungsfremden Aktivitäten, illegalen Transaktionen und Finanz- bzw. Grundstücksgeschäften seitens der Vorstandsmitglieder zusammengebrochen. Durch gefälschte Buchhaltung und Verschleierung von Finanztransaktionen wurde das der Favag übergeordnete Reichsaufsichtsamt für Privatversicherungen umgangen. Im Okt. 1931 begann der aufsehenerregende Prozeß gegen eine Reihe von Vorstandsmitgliedern. Neben ihren regulären Gehältern und einer Reingewinnbeteiligung hatten sie sich Sondervergütungen für Einzelgeschäfte in Höhe von 2,9 Mio. RM bewilligt, die dem Eigenvermögen der Gesellschaft verloren gingen. – Vgl. dazu die Berichterstattung in der FZ vom 20.10. bis zum 30.10.1931.

113

Goethe-Jahr 1932

V: Theobald Tiger
D[1]: WB Jg. 27, Nr. 38, 22.9.1931, II, S. 452
Bibl.: Nd s. Bonitz/Wirtz D 2648; 4 Nd; GW 9

Das Goethegedenkjahr 1932 gilt als eine der letzten großen Selbstdarstellungen der Republik. Die Feier wurde, so hieß es in dem offiziellen ‹Aufruf zum Goethe-Jahr›, der am 16.3.1932 in allen größeren Tageszeitungen erschien, als eine «Weltfeier» verstanden; entsprechend umfassend waren die Vorbereitungen und Vorarbeiten: In Weimar sprachen Vertreter aus England, Frankreich, Schweden, Polen, Amerika, Spanien, Holland, Ungarn und Italien, in Frankfurt fand vom 12. bis 14.5. ein intern. «Gespräch über Goethe» statt, das vom Ausschuß für Literatur und Kunst des Völkerbundes organisiert worden war. Nie zuvor war so viel und so ausführlich zu Ehren Goethes gesprochen und geschrieben worden wie in diesen Monaten des Jahres 1932. Die Vorbereitungen der Feierlichkeiten erlangten im Kontext der polit. Situation in Deutschland eine große Bedeutung; die Distanzerklärungen von rechts und links galten dabei weniger Goethe als dem Staat. «Es wird ein Vorgang von allerhöchstem Interesse sein, zu beobachten, wie das Deutschland von 1932 von seinem Verhältnis zu Goethe Rechenschaft ablegt. Dies gilt um so mehr, je gewisser es ist, daß

Deutschland sich heute in einer goethefernen Konstellation befindet», schrieb z.B. E.R. Curtius in seiner konservativen Mahnschrift ‹Deutscher Geist in Gefahr› (Berlin 1932, 33). Stellten linksbürgerliche Kreise die provokante Frage ‹Soll das Goethe-Jahr 1932 gefeiert werden?› (so der Titel einer Umfrage der ‹Literarischen Welt› Jg. 7, Nr. 38, 18.9.1931, 1f und 7f), so suchten konservative Gruppierungen Goethe als «Führer»-Figur insbesondere für die Jugend zu aktivieren (Max Kommerell: Jugend ohne Goethe. Frankfurt/M. 1931, 8). – Vgl. hierzu Rainer Nägele: Die Goethefeiern von 1932 und 1949, in: Reinhold Grimm und Jost Hermand (Hg.): Deutsche Feiern. Wiesbaden 1977, 97–122. – Vgl. auch KTs Aufsatz ‹Hitler und Goethe. Ein Schulaufsatz›, WB 17.5.1932, I, 751; D 2732.

8 *Wolfgang Goetzen*] Der Dramatiker, Erzähler und Feuilletonist Wolfgang Goetz war Regierungsrat bei der Berliner Filmprüfstelle. Mit Anspielung auf sein 1922 entstandenes Drama ‹Neidhardt von Gneisenau› (UA: 1926; Deutsches Theater, Berlin) von KT als «Wolfgang von Gneisenau» verspottet; vgl. auch ‹Des deutschen Volkes Liederschatz›, WB 22.3.1927, I, 465–468; Bd. 9 [39], 1f: «Schon Gneisenau, Regierungsrat bei der Filmzensur, hat in seinem ziemlich unsterblichen ‹Wolfgang von Goetz› […].»

9 *Fölljetöner*] Berliner Dialekt für frz. Feuilleton.

114

Eines aber

V: Ignaz Wrobel
D[1]: WB Jg. 27, Nr. 38, 22.9.1931, II, S. 454 [Rubrik:] Bemerkungen
Bibl.: Nd s. Bonitz/Wirtz D 2649; 10 Nd; GW 9

4 *heute den Reaktionären helfen*] Die SPD war im ersten Präsidialkabinett Brünings (30.3.1930–7.10.1931) nicht vertreten, jedoch tolerierte sie die Regierung. Sie rechtfertigte diese Unterstützung in der Hoffnung, so in Einzelfragen intervenieren zu können. Tatsächlich konnte sie im Sept. 1931 in zähen Verhandlungen die Brüning-Regierung dazu bringen, eine im Juni erlassene Notverordnung zur Arbeitslosenfürsorge, die die Lage der Betroffenen verschlechtert hatte, weitgehend zurückzunehmen; die Brüning-Regierung brachte dieser Schritt unter heftigen Beschuß der Schwerindustrie, was die SPD-Linke jedoch nicht davon abhielt, weiterhin das Ende der Tolerierungspolitik zu fordern.

15 *Sansculotten*] (frz.) wörtl. ohne Kniehosen, während der Frz. Revolution Spottname für die Revolutionäre, die im Unterschied zur aristokrat. Mode der Zeit statt Kniehosen lange Hosen trugen. Im zeitgenöss. Verständnis war der Begriff ein Synonym für Republikaner und Republik.

25 *Stahlhelm-Industriellen*] Der Stahlhelm, 1918 als Bund der Frontsoldaten gegr., war seit 1924 deutschnational und antidemokratisch ausgerichtet; ab 1931 beteiligte er sich zusammen mit Nationalsozialisten, Deutschnationalen und den Alldeutschen an der «Harzburger Front», die die Unterstützung eines Teils der Schwerindustrie hatte.

115

Theobald Tiger

V: Theobald Tiger
D[1]: WB Jg. 27, Nr. 38, 22. 9. 1931, II, S. 457 [Rubrik:] Bemerkungen
Bibl.: Bonitz / Wirtz D 2650

4 ‹*Die Ortskrankenkasse*›] s. WB 3. 6. 1930, I, 833–834; D 2424.

11 *wollen wir einmal sehn*] Die WB stellte kurz darauf beim Amtsgericht Düsseldorf Strafanzeige wegen Plagiats; man erhielt die Antwort, der Beschuldigte namens «Schloch» sei Mitglied des Reichstags; da dieser zwar vertagt, nicht aber geschlossen sei, lehnte man die Eröffnung des Verfahrens aufgrund der Immunität der Abgeordneten ab. – Zur Reaktion der WB vgl. den Artikel ‹Haben wir einen Reichstag? Wir haben einen Reichstag!›, WB 29. 12. 1931, II, 980.

116

Romanwürfel

V: Peter Panter
D[1]: Vossische Zeitung Nr. 228, 24. 9. 1931, Post-Ausg., Unterhaltungsblatt Nr. 223, [S. 1]
Bibl.: Bonitz / Wirtz D 2651; NdzL: PT 26. 9. 1931; GW 9

102 wieviel] *emend. aus* viel

10 *Marketenderin*] Bis zum Beginn des 20. Jh. Bezeichnung für Händlerinnen, die die Truppen bei Manövern und Kriegseinsätzen begleiteten und sowohl Nahrungsmittel und Bedarfsartikel verkauften, als auch Prostitution betrieben.

117

Ein Ehepaar erzählt einen Witz

V: Peter Panter
D^1: Vossische Zeitung Nr. 458, 29.9.1931, M, Unterhaltungsblatt Nr. 227, [S. 1]
Bibl.: Nd s. Bonitz/Wirtz D 2652; 42 Nd; NdzL: PT 4.10.1931; GW 9

Es handelt sich um den letzten Artikel, den KT für die Voss geschrieben hat. Im Sommer 1931 hatte er von Ullstein die Kündigung mit Wirkung zum 1.10.1931 erhalten. Der «Stunk», wie KT die Angelegenheit bezeichnete, hatte im Jahr 1928 begonnen, nachdem die ersten AIZ-Artikel erschienen waren. In einem Brief an MT berichtete KT von einem Gespräch mit dem Direktor des Ullstein-Zeitschriften-Verlages Kurt Szafranski: «Das kann man nicht», hatte dieser ihm gegenüber geäußert, «man kann nicht zu gleicher Zeit den Kapitalismus angreifen und noch dazu so scharf und bedingungslos – und dann Geld von ihm nehmen. Entweder – oder.» (Brief vom 18.9.1928 an MT, in: UuL, 512). Doch auch nach diesem Gespräch publizierte KT weiterhin in der AIZ und den Anthologien des Neuen Deutschen Verlags (z.B. in ‹Rote Signale›, s. [143]). Zwar wurde KTs Praxis von liberalen Mitarbeitern des Ullstein Verlags wie Georg Bernhard, dem Chefred. der Voss, oder Monty Jacobs, Feuilletonchef der Voss seit 1921, nicht beanstandet; der Verlagsleitung jedoch war KTs Mitarbeit an kommunist. Publikationsorganen von Anfang an ein Dorn im Auge. Insbesondere nach dem Erscheinen von ‹Deutschland, Deutschland über alles› im Jahr 1929 war die Zusammenarbeit KTs und der Voss ernsthaft gefährdet. Zu Anfang der 30er Jahre schließlich war diese infolge des Rechtsrucks vieler bürgerl. Tageszeitungen, den auch die Voss mitvollzog, nicht mehr tragbar. Mit dem Weggang Bernhards von Ullstein infolge persönlicher Kontroversen mit dem Vorstandsvorsitzenden Franz Ullstein, hatte KT bei Ullstein zudem keine Befürworter mehr.

5 *Walter*] Deutet auf Walter Hasenclever, der sich zur Entstehungszeit des Aufsatzes in Kent (s. [68], *0*) bei KT aufhielt. Hasenclever war starker Raucher.

30 *Trude*] Deutet auf Gertrude Meyer, die sich zur Entstehungszeit des Aufsatzes in Kent bei KT aufhielt.

32 *«Na, ich könnte das nicht.*] Vgl. KTs zu Lebzeiten unveröffentlichtes Chanson ‹Stoßseufzer einer Dame in bewegter Nacht› (Erstdruck 1968): «Sind das meine Beine – oder sind das seine Beine – oder sind das unsere Beine oder wie? Mensch, schlaf bloß nicht – schlaf bloß nicht – in Kompagnie!» (‹Das Kurt Tucholsky Chanson-Buch›. Texte mit Noten. Hg. von Mary Gerold-Tucholsky und Hans Georg Heepe. Reinbek 1983, 296–301; D 2782).

65 *Paul*] Möglicherweise ist Paul Graetz gemeint, der sowohl mit Walter Hasenclever als auch mit KT bekannt war.

118

Sigilla Veri

V: Ignaz Wrobel
D[1]: WB Jg. 27, Nr. 39, 29. 9. 1931, II, S. 483–485
Bibl.: Nd s. Bonitz / Wirtz D 2653; 3 Nd; GW 9
Rez.: Sigilla Veri (Ph. Stauffs Semi-Kürschner: Lexikon der Juden, – Genossen und Gegner aller Zeiten und Zonen, insbesondere Deutschlands, der Lehren, Gebräuche, Kunstgriffe und Statistiken der Juden sowie ihrer Gaunersprache, Trugnamen, Geheimbünde, usw. Im Auftrag der «Weltliga gegen die Lüge» in Verbindung mit der «Alliance chrétienne arienne» hg. von E[rich] Ekkehard. 2., verm. und verb. Aufl. Bd. 1–4. Erfurt: Bodung-Verlag 1929–1931. Die 1. Aufl. erschien u. d. T.: Semi-Kürschner

1 f *Aus … nimmt.*] Roda Roda: Fragmente, in: Ders.: Schwänke und Schnurren. München 1907, 13: «Der Antisemitismus … Ja-ja, gewiß … Aber lebensfähig wird die Bewegung erst werden, wenn ein tüchtiger Jud sie in die Hand nimmt.»

26 *Semi-Kürschner*] In der Einleitung der 1. Aufl. heißt es: «Der seit 1897 erscheinende ‹Deutsche Literaturkalender› des ehrenwerten Dr. Josef Kürschner (jetzt ‹Literatur- und Gelehrtenkalender›, Verlag Walter de Gruyter, Berlin), der die Schriftsteller in Deutschland und ihre Werke auf-

zählt, wird in Fachkreisen abgekürzt der ‹Kürschner› genannt. – Stauff stellte nun 1913 die jüdischen Literaten des deutschen Schrifttums usw. in einem Semi-Kürschner zusammen, der zugleich ein Seitenstück zum ‹Semi-Gotha. Lexikon der jüdischen Barone, Freiherrn und Grafen› und zu den ‹Semi-Alliancen. Verzeichnis der mit Jüdinnen verheirateten Aristokraten› war.»

39 f *Trugnamen? «Lindström»?*] Mit einem auf «Lindström» lautenden falschen Paß war Ludendorff bei Kriegsende nach Schweden geflüchtet.

55 *Carbe, geb. Cohn*] Stauff 1929ff, Bd. 1, 950, dort ebenfalls ohne Vornamen; Martin Carbe leitete seit 1920 zusammen mit Hans Lachmann, dem Ehemann der Mosse-Erbin Felicitas – eine Adoptivtochter Mosses – das Unternehmen (s.u. *62*).

56 *‹B. T.›*] Berliner Tageblatt.

57 *‹Haben Sie nicht … gesehn?›*] Berliner Couplet aus der Posse ‹Seine Kleine›. Musik: Julius Einödshofer; Text: Jean Kren, Alfred Schönfeld und Ely; UA: 18.1.1902. Abgedr. in: Hans Meyer: Der Richtige Berliner in Wörtern und Redensarten. Berlin [7]1911, 189: «Haben Se nich den kleinen Cohn jesehn?/Sahen Sie ihn nich vorüberjehn?/In des Volkes Menge/Kam er ins Jedränge;/Nu denken Se sich mein Schreck:/Der kleine Cohn is weg!» Vgl. auch ‹Der richtige Berliner?›, WB 9.3.1922, I, 253–254; D 1019.

60 *Freund*] Gemeint ist Friedrich Theodor Freund, seit 1911 im preuß. Innenministerium als Ministerialdirektor tätig; nach dem Krieg arbeitete er als Staatssekretär, 1921 wurde er Mitgl. des Reichsrates. Freund hatte sich taufen lassen.

62 *zwei Unrichtigkeiten*] Martin Carbe, der Sohn Emil Cohns, des Schwagers und früheren Teilhabers Rudolf Mosses, war nicht der alleinige Erbe des BT. 50% der Zeitung übereignete Mosse seinem Schwiegersohn Hans Lachmann. Das restliche Erbe fiel an Mosses Adoptivtochter Felicitas, die wiederum ihren Gatten Hans Lachmann mit der Wahrnehmung ihrer Interessen betraute. Allerdings hatte Mosse noch zu Lebzeiten seinen Neffen Martin Carbe zum Generalbevollmächtigten des Unternehmens bestellt, so daß nach Mosses Tod das BT von Carbe und Lachmann geführt wurde. Ende 1930 kam es zu Auseinandersetzungen zwischen beiden, woraufhin Carbe sich für seinen Geschäftsanteil abfinden ließ und am 31.12.1930 aus der Firma ausstieg. Nur wenige Monate danach beging er Selbstmord.

68 f *sechsbändige Lexikon*] Erschienen sind nur 4 Bände: Bd. 1: A-Dt. Werke; Bd. 2: Dt. Zeitgeist bis Hocheimer, Simon; Bd. 3: Hochmann bis Lippold (alle 1931); Bd. 4: Lippold bis Polak (1932).

73 *Einstein*] Stauff 1929ff, Bd. 2, 178–187, signiert mit W. M.

74 *wie Soldner*] Gemeint ist der Münchner Astronom Johann Georg von Soldner.

74 *den Faktor 2*] Im ‹Sigilla Veri› (Bd. 2, 181) heißt es: «Ferner, und das ist das wichtigste, wird in klaren Worten betont, daß ja Einstein diese Lichtablenkung gar nicht zuerst gefunden hat, daß sie vielmehr schon im Jahre 1801 im Berliner astronomischen Jahrbuch für 1804 durch den Münchener Astronom und Physiker v. Soldner in einer ganz neuartigen Weise aus den Eigenschaften des Lichtes abgeleitet worden ist.
Es ist daher selbstverständlich, daß diese Wirkung als Soldnereffekt zu bezeichnen ist. Nun aber das Merkwürdigste: Lenard in Heidelberg, der jene Arbeit wieder auffand und von neuem veröffentlicht hat, hat sogleich darauf hingewiesen, daß hier Soldner in seiner Rechnung ein kleines Versehen gemacht hat, indem er den *Faktor 2 an einer Stelle vergessen hat. Und als 110 Jahre später Einstein sich mit dem gleichen Problem befaßte, hatte er das Unglück, auch den Faktor 2 zu vergessen!*»

80 ff *«Wenn … entlasten.»*] Stauff 1929ff, Bd. 2, 1209.

91 *Knigge, der gesagt hat*] Knigge: Über den Umgang mit Menschen [1788]. Hier zitiert nach der Ausgabe von Siegfried Cronbach (Berlin 1891). – Der Verfasser des Knigge-Artikels versucht, der Ausgabe von Cronbach Fälschungen nachzuweisen, durch die ein «lästiger Zeuge gegen das Judentum beseitigt» und Knigge «zu einem Eideshelfer für die jüdischen Interessen umgewandelt» werde (Sigilla Veri, Bd. 3, 579).

94 f *«Dieser Satz … geschüttelt.»*] Stauff 1929ff, Bd. 3, 580 (in der Vorlage: Der zweite Satz).

96 *«Kulturbolschewismus*] ebd., 771–816. – Zum Begriff Kulturbolschewismus vgl. auch CvO: ‹«Kulturbolschewismus»›, WB 21. 4. 1931, I, 559–563, jetzt in: Ossietzky 1994, Bd. VI, 83–88.

97 f *Antisemitismus … Dummen*] August Bebel zugeschriebenes Wort: «Der Antisemitismus ist der Sozialismus der dummen Kerls.»

99 *Probeseite über Kutisker, Iwan*] Stauff 1929ff, Bd. 3, 837–848. – Kutisker, Industrieller und Inflationsgewinnler, war zusammen mit dem Geschäftsmann Julius Barmat in einen Finanzskandal verwickelt. Er wurde 1924 nach dem Zusammenbruch seiner Unternehmen verhaftet und am 30. 6. 1926 wegen betrügerischer Geldgeschäfte und Beamten- bzw. Politikerbestechung zu 5 Jahren Zuchthaus verurteilt. Er starb am 13. 7. 1927 einen Tag vor der Urteilsverkündung.

100 *Devaheim-Skandal*] 1931 wurden bei dem gemeinnützigen ev. Siedlungsverein Devaheim-Gesellschaft Unterschlagungen und Betrügereien aufgedeckt, die besonders auf das gewissenlose Vorgehen des Pastors Cremer

zurückzuführen waren; eine Vielzahl von Kleinsparern verloren insgesamt 7 Millionen Mark.

110 *Fall Ludendorff*] Willy Haas: Der Sünder: Ludendorff (Kap.: «Der Christ in unserer Zeit»), in: Ders.: Gestalten der Zeit. Mit einem Nachwort von Walter Benjamin. Berlin 1930, 72–93. – Vgl. hierzu auch KTs Rezension des Buchs in [52], 48ff, sowie seine Äußerungen über Ludendorff im Brief an Marierose Fuchs vom 17.12.1929 (BK, 23).

115 *Gojim*] (hebr.) Goi, Volk, später Nichtjuden bzw. Heidenvölker im Gegensatz zum auserwählten Gottesvolk Israels.

115 *Ihr ahnungslosen Esel!*] Nach dem geflügelten Wort «Du ahnungsloser Engel du!» (Johann Wolfgang von Goethe: Faust I, Marthens Garten, Vers 3494).

123 *Levante*] Bezeichnung für die Länder östl. des Mittelmeers.

127 *Mischtiker*] Mystiker.

128 *Hielscher*] Friedrich Hielscher gehörte zum engeren Kreis der jungnationalen Publizisten und verfügte mit dem ‹Aufmarsch› über eine eigene Zeitschrift. Seine 1931 ersch. Schrift ‹Das Reich› (Berlin) darf als eine der befremdlichsten Publikationen der dt. konservativen Revolution gewertet werden (vgl. Kurt Sontheimer: Antidemokratisches Denken in der Weimarer Republik. Die politischen Ideen des deutschen Nationalismus zwischen 1918 und 1933. München 1962, 289–291). Zwar ging es darin weniger um eine geographisch-räumliche Vorstellung von Reich als um dessen mystische Verklärung; nichtsdestoweniger war die Vernichtung der Weimarer Republik ein wesentlicher Bestandteil von Hielschers Denken. Die Grundlage seiner Ausführungen war eine mystisch-esoterische und antidemokr. Reichsidee, Ausgangspunkt der Untersuchung bildete die Vorstellung, das Reich «leb[e] inwendig in den Herzen» und sei etwas, was «die Menschen in der Tiefe wunderbar beweg[e]» (Hielscher 1931, 52f).

119

Imma mit die Ruhe!

V: Theobald Tiger
D[1]: WB Jg. 27, Nr. 40, 6.10.1931, II, S. 525
Bibl.: Nd s. Bonitz/Wirtz D 2655; 9 Nd; Ackermann: 1 NdzL; GW 9

120

Parteiwirtschaft

V: Ignaz Wrobel
D^1: WB Jg. 27, Nr. 40, 6. 10. 1931, II, S. 533 [Rubrik:] Bemerkungen
Bibl.: Nd s. Bonitz / Wirtz D 2656; 1 Nd; GW 9

11 *SPD*] s. [114], *4*.

16 f *Zentrum*] s. [3], *128*.

28 *Jugendbünden*] Im Dt. Reich gab es über 100 Verbände der Jugendbewegung, zumeist in der «Vereinigung der bündischen Jugend» organisiert; ihr gehörten z. B. der Wandervogel (Bund für deutsches Jugendwandern e. V.), die Deutsche Freischar, der Großdt. Jugendbund, die «Adler und Falken», ev., kath. und sozialist. Jugendverbände oder die Deutsche Turnerschaft an.

33 *Hitlerpresse*] Die wichtigsten Publikationsorgane der Nationalsozialisten waren ‹Völkischer Beobachter›, ‹Illustrierter Beobachter›, ‹Der Angriff› und die ‹Berliner Arbeiterzeitung›.

121

Einer, der es genau weiß

V: Peter Panter
D^1: WB Jg. 27, Nr. 41, 13. 10. 1931, II, S. 554–555
Bibl.: Bonitz / Wirtz D 2657
Rez.: Otto Forst de Battaglia: Der Kampf mit dem Drachen. Zehn Kapitel von der Gegenwart des deutschen Schrifttums und von der Krise des deutschen Geisteslebens. Berlin: Verlag für Zeitkritik 1931

2 *Redaktion der ‹Weltbühne›*] KT hatte nach SJs Tod am 3. 12. 1926 die Leitung der WB übernommen; im Mai 1927 gab er sie an CvO ab.

28 *‹Jahrgang 1902›*] Erschienen Potsdam 1928.

30 ff *«An einem … Kriegserinnerungen.»*] Battaglia 1931, 152.

38 *‹La guerre … parents›*] Der Krieg, das sind unsere Eltern.

54 *«C'est un homme»*] Das ist ein Mann.

55 *«Cela es beau»*] Das ist schön.

62 f *Les voyez-Vous …*] Frz. Soldatenlied: Seht ihr sie, die Husaren, die Dragoner, die Garde? Dort sind sie – es sind sie.

66 *Grammaire Maquet et Flot*] Charles Maquet und Léo Flot: Cours de langue française (Grammaire et exercies). Paris 1908.

67 *Grammaire Crouzet*] Paul Crouzet: Grammaire latine simple et complète, pour toutes les classes de l'enseignement secondaire. Toulouse 1903.

75 *auch beim Wickel hat*] Über KT heißt es (99): «Und was in deutscher Sprache in Berlin geschrieben wurde, vom Ort seines Ursprungs unzertrennlich ist, was funkelt und blitzt und blendet und verblendet wie des fünfgestaltigen Tucholsky zugkräftige PS. [...], das können wird doch dem Geiste nach kaum der deutschen Literatur zurechnen.»

78 *mischblütiger Pole*] Battaglia wurde in Wien als Sohn eines polnischen Industriellen geboren.

122

Beit Friehstick

V: Theobald Tiger
D[1]: WB Jg. 27, Nr. 41, 13.10.1931, II, S. 567
Bibl.: Nd s. Bonitz/Wirtz D 2658; 7 Nd; GW 9

123

[Le prix littéraire de la Société des Nations]

V: Kurt Tucholsky
D[1]: Pologne Littéraire Jg. 6, Nr. 61, 15.10.1931, S. 1
Bibl.: Bonitz/Wirtz D 2659

Es handelt sich um die Antwort auf eine Rundfrage der poln. Monatszeitschrift zu einer Initiative des poln. P.E.N. Clubs (vollständiger Titel: Une initiative du P.E.N. Club polonais. Le prix littéraire de la Société des Nations. Enquête de la ‹Pologne Littéraire›). Dieser hatte den Völkerbund aufgefordert, die Stiftung eines Literaturpreises einzurichten. Außer KT antworteten u.a. Martin Buber, Arthur Holitscher, Herbert Ihering, Annette Kolb, Josef Ponten, Upton Sinclair.
KTs Antwort ist überschrieben mit «Kurt Tucholsky (Ashford, Kent)». Seine Unterschrift ist als Faksimile unter den Text gesetzt.

1 f *Je ... littéraire.*] «Ich erlaube mir Ihnen mitzuteilen, daß ich aus Prinzip ein Gegner aller Literaturpreise bin.»

124

[Gelehrte, Schriftsteller und Künstler für die Amnestie]

V: Ignaz Wrobel
D[1]: Tribunal Jg. 7, Nr. 19, 15.10.1931, [S. 10]
Bibl.: Bonitz/Wirtz D 2660

Die Rote Hilfe Deutschland, eine 1924 von der KPD gegr. überparteiliche Solidaritäts- und Hilfsorganisation der dt. Arbeiterschaft für polit. Gefangene bzw. für Opfer der Justizreaktion gegen die Linken, leistete sowohl den Inhaftierten als auch ihren Angehörigen materiellen und moralischen Beistand. Sie trat für eine Amnestie der polit. Gefangenen sowie für die Humanisierung des Strafvollzugs ein; auch beteiligte sie sich am Kampf gegen die reaktionäre Justiz und gegen Polizeiwillkür. Die RHD zählte 1925 50000 Mitglieder, 1929 bereits 185000, darunter 100000 Nichtkommunisten. Sie wurde zeitweise von der WB unterstützt.
KT war am 22.5.1927 auf dem 2. Reichskongreß der RHD in den Zentralvorstand gewählt worden, ebenso auf dem 3. Reichskongreß 1929 (vgl. dazu Bd. 9 [61] sowie in diesem Band [139] und [145]).
Die Amnestie-Rundfrage wurde mit den Worten eingeleitet: «Die Rote Hilfe hat sich an führende Persönlichkeiten der Wissenschaft und Kunst gewandt mit dem Ersuchen um Meinungsäußerung über die Forderung nach Vollamnestie. Es sind schon jetzt eine große Anzahl von Erklärungen namhafter Gelehrter, Schriftsteller und Künstler eingegangen, die sich sämtlich für die Amnestie aussprechen. Das ist ein weiteres Zeichen dafür, wie berechtigt der Kampf um die Vollamnestie ist, der in immer größerem Umfange die Massen des werktätigen Volkes bewegt.» Außer KT antworteten u.a. Albert Einstein, Ludwig Renn, Arthur Holitscher, Paul Österreich, Alfons Goldschmidt.

4 f *zu Goethe aufblickend*] s. [113].

8 *Herrn Vicenz*] Der Architekt und Millionär Vicenz und seine Frau waren 1931 wegen schwerster sittlicher Verfehlungen an ihrer minderjährigen Stieftochter verurteilt worden. Die Hamburger Justizbehörde nutzte jedoch das in der Hamburger Verfassung verankerte Begnadigungsrecht aus. Ohne Befragung und Zustimmung des Senats wandelte man auf Betreiben des Hamburger Justizministers Dr. Noeldeke (Volkspartei) die zunächst vorgesehene Zuchthausstrafe in Gefängnishaft, anschließend in Freiheitsstrafe gegen Bezahlung einer Geldsumme von 20000 DM um. Das Ehepaar konnte sich daraufhin ins Ausland absetzen. – Vgl. ‹Skandal in

Hamburgs Justiz, Ehepaar Vicenz von Zuchthausstrafe begnadigt und im Ausland›, BT 21.8.1931, M; ‹Der Fall Vicenz vor der Hamburger Bürgerschaft›, BT 27.8.1931, A.

13 *wird gerächt.*] Vgl. [47], *58f.*

125

Die Kriegsschuldfrage

V: Ignaz Wrobel
D^1: WB Jg. 27, Nr. 42, 20.10.1931, II, S. 609 [Rubrik:] Bemerkungen
Bibl.: Nd s. Bonitz / Wirtz D 2661; 1 Nd; DT

9 *Geheul und Getobe*] Vgl. [101], *169.*

30 f *nach Österreich orientierenden*] Vermutl. Bezugnahme auf den Putschversuch der österr. Heimwehr. Am 13.9.1931 war es in der Obersteiermark zu einem Putsch der rechtsextremen Heimwehr unter Leitung von Walter Pfrimer gekommen. Auf Befehl Pfrimers, der sich zuvor zum «Staatsführer» ernannt hatte, blockierten Heimwehrmänner die Straßen, besetzten Bezirkshauptmannschaften und verhafteten zahlreiche sozialdemokrat. Bürgermeister. Mit einem Marsch auf Wien wollte man die Bundesregierung stürzen. Aufgrund der fehlgeschlagenen Koordination – auch in Salzburg sowie in Ober- und Niederösterreich sollten Heimwehren in die Hauptstadt ziehen – und dem massiven Widerstand der Arbeiterschaft scheiterte der Putschversuch. Von über 14000 schwerbewaffneten Heimwehrmännern wurden von der teilweise mit der Heimwehr sympathisierenden Polizei und dem Militär kaum mehr als 100 verhaftet, Pfrimer floh nach Jugoslawien.

37 *Protestaktionen*] Vgl. dazu [101], *169.*

126

An das Baby

V: Kurt Tucholsky (D^1); Theobald Tiger (D^2)
D^1: Lerne lachen ohne zu weinen 1931, [S. 7]
D^2: WB Jg. 27, Nr. 43, 27.10.1931, II, S. 646
D^3: Lerne lachen ohne zu weinen. 2. veränderte Aufl. Berlin: Rowohlt 1932, [S. 7]
Bibl.: Nd s. Bonitz / Wirtz C 12; 13 Nd; GW 9

Entstehung

Über die Entstehung von ‹Lerne lachen ohne zu weinen› geben nur wenige Briefzeugnisse Auskunft. KT hat offenbar zur gleichen Zeit an SG (zur Überlieferung und Entstehung s. [51]) und dem Sammelband gearbeitet. Am 27.12.1930 schrieb KT an Marierose Fuchs, er bebrüte zur Zeit ein «kleines Ei» – gemeint ist SG – und fährt fort: «Es sind eigentlich 2 Eier – denn ich mache noch einen Auswahlband für nächstes Jahr. Und das ist eine gar erschröckliche Arbeit» (BK, 65). Am 18.1.1931 kündigte KT seinem Bruder Fritz das Erscheinen des Bandes in der zweiten Jahreshälfte an: «Es kommt auch, wenn Goebbels inzwischen nicht regiert, ein neuer Auswahlband heraus – den kriegt Ihr auch – aber erst in der zweiten Hälfte des Jahres» (AB, 311). Die «Korrekturenschlacht» für diesen Auswahlband begann, wie wiederum aus einem Brief an Marierose Fuchs vom 5.5.1931 hervorgeht, sofort nach Erscheinen von SG (BK, 72).

Datierung

Nach der red. Anmerkung zu D^2, der zufolge der Sammelband «soeben erschienen» war, kann als Erscheinungsdatum von D^1 Ende Okt. 1931 vermutet werden. Eine genauere Datierung, etwa über Ankündigungen im ‹Börsenblatt für den deutschen Buchhandel›, war nicht möglich. Bereits am 2.11.1931 dankte KT Marierose Fuchs für die «freundlichen Worte», die sich offenbar auf den Sammelband bezogen, da KT im Anschluß auf die «kleine Schlußgeschichte in dem Babybuch» zu sprechen kommt (BK, 79).

Widmungen

Einige Widmungsexemplare sind überliefert. In das Exemplar des frz. Übersetzers Marcel Belvianes schrieb KT: «Einem der dreizehn Franzosen,/die Deutschland verstehn:/Marcel Belvianes. /Tucholsky./1931.» (KTA). Eine Widmung ging an Rose Jonas, einer in den USA lebenden Verwandten KTs: «Für Rose Jonas/in Herzlichkeit/Tucholsky./1931.» (Privatbesitz). In Walter Mehrings Exemplar notierte KT: «Was ist der Unterschied zwischen Mussolini, Stalin und Hitler?/Ja, wer das wüßte –! /Dem Erfinder vieler Dichter,/die ohne ihn nicht wären – W.M./ Tucholsky 1932» (Privatbesitz).

Zwei weitere Widmungsexemplare, wahrscheinlich der 1. u. 2. Aufl., erhielt Gertrude Meyer: «Frau Hausmayer Tydde Meyer,/hinten hineingewidmet,/weil sie mir das ganze Haus auf den/ɟdoʞ/gestellt hat./Hochachtungsvoll:/Piere le Schénéreux» (Privatbesitz).

«Dem Hausmäier Tydde/in Dankbarkeit/für die Wirtschaft, Horatio, Wirtschaft .../Tucholsky./Schriftsteller a.D. /1933» (Privatbesitz).

16 *Welsche*] Althochdt., ursprüngl. german. Bezeichnung für die keltischen Nachbarn; roman. Länder wie Italien und Frankreich wurden als Welschland bezeichnet, die französischsprachige Schweiz als «welsche Schweiz».

127

,

V: Peter Panter

D^1: WB Jg. 27, Nr. 43, 27.10.1931, II, S. 650–651 [Rubrik:] Bemerkungen

Bibl.: Bonitz/Wirtz D 2662; DT

5 *einem der besten Übersetzer*] Hardekopf übersetzte u.a. Werke von Jean Cocteau, André Gide, Jules Laforgue, André Malraux, Roger Martin du Gard, René Schickele, Stendhal, Émile Zola.

6 ff *«Der Alkohol … ließen.»*] Zitat nicht ermittelt.

13 f *Akademiegröße*] Dazu nichts ermittelt.

24 *Komma-Büchse*] Alfred Polgar: Druckfehler [1925], in: Ders.: Orchester von oben. Berlin 1926, 217 ff (wiederabgedr. in: Polgar 1982 ff, Bd. 4, 251).

27 *«die meiner … Bewohnerschaft»*] Zitat nicht ermittelt.

128

«Bitte – fädeln Sie mal ein …»
Neuestes Experiment für Individual-Psychologen

V: Peter Panter
D^1: Uhu Jg. 8 (1931/32), H. 1, Oktober 1931, S. 97–98 [Rubrik:] Uhu-Umschau
Bibl.: Bonitz/Wirtz D 2654; GW 9

38 *Lottchen*] s. [10].

38 f *Londoner Schutzmann*] KT hielt sich vom 3.6. bis 3.10.1931 in England auf; vgl. [68], *0*.

49 *Karlchen*] So lautete der Spitzname von KTs Freund Erich Danehl, den er seit Ende März 1917 kannte. Biographische Angaben bei Hepp 1993, 118 und 417. – Vgl. dazu auch SG.

129

Schnipsel

V: Peter Panter
D^1: WB Jg. 27, Nr. 44, 3.11.1931, II, S. 673–674
Bibl.: Bonitz/Wirtz D 2663; GW 9

3 f *«Wenn … anders.»*] Zitat nicht ermittelt.

6 *Vertrag*] Vermutl. Anspielung auf den Prozeß, den Bertolt Brecht anläßlich seiner ‹Dreigroschenoper› gegen die Nero-Film AG im Herbst 1930

geführt hatte. Nachdem die Filmgesellschaft sich mit Brecht nicht über das Drehbuch einigen konnte, schloß sie den Autor von den Dreharbeiten aus; daraufhin erhoben Brecht und Kurt Weill am 1.10.1930 gegen die Nero-Film AG vor dem Landgericht I Berlin Anklage. Zwar erschien Brechts Schrift ‹Der Dreigroschenprozeß›, in der er die Hintergründe des Prozesses genau darlegt, erst 1932 in Heft 3 seiner ‹Versuche›, doch wurde bereits am 2.10.1930 im BBC auf Brechts Wunsch hin eine Notiz seiner Anwälte plaziert, in der über die Beweggründe der Kläger Auskunft gegeben wird. – Vgl. hierzu Bertolt Brecht: Der Dreigroschenprozeß. Ein soziologisches Experiment [1931/32], in: Ders.: Werke. Hg. von Werner Hecht, Jan Knopf, Werner Mittenzwei und Klaus-Detlef Müller. Bd. 21: Schriften 1. Berlin, Weimar, Frankfurt/M. 1992, 448–514 und K.
Darüber hinaus dürften die Hintergründe dieser Aussage in den Differenzen liegen, die KT wegen seines Filmskripts ‹Seifenblasen› mit einer Produktionsfirma hatte. Vgl. dazu KTs Brief an E. Jannings und G. Holl vom 17.8.1931 (AB, 216): «Filmmanuskript ist fertig – vorläufig telegraphieren sie natürlich, wie das in Schöneberg so üblich ist, und den zweiten Zaster müssen sie ja nun bald zahlen. Hopfentlich kriege ich ihn. Ich habe kein Drehbuch abgeliefert, sondern eine Scenenkette, im Präsens erzählt, ich glaube: manche Einfälle sind brauchbar. Das Thema war gegeben, sehr schwer zu lösen.»

11 *Stahlhelmer*] Vgl. [114], *25*.

28 ff *«Wenn ich … ist.»*] Zitat nicht ermittelt. Möglicherweise handelt es sich um eine mündliche Äußerung von Ringelnatz KT gegenüber.

130

Die Verräter

V: Ignaz Wrobel
D[1]: WB Jg. 27, Nr. 45, 10.11.1931, II, S. 720–721 [Rubrik:] Bemerkungen
Bibl.: Nd s. Bonitz/Wirtz D 2664; 2 Nd; GW 9

29 *Brennecke*] Möglicherweise Anspielung auf die seit dem 19.10.1931 andauernden Verhandlungen des von Brüning einberufenen Wirtschaftsbeirats, in dem Vertreter der Arbeitgeber und Arbeitnehmer ein Wirtschaftsprogramm für die folgende Zeit ausarbeiten sollten. Am 31.10. wurde in der Presse gemeldet, daß es zwischen den Vertretern der Unternehmer und den Gewerkschaften eine Annäherung auf der Basis des Brüning-Pro-

gramms gegeben habe (s. ‹Stillhaltung im Vordergrund›, Voss 31.10.1931). – Brennecke, ADGB-Bezirkssekretär in Hannover-Braunschweig, gehörte allerdings nicht zu den Delegierten im Wirtschaftsbeirat.

131

Kritik als Berufsstörung

V: Peter Panter
D[1]: WB Jg. 27, Nr. 46, 17.11.1931, II, S. 749–752
Bibl.: Bonitz / Wirtz D 2665; GW 9

1 *ein Buch von O. Henry*] O. Henry [d.i. William Sydney Porter]: Bluff. Kurzgeschichten. Übers. von Paul Baudisch. Berlin, Potsdam 1926. – Vgl. [24].

3 *Baudisch erwiderte*] Vgl. [31].

7 ff *«weil dieser ... Sphäre»*] Stephan Ehrenzweig: Begegnung mit einem Meister (TB 11.4.1931, I, 593 f), wo es über die von KT zitierten Passagen hinaus u.a. heißt: «Vor einigen Wochen fügte ein Kritiker von Namen und Berufung einigen freundlichen Worten über das vor Jahren erschienene Buch ein paar ziemlich unfreundliche Worte über Paul Baudisch, den Übersetzer des Bändchens, hinzu. Baudisch [...] versuchte in einer Zuschrift an den Kritiker die ihm gemachten fachlichen Einwendungen zu entkräften; der Kritiker antwortete öffentlichen Ortes noch viel unfreundlicher, wiederholte und erweiterte seinen Tadel und schloß mit dem Rat an die Verleger: sie mögen sich nach andern Übersetzern umsehen.» – Ehrenzweig entkräftete KTs Kritik mit dem Hinweis auf die Unmöglichkeit, den von O. Henry vorgeführten «Wild-West-Slang» adäquat ins Deutsche zu übertragen, es müsse daher «ein Kompromiß zwischen wildwestlicher Satzbildung und deutschen Vokabeln geschaffen werden», was Baudisch auch gelungen sei: «[...] das ist, weiß Gott, schwierig genug, und ich bleibe bei meiner Aussage: ich glaube kaum, daß es möglich ist, den spezifischen Ton dieser Geschichten viel besser zu treffen als Baudisch ihn getroffen hat.»

11 *Hans Reisiger*] Ein entsprechender Brief ist nicht überliefert.

16 *gezeigt zu haben*] Vgl. [24], 120 ff und [31], 20 ff.

38 *ein Reisebuch von mir*] Ein Pyrenäenbuch. Berlin 1927. – Zur Wirkungsgeschichte vgl. Bd. 9 [1].

40 *hergefallen sind*] ‹Deutschland, Deutschland über alles› (zus. mit John

Heartfield). Berlin 1929. – Selbst KT wohlgesonnene Kritiker hatten das Buch heftig angegriffen. KT habe, so der Vorwurf, selbst fern von Deutschland lebend in seiner Polemik gegen dt. Verhältnisse jedes Maß verloren, betreibe Demagogie um der Demagogie willen, die nur der gegnerischen Seite nütze. Als besonders geschmacklos wurde v.a. das Blatt ‹Tiere sehen dich an› empfunden (vgl. etwa: Herbert Ihering: Polemik ohne Risiko, BBC 9.10.1929, M; Rolf Nürnberg: Die Gartenlaube von links, Der Scheinwerfer 3 [1929/30], H. 3, Oktober 1929, 27f; Richard Huelsenbeck: Kritik an Deutschland, Die Literarische Welt Jg. 7, Nr. 8, 20.2.1931, 1f; vgl. [38], *10*.

71 ff *«Ich wollte … Hand!»*] Vermutlich meint KT den Münchner Kritiker Josef Hofmiller; vgl. [24], *10*.

92 ff *in der ‹Frankfurter Zeitung›*] ‹Literarische Heiratsvermittlung. Indiskretionen eines Verlegers›, in: FZ 19.7.1931, 2. M. In dem Artikel heißt es: «Eine unerfreuliche Erscheinung in der Welt der Bücher und Manuskripte ist der inoffizielle Vermittler. Er ist so etwas wie ein literarischer Eheanbahner, bleibt immer in vollkommener Deckung und ist nie so recht zu fassen. Bei seiner leidenschaftlich betriebenen Tätigkeit wird er von den verschiedensten Motiven geleitet. Versuchen wir diese zu analysieren.
1. Erwerbssinn. Der Heiratsvermittler läßt sich seine Zutreiber- und Vermittlerdienste bezahlen, entweder indem er einen Prozentanteil oder eine Pauschalentschädigung von dem Autor, dem er einen günstigen Vertrag vermittelt hat, erhält, – oder aber von dem Verleger, dessen Arsenal er um eine ‹Kanone› vermehrt hat.»

102 *Lindbergh*] Charles Lindbergh überquerte am 20./21.5.1927 im Alleinflug erstmals den Atlant. Ozean von New York nach Paris in 33,5 Stunden. – Vermutl. Anspielung auf Bertolt Brechts im April 1929 in der Zeitschrift ‹Uhu› erschienenen Text ‹Lindbergh. Radiolehrstück für Knaben und Mädchen› (wieder in: Ders.: Versuche. H. 1. Berlin 1930, 2–12).

132

Betriebsunfall

V: Theobald Tiger
D[1]: WB Jg. 27, Nr. 47, 24.11.1931, II, S. 795
Bibl.: Nd s. Bonitz/Wirtz D 2666; 1 Nd; GW 9

0 *Betriebsunfall*] Bezugnahme auf die Vorfälle um den Berliner Mischkonzern Schultheiß-Patzenhofer (entstanden aus der Brauerei Schultheiß, der

Likörfabrik Kahlbaum A.G. und Ostwerke A.G.), eines der finanzkräftigsten Unternehmen gegen Ende der 20er Jahre. Der Großaktionär und Konzernleiter Ludwig Katzenellenbogen, ein Inflationsaufkömmling, verursachte durch eigene Spekulationstätigkeit sowie durch Intervention in Schultheiß-Aktien und Sonderabschreibungen auf Beteiligungen bzw. Debitoren einen Verlust von über 60 Mio. Reichsmark. Seit 1929 hatte sich Katzenellenbogen um eine Intervention bemüht, da der Kurs der Schultheiß-Aktien um die Hälfte gesunken war (von 550 auf 270 pCt.); dabei hatte er Konzernmittel für Interventionszwecke bzw. für die Stützung der eigenen Aktien mißbraucht und wissentlich Gelder der Aktionäre aufs Spiel gesetzt, seine Aktien jedoch rechtzeitig veräußert bzw. zu hohen Kursen der eigenen Gesellschaft verkauft. Ende Okt. wurde ein Schutzverband der Schultheiß-Aktionäre gegründet, der Strafantrag gegen den Generaldirektor Katzenellenbogen sowie gegen vier Mitglieder des Generaldirektoriums wegen Betruges und Veruntreuung von Geldern stellte. Am 28.10.1931 wurde bei der Oberstaatsanwaltschaft des Landgerichts Berlin I ein Ermittlungsverfahren gegen Katzenellenbogen sowie gegen weitere ehemalige Vorstandsmitglieder des Unternehmens eingeleitet. – Vgl. hierzu z.B.: ‹Die Enthüllung bei Schultheiß›, FZ 23.10.1931, 1. M; ‹Die Klärung bei Schultheiß beginnt›, FZ 25.10.1931, 1. M; ‹Lehren der Schultheiß-Affäre›, FZ 28.10.1931, 1. M; ‹Weitere Schultheiß-Enthüllungen›, FZ 31.10.1931, 1. M.

1 *Katze Ellenbogen*] s.o. *0.*

3 *Bankiers*] s. 9. – Auch die Banken waren in den Schultheiß-Patzenhofer-Skandal verwickelt. Sie hatten die spekulativen Geschäfte Katzenellenbogens unterstützt. Insbesondere gegen die Commerz- und Privatbank AG sowie gegen die Danatbank und Dresdner Bank wurden schwere Vorwürfe wegen der Kreditgewährung an den Konzern erhoben (vgl. dazu: ‹Schultheiß und die Banken›, FZ 24.10.1931, 1. M; ‹Schultheiß-Patzenhofer und Commerzbank›, FZ 28.10.1931, 2. M).

12 *wieder raus*] Gegen Katzenellenbogen wurde am 16.11.1931 auf Antrag der Staatsanwaltschaft I, Berlin, Haftbefehl erlassen. Er wurde in das Untersuchungsgefängnis Berlin, Moabit eingeliefert, aber bereits am 17.11. auf Antrag seiner Verteidiger gegen eine Kaution von 100000 RM aus der Haft entlassen. Zwar hatte die Staatsanwaltschaft wegen Fluchtgefahr Beschwerde gegen diese Summe eingelegt und eine Sicherheitsleistung von 500000 gefordert; die 2. Strafkammer wies diese Beschwerde allerdings zurück. – Vgl. dazu die Berichterstattung in der FZ vom 11. bis 21.11.1931.

133

Rheinsberg. (Zum hundertsten Tausend)

V: Kurt Tucholsky
D[1]: Rheinsberg. Ein Bilderbuch für Verliebte. Berlin: Josef Singer 1931, [S. 3]
Bibl.: Nd. s. Bonitz/Wirtz C 1.6; 15 Nd; GW 9

Datierung
KT stellte dieses Gedicht der 4. Aufl. von ‹Rheinsberg› voran.
Eine Anzeige im ‹Börsenblatt für den deutschen Buchhandel› vom 14.11.1931 annoncierte die 4. Aufl. von ‹Rheinsberg› mit den Worten «soeben erschienen», so daß von einem Erscheinungszeitraum Anfang bis Mitte November 1931 ausgegangen werden muß. Da ein genaues Datum nicht zu ermitteln war, ist der Text hier am Ende des Erscheinungsmonats plaziert.

5 *Johann … Seifensieder*] ‹Johann, der muntere Seifensieder›, Verserzählung von Friedrich Hagedorn (E: 1738). Johann ist der fröhliche Einfältige, der sich seine Lust, morgens zu singen, nicht für Geld abkaufen läßt.
6 *Claire*] Die Hauptfigur Claire in ‹Rheinsberg›.
6 *war real*] Das Buch war u.a. «C.P.» gewidmet. KT nannte seine damalige Freundin, die Medizinstudentin Else Weil, nach einer Figur aus Heinrich Manns 1900 erschienenem Roman ‹Im Schlaraffenland› Claire Pimbusch. – Vgl. dazu auch Bd. 1, 509ff.
21 *Wölfchen*] Hauptfigur in ‹Rheinsberg›.

134

Sie, zu ihm

V: Theobald Tiger
D[1]: WB Jg. 27, Nr. 48, 1.12.1931, II, S. 826
Bibl.: Nd s. Bonitz/Wirtz D 2668; 23 Nd; 3 Nd mit Noten; GW 9

135

Ein kleiner Volksschullehrer

V: Ignaz Wrobel
D^1: WB Jg. 27, Nr. 48, 1.12.1931, II, S. 831–832 [Rubrik:] Bemerkungen
Bibl.: Bonitz / Wirtz D 2669; NdzL: PT 9.12.1931; GW 9

13 *Polgar hat einmal so formuliert*] Alfred Polgar: Ich bin Zeuge. Berlin 1927. Zit. nach: Polgar 1982ff, Bd. 1, 327: «Wenn man auch das Leben als einen schonungslosen Wettlauf ansieht, in dem unweigerlich die Geschickten, Kräftigen vorne, die Ungeschickten, Schwachen hinten sein werden, über eines kann es doch unter honorigen Sportsleuten keine Meinungsverschiedenheit geben: daß der Start für alle gleich sein müßte.»

28 *Monokel Fritz Langs*] Das Monokel war in den frühen 20er Jahren Langs untrügliches Markenzeichen und Image-Symbol. Auf fast allen künstler. Porträts, die die Ufa von ihm anfertigen ließ, trägt Lang das Monokel.

136

Auf dem Nachttisch

V: Peter Panter
D^1: WB Jg. 27, Nr. 49, 8.12.1931, II, S. 857–861
Bibl.: Nd s. Bonitz / Wirtz D 2670; 1 Nd; DT
Sammelrez.: Louise Diel: Ich werde Mutter. Mit Bildbeigaben von Käthe Kollwitz. Dresden: Carl Reißner 1932 (bereits 1931 ausgeliefert) – Karl Scheffler: Berlin. Wandlungen einer Stadt. Berlin: Bruno Cassirer 1931 – F[rank] P[ercy] Crozier: Im Sturm ums Niemandsland (A brass hat in no man's land; aus dem Engl. übers. von Ingrid Wolf). Wien: Zsolnay 1930 – Max Oederlin: Marsch im Jura 1916 / 17. Leipzig: Grethlein 1930 – Eberhard Buchner: Kriegsdokumente. Der Weltkrieg 1914 / 15 in der Darstellung der zeitgenössischen Presse. Bd. 1–9. München: Langen 1914–1917 – Willy Höflich: «Affäre Zabern». Mitgeteilt von einem der beiden «Missetäter». Berlin: Verlag für Kulturpolitik 1931 – Ludwig Bauer: Morgen wieder Krieg. Untersuchung der Gegenwart. Blick in die Zukunft. Berlin: Rowohlt 1931 – Egon Erwin Kisch: Prager Pitaval. Berlin: Erich Reiß 1931

24 verursacht] *emend. aus* versucht

1 *Glasbrenners*] Glaßbrenners Familienname schrieb sich eigentl. mit einfachen s, seine Werke erschienen jedoch unter dem Namen Glaßbrenner.

1 *himmlischen Geschöpfen*] Adolf Glaßbrenner: Pietsch [Unsterblicher Volkswitz], in: Ders.: Adolf Glaßbrenners Werk in Auswahl. Hg. von Klaus Gysi und Kurt Böttcher. Berlin o.J., 2 Bde, Bd. 1, 144–146, hier: 145. – Das Zitat lautet wörtlich: «Kartundrucker bin ick, in de Reezenjasse wohn' ick, un de Welt veracht' ick! (Er torkelt weiter.) Det kann ick, dafor bin ick Mutter.»

19 f *«Wahres Muttergefühl ... finden.»*] Zitat nicht ermittelt.

25 f *«Doktorchen»*] Diel 1932, 17f: «Doktorchen, wie ich meinen Vertrauensarzt Dr. Leo Aberbach, Berlin [...] zu nennen pflege.»

42 ff *behaglich angeschnittene Frage*] Diel 1932 (Kapitel «Liebesleben während der ersten Hälfte der Schwangerschaft»), 124–127.

46 *dem Reinen ... rein.*] Nach Titus, 1, 15.

61 *‹Berlin, ein Stadtschicksal›*] Berlin 1910.

64 f *ein Buch über die Museen der Stadt*] Scheffler war einer der führenden Kunst- und Architekturkritiker der Zeit.

67 f *wieviel Cézannes*] Scheffler setzte sich insbesondere für die Impressionisten ein. 1906 hatte er die Studie ‹Max Liebermann› (München) vorgelegt.

72 *Boskettwegen*] Boskett, vom frz. bosquet (Wäldchen); in Renaissance- oder Barockgärten durch beschnittene Büsche oder Bäume symmetrisch angeordnete oder in freien Formen gestaltete Spazierwege.

79 ff *«Auf dem ... Seite›.»*] Crozier 1930, 332.

96 ff *«aufrecht ... führend»*] ebd., 262.

100 *schlecht übersetzt*] Das Buch ist von Ingrid Wolf übersetzt. Zu den Hintergründen der Bemerkung vgl. [24], 118ff, [31] und [131].

106 *seine Manöver und Biwakabenteuer*] Kanoniere sicherten im Jura die Grenze zu Frankreich ab. In jeder Ortschaft des Bergzuges, von der Rhône bis an den Rhein, waren Kompagnien stationiert, gegen Deutsche und Franzosen.

114 ff *«Grenzwachkompagnie ... genau.»*] Zitat in dem von KT besprochenen Werk nicht ermittelt.

133 *noch nicht nationalistisch war*] Der Albert Langen Verlag, Wegbereiter moderner literarischer Strömungen, nahm gegen Ende der 20er Jahre zunehmend rechtskonservative Autoren in sein Programm auf. 1931 fusionierte er unter Beteiligung des Deutschnationalen Handlungsgehilfen-Verbandes mit dem rechten Georg Müller Verlag zum Langen-Müller-Verlag. Die Produktion des Verlags hatte eine betont nationale Richtung, u.a. ver-

legte man Autoren wie Erwin Guido Kolbenheyer, Ernst Wiechert, Friedrich Griese, Paul Ernst, Hans Grimm, Hans Friedrich Blunck. Ab 1934 erschien hier die literarische Monatsschrift ‹Das Innere Reich›.

141 *Sergeant Höflich*] Willy Höflich.

143 *Zabern*] Eine als Beschimpfung aller Elsässer empfundene Äußerung eines Leutnants in Zabern, dem heutigen Saverne, führte unter der Zaberner Bevölkerung zu Protestaktionen, bei der mehrere Personen durch dt. Militärs verhaftet wurden. Die rechtswidrige Verhaftung löste eine politische Krise im dt. Reich aus. Nach mehreren Reichstagsdebatten, im Zuge derer Reichskanzler Bethmann Hollweg den zivilen Rechtsstandpunkt gegenüber den Militärs und dem Kaiser durchzusetzen suchte, nahm der RT am 4.12.1913 mit großer Mehrheit erstmals einen Mißbilligungsantrag gegen die Regierung an. Der Kaiser jedoch billigte das Vorgehen der Militärs. Die Affäre wurde als Symbol für das Verhältnis zwischen der elsäss. Zivilbevölkerung und den dt. Militärbehörden in Elsaß-Lothringen, das als Reichsland eine untergeordnete Stellung hatte, gewertet; sie bedeutete zudem einen Rückschritt für die Versöhnungspolitik in dieser Region.

153 f *«Wollen Sie … Oberst!»*] Höflich 1931, 185.

161 f *«Auf … scheißen.»*] ebd., 121 f.

164 *«im Falle der Notwehr»*] ebd., 84.

167 ff *«Wenn ihr … Belohnung!»*] ebd., 72.

169 f *«Und … dazu!»*] ebd.

173 *«Boche»*] Pejorativer Ausdruck für Deutsche; bei Höflich wird er nicht verwendet, die Franzosen benutzen den Begriff «Schwowe».

174 *«Wackes»*] Lat. Vagus, pejorativ gebraucht i.S.v. «umherstreifender Strolch»; ein in Südwestdeutschland und im Raum Basel verwendeter Begriff für Lothringer und Elsässer. Der Ausdruck wurde 1871 mit dem Anschluß Elsaß-Lothringens an das dt. Reich durch einen Erlaß Wilhelms I. verboten.

175 *politischen Klamauk*] Vgl. oben *143*.

176 *Schant*] Sergeant.

178 ff *«Daß Reichskanzler … Reichstages.»*] Höflich 1931, 160.

184 f *«auch die … Tonfilm …»*] ebd., Impressum.

205 ff *«Nehmen wir an … Achselzucken.»*] Bauer 1931, 131.

223 *Propagandastelle*] ebd., 45. Es heißt hier: «Warum gründen die Pazifisten nicht überall dort Zentralstellen, wo der Angriffsgeist und die Hetze am schlimmsten ist? Daneben so viele Sektionen wie möglich. Diese sammeln die gefährlichen Einstellungen, Übertreibungen, Verschweigungen, Lügen. Sie führen sie der heimgesuchten Nation täglich vor Augen. Wie? Genau

so wie die Lüge es tut: durch Agenturmeldungen, Zeitungsaufsätze, Versammlungsreden.»

240 *chinesisch-japanischen Konflikt*] Nach dem von japan. Offizieren initiierten «Zwischenfall von Mukden» am 18.9.1931 kam es zum Ausbruch des Mandschurai-Konflikts. Drei mandschurische Provinzen Chinas wurden von den Japanern besetzt.

240 *immer feste druff!*] Berüchtigter und vielzitierter Wortlaut eines Telegramms des Kronprinzen Wilhelm an den in der Zabern-Affäre verantwortlichen Oberst. – Vgl. auch Bd. 4 [8], 14.

244 *Völkerbund*] Zu KTs Kritik am Völkerbund vgl. seinen Artikel ‹Außen- und Innenpolitik›, Die Friedens-Warte Jg. 26, H. 7, Juli 1926, 210–212; D 1657.

267 *Scharteken*] s. [43], *104*.

267 *Pitaval*] Der frz. Rechtsgelehrte François Pitaval gab die ‹Causes célèbres et intéressantes› (20 Bde, 1734–1743; dt. 1792–1795 in 4 Bänden mit einem Vorwort von Friedrich Schiller) heraus. Pitavals Name steht zudem für allg. Sammlungen von Strafrechtsfällen. Vgl. ‹Der neue Pitaval. Eine Sammlung der interessantesten Kriminalgeschichten aller Länder aus älterer und neuerer Zeit›. Hg. von J.E. Hitzig und W. Häring [d.i. Willibald Alexis]. Leipzig 1855.

271 *des Falles Redl*] Gemeint ist die Spionageaffäre um den österr.-ungar. Oberst Redl. Dieser war seit 1900 im Nachrichtendienst des Generalstabs tätig, seit 1912 war er Generalstabschef des 8. Korps in Prag; aufgrund seiner homosexuellen Neigungen wurde er von seiten Rußlands zu Spionagediensten gezwungen; er beging 1913 Selbstmord.

272 *bei der seligen «Schmiede» erschienen*] Egon Erwin Kisch: Der Fall des Generalstabschefs Redl. Berlin 1924.

273 *Schule machen*] Im Verlag Die Schmiede war 1927 KTs ‹Pyrenäenbuch› erschienen. Als der Verlag im Jahr 1929 bankrott ging, schrieb KT einen kritischen Nachruf, in dem er die Geschäftspraktiken und den Umgang mit den Autoren anprangerte (vgl. ‹Schmiede und Schmiedegesellen›, WB 20.8.1929, II, 284–289; D 2271). SJ hatte bereits 1926 KT gegenüber geäußert: «Ich habe nichts dagegen, daß Du es mit der Schmiede versuchst. Aber ohne meine Vermittlung. Gegen mich haben sich die Leute so unmanierlich benommen, und meine Dicke hat solche finanziellen Scherereien mit ihnen, daß ich keinerlei Berührung mehr wünsche» (Jacobsohn 1989, 400). – Zur Verlagsgeschichte vgl. Frank Hermann und Heinke Schmitz: Der Verlag die Schmiede 1921–1929. Morsum/Sylt 1996.

274 f *Schutzverband*] Vermutlich sind die Vorfälle gemeint, die zum Austritt KTs geführt haben. – Vgl. hierzu [94] und K.

137

Hégésippe Simon

V: Ignaz Wrobel
D^1: WB Jg. 27, Nr. 50, 15.12.1931, II, S. 895–898
Bibl.: Bonitz/Wirtz D 2671; GW 9

1 ff *In allen ... so erbärmlich.*] Giacomo Leopardi: Gedanken [1845]. Aus dem Italien. übersetzt von Gustav Glück und Alois Trost. Leipzig 1922, 31 f.

23 f *radikalen Partei*] Gemeint ist die P.C., die Partie Communiste.

33 *entschuldigen Sie*] Zu den Hintergründen der Bemerkung vgl. [24] und [31].

52 *École Normale Supérieure*] Frz. Eliteschule.

63 f *Action Française*] 1898 unter Führung der Schriftsteller Charles Maurras und Léon Daudet gegr., royalistische, deutschfeindliche, militant-kath. und antisemitische Organisation um die gleichnamige Zeitschrift, zu der der 1907 gegr. Wehrverband der «Camelots du roi» gehörte; sie wurde Anfang 1936 aufgelöst. Die Action Française bekämpfte die parlamentarische Demokratie, forderte die Umgestaltung des Staates im Sinne einer autoritär geführten, durch das erbliche Königtum gesicherten und getragenen Ordnung. Sie war im Parlament ohne Bedeutung, hatte aber einen großen Einfluß auf die frz. Jugend und die frz. Rechte.

85 *«mittlern Franzosen»*] Vgl. dazu KTs Artikel ‹Was ist ein ‹mittlerer› Franzose?›, Voss 29.8.1924; D 1271.

146 ff *«Votre ... citoyen.»*] Eure Hilfe kann einem Mitglied des frz. Parlaments nicht gleichgültig sein, einem alten Kämpfer des Großen Krieges, Nachfahre seiner glorreichen Vorfahren der Revolution, die der Welt gegenüber die unantastbaren Menschen- und Bürgerrechte proklamiert haben.

138

Media in vita

V: Theobald Tiger
D^1: WB Jg. 27, Nr. 50, 15.12.1931, II, S. 901
Bibl.: Nd s. Bonitz/Wirtz D 2672; 8 Nd; GW 9

Überlieferung
H: 1 Bl., 172 x 224 mm, mit schwarzer Umrandung; 1stg., mit lila Tinte (AdK)

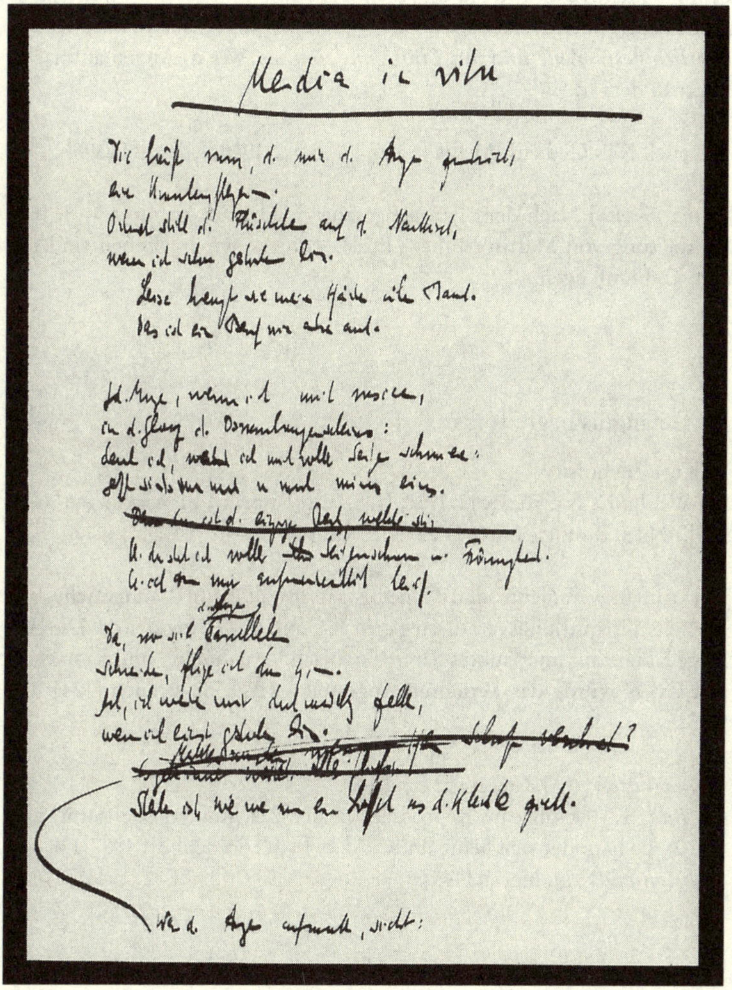

Lesarten
Die Lesarten sind nach H verzeichnet
1 die mir die] d. mir d. **1** zudrückt:] zudrückt, **3** noch die] still d. **3** dem] d. **4** hinüber] gestorben **7** Jeden] Jd. **8** denk ich] *fehlt* **8** dem Glanz des

Lampenscheins,] d. Glanz d. Osramlampenscheins: **9** während] *davor* denk ich, **10** x Mal] n Mal **11** Und] U. *davor eine Zeile unleserlich gestr.* **11** Schaum] Seifenschaum *davor gestr.* Sch **11** und] u. **11** Frömmigkeit,] Frömmigkeit. **12** und] U. **13** die] d. *und ein unleserliches Wort üdZ eingefügt* **15** mir] mich **17** Andern auch –?] *fehlt* **17** Wer … sieht:] *auR für unleserlich gestr. Zeile und mit Einfügungszeichen* Wer d. Augen aufmacht, sieht: **18** dem] d.

Vgl. auch KTs Gedicht ‹Media in vita›, WB 5.2.1929, I, 218; D 2196.

0 *Media in vita*] Nach dem Psalmengesang ‹Media vita in morte› (8. Jh.); Bearbeitung von Martin Luther (1524): «Mitten wir im Leben sind mit dem Tod umfangen.»

139

Im Gefängnis begreift man

V: Kurt Tucholsky
D^{1}: WB Jg. 27, Nr. 50, 15.12.1931, II, S. 902 [Rubrik:] Bemerkungen
Bibl.: Nd s. Bonitz / Wirtz D 2673; 2 Nd; GW 9

Der Aufruf veranlaßte den Generalstaatsanwalt beim Landgericht I in Berlin ein Ermittlungsverfahren gegen KT und CvO einzuleiten. Die Anklage lautete auf unerlaubtes Sammeln. Nach Vernehmung und Einlassungen CvOs wurde das Verfahren eingestellt. – Vgl. dazu auch [124] und [145].

1 ff *«Ja, … bitten …»*] Zitat nicht ermittelt.
8 *ein Bild*] KT besaß eine Reproduktion der Zeichnung ‹Drei Sträflinge› (1920), sie befindet sich heute im KTA. Abb. bei Soldenhoff 1987, 188.
11 *Sechstausend*] Vgl. hierzu [145].

140

Schnipsel

V: Peter Panter
D^{1}: WB Jg. 27, Nr. 51, 22.12.1931, II, S. 934–935
Bibl.: Bonitz / Wirtz D 2674; GW 9

29 *Nietzsche*] KT spielt zum einen auf Nietzsches Idee vom «Gewaltmenschen» bzw. auf seine Vorstellung von einem sich mit Gewalt durchsetzenden «Übermenschen» (‹Die Fröhliche Wissenschaft›) an; zum anderen dürfte jener von Nietzsche propagierte ‹Wille zur Macht› (postum 1901), der auch Gewalt legitimiere, gemeint sein; die damit vorgenommene Auslegung von Nietzsches Schriften als Verherrlichung der Gewalt und Verachtung demokratischer Elemente werden heute in Verbindung mit der Neuedition vieler Werke allerdings als ein tiefgreifendes Mißverständnis zurückgewiesen.

29 *Barrès*] Mit Schriften wie ‹L'âme française et la guerre› (Paris 1915–1920) und ‹Chronique de la grande guerre› (Paris 1920–29) gilt Barrès als Verherrlicher des Krieges und der Gewalt.

29 *Sorel*] Aufgrund seines Werks ‹Réflexions sur la violence› (1908; dt. ‹Über die Gewalt›, 1928) gilt Sorel als ein Wegbereiter des europ. Faschismus, für den er in seiner Verherrlichung gewalttätiger Eliten und Führer wesentliche Programmpunkte lieferte.

38 *ein großer Bankier*] Liebermann, von Hause aus vermögend, galt als tüchtiger Geschäftsmann.

50 *Fülöp-Miller*] Vgl. KTs ablehnende Äußerung in ‹Auf dem Nachttisch›, WB 20.5.1930, I, 767–772; D 2416: «Daß diese Bücher, besonders die Fülöp-Millers, einen, wie soll ich sagen, leicht anrüchigen Eindruck machen, mag an meiner Nase liegen. Ich kann Millern nichts ‹beweisen› und will es auch gar nicht.»

56 f *Paragraphen einundfünfzig*] Nach §51 StGB ist eine strafbare Handlung nicht vorhanden, «wenn der Täter zur Zeit der Begehung der Handlung sich in einem Zustande von Bewußtlosigkeit oder krankhafter Störung der Geistesthätigkeit befand, durch welchen seine freie Willensbestimmung ausgeschlossen war». (Das Strafgesetzbuch für das Deutsche Reich. Hg. von Reinhard Frank, 18., neubearb. Aufl., Tübingen 1931, 147).

63 *Zeileis*] Der umstrittene Laienarzt Valentin Zeileis, Gründer des Ambulatoriums für elektrophysikalische Therapie und des Instituts Zeileis in Gallspach, genannt der «Wunderdoktor von Gallspach». Er pries seine Strahlentherapie als Wundermittel an. Im Mai 1930 mußte er sich in einem Sensationsprozeß verantworten.

141

Basel

V: Ignaz Wrobel
D^1: WB Jg. 27, Nr. 51, 22.12.1931, II, S. 940 [Rubrik:] Bemerkungen
Bibl.: Nd s. Bonitz/Wirtz D 2675; 3 Nd; GW 9

16 f *Grotesk-Zeichner*] Erschienen 1915 in London bei Duckworth & Co.
17 f *ein grandioses Blatt*] Das Buch konnte nicht eingesehen werden.
28 f *immer ... Wand lang*] Nach dem Kehrreim des populären Liedes gleichen Titels aus dem Jahr 1910 (Text: Hermann Frey, Musik: Walter Kollo): «Und dann schleich' ich still und leise/Immer an der Wand lang,/Immer an der Wand lang,/Immer an der Wand entlang.»

142*

Liebe Weltbühne!

V: Anonym
D^1: WB Jg. 27, Nr. 51, 22.12.1931, II, S. 943 [Rubrik:] Bemerkungen

KT hat die mit ihm befreundete Journalistin Grete Wels (1924 bis 1928 Mitarbeiterin der WB) wiederholt als «meine Freundin Grete Walfisch» bezeichnet. Vgl.: ‹Pyrenäenbuch› (Bd. 9 [1], 5511): «Meine Freundin Grete Walfisch hat mir neulich geschrieben [...]»; ‹Taschen-Notizkalender 1928› (Voss 30.6.1928; D 2042): «Meine Freundin Grete Walfisch hat mir aus dem völkerversöhnenden Locarno einen Notizkalender geschickt [...]»; ‹Schnitzel›, WB 27.5.1930, I, 799–800; D 2421: «Das Äußerste, was ich jemals an Perversität gehört habe, hat mir meine Freundin Grete Walfisch erzählt [...]»; ‹Der Anhänger›, Voss 27.7.1930; D 2441: «Die Franzosen, welches, wie meine Freundin Grete Walfisch sagt, ein degeneriertes Volk ist [...].» – Die Verfasserschaft KTs kann hier also als wahrscheinlich angesehen, jedoch nicht mit letzter Sicherheit behauptet werden. Die Anekdote ist daher als ungesicherter Text in diese Ausgabe übernommen worden. In der WB findet sich ein weiterer, ungezeichneter Text dieser Art (‹Liebe Weltbühne!›, WB 18.8.1931, II, 276), in dem allerdings das von KT formelhaft verwendete Attribut «meine Freundin» fehlt. Er sei hier lediglich im Kommentar mitgeteilt:

«Grete Walfisch erzählt:
Die Thurgauer – ganz recht, die in der Schweiz – haben den Ruf, es mit dem Eigentum nicht immer so scharf zu halten.
Ein Thurgauer fährt mit einem Fremden durch seine Heimat. Es wird Dämmerung, da sagt der Thurgauer und zeigt aus dem Fenster: ‹Da, sehn Sie mal – das ist mein Heimatsort!› – Der andre sieht einmal, sieht zweimal: ‹Ja … Heimatort … wieso Heimatort? Da ist doch gar nichts. Da sind doch gar keine Häuser!› – ‹Ja›, sagt der Thurgauer. ‹Abends nehmen wir sie rein –!›»

143

Rote Signale

V: Ignaz Wrobel
D[1]: WB Jg. 27, Nr. 52, 29.12.1931, II, S. 959–961
Bibl.: Nd s. Bonitz / Wirtz D 2676; 1 Nd; GW 9
Rez.: Rote Signale. Gedichte und Lieder. Auswahl von 106 Bild-Geschichten aus der AIZ. Als Jubiläumsausgabe anläßlich des zehnjährigen Bestehens der AIZ hg. von Lilly Korpus (Auswahl und Einleitung). Mit einer Einbandzeichnung von Käthe Kollwitz. Berlin: Neuer Deutscher Verlag 1931

Der Anthologie ist eine Notiz vorangestellt: «Die Gedichte sind ausnahmslos zuerst in der AIZ erschienen. Wegen der letzten Notverordnungen konnten ein Teil der von der AIZ veröffentlichten Gedichte in diesem Band nicht aufgenommen werden, um die Verbreitung des Buches […] nicht zu gefährden.» Der Band wurde dennoch im Oktober vom Berliner Polizeipräsidenten beschlagnahmt.

1 *Neuen Deutschen Verlag*] Der Verlag gehörte wie die AIZ zum Münzenberg-Konzern.

3 *A. I. Z.*] Die aus der 1921 von Münzenberg gegr. und hg. Berliner Zeitschrift ‹Sowjetrußland im Bild› hervorgegangene ‹Arbeiter Illustrierte Zeitung› erschien von 1924 bis 1933 in Münzenbergs Neuem Deutschen Verlag, Berlin. Im Verlauf der 20er Jahre entwickelte sich das Wochenblatt zur zweitgrößten Illustrierten Deutschlands. Nach Franz Höllering über-

nahm Lilly Korpus die Chefredaktion. – KT veröffentlichte zwischen 1928 und 1930 zahlreiche Gedichte in der AIZ.

9 *Tiger*] Von KT wurden folgende Gedichte aus der AIZ übernommen:
Aus Jg. 7, 1928:
‹Das Sozialistengesetz 1878› (D 1953; ebd., 8); ‹Zehn Jahre deutsche Revolution› (D 2106; ebd., 25); ‹Ein Haus – unten durch› (D 1951; ebd., 27); ‹Asyl für Obdachlose› (D 1950; ebd., 59); ‹Fragen an eine Arbeiterfrau› (D 2016; ebd., 80); ‹Arme Telephonistinnen› (D 1992; ebd., 96); ‹Die Leibesfrucht› (D 1945; ebd., 102); ‹Warte nicht› (D 1952; ebd., 104); ‹Mädchen aus Samoa› (D 1947; ebd.,118); ‹Start› (D 1949; ebd., 123).
Aus Jg. 8, 1929:
‹Was dem Lakaien seine Idee, ist der Republik ihre Siegesallee› (D 2174; ebd., 40); ‹Das Gesetz› (D 2172; ebd., 94); ‹Mutterns Hände› (D 2171; ebd., 101); ‹Mit Geduld und Spucke› (D 2165; ebd., 113); ‹Tommys Abschied› (D 2173; ebd., 120).
Aus Jg. 9, 1930:
‹Guck mal, wie süß› (D 2238; Rote Signale, 87); ‹Augen in der Großstadt› (D 2340; ebd., 109); ‹Deutschland erwache!› (D 2343; ebd., 46); ‹8 Mädchen und ein –› (D 2344; ebd., 112); ‹Zwei alte Leute am 1. Mai› (D 2345; ebd., 9); ‹Zwiegespräch› (D 2346; ebd., 28); ‹Die Reichsbahn› (D 2347; ebd., 23); ‹Saisonarbeiter› (D 2348; ebd., 62); ‹Aussage eines Nationalsozialisten› (D 2349; ebd., 37); ‹Kirche und Wolkenkratzer› (D 2339; ebd., 17).

11 *Weinert*] Von Erich Weinert wurden folgende Gedichte aufgenommen: ‹Steine reden› (6); ‹Alle für alle› (10); ‹Das Lied von der roten Fahne› (12); ‹Waffenstillstandstag› (15); ‹Verein zur Rettung der Religion› (21); ‹Arbeitslose erster Klasse› (24); ‹Heimwehrstab› (29); ‹Ein deutscher Verein› (33); ‹S. A.-A. › (36); ‹Ein teures Andenken› (42); ‹Potsdamer Gasmaskerade› (43); ‹Wilhelm hat Geburtstag› (45); ‹Zwei pensionierte Metallarbeiter› (48); ‹Ein japanischer General› (50); ‹Scheidemann spricht› (53); ‹Der Verbindungsmann› (54); ‹Zum alten Eisen› (60); ‹Stilles Gespräch› (67); ‹Der Rapport› (70); ‹Eine für die andere› (81); ‹Was ist passiert?› (84); ‹Jokele singt› (85); ‹Die Arbeiterfrau› (90); ‹Auf dem Weihnachtsmarkt› (100); ‹Bannerkameraden› (107); ‹Kunst und Leben› (114).

29 *wie wenig Arbeiter*] Die Mehrheit der an der Anthologie beteiligten Autoren stammte zwar aus Arbeiterfamilien, war jedoch im journalistischen Bereich tätig. Viele der Autoren absolvierten nach bestandenem Abitur ein Lehrerseminar bzw. die Ausbildung als Elementarschullehrer. Soweit biographische Daten der Autoren und Autorinnen bekannt sind, verdiente lediglich Emil Ginkel noch 1929 seinen Lebensunterhalt als Fabrikarbei-

ter. Max Zimmering, Sohn eines Uhrmachers, machte 1930 Abitur und arbeitete danach als Schaufensterdekorateur.

29 *unter den Verfassern*] Die Beiträger der Anthologie sind Frank Arnau, Max Barth, Günter Dallmann, Dyn Amit, Emil Ginkel, A. Gmeiner, Michael Gold, Hans Wolfgang Hillers, Erich Kästner, Willi Karsch, Paul Körner, Leo Korten, Georg W. Manfred, Osip, Alfred Prugel, Alf Raddatz, W. Regmer, Gertrud Ring, Kasimir Sublimer, Willy Völkel, Hanns Vogts, Warnke, Weber, Helmut Weiß, Max Zimmering, Hedda Zinner.

33 *Agitpropgruppen*] Nach sowjet. Vorbild entwickelte, zumeist mit Laien besetzte Theatergruppen, die im Auftrag der KPD Agitations- und Propagandastücke, Kurzszenen, Revuen und Songs aufführten. In Deutschland gab es zwischen 1927 und 1933 über 300 Gruppen, so z.B.: Das Rote Sprachrohr; Die Ketzer; Arbeitstruppe Neukölln; Kolonne Links; Die roten Racketen; Junge Garde (alle Berlin); Schwarze Kittel, Ruhrgebiet; Rote Sense (Beeskow-Storkow); Links ran (Hannover), die u.a. Texte von Friedrich Wolf, Berta Lask, Erich Weinert, Hans Marchwitza, Hans Lorbeer, Karl Grünberg spielten. Die Zeitschrift ‹Das Rote Sprachrohr› versorgte die Truppen mit Spielmaterial.

37 ff *Vier … leben!*] Rote Signale, 66. Es handelt sich lediglich um die erste Strophe des Gedichts (in der Vorlage: een Haufen Nipps –; sonst frißt; doch's kommt).

57 f *wendet sich endlich auch an sie*] Kapitel VI: «Front der Frauen», 80ff.

72 *Illustrierter Beobachter*] Seit 1926 im Verlag J. Eher Nachf., München, erschienene Wochenzeitschrift. Sie erreichte 1931 eine Aufl. von 200000.

73 ff *«S.A. … VII/5.»*] Illustrierter Beobachter Jg. 6, Folge 50, 12.12.1931, 1140f. Bei den Zitaten handelt es sich um Bildunterschriften.

81 *Rotfront*] Der Rote Frontkämpferbund, die 1924 gegr. paramilitärische Kampftruppe der KPD, war nach den Maiunruhen 1929 verboten worden.

82 *«Breslauer Juden»*] Vgl. [22], *50*.

83 *«Soldaten»*] Anspielung auf KTs Satz «Soldaten sind Mörder». – Vgl. hierzu [88], *38*.

88 *den Namen deines Gottes*] Nach 2. Buch Moses 20, 7: «Du sollst den Namen des Herrn, deines Gottes, nicht mißbrauchen.»

99 *Einheitsfront*] Eine nie in die Praxis umgesetzte, anfangs zur Verhinderung, dann zur Bekämpfung der faschistischen Herrschaft ausgegebene Parole der Parteien der Arbeiterbewegung und linken Publizistik.

144

Die Seriösen

V: Theobald Tiger
D^1: WB Jg. 27, Nr. 52, 29.12.1931, II, S. 977
Bibl.: Nd s. Bonitz / Wirtz D 2677; 4 Nd; GW 9

145

[Helft helfen!]

V: Ignaz Wrobel
D^1: Die Rote Hilfe, Dezember 1931
Bibl.: Bonitz/Wirtz D 2667

Dem Text ist die redaktionelle Bemerkung vorangestellt: «Tucholski (Ignaz Wrobel) / Der bekannte bürgerliche Schriftsteller und Dichter Tucholski schreibt zur Winterhilfe der Roten Hilfe:» – KTs handschriftliche Antwort ist als Faksimile abgedruckt.
Aufruf zur Winterhilfe der Roten Hilfe. Außer KTs Beitrag wurden Stellungnahmen von Erich Weinert und Adelheid Torhorst (SPD) abgedruckt. KT war auf dem 3. Reichskongreß der RHD (14./15.10.1929) in den Zentralvorstand gewählt worden. – Vgl. auch [124] und [139].

3 *[...]* Die faksimilierte Handschrift von KT ist am rechten Rand des Zeitungsdrucks beschnitten und daher unleserlich.

Übersicht über Tucholskys Tätigkeit für Publikationsorgane 1931

Der Uhu, Berlin 1924–1933. Monatsmagazin im Ullstein-Verlag, hg. von Peter Pfeffer, Red. Walter Zadek, Friedrich Kroner u. a. KT hatte zusammen mit seinem Freund Szafranski, dem Illustrator von ‹Rheinsberg›, das Magazin mitentwickelt und blieb Mitarbeiter oder Mitwirkender bis zu seinem Weggang von Ullstein im Oktober 1931.

Vossische Zeitung, Berlin 1910/11–1934, verschiedene Vorgänger seit 1619. Seit 1914 im Ullstein-Verlag und eine der führenden lib.-demokr. Tageszeitungen Deutschlands. 1920–1930 von Georg Bernhard geleitet, danach von Julius Elbau. KT ging als Korrespondent für Ullstein (und die WB) 1924 nach Paris, die meisten seiner Feuilletons veröffentlichte er als Peter Panter in der Voss. Nach verschiedenen Konflikten seit 1928 wegen seiner Mitarbeit an Blättern des KPD-nahen Münzenberg-Konzerns verließ er Ullstein im Oktober 1931.

Die Weltbühne (WB). Wochenschrift für Politik, Kunst, Wirtschaft. Berlin 1918–1933. 1905 von Siegfried Jacobsohn (SJ) als Theaterzeitschrift *Die Schaubühne* gegründet; nach dessen Tod 1926/27 von KT als Chefredakteur geleitet, danach von CvO. KT war seit 1913 regelmäßiger Mitarbeiter; er schrieb meist unter den Pseudonymen Peter Panter, Theobald Tiger, Kaspar Hauser und Ignaz Wrobel, verfaßte aber auch zahlreiche der ungezeichneten *Antworten*, *Splitter*, *Liebe Weltbühne* und einige Dialoge. Das Pseudonym Theobald Tiger war von Dezember 1918 bis Ende März 1920 ausschließlich für den *Ulk* reserviert.

Zeitungen und Zeitschriften, in denen KT nur sporadisch veröffentlichte, sind im jeweiligen Kommentar beschrieben.

Literaturverzeichnis

Ackermann, Gregor: Nachtrag zur Tucholsky-Bibliographie. 2. erw. Ausg. In: Tucholsky-Blätter. Jg. 6, Dossier 1, Dez. 1995

Bemmann, Helga: Kurt Tucholsky. Ein Lebensbild. Berlin 1990

Bonitz, Antje/Wirtz, Thomas: Kurt Tucholsky. Ein Verzeichnis seiner Schriften. 3 Bde. Marbach 1991

Erwentraut, Kirsten: «Auch hier: es geht nicht ohne Freud». Tucholskys ‹Schloß Gripsholm› – «eine kleine Sommergeschichte»? In: Michael Hepp, Roland Links (Hg.): Schweden – «das ist ja ein langes Land!» Kurt Tucholsky und Schweden. Dokumentation der Tagung der Kurt Tucholsky-Gesellschaft Pfingsten 1994 in Mariefred/Schloß Gripsholm. Oldenburg 1994, 149–180

Freud, Sigmund: Studienausgabe. Hg. von Alexander Mitscherlich, Angela Richards, James Strachey. 10 Bde. Und ein Ergänzungsband (Mithg. von Ilse Grubrich-Simitis) Frankfurt/M. 1989

Goethe, Johann Wolfgang von: Werke. Hg. im Auftrag der Großherzogin Sophie von Sachsen. Abt. I–IV. Weimar 1887–1919 (Weimarer Ausgabe). Zit. Goethe: WA

Hepp, Michael: Kurt Tucholsky. Biographische Annäherungen. Reinbek 1993

Hepp, Michael: Kurt Tucholsky. Reinbek 1998

Jacobsohn, Siegfried: Briefe an Kurt Tucholsky, 1915–1926. Hg. von R. v. Soldenhoff. München, Hamburg 1989

Kaes, Anton (Hg.): Manifeste und Dokumente zur deutschen Literatur 1918–1933. Stuttgart 1983

Lichtenberg, Georg Christoph: Aphorismen. Nach den Handschriften hg. von Albert Leitzmann. Heft 1–5. 5 Bde. Berlin 1902–1908

Lichtenberg, Georg Christoph: Schriften und Briefe. 6 Bde. Hg. von Wolfgang Promies. München 1967 ff

Matthias, Lisa: Ich war Tucholskys Lottchen. Hamburg 1962

Meyer, Jochen/Bonitz, Antje: «Entlaufene Bürger». Kurt Tucholsky und die Seinen. Ausstellung und Katalog von Jochen Meyer in Zusammenarbeit mit Antje Bonitz. Marbach 1990

Nietzsche, Friedrich: Werke. Kritische Gesamtausgabe. Hg. von Giorgio Colli und Mazzino Montinari. Berlin 1968 ff

Ossietzky, Carl von: Sämtliche Schriften. Hg. von Werner Boldt, Dirk Grathoff, Gerhard Kraiker, Elke Suhr. 8 Bde. Reinbek 1994

Polgar, Alfred: Kleine Schriften. 6 Bde. Hg. von Marcel Reich-Ranicki, in Zusammenarbeit mit Ulrich Weinzierl. Reinbek 1982 ff

Schopenhauer, Arthur: Sämtliche Werke. Nach der ersten von Julius Frauenstädt besorgten Gesamtausgabe neu bearb. und hg. von Arthur Hübscher. Leipzig 1937–1941

Soldenhoff, Richard von: Kurt Tucholsky 1890–1935. Ein Lebensbild. «Erlebnis und Schreiben waren ja – wie immer – zweierlei». Weinheim, Berlin 1987

Verzeichnis der rezensierten Bücher

Die Nummer des Textes, in dem das hier verzeichnete Buch rezensiert ist, findet sich am Ende der bibliographischen Angabe in eckigen Klammern.

Balabanoff, Angelica: Wesen und Werdegang des italienischen Fascismus. Wien: Heß 1931 [62]

Battaglia, Otto Forst de: Der Kampf mit dem Drachen. Zehn Kapitel von der Gegenwart des deutschen Schrifttums und von der Krise des deutschen Geisteslebens. Berlin: Verlag für Zeitkritik 1931 [121]

Bauer, Ludwig: Morgen wieder Krieg. Untersuchung der Gegenwart. Blick in die Zukunft. Berlin: Rowohlt 1931 [136]

Bossert, Helmuth Theodor und Guttmann, Heinrich: Aus der Frühzeit der Photographie 1840–1870. Ein Bilderbuch nach 200 Originalen. Frankfurt/M.: Societäts-Verlag 1930 [62]

Buchner, Eberhard: Kriegsdokumente. Der Weltkrieg 1914/15 in der Darstellung der zeitgenössischen Presse. Bd. 1–9. München: Langen 1914–1917 [136]

Choisy, Maryse: Un mois chez les filles. Reportage. Paris: Éditions Montaigne 1928 [24]

Crozier, F[rank] P[ercy]: Im Sturm ums Niemandsland (A brass hat in no man's land; aus dem Engl. übers. von Ingrid Wolf). Wien: Zsolnay 1930 [136]

Das ärztliche Volksbuch. Hg. von Heinrich Meng, Karl August Fiessler und Paul Federn. Bd. 1–3. Stuttgart: Hippokrates-Verlag [1926–1930] [62]

Das Käthe-Kollwitz-Werk. Einleitung von Arthur Bonus. Neue Ausgabe. Dresden: Reissner [1927] [62]

Demeter, Karl: Das deutsche Offizierskorps in seinen historisch-soziologischen Grundlagen. Berlin: Verlag von Reimar Hobbing 1930 [24]

Die Weltkriegs-Spionage. Authentische Enthüllungen. Hg. mit einem Vorwort von Paul von Lettow-Vorbeck und einem Nachwort von Graf Felix v. Bothmer. Verlag Justin Moser. München 1930 [52]

Diel, Louise: Ich werde Mutter. Mit Bildbeigaben von Käthe Kollwitz. Dresden: Carl Reißner 1932 (bereits 1931 ausgeliefert) [136]

Fallada, Hans: Bauern, Bonzen und Bomben. Berlin: Rowohlt 1931 [41]

Freud, Sigmund: Gesammelte Schriften. Bd. 1–11. Hg. von Otto Rank und A[dolf] J[osef] Storfer unter Mitwirk. der Verf. Anna Freud. Wien: Internationaler Psychoanalytischer Verlag 1924–1928 [52]

Fuchs, Georg: Wir Zuchthäusler. Erinnerungen des Zellengefangenen Nr. 2911. München: Langen Müller 1931 [66]

Gesellschaft und Wirtschaft. Ein Bildstatistisches Elementarwerk. Das Gesellschafts- und Wirtschaftsmuseum in Wien zeigt in 100 farbigen Bildtafeln Produktionsformen, Gesellschaftsordnungen, Kulturstufen, Lebenshaltungen. Leipzig: Bibliographisches Institut [1930] [24]

Giżycki, Henriette von: Kaplan Fahsel in seinem Werdegang, unter Zuhilfenahme seiner Briefe und Aufzeichnungen dargestellt. Berlin: Buchverlag Germania 1930 [52]

Haas, Willy: Gestalten der Zeit. Mit einem Nachwort von Walter Benjamin. Berlin: Kiepenheuer Verlag 1930 [52]

Hesse, Hermann: Eine Bibliothek der Weltliteratur. Leipzig: Reclam 1929 [24]

Hodann, Max: Sowjetunion von gestern, heute und morgen. Berlin: Deutsche Verlags-Aktien-Gesellschaft-Universitas [1930] [62]

Hoeber, Karl: Dr. Carl Sonnenschein. Der Studentenführer und Großstadtseelsorger. Berlin: Buch-Verlag Germania 1930 [3]

Höflich, Willy: «Affäre Zabern». Mitgeteilt von einem der beiden «Missetäter». Berlin: Verlag für Kulturpolitik 1931 [136]

Italiaander, Rolf: So lernte ich segelfliegen. Mit einem Brief als Vorwort von Staatsminister a.D. Dominicus. Zürich: Orell Füssli Verlag 1931 [99]

Keller, Rudolf: Deutschland und Frankreich. München: R. Piper & Co. 1931 [101]

Kisch, Egon Erwin: Prager Pitaval. Berlin: Erich Reiß 1931 [136]

Köppen, Edlef: Heeresbericht. Berlin, Leipzig: Horen-Verlag 1930 [48]

Körber, Lenka von: Menschen im Zuchthaus. Frankfurt/M.: Societäts-Verlag 1930 [52]

Liebermann, Matwey: Im Namen der Sowjets. Aus Moskauer Gerichtsakten. Aus dem Russ. von Rudolf Selke. Berlin: Malik-Verlag 1930 [52]

Mechow, Karl Benno von: Das Abenteuer. Ein Reiterroman aus dem großen Krieg. München: Langen, Müller 1930 [52]

Michels, Robert: Italien von heute. Politische und wirtschaftliche Kulturgeschichte von 1860–1930. Zürich: Orell Füßli 1930 (Der Aufbau moderner Staaten. Bd. 5.) [62]

O. Henry [d.i. William Sydney Porter]: Bluff. Kurzgeschichten. Übers. von Paul Baudisch. Berlin, Potsdam: Kiepenheuer 1926 [24]

Oederlin, Max: Marsch im Jura 1916/17. Leipzig: Grethlein 1930 [136]

Poiret, Paul: En habillant l'Epoque. Paris: Éditions Bernard Grasset 1930 [58]

Reimann, Hans: Sächsisch. Mit Originalzeichnungen von Karl Holtz. München: R. Piper & Co. 1931 [102]

Reimann, Hans: Vergnügliches Handbuch der deutschen Sprache. Berlin: Kiepenheuer 1931 [102]

Remarque, Erich Maria: Der Weg zurück. Berlin: Propyläen-Verlag 1931 [57]

Reparationsfibel. Bilder von O[skar] Gravens, O[laf] Gulbransson, Th[omas] Th[eodor] Heine, E[rich] Schilling, W[ilhelm] Schulz und E[duard] Thöny. Hamburg: Verlagsbuchhandlung Broschek & Co. 1931 [101]

Rote Signale. Gedichte und Lieder. Auswahl von 106 Bild-Geschichten aus der AIZ. Als Jubiläumsausgabe anläßlich des zehnjährigen Bestehens der AIZ hg. von Lilly Korpus (Auswahl und Einleitung). Mit einer Einbandzeichnung von Käthe Kollwitz. Berlin: Neuer Deutscher Verlag. 1931 [143]

Scheffler, Karl: Berlin. Wandlungen einer Stadt. Berlin: Bruno Cassirer 1931 [136]

Sigilla Veri (Ph. Stauffs Semi-Kürschner: Lexikon der Juden, – Genossen und Gegner aller Zeiten und Zonen, insbesondere Deutschlands, der Lehren, Gebräuche, Kunstgriffe und Statistiken der Juden sowie ihrer Gaunersprache, Trugnamen, Geheimbünde, usw. Im Auftrag der «Weltliga gegen die Lüge» in Verbindung mit der «Alliance chrétienne arienne» hg. von E[rich] Ekkehard. 2., verm. und verb. Aufl. Bd. 1–4. Erfurt: Bodung-Verlag 1929–1931 [118]

Sinclair, Upton: Das Geld schreibt. Eine Studie über amerikanische Literatur. Übers. von Elias Canetti. Berlin: Malik-Verlag 1930 (= Gesammelte Werke in Einzelausgaben, Bd. 12 [27]

Stendhal [d.i. Marie Henri Beyle]: Lucien Leuwen. Paris: Le Divan 1929 [24]

Thrasolt, Ernst: Dr. Carl Sonnenschein. Der Mensch und sein Werk. München: Kösel & Pustet 1930 [3]

Toller, Ernst: Quer durch. Reisebilder und Reden. Berlin: Kiepenheuer 1930 [24]

Vorsicht! Feind hört mit! Eine Geschichte der Weltkriegs- und Nachkriegsspionage. Hg. von Hans Henning Freiherr Grote. Berlin: Neufeld & Henius 1930 [52]

Vorstoß. Prosa der Ungedruckten. Eine Sammlung unveröffentlichter Prosa unbekannter deutscher Dichter. Hg. von Max Tau und Wolfgang von Einsiedel. Berlin: Bruno Cassirer 1930 [62]

Zorn, Franz: Stempellieder. Berlin: Verlag des Sturm (Sonderheft des ‹Sturm›. Dezember 1930) [52]

Personen- und Werkregister

Verwiesen wird auf Textnummern und Zeilenzähler. Geradegestellte Zeilenzahlen verweisen auf Textstellen, in runde Klammern gesetzte Zeilenzahlen auf indirekte Nennungen, kursiv gesetzte Zeilenzahlen auf Kommentarstellen.

Alphabetisches Titelverzeichnis

Die Nummern der Texte in diesem Band sind in eckige Klammern hinter die Titel gesetzt

Chronologisches Titelverzeichnis / Inhalt

118 Sigilla Veri
119 Imma mit die Ruhe!
120 Parteiwirtschaft
121 Einer, der es genau weiß
122 Beit Friehstick
123 [Le prix littéraire de la Société des Nations]
124 [Gelehrte, Schriftsteller und Künstler für die Amnestie]
125 Die Kriegsschuldfrage
126 An das Baby
127 ,
128 «Bitte – fädeln Sie mal ein …»
129 Schnipsel
130 Die Verräter
131 Kritik als Berufsstörung
132 Betriebsunfall
133 Rheinsberg (Zum hundertsten Tausend)
134 Sie, zu ihm
135 Ein kleiner Volksschullehrer
136 Auf dem Nachttisch
137 Hégésippe Simon
138 Media in vita
139 Im Gefängnis begreift man
140 Schnipsel
141 Basel
142* Liebe Weltbühne!
143 Rote Signale
144 Die Seriösen
145 [Helft helfen!]

Abbildungsnachweis

Deutsches Literaturarchiv, Marbach: S. 553, 674
Akademie der Künste, Berlin: 687